教育部人文社会科学重点研究基地重大项目
"生态批评的理论问题及其中国化研究"（项目编号19JJD750005）结项成果

生态批评理论研究

程相占 等 著

人民出版社

目　录

第三编　环境人文学与生态批评的跨学科拓展

导　　论

　　人类社会在其漫长的发展过程中总会遇到各种各样的问题,诸如战争、瘟疫、旱涝灾害等。20世纪60年代以来,人类又遇到了一系列新问题,诸如人口剧增、资源短缺、环境污染、物种灭绝加速、气候变暖、海平面上升等,这些问题被统称为生态危机(或环境危机)。

　　正式诞生于1978年的生态批评,就是伴随着全球性生态危机而出现的一种新型文学批评方式。它以生态学为科学基础,以生态关怀为价值导向,以文学与环境的关系为研究焦点,旨在发掘文学作品中所隐含的生态思想主题,试图让文学发挥拯救生态危机的功能,探讨生态意识对于文学艺术的影响。

　　文学批评要想超越感悟式的评点而达到一定的理论高度,通常需要借助理论工具来展开分析,生态批评当然也不例外。在过去40余年的发展历程中,生态批评借用了比较多的理论工具。之所以称为"借用",是因为这些理论并非狭义的"文学理论",而是源自哲学、人类学、宗教学、社会学、地理学、文化学、环境科学等不同学科,充分体现了生态批评的"跨学科"(interdisciplinary)或"超学科"(transdisciplinary)特性。从正面来说,这些理论为生态批评学者解析文学文本(也可能有其他文本)提供了有益的解析工具,大大增强了生态批评的理论深度和广度;但从负面来说,层出不穷的新理论也使得生态批评领域十分庞杂乃至混乱,以至于至今尚未形成一套操作性较强的生态批评程序或比较成熟的生态批评方法论。

　　本书标题"生态批评理论研究"一语双关,既可以理解为"对于生态批评中出现的理论之研究",还可以理解为"对于生态批评的理论研究",其目标是发掘和总结生态批评领域 40 多年间运用的理论,从理论高度加深我们对于生态批评的理解,从而更好地运用生态批评这种新型批评方式并不断将之推向深入和完善。在笔者看来,理论可以比喻为"思维地图"。对于初学者来说,本书将提供一个能够顺利进入生态批评领域的"思维地图"。

这里将依次介绍生态批评的产生背景、定义、问题清单、展开生态批评的方法以及本书的思路和框架。

一、生态批评的背景

作为一种新型文学批评方法,生态批评不是凭空产生的,其背景包括生态学、生态伦理学与生态运动。生态批评的所有内容都蕴含在这些背景之中。完全可以说,不了解这些背景,就无法理解、掌握并运用生态批评。

(一)生态学

生态学这个术语的希腊文是 Oikologie,它由希腊语"家"(oikos)和"学问"(logos)组成,因此,从字面上来说,生态学就是"关于家的学问",它所关注的就是生物在其家园中的生活。作为一门自然科学,生态学是生物学的一个分支学科。德国生物学家恩斯特·海克尔(Ernst Haeckel)于 1866 年首次提出了生态学定义,将之界定为研究有机体与其生存环境之关系的科学。

海克尔的生态学(Ecology)定义包括如下三个关键词:有机体、环境、关系。不妨以野兔为例来理解生态学的研究方法。按照传统的研究方法,要研究野兔,就要把野兔捉住关进实验室,将野兔麻醉后放在手术台上进行解剖,从而了解野兔的各种生理结构,诸如骨骼、内脏、血液循环等。这种研究方法固然有其价值,但是,实验室并非野兔本来的生存环境,手术台上被解剖的野兔并不是活生生的生命体,因此,通过实验室解剖所得到的野兔知识,对于我们认识野兔非常有限。要想真正认识野兔的本来生命状态,就必须到野兔的真实生存环境之中,去观察活生生的野兔如何觅食、如何筑巢、如何躲避敌害、如何繁衍生息等。这就意味着,生态学的研究方法,就是把野兔当作活生生的有机体,研究它与其生存环境的关系。因此,相对于传统的实验室研究方法,生态学作为一种研究方法具有革命性意义。

生态学在 20 世纪获得了长足发展,出现了一些新的关键词,其中最重要的是生态系统(ecosystem)。一个生态系统是一群有机体组成的共同体(community,又称"群落"),这些有机体相互影响,并且与其环境相互影响。一般来说,在一个稳定、健康的生态系统中,能量交换过程处于平衡状态,也就是维持着生态平衡;否则,这个生态系统中的有机体的生存就会受到威胁。当一个物种完全无法适应一个生态系统时,这个物种就难逃灭绝的命运,这就是物种灭绝的原因。正因为如此,针对日益严峻的物种灭绝现象,20 世纪出现了许许多多与生态学相关的学科,比如保护生物学等。

简言之,生态批评的科学背景是四个关键词:生态学、生态系统、共同体、生态平衡。没有这些科学术语,就不可能有生态批评。

(二)生态伦理学

传统伦理学主要研究人与人之间的关系,比如,人与人之间的权利与义务、责任与道义等,从而为人们提供一系列行为准则。随着生态学影响的逐步扩大,有些生态学家根据生态学原理认识到一个基本事实:人作为一种有机体,无时无刻不生活在特定的共同体之中。于是,面对这种基本事实,人们开始思考几个问题:人应该如何看待自己所生存的共同体? 应该如何设定自己在共同体中的位置与责任? 一个共同体往往包括多种成员,人应该如何对待自己之外的成员? 这样一来,传统伦理学的"人与人关系"就变成了"人与群落关系",这种新关系其实还是伦理学的老问题,也就是"应该"问题,只不过扩大了伦理意义上"应该"关怀的范围:从人扩大到了人之外的事物,包括人所生存于其中的共同体本身以及共同体中的其他成员。这就是生态学带给伦理学的重大变革,学术界将之称为生态伦理学(亦称环境伦理学)。上述几个包括"应该"的问题,就是生态伦理学的核心问题。

最早且最经典的生态伦理学思想是由美国生态学家利奥波德(Aldo Leopold,1887—1948)提出的。在其出版于 1949 年的代表作《沙乡年鉴》一书中,利奥波德体出"生物共同体"(biotic community)这个概念并论述了"大地伦理"(land ethic)。利奥波德的论述思路是"伦理学的扩展",他将西方伦理学史分为三种形态:第一种形态旨在处理个体之间的关系,以《圣经》中的"摩西的十诫"为代表;第二种形态旨在处理个体与社会的关系,比如,"黄金法则"旨在将个体整合到社会之中,民主制旨在将社会组织与个体整合起来;第三种形态旨在处理人与大地以及生长在大地上的动物与植物的关系。在这种伦理意识中,大地不再是财产或商品,人与大地的关系也不仅仅是经济关系。大地伦理扩大了共同体的范围,使之包括土壤、水、植物和动物。这样一来,大地伦理就改变了人类的角色:从大地共同体的占有者,转变为它的普通成员和公民。这种伦理隐含着对于人类同伴的尊重,同时也尊重共同体自身。

简言之,大地伦理反映了"生态良知"(ecological conscience)的存在,而这反过来又反映了一种信念:个体对于大地的健康负责。健康就是大地的自我更新能力,而保护就是我们理解并保存这种能力的努力。利奥波德提出,如果没有对于大地的爱、尊敬和赞美,没有对于大地的价值的高度尊重,对于大地的伦理关系就难以置信。他提出了一个著名的伦理准则,用来判断人们行为的对错:"当一件事情倾向于保存生物共同体的完整性、稳定性和美的时候,它就是正确的;反之,它就是错误的。"①

利奥波德本人并没有明确地将其大地伦理称为"生态伦理学",这个术语是美国学者霍尔姆斯·罗尔斯顿(Holmes Rolston III)于1975年正式提出的。不过,西方学术界并没有坚持这个术语,而是很快用"环境伦理学"取代了它。无论将之称为什么,利奥波德的上述思想都为生态批评奠定了基础,他本人被誉为"近代环保之父",其《沙乡年鉴》则被誉为"绿色圣经"。

(三)生态运动

人类面临日益严重的生态环境问题,早在20世纪50年代起就开始进行了

---

① Aldo Leopold, *A Sand County Almanac and Sketches Here and There*, New York: Oxford University Press, 1989, pp.224-225. 中译本参考[美]利奥波德:《沙乡年鉴》,侯文蕙译,吉林人民出版社1997年版,第213页。

严肃的思考,其中有代表性的大事可以概括为"三本书"和"三次会"①。"三本书"依次是:1962 年美国学者蕾切尔·卡逊(Rachel Carson)的著作《寂静的春天》,1972 年罗马俱乐部发表的研究报告《增长的极限》,以及 1987 年世界环境与发展委员会发表的研究报告《我们共同的未来》;"三次会"分别是:1972 年联合国召开的"人类环境会议",1992 年联合国召开的"环境与发展大会",以及2002 年联合国召开的"可持续发展世界首脑会议"。正是这些国际大事引发并引导了全球生态运动。

蕾切尔·卡逊是美国海洋生态学家,她注意到了化学农药的使用对农村产生的严重危害。虽然化学农药在某些时候减轻了病虫害,保障了农作物的丰收,但化学农药造成的污染却长久地危害着人和生物的健康甚至生命。她在《寂静的春天》里写道:"神秘莫测的疾病袭击了成群的小鸟,牛羊病倒和死亡,不仅在成人中,而且在孩子们中也出现了突然的、不可解释的死亡现象";"一种奇怪的寂静笼罩了这个地方,这儿的清晨曾经荡漾着鸟鸣的声浪,而现在只有一片寂静覆盖着田野、树木和沼泽"。她还十分敏锐地觉察到,这不仅是农药的问题,更关系到经济发展模式,她说:"我们长期以来行驶的道路,容易被人误认为是一条可以高速前进的平坦、舒适的超级公路,但实际上,这条路的终点却潜伏着灾难,而另外的道路则为我们提供了保护地球的最后的和唯一的机会。"《寂静的春天》问世以后,受到了以美国化工界科学家、工程师、企业家为中心的社会力量的谩骂和抨击。但它也唤醒了不少人,当时的美国总统肯尼迪就十分重视,曾指示对化学农药造成的健康危害进行调查,并在政府层面发布了相关规定。1970 年美国成立了环境保护局,各州也相继通过禁止生产和使用剧毒杀虫剂的法律。

受《寂静的春天》的影响,来自 10 个国家的 30 位科学家、教育家、经济学家和实业家于 1968 年成立了"罗马俱乐部",关注、探讨人类面临的共同问题。在1972 年发布的研究报告《增长的极限》中,他们提出:"地球的支撑力将会由于人口增长、粮食短缺、资源消耗和环境污染等因素在某个时期达到极限,使经济发

---

① 这个论断以及本节的论述与引文,均参见钱易、何建坤、卢风主编:《生态文明十五讲》,科学出版社 2015 年版,第 2—4 页。

生不可控制的衰退;为了避免超越地球资源极限而导致的世界崩溃,最好的方法是限制增长。"这本书的出版引起了强烈的反响和尖锐的论争,它对人类前途的忧虑促使人们密切关注人口、资源和环境问题,但其反对增长的观点也受到了尖锐的批评和责难。

在"罗马俱乐部"和《增长的极限》的影响下,一批以保护环境为己任的非政府组织兴起并开展了有益的活动,他们喊出口号:"人类只有一个地球,这个地球不是我们从上代人手里继承下来的,而是我们从下代人手里借来的。"这充满了对地球的感情,也富有对人类应负责任的哲理性分析。"罗马俱乐部"和《增长的极限》还催生了联合国第一次有关环境问题的大会——"人类环境会议"。

1972 年,联合国在瑞典斯德哥尔摩召开"人类环境会议",发表了《人类环境宣言》,向全球发出呼吁:"已经到了这样的历史时刻,在决定世界各地的行动时,必须更加审慎地考虑它们对环境产生的后果"。《宣言》还指出:"人类必须运用知识与自然取得协调,为当代和子孙改善环境,这与和平和发展的目标完全一致;每个公民、机关、团体和企业都负有责任,各国中央和地方政府负有特别重大的责任;对于区域性和全球性的环境问题,应由各国合作解决"。大会号召各国政府和人民都要关注环境,保护环境,并成立了"世界环境与发展委员会",要求进一步研究经济发展与环境保护的关系,寻求正确的出路。

1983 年 3 月,"世界环境与发展委员会"成立,1987 年发表了名为《我们共同的未来》的研究报告。报告提出:环境危机、能源危机和发展危机不能分割,地球的资源和能源远不能满足人类发展的需要,必须为当代人和下代人的利益改变发展模式等。其中,报告还首次指出,解决发展与环境矛盾的正确道路就是可持续发展的道路。

正是在上述三重背景的共同促使下,文学研究领域出现了一种从生态视角研究文学作品的方式,这就是生态批评。

二、生态批评的定义

生态批评首先在北美兴起,很快扩散到世界各地。就目前的状况而言,许多国家都有学者从事相关研究。但是,生态批评并没有形成一个统一的定义,也没有一整套比较成熟、被国际学术界公认的批评程序与方法,更没有被广泛采用的生态批评理论——而这正是本书要解决的问题。我们这里先概览生态批评的发展历程,然后再讨论生态批评的两个代表性定义。

(一)生态批评的发展阶段

生态批评(ecocriticism)这个术语正式出现于1978年,学术界一般将这一年视为生态批评作为一种新型文学批评方式正式诞生的年份。为了反思和总结生态批评的发展历程、更好地展开生态批评,2005年以来,学术界不断有人试图总结生态批评的整体图景与发展阶段,有学者使用"波浪"(wave)这个比喻,先后把生态批评划分为"四波":

1978—1995年为第一波,主要关注自然文学与荒野保护;1995—2000年为第二波,关注对象则是景观研究与环境公正;2000—2010年为第三波,研究主题则转变为动物性、新生物区域主义、物质女性主义和生态世界主义;2010年之后为第四波,关注焦点又发生了新的变化,新物质主义和物质性成为主题。需要特别注意的是,"波浪"是一个比喻,主要用来说明生态批评的发展态势是"一波未平,一波又起""后浪推前浪";"波"与"波"之间的分界线大体清晰,前一"浪"的研究内容并未随着后一"浪"的兴起而消失,而是依然延续不断、继续受到学术界的关注。

上述颇为庞杂的内容促使我们思考一个前提性问题:什么是生态批评? 在过去近40年中,出现了为数众多的生态批评定义,这里择要介绍其中两个最具有代表性的。

(二)生态批评的定义

"生态批评"(ecocriticism)由前缀eco-与单词criticism两部分组成。eco-来自ecology(生态学),表示"生态学的"或"生态的";criticism就是"批评"的意思。美国学者威廉·鲁克特(William Rueckert)在1978年发表的《文学与生态学:生态批评实验》一文中,首次将二者合并起来组成了一个新术语ecocriticism,此即

"生态批评"。

鲁克特在文章中并没有直接给生态批评下定义,他表示自己要做一种学术"实验",这种实验就是"将生态学与生态学概念运用到对于文学的研究中,因为生态学(作为科学、作为学科,作为人类视野的基础)与世界的现在与未来都有着最大的关联"①。通过这种实验,作者希望发现一些关于"文学的生态学"(ecology of literature)的东西,通过将生态学概念运用到文学的阅读、讲授和写作中来发展一种"生态诗学"(ecological poetics)。因此,在鲁克特看来,生态批评也就是生态诗学。鲁克特关注的问题是生态学家们共同关注的问题:寻找一些途径,使得自然共同体(natural community)免遭人类共同体(human community)的毁灭,使人类共同体与自然共同体和谐相处。具体到文学领域而言,这个问题就是文学与生物圈(biosphere)的关系:文学在保护生物圈的健康方面能够发挥什么样的作用。从这些介绍我们可以得到如下两点结论:其一,生态批评的时代使命是保护生物圈,也就是拯救全球性生态危机,这是它与其他一切文学批评最显著的区别;其二,生态批评的方法将生态学的原理与概念应用到文学研究中,是一种"跨学科研究"——横跨生态学与文学两个领域。

上述两个结论是生态批评最基本的特点。但是,鲁克特并没有把生态批评的焦点讲清楚:作为一种文学批评,生态批评应该围绕文学的哪个方面展开批评呢?因为文学是一种极其复杂的文化现象,涉及的问题层出不穷,生态批评应该着重研究哪个方面的问题呢?正是针对这种缺陷,美国学者格罗特费尔蒂(Cheryll Glotfelty)对生态批评做出了一个正式定义。她与同事编写的《生态批评读本——文学生态学的里程碑》一书于1996年出版,该书的"导论"提出了生态批评的简明定义:"简言之,生态批评是对于文学与物理环境之间关系的研究……生态批评对文学研究采取以地球为中心的立场。"②

在这个定义中,"以地球为中心的立场"就是关怀整个地球的健康与稳定,

---

① William Rueckert, "Literature and Ecology: An Experiment in Ecocriticism", *The Iowa Review* 9.1 (1978): 71 – 86, in *The Ecocriticism Reader: Landmarks in Literary Ecology*, Cheryll Glotfelty and Harold Fromm(eds.), Athens and London: University of Georgia, 1996, p.107.

② Cheryll Glotfelty and Harold Fromm(eds.), *The Ecocriticism Reader: Landmarks in Literary Ecology*, Athens and London: University of Georgia, 1996, p.xviii.

其含义近似于上文所说的"保护生物圈",因为从生态保护的角度来说,地球基本上可以视为生物圈的同义词——地球是广袤宇宙中迄今为止所发现的唯一具有生命的星球;如果没有生物圈,地球将与其他星球毫无二致。这样一来,该定义的新内容就是其前半部分:对于文学与物质环境之间关系的研究。其中,"文学与环境"是核心。这种研究之所以可以被称为是"生态学的",是因为它与生态学的定义完全吻合:生态学所研究的"有机体"无疑包括人类。与其他所有物种一样,人类也与其环境发生各种各样的关系;只不过,人类与环境发生关系的方式不同于一般物种——在文学活动中,人类并不直接与其环境发生关系,而是通过文学作品与环境发生关系:用文学作品描绘、呈现或想象环境,从而表达对于环境的态度和感情;而这种态度和感情,反过来又会影响人们在现实生活中的环境活动。

这里需要特别说明的是,生态批评之所以能够在全球范围内迅速展开,主要得力于两个体制性因素;也就是说,在具体的研究实践中,生态批评领域的学者更多地受到如下社会体制性因素的影响:一个是1992年成立的"文学与环境研究学会"(The Association for the Study of Literature and Environment,简称ASLE)。该组织旨在激发和促进环境人文与艺术研究,所吸纳的会员都致力于环境研究、环境教育、环境文学、环境艺术和环境服务,致力于环境公正和生态可持续性。这是一个国际性学术组织,很多国家与地区已经成立了分会,比如ASLE-英国等。另一个是1993年创办的旗舰刊物《文学与环境的跨学科研究》(*Interdisciplinary Studies in Literature and Environment*,简称*ISLE*),它有力地引导着"生态批评"的研究方法与研究对象:研究方法即"跨学科"——最初是跨向生态学,后来又跨向环境科学、文化地理学、性别研究等;研究对象即"文学与环境之关系"——主要是各种环境体验在文学中的表达与呈现——这些环境最初主要是自然环境,后来扩展到人建环境,比如城市环境等。

这里应该补充的另外一个体制性事物是与上述ASLE密切相关的EASLCE,它成立于2004年,可以称为ASLE的改进版,其中,E指"欧洲的"(European),C则指"文化"(Culture),其全称即"文学、文化与环境欧洲研究协会"(The European Association for the Study of Literature,Culture and Environment)。该协会官方网站对其研究对象做了如下描述:"研究自然与人类文化的相互关系,旨在培育跨越文化边界与学科边界的环境问题对话。"①尽管 EASLCE 是作为 ASLE 的欧洲分支而出现的,但它将"文化"这一关键词添加到了协会的名称之中,实际上强调了两对关系:文学与文化的关系、文化与自然的关系,从而将生态批评与生态文化密切联系起来。

综合鲁克特与格罗特费尔蒂两位学者的相关论述,结合生态批评的三个体制性要素,本书将生态批评界定如下——该定义包括生态批评的目的、方法与焦点三个要素:生态批评是为了拯救地球生物圈日益严重的生态危机,借鉴生态学概念和原理,对处于文化系统之中的文学与各类环境之间互动关系进行的研究。

正因为生态批评研究的核心是"文学与环境之关系",生态批评又被称为"文学与环境研究",哈佛大学布伊尔(Lawrence Buell)直接将生态批评称为"环境批评"(environmental criticism)。他认为,这个术语更好地暗示出,生态批评家所采用的方法涉及跨学科的广阔领域;但他同时又指出,生态批评依然是世界各国环境文学研究者的首选术语并具有一定的理论优势。② 这表明,生态批评与环境批评的实质是一样的,国际学术界一般将二者视为同义词来使用,比如,英国剑桥大学出版社 2011 年出版的《剑桥文学与环境导论》就将二者交替使用。③ 国内有些学者试图严格辨析生态批评与环境批评的差异与优劣,甚至批判"环境批评"这个术语带有人类中心主义的痕迹,目的是突出"生态批评"这个术语包含的"生态整体主义"意识,这都是很有意义的探讨。不过,我们这里要了解国际学术界的普遍看法,就像我们使用"妈妈"与"母亲"两个称呼来指称同一个人那样,国际学术界分别使用了"生态批评"与"环境批评"来指称同一件事。

这里需要特别注意的一个问题是"文学生态批评"与"文化生态批评"的联系与区别。上述生态批评定义中的短语"处于文化系统之中的文学"表明,文学是文化系统整体中的一部分,笔者曾将文学界定如下:"文学是人类文化系统中

① 见 http://www.easlce.eu/。

② 参见[美]劳伦斯·布伊尔:《环境批评的未来:环境危机与文学想象》,刘蓓译,北京大学出版社 2010 年版,第 151 页。

③ Timothy Clark, *The Cambridge Introduction to Literature and the Environment*, Cambridge: Cambridge University Press, 2011, pp.1–5.

以语言为传达媒介的艺术样式。"①这就意味着,文学是文化的一部分,从文学作品中发掘文化信息是完全合理的;与此同时,文学生态批评顺理成章地是文化生态批评的一部分,从文学生态批评拓展到文化生态批评也有其内在的合理性。但我们必须清醒地认识到,文学毕竟是文学,文化批评毕竟不能完全替代文学批评。生态批评自正式诞生以来的总体倾向是对文学作品进行文化解读,这就在某种程度上背离了文学本身,将文学作品化约为一般的文化产品。简言之,"远离文学本位的文学批评"成了国际生态批评深陷的悖论性困境。在笔者看来,走出这种困境的出路只能是重返文学本位,将生态批评真正作为关于"文学"的而不是"文化"的批评来看待,恰当地把握文学艺术"救世"(拯救生态危机)与"自救"(拯救文学本身)的辩证关系,因为说到底,文学发挥其救世功能的独特途径最终只能是其文学性(或艺术性)。因此,我们有必要提出"生态文学性"来引导生态批评的健康发展②。

三、生态批评的主要论题

生态批评自 1978 年正式诞生以来,至今已经走过 40 多年的发展历程,目前已经广泛传播到世界各地。纵观生态批评的四个主要发展阶段,生态批评涉及的内容非常庞杂,令人眼花缭乱。不过,有一些主要问题是生态批评这种新型文学批评所关注的焦点;只有把握了这些问题及其解决思路,才能理解并运用生态批评。

(一)生态批评的问题清单

我们阅读任何作品的时候,一般总会带着各种各样的问题,或者在阅读过程中产生各种各样的问题。因此,从某种意义上可以说,批评家运用生态批评去解读、评价一部文学作品,就是带着一系列问题去思考这部作品并做出回答。那

---

① 参见王萌:《种桃种李种春风》,山东友谊出版社 2019 年版,"序"第 2 页。
② Cheng Xiangzhan, "Ecoaesthetics and Ecocriticism", *ISLE: Interdisciplinary Studies in Literature and Environment*, Volume 17. 4(Autumn 2010), pp.785-789.

么,这些问题一般有哪些呢?《生态批评读本》的编者格罗特费尔蒂曾经列出了一个问题清单,非常有助于我们顺利进入生态批评领域。这个问题清单如下:

　　生态批评理论家们追问如下问题:自然(nature)是如何被这首十四行诗描写的? 在这部小说的情节中,物理环境的作用是什么? 这部喜剧所表达的各种价值观与生态智慧(ecological wisdom)一致吗? 我们关于大地的各种隐喻如何影响了我们对待它的方式? 我们如何根据自然文学(nature writing)的特征,将之描绘为一种体裁? 除了种族、阶级和性别,地方(place)也应该成为一个新的批评范畴吗? 男性书写自然的方式不同于女性吗? 素养自身以什么方式影响了人类与自然世界的关系? 荒野(wilderness)这个概念如何随着时间的推移而改变? 环境危机(environmental crisis)通过什么方式渗透到当代文学与流行文化之中? 其影响又是什么? 什么样的自然观影响着美国政府报告、企业广告以及电视里的自然纪录片? 其修辞效果是什么? 生态学科学对于文学研究的影响是什么? 科学自身如何对文学分析开放? 与环境话语相关的学科很多,诸如历史、哲学、心理学、艺术史与伦理学等,那么,在文学研究与这些环境话语之间,什么样的学科交叉是可能的?①

这个问题清单是结合西方文学而列出的。完全可以说,如果我们在阅读文学作品的时候,能够比较深入地思考上述问题中的一个或几个,那么,我们就是在进行生态批评了。必须说明的是,这个问题清单仅仅是一个临时的清单,任何读者或批评者都可以围绕"环境危机时代的文学研究"②这个总问题提出自己的新问题,只有提出新问题并给予回答,才能推动生态批评领域的深入发展。

格罗特费尔蒂列出的问题清单涵盖了生态批评的大部分主要论题,这里重点介绍其中的几个。

---

① Cheryll Glotfelty and Harold Fromm(eds.), *The Ecocriticism Reader: Landmarks in Literary Ecology*, Athens and London: University of Georgia, 1996, pp.xviii-xix. "学科交叉"对应的英语原文为 cross-fertilization,是"互育"或"异体受精"的意思,这里采用意译的方式。

② 这句话是《生态批评读本》的编者格罗特费尔蒂为该书所作"导言"的标题。

（二）自然文学

上述生态批评的问题清单中,有四个关键词之间具有密切联系,它们分别是自然、自然观、自然文学与荒野(自然的一种形态),这些关键词整合起来可以归结为一个问题:人类与自然世界的关系,简言之即人与自然的关系。人是一种能够超越本能而创造文化的动物物种,因此,人与自然的关系又往往表现为文化与自然的关系。自然文学用文学艺术的方式集中思考、探索并表达理想的自然观、人与自然的适当关系,一直是生态批评所关注的主要论题。

自然文学是源于 17 世纪、奠基于 19 世纪、形成于当代的一种具有美国特色的文学流派,它主要采取散文与日记等写实的形式,思考人类与自然的关系,描述作者从文明世界走进自然环境时的身心体验。① 自然文学的代表性作品首推梭罗(Henry David Thoreau,1817—1862)的《瓦尔登湖》。梭罗的思想深受爱默生的影响,提倡回归本心,亲近自然。1845 年,28 岁的梭罗冲破金钱的羁绊,在波士顿郊区的瓦尔登湖畔建了一个小木屋,自耕自食两年有余。《瓦尔登湖》即是他对两年林中生活所见所思所悟的记录。

梭罗隐居在瓦尔登湖的时候,经常对周边的环境进行细致观察并认真记录,这些翔实的记录成为《瓦尔登湖》的写作依据;20 世纪的自然文学作家则更进了一步,他们大多掌握了自然科学和生态学知识,从而获得了更加深刻而敏锐的洞察力,利奥波德的《沙乡年鉴》在这方面最为突出。正是生态学知识改变了人们对于自然的看法。在当代自然文学作家的心目中,人与自然已经不再是主客体的“我与它”的关系,而是人类主体与非人类主体之间的“我与你”的关系。集中体现这种关系理念是生态中心主义。

1. 自然文学的深层理念:生态中心主义

自然文学有着比较一致的深层理念,它放弃以人类为中心的理念(也就是常说的“人类中心主义”),提出了旨在倡导人类与自然平等共处的“大地伦

---

① 这里关于自然文学的论述,参考了程虹撰写的关键词“自然文学”,载赵一凡等主编:《西方文论关键词》,外语教学与研究出版社 2006 年版,第 901—910 页。

理",也就是生态伦理学,这主要体现在上文提到的利奥波德的《沙乡年鉴》之中。利奥波德具有丰富的森林管理经验和专业的生态学知识,他根据生态学知识讲述了土地金字塔与食物链等原理,从生态学角度科学地说明了人类仅仅是由土壤、河流、植物和动物所组成的大地共同体(land community)中的一个成员,依赖于其他成员的存在而存在。利奥波德指出,在漫长的生物进化历程中,人类只是与其他生物结伴而行的旅行者;为了跟自然同步,人类必须把自己与自然结合为一体。人类既然是大地共同体的组成部分,就要学会在这个共同体中相互尊重、相互爱护,人类尤其要承担起保护大地共同体健康的伦理责任。利奥波德提出了人们应该"像山一样思考",也就是从生态学的角度认识人与自然的关系。他的伦理准则中提到的"保存生物共同体的完整性、稳定性和美",后来被学术界提炼概括为"生态中心主义"(ecocentrism),布伊尔将之界定如下:

> 生态中心主义,环境伦理学的观点,认为生态圈(ecosphere)的利益优先于个体物种的利益。在应用中,它部分相当于(与人类中心主义相对的)生物中心主义(biocentrism),不过,生物中心主义特指有机体世界,而生态中心主义指出了有机体与无生命物质之间的联系。生态中心主义的范围很广,各种生态哲学都被囊括其中。一般来说,生态中心主义者认为:"世界在本质上是一个相互关联的动态的关系性网络","生物与非生物之间、生命与非生命之间没有绝对的分界线"。①

自然文学早就存在,人们对于自然文学的研究也早已存在。生态批评兴起之后,学术界对于自然文学的研究空前兴盛,使之成为生态批评第一波的核心论题,此后对它的研究也一直经久不衰。究其原因,在于自然文学所包含的自然观符合生态学原理,这种自然观又衍生出了影响深远的生态中心主义。

在生态中心主义产生之前,人们有意无意地奉行人类中心主义(anthropocentrism),它将人类视为中心或标准,认为人类的利益高于非人类的利益,自然

---

① [美]劳伦斯·布伊尔:《环境批评的未来:环境危机与文学想象》,刘蓓译,北京大学出版社 2010年版,第151页。

只不过是能够满足人类各种需要的资源,只有工具性价值而没有任何内在价值。生态中心主义则将"地球共同体"(earth community)——包括地球上的大气圈、水圈、岩石圈、生物圈、人类以及与人类共同生存的各种植物与动物——视为中心,关注整个地球共同体的健康状况,并将其健康状况视为人类福祉的前提条件和最终根源,承认天地万物各有其内在价值和生存权利。自然文学大都隐含着生态中心主义思想,生态批评家们在研究自然文学的过程中逐渐将之提炼出来,后来一直成为生态批评的思想基础。我们甚至可以简单地说:生态批评就是以生态中心主义为思想基础的文学批评。国内有学者根据利奥波德生态伦理学中的"整体性"原则,将生态中心主义修改为"生态整体主义",但实质内容并没有发生根本变化。

2. 自然文学的荒野意识:对文明的批判与对自然的回归

自然文学渗透着强烈的"荒野意识",力图并从荒野中寻求精神价值。自然文学的先驱爱默生曾经提出,"在丛林中我们重新找回了理智与信仰";梭罗则预见到工业文明与自然之间的矛盾,提出"只有在荒野中才能保护这个世界",他还专门论证过荒野的价值,在自然文学中产生了重大影响;另外一个自然作家缪尔(John Muir, 1838—1914)甚至认为,"在上帝的荒野里蕴藏着这个世界的希望"。这些貌似极端的说法,其实都是在批判过度人化的所谓的"文明世界"。面对文明世界的骚动与喧嚣,自然文学家提出"宁静无价"(tranquility is beyong price)的响亮口号。正是基于上述理念,自然文学在很大程度上突破了以人类为中心的传统:传统的文学作品中通常被作为人物活动之背景的自然环境,成为文学作品重点描述的首要对象;传统文学的那些经久不衰的主题,诸如战争、爱情与死亡等,也都被丰富多彩的自然事物所取代;探索人与自然的和谐关系,成为文学作品的使命与主题。

与自然文学中的荒野意识对应的,是环境美学中的"自然全美"(或"自然全好")这个理论命题,我们不妨进行一些对比以加深理解。加拿大环境美学家艾伦·卡尔森(Allen Carlson)指出:

> 所有自然世界都是美的。根据这种观念,自然环境只要未经人类改变,它就主要具有肯定性审美特性(positive aesthetic properties),比如,它是优

雅的、精美的、强烈的、统一的和有序的,而不是乏味的、呆滞的、无趣的、凌乱的和无序的。简言之,所有处于原始状态的自然根本上、审美上是好的。对于自然世界的恰当或正确的审美欣赏基本上是肯定的(positive),各种否定的审美判断(negative aesthetic judgments)很少或没有位置。①

要准确理解这段话,关键是要准确把握英文单词 positive,其含义是"肯定的""正面的""积极的",其对应的反义词 negative 的含义则分别是"否定的""负面的""消极的"。卡尔森的核心意思是:凡是没有被人类触及过、被改造过、被污染过的自然环境,即"处于原始状态的自然""根本上、审美上是好的"。因此,这句话也可以简要地概括为"自然全好",也就是说,只能对它进行"肯定性审美判断"。我们在评价艺术品的时候可以做出"否定的审美判断",比如,我国每年产生的长篇小说多达千部,但大部分作品艺术水平较低。但是卡尔森坚持,对于自然世界,我们只有在做出"肯定的审美判断"时,我们的审美欣赏才是"恰当的或正确的";做出"否定的审美判断"则是不当的或错误的——"各种否定的审美判断很少或没有位置"——这就是"自然全好"这个美学命题的真正含义。②

陶渊明《归园田居》曾经吟唱道:"久在樊笼里,复得返自然。"我们在理解自然文学的荒野意识与环境美学的"自然全美"命题时,一定要准确把握其辩证底蕴:人们被囚禁在文明的牢笼中太久之后,就会产生复归自然的强烈渴望。因此,歌颂以荒野为代表的原始自然,其深层意蕴在于对文明异化的尖锐批判——脱离了文明异化这个背景,比如,对于史前时期的原始人来说,荒野绝没有自然文学描写的那样可亲、可爱,而是可憎、可怖。正是从这个角度,可以说,荒野观的古今变迁从一个侧面反映了人类文明史的变迁:从狩猎文明、农耕文明、工业文明,一直到今天的生态文明。当我们饱受雾霾天气之苦、之害的时候,我们都会不由自主地极其渴望自然的蓝天白云,强烈批判过度的"自然的人化"的种种

---

① Allen Carlson, *Aesthetics and the Environment: The Appreciation of Nature, Art and Architecture*, London: Routledge, 2000, p.73.

② 这里的论述参见程相占:《雾霾天气的生态美学思考——兼论"自然的自然化"命题与生生美学的要义》,《中州学刊》2015 年第 1 期。

弊端,向往"自然的自然化"那种纯粹状态。正是从这个角度,可以说,自然文学就是生态文学的最初形态,它为当代反思与批判生态危机的生态文学奠定了坚实基础。

3. 生态女性主义:女性的压迫/解放与自然的压迫/解放

对于自然的关注,可以采取不同的角度,其中一个角度便是性别。性别本来是一种自然现象,植物与动物有雌性与雄性的区分。性别的生物主要功能在于物种的繁殖。同性固然也可以繁殖,但从进化论的角度来说,异性繁殖更加有利于物种的繁衍与进化。这些自然现象在人类社会中发生了显著变异,男女性别都包含着强烈的社会文化色彩与内涵,比如"娘娘腔"或"女汉子"这样的词语,就反映着特定的社会内容。因此,性别研究(gender studies)也是文学批评的重要内容。

在生态批评的发展过程中,一些学者(不仅仅是女性学者)特别关注女性与自然的密切关系。他们认为,女性与自然更加接近,女性在人类社会中受到的压迫与伤害,正好对应着自然所遭受的男权社会的压榨与戕害。这种观点被称为"生态女性主义"(ecofeminism)。它既可以视为基本上同时流行的女性主义(feminism)的分支,也可以算作生态批评的分支,或者干脆视为性别批评、女性主义与生态批评的"三合一"。

1974 年,法国作家德奥博纳(Francoise d'Eaubonne)发表了《女性主义或者死亡》一书,标志着生态女性主义的正式诞生。德奥博纳号召女性发动一场生态革命来拯救地球,这种生态革命将使两性之间、人类与非人类的自然之间建立起新型关系。她将女性与自然所遭受的压迫联系在一起,从性别的角度指出,男性应该对人口过剩与资源破坏这两种威胁承担责任:正是男性在地球和女性身上播种的能力,以及他们在繁殖行为中的参与,导致了人口过剩和资源破坏。女性长期以来得不到控制自己生育功能的权利,而地球的繁殖力则被男性统治的城市化技术社会大大消减。1980 年 3 月,大批妇女参加了在美国阿默斯特举行的"女性与地球生命:80 年代的生态女性主义大会",讨论了女性主义、军事化与生态之间的关系。在生态女性主义看来,尽管男性生态主义者也关注非人类的自然,但他们不太理解女性与自然的关系。生态主义需要女性主义来分析性别

17

压迫与自然压迫之间的相互关系。①

生态女性主义的基本观点如下：

（1）女性与自然的认同

在西方文明发展史上，自然被视为没有发言权的他者、被征服与统治的对象，也就是被人类开发利用的"自然资源"，其价值仅仅在于服务于人类的需要和目的，而人类的这些需要和目的又与自然自身的需要和目的背道而驰。与自然在人类社会中的地位相似，女性代表了父权统治下的他者，她们在公共场合被迫沉默，成为社会的二等公民。人类对于自然的侵略等同于男性对于女性的侵略，男权统治不仅导致了对女性的压迫，也导致了对自然的压迫。因此，生态女性主义在争取女性自身解放的同时，也把拯救地球视为己任。许多生态女性主义者强调，女性拥有一种男性缺少的本性、一种与自然在生理上和精神上的密切关系，也就是说，女性与自然之间有着某种本质性的内在联系。正因为这样，女性更加懂得自然，也更爱自然。生态女性主义赋予自然以女性身份，增强了人类与非人类的团结感；它坚持自然与人类的和谐相处，为两者的健康发展奠定了基础。

（2）批评父权的西方现代科技观

16—18世纪出现的西方科学技术，削弱了人们对于自然的敬畏之情，导致了"自然的祛魅"：自然丧失了神圣性而沦落为没有生命价值的资源。在生态女性主义看来，欧洲科学的整体模式是父权的、反自然的、殖民的。西方社会通过科学技术，不仅控制和占有女性的生殖能力，而且控制和占有了自然的繁殖能力——这一点有力地揭示了女性压迫与自然压迫之间的对应关系。有鉴于此，生态女性主义特别强调人类只是地球的一部分，为了避免摧毁地球，再也不能"用为我们自己带来灾难的头脑思考"。西方文化的主要权力结构就是一种统治与被统治的等级制度，社会中的人被划分为等级，自然事物也被划分为等级。

---

① 以下论述主要参考金莉撰写的关键词"生态女权主义"，载赵一凡等主编：《西方文论关键词》，外语教学与研究出版社2006年版，第475—486页。笔者认为，称为"生态女权主义"重在突出与"男权"相关的"权力"，而称为"生态女性主义"则重在突出性别及其与自然的关系。所以，笔者更愿意将之翻译为"生态女性主义"。本书中的"女权主义"与"女性主义"为同义词。

父权社会缺乏对于他者的尊重,他者仅仅是男权理性的客体,只有在它能够满足主体的利益时才会被考虑。这是一种完全以自我为中心的文化观点,把以父权为主导的人类社会高高凌驾于自然之上,忽视了人类只不过是其赖以生存的自然的一部分。

(3)重视多样性

生物多样性(biodiversity)是生态学中的一个关键词,包括遗传多样性、物种多样性和生态系统多样性三个组成部分。一般认为,生物多样性有利于生态系统的平衡和稳定。生物多样性公约是国际社会所达成的有关自然保护方面的最重要公约之一,该公约于1992年6月5日在联合国召开的里约热内卢世界环境与发展大会上正式通过,并于1993年12月29日起生效(因此每年的12月29日被定为国际生物多样性日)。2001年,根据第55届联合国大会第201号决议,国际生物多样性日由原来的每年12月29日改为5月22日。已有100多个国家加入了这个公约。生态女性主义吸收了生态学的生物多样性原则并将之政治化,它认为,一种包括人与非人类的动物在内的健康平衡的生态制度必须保持多样化,环境的简化与环境污染是同等严重的问题。但是,工业技术的恶果之一就是环境简化,许多物种被从地球上永远消灭(也就是物种灭绝),比如,现代化的农业生产大力使用杀虫剂、除草剂等,最大限度地消灭了与所谓的与"庄稼"无关的其他植物和动物。因此,人类需要一场建立于共同目标之上的全球运动,倡导多样性而反对所有形式的统治和暴力。

4. 地方感与全球感

许多自然文学家认为,没有单纯的自我,只有与所生存的地方融为一体的自我(self-in-place)。因此,人们平时向他人做自我介绍的时候,往往会介绍自己来自某地。对于故乡这个特殊地方的怀恋,几乎是每一个人都常有的切身感受。正因如此,《在那桃花盛开的地方》才会成为流行歌曲中的经典,这里不妨来看一下其中的一段歌词:

> 在那桃花盛开的地方,
>
> 有我可爱的故乡。
>
> 桃树倒映在明净的水面,桃林环抱着秀丽的村庄。

　　啊！故乡！生我养我的地方。

　　无论我在哪里放哨站岗，

　　总是把你深情地向往。

从生态批评的角度来说，这段歌词最为生动地揭示了"地方"的内涵：它不是一般的物理环境，而是与人的特定生活、独特精神世界密切相关的生存环境；没有这样的地方，一个人的身份认同就很难建立起来。对于这样的特定地方的依恋，就是生态批评中所强调的"地方感"（sense of place）。

研究地方与地方感的不仅仅是生态批评，它同样也是文化地理学的重要主题。美籍华人段义孚（Yi-Fu Tuan）是国际上著名的文化地理学家，他的很多论著都深入细致地研究过地方与地方感，对生态批评产生了重大影响。他的一篇文章题为《地方感对人意味着什么？》，从微观和宏观的角度探讨了地方与人的身体、思想和精神的关系。

地方的首要功能是庇护与呵护。人工建造的围封式地方，不仅有助于逃避大自然的可怕威胁，还能增强居住者的心理能量，加强对彼此的认识，密切彼此间的关系。家、共同的工作场所等地方，分别由于血缘关系、身体上的接近成为密切关系的纽带。大自然是人类物质和精神得以满足的最大来源。大地是人的生养之地和最终回归之地，人会发自内心地对大地怀有一种虔诚之情，也由此在高山、河流等大自然中找到与人的祈祷相对应的神灵并进行供奉。形成地方感的标准模式主要依赖于人的常识，经过一段时间后得到直接而复杂的体验，比如家园；获得地方感可以有其他模式，人们尽管不可能对某地方有过一段时间的切身体验，但人仍然会对其产生强烈情感，这种情感不是感官层面的而是精神层面的，比如对于沙漠。随着人类的进步，人类赋予地方和空间越来越多的正面价值，随之产生了神圣的空间与神圣的地方。神圣的空间依据天体的周期性变化和运动来界定，与宇宙密切相连。比如，首都北京城本身就是一个"宇宙图"，是个神圣的空间，其设计体现了"天堂之令"。神圣的空间及其礼制多为上层精英人士所关注。神圣的地方指被赋予超自然的光环的任何特定地方，如一口井、一幢楼，多为下层大众所关注。神圣的空间与神圣的地方（比如北京的天坛、地坛）都能使人产生敬畏感。对神圣的空间的敬畏感来自其规模和时空秩序，对神圣的地方的敬畏感来自其不可预测性和奇异性。现代文明越来越偏好抽象笼统。为了提高效率,许多国家的建筑规划单纯齐一,侧重标准化,造成"无地方性"(placelessness)。人类是与大地密切相连的生灵,有鲜活的灵魂,需要对大地万物有更强烈的情感,这是现代环境生态运动的理念、热情和规划的基础。作为被赋予灵魂的人,我们需要一个属于自己的地方,这个地方令我们满足,这个地方具有独特的个性和氛围,具有自身的文化印记,拥有属于自己的由动植物组成的生物群落,我们是其中的一部分,因而给予这个地方以关照和尊重。环境主义者重新召回这一由来已久、为世界各地所知的智慧。[1]

总而言之,地方感之所以在生态批评中占据重要位置,是因为它的正反两方面价值:从正面来说,地方感揭示了人与生存环境之间的血肉联系,正是由于这种亲密联系,人才会爱护自己生存的地方,从而为环境伦理学奠定了基础;从反面来说,地方感揭示了当代人的"无地方性",即"无根性"或"漂泊感":大多数人都在医院出生,最终在医院去世;人生在世的生命历程,往往是从一个地方迁移到另外一个地方的过程;日常的生活与工作过程,无异于从购物中心到办公室的移动过程。因此,地方感某种程度上揭示了当代人的生存困境。

根据空间刻度的大小不同,地方也大小不一:它既可以是一个房间、住宅、家庭,也可以是一个国家甚至整个地球。一件科学大事影响了人们的"地球感"。1972 年 12 月 7 日,三名美国宇航员在阿波罗 17 号飞船上,用一台 80 毫米镜头的哈苏照相机拍下了完整的地球照片,名为"蓝色弹珠"(Blue Planet)。这使得人们能够直观地感受自己所生存的地球的面容:一个小小的蔚蓝色的球体,这就是全人类共同的家园,茫茫宇宙中唯一发现生命的地方。就是这张照片,极大地促进了全球生态运动对于地球共同体的关爱。这件科学大事以及随后日益加剧的全球化乃至"地球村"等概念,促成了与地方感既有联系、又有区别的"星球感"。美国学者海瑟(Ursula K. Heise)考察了环境保护论、生态批评与全球化理论的关系,批判北美环境保护论中的地方主义者对于"地方感"的首要关注,转

---

[1]　Yifu Tuan, "Sense of Place: What Does it Mean to be Human", *American Journal of Theology and Philosophy*, Vol.18, No.1(1997), pp.47-58.

而强调我们对于全球生态系统的归属,写出了生态批评领域的名著《地方感与星球感:全球环境想象》。① 笔者觉得,关注日常生活每个人所生活的"小地方"与关爱全人类所生活的地球这个"大地方"并不矛盾,其本质是完全一样的:都是对于"家园"的依恋、挚爱与关怀。生态学以其无可置疑的科学知识告诉人们,地球大家园是每个地球公民——每个人、每个动物、每棵树、每棵草的共同家园。从这个角度来说,生态批评之所以要强调"星球感",是为了倡导一种博爱天地万物的博大情怀。它严正地训诫人们:地球如果受难,无一人一物可以幸免。

5. 环境公正与慢暴力

人类社会总是存在各种各样的阶层(也就是阶级社会中的"阶级"),比如,精英与大众、城里人与乡下人、强势群体与弱势群体等,阶级社会中的"阶级斗争"最为显著地表明了社会各阶层之间的矛盾冲突。社会公正理论强调人人平等,也就是强调要公平、公正地对待每一个人。在环境危机日益加深的当代,很多学者发现人与人之间的不公平不仅仅体现在教育机会、就业机会等方面,社会不公同样也体现在环境问题上,比如,城市垃圾一般都需要运送到城郊农村处理,这就意味着把城市人制造的垃圾污染强加给农村人来承受后果;达官贵人在奢侈地挥霍着地球有限资源、大量制造环境污染的同时,往往住在环境质量最佳的地方以避免环境污染所造成的损害,饱受残害的往往反倒是那些很少消费地球资源的贫民。生态批评第二波所重点关注的"环境公正"(environmental justice)论题,就是对于当前这种畸形社会现实的尖锐批判。

环境公正运动于20世纪80年代在美国兴起,它将社会不公与环境危险物的分布联系起来,比如,将城市垃圾堆放在农村,将核废料转移到偏远的山区,将污染严重的企业转移到第三世界国家,等等,都是环境不公(environmental inequity)的具体体现。针对环境不公,美国贫困社区与有色社区的草根运动奋起保护其邻近地区与工作场所免受环境恶化的威胁,努力争取接近优美自然环境的

---

① Ursula K. Heise, *Sense of Place and Sense of Planet: The Environmental Imagination of the Global*, New York: Oxford University Press, 2008.

平等权利。导致环境不公的原因很多,既有社会、经济、政治和文化等方面的因素,也有种族、性别和阶级等方面的因素。第二波生态批评的代表作是三个美国学者合编的论文集《环境公正读本:政治、诗学与教育》①,该书正式出版于2002年,从地理、种族和多学科的视角将环境不公问题与社会不公和压迫整合起来,采取个案研究的方式,探讨了美国阿拉斯加州人对于辐射中毒的反抗,居住在美国西南部的美籍西班牙人或墨西哥人保护其土地与河流权利的斗争,太平洋岛民对于核武器实验与核废料存放的抵抗,以及美墨联营边境加工厂的妇女雇员为了在美国—墨西哥边境获取安全生活与工作环境的努力。该书还对环境公正艺术社区、艺术与美国马里兰州中北部港口城市巴尔的摩内城的绿色项目进行了文化分析;还采用文学分析的方法,讨论了一群关注环境不公问题的作家作品——这些文学作品或关注毒性与癌症问题,或描绘美国原住民拆除水坝、拯救鲑鱼的斗争。

这一波的生态批评被明确称为"环境公正生态批评"(environmental justice ecocriticism),它对第一波生态批评进行了比较深入的反思与批判。在环境公正生态批评看来,此前的主流生态批评有着明显的缺陷:从内容上来说,它过度关注"荒野"这样的自然环境,对环境的另外一个形态——城市环境视而不见。这无疑有着严重偏颇,因为世界范围内城市化的区域越来越大,越来越多的人口也居住在城市中;忽略城市环境,无异于忽略这方面的重要问题。从作者队伍来说,自然文学的作者大都是白人,因此,应该倡导一种更具包容性、阶级性和种族意识的生态批评,从而更好地阐述文化多样性文学作品(culturally diverse literature)中所表现的人与环境的复杂关系——这种生态批评观念无疑借鉴了"文化多样性"(cultural diversity)这一重要概念。2001年,美国发生了"911"恐怖袭击事件,此后不到两个月,联合国教科文组织大会第三十一届会议就通过了《教科文组织世界文化多样性宣言》,同时用包括汉语在内的六种语言发表。该宣言将文化多样性视为"人类的共同遗产","对人类来讲就像生物多样性对维持生

---

① Joni Adamson, Mei Mei Evans and Rachel Stein(eds.), *Environmental Justice Reader:Politics,Poetics, and Pedagogy*, Tucson:The University of Arizona Press,2002.

物平衡那样必不可少",把捍卫文化多样性作为与尊重人的尊严密不可分的一种应尽义务。生态批评借鉴这个概念,无疑为它走向"文化多样性生态批评"(cultural diversity ecocriticism)这一新形态开了先声。

总之,环境公正生态批评使人们更加清醒地认识到环境的重要性:环境包括我们的家园、工作场所、学校和社区公园,这些都是人们生活的地方,高度影响着人们的健康、幸福和安康。环境公正运动使人们充分认识到健康的环境是健康生活的必要成分。每个人都应该有平等的权利享受清洁、安全与健康的环境,无论其种族、国籍、收入、性别或年龄。作为一种文学批评,环境公正生态批评倡导环境公正文学(literature of environmental justice),也就是通过文学艺术的方式,参与到环境公正运动之中。

与环境公正密切相关的是另外一个论题,是由美国学者尼克松(Rob Nixon)提出的"慢暴力"(slow violence,也可以翻译为"慢性暴力")。该作者于 2011 年出版了《慢暴力与穷人的环境保护论》一书,将生态批评与后殖民研究(postcolonial studies)结合起来,从全球不公(global injustices)的视角研究了环境公正文学,比较深入地讨论了气候变化、毒物飘移、采伐森林、石油泄漏与战争造成的环境恶果,特别是对于那些贫穷而被剥夺了权利的人所造成的威胁。①

上面提到,健康的环境关乎人的幸福与安康,这是因为,人是一种心灵与肉身合一的动物。人的心灵世界无论多么高深复杂,都必须依赖特定的肉身而存在。与其他动物完全一样的是,人的肉身也是一个由细胞构成的生命有机体,无时无刻不需要从周围环境中吸取能量,比如,吸入新鲜的空气,摄入清洁的水和食物。这就意味着没有适当的环境就不会有人的生命;环境的健康状况决定了生命的健康状况。环境危机对人造成的伤害比较隐蔽,与其他暴力形式诸如殴打、枪击等相比,这种施暴形式产生危害的过程比较缓慢,所以被称为"慢暴力"。

卡逊早在 1962 年出版的《寂静的春天》中就揭示了慢暴力。该书的第一章

---

① Rob Nixon, *Slow Violence and the Environmentalism of the Poor*, Cambridge: Harvard University Press, 2011.

虚构了一个美国小镇,由于受到杀虫剂的影响,那里的春天不再有鸟儿鸣唱,死亡的阴影无处不在,莫名其妙的疾病不期而至,成群家畜倒地而死,乡下的农民叙说着家人疾病,城里的医生对病人的新病症一筹莫展。只要人们进食,就可能遭受农药施加的慢暴力;只要我们呼吸,就可能遭受雾霾的慢暴力。正是从这个角度讲,生态批评再也不是书斋学者的无病呻吟,而是关乎每个人生命健康的学术呐喊。

生态批评是由全球范围内的生态危机引发的文学批评新形态,其根本旨趣在于拯救生态危机,所以有着很强的现实针对性与实践性。生态批评的对象不仅仅是生态文学,对于传统的文学经典,同样可以从生态角度进行重读而发掘其生态或反生态意蕴。

开展生态批评有两个前提条件,一是大体了解生态学的基本知识和原理,二是具备基本的生态意识与生态关怀,期望人类能够通过各种努力克服生态危机。有了这两个基本条件,就可以按照如下思路进行文学批评了:其一,什么叫生态危机?它在现实生活中的具体表现有哪些?其二,造成生态危机的思想文化根源是什么?社会历史根源又是什么?其三,文学作品如何描绘环境问题以回应生态危机?其四,生态文学与生态批评在生态文明建设中的作用是什么?带着这些问题,结合上述生态批评的那些主要论题,认真细致地解读、品味文学作品,就一定能读出其他文学批评方法所忽略的新意来。

四、本书的思路和框架

本书的立意是为生态批评提供理论,引领生态批评走向深入。具体做法是将生态批评使用的各种理论发掘出来,进行提炼和提升。而那些提升的地方,就是这本书最有创新的地方。

为了达成上述目标,本书试图在全面把握西方生态批评40余年(1978—2021)的发展历程和总体面貌的基础上,综合生态批评的两个代表性界定和引导生态批评研究的三个体制性因素,为生态批评概括一个更加合理的工作性定义;然后以这个新的生态批评定义为逻辑支点,以生态批评对于理论的态度变迁为线索,反思和提炼生态批评所涉及的重要理论问题;在此基础上,梳理那些重要理论问题在中国的传播、运用以及转化情况,进而探讨将其中国化的学术途径。

本书探讨的核心命题"生态批评重要理论问题的中国化"是指:由中国学者针对中国的生态问题,结合对中国生态文学作品和文化文本的深入解读,在充分吸收中国传统生态哲学与生态文艺思想资源的基础上,对西方生态批评所包含的重要理论问题进行阐发、转化、生发与改造,其学术目标是针对国际生态批评理论基础薄弱、主题散乱芜杂等缺陷,在充分引进和借鉴西方生态批评现有理论成果的基础上,结合中国生态实际而推进生态批评研究,创造出既具有理论深度又具有文本操作性的中国生态批评理论话语体系,从而增强中国生态批评在国际生态批评界的阐释力和话语权。本书最终目标是促使我国文艺美学研究的生态转型,为构建生态文艺美学提供丰富的理论资源,进而从文学艺术研究的角度推进生态文明建设,因而具有重要的学术价值和现实意义。

中国学者对生态批评的引进与研究正式始于 2002 年。20 多年来,中国学者比较全面系统地引进了生态批评,代表性著作有胡志红的《西方生态批评研究》(中国社会科学出版社 2006 年版)、《西方生态批评史》(人民出版社2015 年版),王诺的《欧美生态批评:生态文学研究概论》(学林出版社 2008年版)、《生态批评与生态思想》(人民出版社 2013 年版)等。这些著作尽管以"西方"或"欧美"来修饰,但其主体内容都是美国生态批评,只有少部分内容涉及英国生态批评,对于美、英两国之外的其他国家包括法国、德国、意大利、澳大利亚、土耳其、芬兰等国的生态批评极少涉及。北京大学出版社于 2010年推出了"未名译库·生态批评名著译丛",所引进的 5 本著作都出自美国学者之手。因此,我国目前引进的西方生态批评还比较片面,尚不是整体意义上的西方生态批评。

就生态批评的中国化问题而言,王诺的《生态批评与生态思想》做出了较大努力。作者明确表示自己的研究要怀疑、质疑、批判和挑战已有的研究成果,但作者涉及的西方生态批评理论非常有限,主要贡献是针对环境主义和生态主义而提出了生态整体主义,并没有全面梳理西方生态批评的重要理论问题,更没有明确提出"中国化"命题及其实施步骤。鲁枢元先后出版了专著《生态批评的空间》(华东师范大学出版社 2006 年版)和《陶渊明的幽灵》(上海文艺出版社 2012 年版)等,后者试图在后现代生态批评的语境中对中华民族伟大诗人陶渊明做出深层阐释,但该书的学术目的并不在于提炼生态批评的理论问题并将之系统化。曾繁仁的《生态美学导论》(商务印书馆 2010 年版)从生态美学产生的文学背景这个角度,依次讨论生态批评的文学基础、生态批评的原则与主要特征等,从而将西方生态批评转化为构建中国生态美学的理论资源,但本书的学术目的是构建生态美学而不是构建生态批评理论体系,对于西方生态批评的重要理论问题讨论不多。

　　国际生态批评对于理论的态度前后有着重要变化。在生态批评的发展前期,代表性学者如哈佛大学布伊尔教授明确抵制理论,目的是防止理论对于生态批评实践的干预。但是,随着生态批评的广泛展开,学术界开始意识到回避理论的消极后果——生态批评没有形成相对稳定而被普遍接受的研究范式,内容浮泛而芜杂。有鉴于此,生态批评的权威刊物《文学与环境的跨学科研究》于 2010 年特别策划组织了"生态批评与理论"专栏,邀请包括笔者在内的 14 名国际学者就生态批评与理论的关系展开了讨论,说明生态批评学术界已经充分意识到理论的重要性①。此后,针对生态批评著作的理论化不足这一缺陷,英国学者古德巴迪和里格比合编了《生态批评理论的新欧洲立场》(2011)一书②,收录了探讨欧洲理论与生态批判关系的 20 篇论文,试图借鉴欧洲哲学与文化理论为生态批评理论与实践开启新的途径;美国著名生态批评专家墨菲教授出版了专著《横断的生态批评实践——理论论争、文学分析与文化批判》(2013),明确指出理论对于文学分析与文化批判的重要性;德国学者察普夫编辑的《生态批评与文化生态学手册》(2016)指出,针对生态批评最初对于批判理论的抵制,提出生态批评第三波开始广泛地将理论整合到生态批评著作中。该书第一部分以"文化与文学的批评理论"为标题,明确指出了生态批评在 21 世纪转向理论这

①　Special Forum on Ecocriticism and Theory in *ISLE*, Volume 17. 4(Autumn 2010), pp.754-799.

②　Axel Goodbody and Kate Rigby(eds.), *Ecocritical Theory*: *New European Approaches*, Charlottesville and London: University of Virginia Press, 2011.

一特征,该书讨论的理论包括生物符号学、现象学、德勒兹生态逻辑学、社会系统理论、哲学美学和文化生态学等。① 但是,国际范围内尚未出现全面归纳整理生态批评理论的著作,本书正是为了弥补这一缺陷的尝试。

为了达成上述目标,本书将首先从宏观上梳理生态批评的缘起、演进、挑战及其前景(第一章),然后将全书划分为三大板块:第一编"生态批评的核心理论问题",第二编"生态批评的新型理论视野",第三编"环境人文学与生态批评的跨学科拓展"。

第一编"生态批评的核心理论问题"是全书的基础,共包括九章(第二章至第十章)。生态批评从研究文学中的自然开始,自然及其审美呈现一直是生态批评的基本主题,特别是生态批评第一波的问题中心。有鉴于此,第二章专门探讨自然文学中的自然观及其审美呈现,第三章探讨了自然、性别与女性主义的内在关联。第四章则转入生态批评第二波,探讨环境公正与生态批评的主题转型,进而探讨生态公正与生态艺术中的自然之代理(第五章)。生态学的"共同体"概念打破了人类与非人类之间的界限,使得跨物种和多物种研究成为可能(第六章);与此同时,这个关键词也促使我们从共同体中平等成员的角度理解作为"他者"的非人类物种(第七章)。生态学用无可辩驳的事实明确揭示出人类物质性,同时又揭示出各种事物都以其特定的方式在生态系统之中发挥作用,即具有某种程度的活力、能动性和特定的实施能力,用一句学术话语来概括就是"万物各以其道而施事"。物质主义生态批评关注的正是这些要点(第八章)。生态批评明确地以地球为中心展开批评,表现出明确的"地球话语",这就使得文学研究获得了明确的"行星视野",第九章"地球话语与生态文学研究的行星视野"对此进行了探讨。文学界于 2007 年在牛津大学召开了"红色与绿色:生态学与左翼文学"学术研讨会,大会的论文集《生态学与英国左翼文学:红色与绿色》于 2012 年出版。该书针对第一波生态批评的缺陷即"忽视了人类社会内部及其之间的分野"(种族、性别、阶级等对立),立足"生态女性主义者、环境公正主义者、社会生态学者把社会、经济和环境必须看作同一过程的

---

① Hubert Zapf(ed.) , *Handbook of Ecocriticism and Cultural Ecology* ,Berlin / Boston:de Gruyter,2016.

不同方面"的学术立场①,对浪漫主义至今的左翼激进文学进行了生态解读,标志着立足经济、阶级和社会视角的生态马克思主义批评即将诞生。② 第十章"西方马克思主义生态批评"对此进行了探讨。至此,生态批评的核心理论问题基本上都被呈现出来。

从生态批评的"初心"来说,它的主导倾向是"批评"而不是"理论"。"批评"的基本特点是针对具体的作品或文本进行随机性评点、评价或评论,它并不追求理论的深刻性、逻辑性、严谨性和系统性。生态批评最初甚至对理论颇为反感,不少学者甚至着意淡化理论。这样的批评固然有其生动活泼、贴近文本的一面,但随着生态批评的日渐深入,越来越多的学者开始清醒地意识到生态批评不可能摆脱理论,甚至提出了"建立生态批评的理论"这样的学术命题。③ 但是,究竟应该如何来建立生态批评的理论呢? 国际学术界对此并没有拿出切实可行的方案,迄今为止并没有形成一套具有范式性的"生态批评理论"。有鉴于此,本书尝试设计第二编"生态批评的新型理论视野",将文化生态学(第十一章)、生态诗学(第十二章)、生态叙事学(第十三章)、生态现象学(第十四章)、生态心理学(第十五章)、生态语言学(第十六章)、生态符号学(第十七章)等引进生态批评,探讨这些新型理论对于开展生态批评的意义,从而强化生态批评的理论色彩。

生态批评又称"文学与环境的跨学科研究",其基本特点就是跨学科。生态批评最初兴起的时候所跨的学科主要是自然科学,比如生态学、环境科学等。但随着生态学的影响日渐扩大,大部分人文学科都逐步接受了生态学的思维方式和基本理论,逐步采用生态学的研究范式来展开研究,这集中体现为"生态人文学"的兴起。考虑到国际学术界通常将"生态人文学"理解为"环境人文学",本

① H. Gustav Klaus and John Rignall, "Introduction: The Red and the Green", in *Ecology and the Literature of the British Left : The Red and the Green*, John Rignall, H. Gustav Klaus and Valentine Cunningham (eds.), Ashgate Publishing, 2012, pp.1-16.

② 参见陈茂林:《生态马克思主义批评探讨》,《信阳师范学院学报(哲学社会科学版)》2020 年第 1 期。

③ Serpil Oppermann, "Theorizing Ecocriticism: Toward a Postmodern Ecocritical Practice", *Interdisciplinary Studies in Literature and Environment*, Vol.13, No.2(Summer 2006), pp.103-128.

书专门设计第三编"环境人文学与生态批评的跨学科拓展",用以探讨环境人文学的各个分支与生态批评的关系,也就是探讨环境人文学的各个分支的来龙去脉、理论要点及其对于拓展生态批评的意义(第十八章)。这是本书的又一个创举。本编依次讨论了环境史学与生态批评(第十九章)、环境美德伦理学与生态批评(第二十章)、动植物伦理学与生态批评(第二十一章)、环境宗教学与生态批评(第二十二章)、人文主义地理学与生态批评(第二十三章)、文学地理学与生态批评(第二十四章)、环境传播学与生态批评(第二十五章)等。这样一来,生态批评与文学理论之外的其他学科就被有机地关联起来了。

五、走向立足"文学本位"的生态批评

生态批评在其40多年的发展历程中涉及了多种多样的理论问题,这里有必要对之进行一些理论反思和批评。本书的学术立场是这样一个纲领:走向立足"文学本位"的生态批评。

从事生态批评的学者都有一个"学术初心",那就是拯救全球性生态危机。这就注定了生态批评的总体倾向是"文学救世论"。自人类文化诞生之日起,文学就一直发挥着各种各样的功能,包括个人的抒情言志、社会的改良改造、文化的建设健全等方面。生态批评研究注重发掘文学作品包含的生态思想主题、生态意识、导致生态危机的思想文化根源等,借此发挥文学作品改良社会、重建文明的功能,这无疑是非常合理的。

但是,学者必须冷静地扪心自问:文学何以具有这样的功能? 这也就是追问:文学发挥其社会文化功能的独特方式是什么? 包含生态思想和生态意识的绝不仅仅是文学,比如,通讯报道、科研论著等;如果单从生态意识的强烈和鲜明的角度来说,论述生态思想的学术论文要远远超过文学作品。这就促使学者反思一个可以称为"文学本位"的问题:文学的意味和魅力何在? 这种意味和魅力又是通过什么样的艺术技巧来创造的? 更进一步的追问是:生态文学的意味和魅力何在、如何创造?

如果以这里提出的"文学本位"为参照的话,40多年的生态批评存在的根本缺陷就非常明显:那就是对于文学本身的忽视或关注不够。这就导致文学研究者脱离了自己从事的本行"文学",使自己的工作与"文学研究"渐行渐远,甚至越来越远。

有鉴于此,笔者在 2010 年就建议用生态美学作为生态批评的理论基础,其基本思路是将生态美学的研究对象界定为"生态审美体验"(ecological aesthetic experience),进而指出,运用语言媒介来表达这种特殊体验的作品就是"生态文学"(ecoliterature),而这种文学最为独特的特性可以称为"生态文学性"(ecoliterariness)①。这是一种聚焦于文学本位的学术策略。但颇为遗憾的是,10 年过去了,这种生态批评策略及其相关概念并没有引起学术界的注意。笔者借此机会重申如下:

生态批评最初就是作为一种"文学批评"(literary criticism)出现的,既然是一种"文学批评",那最终还是要回到文学本身或本位。没有新的知识点或新的理论,固然难以推动文学研究的创新与深化;但是,如果单凭新的理论工具来进行所谓的"学术创新",又可能远离文学本身。简言之,"新型理论—文学本身"之间应该是一种良性互动关系,这个辩证关系必须处理好。

笔者认为,生态批评的核心对象应该是"生态文学",然后才是运用生态视野、借助生态理论去解读一般的文学作品。强化"生态文学"意识是保证生态批评健康发展的有效方法。理想的生态文学作品,应该是深刻的生态意识与卓越的艺术技巧的高度统一,二者缺一不可。

生态文学是伴随着 20 世纪 60 年代兴起的生态运动而产生的文学现象,国内外学术界对于其性质的理解有着一个逐渐深入的过程,界定也不尽相同。这里不妨综合运用语言艺术和生态审美这两个视角,将生态文学简明地界定为"生态审美体验的语言表达",其特征包括如下三个方面:第一,是对于全球性生态运动的回应;第二,以生态审美体验为表达对象;第三,以语言为表达媒介。

文明是一个与自然相对的总体概念,文学是其中的一部分。因此,生态文明

---

① Cheng Xiangzhan, "Ecoaesthetics and Ecocriticism", *ISLE*: *Interdisciplinary Studies in Literature and Environment*, Volume 17. 4(Autumn 2010), pp.785–789.

必然包括生态文学。文学是一种雅俗共赏的艺术样式,各行各业都有数量可观的文学爱好者。阅读生态文学作品是培养公民生态意识和生态审美观的便捷途径。

有研究者指出,国内生态文学经过几十年的发展已取得诸多成就。但是,受各方面因素的影响,目前的一些生态文学创作和研究还存在概念化、简单化和审美品质弱化等问题。由于生态文学理论主要来自国外,因此,如何把外来理论本土化以推动中国当代生态文学研究的发展,就变得非常重要。从构建哲学社会科学"三大体系"的角度看,我们还需要做出非常多的努力。本书的学术立意就是将生态批评正式兴起以来 40 多年间涉及的理论问题进行全面系统的梳理,在此基础上探讨其中国化的学术途径。

在本研究的展开过程中,笔者最大的感慨是中国学者的理论创造力不足,具体体现就是,西方生态批评提出了什么样的理论,我国学者就拿来作为工具来解析具体的文学作品,基本局面就是"西方出理论,我们来应用"。其实,那些创造生态批评理论的西方学者也并不都是专业的理论家,他们通常也都是在研究西方文学史的过程中提出新理论的。我国既有着悠久的文学史传统,又有着丰富的当代文学作品,学者应该加强理论创新意识,增强理论创新勇气和能力,在解读中国文学作品的过程中发现新问题,提炼出新的理论命题和标识性概念,只有这样才能摆脱"西方理论—中国应用"这样的模式,创造出独树一帜的中国生态文学理论话语。笔者于 2002 年提出的"生生美学"逐渐引起了学术界的一些注意,已经有学者开始尝试着用于解读文学作品,这是中国学者学术创新的一个案例。我们有充分的理由期待更多的创新学说。

第一章　生态批评的缘起、演进、挑战及其前景

生态批评是当代非人类中心主义生态思潮与文学研究相结合的产物,是文学研究的绿色转向,是人文学界第一次涌现的对现实生态危机最广泛、最全面、最深刻、最激烈的回应。它在 20 世纪 70 年代前期发轫于英美两国,经历大约 20 来年的漫长孕育期后,终于在 90 年代前期,迅速在英美演变成一场声势浩大的绿色文学批评运动,其理论形态也趋于成熟,不仅具有明确的生态哲学基础、较为宽广的学术视野和丰富的学术实践,而且还建构了一套相对完整、开放的批评理论体系并提出了一些明确的批评方法。从当时的情况来看,生态学者们对生态危机文化根源的诊断尚算全面、深入,所指出的问题发人深省,所提出的应对危机的文化策略尽管显得有些天真、激进,但似乎也合情合理。其兴起的直接动因是威胁人类生存、日益恶化的现实生态危机,其产生的思想基础是走向成熟的当代非人类中心主义生态哲学,其产生的学术背景是回避现实、画地为牢、追逐精致、孤芳自赏的当代文艺批评理论已四面楚歌、难以为继。

随着全球生态形势的加深和范围的扩大,生态批评迅速发展成了生机勃勃的国际性多元文化绿色批评潮流。跨学科是其基本特征,跨文化甚至跨文明是其显著特征。其近 50 年的发展历程并非井然有序地展开,而是磕磕绊绊,几经周折。迄今为止,其大致可分为三次生态"波"或曰三个阶段,用"波"的隐喻来描绘其发展,意味着新一波生态批评的产生并不意味着前一波的结束,实际上,前一波许多研究议题可能依然势头强劲,只是因为后一波思想基础或研究视野发生了激变,它在与前一波开展对话,并在争辩、修正,甚至否定或重构的过程中

发展自己,其研究内容也因此发生了巨大的差异,也随之呈现不同的特征。

下文对生态批评的学术背景、发展历程、跨越性特征的内涵和生态变异现象及其"三波"理论的内涵和其主要研究内容或特征进行介绍和分析,以期对国内生态批评的发展有所启发。

一、生态批评的学术意旨

生态批评历经近50年的沧桑,现已发展成为一个内容庞杂、视野宽广、派别林立、体系开放的文艺批评理论体系,兼具文学批评和文化批评甚至艺术批评的特征。第一波是在生态中心主义生态哲学推动下生态批评学派的创立及其理论建构时期,即生态中心主义型生态批评的形成与发展(1972—1997年);第二波是生态批评的环境公正转向时期,即环境公正生态批评的形成与发展(1997—2000年);第三波是生态批评的跨文化、跨文明延伸,即"跨越性生态批评"的形成与发展(2000年至今)。

第一波主要以生态中心主义环境哲学,尤其是深层生态学为思想基础,认定人类中心主义是导致生态危机的思想根源,透过跨学科的视野,从形而上层面探究文学与环境之间的关系,涤除文学、文化中形形色色的、反自然的人类中心主义因素,深挖其中的生态内涵,旨在绿化文学、文化生态,具有浓郁的生态乌托邦色彩,大体属于生态中心主义型生态批评。第一波中所研究的"环境"主要指与"人工环境"相对的所谓"纯自然"或荒野,其所研究的文学文类也非常有限,主要包括自然书写、自然诗歌及荒野小说,其学术空间也因此受到很大限制。英国生态批评学者贝特(Jonathan Bate)的专著《浪漫生态学——华兹华斯与环境传统》(*Romantic Ecology:Wordsworth and the Environmental Tradition*,1991)、美国学者斯科特·斯洛维克(Scott Slovic)的专著《探寻美国自然书写中的意识——亨利·梭罗、安妮·迪拉德、爱德华·阿比、温德尔·贝里及巴里·洛佩斯》(*Seeking Awareness in American Nature Writing:Henry Thoreau,Annie Dilliard,Edward Abbey, Wendell Berry,Barry Lopez*,1992)、美国生态批评者克鲁伯(Karl Kroeber)的《生态文学批评——浪漫想象与心灵生态学》(*Ecological Literary Criticism:Romantic*

Imaging and the Biology of Mind,1994）、劳伦斯·布伊尔（Lawrence Buell）的《环境想象——梭罗、自然书写和美国文化的形成》①（*The Environmental Imagination：Thoreau,Nature Writing,and the Formation of American Culture*,1995）及格罗特费尔蒂（Cheryll Glotfelty）和弗罗姆（Harold Fromm）共同主编的第一本生态批评文集《生态批评读本——文学生态学的里程碑》②（*The Ecocriticism Reader：Landmarks in Literary Ecology*,1996）等都是这一波生态批评的代表作。

尽管生态批评在 20 世纪 90 年代中期已经作为有一定影响的批评流派在学术界崭露头角，但从历史与现实层面来看，这一时期的生态批评对生态危机文化根源的诊断也并非完全击中要害，所开出的文化处方也未必十全十美、药到病除，反而遭到了兴起于 20 世纪 70 年代末 80 年代初的美国草根环境公正运动的质疑与挑战。随着环境公正运动的深入发展，作为生态批评主要思想基础的生态中心主义哲学，尤其是深层生态学，遭到了以有色族人民、穷人为主体的弱势群体、第三世界以及环境哲学内部社会生态学家和生态女性主义学者的严厉批判，生态批评似乎也因此遭遇"十面埋伏"的窘境。

为成功地应对学术危机，生态批评学者不得不重审自己的学术立场，评估来自多方的批评，总结生态批评学术的成败得失，进行重大的学术调整。接着，在 20 世纪 90 年代中后期，部分生态批评学者顺应环境公正的诉求，将环境公正引入生态批评学术活动之中，推动了生态批评的转型，过渡到了其第二波——环境公正生态批评。

环境公正生态批评不是对其前一波批评理论的简单抛弃，而是推陈出新，也就是在不排斥生态中心主义理论的基础上与其开展对话，并对其进行修正或拓展，或与其他批评手法交叉整合，旨在透过种族/族裔、性别甚至阶级的视野，研究文学、文化甚至艺术与环境之间的关系。具而言之，生态批评不仅要深层追问生态危机产生及其日益恶化的思想文化根源，抨击人类中心主义这个毒瘤，还必须深入探究环境退化与现实中形形色色的环境剥削和环境压迫之间深层的形而

---

① 为简便起见，下文简称该著作为《环境想象》。
② 为简便起见，下文简称该著作为《生态批评读本》。

上与形而下的纠葛,以探寻通向生态可持续和社会普遍公正的绿色文化路径。明确地说,环境公正生态批评主要增添了两个考察文学、文化生态的视野或维度——种族/族裔视野和性别视野,有时也包括阶级视野,当然,种族/族裔是基本的观察点。少数族裔生态批评学者 T.V.里德(T.V.Reed)于 1997 年率先提出了环境公正生态批评术语,并致力于从学术体制上推动生态批评的学术转型,故一般都将 1997 年界定为第二波的开局之年。英国批评家劳伦斯·库普(Laurence Coupe)主编的文集《绿色研究读本——从浪漫主义到生态批评》(*The Green Studies Reader:From Romanticism to Ecocriticism*,2000)、卡拉·安布鲁斯特(Karla Armbruster)和凯思林·R.华莱士(Kathleen R.Wallace)共同编辑的《超越自然书写——扩大生态批评的边界》(*Beyond Nature Writing:Expanding the Boundaries of Ecocriticism*,2001)、乔尼·亚当森(Joni Adamson)、迈迈·埃文斯(Mei Mei Evans)及森蕾切尔·斯坦(Rachel Stein)合编的文集《环境公正读本——政治、诗学和教育》①(*The Environmental Justice Reader:Politics,Poetics and Pedagogy*,2002)等都是第二波生态批评的代表作。

正当环境公正生态批评踏上新征程不久,大约在新千年之交,又有学者对它发难,指责它依然存在诸多不足并严重制约了其发展与深化,意欲用"更具比较意识、更具跨国意识的方法从事生态批评研究的强烈冲动也在开始抬头",其后续发展势头迅猛。美国著名生态批评学者帕特里克·D.默菲(Patrick D. Murphy)批评它依然范围狭窄,"狭窄"主要表现在"文类范围窄"和"地理范围窄"。具体而言,生态批评依然因偏重"非虚构散文和非虚构性小说而受到制约,也因以英美文学为研究重心而受到限制",甚至像《环境公正读本——政治、诗学和教育》这种涵盖对多文类生态检视的著作依然局限在美国的地理疆界内。为此,2000 年,默菲在《自然取向的文学研究之广阔天地》(*Farther Afield in the Study of Nature-Oriented Literature*)中疾呼:"重审前期生态批评对某些文类的偏爱和对某些国家文学以及这些国家内部某些族裔文学的偏爱,以便能够更大限度地将世界各地的文学也纳入自然取向文学范围之类,从而能够让像我一样

———————

① 为简便起见,下文简称该著作为《环境公正读本》。

重点关注美国文学的读者和批评家,将其置入国际比较视野的框架内。"①墨菲还在该著作中践行其主张。换言之,生态批评必须走跨文化、跨文明延伸和发展之路。当然,根据生态批评后来的发展来看,这里的"跨文化、跨文明"既指英美生态批评跨越其地理边界的发展,用比较文学的方法对其他国家的文学进行生态研究,也指英美国家以外的其他国家,像德国、法国、意大利、加拿大、澳大利亚等西方国家学界以及像中国、印度、韩国及日本等非西方国家学界对英美生态批评的回应,在比较中建构自己的生态批评理论及开展相关学术研究。有鉴于此,斯洛维克称之为"第三波"生态批评,结合斯科特对其主要特征的描述及笔者对其发展状况的综合分析,笔者将其界定为"跨越性生态批评",并将《自然取向的文学研究之广阔天地》看成第三波的开山之作。这一波生态批评的理论建构更为复杂,新概念、新范畴迭出,新派别林立,各派别之间争论不断,矛盾丛生,生态歧义多变,学术成果也更为丰硕,因此,这一波生态批评可谓在充满张力中负重前行。除了《自然取向的文学研究之广阔天地》以外,布伊尔的《环境批评的未来:环境危机与文学想象》(*The Future of Environmental Criticism: Environmental Crisis and Literary Imagination*, 2005)、美国生态批评学者厄休拉·K. 海泽(Ursula K.Heise)的专著《地方意识和星球意识——全球的环境想象》(*Sense of Place and Sense of Planet: The Environmental Imagination of the Global*, 2008)、美国生态批评学者卡伦·劳拉·索恩伯(Karen Laura Thornber)的专著《生态多义性——环境危机和东亚文学》(*Ecoambiguity: Environmental Crises and East Asian Literatures*, 2012)及美国生态批评学者卡罗琳·绍曼(Caroline Schaumann)和希瑟·I.沙利文(Heather I.Sullivan)合作编辑出版的《人类纪的德语生态批评》(*German Ecocriticism in the Anthropocene*, 2017)等都是这一波的代表作。

二、生态批评发展历程鸟瞰

尽管生态批评大约于 20 世纪 70 年代发轫于英美,20 世纪 90 代前期开始

---

① Patrick D.Murphy, *Farther Afield in the Study of Nature-Oriented Literature*, Charlottesville: The University Press of Virginia, 2000, p.58.

繁荣并成为一个颇具影响力的学派,而后迅速演变成国际性多元文化批评运动,成了世界性的文化现象,英美以外的国家和地区的生态批评随即也在英美生态批评的影响下产生、发展,并在与英美生态批评的对话、交流,甚至对它的质疑、挑战、颠覆或重构的过程中建构自己的理论,阐释和深化自己的文学研究,英美生态批评也在被质疑、被挑战甚至被否定的过程中不断修正自己,调整学术策略,不断拓展自己的学术空间和地理空间,由此形成了一幅相互激荡、充满张力、复杂多变、多姿多彩甚至相互交织的世界生态批评学术图景。如果要全面、清晰地呈现它那繁茂芜杂的学术图景,实属不易。尽管如此,笔者仍然尝试以其发展的时间顺序为经、以其地理空间的拓展为纬,对它给予全景式的勾描,以期对它进行整体把握。为了理解方便,笔者将其分为几个板块:英美生态批评的发展历程,包括美国少数族裔生态批评、生态女性主义批评;英美以外的欧美生态批评;其他国家和地区的生态批评,包括加勒比海国家生态批评、印度生态批评,以及中国生态批评等。

(一)英美生态批评的发展概况

1978 年,美国生态批评家鲁克尔特(William Rueckert)在他的《文学与生态学——一次生态批评实践》(Literature and Ecology:An Experiment in Ecocriticism)一文中①,首次提出了"生态批评"(ecocriticism)这个批评术语,明确提倡"将文学与生态学结合起来",强调批评家"必须具有生态学视野",认为文艺理论家应当"建构出一个生态诗学体系"。② 然而,事实上生态批评学术实践可追溯到1972 年,该年美国比较文学学者约瑟夫·米克(Joseph W.Meeker)出版了《生存的喜剧:文学生态学研究》(The Comedy of Survival:Studies in Literary Ecology)一书,他透过生物学/生态学视角,运用跨学科的方法研究了文学与生态学的关系,并提出了"文学生态学"的概念。1973 年,英国文化批评学者雷蒙德·威廉斯

---

① 鲁克尔特的《文学与生态学——一次生态批评实践》一文收录于《生态批评读本》中。

② William Rueckert, "Literature and Ecology:An Experiment in Ecocriticism", in *The Ecocriticism Reader:Landmarks in Literary Ecology*, Cheryll Glotfelty and Harold Fromm(eds.), Athens:The University of Georgia Press,pp.105-114.

（Raymond Williams，1921—1988）出版了《乡村与城市》（*The Country and the City*，1973）一书，威廉斯立足生态整体主义立场深入分析了从古希腊以来田园文学文类的内涵及其演变，主要探讨英国文学中所反映出的乡村与城市之间对立统一的关系，该作也因此算作英国生态批评学术的开端。① 在《早期生态批评一世纪》（*A Century of Early Ecocriticism*，2001）一书中，美国学者戴维·麦泽尔（David Mazel）认为，利奥·马克斯（Leo Marx）于 1964 年出版的《花园中的机器》（*The Machine in the Garden*）一书是他对美国文学和文化中田园主义所做的里程碑式的研究，充分揭示了美国是产生生态批评的丰饶土壤，因此该书是推动美国生态批评产生的"奠基之作"。在该书中，他甚至将生态批评产生的时间往前推了 100 年，即 1864 年。② 当然，今天的学界大多赞同《生存的喜剧》是生态批评的开山之作，因而也赞同将 1972 年看成是生态批评学术的开局之年。

尽管生态批评学术在 1972 年已经出现，生态批评这一术语也在 1978 年正式提出，但生态批评在学术界并未引起轰动或掀起波澜，相反，这一术语在批评界似乎沉寂了，只有一些散兵游勇式的生态批评学术实践活动在惨淡延续。以至于在 1990 年之前，生态批评并没有引起学界的广泛关注。直到 1989 年召开的美国西部文学学会会议上，彻丽尔·格罗特费尔蒂（Cheryll Glotfelty）不仅复活了这个术语，而且要求将它运用到文学批评领域的"自然书写研究"之中。格罗特费尔蒂对生态批评的呼声立刻得到了格伦·A.洛夫（Glen A.Love）的响应，他发表了《重评自然——走向生态文学批评》（Revaluing Nature：Toward an Ecological Criticism）的文章③，在生态批评界产生了深远影响。

1985 年，现代语言学会出版了一本书：弗莱德里克·威奇（Frederick O. Waage）编写的《环境文学教学的材料、方法和文献资料》（*Teaching Environmental Literature：Materials，Methods，Resources*）。该书收集了十九位讲授生态环境文学课程的教师写的"课程简介"（Course Descriptions），其"目的是要在文学领域促

---

① Peter Barry，*Beginning Theory：An Introduction to Literary and Cultural Theory*，2nd，Manchester：Manchester University Press，2002，pp.250-251.

② David Mazel，*American Literary Environmentalism*，Athens：The University of Georgia Press，2000，pp.7-8.

③ 洛夫的《重评自然——走向生态文学批评》一文收录于《生态批评读本》中。

进人们对环境问题表现出更大的关切和更深的认识"①。

在 1991 年美国"现代语言学会"(Modern Language Association)上,哈罗德·弗鲁姆(Harold Fromm)发起并主持了名为"生态批评——文学研究的绿色化"(Ecocriticism:The Greening of Literary Studies)的学术讨论。1992 年,"美国文学协会"专题报告会上,格伦·A.洛夫主持了题为"美国自然文学的新语境与新方法"(American Nature Writing:New Contexts,New Approaches)的专题生态环境研究。同年,"文学与环境研究学会"(ASLE)成立,其宗旨是"促进涉及人类和自然世界关系的文学中的思想与信息的交流","鼓励新的自然文学创作,推动传统的和创新的研究环境文学的学术方法以及跨学科的环境研究"。② 1995 年第一届全美生态批评研究会在科罗拉多州的柯林斯堡举行。ASLE 是一个国际性的生态批评学术组织,在世界各国有会员千余人,在欧美及世界其他国家和地区有十多个分会。它每两年举行一次年会,迄今为止已经举办了 13 次学术年会,每次都有数百名来自世界各地的学者参加,规模盛大。此外,ASLE 还经常举行小型研讨会,出版会刊,介绍最新的生态批评成果,发布"学术讨论问题清单"(The ASLE Discussion List)。人们一般把 ASLE 1995 年第一届大会看作文学批评理论的生态批评取向或潮流形成的标志。1993 年,第一家生态批评刊物《文学 与 环 境 跨 学 科 研 究 》(ISLE: Interdisciplinary Studies in Literature and Environment)出版发行。该刊物的目的是"从生态环境角度为生态文学或艺术的批评研究提供论坛,包括生态理论、环境主义、自然及对自然描述的思想、人/自然两分法及其他相关的问题"③。该刊由印第安纳大学教授、著名批评家默菲创办并任主编,他于 1996 年辞去主编一职,后由斯科特·斯洛维克担任,直到 2020 年 6 月,因年龄原因斯洛维克才离开这个职位。

1985 年约翰·埃尔德(John Elder)出版了《想象地球——诗歌和自然景象》

---

① Cheryll Glotfelty and Harold Fromm(eds.),Athens:The University of Georgia Press,1996,*The Ecocriticism Reader*,p.xvii.

② Cheryll Glotfelty and Harold Fromm(eds.),Athens:The University of Georgia Press,1996,*The Ecocriticism Reader*,p.xviii.

③ Cheryll Glotfelty and Harold Fromm(eds.),Athens:The University of Georgia Press,1996,*The Ecocriticism Reader*,p.xviii.

(*Imagining the Earth*:*Poetry and the Vision of Nature*),该书于 1996 经过扩充后再版;1990 年美国文学批评学者彼得·A.弗里策尔(Peter A.Fritzell)出版了《自然文学与美国——文化类型论集》(*Nature Writing and America*:*Essays upon a Cultural Type*),该书简述了美国自然文学的历史及其批评史,然后详细解读了美国著名生态文学家梭罗的《瓦尔登湖》(*Walden*,*or Life in the Woods*,1854)、利奥波德的《沙乡年鉴》(*A Sand County Almanac*)和安妮·迪拉德(Annie Dillard)的《汀克溪的朝圣者》(*Pilgrim at Tinker Creek*),提出了自然文学基本上是美国现象的论点,并分析指出了美国自然文学的两个维度,即美国自然文学具有精神自传(日记)与自然历史(系统生物学)的特征①;也在 1990 年,美国诗人斯奈德(Gary Snyder)出版了《荒野实践文集》(*The Practice of the Wild*:*Essays*,1990),收录了九篇论文,论文之间也插入了短篇小说或诗歌。这些论文是对地方、语言、自由、恩典、野性、山川河流、森林、动物、自然、荒野及文化的深沉思考,呼吁读者超越二元论与直线思维,想象建构"能容纳野性文明"的可能性。1991 年,英国利物浦大学教授贝特出版了从生态学角度研究浪漫主义文学的专著《浪漫生态学——华兹华斯与环境传统》(*Romantic Ecology*:*Wordsworth and the Environmental Tradition*)。贝特也在该书中使用了"生态批评"这个术语,他称之为"文学的生态批评"(Literary Ecocriticism)。有学者认为,这一著作的问世,标志着英国生态批评的开端。同年,哲学学者厄尔斯莱格(Max Oelschlaeger)也出版了一部重要的生态批评专著《荒野理念——从史前到生态学时代》(*The Idea of Wilderness*:*From Prehistory to the Age of Ecology*),从跨学科视角探讨了西方文化中荒野观念的演变,重新阐释了梭罗、利奥波德及缪尔(John Muir,1838—1914)的荒野观,阐明了文学文本中所体现的哲学立场,也分析了鲁宾逊·杰弗斯(Robinson Jeffers)与加里·斯奈德作品中所表现的荒野观念,探讨荒野哲学的深层生态学的内涵,设想了"后现代的显圣物"。该专著中,作者也精要地探讨了培根、笛卡尔、海德格尔、康德、尼采、斯宾诺莎、叔本华、奈斯等多位哲学家的哲学思想。同

---

① Peter A.Fritzell,*Nature Writing and America*:*Essays upon a Cultural Type*,Ames:Iowa State University Press,1990,pp.3-5.

年,现代语言学会举行研讨会,议题为"生态批评:文学研究的绿色化"。1992 年斯科特·斯洛维克出版了专著《探寻美国自然书写中的意识:亨利·梭罗、安妮·迪拉德、爱德华·阿比、温德尔·贝里及巴里·洛佩斯》,探讨了亨利·梭罗、安妮·迪拉德、爱德华·阿比、温德尔·贝里及巴里·洛佩斯等五位美国自然作家作品中所反映的人与自然之间的一致性与他者性特征,其旨在激发人的环境意识。同年,罗伯特·波格·哈里森(Robert Pogue Harrison)出版了重要的生态批评专著《森林——文明之阴影》(*Forests:The Shadow of Civilization*,1992),生态批评学者劳伦斯·库普(Lawence Coupe)认为,"就该著作的范围与意义来看,它几乎堪与劳伦斯·布伊尔的《环境想象》一书媲美"。该著作详细地追溯了西方文化想象森林的历史,梳理了文明与森林之间的复杂纠葛,凸显了森林的文化价值。

1993 年,肯特·C.赖登(Kent C.Ryden)出版了《描绘无形风景——民间传说、文学作品及地方意识》(*Mapping the Invisible Landscape:Folklore,Writing,and the Sense of Place*),该著作跨越地图学、文学、地理学、民俗等学科,深入探讨了重叠在物理的、有形的地理表层的"无形风景"的形成、价值及其意义,从而超越文化/自然二分的二元论观念,丰富了生态批评的领域,有学者认为该著作可能成为该领域的基础性文本;1994 年,克鲁伯(Karl Kroeber)出版专著《生态文学批评——浪漫想象与心灵生态学》(*Ecological Literary Criticism:Romantic Imaging and the Biology of Mind*,1994),提倡"生态文学批评"(ecological literary criticism)或"生态学取向的批评"(ecological-oriented criticism),并对生态批评的特征、产生原因、批评标准、目的使命等主要问题进行了论述。同年,德里克·沃尔(Derek Wall)编辑出版了《绿色历史——环境文学、哲学及政治读本》(*Green History:A Reader in Environmental Literature,Philosophy,and Politics*,1994)一书。该著作纵贯古今,跨越东西,从环境文学、哲学、政治及宗教等多学科视角出发,探讨生态危机的根源及对策,凸显了环境问题的复杂艰巨性,是一部重要的生态批评学术著作;梅丽莎·沃克(Melissa Walker)的《阅读环境》(*Reading the Environment*,1994)是一部集生态文学阅读、生态危机分析及环境问题于一体的综合性文集,也是一部重要的环境写作教材,旨在激励学生的兴趣、提供丰富的背景材料以帮助学生驾驭复杂题材,并提供课堂讨论、批判性思维及写作技巧等。整个文集分为九章,探讨了人与自然不断演进的关系,并从不同视点提出复杂的环境问题及不同的解决办法。

1995 年,哈佛大学英文系教授布伊尔出版了专著《环境想象——梭罗、自然文学和美国文化的形成》(*The Environmental Imagination*:*Thoreau*,*Nature Writing*,*and the Formation of American Culture*)。他透过生态中心主义视野重审美国文学和文化,试图建构生态中心主义文学观,该书被誉为"生态批评里程碑"的著作;英国学者特里·吉福德(Terry Gifford)也在同年出版了专著《绿色之声——理解美国当代自然诗》(*Green Voice*:*Understanding Contemporary Nature Poetry*,1995),该著作不仅较为深入地讨论了当代八位重要诗人的诗作,还讨论了许多"小"诗人的诗作,他们中有女诗人、有色人种诗人以及来自爱尔兰、苏格兰及威尔士等国家和地区的少数民族诗人,该著作的精彩之处是作者展示了多种视野,将文学史的视角、理论分析与审美鉴赏融于一体,并提出了"反田园主义"传统诗歌模式和"后田园主义"诗歌模式。在谈到自然观时,该作者认为,自然观以及自然这个词语本身的内涵,取决于"文化提出的关于形而上学、美学、政治学及具体的历史情形等的预设"①。尽管"自然"文化内涵具有不确定性,但作者认为,"绿色诗"有价值,因为它探讨了"我们身处其间并莫明其妙地与之疏远的物质世界"②,诗歌是"人类文化重审我们习以为常的言行,并重新想象更好的生存可能性的一种方式",也许还帮助我们确定"怎样接受一种有助于改善与星球及我们自己之间关系的自然观"。③

1996 年,第一本生态批评论文集《生态批评读本》由格罗特费尔蒂和弗罗姆主编出版。这一著作被公认为生态批评入门的首选文献。全书由三个部分组成,分别讨论生态学及生态批评理论、文学的生态批评和环境文学的批评。书后

---

① Terry Gifford,*Green Voice*:*Understanding Contemporary Nature Poetry*,Manchester:Manchester University Press,1995,p.15.

② Terry Gifford,*Green Voice*:*Understanding Contemporary Nature Poetry*,Manchester:Manchester University Press,1995,p.10.

③ Terry Gifford,*Green Voice*:*Understanding Contemporary Nature Poetry*,Manchester:Manchester University Press,1995,p.175.

还列举并简介了截至 1995 年底最重要的生态批评专著和论文。格罗特费尔蒂女士是美国第一个获得"文学与环境教授"（Professor of literature and environment）头衔的学者。这位内华达大学教授长期从事生态批评研究，是"文学与环境研究学会"的发起人之一和前任会长、现任执行秘书长，也是《文学与环境跨学科研究》的创办人之一。同年，丹尼尔·G.佩恩（Daniel G.Payne）出版了专著《荒野之声——美国自然文学与环境政治》（*Voices in the Wilderness*：*American Nature Writing and Environmental Politics*），作者在该著作中宣称，自然作家是少数能影响美国政治话语的作家，他们运用话语的力量提醒、教育、引导读者，从而改变公众对环境改革的看法。在该著作中佩恩重点分析了爱默生、梭罗、乔治·珀金斯·马什（George Perkins Marsh，1801—1882）、约翰·缪尔及蕾切尔·卡森、爱德华·阿比等对提升读者自然意识的作用及对美国环境政治的影响。尤其是，这些作者不同程度地影响了读者从人类中心主义向生态中心主义的转变，这种转变是自然文学对当代环境主义最大的贡献。

1998 年，由英国批评家理查德·克里治（Richard Kerridge）和塞梅尔斯（Neil Sammells）主编的生态批评论文集《书写环境——生态批评和文学》（*Writing the Environment*：*Ecocriticism and Literature*）问世。这是英国的第一本生态批评论文集。它分生态批评理论、生态批评历史和当代生态文学三大部分。克里治在论文集的"前言"里说，生态批评是"一门新的环境主义文化批评"。"生态批评要探讨文学里的环境观念和环境表现"。同年，ASLE 第一次年会论文集由迈克尔·P.布兰奇（Michael P.Branch）与约翰逊（Rochelle Johnson）等主编出版，书名为《阅读大地——文学与环境研究的新方向》（*Reading the Earth*：*New Directions in the Study of Literature and the Environment*）；汉·霍赫曼（Jhan Hochman）的《绿色文化研究——电影、小说及理论中的自然》（*Green Cultural Studies*：*Nature in Film*，*Novel*，*and Theory*）也在这一年问世。该著作较为深入地探讨了电影《沉默的羔羊》《激流四勇士》《尘之女》，小说《恋爱中的女人》《宠儿》《资源保护主义者》及相关文化理论中自然的作用及其建构，从多个层面探讨了生态危机的文化根源，从而拓展了生态批评的研究范围。美国环境哲学家 J.B.科里考特（J.B. Callicot）和哲学教授迈克尔 P.纳尔逊（Michael P.Nelson）也于 1998 年共同编辑出版了《新荒野大辩论》(*The Great New Wilderness Debate*, 1998)一书,它是一部关于"荒野观念"大辩论的大型文集,集中讨论了现代世界的关键环境问题,多种多样的荒野文化建构展现了各种有关荒野的争论,凸显了荒野"保护"与"明智使用"(wise use)两种观点之间难以弥合的鸿沟。文集精选 39 篇论文,作者包括生态文学家、环境哲学家与史学家、生物学家、神学家、当代环境作家及环境主义激进人士等;作者既有来自西方世界的,也有不少来自非西方世界的。文集回顾了从乔纳森·爱德华兹(Jonathan Edwards)、爱默生、梭罗、缪尔、利奥波德到当代的荒野观演变,呈现出当今代表性的各种荒野观点及对待荒野的立场,可谓是荒野之声的大聚会。最后,作者提出超越荒野争论的论点,以探索 21 世纪人与非人类和谐共处的路径。

　　著名批评家默菲认为,国际化或全球化是生态批评近年来发展的突出特点。为充分展现这个特点,默菲主编出版了第一部重要的具有多民族视野的大型生态批评论文集,即 1998 年面世的包含了五大洲数十个国家生态批评论文的《自然的文学——一部国际性的资料汇编》(*Literature of Nature: An International Sourcebook*)。默菲说,"生态批评的发展需要对世界范围表现自然的文学进行国际性的透视",而他主编的这部论文集"就是在这一方向迈出的第一步"。美国资源保护的先驱迈克尔·弗罗姆(Michael Frome)于该年度出版了专著《绿色墨水——环境新闻导论》(*Green Ink: An Introduction to Environmental Journalism*, 1998),将批评笔触延伸到新闻界。作者认为,在任何形式的新闻中要坚持所谓的"客观是不可能的",因为"每个新闻记者个人必须决定什么对人类重要,什么不重要",在作出这样的选择时,"记者是选择性的,就不再是客观性的"①。另外,作者还提议将沃尔特·惠特曼、约翰·缪尔、奥尔多·利奥波德、蕾切尔·卡森及当代的许多环境作家作为新闻从业人员的写作楷模,所以该著作对未来的环境记者、环境新闻教师及相关环境从业人员都有重要的指导意义。

　　1999 年夏季,《新文学史》(*New Literary History*)出版了生态批评专号,共发

---

① Michael Frome, *Green Ink: An Introduction to Environmental Journalism*, Salt Lake City: University of Utah Press, 1998, p.ix.

表十篇专论生态批评的文章,其中包括贝特的《文化与环境》、格伦·A.洛夫的《生态批评与科学:走向一致》、菲利普·达纳的《生态批评、文学理论和生态学真谛》及布伊尔的《生态批评的起义》。布伊尔将生态批评的崛起比喻成在生态危机时代里批评家对传统文化声势浩大的"造反"或"起义"。同年10月,更具权威性的学术刊物《现代语言学会会刊》也开辟了一个特别论坛,向数十位一流学者征文,专门讨论生态批评。在这一期会刊上发表了14位著名批评家的文章;英国学者特里·吉福德也出版了重要的生态批评专著《田园》(*Pastoral*,1999),该著作中进一步深化发展了作者所提出的三重田园模式的理念,即田园、反田园及后田园。吉福德的创新之处在于让田园与反田园之间进行对话,以走向后田园。田园强调文化,反田园强调自然,而后田园否定自然和文化的区别,因为它"表达了自然是文化,文化也是自然的意识"①。

2000年6月,爱尔兰科克大学举行了多学科国际学术研讨会,会议主题是"环境的价值"。同年10月,在中国台湾淡江大学举行了为期两周的国际生态批评讨论会,议题是"生态话语"。会上,英国利兹大学的吉福德教授向各国学者呼吁"把生态批评引入大学课堂"。

2000年,默菲的《自然取向的文学研究之广阔天地》(*Farther Afield in the Study of Nature-Oriented Literature*)和麦泽尔(David Mazel)的《美国文学环境主义》(*American Literary Environmentalism*)问世。也在同年,詹姆斯·C.麦库西克(James C.McKusick)的《绿色书写——浪漫主义与生态学》(*Green Writing:Romanticism and Ecology*)又将生态批评笔触延伸到英美浪漫主义,进一步挖掘浪漫主义的生态意蕴以及英美浪漫主义之间的复杂纠葛;罗森戴尔·斯蒂文(Rosendale Steven)主编出版了《文学研究的绿化——文学、理论及环境》(*The Greening of Literary Scholarship:Literature,Theory and the Environment*,2000),该著作力图超越生态中心主义/人类中心主义二元对立的批评范式,强调环境批评与既成文学及其批评视野所蕴含的人类中心主义关注之间卓有成效的对话,并将

---

① Terry Gifford,*Pastoral*,London:Routledge,1999,p.162.

此指导思想贯彻到该文集的论文之中①；劳伦斯·库普出版了其重要的生态批评文集《绿色研究读本——从浪漫主义到生态批评》(*The Green Studies Reader：From Romanticism to Ecocriticism*,2000)，该著作广泛选取了从浪漫主义时期到现在的众多代表性批评家就生态学、文学与文化之间的关系所展开的探讨，对当今的生态批评具有广泛的指导意义。笔者认为，该著作堪与美国批评家格罗特费尔蒂和弗罗姆主编的《生态批评读本》媲美，其内容更加丰富多彩，所涉及范围更广，时间跨度更大。乔纳森·贝特的《大地之歌》(*The Song of the Earth*,2000)也在同年出版。这部专著将批评视野从浪漫主义文学扩大至从古希腊到 20 世纪的整个西方文学，而且深入到对生态批评理论的探讨，在生态批评界颇具影响；该年度，文化批评学者戴维·英格拉姆(David Ingram)也出版了电影生态批评专著《绿色银幕——环境主义与好莱坞电影》(*Green Screen：Environmentalism and Hollywood Cinema*,2000)，作者结合缜密的文本分析与宽广的视野，多角度探讨了好莱坞电影再现荒野、印第安人、野生动物与政治话语之间的关系；塔尔梅奇(John Tallmadge)与哈林顿(Henry R.Harrington)于 2000 年共同编辑出版了《在自然符号下阅读——生态批评新论》(*Reading Under the Sign of Nature：New Essays in Ecocriticism*,2000)，该著作是 1997 年第二次学术年会论文集，汇集了 22 篇论文，彰显了生态批评观点的多样性与文类的多元化特征，突破了生态批评专注于白人自然书写的局限，探讨了自我、种族、性别、风景、文化及环境公正等议题之间的关系，为生态批评开辟新的学术空间；埃里克·威尔逊(Eric Wilson)也出版了《浪漫涌动——混沌、生态学与美国空间》(*Romantic Turbulence：Chaos，Ecology，and American Space*,2000)，有学者认为该著作堪与布伊尔的《环境想象》及贝特的《浪漫生态学——华兹华斯与环境传统》媲美。威尔逊在简要回顾从古至今哲学自然观演进的历史以后，得出了一种介于理性主义与混沌理论之间的自然观，被他称之为"感悟生态学"。在分析了美国浪漫主义文学家，诸如德国作家歌德，美国作家爱默生、梭罗、麦尔维尔及维特曼等的作

---

① Steven Rosendale(ed.), *The Greening of Literary Scholarship：Literature，Theory and the Environment*, Iowa City：Iowa University Press,2000,p.xvii.

品之后,威尔逊主张将物质的流动及混沌作为理解世界的基本原则,跨学科研究是该著作的一个重要特征。①

进入 21 世纪后,生态批评发展势头更迅猛,视野更为宽广、内容更深入。批评家们敦促生态批评从荒野回家,回到人与自然交汇的中间地带,并与第一波生态批评展开对话,挑战、拓展并修正生态批评的定义,突出表现在将环境公正作为考察文学与环境研究的基本立场,将种族作为基本的观察点。

2001 年,乔尼·亚当森出版《美国印第安文学、环境公正与生态批评:中间地带》(*American Indian Literature*, *Environmental Justice*, *and Eco-criticism*: *The Middle Place*),该书与《环境公正读本》被公认为是最具代表性的环境公正生态批评著作,后者确立了环境公正批评的基本理论框架和基本批评范式,这两部著作也是美国少数族裔生态批评的奠基性文本。亚当森倡导环境诗学与环境政治及环境教育的结合,在环境危机这样一个复杂、严峻、庞大的问题面前,既需要学理上的探究,又需要现实的考量,否则,我们的一切理论都只是乌托邦式的空谈。亚当森在地方及全球大背景下,从社会、经济、政治及文化等多维度探讨了环境公正,尤其关注种族、性别、阶级不平等之间的纠葛,并对草根运动的新案例进行研究,也对环境公正运动艺术进行了文化分析,对多位少数族裔作家进行了文学分析,该著作最后一部分也给希望将这些议题纳入课堂教学的老师提供了范文。2001 年,劳伦斯·布伊尔的《为濒临危险的世界而写作——美国及其之外的文学、文化及环境》(*Writing for an Endangered World*: *Literature*, *Culture*, *and Environment in the U.S. and Beyond*)将生态批评的笔触从荒野世界延伸到城市,从陆地延伸到海洋,探寻奉行普遍环境公正、走出生态危机的文化之路,实现人的再栖居,这就把生态文学批评理论研究推向了一个新的阶段。也在同年,卡拉·安布鲁斯特(Karla Armbruster)和凯思林·R.华莱士(Kathleen R. Wallace)共同编辑出版了《超越自然书写——扩大生态批评的边界》(*Beyond Nature Writing*: *Expanding the Boundaries of Ecocriticism*, 2001)一书,呼吁生态批评超越自然书写和荒野文学批评的传统,拓展文本批评范围,并将此意图贯彻到其所收录的论文之

———————————

① *ISLE* Volume 8. 1(Winter 2001), p.228.

中,其论文所涉及的文本范围从约翰·弥尔顿(John Milton,1608—1674)到今天的网络风景,从而极大拓展了生态批评的边界,故该文集对生态批评研究具有重要参考价值。

2002年,一些重要的生态批评著作也相继问世:英国学者约翰·帕勒姆(John Parham)的编著《英国文学的环境传统》(*The Environmental Tradition in English Literature*)是第一部涵盖多篇重评多位英国文学人物的生态批评文集,旨在表达独特的英国生态批评观以及纠正英国及其他一些国家和地区流行的对生态批评的误解①;奥恩诺·厄尔勒曼斯(Onno Oerlemans)的专著《浪漫主义与自然的物质性》(*Romanticism and the Materiality of Nature*,2002)主要探讨了19世纪英国浪漫主义与现代环境主义之间的联系,并提出浪漫主义时期"物质性崇高的不同表现形式"才是生发环境主义思维的好种子②;唐奈·N.德雷泽(Donelle N.Dress)的专著《生态批评——美国印第安环境文学中的自我与地方建构》(*Ecocriticism*:*Creating Self and Place in Environmental and American Indian Literatures*,2002)质疑将人与自然分离的二元论话语,并带着生态女性主义与后殖民理论的敏锐,重点研讨了美国印第安文学,以洞悉作家们在整合过去与现在,糅合其神秘的/历史的地方意识与当代地方意识时所经历的思想斗争,呼吁人们重新想象人与其他物种之间及我们共同的历史与自然环境之间的关系,以实现人的再栖居;奥尔威格(Kenneth Robert Olwig)也出版了专著《风景、自然及身体政治——从英国文艺复兴到美国新世界》(*Landscape*,*Nature*,*and the Body Politic*:*From Britain's Renaissance to America's New World*,2002),通过分析英国文艺复兴时期戏剧家本·琼森(Ben Jonson,1572—1637)的剧作《黑色假面具》(*The Masque of Blackness*)探讨了空间、政治及国家概念之间相互依存的关系。在最后一章中,作者将这种分析方法运用到分析美国空间,尤其分析了关于美国国家公园的各种相互冲突的观点。与此同时,作者也涉及了性别与种族问题。

---

① John Parham(ed.),*The Environmental Tradition in English Literature*,Ashgate:Ashgate Publishing Company,2002,p.xi.

② Onno Oerlemans,*Romanticism and the Materiality of Nature*,Toronto:University of Toronto Press,2002,p.4.

由于该著作站在生态学的立场,运用了多学科的研究方法,从而较为充分地凸显了生态批评的跨越性特征;戴明(Alison H.Deming)与萨瓦(Lauret E.Savoy)共同编辑出版的《多彩的自然——文化、身份及自然世界》(*The Colors of Nature: Culture, Identity, and the Natural World*, 2002)一书,旨在透过多文化、多种族的视野来探讨文化、身份、自然及环境退化之间的复杂关系,倡导解决环境危机、实现社会公正的多元文化路径。

2002 年初,弗吉尼亚大学出版社隆重推出第一套生态批评丛书"生态批评探索丛书"。文学研究刊物《跨学科文学研究》接着连续推出两期有关生态批评的特辑——第 3 期"生态诗学"和第 4 期"生态文学批评",后者由 ASLE 现任副会长马歇尔教授撰写导论——《文学批评的生态思想》。2002 年 3 月"文学与环境研究学会"在英国召开研讨会,讨论"生态批评的最新发展"。同年 9 月,该学会的英国分会在利兹大学召开第三届年会,会议主题是"创造、文化和环境",重点研讨生态批评、生态诗学和生态女权主义。

2003 年 6 月,"文学与环境研究学会"第五届年会在波士顿大学召开,会议主题是"坚实的大地! 现实的世界!",并就"海洋—城市—水池—园林"的多个议题进行了广泛深入的探讨。为纪念《文学与环境的跨学科研究》创刊十周年,迈克尔·P.布兰奇(Michael P.Branch)与斯科特·斯洛维克也在同年合作编辑出版了《文学与环境的跨学科研究读本——生态批评,1993—2003》(*ISLE Reader: Ecocriticism*, 1993-2003),对十年来西方生态批评的发展做了简要的回顾与总结。该著作正文由三部分组成:经典重审、跨学研究、新理论范式及新实践范式,对生态批评的主要研究领域进行了大致规划,对相关理论进行了探讨。该年度也有一些重要的生态批评作品出版。格伦·A.洛夫的《实用生态批评——文学,生物学及环境》(*Practical Ecocriticism: Literature, Biology, and the Environment*, 2003)是该年重要的一部作品,该著作算得上是第二波生态批评的代表性作品之一,因其体现了环境公正生态批评的一些主要特征。戴纳·菲利普斯(Dana Phillips)出版了《生态学的真谛——美国的自然、文化与文学》(*The Truth of Ecology: Nature, Culture, and Literature in America*, 2003)一书。该书与前期生态批评展开对话,并对其发起挑战,强调生态批评的跨学科性,较为深入地探讨了美国文学、文化与自然的关系。兰迪·马拉默德(Randy Malamud)专著《诗意的动物与动物灵魂》(*Poetic Animals and Animal Souls*,2003)从生态批评的视角阐释动物。该著作主要由两大部分组成,即"阅读的生态批评伦理"与"诗意的动物"。作者在简要分析《圣经》后指出,西方文化的伦理原则是人类中心主义的,单边确立了人与动物的等级关系并坚信人的优越性;与此同时,西方文化的认识论进一步巩固了人与动物的分离,自然是人类从中找出人与动物的区别及其独特性的工具。"动物基本上是文化建构的产物,其目的是服务于人类一系列文化与想象的需求。"①总体上看,作者认为,人类中心主义伦理在处理与动物的关系时,反映了人的生态傲慢、生态偏见与生态无知,为此必须变革人们的"认识论惯性预设",超越"文化中普遍存在的隔离思维定势",挑战"与动物交往的机制",②代之以新型的人与动物关系,即同宗关系、生物亲缘关系。该著作运用这种新型生态伦理阐释西方当代动物诗歌中的动物,揭示诗意动物的秉性以及人与动物的诗意关系,对建构动物生态批评理论具有较重要的学术价值。弗雷德里克·布伊尔(Frederick Buell)出版的《从天启到生活方式——美国世纪的环境危机》(*From Apocalypse to Way of Life*:*Environmental Crisis in the American Century*,2003)是一部集环境政治话语、环境启示、文学、艺术及哲学的环境危机再现分析于一体的生态批评力作,深刻揭示了身处现实生态危机中的现代人的危机意识。

2003年的一个可喜现象是,彼得·巴里(Peter Barry)在其编著的文学文化理论著作《理论入门——文学、文化导论》一书的第二版中增添了《生态批评》一章,对生态批评的开端、发展和理论框架给予了简要的介绍,并联系具体的文本探讨生态批评观点的阐释潜力。在他看来,生态批评没有普适用的模式,为此他也列举了五条生态批评家应该做的事,包括以生态中心主义的视角解读文学,运用生态学观点分析对自然世界的再现,重视凸显自然的非小说和环境书写,赞赏对非人类世界的伦理立场,以及拒绝主流文学理论中的"社会建构主义"和"语

---

① Randy Malamud,*Poetic Animals and Animal Souls*,New York:Palgrave Macmillan,2003,p.4.

② Randy Malamud,*Poetic Animals and Animal Souls*,New York:Palgrave Macmillan,2003,p.5.

言决定论",转而强调缜密观察、集体伦理责任和人们身外世界诉求的生态中心主义价值等。①

2004 年,生态批评也收获颇丰。英国生态批评学者、时任文学与环境研究学会英国分会会长格雷格·加勒德(Greg Garrard)出版了专著《生态批评》(Ecocriticism)。同年,迈克尔·P.布兰奇(Michael P.Branch)主编出版了《阅读自然文学之根——瓦尔登湖之前的美国自然文学》(Reading the Roots: American Nature Writing before Walden)。该著作广泛汇集了梭罗之前即从哥伦布发现美洲到 19 世纪中叶 3 个多世纪时间段内的 63 位作家所撰写的各种形式的自然书写作品,拓展了自然书写文类范围,具有重要的参考价值;丹尼尔·J.菲利蓬(Daniel J.Philippon)出版了《资源保护话语——美国自然作家如何发起了环境运动》(Conserving Words: How American Nature Writers Shaped the Environmental Movement),不仅梳理几位重要的美国自然作家与在其影响下组建的环境组织之间的关系,而且还梳理了自然作家之间以及组织之间的关系,从而以独特方式开拓了美国环境主义历史的新空间,故被菲利蓬称之为"影响生态学"②。美国生态批评学者马克·阿利斯特(Mark Allister)出版了生态批评文集《生态男人——关于阳刚与自然的新视野》(Eco-man: New Perspectives on Masculinity and Nature),该文集是 2001 年文学与环境研究学会小组讨论会文集,汇集了男女两性作者的批评和创新性论文,旨在整合生态批评学术与男性研究,针对彼此关切,进一步深化自然与阳刚之间关系的探讨,重审传统男性角色的生态价值,以建构生态型阳刚之气。然而,该著作并非要驳斥生态女性主义的基本信条,而是开展对男人与自然关系的讨论。斯洛维克提出了一个新的、临时性的生态男性主义的术语,倡导避免从本质主义立场出发谴责所有男人和一切男性的态度。他结合生态女性主义观点,运用自己"非性别化"的研究,呼吁"最终能超越生态女性主义和生态男性主义。无论什么性别,人人都应该小心谨慎,让我们在世上

---

① Peter Barry, *Beginning Theory: An Introduction to Literary and Culture Theory*, Manchester: Manchester University Press, 2002, pp.248-271.

② Daniel J.Philippon, *Conserving Words: How American Nature Writers Shaped the Environmental Movement*, Athens and Georgia: University of Georgia Press, 2004, p.xi.

的生存尽可能宽厚仁慈",还提出构建"生态男性主义文学批评"的构想,该著作实际上与生态女性主义开展对话,从而极大地拓展了生态女性主义的视野①。蕾切尔·斯坦(Rachel Stein)编辑出版了一部重要的环境公正生态批评论著《环境公正新视野——性别、生理性别及行动主义》(*New Perspectives on Environmental Justice:Gender,Sexuality,and Activism*,2004),共收录论文 16 篇,讨论的范围包括癌症研究到环境基因工程,集中探讨了美国历史、文学及通俗文化中女性对环境公正行动主义的贡献,承认女性尤其是有色人种女性在环境公正运动中所扮演的中坚作用,不仅倡导建构生态女性主义理论,甚至倡导建构酷儿生态女性主义,反对一切形式的性别压迫。

2005 年,布伊尔出版了其生态批评三部曲中的最后一部《环境批评的未来:环境危机与文学想象》(*The Future of Environmental Criticism:Environmental Crisis and Literary Imagination*),对生态批评环境公正转向的历史、文化及学术语境以及相关问题给予了较为深刻的剖析,并认为生态批评的发展经历了两次生态波,即第一波生态批评与第二波环境公正生态批,并分析了两波生态批评的主要特征。此外,布伊尔也对其在《环境想象》中所界定的生态批评研究范围给予了进一步的拓展、更为明晰的界定②。杰弗里·迈尔斯(Jeffrey Myers)也出版了具有代表性的环境公正生态批评之作《故事会——种族、生态学及美国文学中的环境公正》(*Converging Stories:Race,Ecology,and Environmental Justice in American Literature*,2005),精辟地分析了种族主义与环境危机之间的内在关联,并指出种族霸权与生态霸权以及对这种霸权的抗拒一直就深潜于美国文学之中。菲尼斯·达纳韦(Finis Dunaway)出版了专著《自然远景——美国环境改革运动中自然意象的力量》(*Natural Visions:The Power of Images in American Environment Re-*

---

① Scott Slovic," Taking Care:Toward an Ecomasculinist Literary Criticism ", In *Eco-man:New Perspectives on Masculinity and Nature*, Mark Allister (ed.), Charlottesville:University of Virginia Press,2004,p.78.

② Lawrence Buell,*The Environmental Imagination:Thoreau,Nature Writing,and the Formation of American Culture*,Cambridge:Harvard University Press,1995,p.430;Lawrence Buell,*The Future of Environmental Criticism:Environmental Crisis and Literary Imagination*,Malden:BlackWell Publishing,2005,p.138.

form,2005),旨在探讨照相机在美国环境政治中及在形成现代自然观的过程中所起的关键作用,涉及的时间段起始于 1900 年,结束于 1970 年第一个地球日。该著作还介绍了一批环境艺术家和环保人士如何运用相机服务于政治,希望所拍摄的自然景色能从全国层面点燃人们的环境热情,推动环境改革。分析中既有美学的探讨,也有宗教的情怀,其目的在于唤起人们对环境原罪的忏悔,促使他们改变生存方式,探寻自然救赎,因而是一部结合美学、政治学、宗教学及环境运动于一体的生态批评著作。珍妮弗·马森(Jennifer Mason)出版了专著《驯化的动物——城市动物、伤感文化及美国文学,1850—1900》(*Civilized Creatures：Urban Animals,Sentimental Culture,and American Literature,1850-1900*,2005),将城市人工环境纳入生态批评的视野范围,综合文学分析与骑马术、宠物饲养及动物福利运动,重新解读了苏珊·沃纳(Susan Warner,1819—1885)、纳撒尼尔·霍桑(Nathaniel Hawthorne,1804—1864)、哈丽特·比彻·斯托(Harriet Beecher Stowe,1811—1896)及查尔斯·切斯纳特(Charles W.Chesnutt,1858—1932)四位作家的作品,阐明了理解人与动物之间的关系对于理解性别、种族及文化权利之间的争执是至关重要的。该著作的显著特征是将城市人工环境纳入生态批评研究视野,综合探讨动物、种族、公正、文化权利之间的复杂关系,这是环境公正生态批评的重要特征。在经典重释的生态批评作品中,英国生态批评学者基思·萨加尔(Keith Sagar)的《文学与反自然之罪——从荷马到休斯》(*Literature and the Crime Against Nature：From Homer to Hughes*),试图透过生态批评视野重释从古希腊作家荷马,古希腊三大悲剧诗人埃斯库罗斯、索福克勒斯、欧里庇得斯,莎士比亚直到当代诗人休斯(Ted Hughes,1930—1998)共 17 位西方经典作家的主要作品,坚信想象、自然及人类生存之间存在本源上的关联,同时也与前期生态批评展开对话,反映了环境公正生态批评对自然、人及文化之间关系的深沉思考。

2006 年,生态批评学者们也不断推出新的学术成果,以下是他们的一些重要著作:谢利·萨古罗(Shelley Saguaro)出版了《花园阴谋——花园政治与诗学》(*Garden Plots：The Politics and Poetics of Gardens*,2006),通过分析 20 世纪及21 世纪多位作家的作品,探讨了充满矛盾的政治花园场域,内在地分析了这些作家对回归花园的阐释。这些作家一再回到寓言式的花园,以追寻人生的真谛及罪恶之源;罗伯特·N.沃森(Robert N.Watson)出版了其专著《回归自然——文艺复兴后期的绿色与真实》(*Back to Nature：The Green and the Real in the Late Renaissance*,2006),提出理解文艺复兴后期文学与艺术有助于帮助读者认清 21世纪环境情愫的起源与动力机制。在作者看来,从其源头上看,现代生态焦虑与认识论焦虑乃一对连体孪生姐妹,在 17 世纪,城市化、资本主义、新教主义、殖民主义以及经验科学等合谋使人与大地及真实疏离,文学与视觉艺术探究了这种随之而来的文化伤痛,表现了精神的苦闷并开出了一些高明的文化疗伤策略,跨学科、跨文化生态重审是该著作的一个显著特征。黛博拉·A.卡迈克尔(Deborah A.Carmichael)也于 2006 年编辑出版了电影生态批评文集《好莱坞西部电影景观——美国电影类型的生态批评》(*Landscape of Hollywood Westerns：Ecocriticism in an American Film Genre*,2006),从生态批评的视角解读好莱坞西部电影中各种景观的内涵与价值,无论是田园景观还是恶劣的景观,凸显景观在电影中所发挥的独特作用。威廉·巴里拉斯(William Barillas)出版了专著《中西部田园牧歌——美国中西部文学中的地方与风景》(*The Midwestern Pastoral：Place and Landscape in Literature of the American Heartland*,2006),在简要梳理美国中西部田园意识形态及其文学的历史背景之后,集中探讨了依恋美国中西部田园牧歌的五位作家:薇拉·凯瑟、阿尔多·利奥波德、西奥多·勒泰克(Theodore Roethke)、詹姆斯·赖特(James Wright)及吉姆·哈里森(Jim Harrison),揭示其作品所表现出的对某些具体地方的情感、审美及精神上的依恋。

2007—2010 年也有一些重要的生态批评作品相继问世,比如,尼尔·W.布朗(Neil W.Browne)2007 年出版了《我们生存之世界——约翰·杜威、实用主义生态学与 20 世纪美国生态写作》(*The World in Which We Occur：John Dewey, Pragmatist Ecology, and American Ecological Writing in the Twentieth Century*),探讨了实用主义思想对生态批评的影响。"实用主义生态学"是布朗所提出的跨越学科界限、超越二分法、建构关系的框架,旨在阐释杜威的美学理论、民主观念、研究事物及其与环境写作的关系。像其他生态批评家一样,布朗探讨了文化与自然、人类与非人类及文本与世界的关系,然而,布朗运用实用主义传统极大地丰富了现有生态批评的理论建构与学术探讨。蒂莫西·莫顿(Timothy Morton)也出版了专著《没有自然的生态学——重审环境美学》(*Ecology Without Nature：Rethinking Environmental Aesthetic*,2007),提出了"一个生态批评理论",旨在"对生态批评的反思与重审",即"批评生态批评家","挑战生态批评的基础预设","敞开生态批评"而不是"禁锢生态批评",是第二波生态批评的重要代表之作①。英国生态批评学者吉利恩·拉德(Gillian Rudd)出版了《绿色世界——生态批评解读中世纪后期英国文学》(*Greenery：Ecocritical Readings of Late Medieval English Literature*,2007),通过对中世纪后期文学,诸如抒情诗、传奇文学、寓言及梦境诗等多种体裁的文本再现自然方式的分析,充分显示了生态批评阐释被边缘化的文学作品的潜力,揭示绿色政治与经济关切也是中世纪文化的重要内容,从而挑战了如下理念:生态批评是一个仅能分析明确涉及动物与自然世界文本的批评工具。

2008 年,斯科特·斯洛维克出版了个人文集《走出去思考——入世、出世及生态批评的职责》(*Going Away to Think：Engagement，Retreat，and Ecocritical Responsibility*),多角度探讨了生态批评理论、生态实践、学术策略及生态责任等议题。布莱恩·L.穆尔(Brian L.Moore)也在该年出版了《生态学与文学——从古代到 21 世纪的生态中心拟人方式》(*Ecology and Literature——Ecocentric Personification from Antiquity to the Twenty-first Century*,2008),探讨了再现自然世界的拟人化手法,坚持自然具有超越人类使用的价值。穆尔还运用修辞和生态批评的观点,分析了从古希腊到达尔文、再到当代美国文学中生态中心拟人手法及其各种表现形式,捍卫文学的生态价值。

2008 年,美国生态批评学者厄休拉·K.海斯(Ursula K.Heise)出版了专著《地方意识和星球意识——全球的环境想象》(*Sense of Place and Sense of Planet：The Environmental Imagination of the Global*)。作者以新的眼光探讨环境运动、环境文学和生态批评长期关注的关键主题"地方意识",既承认其应有价值,更指

---

① Timothy Morton, *Ecology Without Nature：Rethinking Environmental Aesthetics*, Cambridge：The Harvard University Press,2007,pp.8-9.

出其在全球化态势加剧、人员流动频繁、物质流动加速、气候变化剧烈和互联网技术等新技术迅速发展的语境下"地方"（Place）的伦理和物质局限。该著作的基本前提是伴随这些新力量的崛起，环境主义长期从"着眼全球，立足本土"的经典话语出发理解地方、区域、国家、星球的诸多观点及其相关伦理诉求已显得不合时宜。为此，海斯运用跨学科的方法、透过跨文明视野分析当代小说、回忆录、诗歌、电影、摄影图片、政府文件、风险理论，指出当代人既要有地方意识，更要有星球意识，并阐明了一种具有广泛包容性的"生态世界主义"（eco-cosmopolitanism），力荐在坚持环境公正的前提下共担风险，应对当下人类所面临的最严峻的环境危机——全球变暖。简要地说，在新的形势下，海斯倡导全球环境想象文学艺术中所蕴含的生态世界环境主义，超越"本土化、区域化甚至国家化"的身份建构传统模式，接纳生态世界主义化或"去地域化"（deterritorialization）的身份建构新模式，以适应全球性环境风险和全球化创生的全球相互联系的新态势，更好地应对每况愈下的全球性环境危机的挑战。①

2009 年，美国生态批评学者罗切尔·L.约翰逊（Rochelle L.Johnson）出版了一部重要的生态批评著作《热恋自然——19 世纪美国的疏离美学》（*Passions for Nature：Nineteenth-Century America's Aesthetics of Alienation*），"探讨了美国疏离自然"②的文化转向之因。滑稽的是，这种对物质自然的背离是 19 世纪初的"三种最令人难忘的文化成就"——"托马斯·科尔（Thomas Cole）的风景画、安德鲁·杰克逊·唐宁（Andrew Jackson Downing）发起的风景设计运动及拉尔夫·沃尔多·爱默生的超验主义哲学"③——共同作用的结果，约翰逊并将以上三位历史人物与苏珊·费尼莫尔·库珀（Susan Fenimore Cooper,1813—1894）及梭罗进行对比，因为后两者代表一种"反美学"，这种美学"认定自然的价值在于其物质性

---

① Ursula K.Heise,*Sense of Place and Sense of Planet：The Environmental Imagination of the Global*,New York：Oxford University Press,2008,p.210.

② Rochelle L.Johnson,*Passions for Nature：Nineteenth-Century America's Aesthetics of Alienation*,Athens：University of Georgia Press,2009,p.17.

③ Rochelle L.Johnson,*Passions for Nature：Nineteenth-Century America's Aesthetics of Alienation*,Athens：University of Georgia Press,2009,p.2.

而不在于其代表人之经验的隐喻"①。该著作的重头戏是比较爱默生的《自然》（*Nature*）与库珀的《乡村时光》（*Rural Hours*），探讨隐喻问题及自然的重要内涵。在约翰逊看来，"自然之于爱默生主要作为理性的隐喻而存在"，"自然是达到目的的手段"，这种目的是一种崇高的精神境界或哲学洞见。然而，库珀"将自然想象为真实本身"②，是为自己而存在的，而不是达到其他目的的工具。简言之，约翰逊的研究提出了关于"自然书写"再现自然的可能性问题：自然被转换成了语言是一个抽象的提炼过程，总是带有人类文化的痕迹，那么我们能书写自然而最终不排斥自然吗？这是一个生态批评学者需要深思的难题。

此外，也有几部城市生态批评的专著出版，其中较有影响力的有两部：一部是迈克尔·贝内特（Michael Bennett）与戴维·W.蒂格（David W.Teague）共同主编出版的《城市的自然——生态批评与城市环境》（*The Nature of Cities: Ecocriticism and Urban Environments*，1999），这是第一部城市生态批评的文集，也是生态批评从荒野回家的重要标志性作品，成功地证明了自然与文化在城市与郊区之间的互动像在乡村与荒地之间的互动一样丰富多彩、内涵丰富，还令人信服地说明，环境退化与种族、阶级及性别是相互关联的。另一部是塞萨·洛（Setha Low）、戴娜·塔普林（Dana Taplin）及苏珊妮·谢尔德（Suzanne Scheld）共同主编出版的《重审城市公园——公共空间与文化多样性》（*Rethinking Urban Parks: Public Space and Cultural Diversity*，2005），强调城市公园等公共空间不仅是供人休闲娱乐的场所，而且也是多元文化价值的载体；不只是自然物理空间，也可保存历史的记忆，为此，建构多元文化的公共空间有助于推动多元文化交流，促进社会公正、种族公正，维护文化生态与社会生态的和谐。因此，建构多元文化的城市公园对维护社会可持续发展具有重要的社会生态价值。

2010年，威洛克特-马里孔迪（Paula Willoquet-Maricond）编辑出版了《建构世界——生态批评与电影研究》（*Framing the World: Explorations in Ecocriticism*

---

① Rochelle L.Johnson, *Passions for Nature: Nineteenth-Century America's Aesthetics of Alienation*, Athens: University of Georgia Press, 2009, p.3.

② Rochelle L.Johnson, *Passions for Nature: Nineteenth-Century America's Aesthetics of Alienation*, Athens: University of Georgia Press, 2009, p.147.

and Film)一书,试图运用文学生态批评方法研究电影艺术,探究电影在生态危机时代的作用,甚至建构电影生态批评理论。

2011年,美国学者罗布·尼克松(Rob Nixon)出版了专著《慢暴力与穷人的环境主义》(*Slow Violence and the Environmentalism of the Poor*),站在环境公正的立场,透过后殖民理论视野,结合大量北方借开发援助和环境保护之名而对贫穷的全球南方的环境不公或环境慢暴力的案例,广涉有关族裔、性别、种族、阶级、地方、地区、国家、宗教及代际等议题,重点探讨了慢暴力、穷人的环境主义和行动主义派作家在再现慢暴力过程中的政治、想象及策略三个议题,深刻剖析了发达国家强推的新自由主义经济秩序和全球化背后的冷漠与暴力。作者认为,行动主义派作家能综合运用政治、想象及各种策略,让"地理上太遥远、规模上太广大或太微小"、时间上太分散的不可见、不可知的环境慢暴力变得可见、可知,[1]进而引起公众的广泛关注,产生社会影响甚至轰动,借此推动社会变革,阻止环境暴力行为,纠正环境不公或其后果。在这儿,所谓"慢暴力"指"一种缓缓发生、不受人关注的暴力,一种在时空上消散的、延迟性的破坏,一种完全未被看成暴力的消耗性暴力"[2]。这种暴力频频发生,危害极大,却常不受人关注,甚至被忽视;即使有人发现或关注,由于受害者往往是社会中的弱势群体或曰穷人,官方或肇事者几乎都是沆瀣一气掩盖、歪曲事实真相,推诿、搪塞、拖延环境责任,事故最终往往不了了之。由此可见,该著作具有强烈的政治属性和明确的现实指向,充分体现了第三波生态批评的物质转向或应用转向,故可被看成是一部"应用生态批评"作品,在国际生态批评界影响广泛。

格雷格·加勒德于2012年编辑出版《讲授生态批评和绿色文化研究》(*Teaching Ecocriticism and Green Cultural Studies*)一书,收录了14位生态批评学者的文章,除一位来自加拿大外,其余都来自英美。该著作涉及范围广泛,并从跨学科、跨文化角度探讨了生态批评与后殖民理论、电影、新媒体、全球化、气候

---

[1] Rob Nixon, *Slow Violence and the Environmentalism of the Poor*, Cambridge: Harvard University Press, 2011, pp.14-15.

[2] Rob Nixon, *Slow Violence and the Environmentalism of the Poor*, Cambridge: Harvard University Press, 2011, p.2.

变化之间以及文学课程、课堂教学与环境书写之间的关系,具有明确的现实针对性。同年,美国生态批评学者卡伦·劳拉·索恩伯(Karen Laura Thornber)出版专著《生态多义性——环境危机和东亚文学》(*Ecoambiguity: Environmental Crises and East Asian Literatures*),透过跨文化和跨文明视野探讨了从古代到当代的中国作家、韩国作家、日本作家对生态退化的复杂回应。"生态多义性"这一术语表明作家对各种形式的环境破坏所产生的矛盾心态,包括迷茫、冷淡、错觉、默许、着迷等。在此,生态多义性绝不只是一个概念,它也表现一种心态甚至一种文化状态,一种身处其内的视点。作者总是将自己的批评实践与生态紧密结合,因为她认为,创新性的著作"总是在生态系统中,而不是在其外"①。该著作让读者远离平衡、和谐、美丽等老观念,去接受自然系统的不可预测性、人的矛盾心态、非美特征及随机性等。从方法论上看,该著作的跨学科和跨文化旨趣对生态批评、比较文学和世界文学皆具有重要价值。

2013年,美国学者马戈·德梅洛(Margo DeMello)编辑出版了《为动物发声——动物传记书写》(*Speaking for Animals: Animals Autobiography Writing*),汇集了17位动物研究学者的论文,从多层面、多角度探讨了文学中的动物再现议题,探讨了文化传统中动物的作用,揭示了动物自我与人类自我之间的深层关联和沟通交流的真实性,呼吁承认动物的主体性,甚至确立人与动物交流的伦理。

2013年,加拿大裔韩国学者西蒙·C.埃斯托克(Simon C.Estok)与韩国学者金元崇(Won-Chung Kim)合作出版了文集《东亚生态批评读本》(*East Asian: A Critical Reader*),所运用的"生态批评"("Ecocriticisms")术语是复数而不是单数,旨在凸显生态批评的多元性和对话性。该文集除了导言和余论分别由埃斯托克和美国学者凯伦·索恩伯(Karen Thornber)撰写以外,其余12篇都出自日本、韩国、中国的生态批评学者之手,每部分包括来自相应地区的代表性学者的论文。

格雷格·加勒德又于2014年主编出版了《牛津生态批评手册》(*The Oxoford Handbook of Ecocriticism*),不仅涉及生态批评的历史、理论及研究类型,而且涉及

---

① *ISLE: Interdisciplinary Studies in Literature & Environment*, Vol.19. 4 (Autumn, 2012), pp.797–798.

对日本、印度、中国及德国等国家生态批评发展概况的介绍,具有强烈的跨文化和跨文明生态对话指向,因而该著作不仅具有重要的学术意义,而且对生态批评学者还有重要的指导和借鉴价值。也在同年,斯科特·斯洛维克与印度学者兰加拉詹(Swarnalatha Rangarajan)、萨韦斯沃兰(Vidya Sarveswaran)合作编辑出版了《生态多义性、社区及发展——通向政治生态批评》(*Ecoambiguity*, *Community*, *and Development*: *Toward Political Ecocriticsm*),联系不同国家尤其印度的文化和生态现实,从跨文化、跨文明语境下探讨了生态多义性(Ecoambiguity)的丰富、复杂甚至矛盾的内涵。作者来自印度、乌克兰、中国、美国等国,具有明确的跨文明生态对话意识,针对环境诉求阐明了第一世界环境主义与第三世界环境主义之间的对立冲突,突出了环境主义话语的多样性、复杂性、矛盾性,尤其面临生存问题的第三世界环境主义更是如此。换句话说,"环境主义话语并非前后一致或已经定型,而是由相互交织且常常相互矛盾的政治思想和行为构成的"①,因而具有强烈的政治属性和现实针对性。

2015 年,斯洛维克又与兰加拉詹和萨韦斯沃兰合作编辑出版了文集《全球南方生态批评》(*Ecocriticism of the Global South*),共收录 15 篇论文,作者大多来自南半球国家,几乎都涉及南方主题,充分体现了生态批评的多元文化主义特征。论文通过关注新自由主义发展模式对发展不均衡的南方经济社会,尤其对全球南方穷人生存的威胁,揭示他们的社会和生态生存困境,以敞亮"生态与生存政治之间的密切关联",彰显生态批评中的"南方视野"和南方立场。②

2015 年,美国学者安蒙斯(Elizabeth Ammons)和罗伊(Modhumita Roy)合作编辑出版了一部颇具国际视野的生态批评读本《共享地球——国际环境公正读本》(*Sharing the Earth*: *An International Environmental Justice Reader*),收录了各大文明、还包括一些少数族裔文化不同历史时期有关生态、文化、生存、社会公正等议题的精彩篇章,《老子》第 29 章全文也收录其中。

---

① Scott Slovic, Swarnalatha Rangarajan and Vidya Sarveswaran (eds.), *Ecoambiguity*, *Community*, *and Development*, New York: Lexington Books, 2015, p.81.

② Scott Slovic, Swarnalatha Rangarajan and Vidya Sarveswaran (eds.), *Ecoambiguity*, *Community*, *and Development*, New York: Lexington Books, 2015, pp.1-2.

2015 年,美国学者肯·希尔特纳(Ken Hiltner)编辑出版了《生态批评精华读本》(*Ecocriticism*:*The Essential Reader*),遵循生态批评两波的发展理论,即第一波生态中心型生态批评和第二波环境公正型生态批评,将生态批评发端的时限追溯到 1964 年,里奥·马克斯的文章《莎士比亚的美国寓言》(Shakespeare's A-merican Fable)成了该书的首篇,也成了生态批评的开山之作。

2018 年,美国学者丽贝卡·安·巴赫(Rebecca Ann Bach)出版了专著《文艺复兴文学中的鸟和其他动物——莎士比亚、笛卡尔及动物研究》(*Birds and Other Creatures in Renaissance Literature*:*Shakespeare*,*Descartes*,*and Animal Studies*),通过探讨莎士比亚戏剧《仲夏夜之梦》(*A Midsummer Night's Dream*,1595)、《冬天的故事》(*Winter's Tale*,1610)和诗歌《鲁克丽丝受辱记》(*The Rape of Lucrece*,1594)中动物的等级分类,揭示了文艺复兴文学和自然史中所呈现的不平等的动物世界。动物世界的不平等也映照了人类世界的不平等,人对待动物的方式也反映了人对人的态度。

也在 2018 年,美国学者卡热坦·伊卡(Cajetan Iheka)出版了专著《自然化非洲——生态暴力、能动性及非洲文学中的后殖民抵抗》(*Naturalizing Africa*:*Ecological Violence*,*Agency*,*and Postcolonial Resistance in African Literature*),从生态整体主义立场研讨多位非洲作家的作品,揭示了生态问题与社会问题之间的相互交织和人与动物之间的紧密联系,深刻指出了人剥削人与人掠夺环境之间的内在逻辑关联,谴责第一世界对非洲的经济剥削和文化殖民,提出实行社会公平和加强对非人类存在物的责任是实现生态可持续和应对气候变化的关键。该著作的一个亮点是,作者并不完全认可时髦的后殖民生态批评,相反,他认为"后殖民生态批评不足以阐明非洲的特殊性和在世界中的独特位置",因为非洲的各社会之间尽管情况复杂和差异多样,但都共享一个独特的"地球伦理"。[1] 由此可见,该著作具有强烈的社会生态取向和第三波生态批评内部的对话、批评特征。

---

[1] Cajetan Iheka, *Naturalizing Africa*:*Ecological Violence*,*Agency*,*and Postcolonial Resistance in African Literature*,Cambridge:Cambridge University Press,2018,p.7.

（二）美国生态批评中的特色学术场域

1. 美国少数族裔生态批评

在英美生态批评中，还有一个重要的方向——美国少数族裔生态批评或多元文化生态批评。1997年，少数族裔生态批评学者T.V.里德率先提出了"环境公正生态批评"术语，1999年"文学与环境研究学会"（ASLE）也力荐从学术体制层面推动生态批评的环境公正转型。在环境公正议题的强力推动下，美国少数族裔生态批评应运而生，发展势头迅猛，是当今美国生态批评中最为活跃、最为丰饶的学术场域之一。迄今为止，美国黑人生态批评是最大的亮点，其次是美国印第安生态批评，再次是奇卡诺（墨西哥裔美国人）生态批评，而其他少数族裔生态批评则不多见。

乔尼·亚当森的《美国印第安文学、环境公正和生态批评的中间地带》及她与他人合作主编的《环境公正读本——政治、诗学及教育》堪称美国少数族裔生态批评的奠基之作。美国少数族裔生态批评倡导站在环境公正的立场，透过少数族裔文化视野研讨文学与环境之间的关系，在对话、质疑、矫正、颠覆或拓展主流白人生态批评的过程中，发掘少数族裔文学所蕴含的与主流白人文学传统迥异的生态文化资源，探寻走出危机的多元文化路径。黑人批评家梅尔文·迪克森（Melvin Dixon）的《荒野求生——非裔美国文学中的地理与身份》（*Ride Out the Wilderness：Geography and Identity in Afro-American Literature*，1987）可以视为美国黑人生态批评的开山之作，罗伯特·M.纳尔逊（Robert M.Nelson）的《地方与境界——美国土著小说中风景的功能》（*Place and Vision：the Function of Landscape in Native American Fiction*，1993）是印第安生态批评的里程碑式的作品。2008年，美国学者林赛·克莱尔·史密斯（Lindsey Claire Smith）出版专著《印第安人、环境及美国文学中的边界身份——从福克纳、莫里森到沃克和西尔科》（*Indians，Environment，and Identity on the Borders of American Literature：From Faulkner and Morrison to Walker and Silko*），探讨了美国文学中的杂种性和跨文化互动。史密斯认为，假如人们不局限于黑/白、白人/印第安人及东方/西方等二元建构，认识到"黑、白及红之间的互动与交流"，就能"更为生动全面地理解美国文学中的种族问题"。此外,研究者应该将文学中的多种族接触置于自然及文化地理中加以阐释。史密斯坚称,通过对詹姆斯·费尼莫尔·库珀、威廉·福克纳(William Faulkner)、莫里森(Toni Morrison)、艾丽斯·沃克(Alice Walker)及莱斯利·马蒙·西尔科(Leslie Marmon Silko)五位作家小说的分析研究,"揭示了跨种族接触与环境之间的联系,回应了有关种族、文化、民族身份及生态的当代理论观点",确立了种族研究与生态学理论之间的密切关系。该著作特别凸显了印第安人在美国文学中的作用,他们"不仅是生态智慧的象征,更为重要的是,他们还深刻影响美国身份中文化交流的参与者"。作者还重申,印第安人不是一般意义上的自然或正在消失的风景的替代物①。以上诸观点强化了生态批评理论中种族性与环境之间关系的维度,从种族/族裔与环境或土地联系中,重新确立了种族/族裔之间的互动、混杂关系,为少数族裔生态批评提供了新的视角,深化了美国少数生态批评研究的内容,拓展了其范围。

迄今为止,黑人生态批评、印第安生态批评及奇卡诺生态批评先后都有多部著作问世,比如非裔美国环境科学学者卡罗琳·芬尼(Carolyn Finney)的专著《黑面孔,白空间——对非裔美国人与环境之间关系的再想象》(*Black Faces*, *White Spaces*:*Reimagining the Relationship of African Americans to the Great Outdoors*,2014),李·施文尼格尔(Lee Schweninger)的著作《倾听大地——美洲原住民文学对风景的回应》(*Listening to the Land*:*Native American Literary Responses to the Landscape*, 2008)及墨西哥裔学者伊巴拉(Priscilla Solis Ybarra)的专著《书写美好生活——墨西哥裔美国文学与环境》(*Writing the Good Life*:*Mexican American Literature and the Environment*,2016),等等。

2017年,美国学者萨马·莫纳尼(Salma Monani)和乔尼·亚当森编辑出版了文集《生态批评与原居民研究——从地球到宇宙的对话》(*Ecocriticism and Indigenous Studies*:*Conversations from Earth to Cosmos*)。该著作在跨文化、跨文明的语境中,透过跨学科的视角探讨了生态批评与原居民文化、学术理论与多族裔、

---

① Lindsey Claire Smith, *Indians*, *Environment*, *and Identity on the Borders of American Literature*:*From Faulkner and Morrison to Walker and Silko*,New York:Palgrave Macmillan,2008,pp.1-2.

土著社区所进行的实用生态行动主义之间的复杂纠葛,探讨了多种多样的原居民艺术家的艺术文本,诸如电影、文学、表演及其他艺术形态,通过多层次、多声音的方式充分揭示世界的普遍生态关联,从而极大地扩大当下的生态对话。该著作立足本土,放眼全球,其论文来自世界多族裔和原居民社区,旨在强调跨原居民情怀,直面世界性的环境政治危机,反对主流社会的边缘化政策,广泛涉及多物种多人种、宇宙政治、跨原居民性等环境新概念,与物质生态批评、生物符号学、媒体研究也多有关联。由此可见,该著作是一部雄心勃勃的少数族裔生态批评学术作品,旨在充分揭示跨文化、跨文明视阈中的原居民实践。

2. 生态女性主义文学批评:从生态哲学走向文学批评

生态女性主义文学批评是发展中的批评理论,是生态批评的一个方向,借鉴了女性主义批评、后现代主义的批评策略,以生态女性主义哲学为思想基础,探讨文学中的性别、自然、阶级、种族及文化等范畴之间的复杂纠葛,是一种开放式、包容性的文学批评。在国际环境公正运动和女权运动的推动力下,其发展势头强劲,正在向国际性多元文化运动的趋势发展。在此,笔者仅对其做简要介绍。

1974年,法国女性主义思想家弗朗索瓦兹·德奥波妮(Françoise D'Eaubonne,1920—2005)首次提出了生态女性主义的概念,其旨在论证女性主义运动与生态运动之间的紧密关联,号召广大妇女发动一场拯救地球的生态革命。后来,生态女性主义运动被美国学者卡伦·J.沃伦(Karen J.Warren)、澳大利亚学者瓦尔·普鲁姆德(Val Plumwood)等生态女性主义哲学家称为女性主义的第三次浪潮,并发展成为激进环境哲学派别中重要的一支。其主要表现在对传统女性主义的修正、继承、超越与发展,其间既有与社会生态学之间的冲突与对话,也有对深层生态学的批判与超越,更有对自身理论与实践的不断修正与完善,因此,生态女性主义是在充满对立与冲突的过程中逐渐发展成熟的,绝非是对其他理论进行"剪刀加浆糊"式的简单拼凑,相反,其透射出与其他环境哲学伦理迥然有别的批判锋芒,显示出独特的环境伦理建构力量。在与社会生态学的交流对话过程中,生态女性主义与其共享了对社会压迫网络的批判性,关注生态危机的现实根源,但又不脱离具体的历史、文化、精神传统等对女性与自然之间关联的影响。生态女性主义又继承传统女性主义对父权制的批判,特别强调父权制或男性中心主义与自然歧视之间的内在逻辑关联,彰显其对生态问题文化根源阐释的独特视角。在对深层生态学的批判过程中,生态女性主义主要批判其总体化倾向和对生命个体的忽视。简而言之,生态女性主义坚称女性歧视或性别歧视与自然歧视在思想上相互强化,在内在逻辑上彼此关联,因而女性解放的文化路径与环境危机解决的文化策略之间必然存在共通之处。生态女性主义批评是生态女性主义哲学观在文艺批评领域的具体表现,其旨在透过生态女性主义的视角探寻文学、文化甚至艺术与环境之间的关系,以充分发掘女性在解放自身、应对环境危机和构建和谐世界中的文化和现实潜力。

如果从德奥波妮提出生态女性主义概念的时间算起,西方生态女性主义已走过了近 50 年。根据国内生态学者胡志红的研究,尽管其发展历程跌跌撞撞,困难重重,但生态女性主义开拓者们凭借自己的坚韧、智慧和勇气将其发展成为激进的环境哲学。作为一个哲学派别,20 世纪 80 年代期间它是在与"女性主义运动、西方绿色运动、主流环境哲学、激进环境哲学的对话、交流、冲突甚至对立的过程中不断界定自我、调整自我、深化自我及拓展自我而发展成熟",20 世纪 90 年代进入流派分化、批判整合及拓展延伸阶段。[1]

尽管生态女性哲学内部派别林立[2],内部观点常常也不一致,甚至相互冲突,要给它下一个普遍接受的定义,几乎不可能,但卡伦·J.沃伦对它的界定似乎得到较为广泛的认同,在她看来,"生态女性主义是一个伞状的术语,它包括了多种认同在统治人类社会体制中对处于从属地位的人们,尤其是妇女的统治与对非人类自然的统治之间存在本质关联的多元文化视角"[3]。即生态女性主义旨在探讨男人统治妇女与人类统治自然之间内在的联系及其实质。它根源于西方文化中占主导地位的等级思维、价值二元论和统治逻辑。任何不把这两者联系起来的女性主义理论和环境伦理都是不充分的。随着生态女性主义运动的发展,生态女性主义的探讨范围也不断扩大,性别关系也不再局限于传统的男、

---

① 胡志红:《西方生态批评史》,人民出版社 2015 年版,第 342—343 页。
② 胡志红:《西方生态批评史》,人民出版社 2015 年版,第 351—352 页。
③ Karen J.Warren, *Ecological Feminism*, London:Routledge,1994,p.1.

女两个性别之间关系,而涵盖所有性别之间的关系。这样,生态女性主义中的
"女性"视野也拓展为涵盖各种性倾向的"性别"视野,"酷儿生态女性主义批
评"也随即应运而生。

由此可见,生态女性主义所追求的不只是女性与自然的解放,而是一切"受
压迫者"的解放,是对"统治逻辑"的一切表现形式的拒斥,最终实现人与非人类
的永续的和谐共生。具而言之,它"把建构和弘扬女性文化作为解决生态危机
的根本途径,尊重差异,倡导多样性,强调人与自然的联系和同一,解构男人/女
人、文化/自然、精神/肉体、理智/情感等传统文化中的二元对立思维方式,确立
非二元思维方式和非等级观念"①。所以,生态女性主义批评是对女性主义、生
态批评自身的进一步深化、发展与开拓。

迄今为止,生态女性主义哲学领域已涌现出许多有影响的学者,其中,绝大
多数是女性学者,如:罗斯玛丽·雷福德·卢瑟(Rosemary Radford Ruether)、卡
洛琳·麦钱特(Carolyn Merchant)、伊内斯特·金(Ynestra King)、卡伦·J.沃伦、
瓦尔·普鲁姆德、安妮特·科洛德尼(Annette Kolodny)、蕾切尔·斯坦(Rachel
Stein)等。生态批评家帕特里克·D.默菲也加入生态女性主义批评行列,并致
力于其理论建构。

当然,生态女性主义学者们出版了大量学术成果,其中,有的成果在学界产
生了广泛影响。如:卢瑟的《新女性,新自然》(*New Woman, New Earth*,1975)、安
妮特·科洛德尼的《地形:美国生活和文学中作为经验和历史的隐喻》(*The Lay
of the Land:Metaphor as Experience and History in American Life and Letters*,1975)、
卡洛琳·麦钱特的《自然之死》(*The Death of Nature*,1980)及普鲁姆德的《女性
主义与对自然的主宰》(*Feminism and the Mastery of Nature*,1993)等。

迄今为止,具有自觉的生态女性主义意识的文学批评著作相对不多,在此仅
列举以下几部:安妮特·科洛德尼(Annette Kolodny)撰写的《地形:美国生活和
文学中作为经验和历史的隐喻》、默菲的《文学、自然及他者:生态女性主义批
评》(*Literature, Nature, and Other:Ecofeminist Critiques*,1995)、戈德与默菲合作编

---

① 　陈厚诚、王宁主编:《西方当代文学批评在中国》,百花文艺出版社 2000 年版,第 449 页。

辑出版的《生态女性主义文学批评:理论、阐释与教育》(*Ecofeminist Literary Criticism: Theory, Interpretation, Pedagogy*, 1998)、蕾切尔·斯坦主编的《环境公正新视野:社会性别、生理性别及行动主义》(2004)、安德烈娅·坎贝尔(Andrea Campbell)主编的《生态女性主义文学批评新方向》(*New Directions in Ecofeminist Literary Criticism*, 2008)及美国格丽塔·戈德(Greta Gaard)、加拿大裔韩国学者西蒙·C.埃斯托克(Simon C. Estok)和土耳其瑟皮尔·奥伯曼(Serpil Oppermann)共同主编的《生态女性主义批评国际视野》(*International Perspectives in Feminist Ecocriticism*, 2013)。①

当然,西方生态女性主义批评在跨文化、跨文明延伸的同时,出现了一个重大失误——对种族/族裔范畴的驾驭不当。具而言之,就是对非西方女性的本质主义建构,也可称之为"生态东方主义式的种族再现",笼而统之将美洲土著妇女、前基督教欧洲异教妇女及第三世界妇女还原成"土著性的象征",并强加给她们僵化不变的土著文化形象,诸如"终极生态学家""终极生态女性主义者"等,从而遮蔽了问题的特殊性,忽视解决土著民族为文化生存而进行的斗争路径的多样性。②

(三)英美以外的其他欧美国家生态批评发展概况

由于学术交流、学术对话、学术会议等原因,英美以外其他欧美国家生态批评与英美生态批评有时可能存在部分交叉或重叠。总的来看,这些国家生态批评与英美生态批评之间呈现明显的对话特征。具而言之,就是在与主流英美生态批评的对话中检视自己文学、文化甚至艺术与物理环境之间的关系,在借鉴、学习、模仿、批判、重构或颠覆英美生态批评的过程中建构自己的理论,具有明确的比较文学学科意义上的跨文化、跨文明意识。

2004年,文学与环境研究学会澳大利亚—新西兰分会会长凯特·里格比(Kate Rigby)出版了其生态批评专著《神圣的地形:欧洲浪漫主义地方诗学》

---

① 胡志红:《西方生态批评史》,人民出版社2015年版,第340—344页。
② 胡志红:《生态女性主义:缘起、发展、反思及意义》,《绵阳师范学院学报》2016年第10期。

（*Topographies of the Sacred*：*the Poetics of Place in European Romanticism*，2004），该著作描绘了由欧洲思想、文学、风景、自然之声与人类语言所构成的多姿多彩的图景。

2010年，英国学者格莱汉姆·哈根（Graham Huggan）与澳大利亚学者海伦·提芬（Helen Tiffin）也共同出版了专著《后殖民生态批评：文学、动物与环境》（*Postcolonial Ecocriticism*：*Literature*，*Animals*，*and Environment*），该著作站在环境公正的立场，有效实现了后殖民理论与生态批评理论之间的嫁接，针对后殖民文学文本，深入探究了后殖民时代前殖民地国家与前宗主国或第一世界之间在生态议题上的复杂纠葛，谴责以生物殖民主义、环境种族主义、物种歧视等为主要表现形式的环境帝国主义行径以及它们之间的合谋，倡导文学审美、生态政治及社会变革的结合。与此同时，后殖民生态批评认可不同文化对社会与自然有不同的理解，这种差异是由于持续不断的殖民主义、性别歧视和种族主义的经验所致，因而在应对环境问题和现实生存困境时，不能照搬第一世界环境主义的做法，在面对西方的环境主义话语时，也必须根据自己文化传统和现实语境进行筛选，或修正或拒斥，其旨在探寻实现人与万物生灵之间及不同族群之间普遍公正的文化路径。①

2012年，生态批评学者克兰·凯丽（Crane Kylie）出版了专著《当代叙事中的荒野神话：澳大利亚和加拿大的环境后殖民主义》（*Myths of Wilderness in Contemporary Narratives*：*Environmental Postcolonialism in Australia and Canada*），该著作运用后殖民理论视野检视了当代加拿大文学和澳大利亚文学中的荒野主题，并透过后殖民理论视野分析指出了它们与美国文学对待荒野的不同态度及其不同文化内涵。

2013年，加拿大生态批评学者埃拉·索珀（Ella Soper）和尼古拉斯·布拉德利（Nicholas Bradley）合作编辑出版了第一部加拿大生态批评文集《绿化枫树：历史语境中的加拿大生态批评》（*Greening the Maple*：*Canadian Ecocriticism in Con-*

---

① Graham Huggan and Helen Tiffin（eds.），*Postcolonial Ecocriticism*：*Literature*，*Animals*，*and Environment*，New York：Routledge，2010，pp.1-20.

text）。该著作详细勾勒了加拿大文学生态批评方法谱系，内容庞杂丰富，观点多样，跨学科性、跨文化性显著，既有名家之作，也有新人之文，比如，文学批评家弗莱（Northrop Frye，1912—1991）和作家玛格丽特·阿特伍德（Margaret Atwood，1939—　）的论著也收录其中。

2018 年，澳大利亚生态批评学者约翰·查尔斯·瑞安（John Charles Ryan）出版了专著《当代诗歌中的植物：生态批评与植物想象》（*Plants in Contemporary Poetry：Ecocriticism and the Botanical Imagination*），该著作是第一部研究当代美国、英国及澳大利亚诗歌中植物再现的专著，通过研读多位植物敏感诗人的诗作，探讨了语言、主体性、自主性、感觉、意识等与植物智力之间的关系。作者跨越科学、哲学及文学等学科视野检视了诗歌中植物的作用，以纠正诗歌研究中对植物生命的漠视，并试图建构植物生态批评理论。

2006 年，德国生态批评学者卡特林·格斯多尔夫（Catrin Gersdorf）和西尔维娅·迈耶（Sylvia Mayer）编辑出版了《文学与文化研究中的自然：跨大西洋生态批评对话》（*Nature in Literary and Cultural Studies：Transatlantic Conversations on Ecocriticism*），该著作是 2004 年在德国蒙斯特召开的生态批评学术会议论文集，其旨在"拓展生态批评的理论与概念边界，以更严谨的态度研究自然，明证它不是一个强化而是一个挑战现成文化、政治及伦理标准的范畴"[①]，也就是说，一方面要承认自然的物理的、前话语的存在，另一方面也要认识到自然的社会与语言建构框架存在的必然性，该著作观点多元，极大地拓展了绿色经典的范围。

2007 年，英国生态批评学者亚历克斯·古德博迪（Alex Goodbody）出版了生态研究德国文学的专著《20 世纪德国文学中的自然、技术及文化变革：生态批评的挑战》（*Nature，Technology and Cultural Change in Twentieth-Century German Literature：The Challenge of Ecocriticism*），该著作由三个部分组成，即"德语文化中的自然：环境争论中作家的作用""科学技术批判""自然与文化间的对话协商"及"结论：作为文化工程的自然"。该著作还在与英美生态的比较中简要梳理了德

---

① Catrin Gersdorf and Sylvia Mayer(eds.) , *Nature in Literary and Cultural Studies：Transatlantic Conversations on Ecocriticism* , Amsterdam：Rodopi,2006,p.10.

国生态批评的发展及其研究主题,作者尤其指出了自然与纳粹种族主义之间的复杂纠葛及其所留下的沉重文化负担给德国文化和生态批评所产生的负面影响。尽管与英美生态批评存在许多共性,但德国生态批评的核心议题是根据当代环境危机和亟待培育的价值观重估被纳粹种族主义玷污的文化遗产,推动其成为德国主流学术话语的一部分。① 另外,该著作还辟专章生态审视了德国作家歌德,将其界定为"生态哲学之灵感和文学的楷模"。

　　2011年,亚历克斯·古德博迪和澳大利亚生态批评学者凯特·里格比合作编辑出版了《生态批评理论:欧洲新观点》(Ecocritical Theory: New European Approaches),该著作批评指出了前期生态批评对批评理论的敌视,突出强调欧洲生态批评对理论建构的重视,同时也指出欧洲生态批评与美国生态批评之间的差异。二位编者认为,假如存在欧洲生态批评这样的批评理论,那么其存在以下三个特征:第一,从地理上看,其可能主要涉及文化风景,涉及田园而不是荒野。由于人口相对稠密,几个世纪以来对土地产生的影响较大,因而欧洲生态批评主要涉及被驯化的风景,像在低地国家(即荷兰),甚至"人工自然"都要靠人工动能才能存在。有鉴于此,欧洲思想家对关于自然/文化二分的传统生态批评预设的诸多观点和将自然看成一个文化责任和文化工程持较为开放的态度。第二,欧洲关于自然环境的思想的基本特征是自然与民族身份之间的历史断裂,欧洲生态学者,包括英国学者和法国学者,往往回避身份与地方之间的关系,这主要是由于纳粹有关血统与土地关系的意识形态所造成的,而在美国生态批评界身份与地方的关系依然是环境意识的主要基础,并一直在发挥重要作用。第三,欧洲生态批评从欧洲大陆多语言、多文化及多元化社会间的密切交往中吸取灵感,该大陆多种多样的社会政治结构、意象及叙事已促使人们认识到文化价值和人们对人与自然环境间相互作用的理解是相对的。② 该文集广泛探讨了欧洲文学、文化理论,诸如俄国形式主义、德国现象学、英国马克思主义、法国女性主义及后

---

① Alex Goodbody, *Nature, Technology and Cultural Change in Twentieth-Century German literature: The Challenge of Ecocriticism*, New York: Palgrave Macmillan, 2007, p.21.

② Alex Goodbody and Kate Rigby(eds.), *Ecocritical Theory: New European Approaches*, London: University of Virginia Press, 2011, pp.1-3.

结构主义、接受美学、混沌理论、生物符号学等与自然之间的关系,视野宽广,以彰显欧洲生态批评强烈的理论意识和跨学科意识。

2014 年,生态批评学者格雷格·加勒德又主编出版了《生态批评牛津手册》(*The Oxoford Handbook of Ecocriticism*),收录了 35 位国际知名生态批评批评学者的文章,其中还包括中国学者韦清琦教授介绍中国生态批评的论文,该书极为庞杂,不仅涉及有关生态批评的历史、理论及研究类型,而且还辟专章由来自日本、印度、中国及德国等国的学者撰文对各自国家生态批评的发展概况做了简介。英国学者历克斯·古德博迪在梳理分析德国生态批评时,指出了德国文学生态批评起步较晚的历史原因,并概要介绍了德国生态批评研究的两个主要范式。

2014 年,意大利生态批评学者塞瑞娜拉·伊奥凡诺(Serenella Iovino)教授和土耳其生态批评学者瑟皮尔·奥伯曼(Serpil Oppermann)合作编辑出版了《物质生态批评》(*Material Ecocriticism*)一书,为生态批评开辟新的方向,被称为物质生态批评。该著作的基本观点是:万物皆有故事,物质一定是有故事的物质,并有能力将自己的故事传递给他物。基于这个前提,物质生态批评是"研究不同的物质形态——诸如身体、物件、天气、有毒物质、化学物质、有机或无机的物质、景观及生物实体等——之间及它们与人之间相互作用的方式,它们之间的作用创生各种各样的意义和话语形态,我们将其阐释为故事"。简而言之,物质生态批评"不仅要审视文本中的物质,而且还要审视作为文本本身的物质"。① 物质生态批评倡导生态学者不仅要在思想上、行动上而且还在学术上克服人类中心主义思维惯性,彻底解放万物生灵,具体落实生态中心主义所倡导的万物平等的理念,赋权万物,让他们发声并相互交流。

2017 年,两位美国生态批评学者卡罗琳·绍曼(Caroline Schaumann)和希瑟·I.沙利文(Heather I.Sullivan)合作编辑出版了《人类纪的德语生态批评》(*German Ecocriticism in the Anthropocene*)一书,在人类纪时代的语境下,生态学者们既生态阅读了德语国家奥地利、德国及瑞士的经典作家、经典作品,诸如歌德

---

① Serenella Iovino and Serpil Oppermann(eds.),*Material Ecocriticism*,Bloomington:Indiana University Press,2014,pp.6-7.

的《浮士德》、卡夫卡（Franz Kafka,1883—1924）的短篇小说《饥饿艺术家》（A Hunger Artist,1924）等,也研讨了当代德语文学描写气候变化的小说和生态科幻小说等,拓展了生态批评研究的范围,并具有明显的物质生态批评特征。

（四）其他国家和地区的生态批评

2005 年,伊丽莎白·M.德洛克雷（Elizabeth M.DeLoughrey）、雷内·K.戈森（Renée K.Gosson）及乔治·B.汉德利（George B.Handley）三位生态批评学者共同编辑出版了生态批评解读加勒比文学的第一部论文集《加勒比文学与环境:自然与文化之间》（*Caribbean Literature and the Environment*:*Between Nature and Culture*）,该文集由 18 篇论文和访谈组成,都强调后殖民研究与生态批评研究之间的对话,既凸显生态批评关注的自然历史,也重视后殖民主义关注的人类与社会历史,编者们希望展示"生态批评持续研究种族、性别及其他社会力量共同构成环境体验的方式",作为生态批评阐释加勒比文学的开山之作,该文集对后殖民研究的学者及生态批评学者都具有重要价值。

2007 年,萨拉·菲利普斯·卡斯蒂尔（Sarah Phillips Casteel）出版了《第二次到来:美洲当代文学中的风景与归属》（*Second Arrivals*:*Landscape and Belonging in Contemporary Writing of the Americas*）,卡斯蒂尔在该著作中检视了北美及加勒比地区当代风景文学与视觉艺术中流散观点的建构作用,并透过生态批评理论视野,结合后殖民理论与流散文学理论观点,多视角探讨了新世纪的再栖居议题,成功地概括了后殖民及流散语境下各种影响地方建构的复杂因素,是生态批评对流散文学的开拓性研究,因此,该著作对探讨地方与身份建构的生态批评学者具有重要参考价值。

2007 年,印度文学与环境研究组织主席尼玛尔·塞尔维莫尼（Nirmal Selvamony）、尼玛尔达桑（Nirmaldasan）及蕾松·K.亚历克斯（Rayson K.Alex）共同编辑出版了《生态批评文集》（*Essays in Ecocriticism*）,该文集介绍了印度生态批评传统,论文除了利用了印度土著思想文化传统以外,还大量利用了英美文学传统及西方思想传统,其中包括对当代西方哲学家马丁·布伯（Martin Buber,1878—1965）、海德格尔（Martin Heidegger）、约翰·罗尔斯（Jonh Rawals,1921—

2002）及阿尔·奈斯等的研究,充分反映了生态批评研究的跨文化对话特征,论文作者来自日本、中国、澳大利亚及美国等国家,对视野相对狭隘的西方生态批评来说是一个莫大的启发,从而也充分说明了生态批评是当今跨文化文学研究领域最有希望、最为深刻的领域之一,该文集也是生态批评跨文明延伸的重要标志性成果之一。2008 年,印度文学与环境研究学会(ASLE India)创会会长 S.穆拉利(S.Murali)编辑出版了《自然与人性:文学、生态及意义》(*Nature and Human Nature:Literature,Ecology,Meaning*,)一书,回应了环境话语从人类中心主义向生态中心主义的转向,跨学科、跨文化是该文集论文的显著特征,其视野宽广,涉及了世界多民族文学及文化制品,关注想象与现实世界之间的相互关系、文本与世界的再融合,承认世界经验的多维度特征,是生态批评向全球化趋势发展的又一重要成果。

2016 年,生态批评学者加拿大裔韩国学者西蒙·C.埃斯托克与韩国学者王爱春(I-Chun Wang)和英国学者乔纳森·怀特(Jonathan White)合作编辑出版了《景观、海景及生态空间想象》(*Landscape,Seascape,and the Eco-Spatial Imagination*),该书探究了从古到今世界不同地区文学、文化中的生态空间想象,其笔触从陆地延伸了到海洋,该书视界宽广,论文作者大多来自韩国、中国澳门、中国台湾、印度等国家和地区,其余来自欧美,就内容来看,该文集实际上是亚洲学者与欧美学者之间的生态对话文集;理论手法多样,除了生态批评以外,还运用了风景理论、后殖民理论、文化研究等理论,多角度、多层面透视文学中风景的内涵。

(五)中国生态批评发展简况

具有自觉生态意识的中国大陆生态批评大约诞生于 20 世纪 90 年代中期,其主要呈现三种理论形态,即生态批评、生态美学和生态文艺学,经过 20 多年的发展,无论在学术研究还是理论建构上都已取得不俗的成绩,并赢得了学界的广泛认可。然而,与西方生态批评相比,无论在理论建构、学术成就,还是在探讨问题的广度和深度等方面,都存在较大差距。对此,中国生态学者有必要重视与西方生态同行之间的对话、交流,在批评中借鉴和学习,同时还应转变思路,找准问题关键,立足本土文化传统,化合西方生态理念,以构建开放包容且具中国文化特色的生态理论体系。在此,笔者简略介绍中国生态批评的发展情况。

中国文学艺术领域(包括生态文学创作领域)生态意识的觉醒虽然肇始于20世纪70年代,在80年代有所发展,但作为绿色文学、文化批评理论的生态批评大致兴起于20世纪90年代中期。其产生的主要动因是日益恶化的现实生态危机和生态哲学的发展与成熟,同时也受到西方绿色批评潮流的影响。1994年左右,中国学界开始以"生态美学"作为文学、美学绿化的起点。这一时期,有几篇论文几乎不约而同地开始对这个问题进行了相关的探讨,其中有佘正荣的《关于生态美的哲学思考》①、李欣复的《论生态美学》②及陈清硕的《生态美学的意义和作用》③等。这些论文对生态美学的关注,揭开了中国生态批评理论建构与学术探讨的序幕。

如果说1994年之后的五六年还是中国生态批评的萌芽期,那么从1999年和2000年开始,中国生态批评的发展正式进入了自觉的学术探讨和理论建构期。1999年10月,海南省作协主办的"生态与文学"国际学术会议召开,这是第一个有关生态文学方面的国际学术研讨会。这次会议昭示着中国人文学界的文学、文化领域中自觉生态意识的第一次觉醒,从某种意义上它也标志着中国生态批评从萌芽开始过渡到自觉的理论建构时期。1999年,海南省社会科学界联合会和海南大学精神生态研究所创办了《精神生态通讯》,该刊一直都由鲁枢元教授担任主编。2009年12月的第66期是其最后一期,也即该刊在创刊10周年之际停刊。2012年3月,山东大学文艺美学研究中心创办了《生态美学与生态批评通讯》,由曾繁仁和鲁枢元二位教授担任主编,程相占教授担任执行主编,大约每月出版一期。2016年鲁枢元教授又在黄河科技学院创办《生态文化研究通讯》。尽管这些刊物都是内部交流期刊,但在国内生态批评界影响很大,因为它们能及时传播国内外生态研究方面的最新学术信息和学术动态,为国内生态研究搭建了重要的交流平台。

自2000年起,有关生态美学、生态文艺学、生态哲学等类别的著作如雨后春

---

① 参见《自然辩证法研究》1994年第8期。
② 参见《南京社会科学》1994年第12期。
③ 参见《潜科学》1994年第6期。

笋般不断涌现,国内各大高校和学术机构举办的规模不等的各类生态人文学术会议也日益频繁,关注、参与生态学术的老、中、青学者也逐渐增多,有的还成立了专门的研究机构。比如,厦门大学王诺教授依托其所在的文学院组建了一个由数十位学者、作家和研究生组成的生态文学研究团队,网罗了国内不少"生态"英才,是国内高校和研究机构中第一个,也是迄今为止唯一的生态文学研究团队。该团队成立十多年来,取得了丰硕的研究成果,在国内生态批评界,乃至整个学术界引人注目。由曾繁仁和程相占二位教授担纲的山东大学文艺美学研究中心不仅主办了多次大型国内和国际学术会议,而且承担了多项高级别的重大生态课题,出版了大量厚重的学术成果和培养了多位生态人文学硕士和博士。

就生态批评著作而言,有的偏重理论探讨和学科理论建构,有的重在文本研究,有的偏重美学,有的专注文学,有的专注中国文学的生态探讨,有的专注西方生态批评的引介和研究,等等。在此,笔者仅列举一些在学界有较大影响的学术著作,如徐恒醇的《生态美学》(2000)、鲁枢元的《生态文艺学》(2000)、曾永成的《文艺的绿色之思——文艺的生态学》(2000)、张皓的《中国文艺生态思想研究》(2002)、皇甫积庆等的《20世纪中国文学生态意识透视》(2002)、曾繁仁的《生态存在论美学论稿》、曾繁仁主编的《人与自然:当代生态文明环境中的美学与文学》(2006)、鲁枢元主编的《自然与人文:生态批评学术资源库》(2006)和《生态批评的空间》(2006)、王晓华的《生态批评:主体间性的黎明》(2007)、盖光的《文艺生态审美论》(2007)、韩德信的《中国文艺学的历史回顾与向生态文艺学的转向》(2007)、汪树东的《生态意识与中国当代文学》(2008)、程相占的《中国环境美学思想研究》(2009)、曾繁仁的《生态美学导论》(2010)、程相占的《生生美学论稿:从文艺美学到生态美学》(2012)、鲁枢元的《陶渊明的幽灵》(2012)、龙其林的《生态中国:文学呈现与跨文化研究》(2019)等。与此同时,国内也有多部研究西方生态文学和西方生态批评理论的专著或博士学位论文问世,其中一些在国内学界也颇具影响,比如,王诺的《欧美生态文学》(2003)、胡志红的《西方生态批评研究》(2006)和《西方生态批评史》(2015)、李美华的《英国生态文学》(2008)、夏光武的《美国生态文学》(2009)、周湘鲁的《俄罗斯生态文学》(2009)、《生态批评视角下的劳伦斯》(2009),秦苏珏的《当代美国土著小说中的生态思想研究》(2013)及韦清琦和李家銮的《生态女性主义》(2019)等。此外,国内还出版了多部在西方学界有较大影响的生态批评学术著作的中文译本,诸如韦清琦译的《走出去思考:入世、出世及生态批评的责任》(2010)、刘蓓译的《环境批评的未来:环境危机与文学想象》(2010)及胡志红译的《实用生态批评:文学、生物学及环境》(2010)等,这些译著在国内生态学界也颇受关注。另外,全国哲学社会科学规划办、教育部也加大对生态批评相关学术的支持力度,表明中国社会已经开始从体制层面支撑、推动生态批评的发展。从 2004 年鲁枢元教授申报的一般项目《自然在中国文学中的地位及其演变》获得立项以来,相继有许多有关生态批评的课题得以立项,曾繁仁、曾永成、王诺、王晓华、陈红、刘蓓、韦清琦、程相占、朱新福、方红、胡志红、纪秀明等一批老中青学者都成功申请到国家社会科学基金或教育部课题,包括国家社科和教育部重大招标课题,大多已圆满完成,国家体制层面的支持对生态批评的理论建构以及学术实践发展都有巨大的推动和引领作用。

在中国生态批评发展的 20 多年历程中,很多前辈学人筚路蓝缕,为中国生态批评理论建设提供了很多可以继续努力的路向,也为中国生态批评今后的发展提供了很多经验和启发。最令人欣喜的是,在一些学人如曾繁仁、鲁枢元、曾永成、王宁、程虹、程相占、杨金才、王诺、王晓华等的引领、指导下,中国学界已有一批较为稳定并逐渐扩大的生态学术队伍,从而为中国生态批评继续推进提供了可靠的保障。

由于篇幅所限,上文对中国生态批评 20 多年发展历程的简要梳理远未呈现其学术全景,但依然可窥见中国生态批评学术园地真可谓生机盎然、繁花似锦。然而,与西方生态批评相比,我们尚存较大差距,主要表现在以下几个方面:生态批评理论建构的步伐可谓步履蹒跚,还未形成一整套可有效指导学术实践的成熟、系统的生态理论;无论是生态美学还是生态文艺学,其思想基础相对狭窄,总体上看,其阐释模式主要局限于生态中心或生命中心/人类中心之间的二元对立困境之中;缺乏自觉的比较文学学科意识,即跨学科、跨文化、跨文明及跨越中的生态变异意识;学术研究所运用的理论方法严重偏少;对中国传统文化资源的阐释存在简单化的倾向;对生态信仰与生态行为之间的悖谬关系缺乏研究;环境公正理论还未成为中国生态批评的理论基础;对我国少数民族文学的生态研究严重不足;对女性压迫,广而言之,对性别压迫,甚至对性别与环境退化之间的纠葛还远未进行广泛、深入的探究;广泛、频繁机械套用西方生态批评理论阐释中国文学和中国生态现实,导致理论与研究对象之间的错位,有意无意认可西方生态理论的普适性,而忽视异质文化生态经验和生态范畴的变异性。中国生态批评的以上不足或差距严重制约了中国生态批评发展与深化。迄今为止,它依然在人类中心主义/生态中心主义的二元对立困境中彷徨,难以突围。如果这种状况得不到有效的改善,中国生态批评将会被淹没在生态文明的"洪流"之中,而失去其应有的学术批判锋芒与文化建构力量,由此引发严峻的生态学术危机。

当然,作为一个新兴文学、文化批评范式,日益恶化的环境危机的催逼、环境哲学的强烈推动以及人文学环境转向为其发展注入了不竭的现实与理论动力,推动其理论发展和丰富其学术实践,但无论是从环境现实层面还是理论角度看,其未必十全十美,击中要害,因而发生转型,走向环境公正生态批评,以期从形而上与形而下双管齐下克服危机,以构建人与人间普遍公平和人与非人类世界和谐共生的社会。

环境公正的介入为生态批评开辟了新的学术空间,但其视野范围主要局限在英美的疆界,依然局限于白人/有色人种的二元对立范畴之中,生态批评基本上是白人的生态批评和有色人种的生态批评,远远不能反映人类环境经验的丰富性和多样性,更不能应对日益扩大和恶化的全球危机。为此,在 20 世纪 90 年代中后期,尤其在新千年之交,生态批评逐渐向国际性多元文化运动的方向过渡,跨文化、跨文明研究及生态变异性探讨成了其日益凸显的重要特征,跨学科性也进一步增强。今天,可以放心地说,生态批评已是一个比较文学学科意义上的绿色文化批评运动,跨文化、跨文明研究及生态变异性探讨已成了生态学者们常态化的研究方法,其旨在最大限度地反映人类环境经验的方方面面,构建最具包容性的多元文化生态批评。

总的来看,英美国家以外的其他国家和地区的生态批评的产生和发展都不同程度地受到英美主流生态批评的影响和推动,并从中汲取灵感和方法论的指导。与此同时,它们往往也在借鉴、学习、模仿、对话、协商、质疑,甚至颠覆或重构英美主流生态批评思想基础和研究范式的过程中深化自己的研究内容,建构自己的理论和批评范式,拓展自己的学术空间,并试图立足本土文化根基,构建具有自身文化特色的生态批评理论。

第 一 编

生态批评的核心理论问题

第二章 自然文学的自然观及其审美呈现

　　生态批评源于人类与自然危机的大背景,旨在探讨文学与自然之间的关系,启发人们认识到人与自然和谐相处的重要性。而若要谈及生态文学或生态批评的起源,则必要论及自然文学(Nature Writing)。尼尔·埃文登(Neil Evernden)就曾指出,当前的生态运动绝不仅仅是对自然表象的密切关注,更重要的是"需要艺术和人文学科的参与"[①]。自然文学是生态批评初兴之时的研究对象,此后虽然兴起了其他主题,但核心始终围绕着自然环境而展开。生态文学始终侧重挖掘人与自然之间或紧张疏离、或亲密单纯的共同体关系,以及由这些关系所延伸而出的人类征服自然或与自然和谐共处的思想意识。

　　自然文学呈现了早期人类与自然环境之前的关系,也见证了人与自然环境之间的动态变迁。根据传统美学观念而言,人与自然之间是主客对立关系,是审美与被审美的对立关系。然而在自然文学中,作家们将他们对场所的审美、对荒原野地等景观的审美、对生存家园的审美融在字里行间之中,形成了自然文学中的独特审美观念,也成为后世生态文学创作中具有深邃内涵的生态审美价值观,并为生态哲学和生态批评找寻到一条独特的解决难题的文学思路。

　　弗莱认为:"以自然为题材通常是指描写自然界事物,以自然的态度写作通常指从自然界求取模型,或作自我的即人的本性的观照。"[②]按弗莱的说法,自然

---

① Neil Evernden, "Beyond Ecology: Self, Place, and the Pathetic Fallacy", in Cheryll Glotfelty & Harold Fromm eds., *The North American Review: Landmarks in Literary Ecology*, Athens: The University of Georgia Press, 1996, p.102.

② Northrop Frye, "Sheridan Warner Baker and George Perkins", *The Harper Handbook to Literature*, New York: Longman, 1997, p.314.

题材的书写通常以自然界存在物为原型,抒情达意。近代自然文学的产生主要源自工业时代以来人类过度向大自然索取资源,造成了自然生态的恶化;面对日趋严重的生态破坏,人们更加渴望回归自然的怀抱,切实感受自然之美,于是自然文学就应运而生。面对当今遍及全球的生态环境问题,生态文学和生态理论研究有必要重返自然文学的源头,不断发掘并总结出自然文学的独特价值并与当今蓬勃发展的生态理论形成互补。借用自然文学中的生态智慧和审美原则,对当代读者和批评家再度思考生态危机的深层根源、考量人与自然的正确相处方式有着极大的启示性和借鉴意义。

一、何谓自然文学

自然文学是兴起于 17 世纪、奠基于 19 世纪、形成于当代的一种具有美国特色的文学流派。"美国自然主义文学以描写自然为主题,以探索人与自然的关系为内容。"①这是一种已经形成、但又处于发展之中的文学形式。尽管它以自然为主要描述对象,但是其中"自然"的内涵又是极其丰富的。在古希腊时期,西方人概念中的"自然"是与"约定""技术"相对的概念。随着人的精神觉醒,"自然"又成为与"精神""文化"相对的概念。这四个概念虽有不同之处,但均与人的活动相关。② 无论 Nature 的含义如何复杂多变,人类活动始终是贯穿其中的一条主线。这即是说,自然是一种"人类活动的对象在未受到人类活动侵染之前的本初状态"③。

在《自然文学三十讲》中,程虹从文体的角度对自然文学的特性做出了解释。从形式上看,自然文学是指由作家创作的非虚构性的散文文学。散文、日记、自传及书信等都是自然文学的文体表现形式。在程虹看来,所谓自然文学,主要有三个特征,即土地伦理的形式,强调地域感,具有独特的文学形式和语言。

---

① 程虹:《美国自然文学三十讲》,外语教学与研究出版社 2013 年版,第 2 页。
② [德]卡西尔:《人文科学的逻辑》,关子尹译,上海译文出版社 2004 年版,第 7 页。
③ 李飞:《中国古代自然概念与 Nature 关系之再检讨——以〈周易正义〉为个案》,《复旦学报(社会科学版)》2015 年第 1 期。

自然文学包含的大地伦理(land ethic)强调人与自然之间的平等地位,是对人类中心主义理论的摒弃。自然文学作品中饱含着作者对土地的情感,展现着作者从荒野中寻求精神价值的特点。对地域感(sense of place)的强调则是美国自然文学作品中独特的一面,这即是说"它一方面深深根植于这片新大陆,与之声息相通;另一方面,它又将美国人与土地的和谐与矛盾反映出来"①。

美国自然文学以散文、日记、自传和书信等特殊形式出现在 19 至 20 世纪,充分展现出作家对自然的热爱。作家在自然中与自然万物产生了心灵感应,而这种心灵感应又基于"土地伦理"和"荒野认知",从而形成了一种独特的"生态良知"。② 自然文学打破了西方二元对立的传统,将精神与物质、自我与环境、人与自然重新融为一体。自然与文学的关系在自然文学中重新被讲述,自然不再是纯粹冷漠的原初模样,文学的气息随着作家们的文字而融入大自然之中。人类由单纯地欣赏自然,到主动在自然中获得精神提升的变化过程,正是人类文明进化的一个剪影。可以说,自然文学一方面因为对自然的崇敬与赞美,对精神自由的追求而表现出浓郁的浪漫主义和超验主义传统。另一方面,自然文学又因为注重书写人与自然的关系,突破了传统文学以人为中心的书写模式,有着独特的审美内涵和审美价值。

由于创作对象的特殊性,自然文学这一文学形式本身就为创作者提供了丰富的想象内容和创作空间,同时也为读者提供了清新健康的阅读领域。自然文学如同树枝一样,盘根错节地生长在美国这片土地上,对美国社会现状和美国人民的精神状况都产生了不可估量的影响。而也正是美国自然文学的这种特殊性,使其区别于其他文学,极具魅力。"自然文学的意义还在于它的包容性和时代性"③。尽管自然文学是在 20 世纪下半叶,尤其是 20 世纪 80 年代以来,美国文坛上兴起的一个全新的文学流派,但随着它的不断发展,其影响却不仅仅局限于美国。当生态危机成为全球问题时,对自然的描写和喜爱,对破坏自然行为的谴责和厌恶,对人与自然和谐相处的向往与追求,已经跨越美国国界,成为全球各国的一种精神共识。

---

① 程虹:《美国自然文学三十讲》,外语教学与研究出版社 2013 年版,第 4 页。
② 程虹:《美国自然文学三十讲》,外语教学与研究出版社 2013 年版,第 3 页。
③ 程虹:《美国自然文学三十讲》,外语教学与研究出版社 2013 年版,第 5 页。

二、自然文学的渊源与发展

作为一个概念或文学流派的自然文学诞生于美国,但它的源头却可以追溯到古希腊和古罗马时代的亚里士多德(Aristotle)和维吉尔(Virgil)。美国学者彼得·A.弗里策尔(Peter A.Fritzell)和谢斯(Scheese)分别在他们的自然文学评论著作中,对亚里士多德《动物志》(*History of Animals*)和维吉尔的《牧歌》(*Eclogue*)进行了分析[①],认为二者对美国自然文学的诞生产生了深远的影响。

18世纪英国自然史作家吉尔伯特·怀特(Gilbert White)的作品《塞尔伯恩博物志》(*The Natural History of Selborne*)成为英国自然文学的奠基之作。怀特的研究和写作技巧极大地启发了梭罗(Thoreau)和达尔文(Darwin),对英美两国的自然文学发展都产生了很大的影响。18世纪英国浪漫主义诗人华兹华斯(Wordsworth)是英国自然文学的奠基人之一。在华兹华斯看来,自然由浅入深地影响着人们的精神世界,自然的精神正是社会文明问题的解决办法。这一思想启发了美国哲人爱默生(Emerson)和美国文化偶像梭罗,因而为美国自然主义文学的诞生起到了重要的推动作用。约翰·史密斯(John Smith)的《新英格兰记》(*Description of New England*)和威廉·布雷德福(William Bradford)的《普利茅斯开发史》(*Of Plymouth Plantation*),以"富饶的伊甸园"和"咆哮的荒野"形成了鲜明的对比,使得自然景象成为人们在新大陆上的关注焦点[②]。乔纳森·爱德华兹(Jonathan Edwards)的《自传》(*Personal Narrative*)和《圣物的影象》(*The Images and Shadows of Divine Things*)将个体的精神与自然融为一体,体现了早期美国自然主义文学的创作特点。18世纪的威廉·巴特姆(William Bartram)在其代表作《旅行笔记》(*Travels though North and South Carolina*)中,描述了他的荒野审美观,并且首次使用"壮美"(sublime)一词来描述美国的特色自然风景。巴特姆笔下与众不同的美国自然风景描写,使他成为名副其实的美国

---

① 程虹:《美国自然文学三十讲》,外语教学与研究出版社2013年版,第6页。
② 程虹:《美国自然文学三十讲》,外语教学与研究出版社2013年版,第7页。

大陆自然文学的奠基人。

19世纪的美国画家托马斯·科尔（Thomas Cole）在《论美国风景的散文》（*Essay on American Scenery*）中呼吁，美国人应当从美国本土的自然中寻求文化艺术的源泉。爱默生在他的第一部作品《论自然》（*Nature*）中表达了他对自然的全新理解，并且呼吁一种属于美国的新时代的自然观。自爱默生开始，"自然是精神的象征"成为美国自然文学中的核心精神取向，而爱默生的自然哲学观念也成为美国自然哲学的理论基础。梭罗在其《瓦尔登湖》（*Walden*）中将爱默生的理论付诸实践，预见到了工业文明发展下的自然矛盾，并且在《散步》（*Walking*）一文中对美国自然文学的荒野价值进行了强有力的论证。正是19世纪以爱默生为代表的美国自然文学作家们，"把自然史转变为自然文学形式"①，才使得自然文学成为一种美国土生土长的文学形式，充满了新大陆文化的独特氛围与特点。

20世纪之前的自然文学，创作主旨往往是从自然中"寻求个性的解放、文化的根源和精神的升华"②，因而其创作目的也往往是基于自然与个体存在之间的关系。从深度而言，随着人与自然的关系的不断变化，20世纪的自然文学创作背景更加辽阔，其思考的内涵也不再局限于个体与自然，而是将视线投向更为广阔的人类生存环境。人与生态的和谐成为这一时期自然文学的写作主题。土地问题成为自然文学创作的核心话题之一。玛丽·奥斯汀（Mary Austin）的《少雨的土地》（*Land of Little Rain*）、约翰·缪尔（John Muir）的《优胜美地》（*The Yosemite*）、亨利·巴顿（Henry Beston）的《遥远的房屋》（*The Outermost House*）、奥尔多·利奥波德（Aldo Leopold）的《沙乡年鉴》（*A Sand County Almanac*）以及斯科特·拉塞尔·桑德斯（Scott Russell Sanders）的《立足脚下》（*Staying Put：Making a House in a Restless World*）等，均从人与土地的关系来探讨人类如何在动荡不安的社会中寻找属于自己的一片净土。这些作家高度强调人与自然的生态共存状态，因此他们对"地域感"（sense of place）格外重视。

① Don Scheese，*Nature Writing：A Wilderness of Books*，Forest History Society and American Society for Environmental History，1990，p.22.
② 程虹：《美国自然文学三十讲》，外语教学与研究出版社2013年版，第11页。

从广度而言,20世纪的自然文学也不再局限于美国大陆。文学与环境研究学会于1992年在美国成立后,又分别于英国、澳大利亚和日本等国家成立了分支机构。世界各国也有各种各样的探索自然与人类关系的作品出现。利奥波德的土地伦理(the land ethic)与生态良心(the ecological conscience)、爱德华·艾比(Edward Abbey)提出的"对立—妥协—平衡"的人与自然和谐共处新模式、特丽·坦皮斯特·威廉斯(Terry Tempest Williams)对荒野的热爱与呼吁等,都是对人与生存的环境融为一体的全新"我与你"关系的书写。在当代自然文学作家心目中,"共生主义"成为人与自然相处的全新模式。

自然文学是一种处在发展中的文学形式,其存在本身就包含着一些矛盾和困惑。对于自然文学是否是美国当代文学的主流问题,仍然是自然文学研究及美国当代文学研究中一个聚讼纷纭的问题。此外,人在自然文学中究竟应当以何种姿态出现,对人造自然景观的描写是否属于自然文学的范畴,以及自然文学是否需要逃避社会等问题,都是当代自然文学研究中的核心矛盾。尽管当代自然文学存在着诸多问题,但不可否认的是它对美国文学乃至世界文学日趋重要的影响。因此,如何厘清当代自然文学中的自然观,以及自然文学中独特的审美呈现方式,是自然文学研究的核心问题。

三、自然文学的自然观

自然文学继承了浪漫主义和超验主义的思想传统,但却不是对二者的再现。自然文学超越了浪漫主义和超验主义的传统,又融入了作者的现代或后现代哲思,因而呈现为深刻而多样的自然观。对于自然文学而言,任何人与自然相对立的二元论都是错误的,人与自然和谐共处的思维是自然文学的重要特点,人与自然的关联性在自然文学中居于核心地位,于是书写人与自然的关系,体现放弃人类中心主义思维后对自然的敬畏意识便成为自然文学的一个基本取向。由此观念生发而来的大地伦理、荒野思想和地方意识等,便也成为自然文学独特的自然观念。自然文学是从彰显人与自然和谐相处的角度,进一步思考如何维持人与自然良性关系的特殊文学类型。自然文学发端于对人对自然真切感受的书写之中,不但在文学中对自然世界的本真面貌进行真实的还原,更是在文学实践的过程中实现了真正的思想领域革新。

(一)敬畏自然

自然文学是以文学的形式,引导人们在文学阅读或亲身接触自然的过程中,完成有利于自我精神净化和自然体悟的独特文学形式。自然文学呼吁人能够亲身参与到自然之中,以求唤起人们对自然的敬畏情绪,进而产生与环境和谐共生的意识。自工业革命以来,人类受自然的威胁程度不断下降,却产生了许多对自然环境的过度破坏。美国自然文学作家不断反思与自然的相处方式,试图树立正确的自然观念。"敬畏自然"作为自然文学作家在自然中感受到的最广泛的观念,也是他们在各自的作品中始终深刻体现着的思想行动指南,是一种对于生命的虔诚态度。

作为一种古老的传统,敬畏自然的观念出现在世界各民族的古老传说中,然而随着人类文明的不断进步,以自然的"祛魅"为标志,人对自然的敬畏却逐渐丧失。正是在认识到人与自然发展困境的基础上,环境保护运动先驱阿尔贝特·施韦泽(Albert Schweitzer)认为:"人能够认识到敬畏生命,就能够摆脱其余生物陷入其中的无知。"①环境伦理学学者霍尔姆斯·罗尔斯顿也始终对大自然怀有一种敬畏之情,并且认为自然的优美感能够让人们产生对生态环境的爱怜之情,这种伦理学意义上的情感使人们在自然中感受到了精神上的崇高,进而产生了敬畏之心。②

无论是威廉·巴特姆还是亚历山大·威尔逊(Alexander Wilson),在对自然景观及动物的叙述和描写中,都蕴含着自然文学中对自然的欣赏与崇敬情绪。正如巴特姆在卡罗来纳的荒野中所感受到的惊奇景象,他"全神贯注地凝视着令人肃然起敬的、连绵不绝的山漫,注视着那充满力量与威严、壮美的景象"③。

---

① ［法］施韦泽:《敬畏生命》,陈泽环译,上海社会科学院出版社2003年版,第134页。

② 赵红梅:《罗尔斯顿环境伦理学的美学旨趣》,《哲学研究》2010年第9期。

③ William Bartram, *Travels and Other Writings*, New York:Literary Classics of the United States, Inc., 1996, p.295.

蕾切尔·卡逊同样在她的作品中表明了她敬畏自然的态度:"它的美丽、它的奇妙和正生存在我们周围的各种生物的奇怪的、有时是令人震惊的强大能力。"①

自然文学在很大程度上突破了传统文学以人为核心的写作模式,将自然万物作为文学中的主人公,令自然文学成为不同于其他文学主题的独特文学类型。敬畏自然的思想更是作家们在认识到物欲横流的社会现状之后,从理性和情感两方面共同唤醒的一种人类的原始气质。在与自然相处时,自然文学作家流露出对自然中非人生物的生命价值和权利的尊重和敬畏,将对自然的保护观念诉诸行动与文学创作之间,为后世生态文学及生态理论的发展提供了宝贵的实践经验和理论基础,是一种对人与自然关系的多角度思考与探索。

(二)大地伦理

美国生物学家利奥波德在《沙乡年鉴》等著作中提出了"大地伦理"的思想,认为人类只是土地社区(the land community)中的一个组成部分,而土地伦理则成为考量人与自然环境关系的重要一环。在利奥波德看来,大地伦理就是要"把人类在共同体中以征服者出现的面目出现的角色,变成这个共同体中的平等的一员和公民。它暗含着对每个成员的尊敬,也包括对这个共同体本身的尊敬"②。

利奥波德呼吁人们重新认识人类在自然环境中的地位,重建人类对自然的良心,形成一种基于土地责任感的"大地伦理"。在他看来,保护自然资源行动的最终意义,正是要用一种全新的大地伦理观念,令全人类认识到属于自己的义务,自愿地参与到土地乃至自然环境的保护中去。人类只有始终怀有对土地的热爱和赞美,以及对土地价值的正确认知,才能真正地践行利奥波德所说的大地伦理。利奥波德的大地伦理学突出地体现了他对自然与美国文化和文明之间关系的思考。纳什(Nash)认为《沙乡年鉴》是 20 世纪六七十年代环保运动的圣经,保罗·布鲁克斯则认为利奥波德在该书中诠释了一种全新的自然保护途径。

---

① [美]卡逊:《寂静的春天》,吕瑞兰、李长生译,吉林人民出版社 2011 年版,第 245 页。
② [美]利奥波德:《沙乡年鉴》,侯文蕙译,商务印书馆 2017 年版,第 231 页。

自然哺育了人类，并且形成了各地不同的文明，直至现在仍在为人类提供者闲暇之际的欢愉，而人类却没有形成人与自然共生共荣的意识。自然文学的作者们注意到这一认知缺陷，并且始终将人与自然中的一切视为一个共同体。这个共同体不仅仅囊括了土地，同时还包括水、植被、植物和动物。人类则被视为是共同体的成员，他不仅需要依照本能在共同体中谋生，更需要学会如何在共同体中与自然万物合作，土地伦理便是提供了这样一种基于伦理观念的责任意识。在《夏日走过山间》(*My First Summer in the Sierra*)中，约翰·缪尔称在山间行走时宛如"完全融入周遭环境，与山间的空气、树木、溪流、岩石一起，在阳光的照射下颤抖。我们已然成为大自然的一部分"①。在《野果》(*Wild Fruits*)中，梭罗同样指出"在山脉中休闲度假，追寻那种原始野性的美"②的行为能够彰显人们的远见和品位，并且保留这片土地原本无处不在的美。可以说，当土地真正地融入人类的意识时，共同体的概念才会被深刻地融在人们的理智中，并作为一种精神被传授给后世的人们。

自然文学始终有一个核心内涵，即通过书写自然来唤醒人们保护自然的意识，而这正与土地伦理的核心追求不谋而合。创作者们认识到他们所处时代的教育和经济体系将人与自然进行分割，将现代化的社会和土地分离开来。自然文学试图打破人与土地之间的隔阂，用文学的方式书写人与土地之间的关系，并试图建立一种与传统相背离的土地伦理观。这种土地伦理是一种进化的意识，同时也是作家及读者情感的发展过程。它包含着人们对正确行动的认可，同时也蕴含着人们对迫害自然之类行为的否定。自然文学借由土地伦理观，打破了人类作为自然征服者的形象，提出了一种全新的对待自然的态度和方法。

（三）荒野思想

作为概念的"荒野"(Wilderness)是一个源自北欧文化的古老术语，特指一片与野兽、森林相连的迷失之地③。利奥波德更是认为"荒野是人类从中锤炼出

---

① ［美］约翰·缪尔：《夏日走过山间》，邱婷婷译，上海译文出版社 2014 年版，第 14 页。

② ［美］亨利·大卫·梭罗：《野果》，梁枫译，文化发展出版社 2018 年版，第 282 页。

③ Roderick Nash, *Wilderness and the American Mind*, New Haven：Yale University Press, 1968, p.1.

那种被称为文明成品的原材料"①。荒野在不同的地区表现为不同的形式和特色,因而是极其丰富多样的,因此荒野所能产生的文化类型也是多种多样的。世界文化的丰富多样正是荒野多样性的显现。欧洲人带着"荒野意识"进入了美洲大陆,而这一思想也在融入美国文明之后经历着流变,其内涵始终围绕着美国文明而展开,随后成为自然文学作家们普遍青睐的生存与精神追求,成为他们自然观念中的核心思考。

英国清教徒登上普利茅斯时,面临的正是一片陌生的土地。史密斯称这片土地离原始更近,布雷德福则称这片土地满目苍凉。"恐怖的丛林"和"咆哮的荒野",似乎是所有来自欧洲的殖民者对美洲大陆印象的集合体。纳什认为,在特定的地点,荒野会在人们的心中产生某种心境或情感②。当人处在荒野之中,感受到的正是一种来自大自然的伟大造化。小巴特姆跋山涉水游历美国东南部的荒野,威尔逊徘徊于宾夕法尼亚州的森林,科尔更是创作了多幅以卡茨基尔山地区、哈德逊河地区为背景的自然风景画。对荒野的恐惧情感更是来源于对荒野的敬畏,是一种对净土的向往。因此,美国自然文学中的荒野意识,又表现出一种对物质文明追求和保留净土的向往相抵触的矛盾③。

在自然中生活是梭罗自然观的核心,而他体验自然的最重要途径便是散步。《散步》被誉为梭罗具有超前保护意识的宣言,正是因为在这篇散文中,梭罗发现了荒野的价值和魅力。他写道:"而我一直准备说的是,只有在荒野中才能保护这个世界。"④梭罗打破了人们对荒野的固有认知,将走向荒野理解为一种对希望的追求。在他看来,西部世界充满着进取和冒险的精神,而人类的未来,也正"在那不受人类影响的、颤动的沼泽里"⑤。自然文学中的荒野思想暗含着对人类存在方式的沉思,是一种文化与荒野和谐共存的美好追求。自然文学并没

① [美]利奥波德:《沙乡年鉴》,侯文蕙译,商务印书馆 2017 年版,第 213 页。

② Roderick Nash, *Wilderness and the American Mind*, New Haven: Yale University Press, 1968, p.1.

③ 程虹:《寻归荒野》,生活·读书·新知三联书店 2001 年版,第 32 页。

④ Henry David Thoreau, "Walking", in *Henry David Thoreau: Essays, Journals, and Poems*, Dean Flower and Greenwich(eds.), Conn.: Fawcett Publications, Inc., 1975, p.534.

⑤ Henry David Thoreau, "Walking", in *Henry David Thoreau: Essays, Journals, and Poems*, Dean Flower and Greenwich(eds.), Conn.: Fawcett Publications, Inc., 1975, p.536.

有对荒野与文明的二元对立问题给予终极答案,但它却能够令人类从文学艺术的角度重新思考荒野的价值和自然的意义,从而减缓人类消耗荒野的速度,为人类保护地球景观争取到足够的时间。

　　在 19 世纪的美国,受超验主义影响,人们对荒野的印象不再是单纯的"蛮荒",神秘主义色彩与崇高的精神哲学追求交织在一起。19 世纪末到 20 世纪初,自然文学作家自觉地将荒野意识融于其作品之中,荒野意识也在各个作家的作品之中有着不同的含义,并逐步形成一个独特的自然观念。20 世纪的美国自然文学作家则将爱默生和梭罗的自然理论付诸实践,以一种更加直接的方式去感受自然、探求自然。在阅读约翰·巴勒斯(John Burroughs)的书时,人们能感受到一种游历自然的愉悦。正如他在《醒来的森林》(Wake Robin)序言中所说:"我给予读者的将是一直活生生的鸟,而不是一个分项归类的鸟标本。"①

　　加里·斯奈德(Gary Snyder)进一步拓宽了自然文学传统中对荒野的认识,倡导一种"重新安居"的生活方式②。斯奈德通过诗歌和散文来表达他对人与自然关系的理解,而《野性的实践》(The Practice of the Wild)一书是斯奈德对利奥波德的继承。他意识到美国正需要一个与荒野共存的文明,认为"狂野"(wild)、"野性"(wildness)以及"荒野"(wilderness)正是美国全新文明形式中最核心的三个词语。斯奈德在《天地一隅》(A Place in Space)中提出了"重新安居"(reinhabitation)的概念,而这一概念也显示出更为广阔的生态视野。正如他在《瞭望台日记》(Lookout's Journal)中所述:"别做登山者,做一座山吧。"③这种投身荒野、成为荒野的意识,是 20 世纪中后半叶美国自然文学对人与自然关系的独特思考。

　　当我们重新回顾美国自然文学史的时候,便会发现"通篇闪烁着野性的光芒"④。在原始的荒野概念被解构后,"荒野"又产生了新的活力。尽管荒野意

---

① 　[美]巴勒斯:《醒来的森林》,程虹译,生活·读书·新知三联书店 2012 年版,第 4 页。
② 　程虹:《寻归荒野》,生活·读书·新知三联书店 2001 年版,第 287 页。
③ 　GarySnyder, *The Gary Snyder Reader*:*Prose*,*Poetry and Translations*,Washington,D. C.:Counter Point,1999,p.20.
④ 　Gary Snyder, *The Gary Snyder Reader*:*Prose*,*Poetry and Translations*,Washington,D. C.:Counter Point,1999,p.1.

识在美国自然文学史上经历了数次流变,但是其核心始终是对人与自然关系的厘定。从精神领域出发,以情感为手段,以荒野意识贯穿始终的美国自然主义文学的自然观,是自然文学得以形成的基础,也是产生自然全新审美态度转向的重要原因。

(四)地方意识

美国自然文学常常以作家本人在某地的生活经历为主要内容,表现出较为清晰的地方意识。对他们而言,生存地域的一切自然景色都是他们生产生活和精神活动的支撑。尽管自然作家有着各自不同的生存地域,但其作品中对地方意识的呈现又是极度统一的。对自然文学作家而言,如果无法寻找到自我生存的地方,就无法真正拥有精神领域的支撑之处,真正的栖居更是无从谈起。具体而言,自然文学作品往往表现出作家们不同的地方意识,彰显不同地理环境对作家创作的影响,也显现了各自不同的写作议题。

众多自然文学作家选择将山脉及其周边地区作为写作背景。约翰·缪尔在山间行走,约翰·巴勒斯扎根于卡茨基尔山,亚历山大·威尔逊更是在山野间寻找尚未被人类发现的鸟类。在山间行走的经历,成为自然文学作家与自然之间最好的心灵对话方式,也是他们产生灵感的源泉。缪尔将他的传记命名为《无路之路》(*The Pathless Way*: *John Muir and American Wilderness*),更是展现了他在山间跋涉与探索的一生。湖泊、沙滩和荒漠同样是自然文学作家地方意识的重要表现。梭罗离开了令他愉悦的瓦尔登湖,前往科德角的海滩。玛丽·奥斯汀在欧文斯流域的荒漠小镇生存了十几年,爱德华·艾比同样认为他在西部峡谷生活的经历令他看到了西部沙漠中超越绿意的风景。

自然文学通过书写作家的地方意识,彰显了地方自然文化的独特价值,而自然文学与其他文学的不同之处也正在于此。自然文学从创作之初就是书写地方自然环境的文学,它根植于作家生活和游历过的土地,并与作家自身的自然观念息息相通。作家又将不同地域上呈现出的人与自然的矛盾反映在文学作品中,令自然文学成为反映人与自然不同相处模式及其对地理环境影响的独特文学类型。地方意识将作家本人的精神气质与自然地理环境融为一体,令自然文学从对自然的单纯侧写,变为对自然与人文气质的多方糅合,成为见证人类文明进化的文学笔记。

自然文学以文学的形式书写自然环境,其中既包含了作家的感性理解,又蕴含作家的理性认知,成为突破传统文学形式,探索人与自然和谐关系的独特文学类型。20世纪自然文学作家与他们的先辈一脉相承,其作品中闪耀着相似的智慧精神与生态思考的萌芽。自然文学领域的作家层出不穷,其作品的内容的不尽相同,在他们心中,人与自然的关系早已被重新书写,因而其作品也表现出独特的艺术特色。

四、自然文学的审美呈现

自然文学大多以散文、日记等非虚构写作的形式来呈现人与自然的关系。正如美国作家桑德斯在《立足脚下》一文所说:"我一直在思索土地的故事并试图从中领悟到人类心灵的图谱是如何依附于地理的图谱。"赫德森(Hudson)在《鸟与人》(*Birds and Man*)中所说:"我们在风声、水声和动物之声中听到了人类的基调,从草木、岩石、云彩及类似海豹等哺乳动物中看出了人类的形体。"自然文学用亲切质朴的语言和独具特色的艺术手法,描述了作者从工业文明世界走进自然环境时的身心体验。通过第一人称的非虚构写作方式,展现了作者诗、思、哲互融的艺术创作特色。

(一)第一人称的非虚构写作手法

自然文学作家之所以往往采用散文与日记等形式进行创作,是因为他们在书中所创作的一切都是自身的真实经历。作为一种叙事原则和写作类型,非虚构的写作手法是自然文学写作的根本方法。自然文学作家行走在大自然之间,用自己的身体切实感受自然的颜色、声音、温度以及气味,传达了人与自然之间相对共生的通感契合。

通过采用第一人称写作的手法,自然文学展现出一种自由多元的特点。作家可以在日记中叙述某日在自然中的感受,也可以在散文中记录自己对人与自然关系的思考,甚至采用寓言的方式来论述自己的哲学追寻。文体的自由使作家的语言更加具有各自的独特风格,无论是爱默生的哲理、梭罗的简朴,还是惠特曼的浪漫,抑或者是 20 世纪自然文学作家语言中饱含情感的语句,都体现出自然文学非虚构写作的特质。作者情感的介入,辅之以对自然景色的详细描绘,极其精准地把握住了读者阅读的期待视野,令人读来有身临其境之感。

在面对自然时,作家们发挥的是五官的作用,并试图让自己彻底沉浸于自然中各种气味、声音与颜色之中。正如梭罗所言:"我看、闻、尝、听、摸与我们密切相连的永久的事物。"[1]梭罗凝视自然,因此发现了"红色的雪",他又嗅着鲜花的芬芳,认为人若像花一样散发着芬芳,便会更加富有活力。小巴特姆和威尔逊在山中倾听鸟类的鸣叫,贝斯顿则在遥远的科德角感受大海的波涛,奥斯特摸过少雨的土地,威廉斯更是将整个心灵与自然融为一体,从中寻求心灵的慰藉。

通过非虚构的写作手法,自然文学作家将自身与自然相处时的感受用自传式写作的方式记录下来,形成"既是真实的,又是审美的"[2]写作方式。非虚构写作令自然文学充满生机活力,呈现的是作家对自然的情感认知,在此基础上所形成的新颖的文体风格和语言特征,更令自然文学拥有别具一格的魅力。自然与人的通感契合成为自然文学作家表达对自然热爱的独特途径。威廉斯将自己视为沙漠、群山,又将鸟类乃至风、水的语言都与人类的语言看作一个整体。他们从自然的生命模式中找到了人生的希望,因而也将个人栖居时的感受与整个世界联系起来,扩展了传统人与自然关系模式,是一种全新的生活方式。

(二)通过意象、想象、寓言等艺术手法表达自然思想

在《绿色文化:当代美国的环境修辞学》(*Green Culture: Environmental Rhetoric In Contemporary America*)一书中,赫恩德尔(Herndl)提出自然文学的重要特征之一是它所具有的"诗性话语"(poetic discourse)。程虹同样指出,"诗性话语"是一种对于自然文学修辞方式的独特概括和描述,所强调的正是"自然

---

[1]　F.O.Matthiessen,*American Renaissance: Art and Expression in Age of Emerson and Whitman*,London: Oxford University Press,1946,p.76.

[2]　程虹:《美国自然文学三十讲》,外语教学与研究出版社 2013 年版,第 18 页。

文学中的拟人化、情感化"①的审美特征。这种"诗性话语"增强了自然文学作家们在谈论自然的美景给人类带来的情感价值和生命力量。具体而言,自然文学通过其艺术表达形式上的魅力,以独具特色的意象、想象和寓言的形式,将大自然书写为一个精神或超然的整体,令读者在阅读之中产生深入灵魂的审美反映,从而完成自然文学作家情感的真实表露。

自然文学作家往往采用独特的意象来传达自己对人与自然关系的独特理解,试图借此来引起读者的共鸣。梭罗在刻画自然意象的同时,将自己的情感活动融于其中,出现了许多具有美国特色的意象。如波士顿的越橘、森林中的橡树,甚至瓦尔登湖中的鲈鱼,都成为梭罗文本中描绘大自然的独特意象。对于水、森林、沙滩和荒漠的描写,更是美国自然文学建构独特环境意象的常见手法,这些环境意象被各个作家赋予了不同的隐喻意义,表达了他们对纯净精神境界的追求,以及对人与自然和谐关系的渴望。

自然文学作家倾向于用不同于以往的目光去观察自然,因而在创作过程中也表现为独特的创作特色,即采用想象的方式来传达作者对自然的独特情感。梭罗在描写自然景物的时候,带有一种浓郁的季节色彩。他想象树叶:"它又干又硬,像十月似的。"②惠特曼更是将自然想象为能够给予他精神疗愈的医生:"多谢了,无形的大夫,感谢你那无声而清香的补药,你的白天和夜晚,你的喝水和空气,你的河岸、青草、树木甚至野草。"③对他们而言,自然不再是可怕的存在,而是能够使人们在其中寻找到智慧、灵感与理智的同志和友人。

自然文学作家同样擅长以寓言的形式来论述他们对自然的理解。在《瓦尔登湖》中,梭罗以自己的亲身经历讲述了"得与失"的小寓言:在冬天掉进水中的爱尔兰人来到梭罗家取暖,却拒绝了梭罗送他一件新衣的好意。事实上这个落水者什么都不缺,梭罗明白了自己才是被施舍的那个,因此他说,真正的慈善应当是永恒的。通过寓言的方式,自然文学作家在文本中传达了他们对自然和人

---

① 程虹:《美国自然文学三十讲》,外语教学与研究出版社 2013 年版,第 17 页。
② Scott Slovic, *Seeking Awareness in American Nature Writing*, Salt Lake City: University of Utah Press, 1992, p.28.
③ Walt Whitman, *Specimen Day and Collect*, Boston: David R. Godine Publisher, 1971, p.72.

生真谛的思考,也展现了他们的创作技巧。

(三)清新质朴的语言风格

自然文学作家以文学的形式歌唱自然,令自然文学文本也拥有与大自然相同的基调。大自然的美具有一种神秘的魄力,自然文学作家也更倾向于在生活和自然的环境中推敲自己的文字,思考它们是否如同自然一样有着清新而质朴的特质。自然文学总是通过文字,传递着作家对自然最真挚的情感,让人们在自然中愈合心灵的创伤,在简洁隽永的文字中重返大自然的野趣。

对自然文学作家而言,自然是他们生存的环境,因而与自然相处时,也就无需再去思考城市文明的种种束缚,这一点十分明显地表现在作家们对美国俚语的运用上。民间谚语认为人死前都必须吃一配克的泥土,梭罗据此发问:"当人注定要只吃一配克泥土的时候,为什么他们却应该吃他们的六十英亩的土地?"①事实上,梭罗在这里所要阐述的正是一种忍辱负重生活之意,但他却巧妙地采用了美国民间俗语,读来令人倍感亲切。梭罗的作品有着返璞归真的文学艺术价值,正是因为他一生都在寻求与自然最诚挚的相处。他用手丈量土地,用文字书写自然的色彩。可以说,与自然相一致,让自然融于自身是梭罗毕生的追求,而这种质朴却独具内涵的清醒思索,也成为梭罗自然文学作品特有的活力和希望。

自然文学作品的语言往往呈现出自然平和的特点,于亲切中给人以愉悦,于质朴中给人以真实,流畅的语句中又蕴藏着丰富的哲理。正如梭罗将自己在瓦尔登湖的生活日记重新编撰,《瓦尔登湖》中便含有较多的口语化语言。口语化语言使得梭罗的作品显得更加松散自然,是作家写作心境的最好体现。与梭罗相同的是,无论是贝斯顿还是威廉斯,都用最质朴的语言来叙述他们对自然的感观。奥斯特将雨比作"令人消愁的泪水",迪拉德认为树"通身都闪烁着光芒"。作家们用最简单的比喻和朴实的词句,详细地书写着他们对自然的理解,用一种

---

① Henry David Thoreau, *Walden: 150th Anniversary Edition*, J. Lyndon Shanley (ed.), New Jersey: Princeton University Press, 2004, p.5.

童心未泯的状态,凝视着自然中的美丽景色与自身的精神图景。

作家们抛开了城市生活,在自然里重新思考自己的生活方式与生存意义,寻找自己心灵的慰藉,因而整个自然文学都表现出中亲近自然的取向。文学因蕴含了作家的情感而更显饱满丰富,而作家情感更是通过他们富有亲和力的语言而体现在字里行间。在阅读文本时,读者往往有身临其境之感,这正是因为作家从自然中受到了心灵的震撼,并且选择通过文字将这种动力和能量传达给读者。从《心灵的慰藉》(*Refuge:An Unnatural History of Family and Place*)中,读者感受到大自然赋予威廉斯母女渴望战胜病魔的定力和毅力。威廉斯认为母亲就如同独立于湖畔的苍鹭一般,久经风霜,却一直以矗立的姿态守护着家园。威廉斯的作品有着富有亲和力的语言,能使得读者随着她的视角感受大盐湖生态环境的变化,也在文字中感受着威廉斯一家的命运,体会着作者对生命价值的理解。

自然文学有着其独树一帜的文体和风格,其语言也表现出清新质朴、简洁隽永、感情真挚的特点。作家们用"朴实如泥土,清新如露水现货语言"[1],令自然文学本身也成为与自然界一样生动鲜活的艺术形式,展现了整个世界的缩影。

(四)诗、思、哲互融的艺术创作取向

自然文学从其产生之初就表现出强烈的科学与艺术结合的创作取向。作家在进行创作时,并不将视野局限在对自然景物的描写上,而是将生物与地理知识融于其中,并试图用文字向世人展开一个更加和谐的生态画卷。自然科学知识和人类生态学知识,令20世纪的自然文学更具深刻的洞察力与生态哲思。作为一种独特的文学流派,自然文学以其独特的创作内容,引导人们在阅读中萌生亲近自然的生活取向,获得诗、思、哲三位一体的动态美感与精神洗礼。

受到父亲的影响,威廉·巴特姆同样向着"森林之神"朝圣,行走在山间,描述着动植物群和自然景观,将自然史和文学、科学精神融为一体。亚历山大·威尔逊接受了小巴特姆的指导和教诲,选择进行自然史和绘画技艺的研究。威尔

---

① 程虹:《宁静无价——英美自然文学散论》,上海人民出版社2014年版,第13页。

逊在小巴特姆那里学会了观赏和透视自然,并能够从自然中把握住世界的真实。① 因此,威尔逊声称"我要收集所有最好的鸟"②,《美洲鸟类学》(*American Ornithology*)也成为美国第一部有关鸟类的著作,被视为对"美国自然的颂歌"。作为 19 世纪最受人欢迎的博物学家之一,约翰·巴勒斯的作品更是蕴含着丰富的自然史知识。可以说,正是巴勒斯"确立了自然写作的标准"③。

自然文学作品最重要、最核心的艺术特色,就是作品往往表现为如下三者的融合与统一:简洁隽永的文本,对生命价值的追寻,对生态哲学的探讨。作为美国文学的源头,爱默生以大自然作为自己的读本,在自然中看到了全新的自然精神价值。他在康科德漫步,在果园和树林中为孩子讲述自然的真谛,主张用清纯的目光看待自然,成为美国文明新的开端。爱默生作品中诗、思、哲互融的艺术创作取向被后世自然文学作家所继承,他们将仁爱与自然相联,从自然中寻求文化和思想,成为美国文明研习自然与认识自我这一永恒主题的源头。

随着自然文学创作逐渐走向成熟,美国人摆脱了在欧洲历史遗留中摸索的方式,产生了独特的文化与文明内涵。自然文学中诗、思、哲三位一体的特点,使得美国人不再处于虚无的精神空间之中,空想的美国精神终于落在了实处,与自然和谐共处的生活理想有了实现的可能,人们也开始以新的目光来解读自然文学文本,为 20 世纪生态学和文学的跨学科结合奠定了坚实的文本基础。

西方自然文学自 20 世纪 50 年代传入中国以来,其自然观和生态意识影响了中国现当代文学的创作。苇岸散文的自然书写、海子的大自然诗歌、韩少功的乡村书写与寻根意识,张炜的返归自然思想以及阿来小说的生态意识等,都在一定程度上体现了西方自然文学的影响。可以说,西方自然文学作为生态文学的基础形态,是人类对新语境下人与自然关系的反思,也是人与自然关系的全新审视。在自然文学作家的心目中,人与自然是一个和谐统一的有机整体,人与自然

① Thomas P.Slaughter, *The Natures of John and William Bartram:Two Pioneering Naturalists,Father and Son,in the Wilderness of 18th-Century America*, New York:First Vintage Books Edition,1997,p.252.
② Thomes J.Lyon, *This Incomperable Lande:A Book of American Nature Writing*, Boston:Hougton Mifflin Company,1989,p.42.
③ Ralph H.Lutts, *The Nature Fakers:Wildlife,Science & Sentiment*, Golden,Colo:Fulcrum Publishing,1990,p.8.

的交融相处使得人拥有在自然中发现精神、智慧与美德的能力。自然文学承认并尊重自然界中所有的生命与非生命体,这种观念被中国现当代作家所重视,在融入中国传统的天人合一思想的同时,又以不同的文学形式体现出来,与西方自然文学形成互视对话和交流,表现出建构人类诗意家园和精神家园的崇高生态情怀。

第三章　自然、性别与女性主义

当赞美地球滋养万物的功劳时,古今中外的人们总是不约而同地将地球比作女性,比如中国有女娲补天的传说,西方有地母盖亚(Gaia)的神话,《周易·说卦》说"坤,地也,故称乎母",现代人也习惯使用"地球母亲"的说法。可见在人们朴素的认知中,地球或自然是一位母亲式的女性,是她含辛茹苦孕育了人类和其他自然万物,是她默默地为人类和其他生物提供养分。所以世界上各民族普遍存在大地崇拜、母亲崇拜、生殖崇拜等,比如《汉书·礼乐志》说"后土富媪,昭明三光",其中的"媪"就是一位慈祥的母亲形象,中国古代称地神为"媪神",还有地母元君、女娲娘娘等神衹。在人类几十万年的漫长历史中,人类和其他自然生物一样,总体上与地球或自然保持着一种相对和谐的状态。

但是,至少从农业革命(约10000—8000年前)之后,特别是工业革命(一般以1784年瓦特改良蒸汽机为标志)之后,人类对于地球地质和生态的影响逐渐加深,造成了环境污染、物种灭绝、气候变暖等一系列全球气候和生态危机。在这样的形势下,生态环保主义者呼吁拯救地球母亲,女性主义者也试图论证自然与女性的"天然联系",她们认为当今的气候和生态危机的罪魁祸首是男性,或者说是男权制影响下的人类思维方式。生态环保主义者和女性主义者结合在一起,形成了一股新的学术与社会运动潮流,即生态女性主义(ecofeminism)。本章梳理生态女性主义这一思潮的源与流,追溯生态女性主义西方代表理论家的观点,点明道家思想等中国传统哲学与生态女性主义的呼应之处,并指出中国学界对生态女性主义发展的贡献。

一、交叠与同构：生态批评与女性主义融合的必然性

（一）女性更接近自然？——生态女性主义的缘起

顾名思义，生态女性主义是生态批评（ecocriticism）和女性主义（feminism）的结合体。从历史渊源看，生态女性主义也的确源于对女性与自然的关系的思考。在犹太—基督教的人类中心主义（anthropocentrism）传统中，人是"万物之灵长""万物的尺度"，于是形成了"人—自然"的二分法符号圈，人处于中心的、主体的地位，而自然处于边缘的、客体的地位，任由人类开发、剥削和利用，成为失语的"他者"。工业革命以来，人类逐步加深了对自然的开发利用，自然则反过来"报复"人类，地区性和全球性的气候、环境和生态危机日益恶化。当人类意识到人类行为与生态危机之间的因果联系之后，发起了环境保护运动，生态批评也同步兴起，它追问生态危机的源头，尝试消解"人—自然"的人类中心主义二元对立观，进而重新定义人与自然的关系。在生态批评的理想中，人类不在自然之外，更不在其对立面——人类应该是自然的一部分，人类社会与自然界组成一个完整的"生命共同体"。

从二元对立观的角度审视，男权制遵循类似的逻辑。按照犹太—基督教的《圣经》传统，上帝先造男人后造女人，而且是为了男人才取其肋骨造女人，人类被逐出伊甸园也是因为女人经不起恶魔的诱惑，所以"你（女人）必恋慕你丈夫，你丈夫必管辖你"（《圣经·旧约》3：16）。世界其他地区的男权制也有类似的男性中心主义，男性处于主体、统治的地位，而女性处于客体、被物化的地位，成为失语的"他者"。这种"统治逻辑"渗入社会生活的各个方面，"凡是主流地位的都被划为男性的，凡是被统治的都被划为女性的"①，政治、经济、法律、宗教、教育、军事等公共领域，以及家庭领域莫不如是，女性被贬低为为男性服务又需要男性保护的"第二性"。从 19 世纪以来，女性主义经历了好几个波次，但是都在追求男女平等这同一个目标，尝试改变女性被歧视、被压迫、被物化的地位，破除这种"男性—女性"的二元对立论。

---

① 王文惠等：《〈简·爱〉的生态女权主义思想》，《延安大学学报》2008 年第 2 期。

所以,女性与自然处于相似的地位,两者都在主客二分的"统治逻辑"中被贬到客体的、被压迫、被剥削的地位,两者都受到主导一方的统治和排斥,所以两者也自发地产生了一种"同病相怜"的亲近性。生态批评和女性主义因此结合为生态女性主义(也称为生态女权主义)。"生态女权主义的基本论断是,那种认可性别压迫的意识形态同样认可了对于自然的压迫。"①人类对自然的"统治逻辑"与男性对女性的"统治逻辑"本质是相通的,或者根本就是同一套"统治逻辑"在不同语境下的不同表现形式,生态女性主义哲学家凯伦·沃伦(Karen Warren)指出:"这种统治逻辑既被用来为人类的性别、人种、族群或阶级统治辩护,又被用来为统治自然辩护"②。所以,生态女性主义认为女性解放与自然解放应该互为前提,或者说,"如果没有解放自然的斗争,任何解放女性或其他受压迫群体的努力都是无济于事的"③。

但是,在生态女性主义的发展过程中,女性与自然在人类中心主义和男权制的"统治逻辑"中"同病相怜"的地位的相似性,却长时间被误解为"女性比男性更接近自然"的本质主义同一性。在 20 世纪 60—70 年代的第二波女性主义中,文化女性主义鼓吹女性在生理和文化上都比男性优越,其重要论据就是"女性更接近自然",以及"自然母亲"的隐喻。西方神话传统中的确存在地母神盖亚,人们把万物的生机都归功于她;中国古典神话中也有女娲,是她创造了人类,并牺牲自己保护了人类的生存。"在对西方文明的发源地古希腊尤其是对前奥林匹亚时期女神崇拜传统的考证中,文化生态女性主义者发现在当时的壁画、塑像、神殿、神话中都能发现自然女神崇拜的遗迹。"④"在旧石器时代的艺术品神话中,人们以女性身体中的生理过程——月经、怀孕、生育、哺乳类比自然界的繁育过程,从而把地球描绘为一个养育所有生命的伟大女性。"⑤所以,伊莱扎·甘

---

① 金莉:《生态女权主义》,载赵一凡等编:《西方文论关键词》,外语教学与研究出版社 2006 年版,第 475 页。
② Karen J.Warren(ed.),*Ecological Feminist Philosophy*,Bloomington,Indianapoles:Indiana University Press,1996,p.24.
③ 金莉:《生态女权主义》,《外国文学》2004 年第 5 期。
④ 王阿芳:《莱辛作品〈裂缝〉中女神文化复兴的构想》,《外语与外语教学》2012 年第 4 期。
⑤ E.Gadon,*The Once and Future Goddess:A Symbol for Our Time*,San Francisco:Harperand Row Publisher,1989,p.369.

博(Eliza Gamble)大力赞美"地球母亲""大地女神",苏珊·格里芬(Susan Griffin)也在《女性与自然——内心的呼号》(*Woman and Nature: the Roaring Inside Her*,1978)中用诗意的语言描绘女性与自然的亲近性,强调女性与自然的生物学的联系,进而推导出女性天生比男性更接近大自然的结论。

"自然母亲"的隐喻,以及"女性更接近自然"的论调,使得自然"女性化",女性"自然化",这种本质主义的性别优越论并没有反对人与自然二分、男性与女性对立的主客二分对立思维,而是将自然、男性、女性的相对关系重新进行了划分,将女性与自然合二为一,与男性彻底对立起来。应该说,在人类中心主义的男权社会同时压迫女性与自然的现实面前,"女性亲近自然"不失为一种斗争策略,沃伦指出:"女性在精神上亲近自然,可以为女性和自然治愈由父权社会带来的伤害提供一个场所。"①但是,同时应该清醒地认识到,文化生态女性主义以及由此产生的性别分离主义在实践层面存在着缺陷,将男性排除在外的理想"生态女儿国"在现实中是建立不起来的,女性优越论在现实中也得不到大多数人的支持。在理论层面,本质主义的女性优越论没有反对主客二分的二元论,只是翻转了主客体,用一种压迫替代另一种压迫;也没有考虑到女性群体内部的阶级、种族和地域等差异,从而丧失了对阶级压迫、种族歧视的关注,因而往往具有强烈的西方中心主义和后殖民色彩。

(二)所有他者的同盟——生态女性主义的学科跨度

既然"女性更接近自然"的论调在理论和实践上都存在着问题,那么女性与自然的亲近性又来自何处呢? 玛丽·梅洛(Mary Mellor)指出:"在人类社会被从生物学上分出了两性(sexed),而从社会学上分出了性别(gendered),就此意义而言,男性与女性与自然界处于不同的关系状态上。"②女性与自然的亲近关系,还是来源于人类社会内部。应该说,女性与自然的亲近性源于两者在人类中心主义和男权制的"统治逻辑"压迫之下的地位的相似性。人类压迫自然

---

① Glazebrook Trish,"Karen Warren's Eco-feminism",*Ethics & the Environment*,7.2,2002,p.12.

② Mary Mellor,*Feminism and Ecology*,New York:New York University Press,1997,p.2.

的"统治逻辑"是人类中心主义,男性压迫女性的"统治逻辑"是男权制,但是两种"统治逻辑"本质上是同构的,都是基于主客二分的对立思维。凯文·哈钦斯(Kevin Hutchings)指出,对于生态女权主义来说,"自然的社会建构与女性的社会建构有着深刻的联系"①。所以,女性与自然"同病相怜",是因为"同病"才"相怜",这种"相怜"的亲近感是后天形成的、建构的,而非先验存在的、本质主义的。

韦清琦指出:"西方的二元论倾向于一定要分出个正邪……魔即是恶,神即是善;白人比有色人种好,男人比女人好,等等。这样的观念推行的是非此即彼的价值选择,必然导致人类文明世界内部以及人与自然关系的失范。"②这种二元论在不同的语境下幻化为不同的表现形式,对于人与自然的关系来说就是人类中心主义,对于人类内部的性别关系来说就是男权制,总之是要分出主体和客体,主体处于主导地位,而客体是"他者",处于被统治地位。这种二元对立思维本身就是一种建构,而非世界的本来面目,所以女性与自然因为同样受到的这种二元对立思维的压迫而产生的亲近感也必然是人为建构的——恰恰就是因为两者都处于客体与"他者"的地位,女性气质与自然特点才会被建构为同类,进而造成两者貌似天然的亲近。所以说,女性与自然是一种遭遇相同的"命运共同体"。

这种二元对立思维在哲学上的根源是逻各斯中心主义。早在 2003 年,韦清琦就指出:

> 逻各斯中心主义在不同的批评语境下是以不同的面目出现的。在女性主义文论中,逻各斯中心主义就是男权中心主义……在后殖民批评看来,逻各斯中心主义的面纱是西方中心主义,而东方主义、白人至上论则是相同内核的不同表现形式……逻各斯中心主义又以人类中心主义这一冠冕堂皇的称号驱逐了自然……女权主义、后殖民主义和生态批评所要解构的男权中

---

① Kelvin Hutchings, "Ecocriticism in British Romantic Studies", *Literature Compass*, 4.1(2007), pp. 185-186.
② 韦清琦:《知雄守雌——生态女性主义于跨文化语境里的再阐释》,《外国文学研究》2014 年第 2 期。

心、西方中心和人类中心都以逻各斯中心为其堡垒。①

解构主义大师雅克·德里达(Jacques Derrida)认为,逻各斯原意即话语,延展为知识、学问、本质、结构、实体、上帝、理性等一切本质性的、中心性的存在,它是语词、机构、体制等确定的、具有标准性并自以为是的社会构件的罪恶的共同源头。逻各斯是西方文化中的普遍真理,以其为中心建构出了一个庞大的话语体系,形成了一个"中心—边缘"的符号圈系统,逻各斯就处于正中心,而与之相抵触的一切都被驱逐到边缘的位置,所谓的"统治逻辑"由此产生。这种"逻各斯中心主义"就是一切压迫性的"主义"和制度的来源,在人与自然的关系中,它体现为人类中心主义,人被视为中心,自然受到贬抑;在两性关系中,它体现为男性中心主义或者男权制,男性是中心,女性遭到压迫。所以,女性与自然同受逻各斯中心主义的压迫,因为都处于"他者"的被压迫地位,所以同样处于非中心地位的女性气质与自然特点,在社会文化的建构过程中被归于一类。正是因为生态批评和女性主义的共同敌人都是逻各斯中心主义,所以两者结合为生态女性主义,致力于同时反抗人类中心主义和男权制两种压迫,并且消解它们背后的逻各斯中心主义统治逻辑本身。

逻各斯中心主义作为根本性的统治逻辑,在不同的语境下是以不同的面目出现的。除了表现为人类中心主义和男权制(男性中心主义)之外,它同样也可以在其他语境下对其他的"他者"表现出不同形式的压迫性的"主义"或制度。在种族关系中,逻各斯中心主义表现为白人至上论,有色人种沦为"他者";在阶级关系中,它表现为统治阶级对被统治阶级的矛盾,比如资产阶级对无产阶级的剥削;在国际关系中,它表现为西方中心主义,以及原殖民地宗主国与前殖民地国家的矛盾、西方发达资本主义国家与第三世界国家的矛盾。这些不同形式的"中心主义"都幻化自逻各斯中心主义这同一套统治逻辑,所以反对这些"中心主义"的各种运动和批评流派也自然呈现出结盟的倾向。生态女性主义显然就是生态批评与女性主义结盟的产物,沃伦指出:"在对妇女、有色人种、儿童、穷人的不公正统治与对自然的不公正统治之间存在着重要的联系,而对妇女的关

---

① 韦清琦:《生态批评:完成对逻各斯中心主义的最后合围》,《外国文学研究》2003 年第 4 期。

注揭示了互相关联的人类统治体系的重要特征:首先妇女特别受到生态灾难的危害;其次,女性角色能以一种男性角色做不到的方式与生态问题重叠;第三,构成'自然'的概念和统治西方的意识形态是偏向男性的。"①

沿着这一思路,生态女性主义就不仅仅是生态批评与女性主义的结合,更可以将其视为一切"他者"反对"统治逻辑"的大联盟。发展至今,生态女性主义的关怀的对象早已不止自然或女性,而是扩展到所有二元对立论中处于弱势的"他者"一方:自然、女性、东方、有色人种、被剥削阶级、第三世界国家、南方国家等。所以,生态女性主义在批评实践中就可以展现出高度的灵活性,调整关注重点和视角之后,它就可以承担某个特定语境下的批评任务,但是其本质还是反对逻各斯中心主义。此时,生态女性主义在特定语境下的具体名称反而不是最重要的,理论上,反对逻各斯中心主义的批评流派可以随意组合。比如,格雷厄姆·哈根(Graham Huggan)与海伦·蒂芬(Helen Tiffin)合著的《后殖民生态批评——文学、动物与环境》(Post-colonial Ecocriticism:Literature,Animals and Environment,2010)一书将后殖民研究与生态批评理论相结合,通过分析具体文学文本,探讨了种族主义与物种主义、发展与环境问题、法律权利与情感归属、动物再现、动物保护与本土居民权利等困扰后殖民地区的生态和社会问题,聚焦于发展、环境和动物及其相互关系,指出讨论生态和环境问题必须考虑新旧殖民主义的影响,发展应与生态环境的保护相辅相成,在反思人文主义传统的基础上建构新型的人与非人类自然关系。②

从这一视角反过来看,某些批评方法之所以存在缺陷,就是因为它们选择性地关注一类"他者"而主动忽视其他的"他者",只反对某一种压迫而忽略其他形式的压迫,只反对具体形式的压迫而缺少对于压迫背后的逻各斯中心主义统治逻辑的揭露,所以在具体的批评实践中难以团结大多数"他者",甚至受到特定群体的抵触。

---

① Karen J.Warren, *Ecofeminist Philosophy*, Lanham, Maryland:Row man & Littlefild Publishers, Inc., 2000,p.2.

② 参见朱峰:《发展、环境、动物:评〈后殖民生态批评〉》,《外国文学》2012年第5期。

（三）从同构性到交叠性——生态女性主义的独特批评视角

生态女性主义有别于其他单一型的批评方法之处，就在于认识到了各种不同的"统治逻辑"之间的同构性。从其名称"生态女性主义"的构词方式就可以足够明确地看出，这一批评方法的核心内涵是具有环境视角的女性主义研究，是一种跨学科的交叉型研究方法。劳伦斯·布伊尔（Lawrence Buell）指出，生态女性主义"对将自然作为女性的父权式再现的批判、对女性在博物学史、科学研究、自然写作上扮演的重要角色的修正式再发现；针对开采或利用的伦理学提倡一种'关怀哲学'；对所谓存在于女性与自然间（在生物学或精神上）神秘的亲和关系的复原"①。

虽然与其他女性主义流派一样，生态女性主义内部也有更细致的内部派别划分，并非"铁板一块"，但是生态女性主义批评家有一个基本共识，即人类对于自然的占有和男权社会对于女性的压迫之间存在着重要的关联，反对人类中心主义的环境保护运动和反对男权制的女性解放斗争之间可以是互相促进的关系。女性与自然由此产生出一种亲近感，但这并非由于两者之间存在某种本质主义的生物学联系，而是由于两者同样受到二元对立"统治逻辑"的压迫。澳大利亚女性主义理论家薇尔·普拉姆伍德（Val Plumwood）在生态女性主义经典著作《女性主义与对自然的主宰》（*Feminism and the Mastery of Nature*, 1993）中，总结出了这种二元对立逻辑的完整推论过程：

A. （1）将女性等同于生理的和自然的领域（女性＝自然假设）；

（2）假定女性和自然的低等性（自然低等假设）；

（3）通过一套二元论概念来建构女性和自然，并将自然的领域与理性和人类对立起来（二元论假设）。

B. （1）相对应的，将男性等同于理性、真正的人以及文化（男性＝理性假设）；

（2）假定理性、人类和文化优越于自然（理性的优越性假设）；

（3）通过一套二元论概念来建构人类与文化，并将他们与自然对立起来（二

---

① Lawrence Buell, "The Ecocritical Insurgency", *New Literary History*, 30, 1999, p.712.

元论假设)。①

吉媞·纳宁格(Jytte Nhanenge)在《生态批评——走向女性、穷人、自然与发展的融合》(*Ecocriticism*: *Towards Integrating the Concerns of Women*, *Poor People*, *and Nature into Development*)中也指出:"女性只有非此即彼的选择,要么选择接受 A 假设,要么反对 A 而接受 B。"②

从"统治逻辑"的同构性出发,生态女性主义采用了"交叠性"(intersectionality)的批评方法,即在批评理论和实践中,将视线不仅仅局限于自然的遭遇和女性的困境,而是将其扩展到一切受到逻各斯中心主义二元对立"统治逻辑"压迫的"他者"。美国生态女性主义者格里塔·加德(Greta Gaard)因此给生态女性主义下了一个理论化的定义,同时也指出了生态女性主义的批评广度:"生态女性主义作为一种女性主义伦理,致力于研究相互关联的概念结构,这些结构认可了对一系列群体的压迫:女性、有色人种、动物、GLBT 人群以及自然界。"③所以,"生态女性主义不仅仅如其名所示,是关于女性主义与环境主义,或女性与自然的,还基于以下前提来讨论环境恶化及社会不公等问题,即我们对待自然的方式与我们相互对待的方式密不可分"④。普拉姆伍德在《女性主义理论百科全书》(*Encyclopedia of Feminist Theories*,2003)中也指出:"女性和其他屈从群体及自然,与男性精英阶层及理性,两者形成的二元论联系,是理解西方文化殖民式根本属性问题的关键"⑤。由此可见,生态女性主义的概念是一种伞式的开放性描述,面对不同的批评语境可以有众多分支,这些不同分支之间又存在交叠性。这种交叠性不仅在于各种"他者"面对的是逻各斯中心主义二元对立这一共同的"统治逻辑",也在于他们在不同的语境中具有相似的命运和出路。

---

① [澳]普鲁姆德:《女性主义与对自然的主宰》,马天杰、李丽丽译,重庆出版社 2007 年版,第 18 页。

② Jytte Nhanenge, *Ecofeminism*: *Towards Integrating the Concerns of Women*, *Poor People*, *and Nature into Development*, Plymouth, UK: UPA, 2011, p.111.

③ Greta Gaard, "Tools for a Cross-Cultural Feminist Ethics: Exploring Ethical Contexts and Contents in the Makah Whale Hunt", *Hypatia*, Vol.16, No.1, Winter, 2001, p.2.

④ [美]加德:《女人,水,能源:生态女性主义路径》,李莉等译,《鄱阳湖学刊》2015 年第 1 期。

⑤ Val Plumwood, "Ecofeminism", in *Encyclopedia of Feminist Theories*, Lorraine Code(ed.), London: Routledge, 2000, p.150.

在具体策略上,生态女性主义批评家提出了多种新的模式来替代压迫性的男权制和人类中心主义,"雌雄同体"就是其中一例。"雌雄同体"也常称为"双性同体"或"双性一体",其词源于希腊语,词根"andro"代表男性,"gyny"代表女性。"雌雄同体"本来是一个生物学概念,指的是雄性与雌性共存于同一个生物个体之中,在自然界的确存在这样的生物,但是,叶冬指出与生物学和解剖学上更常用的词"hermaphrodite"相比,"androgyny"似乎更具有一种文化含义,而不仅仅是指生理解剖意义上的双性一体①。在古希腊神话中,阿斯塔提(维纳斯的别名)及其男体亚敦尼斯组成雌雄两性同体;在《圣经》传统中,亚当没有被取出肋骨造夏娃之前也可以说是雌雄同体;在中国古典神话中,女娲与伏羲也经常以连体交尾的雌雄同体形象出现。

现在女性主义理论认为社会性别是社会建构的。波伏娃(Simone de Beauvoir)在《第二性》中指出,个人并非生下来就是女人,而是变成女人的;朱迪斯·巴特勒(Judith Butler)甚至认为性别是可以操演的,总之性别不是一种确定的属性,具有不稳定性。男权社会基于男性中心论,认定男性气质优于女性气质,现代某些激进的女性主义理论又反过来鼓吹女性优越论,两者都没有走出中心论,只会形成对抗和撕裂的结局。而生态女性主义推崇的"雌雄同体"则以男性气质与女性气质的交融反对前面两种偏颇的优越论。弗吉尼亚·伍尔夫(Virginia Woolf)在《一间自己的屋子》(A Room of One's Own,1929)中阐述了雌雄同体的概念和意义:

> 在我们之中每个人都有两个力量支配一切,一个男性的力量,一个女性的力量。在男人的脑子里男性胜过女性,在女人的脑子里女性胜过男性。最正常、最适意的境况就是这两个力量在一起和谐地生活,精神合作的时候……只有在这种融洽的时候,脑子才变得肥沃而能充分运用所有的官能。也许一个纯男性的脑子和一个纯女性的脑子都一样地不能创作。②

虽然生物学上的"雌雄同体"在人类身上难以实现,但是它所提倡的男性气

① 叶冬:《论〈黑暗的左手〉中的雌雄同体》,《外国文学研究》2009 年第 2 期。
② [英]伍尔夫:《一间自己的屋子》,王还译,上海人民出版社 2008 年版,第 137 页。

质与女性气质交融,以及两性对话的模式,却有着深刻的现实意义。梅丽指出,"要重塑女性主义的主体,并不能完全依赖于对女性的生理和社会性别的全面颠覆,更不能依赖于对历史的断然割裂,而是需要在两性共存的历史话语和现实话语中全面探讨女性价值的实现和发展。这不仅仅是一个价值取向问题,更是一个思考方法和实现策略的问题。"①总之,只要能够破除逻各斯中心主义,女性与男性就可以平等地交流对话,在引入了生态视角之后,人类与自然也可以和谐共存,组成一个命运与共的共同体。

二、缘起与发展:生态女性主义的西方代表理论家

(一)生态女性主义的萌芽——西蒙·波伏娃的《第二性》

加德指出:"女性主义与生俱来的包容性意味着(从理想上来看),当某个群体被剥夺公民权的事实得到认可,那么对于该群体的关注自然而然地将会影响到女性主义理论的发展走向。通过研究女性主义理论不断扩大的包容性过程及其之后的理论变形,可对女性主义、生态女性主义和素食生态女性主义的发展状况追根溯源。"②根据加德这一思路,至少可以将生态女性主义追溯到波伏娃的《第二性》(Le Deuxième Sexe,1949)。波伏娃的《第二性》指出,男权制的话语体系将自我与"他者"分离,形成一种二元对立结构,进而形成"统治逻辑",这正是生态女性主义的理论根源之一。波伏娃虽然没有明确提出生态女性主义,但是她对男性统治女性与人类统治自然之间做了类比,可以说已经种下了生态女性主义的理论和批评方式的种子。

在《第二性》中,"他者"是一个被高频使用的关键词,在其中成了女性的代称。在萨特的概念中,当一个人被凝视时,他就被客体化。波伏娃在此基础之上专注研究女性作为被凝视的对象。她认为,婴儿在脱离母体的过程中发育出自我的理念,但是男孩必须将母亲转变为客体才能形成自己的有别于女性的男性

---

① 梅丽:《两性乌托邦》,《外国语》2009年第6期。

② Greta Gaard,"Vegetarian Ecofeminism:A Review Essay",*Frontiers:A Journal of Women Studies*,23:3,2002,p.128.

身份,男女之间因此有了自为(pour-soi)与自在(en-soi)的区别。同时,波伏娃还注意到了人与自然的关系问题,她指出,在男权制之前,"男人深深植根于大自然,他和动植物一样是被产生的。他很清楚,他只有活着才能够存在"①。但是在男权社会中,"他对大自然有某种支配力,他努力按自己的愿望去塑造它"②,"男人期望,通过占有一个女人,能够获得有别于满足本能欲望的东西:她是一个他借以征服大自然的、有特权的客体"③。由此,女性和自然都成为男性凝视和征服的对象,二元对立的"统治逻辑"已经建构起来,生态女性主义关注的女性与自然的亲近关系也呼之欲出了。

虽然《第二性》成书较早,也没有专门论述女性与自然的特殊关系,但是罗斯玛丽·童(Rosemarie Tong)指出:"波伏娃描述了男人把自然和妇女联系起来的方式,早在精神分析的女性主义者多罗西丁内斯坦和生态女性主义者苏珊格里芬(Susan Griffin)之前,波伏娃就提出了这样的观点。"④丹麦学者纳宁格(Jytte Nhanenge)甚而认为,波伏娃"发展了对作为'他者'的女性的研究框架,这一框架成为生态女性主义的理论根源:父权式的思维方式在自我与他者之间作出区分,将具有超越能力的主体脱离出肉体的局限。从历史上看,怀孕、月经以及生育把女人束缚在了内在于世俗特征上。在这样的生存状态中,生命'仅仅'重复着自身。由于自然是被设想为同一范畴的,因而女性与自然就具有了符号性的关联"⑤。

而且,波伏娃在女性与自然的关系上,并没有落入"女性更接近自然"的女性优越论怪圈。她认为:

女人也的确和男人一样,是一个植根于自然的人。她比男性更受物种的奴役,她的动物性更为明显。但是和男人一样,在她身上这些既定特征也

---

① [法]波伏娃:《第二性》,陶铁柱译,中国书籍出版社1998年版,第169页。
② [法]波伏娃:《第二性》,陶铁柱译,中国书籍出版社1998年版,第163页。
③ [法]波伏娃:《第二性》,陶铁柱译,中国书籍出版社1998年版,第197页。
④ [美]罗斯玛丽·童:《女性主义思潮导论》,艾晓明等译,华中师范大学出版社2002年版,第268页。
⑤ Jytte Nhanenge, *Ecofeminism: Towards Integrating the Concerns of Women, Poor People, and Nature into Development*, Lanham, Maryland: University Press of America, Inc., 2011, p.101.

是通过生存这个事实表现出来的,她也属于人类王国。把她比作自然完全是出于偏见。①

这段话说明,女人并不比男人更接近自然生态,而且男女两性都不能被比作自然。波伏娃刻意强调了"人类王国"与自然生态的分野,她虽然认识到了男性压迫女性与人类压迫自然的内在联系,但是她的解决之道是让女性脱离自然进入男性世界。波伏娃的做法可以说是让女性与自然划清界限,无助于自然的解放,也没有从根本上反驳逻各斯中心主义的二元对立"统治逻辑"。

波伏娃的写作中还包含了尝试调和二元对立的"雌雄同体"因素。《第二性》中展现了雌雄同体的端倪。波伏娃认为:"只要神经与血管舒缩的不稳定不是病理性的,就不会影响她从事任何职业:在男性当中也存在着各种各样的气质。"②显然波伏娃反对两性之间存在某种绝对的生物学界限,所以男性气质与女性气质原本就在相当程度上是"同体"的。同时,波伏娃又认识到在男权制社会中,两性气质被人为切割开来,两性差别被夸大,女性气质被贬低:

要女人呆在家里的父权制,才确定她是感情的、内向的和内在的。实际上所有的生存者都既是内在的,也是超越的。当一种制度没有给生存者提供任何目标,或阻止地达到任何目标,或不讳地取得胜利时,他的超越性就会徒劳地陷入过去,就是说,重新陷入内在性。这便是父机制派给女人的命运,但这决不是一种天命,就像受奴役不是奴隶的天命那样。③

她在《第二性》的第十章"五位作家笔下的女人神话"中,也总结了男权社会对于女性气质的臆想:"女人与自然相关,她体现了自然:血之谷、开放的玫瑰、海妖、山曲,她在男人的眼中象征着沃土、津气、物质的美和世界的灵魂。她掌管着诗歌;她成为人间与彼岸世界的中介"④。波伏娃显然反对这种女性气质的框定,于是又走向了另外一个极端。事实上,追求男女平等并非要否定男女差异,强调男女气质具有同等价值也并非要否定男女气质存在的差别。李小江指出:

① [法]波伏娃:《第二性》,陶铁柱译,中国书籍出版社1998年版,第294页。
② [法]波伏娃:《第二性》,陶铁柱译,中国书籍出版社1998年版,第383页。
③ [法]波伏娃:《第二性》,陶铁柱译,中国书籍出版社1998年版,第293页。
④ [法]波伏娃:《第二性》,陶铁柱译,中国书籍出版社1998年版,第286页。

"在反对生物决定论的意义上,我赞同波伏瓦的立场,但并不认为这些生物学上的性别差异于女人的社会存在'毫无意义'。不错,它不能证明女人'不如'男人,但它确定使得女人'不同'于男人。"①当今的生态女性主义并不追求抹平男女在气质或者其他方面的差别,而是认识到两者同等的价值,在男权制的现实面前特别倡导一种"阴性"文明,突出女性气质的作用。

(二)跨文化跨伦理的女性主义——格里塔·加德的梅卡人捕鲸研究

美国生态女性主义理论家格里塔·加德2001年发表了《跨文化女性主义伦理的研究工具:探讨梅卡人捕鲸诉求中的伦理语境及内容》(Tools for a Cross-Cultural Feminist Ethics: Exploring Ethical Contexts and Contents in the Makah Whale Hunt)一文,充分展示了生态女性主义的多维度交叠性视角,被广泛赞誉为生态女性主义批评实践的范本。加德这次的批评实践虽然不是文学文本,而是一次社会事件,但是加德始终保持了生态女性主义交叠而全景的视角,符合她本人早年对生态女性主义的定义:"生态女性主义汲取生态学、女性主义和社会主义的深刻见解,提出了自己的基本假定,即认可了有关诸如种族、阶级、性别、性取向、身体能力等方面的压迫的意识形态,也同时是准许对自然进行压迫的意识形态。"②

加德的批评文本,是美国西部华盛顿州原住民梅卡部落的一次请愿恢复其捕猎灰鲸的活动。1855年,美国政府取得了华盛顿州奥林匹克半岛绝大部分梅卡部落的传统领地,与他们签订了保证其捕鲸权利的《尼亚湾条约》。但是随着时间的推移,梅卡人实际已经停止了捕鲸活动。1937年,美国政府颁布了捕鲸禁令。从20世纪末开始,梅卡人不断请愿恢复捕鲸,并于1997年获得限量捕鲸的许可。这一事件引发了多方热议,各方各执一词,从单一视角看各方的观点都有某种伦理立场为支撑。除了梅卡部落,加德将事件的参与者分为反捕鲸环保主义者、动物权利团体、反种族主义的白人等。

---

① 李小江:《解读女人》,江苏人民出版社1999年版,第119页。

② Greta Gaard, "Living Interconnections with Animals and Nature", in *Ecofeminism: Women, Animals, Nature*, Greta Gaard(ed.), Philadelphia: Temple University Press, 1993, p.1.

加德分析道,虽然各方"都持有一种颇有说服力的逻辑,但其伦理视角都以一种二元对立式的途径来框定伦理问题:首先,鲸和梅卡人,二者必选其一;其次,梅卡人和白人环保主义者仍是二选一"①。同时,看似作为一个整体的群体内部也并非铁板一块,比如梅卡部落内部就有部分女性长老并不赞同恢复捕鲸传统,她们指出捕鲸的猎手并没有遵循部落传统将鲸肉作为食物,但是她们的声音在部落内部受到了压制。作为生态女性主义者的加德认为,不应将这次事件中的不同视角视为互相竞争甚至敌对的,应该避免本质主义的二元对立思维,而应该采用一种整体性的方法,容纳各方的合理诉求,分析其中错综复杂的伦理关系。生态女性主义具备高度的交叠性,非常适合做这一分析。

加德指出:"伦理决策的过程就可以包含三个方面的探讨:伦理内容、伦理语境以及两者的互动。"②这种互动就是生态女性主义的整体主义视角,也就是加德强调的"交叠性意识"(an awareness of intersectionality)③。加德对于梅卡部落捕鲸事件的批评,重点就在于通过运动这种交叠性的整体主义视角,凸显某个特定视角的论证因为陷入本质主义而衍生出明显的悖论。比如,环保主义者谴责梅卡人捕杀灰鲸是残忍的,但是加德反问道:"这些抗议者是否一视同仁地反对所有形式的捕鱼和猎杀呢,抑或其抗议也是分等级的,鲸就能比鳟鱼获得更多的关怀呢?"④在人类文化还是肉食主义主导的当下,环保主义者对于捕鲸的强烈反对似乎经不起推敲,甚至在其他动物同样遭受宰杀面前显得虚伪,灰鲸这种生物似乎只是一个更容易引发同情的旗舰物种,而非所有动物的全面性代表。加德坚持语境性道德素食主义,即为生存发展而进行的捕猎和饮食习惯具有道德正当性,从而对梅卡人的捕鲸诉求给予了一定的支持。

---

① Greta Gaard, "Tools for a Cross-Cultural Feminist Ethics: Exploring Ethical Contexts and Contents in the Makah Whale Hunt", *Hypatia*, Vol.16, No.1, Winter, 2001, p.9.

② Greta Gaard, "Tools for a Cross-Cultural Feminist Ethics: Exploring Ethical Contexts and Contents in the Makah Whale Hunt", *Hypatia*, Vol.16, No.1, Winter, 2001, p.10.

③ Greta Gaard, "From 'cli-fi' to Critical Ecofeminism Narratives of Climate Change and Climate Justice", in *Contemporary Perspectives on Ecofeminism*, Mary Phillips and Nick Rumens (eds.), London: Routledge, 2015, p.177.

④ Greta Gaard, "Tools for a Cross-Cultural Feminist Ethics: Exploring Ethical Contexts and Contents in the Makah Whale Hunt", *Hypatia*, Vol.16, No.1, Winter, 2001, pp.9-10.

　　梅卡人敦促美国政府保证他们的土地、猎捕、经济补偿等条约权利,加德注意到,这一条约签订150年过后,仍然具有显著的殖民主义和种族主义色彩,相当程度上仍然反映了白人主导的美国政府对原住民部落正当权利的侵占,所以加德认为生态女性主义者应该支持原住民的诉求。但是,环境语境却发生了巨大变化,灰鲸数量锐减,梅卡人如果不加限制地捕鲸,又会成为生态环境的破坏者。梅卡人声称捕鲸是印第安文化的象征,但是这种"文化捕鲸"(cultural whaling)的诉求是否能够代表内部差异巨大的印第安文化也是值得怀疑的。而且,加德发现捕鲸是梅卡部落内部男性精英阶层的行为,既有阶层性,又有男权制的特点,所以捕鲸这一诉求并不能够代表整个梅卡部落所有居民的诉求,梅卡贵族男子在捕鲸时,兼具性别压迫者和阶级压迫者的交叠性身份。从这两个交叠性的视角,加德又对梅卡人的捕鲸诉求表达了一定程度的批评。

　　加德指出:"生态女性主义者在跨文化协商理念与价值时,力求规避性别本质论,她们都强调在思考性别问题时,将阶级、种族和性取向等问题联系在一起的重要性。"①所以,她最终得出结论,认为女性主义者在这一事件正确的参与方式应该是:"反种族主义女性主义者和生态女性主义者完全可以并行不悖地支持原住民条约权利(伦理语境)和反对企图将对其他被边缘化的群体的征服延续下去的传统文化习俗(伦理内容):这样一种立场反映了在纷繁多层的关系总体格局中,须明确意识到自己该站在何处。"②从反种族主义和殖民主义的立场出发,生态女性主义者应该支持梅卡人的捕鲸诉求,但同时也要对捕鲸这一文化行为进行深刻的内部分析,明确反对其中的压迫性特征。这种双重分析的立场,才能保证生态女性主义者在面对具体的文本时,可以从多维度的整体主义的视角出发,反对一切逻各斯中心主义的二元对立本质主义思维。加德自己总结道:

　　　　生态女性主义者努力成为有色人种的反种族主义盟友,成为女性的跨文化女性主义盟友,成为非人类动物的反物种歧视盟友,因而对于梅卡捕鲸

①　Greta Gaard,"Tools for a Cross-Cultural Feminist Ethics:Exploring Ethical Contexts and Contents in the Makah Whale Hunt",*Hypatia*,Vol.16,No.1,Winter,2001,p.16.

②　Greta Gaard,"Tools for a Cross-Cultural Feminist Ethics:Exploring Ethical Contexts and Contents in the Makah Whale Hunt",*Hypatia*,Vol.16,No.1,Winter,2001,p.10.

情境的生态女性主义分析途径,就会同时考虑伦理问题的语境与内容,为跨文化对话寻求一种包容性的论坛,追寻并支持跨越文化边界的女性主义者的引领。①

(三)超越人类中心主义的关怀——卡罗尔·亚当斯的素食生态女性主义

作为食物的肉与作为生存载体的肉身,是素食生态女性主义关注的重点领域,其中的杰出代表就是卡罗尔·亚当斯(Carol J.Adams)。她1990年发表的《肉的性别政治——女性主义—素食主义批评理论》(*The Sexual Politics of Meat: A Feminist-Vegetarian Critical Theory*)一书是美国生态女性主义和素食主义的名著。亚当斯在该书中引入了符号学概念缺席指涉(absent referent),用以解释人类屠宰动物与压迫女性的共同统治逻辑。在人类中心主义的话语体系中,"肉"指向被加工处理过的肉质食品,而活体动物作为"肉"的原本指涉是缺席的。在男权制的话语体系中,女性是根据男性的需要被物化的,具备完整人格的个体"人"这一原本的指涉也变成了缺席的。亚当斯据此推论指出,素食主义和女性主义具有交叠性,两者反对的是同一套"统治逻辑",寻找动物与女性共同的出路。她认为,"《肉的性别政治》一书就在于生成连接","肉的性别政治的全部意义就在于发现这种压迫文化的对立面——存在更好的世界,对我们人类更好,对环境更好,对各种关系更好,对动物更好"。② 可见亚当斯的关注点已经超越了动物和女性,而是扩展到了"各种关系"中的"他者",展现出了生态女性主义批评视角广的特点。

在索绪尔的结构语言学体系中,符号由能指和所指构成,所指也称为指涉(referent),如果能指指向其所指的关系被打断,而指向一个新的指涉,那么原有的所指就变了缺席指涉(absent referent)。在人类的食肉行为中,"肉"原本指向

---

① Greta Gaard, "Tools for a Cross-Cultural Feminist Ethics: Exploring Ethical Contexts and Contents in the Makah Whale Hunt", *Hypatia*, Vol.16, No.1, Winter, 2001, p.18.

② Carol Adams, *The Sexual Politics of Meat: A Feminist-Vegetarian Critical Theory*, New York: Continuum, 2010, p.2.

活体动物的肉身，但是在人类中心主义的话语体系中，"肉"重新指向经过加工处理的肉质食品，在这一过程中动物就变成了缺席指涉。亚当斯定义了动物变成缺席指涉的三种方式：

> 第一种是字面意义上的：如上文所述，通过食肉这种行为它们从字面上就是缺席的，因为它们已经死了。第二种是定义上的：当我们吃动物的时候，我们改变了谈论它们的方式，比如我们不再说动物的幼仔，而是说小牛肉或羊羔肉。在下一章我会更仔细地分析食肉的语言，"肉"这个词有一个缺席指涉，即死去的动物。第三种是隐喻的：动物变成隐喻，用来描述人们的经历。在这种隐喻的意义上，缺席指涉的意义来自于它在其他事物上的运用或指向其他事物。[1]

其中第三种隐喻的方式尤其值得分析，动物被"肉"化之后幻化成了一种隐喻，被用于描述其他"他者"遭受的暴力或不公。亚当斯指出，被强奸或被殴打的女性常用"我感觉自己像一块肉"来形容被虐待时的感受，"肉"在这一隐喻中恢复了其暴力特性，这个隐喻之所以可以描述女性遭受的不公，正是因为动物每天都在遭受更加严重的暴力。

亚当斯还细致分析了"物化、肢解、吞食的循环"这一动物与女性变成缺席指涉的过程：

> 物化使得压迫者可以把另外一个生物视为物体，然后压迫者就可以像对待物体一样侵犯这个生物的权利，比如强奸女性，剥夺女性拒绝的权利，或者屠宰动物，把动物从活生生的有呼吸的生命变成死去的物体。这个过程使得肢解（或者说残忍的碎尸）以及最终的吞食成为可能。[2]

在这一循环中，压迫者的需要是唯一标准，动物的价值在于其身体部位能否被食用或使用，女性的价值在于满足男权的需要，只不过一般认为女性的价值比动物高一些。所以，女性与动物遭遇相似，动物被"肉"化，女性被物化，其作为

[1] Carol Adams, *The Sexual Politics of Meat: A Feminist-Vegetarian Critical Theory*, New York: Continuum, 2010, pp.66—67.

[2] Carol Adams, *The Sexual Politics of Meat: A Feminist-Vegetarian Critical Theory*, New York: Continuum, 2010, p.73.

生命和独立个体的价值都被无视,取而代之的是对于压迫者的使用价值,区别只在于动物遭受的往往是物理暴力,而女性遭受的往往是社会性和制度性暴力。

既然食肉主义和男权制共同的"统治逻辑"就是用缺席指涉的方式强行将动物和女性与其原本的指涉切割开来,那么素食主义和女性主义反对这种"统治逻辑"的方式就是尝试恢复原本的指涉。人类社会使用了众多手段来组织人们看到"肉"的真正指涉,比如将屠宰场建在远离公众的地方,但是这本来就反映了人类与生俱来的同情心和道德意识。加德指出:"素食生态女性主义者认为,只有当人类克服对非人类动物的同情心,他们才会忽略动物所遭受的巨大痛苦。"[1]所以,动物保护主义者反其道而行之,积极向公众揭露屠宰动物的残忍,以此唤起人们的同情心,并倡导素食主义。女性主义也尝试重新定义具备完整自足意义的女性,所以女性主义要争取工作权、选举权、受教育权,也要争取各个方面的自主权,以恢复完整独立的人格。

亚当斯指出,食肉行为与男权制对女性的压迫相辅相成、互为表里,"食肉行为是男性统治的核心组成部分,素食行为在男权制文化中是疾病的标志"[2]。她认识到了人类中心主义和男权制共同的"统治逻辑",并呼吁女性主义和素食主义联合起来反对这种"统治逻辑":"缺席指涉的父权制结构使得女性和动物丧失主体性,压缩指涉点,并造成重叠性的压迫。需要女性主义和素食主义合力才能挑战这一结构。"[3]这正展现了生态女性主义的交叠性,女性主义和素食主义交叠可以形成"女性主义—素食主义批评理论"[4],或者"素食生态女性主义"。加德也认为,"素食生态女性主义这一分支是女性主义和生态女性主义合乎逻辑的自然产物"[5]。

2010年,《肉的性别政治》出了二十周年纪念版(第三版),在序言中,亚当

---

① [美]加德:《素食生态女性主义》,刘光赢译,《鄱阳湖学刊》2016年第2期。

② Carol Adams, *The Sexual Politics of Meat: A Feminist-Vegetarian Critical Theory*, New York: Continuum, 2010, p.217.

③ Carol Adams, *The Sexual Politics of Meat: A Feminist-Vegetarian Critical Theory*, New York: Continuum, 2010, p.219.

④ Carol Adams, *The Sexual Politics of Meat: A Feminist-Vegetarian Critical Theory*, New York: Continuum, 2010, p.218.

⑤ [美]加德:《素食生态女性主义》,刘光赢译,《鄱阳湖学刊》2016年第2期。

斯"憧憬"了缺席指涉消亡之后的世界,关键词不但包括女性、动物,也包括了环境破坏、气候变化,素食生态女性主义的交叠性和可扩展性可见一斑。亚当斯写道:"我们憧憬鲜活的生命不再被转变成物体。我们憧憬食肉性的消费的终结。我们憧憬平等……憧憬一个新的时代,到那时我们的文化将证明我的肉的性别政治不再适用。活动家不再只是憧憬这样一个世界。我们将努力去实现我们所憧憬的世界。"①亚当斯所憧憬的世界显然不只是对于动物和女性是公平的、美好的,对于逻各斯中心主义主客二分"统治逻辑"下的一切"他者"都是如此,这种广泛的交叠式关注才是生态女性主义应有的批评广度。

三、借鉴与融合:生态女性主义的中国之声

(一)知雌守雄——道家思想与生态女性主义

生态女性主义学者玛蒂·基尔(Marti Kheel)曾指出,生态女性主义呼吁一种内在的思想转型,而道家思想正是这一转型的精神源泉。② 在《神圣的土地,神圣的性》(*Sacred Land*,*Sacred Sex—Rapture of the Deep*:*Concerning Deep Ecology and Celebrating Life*,1988)一书中,德洛莉丝·拉沙佩勒(Dolores LaChapelle)更是把老子和庄子尊为"至圣",她说道:"在我们这么多年逐渐对道家学说加深理解的过程中,我可以直言,西方世界种种企图'拯救世界'的癫狂之举都毫无必要。人家早就给我们准备好了——几千年前——道家学者。我们现在可以放下一切去追随老子和庄子了。"③研究道家思想的西方学者也指出了道家思想与现代女性主义和生态主义之间的关联,比如施舟人(克里斯托弗·希帕,Kristofer Schipper)认为,道家思想"着意倡导对女性、儿童的尊重,对所有动植物的尊重,

---

① Carol Adams, *The Sexual Politics of Meat*:*A Feminist-Vegetarian Critical Theory*, New York:Continuum,2010,p.7.

② Marti Kheel, "Ecofeminism and Deep Ecology:Reflections on Identity and Difference", in *Reweaving the World*:*The Emergence of Ecofeminism*,I.Diamond and G.F.Orenstein(eds.),San Francisco:Sierra Club,1990,p.130.

③ Dolores LaChapelle,*Sacred Land*,*Sacred Sex—Rapture of the Deep*:*Concerning Deep Ecology and Celebrating Life*,Silverton,Colo.:Finn Hill Arts,1988,p.90.

对土地、山川、河流、森林的尊重,并致力于加以保存和养护"①。国内学者也指出了道家思想的一些概念值得生态女性主义借鉴,比如陈霞指出了道家思想尚阴贵柔思想与生态女性主义的契合之处对生态环境治理等全球性问题的借鉴意义②;再比如韦清琦指出,"道家的'气'的范畴,在很多学者看来成为沟通生态学与哲学的桥梁"③。由此可见,道家思想对于生态女性主义的影响,以及两者的契合之处,是受到生态女性主义者和学界公开认可的。道家思想和生态女性主义在哪些关键议题上存在契合之处?又有哪些细微差异?下文尝试通过比较研究道家思想和生态女性主义的一些重要论述,阐述二者之间的相互交叠与印证之处,进而发掘道家思想对当代生态学和女性议题的借鉴价值。

与其他统治逻辑一样,男权制的核心在于二元对立思维,即用逻辑二分法(dichotomy)以性别为标准对整个人类群体进行分割,为男性赋予积极主动的男性气质(masculinity),为女性赋予消极被动的女性气质(femininity),并用本质主义和生物决定论(biological determinism)将性别气质的划分加以固化。现代女性主义的核心观点之一就是区分了生物性别(sex)和社会性别(gender),并认为社会性别是社会建构的,与此相关的性别气质在相当程度上也是社会建构的,西蒙娜·德·波伏娃(Simone de Beauvoir)在《第二性》中就认为"女人并不是生就的,而宁可说是逐渐形成的"④。可见,前文所述的宣扬女性气质优于男性气质的早期文化生态女性主义者,并没有破除男权制的性别二元对立思维,仍然陷在本质主义和生物决定论的泥淖当中。但是完全否定性别气质也不可行。一则众多科学研究表明生物性别对性别气质有着重要影响,可以说性别气质是生物因素和社会建构双重作用下共同决定的,比如专注研究性别问题的美国社会学家艾米·S.沃顿(Amy S.Wharton)在总结相关研究时说道:"虽然在一些细节上观

① Kristofer Schipper, "Daoist Ecology:The Inner Transformation, A Study of the Precepts of the Early Daoist Ecclesia", in *Daoism and Ecology:Ways within a Cosmic Landscape*, N. J. Girardot, et al. (eds.),Cambridge,MA:Harvard University Press,2001,p.79.
② 陈霞:《道教贵柔守雌女性观与生态女权思想》,《西南民族大学学报(哲学社会科学版)》2000年第8期。
③ 韦清琦、李家銮:《生态女性主义》,外语教学与研究出版社2019年版,第150页。
④ [法]波伏娃:《第二性》,陶铁柱译,中国书籍出版社1998年版,第309页。

点不一,但是多数研究人员认同部分性别差异存在生物学或基因影响……理解生物、基因和文化因素如何在互动中塑造人的性格和行为,而非单独考虑其中一个因素,可能才是探究这些问题最好的途径。"①二则社会对性别气质的建构作为一个既成事实在短期内难以消除,否定性别气质的概念并不能消除其存在的事实和根源。

　　生态女性主义者于是提出以雌雄同体(androgyny)替代男权制下的性别对立,20世纪中期美国女权主义运动领袖宝莉·穆雷(Pauli Murray)就提出"雌雄同体的社会远优于父权社会"②,玛丽·戴利(Mary Daly)则在《超越天父——走向女性解放的哲学》(*Beyond God the Father*:*Towards a Philosophy of Women's Liberation*,1973)中宣称:"新女性不再委曲求全做扭曲的半人,那近乎做自我毁灭的非人,她们要挣脱性别角色定义,走向雌雄同体的存在。"③国内学者韦清琦也认为,雌雄同体是生态女性主义的概念内核。④"雌雄同体"也常称为"双性同体"或"双性一体",其词源于希腊语,词根"andro"代表男性,"gyny"代表女性。叶冬曾在生理学和心理学双重意义上对该词进行解析,指出与生物学和解剖学上更常用的词"hermaphrodite"相比,"androgyny"似乎更具有一种文化含义,而不仅仅是指生理解剖意义上的双性一体⑤。也就是说,生态女性主义提倡的雌雄同体并非要创造生物学意义上的第三性别,而是重在融合男性气质与女性气质,破除性别气质与生物性别挂钩的本质主义,重估性别气质的价值,最终实现两个性别的平等和交融。

　　"雌雄同体"思想与道家思想中"阴阳和合"高度一致。在道家思想的宇宙观中,"道生一,一生二,二生三,三生万物"(《道德经》第42章),特里·F.克莱

---

①　Amy S.Wharton,*The Sociology of Gender*:*An Introduction to Theory and Research*,Hoboken,NJ:Wiley-Blackwell,2005,p.29.

②　Pauli Murray,"Testimony,House Committee on Education and Labor",in *The Essential Feminist Reader*,Estelle B.Freedman(ed.),New York:Modern Library,2007,p.286.

③　Mary Daly,*Beyond God the Father*:*Towards a Philosophy of Women's Liberation*,London:The Women's Press,1973,p.41.

④　韦清琦:《知雄守雌——生态女性主义于跨文化语境里的再阐释》,《外国文学研究》2014年第2期。

⑤　叶冬:《论〈黑暗的左手〉中的雌雄同体》,《外国文学研究》2009年第2期。

曼(Terry F.Kleeman)总结了道生发万物的次序的一般理解："原始的统一体首先被分为两种相对的力量,即阴和阳,然后阴阳又造成第三种中间的力量,从这三种力量中产生所有的存在物。"①可见"二"即是指阴和阳两种气,可以说"道性"就是以阴阳的形式寓于万物之中,阳气主导之物性阳,阴气主导之物性阴。但是阴阳二气并不是绝对的,除了"太阳"和"太阴",世间万物之中皆有阴阳;也不是固定的,阴阳二气处于此消彼长的永续变化之中;更不是对立的,阴阳二气可以互相转化,互相中和。具体到人际关系中,一般认为男性由阳气主导,女性由阴气主导,但是更准确的理解是,阴阳是一种"物体间性",具体到人际关系中则是一种"人际间性",即阴阳是由两者之间的相对关系确定的,并不必然与性别挂钩,比如,在古代的君臣关系中,君王为阳,臣子为阴,但是双方一般皆为男性。莎伦·罗(Sharon Rowe)和詹姆斯·D.塞尔曼(James D.Sellmann)因此认为,"阴阳的区分并不分割事物,并不僵化地根据社会性别/生物性别来分配价值和次序"②,"并不暗示某种森严的等级制度,也不表示一物优越于'他者'"③。

　　最能直观地体现道家的阴阳和合思想的是太极图,白色代表阳,黑色代表阴;但是白色之中有一个黑点,黑色之中有一个白点,代表阳中有阴,阴中有阳;黑白两部分形似两条互相追逐的鱼,代表阴阳互相转化。专注于研究道家思想的德国宗教学者利维亚·科恩(Livia Kohn)认为,太极图"展现了两股根本性的力量,在宇宙的根本之处处于互扣的和谐之中"④。加拿大哲学家安乐哲(罗杰·T.艾姆斯,Roger T.Ames)对比了阴阳思想和西方二元对立思维,并以下面

---

① Terry F.Kleeman,"Daoism and the Quest for Order", in *Daoism and Ecology:Ways Within a Cosmic Landscape*,N.J.Girardot,James Miller,and Liu Xiaogan(eds.),Cambridge:Harvard University Press, 2001,p.62.

② Sharon Rowe and James D.Sellmann, "An Uncommon Alliance:Ecofeminism and Classical Daoist Philosophy", *Environmental Ethics*,25,2,2003,p.132.

③ Sharon Rowe and James D.Sellmann, "An Uncommon Alliance:Ecofeminism and Classical Daoist Philosophy", *Environmental Ethics*,25,2,2003,p.133.

④ Livia Kohn, "Change Starts Small:Daoist Practice and the Ecology of Individual Lives", in *Daoism and Ecology:Ways Within a Cosmic Landscape*, N.J.Girardot,James Miller,and Liu Xiaogan(eds.), Cambridge:Harvard University Press,2001,p.377.

两种示意图展现了二者的区别。① 在西方二元对立思维中(见图 3-1 左),二元互相远离对方,相互对立,二者被认为有本质性差异,具体到两性关系及性别气质中,性别被认为是完全由生物学因素决定并且固定不变的,男性气质与女性气质被认为完全与生物性别挂钩。但是在道家的阴阳和合思想中(见图 3-1 右),阴阳二元虽有区分,但是是互相交融的,存在重叠之处。

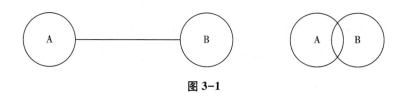

图 3-1

　　事实上,安乐哲为道家阴阳思想画的示意图至少有两点不准确。一是阴阳的重叠性似乎应该更多一些,而非仅仅处于勉强接触的程度,也无法像太极图那样展现出阳中有阴,阴中有阳;二是这个静态的示意图无法展现出阴阳转化的动态态势,而太极图虽然也是静态图,但是却在静态之中展现出了这种动态的态势。

　　2011 年,纳宁格出版《生态批评——走向女性、穷人、自然与发展的融合》一书,封面就以八卦图为主题图。纳宁格指出:"欧美现代文化既将自然当作取之不竭的资源,也视之为总能够清除干净人造废物的地方。现代社会也将此说应用于女性,视后者为满足丈夫、孩子及其他家庭成员的需求的工具,同时他们也期望女性能跟在后面收拾烂摊子。这也是为何现代文化理解女性与理解自然之间存在着关联。"② 为了解构本质主义的西方二元对立思维,打破人类压迫自然和男性压迫女性的等级制度,纳宁格提出以生态女性主义和道家思想两个转向作为人类文明的出路:

　　　　现代社会鼓吹的理论是,只有我们看到、触到和能够计算其价值的东西

① Roger T.Ames,"The Local and the Focal in Realizing a Daoist World",in *Daoism and Ecology*:*Ways Within a Cosmic Landscape*,N.J.Girardot,James Miller,and Liu Xiaogan(eds.),Cambridge:Harvard University Press,2001,p.269.

② Jytte Nhanenge,*Ecofeminism*:*Towards Integrating the Concerns of Women*,*Poor People*,*and Nature into Development*,Lanham,Maryland:University Press of America,Inc.,2011,p.44.

才是存在的。这种认知方式是逻辑的、理性的,涉及人的左半脑。本书将与认知的理性模式有关的东西称为男性或阳(yang)的力量。然而,逻辑性的半脑是有局限的。将各种成分量化,会使得我们对实在(reality)的理解呈现出碎片状态……如果我们想要扩展自己的理解力,就需将右半脑包括进来。这是我们储存经验的所在,产生我们的直觉,创造力,是我们意义结构的质化部分。当在运用直觉时,我们能够理解各部分间的关联及其整体。我们能够感觉到,我们的逻辑所判断到的并不存在。于是,如我们接触到我们认知系统的边缘部分,即质化的、创造性的和直觉的——本书称之为女性或阴(yin)的力量,那么我们就能够移除掉我们更多的盲区。

逻辑性的、量化的、男性的、阳的系统是现代科学、经济学、技术与发展的基础。鼓吹这一还原论体系的人并不能接触到全部实在,那是必须融入直觉的、质化的、女性的、阴的视角的。其结果必然如同盲人摸象,无法获知真理。还原论方法只会产生碎片式、机械性的知识系统,带给现实的则是灾难性的后果。不过,当我们意识到这一局限,并将量与质、男性与女性、阳与阴融为一体时,我们或能目光如炬。到那时,我们看到的世界就是鲜活的、有力的、相互关联的、和谐的整体。①

纳宁格深刻地理解了道家的阴阳和合思想,她认识到了阴阳平衡的重要性:"中国哲学是回避二元论的。对立也呈中性状态。他们只是作为永恒的阴与阳的存在的反映。因此,阴与阳并没有和道德价值相联系。一方并不比另一方更好或更重要。阴或阳本身不是善,而两者的平衡才是善。而恶或害即是两者的失衡。最基本的准则就是两种力量必须处于平衡状态。"②

道家的阴阳和合是一种理想状态,理想状态置于社会事实中,也应根据社会现实调整其侧重方向。在中国古代社会中,阳长期被认为是占据上位的力量。勒古恩也指出:"(西方)文明阳性十足,如若对其不公予以改进或避免自我毁

---

① Jytte Nhanenge, *Ecofeminism: Towards Integrating the Concerns of Women, Poor People, and Nature into Development*, Lanham, Maryland: University Press of America, Inc., 2011, p.xiv.

② Jytte Nhanenge, *Ecofeminism: Towards Integrating the Concerns of Women, Poor People, and Nature into Development*, Lanham, Maryland: University Press of America, Inc., 2011, p.76.

灭,就必须逆向思维、返转归根。"①在此背景下,笼统地强调阴阳和合尚不足以改变"贵阳贬阴"的社会现状,需要稍微"矫枉过正"地强调原本处于弱势一方的价值和作用,所以与突出女性气质的"雌雄同体"思想一样,老子也提出了"知雄守雌"的思想,提倡在了解认识"雄"和阳的同时,坚守"雌"的、阴的本位。老子说:"知其雄,守其雌,为天下溪"(《道德经》第28章)作为"守雌"的具体体现,道家提出了"贵阴"的思想。老子用了母亲、婴儿、水、山谷等多个隐喻来阐释"道"阴柔的特点和性质。

母亲隐喻:

无名天地之始;有名万物之母。(《道德经》第1章)

有物混成,先天地生。寂兮寥兮,独立而不改,周行而不殆,可以为天地母。(《道德经》第25章)

天下有始,以为天下母。(《道德经》第52章)

婴儿隐喻:

载营魄抱一,能无离乎。专气致柔,能如婴儿乎。(《道德经》第10章)

沌沌兮,如婴儿之未孩。(《道德经》第20章)

为天下溪,常德不离,复归于婴儿。(《道德经》第28章)

含德之厚,比于赤子。毒虫不螫,猛兽不据,攫鸟不搏。骨弱筋柔而握固。未知牝牡之合而峻作,精之至也。终日号而不嗄,和之至也。(《道德经》第55章)

水隐喻:

上善若水。水善利万物而不争,处众人之所恶,故几于道。(《道德经》第8章)

天下莫柔弱于水,而攻坚强者莫之能胜,以其无以易之。(《道德经》第78章)

山谷隐喻:

---

① Ursula K.Le Guin,*Dancing at the Edge of the World*:*Thoughts on Words*,*Women*,*Places*,New York:Harper & Row,1989,p.90.

道冲,而用之或不盈。渊兮,似万物之宗。(《道德经》第 4 章)

谷神不死,是谓玄牝。玄牝之门,是谓天地根。(《道德经》第 6 章)

旷兮其若谷。(《道德经》第 15 章)

知其荣,守其辱,为天下谷。为天下谷,常德乃足,复归于朴。(《道德经》第 28 章)

譬道之在天下,犹川谷之于江海。(《道德经》第 32 章)

上德若谷。(《道德经》第 41 章)

江海之所以能为百谷王者,以其善下之,故能为百谷王。(《道德经》第 66 章)

韦清琦指出,道家的"知雄守雌"思想不仅"雌雄同体",而且更偏重对"雌"的执守,"以阴性的恢弘的弱效应来引导阳的力量,引导人类文化走向看似柔软,实则更加高等更为智慧的文明"[1]。"知雄守雌"和"雌雄同体"都是通过对原本处于弱势,被贬抑,被压迫的地位的女性气质等"雌性"价值的强调,尝试建立一个阴阳和合、平衡平等的世界,在这样一个世界中,并不是阴的、雌性的、女性的力量和地位,要压倒阳的、雄性的、男性的力量和地位,而是两者处于和谐之中。特蕾西·哈格里夫(Tracy Hargreaves)也指出:"雌雄同体通过将其女性化而拯救男性气质","对于男性也有解放的效果"。[2]

(二)运用与发扬——中国学者对生态女性主义的贡献

"知雄守雌"和"雌雄同体"相互的契合与印证,充分说明了道家思想与生态女性主义可以相互借鉴,基尔、纳宁格等生态女性主义学者主动借鉴道家思想论证生态女性主义,反过来生态女性主义等西方现代生态学理论也值得中国学者借鉴,以用于阐发道家思想当下的生态意义。曾繁仁指出,生态现象学"摈弃工具理性的主客二分、人与自然对立的思维模式,将传统的人类中心主义观念与对自然过分掠夺的物欲加以'悬搁'",如此"才能超越物欲进入与自然万物平等对

---

[1] 韦清琦:《知雄守雌——生态女性主义于跨文化语境里的再阐释》,《外国文学研究》2014 年第 2 期。

[2] Tracy Hargreaves, *Androgyny in Modern Literature*, New York: Palgrave Macmillan, 2005, p.100.

话、共生共存的审美境界"。① 鲁枢元在《陶渊明的幽灵》中也点明,海德格尔的"无"与中国道家思想中的"无"目标相同,海德格尔的"有无之辨"与"知白守黑"只是中西不同的版本而已,都强调"天地万物孕育演化的基本'法式'与'模则',更是人生在世安身立命完善而又完美的最高境界"②。韦清琦也曾指出:"'知雄守雌'的思想对西方现代性中的二元论而言,可看作一种有力的消解,能够为人与自然的和谐相处提供理论依据;如果将'阴'的范畴加以拓展,人类社会内部完全有可能建构一种'阴'的,即内涵得到极大扩充的女性主义文明,这些都与生态女性主义的诉求不谋而合。"③另外,道家思想的实践性较弱,除了对中国人生活方式潜移默化的影响,更多是中国传统文人一种修身养性的哲学;后世以道家思想为基础的道教实践,又常常以偏离了老庄的教诲,很多时候反而沦为了中国封建统治者愚化民众的手段和男权制压迫女性的帮凶,在这一点上,积极救世的,具有强烈现实批判性和改造性的现代生态女性主义也值得道家思想借鉴。

---

① 曾繁仁:《生态美学导论》,商务印书馆 2010 年版,第 301 页。
② 鲁枢元:《陶渊明的幽灵》,上海文艺出版社 2012 年版,第 87 页。
③ 韦清琦、李家銮:《生态女性主义》,外语教学与研究出版社 2019 年版,第 155 页。

第四章　环境公正与生态批评的主题转型

生态批评作为"文学与物质环境之间关系的研究"①,具有内容丰富、包容开放的学科性质,其研究主题和关注重点随着时代变化而持续动态演进。自 20 世纪 90 年代中期之后,学界对单纯自然的研究偏好在环境公正思想的影响下逐渐发生了转变,生态批评开始了新的一波以"环境公正"(environmental justice,也被译为"环境正义")为关键词的主题转型。② 环境公正生态批评"超越生态中心,吸纳环境公正"③,为生态批评的自然底色添加了社会因素,注重弱势群体享受的公平正义——公正地享有环境权益,平等地承担环境危害,是一种融合了生态、人文与伦理维度的生态批评学术立场。

生态批评的环境公正转型意味着:首先,此前生态批评对单纯自然的潜心关注转变为对人与环境(自然环境、人建环境)之间复杂关系的探索,生态批评学界将视线从乡村、荒野移回到郊区、都市,回到人与自然交汇的中间地带;其次,生态理想与现实状况相结合,种族、性别、阶级等要素被纳入考量范围中,由于政治、经济、社会等原因造成的环境非公正主题成为生态批评研究新的关注点;最后,整体性思路的兴起解构了人与自然、自然与文化等二元对立模式,在生态中心主义与人类中心主义的平衡中建构理论并付诸实践。这种

---

① Cheryll Glotfelty, "Introduction", in *The Ecocriticism Reader: Landmarks in Literary Ecology*, Cheryll Glotfelty & Harold Fromm(eds.), Athens, Georgia: The University of Georgia Press, 1996, p.xviii.

② 生态批评第一次浪潮与第二次浪潮的说法由美国学者劳伦斯·布伊尔提出,见 Lawrence Buell, *The Future of Environmental Criticism: Environmental Crisis and Literary Imagination*, MA/Oxford: Blackwell Publishing, 2005。

③ 胡志红:《西方生态批评史》,人民出版社 2015 年版,第 146 页。

主题转型表明了生态批评语境中由环境公正所体现的"环境关注和社会公正之间的重要连接"①,促使生态批评无论是在研究广度还是学术深度方面都获得了持续进展。

一、环境公正生态批评概览

(一)环境公正运动

"环境公正"这一术语出现于 20 世纪后半叶美国有色人种的社区行动中。环境公正思想及理论的产生由现实环境运动所引发。民众对健康环境的诉求背后,伴随着的是对平等人权和普遍民主的渴望,所以对环境公正的追寻往往混合了对于政治、社会与伦理方面的诉求。当今时代中,发展生态可持续社会是全人类的共同使命。资源枯竭、水体污染、有毒废料、酸雨侵蚀、物种灭绝、气候变化等,形形色色的环境退化以清晰可见且步步紧逼的态势呈现出地球面临的生态危机,这不仅引发了人们对生存环境的担忧和恐慌,同时也促进了人们付诸扭转环境污染状况的行动。对于有色人种、土著居民、工人阶级这些社区居民们来说,环境退化带给他们的是最不利的环境影响,有毒物质不成比例的分布使他们陷于被强加的环境暴力中,环境公正运动就是他们为捍卫自身作为弱势群体的环境权利而发起的抗争。

关于环境公正运动的起源时间,目前学界观点尚不统一。美国学者罗伯特·布拉德(Robert Bullard)将 1967 年 8 岁女童溺死在垃圾堆引发的非裔美国学生抗议事件作为环境公正运动的起点。也有学者认为,1968 年马丁·路德·金支持罢工而遇刺身亡的事件可视为环境公正斗争。对于一些美洲土著激进主义者来说,500 年前随着欧洲人的入侵,北美大陆上的第一次环境公正斗争已然发生。但综合来看,较多学者赞同将 1982 年的"沃伦抗议"(the Warren County Protests)事件当作环境公正运动的开端,当时在美国北卡罗来纳州的沃伦县非

---

① T.V.Reed,"Toward an Environmental Justice Ecocriticism",in *The Environmental Justice Reader：Politics，Poetics，and Pedagogy*,Joni Adamson,Mei Mei Evans & Rachel Stein(eds.),Tucson：University of Arizona Press,2002,p.145.

裔美国人抗议有毒垃圾场的建立。[①]

当环境公正运动精神应用于贫困社区和有色人种社区的环境斗争时,生态意识和"环境"本身的含义在此过程中得到了重新定义。民权运动、反毒物运动、学术研究、美国土著的抗争、劳工运动,以及传统的环保主义运动,共同构成了环境公正运动的基础。[②] 虽然将环境公正运动的发起时间确定在一个具体、特定的日期或事件上达成共识很难,因为环境公正运动状况复杂、支流众多,可以说是"从几十个甚至几百个地方斗争和事件以及各种其他社会运动中有机地发展起来的"[③],但不妨把环境公正运动看作是一种环保实践与社会公正的汇聚,它所反对的是形形色色的环境非公正现象,反对环境危害不均等地分布在世界的各个角落,尤其集中地落到穷人、有色人种、女性等弱势群体身上,使他们承担着不成比例的环境负担。

1962 年,蕾切尔·卡森(Rachel Carson)出版了久负盛名的生态启示录式作品——《寂静的春天》(Silent Spring),以残酷的环境想象揭露了人类身边随时可能爆发的生态危机场景。书中描述的毒性化学物质对整个生态圈的灾难性风险深刻表达了人与自然的息息相关。1970 年 4 月 22 日,美国举行了由盖洛德·尼尔森(Gaylord Nelson)和丹尼斯·海斯(Dennis Hayes)提倡发起的第一个世界地球日(The World Earth Day)庆祝活动,这个意在保护地球环境的节日现今成为全球众多国家积极参与宣传环保意识、号召环保行动的重要环保节日。虽然环境保护是世界各国的共同话题,但是环境恶化给各国、各族、各类民众群体带来的危害却并非均等。印度环境史学家拉马钱德拉·古哈(Ramachandra Guha)的文章《美国激进环保主义与荒野保护:来自第三世界的批评》(Radical American Environmentalism and Wilderness Preservation: A Third World Critique, 1989),就曾从历史和社会的角度出发,尤其激烈地批判环保主义中盛行的深层

---

① 参见王云霞:《环境正义与环境主义:绿色运动中的冲突与融合》,《南开学报(哲学社会科学版)》2015 年第 2 期。

② 参见 Luke W. Cole & Sheila R. Foster, *From the Ground Up: Environmental Racism and the Rise of the Environmental Justice Movement*, New York and London: New York University Press, 2001, pp.20-31。

③ Luke W. Cole & Sheila R. Foster, *From the Ground Up: Environmental Racism and the Rise of the Environmental Justice Movement*, New York and London: New York University Press, 2001, p.19.

生态学思维。古哈注意到那些贫困无地的农民、女性和部落组成了遭受环境危害影响最大的群体,认为环境问题的解决不仅依靠生态忧思,还要考虑生计维持,而这两个方面的兼顾很大程度上涉及社会平等与公正的达成。

对于那些处在弱势、边缘地位的民众和国家来说,生态危机带来的后果更为严重。弱势群体获取必要的洁净饮用水、健康食品和生活空间的难度更大,也更容易成为环境非公正现象的受害者。在地球的有限生态承载力面前,争取环境公正成为环保主义运动中的重要一环。格雷格·杰拉德(Greg Garrard)指出:"我们可以将环境人文学科的使命以交叉的术语概括为生态的历史化和历史的生态化,而生态批评是其中的关键部分。正如福柯式方法所强调的那样,生态学和环境保护主义本身就是特定的制度史和政治史的产物,它们继续影响、制约和扭曲着今天这两个领域的努力。"①因为现实中的环境利益与环境危害与多种生态、政治、社会因素息息相关,所以民众通过一系列环境公正运动的开展反映其环境公正诉求,促进环境公正的达成,而由环境公正实践产生的思想也影响到包括生态批评在内的诸多环境人文学科。

环境公正运动往往被冠以"草根"(grassroot)、"自下而上"(from the ground up)等修饰语,这从一些侧面反映出环境公正运动的发起群体和席卷方向。同白人相比,有色人种、穷人、女性承担了更多的环境危害。"环境种族主义"(environmental racism)一词就显示出不利环境的特定分布状况与非裔美国人以及其他有色人种所遭受到的结构性压迫的历史。瓦尔·普卢姆伍德(Val Plumwood)在其著作《女性主义与对自然的掌控》(*Feminism and the Mastery of Nature*,1993)中表达了人类中心主义如何建立在一个有问题的假设之上,而性别偏见和种族偏见又是如何成为文化、社会、环境和经济偏见的表现和后果。

环境公正不仅与环境有关,同时也涉及社会公正和经济公正的问题。环境公正运动促进了边缘化群体的反抗,借此争取被剥夺的环境权利以及免受被施加的环境危害。卢克·科尔(Luke Cole)与希拉·福斯特(Sheila Foster)认为,可

---

①　Greg Garrard,"Introduction",in *The Oxford Handbook of Ecocriticism*,Greg Garrard(ed.),New York:Oxford University Press,2014,p.3.

以从内外两个方面来分析环境公正,内部视角来自社区成员与环境退化进行日常斗争的经验,以及他们与控制其生存环境、剥夺其权利的机构和结构进行斗争的日常经验;而外部视角则来自导致环境退化的政治经济,包括对不受支持的社区所制定的环境决策结构。[①] 有毒废弃物堆放地的选址、污染场所的清理工作、危险从业环境的伤害、环保决策的发声权利等,都属于环境公正运动涉及的内容,充满了斗争的多元性与复杂性。

环境公正运动不仅是"与公共政策有关的政治运动,而且是对意识形态及其代表性问题感兴趣的文化运动"[②]。正因如此,为了环境可持续发展,必须重视并解决弱势群体遭受的环境暴力问题,将社会公正与环境保护联系起来。环境公正运动具备了与生态批评发生连接的契机,它对公正的诉求与对平等的争取成为日后融入生态批评的新思路,并在生态批评中得以发扬与拓展。

(二)环境公正的原则与定义

环境公正的焦点有别于人们以往对自然遭受破坏的单一关注,而是将与环境相关的公民权利、公民境遇、居住空间、公共卫生、资源享用等问题作为考察与研究重点。1991 年 10 月下旬,"首届有色人种环境保护领导人峰会"在美国华盛顿召开,来自全球许多国家和地区的 650 余名代表参加了此次环境公正盛会。作为环境运动的里程碑式事件,这次会议通过的 17 条"环境公正原则"成为环境公正运动的纲领性文件。这些原则包括:尊重地球生态和谐性与物种间依存性,消除人类民族、种族偏见并保护环境公正权利,合理、平衡、负责地使用地球资源,确保自然健康和可持续发展等内容。[③] "环境公正 17 条"不仅设定了环境公正运动未来需要实现的目标,把人与自然之间的关系、人类群体的不平等地位和遭受的非公正对待作为关注对象囊括进来,而且在重视环境保护的总体框架内

---

① Luke W.Cole & Sheila R.Foster, *From the Ground Up : Environmental Racism and the Rise of the Environmental Justice Movement*, New York and London : New York University Press, 2001, pp.10−11.

② Joni Adamson, Mei Mei Evans & Rachel Stein, "Introduction", in *The Environmental Justice Reader : Politics, Poetics, & Pedagogy*, Joni Adamson, Mei Mei Evans & Rachel Stein(eds.), Tucson : University of Arizona Press, 2002, p.9.

③ Steve Vanderheiden, *Environmental Justice*, New York : Routledge, 2016, p.119.

提出既广泛又具体的思路,在细节上清楚勾勒出全面性的可持续发展计划,呼吁人们行动起来,采用历史的、前瞻的视角为环境公正运动未来的纵深发展绘制蓝图。

在对"环境公正"一词的阐释上,美国环境保护署(United States Environmental Protection Agency)将环境公正定义为"所有人,不论种族、肤色、国籍或收入,在环境法律、法规、政策的制定、实施和执行方面获得公平待遇和有意义的参与。只有当人人享有同等程度免受环境和健康危害的保护,平等地参与在健康环境中生活、学习、工作的决策过程时,才能实现这一目标"。这种定义强调了人与人之间不应由于社会因素差异而遭受非公正的环境境遇,为保护环境弱势人群的平等环境权利提供了政治、制度与实践中的依据。但是在理论研究领域中,环境公正的内涵涉及了更多的指向和更广的范围。

国际环境公正、环境伦理学学者彼得·S.温茨(Peter S.Wenz)的《环境正义论》(Environmental Justice,1988)是深入探究环境公正的一部环境哲学著作,这部书中主要涉及的是关于分配公正的若干问题与相关理论,严肃讨论了当"利益稀缺(相对于人们的需求)与负担过度时,利益与负担应当被分配的方式"[1],也就是说,获得环境利益与承担环境责任的分配标准是什么。人类作为环境中的一部分,同时也是生态环链上位置特殊的影响环境之群体,因而环境公正不仅关乎人类内部群体,同样也会关乎非人存在,甚至整个生态系统,长远来看,也会影响到后世的环境状况。

温茨的环境公正内涵围绕着分配公正展开,这也是得到了学界最广泛承认的一种公正类型。除此之外,环境公正的多样性指涉也逐渐包括了跟随环境问题而来的其他类型公正,例如,公正地参与决策或公正地得到认可等。2004年,戴维·斯科罗斯伯格(David Schlosberg)提出环境公正的三种内涵,认为不仅仅需要"公平地分配环境风险",还要"承认受影响社区中参与者和经历的多样性,参与制定和管理环境政策的政治进程"[2]。斯科罗斯伯格的理论丰富了环境公

---

[1] [美]彼得·S.温茨:《环境正义论》,朱丹琼、宋玉波译,上海人民出版社2007年版,"前言"第2页。

[2] David Schlosberg, "Reconceiving Environmental Justice:Global Movements and Political Theories", *Environmental Politics*,Vol.13,No.3(Autumn 2004),p.517.

正的指涉内容,表现出环境公正思想在理论结合实践中进行的持续扩容。三年后,斯科罗斯伯格进一步补充了他的环境公正话语内容。在此前的三种公正指向基础上,他又将公平地维持生命发挥作用的能力视为第四个方面,由此环境公正与可持续性产生了关联。① 在斯科罗斯伯格的阐释中,公正涉及的内容不仅适用于人与人之间的公正,同样也适用于人与非人之间的公正。这就将公正范围进行了很大程度上的拓展,突破了现实法律、法规、政策的限制,显示出理论引导实践的优越性。

(三)环境公正思想介入生态批评

《寂静的春天》提供了颇具警示性的话语,彰显出人类已经具有影响和破坏自然的主导性力量,并反映出一个事实:由于人类对自然须臾难离的依赖性,所以损害地球生态的行为最终将会反作用于人类自身。十年之后出版的《增长的极限》(*Limits to Growth*,1972)同样表现出作者对环境的忧心忡忡。该书在环境污染、粮食生产、世界人口、资源枯竭等方面向人类敲响警钟,提醒人们注意自然资源的利用、环境污染的后果与地球承载极限的关系。尽管同样是暴露在环境问题之下,但有限的资源、健康清洁的环境在更大概率上被白人、富人、权势阶层所掌控,众多社会因素决定着资源的享用与污染的分布。他者被排除在环境公正的范畴之外,"社会上的'他者'即那些处于主流文化、政治和经济精英阶层之外的人,首当其冲地受到工业生产的'负面影响'和增长的限制"②。这些他者群体生活、工作和娱乐的区域已经不成比例地承受着一系列有毒有害污染和其他环境危害,他们成为环境非公正的压迫与剥削对象。

环境公正运动是对日常生活条件恶化的一种政治和伦理的反应,因为社会中的各种分化加剧了现有的不平等,同时又导致超出环境承载极限的危险。乌尔里希·贝克(Ulrich Beck)作出判断,环境问题"从其根源和后果来看——是

---

① David Schlosberg, *Defining Environmental Justice: Theories Movements, and Nature*, New York: Oxford University Press, 2007, pp.4, 104, 130-131.

② David Naguib Pellow & Robert J. Brulle(eds.), *Power, Justice, and the Environment: Toward Critical Environmental Justice Studies*, Boston: MIT Press, 2005, p.2.

彻底的社会问题,人的问题,他们的历史,他们的生活条件,他们与世界和现实的关系,他们的社会、文化和政治状况"①。所以环境问题根本上是基于人类社会组织方式的问题,环境问题的解决离不开对人类社会组织方式的反思和修正。生态批评作为一门将理论与实践相结合的人文科学,是为了解决生态危机而进行的将文学文化理论、生态伦理立场、生态审美认知交融的学术探索。因此,与环境相关的现实政策暴力与行为暴力形成的环境非公正抵抗也在生态批评中得到了理论与学术回响。

英国浪漫主义和美国荒野书写作为生态批评的两大灵感来源②,在生态批评1978年诞生之后的一段时期内,提供给生态批评家们以自然书写的典范文本与对经典文本的重新阐释角度,努力扭转人类中心主义立场而提倡生态中心主义。所以在这一波浪潮的话语呈现中,如何反思人类对自然的无度索取,如何批判自我僭越引起的环境危机,以及如何寄寓以生态立场对自然的呵护成为批评家们的研究焦点。以针对写作自然随笔著称的作家梭罗及其代表作《瓦尔登湖》的研究为例,在创刊自1993年的《文学与环境的跨学科研究》(*ISLE*:*Interdisciplinary Studies in Literature and Environment*),这份被生态批评界视为前沿阵地的学术期刊中,"梭罗"之名在1993—1994年短短两年中出现在近20篇研究文章里。这种专注于对单纯自然、蛮荒之野、田园牧歌等主题的研究趋势一直延续到20世纪90年代中期。

但是,随着生态批评研究的日益深化和现实环保运动思想的影响,这种对单纯自然的推崇备至因为脱离现实而受到来自内部研究学者和外部环保人士等方方面面的抨击。对生态中心主义的过分偏好,以及对人类中心主义的排斥抗拒使得生态批评陷入了一种涉嫌空中楼阁的境地,就连斯科特·斯洛维克(Scott Slovic)都坦陈:"过度的人类中心主义的确是一个大问题。但我认为人类中心主义又是无法逾越的,这是无论是作为自然的人还是社会的人的主

---

①　Ulrich Beck,*Risk Society*:*Toward a New Modernity*,Mark Ritter(trans.),London,Newbury Park,New Delhi:Sage Publications,1992,p.81.

②　Greg Garrard,"Introduction",in *The Oxford Handbook of Ecocriticism*,Greg Garrard(ed.),New York:Oxford University Press,2014,p.2.

体性的体现。"①于是在环境公正运动提供的契机下,生态批评受到环境公正思想的影响而发生重要改变,将之前受到忽视的种族、性别、阶级等关注要素纳入批评视野中。环境公正思想促进生态批评关注弱势群体的环境权益,使其在对本身发展路径的反思和回望中自我剖析,推动公平正义的环境进程。

乔尼·亚当森(Joni Adamson)借用科尔和福斯特的话,认为环境公正运动及相关文献使"公共政策和主流环境话语的'远洋客轮'改变了航向"②。这是因为,自20世纪90年代初开始,环境公正思想在众多人文学科领域产生了重要影响,引发了种族研究、文化研究、性别研究、文学研究等学界呼吁平等正义的思潮。环境公正运动及其思想的影响也渗透到生态批评领域,促使早期立足生态中心主义的生态批评发生了意义深远的环境公正转向,"环境公正"成为推进生态批评发展的关键词。同时,作为环境人文学科重要组成部分的生态批评,对其先前叙事话语中或隐或显的深层生态学,或者说生态中心主义倾向进行了深刻的反思。

"环境公正生态批评"(environmental justice ecocriticism)这一术语由美国学者 T.V.里德(T.V.Reed)于 1997 年 6 月在会议论文中首次提出。里德敏锐地捕捉到生态批评的最新发展态势,呼吁将环境公正思想融入生态批评,形成在生态批评理论路径上的一种新探索。此举意图反拨自 20 世纪 70 年代延续至 20 世纪 90 年代相当长的一段时期内,生态批评界对单纯自然的过度关注与倚重。2002 年,该论文经里德进一步修改与补充后,被冠以标题《迈向环境公正生态批评》(Toward an Environmental Justice Ecocriticism),被收入生态批评第二次浪潮中的代表性著作《环境公正读本:政治、诗学和教育学》(*The Environmental Justice Reader:Politics,Poetics & Pedagogy*)一书中。

世纪之交的几年内,生态批评的环境公正趋向引起了众多批评家的关注,其发展脉络愈加明晰。根据里德的叙述,当他在 1997 年最初创造"环境公正生态

---

① 叶华、韩存远:《伦理实践与多元路径:生态批评的新问题与新趋向——斯科特·斯洛维克教授访谈录》,《晋阳学刊》2020 年第 1 期。

② Joni Adamson,"What Winning Looks Like:Critical Environmental Justice Studies and the Future of a Movement",*American Quarterly*,Vol.59,No.4(Dec.,2007),p.1259.

批评"这个词时,生态批评具有的环境公正特征尚待确定,而他在 2002 年则欣然发现,他所呼吁的环境公正批评立场已然在进行中。在这一时期,生态批评的学术成果纷纷涌现,大量的著作与论文的出版使生态批评呈现出蓬勃发展的面貌,与第一次浪潮时期较为寂寂无闻的状况形成了鲜明对比。除了前文提到的相关著作,重要著作还包括汤姆·阿塔纳西奥(Tom Athanasiou)的《分裂的星球:富人和穷人的生态学》(*Divided Planet: The Ecology of Rich and Poor*, 1996),帕特里克·D.墨菲(Patrick D. Murphy)的《自然取向的文学研究之广阔天地》(*Farther Afield in the Study of Nature-Oriented Literature*, 2000),乔尼·亚当森的《美国印第安文学,环境公正和生态批评:中间地带》(*American Indian Literature, Environmental Justice, and Ecocriticism: The Middle Place*, 2001),亚当森与劳伦斯·布伊尔的《为濒危的世界写作——美国及其他地区的文学、文化和环境》(*Writing for an Endangered World*, 2001),瑞切尔·斯坦(Rachel Stein)等学者的《环境公正新视野:社会性别、生理性别和行动主义》(*New Perspectives on Environmental Justice: Gender, Sexuality, and Activism*, 2004),范达纳·席瓦(Vandana Shiva)的《地球民主:公正、可持续性与和平》(*Earth Democracy: Justice, Sustainability and Peace*, 2005)等。

生态批评学界的领军期刊《文学与环境的跨学科研究》也多次刊登有关环境公正立场的文章和书评,并在 2000 年特地召开了"环境公正"圆桌会议。乔尼·亚当森和瑞切尔·斯坦(Rachel Stein)邀请学者西蒙·奥提兹(Simon Ortiz)、特蕾莎·里尔(Teresa Leal)、戴文·帕菲(Devon Pefia)和特瑞尔·迪克森(Terrell Dixon)一起围绕环境公正话题展开内容丰富的讨论。该会议基于环境公正运动的复杂性展开,希望在此基础上的探讨为联系环境公正政治、诗学和教学法提供支点和借鉴。探讨的问题包括杀虫剂等化学物质作用于移民工人的环境后果,毒性物质因为阶级、种族和性别差异而引发的环境非公正现象,以及环境危机被视为在整体上与社会不平等和压迫问题联系着的不良影响。这些学者发言认为,城市因为具有多种地方特质而成为人类与自然世界进行真正多元文化交流的最佳场所。环境公正生态批评反映了批评学界对城市环境的重视,显示出演进的自然同环境伦理之间的交互作用。他们还集中提及土著居民为了争取环境公正,为了获得水源和土地所进行的抗争,其目的是通过环境公正生态批评发现通往生态可持续性与社会公正的途径。

生态批评学者劳伦斯·布伊尔于 2005 年提出生态批评第一次浪潮与第二次浪潮之划分,将 20 世纪 90 年代中后期视为生态批评第二次浪潮的开端。"环境公正"也正式成为标志生态批评第二波浪潮的关键词。布伊尔在其专著《环境批评的未来:环境危机与文学想象》(*The Future of Environmental Criticism: Environmental Crisis and Literary Imagination*, 2005)中提及环境公正运动在文学研究中的深远影响,更是引用里德的原句进行强调,环境公正介入生态批评意味着对生态批评"整个领域进行根本性的重新思考和改造"①。布伊尔认为,环境文学批评的第一次浪潮关注对象是传统的自然批评和以保护为导向的环境保护主义,而第二次浪潮则以"环境公正 17 条"原则重新定义了"环境",并日益关注"环境福利与公平问题",连同"对传统环境运动和学术环境研究的人口同质性的批判"。②

在环境公正思想的影响下,与第一次浪潮中对自然的赞美倾向相比,以社会为中心的视角使得第二次浪潮充满了追问与怀疑,它质疑单纯自然的概念,认为科学与文化之间并非泾渭分明。对于第二次浪潮的生态批评家来说,"必须既相互结合又相互对立地阅读科学和文学话语"③,环境研究应该生发出一种具有"社会性的生态批评"④。随着此后生态批评历次浪潮的发展,环境公正生态批评与生态批评中的许多流派、术语陆续发生了勾连与交汇,在其演进过程中表现出蓬勃的学术生命力。

---

① 这句话是布伊尔对里德原文的引用,布伊尔的引用见 Lawrence Buell, *The Future of Environmental Criticism: Environmental Crisis and Literary Imagination*, MA/Oxford: Blackwell Publishing, 2005, p.113。原文见 T. V. Reed, "Toward an Environmental Justice Ecocriticism", in *The Environmental Justice Reader: Politics, Poetics, & Pedagogy*, Joni Adamson, Mei Mei Evans, & Rachel Stein (eds.), Tucson: University of Arizona Press, 2002, p.157。

② Joni Adamson, "What Winning Looks Like: Critical Environmental Justice Studies and the Future of a Movement", *American Quarterly*, Vol.59, No.4 (Dec., 2007), p.1260.

③ Lawrence Buell, *The Future of Environmental Criticism: Environmental Crisis and Literary Imagination*, MA/Oxford: Blackwell Publishing, 2005, p.19.

④ Michael Bennett, "From Wide Open Spaces to Metropolitan Places: The Urban Challenge to Ecocriticism", *Interdisciplinary Studies in Literature and Environment*, Vol.8, Issue 1 (Winter 2001), p.32.

二、生态批评的环境公正主题转型之趋势与特征

环境公正思想对生态批评的介入标志着生态批评发展过程中的重要转变，它不仅表现出生态批评学术视野的扩展，从对单纯自然的聚焦到对复杂环境的关注，而且还反映出生态批评关切对象的变化，从以西方中产白人为中心到对弱势、边缘、他者等群体的关怀。环境公正引发了学界对自然与文化、自然与人类、人类与非人等原有二元分析体系的进一步质疑，并将生态整体主义作为解决二元对立的探索路径，在这种情况下，由环境公正思想引发的主题转型既保持了生态批评原有的生态中心主义思想传统，又把与自然、生态不能分离的人类存在、人类活动充分考虑在内。

环境公正思想带给生态批评的不仅是研究对象的扩展，同时也是思维范式的调整与转换，从而空前地扩大并深化了生态批评发展的广度和深度。在继承先前研究关爱自然的基础上，环境公正在生态批评视野中添加了对人为因素影响环境的重视，因而在人与自然、自然与文化之间搭建起桥梁，打破了之前横亘于其间的二元分立壁垒。因此，本部分将以"扩展""均衡""整合""超越"四个典型的发展趋势与特征来分别描述环境公正生态批评富含的学理优势与取得的学术进展，呈现生态批评的环境公正样貌。

（一）扩展：从单纯自然到复杂环境

生态批评从诞生之日起，就离不开与"自然"千丝万缕的联系。当劳伦斯·布伊尔倾向于以"环境批评"来代替"生态批评"这一学科名称时，其中一条重要理由就是他认为"生态"一词暗示的意思更加偏向自然环境，这种命名的局限性遮掩了该学科中人建环境的存在。① 布伊尔的分析从某一方面显示了自然历来就是作为生态批评的立足根本，其重要性不言而喻。有学者将生态批评与自然

---

① 参见［美］劳伦斯·布伊尔：《环境批评的未来：环境危机与文学想象》，刘蓓译，北京大学出版社 2010 年版，第 14 页。

之间的联系表明得十分清晰,例如,威廉·豪沃斯(William Howarth)就曾根据词源学来理解生态批评,认为 eco 和 critics 分别代表着指向自然的 oikos 和意为"品位仲裁者"的 kritis,所以,在豪沃斯看来,生态批评的作用应是:"评判那些描写文化影响自然的作品之优劣",其目的是赞美自然,对掠夺破坏自然的行为予以抨击,并力争通过政治行动来减少危害。① 这种阐释将生态批评的出发点与旨归都明确地落到"自然"上,充分显示出"自然"这个关键词对于生态批评的重要性。然而,我们在此遇到了一个新的问题,即"自然"如何被人们所理解? 或者说,"自然"的定义是什么?

凯特·索珀(Kate Soper)认为,在日常生活中我们所接触的大部分文学文本与理论话语里面,"自然"一词显示着"世俗的"抑或"表面的"概念。具体来看,"自然"意指风景、田园、荒原、乡野等内涵,让人产生与动物、原材料等方面相关的联想,于是自然成为与城市或工业环境相对应的范畴。因此,涉及人类直接经验与审美欣赏的自然,当下受到人类破坏与污染的自然,连同需要人类呵护与共生的自然,就是在此种含义上呈现的自然,它成为现象的一套直接体验。② 通过以上对"自然"含义的阐释,凯特明确指出生态批评所说的自然,就是这般"世俗的"或"表面的"含义。

生态批评研究在初期阶段非常重视环境意识与荒芜原野、浪漫田园,以及自然写作等文学主题或体裁之间的传统联系,对城市文学的批评研究颇为少见。然而,与保持原始面貌的第一自然相比,经由人类改造形成的第二自然更有可能被毒性物质所侵染而关联环境公正议题。在种种人类活动的影响下,现今"自然"和"环境"话语标识的界限较之以往更为灵活宽泛。③ 自 20 世纪 70 年代起环境公正运动经由美国有色人种的社区行动而扩散兴起后,逐渐演变为全球性的社会运动网络。环境公正思想里的"环境"并非指向单纯的"自然",同样也不

---

① William Howarth, "Some Principles of Ecocriticism", in *The Ecocriticism Reader: Landmarks in Literary Ecology*, Cheryll Glofelty & Harold Fromm(eds.), Athens: The University of Georgia Press, 1996, p.69.

② Kate Soper, "The Idea of Nature", in *The Green Studies Reader: From Romanticism to Ecocriticism*, Laurence Coupe(ed.), London and New York: Routledge, 2000, pp.125–126.

③ 参见刘娜:《生态批评视野中的毒性话语》,《江西社会科学》2019 年第 7 期。

是与工业技术、人类活动、城市发展相远离的处所,而是"生活、工作、玩耍和敬拜的地方"①,是一个标志着人与自然互动关系的体系。

布伊尔在简单回顾美国文学中的田园研究时指出:"长久以来,自然一直被认为是美国国家自我的重要组成部分。自美国文学经典开始形成之后,尽管存在城市化和工业化的社会学事实,美国文学一直被视为是专注以乡村和荒野作为背景、主题和价值的,这与社会和城市形成鲜明对比。"②这种事实使得美国文学对乡村、荒野、田园等要素和主题赋予了过多的理想化成分,未经人类沾染,不受社会影响的单纯自然成为塑造良知、提升道德的寄托。然而围绕浪漫主义或超验主义这两大来源展开的生态批评传统终究具有着或多或少的乌托邦色彩,因此无法在现实生态危机中有所助益,这种研究路径顺理成章地受到了越来越多的质疑。

生态批评是一个持续生长的学术体系,它针对形形色色的环境问题,不断探索解决方案与困境出路,是作为面向复杂微妙的自然进程而一直保持希望的文学、文化研究形式。人类与自然的关系是生态批评重点考察的问题,同时,由于文化反映着人的独特创造属性,因而生态批评对文化与自然关系的认识即反映出对人与自然关系的认识。在生态批评的第二波浪潮兴起的时段中,越来越多的生态批评家意识到,早期生态批评对于远离喧嚣自然的讴歌与赞颂缺少了抨击环境危机的现实性,因而把研究主题转移到更加富有人为性和社会性干预的"环境"中。生态批评的关注点在研究"自然""荒野""田园""自然观""环境保护"等主题的基础上,增添了许多表示自然受到人类影响,并与人类创造和人类文化相关联的主题,如城市景观、公共环境、城市荒野、城市自然等。

人们意识到,并不存在"真正的自然"可以让人回归流连,相反,面对日新月异的新兴技术,曾经被界定的自然与文化之间的边界已经模糊不清。环境公正思想为生态批评注入了一种新思路,它把与人相关的各种政治、经济、文化、社会等因

---

① Joni Adamson, Mei Mei Evans & Rachel Stein (eds.), *The Environmental Justice Reader: Politics, Poetics and Pedagogy*, Tucson: The University of Arizona Press, 2002, p.4.

② Lawrence Buell, *The Environmental Imagination: Thoreau, Nature Writing, and the Formation of American Culture*, Cambridge, Massachusetts, and London, England: The Belknap Press of Harvard University Press, 1995, p.33.

素,以及各种阶级、性别、种族等属性考虑进来,而不再将自然看作纯然超脱的描述对象,所以较之以往更具有解决环境问题的现实性。当自然环境与人建环境叠加,"环境"成为一个连接人与自然、自然与文化关系的纽带。正因为生态批评的视野从罕有人迹的荒野与纯粹原始的自然转移到关注人类作用的环境中来,所以在诸如"城市自然"等新生词汇中,我们可以窥见人类与自然、自然与都市的纠缠。"城市自然"(urbanature)一词表明,自然和文化之间存在谈判,"自然和城市生活并不像人类长久以来所设想的那样截然不同……所有人类和非人类的生命,以及围绕这些生命的所有有生命和无生命之物体,都在一个相互依存的复杂网络中联系在一起"①。

无论是郊区的农场,乡村的厂房,还是城市的公园、绿地,居民后院的花园、菜田,甚至是在大厦楼顶、住宅房檐筑巢的鸟雀,人们所看到的是人与自然的共生、融合而不是分离、孤立。同样地,不胜枚举的环境事件反映出当前时代的人为环境恶化:大洋中的巨量塑料颗粒、北极的反常高温、澳洲的森林大火、海水里的原油泄漏……随着科学技术的日新月异和人类活动的空前作用,在此"人类世"中,自然受到越来越多的人类影响已成为不争的事实。在阿什顿·尼科尔斯(Ashton Nichols)看来,"城市自然"一词表明,人类城市文化和野生自然有着相同的意义。也就是说,城市自然标志着一种相互关联性,"人们站在曼哈顿的大街上也并不会比他们站在蒙大拿州的林线上更脱离自然"②。尼克尔斯认为"城市自然"这个新概念对于生态批评颇有价值,"城市自然声称城市生活和自然并不像我们长久以来所设想的那样截然不同","对梭罗来说,我们非人类的自然家园和我们人类的文化家园是同一个地方:城市自然"。③ 将尼克尔斯的观点扩展一下,我们可以推断,保护远方荒野与保护身旁家园,并没有实质性的分别。实际上,野生状态无处不在,当野生状态渗入了人类世界与文明中,自然便不再仅仅存在于荒野中。城市自然体现了作为文化产物的城市与作为自然产物

---

① Ashton Nichols, *Beyond Romantic Ecocriticism: Toward Urbanatural Roosting*, New York: Palgrave Macmillan, 2011, p.xiii.

② Ashton Nichols, *Beyond Romantic Ecocriticism: Toward Urbanatural Roosting*, New York: Palgrave Macmillan, 2011, p.xiii.

③ Ashton Nichols, "Thoreau and Urbanature: From Walden to Ecocriticism", *Neohelicon*, 36. 2(2009), pp.347,354.

的野生状态之间的对话与协同。

与"自然"相比,生态批评所研究的"环境"被赋予了更多的社会、政治、经济和文化因素,呈现出一种多元作用下的交织融合。可以说,"环境"较之"自然"类型的主题更加宽泛与复杂,它既包括自然环境,又包括人建环境,既有不受人类影响的物质生成,也有经由人类干预的物质存在。自然、社会、文化因素也以其存在不停地影响、作用于环境。生态批评第二波研究的重点,从以自然保护为重点的第一波生态中心主义型生态批评这种初始阶段,转向自然、文化建构与社会公正的勾连与互动,转向人与自然和谐共生的关系性建构。这种转型的目的"不仅是为了强调现实物质环境的恶化,更是为了唤起人类自身环境伦理意识,以学术话语观照现实语境,进而介入并拯救环境危机,重塑人与环境之间和谐依存的共生状态"①。

(二)均衡:从主流中心到边缘群体

早期生态批评忽视了有色人种、穷人、女性、底层民众,以及落后国家和地区人民等弱势和边缘群体在环境权益上的非公正境遇,研究集中于以西方国家白人中产为代表的文学视野。在 T.V.里德看来,此前的生态批评虽然主题宽泛,但其对种族、阶级、国家特权等问题并未能给予足够的重视,因而在批评力度上存有不足。环境权益和环境负担的相关问题与社会公正联系紧密,恰当处理人与自然的关系,实现对环境的关注与保护当然无法回避社会公正施加的作用。环境公正生态批评的研究路径使它在社会领域和自然领域之间形成连接,在环境关注和社会公正之间搭建桥梁。它强烈反对将弱势群体不平等地暴露在环境危害中,反对让弱势群体不能平等地享用环境利益。种族、性别、阶级、政治、经济等问题带来的影响不仅不应从生态批评中剔除出去,反而应该被置于生态思想与环境保护实践的核心位置。因此,为了"理解和阐释生态批评语境中,环境关注和社会公正之间的重要联系"②,作为一种文化批评的环境公正生态批评认

---

① 刘娜、程相占:《生态批评中的环境公正视角》,《东岳论丛》2018 年第 11 期。

② T.V.Reed, "Toward an Environmental Justice Ecocriticism", in *The Environmental Justice Reader:Politics,Poetics and Pedagogy*,Joni Adamson,Mei Mei Evans & Rachel Stein(eds.),Tucson:University of Arizona Press,2002,p.145.

为生态批评需要进行显著的改变,将之前受到忽视的社会问题提上议程,以破除环境与社会、文化相隔离的状况。于是,环境公正生态批评作为批评的一种新思路在学术研究中兴起,它将反思性、批判性和实践性结合起来,重新投入学术研读中,以环境公正立场来"考虑环境破坏、污染以及特定阶级和种族的压迫是如何同时发生的"①。

在当今的文明进程中,有色人种、低收入人群更有可能接触到毒性物质与废料,种族、阶级、性别、社会、文化与经济背景,这些因素同生活环境质量存在着密切联系。弱势群体遭受的精神和身体伤害是环境非公正思想与行为所导致的。环境公正生态批评关注弱势群体被蓄意贬抑的生存环境,努力改变弱势群体遭受的环境侵害,与生态女性主义批评和后殖民主义生态批评产生了交集。在生态女性主义学者的视野中,"'女性'和自然之间具有类比性",而这种类比性是由历史条件造成的②。伊恩·弗兰纳里(Eóin Flannery)认为,"对差异性和他性(otherness)的包容和欣赏,这与生态女性主义中另一个突出的方面——社会公正和环境公正——相一致",生态女性主义对性别化环境非公正的重视揭示了这种批评方法所认识到的性别异质性和"差异"。③ 生态女性主义和环境公正之间的关联与协作给与女性以观念中的力量,帮助女性摆脱身为"他者"而遭受排斥、贬低与统治的状态,彰显出"在阶级、种族、物种和性别控制的背景下形成的多元、复杂的文化身份"④,连同它对环境权利的重要影响,为抵抗浸染了男性中心主义色彩的生态自我开辟了路径。

贫富分化也导致了环境斗争和生态破坏。汤姆·阿塔纳西奥(Tom Athanasiou)在《分裂的星球:富人和穷人的生态学》(*Divided Planet*:*The Ecology of Rich and Poor*,1996)中指出:"北方和南方常常被认为是'富人'和'穷人'的代名词,

---

① Timothy Morton, *Ecology without Nature*:*Rethinking Environmental Aesthetics*, Cambridge, Massachusetts, and London, England: Harvard University Press, 2007, p.10.

② [美]劳伦斯·布伊尔:《环境批评的未来:环境危机与文学想象》,刘蓓译,北京大学出版社2010年版,第22页。

③ Eóin Flannery, *Ireland and Ecocriticism*:*Literature*,*History*,*and Environmental Justice*, London and New York: Routledge, 2016, pp.14−15.

④ Val Plumwood, *Feminism and the Mastery of Nature*, London and New York: Routledge, 2003, p.5.

这是如此误导人的,以至于很危险——南方的精英阶层在消费的同时也在污染环境,其消费水平远远高于北方的中产阶级水平。尽管如此,贫富之间的战争将是未来历史的一个重大事实,并将具有强烈的种族和区域色彩。"①这番论述表明,除了性别、种族会成为环境非公正问题的诱因之外,经济、文化、区域等因素同样促使环境权益之夺取与环境危害之转移成为斗争的核心。

T.V.里德在他的环境公正生态批评宣言中,为环境公正生态批评设想了其未来发展的三个可能方向:其一是识别图像/原型,探寻种族与环境原型之间的关系,譬如依靠种族相关的隐喻"野蛮荒野"与"都市丛林"等,对阶级与种族文化偏见进行考察;其二是揭示和描绘传统,关注非小说自然书写中白人以外的文学传统,寻找小说、诗歌、视觉艺术、戏剧以及流行文化等多种文化形式中有色人种作家表现的环境公正源流;其三是将本领域内的具体方法向理论转化,尝试把多种理论工具融合贯通,如汇聚来源于政治生态学、文化研究、种族批评理论、后殖民主义理论、少数族裔文学理论与生态批评其他流派的理论工具,共同为环境公正生态批评研究的新发展提供更深入的理论基础。② 这些方向无不涉及对于弱势群体环境境遇的思考,不仅揭露了边缘群体所受的偏见和失语状况,还突出了种族、阶级、政治、文化等因素与生态批评此后的环境关注之间的互动和联系,对环境公正生态批评的未来发展进行了预判。

在全球化经济迅猛发展的时代中,整个世界都充满着流动、交互和关联。环境公正也较之以往更多地涉及发达国家跨国公司进行的环境风险转移导致欠发达国家土著民众遭受当地环境恶化之害的问题,这在很大程度上可能影响到当地的可持续发展。而现实中屡次出现的环境破坏事件,如船只事故泄漏原油,则给事发地的生态和居民造成难以计量的环境危害。全球性、一体化、共同体,这些进程将分散于全球的各个国家、地区和民族紧紧联系在一起。拉马钱德拉·古哈认为,美国环境保护主义呈现的是一种深层生态学的思维,但是深层生态学

---

① Tom Athanasiou, *Divided Planet: The Ecology of Rich and Poor*, Athens: The University of Georgia Press, 1998, p.15.

② T.V.Reed, "Toward an Environmental Justice Ecocriticism", in *The Environmental Justice Reader: Politics, Poetics and Pedagogy*, Joni Adamson, Mei Mei Evans & Rachel Stein(eds.), Tucson: University of Arizona Press, 2002, pp.152-154.

为美国独有,由于具体国情的限制,遵循深层生态学原则对改变动态变化的环境恶化状况并不具有实用性,因而对这种激进环保主义的"普适性"存疑,深层生态学的环保思维并不适用于第三世界国家。①

按照古哈的思路,社会和政治目标的显著差异使得不同国家的环保主义应该具有各自的特点和诉求。印度自身的殖民历史和独特的社会状况决定了它不可能采用美国式的深层生态学思维来发展环境保护运动,对印度人民而言,那些陷于贫困、没有土地的农民、女性和部落,才是受到环境退化影响最严重的社会阶层,环境问题对于他们"是一个纯粹的生存问题,而不是提高生活质量的问题";而且这些弱势群体"所阐述的环境解决方案深刻地涉及公平以及经济和政治再分配的问题"。② 古哈的论述鲜明地提出了曾被忽视的弱势、边缘群体的环境境遇,代表了殖民地国家人民的环境公正诉求,向西方主流环境话语发起了挑战,这也引发了各方对于伴随环境危机而强加于弱势群体身上的环境非公正之关注。

正如美国环境哲学家迪恩·柯廷(Deane Curtin)所言,"'环境公正,社会公正和经济公正'并非作为不和谐的竞争对手,而是作为同一整体的组成部分"③。这就是说,环境非公正现象的成因往往与社会和经济上的非公正相关,面向少数族裔、穷困人口、弱势群体的社会、经济压迫和剥削会导致他们受到更多不成比例的环境危害。与社会因素和经济因素紧密相连的环境非公正,其涉及对象和特征也反映在环境种族主义(environmental racism)、穷人的环保主义(the environmentalism of the poor)、生态帝国主义(ecological imperialism)等相关词汇的命名上。批评家们对于文本的环境公正分析也正是确认了这种环境伦理并通过关注现象而表达生态的审美偏好,从而试图达到改变世界拯救生态环境的目标。

---

① Ramachandra Guha, " Radical American Environmentalism and Wilderness Preservation: A Third World Critique",*Environmental Ethics* 11.1(1989),p.71.

② Ramachandra Guha, " Radical American Environmentalism and Wilderness Preservation: A Third World Critique",*Environmental Ethics* 11.1(1989),p.81.

③ Deane Curtin, *Environmental Ethics for a Postcolonial World*, Lanham: Rowman & Littlefield Publishers,2005,p.7.

环境公正生态批评重视少数族裔、女性主义、后殖民主义等多种文学类型和第三世界文学作品,显示出对因性别、阶级、种族差异而形成环境弱势群体的重视,表达环境公正生态批评扭转主流环境保护主义的白人中产单一立场之努力,具备为有色人种、女性、穷人等弱势群体言说的特征,体现环境公正给生态批评带来的多元化均衡发展态势。所以,以环境公正为关键词的生态批评浪潮通过对文学和文化现象的研究与探索,有力地推动了现实中的环境公正,它使人们注意到,处于弱势、边缘的各种群体如何受到了不平等的环境退化和环境危害,种族主义、殖民主义、社会文化如何为环境非公正推波助澜,以及第一世界国家与第三世界国家的文学中,自然书写与环境公正表达是否存有差异。

(三)整合:从二元分立到包容互渗

二元论是在西方思想体系中位于核心地位的观念,这种思维在西方文学与文化中形成了长久的影响。瓦尔·普鲁姆德(Val Plumwood)将二元论解释为"一个过程,在此过程中,对比性的概念(例如男性和女性的性别认同)由支配和从属形成,并被建构为对立、排斥的",是一种"殖民化的逻辑"。[①]　所以,二元里的每一方,都被视为迥然相异且高下分明的两极。它们之间可能存在的互动、联系与交叠之处被人为地扭曲了。人与自然(非人)、自然与文化、白人与有色人种、穷人与富人、男人与女人、文明与原始、第一世界国家与第三世界国家等二元被设置为对立结构,隔离出过度区分的等级体系,这反映出西方思想中主要的压迫形式,体现着结构中一方对另一方的或直接或间接的控制与贬抑。在生态批评中尤以对性别、阶级、种族、自然、物种的压迫呈现出权利一方的解读。而实际上,人与自然之间须臾难离、息息相关的性质,决定了二元分立的思想体系无法为人与自然的和谐共生找到一个人文的、伦理的基础。

第一次生态批评浪潮中盛行的深层生态学思想将人类中心主义与生态中心主义的二分作为当前人类所面临的全球环境退化机制来理解,但这种二分在古哈等学者看来,对于环境保护并无益处。高擎生态中心主义旗帜的早期生态批

[①]　Val Plumwood, *Feminism and the Mastery of Nature*, London and New York: Routledge, 2003, pp.31,41.

评坚决地反对人类中心主义,固然人类中心主义立场确实引发了无度破坏自然的行径,造成生态恶化的后果,但是将人类中心与生态中心截然二分,无视人类在生态环链上的特殊位置,同样引起一种令人尴尬的处境。因为人与非人、人与自然每时每刻都在进行物质交换与相互作用,而且自然被认识、被感知、被保护的方式和内容无一不是经由人类、人类社会和人类文化的过滤才最终形成,甚至可以说,人类的生态观念是由社会和文化建构的,所以绝对的生态中心主义立场在现实环境保护中并不具有切实的说服力。在生态中心主义的视野中,人的阶级、种族、性别等特性和差异被无视了,"人"被抽象化、普遍化为一个与自然对立的、泛泛而论的集合名词。这无疑抹杀了自然与人类、自然与城市、自然与文化的种种联系与对话可能,同时掩盖了形形色色弱势人群各自拥有的不同环境困境。

可以说,因为二元论逻辑的存在,主流环保主义对人与自然关系的理解形成了忽视弱势群体的盲点,而解构生态中心主义与人类中心主义的二元对立则是生态批评的环境公正转型所担负的重要任务。过去和现在的压迫与剥削形式表现出西方文化中二元论思维的印痕,并且二元论的逻辑结构构成并加固了这些形式彼此之间联系的主要基础。人类的环境未来将会取决于我们能否创造一种超越二元论的真正民主与生态文化。在这种意义上,环境公正思想通过对自我和他者的解构,将文学中纷繁复杂的他者形象,包括人、动物、自然、环境等要素,进行新颖独特的解读与阐释,联系主流与边缘,正确认识人在生态系统中的位置,厘清人对非人生物甚至自然、环境等要素承担的生态责任,从而弱化人类中心主义思想而更注重生态整体维度。

例如,前文就提到"自然"在西方文化体系词汇中,一直是集特殊性与复杂性于一体的术语。雷蒙·威廉斯(Raymond Williams)在他的《关键词:文化与社会的词汇》(*Keywords:A Vocabulary of Culture and Society*,1976)一书中指出,"自然"是一个异乎寻常的多义词。它不仅有几个不同的含义,而且这些含义根据决定和惯例,附属于一系列令人困惑的现象(而且方式往往是矛盾的)。不仅"自然"一词本身充满了复杂性,而且其背后还隐藏着若干概念。诺埃尔·卡斯特里(Noel Castree)认为,自然界的"附带概念"中还包含有"种族""性别""生物多样性""基因""荒野""动物""环境"等许多其他概念。① 这就显示出自然与文化之间或许并不存在壁垒分明的界限,所以,"自然"一词的多种指向和多元含义说明,二元结构双方的对立很可能并非真正的对立,尽管二元的双方确有分别,但它们处于变动不居的嵌套体系中,彼此之间既有反馈也有循环,因而不应以同化或吞并的途径进行统一,而应在包容差异性的动态网络中求得主体间性的形成。

当生态批评的视野从自然扩展到更具包容性的环境,也就意味着该学科的关注范围包括进了生态相关的诸多社会、经济、文化等因素。全球范围内,无论是北美的环境公正活动与研究,南亚的"穷人的环境保护主义"、非洲的绿色运动和拉丁美洲的"无地农民运动",都在很大程度上受到更多的学术关注。当环境风险超出国家界限和地区界限向外扩散时,那些欠发达国家和地区同时既作为资源开采地,又作为废料转移地、污染处理地的境况,仍旧显示出环境风险受到权利二元结构中强势一方掌控,被人为地故意转移的事实。在世界风险社会中,权利二元结构的存在"把制造风险并从中获益的人,与众多的因同样风险而遭受折磨的人分开来"②。"环境"位于经济、政治、社会、文化和自然的交汇处,与后殖民研究、本土研究和全球发展不无关联。这就从根本上破除了谈及自然必是人迹罕至,谈及荒野一定远离喧嚣的思想束缚,将人与自然、自然与文化的二元对立状态替换为对于人与环境之间互动关系的考察,而不再把人与自然、自然与文化分离开来进行研究。

"现代社会已经到了这样一个时刻:许多科学家和环境保护主义者,以及越来越多的政治家和公民,明白这一切都需要维持:非人类和人类,野生和驯服,农村和城市。整个地球依赖于一种新的意愿,即城市和非城市空间同样值得保护。"③因此,对于生态批评来说,研究自然和城市的对话,关注各种群体

---

① Noel Castree, "Nature", in *Keywords for Environmental Studies*, Joni Adamson, William A. Gleason & David N. Pellow(eds.), New York and London:New York University Press, 2016, p.154.

② [德]乌尔里希·贝克:《世界风险社会》,吴英姿、孙淑敏译,南京大学出版社 2004 年版,第20 页。

③ Ashton Nichols, *Beyond Romantic Ecocriticism: Toward Urbanatural Roosting*, New York: Palgrave Macmillan, 2011, p.xvi.

与环境的互动,破除二元思维的桎梏,用人类、非人、物质、环境的协同作用取代自然和文化的二分法,用整体性的多元协作思维发掘人与自然、自然与文化之间的关系,则成为一条发展环境学术与实践的必由之路。环境公正生态批评具有一种整合性的特征,其环境公正立场对自然/文化、白人/有色人种、男性/女性等二元对立有所解构,并以面向生态理想且立足环境现实的精神,融通此前生态批评研究中的生态中心主义和人类中心主义之区分,推进生态批评走上生态整体主义道路,这体现出环境公正带给生态批评的包容性和开放性。

近年来,西方生态批评界出现了对身体自然、跨身体性、新物质主义、物质能动性等理论的研究,为环境公正的发展提供了新的支点。比如史蒂西·阿莱莫在《身体自然:科学,环境和物质自我》(*Bodily Natures:Science, Environment, and the Material Self*,2010)中向分离身体与环境的观点发起挑战,认为人类身体可以被想象为"跨身体",而"跨身体性"(trans-corporeality)呈现的是一种人类身体与自然身体的互动关系。"环境公正运动集中体现为跨身体的物质性,这种身体既不是本质主义的概念,也不由基因决定,其边界也不牢固,但在这种身体里,社会权利和物质/地理能动性进行内部行为"①。尽管将跨身体性当作一种联系身体和环境的方式,往往因身处的具体地方而存在局域性,但是在全球化的语境下,毒性物质的生产和消费布局却每每暴露了社会非公正和环境退化的全球蔓延状况。新物质主义与生态批评的结合扩大了伦理对象的范围。色瑞内拉·伊奥维诺(Serenella Iovino)与赛尔皮尔·奥普曼(Serpil Oppermann)在著作《物质生态批评》(*Material Ecocriticism*,2014)中通过"物质伦理"概念认为人类和非人类主体可以共享物质性,认可所有物质的能动性,判断人类和非人类物种作为相关且平等的能动者而存在。这进一步解构了人类中心主义的错误思想并消解了人与非人的二元对立,在曾经对立的人/非人二元关系中进行调解,为公正对象涵盖非人物种提供了新的素材和思路。

---

① Stacy Alaimo,*Bodily Natures:Science, Environment, and the Material Self*,Bloomington and Indianapolis:Indiana University Press,2010,p.63.

（四）超越：从延续传统到开辟新径

劳伦斯·布伊尔曾经提到："文学研究中的环境转向最好被理解为，与其说是一块孤立的单块巨石，倒不如说是汇集了众多有差异实践的广场。"①这很形象地说明了生态批评的多元融合特征，表达了生态批评领域内外各种类型研究与实践的彼此联系与相互作用。而且事实上，生态批评史中历次浪潮和转向的生发与演进的状况，无疑也证实着布伊尔的上述总结。环境公正生态批评浪潮中，对自然、环境的保护依然是位于核心的议题，但社会、人文因素的添加于内则促使生态批评的研究体系更加实际化、复杂化，生态批评家们的关注重点也转移到了非公正的人类制度与实践所引起的环境恶化，因而在自然叙事和环境伦理之间建立了重要的联系。

生态批评第一波和第二波浪潮之间并不存在非常清晰有序的界限，布伊尔观察到，"早期生态批评所引发的大多数潮流继续强劲涌动，并且第二次浪潮修正主义的大多数形式都涉及既以此前浪潮为基础，又与其论争"②，故此他将这种在继承中发展，在探索中突破的样貌描述为"羊皮纸重写本"（palimpsest）。1998 年，布伊尔提出"毒性话语"概念，以此作为对于在文本中呈现出的环境焦虑之表达，这种焦虑由人类使用化学物质造成环境危害所带来的威胁而引发，因而沟通了毒性物质、人为作用、社会因素、环境非公正等多个要素，这就将始于《寂静的春天》（蕾切尔·卡森，1962）的毒性话语以专门术语的形式带到生态批评的台前来，使其成为环境问题研究的新焦点。该词提出的时间适逢生态批评第二次浪潮的形成初期，它把毒性物质引发的灾难与文学修辞、话语研究与文化建构进行了连接，促进生态批评从自然书写和荒野保护的第一阶段转向环境公正的新阶段。

2010 年，斯科特·斯洛维克撰文提出，第三次生态批评浪潮的比较性、跨文

---

① Lawrence Buell, *The Future of Environmental Criticism: Environmental Crisis and Literary Imagination*, MA/Oxford: Blackwell Publishing, 2005, p.11.

② Lawrence Buell, *The Future of Environmental Criticism: Environmental Crisis and Literary Imagination*, MA/Oxford: Blackwell Publishing, 2005, p.17.

化特征就在 21 世纪之初随着第二波生态批评浪潮而出现,这种位于国际性、比较框架中的关联文化研究直到 2009 年才被标记为第三次生态批评浪潮。① 在这种研究风向的作用下,生态批评中基于环境公正立场的研究也与时俱进,贯彻了全球性、跨文化的特点,迈向一个"远非一国之内对阶级差异和种族差异的超越",而是"考虑国与国之间由历史、地理、文化、经济、政治的差异而导致的环境不平等现象,以此探讨将地球作为整体生态系统的环境依存和公正关系"②的新阶段。生态批评的环境公正思想路径并没有在生态批评第三次浪潮涌现之后骤然停止,反而在跨越性视野中因对多元文化、全球精神、多种族/民族性的关注,扩大了环境公正的范围,并催生了新的生态批评关键词。

罗布·尼克森(Rob Nixon)于 2011 年提出的"慢暴力"重要概念,为环境公正在生态批评内的发展增加了一个明确表达环境非公正与暴力形式之密切关联的术语。尼可森将"慢暴力"解释为:"逐渐发生并且在视线之外,是一种在时间上和空间上分散的,具有延迟破坏性的暴力行为。"③它逐渐增量且暗中磨蚀,这种隐蔽性和累积性的侵害经过一段时间最终会产生灾难性后果。值得注意的是,慢暴力的作用对象往往是环境弱势群体或边缘群体,他们的环境非公正境遇反映出环境权利分布的差别。毒性物质以慢暴力形式发生作用,通过土壤、空气、水、食物、辐射等媒介日积月累,入侵环境与身体④,其引发的巨大风险却因缓慢性和不可见而被忽视。

凯利·亚当斯在分析小说《哭泣与奉献》(*The Cry and the Dedication*)时总结说,穷人是"不被看到的",他们的"贫穷因其生活中弥漫着不可见的慢暴力而雪上加霜",而且不平等的性别角色和环境恶化之间"以加强相互暴力的方式而

---

① 参见 Scott Slovic,"The Third Wave of Ecocriticism:North American Reflections on the Current Phase of the Discipline",*Ecozon@:European Journal of Literature, Culture and Environment*, Vol.1 No.1 (2010),pp.6-7.

② 江玉琴:《后人类视角下后殖民生态批评的尺度、机遇与发展》,《中国文学批评》2019 年第 1 期。

③ Rob Nixon,*Slow Violence and the Environmentalism of the Poor*,Cambridge and London:Harvard University Press,2011,p.2.

④ 参见 Rob Nixon,*Slow Violence and the Environmentalism of the Poor*,Cambridge and London:Harvard University Press,2011,pp.2-3。

具有持续的逻辑交叉"。① 毒性话语和慢暴力这种相关概念的出现,将有毒、隐性风险与阶级、性别、种族歧视的相互助力呈现在环境公正生态批评的考察范围中,以更加开放的动态性促进环境公正生态批评思维模式的新发展,揭示出毒性物质、身体、环境等诸多要素之间的连接与纠缠。

环境公正的范围并非一成不变,起初影响生态批评之时把人的环境权利作为关注重点,反拨而非反对当时生态批评中过于关注自然的倾向,因而后一次生态批评是在前一次浪潮上的叠加与转型,而不是推翻或重建。随着生态批评研究的进展,人与非人的融合程度越来越紧密,2010 年前后,生态批评与新物质主义结合,进入以物质生态批评为标志的第四次浪潮。物质生态批评不仅关注非人类物质中的人类印记,也关注重塑人类力量的物质标记。尤其是第四次生态批评浪潮后,新物质主义的微观视角赋予人与非人存在以能动者身份,从而消解了人掌控万物的高高在上性。环境公正尝试面向多物种公正敞开范围,把非人物种的环境权利也包括进来,这在某种程度上更是消解了人与非人在主体性上的明显差异。

近十年中,环境公正与生态批评呈现一种互相促进的发展样态,环境公正对生态批评的影响依然在持续,而生态批评也在某种程度上推动着环境公正形成新的思路并触及更加深刻的内涵。公正研究在呵护自然、关切人类的伦理维度上不断进化,更多地和能动性、气候变化、多物种研究等议题关联在一起。乌苏拉·K.海斯在《想象灭绝:濒危物种的文化意义》(*Imagining Extinction:The Cultural Meanings of Endangered Species*,2016)中提出了将多物种研究和环境公正结合起来的新颖框架,这是"一种探索他们不同的理论承诺如何相互促进的方法"②。

卡杰坦·伊赫卡(Cajetan Iheka)的著作《自然化非洲:非洲文学中的生态暴

---

① Kelly Adams, "Postcolonial Environmentalism in Carlos Bulosan's *The Cry and the Dedication*", *Interdisciplinary Studies in Literature and Environment* Vol. 22, Issue 3 (Summer 2015), pp. 586, 591-592.

② Ursula K. Heise, *Imagining Extinction:The Cultural Meanings of Endangered Species*, Chicago: University of Chicago Press,2016,p.198.

力、能动性与后殖民反抗》(*Naturalizing Africa*: *Ecological Violence*, *Agency*, *and Postcolonial Resistance in African Literature*, 2018)表达了作者的如下观点:"并不轻视诸如环境公正这样的生态批评要素,但通过将它们与本土宇宙学、多物种研究、行动者—网络理论和物质生态批评(这些观点完全包含了作为生活世界共同要素的非人行动者之利益、能动性和价值)相结合,试图将其扩展到摆脱对非人类的漠视"①。伊赫卡指出了基于环境公正范畴的非洲生态批评研究未能充分重视社会中人与非人的相互联系,所以在表现不同物种之间关系,并为可持续性提供远见方面仍有待挖掘的潜力。②

在《文学与环境的跨学科研究》2020年春季刊上,戴布拉·J.罗森塔尔(Debra J.Rosenthal)将气候变化小说与贫困研究结合起来,分析了芭芭拉·金索沃(Barbara Kingsolver)的小说《逃逸行为》(*Flight Behavior*, 2013)中环境退化与社会经济斗争的重叠主题,揭示出"财富不平等和气候变化都是社会建构的经济和政治力量,故而从'生态贫困'的批评视角用一个来解读另一个,可以揭示剥削穷人和剥削地球之间的联系"③。气候变化作为环境公正研究的新议题,也是一种尼可森所定义的"慢暴力",对贫困人口等边缘群体造成了不成比例的逐渐损害。

综上所述,环境公正的学术生长力使其在纯粹生态中心主义和纯粹人类中心主义两极之间寻求平衡,保证生态批评一方面拥有高于现实的文学导向性,另一方面又具备直面现实的环境实践性,显示出生态批评学术研究的生态整体主义朝向。环境公正思想之于生态批评具有意义重大的建构作用,这既包括环境公正生态批评对生态批评第一次浪潮的反思与推进,环境公正引发生态批评从自然写作到环境文本的变化,也包括生态批评因环境公正而产生的研究对象拓

---

① Dustin Crowley, "Book Review on *Naturalizing Africa*: *Ecological Violence*, *Agency*, *and Postcolonial Resistance in African Literature*", *Interdisciplinary Studies in Literature and Environment*, Vol.27, Issue 1 (Winter 2020), p.200.

② 参见 Cajetan Iheka, *Naturalizing Africa*: *Ecological Violence*, *Agency*, *and Postcolonial Resistance in African Literature*, New York: Cambridge University Press, 2018, p.2。

③ Debra J.Rosenthal, "Climate-Change Fiction and Poverty Studies: Kingsolver's *Flight Behavior*, Diaz's 'Monstro', and Bacigalupi's 'The Tamarisk Hunter'", *Interdisciplinary Studies in Literature and Environment*, Vol.27, Issue 2(Spring 2020), p.269.

展化,从生态、人文和伦理三个方面全方位进行的考察。环境公正与生态批评重要概念的交汇,如毒性话语、慢暴力等,体现了环境公正生态批评对生态批评传统视野的延续和补足。在此交汇推进的过程中充满了对话和互动,所以可以说生态批评的环境公正转向既是一种对此前关注生态之学术研究传统的继承与发扬,又是一种叠加环境公正融合人文思想的反拨与开拓,起到了对生态批评进行有机推进的作用。

三、环境公正生态批评在中国的接受和生发

生态批评是在西方国家,尤其是美英率先发展起来的学术研究,但是它将文学与生态进行勾连的独特视角,以及建设性地跨学科解决环境问题的逻辑思路,使其在全球范围内具有跨越民族与文化的旺盛学术生长力,因而也有助于促进各国相关研究的交流与互鉴。生态批评的文学艺术理论在我国正式诞生于20世纪90年代中期,大约1994年之后,我国生态批评的学术研究开始萌芽,并在世纪之交进入理论建构阶段。[1] 我国生态文艺学、生态美学领域的学术探究以问题意识带动理论发展,在借鉴西方生态批评相关理论的同时,立足本土与传统生态智慧,取得了丰硕的学术成果,并形成具有特色的理论话语。但是,与西方生态批评相比,我国的生态批评总体上仍然存在一些研究视野狭窄和理论滞后的情况。如前所述,我国生态批评从萌芽转向理论建构的时期与西方环境公正生态批评崛起的时间大致相仿,而环境公正生态批评已然成为西方生态批评发展的第二个阶段。

环境公正生态批评在中国的引入时间可以追溯到2006年12月,鲁枢元在海南召集了"生态时代与文学艺术"田野考察暨学术交流会,探索中国的生态研究的学术路径。这次生态批评会议被看作是一次具有环境公正倾向的尝试,成为中国生态批评从生态中心主义走向环境公正的标志。[2] 在与会学者的文集

---

① 参见胡志红:《西方生态批评史》,人民出版社2015年版,第374—375页。

② 胡志红:《中国生态批评十五年:危机与转机》,《当代文坛》2009年第4期。

《走进大林莽·四十位人文学者的生态话语》中,宋丽丽以《环境正义与生态批评》为题,强调了生态批评的价值导向与实践意义,以及经济发展背后的环境公正主题,期望"全球人类集体倾听自然界的弱势群体的语言"①。

2007年,国内期刊《外国文学研究》在当年第一期上刊登了斯科特·斯洛维克与陈红撰写的英文文章,题为"对生态批评论文专栏的介绍"(Introduction: Special Cluster of Ecocritical Articles),该文关键词中包含"环境公正"。此篇文章不仅推荐评议了5篇国外学者的生态批评研究论文,而且向我国读者简要介绍了西方生态批评的产生与发展,对生态批评研究方向的多样化趋势进行说明,并向着西方以外的读者推广生态批评研究。文中既提到经典的环境公正生态批评著作《环境公正读本》(乔尼·亚当森等,2001)、《加勒比文学与环境》(伊丽莎白·德洛瑞等,2005),又涉及命名环境公正生态批评的T.V.里德对该术语的阐释,以及西方学者对文学作品的环境公正生态批评解读,由此揭开了环境公正生态批评在中国接受与发展的序幕。

2008年,"文学与环境国际研讨会"在武汉华中师范大学举行,来自多个国家和地区的200多名学者共同出席了这次学术会议。学者特里·吉福德(Terry Gifford)针对生态批评近期在美英两国的研究状况进行了说明,包括对生态批评发展阶段的回顾,以及对四种不同的学术意见的评述。吉福德在此文中重点谈及了布伊尔提出的第二波生态批评之焦点——环境公正,即"代表着当今明显的以环境为中心之文化研究中的修正主义方法",并建议中国的生态批评学者"必须找到中国化的方法,以适应自己的文化和政治环境"。② 这为环境公正生态批评在中国的特色发展提出了努力目标与期望。

在2008年至今的十余年中,环境公正视角下的国内生态批评研究持续进展,以学术著作、期刊论文、报纸文章、硕博论文等多种类型呈现出对西方相关理论的引介和生发。国内相关研究主要集中在对西方经典论文、著作的译介,基于

① 宋丽丽:《环境正义与生态批评》,载鲁枢元主编:《走进大林莽——四十位人文学者的生态话语》,上海文艺出版社2008年版,第80页。

② [英]吉福德:《有关生态批评的评述》,载聂珍钊、陈红主编:《2008文学与环境武汉国际学术研讨会论文集》,华中师范大学出版社2010年版,第17、25页。

环境公正生态批评立场对国内外文本的解读与剖析,以及结合我国本土学术特色对环境公正生态批评理论进行阐发与建构等方面。有些学者翻译引进了西方环境公正生态批评著作和文章,例如,刘蓓翻译了劳伦斯·布伊尔的著作《环境批评的未来:环境危机与文学想象》(2010),孙绍谊翻译了布伊尔的论文《生态批评:晚近趋势面面观》(2013)等,据此把西方当时的前沿生态批评研究成果介绍进来,为国内学术研究提供了新的视角和维度。有些研究是面向某部生态批评权威著作的评述或者针对生态文学文本的生态批评解读。例如,张冬梅的《论阿特伍德小说〈使女的故事〉中的毒性话语》(2010),胡志红的《试论生态批评的学术转型及其意义:从生态中心走向环境公正——兼论格伦·A.洛夫的〈实用生态批评〉》(2013)等。此外,有些学者针对某位生态思想家的生态思想,或针对生态批评某一流派展开研究,局部与环境公正立场有所交叠。比如石平萍的《美国少数族裔生态批评:历史与现状》(2009),蒋靖芝的《帕特里克·墨菲生态批评思想管窥》(2016),江玉琴的《后人类视角下后殖民生态批评的尺度、机遇与发展》(2019)等。那些针对生态批评整体发展概况的研究,比如程相占等的《生态批评、城市环境与环境批评》(2010),曾永成的《西方生态批评发展中的几个重要理论问题》(2015),代迅的《生态批评的重要新变》(2015),刘娜的《生态批评视野中的毒性话语》(2019)等,在论述生态批评的整体面貌时论及环境公正思想。

　　一些学者在借鉴我国传统文化发展生态批评方面取得了进展,如曾繁仁在《生态美学导论》(2010)中对生态整体主义和对中国资源作出介绍,胡志红在《〈道德经〉的西方生态旅行:得与失——比较文学视野》(2017)中基于《道德经》含有的生态意识较早地注意到传统生态思想中的社会维度,盖光的《生态批评与中国文学传统:融合与构建》(2018)则认为生态批评与文学传统可以多向整合,有机共存等,这些都为环境公正生态批评与国内传统生态思想的结合发展提供了启示。

　　但这里需要指出的是,相较于生态批评在国内蓬勃发展的学术状况,对环境公正生态批评的研究仍然薄弱。很多情况下,环境公正仅仅是在生态批评总体研究中出现的一小部分。此外,绝大多数研究对环境公正的研究经常与生态女性主义批评、后殖民生态批评、少数族裔研究掺杂在一起，仅仅是对"环境公正"这个关键词有所涉及，偶有探讨，而并非针对环境公正的专门性与系统性研究。如前文吉福德所言，中国的生态批评，包括环境公正这一流派要想真正地发展起来，必须探索出中国化的方法，包括如何在中国语境中批判地借鉴参照西方学术体系，如何在生态文明时代里焕发出新的学术生长力，如何与我国传统生态智慧融合并升华，在这些方面我们的研究已有探索，但还远远不够，需要学界在未来继续努力拓展与深化。

布伊尔提出了如下一个论断："如果深层生态学首先当作本体论或美学，而不是伦理或实践的处方，那么它看起来会更具说服力。"①这从一个侧面指出了生态批评第一波浪潮之生态中心主义的理想性，而我们可以根据生态批评第二波浪潮的环境公正趋向，将这种研究方向的转型视为脚踏实地的"伦理或实践的处方"。正是因为学者们将环境公正立场作为在生态批评此前基础上的叠加、修正、补充之方式，使得生态批评进入了一种更加凸显交叉性与多元性的境界中。种族、阶级、性别、经济和政治状况等因素之于自然、人类、环境、身体的纠葛和牵连，不仅消除了人与自然、自然与文化的二元对立，而且在困扰之前主流环保主义的伦理方面有所突破，克服了忽视环境伦理的盲区，以此为生态批评的进一步发展提供了一种解决环境危机的战略性概念方法。

生态批评的环境公正转向使得生态批评在其发展进程中具备了生态、人文与伦理相结合的维度，实现了批评理论与生态实践的良性互动。当前的生态文明时代为生态批评及其环境公正立场的研究提供了良好发展契机，在借鉴西方环境公正生态批评已有的学术资源和研究成果之基础上，如何进行文学批评本土性和世界性的交汇，尝试让来源于西方的这种较为普遍的、具有生态意识的文学和文化研究方式在中国学界呈现出中西合璧、有机相融的理论特点，这是我们发扬学术自信，与西方生态批评话语体系进行平等对话的努力方向。

---

① ［美］劳伦斯·布伊尔:《环境批评的未来:环境危机与文学想象》,刘蓓译,北京大学出版社2010年版,第114页。

第五章　生态正义与生态艺术中的
　　　　　 自然之代理

生态批评在 1978 年正式兴起的时候主要是一种文学批评的新形态,所关注的是从生态学、生态哲学与生态意识等角度对文学作品进行生态解读。随着生态批评在全球范围内的蓬勃发展,其关注对象已经从文学作品扩展到其他艺术样式,包括影视、绘画等。这样,生态批评的阵营中实际上就出现了生态文学批评、生态影视批评与生态绘画批评等。与此同时,包括生态文学在内的生态艺术也在世界范围内大量涌现,这也为各类生态批评的健康发展提供了更多的研究对象。

本章以生态批评的关键词"生态正义"(ecological justice)作为理论视野,重点介绍国际范围内出现的生态批评中的"自然之代理"(the agent of nature)问题。"生态正义"不仅是"自然之代理"的一个理论视野,也是"自然之代理"的一个理论聚焦点。"生态正义"的核心在于如何破除人类中心主义,这直接影响人类与自然互动的具体过程和程序,也就是说,为了对自然进行公正地"代理",人与自然在交流的过程中,重点在于最大限度地破除主体论立场。而"自然之代理"观念及其在生态艺术与批评中的运用和实践,可以理解为实现生态正义所做的一系列回应。

一、"自然之代理"观念的由来、内涵及理论聚焦点

"自然之代理"这一说法来自环境政治学家布赖恩·巴克斯特(Brian

Baxter)、罗宾·艾克斯利(Robyn Eckersley)的等人提出的"做自然之代理者"这一实践设想。他们认为:"像代理者一样为自然言说,已成为环境运动中日益发展起来的一种手段。为非人类自然做代表,能够以科学、故事讲述或者传统知识为基础。人们能够'代表'动物或者非人类自然,想象和故事讲述能够起一定作用,并且传统的或者民族的知识也能被利用——它们都是通过对来自自然界的信号的敞开而使用的知识形式。代理已然成为自由决策制定中所普遍适用的,就像那些为幼童或囚犯的权利做代表一样。"①它体现了人类思考非人类自然时尝试使用的一种认识论策略:尽管自然事物不具备人类的心灵,但人类可以发挥其主观能动性,主动地为非人类自然作"代理",就像成年人给未成年的幼童做法律代理那样。

这一环境政治学观念,与生态正义、生态民主有着紧密的关联。不少学者对此已有深刻的认识。环境政治学家布赖恩·巴克斯特在他的著作《生态公正理论》(*The Theory of Ecological Justice*,2005)中,以"生态正义与作为公平的正义"(Ecological justice and justice as impartiality)为主题,提出了"公正社区理念"(the idea of community of justice)。这一理念认为,非人类自然也应该有权利受到公正的对待。他写道:这一理念的"基本主张是,我们应该扩大公正社区的概念,至少包括一些非人类自然的因素(究竟是指哪些因素将是进一步讨论的问题)。一旦我们接受非人类自然的利益和需要,非人类自然应该在公正正义的基本结构的制定中得到代表"②。在巴克斯特看来,在宪法条款中,就像正义社群中所有成员获得环境支持的权利一样——那么对他们的灭绝,包括由栖息地破坏而间接产生的灭绝,初步看上去必须被视为不公正的。③ 为了避免这种情况的发生,他认为,人类要承担起这份责任,做非人类自然的代理人。

如果说,巴克斯特设想了这样一种"代理"的愿景,那么,澳大利亚环境政治学理论家罗宾·艾克斯利(Robyn Eckersley)则思考了具体操作中遇到的诸多难

① David Schlosberg,*Defining Environmental Justice:Theories,Movements,and Nature*,New York:Oxford University Press,2007,pp.194-195.

② Brian Baxter,*A Theory of Ecological Justice*,London:Routledge,2005,p.114.

③ Brian Baxter,*A Theory of Ecological Justice*,London:Routledge,2005,p.114.

题。她在《绿色国家：重思民主与主权》(*The Green State*：*Rethinking Democracy and Sovereignty*，2012)一书中，就"代理"实践的难度进行了客观分析。首先，她从传统的认识论、道德论的视角，揭示了"代理"之难。她认为，"代理"对传统的道德论、认识论都是一个挑战，①因为"代理"意味着人类与自然他者的交往，而这一交往理想大大超出了哈贝马斯对于道德正当性的检验，它不仅限于有能力的人类主体之间，还包括非人类自然。艾克斯利借用史蒂文·沃格尔的质疑将问题的难度呈现了出来："人们不能以为，沉默的自然实体可以在话语实践中被人类倡导者们所代表，除非人们对下列问题能够给出满意的答案：谁将是倡导者？依据是什么？他们怎么知道自然的利益？沃格尔认为，不同于代表儿童或智力受损的成年人的问题，因为我们可以合理的确定，如果他们能够说话，他们会说什么。"②由此，沃格尔认为"一棵树或一个湖会如何'言说'来回应任何建议性的规范，这超出了我们的想象"③。然后，艾克斯利给出了多恩·玛丽塔(Don Marietta)的方案，即回到对"主体间性"的强调，肯定"主体间性"的地位："我们可以知晓的唯一世界是人类意识构建的世界。对许多道德哲学家主张的那种客观性，我们拥有一种很好的替代物，那就是对主体间性的证实。"④

艾克斯利区分了观念和物质实体两种维度中的自然概念："我们可以将构建的自然视为概念地图，将真实的自然视为物理领域。我们可以随心所欲地构建自然，但我们不要把语言的地图误认为是被证明的物质领域，从而抹除非人类存在和实体的力量。自然可能是我们的语言创造，但它并不完全是我们自己的物质创造。"⑤显然，艾克斯利对不同意义上的自然做了区分，笔者认为，这其实

① Robyn Eckersley，*The Green State*：*Rethinking Democracy and Sovereignty*，London：The MIT Press，2004，p.120.
② Robyn Eckersley，*The Green State*：*Rethinking Democracy and Sovereignty*，London：The MIT Press，2004，p.122.
③ Robyn Eckersley，*The Green State*：*Rethinking Democracy and Sovereignty*，London：The MIT Press，2004，p.122.
④ Robyn Eckersley，*The Green State*：*Rethinking Democracy and Sovereignty*，London：The MIT Press，2004，p.123.
⑤ Robyn Eckersley，*The Green State*：*Rethinking Democracy and Sovereignty*，London：The MIT Press，2004，pp.124-125.

说明了这样一个问题：人们已经认识到，自然作为一个人类之外的他者，并非人类的创造物，它实则超出了人类的认识限度。面对这种境况，艾克斯利提出如下建议，即"如果我们想把自然作为一个相对自主的主体来尊重，同时又承认对自然的认识是不完整的、被文化过滤的、临时性的，那么在使用和与自然互动的方式上应该以照料、谨慎和谦逊的态度对待自然，而不是鲁莽和傲慢。简言之，我们必须承认，我们对自然限度的了解本身是有限的（也是有争议的）"①。

在相当长的一段时间里，"生态正义"和"环境正义"并未得到国内外学人的区别对待。但随着环境美学、生态美学研究的深入，近些年来学界对二者相关话语的适用范围与概念界定有了更具精确性的要求。加拿大环境政治学家戴维·施洛斯贝格在《定义环境正义：理论、运动和自然》一书中就对此给出了清晰的说明：环境正义运动的原始要求之一是"我们为自己说话"②；但是对于那些在决策领域之外的人，或那些不能为自己说话的人，采用"代理"成为"为其说话"的主要方式。同样，如果非人类自然也在被关切的范围内，需要超逸环境正义的论域范围："环境正义"指向人类社群内的环境问题，比如资源的分配、食物安全等；而"生态正义"指向非人类世界，关注人类社群与人类之外自然界的关系。③ 可见，"生态正义"将视点从聚焦人类共同体内部的社会正义扩展到对非人类世界的生态正义，超越了"环境正义"关注差异性主体对于环境权利的分配正义的实质。

同时，人们也进入了另一个讨论的维度，即自然的"话语"。法国哲学家布鲁诺·拉图尔（Bruno Latour）和环境政治学家约翰·德赖泽克（John S.Dryzek）讨论了人类对自然"言语"的聆听。拉图尔认为人类不再是唯一被赋予使用语言的对象。④ 这意味着，自然也有自己的语言，有一定的表达能力。德赖泽克认为："做自然的代理，意味着我们应该倾听来自自然界的信号，显示出像与人类

① Robyn Eckersley, *The Green State : Rethinking Democracy and Sovereignty*, London : The MIT Press, 2004, p.125.

② Dana Alston(ed.), *We Speak for Ourselves : Social Justice, Race, and Environment*, Washington D.C. : The Panos Institute, 1991.

③ David Schlosberg, *Defining Environmental Justice : Theories, Movements, and Nature*, New York : Oxford University Press, 2007, pp.3-6.

④ Bruno Latour, *Politics of Nature : How to Bring the Sciences into Democracy*, Cambridge : Harvard University Press, 2004, p.263.

主体的交流那样的尊重,以及同样的谨慎解释。"①施罗斯伯格就把自然气候的变化,理解为自然释放的言语信号,他写道:"气候变化不仅在大气研究中得到证明,而且还通过一系列单独的信号得到证明——鸣禽返回耳朵,蝴蝶物种向北移动,昆虫卵孵化得更早,冰川和其他冰川水的过早融化,海洋的温度变暖;以及与天气有关的问题,例如某些地区的降雨量增加和其他地区的干旱。所有这些全球'警告'的个案加起来就是全球气候的变化。"②

孔子说:"天何言哉?四时行焉,百物生焉,天何言哉?"(《论语·阳货》)庄子说:"天地有大美而不言,四时有明法而不议,万物有成理而不说。"(《庄子·知北游》)非人类自然是以静默如斯的方式在言说,但是人类似乎很难把握非人类自然的客观意图,没有合适的渠道了解到非人类自然究竟是悲是喜,是赞成还是反对。因为我们始终无法从自然那里获得最终的话语印证,来检验自己的理解是否是正确的。"代理"乃是人们"假想"自己可以代替自然传递信息。从表面上看,人类在替自然代言,实际上,人类要做的是以一种非常谦卑的精神,使自然之音、自然形象呈现出来的真理之光照耀到我们身上。人类所做的种种努力,表明了以一种真诚的愿景和态度接近自然,即在代言自然过程中,最大限度地破除人类中心主义立场,也就是去主体化。换言之,如果我们试图真的去聆听自然之音,就必须澄怀观道,摒弃人类自己的主观意志。

二、国外生态艺术理论对"自然之代理"问题的回应

按照一般性的理解,不论是主题的表达,还是质料的使用,只要表达了生态意识,都可以算是"生态艺术"。代表人物有德国生态艺术家瓦西里·雷攀拓(Wassili Lepanto)和加拿大生态美学家约瑟夫·W.米克(Joseph W.Meeker),二人立足于不同的视角,构建了各自的生态艺术理论。他们是如何回应"代理之

①　John Dryzek, *Deliberative Democracy and Beyond: Liberals, Critics, Contestation*, Oxford: Oxford University Press, 2000, p.149.

②　David Schlosberg, *Defining Environmental Justice: Theories, Movements, and Nature*, New York: Oxford University Press, 2007, p.192.

自然"问题的呢?

(一)雷攀拓:"家园"理念

"生态学",即 ecology,是希腊字"oikos"和"logos"的结合,最初对它的含义作出理论阐述的是德国生物学家恩斯特·海克尔(Ernst Haeckel),他把作为表示"家"的"oikos",引入到了科学领域,提出了"生态学",用它描述有机体之间的相互联系。1869 年,海克尔在耶拿大学的一次就职演讲中对之进行了清晰的定义:

> 生态学这个术语指关注自然的经济学(economy of nature)的知识系统——它研究动物与其无机和有机环境之间的所有关系……简言之,生态学研究所有那些复杂的相互关系(interrelations),也就是达尔文所指出的生存竞争(struggle for existence)的各种条件。①

到了 1889 年,海克尔为"生态学"确立了一个精练的概念,即"自然的经济学"(economy of nature),意思是所有存在于相同栖息地的有机体之间的相互关联性。简言之,生态学关注的焦点是"处于环境之中的有机体"(organisms in their environments)。海克尔对于"生态学"性质的表述,成功引入了生态美学、生态艺术领域。② 其中,德国生态艺术家瓦西里·雷攀拓(Wassili Lepanto),将海克尔的"oikos"(家)观念,提升到哲学美学的高度,用以表征生命生发的"境域"。他将生态学理解为"关于家园的理论":

> 生态学是一门关于家园(oikos)的研究。家园的意义是"家"(house)。家是每一个事物都居于其中的一个空间,它包含了一个特定的秩序,一个自身所固有的秩序,它涉及每一个围绕着它的事物。从这个绝对的秩序中,生

---

① David R.Keller and Frank B.Golley(eds.),*The Philosophy of Ecology:From Science to Synthesis*,Athens and London:The University of Georgia Press,2000,p.9.
② 就生态美学方面,国内生态美学研究领军人物曾繁仁在《生态美学:后现代语境下崭新的生态存在论美学观》一文中写道:"所谓生态美学就是生态学与美学的一种有机的结合,是运用生态学的理论和方法研究美学,将生态学的重要观点吸收到美学之中,从而形成一种崭新的美学理论形态。"参见曾繁仁:《生态美学:后现代语境下崭新的生态存在论美学观》,《陕西师范大学学报(哲学社会科学版)》2002 年第 3 期。

命出现了,生命生发了。天空、星星,所有这些都是一个家园,也就是"家"。这个世界,这个地球正是一个"家园",在家中生命出现了,生命获得了发展。①

根据雷攀拓的描述,"oikos"这一"家园"理念,被赋予对无限空间的延展性,它可以表征"地球",或甚是"宇宙"。不仅是地球上的事物,甚至是宇宙空间中的星星、天空,都被他视为"家园"的一分子。这样一来,包括人类在内的地球上的万物,都是"家园"中的一分子,彼此就像家人一般,具有了亲和的内在共通性。在这样的家园中,万物生成,并在相互依存、相互尊重中繁衍生息。可以看出,在对"家园"的理解中,雷攀拓将"家园"转化成了一个隐喻,即一个化育生命的"境域":处在家园中的每个事物,也就是地球上存在的事物,按照各自的生命空间在家园中生息绵延。而万物各自所占的特定空间,相互关联而又保持一定的独立性,外在显示为一种"秩序",即一种家园的秩序。这使得万物在家园中得以共生,并呈现出各自的生命特征。因而,这种"秩序"是生态的"秩序",是生命得以产生和生发的决定性条件,也是万物相互交流、相互理解的前提。这个秩序,无疑也成为人类理解自身与万物的关系的纽带。由此,雷攀拓认为,空间的位置序列,也就是秩序,决定了万物的存在。需要注意的是,这一秩序并不是机械的,它是有机的,凝化为一种生命的动源。由于它关联家园中的每个事物,使万物处于相互作用的整体中,所以,在秩序的涌动中,促使了生命的创生和生发。这是"家园"赋予生命的功能。

实际上,"家园"这个理念与生命创造相关时,具有超越性的启示意义。德国生态神学家莫尔特曼(Jurgen Moltmann)就以"上帝之家"的概念来说明上帝的创造性,认为创造就是上帝的家。而人、自然和上帝都处于"生命共同体"中,他讲:"在圣灵赋予生命的活动中以及在圣灵寄居的影响下,上帝的全部三位一体功效得完全的表现。"②不难看出,"家园"理念使人们认识到天地万物都是"家

① Wassili Lepanto, *Ökologische Ordnung und Inspiratio*, Stuttgart: Verlagsgesellschaft mbH & Co.KG, 2011, p.38.
② [德]莫尔特曼:《创造中的上帝:生态的创造论》,隗仁莲等译,生活·读书·新知三联书店2002年版,第134页。

人",万物平等。因为世上万物都是上帝的受造物,皆具有灵性。人类在家园中,也是天地万物的一分子,而非自然万物的主宰者。可以说,雷攀拓的"家园"理念包含了万物涌动、生命不息之意。在这里,我们不难联想到中国古代学者戴震在《原善》中说过一句话:"气化之于品物,可以一言尽也:生生之谓欤!""生生"可以视为对天地自然这个"家园"的意象表述。也就是说,"家园"作为天地之"大屋",天地之"大家",从某种意义上说,它正是发挥了天地生生之功能与德性。"家园"理念也由此得到了某种意义上的揭示。

雷攀拓的"家园"理念对艺术、自然的认知与体验产生了重要影响。在他那里,艺术不是为了再现自然的一种纯粹的技艺,而是探索自然内在生命及其特质的一种方式。也正因如此,雷攀拓将艺术提升到了本体论的表达层面,认为:"生态艺术是一种本体论艺术"①,他认为,生态艺术家应该有这样一种审美观:"将事物的形而上相伴视为现实。艺术本质上是本体论的,它的微妙之处超越了具体的现象性世界,它反映了人的境遇,反映了人的内在参与性,影响了他的精神——智性的生活。"②很显然,人类所体验的自然,不再是西方传统中主客二分认识论中的自然,不再与人类处于分割的状态,不再被人类视为惰性的、机械的世界,此时,心与物不再分离。人类获得了进入自然世界的通道,而这个通道就是生态艺术(生态绘画),它打开了连接现象界和本体界的大门。

可以看出,这样一种带有本体论性质的艺术实践,将艺术家的创作立场由主观的、感觉的、直觉的、印象式,转变为必然的、客观的、智性的。雷攀拓引入"家园""秩序""实在"等概念,提升了自身的艺术研究的深度,也创造了独特的艺术风格:雷攀拓有意舍去了繁杂的色调、花哨的笔触,选择以大块面简练的艺术语言,呈现自然的本真性、纯粹性,即视觉直观上产生了一种干净澄明的视觉化效果。画面中透露的自然言语,被一种静谧、纯然的秩序所组织,深刻又清晰、简洁又丰富。雷攀拓的"自然语言",其实是一种聆听、一种代理,符合他努力追求的

---

① Wassili Lepanto, *Ökologische Ordnung und Inspiratio*, Stuttgart: Verlagsgesellschäft mbH & Co. KG, 2011, p.156.

② Wassili Lepanto, *Ökologische Ordnung und Inspiratio*, Stuttgart: Verlagsgesellschäft mbH & Co. KG, 2011, p.200.

本体论境界。因此,雷攀拓试图在哲学美学的高度上建构生态艺术,以一种质朴的艺术语言传达他所理解的生态艺术。

总体上说,雷攀拓的生态艺术思想,可以从中抽取出这样一个内在逻辑的序列,即寓所—家—管理—艺术。四个阶段,分别指的是四个过程:"寓所"和"家"是自然生发的境域,是"物化"的原初之地;人类作为上帝的化身,自然的神圣的"治理者",并没有任何随意的生杀大权,只能是和平的治理者,所以艺术家将自然最为本质的、深层的生命力给予显现。也正因为这样,艺术不再是一种技艺,而变成了一种形而上式的寓言,它期望唤起人类对自然的沉思,而作品本身,则是对这一沉思的显现。

(二)米克的"生态艺术"

加拿大学者约瑟夫·米克(Joseph W.Meeker)在他的论著《生存的喜剧:文学生态学研究》第六章"生态美学"中,提出了"艺术生态学"和"生态艺术"这两个术语。很显然,米克是把"生态艺术"放在"生态美学"的名目下进行了讨论。米克的"生态艺术"其实是一种以生态学为阐释基础的艺术美学。他的思路是:人类所有的特性和能力,包括对美的体验能力(审美能力),植根于自然的形式和过程之中。在人类的长期进化过程中,自然为人类提供了思维和创造的基本形式。那么,人类对艺术的美感体验,与自然的美感体验,应该是一致的。因此,在生态艺术中感到的审美愉悦,取决于被感知到的形式的生物完整性。所以,在米克看来,他设想的生态艺术,是一种人类艺术与自然形式和自然过程一致的艺术,也就是说,只有当人类艺术与自然形式和自然过程一致时,我们才能在其中发现美。

"生态艺术"作为一种艺术构想,米克实则参照生态系统,塑造了一种"生态艺术系统",他使用了诸多相关生态学概念,例如"生态完整性""有机体""生态系统""生命过程""生态平衡"等。正如米克自己也说:"一件伟大的艺术作品就类似于一个生态系统,因为它传达了一种统一的经验。"①米克着眼于弥合艺

---

① Joseph W.Meeker, "Ecological Esthetics", in *The Comedy of Survival: Studies in Literary Ecology*, New York: Charles Scribner's Sons, 1972, p.130.

术与生态学之间的二元冲突:思维与直觉、科学与艺术、甚至是人与自然。① 证明人类的美感体验与自然形式和过程是协调一致的,换言之,艺术之所以具有美感,在于它模仿了自然生态系统的美学特征,例如艺术元素的多样性、连续性、统一性等。因此"我们的审美价值观实际上恰好是对于自然的抽象构想"。为了论证它的正当性,米克详细类比了各艺术样式与生态系统,他写道:

> 我们应该分别来思考在时间之美和空间之美中所产生的诸多问题。即使在认识到这二者有很多相似之处时,生物学和美学还是认为时间之美与空间之美存在着些许的本质差异。空间艺术或视觉艺术——绘画、雕塑、图案设计——最好能与自然中的有机物理结构相比拟;而时间艺术——特别是文学与音乐——最好能从生物过程的视角中得到阐释,因为这类艺术的演绎能够在生物与生态演替的时间框架中被人们所理解。②

显然,无论是空间艺术、视觉艺术,还是时间艺术,都可以视为生命的过程,而"有机体"寓意是"活的",与"机械的"相对。那么,艺术的形式必然包含了生命运化的内容,它不是静止的、干瘪的、空洞的,而是有生命力的、过程的、充满意义的。因此,米克指出,由于人们对自然的体验,会看到一种形式,但是,这一形式显示出的不是一种平面化的东西,而是能够使人联想到它的结构与过程,即形式由生命流动的过程所引导。米克表示:

> 形式作为一个抽象的概念,它既是时间的,也是空间的,并且形式还涵盖了过程与结构。结构表现了构成的过程,通过这种过程,一种既定的形式就产生了。我们对于复杂的贝壳图案设计、被风吹过的沙丘形状、树叶上那令人愉悦的叶脉网络的兴趣可能会导向一种好奇心,即对这些图案形状是如何被创造出来的好奇心。③

因而,艺术的完美原型深植于自然有机体之中,它从艺术表现的美感中,领

---

① Joseph W.Meeker, "Ecological Esthetics", in *The Comedy of Survival: Studies in Literary Ecology*, New York: Charles Scribner's Sons, 1972, p.134.

② Joseph W.Meeker, "Ecological Esthetics", in *The Comedy of Survival: Studies in Literary Ecology*, New York: Charles Scribner's Sons, 1972, p.125.

③ Joseph W.Meeker, "Ecological Esthetics", in *The Comedy of Survival: Studies in Literary Ecology*, New York: Charles Scribner's Sons, 1972, p.125.

略了有机体的进化和发展。显然,这里的艺术不再被理解为静止的,也就是"机械之物",而是理解为动态的,也就是"有机之物"。由此,米克的"生态艺术",就像自然的生态系统一样,充满了复杂而又平衡的要素,这是生命的形式。

米克也引用了神经学家保罗·韦斯(Paul Weiss)对于视觉体验的看法。韦斯认为,自然中的视觉形式都能够唤起审美反应。"韦斯的挑衅性研究指出,人类对美的感知实际上是对事物的秩序系统的认识,无论所涉及的是生物系统的生长的产物还是人类艺术的创造物。"①不难设想,人类对于这一美的感知,既是艺术的,也是自然的,也可以说是生态艺术的。从而,米克试图论证艺术与自然形式和自然过程的一致性,米克说:"只有当人类艺术与自然形式和自然过程一致时,我们才能在人类的艺术中发现美。"②

总之,雷攀拓体现了一种生态艺术立场,米克强调一种生态学立场。不同的出发点,决定了各自言说的不同理论路径。对雷攀拓来说,他关注对"家园"理念的形塑,认为自然万物都是"家园"的一分子。"家园"其实是一个大的生态系统,万物各尽其职,遵守"家园"的生态秩序。"家园"被视为生命存在的永恒的原型。从这个意义上,雷攀拓认为"生态艺术"是一种本体论艺术;与之相比,米克关注生态学和艺术品之间的类比关系。他认为,只有与自然界形式和过程一致的艺术,才是"美的艺术"。这里的"美的艺术",已经不同于西方艺术自律中对"美的艺术"的理解,它转向对生态完整性的描绘,也就是生态艺术所理解的"美"。尽管二者建构生态艺术的路径有所不同,但都从不同角度回应了"代理"问题。

三、生态批评的回应及其他相关研究

美国生态批评元老谢里尔·格洛特费尔蒂(Cheryll Glotfelty)与哈罗德·弗

---

①　Joseph W.Meeker,"Ecological Esthetics",in *The Comedy of Survival:Studies in Literary Ecology*,New York:Charles Scribner's Sons,1972,p.126.

②　Joseph W.Meeker,"Ecological Esthetics",in *The Comedy of Survival:Studies in Literary Ecology*,New York:Charles Scribner's Sons,1972,p.136.

洛姆（Harold Fromm）合编了《生态批评读本：文学生态的里程碑》（*The Ecocriticism Reader：Landmarks in Literary Ecology*，1996）一书，其中收录了印第安纳大学英文教授史考特·桑德斯（Scott Russell Sanders）的《为自然说一言》（Speaking a Word for Nature）一文，呈现了文学家们对自然他者有着长久和强烈的关切。桑德斯以美国自然文学的写作为主线，勾勒了一部丰富且复杂的自然文学写作史：在威廉·巴特拉姆（William Bartram）、戴维·赫伯特·劳伦斯（David Herbert Lawrence）、威廉·华兹华斯（William Wordsworth）、塞缪尔·泰勒·柯勒律治（Samuel Taylor Coleridge）和夏多布里昂（ChateauBrind）、拉尔夫·沃尔多·爱默生（Ralph Waldo Emerson）、亨利·戴维·梭罗（Henry David Thoreau）等人的自然写作中，呈现了人类对荒野自然的崇敬与反思；威廉·布拉德福德（William Bradford）笔下丑陋又荒凉的自然，威廉·巴特拉姆（William Bartram）文字中粗糙的、原生的自然，又或是以劳伦斯·布伊尔、华兹华斯、柯尔律治等为代表的"神性"自然，以及"忠实记录"自然本身的写作，例如，艾默生的《论自然》、梭罗的《瓦尔登湖》。到了20世纪，自然写作显示出了鲜明的生态意识。

　　从桑德斯所梳理的这个文学图景中，我们看到了不同阶段自然文学的发展与写作风格，读者也感受到了自然在不同文学家们笔下是如何被描述的、被想象的，进而加深了我们对自然栖居的体认，强化了我们与大地以及大地所造之物之间的亲密关联。① 从桑德斯的文学批评立场出发，我们可以认识如下两个方面：一、生态批评是通过文学文本召唤想象世界的一门艺术，就像劳伦斯·布伊尔所说："这个想象世界可以与现实或历史环境高度相似，也可与之大相径庭。"②在生态正义视角中，这份想象的艺术被赋予了一份自然的责任。二、不仅文学作品可以召唤世界，绘画、音乐、影视等同样可以。况且，不同的艺术媒介有着不同的美学特征、文本结构、表达方式，可以捕捉到自然的不同面容。从这个意义上说，

---

① Cheryll Glotfelty and Harold Fromm（eds.），*The Ecocriticism Reader：Landmarks in Literary Ecology*，Georgia：University of Georgia Press，1996，p.194.

② ［美］劳伦斯·布伊尔：《环境批评的未来：环境危机与文学想象》，刘蓓译，北京大学出版社2010年版，第34页。

生态绘画、生态音乐、生态影视等新兴艺术门类的出现,各有其特有的价值和意义。所以,将"想象"拓展到文学之外的媒介中,不仅丰富了"代理"媒介,而且,也产生了多种样式的生态艺术及批评。从这个意义上看,作为聆听自然"话语"的人,也就是生态(艺术)批评家,他们是自然的"写作者",也是自然的"代理人"。如此,生态批评意义上的写作,其实就是为自然立言;生态艺术意义上的创作,也是为自然立言。

还有其他从不同层面和角度描述艺术与自然,抑或是对自然作"如其本然地"欣赏等方面的研究成果,它们也为"自然之代理"提供了一定的思想资源。齐藤百合子(Yuriko Saito)的《如其本然地欣赏自然》一文,提出了"如其本然"地欣赏自然的要求,并指出了若干可行的方法,例如讲自然自己的故事、了解自然科学知识等。萨林·柯马尔(Salim Kemal),伊万·卡斯克尔(Ivan Gaskell)主编了《景观、自然美与艺术》(*Landscape*,*Natural Beauty and the Arts*,1993)一书,书中收录了众多环境美学家、生态美学家的论文,其中有相关议题的重要论述,例如:作为本书开篇的萨林·柯马尔和伊万·卡斯克尔的《自然、纯艺术、美学》,指出自然、自然美和艺术三者之间的思想交叠与互动,并论述了艺术和自然科学如何展示人类参与自然的方式。此外,环境美学家艾伦·卡尔森(Allen Carlson)写有《欣赏中的艺术与自然》一文,考察了自然欣赏与艺术欣赏的异同,检视了人类在自然欣赏与艺术欣赏中各自的审美客观性。阿诺德·伯林特(Arnold Berleant)在《艺术与自然的美学》文章中,也指出自然欣赏的秩序与艺术设计的欣赏秩序有所不同,尽管传统美学对此没有做出区分,但是,他肯定二者分别代表了两种不同的审美方式。伯林特的理论贡献在于,他提出的交融美学拓展了审美体验论的讨论对象与范围。除了环境美学家、自然美学家发表了可观的研究成果之外,一些视知觉、植物学、生态学的专家也给出了自己的独特运思,例如美国实验心理学家詹姆斯·吉布森(James J.Gibson)的《对于图画的视觉感知的生态方法》;迈克尔·马尔德(Michael Marder)的《植物思考:植物生命哲学》(*Plant-Thinking*:*A Philosophy of Vegetal Life*,2013)、蒂莫西·莫顿(Timothy Morton)的《生态思维》(*The Ecological Thought*,2010)等。

与之相关的研究著述也不胜枚举,在此列举一二:自然作家范钦惠著有《大自然声景：一个野地录音师的探索之旅》(2016)，书中她记录了所到之处收集听到的动植物自然声响，呼吁人们学会聆听自然特有的"声标"，也就是纯粹大自然的声景。这本书受到了美国声音生态学家戈登·汉普顿的大力推荐，后者因探索自然声景而著称。安德鲁·布朗编有《艺术与生态》(Art & Ecology Now，2014)，书中展示了大量生态视觉艺术作品，有装置艺术、生态绘画以及地景艺术等，每件作品附有详细的设计说明。在前言中，布朗简要陈述了自然与艺术关系史，指出了生态艺术作为一种新的艺术尝试的重要性。[①] 德国生态艺术家瓦西里·雷攀拓的《生态秩序及其启示》(Ökologische Ordnung und Inspiratio) 提出了"生态艺术"理论，前文中已有说明，不再赘述；露西·利帕德的《六年：1966 至1972 年艺术品的去物质化》(Six Years：Dematerialization of Art，1997)，书中记录了第一次"生态艺术展"的具体信息。"生态艺术"(Ecologic Art) 这个术语最早出现于 1969 年，它是一场艺术展览活动的主题，当时举办地是纽约约翰·吉布森画廊(John Gibson Gallery)。利帕德作为这场艺术的策展人，组织了当时最知名的大地艺术家所创作的艺术作品。从展览作品的性质上，可以发现，当时所说的"生态艺术"其实就是"大地艺术"(earth art)。这是很有趣的，说明生态艺术最初是以大地艺术的形式出现的，换句话说，大地艺术是生态艺术发展的早期阶段。可见，大地艺术与生态艺术之间的紧密关联。还有法国马克·布耶的《大地艺术，春天》(2018)、张健的《大地艺术研究》(2012)、西蒙兹的《大地景观》(2008)、古泉的《大地艺术》(2002)等，都可以作为探索自然与生态艺术关系的参考。利帕德的生态艺术观，较为鲜明地体现在 2014 年出版的《削弱》(Undermining，2013)一书中，副标题是《改变中的西方：通过大地使用、政治以及艺术的一次狂飙》。书中认为"颠覆"(subversion) 是生态艺术抵抗文化、自然、政治异化的一种方式。[②] 这样生态艺术观具有强烈的政治批判色彩，不仅涉及生态问题，也关涉社会正义问题。除以上学者的著作外，还有休·斯佩德的《生态保护：改造生态的当代艺术》(Ecovention：Current Art to Transform Ecologies，2002)、

---

① Andrew Brown, *Art & Ecology Now*, New York：Thames & Hudson, 2014, p.18.

② Lucy R.Lippard, *Undermining：A Wild Ride Through Land Use, Politics, and Art in the Changing West*, New York：The New Press, 2014.

海克·斯特罗洛等人编写的《生态美学：环境设计——理论与实践中的艺术》（*Ecological Aesthetics*：*Art in Environmental Design—Theory and Practice*，2000）等。

从目前整理的资料看，生态艺术研究的范围在不断的扩大。2018年加拿大艺术史学家马克·A.奇塔姆（Cheetham A.Mark）出版了《风景进入艺术》一书，他在开篇就表示："通过视觉艺术研究人类与非人类动物以及无生命的材料之间的环境、审美、社会以及政治的相互关系。"①其实，生态艺术作为风起云涌的社会批判运动之一，它已经跟随生态运动进入了广泛的社会文化等领域。生态艺术实践的主要现状：它是一种视觉艺术，针对的是研究人类与非人类世界之间的关系问题；但它不仅仅包括环境研究，还深入到了美学、社会以及政治等领域，贯穿了艺术、人文学科和社会科学。可以说，相比传统艺术理论，它考察的问题相当激进。英国文化理论学者马尔科姆·迈尔斯就在《生态美学——气候变化时期的艺术、文学与建筑》一书的"序言"中，对"激进"进行了正向的说明："激进是这样一个术语：它向阐释敞开，我们使用它来促进争辩、对抗惯例。"②显然，"激进"成为一种积极的思考方式，它彰显的是一种正面的、积极的姿态，主张打破惯例、拒绝束缚、激发反抗。

生态艺术及其批评的研究势头，在过去几乎扩散至西方社会以及学院之中，它们纷纷举办以"艺术与生态"为主题的活动、机构、专题网站："当代艺术与自然中心"（Centre for Contempoary Art and Nature：ccanw.co.uk）、2009年英国皇家美术学院举办的"地球：一个变化世界的艺术"（Earth：Art of a Changing World）、"生态艺术空间"（Ecoartspace：ecoartspace.org）、锡特卡艺术与生态中心（Sitka Center for Art and Ecology：sitkacenter.org）。当然，一批知名的生态视觉艺术家也不断地涌现，例如，露西·利帕德（Lucy R.Lippard）、约翰·钱德勒（John Chandler）、安德鲁·布朗（Andrew Brown）、琳达·温特劳布（Linda Weintraub）、苏珊·波泰格（Suzaan Boettger）等人。以上生态艺术家不少身兼数职，不仅仅是生

---

① Cheetham A.Mark，*Landscape into Eco Art*：*Articulations of Nature Since the'60s*，Pennsylvania：The Pennsylvania State University Press，2018，p.1.

② Malcolm Miles，*Eco-Aesthetics*：*Art，Literature and Architecture in a Period of Climate Change*，London：Blooms bury Academic，2014，p.ix.

态艺术家,也是生态艺术策展人。露西·利帕德在 1969 年就策划了"生态艺术"(Ecologic Art)展览;近几年比较活跃的生态艺术策展人琳达·温特劳布,她在 2015 年在加利福尼亚州的艺术和历史博物馆策划了"较小的足迹:艺术家对气候变化的反应";2018 年的纽约新帕尔茨联合艺术中心与人合作策划了"接下来是什么? 组成分解:生态物质主义"等生态艺术项目。在此不一一枚举。

四、"自然之代理"问题的本土化及其发展

就国内而言,生态艺术出现于 20 世纪 90 年代,与我国生态美学的产生时间一致。彭彤、支宇在《重构景观:中国当代生态艺术思潮研究》一书中指出:"20世纪 90 年代以来,随着全世界范围内的生态思想与环保运动的持续深化,中国当代生态美术和生态主义倾向的艺术创作在传统'天人合一'思想观念的支持下日益高涨。"[1]相比西方,我国古代艺术中的人与自然的关系,呈现为天然的亲和性。就本土生态艺术实践来说,这无疑是值得借鉴的重要理论资源。

这里从古代画论中摘选几处,以示说明。例如,最具代表性的是清代石涛提出的"我为山川代言"("予即山川")命题。"代言"命题论述的重点并非是"我替山川代言",而是"予即山川"。此时的"我"不再是自我意义上有限的"我",而是具有某种超越个体精神、与天地相遇的"大我"。石涛言语中自然化的"予"便是如此。这种自然化的"予"实则是中国艺术表述"去主体化"意涵的别称。此外,唐岱提出了"以天地之自然合笔墨之自然"观念;其他画论家也从不同角度和层次论述了艺术与自然的"相合"性。南北朝宗炳有"山水质有而趣灵"说;唐代裴孝源主张"含运覃思,六法俱全;随物成形,万类无失";唐代白居易也认为"但觉其形而圆,神和而全,炳然,俨然如出于图之前而已";宋代邓椿的"画之为用大矣! 盈天地之间者,万物悉皆含毫运思,曲尽其态";宋代苏轼的"合于天造,厌于人意";宋代韩拙的"握管而潜万物,挥毫而扫千里";明代唐志契的"凡

---

① 彭彤、支宇主编:《重构景观:中国当代生态艺术思潮研究》,上海社会科学院出版社 2018 年版,第 2 页。

画山水,最要的山水性情……自然水性即我性,水情即我情"等。这些材料反映了自然与艺术、自然与人的亲和性。对古代画家来说,山水画所呈现不是别的,正是天地自然本真的样态。

国内的一系列生态艺术研究著述,通常会依托于古代艺术思想,例如姜澄清的《中国生态艺术论纲》(2009)、曾繁仁的《文艺学美学的生态拓展》(2016)、程相占主编的《中国环境美学思想研究》(2009)、袁鼎生的《生态艺术哲学》(2007)、卢政的《中国古典美学的生态智慧研究》(2016)、董欣宾等的《中国绘画六法生态论:中国绘画原理论纲》(1990)等。除此之外,还有相关的期刊论文、学位论文,例如曾繁仁《试论中国传统绘画艺术中所蕴涵的生态审美智慧》(《河南大学学报》,2010)、赵卿《中国山水画论之"我为山川代言"命题的生态审美意蕴》(《江苏行政学院学报》,2017)等。与生态艺术相关的研究论文也有很多,限于篇幅,这里只列出少许:彭彤《语式转换:中国当代美术中的乡土叙事》(《文艺研究》,2008)和《敬畏大地——解读占山"最后的记忆"系列油画》(《美术研究》,2008)、白羽和裘亚勤《公众视角下的生态绘画创作》(《美术大观》,2014)、赵卿《"生态正义"何以可能:两种形而上学辩护》(《文艺理论研究》,2019)、丁宗华《生态环保意识渗透当代艺术创作的表现及意义——析〈重构景观:中国当代生态艺术思潮研究〉》(《环境保护》,2020)、游忠惠《梵净山生态绘画作品》(《人与生物圈》,2015)、《基于艺术美学下的生态绘画艺术担当》(《新疆艺术》,2019)、刘心恬《中国当代艺术的生态审美意识》(《江苏大学学报》,2020)等。

以上研究成果,构思策略主要是将古代的审美范畴、概念、命题与思想,放在当今视域中给予重新激活。与此同时,国内也刊发了国外研究学者的诸多论文:《瓦西里·雷攀拓绘画中的生态美学》(西蒙娜·赫斯特、梅勒妮·哈布,《文艺美学研究》2016春季卷);美国艺术史学家苏珊·贝特格的《艺术世界内外:视觉艺术的环境保护论批评》(苏珊·贝特格,《文艺美学研究》2016春季卷)等。

就国内的生态绘画艺术的实践而言,从20世纪90年代左右就已经出现,徐唯辛的油画作品《酸雨》;邵戈的《城市垃圾》系列;魏怀亮的国画作品《路上的风景》《山水的回忆》;何帅臻的《雾都茫茫》等。其中徐晓燕作为一位女性生态艺术家,创作了《秋季风景》《乐土》系列,"大地"是其艺术一以贯之的主题。在

《秋季风景》中,画面中出现的丰厚的黑土、金色的夕阳、杂乱丛生的杂草以及歪歪倒倒的麦秆,不再是一处处简单的自然景物,而被视为一个个生命的寓言,它们共同召唤"大地之母性"精神的回归。可以说,徐晓燕通过一种对于母性意识的隐喻,传达出对于天地万物的深切关怀。除此之外,众多生态艺术家,像徐冰、尹秀珍、顾德新、梁绍基等人,受到社会的广泛关注,他们的作品根据不同的主题,大致分为三种类型:一是释放生态关怀;二是揭露恶化的自然;三是自然事物的激活与再现。①

不难发现,中国本土的生态艺术及其实践保持了与古代思想的亲密对话,它有别于西方,显示了自身的特色,表现为一种"直达自然之性"的艺术语言。彭彤在《语式转换:中国当代美术中的乡土叙事》中以"乡土叙事"绘画语言为例,总结出了"反思的乡土""诗意的乡土""东方的乡土""新乡土"四种语式的创作道路。其中在"新乡土语式"中,他对这一艺术语言特征做了描述,他认为:"它展示了一种人与乡土、大地和自然的'新型'关系。在这种关系中,人不再是自命不凡的'主体'、万物之灵的'君主',大地也不再是臣服于人类的消极与被动的确定之物。换言之,在'新乡土语式'绘画中,人类与大地都重新成为自由的存在。就'乡土大地'与'人类'的关系而言,'新乡土语式'绘画事实上走出了人类中心主义,使人重新站在了'天地之间'。"②

通过以上资料的初步整理,可以看到,对"自然之代理"观念的阐释,初步呈现出三个方面的意义:其一,体现了一种强烈的"去主体化"意识,这是实现生态正义的核心。其二,体现了跨学科的交叉互动性。无论是文学艺术,还是环境学、伦理学,不同学科之间取得了广泛深入的交流与合作。其三,中西分别在人与自然关系的处理方式中,呈现了两种不同的思考路径。总之,随着环境美学、生态美学以及生态哲学研究的逐步深入,人们对自然本身问题的研究价值也愈发重视。如何摆脱人类中心主义立场、贴近自然,如何实现生态正义,对这些问题的思考,将有助于推动生态艺术及其批评走向深化。

---

① 参见刘心恬:《中国当代艺术的生态审美意识》,《江苏大学学报》2020 年第 3 期。
② 彭彤:《语式转换:中国当代美术中的乡土叙事》,《文艺研究》2008 年第 7 期。

第六章　多物种研究、多物种民族志与生态批评理论的遭逢

多物种研究源出人类学,其(该)学科关注人类以外物种的构成,思考跨物种交汇的新方法。在当今"人类世"物种灭绝的语境下,"多物种"(multispecies)逐渐成为人文社会科学关注的对象。"多物种"一词有多层意义:首先,它作为研究领域,与动物研究、跨物种研究、生态批评、后人类主义和新物质主义有许多重叠互通之处;其次,由于多物种研究关注地球上不同物种之间的关系,因而强调的是一种关系式的本体论;最后,多物种议题也是生态批评的重要关怀(如气候暖化下的物种大灭绝,以及人与其他物种的跨物种关系或道德)。

"多物种"一词承认人类与其他生命形式不可分割的关系,旨在将人种学扩展到人类以外的领域。多物种研究着眼于非人类物种的活动,无论它们是植物、动物、真菌、细菌,甚至是病毒。多物种民族志将非人类生命视为具有政治生命(bio)的分析对象,对以传统民族志为基础的人文主义认识论提出了挑战,着重反思其在自然与文化、人类与非人类、主体与客体之间设立的本体论差异。本章介绍多物种研究的缘起、发展过程与基本特点,探讨多物种和多物种志在生态批评语境下的生成关系。

一、概览:多物种研究兴起的背景

多物种研究(multispecies studies)是应对"人类世"危机而出现的跨学科新兴研究领域,它旨在回应"人类世"概念背后的人类一面独大的局势、人与非人

类之间不对等的权利关系。荷兰籍诺贝尔化学奖得主保罗·J.克鲁岑(Paul J. Crutzen)在千禧年前后开始使用"人类世"的概念,该词指向人类活动对地球和地质所造成的影响,包括气候变迁、环境危机和大规模物种灭绝。在《第六次大灭绝》一书中,科尔伯特(Elizabeth Kolbert)提到了人类即"智人"(the Homo sapiens)的一些特质:适应力强、四处扩散,并借由智力优势支配其他物种,极具"智人中心主义"。智人不断繁衍、移民、扩张,并逐渐将杀戮视为常态。其他生物被迫迁移,但往往难逃灭绝的命运。随着工业革命对地下能源的开发,大气和海洋的化学成分也悄然改变,影响更大批的生物。研究指出,到2050年,气候变迁将导致24%的物种灭绝。要挽回此不可逆转的"人类世"局面,人类势必要回过头来思考"人为何物"或"人的问题"(the human problem)。只有人类将自身视为物种,才能反思自己在生态体系里的定位,改变智人与其他物种之间不平等的关系。多物种研究即是对人类至上意识形态的重要反思。

多物种研究实为不同领域的总称,包含哲学、历史、人类学、地理学、艺术、文学文化等研究领域。进一步细分,又包括多物种民族志(multispecies ethnography)、灭绝研究(extinction studies)、生命人类学(anthropology of life)、超人类地理(more-than-human geographies)、生态或动物文学文化研究等。作为一个跨学科的环境人文综合研究领域,多物种研究起源于社会学科,尤其是人类学领域。

"多物种研究"的研究方法早在19世纪中晚期人类学内部就有迹可循,虽然在那个时期,人类学尚属于自然历史的领域,但研究人类的进化,常常需要与其他物种进行比较①。1868年,摩尔根(Lewis Henry Morgan)发表的《美洲海狸及其活动》(*The American Beaver and His Works*),将海狸筑堰造巢和人类建筑水坝工程进行平行研究。② 其采用的跨学科研究方法,也直接影响到日后的民族植物学和民族动物学。博物学家阿尔方斯·特雷莫·罗什布鲁恩(A.T.de Rochebrune)在1882年启动"民族志贝类学"项目(ethnographic concology),致力

---

① Eben Kirksey, *The Multispecies Salon*, Durham: Duke University Press, 2014, p.2.
② 摩尔根提出人类从动物分化出来但又不是截然区别于动物的看法。他的动物与人类活动的比较研究不仅让他进而提出动物权;其所采用的比较多物种民族志研究方法可被视为是多物种民族志的前身。

研究无脊椎动物在人类社会中扮演的角色,如作为缀饰、食物、染料等。① 到了20世纪之际,人类学内部的"多物种研究"更加多样化。最知名的莫过于英国人类学家格雷戈里·贝特森(Gregory Bateson)的人与海豚研究。此研究提出控制论(cybernetics)的框架,通过理解人与动物的互动,解构人与非人在心智上的二元区分。② 此外尚有西莉亚·洛(Celia Low)的猕猴研究,追踪猕猴如何在1920年被引入印度尼西亚的托吉安岛(Togean),并经由印度尼西亚科学家提出国际保育议程,将猕猴由杂交的群体动物(hybrid swarm)变为地方物种。由此可以看出,人类学研究不是仅局限于人类,也着眼于人类与其他物种的关系。因此,人类学研究可被视为21世纪多物种研究的前身。

多物种研究发轫于人类学领域,并逐渐成为生态批评的重要关怀。多物种研究关注的物种类型众多,研究的面向也多种多样,其中具有代表性的学者有刚过世的黛博拉·伯德·罗斯(Deborah Bird Rose)、帕香·德斯普瑞(Vinciane Despret)、汤姆·范·多伦(Thom van Dooren)、唐娜·哈若薇(Donna Haraway)、斯蒂芬·赫尔姆赖希(Stefan Helmreich)、埃本·柯克西(Eben Kirksey)、孔恩(Eduardo Kohn)、厄休拉·明斯特(Ursula Münster)、安清(Anna L.Tsing)等人。我们也可以把不断关注原住民文化研究的学者琼妮·亚当森(Joni Adamson)和关注城市物种关系与物种灭绝议题的海瑟(Ursula Heise)纳入多物种研究的名单中。

人类学领域的多物种研究的专书枚不胜举,这里列出一些重要的著作:戴博拉·罗斯的《野狗让我们更有人性:澳洲原住民文化下的生活与土地》(*Dingo Makes Us Human:Life and Land in an Aboriginal Australian Culture*),哈若薇的《当物种相遇时》(*When Species Meet*,2007)和《与麻烦共存:在克苏鲁世下创造亲缘关系》(*Staying with the Trouble:Making Kin in the Chthulucene*,2016),埃本·柯克西的《多物种沙龙》(*The Multispecies Salon*,2014),孔恩的《森林如何思考:走向

① Clemént Daniel, "The Historical Foundation of Ethnobiology", *Journal of Ethnobiology*, 1998(18. 2), pp.161–187.

② Gregory Bateson, *Steps to an Ecology of Mind:Collected Essays in Anthropology, Psychiatry, Evolution, and Epistemology*, Chicago:University of Chicago Press, 1972; Gregory Bateson, *Mind and Nature:A Necessary Unity*, Cresskill:Hampton, 1979.

超越人类的人类学》(*How Forests Think*: *Toward an Anthropology beyond the Human*,2013),埃本·柯克西的《偶发生态》(*Emergent Ecologies*,2015),汤姆·范·多伦(*Thom van Dooren*)的《飞行的道路:灭绝边缘的生命与丧失》(*Flight Ways*: *Life and Loss at the Edge of Extinction*,2016)和安清的《末世的蘑菇:资本主义废墟下生命的可能性》(*The Mushroom at the End of the World*: *On the Possibility of Life in Capitalist Ruins*,2017),等等。重要学术专题研究包括 2016 年《环境人文》的专题特刊"多物种研究"(*Multispecies Studies*)。在多物种研究领域,并不存在清楚的学科界限。除了运用其他领域的研究方法之外,学者们也共同参与环境人文会议,互相阅读彼此的论著。譬如说,许多人类学家的著作如哈若薇的《当物种相遇时》和《与麻烦共存:在克苏鲁世下创造亲缘关系》、孔恩的《森林如何思考:走向超越人类的人类学》、安清的《末世的蘑菇:资本主义废墟下生命的可能性》已被视为生态批评研究(尤其是原住民生态批评研究)的经典之作。

多物种作为一个重要议题,也逐渐成为生态批评的焦点。笔者曾与斯科特·斯洛维克(Scott Slovic)讨论多物种研究(或多物种志)在生态批评发展的进程中的定位问题。我们一致认为,多物种研究应当被归类为生态批评的第三波运动,与动物批评和植物批评研究并列。在我们最近的电子通信里面,他这样写道:

> 当多物种志与生态批评文本分析或文化评论交织在一起时,由于其比较趋势,听起来很像第三波生态批评(随着第二波在 21 世纪初的发展,人们对跨文化比较产生了浓厚的兴趣,这种多物种的方法也许与此类似),也因为在 21 世纪初期,如,从兰迪·马拉穆德(Randy Malamud)开始,重要的动物研究和生态批评明确地融合在一起。我也倾向于将批判性动物研究和生态批评的结合与第三次浪潮联系起来。这两种趋势(跨文化比较、与动物有关的生态批评)都显示出超越自我(超越自己的文化共同体和自己的物种)的冲动,因此也许可以说,这是人类发展的特征之一。第三波,这一波至今仍然充满活力和重要性。①

---

① 笔者与斯洛维克教授的电子邮件通信,日期为 2020 年 7 月 10 日。

斯洛维克认为,多物种研究与生态批评的遭逢是基于"自我(超越自己的文化共同体和自己的物种)的冲动"。这种"多于人类"(more-than-human)的冲动也将继续延烧到第四波的"物质转向"。

"多物种热"在过去十年间几乎扩散至西方所有的人文社会学院,西方大学纷纷举办以多物种为主题的会议或工作坊:例如,2013 年哈佛大学研究生会议"导航一个多物种世界"(Navigating a Multispecies World:A Graduate Student Conference on the Species Turn);2015 年加州大学洛杉矶分校(UCLA)举办的会议"跨物种和多物种视角"(Transspecies and Multispecies Perspectives);2016 年斯坦福大学举办的"人类世下多物种正义"(Multispecies Justice in the Anthropocene)工作坊;2019 年瑞典林奈大学(Linnaeus University)举办的"跨媒体实践里的多物种故事编织"(Multispecies Storytelling in Intermedial Practices);同年,中国台湾中兴大学举办的"多物种遭逢"论坛;还有 2020 年威斯康星大学(麦迪森校区)的研究生会议"多物种世界下的环境正义:土地、水和食物"(Environmental Justice in multispecies worlds:Land,Water,Food)。世界各地尚有许多以多物种为主题的专题小组,在此不一一列举。

上面提到的多物种研究著作、期刊专题、会议和工作坊的主题,多半基于物种灭绝语境下,探讨多物种亲缘关系(如资本主义末世物种世界与生存、多物种本体论、传统或原住民多物种知识与殖民历史之间的冲突、出其不意的生态体系、人与物种的亲缘关系等),为多物种研究学科的形成奠定了基础。

二、多物种研究基本概念/观点/关键词

西方学界的多物种论述蓬勃发展,已经达到了相当可观的规模。这里笔者仅挑出几个重要概念进行讨论。

(一)物种与跨物种

哈若薇曾说,"人类世"一词本身就是一个"物种问题"(species question)。如何审视人与其他物种间的关系,势必要求我们先厘清物种的概念。首先,在多

物种研究的语境下,物种指有特定的生活方式或任何相关的种类或亲缘的聚合①。物种不是一个固定不变的自然科学概念,而是一个不断演变的批评词汇——反思物种即是反思构成世界的元素之间的分类/归类,以及多层链接的可能性。在"多物种研究:培养关注的艺术"(Multispecies Studies:Cultivating Arts of Attentiveness)一文里,范·多伦、柯克西和明斯特三位作者开宗明义地指出,"物种"是复数形式,一直在衍生不同的形式与关联②。这种定义无疑颠覆了西方科学分类下的物种概念。有一些文化批评学者认为,有些学者所谓的物种的概念是人类中心主义的,但多物种学者却不以为然,他们认为,进行分类和归类这样的活动并非人类特有。在此新型物种论述里面,多物种学者要追问的是:每个有着自己的同类属性、识别和区分实践的能动者(agents)是如何与其他能动者一同作用的? 不同的生命,如何在多物种世界不断潮起潮落的能动性(agency)里感知和行动? 这里文化批评学者有兴趣的问题是,多物种的方法或视野如何提供一个新的思考模式来审视种族/性别的议题? 多物种视野如何帮助阐明或颠覆再现、语言或疾病叙事?

关于物种之间的议题,我国学者并不陌生。2018 年举办的第八届海峡两岸生态文学研讨会,曾以"多元视角的生态观照"为大会专题,将"跨物种研究与生态批评的拓展"作为圆桌会议的主题。程相占主持了这个专题并阐释了生态美学关键词"跨物种视野",具体从庄子"游鱼之乐"的生态审美意义谈起,指出"游鱼之乐"是庄子借"濠上论辩"的情境向读者阐明的一种非人类的生命感受状态,这种状态来自人类"以道观物"的宽广视域,生命主体借此视域而实现了"和以天倪"的精神逍遥境界,也就是自由体认之状态。这种将万物作为与人平等的生命体进行交流互动的精神体验,初步具备了生态审美意蕴,对于我们从"跨物种视野"展开生态审美欣赏具有较大的启发意义③。然而,在中国生态批评的

① Thom van Dooren,Eben Kirksey and Ursula Münster,"Multispecies Studies Cultivating Arts of Attentiveness",*Environmental Humanities*,2016(8.1),p.5.
② Thom van Dooren,Eben Kirksey and Ursula Münster,"Multispecies Studies Cultivating Arts of Attentiveness",*Environmental Humanities*,2016(8.1),p.1.
③ 参见杨晓辉:《坚持人与自然和谐共生,构建中国生态批评话语体系——第八届海峡两岸(粤台)生态文学研讨会综述》,《广东外语外贸大学学报》2019 年第 4 期。

语境下,"跨物种"并非成型的研究领域,多半作为主题,用来探讨传统文化和当代文学里面人与动物的变形变身(或物种越界),以及跨物种哲学与道德问题。

其实,西方曾经昙花一现地出现过人文学者主导的"跨物种研究"领域。"跨物种研究"一词曾经在21世纪初,由文化研究学者和历史学家茱莉·利文斯顿(Julie Livingston)和贾斯比尔·普尔(Jasbir Puar)提出。二人主编的以"跨物种"(interspecies)为主题的专刊,在2011年的学术期刊《社会文本》(*Social Text*)上发表①。利文斯顿和普尔从科学史学家詹姆斯·德尔伯格(James Delbourgo)的研究入手,阐述物种背后的殖民历史,由此反拨科学领域里的跨物种主题。德尔伯格跟随现代英国早期博物学家汉斯·斯隆爵士(Sir Hans Sloane)到牙买加的奴隶种植园旅行,斯隆将可可归为一个物种,并帮助开发了巧克力这种彻底地融合深褐色肤色的非洲人和糖,并将两者同时商品化的新产品。德尔伯格的研究展示了科学知识的生产方式、阶级和种族焦虑,以及全球市场的建立此三者是如何紧密结合,来铸造物种之间的界限。因而,它使得多物种论述下的"自然"的概念更加复杂。换句话说,德尔伯格阐明了种族和商品是如何深深地印烙在人类组织、人与其他种族关系的生物分类上的②。

在此专刊里,利文斯顿和普尔将跨物种一词定义为"生物社会生活与其政治影响之间不同形式的关系"③。在跨物种论述的视域里,人类不再理所当然地成为研究的中心。他们批评动物研究与后人类背后潜在的欧洲中心视野,提出跨物种研究来跨越不同时空的地理政治。④"跨物种研究"希冀脱离持有特权的场域、物种、地区(如重野地和野生动物而轻都市或人造物种)和主题,关注其他同伴动物,甚至是"非同伴的动物"(incompanionate animals),如害虫、病毒和植物。

---

① Julie Livingston and Jasbir K.Puar,special issue on"Interspecies",*Social Text*,Spring 2011(29. 1),pp.3–14.

② Julie Livingston and Jasbir K.Puar,special issue on"Interspecies",*Social Text*,Spring 2011(29. 1),p.4.

③ Julie Livingston and Jasbir K.Puar,special issue on"Interspecies",*Social Text*,Spring 2011(29. 1),p.3.

④ Julie Livingston and Jasbir K.Puar,special issue on"Interspecies",*Social Text*,Spring 2011(29. 1),p.5.

在利文斯顿和普尔看来,"跨物种研究"涵盖了各种生命形式之间隐晦或令人不安的关系。换句话说,物种间可能不存在如此明显或舒适的生活形式①。此专刊里面收录尼儿·阿胡佳(Neel Ahuja)的一篇题为《阿布·祖拜达与毛毛虫》(Abu Zubaydah and Catepillar)的文章。这篇文章围绕生物武器的主题,探讨帝国如何挪用毛毛虫来对其他族群(被拘留者和被锁定目标的族群)产生恐吓。他这里指出国家确立的安全逻辑,物种、种族、性以及残疾逻辑是如何在当代美国帝国组织下共同营造情感暴力。借由解读美国在基地组织成员阿布·祖拜达(Abu Zubaydah)身上施加的"昆虫酷刑",阿胡佳指出,动物生命往往被国家和资本主义挪用来打击异族。阿胡佳的这一研究的贡献在于凸显了"多物种研究"里的一个盲点,即战争和折磨背后暗含的"跨物种恐惧"。人与物种之间的关系被纳入国家机器运行中的"生物安全"来考量,甚至成为战争手段。物种关系非但未能解构人本主义,反而与国家意识形态合流,进一步地强化了种族化与性别化的人文主义。② 如上所述,由历史学、文化研究出发的跨物种研究学者强调种族批评理论和后殖民研究,同时平行地探讨非人类行动者(actor)及其知识生产与科技活动在这些科学研究里所扮演的角色。

从字面上看,"跨物种"在英文中有三种对应的表达方式:trans-species、inter-species 和 cross-species。虽然中文皆译为"跨物种",但是实际上三者在字义上稍有不同。Inter 为"相互""间际"(如物种与物种之间的交涉)之意,而 trans-species 强调"转化"与"转换"(trans 的拉丁文为 carry over 之意)。所以前者的跨物种属于物种间的相互关系,而后者属于物种间转变关系(如庄生梦蝶、《白蛇传》里蛇变成人)。在这个意义上,trans-species 包含的跨物种概念,具有"becoming with"(共同生成)的意思——"物种间合并或凝结在一起,超越并可能崩溃物种分类法"③。当代艺术中,最具代表性的跨物种想象为澳洲女性艺术家派

---

① Julie Livingston and Jasbir K.Puar, special issue on "Interspecies", *Social Text*, Spring 2011(29.1), p.5.

② Julie Livingston and Jasbir K.Puar, special issue on "Interspecies", *Social Text*, Spring 2011(29.1), p.9.

③ Julie Livingston and Jasbir K.Puar, special issue on "Interspecies", *Social Text*, Spring 2011(29.1), p.5.

翠西·佩西尼尼(Patricia Paccinini)在 2013 年创作的《年轻的家庭》,想象未来基因改造所可能带来的生物混种(人与猪结合的物种)。这里,艺术家打破人与非人之间的物种界限,促使读者思考跨物种基因技术的身份越界和道德问题。在生物工程与基因研究日益发达的今天,此 trans-species 的主题显得尤为重要。其实,不管是 interspecies 或是 trans-species,此两种跨物种实践都在解构人类中心主义,模糊"人类/非人类"间的形而上学边界。在利文斯顿和普尔看来,trans-species 是 interspecies 的分支,都强调物种间关系的渗透性(permeability)。相比之下,cross-species 不带有物种间的交互关系,比较属于平行比较的范畴。前面所提到的早期人类学研究,如 1868 年摩尔根(Lewis Henry Morgan)的《美洲海狸及其活动》即属于此类跨物种研究。

不难发现,多物种研究与跨物种研究之间呈现出交融趋势。虽然跨物种研究多关注后殖民、文化研究领域,而多物种研究则主要以人类学学者发轫,但由于多物种研究学者对合作研究模式的倡导,跨物种研究逐渐被纳入多物种范畴。当前环境人文学者们一般将"跨物种"视为多物种研究里的一个研究课题。这一趋势可以从瑞典林奈大学 2019 年举办的"跨媒体实践里的多物种故事"看出。其中,有三个专题讨论小组的话题即围绕跨物种议题(两个 interspecies,一个 trans-species)。

(二)亲属/同伴

多物种关系强调命运共同体的概念,提出新型的物种关系,如亲属/同伴/聚合等。哈若薇提出"共同生成"(becoming with)概念,认为所有的物种都是透过相互遭逢(encounter)才产生。多物种的基本理念之一为生命间的相连、纠结关系,也就是"亲缘关系"[①]。此对物种间亲密关系的反思,在如今物种灭绝的局面下显得尤为重要。人类若要继续存活,必须重新定义物种伦理,建立"同伴关系"。例如,贝特森(Gregory Bateson)将"存活"的重新定义为"以生物体—环境

[①] Deborah Bird Rose, *Dingo Makes Us Human: Life and Land in an Aboriginal Australian Culture*, Cambridge: Cambridge University Press, 1992, p.68.

的交互关系来决定",而非以个体或物种来计算①。

亲属关系原本为生物定义,也就是,"人类通过生物交流和遗传产生其他人类,从而创造了演化意义上的亲属关系"②。然而,多物种学者将亲缘(kin)关系延伸到传统生物性,视亲缘创制为多物种的纽带。通过探索不同的跨物种联结,多物种学者质疑传统生物视角下的亲缘关系。奥古斯丁·富恩特斯(Augustín Fuentes)和娜塔莎·波尔特(Natalie Porter)认为,如果亲属指的是在时间、空间与身体上跟我们最亲近的存在,那么,亲属关系本身就具有多物种特征。因而,亲属关系是定义新型多物种关系的关键词。对于亲缘关系的重新定义,也挑战了生物与文化之间的二分对立。例如,哈若薇认为,亲缘创制包括生物文化、生物科技、生物政治以及历史化等层面,具有将人类与其他物种相关联,以及生态群块(biotic)与非生物群块(abiotic)的力量③。由此可以看出,多物种视域下的亲缘概念,已经超越了生物遗产/系谱、文化、物种的想象。在思考亲缘关系时,我们不再局限于狭隘的人类亲缘关系,而是去反思亲缘的本质,超越单一生物/文化/物种的亲缘想象。于是,多物种生成的概念,超越了父系亲缘模型,追求一种物种间共生与联盟关系。这正是德勒兹和瓜达里强调的"根茎"式的(rhizomatic)关系网络,解构传统疆域界限(或"去疆域域化"),重新建构疆域(或"再疆域化")④。从这样的视角来看,多物种亲缘关系也与生物政治等议题息息相关。

与亲缘关系相近的另一概念为"同伴物种"。在以非人类为中心的本体转向过程中⑤,物种不再被视为是工具式的他者,而是哈若薇所称的一起生活的"同伴"。在多物种语境下,同伴也不仅限于一般被人类驯化,而是与人类共同

① Deborah Bird Rose, *Dingo Makes Us Human: Life and Land in an Aboriginal Australian Culture*, Cambridge: Cambridge University Press, 1992, p.67.
② Augustín Fuentes and Natalie Porter, "Kinship", *Critical Term for Animal Studies*, edited by Lori Gruen, Chicago: University of Chicago Press, 2018, digital version, n.p.
③ Augustín Fuentes and Natalie Porter, "Kinship", *Critical Term for Animal Studies*, edited by Lori Gruen, Chicago: University of Chicago Press, 2018, digital version, n.p.
④ Augustín Fuentes and Natalie Porter, "Kinship", *Critical Term for Animal Studies*, edited by Lori Gruen, Chicago: University of Chicago Press, 2018, digital version, n.p.
⑤ 参见张嘉如:《物质生态批评中道德伦理论述的可能性与局限》,《东岳论丛》2017年第1期。

生活在一起的动物(如在家中养的宠物),而且包括共生、共同演化的物种。与此同时,聚合这一概念,也进一步解构独立个体的边界。

(三)聚合(assemblage)

多物种框架下的"人"并非由预设而成,而是牵涉多种物种(包括物质)的聚合。社会学家和哲学家如哈若薇、拉图尔、德勒兹和瓜达里等,均以"聚合"概念来思考物种间的相互依存性,进一步解构独立个体的概念。"聚合"可以帮助我们理解世界、生命生成过程里面牵涉的物质间聚合、结盟关系,与物种间的相互依存性。"人"作为聚合体,也在与不同物种(如动植物、蕈类、微生物和矿物)遭逢之际(尤其是在资本主义网络下)被塑造。换句话说,"聚合"让我们理解到事物、事件或某一时刻形成背后的众多力量。安清由此提出"复调聚合"(polyphonic assemblages)概念来理解每一个时空下的遭逢。[①]"复调"(polyphonic)是一种由多条各自独立的旋律交织而成的音乐。"复调聚合"背后的物种观念,是指处于不同时间与空间的事物,以不同步调来共创和谐与不和谐的时刻。

三、多物种研究的特点

虽然多物种研究主张的"物种转向"常常与动物研究、新物质主义或后人类主义相提并论,但是也存在很多关键不同。下面笔者评点多物种研究的几个特点:

(一)反人类至上中心、去西方中心主义与去殖民主义

当代西方的人文反思逐渐脱离了人类中心主义,转而探讨人类与生态或多物种的关系。多物种研究旨在打破人类至上意识形态,采取"多于人类"[more-than-human;最早为大卫·亚伯翰(David Abram)提出]的视角,承认人与非人物

---

① Anna L. Tsing, *The Mushroom at the End of the World: On the Possibility of Life in Capitalist Ruins*, Princeton: Princeton University Press, 2015, p.23.

种之间并没有一个清楚的界限;他们一方面重视不同有机体(包含人与非人)在此共生关系中展现的主体性(subjectivity)与能动性(agency),另一方面也将关注的对象由动、植物延伸到以往较少人注意的昆虫、菌类及微生物等物种。此"多于人类"的视角挑战了西方中心主义,或欧洲中心主义。

(二)物种本体论转向:多物种本体论

多物种研究也挑战了西方自然科学在认识领域的垄断。虽然科学扮演的角色毋庸置疑,但主流科学话语背后暗含的价值体系,却往往有着浓重的殖民色彩,甚至与当今西方霸权合谋。多物种研究响应"去殖民化"运动,反思主流文化定义的知识,还原关于自然的多重价值观。因此,多物种学者关注非西方书写文献和民族志研究,从原住民社区、猎人、农夫等不同人的经验中汲取知识。多元的知识结构消解了科学解释自然的霸权,"强调复杂而常常相互矛盾的认识方式、价值和生活总是塑造世界之际不可避免地扮演重要角色"①。

在转向非西方知识系统(如美洲原住民文化)的实践中,多物种研究的"物种转向"必然也包含对西方正统人类中心与例外主义本体论的挑战。在原住民的宇宙自然观里,非人类物种为"变形的实体"(transformational entities),被视为"persons"(人们),能够提供多重宇宙的视野(如多重规模的植物、动物、微动物,甚至是山水、矿石等),他们皆与人的世界产生交集并且缠绕在一起,为有灵的众生②。此非西方多物种的本体论与其他涉及非人类理论(包括行动者网络理论、影响理论、动物研究、新物质主义、系统论)相呼应。可以说,多物种研究的"非人类中心主义"受到政治地理学和原住民万灵(animist)形而上学等学科的启发。这里的"非人类中心主义"并不是反人类主义(anti-anthropocentrism)或是"去人类中心主义"(de-anthropocentrism),而是拒绝将人类视为唯一的主体。一般被视为背景的环境元素、化学物种(chemical species)③、物质、元素、气候系

①　Thom van Dooren, Eben Kirksey and Ursula Münster, "Multispecies Studies Cultivating Arts of Attentiveness", *Environmental Humanities*, 2016(8.1), p.9.

②　Joni Adamson and Salma Monani, *Ecocriticism and Indigenous Studies: Conversations from Earth to Cosmos*, New York: Palgrave, 2017, p.4.

③　参见 http://www.multispecies-salon.org/events。

统、人工智能(AI),甚至先灵、神祇(spirits)等,都可以是研究的主体。这些行动者的互动形成了一个复杂的"生态自我"(ecologies of selves,借用人类学家孔恩的词汇),形构成具有活力的宇宙—生态—物质世界。由此,多物种研究挑战传统物种论述里面的"生物偏见"(biotic prejudices)或是深层生态论述里面的生物中心主义(biocentrism)。与动物研究对于动物权利的关怀不同,多物种研究强调物种与环境、物种之间的遭逢。①

(三)关系重于个体和物种遭逢的历史维度

多物种研究的第三个特色在于着重"关系"而非个体(如人类与物种以及物种与物种之间的接触、互动、共生和食物链关系)。与动物研究领域强调动物个体不同,多物种视角承接关系式本体论,进而解构主体性,重构物种间(inter 和intra)的生命形式想象。物种除了在生态系统里扮演相依相存的角色,遵循存活(survival)原则;多物种研究也同时将物种的关系放置在不同的历史、政治、经济和文化脉络下,思考物种在人类社会里的生命样态②。多物种研究侧重整体性,探讨众多活泼的能动者(agents)在多物种相互交汇下所产生出来的能动性(a-gency)。这里的能动者不局限于捕食者和猎物、寄生虫和寄主、研究人员和被研究的对象、共生伙伴或甚至是被视为是无足轻重的居邻关系③。这种"无关紧要的"居邻关系很重要,因为我们所视为无关紧要的物种,却往往是生态链上不可或缺的环节:如不起眼的马利筋正是濒临绝种的帝王蝶的主食。吴明益在《蝶道》里提到,当我们将马利筋视为杂草拔除后,帝王蝶的生存便会受到威胁。因此,建立注重多层生态网络关系的视野,可以帮助我们关注身边不起眼的,或对人类"无关紧要的"物种。

此外,多物种学者强调物种生命(或有机体)的历史维度。如贝特森

---

① 针对动物研究学者如何回应多物种研究学者,参见 Fiona Probyn-Rapsey,"Anthropocentrism",Lori Gruen,*Critical Terms for Animal Studies*,pp.59-60。

② Thom van Dooren,Eben Kirksey and Ursula Münster,"Multispecies Studies Cultivating Arts of Attentiveness",*Environmental Humanities* 8:1(May 2016),p.2.

③ Thom van Dooren,Eben Kirksey and Ursula Münster,"Multispecies Studies Cultivating Arts of Attentiveness",*Environmental Humanities* 8:1(May 2016),p.2.

（Gregory Bateson）所说，每一个物种或有机体的生存基本单位实为"有机体存在于自身环境里"（organism-in-itself）①，但除了自身的静态生态交换（static ecological exchange）之外，它同时也深植在历史的土壤中。这里的历史除了包括人类历史，也涵盖没有人类的历史。如蜜蜂和花的关系，是一个丰富的共同演化、生成与合作的过程。这种共存涉及意义的交换，沉浸在意义网络中的可能是语言、手势、生化等。而这种意义传递的网络，又在多大的程度上隐含在人类的信息交流中，甚至在某种意义上微妙地呼应着当今世界的资本主义网络？这些问题都值得深思。

（四）道德与正义面向

多物种研究之所以强调关系性（不管是直接的或间接的），其目的在于直指复杂因果网络关系背后的政治意涵，突出道德责任的必要性和紧迫性。学者如范·多伦、柯克西和明斯特均不断反思多物种关系背后牵涉的政治问题，诸如殖民主义、资本主义及其相关等不平等现象，在"后自然世界"里的物种保育以何种形式出现？安清则质问，在人类中心主义的泡沫破灭后，如何重新定义"人类"？我们需要用何种责任形式，以及如何学会用不同方式来回应"被资本主义摧残后的风景"？② 这些多物种学者皆从道德上、政治上和认识论上关注不同的生命形式，提出在不同的认识系统和关系网络中反思物种关系。多物种不仅仅关乎多样性的聚合，而是借用哈若薇的话，去"与麻烦为伍"（staying with the trouble），"有意义地导航于这个不断在生成变化的复杂世界里"③。

面对全球暖化，多物种研究关注的道德和正义问题包括：哪些物种在环境变迁下得利？哪些物种失利？多物种研究也可以指不同物种之间直接或间接的生态关联。在思考此类多物种道德与正义的议题里，海瑟将视角转向城市生态，提出以"多物种正义"这个概念作为一种思考环境正义的方式，例如不平等地暴露环境

---

① Gregory Bateson, *Steps to an Ecology of Mind: Collected Essays in Anthropology, Psychiatry, Evolution, and Epistemology*, Chicago: University of Chicago Press, 1972, p.457.

② Thom van Dooren, Eben Kirksey and Ursula Münster, "Multispecies Studies Cultivating Arts of Attentiveness", *Environmental Humanities*, 2016(8.1), p.3.

③ Donna Haraway, *Staying with the Trouble: Making Kin in the Chthulucene*, Durham: Duke University Press, 2016, p.11.

的风险和不公正的环境利益,以及将非人类纳入人类道德考量体系等①。在都市或区域规划与空间分配时,我们不仅要考量人类利益,还要关照其他物种的生存。例如,人类文化对某些种类的园林景观的偏好,是否符合非人类对植物栖息地的需求?是否应该使用杀虫剂?② 同样的,吴明益在《蝶道》一书里也提到类似的多物种正义的问题,当我们在进行生态修复时,必须回到哪一个年代的生态样貌?

(五)多种族志

对人类以外物种的关注,以及对跨物种交汇的理解,是"多物种转向"的另一特征③。多物种志是多物种研究的方法论,由多物种(multispecies)与民族志(ethnography)组合而成。民族志的英文为 ethnography,其词根 Ethno 和 graphy 皆源自希腊文:ethno 意为"文化、种族",graphy 则有"描述、书写、记录"之意,所以两者合并起来就是"书写或描述种族之学科"。在传统人类学领域,民族志主要为关注"文化他者"的学科,即书写、描述非我族群或处于边缘的他者或局外人,但叙事视角往往以人类(或某个特定的人类族群)为核心。在多物种研究中,多物种志则将视野扩及非人类他者。多物种志本质上是跨学科的,其灵感来自原住民宇宙视野(cosmovisions)④。另一批学者如萝拉·欧格登(Laura A.Ogden)、比利·霍尔(Billy Hall)和坦尼塔(Kimiko Tanita)则认为:"多物种志是一个旨在了解世界——它在物质上是真实的,部分可知的,多元文化的和多元自然的,神奇的,并且通过多种生物和实体的偶然关系而形成的。因此,多物种的相遇有其内部存在着自身的参与逻辑和规则。"⑤在他们看来,多物种志研究可以

---

① Ursula Heise,"Mapping Urban Nature and Multispecies Storyworlds",*Design with Nature Now*,Frederick Steiner(ed.),Cambridge:Lincoln Institute of Land Policy,2019,p.79.

② Ursula Heise,"Mapping Urban Nature and Multispecies Storyworlds",*Design with Nature Now*,Frederick Steiner(ed.),Cambridge:Lincoln Institute of Land Policy,2019,p.79.

③ 朱剑锋对多物种志这一领域做了一个相当细致、有系统性的整理。参见朱剑锋:《跨界与共生:全球生态危机时代下的人类学回应》,《中山大学学报(社会科学版)》2019 年第 4 期。

④ Joni Adamson and Salma Monani(eds.),*Ecocriticism and Indigenous Studies:Conversations from Earth to Cosmos*,New York:Palgrave,2017,p.9.

⑤ Laura A.Ogden,Billy Hall and Kimiko Tanita,"Animals,Plants,People,and Things:A Review of Multispecies Ethnography",*Environment and Society:Advances in Research*,2013(4),p.6.

"与不断变动的聚合中所产生出的具有能动性的生命相应"①。"Being"(生命或生物)的定义由此超越生物体,并包括非生物物质(如矿石)。

"多物种转向"向以传统民族志作为基础的人文主义认识论提出了挑战,着重在自然与文化层面反思人类与非人类之间的本体论区别。因此,多种族人种志必须被视为社会科学和人文科学更大追求的一部分,以关系视角取代二元本体论,通过建立与非人类他者的联结来克服人类中心主义,并强调多层规模的(multi-scaled)生态网络关系、人类社群里面的多物种政治与文化意义,以及经济层面上错综复杂的纠缠。多种族志并非将人类的活动摈除在外。在"人类世"的语境下,它承认人类生活与其他生命形式不可避免的交融,认为人类生活、景观和技术皆必须纳入任何物种存在的考虑之中。多物种民族志将非人类生命视为具有政治生命(bio)的分析对象。通过研究这些非人类生命形式如何与人类生命相互作用,多种族民族志学家探索并质疑自然与文化之间,生物与文化之间,人类与非人类之间的区别。

这里笔者以近年来开始受到瞩目的人类学学者安清的松茸研究为例。在对于松茸的研究里,安清试图在受到资本主义摧残后的废墟景观中探索希望:哪些物种得以存活下来,它又是以何种形式存活下来的?它与人类族群形成何种"合作"关系?她成立的民族志"松茸世界研究小组"(the Matsutake Worlds Research Group)更是在结构上模仿香菇的根茎社会性形态(rhizomic sociality),打造新型民族志研究模式。此研究小组的研究焦点在于松茸(tricholoma matsutake)在全球的商品产业链,并发表极具原创性的研究成果《末日松茸:资本主义废墟世界中的生活可能》。这本书还梳理了错综复杂的物种、林业史、生态环境、人类生计活动,来讲述松茸的产销路线。从种植松茸,到日本商人产销的过程,在地理空间上跨越了美国俄勒冈州的山区、日本京都、中国云南等地,流经松茸采集场、中盘市集、一路走进日本家庭与科学实验室。借由追踪松茸产业链,安清试图揭开资本主义的隐秘角落,叙述在晚期资本主义发展之中的"边陲"地带,思考边缘化的人类

---

① Laura A.Ogden, Billy Hall and Kimiko Tanita, "Animals, Plants, People, and Things: A Review of Multispecies Ethnography", *Environment and Society: Advances in Research*, 2013(4), p.6.

族群(如移民、原住民、少数民族)如何与松茸形成合作共存的关系。

安清用"世界化生"(worlding)的概念来介入多物种研究,强调协商文化语境的过程,即拒绝一个不用思考、常识般的世界认知。对安清而言,"世界化生"以过程为导向,随着对话而变化,并非在静止、完美的样态下存在。世界化生永远是不完美、不确定的过程,正如世界是多物种相遇的产物那样。同理,民族志田野调查也是一个痛苦的流变过程,也就是说,民族志学家必须关注将自己的流变(或化生他者)的潜力。

安清在《末日松茸:资本主义废墟世界中的生活可能》一书里提出的"世界化生",与哈若薇的后人类本体论十分接近。哈若薇在《当物种相遇时》中提出,人类的皮肤、内脏和基因组合实为一个微生物共同生成的混合体。对安清而言,菌类涉及的跨物种关系,还包括与植物根茎的同伴关系。在安清看来,"物种之间的相互依存是一个众所周知的真理,只有人类不知道而已。而人类不知道这一真理的原因是因为人类特例主义"[1]。她提出了一句广泛被引用的名句"人性为一个跨物种关系"[2],试图以多物种的网络重新定义人性。

(六)跨学科合作研究:多物种研究与艺术的遭逢

多物种知识的生产必须仰赖不同领域专长,并借由交叉学科的知识互撞,产生新的视野。所以,多物种研究的跨学科性质,一方面要求学者杂糅不同领域的特征,并互相研读彼此的研究著作,如生态文学文化批评学者海瑟为人类学家哈若薇《与麻烦共存》一书写的评论就是一个很好的例子。哈若薇的作品一直是人文、社会学科学者共同阅读的经典。她的哲学观点,不仅融合人类学、生物学、文学和文学批评,甚至跨界到生态批评领域,提出科幻小说在对未来的想象中起着核心作用[3]。

多物种研究也在跨学科合作研究下,逐渐拓展人文学科的边界。许多科学

---

[1] Anna L.Tsing,"Unruly Edges:Mushrooms as Companion Species",*Environmental Humanities*,2012(1),p.144.

[2] Anna L.Tsing,"Unruly Edges:Mushrooms as Companion Species",*Environmental Humanities*,2012(1),p.144.

[3] Ursula Heise,"Stories for a multispecies future",*Book Review Forum*,pp.96-99.

家与人文学者开始进行合作,最著名的莫过于 2008 年一个名为"多物种沙龙"(*The Multispecies Salon*)的巡回艺术展。该展先后在旧金山、新奥尔良、纽约市(先在曼哈顿的纽约市立大学研究所展出,然后移至布鲁克林的一家叫作 Proteus Gowanus 的画廊)展览。艺术家、人类学家、生物学家集体创作,互相截长补短。例如,艺术家用活生生的物质作为创作的媒体,来帮助多物种志学者构建其论述里面想表达的多物种世界。也就是说,艺术帮助以审美的形式来绘制、想象和思考多物种的世界。在此沙龙里,艺术家的定义扩大到每一个成员,艺术展览空间与生物实验室之间的界限因跨学科合作而打破。多物种想象更带来人类创制者的身份跨界。艺术家与人类学不再有严格的区分,多物种叙述使得艺术家摇身一变成为多物种志家(multispecies ethnographer)。多物种志学者也扮演艺术家,在美学中探索生物文化的边界,想象物种遭逢之处。① 多物种志与艺术的遭逢消解了佛斯特(Hal Foster)原先提出的艺术家和民族志家"相互嫉妒"的命题。②

此展探讨了一系列多物种议题,例如,当自然与文化两个世界融合在一起的时候,哪些物种得以兴盛繁荣、哪些将因此而灭绝?当整个生态系统被生物科技和生物资本主义里收编时,未来的世界将何去何从?面对灾难破坏之后的景观,生物文化(biocultural)的希望何在?③ 除了探讨生态灾难议题之外,该展也关注物种迁徙问题(展览里面有一件叫作"多物种迁徙"的作品),展示装在玻璃罐里面的非洲爪蛙(African Clawed Frogs)。此青蛙物种自 20 世纪 30 年代由南非进口到西方世界,用来做怀孕测试用。然而,此物种为非症状性菌类感染的传播者,导致数以千计的青蛙物种灭绝④。此外,这个沙龙里面进行的研究和写作计划帮助催生了一个新的跨学科探寻与研究模式:多物种志。

人类学者蔡晏霖与安清、实验纪录片导演伊莎贝·卡伯涅(Isabelle Carbon-

---

① Eben Kirksey, *The Multispecies Salon*, Durham:Duke University Press,2014,p.13.

② Hal Foster,"The Artist as Ethnographer?",*The Return of the Real:The Avant-Garde at the End of the Century*,Cambridge,MA:The MIT Press,1996;Eben Kirksey,*The Multispecies Salon*,Durham:Duke University Press,2014,p.12.

③ Eben Kirksey,*The Multispecies Salon*, Durham:Duke University Press,2014,p.5.

④ Eben Kirksey,*The Multispecies Salon*, Durham:Duke University Press,2014,p.6;multispecies-salon. org/migrations.

elle)和民间自由工作者雪青(Joelle Chevier),协力制作了一部实验影像民族志《福寿螺胡撇仔:台湾兰阳平原的多物种友善耕作展演》(*Golden Snail Opera:The More-than Human Performance of Friendly Farming on Taiwan's Lanyang Plain*,2016)。此纪录片从农夫与入侵物种福寿螺的视角来探讨共生的意义与可能性,并体察不同知识体系模式(学者、农民、艺术家、福寿螺与红冠水鸡)如何交汇。这部纪录片也志在践行一种,共同享有"透过观察与探索来探知世界的实作能力",打造一个多物种共同参与的生存方式。蔡晏霖写道:

> 《福寿螺胡撇仔》选择志人与非人、虚构与事实、科学与传说、过去与未来、嬉游与愤怒、希望与荒芜的交界处,处理埋锅造饭说故事。这么做不是为了扁平化物种之间的差异。透过更多颠覆日常的方式聆听与生产知识,我们练习拓展自己的敏适性与视野边界,以期待更好地认知这个"多世界的世界,并迎来更多不一样的未来"。

由上可以看出,多物种研究的一个特色是以"叙述"为方法,编织多物种故事(storying 或 storytelling)。以故事(不管是视角影像或文字叙述)创制一个非人类中心的多物种世界,可以帮助人类重新思考自己与其他物种的关系(如进化、生物多样性、生物丰度、物种形成、灭绝和濒危物种等)。人们将在关于生物多样性和物种丧失的故事叙述中讨论跨文化差异。不同文化中关于动植物物种的出现或消失的故事有何不同? 这些故事可以勾连出哪些历史记忆? 他们使用什么叙述模板? 又将发挥什么样的社会、文化或政治功能?

为了避免将非物种他者视为资源、象征或人类生命活动的背景,安清提出一种"浸润式的获取知识方式"(immersive ways of knowing)。此浸润式与安清所提出的"热情沉浸"(passionate immersion;也就是,热情地沉浸在非人类的生命里)异曲同工,即经验世界提供一个具有厚度的解释(thick accounts)。"浸润式的获取知识方式"关注不同物种如何共同熔铸以及分享这个世界,以及"学习如何去被影响"(learning to be affected)①。这里的物种也包括令人讨厌的物种,如

---

① Vinciane Despret, "Body We Care For:Figures of Anthropo-zoo-genesis", *Body & Society*, 2004 (10.2-3),p.131.

跳蚤、病毒等。面对自然与文化之间界限的模糊性,解决方案不是将这两种类别的界限去除,而是"在各个层面上倍数化对差异的关注"①。作者解释到,我们要"注意各种差异,以及关注不同差异和区分模式在多物种世界创制里所造就出来的不可轻忽的力量"②。当我们丰富了关注的方式,即可关注接触区域中自然文化纠缠的特殊性。由此可见,多物种研究的视野与范围逐渐超越了先前两位学者勾勒出来的跨物种学科范畴。塑造出动态的"背景",多物种间的沟通通过分享意义、利益、情感而生成。这种观察模式背后是对于多样性的强调,包括观点的多样性与影响的多样性③。人类学主导的多物种研究催生了一个新的跨学科探寻与研究模式:多物种志。由于多物种书写进行与生态文学批评有诸多交叉之处,下面将会进行更深入的探讨。

四、多物种研究与文学的相遇

多物种研究与文学研究的相遇并非偶然。首先,两者皆关怀多物种或跨物种议题。其次,多物种研究与文学研究都注重叙事,并强调叙事背后的道德质问与关怀。在当今西方环境人文学科逐渐整合的氛围下,此两者之间的界限日渐模糊。如上所说,学者们互相跨界阅读、学习、挪用彼此研究方法,并寻求合作与对话的机会。

多物种研究与文学研究的跨学科融合可以相互弥补方法与视野上的不足。举例来说,当多物种研究学者致力于发掘人与非人之间的关系的互融能动性(convergent agency)、开拓非西方传统生态知识的时候,作家和文学批评学者则引领我们关注那些多物种互融叙述里面无法一概而论,却又能够感动、启发我们

① Mick Smith, "Ecological Community, the Sense of the World, and Senseless Extinction", *Environmental Humanities*, 2013(2.1), p.27.
② Thom van Dooren, Eben Kirksey, and Ursula Münster, "Multispecies Studies Cultivating Arts of Attentiveness", *Environmental Humanities*, 2016(8.1), p.13.
③ Thom van Dooren, Eben Kirksey, and Ursula Münster, "Multispecies Studies Cultivating Arts of Attentiveness", *Environmental Humanities*, 2016(8.1), p.4.

的情动(*affect*)①。多物种书写让我们认识到长久以来被忽视的无可数计的人与非人类之间的关系动能。生态文学批评学者和作家则敦促人们"从故事中认识到无法立即理解或概括的物种融合,这些无法轻易被理解的融合也同样地感动、启发我们"②。此外,文学抒情式书写更开辟了反思"人类世"的空间。下面将分为两个部分来论述,第一部分讨论多物种作为文学类型,如何呼应生态批评家的多物种论述;第二部分探讨文学与多物种志的关系。

(一)文学(批评)语境下的多物种主题、叙事与文类

面对"人类世"气候变迁产生的诸多问题,文学研究一直扮演着相当重要的角色。生态文学文化批评研究域也不乏对多物种议题的思考,如物种灭绝、入侵、变迁、脆弱、存活、同伴合作、保育、科技基因工程改造,以及物种感官经验与世界创制等。生态批评论述尤为关注的是,文学作为拓展读者的感官经验和非语言(verbal)沟通之场域。例如,布鲁恩(Ben De Bruyn)的生态批评著作《小说与多物种声景》(*The Novel and the Multispecies Soundscape*),以"动物声音"或"多物种音景"作为多物种接触区(contact zone),进而探讨现实世界里动物声音是如何经由人类科技或文化中介(如声纳和文学)再现,揭示动物声音的文化意义。布鲁恩也探讨动物声音如何邀请我们重新想象人性和动物性。本书借由"倾听"和书写(如小说叙事)走进非人类世界,以"听觉接触"为生态批评框架,讨论的作家包括库切(J.M.Cotzee)、高许(Amitav Ghosh)、朱莉娅·利(Julia Leigh)、理查德·鲍尔斯(Richard Powers)、凯伦·乔·福勒(Karen Joy Fowler)、科马克·麦卡锡(Cormac McCarthy)和韩国作家韩江(Han Kang),关注像狗、青蛙、鲸、黑猩猩、塔斯马尼亚虎、鸟类甚至植物的声音。这些小说处理多元化多物种主题,如物种脆弱、物种灭绝、声音污染、非人类沟通以及人与动物的关系等。与此同时,作者也探索不同人类族群(如兽医和音乐家到黑猩猩的照顾者和声纳技术员)倾听的

---

① Mara de Gennaro,"Multispecies Stories,Subaltern Future",*Futures of Comparative Literature*:*ACLA State of the Discipline Report*,edited by Ursula Heise,London:Routledge,2017,p.321.

② Mara de Gennaro,"Multispecies Stories,Subaltern Future",*Futures of Comparative Literature*:*ACLA State of the Discipline Report*,edited by Ursula Heise,London:Routledge,2017,p.321.

方式,借用巴汀(Mikhail Bakhtin)的文类"复音论述"(polyphonic discourse)来呈现多物种倾听的意义。布鲁恩研究的贡献在于,它不只是一个纯粹观察、描述和记录动物的声音的田野调查报告。此书探索非人类声音的文化意涵、动物声音消失的意义,以及文学再现扮演的角色。他认为,文学向来就在不断记录动物的声音,而最近对声音的文学再现更加多元化。传统人类中心视角下的文学(以及文学批评)让读者关注的只是我们智人的声音。但是,如果我们重新调整多物种接听器的天线,就会发现文学提供的人与动物交流呼唤的声音场域。[①]

除了文学里的多物种主题,多物种叙述理论也是文学批评家不断思考的问题。波兰生态评论家沃伊切赫·马莱茨基(Wojciech Malecki)和其他人文社会学者,共同撰写的《人类思维和动物故事:叙事如何让我们关心其他物种》运用了社会科学的研究方法,研究读者对不同种类的动物故事的反应。赫尔曼(David Herman)在面对"多物种文学"的叙事问题时提问:人类讲故事的方式如何容纳非人类主体及其经验模式?当代叙事研究如何揭示物种间的相互作用、聚合以及纠缠(entanglements)?在《超越人类之上的叙事学》中,赫尔曼运用跨学科的方法探讨后达尔文式[②]叙事里关于人与动物关系的书写,考虑不同叙事媒介的促成和约束作用,研究漫画和图画小说以及电影中一系列虚构和非虚构文本。他还着重探讨多物种叙事策略的运用,如动物叙述者的使用,人类与非人类视角之间的交替,故事的嵌入等技巧。更重要的是,这本书深入研究对非人类能动者的描写如何生发于动物生活。赫尔曼认为,必须修改现有的人类中心叙事框架,考虑到故事是如何与文化本体论交织在一起的;同时,也必须要考虑到世界上大量繁殖的生物,以及它们与人类的关系。广泛被生态批评学者讨论的多物种文本,还包括山下凯伦(Karen Tei Yamashita)的《橘子回归线》(*Tropic of Orange*,1997)、高许的《饿潮》(*The Hungry Tide*,2004)、韩江的《素食者》(*The Vegetarian*,2007)、吴明益的《复眼人》等。多物种文学也走出传统文学文类的范畴,大众文学如科幻小说或连环画小说(graphic novel)也开始呈现出多元的多物

---

① Ben De Bruyn,*The Novel and Multispecies Soundscape*,London:Palgrave,2020,p.3.
② 达尔文后生物学被描述为基于网络模型而不是树模型的生物学,它着重于生物体的活动及其能动性,并运用符号学方法。

种主题。赫尔曼编辑的论文集《动物漫画：图形叙事里面的多物种故事世界》（*Animal Comics：Multispecies Storyworlds in Graphic Narratives*，2019），即探索以文字和图像呈现的多物种故事世界，直面跨物种纠缠的问题。由于这些属于流行文化的文学更能被普罗大众接受，漫画或连环画小说近年来也成为生态批评学者研究多物种关系的重要文类。

在考量何种文类最能够想象未来全球暖化的不确定性，以及描述科技主导下的多物种政治时，海瑟以及哈若薇皆相当推崇科幻小说（speculative fiction），赞扬其开拓了物种如何共生的新视野。随着基因工程的飞速发展，科幻小说俨然成为一个多物种想象的重要阵地。例如，玛格丽特·爱特伍（Margaret Atwood）的科幻小说《秧鸡与剑羚》（*Oryx and Crake*）勾勒出在未来世界由基因混合产生出来的新物种，如羊蛛（即羊与蜘蛛的基因重组出来的物种）和狗狼（用基因裂解转殖而做出来的物种）、器官猪（基因裂解转殖所做的猪，专门用来生产人类所需要的各种器官）、鸡肉球等。人类开始扮演上帝的角色，不但创造新物种，也重新创作人类，甚至用人造病毒互相残杀。此小说所探索的生物物种之间的关系不局限于动物，也包括微生物；生物科技和病毒人工变种所造成的人类几近灭绝。针对推想小说里面所涉及的多物种主题，海瑟问道：它是强加了新的环境世界主义的紧迫性，还是掩盖了持续的社会经济鸿沟？它又是否过分强调了人类的代理权？生态批评学者在解读多物种文本，或建构多物种批评研究论述时，往往从人类学、地理学汲取灵感。一向结合社会学理论来建构生态批评的海瑟，也借用地理学家珍妮佛·沃尔奇（Jennifer Wolch）的跨物种城市理论（trans-species urban theory）来解读山下凯伦的《橘子回归线》。海瑟的"多物种正义"不仅关乎政治、立法，也可以用来思考文化，尤其是文化的叙述①。多物种志学者们倡议的多物种概念不仅仅庆祝物种多元性、多物种和谐融合，他们更关心的是：在这样的多物种遭逢里，谁是受惠者？文化人类学家如安清也呼吁我们采用"跨物种框架"来实现生物兼文化研究并轨的可能。

---

① Ursula Heise，"Mapping Urban Nature and Multispecies Storyworlds"，*Design with Nature Now*，Frederick Steiner（ed.），Cambridge：Lincoln Institute of Land Policy，2019，p.79.

作家如何解构或重新建构现实,为那些被边缘化的人类族群或非人类物种发声(让他们发声或者与他们一同发声),成为文学的重要关怀。上面讨论了文学批评领域里面的多物种论述、叙述与文类,此外尚有早期文学对多物种诗学与主题的探讨。此类代表研究论文有阿伦·莫(Arron M.Moe)的"多物种世界里的文学作品"(The Work of Literature in a Multispecies World)。此论文探讨文学作品里面的多物种诗学,如惠特曼、狄更斯诗歌里非人类物种的物质性。像海明威、梅尔维尔、缪尔、狄更斯、惠特曼等皆触及人与非人物种亲密关系的主题,此亲密关系反映在他们对非人物种的关注以及语言上。

(二)多物种志与自然书写

除了上面提到的文学类型,与多物种志最直接关联的文类莫过于自然书写。不少生态批评学者如亚当森、欧帕曼、海瑟、大卫·赫曼(David Herman)从多物种志里汲取灵感。甚至可以说,一些生态批评学者与多物种学者采用的研究、书写和批评方法是重叠的。例如,身为原住民文化批评研究者又是生态批评学者的亚当森指出,文学里的多物种叙述与人类学家范·多伦、柯克西和明斯特所述说的多物种志或"活生生的故事"(或多物种志)非常相近①。

多物种志与自然书写(尤其是 21 世纪出现的新自然书写)和第三波生态批评关系甚为密切。三者皆是回应 21 世纪生态危机所出现的文类,皆反人类中心主义,关怀非人类物种,倡导回归非西方形而上本体论。论述里带有高度道德与责任意识,强调行动实践使命(也就是说,理解观察者兼作者介入的重要性,许多著名的自然书写作家同时也是环境保护行动者)。多物种志与新自然书写也互相渗透。多物种志的高度反思性,以及对观察对象的"厚度描述",也影响了新自然书写,将自然或多物种书写提升到形而上的层面。自然作家在运用自身独特写作风格,杂糅不同人类学、社会学理论之余,将读者与物种之间的距离拉近,最后达成物种移情的作用(也就是,跳脱出人类物种的框架,进入其他物种

---

① Joni Adamson and Salma Monani(eds.),*Ecocriticism and Indigenous Studies:Conversations from Earth to Cosmos*,New York:Palgrave,2017,p.8.

的世界,进而理解他们的经验与处境)。

在"多物种关键词"一节里面,已经介绍"多物种志"一词,这里不再赘述,直接进入多物种志涉及的政治与道德问题,以及与生态批评的关系。多物种民族志家在再现他者的时候,将他者扩及非人类。这里串联出来一系列的理论问题也演变成如何再现诠释非人类他者,以及为其发声的可能性与正当性。① 由于触及如何再现非人类他者等议题,难免涉及本体论。多物种理论家在重构多物种本体论之际,发现 ethno 除了意指"文化、种族"之意,还指向"众多生命(人或动物)共同生活在一起"、"社会或一群同样性质的个体"等概念②,这些均可以拿来构建"多于人类"(more-than-human)的多物种本体论基础。

民族志家在扩充人类学的本体论视阈之际,尝试不同说故事的形式,反省再现他者的正当性与道德问题。多物种志之所以受到生态批评学者的特别关注,主要原因是其对人类本体论的道德反思,及其在叙述上采用"故事化"(storying)的方法。人类学家范·多伦和罗斯认为,在多物种书写中,一个多物种世界就是书写物种之间"故事化的经验",以及人与非人物种如何互动、彼此影响和形塑。这里英文的 person 不是一个生物上定义的人,而是一个法定、具有政治意义的"人"——国家公园或者猩猩都可以被赋予"人"的地位得以受到与智人同等的法律保护。多物种书写的意义在于,借由书写,非人类物种或动物们也得以共同"居住"在人类的想象世界,叙事不再是只保留给人类自身的文类或活动。于是,叙述成为一种道德与行动的潜力。诉说他者的故事将他者带入新的关系,为我们的下一代形塑一个多元的多物种生态世界。

(三)文学化的民族志与民族志化的文学

自然作家与多物种志书写者虽然皆强调以叙述编织多物种故事(multispecies storytelling)或创制多物种世界(multispecies worlding),但是观念不尽相同,也因此激发了学科间互相碰撞、学习、借鉴的契机。例如,多物种志家在

---

① Eben Kirksey(ed.),*The Multispecies Salon*,Durham:Duke University Press,2014,p.3.
② Eben Kirksey(ed.),*The Multispecies Salon*,Durham:Duke University Press,2014,p.1.

反思人类学家的多物种书写时,会转向文学来突破自身领域里的瓶颈。艾丽斯·尼克斯(Alice Nicholls)在书写蘑菇志的时候,曾经反思文学如何补强人类学方法上的不足:"我如何能够运用新自然书写的方法,以及我自身'流变'的经验而形成的我与蘑菇的聚合,讲述蘑菇的故事,以及使它们成为活生生的意义的聚合,这些都取材于我经历的与该物种的转化经验?"①在思考书写者与多物种世界创制时所产生的"流变"(德勒兹的概念)时,尼可斯注意到基于人类学的多物种志文类的局限,因而开始转向文学领域里面的自然书写以寻求答案。换句话说,尼可斯领悟到,多物种志对于多物种亲缘关系的描述是不足的,因为在人类学学科中,主客体之间的界限还没有打破。她认为,多物种故事的编织必须回归到作者(观察者)的自身主观经验,尤其流变/化生他者(becoming other)的经验。这正是新自然书写能够弥补多物种志之处。

尼可斯的问题与露丝·比哈尔(Ruth Behar)所面临的民族志书写危机异曲同工。在质问为什么民族志里面没有出现大师级的不朽之作时,比哈尔思考建立一种具有艺术性的民族志②。然而,强调具有文学性的民族志,会挑战人类学的学科定义甚至带来学科危机。在比哈尔看来,我们需要思考的是:"人种学是否有'艺术'?"而且,"这里可能还有一个更大的问题:人类学家是否真的希望人种志具有艺术?"她的答案是:

> 我认为大多数人类学家都宁愿民族志根本没有任何"艺术"。因此,我们面临的难题是:如果我们当中那些看到、渴望或梦想着民族志学的人只是我们学科中的一小部分人,那么也许我们最好只写回忆录或有创造力的非小说或旅行写作或编年史还是诗歌?除了人类学和一些学术学科(如教育,作曲和修辞学)外,民族志仍然是个谜。那些认为自己了解民族志的人倾向于将其与社会科学和社会制度的审查联系起来,而不是与创造性写作的巧妙形式联系起来。③

---

① Alice Nicholls, "How to be a Mushroom", MA Thesis, Victoria University of Wellington, 2019, p.19.

② Ruth Behar, "Ethnography in a Time of Blurred Genre", *Anthropology and Humanism*, 2007(32.2), pp.145–155.

③ Ruth Behar, "Ethnography in a Time of Blurred Genre", *Anthropology and Humanism*, 2007(32.2), p.145.

　　不难发现，一个成功的民族志书写，不仅必须具有民族志学科应有的素养，也必须注重创造性写作的形式与技巧。这些都是文学领域所关注的问题。

　　文学的文类里面可以跟多物种志进行对话的莫属自然书写（以及后来兴起的新自然书写）。新自然书写是一个回应生态危机的新兴自然书写文类，代表作家有罗伯特·麦克法兰（Robert MacFarlane）、凯瑟琳·杰米（Kathleen Jamie）和理查德·玛贝（Richard Mabey）等人。新自然书写承继传统自然书写的特色（如抒情的方式来介入自然），但是不同于传统自然书写对（无人）荒野的执迷，新兴自然书写文类正面回应工业社会下的人造环境。新自然书写作家不再执着于第一自然，而是重新审视书写第二，甚至是第三自然的必要性。其回应的方式也体现在他们多元的论述、混合文类和实验精神中。新自然书写是一个将社会理论学者如地理学家梅西（Doreen Massey）、生命哲学家如德勒兹（Gilles Deleuze）与"经典"自然写作文类交织在一起的新文类。

　　新自然书写并非客观的书写记录，而是透过作家主观的观察描写，以一种直觉的方式来理解、诠释物种。以新自然书写代表作家罗伯特·麦克法兰（Robert MacFarlane）为例，他通过田野调查来理解一个地方的物种关系，但不局限于此。文学强而有力的地方在于，它能够传达物种遭逢之后自身全然（holistic）转变的摸索与见证。这样的审美经验不是社会学科里的研究记录方式能够呈现出来的。在帮琳达·克拉克内尔（Linda Cracknell）的《宽脉》（A Wilder Vein）一书写的前言里，麦克法兰提到，在英国和爱尔兰涌现的一批作品运用"多神"（polytheistic）语言来描述荒野。通过文献记录与见证表述，"荒野""地方"和"自然"等概念被扩展为一种"心境"，而不是纯粹作为地景①。这种"非人自然与心智的相互性"，呈现出心物合一的企图，即"我们被我们所穿越的风景所塑造"②。从这里可以看出，当代英国的自然作家开始承继美国作家如奥尔多·利奥波德（Aldo Leopold）和安妮·迪拉德（Annie Dillard）的自然书写观。

　　新自然书写作家运用戏剧性和诗意性的散文介入多物种世界，为多种族的

---

① Linda Cracknell, *A Wilder Vein*, Two Ravens Press, 2009, p.vii.

② Robert MacFarlane, *The Old Way: A Journey on Foot*, London: Penguin Books, 2013, p.xi.

民族志学家提供了一种想象多物种他者的方式。一般读者或许无法与多物种志产生互动，但是文学的自然书写却可以唤起共鸣。尽管多物种民族志和新自然书写的性质不同，也有其不同的发展轨迹，但是在过去的30年中，这两个学科之间的发展合作呈现出巨大潜力。这不仅是追求改善与非人类物种关系的结果，背后还是两个学科共同隐含的政治目标所致。双方都关心非人类物种的福祉，并力求在人类与自然互动的全球政治(如物种灭绝、迁徙、突变等)中促成系统性变革。因此，近几年来，新自然写作对于多种族民族志的呼应日益增强。像多种族民族志一样，新自然写作视作者自身的经历为一个值得探索的场域，不仅要准确观察，还需要通过精心选择的语言来唤起读者的感情。除此之外，新自然作家将业余观察作为知识和理解的来源，他们并非以专家身份自居，而是用文字记载他们经历的各种尝试。

　　总之，新自然写作与多种族民族志最不同的地方是它试图讲述的故事。尼可斯比较安清研究蘑菇的《末日松茸》与贝克(J.A.Baker)的自然书写《游隼》(*The Peregrine*)，提出人类学民族志与自然书写之间的差异。在他看来，安清的书写回归人类学经典路数，来说明松茸蘑菇是如何形成的，并为我们的全球经济和共享世界创造条件；而贝克的文字力图通过对游隼的描述，使读者更接近游隼。[1] 值得注意的是，贝克在与游隼的相遇也促发自己的"动物转变"或"动物化生"。正如麦克法兰在《游隼》2005年出版的序言里所写："此书决非一本观察鸟类的书，而是关乎人流变成为鸟的书。"[2]贝克的故事与多种族民族志的经典故事有着根本的不同，但最终也可以达到多种族民族志的目标。[3] 由此，尼可斯进一步强调文学性在民族志里面扮演的角色，使用新自然书写作为传递研究者的经验的媒介，可以对非人类学科产生新的理解。在发掘多种族民族志的文学潜力的过程中，她认为文学是多物种遭逢的场域，能够带来多物种遭逢、转化、流变动物(女性和少数民族)的契机。

---

① Alice Nicholls, "How to be a Mushroom", MA Thesis, Victoria University of Wellington, 2019, p.18.

② J.A.Baker, *The Peregrine*, New York：Harper & Roll, 1967, p.34.

③ Alice Nicholls, "How to be a Mushroom", MA Thesis, Victoria University of Wellington, 2019, p.18.

五、多物种研究与中国文学文化交叉研究的成果与经验：跨物种文学研究

自 20 世纪八九十年代以来，国内有意识地以文学的形式来关注"人类世"语境中的生态议题。若将环境议题和动物议题放在当今多物种研究的框架下来观察，中国文学也不乏涉及多物种关系与物种变异的作品。当代探讨多物种主题的作品包括徐刚的《伐木者，醒来！》(1997)、贾平凹的《怀念狼》(2000)、杜光辉的《哦，我的可可西里》(2001)、叶广芩的《老虎大福》(2004)、莫言的《生死疲劳》(2006)、毕淑敏的《花冠病毒》(2012)、陈楸帆的《荒潮》(2013)、赵德发的《人类世》(2016)、阿来的"山珍三部曲"(2016)、陈应松的《豹子最后的舞蹈》(2004)、梁衡的《树梢上的中国》(2018)以及沈石溪的动物小说等。此类作品不胜枚举，在此不一一列举。这里的文类涵括报道文学、散文、小说、科幻小说、童话故事和少数民族书写，涉及的主题包括动物苦难、物种保育和灭绝、同伴关系、超级病毒、传统人与动植物（菌类）关系以及垃圾、人工智能与赛博格等。

在对于多物种问题的思考上，不少作家已经呈现出一种关系性的思维，如徐刚在《大森林》(2017)里面谈及大熊猫的生存问题并问道："它只吃箭竹，那如果箭竹死了，没有了，大熊猫怎么办？"对徐刚而言，保护大熊猫，首先就要关注它所生活的那片"大森林"，他认为树木、花草参与人类的生存，也参与人类的死亡。梁衡的《树梢上的中国》为一个多物种志的佳例。此散文集以古树为主轴，杂糅中国历史、生态学、地方史、文化人类学。作者认为森林的历史即为生命的历史，提出的森林人文演绎出一个独特中国多物种志。

近年来，中国关注多物种研究的学者也逐渐增加。早期有黄奋鸣的文章《跨物种沟通：世纪之交的走向》，探讨人工生命科学领域里以转基因技术进行跨物种混合。[1] 在 21 世纪，由西方引进的多研究或跨物种研究也开始"中国化"，最值得注意的一个是闫建华和方昉的《中国古代神话故事的植物文化内

---

[1]　参见黄奋鸣：《跨物种沟通：世纪之交的走向》，《现代传播：中国传媒大学学报》1998 年第 1 期。

涵》。此研究关注西方于 2013 年左右兴起的植物批评与植物转向,是一个思考人类世界与植物世界之间的关系、思考植物生命和植物伦理的批评理论。闫建华和方昉从植物批评的视角考察中国古代神话故事里面的植物故事主题(如人与植物变形、植物兆示故事、人变植物故事和植物变人等主题),二人提出,植物兆示故事和人变植物故事皆传递出一种积极的、正能量的植物文化,读者从中看到的不仅是植物与人类之间同根相连的生命关系,也看到人类对植物死而复生的神性生命的向往与渴望;而"植物变人故事"传递的则多半是消极、负能量的植物文化,尤其是那些动辄毁坏古树的除妖祛魅文化。① 二人的贡献除了是跨文化、比较文学研究,也是跨时间研究,同时也呼应了多物种学者对动物研究的批评,也就是动物研究只聚焦在有意向性、活力或动能的生物,而忽视非生物群(abiotic)或植物物种。②

目前不少西方汉学家或海外华人学者的研究皆可列入多物种研究的范畴。一些(跨)物种研究文章已经收录于笔者在 2019 年编的英文论文集 *Chinese Environmental Humanities*:*Practices of Environing at the Margins*(《中国环境人文学:来自边缘的环境实践》),包括朱翘伟(Kiu-wai Chu)的"Worms in the Anthropocene:The Multispecies World in Xu Bing's *Silkworm Series*"(《人类世下的虫:徐冰〈蚕〉系列中的多物种世界》),龚浩敏(Haomin Gong)的"Place,Animals,and Human Beings:The Case of Wang Jiuliang's *Beijing Besieged by Waste*"(《地方、动物与人:王久良的〈垃圾围城〉》),李东(Dong Isbister)、蒲秀梅(Xiumei Pu)与斯蒂芬·拉赫曼(Stephen Rachman)合写的"Blurred Centers/Margins:Ethnobotanical Healing in Writings by Ethnic Minority Women in China"(《中心/边缘模糊:中国少数族裔女性书写中的民族植物治疗》)和史岱崙(Darryl Sterk)的"An Ecotranslation Manifesto:On the Translation of Bionyms in Nativist and Nature Writing from

---

① 闫建华、方昉:《中国古代神话故事的植物文化内涵》,《鄱阳湖学刊》2020 年第 2 期。

② 对动物研究学者如何回应多物种研究学者,参见 Fiona Probyn-Rapsey,"Anthropocentrism",in *Critical Terms for Animal Studies*,Lori Gruen(ed.),Chicago:University of Chicago Press,2018,pp. 59—60。

Taiwan"(《生态翻译宣言:谈台湾本土与自然写作里的生境名》)。①

　　这里笔者简略介绍上述文章。首先,朱翘伟分析了中国当代艺术家徐冰的装置艺术系列《蚕书》(1994—2014),以及其他涉及活昆虫的艺术作品。在观察到当代中国艺术已经出现"物质转向"之余,朱翘伟认为艺术上对昆虫的关注,特别是对蚕(Bombyx mori)的关注,证明了艺术一直是多物种概念。艺术家的蚕装置艺术实为一种关怀、照顾的表现,同时,它使观看者能够看到"人类与非人类共同生活和共享的世界的缩影"。龚浩敏的文章分析王久良的纪录片《垃圾围城》。龚浩敏的多物种主题的思考视角从"废物"或"垃圾"这样的"物种分类"概念切入,从社会地理学的角度来思考废物是如何遵循"社会结构化过程",将人、动物和物质转化为废物,同时将周边地区转化为荒地。龚浩敏进一步借用玛丽·道格拉斯(Mary Douglass)的"废物是被置换或放置不当的物体"这样的概念,来展开此概念与环境政治话语的相关性:也就是说,作为一个放置不当的物体的废物一直与政治息息相关。李东、蒲秀梅和拉赫曼则从一个少数民族的视角来解构主流的多物种关系与视野,他们分析了两种少数民族女性的作品(土家族作家陈丹玲的《草本生活》和回族作家毛梅的《雪莲》)。通过对这两个少数民族女性作品的解释性分析,作者指出这些女性作家拒绝处于边缘地位,进而阐明了相当于中心边界地区如何成为塑造生态精神与多物种照顾关系的场域。最后,史岱嵛讨论了现代文学中"生境名"(bionym,即以生境或生态习性命名)大规模灭绝的问题。从生态学的角度看待语言和翻译,史岱嵛指出,如今濒临灭绝的物种与"生境名"一样逐渐消失。因而,我们在寻求保护生物多样性时,应该同时保护"生境名"的多样性,因为它是人类文化多样性的一部分。这里,史岱嵛提出"生境名翻译宣言",将语言和翻译视为自然—人类或不同人类文化相遇的交往、相遇的地带,此地带不仅能够在当前全球同质化时代的境遇下引起人们对文化的关注,同时也可以帮助解决当今和未来的问题。

　　除了上述的文章之外,此外尚李东、蒲秀梅和拉赫曼合编的一本英文著作

---

① Chia-ju Chang(ed.), *Chinese Environmental Humanities: Practices of Environing at the Margins*, Palgrave Macmillan,2019.

Chinese Women Writers on the Environment：A Multi-Ethnic Anthology of Fiction and Nonfiction（《中国女性作家的环境书写：多民族文学作品集》）。① 此文集收录及翻译了以生态记忆（ecomemory）为主线的作品，这些作品讲述了人类生存、民族身份及民族文化等与环境的依存和不同方式的共生关系，其中多物种之间的关系主题在《一棵草活在身体里》《雪莲》《小驯鹿的故事》《达勒玛的神树》《狗熊淑娟》等多部作品中尤为突出。

维也纳大学汉学家魏格林（Susan Weigelin-Schwiedrzik）曾经撰文，质疑当代中国文学在"人类世"危机下所扮演的角色。② 她以赵德发的《人类世》为例，认为中国作家在探讨多物种危机时，多半直觉地设想一个自毁的世界，并没有与"人类世"在认识论上决裂而提出解决之道。她认为，关注"人类世"的中国作家们不但没有激进的视野，而且其文学作品反映出的"人类世"危机也似乎只是现代化征兆的延续。她得出结论说，当前中国"人类世"小说所遇到的难题是：灾难是真实的，但摆脱灾难的方法并非真实。商人和科学家的世界是两条不相交的平行线，科学与环境主义的热忱，无法在灾难降临之前说服人们改变他们的生活方式③。而且，由于艺术家与科学家在认识上的差异，艺术常常无法回应科学家所指认出的问题。在她看来，更为实际的解决之道是转向经济、政策层面的调度。针对魏格林对中国生态文学的质疑，笔者在维也纳大学由她带领主持的"人类世去中心化：中国与日本文学和电影里的人类世视角"（Decentering the Anthropocene：Approaches to the Anthropocene in Chinese and Japanese literature and film）工作坊里做了回应④。诚然，魏格林对文学在处理环境危机议题上的有效性与合法性的质疑，实为生态批评学者所普遍焦虑的。然而，文学文化研究者的贡献不在于提供解决方案。与科学与社会学科不同，人文领域所关怀的，是

---

① Dong Isbister，Xiumei Pu and Stephen Rachman，*Chinese Women Writers on the Environment：A Multi-Ethnic Anthology of Fiction and Nonfiction*，Jefferson：McFarland，2020.

② Susanne Weigelin-Schwiedrzik，"Doing Things with Numbers：Chinese Approaches to the Anthropocene"，*Int. Commun. Chin. Cult*，2018（5），p.20.

③ Susanne Weigelin-Schwiedrzik，"Doing Things with Numbers：Chinese Approaches to the Anthropocene"，*Int. Commun. Chin. Cult*，2018（5），pp.20–21.

④ Chia-ju Chang，"Life outside the Dome：The Possibility of Aerophilia in the Anthropocene"，*Prism*（2021）18（1），pp.188–209.

回归到哲学层面来反思人性和人类文化根本的问题。

如前所说,"人类世"危机实质上是一场人文危机。当前的诸多危机(全球暖化、病疫、生命数据化等),不应让只让科学家代言或"解决"。文化工作者肩负着更重要的使命,即反思启蒙以降被神圣化的科技文明。当今人文社会科学领域(包括哲学、历史、宗教、文学、艺术、人类学等领域)需要急切思考的是:如何解构"人类世"叙述里面的人类中心论? 如何建立一个有别于科学的视角来回应"人类世"困境? 中国作家又该如何立足国情,回应"人类世"危机?

在思考如何有创造性地诠释非西方传统知识体系,以重建一个后现代的道德、美学系谱的层面上,多物种研究为我们提供了一个衔接的契机和实验的场域。在多物种研究带来的希望中,文化工作者如何采用跨学科的视角探索跨物种交汇的新方法? 如何将研究转化为大众可以把握的公众议题? 或者,如何以美学的形式将它转化成为一个普世的生命议题? 这将是多物种文化工作者需要持续关注的议题。

第七章　他者理论与文学中的他者形象

他者话语在中国的学术语境中是一个言人人殊的概念,比较文学学者和文艺理论研究者、美国理论的研究专家和法国理论的研究专家对这一术语的使用就非常不同。虽然有学者已经对其哲学发展脉络做了一个大致的梳理①,但是并不能改变这种状况。这是因为,他者概念是一个介入性非常强的政治话语,虽然福柯、德里达、列维纳斯等哲学家试图通过学理化操作来使其具有普适性;但是剥离了他们言说的历史、社会和伦理语境,这一话语就失去了它的穿透力和涵括力,变成了一个似乎没有什么信息含量的"黑话";同时,离开了他们使用转喻的方式投射社会关照的文本,而从概念到概念,也就只剩下了罗列一连串的哲学家姓名而已。因此,我们要很好地理解和使用这一概念为生态批评和生态人文学服务,就需要回到理论发生的语境和文本之中——只有将历史语境、哲学言说和文本阐释三个因素结合在一起,才有可能窥探他者概念的庐山真面貌。

一、当代他者话语诞生的解构主义背景

自人从母体降生,第一种社会关系就诞生了。紧接着,环绕着他的家人、房间、院子、村庄、树木、田野、湖泊、森林、动物以及头顶的天空、脚下的土地,次第向着他展开,无数种关系随之而来。人相对于大千世界、茫茫宇宙而言,是指向无限的渺小的尘埃;换言之,对于外于我的人或事物,人的认知力是极为有限的。

---

① 张剑:《西方文论关键词:他者》,《外国文学》2011 年第 1 期。

在这种对比中,人类逐渐生发出了一套简单粗暴但行之有效的认识方法,即通过片面、简化、抽象、符号化、模式化的方式去感知和认识他人与世界。二元对立是这种方法论的第一个重要组成部分,即将自我当成矛盾中的一方,将遭遇(encounter)①到的人、物、环境当成是矛盾的另一方。这里强调遭遇,是因为他者的边界正是人的认识和视野的边界,与人的经验和实践密切相关。在这个奇特的天平上,自我几乎总是可以把脚下的托盘压得嘎嘎作响,而对方(哪怕是地球)也要翘起来。因为这样的原因,第二种方法论又诞生了,这就是自我中心主义。随着人类社会的形成,以及民族、国家、人类的共同体想象形成之后又逐渐生发出了民族主义、国家主义、人类中心主义等。在人类的历史长河中,这种二元对立和自我中心的认识论不断扩展到社会建构、宗教教旨、当代意识形态和国家话语之中。然而,被当成了次要和边缘角色的他者一方却是任何个人和群体都须臾不可离的,因为没有他者,我者就失去了获取定位和身份认知的坐标系和镜像。因此,他者又是极为重要的,是建构自我认识的重要抓手,我们可以仿照《中庸》论述"道"的名句来说明他者的重要:他者也者,不可须臾离也,可离非他者也。可离也非我者也。

他者话语已经是一个被广泛应用于政治、法律、人类学、哲学、文学等研究领域的重要术语。这一话语经赛义德、福柯、列维纳斯、德里达等理论家的阐发,被东方主义、后殖民主义、女权主义、生态主义等话语不断应用。但是,他者形象并不是在近代才出现的,它只是在当代反抗权威和逻各斯中心的解构运动中再一次被发现了,或者说成为时代的强音。事实上,无论是怜悯肉身爱欲的但丁、汪洋恣肆地歌颂人的原始冲动的彼特拉克和博伽丘,对摩尔人、犹太人态度暧昧的莎士比亚,还是歌颂普罗米修斯和撒旦反抗之伟力的雪莱和弥尔顿,都发明和塑造了形象丰满、撄人心肺的他者形象。当代解构主义者的工作只是将这种他者学理化、知识考古化了,从而将其作为解构主义颠覆文本的一把利刃。这从一个侧面体现着他们无处发泄的愤懑,以他者(文学形象或理论)酒杯浇自己胸中之块垒,这一点与在政治斗争中失势的但丁和弥尔顿并无不同。要将这一研究推

---

① Alfred North Whitehead, *Process and Reality: An Essay in Cosmology*, The Free Press, 1978.

向深入,就需要从其产生的当代历史语境里进行发掘。

自1968年法国的"五月风暴"以失败告终之后,知识分子意识到了在现实层面颠覆资本主义制度的不可能;于是转而进入文本之中,通过颠覆建构现有社会秩序的历史、法律、医学、文学等的文本逻各斯来实现某种代偿。正是在这样的语境里,他者话语被极大地放大了:赛义德的《东方学》讨论西方对东方的"命名""代言"和"误读",波伏娃的《第二性》探讨作为第二性的女性是建构的(而不是天然的),福柯的《疯癫与文明》《规训与惩戒》探讨权利话语的生成和监控机制,德里达透过西方的语音中心主义颠覆逻各斯秩序,罗兰·巴特和克里斯蒂娃用作者之死和互文性来破除文本的上帝。这一解构传统事实上已经成为理论界的一个重要研究视角,通过发掘被遮蔽、损害、规训、管辖的他者来重估文本,重估价值,从而实现对社会的映射。在过去的很多年里,对于解构的反思也一直在进行,笔者也曾经认为解构就是砸碎了完美的瓮、解剖了美丽的女郎、拆解了自足的文本,留下的只有碎片的一种代偿行为。但是,如果我们审视今天的西方社会,就会发现半个世纪以前理论家们在文本中的解构活动起到了巨大的社会投射作用:女权、有色人种权利、原住民权利、同性恋和酷儿的自由等已经慢慢成为了"政治正确"。他者话语的影响力慢慢释放,并最终成为一股不可逆转的历史潮流。

特别值得注意的一点就是解构理论家们的解构或批判几乎都是在经典文学"文本"中进行的。如果把文学当成是封装了某种社会历史、意识形态、集体情绪和个人无意识的文字媒介,就可以像解构主义者那样,通过解析文本对其进行解构;从而剖析出其中所体现出来的话语逻各斯、潜意识、西方中心主义、费勒斯中心、人类中心主义等。这一隐含的机制说明了为什么当代文学理论被泛化为"理论",成为解构政治、社会和历史大文本的重要工具。在这个不断延异的绵延中,我们会有两个发现:第一是文本与理论之间是如此无法分开,似乎所有的理论家都需要借助解构文本来实现其对社会伦理和秩序的关切;第二是他者话语的普适性和力量感。正如海登·怀特所指出的,文学与历史不可分;当代的理论实践也告诉我们,当代世界文学与理论无法分开。而他者话语正是这种密和的一个重要的方面。

二、中国比较文学研究对他者的建构性尝试

西方的他者话语更多地是从一种强势文明内部生发出的反思。而这种反思本身体现着文化对比并进一步走向新融合的倾向性。赛义德、列维纳斯、德里达、福柯、斯皮瓦克、霍米巴巴等理论家虽然都有一个共同的身份:西方大学或科研机构的高阶研究者;但是同时也有另外的两个身份,一个是从异质进入这些社会的边缘者(同性恋、酷儿)、异族人(犹太、印度等),另一个是自己民族、群体的流散者。正是因为这样的双重文化身份,使他们产生了不同于普通人的身份焦虑,也正是这种焦虑使他们具有了比较和综合的视野。

他者形象研究是比较文学研究的重要方面之一。中国的比较文学研究学者已经成为世界上同领域内最大的从业群体。在中国,完成他者形象反思任务的正是比较文学(文化)学者,但是又与西方语境中反思的学者们有所不同。首先,一定程度上,西方的主体意识和文化霸权是在两三百年前所谓的"地理大发现"(美洲)、征服印度、打败中国等东方大国建立起来的,东方文化成了"他者文化"。处于被压制的东方学人则不得不在这种极为负面的语境中摒弃自大的自我中心情绪,去反思自己文化的不足。五四时期的启蒙运动一定意义上正是这种反思的体现,无论是白话文运动还是废除汉字动议都是这一反思的某个侧面,最极端的例子是,陈序经等人甚至提出了"全盘西化"的思路。[①] 在这样的语境中,中国引进、翻译了106800册[②]的西方著作。中国政府支持学者到西方访学、进修。这些都使得中国学人的视角从狭隘的观念中解放了出来。正如鲁迅所说:"意者欲扬宗邦之真大,首在审己,亦必知人,比较既周,爰生自觉。"[③]中国比较文学学派主要是从两个方面进行了建设性的他者认知的尝试。首先是将赛义德、德里达、福柯、斯皮瓦克、霍米巴巴等的反思引入中国,发现"帝国主义的凝

---

① 1933 年 12 月 29 日,陈序经在中山大学礼堂发表了"中国文化之出路"的演讲,公开提出"全盘西化论"。(夏和顺:《全盘西化台前幕后:陈序经传》,广东人民出版社 2010 年版,第 64 页。)

② 王岳川:《发现东方与中西互体互用》,《文艺研究》2004 年第 2 期。

③ 《鲁迅全集》第一卷,人民文学出版社 1982 年版,第 65 页。

视""欧洲中心主义""西方中心主义"等当代世界文化组织的结构或机制。其次是提出了中国自己的他者观:"和而不同"基础上的跨文化对话。[①] 试图通过将中国传统中的文化融合经验引入当代的国际文化体系中。中国不同于西方以宗教或民族认同为基础的国家建构,而是以汉字为载体的,以文化认同为基础的共同体。中国文明能够屹立五千年而不倒,关键在于这种在不同中发现一致性,在一致性中保持自我感的融合精神。这种和而不同的他者观,同时也是一种不同而和的我者观,本质上是一种否定之否定之后的辩证主体间性观。这一点与哈贝马斯提出的"交往理性"非常接近。

通过跨文化的视野来研究某一个形象的建构、变形、变迁和旅行,有利于让人们认识到他者形象的变化和传播规律。例如,法国、英国对于《赵氏孤儿》的创作性叛逆。西方经典文学作品《鲁宾孙漂流记》《80天环游地球》等对中国人形象的想象。带有偏见性的西方艺术里中国人形象的建构的研究等。在以比较文学视角进行了这样的他者形象研究之后,指归自然是能够在艺术中的他者形象塑造中变得更加真实、理性。而在新的时期,这种研究变得更加多元,例如有学者就通过阿尔及利亚作家艾敏·扎维的《迷人的女王献吻中国龙》一文来分析中国在阿拉伯文化中的形象。这种他者话语已经不再是简单的中西二元对立的二分法,而是走向了一种认识方法论。通过跨文化对话,增进与他者的接触、对话、沟通、交流、了解;提升对自我和世界的全面、深度的认知理解。这种比较文学视野中的他者观是解构后的建构,是融合多元文化的建构性的后现代主义思维。而在比较的视野中对文学和艺术文本中的他者形象进行研究是一种"见微知著""一叶知秋"的认识方式。

三、"人类世"文学中五种他者形象

沃尔纳·德斯基在1945年写道:"地质学家巴甫洛夫(1854—1929)在他生

[①] 这一范式由中国比较文学的开创者乐黛云提出,并将北京大学主办的重要比较文学刊物命名为《跨文化对话》,其后,曹顺庆等学者从不同角度论证了这一话语是比较文学中国学派的主要贡献。

命的最后几年,从人类的地质作用概念出发,常常谈到人类活动的时代,也就是我们现在生活的时代……他正确地强调,人类就在我们眼前,正在成为一种强大的、不断增长的地质力量……在 20 世纪,人类在地球历史上第一次认识并接受了整个生物圈,完成了地球的地理地图的绘制,也占据了整个地球的表面。"①这一思想被荷兰籍诺贝尔化学奖得主保罗·J.克鲁岑在千禧年前后引入当代科学和环境学的讨论中,这一观念认为人类已成为影响地球生态系统未来的主要新兴地质力量。而另一个侧面也是人类逐渐由自然中弱小的存在成为地球"统治者"的过程。在一定程度上也可以说,过去的五千年人类历史都可以看作是"人类世"的组成部分,而过去的历史往往是王侯将相、贵族领主史,过去的文学史往往是神灵、英雄、王子、俊男美女的文学史。但是在这条"人类世"文学史的主线之外,还有一条以他者作为主要描写对象的复线。同时,后现代主义者(解构主义者)又擅长在看似以传统的我者为主要描写对象的文本中,以他者的立场和视角重新解读、剖析,进而拆解文本。比较典型的就是后殖民主义(东方主义)、女权主义和生态主义的研究方法分别生发出了后殖民文学、女性文学和生态文学这样的研究范式。虽然这种研究范式在早期往往是名实不符的,例如《阁楼上的疯女人》所诠释的《简·爱》不太可能是作者夏洛特·勃朗特写作时的本意,但是既然"作者已死",这一文本就成为解构主义者眼中折射其时代思想和社会现状的一个对象。在这种解构和分析中,女权主义视域下的被男权压制的扁平化的女性他者被诠释者吹入了灵魂,成为一个丰满的形象。如前所述,随着理论和文学创作之间的互动日益频繁逐渐产生了带着某种他者观念写作的新文本,这些文本中的他者已经变成了"我者",体现出的是自我的反思精神。无论是作家将他者作为主人公的有意为之,还是解构主义者对传统以我者为主题的文本进行他者视角拆解,都不过是试图熨平人类社会内部的各种沟壑和隔阂,是一种人类社会的"熵增"的冲动。在当前的理论语境里,我们可以称之为

---

① Vladimir I.Vernadsky, "Some Words about the Noösphere", in Jason Ross(ed.) ,*150 Years of Vernadsky* ,Vol.2(Washington, D.C.:21st Century Science Associates, 2014) , 82; E. V.Shantser, "The Anthropogenic System(Period)", in *The Great Soviet Encyclopedia* ,Vol.2(New York:Macmillan,1973) , p.140.

"人类世"的他者形象(从而区别于处理人类与动植物、外星人、人工智能等非人的他者关系的文本),即信仰时代的撒旦、理性命题下的身体、父权社会中的女性、殖民视域下的东方、与人类中心主义对立的动植物等五种他者形象,下面分别展开分析。

(一)撒旦、摩罗和怪力乱神

文艺复兴和启蒙运动以前的欧美文化处在基督教的笼罩之下。而基督教文化为了完成其单一神教的使命势必要像摩西所作的那样,将作为对立面的泛神体系设置成负面的形象。这种文化统治直到但丁才有所松动,而到了弥尔顿的《失乐园》则将千百年来被树立为上帝对立面的撒旦发掘出来,为他树碑立传,完成了对其形象的丰满化、圆形化的过程。这可以说是近代他者形象的一次重要发明。

在《旧约》中,撒旦是引诱神之子(人)被约的恶魔,以匍匐着行走的蛇的形象被各种宗教画所描绘。虽然耶和华曾经数十次提到撒旦,但是其形象仍然是干瘪的。我们可以通过耶和华的话语推知撒旦本是神座前的大天使之一,但是由于反抗神而被堕入地狱,化为蛇身。然而,撒旦并不甘于失败,它通过诱惑人来破坏上帝的事功(模仿自己的样子造人,统治世间万物),从而完成对上帝的反叛。在《新约》中,撒旦还曾引诱耶稣,而耶稣抵抗住了诱惑。每当基督徒受到引诱时,就会将这种诱惑的始作俑者归于撒旦,撒旦因此成为基督教文化中的典型负面形象,以类型化的形式代表着邪恶。

而约翰·弥尔顿的《失乐园》将撒旦坠落前的美好形象进行了展开和丰满,同时对撒旦的堕落过程进行了细致的发掘,又对坠落之后的撒旦意志和智慧做了浓墨重彩的描摹。这一做法启迪着后来的拜伦、雪莱、裴多菲、普希金、莱蒙托夫等"摩罗诗人"。不断塑造类似于撒旦的他者形象,例如普罗米修斯、唐璜、曼弗雷德等,但是这些自外于主流社会和宗教团体的摩罗们一定程度上被美化了,体现出了一种"天行健,魔鬼以自强不息"的奇诡的美学气息。鲁迅如此形容撒旦:"有一伟大的男子站在我面前,美丽,慈悲,遍身有大光辉,然而我知道他是魔鬼。"[1]可以视

---

① 《鲁迅全集》第二卷,人民文学出版社 2005 年版,第 204 页。

为对这一形象的概括。而其在《摩罗诗力说》中对于摩罗诗人行迹及作品的引介和肯定正是希望通过一种他者的伟力来解构和颠覆腐朽的清政府的统治。①从这个意义上讲,鲁迅是当代中国的第一个解构主义者,也是中国的"摩罗诗人"。而鲁迅在度过了译介和理论认知的初步阶段之后,所塑造的"狂人""孤独者""眉间尺"等形象都可以看作是其对既往被遮蔽的人群的洞见、力量和无奈的某种深入细致的描摹,只不过他面对的是当时中国的"铁屋子",因此相对于弥尔顿来说,调子也就更加地沉郁和彷徨。

对于弥尔顿塑造撒旦这一形象的立场的研究,存在着三种不同的声音。第一种以"摩罗诗人"雪莱、拜伦等为代表,认为撒旦形象是"革命性"的代表,这一点被阿尼克斯特在《英国文学史纲》中学理化了。第二种以 T.S.艾略特为代表,对弥尔顿对撒旦的描写进行了无情的批判。随着研究的深入,产生了折中的第三种观点,以布莱克的一段论述为代表:"弥尔顿写起天使和上帝来,仿佛手带镣铐;但写起魔鬼和地域来,却挥洒自如。这是因为他是一个真正的诗人,他和魔鬼是一帮的,只是他自己没意识到罢了。"我国研究者裘小龙则认为:"撒旦虽然是一个反面人物,可弥尔顿描写起他时,语言特别生动有力、鲜明、丰富,给读者留下的印象远远超过了作品中的其他人物……"②这从一个侧面说明了他者也可以被灌注进热情、生命和力量。

(二)为他者的身体

首先需要指出的是:身体并不一直是他者。这从各种语言的"身体中心主义"就可以看出来,稍举几个典型的例子:心腹、肱骨、盲目、坚挺、河口……在这些词汇里,身体部位或特征都是词汇创生时隐喻机制的本体,究其原因,还是因为身体是人最熟悉的存在。可以说,离开了默识于心的身体,就不会有语言系统的诞生,也不会有人类文化。而在人类漫漫的历史长河和空间坐标中,对于身体的禁锢或开放受制于其时其地占统治地位的宗教、伦理和认识的左右,呈现出起

---

① 《摩罗诗力说》作于 1907 年,正是清政府的末期。其时鲁迅在日本留学,并与周作人合作译介《域外小说集》。

② 裘小龙:《论〈失乐园〉和撒旦的形象》,《外国文学研究》1984 年第 1 期。

伏状波动特征。古希腊和罗马雕塑的健美人体；中国的《诗经》直白的身体描写；汉唐气象中的或流线或敦厚的身体、敦煌壁画中的飞天的飘逸的身体；印度的宗教体系以及受到其影响的尼泊尔等国的宗教雕塑中对于人类身体和性行为的细节刻画等，都是对身体的赞美、褒扬或肯定。中国全面贬抑和他者化身体是在朱熹的"存天理，灭人欲"思想在明清时期被曲解和极端化之后；而西方对于身体的压制也源自基督教（清教）的各种戒律。到了20世纪初，随着宗教的式微和消费文化的兴起，身体又成了被消费的对象。身体虽然成为镜头的焦点，但是这种消费却往往是将身体客体化、物化了。从这个纵线的梳理中，大致可以看出，对于身体的禁锢和他者化是由社会的清教化、伦理化和消费化造成。而这种将身体降格化的做法源于身心二分的运作。无论是"我思故我在"的思，还是"绝对精神"，抑或"天理"，都是某种将身体这一沉重的、纵欲的、污秽的、必死的外壳外于轻盈的、灵动的、清洁的、不朽的人的内在本质的操作。这种操作贯穿着从笛卡尔的身心二元、康德和黑格尔的理性至上主义的全过程。

五四时期的作家柔石写过一篇小说《为奴隶的母亲》，这位被典当给秀才做生育奴隶的母亲的处境与中古以来的身心二分法的背景下身体的遭遇颇为相似。身体是人存在的母体，却又是被等而下之的客体；灵魂、心灵和思寄生于身体里，却又贬抑母体、自别于身体。身体在思和存在的荣光中被忽视，却需要默默承受病痛和各种人类的痛苦；而当心灵痛苦进而自残或自杀时，受到伤害的对象却是身体……即使到了今天，很多民族和国家还试图遮蔽女性的身体从而作为男人的私有物。一言以蔽之，对身体的长期忽视和贬抑，是人类"骑驴找驴"式的身心二分法的不二法门。

为他者的身体又往往被与欲望、感性、感觉等挂钩，从而与理性对立。长期以来都是被压制的对象。但是在文艺复兴以后，《巨人传》《十日谈》等文学形象大力鼓吹欲望的身体。浪漫主义时期的西方文坛则将爱情奉上了神坛，到了20世纪初弗洛伊德的精神分析将人类的一切心理和社会活动归结为"力比多"，尼采喊出了"我纯是肉体"，一定程度上将身体解放推向了高潮。与之共振的自然主义文学在法国的左拉、莫泊桑，美国的德莱赛等人的推动下，塑造了很多受制于基因、家族病和内在欲望的各色人等。从此以后，在一个多世纪的新媒介（以电影为中心)的不断发展中,身体成为最为重要的意象符号。身体美学也因此而诞生。莫里斯·梅洛-庞蒂的知觉现象学,福柯和拉康对弗洛伊德的文化考古学式的深化,舒斯特曼的实用主义身体美学等都一再复沓着身体这一既往的他者意象的前台化、近景化。

到了 21 世纪,随着人工智能、生化技术和纳米技术的进一步发展,人类的身体改造成为新的关注点:赛博格、生化人、人工智能机器人等成为人们关注的焦点,而这一切仍然是聚焦在身体上。可以说,今天的身体已经从笛卡尔时代的次要的他者变成了真正的主体。虽然也有凯瑟琳·海尔斯等人指出"最重要的不是身体,而是信息";但是我们会发现她的话有两个很大的缺陷:第一,绝对精神和可随意替换的身体并不像异想天开的科幻电影那样容易实现,在解决碳基和硅基互联问题之前也许根本就无法实现;第二,如果我们把她的话放在笛卡尔的语境中分析,将她所谓的信息换成"思",似乎就可以看到一个当代版的笛卡尔论调。"思"会在后人类时代还魂,还是身体将成为这个时代的根本和主体?这一点笔者将试图在后面探讨生态后人类的可能性的章节时予以展开。

(三)女性他者

女性他者形象是所有艺术作品中的最重要的典型之一。在很多文学作品中,女性的身体被作为欲望的客体;女性的精神被无视或忽视;女性的价值通过男性得以实现。即使是通常被认为是女性主义著作的文学作品,也难免会或多或少具有这样的特征,仍然是可以被解构的。

女性作为"他者"的存在及其抗争的历史,同样构成了性别权利交织缠绕的历史。士大夫将她们托物言志为"美人芳草"的意象,仅仅作为个体政治品性的华丽配饰,她们是最初一批被代言,被允许尽态极妍地呈现却持续缄默的群体。随之而来的"娜拉"的觉醒和冲破封建家庭的"莎菲"却难掩身后的颓唐和眼前人生更广阔铺开的歧路;当她们真正开始进入历史与社会主流的轨迹之中,奥斯汀与曼斯菲尔德娓娓道来了时代价值更替中的婚恋观,身体解放带来的更多的反作用力却仍旧萦绕左右。随着整个文化的发展而不断产生螺旋上升式的样态,女性作为性别的他者形象已然不胜枚举。

从性别的本质论到性别的流动,成为性别议程之中重要的进步策略,而相对于正统异性恋地位的他性恋的文学书写,同样成为可被解构的他者欲望的范本,在流动之中所能被体察的恰恰是他者和我者并非完全固定的位阶结构,以及可能互相通达与理解的交流途径。在弗吉尼亚·伍尔夫的小说《奥兰多》之中,长达五百年间在性别之间的跳跃和变幻使得奥兰多得以在历史进程之中看清更多的局部细节,对性别的流动有了更为深刻的领会。流动的性别在此不仅仅是指向身体构造的本质区别,而是在"雌雄同体"的理想状态之下让性别的双方都达成理解与共生;并非强化性别二元论或去以本质论制造难以逾越的沟壑,而是倡导把性别理解成为一种过程性的、联结性的生成关系,从而取代逻各斯中心主义的"本体论"。无论是本质论者还是过程关系论者,不是要把自身完全置入他者的全然的情境之中,而是把自我置于他者形成的过程关系之中去感受得以形成他者的情境,能与我者共通的共同意义的分有。

(四)后殖民他者

这种他者形象是指与占据着话语权的西方白人男性相异的,东方的、有色的、异族的人物,是被代言的失语者。

如果回溯"东方"在西方话语体系之中的形成过程,似乎能勾勒出的是权利结构、历史、观念、文化种种建构性因素交织而成的庞大谱系,而落脚于某一特定时期,则是具体的话语体系背景之下勾勒出的完整形象的内核为我们提供关于一种更为复合的、在作家之间足以形成了体系的文化关系的构想。在此过程之中,存在着复杂的动态和力量角逐,建构着"东方"的他者形象,有时是从具体器件延展到背后的技术工业与作为他者的文明发展程度,有时则是从文化范例的传统习惯之中撬动一块差异的性别与欲望或是从虚构和想象的互动之中,在肉身绝对区隔的历史距离之中傲慢地畅想神游远国的情状,无论是以知识还是权利的发展谱系所建构的"东方"的形象,在今日读来正像是重新领会昨日所必经的文明的曲折小道,是对残存的地理的、历史的、文化的实体与本质性问题的再度解构。正如萨义德在《东方学》中不无担忧地阐释:"我们永远不应认为,东方学的结构仅仅是一种谎言或神话的结构,一旦真相大白,就会烟消云散。"①在其中所建构和流传下去的是被视为恒久不变的权利结构的符号体系,是由此而生发出来的看待一切异域事物的眼光,而在"东方"的他者化的过程之中,我们最容易忽略的是真实的东方的社会样态与潜在的历史,是认识到"像文化这样无孔不入的霸权体系对作家、思想家的内在控制不是居高临下的单方面禁止而是在弱势方也产生生成性"②。通过对这些东方和异域他者形象的拆解和再阐释,或许我们能够再度去推进自我与他者之间的关系的可能性的想象,能够以伦理的认知调整为方式,去对一切异己文明加深了解与认同。

在 E.M.福斯特的《印度之行》中,阿齐兹在清真寺之中静默独处的时刻,强烈地感受到了在这方属于自己的土地之上纯真而神秘的伊斯兰宗教情愫能够深入到他敞开的心扉之中,而在白日的昌德拉布尔街道上飞驰的时刻,"那些垂直交叉的街道都是以战胜印度的将军的名字命名,这是大不列颠把一只大网撒到印度的象征。他感觉自己已经落入他们的大网当中"③。这张无形的帝国君临的权力的网,不仅是他与日常所见的英国人的相处之中情感上敏感和缺失的确证,他自身也无时无刻不在内化着殖民者的行为逻辑和习惯,在脱口而出的民族诗人的哀伤挽歌之中畅想那还未曾分裂和臣服的国家带来的昔日荣光。他真实地热爱着作为本民族文化结晶的伊斯兰宗教场所,在清真寺之中他第一次向一位英国女士莫尔太太表露出自己的真实情感而获得理解之后感受到情感上的满足,而再一次看到眼前的清真寺的时候,他才感觉"他就像任何人一样,真正拥有了脚下的这片土地"。在此,我们可以从福斯特的写作之中看到阿齐兹的困境仅仅是在于一个鳏夫在日常的权利结构之中所处的被压迫的境地以及毫无其他异性对他的青睐而导致的郁结,单站在西方的角度所能够设想的某种殖民地中层阶级的男性所会面临的最大的处境竟然是不被理解,就好似在阿齐兹背后持续注视和操纵着他的是一位来自伦敦的调和边界的代理人,拥有着虽然不懂得他们的语言却完全能够穿透他们的历史和期望的帝国之眼。

---

① 〔美〕萨义德:《东方学》,王宇根译,生活·读书·新知三联书店 1995 年版,第 8 页。
② 〔美〕萨义德:《东方学》,王宇根译,生活·读书·新知三联书店 1995 年版,第 19 页。
③ 〔英〕福斯特:《印度之行》,杨自俭、邵翠英译,译林出版社 2003 年版,第 13 页。

殖民国的女性通常则作为一种文化关系的调节去深入异域之中，引起社区根基的动摇而后平息。反观奎斯蒂德小姐，从踏上印度开始就渴望去触摸真实的印度，无论是从她在用以邀请印度人和英国人在圣殿共聚一堂的"桥会"之中对同胞的傲慢的态度，还是从她在印度妇女之间进退两难而不得其法的处境来看，"她眼中看到的印度将永远只是建筑中楣上那一圈雕刻的饰带"。虽然她与莫尔太太一同屡遭碰壁，但他们在两种文明之间的理解的基点是不同的，一个是对另一方文明的神秘和混乱的向往，另一个是对于他者文明理解之善良的意图和最终的忏悔。我们能通过福斯特的笔触明白的，是处于结构性的理解困境之中，人如何能够对异域他者产生文明向往之上的共情，从菲尔丁、莫尔太太和阿黛拉·奎斯蒂德三人身上，都可以看到不同的理解异域文明的可能性的道路。与此相对的则是东方的女性，在福楼拜一系列关于东方游历的作品之中，都将东方的奇异瑰丽与作为东方代言的女性融汇在一起，萨义德则将福楼拜对于东方的复杂反应归结为惊异的自我发现。[①] 这种笔法既拥有典型的东方色彩，同时对东方的女性而言也是通过物化的方式而产生新的权利压迫结构。福楼拜迷恋来自哈尔法谷的库楚克的"蜂舞"，实则是在面对无法整体把握而只能通过零散的碎片去拼凑关于东方女性和对于整体东方的想象时，只能在我者的思维之中去给予自以为合乎他们的位置。在亲临东方或者是通过大量的阅读而对东方进行想象的时刻，我们所能看到的是一系列复杂的反应，东方既是威胁也是希望，既是孕育也是毁灭，而真正需要辨析的则是在这些具体的形象之中所包含着的复杂的文化结构，并认识到对强大的文化霸权所构筑的"他者"关系的解构需要持续的努力和深刻的自省。

（五）动植物他者

谈到动植物他者，我们往往会想到被人类中心主义所宰制、规训、伤害、代言的植物、动物，以及与"它们"的处境类似的"她们"（女性）。但事实上，在艺术作品中，人类对动物形象的塑造是多方面多角度的，既有以动物为敌的《白鲸》，

---

① ［英］福斯特：《印度之行》，杨自俭、邵翠英译，译林出版社 2003 年版，第 238—246 页。

也有以动物实现自我的《老人与海》，还有试图代言动植物的情况（非常普遍），也有将动植物与人类类比的比兴、象征的手法（中国古代诗歌、绘画、雕塑等常用），还有试图通过换位视角来理解动植物行为（部分生态电影的手法）的尝试。对于动植物的描述在中西文学的历史上非常多，无论是希腊神话中的月桂树，中世纪的列那狐，但丁《神曲》中的狼狮豹，让·雅克·阿诺影片中的老虎和子熊，还是《诗经》和《楚辞》中的嘉树、香草，庄子描述的无用之木，宋代的宫廷工笔画中根毛毕肖的动物，武侠小说中的神雕和猩猩等，都说明文学艺术对于遍布我们生活中的动植物的刻画是普遍的。将动植物作为比兴的主要兴起意象，这在中国古典文学中是极为常见的一种叙事手法，例如用比翼鸟、鸳鸯、连理枝比喻忠贞不渝的爱情，西方用狐狸和猫头鹰等比喻智慧。这些意象是初民经过仔细地观察，又加上时间的积淀，最终成为重要的文化符号。某种临时的借用，例如杜甫写"感时花溅泪，恨别鸟惊心"这样的意象，则只是作者一时一地的个人感受，不具有持续性和普遍性。对动植物进行拟人化操作，给动植物人的声音、人的语言、人的体态，故事按照人类社会的逻辑进行组织等，在迪士尼的动画电影和众多的野生动物纪录片中，创作者倾向于这么做。这两种方式可以理解为是对动植物形象的某种征用，以为人类某种心态、理想或情绪服务；同时，通过逻辑化、人性化的叙事，能为大多数接受者所理解。也有少量的文学和影视作品试图通过动物的视角对人类和世界进行观察，这是非常好的尝试：例如杰克·伦敦的《野性的呼唤》，好莱坞电影《忠犬八公的故事》《别惹蚂蚁》等，都是通过视角的转换来进行换位思考。无论如何，文学和电影都是人学，这种尝试也都是有限度的，完全通过动植物的视角来审视世界是不可能的。因此，代言不可避免，关于动植物的一切需要先转译为人可以理解的存在方能为人所认识、欣赏。也许可以寄予一点希望的是影像，因为影像可以如实记录动植物的各种变化，甚至可以进入其体内做出微观的考察，这是文学不能做到的。

在哲学史上，长期以来都有一种基于思辨的形式逻辑思维：他人无法为我所理解。可以将这种思维总结为"孤岛困境"。如果"认识你自己"都成为一个难题，那么这种"孤岛困境"似乎也不无道理。但是，若从效果论的角度来看问题就会发现，人类作为人类的历史就是一部沟通交流史，人类完成了似乎在逻辑上不可能的任务：理解他人，理解万物，走出孤岛。人类所具有的观察力、记忆力、想象力使其具有一种移情的能力，而这种能力成为理解他人和他物的基础。离开这种能力，操不同语言的人之间的第一次交流就非常困难，人类也无法驯化部分动物，更不可能将植物驯化之后成为我们的主粮和瓜果蔬菜供应链。相应地，文学也正是建立在这种观察力、想象力、记忆力合成的移情能力的基础上，从而构成了一个狄尔泰式的观察、创作、阅读、理解的循环往复的圆环。在文学中，存在广泛的代言现象，靠着叙述者的声音来对被代言的人或物言说。这种的基本形式是通过第三人称他/她/它的形式进行。但是也可能是通过第一人称形式完成的代言，而这种代言是一种典型的模拟化的移情。这种代言的叙事模式显然不能完全还原被代言人或物的真情实感，却是人们能够找到的最简省和实际的叙事方式。对于这种代言行为，生态批评基本上是持一种批评的态度，认为其仍然难以避免人类中心主义的窠臼。

人类对于动植物的理解经历了一个不断深化，进而伦理化的过程。在笛卡尔的时代，认为动物没有思维的能力，所以将其视为一架机器，可以任由人类处置；而边沁则不再从这个角度出发看问题，认为通过痛感这一基本的感觉机制就可以沟通人类和动物。进化论成为重要的认识论之后，特别是基因技术成为重要的认识方法之后，我们逐渐认识到人类是由某种原始的生物进化而来，人类与动植物有着共同的祖先。这是人类能够理解动植物的前提条件，因为人类有着类似的性行为、食欲、社会组织力等。即使是植物，也至少具有某种意向性，例如趋光性、亲水性等，这也是人类可以理解动物的桥梁。基于以上的情况，笔者认为，在人类还无法破译动植物语言的情况下，代言是不得不使用的叙事方式。但是在这种代言中，还是可以尽量地减少主观臆断，通过更加仔细的观察和不断积累的经验来日益贴近动植物的本来面貌。

四、科幻文学（影视）与后人类他者形象

从前面的论述中，大致可以对"人类世"的他者做出两种划分，其一是服务于想象的人类共同体内部等级秩序划分的他者话语，将有色人种、原住民、少数

族裔、女性、同性恋、酷儿、精神病患者等他者化（事实上，这种命名本身和他者理念是形、质关系，无法分开）。而在更深的层次上则是将身、心二分，突出心（精神、灵魂等）的主体地位和身的从属地位。这种划分的不二法门就是二元对立，凸显我者。自从启蒙运动勃兴以来，一个在当代仍占据着支配地位的想象的人类共同体概念诞生了（虽然这个共同体一开始只是指白人男性）。随着这个共同体的不断扩大，以往的他者：女性、少数族裔、不同信仰者、有色人种、同性恋、酷儿、精神病等群体终于在旷日持久的斗争中渐次获得了"作为人类的资格"，想象的人类共同体初步形成；成为与自然、动植物、人造物、外太空生物等对立的概念存在。《星球大战》的矛盾正是这种人类大自我（及其异族盟友）和外太空大他者的对立建构起来的。然而，这一共同体甫一形成即面临巨大的挑战。随着人类对于地球、宇宙的探索日渐扩展，以及纳米技术、生化技术、人工智能技术的大发展，人类的视野、尺度和参照系发生了很大的变化。微观上看到了细胞的内部，宏观上进入了宇宙的深渊；人们开始意识到了自己与自然和万物的关系以及在宇宙中的实际位置。笛卡尔—康德哲学建构起来的人类中心主义世界观因此而走向瓦解，一次新的价值重估不可避免。在这种语境里，后人类概念诞生了。

作为时代触角的理论家和作家们开始关注人与动植物、地球、自然的关系；很多艺术作品（文学、电影）也跳出了固有的人类内部的等级秩序的书写，把人类放到了未来人工智能和茫茫宇宙的大环境里的各种可能性中。唐纳·哈拉维的"赛博格"，凯瑟琳·海尔斯、罗西·布拉伊多蒂的"后人类"，格哈尔姆·哈曼的"客体导向"、史蒂芬·施瓦罗的"推演唯物主义"都在提示着他者的外扩，以及二分法走向终结的可能。

科幻文学正是在这种大背景中逐渐发展起来的（当然也有美苏冷战的背景）。一定程度上，科幻文学是人类新认识和推断的文学写照，是新他者最好的具象化文本，也成为推演后人类社会、伦理、世情、斗争等的最好的抓手。科幻文学中涉及的他者形象有以下的几种：第一种是外星人。最早的外星人象征着人类经验边缘的外展，人与外星人的相遇被称为"第三种接触"，外星人也逐渐成为人类潜意识里未知恐惧的投射。但是笔者认为，作为他者的外星人的一个很重要的作用是取消了人类的至尊地位,其超越人类的巨大力量和神秘能力让人类不得已让出宇宙的中心位置。第二种是人工智能他者,例如赛博格和生化改造人等。在威廉·吉布森和迪克的众多科幻小说里,人类的身体已经成为可以替换的躯壳。在这种背景下,出现了肉体人类和赛博格、变异人、生化人在世界上并存的情况。如何处理二者之间的关系成了人类可能要面对的问题。第三种是被重新认识的工具、媒介直至世间万物。在既往的认识中,这些都被认为是没有思维和主体意识的,因此是人类取用的资源。但是在后人类语境中,即使是无生命的工具和尘埃也值得重新认识。这种后人类他者与生态文学中的动植物是有交集的,但是生态文学对待动植物的处理方式主要是诉诸情感模式,而科幻文学中对动植物他者的处理方式则加入了更多的科学幻想和哲学思辨因素。第四种是人类活动的环境,即生物圈、地球、天空等。这是人类的处所,但是在人类中心主义思想的指导下,人类与其环境的关系是统御、占有和征服;而后人类的环境观则倾向于认清人在茫茫宇宙中的位置,与之融合。一定程度上,这四种后人类的他者事实上都指向着经典的人类主体性的瓦解。于是,新的问题诞生了:后人类时代是否还需要主体,如果需要,应该是怎样的主体? 后人类主体应该具有何种特征,与后人类他者之间又将是一种什么样的关系?

接下来将试图回答这两个问题。笔者认为,后人类时代的主体和他者都将是生态的,是人类(后人类)对于自我、他者(自然、地球、太空、外星人、动物、植物、空气、尘埃……)有了更加深入认识的基础上,摆正了自己在生态系统中的位置,从而更好地践行其生态人文性的新阶段。而这种生态后人类和人工智能的后人类、算法的后人类又是并行不悖的,是后人类的重要特征之一。作为最好的推演后人类世情的手段,科幻文学和科幻电影①中的他者形象成为认识这些问题的较好抓手。

(一)外星人他者

外星人的命名和艺术作品中的形象建构是非常吊诡的,正如《道德经》开篇

---

① 科幻文学(Science Fiction)与科幻电影(Science Fiction Film)事实上不可分割,这从它们的英文名称即可见一斑。

所说:"道可道,非常道;名可名,非常名。"在英语中,Alien 是由形容词转化而来的名词,原本是"怪异的、不同的、不相容的"之意,这与他者(the other, otherness)的含义基本相合。而在汉语里,"外星人"这一词组的构成很有意思:作为偏正词组,其落脚点仍然是"人",这一方面体现了造词人想象力的局限,一方面又可以让我们管窥其内在的思维逻辑:这既是一种与自我相异,但又是可以被理解的存在。遵循着"以旧代新"的造词逻辑。因此,一定程度上,外星人他者仍然是属人的。

外星人是否存在,至今并没有科学的结论。但是外星人文学和电影早已成为了重要的文类或类型,对于外星人的文学描写和影像刻画汗牛充栋,对于外星人的多种可能性和多个侧面的描写丰富了人们的想象空间。在文本中,外星人他者形象兴起于 20 世纪 60 年代,经历了不断的丰富和完善,扮演了新上帝、新的世情因素、人形机器与人类自我反思的锚点的角色。

外星人他者形象首先具有一个重要的叙事功能:取消人类的主体性和地球霸权地位,从而扮演起了早已被一些哲学家宣告死亡的上帝的角色。这一上帝角色又由太空宇航员、太空工程师以及无所不在的精神等变体构成。在冯·丹尼肯的《地球之车》中,人类是由造访地球的太空宇航员利用地球现有物种进行杂交实验创造出来的。而在《异形·契约》等电影中,外星人是生化工程师,他们通过基因工程实验创造了人类,又试图通过生化病菌来消灭人类。在《地球停转之日》中,外星人利用人形显灵,向人类播撒启示。如果我们反向思考这种外星人形象,除了可以理解这是人类对未知领域的某种推演和猜测,还能对上帝这一形象有新的认识。这一点在《上帝也疯狂》中就已经进行了演绎,即低势位文明面对无法理解又实力强大的高势位文明时往往会产生某种神性的认识。这也有利于我们对信仰问题进行反思。

外星他者的另一种形象可以概括为"外星怪兽"。在众多的科幻电影中(例如《独立日》《异形》等),矛盾冲突往往都是建构在人类和外星人对资源的争夺的基础上。而被刻画为实力远远超越人类的外星人扮演了某种"外星怪兽"的角色。但无论经历多么曲折,结果都是这种外星怪兽被充满智慧或牺牲精神的人类打败。这种俗套的情节模式是电影类型化的需要。这类外星人形象仅仅是因为故事设定它们来自外星,事实上不过是早已成为重要的电影类型怪兽电影的一个变体,本质上与哥斯拉、金刚等并无不同。

而在文学文本中,因为不需要过于迁就资本逻辑,外星人的塑造就可以更加具有创新性和颠覆性。在刘慈欣的《三体》中,外星人他者形象变得非常丰满。它们既不是推演的外星上帝,也不是简单的类型化怪兽的产物,而是有着独特的特征的主体性存在。从小说的命名就可以看出,三体人是故事的主角而不是人类的陪衬。它们生存的环境极其恶劣,却逐渐生发出了远远高于人类的文明样态,它们为了能够找到更加适宜的星球而在宇宙间展开了一场加入了时间因素(以百年计)的生存竞争。作者塑造了一个远远不同于人类的形象,但是二者都是共同存在于宇宙中的他者生物,同样处在宇宙这个黑暗森林里,既是狩猎者又是被狩猎者。从这个意义上讲,三体人是人类的启蒙者,把人类从一个初生的文明样态带入了对宇宙规则有了初步了解的成长时期。

然而,无论外星人的形象多么丰富和丰满,文本中的外星人他者形象仍然是人的创造物,是由人类的多种经验和想象碎片拼合而成的。早期的外星人形象非常粗糙,往往是某种人形怪物的变体。一方面拥有着人形轮廓,一方面在某些细节上做了夸张、扭曲、放大或删减的处理。而体量则尽可能地大,形成一种威迫的恐怖效果。其根本原因在于,早期的外星人想象基本是与人类对立的、掠夺地球能源甚至要消灭人类的对手。因此,凸显对手的强大既可以制造矛盾冲突又可以引发恐惧,从而实现了这类文学或电影的价值。从另一个角度来说,自人本主义诞生以来,人类逐渐驱逐了上帝和君主,将这一想象的共同体奉上了万物灵长的地位,人成了自然和万物的尺度和君主。但外星人意象的出现,打破了这种自我中心主义的定式思维,"天外有天,人外有人"也许是形容早期外星人的最好注脚了。到了七八十年代,外星人的形象逐渐地人性化、世情化、萌化了。在《E.T.外星人》等影片中,外星人逐渐地被设置成融入人类社会,甚至可以和人类发生爱情、家庭关系的存在。这与当时的冷战形势稍微缓和有一定的关系。《黑衣人》《星球大战》等好莱坞经典外星人电影将外星人和人类杂处于一处,但是他们之间的关系也只不过是当代人类社会关系的变体,这体现了这种想象的外星他者的局限性。

不同于大多数的外星人文本都是将外星人作为地球和人类社会的闯入者。《阿凡达》的主题是人类在外太空殖民中与外星人纳美人的冲突和媾和。如果我们认真观察，就会发现这部电影的基本架构就是一部外太空版的《与狼共舞》。而纳美人的形象就是外太空版的印第安人，他们对于星球和灵物的热爱和虔诚正是印第安人的生态精神的写照，一定程度上是对技术主宰的人类的一种生态启蒙。而其折射的是文本导演和编剧的生态主义思想。这与生态主义思维又是相通的。

外星人想象还受到了人工智能思想的影响，《变形金刚》就是一种作为人形机器的外星人形象。外星人的他者形象事实上与生态文学、人工智能文本都是有交集的，是人的想象力借由太空探索、生态认知和人工智能技术所进行的推演。这些形象来自于人，又与人相异，作为一种他者形象，为人类提供了反思的符号系统。他们活动的世界和环境，为人类提供了反思的空间。

（二）人工智能他者

人工智能他者形象是科幻文学和影视中重要的表现对象，主要又可分为生化加强人、赛博格和人造智能机器三种。人工智能概念自 1956 年达特茅斯会议提出以来，已经经历了数次沉浮，逐渐成为重要的社会话语和供艺术点染的高概念。同时，较早提出赛博格概念的唐纳·J.哈拉维（Donna J.Haraway）也成为当前热度最高的哲学家之一，这从一个侧面说明这个概念的重要性。赛博格概念也逐渐成为一个代指生化改造人、人工智能和人机互联人的符号体系。二者存在着很大的重叠之处，为了叙述的方便，笔者采用时被公众接受的人工智能概念作为这种不同于普通的生物人但是又具有人的某些特征的形象的分析标的物。

哲学界、社会学界和科幻文学界之所以如此看重人工智能，就是因为人工智能不仅是一种科幻想象，而是已经现实地存在于我们的身边。给笔者介绍房子的美国中介人说她刚刚换了一个胳膊肘，而她老公的心脏里装了一个小机器。在一定程度上可以说，他们就是赛博格。显然，今天的我们不再仅使用机器，而是有可能将生命和智慧赋予机器，并与机器融为一体。接下来的问题又来了：人与机器到底可以融合到何种程度，碳基和硅基互联是可能的吗？人工智能是否会对人类社会的伦理造成威胁？人工智能是否会成为人类的掘墓人和终结者？

这些问题在科幻文学和科幻电影中得到了不同走向的推演：未来的人类世界是人工智能、赛博格和人类混处，每个人都经过了或多或少的改造，碳基和硅基的互联早已成为一种常态的世界。从最早最有开创性的《神经漫游者》《银翼杀手》《第六日》《黑客帝国》《人工智能》，再到较新的《超能战士》《战斗天使阿丽塔》等，有关未来世界中人与赛博格、人工智能和生化改造人之间的性爱、家庭、社会关系、政治组织形式等问题几乎都得到了探讨。

文变染乎世情，这些赛博格他者形象首先是与当时的社会潮流共振的，例如《神经漫游者》中的主人公及其女友与大脑世界的沟通一方面靠技术，另一方面也要经常借助于嗑药。这与20世纪七八十年代美国的嬉皮士运动是合拍的。《战斗天使阿丽塔》《攻壳机动队》等则着重突出了近来颇为流行的脑机接口意象，通过这个意象将人脑和机器身体拼合在了一起。

同时，这些人工智能形象的一个很重要的特征是播撒了某种焦虑和恐惧。人工智能大大地提高了生产效率，使得人类社会的生产、伦理和组织形式发生剧变，由此引发了关于家庭伦理危机、社会安全危机和人类命运危机旷日持久、五花八门的讨论，代表性的著作有雷·库兹韦尔的《奇点临近——当计算机智能超越人类》和尤瓦尔·赫拉利的《未来简史》等，而科幻文本也是以这些问题来展开结构叙事中的矛盾的。在库布里克的划时代巨著《太空奥德赛》中，电脑第一次被塑造为人类的对立面，它是一个拥有情感，会嫉妒、恐惧和生气的存在物，正是人类宇航员和操纵宇宙飞船的基本运动的电脑之间的相互不信任导致了任务的失败和一个宇航员的死亡。而后来的经典电影《我，机器人》则将人工智能机器人塑造为遵从阿西莫夫三定律的人形奴隶的形象，最终机器人具有了反抗意识并驱逐了人类，成为主宰。类似的题材还有《机械姬》《超能骇客》等。斯皮尔伯格的电影《人工智能》处理了机器人情感和家庭伦理问题，与之类似的是施瓦辛格主演的《第六日》，克隆人造成了性爱和社会伦理的大问题。而《银翼杀手》《逃离克隆岛》《普罗米修斯》等文本则探讨了克隆人和自然人之间的错综复杂的身份危机等问题。

无论是具有情感的电脑、完美复制的克隆人还是被人类制造出来的高智能机器人,都只是存在于文本中的形象,在当前的技术、法律和伦理条件下,这些都是不可能发生的"真实的谎言"。他们只存在于文本中,但是却对当下的人们的思维和实践产生影响。目前值得探讨的问题——人工智能他者是否应该算是"我者"。王峰认为,人工智能形象事实上已经成为"我者"。① 笔者认同这样的认识,但是强调这一形象为我们打开了一扇反思之门,即人类的基本属性、特征、边界的再思考的问题。如果我们能够接受替换了人工心脏的赛博格作为人类中的一员,那么随着可以替换和更改的身体部分日渐增多,我们也将不得不接纳更新形式的人工智能他者。这就涉及"我者"扩容的问题,以及如何认识自我和他者这一终极的关系问题。接下来通过对工具—媒介他者和为他者的万物来将这一探讨引向深入。

(三)工具—媒介他者

前面论及的都是在人的观念中作为他/她的存在。无论是外星人还是人工智能的准人类,笔者认为他们是有生命或有情感的"超人"或"准人"的类人体。除了这一类存在以外,我们的生活世界还需要不断接触一类作为无生命的"它"的存在,这就是传统意义上的工具,或北美环境媒介学派意义上的媒介(包括工具和技术)。工具是无须抽象就可以认知的实体事物,而技术往往是抽象出来的工具的意识形态,换言之,复杂的工具实现了技术。而实体的工具和抽象的技术结合在一起与使用他们的人对立,就成为北美环境媒介学派所谓的媒介。在古代的中国人看来,这是"奇技淫巧",以马克斯·韦伯等为代表的西方人文学者则认为科学技术不过是一种人类思考和认识世界的范式,是需要被批判的"工具理性",而这种工具理性早就被卢梭认为是"人类不平等的根源"。康德在论美时,专门指出了对待一棵树的非功利性(工具性)的态度是产生美的根源,卡尔·马克思则谈到了工具对人的异化,海德格尔指出只有当一个工具(例如一双鞋)失去了使用价值(坏了)以后,它的审美价值才能凸显出来。由此可以认识到,在人类不断发展的工具和技术的主线上,一条反对工具理性的复线一直

---

① 王峰:《人工智能形象和成为"我们"的他者》,《上海大学学报》2020年第4期。

都是存在的。要而言之,人文科学有反工具—媒介他者的传统。在这种语境中,把工具和技术视为与人类形成了张力关系的他者就可以理解了。

有不少哲学家认为会使用工具是人类的一个属性。这一点虽然在最近的研究中被证明未必完全准确,但是能使用工具的动物毕竟是非常有限的,能像人类一样按照自己的需求和意愿来制造和使用复杂工具的更是微乎其微。人类显然是重视工具的:"工欲善其事必先利其器",但是,是否能对工具他者具有一定的情感和尊重则是另外的一回事。麦克卢汉认为,媒介(工具)是身体的延伸。而在今天的人工智能语境中,我们更倾向于认为由工具和技术合二为一的媒介正在与人构成一个媒介—身体的新组合。人类要通过工具—媒介来实现自己,而媒介事实上正在塑造着社会和人。正像北美环境媒介学派所揭示的那样,不同地域和不同时代的主流媒介塑造了那个地域和时代的主流文化。今天的时代是被工业装备、电子媒介和人工智能所塑造的。无法想象离开了汽车、火车、轮船、飞机等交通工具,手机、电脑、网络等电子媒介,以及大数据、深度学习等人工智能技术,我们现在的生活是否还能继续。因此,是时候将这些媒介看成是当代人存在的一部分,正是这些媒介构成了人类的活动场域与生活方式,也就是它们(他们)建构了我们之为我们。

艺术作品在塑造媒介或者物时常常使用拟人化的手法:给动植物、工具或机器起一个名字,安一个人类的面孔,让他们可以对话,并用一个人类社会的故事逻辑来贯穿整个叙事。前面论及的生态文学中动植物他者形象的建构模式在媒介他者形象的建构中也同样适用。这仍然体现着"人类中心主义"的基本原则。人类将自己的语言能力、追寻因果逻辑的思维定式和自己的面孔强加于物,这本身就是一种霸权。在这种语境里,格温妮斯·琼斯(Gwyneth Jones)的短篇科幻小说《物的宇宙》(The Universe of Things, 2011)具有一种"反其道而行之"的冲动。

在这篇小说中,作者设置了一个巧妙的情节:首先让外星人出场,建构起了地球的新秩序,从而取消了人类在地球上的主体地位。当故事开始时,人类已经在这种新秩序里生活了几十年。继而通过外星人与机械师的对话以及机械师的亲身体验来说明,机器(汽车、扳手、各种工具)也是有意识的。在他修好了外星人的红色小跑车时,小跑车似乎向他说了声"谢谢"。这隐喻着当人放下了自己的主体性惯性思维时,对待很多问题的认识和体验都将发生变化。然而机械师似乎又很不确定自己的经验,这一切似乎又可以被看成是外星人通过移情的心理技术对机械师的一次"规训"。虽然还不能说这部小说中的工具和媒介他者的形象已经成为与人同等重要,但它们的确启人反思,让人认识到事实上我们无时无刻不在和它们进行某种形式的沟通和交流。而体验和认识正是在这种沟通中得以形成的。

　　这种媒介他者形象的建构在一定意义上能够启发人类的反思,毕竟他者的一种重要意涵即是我者的自反。而前面论及的他者形象事实上都在指向着新的思维、认知、情感和经验的可能性。一种后人类时代的认识论正在形成,而其中最重要的问题就是物我之间的辩证关系的新纪元。

第八章　新物质主义与生态批评的物转向

自劳伦斯·布伊尔在 2005 年出版《环境批评的未来：环境危机与文学想象》一书中首开先河使用"浪潮"一词形容生态批评的发展趋势以来，"浪潮"已成为生态批评阶段性进程的代名词。布伊尔在该书中总结了第一、二波浪潮的特点：第一波浪潮集中于荒野描写，梭罗、爱默生与约翰·缪尔等人的非小说写作是学者考察的重点；第二波浪潮将焦点从远离尘嚣的荒野或风光怡人的乡村田园拉到喧嚣的城市，而"环境福祉与平等"成为环境正义与社会正义关系的研究核心①。鉴于生态批评舞台上白人主唱的局面一再受到诟病，而世界生态危机的缓解急需更多力量的汇聚，生态批评逐渐向乔尼·亚当逊（Joni Adamson）与斯科特·斯洛维克所言的第三波浪潮过渡，即亚洲、非洲和拉美等多个国家的学者开始发出自己的声音，"在认同民族和国家差异的同时，也超越民族与国家的界限，从环境的视角探索人类经验的各个方面"②。2010 年以来，斯科特·斯洛维克首次关注到生态批评物转向趋势，并称之为生态批评的第四波浪潮，认为这种更贴近人类行为与生活方式的物质实证研究"可能"代表了生态批评的另一阶段③；2015 年，斯洛维克在为《生态批评的国际新声》（*New International Voices in Ecocriticism*）一书作序时，以非常肯定的语气将 2010 年以来生态批评的

① Lawrence Buell, *The Future of Environmental Criticism：Environmental Crisis and Literary Imagination*, Malden：Blackwell, 2005, p.112.
② Joni Adamson and Scott Slovic, "Guest Editors' Introduction：The Shoulders We Stand On：An Introduction to Ethnicity and Ecocriticism", *Multi-Ethnic Literature of the U.S.*, 34. 2(2009), pp.5–24.
③ Scott Slovic, "Editor's Note", *Interdisciplinary Studies in Literature and Environment*, 19. 4(2012), pp. 619–621.

新趋势归结为"物转向"（The Material Turn），认为生态批评的物转向"将新物质主义词汇与思维应用于环境美学，并在人类挑战全球变暖力求生存的背景下致力于推动环境人文学的发展"①。

当前，生态批评的物转向趋势方兴未艾，且在后疫情时代背景下日渐扩容为生态批评的主流；与物转向相关的"动物转向""植物转向""食物转向"等研究表明，生态批评的物转向经过沉淀，逐渐又生成若干以凸显"非人类"物质环境为特征、具有不同研究旨趣的新的生态文学研究空间。生态批评物转向在引起我国学界强烈关注的同时，亦让学者们产生诸多困惑。比如，始于20世纪八九十年代的物转向主要以物质文化研究（Material Culture Studies）为聚焦点，但到了21世纪为何逐渐演化至一场引发西方人文社科领域如哥白尼革命式"本体论转向"（The Ontological Turn）的哲学大潮？物转向与近年来学界常提及的新物质主义（New Materialism）、非人类转向（The Nonhuman Turn）有何关联和相通之处？生态文学研究领域的物转向有哪些主要议题、核心概念？生态批评的物转向主要研究路径是什么？

为厘清上述与生态批评物转向相关的一系列问题，准确把握生态批评物转向的内涵和外延，本章围绕三方面展开详细论述：一是追溯21世纪生态批评物转向的生发动因，论述21世纪环境危机语境如何作为现实源点和逻辑起点推动人文社科领域各种具有非人类中心倾向的理论话语的建构。二是对物转向话语进行溯源，勾勒自20世纪八九十年代以来物转向话语从"转向物"至"转向物的动能"的内核演变，在此基础上推演新物质主义思潮如何逐渐发展为非人类中心研究路径铺平道路的一元本体论，为后续宏观把握生态批评物转向的外延和内涵提供理论依据。三是结合具体批评实践梳理归纳生态批评物转向所统摄的研究议题、研究路径与范式特征，以期宏观把握生态批评物转向的总体概貌。以物质生态批评为例，揭示新物质主义思潮核心概念"动能"（agency）对于生态批评前沿的塑造，并在此基础上提炼生态批评物转向对于开辟非人类中心研究路

---

① Scott Slovic, "Foreword", in *New International Voices in Ecocriticism*, Serpil Oppermann (ed.), Lanham：Lexington Books, 2015, p.viii.

径的意义和价值。

一、21 世纪环境危机与生态批评的物转向

溯源生态批评"物转向"的生发动因,有必要重视其所处时代环境危机语境的重要性。首先,从生态批评历次浪潮的发展纵轴来审视的话,环境危机是贯穿其中的核心线索。以关注荒野书写为标志的生态批评第一波浪潮向聚焦环境公正的第二波浪潮的转变,揭示了背后隐藏的环境利益分布不均衡的危机。生态批评物转向的生发同样和所处时代的环境危机密切相关。在一些研究者看来,人类活动导致的环境破坏是一种"物质上的转变",将其置于社会、语言或意识形态建构的框架中并不能完全解释清楚,有必要在超越"文化和语言学转向"基础上对物进行重新阐释①。其次,斯洛维克在归纳生态批评物转向时,提及三个重要关键词,分别是"新物质主义""全球变暖""环境人文学",分别对应了生态批评物转向的三个重要理解面向,其中,"全球变暖"指涉的正是以全球变暖为代表的环境危机,它是生态批评物转向的重要时代语境。因此,深入理解生态批评物转向思潮的缘起和发展,需转向孕育、推动这一思潮的时代土壤,将 21 世纪的环境危机语境视为逻辑起点来理解生态批评物转向的生发和演进趋势。

劳伦斯·布伊尔与环境危机相关的系列论述主要发表在千禧年前后,彼时诺贝尔化学奖得主保罗·克鲁岑使用的"人类世"概念也初为学术界所知。2021 年克鲁岑辞世,他在 20 多年前使用的"人类世"概念已经被现实中的气候变化危机所印证。而且,和 20 年前相比,全球生态系统益发显得脆弱,生物多样性丧失、森林大火、极端气候导致的灾害事件等频见新闻头条。此外,将荒野环境拓展至城市环境的布伊尔估计也未曾料到 2010 年以来人工智能、数字环境对人类生活的颠覆性改变。尤其是 2020 年以来,环境危机叠加气候危机给人类生存带来巨大风险,环境危机演变为深刻而广泛的经济、政治、文化问题。现实中

---

① Monika Kaup, *New Ecological Realisms: Post-Apocalyptic Fiction and Contemporary Theory*, Cheshire: Edinburgh University Press, 2021, p.21.

的环境危机、伦理危机乃至生存危机也促使人类进一步思考危机,长期以来占据哲学主导地位的结构主义和后结构主义理论对物和物质性的思考无法适应当下生命政治和全球政治经济的新语境,"越来越不足以解释当代社会"①。

　　面对多重危机现实,21世纪初的部分西方学者开始反思助推环境危机背后的深层思想根源,认为传统以二元论为主导的"主流理性叙事"在一定程度上导致了"威胁全球生物圈的经济制度的形成",是"现代环境危机形成的重要原因"②。受此研究启发,加上21世纪头十年全球环境危机持续恶化,以乌苏拉·海斯(Ursula Heise)为代表的主流学者呼吁环境批评学者要关注哪些研究有助于把"以环境为导向的思维推向未来",哪些研究会把"环境主义束缚在过时的研究窠臼中"③。在《环境人文学》(Environmental Humanities)杂志2012年创刊号的前言中,学者们一致认为要打破"占据主导地位的主流叙事格局",研究并拓展"新的叙事形式以适应不断变化的世界现实"。④ 在2015年出版的《全球生态与环境人文学》(Global Ecologies and the Environmental Humanities)中,这种呼声愈加强烈。以伊丽莎白·德洛格瑞(Elizabeth DeLoughrey)、杰尔·迪德诺(Jill Didur)和安东尼·凯瑞甘(Anthony Carrigan)为代表的学者认为,对传统叙事展开"批判性研究对于明确我们如何阐释和减轻环境危机至关重要",并且明确指出要关注和思考传统叙事在加剧"气候变化、帝国主义、资源开采、全球公域污染和治理、石油资本主义以及自然的商品化和资本化"等环境危机和灾难中所起的推波助澜的作用,并将之作为环境人文领域的重要主题⑤。

---

① Diana Coole and Samantha Forest, "Introducing the New Materialisms", in *New Materialisms*: *Ontology*, *Agency*, *and Politics*, Diana Coole and Samantha Forest (eds.), Durham: Duke University Press, 2010, p.3.

② Val Plumwood, *Environmental Culture*: *The Ecological Crisis of Reason*, London and New York: Routledge, 2002, pp.5–6.

③ Ursula K.Heise and Allison Carruth, "Introduction to Focus: Environmental Humanities", in *American Book Review*, Vol.32, No.1, Nov./Dec.2010, p.3.

④ Deborah Bird Rose, Thom van Dooren, Matthew Chrulew, Stuart Cooke, Matthew Kearnes and Emily O'Gorman, "Thinking Through the Environment, Unsettling the Humanities", in *Environmental Humanities*, Vol.1, 2012, p.3.

⑤ Elizabeth DeLoughrey, Jill Didur and Anthony Carrigan(eds.), *Global Ecologies and the Environmental Humanities*: *Postcolonial Approaches*, London and New York: Routledge, 2015, p.2.

21 世纪的环境危机现实不但推动学界对于传统二元对立思维的批判和反思,也催生了人文社科领域对于能够突破二元对立思维的新理论模型的强烈渴望和探寻热情。在此背景下,各种具有非人类中心特征的理论话语应运而生,并在时代土壤的滋养下迅速发展为声势浩大的"物转向"思潮。作为一个高度异质的理论空间,"物转向"话语涵盖了众多不同源点的理论话语,而这些理论之所以被"物转向"所统摄,其共同之处在于都"参与了对人类的去中心化",能够有效地"对当代全球资本主义所造成的环境破坏展开批判"。① 那么,为何又用"物转向"这一术语来涵盖上述理论话语呢? 原因在于这些理论都旨在通过回归物而重新思考物的本质,进而实现重新定义人与周围物质环境关系的目标。更具体而言,物转向的革新之处在于,通过重新解释传统意义上无生命的物的力量,重新定义人与周围物质环境的关系,开辟出一种全新的非人类中心主义研究路径,从根本意义上重新塑造了"人类与非人类、有生命与无生命、主体与客体"之间的关系②。

对于 21 世纪以来"物转向"的快速发展和内涵演变,连早在 20 世纪 90 年代就开展"物转向"研究的代表人物比尔·布朗(Bill Brown)也深感惊讶。正如他所言,"谁能预测到在 21 世纪物竟然如此迅猛地回归学术视野","如此尽情地享受批评界的聚光灯"。③ 在 2015 年出版的《他物》(Other Things)的"导论"中,布朗归纳了 20 世纪以来"物转向"的两个重要动因:鉴于人类"最珍贵的物"——地球"正在遭到破坏",也鉴于越来越先进的可以"代替人类工作"的仿生人的大量出现,"一直以来把物排除在伦理思考之外的人文学科过时了"④。从布朗的归纳可以看出,受 21 世纪以来各种环境危机现实的倒逼影响,传统人文主义和人类中心主义作为老旧的理念,已经无法为人文社科领域走出各种悖论提供理论支撑;而"物转向"恰逢其时地提供了一个新的理论模型帮助人类重

---

① Christopher Breu,"Why Materialisms Matter",*Symploke*,Vol.24,2016(1-2),p.17.
② Maurizia Boscagli,*Stuff Theory*:*Everyday Objects*,*Radical Materialism*,New York:Bloomsbury,2014, p.1.
③ Bill Brown,"*Alien Phenomenology*,*or What It's Like to Be a Thing* (Review)",*Common Knowledge*, Vol.19,Issue 3,Fall 2013,pp.554-556.
④ Bill Brown,*Other Things*,Chicago:University of Chicago Press,2015,p.13.

新解释周围的物质世界,为人类应对危机挑战、走出伦理困境提供了理论方案。

由此可见,21 世纪的环境危机不但是生态批评物转向的重要推力,也是思考与"物转向"相关的一系列问题的现实源点和逻辑起点。将 21 世纪环境危机现实作为思考源点,不但可以帮助我们理解"物转向"本身的内涵,也有助于透视"物转向"与近年来学界常提及的新物质主义、非人类转向之间的相通之处。作为 21 世纪以来发展最为强劲的理论思潮,物转向和新物质主义经常并置使用,两者都强调回归物、重新阐释物,其中对于"物的基本结构的重新定义"有着"深远的规范和现实意义"①。但物转向这一术语显然涵盖范围更宽泛,不但包含了作为理论话语的物转向,且指涉回归文学作品中长期以来被忽视的物质书写,即转向各种作为具体研究对象的物,如植物、食物、河流、海洋等。"非人类转向"这一术语出现较晚,最早于美国威斯康星大学 21 世纪研究中心主办的 2012 年年会的会议通知中提出。负责会议召集工作的理查德·格鲁新(Richard Grusin)称他在拟定"非人类转向"这一议题时发现,谷歌上与这一术语相关的信息很少,但在他看来,从"气候变化、干旱和饥荒",到"生物技术、知识产权和隐私",再到"种族灭绝、恐怖主义和战争",人类在 21 世纪面临的所有问题几乎都与"非人类"相关,因此现在似乎是"非人类转向"的最佳时机。② 由此可见,非人类转向、新物质主义、物转向三者的提出背景虽有所区别,但共同之处在于,都是受所处时代各种危机推动而生发的理论思潮,都旨在重新关注物/非人类,以非人类中心研究路径消解人类中心执念,为缓解 21 世纪环境危机贡献学术智慧。

二、新物质主义与"物转向"话语的内核演变

尽管现代社会科学很早就开始研究物,研究各种技术物品和商品对人的影

---

① Diana Coole and Samantha Forest, "Introducing the New Materialisms", in *New Materialisms*: *Ontology*, *Agency*, *and Politics*, Diana Coole and Samantha Forest (eds.), Durham: Duke University Press, 2010, p.5.

② Richard Grusin, *The Nonhuman Turn*, Minneapolis: University of Minnesota Press, 2015, p.vii.

响,作为客体的物也是现代哲学领域的重要命题和研究对象,但是,始于20世纪七八十年代的西方人文社科领域的"物转向"经过三四十年的发展已经使得物的内涵发生根本改变,其激进程度不亚于一场革命。进入21世纪之后,各种与物相关的哲学话语将"物转向"裹挟至一场更大范围的认识论乃至本体论的全面转向。其中,物的能动力、关联性、生成性得到前所未有的强调,"物性"(thingness)、"物质性"(materiality)、"物形"(objecthood)等关键词成为当前西方学术界频繁援引、辩论的核心概念。各种与物相关的话语,包括"物论"(Thing Theory)、"新活力论"(Neovitalism)、"思辨实在论"(Speculative Realism)、"行动元网络理论"(Actant Network Theory)等,塑造了"物转向"这一高度异质化的理论空间。① 自2010年以来,学术界越来越倾向用"新物质主义"来统称人文社科领域"所有重新思考人与物质世界关系的新话语"②。

作为21世纪以来发展最为强劲的理论思潮,"物转向"和"新物质主义"常被学界并置使用,但"物转向"这一提法更类似对20世纪的语言学转向、文化转向的反拨,是一种如斯科特·斯洛维克所言的"更贴近人类行为与生活方式的物质实证研究"的研究思潮;而新物质主义这一术语则指向了物转向思潮所推动生成的一系列旨在重新揭示物的本质、重新定义物人关系的新理论话语模型,其中"新"这一前缀的使用强调了该理论模型旨在为学术界贡献一系列与"物"相关的且有别于传统物质主义的新思维、新观点、新阐述。

在2015年出版的《他物》中,新物质主义领军人物比尔·布朗以术语词条形式为"新物质主义"绘制了如下谱系:自20世纪90年代以来,人文社科领域以"跨学科研究"姿态"重新接触物质世界",从"以物的流通为聚焦点的物质文化史研究"开始,到"试图揭示人类身体与物质世界如何相遇的现象学研究",到"某一关系网络中的物如何具有动能的探索",再到"物质性究竟如何构成的形而上思辨"。③ 在这段言简意赅的定义中,布朗不但宏观勾勒了新物质主义自

---

① 关于"物转向"这一概念的缘起、发展以及在文学批评领域的应用,详见韩启群:《物转向》,《外国文学》2017年第6期。

② Andrew Epstein, "The Disruptive Power of Ordinary Things", *Journal of Modern Literature*, Vol.40, 2016(2), pp.184-188.

③ Bill Brown, *Other Things*, Chicago: University of Chicago Press, 2015, p.373.

20 世纪 90 年代的早期酝酿至 21 世纪以后被裹挟至哲学认识论、本体论的发展历程,而且敏锐指出在这一发展历程中物本身研究的内核演变。在布朗看来,新物质主义的早期酝酿以"重新接触物质世界""物质文化史研究"为特征,而 21世纪以后的新物质主义研究开始拓展至"人类身体与物质世界的相遇""物如何具有动能""物质性的形而上思辨"等哲学命题。布朗所绘制的新物质主义纵向发展脉络也揭示了一个重要信息,即是否强调物的"动能"成为区分千禧年前后"物转向"思潮两个不同阶段的分水岭。换言之,"物转向"思潮本身经历了"转向物"到"转向物质动能"的内核演变。那么,"物转向"话语本身的内核演变如何影响生态批评物转向的研究议题与批评路径? 新物质主义对于"动能"的强调如何塑造 21 世纪以来的生态批评,尤其是如何影响近五年来的生态批评前沿和研究趋势? 鉴于此,本节借助比尔·布朗在新物质主义定义中所勾勒的纵向发展脉络,分别以"'转向物':物转向话语溯源与新物质主义的早期酝酿"和"'转向物质动能':新物质主义本体论的确立与非人类中心研究路径的开辟"为题,详细论证"物转向"话语的内核演变,以期为本章宏观把握生态批评物转向的内涵和外延提供参照。

(一)"转向物":物转向话语溯源与新物质主义的早期酝酿

"物转向"话语最早可以追溯至 1935 年本雅明在《巴黎,十九世纪的首都》中和建筑、时尚相关的物质文化研究,本雅明与物相关的一些阐述和巴什拉的空间诗学奠定了"物转向"研究的重要根基。此外,西方 20 世纪下半叶人文社科话语中对物质细节的重视联合推动了文化研究领域中的早期"物转向"。年鉴派代表人物布罗代尔倡导"从下至上看历史"的研究方法,认为社会不同阶层的"吃饭、穿衣、居住永远不是一个毫不相关的问题"[1];福柯对于"权力微观物理学"的强调也显示了对日常生活中"微不足道的细节"的关注[2];研究社会阶层

---

[1] Fernand Braudel, *Afterthoughts on Material Civilization and Capitalism*, Patricia M. Ranum (trans.) , Baltimore: Johns Hopkins University Press, 1977, p.29.

[2] Michel Foucault, *Discipline and Punish: The Birth of the Prison*, A. Sheridan (trans.) , New York: Pantheon, 1977, p.139.

的布尔迪厄提醒研究者服饰、穿着、身体、举止等细节是"最为明显的""最不容易发觉"的研究入口,因为太"习以为常了",但却"体现了其背后的秩序";①詹明信则从心理研究层面指出"外部物品比我们能觉察到贫苦生活更能深刻地提醒我们对自己的认识"②。不同学科领域的执牛耳者对于客体的共同兴趣为"物转向"在八九十年代的早期勃兴酝酿了丰厚理论土壤。

　　兴起于 20 世纪七八十年代的"物质文化研究"最早研究主体是人类学、社会历史学、艺术史等领域的专家学者,他们对于器物及其反映的观念及文化的关注促进了 20 世纪末多学科领域"物质文化研究主题的广泛复兴"③。自 20 世纪90 年代,多学科的参与使得传统物质文化研究慢慢走出博物馆学者和考古学家的专属领域,演变为具有强烈跨学科性的当代物质文化研究,在理论旨趣和研究方法上呼应了同时期文化研究的众多论题。进入 21 世纪之后,持续升温的物质文化研究在反哺哲学社科领域物话语的同时,也逐渐作为一股重要支流汇入声势更为浩大、更包容的"物转向"的研究浪潮中。物质文化研究从具体的物入手开展身份、自我、物人关系等议题研究,且借助"物的社会生命"(social life of things)、"物的传记"(biography of things)等概念开展物的"运动轨迹""重新语境化"等动态发展过程的谱系研究,这种研究路径奠定了"物转向"批评话语中从物入手的反向研究模式。此外,当代物质文化研究强调物的"情感功能"和"物的意义建构能力",认为物不但可以参与主体意识和身份的建构,而且可以作为"价值标记"或"社会标记"行使区分功能,作为"行动元"(actant,又译"行为体")来行使或体现权力关系④。这些关于"物有意义"的表述不但激发哲学领域进一步探索客体的能动性,也启发文学研究者关注物的书写对于主体身份、社会意义的建构力量。

---

① Pierre Bourdieu,"Selections from The Logic of Practice",in *The Logic of the Gift*:*Toward an Ethic of Generosity*,Alan D.Schrift(ed.),London:Routledge,1997,p.94.

② Fredric Jameson,*Marxism and Form*:*Twentieth-Century Dialectical Theories of Literature*,Princeton:Princeton University Press,1971,p.99.

③ Daniel Miller,"Why Some Things Matter",*Material Cultures*:*Why Some Things Matter*,Daniel Miller(ed.),Chicago:University of Chicago Press,1998,p.3.

④ Ian Woodward,*Understanding Material Culture*,Los Angeles:Sage,2007,pp.3-6.

从上述研究溯源来看,20世纪八九十年代的物转向倡导回归物,不但关注传统研究中像"谦卑的奴仆一般"不受重视的物质细节书写①,还注重挖掘物的"意义建构能力",比如,物如何"行使区分功能,执行社会分层,融合并区分社会群体、阶级或者部族"等②。在一些研究者看来,物转向有效弥补了一个缺憾,即物在传统马克思理论中的一些负面评价,如物的占有关系是社会不公的基础、商品使现代人审美能力丧失殆尽等,让物的研究颇为"尴尬",导致了多年来物的积极意义被忽略,物人关系的阐述不够充分③。但是,如果站在当前新物质主义研究的制高点审视20世纪八九十年代物转向的研究谱系,不难发现,虽然这一时期的物转向研究有着强烈的跨学科性,但总体而言并没有跳出文化研究的大框架,且在研究范式上呈现了如下特征。

首先,从具体的物入手,考察物在虚构社会空间中的意识形态工作。物能够做"文化工作"、指涉意义、行使权力关系的理论假设,引导物转向研究者关注每一个微小的物质细节的意识形态意义:"即使是一个很小的物品,比如手帕、胡须,可以帮助完成严肃的意识形态工作。"④部分学者借助布尔迪厄、福塞尔、道格拉斯、伊舍伍德等相关理论,考察物如何作为审美和文化价值的标记,帮助融合并区分社会群体、阶级或者部族。还有一部分研究者受福柯"权力微观物理学"的影响,在研究物的"文化工作"时,特别关注物如何参与权力的控制和实施。他们认为物和人一样都是社会网络中的"行动元",不但和人之间有着"交互性和互补性",而且物存在于关系网络之中,和人一起构建关系网络的意义,反之也是在关系网络中意义才得以构建:"物被一些特殊的权力关系建构,反过来又积极地建构这些关系。"⑤受福柯断头台、圆形监狱、制服、时间表、写字台等

---

① Elaine Freedgood, *The Ideas in Things: Fugitive Meaning in the Victorian Novel*, Chicago: University of Chicago Press, 2006, p.12.

② Ian Woodward, *Understanding Material Culture*, Los Angeles: Sage, 2007, p.3.

③ BjØrnar Olsen, *In Defense of Things: Archaeology and the Ontology of Objects*, Plymouth: AltaMira, 2010, p.12.

④ Margreta de Grazia, "The Ideology of Superfluous Things: *King Lear* as Period Piece", in *Subject and Object in Early Modern Culture*, Margreta de Grazia, Maureen Quilligan and Peter Stallybrass(eds.), Cambridge: Cambridge University Press, 1996, p.23.

⑤ Ian Woodward, *Understanding Material Culture*, Los Angeles: Sage, 2007, p.113.

物的研究启示,研究者们往往特别关注现代社会的技术物品,研究物如何作为"行动元"来行使或体现权力关系。

其次,将物作为身份的标记,研究人物的心理身份和社会身份。研究者借助文化研究的广阔视野向身份、自我、物人关系等纵深领域拓进,重点研究物如何参与建构人的观念、心理、情感和身份,关注物如何参与建构人的性别、种族等文化身份。罗素·W.贝尔克在《财产和延伸的自我》中从心理学层面论述了住房和自我的关系,认为住房是"扩大的自我",是稳定自我身份的一个重要物品,"有助于了解消费者行为如何对更广泛的人类生存产生助益、延伸自我的作用"①。此外,研究者们也会关注从物入手研究人的社会身份,包括性别、种族、文化身份等,在研究方法上与女性主义联系越来越密切,与后殖民主义理论中的种族研究也有相当程度的重合和交叉。

第三,将物作为特定历史语境的文化标记,研究特定历史时期的历史形态和文化结构。研究者借鉴新史学派"自下而上"的研究方法,考察普通大众生活的各个方面,包括衣食住行,通过一些微不足道的琐碎物品研究特定历史时期会特定社会空间的物质文明结构。文化"被写进具体的物中",无论是《简·爱》中的红木家具,《玛丽·巴顿》中的印花棉窗帘,还是《远大前程》中的黑色块状烟草,都呼应了维多利亚时期的工业发展和殖民政治,"简单的英国细平布"和"外国复杂的织锦"的对比,可以体现出"国家之间在进行复杂文化交流时所体现的一些微妙分歧"②。

从上述对研究内容的归纳来看,20世纪八九十年代的物转向研究特别强调物的"意义建构能力"。学者伍德沃德在归纳这一时期的物转向研究时,将物的"意义"和"能力"概括为三点:一是物可以作为价值的标记(markers of value)或者说社会标记(social markers)来行使区分功能,融合并区分社会群体、阶级或者部族;二是物可以作为身份的标记(markers of identity),不但表现人物的社会身份,也帮助调节自我认同与自尊的形成;三是物可以作为文化与政治权力网络的

---

① [美]罗素·W.贝尔克:《财产与延伸的自我》,载孟悦、罗钢编:《物质文化读本》,北京大学出版社2008年版,第112—113页。

② Catherine Richardson, *Shakespeare and Material Culture*, Oxford: Oxford University Press, 2012, p.9.

集中体现,物本身成为文化政治权力的场所(sites of cultural and political power),作为"行动元"来行使或体现权力关系。① 此外,阿帕杜伊、克比托夫等物质文化学者还提出"物的社会生命""物的前世今生"等概念进一步论证物的"意义建构能力",如人类学家阿尔君·阿帕杜伊在1986年出版的《物的社会生命》的导论中沿袭了西美尔的研究传统,认为商品在不同阶段的动态过程以及产生的社会意义表明商品具有"社会生命"②。克比托夫在《物的传记》中聚焦商品的"前世今生",指出物在不同语境中所经历的意义上的转变正是"物的社会生命"的具体表现③。

　　从上述学者对于物的"意义建构能力"的论述来看,20世纪八九十年代的物转向研究虽然未触及物的本体论问题,也未动摇长期以来占据哲学主导地位的笛卡尔实体论或牛顿机械论对物质的惰性描述,但依然被21世纪的学者视为"新物质主义的重要蓝图"④,原因在于这些研究的聚焦点在于"重新探讨日常生活的物质细节与更广泛的地缘政治及社会经济结构的本质和关系"⑤。以"物的社会生命""物的前世今生"等概念为例,虽然这些听起来颇有"生命、活力"指涉意味的概念与21世纪以来受到量子科学洗礼的巴拉德式"动能"或赓续斯宾诺莎、德勒兹一元论血脉的本内特式"活力"有着根本意义上的不同,但这些概念呼应了早期物转向的一个重要假设,即"物在文化上不是固定的,总是处于存在和形成的过程中"⑥,而这种表述明显呼应了新物质主义所内蕴的过程思维和变化思维。

①　Ian Woodward, *Understanding Material Culture*, Los Angeles: Sage, 2007, pp.4–14.

②　Arjun Appadurai, "Introduction", in *The Social Life of Things*: *Commodities in Cultural Perspective*, Arjun Appadurai(ed.), Cambridge: Cambridge University Press, 1986, p.3.

③　Igor Kopytoff, "The Cultural Biography of Things", *The Social Life of Things*: *Commodities in Cultural Perspective*, Arjun Appadurai(ed.), Cambridge: Cambridge University Press, 1986, pp.66–67.

④　Maurizia Boscagli, *Stuff Theory*: *Everyday Objects*, *Radical Materialism*, New York: Bloomsbury, 2014, p.20.

⑤　Diana Coole and Samantha Forest, "Introducing the New Materialisms", in *New Materialisms*: *Ontology*, *Agency*, *and Politics*, Diana Coole and Samantha Forest(eds.), Durham: Duke University Press, 2010, p.7.

⑥　Fred R.Myers, "Introduction", in *The Empire of Things*: *Regimes of Value and Material Culture*, Fred R.Myers(ed.), Santa Fe: School of American Research Press, 2001, pp.3–61.

(二)"转向物质动能":新物质主义本体论的确立与非人类中心研究路径的开辟

21世纪以来,新物质主义作为一个高度融合又不失独特研究旨趣的学术领域,越来越多地出现在哲学、文学、地理学、生物伦理学、社会学、生态学、政治学、媒介学等多学科理论前沿。2010年在英国安格利亚鲁斯金大学(Anglia Ruskin University)举办的首届"新物质主义和数字文化"("New Materialisms and Digital Culture")年会使新物质主义在学术界真正站稳脚跟,而同年出版的新物质主义核心文本《新物质主义:本体论、物质力与政治》(*New Materialisms:Ontology, Agency, and Politics*, 2010)为新物质主义的快速发展注入了决定性动力。2012年,另一部新物质主义核心文本《新物质主义:访谈与图谱绘制》(*New Materialism:Interviews and Cartographies*, 2012)出版;同年,《新文学史》(*New Literary History*)杂志第二期发表一系列与新物质主义相关的论文,进一步推动了"物导向本体论"的复兴①。近十年来,对物的不同维度的考察使得新物质主义成为人文社科领域各种"物转向"话语碰撞、对话、互动的理论场域,"新物质主义"这一概念越来越趋于广义,成为可以容纳所有与物相关的"物导向"话语的"涵盖性术语"(umbrella term)②。

在《新物质主义:本体论、物质力与政治》的"导论"中,主编库尔和弗罗斯特多次界定了新物质主义的核心假设:"动能"是万物的普遍特性,以多种样态出现,是一个不断生成、繁衍的动态过程,所生成的意义以各种形式影响到人类和人类周围的物质世界;在这一动态过程中,"现实世界被呈现为物与各种发散力量相互交织混融的状态,而不是由等级分明、结构清晰的个体力量构成的复合体"③。

---

① Anne Schuurman, "Materials of Wonder:Miraculous Objects and Poetic Form in Saint Erkenwald", *Studies in the Age of Chaucer*, 39(2017), pp.275-296.

② Andrew Epstein, "The Disruptive Power of Ordinary Things", *Journal of Modern Literature*, Vol.40, 2016(2), pp.184-188.

③ Diana Coole and Samantha Forest, "Introducing the New Materialisms", in *New Materialisms: Ontology, Agency, and Politics*, Diana Coole and Samantha Forest(eds.), Durham:Duke University Press, 2010, p.3.

从这段高度凝练的概括中,可以辨析出理解新物质主义的几个核心要点:首先,"动能"这一概念是新物质主义"最基础的假设"或"争论的核心",正如伊奥凡诺和奥伯曼所言,世界由物构成,人类和非人类的自然界都是物,任何物都具有"动能"①;其次,具有"动能"的物不再是静态的惰性之物,也不是始终处于被动状态,而是"不断涌现、不断生成"②,"内在互动"(intra-action)比"相互作用"(interaction)更能准确地表达物的物质化过程,人类和非人类的自然界都是通过内在互动施展动能③;第三,物的"动能"概念实现了"对物的基本结构的重新阐释",帮助新物质主义建构了一种以"一元但层递繁生的本体论"(monolithic but multiply tiered ontology)为标记的新理论模型④,进而动摇了传统二元论为根基的哲学本体论,并引发人文社科领域如哥白尼革命式的"本体论转向"(The Ontological Turn)⑤。

对比 21 世纪前后物转向话语的内核演变,不难发现分水岭在于是否强调物的"动能"。作为物转向话语内核演变的核心推力,新物质主义所强调的物的动能从何而来? 对此,主编库尔和弗罗斯特在《新物质主义:本体论、物质力与政治》导论中首先归结为自然科学领域的新发展,尤其是量子物理学和混沌物理学关于物的动能、非线性、偶然性的混沌运动方式的科技新认知。也正是在此基础上,新物质主义常被一些学者视为"基于科学的话语论述"(science-oriented discourses)⑥,是

① Serenella Iovino and Serpil Oppermann(eds.), *Material Ecocriticism*, Bloomington:Indiana University Press,2014,p.2.

② Diana Coole and Samantha Forest, "Introducing the New Materialisms", in *New Materialisms: Ontology, Agency, and Politics*, Diana Coole and Samantha Forest(eds.), Durham:Duke University Press,2010,p.9.

③ Karen Barad, "Posthumanist Performativity:Toward an Understanding of How Matter Comes to Matter", in *Material Feminisms*,Stacy Alaimo and Susan Hekman(eds.),Bloomington:Indiana University Press,2008,p.135.

④ Diana Coole and Samantha Forest, "Introducing the New Materialisms", in *New Materialisms: Ontology, Agency, and Politics*, Diana Coole and Samantha Forest(eds.), Durham:Duke University Press,2010,p.10.

⑤ Maurizia Boscagli, *Stuff Theory:Everyday Objects, Radical Materialism*, New York:Bloomsbury,2014, pp.21-22.

⑥ Maurizia Boscagli, *Stuff Theory:Everyday Objects, Radical Materialism*, New York:Bloomsbury,2014, p.3.

始于量子物理和混沌物理学领域的哲学思潮①。在库尔和弗罗斯特看来,科技前沿的最新发现需要人文社科领域"相应地更新理解自然以及与自然互动的方式"②,因此,物在量子层面的活力与纠缠原理被挪用至哲学领域,作为"本体—认识论的基底来诠释物质性与物质活力"③。最为典型的例子是具有量子物理研究背景的凯伦·巴拉德关于动能的研究。在其最重要的著作《与宇宙中途相遇》(*Meeting the Universe Halfway：Quantum Physics and the Entanglement of Matter and Meaning*)里,巴拉德以量子物理学中的两条波相遇时的"衍射"(diffraction)现象来解释"动能"的作用原理,并从中开创性地挖掘出以"内在互动""纠缠""相遇"为关键词的"动能实在论",进而颠覆了经典物理学领域的二元本体论④。新物质主义从量子层面对于物的动能的话语表述颠覆了笛卡尔实体论或牛顿机械论对物质的惰性描述,使得物的概念发生了哥白尼革命式的根本变革,拆解了哲学领域长期以来所固守的基于物的可量化、确定性建构的传统理论模型。

除了自然科学领域的推力,物的"动能"还有着丰厚的哲学理论支撑,尤其是以海德格尔物性显现的现象学理论和以德勒兹生成论为代表的一元本体论,前者为比尔·布朗的"物论"(Thing Theory)提供了论述源点,而后者则成为简·本内特"新活力论"(Neovitalism)的主要立论依据。在2001年发表的论文《物论》(Thing Theory)中,布朗继承了海德格尔对于物性的现象学思考,并在汲取拉图尔主客体关系理论滋养的基础上推进了海德格尔的"物性"概念,呼吁关注"物的力量"(thing power),即"无生命客体如何构造人类主体的新思想,客体如何感动主体或威胁主体,客体如何促进和威胁与其他主体的关系"等议题⑤。

① Diana Coole and Samantha Forest, "Introducing the New Materialisms", in *New Materialisms：Ontology, Agency, and Politics*, Diana Coole and Samantha Forest(eds.), Durham：Duke University Press, 2010, p.12.
② Diana Coole and Samantha Forest, "Introducing the New Materialisms", in *New Materialisms：Ontology, Agency, and Politics*, Diana Coole and Samantha Forest(eds.), Durham：Duke University Press, 2010, p.5.
③ 张嘉如:《物质生态批评中道德伦理论述的可能性与局限》,《东岳论丛》2017年第1期。
④ Karen Barad, *Meeting the Universe Halfway：Quantum Physics and the Entanglement of Matter and Meaning*, Durham：Duke University Press, 2007, p.76.
⑤ [美]布朗:《物论》,载孟悦、罗钢主编:《物质文化读本》,北京大学出版社2008年版,第78页。

布朗对于"物的力量"的强调被学界视为新物质主义研究的早期尝试,"在某种程度上偏离了研究商品文化时所运用的传统视角","将物质主义理论推向传统的尽头,为一个新兴研究领域开辟了方向";①具有环境伦理学学术背景的本内特虽然曾提及其对于物的力量的强调在一定程度上受到了布朗"物论"的影响,但从她在2010年《活力物质》(Vibrant Matter)一书中对于物质"动能"的相关论述来看,她更多的是从斯宾诺莎一元论、德勒兹生成论中寻找哲学灵感,其"活力物质"从本质上而言呼应了斯宾诺莎的一元本体论。换言之,以本内特为代表的新物质主义学者在排斥笛卡尔二元论哲学传统根基时回归斯宾诺莎、德勒兹哲学传统,赋予物以内在性、生成性、流动性,推动了物的"物质性构成"或物的基本结构,乃至物的本体论研究。

通过对"动能"概念的追溯,不难发现其共同点在于,这些话语都拒绝以二元论为主导的思维模式,通过强调物的动能来重新解释传统意义上无生命的物的力量。"动能"概念的奠基意义在于:不但从本体论层面"消解了无机和有机、有生命和无生命的区别"②,也为重新定义人类在周围物质世界中所处的位置铺设了学理依据。正如本内特所言,在本体层面上任何物质元素都不是无生命、静态的,传统意义上无生命的物,如细菌、食品、垃圾等都有不以人类意志为转移的"活力"(vitality)③。而通过将"动能"视为宇宙万物的根本特征,等于是从最基底的面向拆解了人类与非人类之间的界限,将人类的地位在广阔的宇宙世界中加以重新定义,进而完成彻底排除人类特权的使命。从这个意义上而言,新物质主义凭借动能概念不但消解了以二元论为主导的人类中心思维模式,也在此基础上构造出万物有动能的一元本体论,进而开辟出一种全新的非人类中心主义研究路径。

---

① Michael H.Epp, "Object Lessons:The New Materialism in U.S.Literature and Culture", *Canadian Review of American Studies*, Vol.34,2004(3), pp.305–313.

② Diana Coole and Samantha Forest, "Introducing the New Materialisms", in *New Materialisms: Ontology, Agency, and Politics*, Diana Coole and Samantha Forest(eds.), Durham:Duke University Press,2010,p.9.

③ Jane Bennet, *Vibrant Matter:A Political Ecology of Things*, Durham:Duke University Press, 2010, p.viii.

三、生态批评的物转向与物质生态批评

尽管物一直是中外文学批评领域的关注对象,如西方 20 世纪初意象派诗歌提出的"思在物中"以及中国文学研究领域常提及的"观物""感物"等概念,但自 20 世纪八九十年代以来逐渐盛行的物转向文学批评受到物转向理论思潮和新物质主义话语的深刻影响,不但内涵更为丰富,而且研究范式、旨趣也与物的传统研究大相径庭。当前,生态批评物转向所涉及的议题庞杂琐碎,新物质主义本身又是一个涵盖众多理论,且新概念仍然层出不穷的前沿理论场域,学界在感到困惑的同时又迫切想知其庐山真面目。本部分从两个层面考察生态批评物转向这一充满活力的文学场域:一、梳理生态批评物转向所统摄的研究议题,并结合具体批评实践归纳与生态批评物转向相关的研究路径与范式特征;二、聚焦物质生态批评的理论架构和核心观点,论证新物质主义理论话语对于生态批评前沿的塑造,在此基础上反思生态批评物转向所开辟的非人类研究中心路径的环境伦理价值。

(一)生态批评的物转向:研究议题与路径特征

顾名思义,"生态批评的物转向"是生态文学研究领域受到物转向思潮、新物质主义等理论话语影响而出现的新选题、新话语、新路径,其本质和本书所提及的生态批评根本任务是一致的。因此,一方面,生态批评的物转向和其他研究领域的物转向一样,都倡导回归物,如同艺术史领域所呼吁的"回到瓦尔堡"、从细节入手探寻"图像及其历史的真理"①一样;另一方面,生态批评物转向有着明显的生态指涉目的,即"拯救濒危的世界"。换言之,生态批评物转向与现实中的环境危机密切关联。以物转向的食物书写为例,生态批评的食物转向更多地关注与环境、身体健康、食品安全平等权益相关的食物书写,而非莎士比亚笔下激起哈姆雷特复仇情绪的母亲再婚宴会上的食物书写,也非普鲁斯特《追忆似水年华》中伴随人物陷入沉思的茶水和点心。

① 吴琼:《"上帝住在细节中"——阿比·瓦尔堡图像学的思想脉络》,《文艺研究》2016 年第 1 期。

受物转向思潮本身的内涵演变影响,生态文学研究领域的物转向也经历了从"转向物"至"转向物质动能"的演变过程。首先,就"转向物"而言,生态文学研究的物转向将选题拓展至各种"非人类"之物,如河流、能源、食物、植物等,将文学文本中多年来被忽视的物质细节书写推至阐释前台,不但有效展示了文学作品中环境危机书写的审美异质性,也大大拓展了生态文学研究疆域。值得补充的是,生态文学的物转向并非不关注人类自身,只不过更关注生命的具身性,主张在批判笛卡尔身心二元论的基础上凸显身体的物质性和情感生成性。其次,就"转向物质动能"而言,生态批评的物转向不但指向了一种旨在凸显物的力量、物人交互关系的新物质主义式文本解读批评路径,还特指新物质主义理论场域中一些具有浓郁生态特色的理论概念和批评话语,如阿莱默基于"跨躯体"概念的后人类生态批评、伊奥凡诺和奥伯曼汲取"活力物质"等概念提出的"物质生态批评"等。受新物质主义核心概念"动能"的影响,生态批评的物转向常常表现为"转向物"和"转向物的动能"的交织。以新物质主义学者斯黛西·阿莱默(Stacy Alaimo)和"跨躯体性"(Trans-corporeality)研究为例,阿莱默首先转向作为物的食物和人类身体,认为"最明显的跨躯体物质就是食物,因为进食让植物和动物进入我们的躯体";同时,阿莱默也"转向物质动能":"虽然进食似乎是一项简单的活动,但在从泥土到口腔的过程中,物质特殊的动能可能会显露出来"①。同样的研究思路也体现在物质生态批评话语中。赛仁娜拉·伊奥凡诺(Serenella Iovino)和瑟普尔·奥伯曼(Serpil Oppermann)在《物质生态批评》(*Material Ecocriticism*)的开篇就转向一系列人类习以为常的物:亚马逊森林的濒危物种、美国国会图书馆、墨西哥湾暖流、癌细胞、DNA 和二噁英、火山、学校、城市、农场、病毒、有毒烟尘等,紧接着将矛头指向这些物的动能:"不管是可见的或是隐形的,具有社会性的还是野生的,它们都是各种力量、动能和其他事物结合后产生的物质形式。"②正是在"转向物"和"转向物质动能"的基础上,物质生

---

① Stacy Alaimo, *Bodily Natures: Science, Environment, and the Material Self*, Bloomington: Indiana University Press, 2010, p.12.

② Serenella Iovino and Serpil Oppermann(eds.), *Material Ecocriticism*, Bloomington: Indiana University Press, 2014, p.1.

态批评构建了一种宇宙万物有"活力"、彼此不断生成、纠缠的新理论模型。

从上述梳理来看,生态批评物转向的发展和衍进大致对应了本章第二部分所论述的物转向话语本身的内核演变,在批评方法上体现了从关于物的符码价值的文化批评范式向凸显物质动能、强调物物交互、物人纠缠的新物质主义批评方法的转变过程。值得指出的是,从近五年来的批评实践来看,关于物的符码价值的文化批评范式和凸显物质动能的新物质主义批评范式并非相互否定,而是彼此滋养,大大丰富了生态批评物转向的研究维度和批评路径。结合近年来与生态批评物转向相关的批评实践,可以看出生态批评物转向在路径方法上有三个重要特征,具体如下。

首先,生态批评的物转向研究强调关注物的"物质性""物形","物的外形、颜色、属性、所处方位等各种微观物质细节都被赋予了文化内涵与审美意蕴"[1]。作家笔下的物的各种外在形式都被赋予了前所未有的"解释性力量","物可以通过自身的性状和形式来传达意义,也可以通过所用的材质与装饰来言说"[2]。如"食物转向"中对于物质毒性成分的聚焦以及有毒物质在多大程度上对身体造成伤害、"植物转向"中对于植物本身生长形态书写的关注等。这种关注使得物转向研究既不同于传统文学研究中对于人物和情节的强调,也有别于传统意象批评的审美旨趣。

其次,在对物本身的物质属性进行微观考量的同时,生态批评的物转向研究还将视野扩大至物所处的关系网络,从琐碎物品之间的关联意义挖掘背后隐藏的环境伦理,或从物的谱系、物的动态轨迹入手透视产生环境危机的社会、政治、文化等复杂要素。一些承载殖民经济历史的食物,比如咖啡、蔗糖等,常成为生态批评物转向的研究入口。研究者借助物的"前世今生"等概念勾勒咖啡、蔗糖的种植史,由此入手挖掘环境破坏背后隐藏的政治、文化因素;此类生态恶化多因"殖民地和种植园经济导致",使得生态批评的物转向与后殖民研究之间也

---

[1] 关于生态批评物转向路径特征的探讨,详见韩启群:《西方文论关键词:物转向》,《外国文学》2017 年第 6 期。

[2] Catherine Richardson, *Shakespeare and Material Culture*, Oxford: Oxford University Press, 2012, p.4.

"产生了丰富的对话"。①

第三,生态批评的物转向研究在回归物的同时,还注重挖掘物的动能和力量,以及在此基础上生成的物—物、物—人的交互关系。以植物转向为例,研究者们一方面试图扭转多年来学术界"既不关注环境中的植物,也不承认植物在环境中的价值"的"植物盲视"(Plant Blindness)倾向②,另一方面呼吁关注"植物的生命"(Botanical Being)③,关注某种内在于植物本身、不以人类意志为转移的新物质主义意义上的物质动能。同样,上述提及的阿莱默以食物为例论述"跨躯体性"概念时也体现了这一研究路径。"跨躯体性"概念的理论重心在于首先承认人类身体的物质性(肉身性)和动能,并强调人类身体与同样具有动能的周围物质环境如何互动与纠缠,进而鼓励生态批评学者思考作为物质的人类身体最终在多大程度上与环境密不可分④。

(二)物质生态批评:非人类中心研究列举

新物质主义所构造的万物有动能的一元本体论不但消解了二元论为主导的人类中心思维模式,也开辟出重新定义人与物质世界关系的非人类中心研究路径。以伊奥凡诺、奥伯曼、阿莱默、哈拉维为代表的新物质主义学者将"动能"思维应用各自的研究领域,塑造了具有明显非人类中心研究倾向的视角,如物质生态批评、阿莱默的新物质主义女性批评、哈拉维的后人类生态批评等独特批评范式。为深入理解新物质主义如何借助动能概念开辟非人类中心研究路径,这里以物质生态批评为例,揭示以新物质主义为代表的"物转向"理论话语如何塑造生态批评前沿,并借此透视物转向与生态批评如何彼此滋养,在借鉴和创新的基

① Gitanjali G.Shahani, "Introduction: Writing on Food and Literature", in *Food and Literature*, Gitanjali G.Shahani(ed.), Cambridge: Cambridge University Press, 2018, pp.1–38.

② Mung Balding and Kathryn Williams, "Plant Blindness and the Implications for Plant Conservation", *Conservation Biology*, 30(6), pp.1192–1199.

③ John Charles Ryan, *Plants in Contemporary Poetry: Ecocriticism and the Botanical Imagination*, New York: Routledge, 2018, p.6.

④ Stacy Alaimo, *Bodily Natures: Science, Environment, and the Material Self*, Bloomington: Indiana University Press, 2010, p.2.

础上生成新的理论范式。

虽然生态批评的"物转向"并不等同于物质生态批评,但物质生态批评无疑已经跃升为当前生态研究领域最为活跃的前沿批评话语之一。在 2014 年出版的《物质生态批评》导论中,伊奥凡诺和奥伯曼详细阐述了"物质生态批评"话语范式的起源、主要观点与批评路径,且精练地归纳了物质生态批评的核心研究任务:聚焦"由物质构成的身体、事物、元素、有毒物质、化学物质、有机和无机物质、景观和生物实体,以及物质之间、物质与人类之间的内在互动与在此过程中产生的能被解读为故事的意义和话语"①。作为一种文本批评方法,物质生态批评"将人类重新安置在充满无机物质力量的广阔自然环境中",关注非人类物质动能在叙事文本中的体现,以及物质创造意义的叙事能力,凸显"自然环境所产生的文化和文学潜力"②。通过对物质动能、意义生成与叙事动能的强调,物质生态批评不但颠覆了人类/非人类、心智/身体、语言/现实之间的二元对立关系,也有效实现了"去人类中心"的批评任务。

之所以将伊奥凡诺和奥伯曼纳入新物质主义研究阵营,原因在于二位学者在建构物质生态批评话语模型时采纳了新物质主义的核心概念"动能"。动能概念之于物质生态批评的意义可以归纳为如下三点。

首先,新物质主义动能概念为物质生态批评提供了一个最基底的、面向建构宇宙万物都有活力的新型平等观,进而消解了基于人类中心特权的二元对立传统思维。在《物质生态批评》导论中,伊奥凡诺和奥伯曼首先引入新物质主义的动能概念,认为自然界的各种物质,包括微乎其微的尘土都在参与小规模的"生态过程",从而融入到更大的环境体系,以此展示自己的物质动能③。正是基于所有物质都有动能这一核心假设,非人类自然和人类才能以平等的方式构建成互为联系的生态网。人类作为动能的一部分,应该以平等的态度看待其他物种,

① Serenella Iovino and Serpil Oppermann(eds.) , *Material Ecocriticism* , Bloomington : Indiana University Press , 2014 , p.7.

② Serenella Iovino and Serpil Oppermann, "Material Ecocriticism: Materiality, Agency, and Models of Narrativity" , *Ecozone* , 3. 1(2012) , pp.75–91.

③ Heather Sullivan , "Dirt Theory and Material Ecocriticism" , *Interdisciplinary Studies in Literature and Environment* , 19. 3(2012) , pp.515–531.

不能在人类中心主义认识论的错误引导中践踏其他物种的生存权。除了借助动能概念消解人类优越于自然界其他物种的传统理念,伊奥凡诺和奥伯曼还拓展至动能的作用方式提醒人类关注人类与非人类物质的复杂互动,并在此基础上呼吁人类抛弃征服自然的傲慢,以一种谦卑平等的姿态与非人类物质一起参与扭转当前恶性循环的内在互动,以坚持不懈的良性互动逐渐缓解生态危机。

其次,新物质主义的动能概念还被伊奥凡诺和奥伯曼挪用解构受 20 世纪八九十年代"语言学转向""文化转向"影响的各种基于二元对立思维的建构论。伊奥凡诺和奥伯曼认为,只有解构心智与物质、主体与客体之间的二元对立关系,想象现实世界千变万化的动态过程,认同自然万物的经验历史,才能有望以生态中心论取代机械决定论。物质世界本身充满了意象、符号、意义与意图等,人们需要剖析某一物质以及该物质与环境的关系,从而形成对它的话语理解。通过借助动能概念重构物质与意义的关系,物质生态批评将物质与意义的交互融合关系纳入其主要观点之中,进而颠覆了西方传统意识形态中语言与实在、文化与自然之间的二元对立关系:物质不断推动着认识过程、社会建构、科技研究和伦理意识的进程;同时,文化不再是人类独一无二的创造物,包括人类与非人类自然的所有物质都在通过内在互动生成意义,从而文化与自然不再是界限分明的存在,而成为互为交融的"混合体"①。

第三,伊奥凡诺和奥伯曼借助动能思维提出了物质生态批评话语的研究精髓,即"叙事动能"(narrative agency)概念,倡导一种关注文学作品中非人类物质动能叙事再现与意义生成的新批评范式。基于物质生成意义的观点,物质生态批评认为人类与非人类自然不仅是文本的描述对象,而且其本身就是文本,就是叙事,而这种"叙事动能"就是一种生成故事的能力。物质生态批评主要考察叙事动能的两个方面:其一,非人类自然的叙事动能在叙事文本中的描述与再现;其二,物质作为文本在互动中生成意义的叙事能力②。此外,伊奥凡诺和奥伯曼

① Serenella Iovino and Serpil Oppermann(eds.) , *Material Ecocriticism*, Bloomington: Indiana University Press, 2014, p.5.

② Serenella Iovino and Serpil Oppermann(eds.) , *Material Ecocriticism*, Bloomington: Indiana University Press, 2014, pp.79-80.

还将叙事动能拓展至文学之外的各种叙事载体,认为世界就是各种具有叙事能力物质的集合体,是由故事化的物质(storied matter)而组成的故事化的世界(storied world)。换言之,物质就是文本,所有形式的物质成为"叙事场所,或故事化的物质,其叙事体现在人类施事者的大脑中以及自我建构的结构之中",而物质生态批评的一大任务就是考察关注物质生成过程的故事或叙事潜力①。

如果说上述第一、二点的归纳表明新物质主义动能概念更多地助力伊奥凡诺和奥伯曼破除了传统生态研究中的二元对立思维,那么第三点则帮助两位学者提出了一个具有明显新物质主义特色的生态批评概念,即"叙事动能"。换言之,伊奥凡诺和奥伯曼并没有止步于依托新物质主义研究框架摆脱传统二元对立的叙事窠臼,而是将动能概念拓展至文学叙事领域,将之与文学批评中的一些概念、术语进行巧妙嫁接,进而探索出一条行之有效的非人类中心研究路径。比如,在描述物质叙事能动性时,物质生态批评支持赋予事物、地点、动植物等人类特征的拟人描写(anthropomorphism)。长期以来,生态批评在肯定聆听非人类自然声音的必要性时,也在质疑为其代言的做法,认为这是将人类思想和言行强加于其他物种,本质上还是人类中心主义的体现。但是,物质生态批评认为拟人描写在展示生命多样性的同时,也让人们认识到物质组成的共同特点,即显示"自然文化中不同物质形式的共性"②。基于这种观点,奥伯曼辩证地认为,拟人描写不一定会为人类中心主义煽风点火,而可能成为"凸显物质的施事能力、展示组成因素共性的叙事手段"③。

从物质生态批评的非人类中心视角来看,叙事动能不再为人类独享,而是包括非人类自然在内的所有物质的基本属性,从而反驳了人类优越于非人类自然的论断。通过肯定物质生成意义和故事的叙事能动性,认同微观和宏观世界中所有物质的表达能力,物质生态批评也在一定意义上促进了生态后现代主义所

① Serenella Iovino and Serpil Oppermann(eds.), *Material Ecocriticism*, Bloomington: Indiana University Press, 2014, p.83.

② Serenella Iovino and Serpil Oppermann(eds.), *Material Ecocriticism*, Bloomington: Indiana University Press, 2014, p.82.

③ Serenella Iovino and Serpil Oppermann(eds.), *Material Ecocriticism*, Bloomington: Indiana University Press, 2014, p.82.

宣扬的自然"复魅"(reenchantment)进程①。

　　归纳而言,物的话语内涵在当下语境中的演变及拓展构成了当前很多学科领域"物转向"的核心推力,对于物的活力、物—人交互融合关系的强调构成了新物质主义理论的核心要旨,为生态批评物转向的纵深拓进注入了决定性的发展动力。虽然新物质主义已经成为当前塑造哲学、文学、社会学、生态学、政治学等多学科理论前沿的思想大潮,但新物质主义将动能拓展至非人类物质环境,以一种非人类中心视角激发人类呵护万物的责任心和伦理观,契合了生态批评这一术语自诞生以来以"缓解世界生态危机"为己任的学术使命和伦理关怀,因而对于生态学研究领域而言有着特殊的意义和价值。

　　首先,生态批评物转向的伦理意义、政治价值与艺术内涵是不可忽视的。以物质生态批评为例,伊奥凡诺与奥伯曼所宣扬的"物质伦理"(material ethics)具有一定的代表性。该理论认同人类与非人类主体共享的物质性,聚焦物质与话语内在互动的方式,考察物质实在中物质的话语生成与话语影响,分析互为联系的施事者与话语构成物质实在的方式②。从一定意义上,肯定所有物质的施事能力、架构物质与意义的桥梁,认同物质的叙事能动性,有利于颠覆西方传统意识形态中一系列二元对立关系,诸如心灵/身体、人类/自然、语言/现实(实在),在肯定所有物质自我的平等时,也反驳了白人男性优越于有色人种、女性和自然的论断。所以,这种物质伦理本身体现出伸张环境正义与社会正义的政治价值。另外,从物质叙事的角度来看,物质生态批评有利于促进文学艺术的进一步发展。将非人类自然纳入文学艺术创作的目标,并肯定人类与非人类物质共有的施事能力,同时看到各种物质的多样性,因此,物质生态批评成为"文化批评与文化创造力的一部分"③。

---

① Serpil Oppermann, "From Ecological Postmodernism to Material Ecocriticism: Creative Materiality and Narrative Agency", in *Material Ecocriticism*, Serenella Iovino and Serpil Oppermann(eds.), Bloomington: Indiana University Press, 2014, p.35.

② Serenella Iovino and Serpil Oppermann(eds.), *Material Ecocriticism*, Bloomington: Indiana University Press, 2014, pp.85-86.

③ Serenella Iovino and Serpil Oppermann(eds.), *Material Ecocriticism*, Bloomington: Indiana University Press, 2014, p.87.

其次,有关生态批评物转向的发展趋势也是值得我们进一步探讨的。当前,推动 21 世纪以来生态批评物转向的环境危机在以下两个方面呈愈演愈烈之势:一是以气候变化为代表的环境危机在近年来叠加新冠疫情、地缘政治等因素,使得人类面临的生存挑战益发严峻、复杂;二是以人工智能、数字媒体为代表的新兴科技对于人类生存方式的颠覆性改变,赛博格、仿生人等新物种开始参与并介入人类的情感和家庭,引发人类对何为身体的界限、何为人类主体性的思考和担忧。在此背景下,能够帮助重新定义人与周围物质环境的关系、推动非人类中心视角建立的新物质主义越来越受到学界的青睐。而在新物质主义"动能""内在互动"等核心思维的影响下,近年来生态批评物转向也越来越聚焦于两个重要趋势:一是逐渐生成以强调物质动能、消解人类中心主义执念为伦理责任的物质生态批评、情感生态批评、新物质主义女性批评等新型批评话语;二是重新思考身体物质性、人类主体性、重新定义人—环境与新型物种关系的后人类批评话语。尽管也有学者质疑非人类中心视角所隐含的悖论,如其中潜藏的人类中心思维模式①,但新物质主义对于生态研究的革命性贡献在于大胆挑战了长期以来占据哲学主导地位的人文主义认识论,推翻了人类是唯一主体的认识。也正是在这个意义上,新物质主义被认为颠覆了人文主义中主体与客体之间关系的认识论,从而进入"后人文主义的空间"②。

近年来,我国生态文学研究领域出现明显的物转向趋势,"物与非人类""自然景观""植物书写""食物书写"等成为近两年国内有影响力的学术会议上频繁出现的议题。学者们一方面积极借鉴和运用生态批评物转向中的前沿批评话语拓展生态研究视野和路径;另一方面也在中国话语语境中对新物质主义开展异文化观照,体现了中国学界坚持中国化立场的学术自觉性。作为一个"涵盖性术语",新物质主义理论思潮以海纳百川的姿态逐渐演变为统摄当前人文社科领域所有"重新思考人与物质世界关系"的异质理论空间,不但促进了当下对人与物关系的重新认识与思考,也对 21 世纪以来的生态批评进程起到了巨大的推

---

① 张嘉如:《物质生态批评中道德伦理论述的可能性与局限》,《东岳论丛》2017 年第 1 期。

② Serenella Iovino and Serpil Oppermann,"Theorizing Material Ecocriticism:A Diptych",*Interdisciplinary Studies in Literature and Environment*,19. 3(2012),pp.448-475.

动作用。虽然新物质主义推动了 21 世纪以来西方哲学领域的本体论转向,但从众多新物质主义学者的论述来看,这一学说不乏与中国传统哲学有内在相通之处,尤其是与中国传统哲学领域的"生生之谓易""齐物论"等生态思想不谋而合。因此,在中西文明互鉴的视角下挖掘中国生态智慧中的"新物质主义基因",不但有助于构建具有中国特色的生态批评话语体系,也为生态批评物转向的后续发展完善指明了方向。

第九章　地球话语与生态文学研究的行星视野

人类探索地球已经有几千年的历史,但是直到 1968 年 12 月 24 日之前人类还从未从太空看见过地球的外形。1968 年 12 月 24 日,人类第一次从太空中拍摄了地球的照片。那一天,美国阿波罗 8 号宇宙飞船正在执行人类第一次绕月球航行太空任务,三名宇航员弗兰克·博尔曼、吉姆·洛威尔和威廉·安德斯从太空舱越过月球看见了远处的地球正在升起。这张从太空拍摄的地球图像被命名为 *Earthrise*,意即地球升起,这也是人类历史上从太空拍摄的第一张地球照片。照片发回地球后,引发了全球性的轰动效应。人类开始意识到,自己不再仅仅站在地球想象整个地球的模样,而可以从浩瀚的太空中回望、凝视地球。这张 *Earthrise* 照片首次使人类对地球有了一个宏观的视角,让人类真切地感知到了地球是一个怎样外形的星球,从而帮助人类理解和审视地球在宇宙中的位置。在这张照片拍摄一年多之后,1970 年 4 月 22 日第一个"地球日"诞生,那天美国各地大约有 2000 万人参加了以环境保护为主题的游行示威和演讲会。2017年,这幅 *Earthrise* 照片入选了《时代周刊》评选的《改变了世界的 100 幅照片》。不过,*Earthrise* 并非全地球照片,只是呈现了地球大约一半的侧面形象。1972 年12 月 7 日,阿波罗号宇宙飞船再次绕地球轨道运行并执行观测月亮任务时,这时太阳在宇航员背后,于是他们拍摄了一幅极佳的全地球照片"蓝色大理石",从而使人类第一次发现了地球的整体形象。"从媒体理论家马歇尔·麦克卢汉(Marchall MacLuhan)到大气科学家詹姆斯·洛夫洛克以及各行各业的思想家,都被这幅图像所深深感染。无论是麦克卢汉的'地球村之说',还是洛夫洛克的

'地球是一个超有机体'的盖亚假说，均受到这个图像的影响而产生。事实证明，这一图像的影响还在继续：20 多年以后的布伦特兰报告《我们共同的未来》创造性地以这幅图做开头，并附上以下文字：'这一图像给人们思想带来的震撼，远远超过当年的哥白尼革命……在太空中，我们看见的是一个脆弱的小球，球体上看不到人类活动和大型建筑，只有云层、海洋、绿地和土壤所构成的图案。人类无法将自己的活动与这幅图相协调，这一点，正从根本上改变着这个行星系统。'"①从此，"蓝色大理石"成了人类对于地球最生动、也最直观的形象认识，学术界开始从地球这一整体生态系统和想象开始考虑生态环境问题的全球性问题，生态文学批评也逐步跳出了狭小地方或国家、地区的空间，从而为生态文学研究的行星视野的形成起到了直接的推动作用。

一、英美生态批评中地球话语及
行星视野的形成与发展

随着科学技术的发展，人类对于自己身处的地球及其周边太空有了更多了解，能够跳出狭小、局部的地方经验而朝着地球以及行星的高度看待生态问题。尽管全球化作为一个概念在历史学界从 1993 年才开始被公开讨论，但是作为一种事实上的存在却早已经处于发展进程中，不过其代表性的事件却是 20 世纪 60 年代人类首次通过太空飞船从太空拍下了地球的直观形象之后，全球化的意识才越发明显。人类自从太空拍摄了地球的整体形象之后，逐渐地抛弃了过去一直遵循的对于自己所在地方生态环境的刻意强调，转而注重揭示不同国家、地区的自然与社会环境是如何在全球范围内相互联系并形成一个有机的整体。换言之，地球形象的出现极大地促使人类环境保护的注意力从聚焦于孤立的地方转向全球乃至地球在宇宙中的位置。

1962 年，蕾切尔·卡逊的《寂静的春天》出版，此后文学创作、思想文化及社

---

① ［美］海斯：《地方意识与星球意识：环境想象中的全球》，李苍贵、虞文心、周生盛、程美林译，中国社会科学出版社 2015 年版，第 25—26 页。

会运动中的生态思潮风起云涌。1963年,理查德·巴克明斯特·富勒(Richard Buckminster Fuller)将地球视为一艘"宇宙船"(spaceship earth),认为地球仿佛是一台综合设计的机器,操作者需要对地球系统非常了解并随时维护才能长期良好地操作它。1965年,英国科学家詹姆斯·拉夫洛克(J.E.Lovelock)提出了盖亚假说。拉夫洛克认为,地球是一个具有自我调节能力的、有生命的有机体,地球上的生命体与大气、海洋、极地冰盖、岩石等自然环境之间有着极为复杂的关联。拉夫洛克提出,地球表面的温度和化学成分是受地球这个行星的生命总体主动调节的,于是地球的大气化学成分、温度和氧化状态受天文的、生物的或其他的干扰而发生变化。在后来出版的《盖亚假说:对地球上生命的新认识》一书中,拉夫洛克认为地球是一种所有生物与矿物组成的共生体,这个共生体有利于所有部分的生物联合,并通过负反馈机制使地球上的生物处于有利于生命活动的状态。在拉夫洛克的观念中,地球是由各个部分组成的、相互关联的有机整体,能够使这个有机整体中的成员都获得良好的发展机会。盖亚假说的提出具有重要的意义,它启迪人们将地球视为一个生命的有机整体,而不是区分为生命体与非生命体,在探讨生态问题时应从地球整体进行考虑,将生态问题视为整个地球生态系统的一个关联问题,并采用整体的观点和方法来认识问题的形成原因,并通过联动机制解决生态问题。同时,盖亚假说也昭示着人类,地球上的生物都是地球母亲的后代,人类不是地球的主人和统治者,而仅仅只是地球母亲的后代之一。在地球母亲的生态系统中,人类与其他生物并没有本质的不同,人类应该学会与其他生物友好相处。艾德莱·史蒂文森在1965年7月9日于日内瓦举行的联合国经济及社会理事会上发言时,将地球看作是人类共同旅行的小小宇宙飞船,认为它的一切都依赖于地球上容易受到损害的空气和土壤。同样是在20世纪60年代,马歇尔·麦克卢汉提出了"地球村"(Global Village)的概念,认为随着科技的发展,地球越来越成为一个狭小的村落,传播速度的提高事实上使得地球的空间缩小,地球上不同国家、地区可以实现资讯的快速传递,从而最终消除了时间和空间的明显存在。地球村时代的来临,使得不同国家、地区的人们日益成为紧密联系的有机整体,人类的命运越来越成为不可分割的组成部分,理论上人们应该在公共事务中承担更多责任意识。1968年,加勒特·哈丁（Garrett Hardin）提出了"全球公地"（global commons）的比喻，认为地球上的资源遭受了人类的无序开采，必然导致地球资源的枯竭。到了20世纪60年代末期，全球生态运动逐渐兴起，成为社会各界瞩目的新社会运动之一。

20世纪70年代是生态文化日益深入人心的时期，最有代表性的事件是1972年在斯德哥尔摩举行的联合国首次人类环境大会。1972年，芭芭拉·沃德、勒内·杜博斯（Barbara Ward & Rene Dubos）受联合国人类环境会议秘书长莫里斯·斯特朗委托，为首次人类环境大会准备了一份非官方报告《只有一个地球——对一个小小行星的关怀和维护》，在这本著作中作者提出："由于空气和气候的全球相互依赖性，各地区自行决定的对策是不解决问题的。即使把各地周密的决定全部加在一起，仍然不能起到有效的保护作用，何况各地的周密决定本来不过是大胆的乐观假设而已。像这些全球性的问题，显然需要全球的决策和全球的关心。这需要协调一致的权力去进行监测和研究工作。这意味着要有新的控制飞机排气的国际条约，并对超音速飞机的发展作出国际的评定。这也需要一个新的全球性的责任体制，同时还需要各国之间的有效行动，切实负起这个责任。"①1972年的6月5—16日，在瑞典斯德哥尔摩举行了联合国人类环境大会，这是世界各国政府第一次共同讨论当代环境问题，探讨保护全球环境战略的国际会议。会议通过了《联合国人类环境会议宣言》，呼吁各国政府和人民为维护和改善人类环境，造福全体人民，造福后代而共同努力。宣言倡导尊重地球和生命的多样性，以理解、同情和爱心关怀生命共同体，保障地球的恩惠和美好能够施及当代和未来的一代又一代："为了这一代和将来的世世代代的利益，地球上的自然资源，其中包括空气、水、土地、植物和动物，特别是自然生态类中具有代表性的标本，必须通过周密计划或适当管理加以保护。""在使用地球上不能再生的资源时，必须防范将来将其耗尽的危险，并且必须确保整个人类能够分享从这样的使用中获得的好处。"②这次会议标志着人类社会正式进入生态时

① ［美］沃德、杜博斯：《只有一个地球——对一个小小行星的关怀和维护》，《国外公害丛书》编委会译校，吉林人民出版社1997年版，第230页。
② 联合国人类环境会议：《人类环境宣言》，载万以诚、万岍选编：《新文明的路标——人类绿色运动史上的经典文献》，吉林人民出版社2000年版，第4页。

代,"地球环境"的观念日益深入人心。世界环境与发展委员会在会议公报《我们共同的未来》中自觉地站在了太空视角上看待地球生态问题:"从太空中,我们看到了一个小而脆弱的圆球,显眼的不是人类活动和高楼大厦,而是一幅由云彩、海洋、绿色和土壤组成的图案","从宇宙中,我们可以将地球作为一个有机体加以认识和研究,它的健康取决于它的各组成部分的健康"。① 丹尼斯·米都斯等在1972年出版了《增长的极限——罗马俱乐部关于人类困境的报告》,强调基于地球是有限的事实,任何人类活动包括粮食生产、资源消耗、污染产生及净化等越是接近地球支撑这种活动的能力限度,它最后会达到地球上的许多极限中的某一个极限,并引发深重的生态灾难。

1973年,挪威哲学家奈斯(Arne Naess)提出深层生态学概念,旗帜鲜明地反对人类中心主义立场,要求全面反思导致生态危机的人类思想根源和文化传统。奈斯提出了深层神态学的系列基本原则,包括:地球上非人类生命的繁荣昌盛有其自身价值,这些价值与非人类生命对人类有用与否无关;非人类生命多样性和丰富性有利于这些价值的实现,这些多样性和丰富性也有其自身价值;即使只是为了满足基本需求,人类也无权减少这种丰富性和多样性;地球人口的大量减少有利于人类生命的繁荣昌盛,这种减少也是人类生命繁荣昌盛的必然要求;人类对非人类环境的过度干预导致了严重的环境问题,而且这些问题正在快速恶化;持有上述观点的人有直接或间接义务设法落实各种改革措施。1974年,氟利昂大量排放可能导致臭氧层破坏的可能性首次被提出,这一可能性在8年之后被科学家所证实;同年,巴里·康芒纳(Barry Commoner)在《封闭的循环——自然、人和技术》中将地球视为一个封闭循环的系统,如同机器一般进行着庞大而复杂的运动:"环境组装了一个庞大的、极其复杂的活的机器,它在地球表面上形成了一个薄薄的具有生命力的层面,人的每一个活动都依存于这部机器的完整和与其相适应的功能。……这部机器是我们生物学上的资本,是我们全部生产需求的最基本的设备。如果我们毁灭了它,我们的最先进的技术就会变得

---

① 世界环境与发展委员会:《我们共同的未来》,王之佳、柯金良等译,吉林人民出版社1997年版,第1—2页。

无用,任何依赖于它的经济和政治体系也将崩溃。环境危机就是这日益接近的灾难的信号。"①同年,法国女性主义学者德奥波妮出版《女性主义或死亡》,该书首次提出了生态女性主义的概念,将男性对于自然的统治与男性对于女性的统治进行并置,认为这是导致现代生态危机的根本原因,倡导将女性主义运动和生态主义运动加以结合,以便按照新的模式重新塑造地球。1976年,绿色和平运动提出了《相互依赖宣言》,认为地球是人类"身体"的一部分,我们必须学会像尊重自己一样尊重它,像爱自己一样爱护这个星球上的一切生命。在此基础上,宣言还提出了生态学的三大原则,即主张一切生命形式都是相互依赖的,生态系统稳定性取决于其自身的多样性与复杂性,所有资源均是有限的。

　　进入 20 世纪 80 年代后,全球的生态保护意识有了进一步的发展,80 年代的酸雨问题,90 年代的臭氧层破洞、森林砍伐、气候变化及全球暖化等议题,均成为全球关注的焦点。相应地,在思想文化领域对于地球生态问题的思考也有了进一步发展。1983 年,莉奥妮·考尔德科特、斯蒂芬妮·利兰主编的《重拾地球:妇女为地球生灵大声疾呼》出版,该书从全球视野中探讨了女性主义与社会问题之间的关系,如女性主义与生态学、女性主义与反核运动等。1984 年,美国学者弗·卡普拉和查·斯普雷纳克出版了《绿色政治——全球的希望》一书,比较全面地介绍了生态政治的发展历程和主要纲领思想,认为绿色政治适用于整个地球与人类:"实际上,我们今天所面临的主要问题都是全球性质的;无论我们研究国际政治、军备分歧、粮食政策、国际金融,或者是研究通信联络,面对着我们的都是一个有限的、人口居住密集的和全球相互依赖的世界。承认世界共同体的这种动向以及承认这种动向就体现于全球生态系统之中,这是最基本的,因此,对全球绿色政治学的需要是最根本的,换句话说,绿色的观点适用于整个地球和全部人类家庭。"②1992 年 6 月 3 日至 14 日在里约热内卢召开的联合国

---

① ［美］康芒纳:《封闭的循环——自然、人和技术》,侯文蕙译,吉林人民出版社 1997 年版,第 14 页。
② ［美］卡普拉、斯普雷纳克:《绿色政治——全球的希望》,石音译,东方出版社 1988 年版,第 267 页。

环境与发展会议通过了《里约环境与发展宣言》,重申了 1972 年 6 月 16 日在斯德哥尔摩通过的联合国人类环境会议的宣言,强调了人类的家园地球的完整性和人与自然的互相依存性,希望在国家、社会重要部门和人民之间建立新水平的合作来推动一种新的和公平的全球伙伴关系的形成,为维护全球环境与发展体系完整的国际协定而努力。到了 1996 年,第一本生态文学论文集《生态批评读本》出版。1998 年,英国第一本生态批评论文集《书写环境:生态批评和文学》(*Writing the Environment:Ecocriticism and Literature*)也在伦敦出版,ASLE 第一次大会论文集《阅读大地:文学与环境研究的新走向》(*Reading the Earth:New Directions in the Study of Literature and the Environment*)也得以出版。1998 年,威尔森(E.O.Wilson)在《一致:知识的综合》一书中将声明科学理念融入到生态批评中,认为世界是一个由不同事物组成的、相互影响的联合体,自然科学、社会科学及人文科学共同构成了人类的知识经验,因此在生态批评中需要使用跨学科的方法进行研究。

进入 21 世纪后,地球的生态问题不但没有得到根本性解决,在一些发展中国家和地区反而呈现出愈演愈烈的趋势。学术界对于生态问题的思考也更加深入,学者们对地球生态问题的发生、过程进行了全方位的审视,力图从科学技术、思想文化、政治体制等方面尝试提出新的观点及解决措施。德国学者莫尔特曼在《地球的毁灭与解放》一文中认为:"通过精神,我们同自然环境紧密联系在一起。这个联合体是一个由人类和自然组成的系统。我们或许可以把它描绘成精神的生态系统。通过精神,作为系统一部分的人类社会与生态系统'地球'[盖亚(Gaia)]联系在一起;因为人类社会生活在地球与太阳、空气与水、白天与黑夜、夏季与冬季的不断循环中,并赖以为生。因而,人类是宇宙生存系统的参与者和子系统,是生存于其中的圣灵的参与者与子系统。因此,重要的在于,把人类对精神的意识扩展到尽可能多的精神的组合中去,按照我们所说的精神的组织原则(自傲与整合、自我保存与自我超越)来扩大个体意识,以便使它延伸到社会的、生态的、宇宙的和神圣的意识中。这样,个体的意识便进入更高级、更复杂、更多层次的精神的组织形式中去,并达到生命更多样和更高级的相互交替中。这样,神圣的、宇宙的、社会的和个人的精神也会达到对它在人类中的自我的更进一步的和更高级的认识。"①美国学者丹尼尔·A．科尔曼（Daniel A.Cole-man）认为在工业社会以前，人们通常重视生命的存在与价值，但是伴随工业文明的发展，技术主义逐渐统治了地球，因此只有建立起尊重生命的社会价值观念，人类才有可能阻止地球的毁灭："哪里若有现代技术破坏了地球，此技术必定是受功利性世界观和资本主义经济的物欲至上价值观所驾驭。假如要让技术去修复地球，这种技术必须重新构建，而且必须按照根本上尊崇自然和人类社群的宽泛价值观来构建。机械世界观已侵蚀弥漫了我们的意识，甚至是我们的自我感受。以此观之，可以显见，面对目前的危机，单一的技术方案将于事无补。"②日本学者石弘之在《共有地和地球环境》一文中认为："'生态时代'一个显著的特征就在于，与从前相比在环境问题认识方面有了一个很大的提高。人们逐渐对人类与地球的关系、文明的存在方式以及每一个人的'生活方式'等产生怀疑。'环境'不再指单纯的物理、化学、生物上的环境，同时也与价值观、经济体系、政治体系这些概念联系了起来。"③

2002 年，塞尔日·莫斯科维奇在法国出版的《还自然之魅：对生态运动的思考》一书提出 21 世纪是自然问题的世纪，人类将以"还自然之魅"作为己任，这种时代责任与人类的地球意识的形成密切相关："作为全球社会中的民族、国家、市场，它们的前景正是趋同。地球村落、信息网络、全球市场、人类家庭这些隐喻在视觉上比在思想上更为清晰，而思想从定义上来讲就是抽象的。如果对此深入理解，其实目前的特异性和差异性似乎构成一种古典意义上的混沌，在巨型崇拜和进步主义的作用下，将形成一个世界，融入一个惟一的宇宙。"④"古老的事物——地球上的昆虫，宇宙中的黑洞，并不因为新生事物——地球上的人类，无限空间中的星系——的出现而消失。将这些历史的线索与我们的历史相

---

① ［德］莫尔特曼：《创造中的上帝：生态的创造论》，隗仁莲等译，生活·读书·新知三联书店 2002 年版，第 32—33 页。

② ［美］科尔曼：《生态政治：建设一个绿色社会》，梅俊杰译，上海译文出版社 2002 年版，第 26—27 页。

③ ［日］石弘之：《共有地和地球环境》，载［日］佐佐木毅、［韩］金泰昌主编：《地球环境与公共性》，李欣荣译，人民出版社 2009 年版，第 6 页。

④ ［法］莫斯科维奇：《还自然之魅：对生态运动的思考》，庄晨燕、邱寅晨译，生活·读书·新知三联书店 2005 年版，第 176—177 页。

比,它们很有可能为我们揭示一个多元宇宙(multivers)而不是单一宇宙。"①同年,米歇尔·托马斯豪(Mitchell Thomashow)在《将生物圈带回家:学会感知全球环境变化》一书中认为,在全球化的背景之下应思考如何使大规模生态变化与民众的关注结合起来,在对本土环境变化的了解中建立起全球共享的信息网络,从而帮助人们掌握全球生态状况的发展变化。2005年,劳伦斯·布伊尔出版了《环境批评的未来:环境危机与文学想象》,该书认为环境批评的兴起从属于人类修改地球空间的历史,伴随着人类生产能力的发展,地方逐渐由作为抵抗政治的前提转变为一个宏大的概念,甚至星球亦可被视为一个地方,于是具有全球视野的地方意识不断兴起:"全球主义观念和失地方性之间的相互关联大概是不可避免的。尽管全球主义可能超越地方,甚至消除特定的地方,像女性主义地理学家多林·马赛(Doreen Massey,1994)主张的那样,它可以'通过与其他地方的互动而非与其对立'来建构新的地方'身份'。比起传统区域主义者想象的封闭社区,这样的身份更像是既有'多种声音'又有'多个地方'(Rodman,1992)。同时,即使不是在文学批评中,至少也是在文学中,像全球性地方意识这种东西正在出现。"②2008年,斯科特·斯洛维克在《走出去思考——入世、出世及生态批评的职责》一书中对于生态文学作品中经常使用的"全球变暖"的简单化表述进行了反思,作者认为使用"气候变化"这一中性词更能表现出地球气候的实际情况,而在这两个词语的背后隐藏的是关于科学精确性与修辞力量之间的较量:"(全球变暖)这个实际上已经深入通俗词汇的词组并不能很好地描述全球气候变化(climate change)这一实际现象的复杂性。根据科学研究,正在发生的变化不仅仅是全球升温的过程。诚然,气温大体上在不断攀升——但人们也注意到其他的天气模式。冷暖趋势同时并存,有时随着年景的更替气温趋向也发生轮换,而总体是在变暖。""出于修辞的原因,我认为比起'全球变暖'来,我们来谈'气候变化'那些令人担忧的隐含意义来是比较合理的——不过话虽如此,我得

---

① [法]莫斯科维奇:《还自然之魅:对生态运动的思考》,庄晨燕、邱寅晨译,生活·读书·新知三联书店2005年版,第177页。

② [美]劳伦斯·布伊尔:《环境批评的未来:环境危机与文学想象》,刘蓓译,北京大学出版社2010年版,第102页。

承认科学及通俗文学仍使用着'全球变暖'这一用语。"①也是在这一年,厄休拉·K.海斯(Ursula K.Heise)在地方感的理论基础上,又提出了全星球意识的观念。海斯认为世界已经进入了全球化时代,传统的生活方式已经成为过去时,人们的衣食住行都已经打上了全球化的烙印,生态环境的恶化打破了人们对于地球生态胜景的幻想,地球上的环境污染、气候变暖、自然灾害等问题影响到地球上的每个人。海斯认为,地方感虽然有存在的可行性,但是生态批评更需要地球感、全球感。换言之,人们应该自觉地站在地球生态的立场上,发扬生态世界主义精神,将个体和群体看作人类及非人类组成的自然全球范围内想象共同体中的一部分。② 在《地方意识与星球意识:环境想象中的全球》中,海斯认为在全球化时代的生态环境保护应该跳出狭隘的地方经验,而代之以更为整体的星球意识:"本土知识的去地域化未必对环保主义研究不利,相反,它开脱了树立生态意识的新路径。在全球联系不断加强的背景下,对于生态意识和环境伦理至关重要的并非地方意识,而是星球意识———一种关于政治、经济、技术、社会、文化和生态网络影响我们日常生活的事实,那么它也指出了这些活动是如何融入更大的网络系统的。"③"如果掌握地方知识的价值在于,它从各方面来说都是了解全球关联性的重要途径,那么,那些同样有助于提高这方面认识的非地方性知识和问题也应当具有同等的价值。因此,环保主义思想所面临的挑战就是:如何将其文化想象的核心从地方意识转移到更少地域性、更多系统性的全球意识上来。"④此外,露丝玛丽·萝特(Rosemary Ruether)的《整合生态女性主义、全球化和世界宗教》、阿尔·萨勒(Ariel Salleh)的《生态自足和全球正义》等论著,也主张将地方概念扩大到全球(地球)范围。

---

① [美]斯洛维克:《走出去思考——入世、出世及生态批评的职责》,韦清琦译,北京大学出版社2010年版,第127页。

② Ursula K.Heise,*Sense of Place and Sense of Planet:The Environmental Imagination of the Global*,New York:Oxford University Press,2008,p.61.

③ [美]海斯:《地方意识与星球意识:环境想象中的全球》,李贵苍、虞文心、周圣盛、程美林译,中国社会科学出版社2015年版,第74页。

④ [美]海斯:《地方意识与星球意识:环境想象中的全球》,李贵苍、虞文心、周圣盛、程美林译,中国社会科学出版社2015年版,第75页。

20世纪60年代以来,生态文化逐渐兴起,推动了全球生态运动的发展,学术界对于生态批评的理解也有了新的变化。如果说在生态文学出现之后的很长一段时间内,生态批评更多强调具体地方、空间中的自然生态平衡,将地方神秘化、浪漫化的话,那么到了20世纪70年代后生态批评的全球意识有了缓慢的发展,生态批评渐渐地具有了世界主义观念,并形成了从全球范围考虑生态问题复杂性的生态批评地球话语。生态问题超越国家、民族、地域,构成了一个地球的深层次问题,生态批评以更为宏阔的地球话语方式探讨着全球环境危机,倡导学者们站在更为宏伟的视角上反观地球及其在宇宙中的位置,从而使生态批评具有了行星视野。

二、中国生态批评中地球话语与行星 视野的形成及其主要特征

20世纪90年代之后,一大批西方的生态理论著作被翻译进来,极大地促进了生态批评思想在中国的普及与影响。西方生态理论的译介对于推动生态意识的传播、强化文学中的自然意识有着重要推动作用。在这一时期内,爱默生的《自然沉思录》、布热津斯基的《大失控与大混乱》、狄特富尔特等编著的《人与自然》、海德格尔的《人,诗意地安居》、拉夫尔的《我们的家园——地球》、卢岑贝格的《自然不可改良:经济全球化与环境科学》、纳什的《大自然的权利》、萨克塞的《生态哲学》、戈尔的《濒临失衡的地球——生态与人类精神》、史怀泽的《敬畏生命》、沃斯特的《自然的经济体系——生态思想史》、辛格的《动物的解放》等理论著作大大拓展了国内读者对于生态问题的认识深度,生态学逐渐升温。

1991年,晓章、刘兰勋在《社会圈——文明的疾患》中在指出人类所面临的诸多生态灾难时,提出必须通过生态伦理学的方式对人类的活动进行限制,以人与地球之间的平衡作为基本目标:"在人与自然的关系中,没有比'克己复礼'更能表达人类应对自然采取的态度了。在这个星球上,对于没有天敌的人类来说,要想恢复人与地球的正常关系,维护生态平衡,必须凭借人类自身的力量,进行自我限制和自我约束,克己成仁。地球是人类的母亲,人们应该时刻记住这一重

要关系,这不是一个简单的比喻,而是一种沉甸甸的生存显示和历史现实。"①

从 1997 年开始,吴国盛主编的"绿色经典文库"陆续由吉林人民出版社推出,其中包括一批影响深远的理论著作,如利奥波德的《沙乡年鉴》、康芒纳的《封闭的循环——自然、人和技术》、米都斯等的《增长的极限》、沃德等的《只有一个地球——对一个小小行的关怀和维护》、杜宁的《多少算够——消费社会与地球的未来》、麦茜特的《自然之死——妇女、生态与科学革命》等获得广泛好评的著作,有力地推动了生态思想在中国的传播。西方生态理论著作的引介,极大地拓展了中国文学对于自然生态的认识深度,艺术感觉敏锐的作家们更早地发现了生态危机的严峻降临,他们在自己的作品里鲜明地表达了自己的忧虑之情。

进入 21 世纪之后,全球性的生态危机非但没有得到遏制,反而呈现出愈演愈烈之势:全球气温持续变暖、冰川融化加快、暴风雨频发、森林覆盖率持续走低、物种绝灭的步伐越来越快。在这种情形下,全球性的生态思潮与运动方兴未艾,生态理论的引介及实践也持续繁荣。这一阶段,西方的生态理论著作继续被大量译介进中国,一些经典著作也得到了不断的再版,新旧生态著作的受追捧说明了人们对于生态问题的意识更加深入、到位。自 2000 年开始,更多的西方生态理论作品被大量译介进来,如罗尔斯顿的《环境伦理学》《哲学走向荒野》、麦克基本的《自然的终结》、庞廷的《绿色世界史》、拉德卡的《自然与权力——世界环境史》、莫斯科维奇的《还自然之魅:对生态运动的思考》、多布森的《绿色政治思想》、佩珀的《生态社会主义:从深生态学到社会正义》、巴克斯特的《生态主义导论》、弗里德曼的《世界又热又平又挤》等纷纷翻译出版;在西方生态理论著作的不断输入下,中国文学的生态维度与环境意识得到了空前的强化,许多学者自觉地吸收西方生态批评的养料,使自己的生态批评富于鲜明的时代色彩。进入到 21 世纪之后,中国当代生态文学批评进入一个前所未有的活跃期。

在鲁枢元看来,"文学艺术与整个地球生态系统的关系是什么,文学艺术在即将到来的生态学时代将发挥什么作用,文学艺术在当代的生态学家的心目中

---

① 晓章、刘兰勋:《社会圈——文明的疾患》,辽宁人民出版社 1991 年版,第 162 页。

居于何等地位,在日益深入的生态学研究、生态运动的发展中文学艺术自身又将发生哪些变化,已成为一些十分重要而且非常有趣的问题"①。在2000年出版的《生态文艺学》中,鲁枢元探讨了文学艺术与整个地球生态系统的关系,进而运用现代生态学的观点来审视文学艺术,围绕文学艺术与自然生态、文艺作品中的人与自然的主题、文艺批评的生态学内涵、文学艺术史的生态演替等问题进行了阐述,给文学艺术在地球生态系统中进行了定位:"在我们看来,地球是一个大的生态系统,文学艺术是地球上人类这一独特生物的生命活动、精神活动,是一个在一定的环境中创生发育成长着的功能系统,文学艺术在地球生态系统中注定享有一定的'序'和'位',而这一'序位',即文学艺术的'安身立命之地'。"②在后来的思考中,鲁枢元发现地球自然生态系统与人类精神生态系统的问题同时形成:"自从'工业革命'以来,地球自然生态系统的崩溃,与人类价值观念的偏狭,与包括文学艺术在内的精神世界的凋敝,是同时发生的。文学艺术与生态学的携手并进,也许就是中国21世纪文学的一种必然走向。"③具体到自然生态与精神生态的平衡问题,则"生态平衡要走出进退维谷的境地,就必须引进一个'内源调节'机制,在动态中通过渐进式的补偿,在推动社会发展的同时,达成人与自然的和解。而这个'内源'就是'心源',就是人类独具的精神因素"④。

2000年徐恒醇出版《生态美学》一书,认为人的主体的参与性是一种对生态系统的融入感,是人与地球上其他生命产生关联的具体表现:"生态美所体现的是人与自然的生命关联和生命共感。这种生命关联是基于人对自然的依存关系,人的生命活动正是在这种自然生命之网的普遍联系中展开的,建立在各种生命之间、生命与生态环境之间相互依存、共同进化的基础之上的。由此也使人感受到这种生命的和谐共生的必然性并唤起人与自然的生命之间的共鸣。这种生命的共感来源于不同物种生命之间存在的亲和性,因为地球的生命具有共同的

① 鲁枢元:《走进生态学领域的文学艺术》,《文艺研究》2000年第5期。
② 鲁枢元:《生态文艺学》,陕西人民出版社2000年版,第33页。
③ 鲁枢元:《生态批评的空间》,华东师范大学出版社2006年版,第29页。
④ 鲁枢元:《生态批评的空间》,华东师范大学出版社2006年版,第28页。

起源和共同的祖先。它说明生命是共通的,而且也是共命运的。"①"如果说生命是本体论意义上的'存在',那么这种生命关联和生命共感便是生态美的本体特性,它反映出整个地球生态系统是一个活生生的有机整体。中国美学曾经把美的蕴涵界定在对生命的体验中,那么生态美的底蕴便是对人与自然交融的生命体验,它来自天人一体,是天、地、性、心的合而化一。"②

同一年,曾永成的《文艺的绿色之思——文艺生态学引论》由人民文学出版社出版。该书从人类生态学和美感的自然生成两个视角出发,系统地探讨了文艺的本色、文艺的生成与发展,认为文艺应当为人的生态本性和生态环境的扭转努力,建立起文艺生态学的发展目标:"彻底的宇宙整体观和开放的系统观,要求把生态系统的内涵不仅扩大到地球上的生物圈,还应考虑到地球所处的外缘环境,把地外星体和星系乃至整个宇宙,都纳入生态系统。于是'天'就成了这个生态系统中最具涵盖性的构成因素,'人天关系'也因此成为这个生态系统的基础性结构。"③在作者看来,文艺是"人学"的审美化表达,因此应该从人的生态处境立场出发进行审视,从人类的生命存在和自然(宇宙)的根本角度把握文艺的生态意味:"文艺生态系统正是这样一个以宇宙为空间阈限,以人的文艺活动为中心的开放性的生态系统。在最早的文艺中,就有了对人天关系的叩问和遐想,天象变异和宇宙意识就密切联系于人的生命行为和人性反思。文艺从来并永远都在这个最广袤而深邃的生态背景上生成其意蕴和神韵。在人从自然中生成之后,无论是否与人的实践有直接关系,自然和宇宙都进入了人的精神世界,作为人化的自然而成为文化的重要内容。而文艺产生于社会,以人的文化生命为内容,又处于最切近的狭义文化的系统中。这样,文艺的生态系统就在以文艺活动为中心的格局中包含了文化、社会和自然(宇宙)三个基本层次。这个系统中的'自然',不仅指地球上的自然,而且包括整个宇宙,即生成了地球和人类的整个自然界系统;其中的'社会'本来应包括'文化'在内,但这里指的知识构成社会的'骨骼'和'最后动力'的经济、政治和物质生活方式等因素,这是人类

---

① 徐恒醇:《生态美学》,陕西人民教育出版社 2000 年版,第 136 页。
② 徐恒醇:《生态美学》,陕西人民教育出版社 2000 年版,第 137 页。
③ 曾永成:《文艺的绿色之思——文艺生态学引论》,人民文学出版社 2000 年版,第 145 页。

在一定自然条件基础上的社会实践的表现,这里的'文化'是狭义的文化,即通常与经济、政治并称的文化,主要包括各种社会意识形态和精神生产与生活的方式。这个系统中的三个层次,作为三个生态圈,或者各自直接与文艺发生生态关联,或者在相互影响和融会中与文艺发生生态关联,或者以交互作用形成的整体效应而与文艺发生生态关联。在这个生态之网中,文艺无非是一个特殊的扭结点。"①

针对全球性生态危机的到来,文艺如何作出相应回应的问题,曾繁仁发表《生态美学:后现代语境下崭新的生态存在论美学观》一文,认为生态美学的提出拓展了传统存在论美学的空间:"生态存在论美学观同传统存在论美学相比,进一步拓宽了观照'存在'的视角。在传统存在论美学中,'存在'被界定为人的此时此地的'此在',时空界限明确。而生态存在论美学观,对'存在'的观照视野则大大拓宽了。从空间上看,生态存在论同最先进的宇航科学相联系,从太空的视角来观照地球与人类。自从20世纪60年代人造宇宙飞船升天并环绕地球航行之后,从广袤的宇宙空间观看地球,地球只是一个小小的蓝色发光体,似乎顷刻之间就会像一颗流星那样消逝,显得如此脆弱。而人类则是这个宇宙间小小星体的一个极其微小的'存在'。因此,从如此辽阔的空间观照人的存在,不是更加感到人与地球的共生存同命运的休戚与共的关系吗?不是更加感到人的'此在'不可能须臾离开地球吗?而从时间上看,生态存在论坚持可持续发展观点,认为人的存在尽管是处于当下状态的'此在',但这个'此在'是有历史的,既有此前多少代人的历史积存,又要顾及到后代的长远栖息繁衍。这样的时空观照就改变了传统存在论美学中'此在'的封闭孤立状态,拓宽其内涵,赋予其崭新的含义。"②在后来的《生态存在论美学论稿》(吉林人民出版社2003、2009年版)一书中,曾繁仁对中国新时代生态美学的产生与发展、生态美学的产生及其意义、当代生态美学的发展与美学的改造、当代生态美学观的基本范畴等问题作了进一步的思考。

---

① 曾永成:《文艺的绿色之思——文艺生态学引论》,人民文学出版社2000年版,第146—147页。
② 曾繁仁:《生态美学:后现代语境下崭新的生态存在论美学观》,《陕西师范大学学报(哲学社会科学版)》2002年第3期。

程相占在 2002 年出版的《文心三角文艺美学——中国古代文心论的现代转化》一书中倡导"生生美学"："针对全球生态危机的思想文化根源,我们有必要反思现代文明自我认同的外逐认同模式,正是它造成了现代文明的'逐物'倾向,在对自然资源疯狂掠夺的'杀生'过程中将人类推向濒临灭顶之灾的边缘。借鉴中国文论传统中的内返认同模式及其'生生之德'理念,建设一种与'杀生'相反的、以'生生'为价值定向的生生美学,将是美学的可行思路。"①

2004 年,杨传鑫发表《绿色的呼喊——20 世纪生态文学略论》一文,认为人类进入了环境的世纪后,共同的责任就在于召唤全球生态意识："地球是人类的襁褓、摇篮和家园,人类依赖着地球的自然资源生活、成长、发展和壮大,理应虔诚地关爱和保护她。可是,人类所具有的自私性、占有欲、急功近利,促使他与地球——自然的关系一天天疏远、紧张、恶化,到了 20 世纪,'人与自然的关系发生了重大变化,由大自然的敬畏者变为主宰者,人类对自然表现出一种傲慢的、随心所欲的、疯狂掠夺的态度,由于这种无节制的掠夺和野蛮的践踏,造成了全球生态环境的恶化'。"②

在 2012 年出版的《生生美学论集:从文艺美学到生态美学》一书中,程相占对生态智慧与地方性审美经验的关系提出了进一步的思考。作者认为:"地球上主要有中国、印度和西方三大地方性文化圈,这三大文化圈构成了全球基本的文化生态系统。三大文化圈各自的形而上学思想观念、审美理想以及艺术传统,构成了地球整个生态圈中基本的审美生态系统。对于这个审美生态系统的理解和把握,将是未来美学研究走向深入的基本前提。"③在此基础上,程相占指出保护地球范围内的文化多样性,需要重视地方审美经验,只有如此才能建立起具有多样性的生态意识、生态智慧:"与生态智慧想通的是'生态圈思维',它隐含着地球行星语境,承认世界各地、各种文化群落都对于人类文化各自的独特贡献。许多有识之士指出,在全球范围内保护文化多样性,将是人类 21 世纪的重大议

① 程相占:《文心三角文艺美学——中国古代文心论的现代转化》,山东大学出版社 2002 年版,第 277 页。
② 杨传鑫:《绿色的呼喊——20 世纪生态文学略论》,《中南民族大学学报》2004 年第 1 期。
③ 程相占:《生生美学论集:从文艺美学到生态美学》,人民出版社 2012 年版,第 125 页。

题。审美经验的地方性是人类审美活动的一个基本事实,但遗憾的是,前此的美学理论都缺乏对于地方性审美经验的重视。其原因是值得深长思之的。在笔者看来,生态意识、生态智慧的缺乏,是前此美学研究、美学理论最为严重的缺陷。从美学思想主体上来说,许多美学、特别是中国当代影响最大的实践美学,基本上充当了现代文化注脚的角色,一贯地、不加反思地论证着实践的合理性,极少关注实践、特别是其作为理论'逻辑起点'的物质生产实践的累累恶果:环境污染、物种消亡等等,也就是对于'文弊'(或称'文蔽')——文化弊端的起码反思批判意识。在我们看来,审美活动的主要功能是对于'文弊'的超越。由'文明注脚'而为'文弊超越',这是中国当代美学的主题和观念发生的某种根本性变化。"①

2013 年,王诺出版《生态批评与生态思想》一书,对生物区域主义和处所理论进行了介绍,既肯定了生物区域主义的价值,又指出了其不足:"生物区域主义也有其重大缺陷。从理论上看,任何只关注局部而不重视全局——整个地球生态系统的思想,都不是完善的生态思想,也不是真正的生态整体主义思想。一些生物区域主义倡导者不同程度地忽视了地球生态的完整性和生态危机的整体性,有的人还排斥对整个世界的生态考虑(比如温德尔·贝里),显示出这些倡导者生态思维的片面和极端。从实践上看,生态问题是一个全球性问题,单靠局部区域的生态保护和生态生存不可能改正已经由全人类共同铸成的大错。诚然,假设全人类都能做到在特定生物区域生态地生存,的确能在很大程度上保持整个地球生态系统的平衡;但其前提却是生态系统已经恢复了原来的平衡。然而,现今人类所面临的最大问题却是如何首先缓解和消除已经出现的生态系统混乱、生态系统危机和防止生态系统即将到来的总崩溃,而要度过并化解这一危机,在现行体制和国际秩序下,离不开各国和全人类的合作。人类首先必须携起手来化解全球生态危机,才有可能选择生物区域主义的生存。"②同年,谭东峰、唐国跃在《西方文学批评困境及生态文学批评构建》一文中就部分研究者一味

---

① 程相占:《生生美学论集:从文艺美学到生态美学》,人民出版社 2012 年版,第 127 页。
② 王诺:《生态批评与生态思想》,人民出版社 2013 年版,第 191 页。

凸显"地球大生态圈"价值而排斥"人类中心主义"的内在诉求,对生态批评提出了反思:"从生态批评研究的多种'环境文本'可以看出,生态批评试图召唤一种阅读语境的根本性转换——从'人类中心主义'的语境转换到一个'地球大生态圈'视阈中的环境语境。科学知识的单向度增长并不代表文化进步本身,而只不过是人类的'天真'从'幼稚'走向'深刻'而已,必然给人类带来灾难性的后果:加剧'人—自然'与'人—社会'关系的紧张;消解人的主体性、创造性和否定性维度。"①

2015 年,文泽天发表《从〈山坳上的中国〉看中国早期生态文学话语》一文,对 20 世纪 80 年代后期引发广泛社会反响的作品《山坳上的中国》进行重新解读,将其视为早期中国生态文学的代表性作品,指出了其中的保护地球、拯救人类的话语特征:"早期的生态文学脚踏拯救大地的志向,仰望'天人合一'的意识形态,秉承着保护地球,拯救人类的话语,为中国生态文学开辟了一条明确的前进方向,后期的生态文学也紧跟步伐,让生态文学在内容、体裁、创作思维上更加丰富和创新。但是任谁都无法磨灭它独特的话语和表达方式,在后期创作的面前也不惧任何高低与深浅的比较,因为它的话语是特殊的,早期的生态文学也是独一无二的。《山坳上的中国》一书也用一组组数据,一个个事实告诉我们,早期生态文学并不是一个'主义'、一个'深浅'就能一以概之的。"②

2016 年,陈茂林发表《"生态无意识":生态批评的至高理想》一文,提出了在生态批评中可以将"生态(无)意识"分为两种类型,在普及型生态意识中凸显了生态批评的地球话语意识:"'生态(无)意识'的内容可分为两部分:普及型生态意识和深层次生态意识。普及型生态意识的主要特点是高度概括,言简意赅,简单易行,易于普及;例如:大自然是一个有生命的有机整体。地球万物都有内在价值和生存权利,都应受到关怀和保护。人类不是宇宙的中心,而是大自然的一部分,其生存和发展一刻也离不开大自然。离开大自然,人类将走向毁灭;没有人类,大自然或许生存得更好。人类不是评判一切的价值尺度,其认

---

①　谭东峰、唐国跃:《西方文学批评困境及生态文学批评构建》,《求索》2013 年第 1 期。

②　文泽天:《从〈山坳上的中国〉看中国早期生态文学话语》,《今传媒》2015 年第 8 期。

识能力非常有限;我们只有一个地球,我们只是从后代那里借用了地球;保护地球,敬畏生命,功在当代,利在千秋;人类与其他物种及环境之间应该是相互依赖、和谐共生关系,然而几百年来人类完全改变了这种关系,酿成了今天日益严重的生态危机,深陷生存困境,这完全是由人类一手造成的,要缓解生态危机,必须从自我做起,自觉树立生态意识,回归'自然',返璞归真,低碳生活,诗意生存。而深层次的生态意识,主张从学理上弄清楚树立生态意识的必要性,可作为普及型生态意识的解释,主要包括生态学、环境伦理学、生态哲学、生态神学等。"①

2016 年,汪树东发表《当代中国生态文学的四个局限及可能出路》一文,认为从生态整体观出发,"自然界万事万物构成一个有机联系的整体,每一事物都占有一定的生态位,相互联系、相互依存,不存在主次等级之分,共同维护着精美的地球生态系统,一方的败坏很可能潜伏着整体的败坏,而生态系统整体的兴盛必然要求各个部分的兴盛"②。"目前的生态问题是全球问题,是人类生存的头等大事,也正是全球化使得生态问题变得空前严峻起来。因此要思考生态问题,全球化的宏阔视野是必不可少的。"③以这个标准来进行审视,则可发现中国当代生态文学还未建立起真正的生态整体观,缺乏全球化的生态视野,从而导致生态文学没有表现出应有的恢宏气度、诗意气质。在这里,"地球生态系统"与"全球化生态视野"被放到了同等重要的位置。在汪树东看来,"更多的中国作家尚未具备全球化的生态视野,他们书写生态,往往满足于对眼前的一株树、一个动物的悲剧命运的动情展示,或者局部地区的生态事件的详细描述。他们无意去寻觅此时此地的生态危机和全球化的生态危机之间的隐秘联系,更没有意识去反思此时此地看似无害的行为经过全球化的商业交通运输体系传导到遥远的彼时彼地会释放出多么巨大的生态危害,也没有去关注此时此地的生态危机的全球化根源。这样一来,生态文学应该具有的全球化魅力就荡然无存了"④。不过

---

① 陈茂林:《"生态无意识":生态批评的至高理想》,《艺术研究》2016 年第 2 期。
② 汪树东:《当代中国生态文学的四个局限及可能出路》,《长江文艺评论》2016 年第 11 期。
③ 汪树东:《当代中国生态文学的四个局限及可能出路》,《长江文艺评论》2016 年第 11 期。
④ 汪树东:《当代中国生态文学的四个局限及可能出路》,《长江文艺评论》2016 年第 11 期。

耐人寻味的是,在批评了中国当代作家热衷于局部地区的生态事件的详细描述征候后,汪树东在近期发表的《地方感的丧失与重建——论当代生态诗歌对于新诗的建设意义》一文中又转而倡导生态文学创作应该返回地方,恢复地方感,因为这是一种更为内在的全球感:"于坚、雷平阳、吉狄马加等当代生态诗人返回地方,恢复地方感,表面上看是一种反现代性的精神倒退,其实却是接通生命大道的激流勇进,因为真实的地方感往往意味着真实的全球感。正如爱默生所言:'最好的地方就是人们脚下的那片地方……对他来说,大与小是相对的。瓦尔登湖是一个小的海洋,而大西洋是一个大的瓦尔登湖。'最好的地方就是脚下的地方,脚下的地方就是地球的一部分,本身就是全球感的一部分,因此不要担心地方感会限制生态诗人的眼界,只要能够真正地进入地方,融入大自然,生态诗人就能够为我们揭示具有全球意义的生命新方向。"①不过应该注意的是,简单地以地方是地球的一部分,因而地方本身就是全球感的一部分,认为地方感不会限制生态诗人的眼界的观点似乎过于简单;同时,"所有恢复了地方感的诗人都是生态诗人"的结论也可再斟酌。② 地方感并非一个完美的所在,研究者不宜停留于对于地方感的颂扬或批判,而应察觉其价值与局限,并分析地方是如何影响着人们,人们又如何地改变着地方。正如劳伦斯·布伊尔所言,研究者无需贬低地方感,也无需赞美地方感,更为关键的是解释形成地方感的各种条件,由此发展出面对环境时的谦卑态度。

　　同年,刘霞发表了《从人类中心主义到地球中心主义——生态批评视域下的〈瓦尔登湖〉及其当代意义》一文。作者首先梳理了几位学者的生态批评理念,认为生态批评的一个显著特点即在于否定了人是地球的中心:"在生态批评视域下,人与自然的关系得到了全新的诠释,人不再被置于地球的中心,不再被想当然的认为是'宇宙的精华,万物的灵长'(莎士比亚),而是由人类中心主义过渡到地球中心主义,由人与自然的二元对立转变为人与自然的共存、共生、共

---

① 汪树东:《地方感的丧失与重建——论当代生态诗歌对于新诗的建设意义》,《江汉论坛》2021年第1期。

② 汪树东:《地方感的丧失与重建——论当代生态诗歌对于新诗的建设意义》,《江汉论坛》2021年第1期。

待的相对主义观念之下。"①在此基础上,论文用当代的生态批评理念重新去阐释梭罗的《瓦尔登湖》所具有的超前的地球中心主义的内涵,即:"《瓦尔登湖》描述了梭罗对自然的超验主义生活体验,呈现出一幅人与自然和谐共存、共生共荣的生活画面,梭罗从地球中心主义而不是人类中心主义立场出发看待自然界人与其他物种的关系,在极简主义生活方式中寻求自我,对工业文明带来的生态环境的恶化表达了自己的隐忧。《瓦尔登湖》记录了梭罗关于自然的哲学思考,显示了超前的生态意识,具有较强的时代意义和现实价值。"②不过由于作者并未解释身处 19 世纪中期的梭罗何以具有了如此超前的"地球中心主义"观念,因此论文的强制阐释特征较为明显。

2017 年,胡梅仙在《宇宙生态观与空间生态诗学》这篇论文中,对生态文学作了一个十分宽广的理解,认为生态文学是一个包容智慧、理智的美丽并有世间万物相伴随的生命境界和大宇宙境界,因此自然不仅包括生态批评中经常涉及的大地,而且还应该包括天空和宇宙空间,从而提出了宇宙生态观的话题。尽管文章并未对宇宙生态观作学术意义上的界定,却描述了宇宙生态观与空间生态诗学的三个特点,即黑暗和光明交织、循环的绿意时空,任意翱翔的天地自由境界以及充满活力的天地人间居所:"宇宙生态,是一种精神的,眼光包含了过去未来、天上地面的大宇宙眼光。因为有对光明、希望、爱、自由和美的追求,而这些只有精神达到一种神游八极却又仍然不脱离现实的境界,才有宇宙之花草,风雷、闪电的斑斓宇宙。"③由于在《宇宙生态观与空间生态诗学》中作者并未对宇宙生态观、空间生态诗学的概念进行界定,于是在 2019 年的《我想象的生态文学》一文中,胡梅仙继续对二者之间的区别进行了简单说明:"这两个概念有交叉相混的地方,也有不同的内涵和意义。空间生态注重更接近我们的生存空间,宇宙空间既包括生存空间,也包括更为辽阔或具有诗学意义上的精神活力、绿意

---

① 刘霞:《从人类中心主义到地球中心主义——生态批评视域下的〈瓦尔登湖〉及其当代意义》,《河南师范大学学报(哲学社会科学版)》2016 年第 5 期。

② 刘霞:《从人类中心主义到地球中心主义——生态批评视域下的〈瓦尔登湖〉及其当代意义》,《河南师范大学学报(哲学社会科学版)》2016 年第 5 期。

③ 胡梅仙:《宇宙生态观与空间生态诗学》,《学术研究》2017 年第 7 期。

空间。特将这两种概念列出,以示其中同与不同之处,从而对于我们继续探讨空间生态文学和空间宇宙诗学提供更广阔的领域视野和内涵。"①作者特别强调了提出这两个概念的原因:"一般研究者多从大地栖居、该亚理论等来阐释生态文学作品,生态文学应还有一个更大的创作、阐释视野。它不仅包括大地、海洋,也包括头顶的星空,包括太阳、月亮、大气、云层、清风等组成的一个时空连续体。目前生态文学研究对于宇宙生态观还未有提及和研究的文章,由宇宙生态观我想到了空间宇宙诗学(空间生态诗学)概念。"②尽管作者在两篇文章中都提到了宇宙生态观与空间生态诗学,但是并未给予严格的学术界定,而是以充满感情色彩的语言进行了描绘:"有天地万物,这个天地万物不仅包括动物、植物、自然界的一切生命和非生命的物体,更包括人。这个人你可以把他当作主体,也可以看作一个与世间万物的平行者,但是他是最有智慧的,这是无可否认的。他同时是宇宙的一部分,是自然、环境的一部分。那么在生态文学的定义上,我想一定要把人纳入进去,这不一定就构成人类中心主义。人与自然的主体间性,除了这个已被人提出的术语观点,我感到还有一个大的宇宙境界的生态文学观,它包括人的一切思想、欲望,可又是自然的、生态的。它是真正的生态的文学。就像生态诗人们写的有关青草、鹿、狼、大海等有着具体自然物的生态诗一样,它们也叫生态诗或者生态文学,是一种人体在自然、宇宙中的生态,人体的平衡状态,甚至包括人类的冲突,当然还有痛苦、欣喜等人类情感。还有,生态诗、生态文学中所包含的一个视野,这个视野是否给人一种感觉,它是包容的,并且包含世间万物,有智慧、有哭泣、有自然等等。天上地下,甚至每一个角落,虽然有痛楚,最终感觉是被树叶做成的花环围绕的。这就是生态,有一个大的和谐、多角度的环境,即使那些环境被痛楚浸染了每一个角落,可我们仍然能感受到月亮的纯粹光辉、太阳的光芒洒满了每一个行人走过的角落。我想,这就是生态诗、生态文学,有大自然的、人的,感到是被大自然、大地包裹的,一切都来自于天地的神性、灵性,连同人的身体、智慧和悟性。"在论文的最后,作者用饱含激情的语调这样描写

---

① 胡梅仙:《我想象的生态文学》,《社会科学论坛》2019 年第 3 期。

② 胡梅仙:《我想象的生态文学》,《社会科学论坛》2019 年第 3 期。

生态文学作品的宇宙精神:"一个囊括宇宙的精神,或者是一种溢满自然万物清香和原味的精神充溢宇宙,其中有人的自然、自由精神的暗合或者充溢,天地中人的德性的活力,让宇宙充满生机活力,直至与更大的宇宙空间相联系和和谐相处。"①

2020年,王光东、丁琪发表论文《新世纪以来中国生态小说的价值》,提出应该在人类命运共同体的立场上看待地球生态及审视中国生态小说:"在新时代语境下理解习近平总书记的'生命共同体'理念,应与他提出的'人类命运共同体'联系起来思考。我们应注意到生态危机中包含的人类内部不同利益群体之间的社会公正、不同国家民族间因发展程度不同造成的生态灾难转移等问题,只有在构建'人类命运共同体'的过程中才能寻求环境问题的根本解决之道。人与自然的冲突问题,也是人类内部不同群体、不同种族、不同国家、代际之间的利益冲突问题,人类应该具有相应的生态道德关怀,以相互依存、共生共荣理念携起手来共建共享,否则地球上的资源终将枯竭,人类将不会得到永续发展。"②同年,李家銮发表论文《走向生态世界主义共同体——气候小说及其研究动向》,这篇论文以"人类世"的大背景看待全球气候变化,认为这是一个超越地域和国界、物种边界的"超级物",可以突破人类社会文化传统中长期存在的人类中心主义观念,突破早期生态文学和生态批评的地方主义倾向,从生态区域主义走向生态世界主义:"生态世界主义最简化的理解可以说是生态版本的世界主义,或者说是生态批评和世界主义的结合,其重点在于超脱人类中心主义,将关注重点扩展到'不止于人的世界',构建一个人类与整个自然界的生命共同体。"③在分析气候小说与全球性之间的关系时,作者认为气候小说的价值有三点:"首先,气候小说描写的往往是某种气候性的全球危机,试图唤醒的是一种世界公民式的全球意识,特别是对于人类世和当今全球气候变化是人类造成的事实的认识。""其次,在更深层次的气候变化的溯源问题上,气候小说的普遍共识在于反

---

① 胡梅仙:《我想象的生态文学》,《社会科学论坛》2019年第3期。
② 王光东、丁琪:《新世纪以来中国生态小说的价值》,《中国社会科学》2020年第1期。
③ 李家銮:《走向生态世界主义共同体——气候小说及其研究动向》,《鄱阳湖学刊》2020年第4期。

思全球工业化与全球消费主义。""第三,在气候变化问题的出路上,很多气候小说探讨了全球治理(global governance)与气候治理(climate governance)问题。"①虽然作者并未提出地球话语等概念,但从内涵上而言,"全球危机""全球意识""全球治理""全球工业化"等事实上勾勒显示出了地球话语的存在。

从 20 世纪 90 年代以来,中国生态批评的地球话语内涵逐渐明显,地球话语的表现与生态文学研究的行星视野主要表现在三个方面:一是生态批评中对于地球、全球概念的直接使用;二是对于人类中心主义观念的超越,尝试立足于世界生态问题的一致性考虑问题;三是对于生态危机的全球性的关注及对新世界主义期望。

三、地球话语与行星视野在中国生态批评中的呈现及反思

20 世纪 90 年代之后,中国的生态文学研究领域出现了一些关于地球话语的著作与论文,在少量论著中还较为深入地探讨了文学艺术与地球生态、宇宙自然之间的关系,表现出了生态研究的宏伟的研究视野和思维广度。尽管如此,仍然应该看到在当下中国的生态文学研究中,大多数研究者仍然习惯强调生态研究的地域性、地方性,迷恋于局部的自然生态环境及其情感寄托,却有意无意地忽略了生态问题的全球性特征。

地球话语与行星视野在中国的生态文学研究领域表现得尚不充分,这一批评观念与研究视野对于多数生态文学研究者还显得较为陌生。造成这种状况,有这样几个方面的原因。

首先,中国历代文学及其文学研究均具有浓郁的史传传统特质,文以载道的观念深入人心。文学作品反映现实问题,文学批评贴近人生与社会,是许多作家、学者不谋而合的认识。在相当长的历史时期内,现实主义的创作方法、社会

---

① 李家銮:《走向生态世界主义共同体——气候小说及其研究动向》,《鄱阳湖学刊》2020 年第 4 期。

历史的批评观念成为作家、批评家的自觉选择。由此而形成的文学研究观念则是学者们对于历史题材、现实问题的关注,对于故乡环境的体认、对于区域文化的认同,学者们注重从现实主义角度切入文学文本,而对凌空蹈虚、天马行空的文学研究缺乏兴趣。中国历代有着安土重迁的文化惯性,强调在地意识与山水观念。在这种背景下,中国学者的观念深处对于自然山水、大地观念有着直觉的认同,而对于没有直观体验、虚无缥缈的地球书写及更为抽象的行星视野比较生疏。饶有兴味的是,在中国的生态文学研究学者群体中,从事文艺学研究的学者对于生态研究中的地球话语兴趣最为浓厚,相关方面的论著也最多,出现了如曾永成、鲁枢元、曾繁仁、徐恒醇、程相占等学者。而在比较文学与世界文学、中国现当代文学、中国古代文学等学科领域内,则较少学者使用行星视野切入生态文学研究,不同学者之间的理论指向与参与程度有着较大差异。

其次,中国的生态文学研究中强制阐释思维方式仍然有较大空间,挪用西方生态研究的理论概念进行套用的问题依然突出。在有的学者的论著中,经常引经据典,唯西方生态理论马首是瞻,却没有多少独属于个人的见解,只是将西方生态理论在中国的生态研究领域内演绎一遍。正如有学者所言,"生态批评因生态危机而起,应该是一个十分鲜活的理论。但是,生态批评在中国的发展,却是以理论的译介为主,即使从事批评实践,也大多以西方的经典文学文本为主,这不能不引起我们的反思。其实,生态批评理论的本土化建构是生态批评理论自身的要求,如果失去这一点,生态批评也将失去了它存在的意义。因为,生态批评的重要任务是对文化的生态反思,而我们生态批评建设,当然是对我们现有的文化的反思。但事实是,我们却一直在进行他者文化的反思,如此,我们的生态批评岂不就是无的放矢了吗?"①袁鼎生在《生态批评的中国机理》一文中说得更为尖锐,认为西方理论对中国"学术生态"造成了破坏和入侵,并且归纳出两种中国的学术研究面对西方理论"失语"的类型:"一种是用西方的思想方法特别是学术范式,诠释中国现象,使后者成为前者的确证与注脚,使前者成为后者的航标与路向。这是一种世界观和学术观方面的根本性影响……另一种是在

---

① 周维山:《中国当代生态批评的理论创新及其问题》,《百家评论》2015 年第 4 期。

中国学术'失语'的想象中,成套引进西方学术话语,全盘照搬西方概念结构,形成系统的学术移植。"①其所反映出来的问题是,中国的生态文学研究亟须寻找适合自己的话语,或者创建独具中国特质的生态批评话语,同时在对西方生态理论的移植过程中应根据自身的特点进行理论的转化与取舍。

最后,在生态文学研究的全球化特征与行星视野方面,在21世纪初出现了曾永成的《文艺的绿色之思——文艺生态学引论》、鲁枢元的《生态文艺学》、徐恒醇的《生态美学》、曾繁仁的《生态存在论美学论稿》、程相占的《文心三角文艺美学——中国古代文心论的现代转化》等具有鲜明地球话语特征的论著后,后来的学者在这一领域内似乎并没有取得实质性突破。换言之,在21世纪全球化进程加快、中国融入世界程度加深之后,生态文学研究界并未能在学术视野、学术方法上获得进一步发展的契机。正如有学者指出的那样,"从目前的状态来看,在理论构建方面,生态批评的中国理论建构派的发展在鲁枢元、曾繁仁等学者提出了具有开创性的见解和学说之后,就几乎处于停滞不前的状态,并未能广泛地进行跨学科的结合,而西方生态批评则跨越了现代生态学、生态哲学、文学、伦理学、政治学、宗教、心理学、法学、人类学等诸多学科;其次,生态批评中国学派虽然构建了自己的生态话语权,但其学术生态话语还是受到了西方生态批评和文学作品的影响,欧美生态批评理论的中国阐释和译介派以及欧美经典文学文本的阐释派中的代表性学者和作品,显然多于理论建构派和中国文学文本的阐释派"②。

中国的生态文学研究在地球话语及行星视野中的不足,反映出不同学科之间的观念壁垒、西方观念与中国语境之间的龃龉以及国内生态批评尚处于起步阶段等系列问题。尽管鲁枢元在《生态文艺学》等著作中曾将生态研究的观念与古今中外的文学作品紧密结合展开论述,显示出文艺理论与文学创作之间的互动关系,但在不少的文艺学研究论著中观念的演绎、话语的封闭显然成了更为普遍的现象。设若擅长引进、介绍西方生态理论著作的文艺学学者们,能够在理

---

① 袁鼎生:《生态批评的中国机理》,《鄱阳湖学刊》2003年第3期。
② 王莉娜、侯怡:《生态批评:中国学派的形成与发展》,《复旦学报(社会科学版)》2020年第6期。

论铺陈与观念自辩的同时进行文学作品的论证,生态研究的地球话语与行星视野才能真正落到实处,因而也才能得到其他学科学者、读者的认同,从而扩大自身的学术影响力。同时对于其他学科的学者而言,努力更新自身的生态理论,吸收西方生态批评观念也成为需要解决的问题;而更为重要的或许还在于,西方生态的一些观念,如何深入地嵌入中国的生态文学语境,使理论与文本能够自然地结合,也是一个被反复讨论却至今难以解决的难题。

第十章　西方马克思主义生态批评

西方马克思主义和生态批评作为西方 20 世纪重要的理论流派,跨越国家、学科和文化的界限,在全世界范围产生巨大影响。表面上看,西方马克思主义和生态批评各自以不同的方式发展,彼此缺乏必要联系,没有明显地表现出彼此友好。这直接导致了学界缺乏对两者之间关系的必要探讨。甚至,在很长的历史时间内,马克思本人以及西方马克思主义学者都被指责缺少生态意识。有学者[1]批评西方马克思主义的人类中心主义倾向,这导致学界长期忽视对人与自然互动关系的关注,也导致在新的生态环境问题研究中的缺席。经过越来越多的争论,现有的研究已经证明这种指责是毫无根据的。就如意大利地理学家马斯摩·奎尼(Massino Quaini)所认为的那样,"马克思……在现代资产阶级生态意识诞生之前,就已经开始谴责掠夺自然的行为"[2]。对马克思提出严苛批评的批评者也都承认,马克思的著作中包含着大量值得研究的生态思想,西方马克思主义也在挖掘以及重构马克思主义自然观方面作了很多贡献。

其实,生态批评和西方马克思主义之间有许多共性和交叉。从起源来看,他们都起源于革命时期或者浪漫主义时期。从关注对象来看,西方马克思主义一直凸显出对自然与生态问题的关注。从早期的西方马克思主义,到法兰克福学派的生态观,再到生态马克思主义,传统马克思主义生态思想不仅得到了发展,

---

[1] 环境社会学家如威廉·卡顿(William Catton)和莱利·邓拉普(Riley Dunlap)著作中有相关论述,参见 W.R.Catton, Jr., R.E Dunlap, "Environmental Sociology: A New Paradigm", *The American Sociologist*, 13, 1978, pp.41–49; W.R.Catton, Jr., R.E Dunlap, "A New Ecological Paradigm for Post-exuberant Sociology", *American Behavioral Scientist*, 24, 1980, pp.15–47.

[2] Massino Quaini, *Geography and Marxism*, Totowa, NJ.: Barnes & Noble, 1982, p.136.

形成了各自独特的生态视角,在此过程中,还进一步丰富了马克思主义生态理论,影响了生态批评的文化转向,并促使生态批评超越自身局限,迎来更为广阔的发展空间。作为西方生态批评重镇的英国生态批评和美国生态批评也都呈现出不同的研究方法和研究特色,从兴起到发展,不断地吸取着文化批评和政治批评因素,矫正并拓展了生态批评的发展方向和道路。

因此,本章通过论述生态批评发展中遇到的挑战及其应对来分析生态批评的"政治"与"实践"倾向,梳理生态批评的文化转向以及西方马克思主义的生态关怀,分析法兰克福学派的生态思想,归纳生态马克思主义的核心观点,并在理论研究的基础上观照文学批评实践,内容涵盖环境正义批评、生态文化批判、浪漫主义传统及左翼文学等,并在此基础上进一步探讨西方马克思主义生态批评对生态批评的启示和贡献。这有助于了解西方马克思主义生态批评的研究范围和发展脉络,探索西方马克思主义与生态批评之间的共性与张力。西方马克思主义和生态批评之间的关系不是漠视、对立,而是互为补充、相得益彰。两者都具有强烈的社会批判和文化批判精神,都在深入挖掘人与自然、人与社会以及人与人的关系上作出了突出贡献。吸纳生态、政治、阶级、正义、社会批判和文化批判观念的西方马克思主义生态批评有着广阔的发展空间,将成为生态批评新的发展方向和学术增长点。

一、生态批评的"政治"与"实践"

(一)生态批评的挑战

工业革命后,伴随西方资本主义国家进入高速发展期,环境、资源、能源、人口等问题日益突出,资本主义社会内部矛盾也日趋激化,许多青年学生和知识分子发起社会性群众运动,批判社会的同时寻求出路。一时间,环境运动、女权运动、反种族主义运动等此起彼伏,其中尤以环境运动影响最为深远。全球生态环境变化、生物多样性丧失和可持续发展危机逐渐演变成全人类面临的共同生存困境,越来越多的人开始意识到生态保护对人类当下和未来的重要意义。

1978 年美国学者威廉·鲁克特（William Rueckert）富有开创性的论文《文学与生态学：生态批评的试验》（Literature and Ecology：An Experiment in Ecocriticism）刊发在《爱荷华评论》（*Iowa Review*）冬季号上，首次使用"生态批评"（ecocriticism）概念将文学与生态学结合起来。此后，生态批评理论势如破竹，在西方的文学批评界得以迅速发展。生态批评试图恢复自然本身独立存在的价值和意义，重建人与自然之间的关系，成为继女性批评、新历史主义批评和后殖民批评后的最具活力的文学批评形式之一。生态批评坚持以生态整体观为核心，强调整体的概念以及整体内部的联系，反对人类中心主义，追求人和自然和谐共生。美国生态批评试图创建一种生态诗学，朗费罗、梭罗、爱默生等人的作品都被奉为经典，生态批评家们从哲学和文学作品中吸取思想精华，提倡对自然的回归、融入与感悟。

早期生态批评以美国为盛，其影响力遍及全球，取得了巨大成就，也初步建构了以批判人类中心主义，提倡生态中心主义为基本理念的生态批评理论体系①。但随着生态危机的进一步加深和生态批评理论的发展，生态批评也展现出一定的局限，面临着一定的挑战：

其一，缺乏现实关切视角。在环境运动早期发展的过程中，其塑造和强调的自然崇拜者形象缺乏客观性，并在发展中逐渐走向极端，开始不加辨别地对人类中心主义进行批判，影响了早期生态批评秉持以生态为中心的思想，弱化了生态问题的历史性、社会性、政治性和文化性。其二，研究对象范围狭窄。早期生态批评者只推崇自然写作，并且过于专注文本内部而忽略了现实本身。这使得生态批评越来越趋向于人与自然主客两分的尴尬境地，以致面对相关质疑而无力反驳，这一点即限制了生态批评的发展空间，也丢失了生态批评的承诺。其三，割裂自然与文化的关系。生态批评在论及自然的重要性时，通常把它置于与文化相反的立场上来讨论。主要通过弱化文化观念的方式来达到强化自然观念的目的，忽略了文化与自然之间的辩证关系。

---

① 此部分相关研究众多，参见［美］劳伦斯·布伊尔：《环境批评的未来：环境危机与文学想象》，刘蓓译，北京大学出版社 2010 年版。

(二)生态批评的政治承诺

美国生态批评表现出对人与自然关系的积极关注,但因缺乏对文化、政治、经济、性别和阶级等社会现实视角的关切而饱受诟病。事实上,生态批评一方面从语言和文化层面对自然秩序的社会构建进行研究;另一方面,也对现实中存在的自然秩序所受到的挑战和危险,以及威胁生命和生存等问题有着广泛关注,并试图拓展人们对环境的了解。

如果回顾美国生态批评代表人物的理论贡献,我们会发现"政治"与"实践"一直作为关键词在生态批评中存在。比如,除了陈述首次使用"生态批评"这一术语的时间点,鲁克特的文章很少被大家提及。其实他在文章中就提出当时文学批评研究方法乏善可陈,并坚持认为"必须将源动力从新奇、理论上的优雅,甚至连贯性,转移到关联性原则上"[1]。他还提出,生态批评是"生态学和生态学概念在文学研究中应用的试验,因为生态学(作为一门科学,作为一门学科,作为人类视野基础)与人类生活的当下世界和未来世界息息相关"[2]。鲁克特在定义中做出了政治承诺,即生态批评要为现实社会和未来社会服务,这一理念捍卫着生态批评的实践意义。他认为环境文学的老师和批评家应该致力于"发现、训练和发展创造性的生物圈感知、态度和行动"[3]。其实,把一众文学研究学者团结起来反对环境危机的正是这种承诺。这样的试验在本质上是"激进的",因为"生态学的视野……试图颠覆主导的持续增长的经济,而持续增长的经济也主导着所有新兴和最发达的工业州"[4]。这样,鲁克特早就创造性地将生态、文学、政治与经济巧妙地结合了起来。

生态批评在学界被引用最多的定义出自格罗特费尔蒂(Cheryll Glotfelty)和

---

[1] William Rueckert, "Literature and Ecology: An Experiment in Ecocriticism", *Iowa Review*, 9.1 (Winter 1978), pp.72-73.

[2] William Rueckert, "Literature and Ecology: An Experiment in Ecocriticism", *Iowa Review*, 9.1 (Winter 1978), pp.72-73.

[3] William Rueckert, "Literature and Ecology: An Experiment in Ecocriticism", *Iowa Review*, 9.1 (Winter 1978), p.84.

[4] William Rueckert, "Literature and Ecology: An Experiment in Ecocriticism", *Iowa Review*, 9.1 (Winter 1978), pp.72-73.

哈罗德·弗罗姆(Harold Fromm)1996年主编出版的美国第一本生态批评选集《生态批评读本》(*The Ecocriticism Reader*)中对生态批评的定义：

> 生态批评是对文学与物理环境之间关系的研究。正如女性主义批评从性别意识视角审视语言和文学，马克思主义批评把生产方式和经济阶级的自觉带进文本阅读一样，生态批评运用一种以地球为中心的方法进行文学研究。①

格罗特费尔蒂将生态批评与女性主义批评和马克思主义批评并置而较，正如格雷格·杰拉德(Greg Garrard)在《生态批评》(*Ecocriticism*)中指出的那样，是把生态批评当作一种"公开的政治分析模式"②。劳伦斯·布伊尔(Lawrence Buell)在《环境的想象》(*The Environmental Imagination*)中同样将生态批评定义为："环境主义者实践精神引导下的文学与环境之间关系的研究。"③也就是说，生态批评是对生态和环境问题的讨论，更像女性主义批评和马克思主义批评一样，承担着对社会、文化和政治问题探究的责任。随着生态批评的进一步发展，生态女性主义、社会生态学以及环境正义领域的生态批评家也更注重探究自然与文化、伦理、政治、阶级以及正义等问题的关联。布伊尔认为环境问题不仅包括自然和人为因素，还包括对都市景观和环境正义等问题的重视。他认为，环境批评更加重视文学与环境研究的跨学科、跨文化等特质。④

生态批评既要探讨文学与自然之关系，更要揭示文学作品中反映出来的生态危机之思想文化根源。作为人类社会，把人排除在外(如深层生态学等影响)是不可能的。生态批评家希望追踪环境观念和表象之下隐藏的广阔文化空间。在上述生态批评领军者的诸多定义中，既能看出学者和潜在的行动主义之间存在的对立，又能看到生态批评与政治实践之间的关联。最重要的是，生态批评发

---

① Cheryll Glotfelty, "Introduction: Literaray Study in an Age of Environmental Crisis", in *The Ecocriticism Reader: Landmark in Literaray Ecology*, Cheryll Glotfelty & Harold Fromm(eds.), Athens: The University of Georgia Press, 1996, p.xix.

② Greg Garrard, *Ecocriticism*, Routledge, 2004, p.3.

③ Lawrence Buell, *The Environmental Imagination: Thoreau, Nature Writing, and the Formation of American Culture*, Harvard University Press, 1995, p.430.

④ 参见[美]劳伦斯·布伊尔:《环境批评的未来:环境危机与文学想象》,刘蓓译,北京大学出版社2010年版,第9页。

展之初便被赋予了社会实践层面的重要意义。

二、法兰克福学派及其生态思想

1923 年,自卢卡奇的《历史和阶级意识》问世以来,西方知识分子便开始了对马克思和恩格斯的学说进行借用、阐释、吸收和重构,并形成各种思潮。但西方马克思主义作为一门研究学科出现,大致是 20 世纪 60 年代的事情。主要指发达资本主义国家的马克思主义理论,通过对马克思主义的重释来对现代资本主义进行文化意识形态批判。可以说,从马克思、恩格斯的自然观到法兰克福学派的社会批判理论、社会生态学家的贡献再到生态马克思主义,西方马克思主义自始至终都将自然和生态当作重要议题来进行研究。此外,很多西方马克思主义理论家也对生态问题进行了大量的讨论,如环境哲学家沃格尔(Vogel)、威尔丁(Wilding)、尼尔森(Nelson),政治理论家巴尔布斯(Balbus)、埃克斯利(Eckersley)、多布森(Dobson)、比罗(Biro),生态女性主义者萨勒(Salleh)、米尔斯(Mills),以及马克思主义地理学家戴维·哈维(David Harvey)等。[1]

其中,主要从文学和文化视角来研究自然与社会关系的是法兰克福学派学者,他们将自然观与生态问题联系起来,运用其社会批判理论,为解决生态问题提供了文化批判的视角。主要代表人物有霍克海默(Max Horkheimer)、阿多诺(Theodor Adorno)、马尔库塞(Herbert Marcuse)等。最值得注意的是,早期批判理论影响了现在的两个社会生态思想中的经典分析方法:威廉·莱斯(William Leiss)统治思想的历史自然和默里·布钦(Murray Bookchin)的社会生态学。[2]法兰克福学派在西方社会科学界被视为"新马克思主义"的典型。他们一方面致力于重新审视马克思主义,另一方面又带着强烈的批判和否定精神从哲学的视域出发对现代化社会中出现的种种问题进行深刻的反思。因此,他们的理论

---

[1] Andrew Biro, *Critical Ecologies : The Frankfurt School and Contemporary Environmental Crisis*, Toronto : University of Toronto Press, 2011.

[2] Andrew Biro, *Critical Ecologies : The Frankfurt School and Contemporary Environmental Crisis*, Toronto : University of Toronto Press, 2011.

也被称为"社会批判理论"。并且在他们对现代性的多维度批判里,其中最核心的就是关于人与自然关系的理论。

有关法兰克福学派生态思想的重要著作包括安德鲁·比洛(Andrew Biro)主编的《批判生态学:法兰克福学派与当代环境危机》(*Critical Ecologies: The Frankfurt School and Contemporary Environmental Crisis*, 2011),斯蒂芬·沃格尔(Steven Vogel)的《反对自然:批判理论中的自然概念》(*Against Nature: The Concept of Nature in Critical Theory*, 1996)从一个环境哲学家的视角提出了他独特的、极具争议的西方马克思主义解读。西蒙·海伍德(Simon Hailwood)的《环境哲学中的异化与自然》(*Alienation and Nature in Environmental Philosophy*, 2015)。下面就法兰克福学派的绿色生态思想及其应用进行简要梳理。

(一)工具理性批判

在现代社会的建构过程中,理性扮演了非常重要的角色。"工具理性"是法兰克福学派提出的一个重要概念,它是启蒙精神和理性自身演变以及科学技术发展的结果。法兰克福学派的绿色生态思想主要体现在对工具理性的批判之中。理性的不断扩张使得追求利益最大化成为社会发展的价值标准,由此,人从自然中脱离了出来。人不再是自然的一部分,相反,自然成为被统治的对象,成为人类生产的材料源泉,渐渐地屈从于人类的欲望。工具理性的目的不是要认识世界,而是要征服世界、统治世界。因此,工具理性的张扬导致了对科技的盲目崇拜,人们坚信只有科技能带领他们摆脱贫困与压迫,实现真正的自由和解放。人类凭借知识和理性,发展科学和技术,在工业社会的快速发展中逐渐产生优越感,认为自己已经有能力与自然相抗衡。这种优越感不断积累,从中衍生出更强烈的征服欲和控制欲,而首先要征服和控制的对象就是被客体化的自然。随着社会的进一步发展,逐渐深化的生态问题反而增加了社会冲突。这些主题与生态女权主义者卡罗琳·默茜特(Carolyn Merchant)和生态社会学家乔尔·科维尔(Joel Kovel)的观点相似,但遗憾的是他们既没有讨论也没有引用早期批判理论的著作。

(二)自然异化理论

20 世纪 30 年代,法兰克福学派的学者们开始关注自然生态问题,随后提出了自然异化理论,并从不同方面分析其成因。[1] 首先,他们指出科技异化对自然的破坏性。人们将对知识的追求等同于对科学技术的追求,认为科技的作用会让自然毫无保留地服从于人的需要。凭借先进的科技,人们砍伐森林、开发荒原,不断地扩大自己的发展空间,产生的生态垃圾造成了全球性的环境污染,地球生态平衡受到严重的破坏。其次,他们认识到控制自然的观念对生态危机的推动作用。科技不过只是控制自然的工具,人类缺乏对人与自然关系的合理认知才是悲剧的根源。我们不能只看到表面却忽视其中的内在联系,科技本身并不能对自然形成控制,将其应用起来侵害自然的,是拥有控制自然这种意识形态的人类本身。

(三)"人化的自然界"观点

马克思在《1844 年经济学哲学手稿》中提出"人化的自然界"这一思想,认为现实的自然界是人的实践活动参与形成的自然界。虽然法兰克福学派在对"自然"的概念理解上有些许差别,但对"人化的自然界"基本肯定,并对此作出新的阐释。他们强调自然和社会的统一,突出了自然界的社会属性,还提出自然是在历史中形成的。[2] 这一方面解除了自然史和人类史的对立,便于促进人与自然的统一;另一方面却似乎把马克思的理论推向了极端,夸大了社会对于自然的作用,取消了自然的实在性。但无论如何,在解决自然危机时,"人化的自然界"的思想还是有利于提升人类活动的自觉性。它防止人们把自然一味地客体化、物化,从而能在一定程度上制止人对自然无节制的压榨,与自然建立起一种和谐平等的关系。

---

[1] Andrew Biro, *Critical Ecologies: The Frankfurt School and Contemporary Environmental Crisis*, Toronto: University of Toronto Press, 2011.

[2] Karl Marx, *Economic and Philosophical Manuscripts of 1844*, New York: International Publishers, 1976.

（四）解放自然

法兰克福学派较早就提出了"解放自然"的思想。马尔库塞认为，自然是人化的自然，它既包括外部的自然环境，也含有被技术理性所压抑的人自身的内在自然。实现自然的解放也就是实现人的解放，使人摆脱技术理性的控制，解放人的原始本能和感觉。因此，生态危机的解决需要把自然解放和人的解放相统一。他指出，人对人的统治是通过人对自然的统治实现的，人的解放依赖于自然的解放；当人类自身的自然获得解放时，外部的自然环境也会随之解脱。

1962年，卡逊出版了《寂静的春天》一书，对"控制自然"的观念发起挑战。人们开始逐渐意识到现代社会中科技发展的弊端，并展开大规模的讨论。消除科技发展带来的负面影响，需要我们重新确认人与自然的关系。随着生态批评的进一步发展，人们越来越开始认识到法兰克福学派绿色生态思想的重要性。比如科幻小说与法兰克福学派都不约而同地把焦虑的关注点放在了科学技术上，并都提出了对人和自然关系的反思。而当科幻小说提出自己的见解（无论科技如何发达，人类凭借科技能变得多么强大，我们都不能凌驾于自然之上）时，或许可以顺着法兰克福学派的思想，找到问题的源头——工具理性的影响。随着生态批评视域的扩展，生态批评家们注意到了科幻小说对人们现实行为与未来后果联系的强调。在20世纪科技飞速发展背景下，东西方科幻小说跨越时空，以丰富的想象力、创造力为人们打开了发展科技、探索未来的新思路。与此同时，也显现出一种对现代科技可能会导致生态危机的忧患意识①。20世纪的科幻小说家开始注意到科技发展带来的负面效应，有意地在作品中表现出人们在现代化进程中面对的各种问题，比如环境污染、人口过剩、生态失衡等。生态批评家们看到了科幻小说中隐藏在对未来的预测中的现实批判，从人文关怀的角度思考科技文明与生态文明的关系，以此警示人们应对生态危机的紧迫性，进而反思我们应该如何善待自然，如何对待科技的力量。

---

① Yuanyuan Hua, "The Duel Alienation in Waste Tide", *Comparative Literature Studies*, 57.4(2020).

三、生态马克思主义及其核心观点

生态学马克思主义（Ecological Marxism）是 20 世纪六七十年代在西方出现的,发轫于资本主义生态环境危机、资本主义社会绿色生态运动和对苏联社会主义实践的反思。过去 20 年的研究重建了马克思和恩格斯著作中非常重要的生态学思想,探索马克思主义与现代生态学的融通之道,对理解当代的环境困境有着重要意义。

生态马克思主义理论近年来日益成为生态主义的一个重要派别,同时它也是西方马克思主义在 21 世纪出现的重要理论主张。它既体现了人们对生态问题的关注,同时又反映了人们对于资本主义认识的加深和对社会主义的反思。主要代表人物和代表著作有本·阿格尔的（Ben Agger）《西方马克思主义概论》（*Western Marxism:An Introduction*）,约翰·贝拉米·福斯特（John Bellamy Foster）的《马克思的生态学:唯物主义和自然》（*Marx's Ecology:Materialism and Nature*）和《生态危机与资本主义》,保罗·伯克特（Paul Burkett）的《马克思和自然:一种红绿观点》（*Marx and Nature:A Red and Green Perspective*）等。本·阿格尔系统整理和发展了前人研究,在《西方马克思主义概论》一书中首次提出"生态马克思主义"这一概念,并阐述了生态马克思主义的基本主张。生态马克思学领域的两本经典之作,《马克思的生态学:唯物主义和自然》和《马克思和自然:一种红绿观点》内容丰富且逻辑清晰,可作为入门读本。其实,早在福斯特和伯克特之前,阿尔弗雷德·施密特（Alfred Schmidt）关于马克思自然观的研究报告《马克思的自然概念》（*The Concept of Nature in Marx*）就引起学界瞩目。[①] 可以说,生态马克思主义的生态理论渊源可溯及法兰克福学派。霍克海默、阿多诺的技术悲观主义、马尔库塞从技术批判到社会批判的生态理论等共同奠定了生态马克思主义的理论基础。

20 世纪 90 年代之前的生态马克思主义理论虽然大多脱胎于马克思主义,

---

① Alfred Schmidt, *The Concept of Nature in Marx*, Ben Fowkes（trans.）, Verso, 2013.德语原版由欧洲出版社于 1962 年首次出版。

但理论家们并不承认马克思主义有生态学思想,而 90 年代之后的学者则更多致力于论证马克思的生态学立场,即马克思的生态学(Marx's Ecology)。以福斯特和伯克特为代表的生态马克思主义者为论证资本主义对生态环境的破坏作出了巨大贡献,1998 年,伯克特在《马克思与自然》中论述了马克思主义与生态学的一致性。2000 年,福斯特在《马克思的生态学》中首次提出了马克思主义的生态学概念。人类的生产生活改变着整个地球系统,所产生的影响已经大到一个新的地质时代的开创。诺贝尔化学奖得主,荷兰大气化学家保罗·J.克鲁岑在千禧年前后开始使用"人类世"(Anthropocene)概念,福斯特也在很多专著中特别指出,我们需要马克思来理解我们身处"人类世"的生态困境,思考人类对于地球地质的影响。他认为,只有马克思主义有能力整合自然科学批评与社会科学批评,指导"人类世"中的实践。福斯特与伯克特发展了马克思关于新陈代谢断裂理论、关于有限的土地理论,以及关于马克思经济观等理论和观点,进行了对马克思的生态构建的尝试,使生态马克思主义又发展到一个新的阶段。① 现将其主要观点列举一二。

(一)新陈代谢断裂(The metabolic rift)

在当下的生态学的争论中,新陈代谢(metabolism)仍是至关重要的概念。它是 1815 年生理学家在讨论身体内部的物质交换过程中提出的。19 世纪德国化学家尤斯图斯·冯·李比希(Justus von Liebig)(1803—1873)将这一概念扩展到了一系列的自然循环体系,以此概念分析了 19 世纪英国不合理的耕作方式,并借此展开了对英国农业对自然生态环境破坏的严厉批判。马克思在撰写《资本论》的过程中,曾阅读过李比希等作家的著作,并且得出了影响深远的结论。按照马克思的说法:"现代农业的破坏性"已经不可挽回地破坏了人与自然

---

① John Bellamy Foster, *Marx's Ecology: Materialism and Nature*, New York: Monthly Review Press, 2000; Paul Burkett, *Marxism and Ecological Economics: Toward a Red and Green Political Economy*, Leiden: Brill, 2006; Joel Kovel, *The Enemy of Nature: The End of Capitalism or the End of the World?*, London: Zed Books, 2007; Jane Kelly and Sheila Malone, *Ecosocialism or Barbarism?*, London: Socialist Resistance Books, 2006.

之间的新陈代谢。资本主义生产"扰乱了人与土壤之间的物质循环"①。"资本主义农业的一切进步,都是艺术的进步,不仅抢夺劳动者,而且抢夺土地;所有一段时期内为了增加土壤的肥力,以获得更多的资源的进步,从长远来看,都是会毁掉再生资源的进步。一个国家的现代工业基础越发达,比如美国,这种破坏过程就越快。"②

福斯特对马克思与李比希、达尔文等科学家之间的关系进行了新的论证,认为马克思通过对新陈代谢断裂理论、进化论的继承和阐发,形成了自己的生态观。他论述了马克思的唯物主义理论和新陈代谢思想的生态学本质:人与自然之间的关系是现代生态学和马克思唯物主义的共同关注点,而自然和社会的新陈代谢是马克思对社会和自然逐渐恶化的关系所进行的生态学分析。马克思认为,工业资本主义财富积累来源于对土地的剥夺和对劳动的剥削。对土地的剥削表现为资本主义社会中,人剥夺土地的肥力又无力恢复,形成了人口相对于土地的过剩;资本主义大工业促使了人口由农村向城市的流动,这一过程中人将谷物即土地的肥力带离了土地,而将排泄物留在了城市,打破了人口与土地物质代谢的闭环。对劳动的剥削则致使了劳动的异化以及社会贫富分化和对立,社会再生产由此中断,社会内部物质的新陈代谢便也遭到了破坏。通过对自然和社会两种新陈代谢的分析,马克思已然提出了可持续性发展这一生态学概念。

生态马克思主义的新陈代谢断裂理论是在马克思关于新陈代谢断裂论述的基础上发展起来的。生态马克思主义者的首要目标不仅仅是把生态学"马克思化",更是要将马克思主义"生态化"。福斯特和伯克特等生态马克思主义学者正是这一理论的主要倡导者③。他们在吸收、借鉴马克思生态思想的基础上认为,是资本积累破坏了生态循环和生态网络,导致了生态危机与环境危机。而资本积累是建立在生产者和生产资料之间的分离或断裂基础上的,其本身就是一

---

① Karl Marx, *Capital Volume I*, Moscow: Progress Publishers, 1974, p.474.

② Karl Marx, *Capital Volume I*, Moscow: Progress Publishers, 1974, pp.474—475.

③ 也被称为新陈代谢断裂学派(The metabolic rift school),参见 Andreas Malm, "Ecology & Marxism", *Historical Materialism*,见 https://www.historicalmaterialism.org/index.php/reading-guides/ecology-marxism-andreas-malm。

种原始的分离或"断裂"。也就是说,资本积累的原始社会断裂导致了生态断裂的倍增。生态马克思主义通过研究,证明马克思主义不仅符合生态学定义和原则,而且在一定程度上对生态学的狭义性有明显超越,在人与自然、人与人、人与社会关系中实践了生态学的基本原则,推动了生态马克思主义的发展。此外,生态马克思主义认为,马克思的科学社会主义理论为生态问题提供了解决方案。不同于法兰克福学派对科技的批判,马克思将以科学技术为标志的生产力置于重要地位。马克思认为,科学技术是自然和社会之间新陈代谢得以顺利进行的必需品,只有发展科学技术才能使生产力冲破资本主义生产关系的束缚,为共产主义社会提供物质基础。而共产主义社会才是解决一切生态问题的最终出路。

与一般的生态主义观点回避社会制度因素的态度不同,在看待生态危机和解决生态问题的立场上,生态马克思主义把矛头直指资本主义制度,强调阶级关系和生产关系是社会、经济和政治问题的根源,因此认为生态危机的根源在于资本主义;只有废除资本主义制度,消除这一制度带来的贫困和不公正,才能最终解决生态危机。生态马克思主义并不一般地反对人类中心主义,而是反对人类中心主义的资本主义形式,并强调人类在检讨自身的同时,不应放弃人类的自身尺度,乃至提出重返人类中心主义。生态社会主义与一般的生态主义的上述差异,显示其主张背后的理论基础的不同,即无政府主义与社会主义的对立。具体来说,生态马克思主义认为当今时代生态危机的原因是多方面的,错误的自然观、异化的消费观、扭曲的技术观构成了生态危机的观念原因,而资本主义矛盾、资本主义生产方式则是生态危机之所以产生的制度原因。

论述新陈代谢断裂的重要著作包括:约翰·贝拉米·福斯特、布雷特·克拉克(Brett Clark)和理查德·约克(Richard York)的《生态断裂:资本主义对地球的战争》(*The Ecological Rift*:*Capitalism's War on the Earth*)①,斯特凡诺·隆戈(Stefano B.Longo)、丽贝卡·克劳森(Rebecca Clausen)和布雷特·克拉克的《商品的悲剧:海洋、渔业和水产养殖》(*The Tragedy of the Commodity*:*Oceans*,

① John Bellamy Foster, Brett Clark and Richard York, *The Ecological Rift*:*Capitalism's War on the Earth*,New York:Monthly Review Press,2010.

Fisheries and Aquaculture,2015)和最为重要的福斯特和伯克特的《马克思与地球》(*Marx and the Earth*,2017)。

(二)有限的自然

马克思认为,资本主义起源于"原始积累":掠夺现有资源和掠夺公地。巨大的资本积累和不断增长的资本之间的差距越来越大。一边是资本的快速循环,一边是有限的土地。随着资本主义全球系统逻辑的到来,环境危机同样已经成为全球性的危机。尽管资本主义经济试图从生态系统中抽身而出,但是,资本主义经济仍然从根本上依赖于自然。这种依赖性不可避免地导致了自然的枯竭。因此,马克思认为土地是有限的,而且不同的土地有质量和生产率的差异,因而产生了级差地租。马克思认为,市场上的农产品价格是由质量最差的土地生产成本决定的。这意味着只要在质量更好的土地上工作,达到更有效的生产,就可以积累剩余价值(资本主义对剩余价值的追求导致关注的是如何使自己的产品和服务更有效率,如在短期内使用杀虫剂、机器、转基因等手段提高土地的生产力、改良种子等,以尽可能多地积累剩余价值)。

生态马克思主义关于有限的自然的观点是从马克思有限土地观点基础上发展起来的。[①] 马克思以有限的土地为依据,说明了公地私有化如何造成了新陈代谢断裂,以及森林和土地被侵占之后,如何出现了新陈代谢断裂。现有的煤炭储量,以及后来的天然气和石油储量,如何成为私有财产。虽然该理论不完整,但其重要性是不言而喻的。因为它表明,环境危机不是自然危机,而是社会危机。更具体地说,是社会与环境之间的关系危机。社会和生态问题有着根本性的联系:劳动和自然都是财富的源泉,且两者都被资本主义积累耗尽。社会与自然在资本主义中似乎是不同的实体,但实际上是不能分开的。

(三)生态马克思主义经济观

生态马克思主义者认为,可以在分析人/社会与自然之间新陈代谢的基础上

---

① David Harvey,*The Limits to Capital*,London:Verso,2006,pp.330-372.

重建马克思主义理论。伯克特认为,这就把马克思主义置于生态经济学的阵营中。关于生态学的这一经济思想分支是最近才产生的,是在反对占主导地位的环境经济学的基础上发展起来的。[①]

生态经济学的出发点是:土地是有限的,因此,物质和能量在土地与经济领域之间的循环也是有限的。在很长一段时间内,生态经济学家如赫尔曼·达利(Herman Daly)认为,马克思主义在他们的领域之外,对其没有任何贡献。保罗·伯克特的《马克思主义与生态经济学:走向一种红绿政治经济学》(*Marxism and Ecological Economics:Toward a Red and Green Political Economy*,2006)中,试图反驳赫尔曼·达利等经济学家的观点,他提出,马克思主义者和生态经济学家有共同的观点,并试图说明自然如何从社会生存的公共条件变成商品。[②] 伯克特强调,反对货币逻辑既是一种社会的斗争,也是一种生态的斗争。

因此可以说,生态马克思主义以对科学技术的生态学批判和对马克思主义的生态学继承与补充为特征,主张在马克思的经济危机理论基础之上建立生态危机理论以取而代之;从马克思的异化劳动观点中引申出异化消费理论,作为资本主义生态危机的直接根源;建立需求理论以消除异化消费;建立"稳态"经济模式以控制生产;将经济、社会与生态问题紧密相连,对马克思的生态学进行理论构建。

四、西方马克思主义生态批评实践

(一)环境正义、阶级与文学

1. 环境正义

环境正义这个术语的使用始于20世纪90年代,所谓环境正义,一般包含两个层面的含义:第一层含义指的是一种社会运动,第二层含义指的是一种人文社

---

① Herman Daly,*Ecological Economics and Sustainable Development*,Cheltenham:Edward Elgar,2007.

② Elmar Altvater,"The Social and Natural Environment of Fossil Capitalism",in *The Socialist Register 2007:Coming to Terms with Nature*,Leo Panitch and Colin Leys(eds.),Monmouth:The Merlin Press,2006,pp.37-59.

科的理论体系。下面分别加以论述。

环境正义作为一种社会运动开始于 20 世纪 90 年代早期的美国,该运动是以社区为基础逐步发展成为大众参与的反对环境种族主义的行为。它"引起人们对这一问题的重视——社会财富和权力分配的不均导致相关的社会暴动和环境恶化和/或环境毒性的分配不公"①。换句话说,这种社会运动是以草根阶层的群众和组织为主体,抗议有色人种社区、弱势群体社区不公平地被暴露在污染中,从而承担了更多的环境负担,这种运动在相关文件报道后发展成为全国民众参与的现象。女人、孩子、有色人种、草根阶层,这些群体都在不同程度地遭受着由人类活动引发的环境灾害,如森林砍伐、土壤沙漠化、饥荒及水源污染对女人、孩子、有色人种、草根阶层的影响更大,而通过破坏人类栖息地活动牟利的人受到的影响更小。

乔尼·亚当森(Joni Adamson),梅·梅·埃文斯(Mei Mei Evans)和雷切尔·斯坦因(Rachel Stein)在共同主编的《环境正义读本》(*The Environmental Justice Reader*)中将"环境正义"定义为"一个健康环境所赋予的所有人共享平等权利的福利",这也可以被视为环境正义的第二个层面即理论层面的含义,它指的是一种人文社科的理论体系,包含环境理论、社会正义理论、环境法等一系列环境研究和社会正义研究的交叉学科。乔尼·亚当森、梅梅·埃文斯、雷切尔·斯坦因和其他一些批评家们致力于扩展对"环境"的定义,来和"主流的、传统的对环境的定义相区别"②,和传统主流的把环境视为"保护人迹罕至的荒野中的动物、植物,以使其远离人类的堕落(行为)"③不同,环境正义运动把环境重新定义为"我们生活、工作、游戏和崇拜(的地方)"④,从而拓宽了对环境构成的认知。环

---

① Joni Adamson, Mei Mei Evans and Rachel Stein, "Introduction: Environmental Justice Politics, Poetics, and Pedagogy", in *The Environmental Justice Reader*, Joni Adamson, Mei Mei Evans and Rachel Stein(eds.), Tucson: University of Arizona Press, 2002, p.5.

② Rachel Stein, "Introduction", in *New Perspectives on Environmental Justice: Gender, Sexuality, and Activism*, Rachel Stein(ed.), New Brunswick: Rutgers University Press, 2004, p.1.

③ Rachel Stein, "Introduction", in *New Perspectives on Environmental Justice: Gender, Sexuality, and Activism*, Rachel Stein(ed.), New Brunswick: Rutgers University Press, 2004, p.1.

④ Joni Adamson, Mei Mei Evans, and Rachel Stein, "Introduction: Environmental Justice Politics, Poetics, and Pedagogy", in *The Environmental Justice Reader*, Joni Adamson, Mei Mei Evans and Rachel Stein(eds.), Tucson: University of Arizona Press, 2002, p.5.

境从"荒野"走向"家园",变成了包含"多元化的问题,如土地问题、森林砍伐、辐射、有毒气体"①等一系列有关生存的问题。

斯坦因在论文集《环境正义的新视角:性别、性征和行动主义》中率先把环境正义和性别结合起来。在这部论文集中,她把许多研究当代环境正义理论的学者联合起来,并引用维诺娜·拉杜克(Winona LaDuke)、切里·莫拉加(Cherie Moraga)和伊莱·克莱尔(Eli Claire)的观点作为开篇论点:"事实是女性是第一环境,我们收集有毒的化学制品,这种有毒的制品在我们的身体里,从我们的乳汁里传送给我们的孩子们"②,所有的引言都表明了一个论点,也是这部文集的中心论点,环境问题和(女性)身体问题是同一问题。

斯坦因从环境正义运动和传统环境保护运动的区别入手探讨环境正义和性别的联系。与传统环境运动主要由中产阶级白人组成不同,环境正义运动的人员主要来源于"草根阶级、工人群体和有色人种";而且,与传统环境运动对女性,尤其是对有色人种女性和工人阶级女性的排斥不同,环境正义运动90%都是由这两种群体构成;与传统环境运动对性别的歧视不同,环境正义运动的领导者中女性占到了六成。通过以上几点的对比,不但把环境正义运动和传统的环境运动相区分,而且把环境正义运动和女性相关联。因此,环境正义运动在认识到人类对地球伤害的同时,认为相较于白人精英群体,有色人种女性和草根阶层更容易受到伤害。"从事环境正义的活动者们已经明确地在种族、阶级和环境之间建立起了联结,并积累了大量的证据来证明与中产阶级白人群体相比,有色人种和草根阶层更多的经受了上述非正义问题。"③也就是说,环境正义运动是以有色人种和草根阶层的女性为主体的,因环境污染对土地、身体和家园带来伤害而进行的反抗运动。

文学的重要性要求生态女性主义文学批评家们在找寻或研究生态女性主义

---

① Rachel Stein,"Introduction",in *New Perspectives on Environmental Justice:Gender,Sexuality,and Activism*,Rachel Stein(ed.),New Brunswick:Rutgers University Press,2004,p.2.

② Rachel Stein,"Introduction",in *New Perspectives on Environmental Justice:Gender,Sexuality,and Activism*,Rachel Stein(ed.),New Brunswick:Rutgers University Press,2004,p.2.

③ Rachel Stein,"Introduction",in *New Perspectives on Environmental Justice:Gender,Sexuality,and Activism*,Rachel Stein(ed.),New Brunswick:Rutgers University Press,2004,p.2.

文学文本时应多一份责任与正义,这份责任与正义就是对这种统治生活的危机在文学领域发起挑战,这种挑战会把一个建立在对非人自然、女性和有色人种统治基础上的社会转变为一个重视所有人类之间、人类和非人世界之间关系的可持续发展的新型社会。

2. 阶级与生态批评

虽然将环境正义(environmental justices)作为一项运动来研究已经十分普及,但把它作为一种文学批评的研究却十分有限。至今,即便在美国,也只有一些著作的个别章节里体现了环境正义和文学研究的联系。安妮·英格拉姆(Annie Ingram)特别强调:"环境正义文学暗含了批评方式,它明确地扩大了主流经典环境文学(的范畴),环境正义文学是多元文化的,强调社会正义,认同'环境'是人类文化和自然环境(natrual setting)的亲密关系,致力于种族、阶级和性别,承认地方的影响"①。最后,环境正义文学批评认识到社会问题和环境问题密不可分,它把文学看作是为不受时间、地点和现实束缚的多种不同的视角和观点发声的有效工具。

朱莉·苏(Julie Sze)强调"文学,不只通过统计学的棱镜,它通过视觉形象和修辞为审视环境正义提供一个新的方式,这种新的审视方式参考社区与环境歧视作斗争的'真实'问题,同时通过提供一个严格的对当代世界的记录叙事把它解放出来。(这种文学)准许一种更加灵活的对环境正义的表现(手法),可以是全球的观点,可以是历史的根源"②。雷切尔·斯坦因回应了苏的观点,她认为:"艺术表现可以提供给个人或社区创意媒介(creative media),通过这种媒介,来探索社会性别(gender)和生理性征(sexuality)与环境正义的复杂的交集……通过描述被性征化(sexed)和性别化(gendered)的人物,艺术家为我们展现了生活在有害的环境公害社区中的人们对付出复杂代价的真实情感。而且,艺术家

---

① Annie Merrill Ingram,"Telling News of the Tainted Land:Environmental Justice Fiction by Women", in *Such News of the Land:U.S.Women Nature Writers*,Thomas S.Edwards and Elizabeth A.De Wolfe (eds.),Hanover:University Press of New England,2001,p.228.

② Julie Sze,"From Environmental Justice Literature to the Literature of Environmental Justice",in *The Environmental Justice Reader*,Joni Adamson,Mei Mei Evans and Rachel Stein(eds.),Tucson:University of Arizona Press,2002,p.163.

提供了男性和女性在面对疾病和日常灾难时的复杂且冲突的立场,并说明了这种冲突的危害性。"①斯坦因还提出,从事环境正义的运动者们注重对"身体"的关注,身体被看作是危机四伏的、随时会被伤害的"家"、"土地"或"环境"②。

墨菲在《文学和文化研究中生态批评的探索》(*Ecocritical Explorations in Literary and Cultural Studies*)中的环境正义和文化研究视角极大地丰富了生态批评对文学的研究范畴。墨菲还对当代具有环境正义意识的作家进行了系统的梳理,她把美国印第安作家、墨西哥裔作家和黑人作家放在了首位,因为他们的"写作在描述地方、文化、剥削与压迫的关系时往往是非常清晰的"③。这些作家包括司各特·莫马迪(Scott Momaday)、莱斯利·西尔科(Leslie Silko)、琳达·霍根(Linda Hogan)、埃德娜·诶斯卡米尔(Edna Escamill)、艾娜·卡斯蒂洛(Ana Castillo)、爱丽丝·沃克、路易斯·欧文斯(Louis Owens)、西蒙·欧提兹(Simon Ortiz)等,墨菲认为他们的作品"给文类的定义以及自然写作的范式带来了反思"。他特别对霍根的作品给予关注:"琳达·霍根的小说《太阳风暴》作为一部关于环境正义的重要作品得到公认,它涉及到环境破坏,尤其是对最初美国国土的破坏,起因是加拿大海德鲁魁北克的詹姆斯湾工程。"④

此外,罗伯·尼克森(Rob Nixon)的《慢暴力与穷人环境主义》(*Slow Violence and the Environmentalism of the Poor*,2011)也是一部与马克思主义的研究方法密切相关的优秀作品。作者解读了来自"全球南方"地区的几位小说作家和非小说作家的作品,展现了他们对环境退化这一"慢暴力"(slow violence)的批判性描述。伯大尼·非茨伯特利克(Bethany Fitzpatrick)研究了美国印第安女性作家琳达·霍根的《太阳风暴》,非茨伯特利克认为霍根在作品中否定了自然、女性、阶级、正义和美国印第安文化之间的本质联系。理查德·麦基(Richard Magee)讨论了芭芭拉·金索沃(Barbara Kingsolver)对环境意识(environmental aware-

① Rachel Stein, "Introduction", in *New Perspectives on Environmental Justice : Gender, Sexuality, and Activism*, Rachel Stein(ed.), New Brunswick : Rutgers University Press, 2004, p.13.
② Rachel Stein, "Introduction", in *New Perspectives on Environmental Justice : Gender, Sexuality, and Activism*, Rachel Stein(ed.), New Brunswick : Rutgers University Press, 2004, p.13.
③ [美]墨菲:《当代美国小说中的自然》,龙迪勇、杨莉译,《鄱阳湖学刊》2012年第3期。
④ [美]墨菲:《当代美国小说中的自然》,龙迪勇、杨莉译,《鄱阳湖学刊》2012年第3期。

ness)的理解;希拉里·霍利(Hilary Hawley)、克里斯丁·弗拉纳恩(Christine Flanagan)讨论了生态女性主义文学和环境正义的融合。阿米拉·奥兹戴克(Almila Ozdek)对《一千英亩》的解读体现了女性和自然如何在沉默中反抗父权制度。

由此可见,2000年以后的生态批评在实践中扩展了对自然和性别的关注,将研究和关注的重点放在了环境正义、文化批判和对边缘群体及边缘作家的关注上。也就是说,具有环境正义视角的生态批评将目光主要锁定在当代文学的批评和阐释上,生态批评的环境正义转向的突出的表现是:深入挖掘少数族裔作家,把生态批评的研究范围由对自然与女性的关注扩大到对正义、政治、阶级、文化的研究,将研究对象扩展到对少数族裔、第三世界等作家的研究,丰富了生态文学文本;同时对作家和小说的表现形式及其文化特征之间的关系展开了有效批评。

(二)浪漫主义传统与生态批评

相较于声势浩大、引人瞩目的美国生态批评,英国生态批评显得格外低调。英国生态批评运用文化批评理论和马克思主义理论,深入挖掘浪漫主义文学传统,批判现代工业文明的弊端,关注环境正义,秉承其一贯的文化研究和政治批评立场,使生态批评摆脱了美国早期生态批评面临的种种困境,形成了不同于美国的研究视角和方法,走出了一条和美国生态批评不同的道路。

1. 威廉斯及其生态文化批评

对英国生态批评理论来说,最重要的是"文化"这一概念的引入。雷蒙·威廉斯是马克思主义文化批评家,文化研究的重要奠基人之一,虽然在"生态批评"成为流行批评术语之前已经去世,但他仍被认为是开启英国生态批评文化传统的第一人。威廉斯借鉴19世纪思想家的思想解释了工业化的发展如何驯服人类文化。19世纪工业化最重要的现象之一是过度消耗而造成自然资源浪费与生态环境的破坏。他的许多观点不但与生态批评的目标和原则休戚相关,而且直接影响之后英国生态批评的文化研究方法。威廉斯从文化研究的角度分析了乡村和城市的意象,大到社会制度,小到每个田地耕种的农民、工厂工作的工人。威廉斯通过乡村与城市以及之间地域的意象,结合自己真实的儿时生活、经验,直观表达了乡村与城市之间紧密的关联。乡村往往带着怀旧、思乡等情感,而城市被看作是资本主义社会的一面镜子,映照出工业社会带来的一系列恶果。而威廉斯表示乡村与城市并非是对立、矛盾的两者,用二元的思维方式看待乡村与城市过于简单,且易忽略背后隐藏的文化基因。

兰斯·纽曼(Lance Newman)在《马克思主义与生态批评》(*Marxism and Ecocriticism*)中,也用了将近三分之一的篇幅来梳理威廉斯的生态批评观点,并指出,"要想展示马克思主义与生态批评的相关性,应该从雷蒙德·威廉斯所做出的贡献入手"①。威廉斯除了关注"文本",更关注产生文本的"政治、历史和环境力量"。② 威廉斯在《乡村与城市》(*The Country and the City*,1973)中分析了自16世纪以来英国文学中的乡村和城市意象,从生态批评视角对许多经典作品进行了审视和阅读。威廉斯的重要洞见一方面体现在提出了自然正在被"审美化",另一方面论证了乡村是对自然的文化建构。他提出,乡村的构建就是为资产阶级服务的,农业资本主义伴随着自然和自然的"科学化",威廉斯称之为"使大自然转向有序设计"③。因此,威廉斯证明了这种自然意识形态的兴起,是与资本主义对土地的剥削同时进行的。威廉斯认为,"一个建设中的乡村几乎从来不是风景。景观的本质意味分离和观察"④,农业资本家根据自己的需要改变了自然。

威廉斯在《关键词》(*Keywords:A Vocabulary of Culture and Society*,1976)中写道,"任何一部关于自然界利用的完整历史都将是一部人类思想史的一大部分"⑤。此外,威廉姆斯还写了一篇先锋文章,论述了20世纪60年代和70年代不断增加的证据给社会主义带来的挑战,这些证据指出了全球范围内的生态逻

---

① Lance Newman,"Marxism and Ecocriticism",*Interdisciplinary Studies in Literature and Environment*,9.2(Summer 2002),pp.1-25.

② Lance Newman,"Marxism and Ecocriticism",*Interdisciplinary Studies in Literature and Environment*,9.2(Summer 2002),pp.1-25.

③ Raymond Williams,*The Country and the City*,Oxford:Oxford University Press,1973,p.124.

④ Raymond Williams,*The Country and the City*,Oxford:Oxford University Press,1973,p.120.

⑤ Raymond Williams,*Keywords:A Vocabulary of Culture and Society*,London:Fontana,1976,p.221.

辑破坏①。在《关键词》和《马克思主义与文学》(*Marxism and Literature*),以及其他论文集中,威廉斯为他的文化唯物主义阐述了一套术语和程序,即"在实际的生产手段和条件下分析所有形式的符号,包括相当集中的写作"②。对威廉斯来说,马克思对人类在自然界劳动的物质历史的关注,对"人通过生产自己的生活资料"来"创造自己"的强调,提供了克服"自然"与"社会"之间二元对立的可能。威廉斯富有见地地指出,人们创造"自然"的过程,无论在物质上还是在思想上,也创造了社会,反之亦然。威廉斯认为,马克思主义者和生态批评家,都必须从整体上探究"社会和自然之间复杂的关系,这同时也是人类的产品和活动"。③

因此,英国生态批评带有文化批评的倾向,关注劳苦的工人阶级和被忽视的通俗文化;在对浪漫主义文学进行研究的同时,关注浪漫主义背后存在的生态、政治、经济等问题,而非文本与社会的割裂。马克思受到浪漫主义的影响颇深,对于浪漫主义的批判性有所继承。"扬弃"是马克思对于浪漫主义的态度,吸收了浪漫主义的批判性精神,并摆脱了浪漫主义空想与虚幻,真正踏上实践的生态土地。

2. 浪漫主义传统

虽然威廉斯为之后的英国生态批评注入了文化研究和马克思主义基因,使英国的生态批评天生具有马克思主义和文化研究的倾向。然而,20 世纪 90 年代生态批评的兴起在很大程度上却是为了反对左派对自然的意识形态建构,如乔纳森·贝特(Jonathan Bate)在 1991 年出版的《浪漫主义生态学》(*Romantic Ecology:Wordsworth and the Environmental Tradition*)中大声呼吁生态学"从红到绿"的转变④。

"文学批评从来就不是一门纯粹的学科。自柏拉图和亚里士多德对诗人对

---

① Raymond Williams,*Resources of Hope*,London:Verso,1989,pp.187-244.

② Raymond Williams,*Writing in Society*,London:Verso,1983,p.210.

③ Raymond Williams,"Ideas of Nature",in *Problems in Materialism and Culture*,London:NLB,1980, p.83;*The Country and the City*,Oxford:Oxford University Press,1973.

④ Jonathan Bate,*Romantic Ecology:Wordsworth and the Environmental Tradition*,London:Routledge, 1991,pp.8-9.

国家有害还是有益进行争论以来,有关文学的讨论就总是同政治和道德联系在一起。"①在此之前,人们对于浪漫主义诗歌的解读仅限于人与自然之间和谐的存在状态,贝特以生态的视角重审浪漫主义文学的尝试,引起了人们对于浪漫主义诗歌背后隐藏的生态理念的关注,该书也被称为英国生态批评的开端。

贝特注重透过浪漫主义诗歌表象进行分析,看到其中隐含的复杂的社会问题。在贝特看来,从生态的视角出发,浪漫主义文学不仅承载的是一种理想、理论,它更关注现实存在的问题。生态批评并不认为文学或者文学研究是纯粹的审美活动,它更像是一个全球性的,跨文化的,包含物质与精神、自然与社会的复杂体系。因而通过生态批评视角,浪漫主义文学更容易揭露并批判资本主义的剥削本质,谴责工业文明破坏自然的现实问题。贝特表示,浪漫主义作为一种文学流派,能够将外界非人的自然环境与人的思想感受联系起来,克服了自然与文化、意识与物质等二元对立的模式。也就是说,威廉斯与贝特反对以割裂的眼光看待自然与文化的复杂交织,对英国田园文学和浪漫主义文学以生态的视角重新审视思考。

英国田园文学描绘的悠闲自由的理想生活是资本主义社会中人们向往的理想家园,但是却与现实的资本主义社会相距甚远。工业革命带来了经济效益,经济结构变化使得人口就业从农业经济向工业经济过渡;乡村加速向城市转变,传统意义上的农民阶级也以极快的速度转化。即使处在历史发展进程中正兴盛的城市,英国人依然对乡村生活抱有难以化解的情结。乡村在英国文学的影响重大且深远。人们流连于田园文学的自由安宁,想要"归隐"乡村,也反映出英国工业化进程带来的一系列不安,人们渴望在自然中寻找精神寄托和心灵家园。

英美浪漫主义诗歌的世界性影响不限于文学方面,更涉及文化、政治、社会改革和民主进程等领域。浪漫主义文学普遍认为宇宙是一个有机整体,其中的各个部分都是相互联系、相互影响的。浪漫主义的有机整体论同压迫自然的资本主义社会的机械论全然不同,它对工业革命带来的自然压力和人的异化问题

---

① Jonathan Bate, *Romantic Ecology: Wordsworth and the Environmental Tradition*, London: Routledge, 1991, p.1.

发起挑战,批判无情的工业文明和贪婪的资本主义。英国浪漫主义诗歌研究应与当时的社会历史、整体的欧洲背景与文化批评等有机结合起来。王佐良在《英国浪漫主义诗歌史》中把英国浪漫主义诗歌置于法国大革命的历史背景下进行考察,直接提出了法国大革命启发并成就了英国浪漫主义诗歌。他认为所有重要的英国浪漫诗人都具有一个基本的共同点,他们"都是法国大革命的产物"①。他进一步指出,彭斯的《不管那一套》《爱情与自由》,布莱克的《经验之歌》《法国革命》,华兹华斯的《序曲》《丁登寺旁》《不朽的兆象》和柯尔律治的《古舟子咏》等都是法国大革命启发与鼓励下的产物。

马克思立足于实践,分析资本主义制度中存在的矛盾,揭露资本主义社会的本质,阐明资本主义制度阻碍社会发展的事实,寻求更高级的社会形态才是发展的方向。"马克思继承并发展了浪漫主义,把人的解放以实践的形式放置历史活动之中,通过有意识的劳动活动创造包括物质和精神在内的全部社会财富,完成实践主体的自我扬弃和全面自由发展,最终实现共产主义美丽愿景。"②在这种愿景中,不仅人与人之间是和谐的,人与自然同样是协调统一的,而无产阶级需要团结一致努力奋斗,实现共产主义的远大理想。此外,马克思早期诗歌受浪漫主义的影响较深,诗歌中流露出对于宇宙、世界的思考;同时马克思在诗歌中关照资本主义世界的劳苦大众,发现资本主义社会中人的异化问题。浪漫主义诗歌的批判精神指引了马克思,让其不止步于对资本主义社会的控诉,而是积极寻找解决的方法。但是浪漫主义"企图运用艺术教育诗化世界,在精神层面对劳动异化、人性分裂大加批判,但丝毫没有触及资本主义生产方式的实质,故不可能担负起改变社会的大任"③。浪漫主义的批判态度和顽固的社会现实让马克思认识到靠"美育"口号的浪漫主义是无法改变资本主义社会的压迫现状。

3. 英国左翼文学

2012 年约翰·里约尔(John Rignall)、古斯塔夫·克劳斯(H.Gustav Klaus)

---

① 王佐良:《法国大革命成就了英国浪漫主义诗歌》,见 http://www.360doc.com/content/18/0917/17/4390489_787444814.shtml。
② 范鹏飞:《马克思著述中的三重浪漫主义向度》,《人民论坛·学术前沿》2020 年第 14 期。
③ 范鹏飞:《马克思著述中的三重浪漫主义向度》,《人民论坛·学术前沿》2020 年第 14 期。

和瓦伦丁·库宁詹姆（Valentine Cunningham）合著的《生态学与英国左翼文学：红色与绿色》（*Ecology and the Literature of the British Left : The Red and the Green*）的问世。该书主要"针对第一阶段生态批评遭遇的挑战"①，因为生态批评发展的第一阶段"忽视了人类社会内部及其之间的分野"（种族、性别、阶级等对立）。立足"当前的生态女性主义者、环境公正主义者、社会生态学者把社会、经济和环境必须看作同一过程的不同方面"的学术立场②。主编约翰和古斯塔夫指出，该书围绕这样一种"信念"，即"社会议题和生态议题兼容并蓄、无法割裂，需要合并讨论、并置而思"③。这并非一个单一的关于生态理论框架或关于政党的文集，而是对西方马克思主义和生态批评有机结合的初步实践和文学理论建构，是生态批评的深化和拓展。该书收录了 16 篇文章，涉及文本众多，讨论丰富，类型各异。论文集的文章顺序按历时性编排手法，从绿色思想开端的英国浪漫主义到当代苏格兰生态文学，涵盖了柯勒律治、克莱尔、鲁斯金、杰弗里、莫里斯、哈代和爱德华·托马斯等生态批评经典作家，也涉及一些似乎与生态批评关联较少的左翼作家的作品。该书既探讨了"红"与"绿"之间的交融与张力，同时又跨越英国文学的宽广维度，提供了对左翼政治立场与环境主义之间关系的精彩概述，并将这种关系牢牢置放在批评理论的版图上，以此作为进一步研究的重要课题。

《生态学与英国左翼文学：红色与绿色》通过探讨马克思主义批评与生态批评的基本立场以及他们之间长期存在的紧张关系，重新整合了这两种文学批评形式。理查德·克里奇（Richard Kerridge）的《红与绿的当代生态批评》（Contemporary Ecocriticism between Red and Green）就在一众文本中梳理生态批评与左翼思想之间错综复杂的关系。他提出，"环境主义"和左派之间一直彼此怀疑。左派怀疑环境主义试图通过呼吁理想化的田园传统和援引稀缺性政治，限

---

① 陈茂林：《生态马克思主义探讨》，《信阳师范学院学报（哲学社会科学版）》2020 年第 1 期。

② 陈茂林：《生态马克思主义探讨》，《信阳师范学院学报（哲学社会科学版）》2020 年第 1 期。

③ H. Klaus, Gustav, and John Rignall, "Introduction : The Red and the Green", in *Ecology and the Literature of the British Left : The Red and the Green*, John Rignall, H. Gustav Klaus and Valentine Cunningham（eds.）, Ashgate Publishing, 2012, p.9.

制穷人发展,并以此掩盖社会压迫的现实①。而环境主义者又怀疑左派的自然
呼吁知识为了在工业上和技术上控制自然,但结果又往往会带来巨大的环境污
染。然而,红色和绿色也发现了共同的批评对象,共同批判资本主义是如何异化
并剥削工人和土地。为了解决环境问题,许多文章指出,我们还必须有效地解决
社会不公问题。格雷姆·麦克唐纳(Graeme Macdonald)就在文章《绿色连接:生
态社会主义与当代苏格兰写作》(Green Links:Ecosocialism and Contemporary
Scottish Writing)中认为当代苏格兰的生态写作是一个坚持追求盈利与环境可持
续发展和谐关系的作品体系,并提出了绿色未来和生态未来的建议,"要使世界
变绿,必须将其变红"②。

　　《生态学与英国左翼文学:红色与绿色》的导言部分追溯了几个关键词的发
展脉络。"左翼"的称呼最初起源于18世纪法国大革命,尤其是1791年的法国
国民议会上激进的革命党人都坐在左面。但是,在1848—1849年的事件(特别
是被血腥镇压的1848年6月巴黎工人起义)发生后,"红色"才成为左翼有力的
象征。"绿色"一直泛指自然相关事物,但后来主要指与20世纪初的环境主义
有关的事物及其立场。在理查德·克里奇从整体上梳理了生态批评与左翼思想
之间错综复杂的张力关系后,其余15篇是一系列关于特定作家、特定主题和特
定时期的文章。一系列文学批评从浪漫主义时期开始,主编们称其标志着一个
"红""绿"思想开端的新时代。

　　这些文章围绕着两个特别重要的时期展开来验证红绿交汇。一个是不稳定
的浪漫主义时期。在这一时期,激进的政治立场与自然转向立场之间的关系微
妙而复杂,不稳定,更缺乏安全感。另一个是从19世纪末到20世纪30年代的
对话发展时期。环保组织在这一时期与其他社会组织和非政府组织积极展开对
话,如费边主义、托尔斯泰新生活主义、艺术与工艺、花园城市、回归土地和生态

---

① H.Klaus,Gustav,and John Rignall,"Introduction:The Red and the Green",in *Ecology and the Litera-ture of the British Left:The Red and the Green*,John Rignall,H.Gustav Klaus and Valentine Cunning-ham(eds.),Ashgate Publishing,2012,p.17.

② H.Klaus,Gustav,and John Rignall,"Introduction:The Red and the Green",in *Ecology and the Litera-ture of the British Left:The Red and the Green*,John Rignall,H.Gustav Klaus and Valentine Cunning-ham(eds.),Ashgate Publishing,2012,p.240.

无政府主义,以及各种形式的文学乌托邦和恶托邦等。

其中,第一部分阐释浪漫主义时期的文章包括四篇。西姆斯·佩里(Seamus Perry)在文章《柯勒律治是绿色的吗?》(Was Coleridge Green?)中,从绿色(Greenry)一词入手,指出该词最早在《忽必烈汗》(Kubla Khan)中,承载着文化和自然的暗示,凸显了柯勒律治的自然观与其写作中的矛盾性。在海伦娜·凯利(Helena Kelly)的文章《废弃的玉米地:华兹华斯早期诗歌中农村土地使用的变化》('Wastes of corn':Changes in Rural Land Use in Wordsworth's Early Poetry)中,华兹华斯年轻时的激进主义和他的生态姿态都是显而易见的。海伦娜·凯利将两者结合在一起,探索诗人四首相关诗歌中对破坏耕地的回应。此外,还有两篇关于约翰·克莱尔的文章。米娜·戈吉(Mina Gorji)在文章《约翰·克莱尔的野草》(John Clare's Weeds)中展示了克莱尔如何兴致勃勃地写下了其他诗人认为不值得的景象,展示了野草的审美价值和社会价值。西蒙·科维西(Simon Kövesi)在《约翰·克莱尔和德勒兹与瓜塔里的根茎》中使用德勒兹和瓜塔里的根茎隐喻作为非等级连接的模型,并介绍了一首无标题的十四行诗的读法,以此来说明一种观点。在这个世界里,人既不是主导,也不是中心,而只是其中的一个环节。动物、植物和人类元素之间的流动连接链,在强调相互依存性和社会激进性的同时,它具有深刻的生态学意义。在拒绝等级制度的同时,克莱尔的诗表达了一种愿景,即团结一致,共同发展的红绿生态观。第二部分涵盖内容更为广泛,研究对象包括了约翰·罗斯金(John Ruskin)、威廉·莫里斯(William Morris)以及威尔斯(H.G.Wells)的作品。如约翰·罗斯金在其代表性画作中,发现了自然界的真理。(躺在草和野草的朴素美中,它给细心的人提供了神力的证据。)戴纳·伯奇在文章《堕落的自然:罗斯金的政治启示录》(Fallen Nature:Ruskin's Political Apocalypse)中探讨了这一变化,并展示了罗斯金是如何将其转化为一种政治上的堕落论,强调人类对堕落的责任,以及如何采取行动来挽回它。安娜·瓦宁斯卡娅(Anna Vaninskaya)在文章《威廉·莫里斯与花园城市》(William Morris and the Garden City)中研究莫里斯对花园城市运动的影响。约翰·斯隆(John Sloan)在文章《威尔斯,费边主义与"未来事物的形成"》(H.G. Wells,Fabianism and the"Shape of Things to Come")中提出虽然威尔斯早期的科学浪漫主义作品常常被解读为荒诞和悲观,但威尔斯对科学的信仰,总是意味着对人类力量的信仰,证明了他对环境的持久关注。他认为威尔斯预见到了当代绿色思想,他作品中一直体现了对无节制的资本主义和对环境的关注,很好地契合了红绿生态观的融合思想。

该卷的其他文章围绕这些内容进行了补充。如史蒂芬·哈里森(Stephen Harrison)探讨了阿瑟·休·克拉夫和托马斯·哈代作品中的希腊—罗马牧民和社会阶层。约翰·里约尔(John Rignall)在文章《十九世纪后期写作中的风景、劳动和历史》(Landscape, Labour and History in Later Nineteenth-Century Writing)中,在研究19世纪后期写作中对景观的表现时,谈到了文学在多大程度上可以展现景观如何融入土地上工作的人们,以及他们的历史。而这样一种对历史的激进理解,能不能共存于人与自然相互依存的生态意识? 威廉·格林斯莱德(William Greenslade)也研究了生态学思想和激进政治之间的交织联系。他注意到人类从地球守护者到控制者的思想身份的转变,认识到环境压力爆发在19世纪的最后几十年里。他强调了在这一时期,土地改革运动推动了政治生态学的发展,强调马克思关于资本主义对自然和劳动的双重剥削。格林斯莱德认为,源于新生活社会主义的生态意识,在E.M.福斯特的小说和西尔维娅的小说中都有体现,可以看出地球守护者原则仍在运行。古斯塔夫·克劳斯(H.Gustav Klaus)在文章《被砍伐的树——阵亡士兵》(Felled Trees—Fallen Soldiers)中,通过对弗吉尼亚·伍尔夫、D.H.劳伦斯等作品中战争、死亡与毁灭等主题的探讨,揭示了战争带给人们的是社会与环境的双重灾难。瓦伦丁·库宁詹姆(Valentine Cunningham)讨论了现代工业资本主义对英国乡村的影响,认为30年代诗歌中的牧歌更好地体现了红绿双色的结合。詹姆斯·雷德克里夫(James Radcliffe)在文章《生态无政府主义、新左派和浪漫主义》(Eco-anarchism, the New Left and Romanticism)中探讨了绿色思维与新时代的联系,特别是侧重于编年史家西奥多·罗扎克(Theodore Rozak)的工作及其对于马克思异化概念的重要贡献。克里斯蒂安·施密特·基尔布(Christian Schmitt-Kilb)探讨了约翰·伯杰(John Berger)三部曲《走进他们的劳动》(Trilogy Into Their Labours),将其作为一部结合了红色和绿色视角的作品进行研究。他认为,伯杰的三部曲不是作为传统社会主义者或农民的理想主义者出现的,而是作为发展中的绿色社会主义的产物而出现的,展示了从征服自然走向与自然和解,体现了社会主义关切和生态关切的交汇点。

这本论文集,从经典到当代,从诗歌到小说,以红绿为底色,以浪漫主义与生态为关键词,汇集了众多不同类别和国别的作家。这些文章将"红"与"绿"相结合,主题丰富,研究方法多样。有的研究侧重历史性,有的研究注重文学流派、主题和典故。有的人在政治上是激进的,其他人的激进只在于他们个别能够切中要害主题,但他们无疑都是将红绿两色的观点结合在一起,他们试图理解一个社会发展的世界,他们都看到了在资本主义下,人和自然遭受的双重迫害。文集中的文章篇幅相对短小,但大都提出了令人信服的理论框架。尽管该卷不拘一格,但还是有一些突出的主题在不同的文章中都会出现。其中之一是紧张,不仅是普遍意义上"红色"与"绿色"之间的紧张,更是在红翼和绿翼之间的紧张。另一个重要的问题是,该书讨论了在不同的历史时刻,这种紧张关系继续反复出现。这种历史、文学与政治的交织清晰地向我们传递了一个核心命题:如果将环境与社会或者政治问题割裂开来,则对任何一个领域的理解都是不完整的。

五、中国关于西方马克思主义生态批评的研究

我国学术界对西方马克思主义生态批评研究的是在对西方马克思主义生态学研究的基础上发展而来的。学界对西方马克思主义生态学的研究主要集中在哲学和马克思主义理论研究领域,经历了从一般性评介到专题性理论问题研究的发展历程。20世纪80年代生态学马克思主义被引介到中国学术界,20世纪90年代的西方马克思主义教材都设有"生态学马克思主义"专章论述;到2007年,刘仁胜的《生态马克思主义概论》在中央编译出版社出版,是我国第一部系统研究生态学马克思主义理论的著作。而后,生态学马克思主义代表性人物的主要著作陆续被译介,逐渐形成了国内对生态学马克思主义研究的高潮。王雨辰、陈学明、贾学军等学者就生态学马克思主义的定义域与问题域、研究范畴与理论性质、生态学马克思主义与西方"深绿""浅绿"思潮、马克思主义其他相关

研究的关系等问题展开了激烈的争论和深入的探讨,具有重大的理论和现实意义。这种有效的探讨"使我国的生态文明研究摆脱了西方中心主义生态文明理论的话语霸权,用'历史唯物主义研究范式'取代了'后现代主义研究范式',重新确立了以推进中国现代化、中国的生态治理和关注全球环境治理为基础展开生态文明理论研究这一致思方向,把实现环境正义作为中国生态文明理论的价值诉求"①。但是,对生态学马克思主义的广泛研究只是局限在哲学研究领域和哲学话语体系中,并没有引起学界的广泛参与,而且,相关研究在某种程度上将西方马克思主义生态学等同于生态学马克思主义,忽视了一些虽然没有以生态为研究核心,但是探讨过生态问题,提出过独到见解的西方马克思主义理论家的观点。从这个角度上来说,对西方马克思主义生态批评的研究是必要且急需的。

西方生态马克思主义的理论主张在国内哲学领域引起了重视,这毋庸置疑。其实,在文学和文艺学领域,也有学者试图借鉴西方马克思主义研究方法来拓展已有的生态批评和生态文学的理论与实践研究②,值得关注的是陈茂林在 2017年的国家社科基金项目"西方马克思主义生态批评研究"获批立项后,一直致力于此课题的研究,发表了《生态马克思主义批评探讨》《马克思主义生态批评的超越性》《西方文论关键词:生态马克思主义》等多篇论文,不仅拓宽了生态学马克思主义的研究范畴,将其置于文学领域进行观照,而且其研究的视角也没有局限在生态马克思主义批评,而是试图拓展到对整个西方马克思主义生态批评的阐释上。此外,他将生态马克思主义与生态伦理学、生态女性主义和后殖民生态主义并置而较,提出"生态马克思主义构建了马克思新陈代谢断裂理论,超越了生态伦理学的伦理批判和生态女性主义、后殖民生态主义的文化批判",具有重

---

① 王雨辰:《论我国学术界对生态学马克思主义研究的历程及其效应》,《汉江论坛》2019 年第
10 期。
② 参见王佐良:《英国浪漫主义诗歌史》,人民文学出版社 1991 年版;曾繁仁:《生态美学导论》,商
务印书馆 2010 年版;张旭春:《绿色浪漫主义:浪漫主义文学经典的重构与重读》,《外国文学研
究》2018 年第 5 期;范鹏飞:《马克思著述中的三重浪漫主义向度》,《人民论坛·学术前沿》
2020 年第 14 期;华媛媛:《生态之道:中国道家思想在美国生态文学中的接受研究》,北京大学
出版社 2020 年版;华媛媛:《美国生态女性主义文学批评研究》,人民文学出版社 2014 年版。

要的开拓意义。他认识到生态马克思主义具有更为宽广的理论空间,具有明显的超越性。

> 对于资本主义技术使用、控制自然的意识形态、异化消费、资本主义制度的批判和对于生态社会主义和共产主义的展望,具有巨大理论空间,大大拓展了生态文学和生态批评视域,为新时代生态文学创作和生态批评提供了丰富的理论资源。其辩证统一的马克思主义自然观、人学观、社会观和历史观,超越了生态女性主义批评和后殖民生态批评,有望克服生态批评理论与实践断裂的缺陷,推动生态批评发展。①

虽然在生态批评研究内部还没有学术专著对此进行专门讨论,但曾繁仁、程相占、胡志红、陈茂林、张旭春、韦青琪、龚浩敏、纪秀明等学者也在自己的研究中进行了前瞻性思考,关注到西方马克思主义的生态理论并探讨了当代西方马克思主义对于生态理论建构的基本贡献。但是这一理论资源尚未引起文学批评领域的足够重视,缺少专门论述西方马克思主义生态批评相关专著。此外,对于如何深入挖掘马克思、恩格斯、法兰克福学派、英国马克思主义学者及美国马克思主义学者与生态批评的内在联系;如何客观地、区别地看待西方马克思主义不同派别的不同生态主张,如:法兰克福学派对理性的计划经济和技术增长会带来社会进步态度就与马克思不同,并在韦伯观点的基础上,发展了批评性环境理论;又如:美国生态马克思主义在继承和发展法兰克福学派的生态危机的理论基础上,对环境保护主义和生态中心主义把生态危机归于科学技术和工业化的思想进行了批判和分析,又从意识形态和资本主义制度的层面对生态危机的成因进行了深刻的剖析;本雅明、阿多诺、伊格尔顿、詹姆逊及戴维·哈维等西方马克思主义代表人物对生态批评的积极建构也有待挖掘。此外,运用西方马克思主义生态理论和生态观点来进行文学批评实践更是需要得到发展。

如何把对当代生态问题的思考和生态批评的建构置于马克思主义理论视野下,可以使这一新兴的批评理论获得完备的思想基础和严谨的学理支持,是我们

---

① 陈茂林:《生态马克思主义》,《外国文学》2020 年第 6 期。

急需思考和解决的迫切任务。对于生态批评的建构而言,这一理论资源可能使生态批评走出对空洞伦理观念的宏大叙事,摆脱抽象的道德、超我的自诩,获得巨大的现实批判力和理论深度,成为一种与现实生活息息相关并具有严格的理论形态和科学方法的文学批评;同时,也为生态批评指出了更为广阔的发展方向,即与社会批评和文化批评相结合的建构之路。

第 二 编

生态批评的新型理论视野

第十一章　文化生态学与生态批评

当代的环境问题呈现出一种人类文明高度发达背景下的特殊态势——一方面,环境问题已经超出局部生态危机的规模,成为一种全球现象,影响到世界各地的自然体系和社会体系;另一方面,问题的种种表现也超出了人类传统认知的轨道,而要解决这些全球性的环境问题,如果沿用传统科学门类下的某些方法论,往往会陷入药不对症的窘境。事实上,在 21 世纪的语境下,从以前泾渭分明的自然科学、工程科学与社会科学路径出发,解决如今众多具有复杂性的问题,已然从根本上成为一种悖论。在现行学科构架下,通过创造组合的方式构建新的跨学科体系并从中产生适当的方法论,成为人类的理性出路。生态批评的产生,便是文学与作为自然科学代表的生态学共同应对全球环境问题时做出的一种跨学科回应。尽管这样一种努力为人与环境关系的研究带来了积极而有力的推动,但是随着研究对象的变化以及应用范围的延伸,生态批评在方法论层面也不可避免地遇到种种新的挑战和诉求。应对新问题和新现象,要求我们更新早期生态批评的话语体系,寻求更多理论来源,对相关方法论加以可能的延展。

在这方面,侧重研究文化与环境之间关系的文化生态学(cultural ecology)就提供了一种可能性。本章勾勒文化生态学作为当代生态批评领域方法论之一的理论前提与代表性构想,并探讨其对文学研究的影响以及构建新批评视角的潜力。

一、文化生态学的兴起与早期发展

最初的文化生态学是作为美国人类学界的一个研究领域而出现的。[①] 顾名

[①] 黄育馥:《20 世纪兴起的跨学科研究领域——文化生态学》,《国外社会科学》1999 年第 6 期。

思义,"文化生态学"的内核是"生态学"。生态学本身属于自然科学范畴,研究的是动植物间的关系以及动植物同它们所处的有生命环境及无生命环境之间的关系。广义的"文化生态学"具有民族学的研究传统(亦即"文化人类学"),包含了生态学所研究的若干关系中作为创造文化的生物以及作为具有社会和政治行为能力者的人类这两方面。而狭义的"文化生态学"则特指美国人类学家朱利安·斯图尔德(Julian H.Steward)所代表的学说,该学说主要关注社会文化因素和人口因素构成的某种杂合体(即所谓"文化核心")与自然环境之间的相互关系,这些关系会导致文化对自然环境产生一定程度的适应。[1] 文化生态学的研究目标,是了解文化适应性的范围,并为诸如森林砍伐、物种丧失、粮食短缺和气候变化等当代重要问题提供解决方案。其中一些问题反映出资源的过度开发,需要采取保护措施来纠正。此外,文化生态学家还会记录对于更广大世界具有价值的那些传统及地方知识,譬如传统医药的效用、土著居民种植古老作物的方法、太平洋岛国的土地管理技术等。对于现今资源短缺的世界来说,这些人类经历数万年积累下来的文化知识就是潜力可观的资源,有助于激发人类的新理念。[2]

最先明确提出"文化生态"[3]一词的是朱利安·斯图尔德。[4] 斯图尔德是美国人类学家,曾任教于哥伦比亚大学和加州大学伯克利分校等多所大学。他早年在加州大学伯克利分校就读时,曾师从克罗伯(Alfred L.Kroeber)和罗维

---

[1] Bernhard Glaeser & Parto Teherani-Krönner (eds.), *Humanökologie und Kulturökologie*, Opladen: Westdeutscher Verlag, 1992, p.431.

[2] Mark Q.Sutton and Eugene N.Anderson, "Cultural Ecology", in *The International Encyclopedia of Anthropology*, Hilary Callan(ed.), John Wiley & Sons, Ltd., 2018, pp.1-2.

[3] 本章中,"生态学"与"生态"两种表述均对应"ecology"一词,视语境而定。根据韦氏词典,"ecology"具有四种义项:(1)研究有机物与其环境相互关系的科学分支;(2)有机物与其环境之间关系的总和或模式;(3)代指"人类生态学";(4)指环境、风气(如 the moral ecology)或某种精妙而错综复杂的体系或综合体(如 the ecology of language)。(*Merriam-Webster.com Dictionary*, s.v. "ecology", accessed November 22, 2022, https://www.merriam-webster.com/dictionary/ecology.) 本章在对应义项(1)和(3)时,表述为"……生态学",指相关科学门类;若对应义项(2)和(4),则表述为"……生态",指相关科学中的具体范畴。另外,本章出现的另一概念"生态系统"专门对应相关文献中的"ecological system",与"ecology"的相关含义并无冲突。下文中,如无特殊用意,则不再重复说明。

[4] Mark Q.Sutton and Eugene N.Anderson, "Cultural Ecology", in *The International Encyclopedia of Anthropology*, Hilary Callan(ed.), John Wiley & Sons, Ltd., 2018, p.1.

（Robert H.Lowie）攻读人类学。由于克罗伯与罗维秉承的是博厄斯（Franz Boas）的学术理念，使得斯图尔德的人类学研究也将博厄斯主张的"历史特殊论"当作首要出发点。"历史特殊论"以批判19世纪的进化论为主要立场，认为诸文化所经历的历史有各自的特殊性，不应对人类的发展进行普遍的推测。

斯图尔德并未顺应这一观念，而是通过自己所著的《文化变迁的理论》一书对"历史特殊论"提出了批判，并推出了"文化生态"这一术语以及一套相关的理论和方法。斯图尔德将该术语的采用看作是"对作为解释环境影响文化之启发性方案的、与人类有关的生态学概念作一些发挥"，旨在将这一研究方向的"目的和方法与生物、人类和社会生态学的目的和方法区别开来"[1]。他没有对此给出一个简明扼要的定义，但强调这个领域关注的是文化对环境的适应性和文化群体可供选择的范围，这体现出他对"环境决定论"的反向立场——环境决定论试图得出人类生态学的普遍规律，而斯图尔德在环境决定论和局部适应性之间更倾向于后者。他认为不同文化虽然都会受到环境的深刻影响，但在处理环境的方式上却有无穷的创造性，这意味着每种文化应对相似环境的方式各不相同。另外，斯图尔德也将文化生态学同关注社会群体间经济与地理关系的社会生态学加以区分。斯图尔德认为，逐步适应经常变化的环境是文化变迁的一种驱动力，甚至可能是首要驱动力。[2]

上述观点成为斯图尔德寻找"文化进化"路径的一个焦点。这里的"文化进化"是指随时间推移而发生的大规模文化变迁。由于斯图尔德的研究是从人类学基础出发的，所以其研究对象基本集中在生产活动和社会组织的关系上。但斯图尔德之所以将自己的理论称作"文化变迁理论"而非"社会进化论"，是因为其话语体系无法摆脱"文化相对论"的影响，也正因此，他仍从广义的"文化"出发，区分出"文化核心"与"次要特质"两个基本概念。斯图尔德认为，文化生态学所重构的文化核心，包括了物质文化（自然资源、技术和工具的使用）、社会组织（生产和再生产领域的社会分工和结构）以及非物质文化（世界观和意识形

---

① ［美］斯图尔德：《文化生态学的概念和方法》，玉文华译，《世界民族》1988年第6期。

② Mark Q.Sutton and Eugene N.Anderson，"Cultural Ecology"，in *The International Encyclopedia of Anthropology*，Hilary Callan（ed.），John Wiley & Sons，Ltd.，2018，p.1.

态,它们对生产和生存领域产生影响,并与上述文化进程交织在一起)。在此,"文化"被理解为在民族学和文化人类学研究意义上的环境与社会互动的综合表现形式,并不单指艺术与美学,而是囊括了与生活相关的所有领域。文化包含了"底层—上层"建筑模型中被分离的双方。故而这个词并不局限于观念的产物(意识形态和世界观),因为文化人类学中的出发点便是在观念现象与物质现象之间存在强烈的互动和相互渗透。在这个意义上,"文化核心"打破了传统的底层建筑与上层建筑那种模式。①

在《南美印第安人手册》的编写中,斯图尔德曾以社会组织的复杂程度为划分原则,将人类社会分为四种类型(队群、部落、酋邦和国家),而到了《文化变迁理论》,上述四个类型成为人类社会进化的四种基本"社会文化整合层次"。这四种社会类型的划分后来一直处于争议当中。一些人类学家完全否认前三者,认为只存在国家社会和非国家社会的对比。而支持该分类的人则大多认为它们是一个连续体上的四个点,而非四种截然不同的社会类型。②

基于这四种社会类型的划分,斯图尔德提出了"生态适应决定说",指出社会变迁基本是由于新技术的应用对于新的适应方式提出要求而导致。具体而言,环境资源对生产技术落后的人类社会的组织形式具有决定作用,导致了家庭、队群的产生,而对新技术更大规模的应用则催生了更为复杂的社会组织(譬如水利工程与国家出现的因果论)。斯图尔德补充指出,无论生产技术的应用,还是社会组织的兴起,两者都是分析人类社会进化的变量,不可单独存在。

斯图尔德的另一主要理论贡献是新进化论学派的代表学说之一——"多线进化说"。该学说将矛头指向古典进化论,强调文化变化乃是一种多线而非单线的过程,认为每个社会文化整合层次都包括了一个以上的"文化类型"。所以,社会的进化不是从一个阶段进化到另一个阶段,而是从一个阶段的某文化类型进化为下一阶段的某文化类型。斯图尔德称之为多为"多线进化"。这种多

---

① Bernhard Glaeser and Parto Teherani-Krönner (eds.), *Humanökologie und Kulturökologie*, Opladen: Westdeutscher Verlag, 1992, p.429.

② Mark Q.Sutton and Eugene N.Anderson, "Cultural Ecology", in *The International Encyclopedia of Anthropology*, Hilary Callan(ed.), John Wiley & Sons, Ltd., 2018, p.2.

线进化论立足于经验事实,因此既不同于 19 世纪的单线进化论,也不同于怀特(Leslie A.White)无视各民族文化特质的普遍进化论。

　　然而,斯图尔德的文化生态学在欧洲并未引起规模性科学反响,其学术影响仍主要体现在美国高校学界。[①] 斯图尔德在哥伦比亚大学教出了一批优秀的学生,这些学生将"文化生态"这个术语在许多不同的方向上发扬光大。其中,马文·哈里斯(Marvin Harris)倡导坚定的唯物主义,聚焦人类对热量和蛋白质的追求。他提出一种"研究策略",即只有在卡路里和蛋白质供应充足的情况下,才可以尝试用其他动机来解释人类行为。马歇尔·萨林斯(Marshall Sahlins)和埃尔曼·瑟维斯(Elman Service)采用了斯图尔德的多线进化方案,同样强调队群社会的成功和相对轻松的生活,但对哈里斯的立场进行了尖锐的批评。斯图尔德的同事安德鲁·维达(Andrew Vayda)把注意力集中在有关线索和证明的哲学问题上。斯图尔德和维达的学生罗伊·拉帕波特(Roy Rappaport)着眼于功能主义,认为某些宗教机构的功效体现在对环境管理和环境保护的调节上。另一位斯图尔德主义者埃里克·沃尔夫(Eric Wolf)则对更大规模的群体间政治进行了严肃考虑,并创造了"政治生态学"(political ecology)这一术语,而此概念本身也发展成为一个独立的研究领域。与沃尔夫关系密切的西德尼·明茨(Sidney Mintz)研究了糖的生产和消费,用糖来说明世界历史上植物与人之间的互动关系。[②]

　　斯图尔德团队之外的一些人类学家也很快认识到了"文化生态"这个术语。其中影响卓著的当属克利福德·戈尔茨(Clifford Geertz),他从文化生态角度解释了荷兰统治下的爪哇在农业发展方面的命运。他指出,"农业入侵"这一这一说法表明农业变革和集约化导致粮食亩产量或财富的增加,但并未使农民本身生活得更好——他们必须更加努力地工作,但并没有明显地增加收入。戈尔茨更关注文化而非生物因素,但他对爪哇农业生态的见解很有影响力。另一位学

[①]　Peter Finke, "Kulturökologie", *Einführung in die Kulturwissenschaften : Theoretische Grundlagen-Ansätze-Perspektiven*, Ansgar Nünning and Vera Nünning(eds.), Stuttgart:Metzler,2008,p.252.

[②]　Mark Q.Sutton and Eugene N.Anderson, "Cultural Ecology", in *The International Encyclopedia of Anthropology*, Hilary Callan(ed.), John Wiley & Sons,Ltd.,2018,p.2.

者查尔斯·弗雷克(Charles Frake)则将文化生态学同语言学联系起来,记录了与环境相关的词汇、概念、思想和知识。还有一些人利用20世纪60年代流行的生态系统模型,从系统的角度解释文化生态,对营养物质和水的流动、能量转化以及食物网进行建模。但这一方法由于"系统"约束的困难性以及存在随机事件等问题而折戟沉沙。最近,加拿大生态学家霍林(Crawford Stanley Hollin)的"恢复力"概念让人们在一定程度上恢复了对于功能系统的兴趣,但先前的批评之声仍然存在。①

随着时间的推移,文化生态学呈现出与其他研究方法融合的趋势。譬如人类生态学这个很大程度上偏生物学的领域,就已经越来越多地对文化加以考察,包括文化学习的深度与广度以及文化多样性的覆盖范围。人类进化生态学(human evolutionary ecology)采纳了广义达尔文主义的人类行动理论。已经将范围从最初那种与哈里斯唯物主义相似的对热量和蛋白质的关注,扩展到从择偶到语言史等诸多行为上。这让理论家们不得不将文化考虑在内,产生了所谓的生物文化模型,如彼得·理查森(Peter Richerson)和罗伯特·博伊德(Robert Boyd)的模型,这些模型在概念上接近斯图尔德的模型,却能从生物学的最新发展中汲取养分。此外,文化生态学中也衍生出了相当一批子学科,如历史生态学(historical ecology)、精神生态学(spiritual ecology)以及后来颇具影响的民族生态学(ethnoecology)等。它们在继承斯图尔德基本研究成果的同时,往往也会吸收其他学科的理念,改良甚至扬弃斯图尔德的部分观点。②

二、当代"进化文化生态学"走向

(一)文化生态学的"生态观":从"自然生态"到"文化生态"

"文化生态学"这个具有跨学科基因的学科发展至今,已产生了若干差异化

---

① Mark Q.Sutton and Eugene N.Anderson,"Cultural Ecology",in *The International Encyclopedia of Anthropology*,Hilary Callan(ed.),John Wiley & Sons,Ltd.,2018,p.2.

② Mark Q.Sutton and Eugene N.Anderson,"Cultural Ecology",in *The International Encyclopedia of Anthropology*,Hilary Callan(ed.),John Wiley & Sons,Ltd.,2018,p.2.

的变种。有学者根据理论来源的不同,将文化生态学分为源于文化人类学的文化生态理论、源于生物生态学的文化生态理论、源于社会学与哲学的文化生态理论以及源于地理学的文化生态理论。① 然而,如果我们不是单纯按名称来厘定而是以研究事实为指引的话,就会得到另一种针对文化生态学的细分原则,即考察各个变种在科学观问题上的保守程度以及同生态学的相应关系。这些方面的区别会影响各个变体看待文化的视角以及它们在学科矩阵中的定位。②

在这个意义上,斯图尔德的文化生态学乃是文化生态学领域偏保守的跨学科方法,因为它所用到的"生态"概念是纯自然科学意义上的"生态",而它对科学的理解则是古典的实证主义社会科学式的。它的成就与其说是对文化概念进行了生态学维度的阐述,倒不如说是搭建了自身与生物生态学认识的关联——它破天荒地将有关自然环境的知识坚决纳入了实证文化研究当中。就此而言,该构想也不太关注文化的重新定义以及人类与其先祖所处的不同文化环境,而更关注文化对于当时的主导自然框架条件的适应。马文·哈里斯、克利福德·戈尔茨以及罗伊拉·A.拉帕波特等斯图尔德的批判继承者们对文化生态学进行了各个角度的理论修正。虽然这些努力并没有显著改变前文提到的那种在科学理论方面的基本取向,但他们的确使得文化生态学朝创新的方向迈进了一些。拉帕波特的工作在这方面起到了桥梁作用,因为他使用了"生态系统"的概念,并将该概念的含义范围在纯自然科学的维度基础上增加了人类生存环境这一维度。然而,他没有迈出更具创见性的一步——将文化系统本身理解为新型的精神生态系统。③

相较而言,接下来两种字面上不以"文化生态学"为名称,却在事实上面向相关问题的研究方法,会在科学观方面表现出更大的开放性。其中之一的"人类生态学"(human ecology),本身就是几乎渗透于整个文化研究的方法论多元化趋势的一个良好范例,因为它既将自身部分理解为一门生物学或地理学框架内

① 江金波:《论文化生态学的理论发展与新构架》,《人文地理》2005年第4期。
② Peter Finke, "Kulturökologie", *Einführung in die Kulturwissenschaften: Theoretische Grundlagen-Ansätze-Perspektiven*, Ansgar Nünning and Vera Nünning(eds.), Stuttgart: Metzler, 2008, p.252.
③ Peter Finke, "Kulturökologie", *Einführung in die Kulturwissenschaften: Theoretische Grundlagen-Ansätze-Perspektiven*, Ansgar Nünning and Vera Nünning(eds.), Stuttgart: Metzler, 2008, pp.252-253.

的自然科学,而同时又将自己部分地视为社会科学的一个研究方向。前一部分学者如尤金·P.奥杜姆(Eugene P.Odum)、伯纳德·坎贝尔(Bernard Campbell)、加勒特·哈丁(Garrett Hardin)等,专注于将人类视为一类物种的生态学以及人类文化行为对自然环境的影响,而后一部分学者如罗伯特·E.帕克(Robert E. Park)、阿莫斯·H.霍利(Amos H.Hawley)、安塞姆·L.施特劳斯(Anselm L. Strauss)等,则侧重研究上述行为的社会政治框架,并对其后果提出批判。人类生态学研究会明确或隐含地运用"文化"或"文明"的概念,因为该研究方法将人类聚居点(城市为主)的结构视为一种新的"次级"生态系统,这些次级系统既依赖初级系统(即自然生态系统),也为初级系统带来相当程度的负担和干扰。然而,大部分采用这一方法的研究只是关注如上状况的改良问题,"文化"始终未能成为其中真正的研究核心。① 而另一种被称为"社会生态学"(social ecology)的研究方法,虽然在某种程度上与"人类生态学"共享着一些社会学方向的概念,但其对"生态"的理解更为开放,相关研究很大程度上是基于那些在自然科学之外发展起来的、非生物学意义上的"另类"生态观,这些观点主要形成于20世纪下半叶,以穆雷·布克钦(Murray Bookchin)为代表。在此基础上,社会生态学还将社会科学的研究方法带入关于文化制度的实证研究当中。虽然上述两种研究方法往往不被纳入严格意义上的"文化生态学"范畴,且两种方法之间也存在异质性,但它们与自然科学之间并不分明的界限反而令它们的思维具有天然的开放性,其中的诸多思想能够为我们提供理论与经验的知识储备,补充和加深我们对于文化的理解。社会生态学在"系统—环境"这一基本观点框架下取得的研究成果,如肯尼斯·鲍尔丁(Kenneth Boulding)等,②就为生态学与人文社会科学,尤其是与文化研究建立进一步关联提供了示范,而社会生态学对生态学多元理解的开放态度也为新的文化生态学——"进化文化生态学"奠定了部分理论基础。

---

① Peter Finke, "Kulturökologie", *Einführung in die Kulturwissenschaften*: *Theoretische Grundlagen-Ansätze-Perspektiven*, Ansgar Nünning and Vera Nünning(eds.), Stuttgart: Metzler, 2008, p.253.

② Peter Finke, "Kulturökologie", *Einführung in die Kulturwissenschaften*: *Theoretische Grundlagen-Ansätze-Perspektiven*, Ansgar Nünning and Vera Nünning(eds.), Stuttgart: Metzler, 2008, p.253.

（二）"进化文化生态学"的形成及基本观点

对"生态"抱持最开放科学态度的,换言之,真正打破斯图尔德文化生态观僵化性的,是德国学者彼得·芬克(Peter Finke),他首先提出了"进化文化生态学"(evolutionary cultural ecology)。该理论是文化生态学近期的一个发展方向,它的形成离不开乌克斯库尔、纳斯、贝特森等前辈学者的思想启发。

德裔生物学家雅各布·冯·乌克斯库尔(Jakob von Uexküll)被认为是生态学的创始人之一,但他早期的立场与大多数同时代学者格格不入。例如,他区分了"行动界"(Wirkwelt)与"感知界"(Merkwelt),前者作为一个物理世界在生物学界早已为人熟知,而作为一种心理世界的后者才刚刚从伦理学开辟出来。与此相应的是,在他使用的另一对术语"环境"(Umwelt)和"内境"(Innenwelt)中,目前只有前者在生物生态学界得到了正面关注。大多数生态学教科书并未意识到,生态学分析不仅包括"系统—环境"这一组关系,还包括"系统—内境"这一组与人类和许多动物休戚相关的关系。虽然现在已经出现了与生态学有交叉性的"生态伦理学"来处理这方面的问题,但截至目前尚未引起理论生态学领域的根本性修正,内境层面的重要性仍未体现在人类对生态系统的认识当中。而这个问题在当代文化生态学中却得到了考察,由此我们可以说,乌克斯库尔对文化生态学具有直接影响。乌克斯库尔极具前瞻性的思想直至20世纪末才得到重提,并成为进化文化生态学的基本思想。①

在跨越生态学学科藩篱方面作出巨大贡献的又一位理论家是挪威哲学家阿伦·奈斯(Arne Naess)。在西方文明全球扩张连同该文明固有世界观造成自然多样性与文化多样性持续丧失的社会背景下,奈斯于1969年毅然放弃奥斯陆大学的哲学教席,尝试以科学理论家、伦理学家的身份为当时逐渐形成的生态运动构思了一套理性的理论根据,这一动机催生了他1989年出版著作《深层生态学》。根据深层生态学理论,传统(自然)生态学的边界被限制在了较为表浅的

---

① Peter Finke, "Kulturökologie", *Einführung in die Kulturwissenschaften: Theoretische Grundlagen-Ansätze-Perspektiven*, Ansgar Nünning and Vera Nünning(eds.), Stuttgart:Metzler,2008,pp.254-255.

情境中,而挖掘深层的生态结构才是关键所在。只有将整个人类领域也系统地纳入生物圈,这些深层的结构才会变得明显。该理论最突出的贡献,是为生态伦理学、实用主义和政治学奠定了基础。除此之外,奈斯还以系统性断言的方式提出了一系列原则。这些原则未必能对新文化生态学的规范发展形成足够全面的约束,但至少发挥了启明灯式的指导作用。①

当代文化生态学最具普遍性和创造性的思想动力是由乔治·贝特森(Gregory Bateson)提供的。贝特森是英国遗传学家威廉·贝特森(William Bateson)的儿子,前妻是民族学家玛格丽特·米德(Margaret Mead)。在这种独特的家庭氛围中,贝特森本人也形成了与众不同的学术个性——他的工作跨越了许多不同的学科领域,包括人类学、民族学、逻辑学、心理学、语言理论、控制论以及哲学等。贝特森一生都在从事不断变化的研究项目。这些项目"与其说具有沟通(inter-)学科的属性,不如说具有跨越(trans-)学科的属性"②,因为贝特森始终拒绝将这些知识凝聚形成一个固定的科学门类,而是试图以一种所谓"共识"(consilience)③的形式将异质的知识领域整合在一起。这种形式旨在"弥合自然科学和人文科学之间根深蒂固的认识论鸿沟,超越学科界限,探索心灵和生命的共同模式。这些模式虽然在不同的认识论和文化领域中是共享的,但也会因特定情境而变化,并不会为既定现实指定种种一成不变的属性,更强调以互动网络和递归式反馈关系为特征的非线性生发过程"④。

虽然贝特森没有为其研究贴过"文化生态学"的标签,但他对文化生态学、尤其是进化文化生态学最根本的贡献在于将生态学理论从生物物理学中解放出来。乌克斯库尔和奈斯在这方面已经打下了良好的基础,但贝特森的"心灵生态"概念直接迈出了最为关键的一步,使得文化生态学有可能走出生物人类学

---

① Peter Finke, "Kulturökologie", *Einführung in die Kulturwissenschaften: Theoretische Grundlagen-Ansätze-Perspektiven*, Ansgar Nünning and Vera Nünning(eds.), Stuttgart: Metzler, 2008, pp.256-257.

② Peter Finke, "Kulturökologie", *Einführung in die Kulturwissenschaften: Theoretische Grundlagen-Ansätze-Perspektiven*, Ansgar Nünning and Vera Nünning(eds.), Stuttgart: Metzler, 2008, p.255.

③ 有关这一概念,参见 Edward O. Wilson, *Consilience: The Unity of Knowledge*, New York: Random House, 1998。

④ Hubert Zapf, *Literature as Cultural Ecology: Sustainable Texts*, London: Bloomsbury Academic, 2016, p.78.

的局限,在更广阔的领域中发挥方法论的作用。在《心灵生态学》一书中,贝特森认为文化和人类心灵并非封闭的实体,而是基于心灵与世界、心灵与其他心灵以及心灵本身内部这些鲜活关系的开放动态系统。个体自我的心灵被扩展为与其他心灵,与自然和历史文化环境之间产生重要相互关系的生态学。① 在贝特森的观念中,心灵既非自律的形而上的力量,也非大脑具有的纯神经功能,而是一种"(人类)有机体与其(自然)环境之间、主体与客体之间、文化与自然之间相互依存的非层次化概念",因而也是"与物种生存相关的信息回路控制论系统的代名词"②。文化被看作一种进化式的转变或蜕变,而非同自然的二元对立。心灵被置于自然史的中心,置于生命过程及其不断蜕变的、自我生成的语法中。同时,心灵也被置于文化史的中心,作为一个流动的、开放的、动态的场域,在个体心灵内部以及个体心灵之间形成复杂的反馈回路,形成人与人之间的沟通回路,不断地推动、传递、平衡着文化进化和生存的过程。因此,虽然因果决定论的规律在文化领域并不适用,但在生态过程和文化过程之间还是可以进行富有成效的类比。③

彼得·芬克从乌克斯库尔对"环境"和"内境"的区分以及贝特森"心灵生态"与"自然生态"的类比中生发出了"文化生态系统"这一概念,进而提出了"进化文化生态学"。该理论将文化解释为整体进化过程的生态系统组织产物。

芬克指出,包括狭义"文化生态学"在内的过往诸种文化研究存在多方面的问题,主要体现为对于"文化"概念的描述不够清晰,未能充分厘清自然与文化的关系,将"人类文化"等同于"文化",将文化狭隘地限制在民族学和社会学视角当中,文学研究对于自然科学概念的开放性大大不足等。④ 对于进化文化生态学而言,一切非自然的东西皆为文化。进化文化生态学将自然界定义为所谓

---

① Gregory Bateson, *Steps to an Ecology of Mind*, New York: Ballantine, 1979.

② Catrin Gersdorf and Sylvia Mayer (eds.), *Natur-Kultur-Text: Beiträge zu Ökologie und Literaturwissenschaft*, Heidelberg: Winter, 2005, p.9.

③ Hubert Zapf, *Literature as Cultural Ecology: Sustainable Texts*, London: Bloomsbury Academic, 2016, p.79.

④ Peter Finke, "Die Evolutionäre Kulturökologie: Hintergründe, Prinzipien und Perspektiven einer neuen Theorie der Kultur", *Anglia*, 124. 1 (2006), pp.179–184.

自然法则的适用范围。在文化领域内部,它对动物的原生文化与人类的文化加以区分,动物的史前文化是在人类出现之前就已经存在的。人类文化绝非史前文化的继任体系,而大多是独立的进化产物,但它们遵循的都是将文化与自然区别开来的同一条基本原则,即信息的传递并非通过基因,而是通过符号及行为来进行的。这样便可得到一个简明的文化概念,而且可以避开通常定义的种种缺点。放大观察文化的视阈,并不意味着应该放弃将文化作为关注焦点。很多文化研究并不会将文化看成进化过程的产物,一方面因为它们大多只把文化当作人类专属的现象;另一方面,它们仅限于描述这些现象的多样性,而对其深层结构的挖掘却不甚关注。今天的文化存在形式是高度多样化的,这并不仅指文化本身,更重要的是人类为文化体系及其产品所赋予的差异化的组织形式。这些复杂的新形态在很大程度上会干扰我们对于文化深层结构的认识。这些深层结构其实是可以在自然之中找到源头的,譬如一些昆虫的组织构架之于现代人类的行政体系。文化的表征固然重要,但不能因此忽略文化深层结构具有进化起源的事实。在这方面,卢曼的系统论和斯图尔德的文化生态学都存在将文化单维现象化的缺陷。对于文化的理解还需要覆盖到个人、个人群体等层面。进化文化生态学是对这些问题的具有创见性的解决方案之一。①

芬克进一步提出"文化生态系统"的概念,并在此基础上构建出以"进化"为特征的新型文化生态学。② 芬克指出,作为自然科学的生态学,其中心概念乃是生态系统,从该角度来看,并不存在作为特定物种的人类的生态系统。从进化文化生态学视角来看,这种观点是错误的,是生物学对生态学的有限理解的结果,这是基于其对生态系统的唯一物理定义。实际上,如果将可以执行更高认知活动和互动活动的动物纳入考察范围的话,像森林或湖泊这样的自然生态系统已经具有非物质的心理层面了。例如,森林在纯物理层面仅仅作为生物系统发生营养循环的生物过程,其实森林中存在的复杂的通信与行为网络在整个系统的

---

① Peter Finke, "Die Evolutionäre Kulturökologie: Hintergründe, Prinzipien und Perspektiven einer neuen Theorie der Kultur", *Anglia*, 124.1 (2006), pp.185–189.

② Peter Finke, "Kulturökologie", *Einführung in die Kulturwissenschaften: Theoretische Grundlagen-Ansätze-Perspektiven*, Ansgar Nünning and Vera Nünning (eds.), Stuttgart: Metzler, 2008, pp.258–259.

聚合方面同样至关重要。

　　人类精神和社会生活的许多领域都会使人联想到自然界的模板,所以才会产生诸如"精神食粮""语义污染""幸存的文化"之类的隐喻表达。尽管这其中的差异性尚存争议,但这些被拿来进行类比的现象背后,往往存在着一个可以合理解释的、进化性的核心,该核心直到 20 世纪末才由现代系统论揭示出来。只要对最现代的文化系统进行深入的结构分析,就会发现各种被遮蔽的结构,这些结构又揭示出自身与更古早物质系统——自然生态系统——的进化亲缘关系,即物种生产、消费、还原的循环。尽管当今的文化有一部分是早期原始文化高度人为化和体制化的后继者,但精确的结构分析依然会揭示出一点,即我们现今的文化也继承了古老的生态系统模型。这说明具有物种典型性的人类生态系统确实存在,只是鉴于其非实体性而在大多情况下无法被生物生态感知而已。芬克指出,随着认识的发展,当人们以更宽的概念视野去看待生态系统时会发现,所谓"人类生态系统"就是我们的文化。① 而"进化文化生态学"最重要的定理便是:文化生态系统同样存在。

　　这样,文化生态学就使我们能够以广阔视野的崭新方式定义文化的概念——"文化"描述的是一种在进化层面相对年轻的生态系统,与古老的母生态系统不同,它有着非物理性的结构,却没有系统本身的核心功能及组织形式。尽管新系统的许多特殊组织结构发生了变化,但相关有机体的生存组合与保障以及"生产—消费—还原"循环这种基本组织模式得以保留。因此,新的生态系统发生了特征上的变迁,但这种变化不至于完全消除其进化起源的痕迹。

　　文化生态系统是一种非物质型系统,它会将其能量转换为符号编码的信息,形成信息循环。文化这种系统的组织较为松散,因为其中包含惯例和规矩等约束力偏弱的组织原则。所以,寄生植物与其载体植物的关系便是文化与自然关系的精妙隐喻———荣皆荣,一损俱损。只要双方存在,就会在共同进化中继续发展。文化的未来与自然的未来也是共同进化的。这不会令它们概念上的分野

① Peter Finke, "Kulturökologie", *Einführung in die Kulturwissenschaften: Theoretische Grundlagen-Ansätze-Perspektiven*, Ansgar Nünning and Vera Nünning(eds.), Stuttgart: Metzler, 2008, p.259.

失去意义,不过,将两者看作一个统一体并据此采取行动倒是越来越重要了。与传统文化研究相比,文化生态学的概念使这种自然与文化的联系更加清晰地显现出来。从这种联合关系中吸取必要的教训,是我们这个时代最重要的文化任务之一。①

总而言之,进化文化生态学超越了早期文化生态学的生物人类学理论源头,将文化生态学的理念向更广泛的研究维度扩展,成为可以应用于包括人文科学在内诸多领域的方法论。

(三)进化文化生态学与文学研究

在彼得·芬克看来,对潜在文化多样性的探索诉求为文学提供了巨大的机遇,文学研究的许多问题也都适合被置于文化生态学的框架下进行重新阐释。各层面文化生态系统的特殊性与多样性只有在文学中才会变得最为真切。②

芬克将文学定位为一种概念艺术。相较于其他诸种艺术,文学的特长在于其语言性。所有文化都同语言性密切关联。只有文学会以语言作为表现形式来向我们展示所有层次的潜在文化世界。这就让文学成为培养我们文化想象力的出色工具。这个工具并不摒弃概念,而是将概念作为核心表现手段,使文化潜力可以直接被化为言语。有了它,我们就无需透过其他表达形式或表达媒介(如图像或声音)的额外编码来传达各种语言与世界构成的文化体系。对文学文本加以解读,就能让这些文化体系变得一目了然并上升到广泛讨论层面。解读文学文本进而成为构建意识的重要力量。这种解读发生在客观性(作者的世界)和主观性(解读者的世界)之间的张力场当中,这在传统方法论的视角下似乎存在问题,但将其放在文化生态学的视角下,却显现出一种提升丰富性的效果——这样一来,文本所开辟的想象空间就能在理论上得到各种潜在文化选项的最大化填充。现实生活总是被局限在一系列文化事实上,这就使我们的文化想象力

① Peter Finke, "Kulturökologie", *Einführung in die Kulturwissenschaften: Theoretische Grundlagen-Ansätze-Perspektiven*, Ansgar Nünning and Vera Nünning(eds.), Stuttgart: Metzler, 2008, p.259.

② Peter Finke, "Kulturökologie", *Einführung in die Kulturwissenschaften: Theoretische Grundlagen-Ansätze-Perspektiven*, Ansgar Nünning and Vera Nünning(eds.), Stuttgart: Metzler, 2008, p.272.

在艺术之外少有练习的空间,而文学在这方面具有额外的优势,那就是将具有创造潜力的语言训练成为文化生态系统重要的能量承载者。

文学会利用语言手段开启各种高度差异化的内部世界,于是乎,虚构文学尤为突出地成为各式文化草图的实验场。也正因此,它比任何经验性文化研究都能在更大程度上允许我们去度量作家的文化创新所开启的多样性空间。认识多样性不能摒弃描述,然而一切基于描述的呈现形式始终还只是对事实的报告。虽然将事实同纯想象区别开来已然成为文化赖以生存的天然能力,但事实世界是限定在过去和现在的,并不能开辟未来。而未来恰恰是一个具有潜力的世界,在文化上迎合未来格外重要。鉴于以概念方式表述虚构性在文学中所占比重颇高,故而文学作为一种直观表现潜在文化多样性的手段,对文化研究有着不容忽视的重要性,它是形成和发展我们文化创造力的理想方法。文学既是这种创造力的游戏空间,也是其训练场所。那些始终仅靠现实来培养创造力的人,永远也不可能把创造力发展到那些已通过想象对虚构世界形成认知的人那般程度。①

可是,目前这方面的工作似乎尚处在一种亟待开发的状态下。芬克认为,这种局面的产生,可能是由于自然与文化之间、自然科学与文化研究之间的传统鸿沟以一种非常态化的形象出现,同时由于一些跨学科的概念失去了自身的教条特质,而不少文学研究上的概念要么忽视了这样的主题,要么还在恪守着那种势不两立的保守意识形态。② 有鉴于此,胡伯特·扎普夫的研究探索为这一领域的理论破冰提供了一种值得关注的可能。

三、生态批评的物质转向与文化生态学

德国奥格斯堡大学英美文学教授胡伯特·扎普夫(Hubert Zapf)指出,当代文学和文化研究出现了一种出人意料的转变。作为后现代理论的典型之一,早

---

① Peter Finke, "Die Evolutionäre Kulturökologie:Hintergründe,Prinzipien und Perspektiven einer neuen Theorie der Kultur", *Anglia*,124. 1(2006),p.175.

② Peter Finke, "Kulturökologie", *Einführung in die Kulturwissenschaften:Theoretische Grundlagen-Ansätze-Perspektiven*,Ansgar Nünning and Vera Nünning(eds.),Stuttgart:Metzler,2008,p.272.

期的生态批评的确曾经表现得与批评理论格格不入——双方相互漠视,素无往来。批评理论和文化研究曾经经历过一段统御学术圈的高峰期,其间,它们在其激进的建构主义认识论导向之下,将学术场域中的自然降格为了一种纯意识形态虚构,其任务只是为藏匿政治权力以及为统治方的利益而服务。彼时的生态批评并没有对这些批评理论的各种相关洞见加以区分评价,而是对此种极端的文化建构主义回以一刀切式的否定。在扎普夫看来,如今这种关系状态已经不再是主流,寻找生态学和批评理论之间的交叉点和共同议题,反而变成了文学和文化批评家的主要活动之一。① 这些交叉点和共同议题并不是什么新的发明创造,而是像宝藏一般,静候我们的发掘。除了浪漫主义理论对艺术的复杂动态特征产生过极大的影响外,如尼采(Nietzsche)、海德格尔(Heidegger)、阿多诺(Adorno)、利奥塔(Lyotard)、德勒兹(Deleuze)、瓜塔里(Guattari)乃至德里达(Derrida)等代表的现代批评理论也已经在广泛意义上预见到了生态视角的出现。②

　　生态批评作为一种批评方法,迄今已经走过了40余年的发展历程。其间,生态批评的考察对象、研究主题不断更新,整条脉络大体被分为四个阶段或称四波"浪潮"。③ 其中作为生态批评第四波浪潮的物质生态批评便是批评理论与生态学对话的最新进展,它肯定人类与非人类自然物质的施事能力,建构了物质与意义的桥梁,并认同物质的叙事能力,其主要理论源泉是新物质主义与生态后现代主义。④ 特别是后现代主义后期的生态转向,代表着一种超越其早期立场的重大行动,为"差异"和"异质性"这些概念补充了"连结""反馈循环""关系网"

---

① Hubert Zapf, "Ecological Transformations of Critical Theory", in *Theory Matters: The Place of Theory in Literary and Cultural Studies Today*, Martin Middeke and Christoph Reinfandt(eds.), London: Palgrave Macmillan, 2016.

② [德]察普夫:《作为近期生态批评方向的文化生态学》,赵卿译,程相占校,《天津社会科学》2015年第1期;Hubert Zapf, "Ecocriticism and Cultural Ecology", in *English and American Studies: Theory and Practice*, Martin Middeke, Christina Wald and Hubert Zapf(eds.), Stuttgart: J.B.Metzler, 2012, pp.253-258.

③ Scott Slovic, "The Third Wave of Ecocriticism: North American Reflections on the Current Phase of the Discipline", *Ecozone*, 1.1(2010), pp.4-10; Scott Slovic, "Editor's Note", *Interdisciplinary Studies in Literature and Environment*, 19.4(2012), pp.619-621.

④ 唐建南:《物质生态批评——生态批评的物质转向》,《当代外国文学》2016年第2期。

等概念,这些概念构成了复杂生活现象的基础,同时也是任何知识生态的基础。基于这样的理论背景,"物质生态批评"的产生旨在弥合生态学与后现代主义之间以及生态学与科学形式之间的鸿沟,克服同科学研究进行生态批评对话时,思想与物质、文化与自然的那种二元对立关系。① 这样一种定位显然与文化生态学的范式具有交集,并且确实与之密切相关。

物质生态批评代表了一种超越以往排他性二元论的重要创新,它开辟了全新的研究议题,与未来的生态文学和文化研究高度相关。意大利都灵大学教授赛仁娜拉·伊奥凡诺(Serenella Iovino)与土耳其哈希坦普大学教授瑟普尔·奥伯曼(Serpil Oppermann)的系列论著中表明了这种潜力,强调物质过程与政治、社会、文化、媒体和文本中的话语过程相互制约、塑造、互动、转化和共同发展的多种方式②。物质生态批评采用了对科学研究中理论化的心灵与物质、人类与非人类、社会与物质力量共同作用的见解,展示了从电影到景观艺术、从政治言论到有毒话语、从疾病叙事到公民抵抗、从大众文化到文学艺术等不同的生态传播模式如何被物质符号和能量所改变,而这些符号和能量是其话语过程的内在组成部分。这种方法为各种形式的生态思想投下了新的光辉,揭示了它与它所要概念化的物质过程不可分割的相互依存关系。它还有助于更明确地阐明文学文本的一个维度,尽管它在现代生态批评思想出现之前就已经成为文学史上审美过程的一种塑造力量,但它却常常被忽视,它关注的是文学人物的生活和与之交融的基本现实、事物及对象。它提醒人们注意时间和空间在制约和限制人类意向性方面的作用,以及在文学情节的构思中,以命运、偶然或畸形的连缀形式出现的、比人更多的机构的重要性。哥特式小说中人与物、有机与无机的力量之间的不可思议的纠葛;自然主义著作中遗传、历史、社会因素的决定性作用;现代城市叙事中城市环境作为主要机构的超强影响力;后现代小说景观中弥漫的肥沃荒原情景。更不用说在荒诞小说、生态惊悚小说和环境灾难叙事中所描绘的

---

① Hubert Zapf,"Ecocriticism and Cultural Ecology",in *English and American Studies:Theory and Practice*,Martin Middeke,Christina Wald and Hubert Zapf(eds.),Stuttgart:J.B.Metzler,2012,p.254.

② Serenella Iovino and Serpil Oppermann(eds.),*Material Ecocriticism*,Bloomington:Indiana University Press,2014.

当代"人类世"中,核、化学、生物技术、毒物、塑料、计算机、媒体、机械人、人工智能以及其他物质产品和过程的多种代理表现——所有这些都为文本和其他人工制品中的那种物质和话语机构的纠缠提供了多重证据,而物质生态批评则将这种纠缠作为生态批评理论和文本分析的一个普遍性议题而富有成效地系统地指出。①

物质生态批评对于创造性物质属性的强调,为文化生态学与文学研究,尤其与生态批评产生联动提供了理想的契机。文化生态学同样强调文化与自然、心灵与物质、文本与生命之间不可分割的相互联系和动态反馈关系,但文化生态学同时还意识到在漫长而不断加速的文化进化史中,这些关系内部以及关系之间出现了流动的、不断变化的,但却真实存在的差异和界限。这种联系和差异的双重关系在进化的各个阶段中都可找到——生命从物质中产生,动物从植物中产生,人类从非人类生命中产生,文化从自然进化中产生。在所有这些情况下,前一阶段的进化仍然存在于后一阶段,然而,后一阶段却发展出自己新的不可逆转的独特的自组织形式。人类的文化和意识是从物质和身体天性进化而来的,但不能归结为物质和身体天性——它们使物质或自然成为自我意识。在这个意义上,文化生态学不是简单地将生物生态学决定性地应用于人类文化和社会,而是考虑到了文化、意识和人类心灵的半自主动态和日益增大的内部分化。多样性的生态学原则要求从认识论和伦理学的意义上认识和承认自然与文化、生命与现象在特定时空背景下演化出来的独特性和单一性,同时同样承认这些生命和现象在复杂的物质和精神文化关系网络中不可分割的相互联系。事实上,在这种观点中,生命形式的独特性、个性和奇异性恰恰来自它们与自然和文化力量相互联系的方式,而这些力量构成了所有生命都参与的"持续形成的存在"这一过程。而如果过度夸大物质与心灵不可分割的共同作用,激进的物质生态批判主义就有可能使人类文化和创造力丧失权利,最终会导致自然—文化纠葛的匿名物质过程取代个人和社会负责任的人类机构形式,成为政治、经济、社会、科学或

① Hubert Zapf, *Literature as Cultural Ecology: Sustainable Texts*, London: Bloomsbury Academic, 2016, pp.85-86.

艺术发展的塑造力量。在一些形式激进的后人类生态中心主义中,对于根深蒂固的人类中心主义传统的合法批判导致了价值、意义和施事能力向非人类世界的投射,非人类世界实际上接手了名誉扫地的人类文明世界的地位,成为生态批评话语的伦理认识论权威。①

　　扎普夫认为,文化与自然之间存在重要的相互关联性和进化差异的这一基本前提,对生态批评具有重要的影响。它一方面有助于克服根深蒂固的文化—自然二元论及人类中心主义对非人类自然的至高无上和剥削支配的意识形态,另一方面也抵制了将文化简单地融入自然,以生理中心主义或生态中心主义的自然主义取代人类中心主义的企图。我们需要的既不是以自然主义还原文化,也不是用文化主义还原自然。在这个人类中心主义和生态中心主义之间的争论场域中,文化生态学采取的是矛盾的、双重的视角。②"非人类中心主义的人文主义"这一概念可能是对这种视角最好的概括。③

四、"文学作为文化生态"的生态批评方法

　　通过分析艾米丽·狄金森诗歌以及小说《白鲸》《地下世界》等一系列虚构性文本(imaginative text),扎普夫得出一种印象:在生态批评中,虚构性文学对文化加以生态自我反思的潜力尚未得到充分发挥。④ 因此,基于贝特森、芬克等学者的文化生态学理论,扎普夫提出了一种针对虚构性文学的批评方法,其核心假设是文学本身是一种形式特殊的文化生态,它会作为一种生态力量在更大的文

① Hubert Zapf, *Literature as Cultural Ecology : Sustainable Texts*, London : Bloomsbury Academic, 2016, pp.86-87.

② Hubert Zapf, *Literature as Cultural Ecology : Sustainable Texts*, London : Bloomsbury Academic, 2016, p.87.

③ Serenella Iovino, "Ecocriticism and Non-Anthropocentric Humanism : Reflections on Local Natures and Global Responsibilities", in *Local Natures, Global Responsibilities : Ecocritical Perspectives on the New English Literatures*, Laurenz Volkmann et al. (eds.), Amsterdam : Rodopi, 2010, pp.29-53.

④ Hubert Zapf, "Kulturelle Ökologie und literarisches Wissen : Perspektiven einer kulturökologischen Literaturwissenschaft an Beispielen der American Renaissance", *KulturPoetik*, Bd. 8, H. 2 (2008), pp.250-266.

化系统中发挥作用。

扎普夫认为,文学文本具有转化型生态功能。① 在文化与自然互动的多重情景当中,文学文本会对自身创造力的来源作出自我反思。物质、生物圈与身体的现象和过程以及当它们与人类文化进程产生关系时的强烈情感状态,都被当作文学创造力的惯常源头。当自然进化中的生物符号意象被映射到现代文化的意象上并与之相融时,物质能量的隐喻就被转译成了精神能量和文化能量的隐喻,而这种转译的过程是文学创造力的一种重要形式。心灵与物质、文化与自然之间的基本生态关系由此浮出水面,成为文学尤为强大的一种生成性特征。文学对隐喻的转化在文本中产生新的生发空间,在这些空间中,各种约定俗成的二元对立思想将被消解,同时得到感知文化与自然间重要互联关系的新途径。

作为内在于文化的一股生态型力量,文学的功能是辩证的。② 文学是文化话语中的一种变革力量,它打破了语言、交流和思想的僵化形式,因此,文学具有解构的能力;而同时,文学也是一种代表媒介,代表遭到文化系统排斥而被边缘化的事物,并且象征性地将处于割裂状态的东西重新联结起来,整合到语言与话语当中。在这个意义上,文学又具有重构性。所以,由于遭受文化排斥而曾长期被忽视的文化与自然之间的关系,是文学首要关照的对象,象征性地为这种关系赋予力量便成为文学创造力的主要功能,也是文化批评和由文学文本实施文化自我更新的主要目标。

如果以叙事型文学文本为观察角度,文学的变革性生态力量可以描述为三种话语模式的历史更替组合,该组合在既有话语的内部和外部都发挥着作用:第一,文学可以作为一种"文化批判的元话语",对社会内部的病态发展进行主题化和批判,特别是对建立在自我与他人、心灵与身体、文化与自然等二元解释体系基础上的权力结构和意识形态进行批判,它们压制了人类生命关系的多态复

① Hubert Zapf, "Creative Matter and Creative Mind: Cultural Ecology and Literary Creativity", in *Material Ecocriticism*, Serenella Iovino and Serpil Oppermann (eds.), Bloomington: Indiana University Press, 2014, pp.65-66.

② Hubert Zapf, "Creative Matter and Creative Mind: Cultural Ecology and Literary Creativity", in *Material Ecocriticism*, Serenella Iovino and Serpil Oppermann (eds.), Bloomington: Indiana University Press, 2014, pp.65-66.

杂性和生物开放性;第二,文学可以作为一种"虚构性的反话语",阐明和评价被社会主导的现实体系所排斥的东西;第三,它可以作为"重新整合性的跨界话语",将通常被分割开来的各种形式的知识混合起来。如上模式最初被扎普夫应用于艾米丽·狄金森和华莱士·史蒂文斯等美国作家的诗歌分析,后来被推广到了美国长篇小说以及德国文学范围。

五、中国生态批评视野中的文化生态理论

如果以扎普夫提出"文学作为文化生态"作为发端来算的话,将文化生态学作为生态批评的一种跨学科方法论在西方也不过是最近十余年的事。相较而言,中国学者在这一方面的探索与西方大体同步。

2003 年,张皓发表了论文《生态批评与文化生态》,为文化生态观念融入生态批评提供了一些较为具体的中国特色思路。他认为:"生态批评的产生,可以说是在全球生态的严峻形势下文学批评的一种自觉行为,是当前文化生态变迁中生态意识觉醒的一种体现","生态问题就是当前中国和西方共同面临的世界性问题……由于中国具有丰富的生态文明的本土资源,中国的生态批评在学理上主要接受的是中国传统生态文化的影响,有着自己的优势与广阔的发展空间。有可能以此为切入点参与国际对话,与时俱进"。①

与西方学者的理论出发点不同,张皓认为"文化生态"这一概念存在的基础早已根植于中国古代思想当中。他援引老子、庄子、刘勰等思想家的观点,认为世界具有物质、精神、文化的三分属性,故而存在现实生态、精神生态和文化生态这三个对应的生态维度。其中"所谓文化生态,指人类适应环境而创造出来并身处其中的历史传统、社会伦理、科学知识、宗教信仰、文艺活动、民间习俗等,是人类文明在一定时期形成的生活方式与观念形态"②。

虽然承认"文化生态"的提法源自斯图尔德,但张皓并未从狭义人类学的角

---

① 张皓:《生态批评与文化生态》,《江汉大学学报(人文科学版)》2003 年第 1 期。
② 张皓:《生态批评与文化生态》,《江汉大学学报(人文科学版)》2003 年第 1 期。

度考察"文化"与"文化生态",而更大程度上立足于中国古代思想和传统文化的特色场域,借"文化生态"这一现代术语来描述人与各类环境的共生状态,以融合中更偏东方的视角统观当前世界共同面临的问题,反思西方二元对立模式的弊端。他主张从中国古代生态文化中挖掘注重文化生态的资源,以《文心雕龙》《周易》和唐诗中的"天地"观为例,证明"中国文学的'天地'就是将宇宙自然、人世沧桑、理想精神融一的文化元生态"①。

在文化生态与生态批评的关系方面,张皓通过分析生态批评产生的文化动因,指出一个时期的文学观念与文化现象孕育于当时的特定文化生态,而生态批评的动因亦在于文化生态的变迁。以诗歌为代表的中国古代文学当中虽然不乏对于破坏自然生态之忧虑的表达,但当时自然生态的恶化程度以及文化生态的演进程度均未达到现代之甚,故而未能兴起生态批评。现代生态批评的出现,挑战了流行数千年的"人类中心主义"传统,同时也是对于世界范围内非中心主义与建设性的后现代主义思潮的一种适应。② 生态批评的主要对象、主要关注的问题是处在文化生态中的生态文艺与文艺生态现象,发展生态批评,有利于形成良好的文化生态。但生态文艺不应停留在单纯"批判"的层面,而应"表现人与自然的和谐相处,自然生态、精神生态与文化生态的良性互动"。因此,生态批评也应"将这种自觉的思考运用于批评实践,关注人自身如何适应环境、善待环境的问题,关注人与自然和谐共存的问题,关注文化生态问题"。③ 张皓将文学艺术如何"安身立命"视为文化生态的一个重要问题,因为倘若失去自己的位置,文学将无法生存;倘若贬低文学的地位,文学也无法健康发展。关注"安身立命"的思想既是中国作家以及中国文学理论的立足点,也是作家自我的身心追求。

关于文化生态学与文学及文学研究的关系,国内学者的观点并不统一。比如李钧认为,以文化生态学为导向是文学(史)研究发展的一种进步之选,也是必要举措。他将文学艺术的形态体系类比于自然生态系统:

---

① 张皓:《生态批评与文化生态》,《江汉大学学报(人文科学版)》2003年第1期。
② 张皓:《生态批评与文化生态》,《江汉大学学报(人文科学版)》2003年第1期。
③ 张皓:《生态批评与文化生态》,《江汉大学学报(人文科学版)》2003年第1期。

　　文化生态与自然生态一样，一个"物种"的存生并不以其他物种的灭绝为前提；相反，各物种都是生态链上不可或缺的一环，它们相互依存并在竞争中优胜劣汰；如果没有各物种之间的相互依存与竞争，而只存在一个绝对强大的物种时，这个种群反而会自我退化异化，甚至出现生存危机……以人工制控的方式使某一种文学艺术形态成为一种绝对的优势品种，也只会造成文学艺术的衰弱与死亡。①

　　他认为文化生态学的观念可以帮助我们修正过去文学研究过程中的种种独断、片面的方法，我们从中得到的最大启示在于，"文化建设应当保持良好的可持续发展的生态环境——对待传统，要有继承而非'断裂性'，要在扬弃的基础上'承前启后'而不是'破字当头'；在空间上，要多元共存而非'势不两立'，要和平共处而非'不共戴天'"。因此，以"文化生态学"为指导思想的文学研究、文学史研究将会取得更具超越性和开放性的成果。

　　而刘志成则认为，文化生态学与生态批评之间存在一种竞争和挤压的关系：

　　文化生态学……没有得到发展……没有引领生态思源。生态文化学或生态批评独占鳌头，生态批评引领生态思潮，生态批评挤压了文化生态学。文化生态学所研究的关于人类文化的相似性、谋生的相似性、获取生活资料的重要性、生态因素等等被生态批评所掩盖。②

　　在刘志成看来，生态批评的局限性远大于其贡献性，其实践空缺必须由文化生态学来补位。这是因为，生态批评只局限于对文化思想提出批评，批评不等于建设，更不能从本质上解决生态危机。所以，"生态批评也难以成为一门学科。生态问题是人与文化问题，人与文化问题是文化生态问题，人与文化及文化之间的互动关系是文化生态，文化生态问题需要文化生态学，文化生态学研究文化生态问题。生态批评不能解决生态问题"③。

　　总体来看，我国学者在"文化生态学"方面与西方学者有一定程度的共识，即以斯图尔德主义为代表的狭义"文化生态学"并不适合作为文学研究的方法

① 李钧：《文化生态学：现代中国文学史研究的新理路》，《枣庄学院学报》2005年第1期。
② 刘志成：《文化生态学：背景，构建与价值》，《求索》2016年第3期。
③ 刘志成：《文化生态学：背景，构建与价值》，《求索》2016年第3期。

论,只有将生态从自然科学的思想牢笼中解放出来,将自然生态与文化生态进行比照,才能真正吸收文化生态学的知识养分,为文学以及文学理论构建更有生命力的未来。在我国学者以各种方式努力超越西方传统的二元对立观,与西方学说形成差异化发展的同时,依然欠缺对于"文化生态"这一概念的系统分析和考察,其表征是未能形成针对相关问题的系列成果,同时结论存在片面性和主观色彩。

文化生态学是生态批评和环境人文科学领域一个相对年轻的发展方向,在近代生态学思想中引起了相当的反响。作为一种研究方法论,文化生态学的优越之处在于:它既不会像人类中心主义的文化研究那样,将自然界去物质化为人类的话语建构,也不会像激进的生态中心主义那样将文化过程归入自然主义的假设之下。它着眼于文化与自然之间的相互作用和鲜活的互动关系,而不去将一方纳入另一方。因此,从文化生态学视角进行文学研究,能够更加辩证地处理自然与文化的关系。在这种鲜活的关系中,文学作为一种文化形式,能够得到具体而有建设性的探讨,文学的创造性也会得到有机的发挥。可以说,文化生态学使文学的创造性重新获得了应有的重视,也进一步拓展了物质生态批评的理论话语体系。

第十二章　生态诗学与生态批评

　　20 世纪下半期以来,由于学者们对生态危机的根源、解决方式的思考不同以及关键词"生态""诗学"本具有的多义性,英语学术界的学者们对"生态诗学"这一术语有多种不同的界定。比如,理查德·安德伍德提出,生态诗学是一种寻找生态的语言隐喻的科学;威廉·鲁克尔特认为,生态诗学尝试将生态学的概念应用于文学的阅读、教学与写作;郑和烈则强调,生态诗学是生态学与诗学的凝聚集合;乔纳森·贝特认为,生态诗学主要询问诗在哪种层面上是"家园或居住的地方"中的一种"制作";乔纳森·斯金纳则将生态诗学界定为一个开放的、适合多学科交流的领域。凯特·里格比认为,生态诗学是家园中的制作或一种生态的生活艺术,它关注如何通过制作更好地保护人类与非人类共同生存的家园。

　　国内的生态诗学发展至今约有 20 年,学者们在英语学术界的影响下,结合国内主流的"诗学"含义,对生态诗学主要有两种不同的理解。第一种认为,生态诗学是一种以诗歌研究为主的生态批评或理论。它将生态的观点引入古今中外的诗歌研究中,或对生态诗歌进行研究,以发现或总结生态诗歌的性质、特点与功能等。它认为生态诗歌作为一种独特的文学形式,更有助于建立或加强人们的生态意识。国内的这种生态诗学研究多集中于诗歌的批评,相关理论尚待发展。第二种认为,生态诗学是一种以文艺研究为主的生态批评或理论。在这种定义下,学者们多把生态诗学等同为生态批评或生态文艺学,这使得生态诗学成了一个可有可无的术语,造成了生态诗学存在的合理性遭受质疑的尴尬处境。

　　生态诗学与生态批评的关系微妙。对"生态""诗学"二词及其相关意思的不同理解,决定了生态诗学与生态批评的不同关系。在鲁克尔特那里,生态诗学也是生态批评,是"将生态学与生态学概念运用到对于文学的研究中"的一门学科。二者似乎同胎而生,同为一体,但在狭义上,生态诗学被视为以诗歌研究为主的生态批评或理论;在广义上,生态诗学又可被视为一种生态的生活艺术,可以研究我们所生存的家园中人类及非人类的一切制作。一个术语或一门学科若想取得长远的发展,应当具备某种独特性。在中文语境中,为了区别于生态批评、生态文艺学、生态美学、生态艺术学等术语或学科,生态诗学应当是一种对生态的诗歌语言或文学隐喻进行研究的生态批评理论。

一、生态诗学的提出与背景

大约 20 世纪 70 年代早期,北美地区已有研究者开始在论文中使用生态诗学这个术语,比如理查德·安德伍德的《走向一种生态诗学》①(1971)、杰弗雷·巴克斯的《查尔斯·奥尔森的生态诗学》(1975)等。巴克斯在文中宣称:"当代美国诗歌的最重要发展之一便是生态诗学。"②可见,在他的学术认识中,当时美国的生态诗学研究,如果说仍未达到蔚然成风的地步,也至少是初具规模。

一个术语或一个学科产生的原因是复杂的,有的时候还有可能是偶然事件的结果。我们在追溯其生成因由时,可以确定的是,它不会凭空产生,而是与一定的时代、社会背景相关。生态诗学的出现也如此。美国自 19 世纪末开始,社会经济迅速发展,大量的城市建筑拔地而起,成批的高速公路穿山越野,大型的机械化设备进村入社,人民的生活水平居于全球首位。但在许多美国人眼睛紧盯着财富、不断追求"进步"的同时,有一部分有识之士早已察觉到了一味追逐财富所带来的生态破坏,比如《沙乡年鉴》的作者利奥波德。1934 年 5 月,"黑风

---

① Richard A.Underwood,"Toward a Poetics of Ecology:A Science in Search of Radical Metaphors",in *Ecology:Crisis and New Vision*,Richard.E Sherrell(ed.),Richmond:Iohn Knox Press,1971,pp. 144-154.

② Jeffrey Buckels,"Charles Olson's Ecological Poetics",in *Retrospective Theses and Dissertations*,Iowa State University,1975,p.1. 这篇论文认为,当时比较知名的生态诗人加里·斯奈德及 A.R.阿蒙斯等都受了查尔斯·奥尔森诗歌与散文中的生态思想的影响。

暴"横扫美国三分之二的国土,这样的风暴在四五十年代仍不断给美国人尤其是美国农民,带来生活的困扰。尽管美国国会1935年就立法《水土保持法》,将大量的土地退耕还草,且在接下来的八年间大量植树造林,营造防风林带,但美国的环境问题依旧不断。从40年代中后期到六七十年代,美国各大城市频发光化学烟雾污染事件。严重的烟雾污染导致农作物受破坏、空气污染、植被减少,也损害了人和动物的健康。更多的人看到了生态问题的存在,感受到了环境污染给地球家园带来的伤害。为了遏制生态问题的进一步恶化,学者们纷纷在各自的领域里发出了保护环境的呐喊之声,比如蕾切尔·卡逊作《寂静的春天》。不同学科领域内的学者陆续提出生态哲学、生态神学、环境伦理学等概念,是为了从各种角度或层面呈现环境正在遭受破坏的事实、挖掘生态破坏的根源及寻找解决生态问题的方法。在这样的背景下,生态诗学的出现不仅是应运而生的,更是生态学与诗学研究领域的学者们对社会问题的一种积极回应,也是生态学与诗学研究者在生态危机时代应当承担的一种责任。

　　生态诗学的多义性,与"生态""诗学"二词在中西方文化语境中所分别具有的诸种含义密切相关。下文首先从历史、文化的角度分析生态诗学多义性的原因,再有重点地呈现多位学者对生态诗学的不同定义。

　　首先是"生态"一词。不少学者都知道,在古希腊语中,"生态(οἶκος)"的意思是"家园或居住的地方"。在英语里,"生态(eco)"作为前缀组成了"economics""ecology"等学科术语。随着德国生物学家海克尔使用、定义并推广"生态学(ecology)","生态(eco)"也常被等同于"生态学(ecology)"或"生态学的(ecological)"。因此,在英语里,"生态诗学"有四种表达方式:the poetics of ecology、ecological poetics、eco-poetics 和 ecopoetics①。而在中国古代,"生态"本义为"显露美好的姿态",如南朝梁简文帝在《筝赋》中写"丹荑成叶,翠阴如黛。佳人采掇,动容生态";或意为"生动的意态",如杜甫在《晓发公安》中写道:"隣鸡

---

① 安德伍德刚开始使用的是"the poetics of ecology",巴克斯用的则是"ecological poetics",后来很多学者也用这种表达方式,比如威廉·鲁克尔特等。不过,还有更多的学者使用的是与"eco-poetics"相当的"ecopoetics",比如乔纳森·贝特和乔纳森·斯金纳等。本书倾向认为,这四种不同的表达方式并没有质的区别,现在很多学者使用"ecopoetics",大概只是因为这种表达方式最简洁。

野哭如昨日,物色生态能几时"。① 到了 20 世纪,当我国开始译介西方的生态学相关知识以后,"生物的生活状态"便逐渐成为现代汉语里"生态"的主要使用含义。由此,我们可以看到,"生态"在中西方的文化语境中,本源含义相去甚远,但因为生态学科学的兴起及广泛影响,中西方现在普遍认可的"生态"含义都与生态学相关。具体而言,生态的内涵,生态与自然、环境、绿色等词的不同之处,又是仁者见仁智者见智的问题。

其次是"诗学"。众所周知,"诗学"一词最早见于亚里士多德的《诗学》(Greek:Περὶ ποιητικῆς;English:Poetics)。在古希腊语中,"Περὶ"意为"关于","ποιητικῆς"源于"ποιητής"(诗人,制作者或创造者),可理解为"诗的艺术"。需要说明的是,在亚里士多德这里,"诗"并不是中国古代认为的对"音节、声调和韵律"都有一定要求的诗歌②。因为,亚里士多德认为诗的重要特征不在是否具有韵律,而在于摹仿,在于是否按照可然律或必然律描述可能发生的事。他以荷马和恩培多克利为例,认为虽然二人都用格律韵文,但恩培多克利算不上是诗人,只能被称为"自然哲学家"③。可以这样说,亚里士多德所说的"诗学"之"诗"更类似于我们现在使用的"文学"一词。因此,现在提起《诗学》,一般都公认它为现存的第一本系统地讨论文学普遍问题的理论书籍。之后的朗吉努斯、西德尼、雪莱等在谈及诗时,也都延续了亚里士多德的传统。直到今天,在西方,仍然有许多学者在"讨论有关文学的普遍问题"的层面上使用"诗学"一词,比如巴赫金的《陀思妥耶夫斯基诗学问题》(1963)、茨维坦·托多罗夫的《散文诗学》(1971)、厄尔·迈纳的《比较诗学》(1990)等。但同时,也有格里高利、斯卡里格、柯勒律治等认为声音的韵律不是诗的装饰,而是诗之为诗的独特魅力与重要特征,诗学应该专指关于有韵律的诗歌的理论。因此,诗学作为"诗歌理论"的含义在西方也得到广泛使用,20 世纪俄国形式主义的雅各布森等学者主要也在这个含义上使用诗学一词。

---

① 百度百科"生态"词条,2020 年 9 月 15 日,见 https://baike.baidu.com/item/生态/259459? fr = aladdin。
② 夏征农、陈至立主编:《大辞海》第 17 卷中国文学卷,上海辞书出版社 2015 年版,第 21 页。
③ [古希腊]亚里士多德:《诗学》,罗念生译,人民文学出版社 1962 年版,第 5—6 页。

无论是"有关文学"还是"有关诗歌"的讨论,诗学都突出了对某种感性形式的理性研究、对某种语言艺术普遍问题的研究的倾向。在这两种历史悠久且被广泛接受的用法的基础上,从 20 世纪初开始,西方逐渐出现了"诗学"的扩展性用法。学者们将"诗学"之"诗"从语言的制作扩展为一般艺术的制作,或将一般艺术的符号系统也视为语言,使"诗学"成为可以与任一艺术连用的后缀,用以表示关于某艺术的普遍问题的讨论。例如伊戈尔·斯特拉文斯基的《音乐诗学六讲》(1939)、多宾的《电影艺术诗学》(1961)、安东尼·安东尼奥德的《建筑诗学》(1990)、大卫·波德维尔的《电影诗学》(2008)等。除此,还有学者认为,人类一切有规律的活动都可以成为诗学研究的对象。因此,我们可以看到类似于社会诗学、政治诗学、文化诗学等术语的产生和使用。

诗学可以与一切艺术或人类活动的相关名词连用的功能,使得"诗学"一词在学科专业化越来越泾渭分明的现代学科研究中逐渐成为跨学科研究的"诗性用语"。当"诗学"研究的跨学科性被凸显到极致时,我们甚至还可看见"诗学"的吊诡性用法。其中较为著名的例子是创刊于 1971 年的国际期刊《诗学》(Poetics)。期刊《诗学》将自己定位为关于文化、媒体及艺术理论和实证研究的跨学科期刊,刊登与社会学、心理学、媒体传播学、经济学等学科相关的论文。期刊还特别声明:"不会发表以诠释为导向的传统的分析艺术或文学的论文。因此,对于侧重于例如诗歌或小说阅读的论文,我们推荐您改投其他刊物。"[1]

在中国,虽然自唐代开始便有"诗学"一词,但直到 20 世纪初,"诗学"仍明确地指向或关于《诗经》的学问,或关于有韵律之诗歌的学问。在《大辞海》中,"诗学"的定义是"指以诗歌作为研究对象的理论体系或学说。主要探讨诗歌创作的原理和技巧,区别于一般阐述文艺理论的著作。古希腊亚里士多德所著《诗学》,是欧洲最早一部文艺理论著作。后来欧洲历史上相沿成习,将一切阐述文艺理论的著作统称诗学"[2]。从这个定义可以看出,诗学在中国传统与主流的用法仍然指的是"以诗歌作为研究对象的理论体系或学说"。不过,自傅东

---

[1]　*Poetics* 主页,2020 年 10 月 1 日,见 https://www.journals.elsevier.com/poetics。

[2]　夏征农、陈至立主编:《大辞海》第 17 卷中国文学卷,上海辞书出版社 2015 年版,第 8 页。

华、天蓝、罗念生等先后翻译出版亚里士多德的《诗学》,亚氏的诗学定义在中文的语境中逐渐具有了泛指文学理论的意义。这可见于叶维廉的《比较诗学》(1983)、乐黛云等主编的《世界诗学大辞典》(1993)、童庆炳的《现代诗学问题十讲》(2005)等著作中。

同时,由于文化诗学、政治诗学、空间诗学等术语的引入,人文领域也开始借用这些术语进行相关的研究,并在近些年出现了将诗学扩展到一般艺术研究的著作,比如贾达群的《结构诗学——关于音乐结构若干问题的讨论》(2009)、韦曦研究中国山水画的《照夜白——山水、折叠、循环、拼贴、时空的诗学》(2017)、秦刚的《雕塑诗学》(2019)等。但是,在中文语境中,"诗学"一词尚未具有被人们普遍接受的跨学科研究的含义,未见类似期刊《诗学》这样的吊诡性用法,人们仍主要在人文艺术领域内使用它。

在西方,生态诗学出现于 20 世纪 70 年代前后,彼时,托多罗夫的《散文诗学》已经写成,加斯通·巴什拉的《空间诗学》英文译本刚刚出版,巴赫金更名为《陀思妥耶夫斯基诗学问题》的英语译本付梓待发,期刊《诗学》渐获关注,诗学的"跨学科气质"已经形成。再加上生态危机的时代背景,"生态"与"诗学"结合成为"生态诗学",似也是一种必然。

"生态"与"诗学"为何结合?如何结合?学者们从文化传统中取了"生态"与"诗学"的不同含义,从而造成了生态诗学的不同演绎方式。而且,由于中西方对"诗学"不同含义的发展侧重各异,因此,在发展生态诗学的时候,也体现出了探索不同道路的倾向。

二、生态诗学在西方的含义与发展

中西方曾对生态诗学下过定义的学者大概有数十人。本书主要选取的是较早的或较有影响力的使用了"生态诗学"一词的学者。以下主要依照学者们相关文章发表时间的先后顺序呈现他们对生态诗学的不同定义。在英语学术界,主要选取理查德·安德伍德、威廉·鲁克尔特、郑和烈、乔纳森·贝特、乔纳森·斯金纳、凯特·里格比等学者的定义。从某种意义上来讲,他们都在一定程度上推进、改变或扩展了生态诗学的定义。他们对生态诗学的界定可作为生态诗学不同含义的代表。

首先是理查德·安德伍德,他在 1971 年的文章《走向一种生态诗学》中较早地使用了生态诗学这一术语。文章的副标题也是安德伍德对生态诗学的定义:"一种寻找基本隐喻的科学"①。此为何解? 这与安德伍德对生态危机的根源解释有关。当时有一种观念认为,生态危机是现代工业文明下技术高度发展导致的一系列结果。但安德伍德认为,当前人们所体验的并不是技术带来的生态危机,而是隐喻带来的生态危机。这隐喻既包括日常生活语言中的隐喻,也包括文学及文化中的隐喻。在日常生活中,有许多被人们普遍接受的信念或隐喻,比如空气和水是免费的东西、成功重于一切、经济决策应由市场自身进行调控、人们可以根据自己的需要自由地利用土地及其上下的资源、经济不断增长会给社会带来福祉的持续增长等。在这些被普遍接受的隐喻或信念中,处处暗含着肯定掠夺、侵略、竞争、个人私欲或可操控性等态度的价值观。在文学或文化上,安德伍德举了浮士德和笛卡尔的例子。他认为笛卡尔是现实版的浮士德。在他看来,这两个人物形象都对"缺什么"而不是"是什么"的问题更感兴趣,都将对自然的有洞见的知识转变为了对自然的行动、掌控和占有的权利。因此,他说:"并不是伽利略的望远镜,而是浮士德及笛卡尔形象的隐喻最终导致了我们现在体验到的生态危机。"②他认为,若要解决当下的生态危机,我们必须从浮士德和笛卡尔形象所产生的巨大影响力中解脱出来,我们需要寻找新的隐喻。生态诗学正是这样一种寻找新的隐喻的学科。安德伍德认为,改变的隐喻和态度可以给技术的发展规划提供新的方向,使得技术可以成为爱、同情、理解、宽容、合作和正义等传统美德的延伸与强化,使得我们可以成为自然的理解者、爱好者和保护者。

---

① Richard A.Underwood,"Toward a Poetics of Ecology:A Science in Search of Radical Metaphors", in *Ecology:Crisis and New Vision*, Richard E. Sherrell (ed.), Richmond:Iohn Knox Press, 1971, pp.144-154.

② Richard A.Underwood,"Toward a Poetics of Ecology:A Science in Search of Radical Metaphors", in *Ecology:Crisis and New Vision*, Richard E. Sherrell (ed.), Richmond:Iohn Knox Press, 1971, pp.144-154.

1978 年,威廉·鲁克尔特在文章《文学与生态学——生态批评实验》中提出:"我想尝试探索文学生态学,或是尝试通过一种将生态学概念应用于文学的阅读、教学与写作的方式,发展一种生态诗学(ecological poetics)。"①从文章的标题与这个定义中,我们可以看到,鲁克尔特共使用了生态批评、文学生态学与生态诗学三个术语,但他并没有对这三者进行更多的界定②。如果这三个术语相当,那生态诗学也就是生态批评或文学生态学。他认为,在生态危机面前,重要的是要找到阻止人类破坏自然的方法和加强人类交流的方式。表面上看起来,文学无法实际性地解决任何生态问题。但是,人们在科学上认知生态危机时,需要加上创造性的想象,才能促成行为的改变。诗,作为最富创造性想象的表达,是为人们提供创造性想象的重要形式之一。人们通过阅读富有生态意味的诗,可以接受到这种想象。因此,鲁克尔特提倡要用生态学的概念来研读及教导诗。这样,当每一个文学教师在课堂上教授诗时,诗中的生态想象便会传递到学生及所在社区的人们身上,并最终有助于人们共同保护和拯救我们正面临危机的生物圈。鲁克尔特如此强调诗的作用,难怪他在用了生态批评与文学生态学之后仍要加上生态诗学。他在文中还推荐了一些他认为富有生态意味的诗,其中主要包括加里·斯奈德、阿德里安·里奇、W.S.默温、西奥多·罗特等人的诗集,但也有福克纳的小说《押沙龙,押沙龙》及梭罗的散文。这反映了他所认为的诗源于亚里士多德的传统:诗不等同于某一特定的文学体裁,而是富于创造性想象的文学语言。我们可以说,他所提的生态诗学既是以诗歌为主的生态批评,也是

---

① William Rueckert,"Literature and Ecology:An Experiment in Ecocriticism",in *The Ecocriticism Reader:Landmarks in Literary Ecology*,Glotfelty Cheryll & Harold Fromm(eds.),Athens:University of Georgia Press,1996,pp.105–123.

② 其中,生态批评只在标题中出现,文学生态学(ecology of literature 及 ecological literature,各出现一次)在文中共出现两次,生态诗学共出现四次。严格地讲,鲁克特这句话定义的是生态诗学。至于什么是生态批评,他在文中并没有做出解释。笔者倾向认为,在鲁克尔特这里,这三个术语只是同一个事物的不同名称,即它们都是"尝试通过一种将生态学概念应用于文学的阅读、教学与写作的方式"。如果非要说有区别的话,那可以认为,文学生态学是文学与生态学的交叉学科,生态批评是一种"将生态学概念应用于文学的阅读、教学与写作的方式",生态诗学是生态批评进行得足够多以后才能发展出来的规律性总结。鲁克尔特这篇文章的贡献在于,他较早地在文章中使用了万物相连、熵、能量等生态学概念来类比解释诗对于生态的重要性,将生态的文学批评实践出来。这也是他将文章的副标题命名为"生态批评实验"的原因。

生态文学批评。鲁克尔特的这个定义具有较高的引用率①和影响力,后来的许多学者均从他这个定义出发使用"生态诗学"一词。

在鲁克尔特之后,美籍韩裔哲学家郑和烈②在《海德格尔和生态诗学》(1984)、《人类生存、科技及生态诗学》(1985)及《走向生态诗学的定义》(1988)三篇文章中都使用了生态诗学的概念,并在最后一篇中给生态诗学下了定义:生态诗学"是生态学与诗学的凝聚集合:使用当下文学批评中流行的这个术语,是为表明两个学科的互文性。它们之间的互文性语言也昭示了这个生态法则:即宇宙中物物相连"③。阅览这三篇文章可知,郑和烈主要从海德格尔的诗学思想出发,认为人与自然之间的问题根源在于现代技术文明对人类的异化。这种文明以人为中心的理性话语作为认识世界的工具,并将之视为唯一的真理。为了改善人与自然的关系,生态学和诗学要聚合起来,形成一种以宇宙万物相连为基础的、可以回应大自然并使之欢欣鼓舞的诗歌语言。这是生态诗学的责任,同时也是生态诗人的责任。郑和烈区别于安德伍德、鲁克尔特的地方在于,前两者主要还是在隐喻语言或交叉学科内提语言的修正或方法的创新,但郑和烈所说的生态诗学是一种直接面向自然的诗歌语言的制作者。④

---

① 鲁克尔特的这篇文章先于1978年发表于《爱荷华评论》(*Iowa Review*),后被收录于《生态批评读本》(1996)。截至2020年10月20日,谷歌学术上统计,这篇文章在《爱荷华评论》上被引用的次数为9次,在《生态批评读本》中被引用的次数为707次(《生态批评读本》的被引总数为1938次)。

② 郑和烈,英文"Hwa Yol Jung"。朱翠凤曾于2016年的博士论文中将"Hwa Yol Jung"音译为"华和荣",后被几位学者接受并使用。但朱翠凤发现,在过去几年,国内哲学领域在提到他或翻译他的文章时,均将其名字译为"郑和烈"。朱翠凤向几位讲韩语的朋友请教后才知,"郑和烈"更适合做他的韩文名的中文翻译。"Hwa Yol Jung"同样也是译名——主要依据音译而不太讲究意译的英文译名,并根据英语的语言习惯将姓氏"郑"(Jung,同韩语"郑"的发音)放在了后面,名"和烈"(Hwa Yol)放在了前面。为此,朱翠凤从此文开始采用"郑和烈"的译法。

③ Hwa Yol Jung, "Toward the Definition of Ecopoetics", *Philosophie et Culture：Actes du XVIIe congrès mondial de philosophie*, No.5(1988), pp.557-558.

④ 郑和烈在文章中常反复从以"生态诗学"为主语的句子不加任何说明地直接跳到以"生态诗人"为主语的句子进行他的论说。比如,文中有这样一段:"生态诗学的'呼召'是通过语言的方式在人类及其周围世界中发明一种新的情感认识论。在某种意义上,生态诗人既是语言的守卫者,也是语言的工匠。"这表明,在郑和烈这里,如果"生态诗学"不是在许多情况下等同于"生态诗人",那么,两者至少在责任上是共通的。郑和烈不太区别地使用二词,表明了他并没有把生态诗学仅仅限定为某种跨学科的研究或学问,生态诗人也不是生态诗学的研究对象,而是生态诗学的实践者。

乔纳森·贝特在《大地之歌》(2000)中从词源学的角度对"生态诗学"进行解释：生态诗学(ecopoetics)中的"生态(eco)"源于希腊语"oikos"，意为"家园或居住的地方"；"诗学(poetics)"源于"poiesis"，意为"制作(making)，好像写作、绘画等方式"。所谓生态诗学，是"询问诗在哪种层面上是'家园或居住的地方'中的一种'制作'"。① 这是什么意思？贝特写作此书时，已是20世纪末，绿色运动、环境人文研究、生态批评等在西方已经初具影响力。不少学者都以"生态"作为生态批评的研究重点，认为生态批评应当起到生态政治的作用。比如特里·吉福德就认为，如果生态诗歌不能参与到生态实践当中，那生态诗歌与自然诗歌及以往的其他诗歌类型就没有什么本质的区别②。在这种情况下，贝特明确表达自己的观点。他追溯政治的起源，认为正是政治化的城邦将人们拉离了自然③。因此，从事文艺相关的生态批评或创作不应该以追求政治效应为目的，而是要通过诗丰富的想象力和审美价值，从情感、意识层面影响和改变读者，从而达到"诗也可以成为人们拯救地球的地方"④的作用。这也是为何他在书的序言开始就说，这是一本关于"为什么诗在我们进入由技术统治的新千年时仍然很重要的书，一本关于现代西方人与自然疏离的书，关于作家具有带我们人类回到大地家园的能力的书"⑤。与前面三位相比，贝特从词源和内涵上给生态诗学做出界定，使"生态"从"生态学"学科或一个抽象的、模糊的概念转为人人都熟悉的、亲近的"家园或居住的地方"，使得"诗学"从语言的制作落实为"家园或居住的地方"中的制作，并且赋予了"生态诗学"这个术语优于生态批评、绿色书写的地位，所以后来有不少学者将之视为生态诗学研究的奠基与经典之作。

在贝特之后，对生态诗学的定义做进一步推进的是乔纳森·斯金纳。斯金纳的定义与鲁克尔特、贝特的定义一起，组成了英美学术界最具影响力的三种

---

① Jonathan Bate, *The Song of the Earth*, London：Pan Macmillan, 2001, p.75.

② Terry Gifford, *Green Voices：Understanding Contemporary Nature Poetry*, Manchester：Manchester University Press, 1995, p.5.

③ Jonathan Bate, *The Song of the Earth*, London：Pan Macmillan, 2001, p.76.

④ Jonathan Bate, *The Song of the Earth*, London：Pan Macmillan, 2001, p.283.

⑤ Jonathan Bate, *The Song of the Earth*, London：Pan Macmillan, 2001, p.ix.

生态诗学定义。他于 2001 年创办了《生态诗学》期刊。期刊除了刊登诗歌和艺术评论，还包括散文、绘画、摄影和其他混合媒体制成的作品。这个期刊使得"生态诗学"一词被更多人接受与使用，但同时也更进一步地加剧了"生态诗学"这个术语的含混性。这与期刊的定位有关，也与斯金纳对这个术语的界定有关。他在接受贝特词源学定义的基础上，借由"诗学"一词在西方当代所具有的跨学科属性，将生态诗学界定为"一个开放的、适合多学科交流的领域"①。他认为，生态诗学的任务是观察所在的地方，并通过制作，"重新发现一个人与地方、地方文化的关系"，"学习如何在这个地球家园，成为其他物种的好邻居"②。在他这里，生态诗学的重点不是确定研究范围，或寻找生态诗歌中的生态主题，而是如何借助各种不同的艺术制作，将人的生态关怀具体地实践出来。如果说，在前面四位学者的定义中，生态诗学主要是一个名词，在斯金纳这里，生态诗学则主要是一个动词。它不是要通过改变某个学科的基本用语或研究方法，或希冀借由改变人的意识从而达到改变人的行动，它直接是改变的实践行为本身。

　　在这五位学者之后，还有凯特·里格比综合了鲁克尔特、贝特及斯金纳等对生态诗学的定义，并在他们的基础上进一步扩展了"诗学"作为制作的含义。她在 2016 年出版的《环境研究关键词》中说："生态诗学是生态批评的一个新术语，指的是将生态或环境的观点纳入诗学的研究和文学作品（主要）的阅读和写作"③，这个定义表面上看起来与鲁克尔特的相似。但继续看下文，可以发现，里格比在定义后，回述了贝特对生态诗学的定义："诗学"和"诗歌"都源于古典希腊语"poiesis"，意思是"制作"，并说："这是一种原则上可以在任何媒介中实践的活动"。之后，她指出："制作绝不是一种纯粹的人类实践，许多其他物种也制

①　Angela Hume, "Imagining Ecopoetics：An Interview with Robert Hass, Brenda Hillman, Evelyn Reilly, and Jonathan Skinner", *ISLE：Interdisciplinary Studies in Literature and Environment*, Vol. 19, No. 4 (2012), pp.751-766.

②　Jonathan Skinner, "Small Fish Big Pond：Lines on Some Ecopoetics", *Angelaki：Journal of Theoretical Humanities*, Vol.14, No.2 (2009), pp.111-113.

③　Kate Rigby, "Ecopoetics", in *Keywords for Environmental Studies*, Joni Adamson, William A. Gleason and David N. Pellow (eds.), New York：NYU Press, 2016, pp.79-81.

作东西,其中一些不仅显示高水平的工艺,而且还具有美感"①。这样,生态诗学的研究范围不仅包括人类的制作,也可以包括非人类的制作。生态诗学关键的问题之一就在于"考虑我们的制作(尤其是言语的制作,但不限于此)如何可能反过来帮助、维持非人类的诗意实践和自生过程"②。

　　总结这六位学者的定义,我们可以看出,他们在对生态诗学下定义时,对生态、诗学二词的含义认识并不一致,生态在安德伍德、鲁克尔特及郑和烈看来,是生态学的意思,但在贝特、斯金纳和里格比这里则是"家园或居住的地方"。诗学在安德伍德的概念中是研究隐喻语言的科学,在鲁克尔特的概念中是对文学语言普遍问题的研究,在郑和烈的概念中是诗歌的语言,在贝特的概念中是关于包括文学与一般艺术的语言的制作,对斯金纳而言重要的是"制作",而在里格比这里,诗学则扩展为人类与非人类所有一切可以视为艺术的制作。但是,尽管有诸多的不同,我们仍可以看出,他们都认为,当代社会的语言、思维或行为模式出现了问题。是这些问题,导致了人类的生态危机。人类若想改变现有的语言习惯、思维模式与行为方式,必须借助生态诗学,寻找并开始运用一套生态的隐喻语言、一种生态的学科研究方法、一种可与自然和谐相处的语言、一种可根本改变人的意识的语言或一种生态的实践方式。只有这样,人类才有可能推迟生态末日的到来,或长久地生存在地球家园之中。

　　总体而言,在西方,生态诗学的定义较为丰富。在不同时期学者们的定义下,生态诗学的边界不断扩张,概念的模糊性持续增强。因着不同的含义,生态诗学有着诸多的"同义词"。有不少作家甚至学者在使用生态诗学一词时,把生态诗学等同于生态诗歌,对这两个词不加区别或仅凭直觉地使用。比如安吉拉·休姆和吉里安·奥斯博纳在主编的《生态诗学领域论文集》(2018)中承认,书中常将生态诗学与生态诗歌二词混用。但是,这种用法也遭到一些学者的反对。比如莎拉·诺兰就曾说:"'生态诗歌'是指为了政治和社会行动而与环境

---

① Kate Rigby, "Ecopoetics", in *Keywords for Environmental Studies*, Joni Adamson, William A. Gleason and David N. Pellow(eds.), New York: NYU Press, 2016, pp.79-81.

② Kate Rigby, "Ecopoetics", in *Keywords for Environmental Studies*, Joni Adamson, William A. Gleason and David N. Pellow(eds.), New York: NYU Press, 2016, pp.79-81.

融为一体的诗歌,而'生态诗学'是一种方法论。"①一些学者在不同的语境中,将之与环境文学理论、生态批评②等词互用,比如格罗特费尔蒂③将之视为与生态批评相同的术语;安·费舍-维尔斯和劳拉-格雷·斯崔特在主编的《生态诗歌选集》中认为生态诗学即环境文学理论④等。不过,还有的学者,比如斯科特·斯洛维克,他说:"长久以来,面对生态诗学概念的模糊性,我甘之如饴。"⑤斯洛维克可以坦然接受生态诗学的模糊性,或许与"生态""诗学"本身的多义性有关,或许是他认为这正是生态诗学的特质。无论怎样,生态诗学的含混性并不影响学者的使用。并且,这种多义性大大丰富与增强了"生态诗学"这个术语的内涵与张力,使得它自身成为一种"诗"的存在。

三、生态诗学在中国的定义与发展

时代的需求可造就一个术语的使用或学科的兴起。改革开放后,我国大力发展市场经济,国内经济保持腾飞式的发展速度。同时,很多人开始注意到,家乡的山不再那么葱郁,河流不再那么清澈,草原正逐步变为沙漠,大城市的空气污染也逐渐严重。而且,随着全球资讯和科技的发展,西方相关的书籍与研究也得以进入中国,人们发现,不仅中国如此,整个世界都在面临严重的草原退化、沙

---

① Sarah Nolan, *Unnatural Ecopoetics : Unlikely Spaces in Contemporary Poetry*, Reno : University of Nevada Press, 2017, p.33. 在中文的语境中,生态诗歌与生态诗学二词,一个以诗歌为后缀,一个以诗学为后缀,前者是诗歌的一种,后者是学问或学科的一种,不少学者虽然不加定义地使用生态诗学一词,但从具体的使用中仍然可以看出,作家和学者们明显地意识到两个词属于不同的类属,随意互用这两个词的情况少见。

② 如 Evelyn Reilly, "The Grief of Ecopoetics", *Interim*, Vol.29, No.1-2(2011), pp.320-324; Angela Hume & Gillian Osborne(eds.), *Ecopoetics : Essays in the Field*, Iowa City : University of Iowa Press, 2018, p.6.

③ Cheryll Glotfelty & Harold Fromm (eds.), *The Ecocriticism Reader : Landmarks in Literary Ecology*, Athens : University of Georgia Press, 1996, p.xx.

④ Ann Fisher-Wirth & Laura-Gray Street (eds.), *The Ecopoetry Anthology*, San Antonio : Trinity UP, 2013, p.ixiv.

⑤ Sarah Nolan, *Unnatural Ecopoetics : Unlikely Spaces in Contemporary Poetry*, Reno : University of Nevada Press, 2017, p.11.

漠扩大、水土流失、空气污染等生态问题。这样,国内便有越来越多的学者开始书写环境污染与生态破坏,反思中国及全球生态危机的根源与解救的办法。正是在这种土壤中,"生态诗学"在中国才得以发芽生长。也是出于这样的背景,我们才说,生态诗学并不全是从西方拿过来的产物,也是中国这片土壤培育出来的果实。

相较英语学术界而言,国内关于生态学与文学的关系研究并没有晚太多,早在 20 世纪 80 年代初就有如赵鑫珊的《生态学与文学艺术》(1983)、李庆西的《大自然的人格主题》(1985)等文章发表。但此后十余年,更多学者使用的是文艺生态学或生态文艺学这样的术语。综合中国知网、读秀等的搜索结果,可以看到,国内较早使用生态诗学这一术语的学者是鲁枢元。他在著作《生态文艺学》(2000)中有专节"栖居———一个生态诗学的命题",并在节末说:"栖居,显然是一个关于诗意如何切入生存的概念,一个人与自然如何美好共处的概念,是一个有关'生态诗学'的概念"①。按照行文,可以将生态诗学理解为包括或等于栖居这个概念或命题的术语。那么,什么是栖居呢? 这涉及鲁枢元对当下时代的判断,包括文学艺术可具有的作用及对海德格尔诗学思想的接受等问题。鲁枢元认为,当下的时代,一方面,科技进步、工业发展、人们物质生活富裕;另一方面,自然生态遭受破坏,人们的精神情感贫乏、文学艺术衰败。无论是自然生态、社会生态还是精神生态都出现了问题。而且,自然生态的危机根源于精神生态的问题。因此,"为了调整人与自然的关系,纠正人在天地间被错置的位置",需要"一场话语和观念上的革命""一种精神上的改造运动"。② 文学艺术在这个人与自然严重割裂对立的时代,早已遭受重创。但鲁枢元赞同海德格尔的思想,认为诗歌、艺术是人类存在与生存的原点,它与人一道成长发育,人也靠诗歌、艺术栖居于天地自然之中,"而不是凌驾于天地自然之上或对峙于天地自然之外"③。因此,在当今,人们尤其需要高扬诗意的、艺术的精神。凭着这种精神,人们可以在恢复精神自然的同时,恢复人与社会、人与自然的美好关系。海德格

---

① 鲁枢元:《生态文艺学》,陕西人民教育出版社 2000 年版,第 168 页。

② 鲁枢元:《生态文艺学》,陕西人民教育出版社 2000 年版,第 22 页。

③ 鲁枢元:《生态文艺学》,陕西人民教育出版社 2000 年版,第 23 页。

尔所论的栖居,是对人的自然精神的一种保护,它以诗意为根基,需要通过"筑造"才能达成①。鲁枢元认为海德格尔的栖居,是一个生态诗学的命题,它要处理的是"诗意如何切入生存""一个人与自然如何美好共处"等问题。而这些问题,也是他这本名为《生态文艺学》的著作主要论及的问题。那么,是否可以说,生态诗学就是生态文艺学? 是否可以通过生态文艺学的定义来总结生态诗学的定义?

确实有不少学者将生态诗学等同于生态文艺学或生态文艺理论。比如张皓在《生态文艺:21世纪的诗学话题》(2001)中定义:"生态诗学是指在传统诗学的基础上吸收新兴的生态学理论,研究文艺生态与生态文艺现象的一种边缘性的文艺理论"②。曾繁仁在《西方现代文学生态批评的产生发展与基本原则》(2009)中也说:"'生态诗学'就是生态文学理论或生态文艺学,一种包含着生态维度的崭新的文学理论。"③

学者们会将生态诗学等同于生态文学理论或生态文艺学,与"文艺学""诗学"在现代中文中的含义相关。"文艺学"是"中国语言文学"下的一个二级学科,相当于"文艺理论"。而"诗学",自20世纪以来,由于受亚里士多德的《诗学》等西方诗学论著的影响,在现代汉语中也逐渐具有了泛指一切文艺理论的含义。这样的话,无论是生态诗学,还是生态文艺学,都可作"生态文艺理论"。从这种意义上讲,生态诗学与生态文艺学确实具有相同的含义。学者们将生态诗学理解为生态文艺学或生态文艺理论,似乎是理所当然。

当生态诗学作为一种文艺理论时,与以往的文艺理论不同的是,它是"包含着生态维度的""崭新的"文艺理论。因此,国内许多学者在界定生态诗学时,主要都是从"生态"的角度去界定它的内涵,认为生态诗学以某种生态哲学、生态伦理或生态美学思想作为研究的基础、原则、宗旨或归宿。学者还从"崭新"的角度出发,突出生态诗学的独特之处,认为它不只是文艺理论下出现的一种

---

① 鲁枢元:《生态文艺学》,陕西人民教育出版社2000年版,第164—167页。
② 张皓:《生态文艺:21世纪的诗学话题》,《武汉教育学院学报》2001年第2期。
③ 曾繁仁:《西方现代文学生态批评的产生发展与基本原则》,《烟台大学学报(哲学社会科学版)》2009年第3期。

"新"文论，而是所有文艺理论发展的新方向、新旨归。比如张皓认为，21世纪文学艺术与文艺学的必然的发展趋势在于"关注生态，发展生态文艺，创建生态诗学。这是全球性生态问题的严峻形势对人们提出的要求，是文艺与诗学的必然走向，也是人类本身发展的需要"①。梅真也认为"生态诗学的建构，将是今后所有诗学最终的方向和归宿"②。

那么，是否可以就此下结论认为，生态诗学等于生态文艺学，生态文艺学可以完全替代生态诗学，或者生态诗学可以完全代替生态文艺学？笔者认为，并不能做出这样简单的等同，因为无论是生态诗学还是生态文艺学，都非单一的概念，它们虽然都具有生态文艺理论的含义，但是它们的其他含义并不相当。

首先，生态文艺学还有更广的含义，生态诗学并不能完全涵盖广义的生态文艺学的内容。文艺学除了作"文艺理论"，还可被认为是包括了文学理论、文学批评和文学史三个分支的文艺学③。再加上，"文艺学"一词本身既可以指"文学这门艺术"，也可以指"文学和艺术"，因而，文艺学可以指的是一切与文学艺术有关的学问。也即是说，广义的生态文艺学可以同时包括生态文艺理论、生态文艺批评和生态文艺史。在这种情况下，即使生态诗学兼有作为生态文艺批评和生态文艺理论的含义，也不能包括生态文艺史研究。更何况，在中文语境中，学者们更多的是把生态诗学理解为生态文艺学下有关生态文艺普遍问题研究的理论部分。因此，可以看到一些这样的表述，比如朱新福说："生态文学批评是探讨文学与自然环境关系的一种文学批评理论，它旨在确定文学、自然、文化之间的关系，创建一种生态诗学理论。"④龚丽娟说："生态文艺学、生态批评等生态人文学科，其前景将是生态诗学"⑤。在这些表述中，作为生态文艺理论的生态诗学区别于广义的生态文艺学和具体的生态批评。生态诗学比生态批评、生态

---

① 张皓：《生态文艺：21世纪的诗学话题》，《武汉教育学院学报》2001年第2期。
② 梅真：《诗学的方向与归属：生态诗学——中国当代生态诗学建构之我见》，《当代文坛》2018年第6期。
③ 童庆炳主编：《文学理论教程》（修订二版），高等教育出版社2004年版，第4页。
④ 朱新福：《美国生态文学批评述略》，《当代外国文学》2003年第1期。
⑤ 龚丽娟：《从"绿色之思"到"生态诗学"——生态文艺学的范式生发、转换与升华》，《文艺争鸣》2016年第2期。

文艺学更具理论性、概括性和普遍性,但生态诗学也无法囊括所有的生态文艺学研究。

其次,生态诗学有不能被无论是狭义的还是广义的生态文艺学所取代的含义与用法。在西方,格里高利、斯卡里格、柯勒律治等认为声音的韵律不是诗的装饰,而是诗之为诗的独特魅力与重要特征,诗学应该专指关于有韵律的诗歌的理论。而在中国的传统文化中,诗学自唐代出现到 20 世纪初的千余年时间里,更是明确地指向或关于《诗经》的学问,或关于有韵律之诗歌的学问。正是因着诗学的这个含义,尤其是在中文语境中这种根深蒂固的用法,许多学者在使用"诗学"时,无需另外定义,便将之默认为"关于诗歌的学问",或兼含其他文学形式但主要以诗歌研究为主的学问。在这种情况下,"生态诗学"便被默认为是以生态诗歌为主的批评或理论,或从生态的角度解读主要以诗歌为主的文学作品。比如谭琼琳的《〈心经〉的英译与改写:格雷·史奈德的生态诗学色空观》(2003)、林耀福的《荒野的参议员:论施耐德的生态诗学》(2005)、朱新福的《从〈林中之雨〉看美国当代诗人 W.S.默温的生态诗学思想》(2005)、王志清的《盛唐生态诗学》(2007)等文中的"生态诗学"皆是这层含义。在这种情况中,"生态诗学"的研究范围虽然仍属于广义的生态文艺学,但不能用"生态文艺学"取代它,就好像不能用"水果"取代"苹果"一词。

生态诗学的含义又不止是一种有关诗歌的批评理论,或一种全新的、生态的文艺理论或学科,它在某种意义上也是一种全新的、生态的生活艺术。鲁枢元在《生态文艺学》全书中,只在论述海德格尔的"栖居"时使用生态诗学这个概念。他接受海德格尔所说的,认为"人与自然相处的最高境界便是人在大地上的'诗意的栖居'"①。这种栖居,绝不只是"选取现代生态学的视野对文学艺术现象进行观察、分析、批评、研究",而是人与自然和谐相处的生活方式,是人诗意地生存在大地上,是"拯救地球、拯救人类社会的一线希望"②。在这种生活方式之中,还有着独特的美学体验。这也是乔纳森·贝特所说的,生态诗学"不是对居

---

① 鲁枢元:《生态文艺学》,陕西人民教育出版社 2000 年版,第 27 页。
② 鲁枢元:《生态文艺学》,陕西人民教育出版社 2000 年版,第 26 页。

住生活的描述,不是孤立于它的思考,而是对它的一种体验"①;凯特·里格比所说的,"在其最广泛的范围内,生态诗学是无可比拟的,它是一种真正可持续的生活艺术"②。

这样的"生态诗学"含义往往可以与作家或思想家的名字相连,用来表示作家的文学艺术作品中体现出来的诸种生态观点、生存态度及审美倾向等,或思想家在某种生态哲学、生态伦理学或生态美学的思想下对语言、文学艺术或生活审美等的看法。比如"海德格尔的生态诗学""加里·斯奈德的生态诗学""温德尔·贝瑞的生态诗学"等。从这个角度上讲,如果用"生态文艺学"代替"生态诗学",似乎总差了些意思或意境。回顾"诗学"一词在中文语境中的含义,"生态诗学"发展出"栖居"或"一种全新的、生态的生活艺术"等含义,是反向地增加了"诗学"在中文语境中的含义,使得"诗学"凝聚成了"诗的艺术"本身。

总之,在诸多中国学者的定义中,生态诗学主要是一种包含生态维度的、崭新的文艺理论。它也特指以诗歌研究为主的生态文艺理论。但它同时也具有一种全新的、生态的生活艺术的含义。在现代中文语境中,生态诗学与生态文艺学在"生态的文艺理论"意义上等同,但广义的生态文艺学包含了"生态诗学"不能涵盖的内容,而生态诗学也具有"生态文艺学"所无法取代的内涵与张力。两个术语并非完全重叠,而是互相交叉但又各具特色。

总结以上中西方学者对生态诗学的界定,大致可以得出生态诗学的以下十种定义:

表 12-1　生态诗学的十种定义及相近词

生态诗学	相近词
①生态的诗歌理论	
②生态的文艺理论	生态文艺学、环境文学理论
③生态学的概念应用于文学的教学、阅读与写作等	文学生态学、生态批评、一种方法论

---

① Jonathan Bate, *The Song of the Earth*, London:Pan Macmillan,2001,p.42.

② Kate Rigby,"Ecopoetics", in *Keywords for Environmental Studies*, Joni Adamson, William A.Gleason and David N.Pellow(eds.),New York:NYU Press,2016,pp.79-81.

续表

生态诗学	相近词
④一种寻找基本隐喻的科学	生态语言学
⑤生态学与诗学的凝聚集合	生态诗人
⑥生态诗歌	
⑦家园中的语言制作	生态文艺
⑧家园中人类及非人类的一切艺术制作	生态艺术
⑨多学科交流的领域	环境人文研究
⑩一种生态的生活艺术	诗意栖居

每一种定义下,学者们主要解决的问题不尽相同,但又互相交叉。在前两种定义中,生态诗学作为一种生态的文艺理论,它与之前的文艺理论的区别在于它所包含的生态维度。生态诗学包含了怎样的生态维度? 它作为一种文艺理论,其包含的生态维度与生态伦理学、生态政治学等有何区别? 在第3种定义中,生态诗学主要是一种研究方法。学者们可以运用怎样的生态学概念,如何运用到具体的批评当中? 在第4种定义中,生态诗学要寻找一种生态的隐喻语言去描述和书写事物,那么,过去的哪些常用隐喻语言有问题? 生态的隐喻语言该是怎样的? 从第5种到第8种,生态诗学都强调了它作为"制作"的存在,那么,到底怎样的诗歌、艺术才是生态的? 它与之前同样描写了自然的诗歌有何区别? 人类艺术家的制作如何才能帮助与维持非人类的制作与实践? 在第9种定义中,生态诗学作为多学科交流的领域,它可以为不同的学科提供什么? 多学科之间如何实现生态的交流? 第10种定义询问,如何才能实现诗意的栖居,让生活是一种生态的生活艺术? 每种定义下的生态诗学要处理的问题远不止于此,但这些问题可谓是诸多问题中的一些主要问题。

生态诗学在作为"以诗歌研究为主的生态批评或理论"、有关"诗意的栖居"或"一种生态的生活艺术"等含义上,具有生态批评或生态文艺学等无法取代的意义。然而,这只能说明它与相似学科的区别,并不呈现它的存在价值。说一门学科是否具有存在价值,有不同的判断标准。一门学科若想拥有长久的发展,应当具有多样的存在价值。对于以生态或环境作为前缀的许多学科而言,能否帮助人与其他生物更长久、更生态地生存在地球上,是判断一门汇聚多人精力与学识的学科是否具有存在价值的基本标准。笔者认为,在国内的学术语境中,为了区别于生态批评、生态文艺学、生态美学、生态语言学、生态艺术学等的研究,生态诗学的发展应当汲取过往的研究成果,采纳已有的诗学研究方法,以某些生态哲学或伦理学的观点作为思想基础,以生态美学的诸多观点作为审美原则,以认知语言学、生态语言学等相关理论作为支撑,但同时应当以寻找生态的语言隐喻为基本内容,以对生态的诗歌语言或文学隐喻研究为主要特色,并以将这一切落实为生态的生活实践为目标或旨归。

第十三章　生态叙事学与生态批评

生态叙事学(econarratology)"将生态批评对文学与物理环境关系的兴趣与叙事学对作家创作叙事的文学结构和手法的关注结合起来"①,探讨叙事文本中物理环境再现的形式特征及其和文本产生的物理及社会历史语境之间的关联、读者用来建构故事世界的文本线索,以及读者在阅读过程中被激发的想象力对其世界观的影响。

生态批评从20世纪70年代在欧美初见端倪,是"对于文学与物理环境之间关系的研究"②。叙事学起源于20世纪20年代的俄国形式主义和结构主义,是一种描述性的阐释模式,主要关注文本结构。在两者各自的发展过程中,尽管有许多对话的可能,但是在生态叙事学出现之前,生态批评和叙事学几乎没有交集。美国学者伊琳·詹姆斯(Erin James)注意到这两个领域的起源存在不相容之处:"生态批评部分起源于对结构主义话语主导权的反抗,而叙事学则首当其冲来确保这种主导权。"③她进一步指出,生态批评家在阅读文本时几乎不会考虑叙事学概念或词汇,他们感兴趣的是现实主义的内容,而非形式或叙事结构;而关于物理环境的讨论在叙事学中也多半处于缺席状态,鲜有叙事理论家公开

① Erin James, *The Storyworld Accord*: *Econarratology and Postcolonial Narratives*, Lincoln: University of Nebraska Press, 2015, p.xv.

② Cheryll Glotfelty & Harold Fromm (eds.), *The Ecocriticism Reader*: *Landmarks in Literary Ecology*, Athens and London: University of Georgia, 1996, p.xviii.

③ Erin James, *The Storyworld Accord*: *Econarratology and Postcolonial Narratives*, Lincoln: University of Nebraska Press, 2015, p.4.

谈论环境或现代环境危机。①

因自身具有跨学科性,生态批评在发展过程中融汇了多种理论与视角,呈多元化趋势。尽管如此,生态批评界长期以来偏好以环境为主题和内容的现实主义文本,认为这样的文本不但能够准确地表达物理世界,而且能够为读者提供与环境和谐相处的最佳实践模式。詹姆斯等学者对此提出质疑,詹姆斯声称她阅读的加勒比作家的小说并没有遵循这种模式。这些作家中很多是非洲奴隶和印度契约劳工的后代,鉴于加勒比的社会和环境历史,其作品中的人物并不像欧美主流自然书写的作家们所倡导的那样与自然交流,很多后殖民文学作品以想象和非模仿(nonmimetic)的方式再现环境和环境体验,因此早期生态批评家提倡的最佳实践模式缺乏阅读这些文本的适当视角。对于这类文本,詹姆斯提出一种新的阅读方法,即从内容转向形式,注重形式特征和叙事策略的阅读模式——生态叙事学。在 2015 年出版的专著《故事世界协议:生态叙事学和后殖民叙事》(以下简称《故事世界协议》)中,詹姆斯正式提出生态叙事学的概念,将生态和叙事结合起来,并运用这一新的阅读方法来探讨后殖民文学文本的环境问题。

《故事世界协议》是关于生态叙事学及其应用的首部专著,本章以《故事世界协议》为底本,对生态叙事学进行多方位的探讨,包括生态批评和叙事学各自发展历程及相遇、相结合的过程,重点放在二者的交汇点;生态叙事学的关键术语、主要内涵及其作为生态批评新向度的意义及前景等。

一、生态批评的发展及其对文学形式的关注

对生态批评发展历程的回顾,因为前文已经有详细的梳理,这里将重点放在生态批评对文学形式的关注,以及与生态叙事学密切相关的后殖民生态批评的发展上。

---

① Erin James, *The Storyworld Accord: Econarratology and Postcolonial Narratives*, Lincoln: University of Nebraska Press, 2015, p.4.

本书导论部分提到，迄今为止，生态批评的发展历经了四波浪潮。劳伦斯·布伊尔在《环境批评的未来：环境危机与文学想象》中提及生态批评发展的两次浪潮，2009 年，乔尼·亚当森（Joni Adamson）和斯科特·斯洛维克（Scott Slovic）二人在为《美国多种族文学》（*MELUS*：*Multiethnic Literature of the United States*）杂志的生态批评特辑撰写的前言中提及第三波生态批评，二人赞同布伊尔对生态批评的前两次浪潮的描述，把第一波生态批评看作是对传统自然书写和环保主义的关注，第二波看作是根据环境正义原则重新定义环境，并日益关注环境福利和平等，指出第三波"承认种族和民族的特殊性，但却超越了种族和民族的边界……从环境的角度探索人类经验的方方面面"①，从而使得读者对全球环境体验的理解更加多元化。亚当森和斯洛维克把新近发展起来的后殖民生态批评看作是第三波的代表，后殖民生态批评从环境正义出发分析后殖民文学中的环境再现，但更具国际主义色彩。

对于布伊尔的浪潮模式，学者伊丽莎白·德鲁格雷（Elizabeth Deloughrey）和乔治·汉德利（George B.Handley）提出不同意见。二人更倾向于借用吉尔·德勒兹（Gilles Deleuze）与菲利克斯·迦塔利（Félix Guattari）的"块茎"（rhizome）来形容生态批评的多元化状态，驳斥了布伊尔关于生态批评和环境保护主义植根于英美传统的说法，申明在生态批评话语中，后殖民作家并没有迟到，而是一直在关注自然，只不过他们的方式并不能马上被以环保和荒野为中心的主流话语所理解。德鲁格雷和汉德利认为，英美生态批评学者倾向于将生态批评研究的复杂性同质化，并采用一种"无视种族、阶级、性别和殖民不平等"②的话语谱系。二人主张建立一个更广泛的生态批评谱系，承认北半球特权主体的环境想象与南半球穷人的环境保护主义之间的差异。

詹姆斯指出："尽管存在差异，但斯洛维克、亚当森和德鲁格雷、汉德利双方的论点清楚地表明，如果要持之以恒地研究所有文学与所有物理世界之间的关

① Joni Adamson & Scott Slovic, "Guest Editors' Introduction：The Shoulders We Stand on：An Introduction to Ethnicity and Ecocriticism", *MELUS*：*Multiethnic Literature of the United States*, Vol.34, No.2 (Summer 2009), pp.6-7.
② Elizabeth DeLoughrey & George B.Handley (eds.), *Postcolonial Ecologies*：*Literatures of the Environment*, Oxford：Oxford University Press, 2011, p.9.

系,生态批评的未来必须涉及后殖民文学和环境保护主义。"①事实上,在此之前的 10 年里,生态批评和后殖民研究的整合呈现巨大的增长趋势。

"生态批评的后殖民研究转向实际上可以追溯到帕特里克·墨菲(Patrick D. Murphy)关涉甚广的论著"②,早在 2000 年墨菲就预见性地指出,生态批评将会拥抱后殖民文学:"如果说生态批评因只关注非小说散文和非虚构小说而过于狭隘,从而对其自身造成了阻碍了,那么它也同样因只关注美国和英国文学而受到限制。"③

罗伯·尼克松(Rob Nixon)在论文《环境保护主义和后殖民主义》中指出后殖民主义和生态批评之间的紧张关系和潜在的交汇点。尼克松列举了二者之间存在的关键分歧,但仍然乐观地相信,这两个领域之间将出现富有成效的对话。④ 自尼克松的论文发表以来,就不断有新的研究努力发展这种对话。2005年,德鲁格雷、汉德利和蕾妮·高森(Renée K.Gosson)出版了第一本广为阅读的后殖民生态批评论文集《加勒比文学与环境》⑤,探讨加勒比文学如何书写殖民地和种植园经济对环境的影响,修正殖民地伊甸园神话,将生物及文化移植与克里奥尔化联系起来,等等。邦尼·鲁斯(Bonnie Roos)和亚历克斯·汉特(Alex Hunt)主编的《后殖民时代的绿色》将地理范围扩大到了加勒比以外的亚洲和南太平洋、非洲、北美和南美。鲁斯和汉特强调,任何后殖民批评都必须同时进行彻底的生态批评,因为"世界被困在文化、经济和生态相互依存的舞蹈中"⑥。他们认为,这种相互依存关系召唤多元的声音来应对我们今天面临的环境、金融和社会问题。格雷汉姆·哈根(Graham Huggan)与海伦·蒂芬(Helen Tiffin)在

---

① Erin James, *The Storyworld Accord: Econarratology and Postcolonial Narratives*, Lincoln: University of Nebraska Press, 2015, p.9.

② [美]劳伦斯·布伊尔:《生态批评:晚近趋势面面观》,孙绍谊译,《电影艺术》2013 年第 1 期。

③ Patrick D.Murphy, *Farther Afield in the Study of Nature-Oriented Literature*, Charlottesville: University of Virginia Press, 2000, p.58.

④ Rob Nixon, "Environmentalism and Postcolonialism", in *Postcolonial Studies and Beyond*, Ania Loomba, Suvir Kaul, Matti Bunzl, Antionette Burton, and Jed Esty (eds.), Durham NC: Duke University Press, 2005, pp.233-251.

⑤ Elizabeth DeLoughrey, George B.Handley, and Renée K.Gosson (eds.), *Caribbean Literature and the Environment: Between Nature and Culture*, Charlottesville: University of Virginia Press, 2005.

⑥ Bonnie Roos & Alex Hunt (eds.), *Postcolonial Green: Environmental Politics and World Narratives*, Charlottesville: University of Virginia Press, 2010, p.3.

《后殖民生态批评》①中再次提出和尼克松类似的论点,指出生态批评和后殖民话语之间潜在的交汇点和紧张关系,及其引发的关于发展、权利以及人与动物之间的关系的对话。

詹姆斯指出后殖民研究非常重要的一个方面是"业已提高的再现(representation)和介导(mediation)意识"②。故事世界总是由某个人(叙述者或聚焦人物)介导,因此必然是物质现实的想象再现。第一波生态批评提请人们注意,自然无法替自己言说,后殖民生态批评研究则聚焦于这样一个事实:所有的自然再现源于一个特定的主体立场,即生态批评界普遍认为的白人、西方、男性的主体立场。正如卡拉·塞拉诺(Cara Cilano)和德鲁格雷在《反对真实性》一文中所解释的那样,后殖民生态批评承诺在生态批评研究中引入两面性(doubleness),即"对共谋的表述和对再现的需要,而这里的再现引发对了解他者的能力的自我反省的矛盾心理"③。塞拉诺和德鲁格雷认为,后殖民生态批评引入的两面性强调了介导在环境再现中的作用,且介导过程是多方面的、不固定的。劳拉·莱特(Laura Wright)持相同观点,她在《荒野变成文明的形状》的前言中指出,后殖民生态批评"审视小说作者再现后殖民景观和环境问题的方式",从而"将关于后殖民主义和环境保护主义的话语置于想象的范围内"。④ 莱特的研究反映了近年来出现的一系列对文学文本中环境再现的特殊性和政治性感兴趣的生态批评学术。因此,詹姆斯认为后殖民生态批评"开辟了许多环境再现的可能性,并帮助文学批评家欣赏不同民族理解和体验物理环境及其退化的方式"⑤。

毫无疑问,后殖民生态批评发展势头迅猛,很快成为新的生态批评和后殖民

① Graham Huggan & Helen Tiffin, *Postcolonial Ecocriticism*: *Literature*, *Animals*, *Environment*, London: Routledge, 2010.

② Erin James, *The Storyworld Accord*: *Econarratology and Postcolonial Narratives*, Lincoln: University of Nebraska Press, 2015, p.11.

③ Cara Cilano & Elizabeth DeLoughrey, "Against Authenticity: Global Knowledges and Postcolonial Ecocriticism", *ISLE*, Vol.14, No.1(Summer 2007).

④ Laura Wright, *Wilderness into Civilized Shapes*: *Reading the Postcolonial Environment*, Athens GA: University of Georgia, 2010, p.1.

⑤ Erin James, *The Storyworld Accord*: *Econarratology and Postcolonial Narratives*, Lincoln: University of Nebraska Press, 2015, p.11.

学术的主要内容。对后殖民研究而言,"到目前为止,生态批评在拓展地域空间方面潜力挖掘得最好的是给后殖民研究带去了养分(迄今大多集中在英语区)"①,同时后殖民批评在很大程度上使生态批评研究复杂化和丰富化,包括使吸引生态批评的经典文本多样化,使生态批评所分析的环境类型多样化(例如,那些被旅游业和石油业的退化所破坏的环境),提请我们注意物理环境再现的政治性,等等。

不过,詹姆斯指出,尽管近年来生态批评研究范围不断扩大,包括人工环境、民族和全球范围内环境和社会正义话题,我们依然可以在诸多生态批评研究中发现"对现实主义的共同和持续的兴趣"②。南希·伊斯特林(Nancy Easterlin)对这一倾向做了最好的总结:"MLA 参考文献的书目和文章证实了劳伦斯·布伊尔所言属实,即'总体而言,生态批评保留了乡村和荒野的取向(up-country-and-out-back orientation)'"③。伊斯特林将许多生态批评中的那种"顽固的美学"看作"以过时的现实主义认识论为前提"④。

詹姆斯指出,同样值得注意的是,许多后殖民生态批评对前两次生态批评浪潮中的现实主义偏好亦步亦趋⑤。乌苏拉·海斯(Ursula Heise)在鲁斯和汉特主编的《后殖民绿色》后记中谈到了这一现状,她注意到这本书中很多文章都考察了文学文本如何准确地描绘殖民剥削和环境破坏的现实,以及其中隐藏的意识形态观点。詹姆斯也指出,这本后殖民生态批评集往往强调文本对社会和生态现实的展示,"而非考察其文学性和形式创新"⑥。在海斯看来,相对于小说,有其他更好、更直接的方式来真实准确地再现环境和环境政治,因此她鼓励生态批评家对现实主义的持久偏好提出质疑,应该更多地关注文学形式:"如果我们

---

① [美]劳伦斯·布伊尔:《生态批评:晚近趋势面面观》,孙绍谊译,《电影艺术》2013 年第 1 期。

② Erin James, *The Storyworld Accord: Econarratology and Postcolonial Narratives*, Lincoln: University of Nebraska Press, 2015, p.12.

③ Nancy Easterlin, *A Biocultural Approach to Literary Theory and Interpretation*, Baltimore: Johns Hopkins University Press, 2012, p.92.

④ Nancy Easterlin, *A Biocultural Approach to Literary Theory and Interpretation*, Baltimore: Johns Hopkins University Press, 2012, p.97.

⑤ Erin James, *The Storyworld Accord: Econarratology and Postcolonial Narratives*, Lincoln: University of Nebraska Press, 2015, p.12.

⑥ Erin James, *The Storyworld Accord: Econarratology and Postcolonial Narratives*, Lincoln: University of Nebraska Press, 2015, p.13.

相信——我认为绝大多数生态批评和后殖民批评家也同样相信——现实主义的审美转变具有重塑个体和集体生态社会想象的非凡潜力,那么审美形式与文化及生物结构的关联方式值得我们特别关注。"①

后殖民生态批评的发展开始关注文学形式,这为生态和叙事的结合提供了丰富的交汇点。鉴于生态批评的发展从文本内容转向形式,詹姆斯指出,叙事理论也在发生变化,转向对环境的考虑。下面将重点讨论与生态叙事学密切相关的语境主义叙事学和认知叙事学。

二、语境主义叙事学和认知叙事学

(一)语境主义叙事学

叙事学是在结构主义基础上,受俄国形式主义影响而发展起来的对叙事文本进行研究的理论。1969 年,法国结构主义符号学家、文艺理论家茨维坦·托多罗夫(Tzvetan Todorov)首次提出"叙事学"概念,此后,叙事学研究一直处于动态发展过程中,其发展通常被分为两个阶段:第一阶段是从 20 世纪 60 年代到 80 年代的"经典叙事学"(结构主义叙事学),致力于探讨叙事作品的构成成分、结构关系和运作规律,旨在建构叙事语法或诗学。20 世纪 80 年代以来,经典叙事学在西方遭到后结构主义和历史主义的夹攻,日渐衰微,直至被宣告死亡②。20 世纪 90 年代以来,叙事学从关注文本内部结构形式的经典叙事学,走向关注读者及社会语境的后经典叙事学,出现了修辞性叙事学、认知叙事学、女性主义叙事学,以及新近发展起来的后殖民叙事和非自然叙事等,从而形成了多元化的"语境"叙事研究。语境主义叙事学将叙事结构与其产生的语境联系起来,考察文本元素如何编码或挑战某些意识形态。尽管环境话题目前尚未成为语境主义叙事学这一新的研究趋势的热点,但语境叙事学家对现实世界语境的日益重视

---

① Ursula K.Heise,"Afterword:Postcolonial Ecocriticism and the Question of Literature",in *Postcolonial Green:Environmental Politics and World Narratives*,Bonnie Roos & Alex Hunt(eds.),Charlottesville:University of Virginia Press,2010,p.258.

② 申丹等:《英美小说叙事理论研究》,北京大学出版社 2005 年版,第 207 页。

以及读者与文本之间的互动形成了生态批评和叙事学的第一个交汇点。

在语境主义叙事学的各个流派中,将叙事及其环境语境联系起来的典型代表有女性主义叙事学和后殖民叙事学。女性主义叙事学将性别政治以及与之相关的社会历史语境引入叙事学研究,同时关注叙事形式差异表现,深刻影响了叙事理论研究与阐释模式,从而进一步推动了叙事学研究的"语境化"发展。后殖民叙事学通过将叙事作品的结构分析与具体社会历史和文化背景相结合,探讨种族和族裔政治的表现、产生和颠覆。詹姆斯指出,女性主义和后殖民叙事学是环境意识(environmentally conscious)叙事学的有用范例,因为它们根据产生文本的外部语境来考虑文本;同时二者也有助于叙事学者理解文本在再现性别和种族/族裔时对某些政治进行编码的方式,詹姆斯认为可以对这一方法进行扩展,把"叙事在再现环境时对政治进行编码的方式"[1]纳入考量。

此外,詹姆斯特别强调了两位对《故事世界协议》产生重大影响的叙事学家,一位是杰拉尔德·普林斯(Gerald Prince),他在《论后殖民叙事学》[2]一文中,提出从叙事理论和读者阐释两方面构建后殖民叙事批评,主张以经典叙事学为理论立场,借用诸如"迁移""碎片""他性""差异"等后殖民概念来丰富叙事学的分类。另一位是"非自然叙事"的提出者之一布莱恩·理查森(Brian Richardson),他也是通过研究后殖民文本来丰富叙事学理论的。理查森将"非自然叙事"定义为超越传统现实主义界限、违反所谓自然叙事惯例的反模仿文本。大多数非自然叙事的研究都集中在英美和欧洲后现代主义文本上,理查森的研究则包含了利用反模仿的叙事结构来对抗殖民和帝国霸权的后殖民小说。[3]

詹姆斯指出,普林斯和理查森的研究虽然没有明确表明是语境主义,但也寻求叙事学与种族和族裔政治的交汇点,从而进一步加强了叙事与外部世界之间的联系,同时也为后殖民叙事学研究提供了非常重要的指南,从而有助于我们解

---

① Erin James, *The Storyworld Accord: Econarratology and Postcolonial Narratives*, Lincoln: University of Nebraska Press, 2015, p.15.

② Gerald Prince, "On a Postcolonial Narratology", in *A Companion to Narrative Theory*, James Phelan & Peter Rabinowitz(eds.), London: Blackwell, 2005, pp.373-381.

③ Brian Richardson, *Unnatural Voices: Extreme Narration in Modern and Contemporary Fiction*, Columbus: Ohio State University Press, 2006.

读后殖民叙事环境。

（二）认知叙事学及相关术语

虽然同为"语境主义叙事学"的分支，但是认知叙事学不同于女性主义和后殖民叙事学，后两者关注的是叙事结构如何对反映社会历史和文化语境的意识形态进行编码，而前者则将注意力从文本转向了读者，"探讨读者对于（某文类）叙事结构的阐释过程之共性"[①]，揭示读者与文本在意义产生过程中的互动。

詹姆斯在《故事世界协议》的前言中声明其研究的核心前提来自"认知叙事理论家的研究，他们将阅读视为一种沉浸或运输的过程"[②]。她把认知叙事学看作"在生态批评和叙事学话语之间形成了第二个交汇点"[③]。不过，她同时指出，不同于语境主义叙事学，"认知叙事学并非探究叙事结构如何对反映现实社会历史和文化语境的意识形态进行编码，而是研究人类对叙事的智力和情感处理，从而探究叙事和读者是如何互动的"[④]。

生态叙事学最核心的概念"故事世界"以及其他密切相关的概念如"模拟""运输"等，都建立在认知叙事学基础之上，要理解生态叙事学，必须首先对这些重要术语一一进行解析。

1. 模拟（simulation）

认知叙事学的研究过程经常整合运用多种方法，詹姆斯指出，最广为人知的认知叙事学探索读者对人物情感状态和体验的理解过程[⑤]，并分别列举了认知、心理、神经等领域学者的研究对此加以说明。心灵阅读（mind-reading）和思维理论（theory of mind）是认知叙事学的两个核心概念。在《我们为什么关心文学人

---

① 申丹等：《英美小说叙事理论研究》，北京大学出版社 2005 年版，第 309 页。

② Erin James, *The Storyworld Accord: Econarratology and Postcolonial Narratives*, Lincoln: University of Nebraska Press, 2015, p.x.

③ Erin James, *The Storyworld Accord: Econarratology and Postcolonial Narratives*, Lincoln: University of Nebraska Press, 2015, p.16.

④ Erin James, *The Storyworld Accord: Econarratology and Postcolonial Narratives*, Lincoln: University of Nebraska Press, 2015, p.16.

⑤ Erin James, *The Storyworld Accord: Econarratology and Postcolonial Narratives*, Lincoln: University of Nebraska Press, 2015, p.16.

物?》一书中,布莱基·沃缪勒(Blakey Vermeule)用认知模拟理论(cognitive simulation theory)来解释读者如何在心理上站在他人角度,体验小说中人物所经历的一切。她借鉴认知科学家的观点,即"人们并非通过相关思维理论来阅读他人的心灵,而是通过在自己的脑海中运行其阅读对象所经历的心理过程"①,将叙事视为允许读者模拟心理和情感体验的文本。有鉴于此,她认为叙事之所以吸引我们,是因为叙事文本具有提高我们阅读他人心灵的能力:"叙事可以看作是一种工具,人们通过它来检验各种场景,而不必冒太大的风险。把我们和某种心灵连接起来是攫取我们注意力的方法。"②因此,我们之所以关心文学人物,是因为他们对我们的心灵阅读能力施加了压力。

丽莎·詹赛恩(Lisa Zunshine)以文本心理过程为基础进行认知叙事学研究,她同样认为读者对文学作品中的人物经历和心理状态的模拟具有重要的社会功能。在《我们为什么读小说》一书中,她重点介绍了思维理论。思维理论解释了我们进入虚构场景的能力,因为它允许我们通过一个类似于模拟的过程,根据潜在的精神状态来解释行为。詹赛恩认为,思维理论使得阅读文学成为可能——如果没有阅读他人心灵的能力,我们就无法想象小说中人物的意识;同时,阅读文学有助于改进思维理论,并因此增加了从阅读文学叙事中获得的快乐:"许多人开始享受这种模拟,并需要它作为我们日常社会交往的稳定补充。如此说来,即使是对主人公思想感情的误读,也不会减损阅读小说所带来的认知满足感。"③詹赛恩承认并非所有读者都会以同样的方式模仿人物的意识,因此并非所有的读者都会有同样的文本体验,在她看来,读者对人物意识的模拟是一个相对的而非普遍化的过程,且高度依赖于读者自身的语境。詹姆斯指出,詹赛恩这里提到的潜在的"误读"对跨文化阅读研究具有重要意义。

詹姆斯认为模拟的理念之所以意义独特,不仅是因为它强调读者在其自身

---

① Blakey Vermeule, *Why Do We Care About Literary Characters?*, Baltimore: Johns Hopkins University Press, 2010, pp.39-40.

② Blakey Vermeule, *Why Do We Care About Literary Characters?*, Baltimore: Johns Hopkins University Press, 2010, p.41.

③ Lisa Zunshine, *Why We Read Fiction: Theory of Mind and the Novel*, Columbus: Ohio State University Press, 2006, p.25.

和叙事人物的情感状态之间建立关联,而且也启发叙事学者探索读者与叙事世界的互动,对从环境角度来研究叙事的环境意识方法而言,非常重要。认知科学研究表明,阅读一个事件或动作会刺激读者大脑中与直接体验该事件或动作相同的区域;要理解叙事,读者必须对阅读的事件及背景进行心理模拟。R.A.茨瓦恩(R.A.Zwaan)的"浸入式体验者框架"(Immersed Experiencer Framework,IEF)进一步说明了这一观点。IEF 理论认为,语言就是给阅读者提供一系列线索,来构建它所描述情形的体验模拟。阅读者是描述情形的浸入式体验者,理解就是对所描述情景的感应式体验。茨瓦恩指出:"对理解者而言,语言是一整套提示,引导其对所描述的情景进行体验性(感知加行动)模拟。"①受茨瓦恩的启发,认知叙事学家强调阅读叙事需要读者对叙事世界进行心理模拟。马可·卡拉乔洛(Marco Caracciolo)指出,根据茨瓦恩的框架,"为了理解叙事文本,我们需要对其进行识解——也就是说,对其进行处理,使其能够在心理上被再现(或模拟)"②。

2. 运输(transportation)

这个词是心理学家用来描述读者生产并栖居叙事世界的心理模拟过程的。在其开创性著作《体验叙事世界》一书中,理查德·格瑞格(Richard Gerrig)首先指出"运输"是用来描述读者叙事体验特征的常用隐喻之一③,并明确了六个原本属于运输领域的基本元素,探讨每个元素被投射到目标领域的对应特征,意即读者阐释叙事世界的过程。这六个元素是:(1)某人("旅行者")被运输;(2)通过某种运输手段;(3)实施特定行为的结果;(4)旅行者所到之处与他或她的原籍世界有一定距离;(5)这使得原籍世界的一些方面难以接近;(6)旅行者返回原籍世界,并因旅行而有所改变。④

受格瑞格的启发,梅兰妮·格林(Melanie C.Green)和蒂莫西·布洛克(Tim-

① R.A.Zwaan,"The Immersed Experiencer:Towards an Embodied Theory of Language Comprehension", *Psychology of Learning and Motivation*,Vol.44(2003).
② Marco Caracciolo,"The Reader's Virtual Body:Narrative Space and Its Reconstruction",*Storyworlds: A Journal of Narrative Studies*,Vol.3(2011).
③ Richard Gerrig,*Experiencing Narrative Worlds:On the Psychological Activities of Reading*,New Haven:Yale University Press,1993,p.2.
④ Richard Gerrig,*Experiencing Narrative Worlds:On the Psychological Activities of Reading*,New Haven:Yale University Press,1993,pp.10-11.

othy C.Brock)将进入叙事世界的运输定义为"一个显著的心理过程,注意力、意象和情感的综合融合"和"一个聚合的过程,在这一过程中所有的心理系统和官能都聚焦于叙事世界发生的事件上"。① 格林则对这一过程进行了更详细的解释:"叙事有能力把读者带到不同的地方和时代,或是其他的宇宙。被故事强烈吸引住的读者可能会忘记时间,也不会注意到周围发生的事情,感觉自己完全沉浸在叙事的世界里……就像一个实际的旅行者,进入故事世界的读者忘却了原来世界的一切。"②格林和布洛克声称运输是叙事比非叙事交流方式更具影响力的一个关键原因,直接体验是形成态度的一种强有力的手段,而叙事因其具有促成模仿或模拟体验的能力从而推动了这一态度的形成过程。

格瑞格关于"运输"的论述有两点特别值得注意,一是在阅读过程中,读者实施了某些特定行为从而将自己"运输"到叙事世界;二是受阅读旅行影响,读者会有所改变。对运输过程的重视以及对比两个世界的方式对詹姆斯影响很大,在她关于生态叙事学的论述中,文本线索是一个非常重要的元素。

3. 故事世界(storyworld)

将心理模拟和运输关联起来的关键因素就是故事世界,它也是《故事世界协议》最核心的概念。故事世界是叙事学家戴维·赫尔曼(David Herman)最重要、最独特的观点之一。他把故事世界定义为:"故事世界是某人与他人,在某时间、某地点,因为某原因,用某种方式在世界上做了某事的心理模型,这个世界是阐释者理解叙事时重新定位的。"③这个定义明确了故事世界的性质、内容及实现方式。故事世界是由文本唤起的世界,是关于被叙述情景和事件的心理模型,是阐释者根据文本线索推断出来的。赫尔曼进一步指出,相对于同源的叙事学术语"故事"(story),"故事世界更充分地体现了叙事阐释生态"④。"生态"一词在这

① Melanie C.Green & Timothy C.Brock, "The Role of Transportation in the Persuasiveness of Public Narratives", *Journal of Personality and Social Psychology*, Vol.79, No.5(November 2000).

② Melanie C.Green, "Transportation into Narrative Worlds: The Role of Prior Knowledge and Perceived Realism", *Discourse Processes*, Vol.38, No.2(2004).

③ David Herman, "Storyworld", in *Routledge Encyclopedia of Narrative Theory*, David Herman, Manfred Jahn & Marie-Laure Ryan(eds.), London: Routledge, 2005, p.570.

④ David Herman, "Storyworld", in *Routledge Encyclopedia of Narrative Theory*, David Herman, Manfred Jahn & Marie-Laure Ryan(eds.), London: Routledge, 2005, p.570.

里是一种隐喻,指叙事阐释并不只是线性事件的罗列,而是对整体世界的整合,它强调的是一种整体性。第一,读者重建的不仅是叙事中的事件,更有"故事世界存在物所植根的环境"①,这是对叙事解读更注重时间或序列而非空间的倾向的一种纠正;第二,故事世界表明,叙事理解是一个内在的比较过程,在这个过程中,读者通过考虑和整合叙事中的世界和叙事外的世界,来重建事件、状态和行为的序列;第三,故事世界体现了叙事的沉浸式特质,即读者从此时此地的现实世界被运输到故事世界,同叙事人物一起生活、体验。换言之,故事世界的概念突出了叙事的世界制造(world-making)能力,它激发读者的想象力,将自我重现定位到一个新的、通常陌生的世界和体验中去。正如赫尔曼指出的那样:"叙事制造世界的能力对阐释叙事的沉浸有很大的帮助,它有能力将阐释者运输到他们为了叙事阐释目的而去居住的时空中。"②世界制造是赫尔曼认知叙事学的核心观点之一,他说:"我用世界制造这个术语来涵括叙事的指涉维度,指的是叙事在阐释者心中生成世界的能力,阐释者可以或轻松或费力地以想象的方式居住在这些世界当中。"③由此可见,赫尔曼关注的并非故事世界的内容,而是建构"故事世界"的方式。

詹姆斯认为,在对故事世界的定义中,赫尔曼期望通过强调读者在故事世界形成过程中所起的作用,来加强故事世界和文本外世界之间的联系。故事世界是对读者在阅读时必须暂时在精神和情感上栖居的自主文本域的模拟,为了理解故事,读者必须想象并在心理上生活在另一个具有不同时空坐标的世界中,模拟另一种意识的体验。詹姆斯强调,与以上讨论不可分割的是使向叙事世界的运输成为可能的叙事机制,或是读者用来建构故事世界的心理模型的文本线索④,这正是生态叙事学的核心。

詹姆斯指出,跟詹赛恩等思维理论的学者一样,故事世界研究者也承认,并

① David Herman, *Story Logic: Problems and Possibilities of Narrative*, Lincoln: University of Nebraska Press, 2002, p.14.

② David Herman, *Story Logic: Problems and Possibilities of Narrative.* Lincoln: University of Nebraska Press, 2002, p.16.

③ ［美］赫尔曼、费伦等:《叙事理论:核心概念与批评性辨析》,谭君强译,北京师范大学出版社2016年版,第15页。

④ Erin James, *The Storyworld Accord: Econarratology and Postcolonial Narratives*, Lincoln: University of Nebraska Press, 2015, p.21.

非所有读者都会以同样的方式模拟叙事世界,因此并非所有读者都会有相同的文本体验。因为叙事世界的心理模型是建立在个体读者的预设和对文本线索的诠释的基础上,所以没有完全相同的两个故事世界。每个读者都将从一组独特的预设开始对故事世界进行模建,因此,不同的读者建模和居住的故事世界总是与其他读者略有不同。玛丽-劳尔·瑞安(Marie-Laure Ryan)将这种现象定义为"最小偏离原则"(the principle of minimal departure),该原则表明:"我们重新诠释文本宇宙的中心世界,就像我们重新诠释非事实陈述的替代的可能世界一样:尽可能地符合我们对现实世界的再现。我们将所知道的关于现实的一切投射到这些世界上,只会根据文本的指示进行调整。"[1]因此,詹姆斯说,由此可以认为,故事世界的建构是一个内在的比较过程,在这个过程中,读者开始认识到他们的身体所占据的世界和他们的心理通过阅读过程所指向的世界之间微妙以及不那么微妙的差异。[2]

以"模拟"、"运输"和"故事世界"等关键概念为支撑,我们便可以借此进入詹姆斯的生态叙事学,考察其主要内容以及用生态叙事学方法阅读故事世界所带来的启示。

三、生态叙事学的方法框架及其对于文学研究的推进

生态叙事学是由生态批评和叙事学结合所形成的一种新的阅读方法,它包含其每一个母话语的核心关注点,即生态批评对文学和物理环境之间关系的研究和叙事学对文学结构和手法的关注。此外,它通过前景化叙事沉浸所具有的比较的本性来突出叙事的潜力,使读者理解不同时空的人在其生态家园生活的状况。

詹姆斯指出,叙事理解所要求的故事世界的模建和居住方式是一个"内在

---

① Marie-Laure Ryan, *Possible Worlds, Artificial Intelligence, and Narrative Theory*, Bloomington: Indiana University Press, 1991, p.51.

② Erin James, *The Storyworld Accord: Econarratology and Postcolonial Narratives*, Lincoln: University of Nebraska Press, 2015, p.22.

的环境过程"①,在这个过程中,读者被运输到替代的、想象的环境中去,一个模拟叙述者和角色周围的环境。从这个意义上说,故事世界是生态批评的一个重要阅读策略,因为它前景化了为理解叙事读者必须模拟和居住的虚拟环境。此外,对于反模仿和非现实主义的文本(如后殖民文本)来说,故事世界是一种特别有前途的生态批评阅读策略,这些文本表面上似乎对再现环境没有兴趣,但仍然能为读者提供所需的文本线索,从而将他们运输到另一个时空。此外,任何叙事的故事世界都必然由叙述者或人物介导,读者只能从他们的角度来了解、感知和体验叙事环境,因此除了为读者提供新鲜、陌生的物理环境之外,"故事世界还为读者提供了一种高度主观的理解,即在特定的空间和时间中生活,将其概念化,以及体验特定的空间和时间的感受质"②。

詹姆斯希望故事世界的生态叙事学阅读不仅能让文学评论家更好地欣赏人们相互讲述环境故事的方式,而且还能认识到读者用来建构故事世界的诸多线索中所包含的特定地点和文化的细微差别。

生态叙事学是生态和叙事的结合,那么我们先来梳理一下二者相遇相交的过程。

(一)生态学和叙事学的交汇

在《故事世界协议》之前,把生态批评和叙事学结合起来的持续研究尚未出现,不过,有一些学者注意到了两者之间的交汇点。早在 20 世纪 70 年代,约瑟夫·米克尔(Joseph W.Meeker)就将生态和文学形式结合起来,从生态学视角重新审视文学文类,强调体裁(genre)在关于自然的叙事中的意义,特别是喜剧和悲剧。他提出了喜剧的生物学特征和生物学的喜剧特征的概念,并指出喜剧促进人类的生存,悲剧的焦点在于人类不可逆转的堕落,具有内在的人类中心主义

---

① Erin James, *The Storyworld Accord: Econarratology and Postcolonial Narratives*, Lincoln: University of Nebraska Press, 2015, p.xi.

② Erin James, *The Storyworld Accord: Econarratology and Postcolonial Narratives*, Lincoln: University of Nebraska Press, 2015, p.xii.

倾向,而喜剧则强调再生。① 谢丽尔·格罗特费尔蒂(Cheryll Glotfelty)和哈罗德·弗洛姆(Harold Fromm)在《生态批评读本》前言中指出生态批评的主要目标之一是恢复"迄今为止被忽视的自然书写之文类"②,并列出一张与生态批评相关的问题清单,其中涉及文学文类的问题有:"这首十四行诗如何再现自然? ……我们如何将自然写作描绘为一种体裁?"③海斯对词条"生态叙事"(Eco-narratives)的解释为研究环境故事的学者指出了重要的问题,如传统文类在许多生态故事中的运用,转化、视点的人类中心主义本性,以及现实主义在生态导向的文学中的作用,等等。④ 在关于物种灭绝的叙事讨论中,海斯也强调了文类在描绘非人类自然世界的作用,认为挽歌和悲剧阻止环保主义想象对自然可能的未来的展望,只是关注自然的终结。⑤ 马尔库·莱蒂马柯(Markku Lehtimäki)的《叙事语境中的自然环境》探讨了生态批评和叙事理论的"异花授粉"(cross-pollination)。莱蒂马柯意识到了生态批评和叙事学各行其道,指出叙事学的重心是"虚构的思想和想象的故事世界"⑥,而生态批评则"过于专注于自然领域,以至于当涉及在超人类生态中想象和定位自己时,疏于考虑虚构叙事的可供性"⑦,他尝试采用一系列策略将二者融合起来,从而"促进这两个领域间更多的异花授粉"⑧,并提出了叙事视角下生态批评关注的问题,如"作者对特定生态的关注如何激发特定文学形式的运用? 作者如何调节诸如意识呈现等技

① Joseph W. Meeker, *The Comedy of Survival*, New York: Charles Scribner's Sons, 1972.

② Cheryll Glotfelty and Harold Fromm(eds.), *The Ecocriticism Reader: Landmarks in Literary Ecology*, Athens and London: University of Georgia, 1996, p.xxiii.

③ Cheryll Glotfelty & Harold Fromm(eds.), *The Ecocriticism Reader: Landmarks in Literary Ecology*, Athens and London: University of Georgia, 1996, pp.xviii–xix.

④ Ursula K. Heise, "Eco-narratives", in *Routledge Encyclopedia of Narrative Theory*, David Herman, Manfred Jahn & Marie-Laure Ryan(eds.), London: Routledge, 2005, pp.129–130.

⑤ Ursula K. Heise, "Last Dogs, Last Birds, and Listed Species: Cultures of Extinction", *Configurations*, Vol.18, No.1(2010).

⑥ Markku Lehtimäki, "Natural Environments in Narrative Contexts", *Storyworlds: A Journal of Narrative Studies*, Vol.5(2013).

⑦ Markku Lehtimäki, "Natural Environments in Narrative Contexts", *Storyworlds: A Journal of Narrative Studies*, Vol.5(2013).

⑧ Markku Lehtimäki, "Natural Environments in Narrative Contexts", *Storyworlds: A Journal of Narrative Studies*, Vol.5(2013).

巧,来揭示人物经历如何塑造并同时被其接触的自然世界所塑造?"①詹姆斯指出,通过提醒读者注意特定类型的生态和具体叙事形式之间的联系,莱蒂马柯的第一个问题突出了语境主义叙事学在生态批评分析中可能发挥的作用,第二个问题则表明,致力于研究读者阐释人物意识并与之产生关联的能力的认知叙事学是有用的生态批评工具。事实上,这些问题显示了"生态批评和叙事学所提供的广阔的潜在学术范围,以及生态批评和叙事学将会相互丰富的多种方式"②。

詹姆斯提出的生态叙事学尽管也是对文学和物理环境之间的关系感兴趣,但不同于传统生态批评对内容和主题的关注,它的核心是"物理环境再现的文学结构和手段"③。生态叙事学需要特别分析非人类世界是如何被描述的,因为文本的景观绝不仅仅是一种再现,而是总是由塑造它的文学和叙事元素决定的,就像文本外的风景是其历史、政治、文化和环境的产物一样。詹姆斯致力于探索叙事学如何帮助生态批评家更好地阅读世界各地叙事作品中富有洞察力和文化内涵的环境想象,并讨论环境再现的内涵。詹姆斯将生态叙事学的方法运用到后殖民文学文本解读,并表明尽管生态叙事学并不局限于后殖民文本,但通过它们的世界创造和沉浸力量,后殖民叙事可以为读者提供对全球环境的文化多样性的理解和体验,这是其他非叙事文本所无法做到的。④

詹姆斯指出生态叙事学将会分别推动生态批评和叙事学的发展,这要求生态批评家必须更善于分析使模拟变成可能的叙事结构,且须同时看到这些叙事结构和文本产生的物质及社会历史语境之间的关联,从而认识到叙事结构具有拓宽读者对所生活的世界的理解的力量。同样,叙事学也将受益于与生态批评

① Markku Lehtimäki,"Natural Environments in Narrative Contexts",*Storyworlds:A Journal of Narrative Studies*,Vol.5(2013).

② Erin James,*The Storyworld Accord:Econarratology and Postcolonial Narratives*,Lincoln:University of Nebraska Press,2015,p.24.

③ Erin James,*The Storyworld Accord:Econarratology and Postcolonial Narratives*,Lincoln:University of Nebraska Press,2015,p.23.

④ Erin James,*The Storyworld Accord:Econarratology and Postcolonial Narratives*,Lincoln:University of Nebraska Press,2015,p.24.

话语的进一步融合。二者的互动将有助于叙事理论家更好地理解叙事能以何种方式建构、颠覆和延续环境的主流再现,包括那些隶属于文学现实主义的模仿再现,同时也将扩大与叙事相关的问题范围,包括何种类型的环境再现与特定的微观和宏观叙事结构有关(如荒野的现实主义描写和诸多自然写作的第一人称叙事)?叙事如何能够再现不同尺度的环境时空,如地质时间或行星空间?环境退化的再现是否附属于任何一种视角或空间化类型?[1]

(二)生态叙事学的启示和主要贡献

在《故事世界协议》中,詹姆斯分两个层次,详细阐述了文本的生态叙事学阅读所带来的启示及具体贡献。

1. 增强环境人文学科

环境人文学科是近年来兴起并不断发展的一门新兴话语。从广义上讲,通过强化叙事在环境人文学科中的作用,生态叙事学进一步增强了这门新兴话语,同时也为环境人文学者提供了一种新的方法来分析叙事的环境及其对读者的潜在影响。环境人文学科汇集了文学、历史、哲学和社会学等领域的学者的研究成果,试图对当今环境危机作出广泛的、跨学科的回应,并强调这种危机同时也是高度的文化危机。对环境人文学者来说,必须依靠人文学科而非科学技术,来寻求对环境退化和非正义的回应。詹姆斯指出,到目前为止,环境人文学科的工作倾向于关注跨学科学者提出的重要且有影响的观点,例如对"人类世"和对环境危机关照下的意义、价值、责任以及目标等的质疑。[2]

海斯和艾莉森·卡鲁斯(Allison Carruth)认为,新兴环境人文领域的一个关键问题是:"环境清单上的叙事概念中,哪些会把环境导向思想推向未来,哪些把环保主义束缚在过时的模板上?"[3]这个问题其实是对生态女权主义哲学家瓦

[1] Erin James, *The Storyworld Accord: Econarratology and Postcolonial Narratives*, Lincoln: University of Nebraska Press, 2015, pp.24-25.

[2] Erin James, *The Storyworld Accord: Econarratology and Postcolonial Narratives*, Lincoln: University of Nebraska Press, 2015, p.25.

[3] Ursula K. Heise & Allison Carruth, "Introduction to Focus: Environmental Humanities", *American Book Review*, Vol.32, No.1(November 2010).

尔·普卢姆伍德(Val Plumwood)一个非常有影响的观点的回应,普卢姆伍德认为,以"威胁生物圈的全球经济体制"为顶峰的"主流理性叙事"是造成今天环境危机的根本原因①,普卢姆伍德建议,要改变危机就必须改变叙事。黛博拉·伯德·罗斯(Deborah Bird Rose)等称主流叙事"令人担忧",并呼吁探索"与不断变化的世界现实相适应的新叙事"②。在詹姆斯看来,鉴于叙事在环境人文研究中的重要性,生态叙事学也会因此作出特别重要的贡献,"它为环境人文学者提供了一个清晰的方法论,来应对罗斯所说的令人不安的叙事及其呼吁的探索"③。

2. 拓宽文学研究范围

除了广义上的对环境人文学科的贡献之外,詹姆斯将物理环境的社会历史和物质语境与叙事的世界制造能力结合起来,对当前文学研究意义重大,尤其是对生态批评研究的推进。下面从生态、叙事和后殖民研究三个方面详细阐述生态叙事学对文学研究的贡献。

(1)生态叙事学最大的贡献是从多方面推动和促进了生态批评的发展,主要体现在以下几个方面。首先,生态批评令人最为诟病的地方就是它对与环境相关的现实主义文本的主题和内容的偏爱。詹姆斯提出从内容转向形式,认为提高对形式的敏感度将有助于生态批评家更好地分析浸淫于英美环境传统中的读者和学者可能无法很快识别的物理环境想象。生态叙事学将生态批评的"环境"概念扩大至包括"陌生的、创造的、非现实主义的环境再现以及人们对环境的体验"④,不仅扩充了生态批评第二次浪潮的研究,将"环境"的定义复杂化,超越我们熟悉的荒野、田园、人工环境等,将虚拟环境纳入考虑,而且为"所有的

---

① Val Plumwood, *Environmental Culture: The Ecological Crisis of Reason*, New York: Routledge, 2002, pp.5-6.

② Deborah Bird Rose, et al., "Thinking Through the Environment, Unsettling the Humanities", *Environmental Humanities*, Vol.1, No.1, (2012).

③ Erin James, *The Storyworld Accord: Econarratology and Postcolonial Narratives*, Lincoln: University of Nebraska Press, 2015, p.26.

④ Erin James, *The Storyworld Accord: Econarratology and Postcolonial Narratives*, Lincoln: University of Nebraska Press, 2015, pp.26-27.

叙事开辟了生态批评话语"①。

其次,詹姆斯指出:"正如没有统一标准的'环境'一样,也没有标准的方式来构想物质世界并与之互动"。例如,从山顶俯瞰大西洋对美国或英国自然作家来说也许是一种崇高的景象,但同样的景象也可能唤起非洲奴隶的加勒比后裔作家对被移植、剥削和死亡的痛苦记忆。这两种对海景的不同看法自然会导致截然不同的文学再现和叙事策略:作为保存其壮美的一种手段,自然作家希望尽可能真实地描绘海景;而加勒比作家可能会关注塌缩时间(collapse time),将同样的风景予以幽灵展现,以突出奴隶制及其绵延不绝的后遗症的可怕。因此,詹姆斯指出:"如果生态批评要发展一个更全球化的议程,从而突出每一个人在保护地球方面的利害关系,生态批评家们必须开始探索物理世界的创造性再现如何编码地方特殊性和细微差别。"②这样的转变将有助于实现后殖民主义研究力图"使我们对环境、环境体验以及环境保护主义的多样化"的目的,也将有助于生态批评家超越精确性和现实主义,"探索主观的、想象的环境再现方式如何为读者呈现对空间、时间和体验的替代的理解"。③ 而在这一方面,生态叙事学可以帮助文学评论家处理嵌入叙事结构的空间、时间、环境以及环境体验的地域和文化独特性。

再次,通过将读者运输到特定的时间和空间中,叙事因此拓宽了读者对居住于各种环境的理解。鉴于此,生态批评家们应该思考,如何利用读者沉浸于故事世界这一过程达到环保主义的目的。事实上,詹姆斯在书中列了一张清单,包括如下问题:对显示环境主观感知的叙事结构的探讨,如何有助于将读者运输到替代的环境和环境体验中去? 所有的叙事文本(即便那些似乎对环境本身不感兴趣的文本),以什么方式为读者提供让其在心理上建构、情感上居住的虚拟环境? 在心理和情感上被运输到虚拟环境去的过程,如何促进读者对现实世界的

---

① Erin James, *The Storyworld Accord*: *Econarratology and Postcolonial Narratives*, Lincoln: University of Nebraska Press, 2015, p.27.

② Erin James, *The Storyworld Accord*: *Econarratology and Postcolonial Narratives*, Lincoln: University of Nebraska Press, 2015, p.27.

③ Erin James, *The Storyworld Accord*: *Econarratology and Postcolonial Narratives*, Lincoln: University of Nebraska Press, 2015, p.27.

理解？这种运输过程对现代环境保护主义有何帮助?① 这些问题不仅是生态叙事学进行文本分析的基础,也给具有环保意识的文学评论家提供了思考的空间。

詹姆斯在《故事世界协议》中指出,生态批评尽管尚未完全接受叙事理论的分类和传统,但生态批评界并没有完全忽视对文学形式和美学的关注②。生态诗学的学者们长期以来致力于探索诗歌形式与物理环境之间的关系,J.斯科特·布赖森(J.Scott Bryson)的《生态诗歌》(*Ecopoetry*)和斯科特·尼克伯克(Scott Knickerbocker)的《生态诗学》(*Ecopoetics*)都是很好的例子。此外,蒂莫西·莫顿(Timothy Morton)在《没有自然的生态》中对"环境诗学"(ambient poetics)的理论化,也因其从环境内容转向环境形式以及"对文本的空间编码的物质主义的解读方式"③的发展,从而引起人们的关注。

詹姆斯指出:"基于支撑后殖民生态批评研究基础的介导和再现意识,有些后殖民叙事的生态批评阅读也蕴含着审美转向,这也毫不奇怪"④。如前面提到的《加勒比文学和环境》的一个核心关注点,就是借助文学审美将生物、文化移植与克理奥尔化(creolization)联系起来;哈根和蒂芬在《后殖民生态批评》中强调文学体裁和样式的重要性,尤其是田园文学。他们在书的导言中强调:"在提请人们注意其社会和政治效用[以及]它为世界的物质转变制定象征性指导方针的能力的同时,后殖民生态批评保留了文学文本的审美功能。"⑤后殖民生态批评中,最明显的美学转向是穆克吉(Upamanyu Pablo Mukherjee)在《后殖民环境》中将"生态物质主义"(ecomaterialism)的理论化。穆克吉借鉴托洛茨基(Leon Trotsky)的帝国主义理论,该理论认为殖民地和后殖民地空间的外资积累

① Erin James, *The Storyworld Accord: Econarratology and Postcolonial Narratives*, Lincoln: University of Nebraska Press, 2015, p.34.

② Erin James, *The Storyworld Accord: Econarratology and Postcolonial Narratives*, Lincoln: University of Nebraska Press, 2015, p.27.

③ Timothy Morton, *Ecology Without Nature: Rethinking Environmental Aesthetics*, Cambridge: Harvard University Press, 2007, p.3.

④ Erin James, *The Storyworld Accord: Econarratology and Postcolonial Narratives*, Lincoln: University of Nebraska Press, 2015, p.28.

⑤ Graham Huggan, and Helen Tiffin, *Postcolonial Ecocriticism: Literature, Animals, Environment*, London: Routledge, 2010, p.14.

率的极端化、自然资源和廉价劳动力的剥削等,导致了殖民地和后殖民地环境的不均衡形成。穆克吉认为,资本主义晚期环境的极端不平衡在展示文化融合的文本中都有形式上的体现,例如,注入民间戏剧传统的小说,或包含古典音乐典故的诗歌,等等。他看到了结合本土和外来风格及结构的文本与后殖民物理环境中资本主义的不均衡渗透之间的关联,声称这些文本的"文学形式和内容……是处理后殖民环境存在的合适途径"①。从这个意义上可以说,穆克吉对"不均衡环境"的诠释其实也是阐释文学与环境的关系。他认为后殖民环境既要考虑全球资本在历史和现实中的不均衡发展,也要考虑文化领域生产与消费的不均衡形式,而这些形式与发展最好能以唯物主义哲学和美学的方式来介入。詹姆斯的《故事世界协议》同这些学者的共鸣之处是探究文学形式的环境内涵,即文学形式编码环境意义的方式,她对前人研究的扩展在于同时考虑这种环境意义对读者的影响。后殖民文本的生态叙事学阅读方法"进一步推动后殖民生态批评介导和再现意识,提请人们不仅注意谁代表环境说话以及他们是如何做的,而且还注意到这种话语如何对读者产生影响"②。此外,鉴于目前生态批评过度泛化、忽视文学性的趋势,生态叙事学对于形式的重视是回归生态批评作为文学批评的本真。程相占也曾撰文讨论这一现象:"令人失望的是……生态批评事实上更像是文化批评",因此倡导生态批评应该注重作品的文学性和审美特征,指出"生态批评的主要目标是生态作品的审美特征并用哲学术语对之进行分析"。③

最后,故事世界的生态叙事学阅读"要求在生态批评研究中接纳拟人化(anthropomorphic),特别是人类想象力在感知环境中的作用"④。生态叙事学关注的是叙事的形式结构和读者建构故事世界的过程,不过,对读者建构故事世界的主观能动性的强调,有牺牲环境为代价、完全回到以语言和社会建构为中心的

---

① Upanamyu Pablo Mukherjee, *Postcolonial Environments : Nature , Culture , and the Contemporary Indian Novel in English* , London : Palgrave Macmillan , 2010 , p.18.

② Erin James, *The Storyworld Accord : Econarratology and Postcolonial Narratives* , Lincoln : University of Nebraska Press , 2015 , p.29.

③ Cheng Xiangzhan, "Ecoaesthetics and Ecocriticism" , *ISLE : Interdisciplinary Studies in Literature and Environment* , Vol.17 , No.4 (2010).

④ Erin James, *The Storyworld Accord : Econarratology and Postcolonial Narratives* , Lincoln : University of Nebraska Press , 2015 , p.30.

(后)结构主义的风险,出现尼克松所担心的"美学作为一个专业领域被隔离开来,与激发其活力的更广泛的社会政治环境背景分离"①的风险。詹姆斯清晰地意识到这一点,她在用生态叙事学方法进行文本分析时,同时考虑到了物质现实和对物质现实的具体感知,探索叙述者及人物如何想象、再现环境并与之互动,因而并没有引发尼克松所担心的以美学为重而导致环境疏忽的风险。所以文本的生态叙事学阅读"并没有放弃强调物理环境的第一波生态批评方法,而是推动这一方法去同时考虑物质语境及其被再现的折滤视角"②。

生态叙事学将重心从物理世界转移到叙事对物理世界的想象,突出了人类想象力,实际上体现了詹姆斯的双重视点(double-sighted),即"在保持对物理环境的关注的同时,承认人类思维为我们提供了解现实的唯一手段"③。詹姆斯对人类想象力在叙事环境再现中所起作用的关注,如同她从内容到形式的转变一样,都是"建立在生态批评学术领域的最新发展之上"④。生态批评界一向偏爱现实主义,长期忽视人类思维和感知在环境分析中的作用。伊斯特林对此持批判态度,指出即使是人类对物理世界最明显的客观描述,也带有主观创造意识的痕迹,因此,生态批评家最好承认诸如"环境""自然"及"地方"等术语是感知者相对的(perceiver-relative),依赖于感知、认知和概念表达,而非笼统地否认人类思想和感知思维的作用。她明确指出:

> 与其无果而终地争论什么样的文本最能服务于他们的目标,从而讽刺性地限制了可能照亮人类与世界关系的资源,那么,生态批评家应该对我们如何以及为什么以我们的方式建构世界给予全面透彻的思考。⑤

---

① Rob Nixon, *Slow Violence and the Environmentalism of the Poor*, Cambridge: Harvard University Press, 2011, p.32.

② Erin James, *The Storyworld Accord: Econarratology and Postcolonial Narratives*, Lincoln: University of Nebraska Press, 2015, p.30.

③ Erin James, *The Storyworld Accord: Econarratology and Postcolonial Narratives*, Lincoln: University of Nebraska Press, 2015, p.31.

④ Erin James, *The Storyworld Accord: Econarratology and Postcolonial Narratives*, Lincoln: University of Nebraska Press, 2015, p.30.

⑤ Nancy Easterlin, *A Biocultural Approach to Literary Theory and Interpretation*, Baltimore: Johns Hopkins University Press, 2012, p.99.

伊斯特林对物理世界建构的强调并非否认环境存在,她强调人类思维和感知在与物理世界的互动中必不可少,从而表明人类关系和文化因素强烈影响对非人类自然的态度。

人类感知与物质现实的耦合不仅有助于生态批评家更好地理解想象在环境再现中的作用,而且也给试图将文化差异与物理世界再现联系起来的后殖民文学研究者提供了一种阅读模式,同时也给予叙事学研究一个政治维度,因为它鼓励叙事理论家对后殖民意识(如杂糅、分裂、流放和土著认同等)启发下的叙事结构如何塑造时空再现进行思考。①

詹姆斯倡导生态批评接纳拟人化,正是顺应了第四波生态批评物质转向的趋势。物质生态批评学者伊奥维诺(Serenella Iovino)和奥珀曼(Serpil Oppermann)将物质生态批评定义为一个理论框架,展示了"外在与内在、心灵与世界之间的亲缘关系,以非二元的视角拥抱生命、语言、心灵和感官感知"②。物质生态批评认为人类与非人类自然不仅是文本的描述对象,而且本身就是文本,就是叙事,而这种叙事能力就是一种生成故事的能力。伊奥维诺和奥珀曼强调物质在叙事中的施事能力的再现,这样的再现总是会涉及拟人化,并突出物质"通过人类同行(counterpart)的物质想象"来讲述它们的故事的方式③。詹姆斯声称"这并不意味其强调的拟人化等同于人类中心主义"④,这是对生态批评界长期以来把拟人化看作是人类为其他物种代言,因而本质上是人类中心主义的体现的反驳。物质生态批评也否认拟人化是人类中心主义的体现,认为它是"突出物质施事能力,展示其组成因素平等共存的叙事手法"⑤。由此可见,伊奥

① Erin James, *The Storyworld Accord: Econarratology and Postcolonial Narratives*, Lincoln: University of Nebraska Press, 2015, pp.31-32.

② Serenella Iovino and Serpil Oppermann, "Material Ecocriticism: Material, Agency, and Models of Narrativity", *Ecozon@*, Vol.3, No.1(2012).

③ Serenella Iovino and Serpil Oppermann, "Material Ecocriticism: Material, Agency, and Models of Narrativity", *Ecozon@*, Vol.3, No.1(2012).

④ Erin James, *The Storyworld Accord: Econarratology and Postcolonial Narratives*, Lincoln: University of Nebraska Press, 2015, p.32.

⑤ Serenella Iovino & Serpil Oppermann, "Material Ecocriticism: Material, Agency, and Models of Narrativity", *Ecozon@*, Vol.3, No.1(2012).

维诺和奥珀曼关注的是人类和非人类物质在意义的建构中的结合,以及人类的想象力能够提供获取物质讲述故事的途径。

除了前景化非人类物质的表达能力外,人文学科的物质转向也使人们重新关注人的身体。正如伊奥维诺和奥珀曼所说,"新唯物主义"学者通常感兴趣的是,"从话语的维度读取身体,以及……专注于身体体验和身体实践"①。史黛西·阿莱莫(Stacy Alaimo)的"跨肉身性"(trans-corporeality)理论即是对身体的关注。在布伊尔看来,跨肉身性是关于"身体的环境建构性……那些同样关心身体与物质环境之间关系的生态批评者会持续就这一问题的多重面向展开讨论"②。生态叙事学文本分析的核心就是故事世界中的身体在场意识(awareness of physical presence)。读者在阅读叙事时,"叙事文本呼吁读者的虚拟身体进入虚构的世界,作为共同建构世界的一部分"③。詹姆斯遵循叙事学和认知心理学的惯例,使用隐喻"运输"和"沉浸"来描述构成叙事理解基础的心理模建和情感居住的过程。不过,新物质主义研究身体的方法与生态叙事学的不同,前者是把身体放在环境网络或人类与非人类物质的纠缠中,后者则是从认知叙事学视角出发:生态叙事学方法的文本分析都源于对叙事中人类大脑的内部运作的理解。鉴于物质生态批评和认知叙事学对人的身体以及身体产生文化和社会意义的能力有着共同的兴趣,可以把认知叙事学视为叙事理论和物质生态批评的一个富有成效的接触区。

(2)通过将环境纳入考虑,生态叙事学拓展和丰富了叙事理论和叙事阐释,特别是认知叙事学和故事世界的研究。故事世界的生态叙事学阅读关注文学叙事具有创造世界并使读者沉浸于其中的力量,这种力量将读者运输到新的环境体验中,并潜在地影响读者看待世界的方式,探讨文学叙事为读者提供居住和体验物理环境的虚拟再现的方式。《故事世界协议》里的文本分析表明,所有的叙事都能把读者运输到一个特定的时间和空间,因此,叙事拓宽了读者对居住于各

---

① Serenella Iovino & Serpil Oppermann, "Material Ecocriticism: Material, Agency, and Models of Narrativity", *Ecozon@*, Vol.3, No.1(2012).

② [美]劳伦斯·布伊尔:《生态批评:晚近趋势面面观》,孙绍谊译,《电影艺术》2013年第1期。

③ Marco Caracciolo, "The Reader's Virtual Body: Narrative Space and Its Reconstruction", *Storyworlds: A Journal of Narrative Studies*, Vol.3(2011).

种环境的理解。

认知叙事学家和故事世界学者认为,阅读时,读者通过一系列复杂的神经活动"再中心化"(recenter)故事世界并借此熟悉与他们的真实世界大不相同的文本世界。事实上,伴随着把读者运输到叙事世界的心理模型中的世界认知过程对叙事理解是必不可少的。詹姆斯指出,认知叙事学研究忽略了这一过程中的环境洞察力(environmental insight),而将重点放在叙事自身的发展或对读者心灵阅读能力的挑战上,例如,詹赛恩声称文学叙事中对自然的描述是"相当稀少的",而那些确实出现的景观之所以有用,只是因其"感情误置、人格化和拟人化"挑战了思维理论。① 那些明确关注文本空间维度的认知叙事学者也往往忽略了潜在的环境洞察力。卡拉乔洛在一篇关于叙事空间及其重建的文章中指出,在运输过程中,"不仅仅是意识重新定位自己;更确切地说,叙事文本呼吁读者的虚拟身体进入虚构的世界,作为共同建构世界的一部分"②。詹姆斯认为,对读者虚拟身体的关注,并没有引领卡拉乔洛进一步讨论文学评论家从虚拟世界的具身体验中获取了什么样的关于感知及与环境的互动的信息,而是仅仅强调"一些文本给予我们的体验性的增加"③。

近年来的叙事学研究对经典叙事理论的一个重要修正是强调空间化。经典叙事学家非常重视叙事的时间维度,往往把叙事分析的重点放在时间的组织上,很少考虑叙事文本的空间构造和再现。赫尔曼、瑞安和卡拉乔洛等学者对读者建构和居住于故事世界的空间方式的研究,可看作是对这种倾向的一种纠正。不过,詹姆斯声称,在《故事世界协议》之前,"尚未发现有叙事学者将这种认知洞察力与语境主义方法结合来考虑文本、读者和文本之外的物理世界之间的关系,换言之,叙事的空间和时间再现对关于人们如何想象和体验他们所处环境的物质和社会现实的特定的地点和文化信息进行编码的方式,以及叙事文本与读

---

① Zunshine Lisa, *Why We Read Fiction: Theory of Mind and the Novel*, Columbus: Ohio State University Press, 2006, p.27.

② Marco Caracciolo, "The Reader's Virtual Body: Narrative Space and Its Reconstruction", *Storyworlds: A Journal of Narrative Studies*, Vol.3 (2011).

③ Marco Caracciolo, "The Reader's Virtual Body: Narrative Space and Its Reconstruction", *Storyworlds: A Journal of Narrative Studies*, Vol.3 (2011).

者分享这些洞察力的机制,尚未有叙事研究进行这方面的探索"①。生态叙事学将文学形式和环境洞察力结合起来,不仅立足于当下热门的叙事空间研究,而且使叙事学家更加欣赏叙事结构所彰显的文化差异。此外,对空间化感兴趣的叙事理论家的研究大多囿于19世纪和20世纪的美国和欧洲文本,往往忽视了空间研究潜在的多样性;而詹姆斯的生态叙事学则跨越了这些有限的时间和地缘政治参数的限制,通过对后殖民文学叙事环境再现的分析,为读者提供了对全球环境的文化多样性的理解和体验。

(3)生态叙事学阅读进一步丰富了后殖民研究。在后殖民生态批评中,"文本中的动物、田园书写、后殖民思想、生态环境等后殖民思想与生态话语是后殖民生态批评关注的焦点"②。不过,也有一些学者和作家对后殖民话语框架下的文学再现和特定物理环境之间复杂关系感兴趣,或公开或隐晦地质疑某些文学再现对特定地点和文化的环境想象和体验进行编码或对话的能力。牙买加诗人、文学评论家卡马乌·布拉德瓦特(Kamau Brathwaite)的名言"飓风并非以五音步的节奏咆哮"③,鲜明地展现了加勒比环境和欧洲文学再现方式的不相容性。布拉德瓦特的民族语言理论把加勒比的物理环境和诗歌的特殊节奏紧密地联系在一起。他倡导地方性诗歌节奏,认为采用英国古典文学韵律的加勒比诗人背叛了自身文化。对布拉德瓦特来说,莎士比亚和弥尔顿等作家的五音步不适合加勒比地区,因为它产生于不同的环境背景,加勒比作家应该采用源于自身环境背景的节奏和音色——由飓风而非降雪定义的背景。法籍加勒比作家和文学评论家埃杜阿尔·格里桑(Édouard Glissant)指出:"西方现实主义不是一种'扁平'或浅薄的技巧,而是我们的作家不加批判地采用时才变成这样。我们土地的苦难……包含了一个现实主义无法解释的历史纬度"④。西方现实主义在加勒比语境中之所以产生"扁平"叙事,显然是出于环境原因,它既没有考虑加勒

---

① Erin James, *The Storyworld Accord: Econarratology and Postcolonial Narratives*, Lincoln: University of Nebraska Press, 2015, p.29.

② 苗福光:《后殖民生态批评:后殖民研究的绿色》,《文艺理论研究》2015年第2期。

③ Kamau Brathwaite, *History of the Voice: The Development of Nation Language in Anglophone Caribbean Poetry*, New Beacon Books, 1984, p.10.

④ Édouard Glissant, *Caribbean Discourse: Selected Essays*, University Press of Virginia, 1989, p.105.

比景观的特殊功能和加勒比共同体与土地的关系,也对"没有变化的季节"不敏感①。因此,格里桑提倡一种替代的、西方现实主义约定俗成的摹仿之外的叙事风格和时间结构,比如海地文学中的非摹仿的奇妙现实主义(marvelous realism),或者《百年孤独》等文学作品采用的魔幻现实主义(magical realism)。肯尼亚作家恩圭(Ngugi wa Thiong'o)坚持用母语基库尤语(Gikuyu)进行创作。他认为非洲文学不能用英语写作,因为用英语写作是支持英国帝国文化。在詹姆斯看来,恩圭的拒绝充分显示了其非凡的环境意识。恩圭指出,殖民地学校用英语交流和阅读英语经典作品的要求"越来越让我们远离自我,远离我们的世界,把我们带到另一个世界"②。恩圭将学校指定的经典读物与村里长辈讲述的传统基库尤故事进行对比。这些故事通过频繁地再现当地物种,如狮子、豹子和鬣狗,以及当地天气模式,如干旱、太阳、风和雨,促进了他与周围环境的联系,而本地语使这种联系更加紧密。

在《故事世界协议》里,詹姆斯用生态叙事学方法阅读后殖民文本,从而进一步充实并促进了以上学者开创的环境和叙事之间的联系的对话,同时也有助于文学评论家更好地理解后殖民叙事是如何以想象、非现实主义的方式主观地处理和再现环境的。

此外,在《故事世界协议》的文本分析中,詹姆斯不仅探讨叙事如何通过文本线索帮助读者沉浸于故事世界,还进一步揭示了叙事如何通过省略或压制故事世界建构的相关信息来阻止读者进入故事世界,以及文本线索缺席的政治启示,从而加强我们在阅读过程中对叙事机制的政治维度的理解,并进一步引发了跨文化阅读相关的重要政治问题,特别是那些受西方读者欢迎的后殖民作家所写的文本,或者明确表明是为西方读者写的文本。文学评论家必须谨慎地识别出在建构故事世界的过程中发挥作用的权力政治,尤其是作为对文本线索的阐释,读者的预设可以构成故事世界心理模型的一个同样重要的部分。换言之,故事世界的生态叙事学阅读充分探讨了读者在重新定位到文本人物的世界和体验过程中的权力动态。

---

① Édouard Glissant, *Caribbean Discourse: Selected Essays*, University Press of Virginia, 1989, p.106.

② Ngugi wa Thiong'o, *Decolonising the Mind: The Politics of Language in African Literature*, Portsmouth NH: Heinemann, 1986, pp.17-18.

四、生态叙事学的意义及前景

生态批评长期以来偏好以环境为主题和内容的现实主义文本,当遇到未明确主题化环境的叙事文本,则显得捉襟见肘。有鉴于此,詹姆斯提出生态叙事学的阅读模式,从内容和主题转向形式和策略,"聚焦于结构——尤其是叙事结构——从而为曾经被生态批评家忽略的文本打开了生态话语之门"①。

"阅读必须涉及新环境的体验以及熟悉环境与陌生环境的比较"②,詹姆斯强调说,正是在这一点上她看到了"叙事学和生态批评的真正交汇点"③,这将是环境人文学科的一个重要发展。文学研究的生态叙事学方法不仅有助于重振生态批评、叙事学和后殖民研究,而且是发展跨文化议程的一种有效方法。

全球各地的人们对于环境的想象、居住以及体验是不一样的,因此他们讲述的关于环境和环境体验的故事也因文化、社区的差异而有所不同。叙事可以且应该在弥合想象力和文化差异方面发挥重要作用。经典叙事学所面临的语境主义和认知挑战,事实上要求我们认真对待叙事在跨国环境讨论中的作用。詹姆斯认为"叙事是能帮助我们从认知和情感上了解人们的生态家园概念和体验的唯一文本"④。阅读叙事时,读者通过心理建模和居住过程,感知不同环境下人们的想法,直面环境相关的不同看法和观点,从而开辟跨社区和跨文化的交流渠道。故事世界的生态叙事学阅读帮助我们认识到,"现实主义的审美转变确实能够重塑个人和集体的环境想象,这种重塑正是文学在保护地球方面发挥的不

---

① Erin James, *The Storyworld Accord:Econarratology and Postcolonial Narratives*, Lincoln:University of Nebraska Press,2015,p.xiv.

② Erin James, *The Storyworld Accord:Econarratology and Postcolonial Narratives*, Lincoln:University of Nebraska Press,2015,pp.38-39.

③ Erin James, *The Storyworld Accord:Econarratology and Postcolonial Narratives*, Lincoln:University of Nebraska Press,2015,p.39.

④ Erin James, *The Storyworld Accord:Econarratology and Postcolonial Narratives*, Lincoln:University of Nebraska Press,2015,p.39.

可或缺的作用"①。

　　21 世纪地球和世人所面对的球际范围的多重环境"危机"需要有球际规模的传播交流能力,不仅意识到共享的问题,也同时认识到文化的特殊性。② 故事世界的生态叙事学阅读,即通过对那些帮助读者沉浸于主观空间、时间和体验中的文本线索的分析,为读者提供对全球环境的文化多样性的理解和体验,培养读者的环境洞察力和对差异的敏感性,从而有助于消除关于环境的跨文化对话中出现的分歧,促进更公平、公正和可持续的环境政策的制定。在全球化的当今世界,环境危机日益严重的情况下,与传统理论对自然及写实的推崇相比,生态批评的"叙事转向"不仅是对自身研究范畴的一次拓展,也是对社会现实问题的积极回应。

　　詹姆斯声称《故事世界协议》通过将重心从客观转移到主观,从以地球为中心到以人为中心,从物理世界到叙事对物理世界的想象,"将文学和环境阅读推向了新的方向"③。卡拉乔洛称"《故事世界协议》是一项雄心勃勃、非常及时的专题研究,旨在弥合文学与叙事学研究范围内的三个学科分歧"④,即叙事学与生态批评之间、当代叙事学内部语境和认知理论之间,以及生态批评和后殖民研究之间一直在进行的"异花授精"的努力。不过,总体而言,叙事和生态批评的对话和融合尚处于一个起步阶段,相关研究基本集中在非英语、本土和后殖民文本上。继詹姆斯的《故事世界协议》之后,莫斯娜(Alexa Weik von Mossner)的专著《情感生态:共情、情感和环境叙事》运用情感和认知叙事学的相关理论研究读者与环境叙事的情感互动,探讨环境叙事如何召唤读者关心那些遭受环境非正义的人类和非人类他者。阿斯特里德·布拉克(Astrid Bracke)用生态叙事学的方法,解读英国当代著名作家斯威夫特(Graham Swift)的小说《水之乡》,探讨

---

① Erin James, *The Storyworld Accord: Econarratology and Postcolonial Narratives*, Lincoln: University of Nebraska Press, 2015, p.39.

② [美]劳伦斯·布伊尔:《生态批评:晚近趋势面面观》,孙绍谊译,《电影艺术》2013 年第 1 期。

③ Erin James, *The Storyworld Accord: Econarratology and Postcolonial Narratives*, Lincoln: University of Nebraska Press, 2015, p.30.

④ Marco Caracciolo, "Narrative Pathways to the Environment: On Erin James's Econarratology", *DIEGESIS*, Vol.5, No.1(2016).

叙事在塑造人类对非人类自然世界的感知方面的重要作用。詹姆斯和埃里克·莫雷尔(Eric Morel)主编的论文集《环境和叙事》深入探讨了生态叙事学丰富和扩展叙事理论和阐释的方法,并进一步指出当今的环境挑战需要对叙事模式进行修正。

　　目前国内相关研究尚未出现,本章在厘清生态叙事学相关概念的同时,希冀能引起国内学界的注意,吸引更多的生态批评学者加入研究。谈到生态批评未来可能走向时,布伊尔指出,有两点很明朗:"首先,关于第一世界生成的生态批评模式究竟在何种程度上能应用到发展中国家的争论仍会继续;第二,与之相关的是,非欧洲中心的生态批评会激发新的框架和词汇,丰富和重新思考生态批评的范畴。"①詹姆斯在《故事世界协议》里运用欧美生成的生态批评和叙事学工具,对后殖民文本进行解读,从而"充实了源于后殖民作家和学者的对话"②,同时,詹姆斯明确指出"生态叙事学不仅仅限于后殖民文本"③,这对中国生态批评发展来说是一个契机,同时也为中国语境下深化和以本土视角参与生态批评话语的建构提供了有益的参照。

---

① ［美］劳伦斯·布伊尔:《生态批评:晚近趋势面面观》,孙绍谊译,《电影艺术》2013 年第 1 期。

② Erin James, *The Storyworld Accord : Econarratology and Postcolonial Narratives*, Lincoln : University of Nebraska Press, 2015, p.38.

③ Erin James, *The Storyworld Accord : Econarratology and Postcolonial Narratives*, Lincoln : University of Nebraska Press, 2015, p.24.

第十四章　生态现象学与生态批评

现象学运动是 20 世纪西方思想史上影响最为深远的哲学思潮之一,其奠基人胡塞尔认为,他所从事的是一种比被绝大多数人认作关于自然世界普遍真理的自然科学更加"科学"的研究工作。现象学批评科学主义,因为在它看来,自然科学没能意识到它本身其实只是人朝向世界的意向性活动所获取的成果,忽视了自己赖以奠基的原初生活世界的近代自然科学只能算是一种"不彻底"的科学,而现象学则在努力探寻世界成为一个理性认知对象之前,在意识活动、身体经验、生存实践等诸多方面与人的原初关联。这样,力求打破主体与对象、人与世界对立关系的现象学,就为生态文化思考自然事物与人的深层存在论关联扫除了障碍、开拓了空间,使文学和美学领域中的生态研究获得了向本体论层面深拓的思想工具。

在现象学基础上发展出来的生态现象学将现象学视角和方法运用到关于人与自然关系的思考中,它以意向性理论为依据,认为如果要恢复人的道德主体性地位,就必须回到生活世界中去看待自然。生态现象学不仅完善了整体论的生态自然观,而且在承认自然固有价值的前提下充分说明了人作为道德主体的合理性。作为一门新的生态哲学,生态现象学在自然观、价值论、方法论等方面已经不同于生态伦理学①,本章考察现象学如何成为生态批评的思想资源和哲学基础。

---

① 参见赵玲、王现伟:《生态现象学:生态哲学的新路向》,《东北大学学报(社会科学版)》2013 年第 3 期。

一、生态现象学概述

生态现象学是生态人文研究与现象学跨学科对话的产物,生态文化研究者一方面从现象学经典论著中发现了重新理解人与自然关系的可能性,对现象学经典进行基于生态文化思考的"绿色"阐释;另一方面将现象学方法有意识地运用到生态哲学、环境美学、生态伦理、生态批评等各具体研究领域中,推动生态人文研究由"浅"入"深",从形而上学和价值论维度探索有机体与世界的关系,致力于建构一种克服文化与自然二元对立、以普遍关联性为本体的生态哲学。生态思维与现象学交叉产生的生态现象学,既使生态人文研究获得了现象学的方法和哲学深度,又推动了传统现象学研究的生态转型,是当代最具理论潜力的生态人文思潮之一。

"生态现象学的最早文献出现在上个世纪 80 年代。首先是由美国哲学家伊瑞兹姆·考哈可(Erazim Kohak)在 1984 年发表《灰烬与星辰》一书作为标志,这本著作最早尝试把现象学方法引入到生态问题中来,并且通过悬置人们关于人工物的各种经验,引导人们回忆起曾被遗忘的关于自然的友好体验,并对此进行了描述和呈现。1985 年,奈尔·埃文德(Neil Evernden)又发表了《自然的异化》一书。埃文德明确地意识到,'环境危机本质上是一种文化危机,而不仅仅是技术危机'。因此,他在书中竭力追问在西方文化中是否存在某种'可以替代的声音',以消解和清除人类长期以来所造成的对自然的异化。这两本著作思考生态问题的方式,开启了生态现象学作为一门生态哲学的可能性。"①2003 年出版于美国的《生态现象学——回到地球本身》认为,"面向事实本身"的现象学方法与当代环境思想具有基本的趋同性,因为后者"坚信自然是有价值的,它值得或要求我们给予某种适当的对待,而这必须源于对自然的体验"②,而现象学

---

① 赵玲、王现伟:《国外生态现象学研究述评》,《科学技术哲学研究》2013 年第 2 期。

② Charles S.Brown and Ted Toadvine, "Eco-phenomenology:An Introduction", in *Eco-phenomenology: Back to the Earth Itself*, Charles S.Brown and Ted Toadvine(eds.), New York:State University of New York Press,2003,p.xi.

方法正有助于使被科学主义贫瘠化、只剩下实用价值的自然恢复其丰富的经验品质和意义维度,重新获得人的尊重,并成为人类文化世界的存在基础与意义来源。在这本论文集中,部分学者与胡塞尔、海德格尔对话,探寻能帮助我们进入"有价值的经验领域的现象学模式,而这些经验则有助于理解并证明具有生态友好性的理性概念和伦理行为的合理性"①;部分学者则将自然作为一个现象学探索的新领域,把现象学方法直接用于研究自然世界本身,"面向事情本身"被具体化为"面向自然本身"。

　　虽然生态研究从现象学中获益匪浅,但研究者们也意识到了传统现象学理论的局限,其中最关键的一个问题是,作为意向性建构之物的自然如何能与外在于人的真实自然统一起来。按照传统现象学的看法,世界是人类意向性存在活动建构的产物,但物质自然世界先于人类并且是人类生命的孕育者,这也是一个不容置疑的生态事实;作为主体意向性活动建构产物的世界是具有目的性的,但自然却时常以其偶然性和非理性令人感到惊异。如何从作为自然或世界之显像过渡到自然或世界实际之所是,是现象学终究要面对的问题。戴维·伍德(David Wood)的《什么是生态现象学》和U.梅勒的《生态现象学》两篇文章都思考了生态现象学突破传统现象学局限的可能性。伍德认为,现象学虽然在描述人与自然世界的关系方面发挥了至关重要的作用,但传统的意向性概念未能揭示人与世界接触的深层关系,生态现象学应该在现象学和自然主义、在目的性与偶然性之间的中间地带进行探索。伍德主张从时间的四重特性出发理解自然的存在方式,并讨论了生命如何以"边界"的方式构成世界,展示了现象学的意向性自然与真实自然整合的可能,伍德认为生态现象学应该最终应带领我们接触到一个既不同于自然科学也不同于传统形而上学的自然概念。U.梅勒发表于2003年的《生态现象学》一文认为生态现象学应该批判性地借鉴胡塞尔的先验现象学理论。对于生态现象学来说,胡塞尔理论的可借鉴性表现为"生活世界"概念唤起了对经验世界的重新重视,也表现为胡塞尔已经对精神的自然基础有

---

① Charles S.Brown and Ted Toadvine, "Eco-phenomenology: An Introduction", in *Eco-phenomenology: Back to the Earth Itself*, Charles S.Brown and Ted Toadvine(eds.), New York: State University of New York Press, 2003, p.xvi.

了隐约意识;其理论的局限性则表现为,自然在胡塞尔那里依然还只是一个"被动性和必然性的领域,与之相对的是作为自发能动性和自由领域的意识、精神和文化"①。从胡塞尔的理论出发可能会发展出一种依然带有人类中心论色彩的生态友善态度,但真正的生态哲学或生态现象学却应该以对自然的重新主体化为前提。总的来看,现象学为生态研究提供了重要的哲学立场和方法论,生态研究则为现象学提供了新材料和新视野,使之能借助生态科学和生态哲学的新成果进一步发掘各种存在者之间的生命联系。但就目前的发展状况来看,生态现象学还不是一个成熟的学科,生态思维与现象学之间的辩证交流如何深入运作还有待进一步探索。

除了哲学领域中发展起来的生态现象学之外,还出现了使用现象学方法的生态美学、生态批评、人文地理学、生态人类学、生态心理学、环境伦理学等诸多交叉学科。重视具体生活经验,从对直接经验的现象直观入手展开研究,关注人的存在活动与其居于其中的世界之间的互动关系,是这些生态人文研究共有的特点。这些研究所汇聚的潮流让人看到一个充满希望的未来世界:在这个世界里,自然与人文重新连通,对自然创造生命的惊异、敬畏与人的理性自信相匹配,已经脱离了自然生命基础的现代文明在自然这个更深广的生命母体中重获生机。

二、从现象学到生态现象学

现象学之所以能成为生态人文研究的重要理论来源,首先是因为它对二元论思维方式以及科学主义世界观的彻底批判。近代自然科学对待世界的基本方法是简单化和抽象化。从研究主体这方面来说,活在具体生活世界中的完整的人被简化成观察和反思世界的理性主体;从研究对象这方面来说,原本在具体生活情境中存活着的事物被抽象成物质能量层面上的运动形式。二元论思维方式和科学主义世界观作为现代人理解世界的主导模式,对今天的生态危机负有不

---

① ［德］U.梅勒:《生态现象学》,柯小刚译,《世界哲学》2004 年第 4 期。

可推卸的责任,因为正是对自然事物的意义剥夺使得对待自然的实用主义和功利主义态度变得合情合理,也使人以世界的中心自居的态度变得合情合理。现象学发端于对这种简化抽象过程的反动,并且尝试还原事物未被简化抽象之前的本来面貌。

现象学并不是一个具有统一理论主张的哲学流派,然而不同的现象学理论家却拥有一些基本共识。现象学的第一个重要理论主张就是"面向事情本身",即按照事物的本来面目如其所是地描绘它们。事物的本来面貌是它们在世界之中活生生地"存在"时的面貌,是它们在生活世界里被实际知觉到的面貌。比如正在劳作或感知着的人是存在着的,解剖学所用的人类躯体则不是;在具体情境中活动着的自然事物是存在着的,被放进实验室作为研究对象的自然事物则不是。面向事情本身,就是要回到真实的生活之流中去理解存在者。如果我们把"生态"理解为生命在场的真实样态,那么现象学无疑具有这种呈现事物真实存在面貌的生态潜力。现象学的另一个共同见解是,相信人和事物、人和世界的主客体关系发生之前,双方已经处在一种原初关联性中了,现象学的任务就是探索并揭示这种原初关联。正如梅洛-庞蒂所言:"现象学是这样一种哲学:在反思开始之前,世界总是已经作为一个未被异化的存在在那里了,它所有的努力都是在获取一种与世界直接而原始的接触上,并且给予这种接触一个哲学的地位。"①如果生态研究者们想要本体论层面上论证生命世界的内在关联性,那么现象学不失为一个最佳对话伙伴。生态现象学正是在现象学哲学与生态人文思考的结合中逐渐发展起来,其重要理论观点大致归纳如下。

首先,生态现象学认为人与世界的关系是现象学意义上的栖居关系,而不是二元论的对象关系。

"栖居"概念最初来自海德格尔,后来被多位生态人文学者借鉴,可谓现象学里最富生态魅力的概念。海德格尔说:"栖居乃是终有一死的人在大地上存在的方式。"栖居并不是指住居住在某地并在此展开一系列生存活动,在海德格尔看来,这只是栖居的表象,它的真正含义是在对存在有所领悟的基础上筹划、

① [法]莫里斯·梅洛-庞蒂:《知觉现象学》,姜志辉译,商务印书馆2001年版,第28页。

创造出一个能居住的意义空间。栖居意味着对"天、地、人、神"四重整体的领悟，其中，"天空"中的天体运动是昼夜与季节更替的原因，天空是阳光、雨水和空气的馈赠者，"大地"是一切有机物和无机物的承载者和保藏者，天空和大地共同构成了生命赖以存在的前提基础。经海德格尔现象学描述的天空和大地是出现在人的生存劳作中的天和地，不是仅作为纯粹自然事物的天和地，因为它们在为人提供物质生活资料的同时，也构成了存在意义的来源。在天地之间的劳作使人领会到，一切事物都按照天地运行的自然节律生长，所以人在培育那些能生长的事物时，就应当尊重并守护它们的本性；在创造那些不能生长的事物时，就应当使"天、地、人、神"四重整体聚集其中，这样的行为就是栖居。"栖居的基本特征就是保护"[①]，保护事物作为四重整体聚集者的本质，保护事物处于不违背其本质的自由之中。海德格尔的栖居理论展现了人与自然世界的意义联系，"栖居"意味着置身于一个有内在意义关系的空间中，并且栖居者自身就是这个意义空间的创造者和内在组成部分。

戴维·库珀认为，栖居理论应当替代当代生态运动中经常使用的环境概念。在他看来，"环境"这个概念虽然一直被主流科学频繁使用，但只是一个"二手生态学和道德主义的混合物"，"生态学意义上的环境是指作为能量交换、食物链和人口流动的领域，它距离现象学意义上的环境还很远。现象学意义上的环境是一个对生物有特殊意义的地方，是外在于科学领域的。而人人熟悉的这种环境观念其实正是环境主义者们所抱怨的科学主义的表征，这真是太具有讽刺意味了。绿色政治的真正主题应该是将环境定义为一个可以栖居的生活世界"。[②]环境与生命机体的关系是物理学或者生物学意义上的，栖居之所却处处带有栖居者的生命烙印，它不仅容纳栖居者，更是栖居者在空间中的生命延伸。对于栖居者而言，没有作为对象的环境，只有与自身一体化的世界。

英国学者英格尔德则在 1995 年发表的《建造、栖居、生活——动物与人如何以世界为家》一文中对"栖居"进行了带有现象学色彩的生态人类学解释，更加

---

① ［德］海德格尔：《海德格尔选集》（下），孙周兴选编，上海三联书店 1996 年版，第 1192 页。

② Greg Garrard, *The Oxford Handbook of Ecocriticism*, New York：Oxford University Press, 2014, p.278.

突出了栖居的生态含义。英格尔德认为,有机体的生存技能是适应环境的产物,它们反过来又会塑造环境使之更适合有机体的生存,从而将环境塑造为赖以栖居的家园。因此,有机体和环境之间并没有一个将其分开的严格边界,而是互相渗透、互相生成。海德格尔栖居理论中的天空和大地在英格尔德这里变成了更加广大的自然世界,海德格尔栖居理论中作为意义领悟者的人变成了"处于环境中的能动者",不仅以心灵而且以发展身体技能的方式领悟着环境中传递的信息,既顺应又以实践行动塑造着环境,在海德格尔那里仅属于人类的栖居成为动物与人共有的存在方式。"在'栖居视角'下,英格尔德意识到我们一直都是生物——人,生物与人可以是同一的"①,现象学由此向生态现象学迈出了坚定的一步。

其次,生态现象学尝试探索不同于科学描述的另类自然观。

从"生活世界"这个概念开始,胡塞尔和梅洛·庞蒂的哲学显示出一条通往自然本体论的道路。生活世界是一个"通过知觉实际地被给予的、被经验到并能被经验到的世界"②,是"在我们的具体的世界生活中不断作为实际的东西给予我们的世界"③,是我们沉浸其中的未曾被对象化观念化的世界。梅洛-庞蒂在此基础上进一步推进了自然本体论的研究,他"对自然存在的模式的阐明可以被简单地概括为:自然存在先于所有存在而存在,它被自身和所有事物所拥有;它作为一种本源的存在尚未跌入机械论的因果序列之下,在那里也不存在主体与对象之间破坏性的裂痕"④。现象学的本体论反思为生态研究者们看重,美国学者莱斯特·安布雷(Lester Embree)认为,环境现象学能够贡献一个新的自然概念,它与近几个世纪以来自然科学建构的那个有着微妙复杂结构的自然不同,它是"现象学家越来越多地称之为'生活世界的自然',这个自然是在感官感知中遇到的,因此先于一切思维的建构。作为从具体文化世界的剩余物中抽象出来的东西,这个感知到的自然是前数学化的空间性的、时间性的和因果性的,

---

① 白美妃:《超越自然与人文的一种努力——论英格尔德的"栖居视角"》,《青海民族大学学报》2017年第4期。

② [德]胡塞尔:《欧洲科学危机和先验现象学》,张庆熊译,上海译文出版社2005年版,第58页。

③ [德]胡塞尔:《欧洲科学危机和先验现象学》,张庆熊译,上海译文出版社2005年版,第61页。

④ 王亚娟:《通向自然之途》,时代华文书局2017年版,第178页。

它包括物理的东西,重要的或有机的东西。在这个自然中,事物——也就说人和非人类的动物——全都有精神生活"①。在莱斯特看来,生活世界的自然就是被我们直接经验的自然,其中包含着未经分析和抽象的各种生存事实以及对这些事实的体验,看似混沌,实则蕴含丰富。不过,生活世界化的自然并不是前现代浪漫主义风格的理想乐园或新原始主义的自然,生态现象学家们尝试通过严谨的理性分析展现它的面貌,如 U.梅勒所说,它"并非位于我们身后的某个在生态上清白无辜的失落了的天堂里,而是作为一个出自纯粹理性的人类自我形态和世界形态的完美性,位于我们之前的无限遥远的地方"②。

戴维·伍德把生态现象学理解为"在现象学与自然主义,目的性与偶然性之间发展出的中间立场",尝试提出一种"既不同于自然科学的概念化,也不同于传统形而上学的理解'自然'与'自然世界'的方式"③。他将自然放置在"时间的无形性""有限性的庆典""节奏的协调"以及"时间视野的中断和崩坏"这四个维度中。"时间的无形性"是将一切事物视为时间发展过程中的暂时节点,节点可见,其所由诞生的时间进程不可见,但是有必要将无形的时间进程引入到对可见事物的理解中;"有限性的庆典"是指虽然时间绵延无限,但是人和事物却只能处于有限之中,只能把握有限,但有限却是意义汇聚之处,所谓一沙一世界,人应当善于感知到有限事物中包含的丰富意义关联;"节奏的协调"是指一切自然事物都拥有契合自然的生命节奏;"时间视野的中断和崩坏"则是指发生在自然中的偶然、意外和断裂,它会使处于时间进程中的生命发生无可预测的终止和破碎,但这是一切事物都可能经受的命运,这四重时间维度是自然向我们现身的方式。在自然中,事物发展出自己的边界,与其他事物相区隔,同时又会在某些情境中敞开边界与其他事物融合,经过重塑边界,转化或创造出新的事物,这就是自然存在的面目。在伍德看来,生态现象学正是要展现这个在时间维度

① Lester Embree,"The Possibility of a Constitutive Phenomenology of the Environment", in *Eco-phenomenology:Back to the Earth Itself*,Charles S.Brown and Ted Toadvine(eds.),New York:State University of New York Press,2003,p.39.

② ［德］U.梅勒:《生态现象学》,柯小刚译,《世界哲学》2004 年第 4 期。

③ David Wood,"What Is Eco-phenomenology", in *Eco-phenomenology:Back to the Earth Itself*,Charles S.Brown and Ted Toadvine(eds.),New York:State University of New York Press,2003,p.231.

中处于持续的再生、转化和抵抗中的自然,这个在人类经历与正在经验的事情之间充满复杂关系的自然,"追寻那些人和其他生物都卷入其中的世界性的联系"①。

第三,生态现象学主张重视对事物、对世界的直接经验,因为只有在直接经验中事物才能如其本然地显现自身,直接经验构成了通向事物存在真理的道路。

许多现象学家都善于用看似本属于文学的话语方式去描绘自然事物,并以此作为通向真理的途径。比如海德格尔在《艺术作品的本源》中描绘的古希腊神庙和农鞋、《筑居思》里描绘的桥和黑森林里的农舍,诗意的语言揭示了一个渗透着意义的世界。梅洛-庞蒂的知觉现象学更是通过对身体知觉经验的精微描述发现了一个与身体同构的肉身化世界。列维纳斯以现象学为基础的他者伦理学则将对面容的直接经验视为伦理学的起点,为生态伦理探索提供了思想资源。

在列维纳斯看来,人际交往中的他人与我们总是先以"面容"相对,我们第一眼看到的就是对方的脸。面容是一种特殊的存在,因为我们无法彻底洞悉他人的面容,面容"总是超出我们的认识,总是让我们感到惊异"②。面容作为他人的直接在场提示着我的有限性,质疑我对世界的愉快的占有。"我们把这种由他人的出场所造成的对我的自发性的质疑,称为伦理。"③当我们意识到面容的拥有者是一个像我一样的自在主体,意识到它并不属于我,但是它和我一起分享世界时,我就会下意识地收敛自己的肆意而为,这正是伦理意识萌生之时。列维纳斯认为基于面容的他者意识是伦理的开端。"道德意识欢迎他人。那并不是使我的权能遭受失败——好像它是更强大的权能似的——而是对我的权能的素朴的权利、对我作为一个生物的沾沾自喜的自发性进行质疑,正是一种对我的权能的抵抗的启示。道德开始于自由感觉到自己充满任意和暴力之际,而非在其自己为自己辩护之际。对可理解者的寻求、知的批判性本质的显示,以及存在者

① David Wood, "What Is Eco-phenomenology", in *Eco-phenomenology*: *Back to the Earth Itself*, Charles S. Brown and Ted Toadvine(eds.), New York: State University of New York Press, 2003, p.213.

② 黄瑜:《他者的境遇》,中国社会科学出版社 2014 年版,第 142 页。

③ [法]列维纳斯:《总体与无限》,朱刚译,北京大学出版社 2016 年版,第 14 页。

向先于它的条件的事物的回溯——这些都一道开始。"①列维纳斯思考的伦理还不是指社会中的具体伦理规范,而是伦理意识得以可能的基础,是元伦理。望向他人面容的最初目光,注定了人要作为一个伦理主体与他人共存在世界上,而他人的面容向我提示的一个最基本的道德律令就是"汝勿杀"。

列维纳斯的理论为生态伦理思考打开了一个新思路。如果对他人面容的注视里包含着伦理冲动的最初来源,那么动物有面容吗? 甚至石头、森林、河流这些自然事物有面容吗? 从望向它们面容的直接经验中能产生对于自然事物的伦理冲动吗? 目前生态伦理的路径多半是从"是"推导出"应该",从生态哲学或生态科学提出的生态规律推导到我们应该主动遵循这些规律,却很少思考人类的生命是否具有天然的生态伦理冲动,就像我们先天地拥有对他人的伦理冲动那样。列维纳斯本人对于动物是否拥有面容这个问题的回答含混不清,但是这一理论却引发了生态人文研究者们的兴趣。

克里斯蒂安·迪厄姆(Christian Diehm)在《自然灾害》中询问,显示在人类脸上的痛苦和死亡经历是否可以在人类以外的面容上找到。他认为,每一个事物的躯体都意味着一个我无法占据的意识中心,都体现着赤裸肉身的脆弱特征,因此,每一个拥有躯体的事物都是一个他者,道德应当推及人类之外更广的生命世界。爱德华·S.凯西(Edward S.Casey)在《投向环境的一瞥目光:对一个充满希望的话题的初步思考》一文中,也思考了非人类世界中是否存在"面容"的问题。凯西认为,人们在出现错误的环境中会受到触动,环境伦理就开始于这种纯粹而简单的触动。伦理反应在投向事物的第一瞥目光中就发生了,然后才有随之而来的伦理反思、判断和行动。自然事物的面容就是它们的生命属性作为可见形式的呈现,通过其生命属性的呈现是否充分可以判断事物是否处于健康自在的状态。比如被拦腰截断的树木,被挖开的山体和裸露的岩石,这些面容显示的是事物的生命属性因遭到破坏而无法充分展现的状态,我们也会从中直观地感受到事物的痛苦和脆弱,进而产生保护它们的伦理意识。当然,自然事物是否拥有面容还是一个令人疑虑重重的问题,从伦理冲动转化到具体可行的伦理规

① [法]列维纳斯:《总体与无限》,朱刚译,北京大学出版社 2016 年版,第 60—61 页。

范也要经历许多环节,但从基于直接生命体验的元伦理角度思考人与自然的关系却不失为一条富有启发性的道路。

三、现象学与生态美学

美学在古希腊语里的本义是"感性学",即研究人的感性经验的学科,自从18世纪以来,艺术哲学渐渐成为美学研究的核心,但生态美学的重心却在于研究人对日常生活环境的知觉经验。在北美,专门研究人对环境的审美感知的学科叫环境美学;在欧洲,德国美学家格诺特·波默(Gernot Böhme)提出了研究环境质量与人的处境感受之间关系的新美学——"以生态学方式进入美学问题"①的气氛美学。无论环境美学还是气氛美学都重视"对环境进行感知的身体",传统美学研究却常常把身体和环境当成两种分离的事物,或者脱离环境单独讨论人的审美感知经验,仿佛审美是人的独特精神能力;或者脱离审美主体单独谈论自然或环境的美学价值,仿佛美是自然事物的存在属性。波默说:"通过环境问题,我们以一种新的方式遭遇了我们的身体性。我们必须承认,我们生活在自然中,与自然一起生活,可以说我们完全生活在自然媒介中。这个经验使我们突然明白,并非人才唯独或主要是理性生物,人乃是身体性的生物。环境问题因而主要是一个人与他自身的关系问题。任务在于,要把我们自己所是的自然即人的身体整合到我们的自我意识中来。"②现象学对生态美学的重要贡献之一就在于它从哲学层面上解释处于环境之中的身体如何感知,由此打开了一条通向生态美学的道路。

关于身体感知研究方面的理论贡献主要来自法国哲学家梅洛-庞蒂。梅洛-庞蒂认为能对世界进行知觉的身体已经是被世界构成之物,投向世界的目光并非空虚,而是从一个不可见的知觉场域出发。比如能使我们能感知到一个"红色杯子"的原因,用科学理论来解释是作为光波的红色对视网膜的刺激,但

---

① [德]格诺特·波默:《气氛美学》,贾红雨译,中国社会科学出版社2018年版,第10页。
② [德]格诺特·波默:《气氛美学》,贾红雨译,中国社会科学出版社2018年版,第10页。

光波的刺激其实只是一个触发或启动机制,被触发的是身体存在于世界之中的全部经验。比如,对各种红色事物乃至有一切有颜色事物的既有感知,对杯子作为一种器具的理解乃至对一切物品的意义认知,对杯子质地的触觉以及对各种事物的质地感知等,所有这些经验共同构成身体所携带的不可见知觉场域,从而使我们能辨认出眼前的是一个红色杯子。"在可见的和可感的之内,设置一个看和感觉不占据的领域,而看和感觉正是从这个领域出发,根据其意义和本质而成为可理解的,理解他们就是悬置它们。"①感知中的身体就像是人与周围事物的一个联结点,一个人与世界相遇的通道。我们不是在对世界进行感知,而是在世界之中感知,是作为世界的一部分进行感知。

　　梅洛-庞蒂继而解释了为何处于世界之中的身体能够感知。身体能感知的原因是,它既是"能见者",也就是能够主动将目光投向事物的主体;又是"可见者",也就是和诸多事物一样可以被看见的物体,身体与事物的"同质性"保证了感知顺利进行。梅洛-庞蒂说:"可见的能填充我,能吸引我,只是因为看它的我不是从虚无的深处看它的,而是在它本身之中看它的,因为看着的我本身也是可见的;产生各种声音、各种感觉组织、现时和世界的重量、厚度、质地的,正在于把握这些东西的人感到自己是通过某种与这些东西完全同质的缠绕和重复而从它们那里涌现出来的;他感到自己就是回到自身的可感的东西,反过来说,可感的东西在他眼里可能好像是其副本或其肉体的延伸……事物的可靠性不是精神所俯看的纯客体的可靠性,由于我在事物之中,事物是通过有感觉之物的我而得以传播的,所以我是在内部经验它们的可靠性的。"②人向来被视为理性主体,梅洛-庞蒂却告诉我们,人首先是以与事物同质化的方式存在于世界之中,以此为基础才能感知和思考,相较于理性主体,具有物性的身体才是生命存在的基本事实。

　　然而身体是一种特殊事物,因为身体感知具有可逆性,它感知世界的同时也在感知自身。比如当手触摸一个柔软的物体时,柔软仿佛是从手中发出的某种

---

① ［法］梅洛-庞蒂:《可见的与不可见的》,罗国祥译,商务印书馆 2008 年版,第 50 页。
② ［法］梅洛-庞蒂:《可见的与不可见的》,罗国祥译,商务印书馆 2008 年版,第 141—142 页。

性质;当我们听见事物发出的声音,声音似乎存在于在我们的耳朵里面。身体的可逆性正如一个介于人与世界之间可融化的柔软边缘,事物渗透这个边缘与身体发生混淆,以至于在感知中无法区分出哪些是属于身体的,哪些是属于事物的。这样,与事物同质化的身体翻转成与身体同质化的世界,梅洛-庞蒂称之为"肉身化的世界"或"世界的肉身"。"从根本上说,整个世界都是类似于身体的东西,世界就是肉……它是物性和灵性,主动和被动的结合"①。"肉身"其实不是什么神秘的特殊物质,就是对呈现在身体感知意向中的世界的现象学描述,是世界在我们活生生的知觉经验中存在的方式。科学对这种方式一无所知,但"肉身化的世界"却是审美活动中常常发生的经验。当华兹华斯在群山中聆听万物的诉说时,当塞尚提到画家安德烈行走在树木中间仿佛感受到树木对自己的注视时,一个有灵性的肉身化世界就在审美经验中现身了。

美国学者阿诺德·伯林特的环境美学被布朗(Charles S.Brown)和特德温(Ted Toadvine)纳入了生态现象学书目,伯林特本人也将自己的方法描述为一种激进的现象学,主要是因为伯林特主张从作为意向性活动的身体知觉角度去理解环境。在他看来,"环境产生自一种双向的交换,一方是作为感知的来源和产生者的我自身,另一方是我们感觉和行动的物理和社会的条件。当两者相互融合,我们才能够谈论环境。环境不是感知者的建构或者一个场所的地理特征,甚至也不是这些因素的综合。它是在积极的体验中形成的整体"②。伯林特对客观环境论的超越正是现象学方法的表现。

伯林特的环境美学理论挑战了初始于18世纪,至今仍然颇有影响的如画式自然美学观。如画式自然美学观以符合视觉中心主义审美原则的形式美去衡量自然之美,自然被当成摆在人面前、主要是作为视觉形式的对象。伯林特却认为人们对环境的审美体验是多感官联觉参与,"环境中审美参与的核心是感知力的持续在场。艺术中通常由一到两种感觉主导,并借助想象力让其他感觉参与进来,环境体验则不同,它调动了所有感知器官,不光要看、听、嗅和触,而且用手

① 杨大春:《感性的诗学》,人民出版社2005年版,第231页。
② [美]阿诺德·伯林特:《环境美学》,张敏、周雨译,湖南科学技术出版社2006年版,第119页。

脚去感受他们,在呼吸中品尝他们,甚至改变姿态与平衡身体去适应地势的起伏和土质的变化。……这种意识超出了简单的合并意义,而成为知觉的持续生成与一体化,这才是真正的联结,是感觉样式的全面统一。"①环境体验是动态身体多种感觉的综合统一,人不会像摄影机一样静止地停留在某个地方机械记录映入眼帘的风景。处于环境之中的人呼吸着、行走着,并且随时变换身体位置、变换注意力投射方向和观看视角,环境正是在这种动态综合体验中呈现为整体,离开了主体的意向性,身体活动就不能恰当地理解环境。环境美学向我们描述了一个与人的身体化生存同一的环境,而不是一个仅供身体展开活动的场地。恰当理解环境的方法只有一种,不是保持距离地静观,而是全身心投入其中的体验。伯林特主张通过结合敏锐观察和动人语言的描述美学,聚焦并记录审美体验发生过程中的每一个具体细节,以帮助人们加深对环境体验作为正在"进行中"或正在"经历中"的审美体验的理解,而"在描述的技巧中,现象学的方法是获得一个直接描述的有力工具"②。

伯林特所理解的环境是自然与文化的连续整体,并不专指自然,因为环境体验始终是身体知觉与意义感知的混合物,无法区分其中哪些部分是自然的,哪些是文化的。除了描述置身于自然之中的审美感受,伯林特也对城市环境展开批评。在他看来,一种积极的城市环境美学设计应当有助于满足人的多种体验需求,比如一个理想的城市应该包括能看到日出或日落的地平线,因为"视野尚未被阻隔的日出或日落过程是迄今为止最为壮观的一种光线展示";还应该包括教堂,因为"教堂不仅包含了各种艺术形式,而且激发我们所有感官的参与,成为一种既是物理意义上的又是社会意义上的环境";此外还要有帆船和马戏团,因为"帆船是一种功能与形式完美结合的人造物,在这种感官的和功利的特征必须充分结合的环境中,它要求体验者的全部的身体投入",马戏团则"用一种声音、景象和运动交织成的环境围绕我们,让我们处于充满魔力、怪诞和危险的梦幻世界中"③。总之,适宜人居的理想环境是一种能使人充分参与其中,体验

① [美]阿诺德·伯林特:《环境美学》,张敏、周雨译,湖南科学技术出版社2006年版,第28页。
② [美]阿诺德·伯林特:《环境美学》,张敏、周雨译,湖南科学技术出版社2006年版,第121页。
③ [美]阿诺德·伯林特:《环境美学》,张敏、周雨译,湖南科学技术出版社2006年版,第55页。

到自然与文化交融魅力的环境。

波默的气氛美学同样关注日常生活中的感知经验,但他把研究重心放在对"气氛"的美学本体论思考中。"气氛"这个概念在 20 世纪 60 年代被施密茨(Hermann Schmitz)引入新现象学领域,继而由波默发展为一个美学范畴,成为气氛美学,即关于当下在场的人、对象和环境的知觉经验的美学的基础。气氛是对人与事物在当下空间中共同在场的知觉经验的描述,也是人们在日常生活中感知环境的基本方式。在生活里,我们总是首先直觉性地体验到一处情境所具有的气氛,再看到沾染了某种气氛的事物,气氛可谓是理解环境知觉的一个核心概念。波默认为气氛既非主观、亦非客观的性质必须在现象学意义上才能理解,它使我们重新思考物的存在方式以及人与物的关系。

气氛突出了人和事物的空间性在场。虽然感知总是在空间中发生,但空间本身却容易被人忽视,因为人们往往将空间视为被知觉穿越的虚空,气氛却恰恰是那似乎充斥着空间的,或者说,气氛使空间显现。波默认为,气氛属于物,但又不是物的某种物质属性,它是物的"迷狂式"在场,也就是物以一种自我表达的动态方式在场,就像人时刻都通过言行举止向其周围的人传递自己的存在气息一样。物的迷狂式在场,是指物的颜色、形状、声音、温度等物理属性以搅动空间的方式存在着,比如声音使原本平静的空间发生了震动,线条使看似静止的空间产生了动感,颜色使空间具有了深度,温度则使空间膨胀或收缩。气氛是从物那里发散出去的东西,它影响处于同一个空间中的人或者其他事物,当对方对该空间的那种微妙变化有所察觉时,就产生了气氛感知。

身体在气氛感知中并非处于被动,波默提出了"自然美学中的面相学",以说明身体总是以其自身存在于世的独特方式知觉到气氛。自然事物往往会散发着某种类似人类气质的特殊情调,比如一些山让人感到威严和敬畏,而另一些山却让人感到柔美和亲切,自然事物使其所在的空间充溢着某种气氛。自然事物的气氛不是人的主观情感的投射所致,而与身体的知觉方式有关,像梅洛-庞蒂论述的那样,身体投向世界的每一瞥目光都被其背后蕴含丰富但又不可见的知觉场域充实着,身体知觉是带有意义直观能力的感性知觉,它能从被知觉事物的丰富信息中迅速地捕捉到对它而言有意义感的部分并将其加以综合。如波默所说:"面相学的世界观,人们可能会说,在某个对象所具有的各种特征和结构中,把那些在情感上具有重要意义的特征和结构凸显出来了。"①身体能辨认出自己和他人的"面相",同样也能辨认出事物的"面相"。以迷狂方式在场的事物在身体的面相学知觉方式中仿佛是散发着独特气质的类人主体,具有情感化的存在深度。可见,气氛一方面与事物有关,但它不只属于事物,它是事物从自身之中的走出,是事物延伸到空间中的触角;气氛另一方面与感知者有关,但它不是感知者的情绪投射或物理刺激激发的生理感觉,而是感知者投身于被事物浸染的空间中之后的主动回应。当共同在场时,事物与感知者都从自身中向外迈出了一步,他们在空间中相遇并发生共鸣,从而产生了气氛。

气氛也提示着一种新自然美学的可能性。波默认为:"如今,我们是通过气氛性的现象,如风、天气和季节,范例性地经验自然的。"②气氛美学直接推动了天气美学的诞生。奥地利学者玛德琳娜·迪亚科努(Madalina Diaconu)主张建立以天气为审美对象的"天气美学"③,它以现象学为基础,同时又强调结合气象科学的相关知识,通过对天气的审美关注唤起人的生态敏感和生态责任意识,天气美学目前还处于草创阶段。相对而言,英格尔德(Tim Ingold)的天气理论更具有生态哲学意味。他将天气理解为"在表面、物质和中介之间的联系"④,比如阳光、风、雨雪,这些天气现象是使自然界处于持续不断的物质交换和能量转化过程中的推动力,万物都是这一生命运动中的阶段性成果。从生态哲学的角度看,世界是一个巨大的生命体,"天—气"就是贯穿于这个生命体中的气息流动,"天地氤氲,万物化醇",天气使世界世界化。天气也构成着我们的身体知觉,"作为一种充满我们意识的光、声和感觉的体验,天气与其说是一种感知对象,不如说是我们在其中感知的对象,它保证了我们看到、听到和触摸的能力。随着天气的

---

① 〔德〕格诺特·波默:《气氛美学》,贾红雨译,中国社会科学出版社 2018 年版,第 196 页。
② 〔德〕格诺特·波默:《气氛美学》,贾红雨译,中国社会科学出版社 2018 年版,第 72 页。
③ Madalina Diaconu, *Between Sky and Earth:Toward an Eco-aesthetics of the Atmosphere*,载山东大学文艺美学研究中心编:《〈对话与理解:生态美学话语研究〉国际研讨会论文集(一)》,2019 年,第 19—33 页。
④ Tim Ingold, *Being Alive:Essays on Movement, Knowledge and Description*, London:Routledge, 2011, p.120.

变化,这些能力也会发生变化,导致我们不是感知不同的事物,而是以不同的方式感知同样的事物"①。我们看雨、听风、感受阳光,但同时我们也是在雨中看、在风中听、在阳光中感受,在不同的天气中感受着世界的不同面貌,人与天气构成了一个美学意义上的生存共同体。对英格尔德来说,天气不是对象性的景观,而是构成景观、构成世界、也是构成我们身体感受力的基本元素,类似于巴士拉所说的"水、火、土、空气"四大元素。天气美学展示了现象学与生态美学进一步结合发展的更大空间。

四、现象学与生态批评

对于现象学来说,任何二元论关系都不是原初性的,关联性总是先于二元性,探寻看似分离的二元事物之间的先在关联,成为现象学的一个基本冲动,现象学生态批评也是从关联性的角度来思考文学作品中人与自然事物的关系。不过,现象学对关联性的思考总是从主体存在的角度展开,无论胡塞尔聚焦的意识活动,还是海德格尔探究的存在或梅洛-庞蒂关注的身体知觉,都从一种属于主体的内在视角思考主体与对象的关系,这也使得现象学生态批评更多关注作品中人与自然事物在精神、意识和身体经验层面的交融共生关系,这是现象学生态批评的第一个主要特点。

劳伦斯·布伊尔认为在兴盛于 20 世纪 90 年代的生态批评的第一次浪潮中,"其中一条更具人文色彩的路径包括一系列形形色色的后海德格尔现象学理论,它们常被笼统地归在挪威哲学家阿恩·奈斯(Arne Naess)所称的'深层生态学'的麾下。根据这一理路的看法,人类和人的意识与非人类的生活世界具有亲密的互相依赖关系。两个顺手可得的明显例子是斯坦福大学比较学家罗伯特·哈里森(Robert P. Harrison)和英国浪漫主义学者乔纳森·巴特(Jonathan Bate),前者 1993 年的著作《森林:文明的阴影》(*Forests: The Shadows of Civiliza-*

---

① Tim Ingold, *Being Alive: Essays on Movement, Knowledge and Description*, London: Routledge, 2011, p.130.

tion)尤为重要,而后者1991年出版的《浪漫主义生态学》(*Romantic Ecology*)则开启了英国的生态批评,其《地球之歌》(*The Song of the Earth*,2000)更将海德格尔式生态批评提升到了迄今最高点"①。

《森林:文明的阴影》沿着历史的脉络(从古代经过中世纪和文艺复兴直到近代)探索了森林在西方人的文化想象中所扮演的角色。与追求清晰、理性和秩序的理性主义人类文明相比,西方文化想象中的自然"既是亵渎宗教的场所,又是神圣的所在;既被认为是无法无天的地方,也为那些从事司法事业和打击法律腐败的人提供了庇护所。既在人们心中唤起危险和放纵的联想,同时也使人联想到各种迷人的场景。总之,在西方的宗教、神话和文学中,森林似乎是一个区分逻辑误入歧途的地方。我们的各种主观范畴在那里被混淆,我们的感知印象在那里变得纷杂混乱,时间和意识的潜在维度在那里被揭示出来。"②哈里森认为在西方的历史文化中,森林代表着诗人记忆的关联,一旦那些古老森林的丧失和被人遗忘,诗人也终将会被遗忘。

乔纳森·贝特(Jonathan Bate)推动了以现象学为基本立场的生态诗学的发展。以科学为导向的实用生态批评容易将社会文化问题归结到生物进化的自然史层面,表现出自然决定论的倾向。使用女权主义等理论的生态批评则具有较强的社会历史意识和实践品格,这些理论尝试为生态危机提出实践性变革方案,但容易将文学视为推进社会变革的语言阵地,忽视文学作为一个独立诗学话语系统的独特规律。在贝特看来,"如果把文学批评当作一个能够阐明更好的环境管理实践方案的场所,无疑是堂吉诃德式的想法。这就是为什么生态诗学不应该从一系列关于特定环境问题的假设或建议开始的原因,生态诗学应当是一种反思与地球共处可能意味着什么的方式。生态诗学必须关注意识"③。自然科学教我们从基因、粒子、元素、有机体组成的自然生命进程去理解世界,人文学科则教我们理解存在的价值与事物的意义,然而,"人文学科教导我们尊重人类

---

① 〔美〕劳伦斯·布伊尔:《生态批评:晚近趋势面面观》,孙绍谊译,《电影艺术》2013年第1期。

② Robert P.Harrison, *Forests:The Shadows of Civilization*, preface, Chicago:The University of Chicago, 1992,p.x.

③ Jonathan Bate, *The Song of the Earth*, London:Pan MacMillan 2001,p.266.

的价值观这一点却很少被扩展到科学考察和技术改造的物质世界,启蒙运动在道德和政治科学中有关于权利的论述,也有关于自然的论述,但是却很少有关自然权利的论述,浪漫主义者虽然经常宣称这些权利,但在技术的统治下,它的呐喊只有在(逐渐减少的)荒野中才被听到"①。所以生态诗学应当以它特有的方式让人们感受到物质与精神、事实与价值、人与自然相交融的关系。

在英国生态批评的奠基性作品《浪漫主义生态学》中,乔纳森·贝特将华兹华斯以《序曲》为代表的浪漫主义文学书写视为人与自然世界相关联的特殊方式,而不是文学想象或者意识形态的投影。保尔·利科尔把语言理解为人与世界建立联系的存在活动,比如历史书写、地理著作、游记甚至科学报告看似都是在陈述事实,实则意味着书写者以历史的眼光理解世界,以及旅行者在世界上的穿行,以及考察、测量事物的活动。每一种类型的文字书写都是对某个生存事态的记录,向我们展现在这种生存方式下可能体验到的世界。受保尔·利科尔的启发,贝特认为诗歌正是对人存在于世的方式的表达。在《序曲》中,群山独立自在地存在着,诗人总是能凭自己所经历的生活事件中的某种情绪基调迅速抓住隐含在自然全体中的内在精神,诗人就居住在自然事物的神秘显现中。《序曲》并非仅仅是在表达一种万物有灵的世界观,而是向读者呈现诗人与自然事物以参与性感知觉为基础的存在关联。通过阅读和感受展现在诗歌中的独特存在方式和存在经验,读者得以"开始想象以一种不同的方式生存在地球上会是怎样的"②。

美国生态批评家西格杰(Leonard M.Scigaj)在其专著《持续的诗篇:四位美国生态诗人》(Sustainable Poetry:Four American Ecopoets)中也主张应该用现象学来定义生态诗学。西格杰区分了"环境诗学"与"生态诗学"两个概念,认为前者虽然关注环境问题并主张尊重环境,但是它并没有理解自然是一个具有内在联系的循环反馈系统。生态诗学的理论构建以海德格尔和梅洛-庞蒂的理论为基础,从海德格尔出发,生态诗学可以以个人的存在为基础,从个体与事物的存在

---

① Jonathan Bate,*The Song of the Earth*,London:Pan MacMillan,2001,p.244.
② Jonathan Bate,*The Song of the Earth*,London:Pan MacMillan,2001,p.250.

关系出发去思考环境问题;从梅洛-庞蒂出发,生态诗学则可以站在身体本体论的立场上,将身体体验作为理解世界之内在关系的统摄视角。只有以主体性为基础深入到存在的内部,才能真正理解构成生命世界的各种复杂关联。

现象学生态批评的第二个特点是它认同文学语言本体论,认为应该通过分析诗歌语言的独特表现形式来理解其中的人与自然关系问题,不能掠过语言层面直接去解读作品的思想主题。贝特批评"环境保护主义者们对自然的爱常常使他们遗忘'自然'是一个词,而不是某个东西"①,现象学语言观则提供了一种弥合文学"再现"(representation)与事物的真实"在场"(presence)、艺术作品与现实世界之间裂痕的方式,使文学批评连通起作品与世界。

生态诗学批评从海德格尔的语言观中汲取了丰富的思想资源。在《诗人何为》中,海德格尔提出了"语言是存在的家"这一命题,主张语言不是表达既成观念或事物的工具,而是将事物带入存在的方式。如果没有语言最原初的道说,事物就处于晦暗之中,无法现身于人们生存的世界。语言,尤其是诗的语言,就是要让事物和世界进入澄明之中的道路。贝特在他的另外一本重要著作《地球之歌》中,对海德格尔关于栖居、语言和诗的理论进行了生态诗学阐发,并将语言称为"大地之歌"。他说:"如果'世界'如利科尔所说,是一个通过无限的写作空间投射出来的各种可能的经验和想象,那么我们的世界、我们的家,就不是大地而是语言。如果写作是与当下处境分离的地方,那么生态归属的条件又从何谈起呢? 海德格尔用另一半的悖论来回答:有一种特殊的写作,叫作诗,它有着独特的话语能力,诗是大地之歌。"②诗的语言是在聆听之后的道说,"海德格尔让我们设想诗歌就像黑森林里的农舍:它将人、神、地和天的四重元素整一地聚集在一个静止的地方。它主宰着我们居住的房子。通过我们,它使我们关心事物。它凌驾于二元论和唯心主义之上;它使我们有立足之地;使我们栖居"③。在海德格尔的描述里,农舍是一个因循自然的建筑,修筑农舍的人依据他对人与天地关系的理解创造出能够居住的空间;如果说语言是筑造起我们生存世界的材料,

---

① Jonathan Bate, *The Song of the Earth*, London:Pan MacMillan,2001,p.248.

② Jonathan Bate, *The Song of the Earth*, London:Pan MacMillan,2001,p.251.

③ Jonathan Bate, *The Song of the Earth*, London:Pan MacMillan,2001,p.262.

那么它就应该是那些始终聆听自然道说的语言,即诗的语言。贝特认为海德格尔后期的诗学理论植根于德国浪漫主义和后浪漫主义传统,并将之命名为"高度浪漫主义诗学的后现象学转变"①。德国的浪漫主义文学传统又与英国的浪漫主义诗歌写作相接续,共同筑造起以语言为材料的栖居之地,通过能够展现事物丰满存在意义的诗意言说,使读者领悟到在大地上栖居的真正含义。对海德格尔来说,能聆听自然道说的诗的语言是荷尔德林、里尔克的语言;对贝特来说,它们也是华兹华斯或者策兰的语言。生态批评的任务正是通过分析文学使用语言的独特方式让人领会栖居的真正含义。

值得一提的是,现象学生态批评在欧美生态批评中似乎并不占据主流,现象学生态批评看重主体的存在经验,却较少谈及主体的社会文化身份,这与具有强烈实践品格和社会参与意识的生态批评主流互为歧路,并且由于海德格尔的纳粹污点以及理论家们对深生态哲学神秘主义、整体主义倾向的抵触,"这一理路因'政治'和'哲学'的双重原因而逐渐式微"②。但在贝特看来,现象学生态批评其实并非与生态政治全然分开,它只是不赞成将诗学问题与社会政治和历史问题混为一谈。如果一定要从海德格尔《筑居思》中看到重视土地、民族和血统的法西斯主义倾向,一定要追问海德格尔谈及居住在黑森林木屋中的德国农民时,犹太人、吉卜赛人这些无家可归的人群该怎么办? 就等于让诗学话语承担一个它自身根本无力解决的问题。贝特更欣赏犹太诗人策兰的诗歌中更为包容的生命意识,以策兰的诗歌《特德堡》(Todtnauberg)为例,贝特认为诗歌里体现出基于生态学立场的生命包容态度,犹太人所遭遇的痛苦并没有阻碍诗人邀请我们去体验"山金车、眼球草、兰花",当它们出现在诗歌中,提供了一种比人类的有限历史命运更深广的视角,因此能够给个体生命带来支撑与希望的力量。海德格尔让我们看到了德国的黑森林和能在那里栖居的农民,策兰却让我们看到了与万物共同栖居在地球上的人类,对生命的理解超越了种族、物种的限定。相比之下,海德格尔似乎是狭隘的,但是相信事物和世界能在诗的语言中不被遮蔽

---

① Jonathan Bate, *The Song of the Earth*, London: Pan MacMillan, 2001, p.262.
② [美]劳伦斯·布伊尔:《生态批评:晚近趋势面面观》,孙绍谊译,《电影艺术》2013年第1期。

地显现,海德格尔的这一诗学理论却显然已经在策兰的诗歌创作中产生了回响。

西格杰则将现象学生态诗学的主张与对后现代语言观的批判性反思结合起来。劳伦斯·布伊尔在 20 世纪 90 年代关于生态批评的讨论中就曾经提出过对后结构主义语言观的批判,他认为这些语言观主张的能指与所指的断裂,以及能指只能在由延异关系所造就的能指符号网络中滑动的观点,将人类局限在一个与世界隔绝的语言密封系统中,这就意味着文学无法与真实的自然世界发生关联,文学作品中所指称的自然事物只能被理解为人类意识形态和文化观念的象征之物。西格杰一方面认同布伊尔的批评,认为在生态诗歌中的语言应该具有指涉真实自然事物的力量,能够使读者通过阅读重新体会到人与真实自然事物的生命关联;但是另一方面,他也认为在经过后现代语言观的洗礼之后,生态诗歌的语言应该与那些已经被陈腐的消费主义意识形态和资本话语侵害并变成陈词滥调的语言有所区别,能够重新指涉真实自然事物的语言既应当对语言边界保持足够敏感,又能通过语言形式的自觉创新使读者打破常规思维方式,"顿悟"自然之在。

在西格杰看来,美国当代美国生态诗人加里·斯奈德(Gary Snyder)、默温(W.S.Merwin)、温德尔·贝瑞等人的创作就具有这样的力量。比如加里·斯奈德的诗歌则最终是为了让我们看到语言之外的东西,"在《白色黏土》(White Sticky)这首诗中,土语绰号比拉丁物种分类名在指涉实际事物时更能充分表达事物的内涵。在诗歌《老池塘》(Old Pond)中使用的语言仅仅是为了引导读者看到他真正冲入其中的那被指涉的池塘。而诗歌《粉刷北圣胡安学校》(Painting the North San Juan School)批判了小学课本中自我参照的语言所宣扬的美国文化假设是多么扭曲和破坏环境,在一个'摇摇欲坠'的文化中,粉刷实体大厦的实际劳动对于维持教育更为重要"①。在默温的诗歌中,自然事物常常在丧失了名字并且没有时间的静止和沉默中显现出它们的本体性存在,语言的自我反思性在指涉事物时由于受到阻碍和腐蚀而被解构,诗歌"在敬畏和辉煌

① Leonard M.Scigaj, "Contemporary Ecological and Environmental Poetry Différance or Référance?", *ISLE:Interdisciplinary Studies in Literature and Environment*,Volume 3,Issue 2,Fall 1996,pp.1-25.

中显露出诗人初入伊甸园般的、原始视觉经验的第一瞬间所珍视的自然之美,正如在诗歌《第一年》(雨在树上,5)中所显示的那样"①。

总之,深入主体的存在视角探索人与自然的关系,关注文学语言的独特使用方式在揭示人与自然关系中所起的作用,超越后现代语言观重新强调诗与真实自然事物的指涉关系构成了现象学文学批评的主要特点。

五、中国的现象学生态美学

对胡塞尔、海德格尔、梅洛-庞蒂等现象学思想家的理论进行生态阐释,也是国内生态人文研究的一个重要组成部分。曾繁仁教授提出了以现象学为哲学基础的生态存在论美学,他认为:"当代现象学的产生与发展是为了克服现代工业革命过程中唯科技主义以及人与自然二分对立的二元论哲学观,因此整个现象学哲学都具有浓郁的生态内涵,均可称为生态现象学……生态现象学反映了当代哲学的发展方向,是一种生态文明时代的主导型哲学。从其发展来看,胡塞尔现象学是一种早期的生态现象学,到海德格尔已经是成熟形态的生态现象学,梅洛-庞蒂的身体现象学是生态现象学的新发展。生态现象学是生态存在论美学的基本方法与根本途径,胡塞尔、海德格尔与梅洛-庞蒂等也使生态存在论美学逐步深化。"②生态存在论美学不同于环境美学,它从思考人与自然环境的关系出发但不限于此。"它以人与自然的生态审美关系为出发点……以实现人的审美的生存、诗意地栖居为指归。"③"实际上是一种在新时代经济与文化背景下产生的有关人类的崭新的存在观念,是一种人与自然、社会达到动态平衡、和谐一致的处于生态审美状态的存在观念,是一种新时代的理想的审美的人生,一种'绿色的人生'。"④对于生态存在论美学来说,"生态"已经不仅仅是指生物有机体与其周围环境的关系,而是对人生存在世界上这一包含着诸多关系的事态的

① Leonard M.Scigaj,"Contemporary Ecological and Environmental Poetry Différance or Référance?",*ISLE:Interdisciplinary Studies in Literature and Environment*,Volume 3,Issue 2,Fall 1996,pp.1-25.
② 曾繁仁:《再论作为生态美学基本哲学立场的生态现象学》,《求是学刊》2014年第5期。
③ 曾繁仁:《生态存在论美学论稿》,吉林人民出版社2009年版,第137页。
④ 曾繁仁:《生态存在论美学论稿》,吉林人民出版社2009年版,第127页。

整体描述。除了作为生命机体的人与物质环境的关系之外,还有人的身心关系、自我与他者的关系、自然与文化的关系等多重关系,存在论意义上生命关联的复杂多元样态就是"生态"。生态存在论美学的特点首先是"以人为本",因为只有人在与他者(包括他人和他物)打交道的过程中才能理解"联系"的意涵。生态存在论美学的"以人为本"并不意味着它不关注自然问题,而是要把自然问题放在人的存在视域中来思考。自然事物不只是供人认知和使用的外部对象,更是人的存在世界的参与塑造者。"先在"的自然不仅塑造着生存的物质环境,还塑造着身体感知世界的模式,塑造着我们的伦理身份和伦理意识,自然是物质世界和意义世界的双重基础。生态存在论美学与国外诸多生态现象学研究者们的追求一致,都是尝试去理解渗透在存在中的自然,发现涂抹在存在上的"绿色"底色。

国内生态美学研究对现象学方法的借鉴并非对西方理论的生硬挪用,因为在中国文化传统自身之内原本就蕴含着一种"类现象学"气质。生态存在论美学可以说是中国文化在当代问题和西方理论的激发下和对话中,以对中国传统文化的再阐释为基础的创造性生成。在中国传统文化观念里,人与自然始终互相交织,如钱穆所言:"中国思想,则认为天地中有万物、万物中有人类,人类中有我。由我而言,我不啻为人类之中心,人类不啻为天地万物之中心。而我之与人群与物与天,则寻本而言,浑然一体,既非相对,亦非绝对。最大者在最外围,最小者占最中心。天地虽大,中心在我。然此绝非个人主义。个人主义乃由分离个人与天、物、人群相对立而产生。然亦绝非抹杀个人,因每一个人,皆各自成为天、物、人群之中心。个人乃包裹于天、物、人群之中,而为其运转之枢纽。中心虽小,却能运转得此大全体。再深入一层言之,则所谓中心者,实不能成一体,因其不能无四围而单有一中心之独立存在。故就体言,四围是实,中心是虚。就用言,四围运转,中心可以依然静定。中心运转,四围必随之而全体运转。此为中国思想之大道观。此所谓道,亦可说是中国人之宗教观,亦可说是中国人之自然科学观,亦即中国人之人生哲学。"①人虽然位居世界核心,但并不是价值中心

---

① 钱穆:《中国思想史》,九州出版社2012年版,第5页。

而是作为枢纽的功能中心,使天地万物勾连为一个意义整体,各居其位,各显其意。位居中心的人被天地万物支撑着,并随它们的节奏运转着。如钱穆所说,人之所处的核心其实是一个"虚"的中心,是一个可供四围运转的中心,倘若没有这四围运转中心就无从谈起。人应当顺应天道,而天道则由人而彰显,这是中国的现象学,也是中国的生态哲学。

但是就目前的研究情况来说,国内研究者对西方现象学理论的借鉴性阐释较多,从现象学角度对中国文化传统阐释偏少。中国哲学、美学和艺术传统中其实蕴含着大量可供发掘的资源,比如中国哲学中的"气"这一概念,代表着一种处于持续的转换、生成、流动中的宇宙本体论,与气氛美学、天气美学都有可对话之处,而围绕"气"的"气韵""气象""气势"等一系列诗学概念都有从生态现象学角度加以阐释的余地。此外,大量以自然为主题的绘画、诗歌等艺术作品也能够为这些研究提供丰富佐证。在此基础上,有希望诞生出一种体现中国文化精神的现象学生态美学、生态诗学话语,这是中国的生态现象学发展的重要契机。

国内生态现象学研究的另一个薄弱之处是对传统现象学理论关注较多,而对生态科学、生态心理学、生态人类学等各领域研究取得的新成果关注较少,因此很难对已有的研究产生突破。传统的现象学研究虽然为一种新自然本体论的登场打开了空间,但在它将世界理解为主体意向性生存活动的构造之物时,是否也应该承认意向性活动的有限性,更多关注主体被超越于我们有限存在的更大生命力量塑造的方式。换一个角度看,也许人和万物都是这种更高层级生命力量的"意向性活动"的结果。现象学深入主体内部的内在性视角需要生态学宽广的外在性视角来弥补,如此才能克服现象学里依然存在的微弱的人类中心主义倾向。这是生态现象学努力的方向,也是中国的生态现象学发展的另一个契机所在。

第十五章　生态心理学与生态批评

　　在生态批评实践中,人们往往注重从文化、伦理、价值观念甚至性别、种族、地域等方面揭示生态危机的根源,以此警示人们在观念层面上要重新审视自身行为,反思人与自然相处中的过失并进行校偏、归正,实现人与自然和谐共生、持续发展。这固然是正确的思路,但我们也应该看到,人的心理向度也是不可或缺的重要路向。学术界已经认识到,生态危机首先是人的危机,是人的心理、精神危机。比如,阿尔·戈尔(Al.Gore)通过对全球生态灾难和环境危机的深入研究后,坚信造成生态危机的根源是人的"内在危机的外在表现"①。纳瑟尔(S.H.Nasr)也认为,当前生态危机乃是人的精神和观念层面的危机。② 这里所说的内在危机或观念危机,揭示了生态危机的心理根源,是人的心理出现了问题。

　　随着生态心理学的兴起,特别是到了 20 世纪 90 年代,生态心理学发展到新的阶段即回应生态危机的生态心理学阶段,人们更加深刻地认识到生态危机的心理原因。生态心理学作为一门学科,自诞生起就引起人们普遍关注,国内心理学界也开始自觉地进行研究,进一步推进了生态心理学的发展。作为具有跨文化、跨学科性质的生态批评,随着生态心理学的发展与成熟,也必将受到生态心理学的启示,为促进生态批评研究的深入提供新的视角。

---

① [美]戈尔:《濒临失衡的地球——生态与人类精神导论》,陈嘉映等译,中央编译出版社 1997 年版,第 24 页。

② S.H.Nasr,"The Spiritual and Religious Dimensions of the Environmental Crisis", *The Ecologist*, Vol. 30, No.1(2000), p.18.

一、反思与建构:生态心理学的两种取向

　　生态心理学缘起于心理学家在心理学研究过程中的学科反思,体现了心理学学科内在发展逻辑和对现实关切的鲜明指向。心理学就其学科发展来说,是从思辨的哲学中分离出来的。自心理学成为一门独立学科后,心理学家通常采用自然科学的研究方法,他们在揭示人或动物心理与行为过程中,致力于实验室的实证研究、分析研究,而忽视现实情境和自然环境的参与。随着心理学的发展,在心理学研究中与现实环境相隔离的取向越来越受到人们怀疑,而现代生态学的兴起正切合心理学学科改造的需要,为心理学的突破提供了新的思路。为此,20世纪40年代以来,心理学家开始有意识地借鉴生态学的原理和方法介入心理学的研究,如运用生态学的理论和方法研究认知心理学、行为心理学、应用心理学以及知觉心理学等,从而推进生态心理学的诞生。

　　随着生态危机的加剧,从20世纪90年代起,许多心理学家开始自觉地从心理学角度揭示生态危机的根源,并试图提出解决生态危机的心理学方案,生态心理学的发展由此进入了新的阶段。因此,生态心理学的发展体现了两个路向:一个是运用生态学的基本原理和方法从事心理学研究,着力于心理学科的内部改造和解决心理研究中存在的不足,这被称为生态学的生态心理学;另一个则是从心理学视角探索生态危机的心理根源并试图提出解决路径,被称为生态危机的生态心理学。国内学者秦晓利在梳理国外生态心理学的研究历程后,认为生态心理学可以区分为两类:"一类是生态学的心理学,这一类生态心理学努力将生态学的理论与方法引入到心理学研究中来,以解决布伦斯维克和苛勒等人对心理学研究结果缺乏生态效度的担忧,并将人的行为与环境充分联系起来;另一类是针对生态危机的心理学,他们更多关注与生态危机相关的人类价值观与行为的改变,是一种针对问题的心理学研究。"[①]生态心理学发展的两个路径体现了不同的研究取向,特别是关于生态危机的生态心理学研究,为生态批评的进一步

---

① 秦晓利:《生态心理学》,上海教育出版社2006年版,第75页。

拓展提供了借鉴。

（一）生态学的生态心理学

从心理学学科内在发展演进来看,心理学研究引入生态学是对传统心理学的一次革新,是对传统心理学研究过程中过分依赖实验室研究和科学实证方法而脱离现实环境进行的改造和完善,从而推进心理学研究的科学化。现代心理学作为一门独立学科,以 1879 年冯特在德国莱比锡建立世界上第一个心理实验室为标志,可是,心理学的研究从一开始就割裂了人的心理现象与外在环境的交互关系,将人的心理置于设定的实验室环境中进行可控性的研究。车文博指出:"冯特的一生,用了大约 40 年的时间,沿循自然科学的传统,运用实验内省法(method of experimental introspection),致力于个体心理学的构建。"[1]这种对心理现象和行为特征进行片面的、孤立的分析,将原本整体有机的心理现象分解成若干心理元素进行科学分析,表现为还原论、机械论的分析心理学、实验心理学特性。而在生态学化的心理学研究环境下,心理学研究引入环境要素,注重的是心理现象和行为特征的整体性、交互性、情境性,从而增进了心理研究的可信度,也体现了心理学发展更加科学化的趋势。

吴建平认为,生态学的生态心理学是"指心理学研究领域的生态化倾向,把生态学的系统性、整体性、有机互动性、真实性、自然性这些基本原则,应用到对心理学具体问题的探讨中,用生态学的方法和原则研究心理学的问题"[2]。生态学的生态心理学发展历程,可追溯到 20 世纪 40 年代,大体经历了萌芽期、确立期、发展期和繁荣期。

生态心理学的萌芽源于 20 世纪 40 年代格式塔心理学家勒温(Kurt Lewin)的心理学思想。他在 1944 年《心理生态学》(Psychological Ecology)一文中提出"心理生态学"概念,可以看作生态心理学的最初萌发。他在心理学研究过程中开始关注心理现象的外部环境因素,并把人的心理比作一个生态系统,外在于人

---

[1]　车文博:《西方心理学史》,浙江教育出版社 1998 年版,第 213 页。

[2]　吴建平:《生态心理学探讨》,《北京林业大学学报(社会科学版)》2009 年第 3 期。

的环境是心理生态系统中不可或缺的有机部分,其目的是在研究心理现象中要引入外在环境这一维度,以此完善他的心理学研究。生态心理学另一个先驱布伦斯维克(E.Brunswik)则认为,心理学是研究有机体与环境之间关系的科学,而不是仅仅研究有机体的科学,其主要目标在于研究有机体与它的环境如何保持一致。为此,他还于1949年首次提出并使用"生态效度"(ecological validity)这一概念。他指出,生态效度是"个体的自然环境或习惯居住地的刺激变量的发生及其特性"[1]。后来他不断丰富生态效度的内涵,把它界说为有机体与环境交互作用的协同程度,并把它作为衡量有机体刺激反应可靠性的基本尺度。生态效度这一概念后来经过心理学家进一步生态化阐释,成为生态心理学的重要思想。在这一时期,心理学家开始有意识地在心理研究中注重现实环境对有机体的心理影响,既体现了生态心理学的最初萌芽状态,也为生态心理学的进一步发展奠定了基础和基本走向。

生态心理学作为一门学科的确立则是由巴克(R.G.Barker)和吉布森(J.J.Gibson)等人完成的。他们在借鉴勒温和布伦斯维克的生态心理学思想基础上,真正弥合了心理学研究中心理与环境相互对立的现象,确立了生态心理学的研究范式。巴克是勒温的学生,既受其老师研究兴趣的影响,也受布伦斯维克研究方法的启示,他在心理学研究中更加自觉地引入环境因素,注重在自然情境中收集环境和行为之间关系的研究资料,创立了行为和环境交互关系的研究模式。其后,吉布森对行为和环境关系进行了进一步深入研究,他在《视知觉的生态学立场》(1979)一书中对动物和环境之间交互性作用展开全面论述,并把动物和环境的交互作用原则作为心理学研究的主要原则。其后,越来越多心理学家受莱温心理学思想启示,自觉运用生态学的整体观、综合观、系统观等原理来指导心理学研究,试图在真实环境中获得心理行为的可信度和研究效度,以此揭示人和动物的心理现象。而生态心理学的真正确立,一般以巴克和赖特(H.F.Wright)借鉴生物学家的研究方法于1947年在美国一个小镇建立的中西部心理

---

[1] E.Brunswik, *Systematic and Representative Design of Psychological Experiments*, Berkeley and Los Angeles:University of California Press,1949.

学现场研究站为标志。他们为了在现实环境下真实观察人的行为变化与环境的关系而建立此场站,从而推进心理学走进现实生活并在现实生活中研究心理现象,它也成为心理学史上研究人类行为的第一个场站。

到 20 世纪 80 年代,运用生态学的原理、方法研究心理学得到了进一步发展,并表现出繁荣趋势。这一时期生态心理学越来越受到心理学家的重视,也在更大范围内得到接受和认可,同时他们还建立了自己的组织和阵地,于 1981 年成立了国际生态心理学学会(ISEP),甚至在美国一些大学里还专门设立生态心理学系。另外,生态心理学研究的边界不断得到拓展,如巴克将生态心理学运用到儿童心理学的研究,吉布森将生态心理学运用到知觉领域加以研究,布朗芬布伦纳(U.Bronfenbrenner)还将生态学的研究方法引入发展社会心理学的研究,而奈瑟(U.Neisser)则将生态心理学的原理运用到认知心理学的研究之中。总之这一时期生态心理学得到极大发展,有力地促进了生态心理学的繁荣。

生态学的生态心理学源于学科内部反思而诞生,因在心理学原有框架内研究行为的形成及其反映是基于人为设定的、实验室状态下的可控研究,在其研究过程中,越来越多的心理学家认识到简单依靠实验室和心理内部研究的可验证、可测量存在的弊端,心理学的研究引入生态学维度,无疑丰富了心理学的研究路径,破解了心理学研究日趋存疑的困境,同时也是对心理学一些重大理论问题的一次厘清,在心理学发展史上是一次革命性的变革和改造,推进了心理学科的发展。

(二)针对生态危机的生态心理学

随着生态危机的加剧,20 世纪 90 年代以来许多生态心理学家也开始试图从生态心理学角度揭示生态危机的根源,从而将生态心理学的发展推到一个全新阶段,即生态危机的生态心理学阶段。许多生态心理学家从自身研究视角揭示生态危机根源并提出解决方案,并以此解决人类生存面临的困境。

温特(D.D.Winter)是这一时期极具代表性的生态心理学家之一。她认为,生态危机的根源在于人们的文化价值观念出现偏差,在现行的思想、信仰及价值观念引导下,人们的不当行为以及过度消费自然资源最终导致自然环境受到破坏。她指出:"我们正在接近地球所能承受的生物极限,导致这一结果的原因在于我们现有的世界观所倡导的一系列观念正刺激我们滥用自然。"①温特对生态危机的揭示直击西方现行的文化价值观念根源。近代西方文化价值观深受二元论哲学影响,人与自然是非此即彼的对立存在,在自然面前,人是主人、是主宰者,自然则是仆役、是被主宰者。在此价值观念的主导下,自然成为确证人的本质力量的场域,是彰显人自身存在意志的体现。因此,人在自然面前表现得无所不能、无所不及,对自然进行无度的索取、大肆掠夺和贪婪的消费也就成为理所当然。作为人类寄居的地球,自然亦有自身承载限度,当超越其限度时,必然导致原有生态系统的失衡,引发生态危机。因此,她倡导的生态心理学是"在物理的、政治的与精神的联系中研究人类的经验与行为,其目的是为了建立起一个可持续发展的世界"②。她认为,生态心理学要加强人类文化价值观的改造,要注重自然环境、社会发展与人类的精神文化之间的联系,以此研究人类的心理以及行为,促进它们之间的协同和有序发展,推动人与自然的和谐共生、人类社会的可持续发展。为了实现人类社会的可持续发展,她提出生态心理学研究要遵循的四条基本原则:生态心理学的目的是为了获得如何发展可持续的文化;无论我们承认与否,物理世界是客观存在的;当政治的、情感的、精神的知识变化时,我们关于现实的知识也相应发生变化;系统之间的联系比其部分显得更为重要。③在她的四原则中,核心要旨是注重形成可持续发展的文化价值观,摒弃以牺牲自然环境为代价换取眼前发展的短视行为,为此就要确立自然的主体地位,尊重自然,顺应自然,在人与自然、社会系统中研究人的心理和行为,以促进人与社会、自然的持续发展。

温特从文化改造角度试图解决人类所面对的生态危机问题,另一位美国生态心理学家霍华德(G.S.Howard)则从人性的角度揭示造成生态危机的根源,并

---

① Deborah Du Nann Winter, *Ecological Psychology*: *Healing the Split Between Planet and Self*, New York: Harper Collins College Publishers, 1996, p.29.

② Deborah Du Nann Winter, *Ecological Psychology*: *Healing the Split Between Planet and Self*, New York: Harper Collins College Publishers, 1996, p.283.

③ Deborah Du Nann Winter, *Ecological Psychology*: *Healing the Split Between Planet and Self*, New York: Harper Collins College Publishers, 1996, pp.296-298.

以此提出解决人类所面临危机的路径。他认为,气候日益变暖、物种不断灭绝、环境持续恶化、资源逐渐枯竭等生态灾难,根源是人口不断膨胀、物质消费超出地球承载限度,但在这些现象背后则体现出人性的危机,是贪婪、无度的人性驱使人类为了自身的欲望和私利过度掠夺自然、开发利用自然造成的。既然生态危机的最终根源是人性使然,那么解决的路径也在于人性的重建——只有建立人与自然和谐的人性,才能在根本上解决生态危机。他指出:"我们必须密切关注一系列生态环境问题,反思我们自身存在方式和行为方式,并进行具有建设性改变的探索,这些行为的改变将会促进我们与地球之间形成更加和谐的关系。"①他的生态心理学建构着力于人类贪婪、自私的人性改变,以此促进形成人与自然的和谐相处,最终解决生态环境问题。为了达成这样目标,他提出促进人与自然和谐的五条原则,即保护、循环、可再生资源的利用、修复与人口控制。②这五条原则的基本出发点在于扼制人性中贪婪的欲望,在基本满足生存需求限度内节约能源、扼制消费、控制人口、循环再生,以此推进环境保护,最终实现人类可持续发展。他认为,人性中都有消极的、恶的一面,如果听任人性中消极因素的蔓延、滋长,就会造成人们过度消费自然以及无节制生育,其结果必然造成生态灾难。因此,改造人性就成为其生态心理学最基本的主张,通过人性的改造,促进人与自然和谐相处。正如他所说:"每位心理学家都有关于人性的设定,通过设定的人性模型强化他或她的心理学主张,并随之提出改变行为方式的建议。"③在他看来,每个人都有自身预设的人性,而观念、思想以及行为方式等都受到自身人性的驱使,这就是他所说的人是自我决定的叙事代理(story-telling agent)。④ 叙事代理揭示出隐匿在我们行为、观念背后预设的人性,它规约着我们的行为方式,决定我们做什么、不做什么,驱附什么、规避什么以及真假、是非

① George S.Howard, *Ecological Psychology:Creating a More Earth-Friendly Human Nature*,Notre Dame, Ind.:University of Notre Dame Press,1997,p.1.
② George S.Howard, *Ecological Psychology:Creating a More Earth-Friendly Human Nature*,Notre Dame, Ind.:University of Notre Dame Press,1997,p.40.
③ George S.Howard, *Ecological Psychology:Creating a More Earth-Friendly Human Nature*,Notre Dame, Ind.:University of Notre Dame Press,1997,p.3.
④ George S.Howard, *Ecological Psychology:Creating a More Earth-Friendly Human Nature*,Notre Dame, Ind.:University of Notre Dame Press,1997,p.3.

判断等,人则是人性的代理而已。霍华德对生态危机根源的揭示归因于人性,认为生态危机的解决蕴含在人性的改造之中,建立合乎生态观念的人性,从人与自然在对立中形成的以牺牲自然为代价而满足自身欲望的人性,转变为人与自然和谐、互利、协同相处的人性,形成尊重自然、节约环保、保护修复、低碳循环的观念和行为,最终促进人与自然的可持续发展。

在生态心理学研究中,与温特和霍华德揭示生态危机根源不同的是西奥多·罗扎克(T.Roszak)。他对生态危机根源的揭示深入到人的精神世界,认为生态危机根源在于人的精神危机,生态危机是人的精神危机的外在表现形式。他指出,在现行的文化中,长期存在人的心理与生态环境之间隔离和疏远现象,正是这种疏离导致人的精神危机。因此,救治人的精神危机与救治人类面临的生态危机具有同构性和内在统一性。为此,他创造了"ecopsychology"一词,即生态心理学,其意旨就在于弥合人类心理与环境之间的疏离,以此医治人类的精神困境。"ecopsychology"是由"eco-"(生态的)与"psychology"(心理学)组成的合成词,"生态心理学"在原初意义上就是为了弥合人的心理与自然之间的裂隙,促进心理健康生长,正如他所说,创造这个词是为了"跨越心理学和生态学之间长期的、历史性的文化隔离"①。那么如何消除生态危机、弥合人与自然之间的疏离呢? 他认为人与自然之所以疏离,是因为人类生态无意识(ecological unconscious)受到压抑所致,解决方法就要唤醒生态无意识,重构生态自我(ecological ego)。"生态无意识""生态自我"也就构成了罗扎克生态心理学思想两个核心概念。他借鉴荣格的集体潜意识概念提出生态无意识,认为荣格的集体潜意识类似于弗洛伊德的本我(id),指出:"集体潜意识基本可以认定为一种具有保护性的实体形式,是某种正式经验的残余物的心灵底层"②。显然,荣格将弗洛伊德的个体潜意识扩展为整个人类、种族的集体潜意识,集体潜意识成为人类生存和延续的精神底座和文化储藏室,其中亦蕴含着人与自然之间的生态无意识。

---

① Theodore Roszak, *The Voice of the Earth: An Exploration of Ecopsychology*, New York: Simon & Schuster, 1992, p.14.

② Theodore Roszak, *The Voice of the Earth: An Exploration of Ecopsychology*, New York: Simon & Schuster, 1992, p.14.

他说:"当性和暴力的冲动在人的心理深处持续郁积,并且这种郁积蕴藏于人的大脑之中,由此造成人的内心失衡,于是在我们时代产生了一种新的苦闷,我称之为'生态无意识'。此时我们发现,人类忠于地球之心受到压抑,这种'忠于地球之心'构成了人类心灵的母体。"①罗扎克的"忠于地球之心"正是生态无意识的天然体现,强调了人类与自然之间在精神上、情感上的天然联系,体现了人在心灵上皈依自然,自然又反哺人类、庇护人类,人与自然这种互相依存的特性,也为生态无意识的形成提供可能。而"人类心灵的母体"正是荣格的集体潜意识的生态无意识表达。正如他所说:"集体潜意识在其最深层的层面上,蕴含着我们物种被压抑的生态智慧,这种生态智慧是我们自身对自然表露出来的稳定的类似于心灵的自我意识反映。"②在他的生态心理学应该遵循八条原则中的第二条进一步论及生态无意识,指出:"在一定程度上,生态无意识表征的内容,在某种精神水平上是宇宙进化的活的记录,可追溯到遥远的时间史的初始状态。"③因此,罗扎克所揭示的生态无意识是指在人类长期进化过程中,在与自然交互相处中沉积在人的心理最深层的与自然相联系的部分。人类既来自自然,又依归自然,自然成为人类的灵魂居所和情感归属之地,人正是在这种精神、情感的联结中保持与自然相处关系。然而,随着现代社会的发展,科学技术的进步,人类却越来越远离自然,悖逆来路,甚至走向自然的对立面,人与自然相依相存的生态无意识受到压制,疏离了人与自然的联结。正如他认为的那样,"生态无意识受到压抑的深层根源在于现代工业社会共谋的疯狂(collusive madness)"④。因此,在罗杰克看来,生态危机的最终解决就要解除现代社会发展所造成的对生态无意识的压制,唤醒人与自然间的天然情感联结,重构自我,形成生态自我,并依此促进人的精神完满、心理健康发展。他所说的"生态自我"是指突破作为个体

① Theodore Roszak, *The Voice of the Earth: An Exploration of Ecopsychology*, New York: Simon & Schuster, 1992, pp.13-14.
② Theodore Roszak, *The Voice of the Earth: An Exploration of Ecopsychology*, New York: Simon & Schuster, 1992, p.302.
③ Theodore Roszak, *The Voice of the Earth: An Exploration of Ecopsychology*, New York: Simon & Schuster, 1992, p.305.
④ Theodore Roszak, *The Voice of the Earth: An Exploration of Ecopsychology*, New York: Simon & Schuster, 1992, p.320.

存在的自我边界、将个体的自我扩展到整个自然宇宙之中的自我——整个自然宇宙参与人的个体自我建构,从而形成人类个体与自然世界融为一体的自我,即生态自我。

罗扎克生态心理学中的"生态无意识""生态自我"两个核心概念,不仅增强人们对造成生态危机根源的认识,而且他将人与自然的关系归入到心理学领域加以揭示,尤其是人的精神领域、心理健康领域,这是其对生态心理学最为重要的贡献。这一思想不仅对解决生态危机具有开创性意义,而且对生态心理学自身发展也具有开拓性作用。虽然罗扎克的理论因缺乏必要的实证研究而受到人们质疑,但对从更为广阔的背景下研究生态心理学具有启示作用,并且他的思想也越来越在其他研究者中得到确证。

综上所述可知,现代心理学作为一门独立学科自诞生起就显现了心理与自然、行为与环境隔离的特性,面对日益加剧的生态危机,不但没有从心理上揭示生态危机的根源,以及为生态危机找寻解决的出路,反而从心理学上确证或助长了在现代理性思维驱使下的生态危机的合理性。生态心理学研究者秦晓利在回溯现代心理学发展历程后,不无感慨地指出,现代心理学不但没有解决生态危机,反而"成为当代生态危机的原因之一"①。但随着现代生态学的兴起,心理学家们开始反思学科建设,认识到心理学在研究人的心理现象以及行为时,将之置于可控的实验室之中,这不但不能解释人的心理现象和行为特征,反而突出了将人的心理现象进一步实证化、还原化所带来的缺陷,为此,生态心理学的诞生就有其内在的必然性。

二、可能与实践:生态心理学介入文学生态批评的探索

生态心理学是源于学科反思而兴起的,在格式塔心理学家勒温首先将环境因素引入心理学研究后,许多生态心理学家受勒温启示,开始自觉借鉴生态学的整体观、联系观、系统观等原理、方法从事心理学研究,研究人(动物)的心理、行

---

① 秦晓利:《生态心理学》,上海教育出版社 2006 年版,第 190 页。

为与自然环境的关系,一方面丰富了心理学研究的领域,另一方面也使得对于人(动物)心理、行为、观念的研究更加科学、合理,从而推进了心理学的发展。然而,这样的生态心理学还是心理学科内在发展的延伸和改造,直到20世纪90年代,随着生态危机的日益严峻,许多生态心理学家的心理学研究才开始生态危机转向,表达对生态危机的关切,他们立足心理学,从更为广阔的社会、文化、精神领域揭示生态危机的根源以及找寻解救的路径,从而将生态心理学推进到一个新的阶段,实现了生态心理学的蜕变。随着生态心理学的发展与成熟,特别是生态危机的生态心理学兴起为文学的生态批评引入心理学向度提供可能与启示,为文学的生态批评探寻生态危机根源及解决路径提供了一个全新视角。

(一)生态心理学介入文学生态批评的可能

面对日益加剧的生态危机,探究其根源也就成为全社会共同关注的话题,不同领域、不同专业的人都从各自的视角进行反思,试图以此解决人类所面临的困境,心理学家则将反思的触角延及人的心理探寻生态危机产生的原因并提出解决方案。他们认为,生态危机是人的心理危机,根源在于人的心理缺失自然向度。因此,要从心理角度解决生态危机,就要构建生态心理学。

生态心理学在研究过程中,注重将人的心理及行为归置到文化取向、价值观念以及人性欲望视角下,甚至深入到人的精神世界的根底之中,去揭示生态危机的根源及解救生态危机的路径。其中,温特试图促进文化价值观念的改造,将人的心理、行为归结到物理环境、精神层面以及政治文化背景下进行深入研究,促进社会可持续发展,以期解决人类所面临的环境问题。温特认为,现存的西方文化是一种不可持续发展的文化。[①] 一系列环境问题的产生就是因为人们在思想、观念、价值观等不可持续的文化观念驱使下对环境采取不当行为,而人的行为又与心理密切相关,因此,心理学家要参与到环境问题的解决中来,承担起重新建构可持续性的文化责任,推进环境问题的解决。霍华德则从人性层面,揭示

---

① Deborah Du Nann Winter, *Ecological Psychology：Healing the Split Between Planet and Self*, New York：Harper Collins College Publishers,1996,p.xiv.

生态危机的根源。他认为人口膨胀、消费过度导致现在全球性的环境危机,但其根本性原因确是人类贪婪、盲目、自私的人性。因此,他主张要进行人性改造,在自我决定的行动中,确定自身行为的真实性、可靠性,以此在人与自然承载力之间达成平衡与适度,从而形成人的行为体现生态合理性的人性观。而罗扎克则借鉴荣格集体无意识概念,提出了生态无意识(ecological unconscious)的概念,认为人类社会在发展过程中,生态无意识观念受到压抑,只有解除现代文明造成的对生态无意识的压制,唤醒潜藏在人类心底的生态无意识,才能实现人与自然的天然的情感联结,从而达成人与自然和谐相处。

随着生态环境的持续恶化,越来越多的心理学家认识到,生态危机的持续恶化将直接影响社会的持续发展,因此,也出现了心理学家从促进社会持续发展角度研究生态心理学。美国环境心理学家奥斯卡普·斯图尔特(O. Stuart)曾于2000年5月在《美国心理学家》杂志上组织系列文章专门论述生态危机对人类社会可持续发展的影响。他认为,人类社会面向未来的可持续发展正处于危险之中,其原因则是人类自身行为,其表现主要是人口过剩和过度消费,而对于促进人类不当行为的改变,心理学家需要承担应有责任。正如他所说:"获得社会可持续性的发展就要改变世界大部分人的基本行为,促进这一行为的变化则是心理学家的重要任务。"①同时生态心理学家还非常关注人的心理健康问题,揭示生态环境对人的心理治疗价值。罗扎克就认为,面对生态危机,治愈地球与治愈人的心理是一个统一有机的过程,心理危机导致生态危机,生态危机又影响心理危机,根源在于两者之间的隔离与割裂,因此,在生态心理学中,人的心理疗法与其他治疗人与人、人与家庭、人与社会心理问题的一般疗法不同,"生态心理学则希望治愈人与自然环境的基本疏离感"②,以期唤醒生态无意识中人的心理与环境之间的互惠互利感,以促进人与环境的和谐、协调关系,从而治愈人的心理问题,其中生态心理学家非常重视荒野(wildness)的心理治疗价值,认为荒野

---

① Oskamp Stuart, "A Sustainable Future for Humanity? How Can Psychology Help?", *The American Psychologist*, Vol.55, Issue 5, (May 2000), pp.496-508.

② Theodore Roszak, *The Voice of the Earth: An Exploration of Ecopsychology*, New York: Simon & Schuster, 1992, p.320.

能够纾解人的心理压力,促进人的发展,还能治疗人的精神损伤、满足人的精神需要以及实现人的精神自我满足等治愈作用。① 同时还于1989年创办了专门将心理学和心理健康放在生态环境中加以考查和研究的刊物——《生态心理学》,以此认识人类精神健康、文化特征和地球生态之间的关系,试图重塑现代心理学内涵,展现心理学研究不能离开人类与自然环境之间的密切联系,认为只有在人类心理与自然环境之间建立起这样的联系,才能促进人类精神和社会更好发展,作为个体的人和某个物种更是这样。为此该杂志设立自然互动、亲生物性、生态疗法、野外发现等专栏展开系统研究。比如,马修·亚当斯(M.Adams)和朱莉·摩根(J.Morgan)曾以九组精神疾病患者为研究对象,通过将有精神健康问题的人与大自然建立联系,他们发现,与自然的互动有助于精神健康的恢复,并在与他人的接触中共享认可和支持,从而能够加深患者对自我的更多理解。② 以此揭示自然对人的精神健康及心理状况的影响。

总之,在生态危机视域下的生态心理学研究已经不局限于心理学学科的内部研究,而是从生态文化、价值观念、人性欲望、可持续发展、精神健康、心理病症等更广大的范围展开,体现了生态心理学与文学生态批评在研究内涵上的高度趋同性。随着生态心理学的兴起,其基本思想、观点和方法对文学生态批评来说也具有启示意义,能很好地丰富文学生态批评研究内涵以及研究边界的拓展,为生态批评不断走向深入提供方法论意义上的支撑。

(二)生态心理学介入文学生态批评的启示

"生态危机是人的心理危机"不仅受到心理学家普遍认同,许多社会学者也开始接受和重视。我国较早关注文学生态批评研究的学者之一鲁枢元就指出,人们在探究生态危机的时候,忽略了"人的内在因素即精神因素,更忽略了生态危机向人的精神空间的侵蚀与蔓延"③。要拯救生态危机,就要深入到人的心理

① 刘婷、陈红兵:《生态心理学研究述评》,《东北大学学报(社会科学版)》2002年第2期。
② Matthew Adams & Julie Morgan, "Mental Health Recovery and Nature: How Social and Personal Dynamics Are Important", March 1, 2018, https://doi.org/10.1089/eco.2017.0032.
③ 鲁枢元:《生态时代的文化反思》,东方出版社2020年版,第17页。

世界、精神领域这一"原点",同样文学的生态批评研究亦不能缺失心理学参与,生态心理学的兴起正为生态批评向人的心理延伸提供启示。

首先,在内涵上生态心理学拓展了文学生态批评的边界。面对生态危机,文学的生态批评与生态危机视域下的生态心理学在研究取向上具有一致性。生态批评因应时代呼求而兴起,当人们回视自近代工业革命以来社会取得巨大进步的同时,却发现现实社会所呈现的景象并不是原先理性主义者所描绘的那般动人和美好,不但没有出现他们勾画的愿景,而且带来令人沮丧的、意想不到的生态后果。直面所呈现出的生态灾难、环境危机、精神困境,人们不得不反思现代工业文明所主导的文化特征、价值观念、生产方式、人口增长、科技进步以及体制结构等诸多问题,结果无不聚焦于人与自然之关系,其根源在于人与自然间本应统一、有机、共生的相互依存关系,演变成对立、分裂、对象性的关系。正是这种关系的演变,最终导致人类文明、精神文化、生态环境出现问题。在人们检审问题来路和探寻出路的背景下,重构人与自然、人与社会、人与自身的关系,为人类社会实现真正意义上的持续发展寻找出路,这也就成为人们共同面对的问题。作为人类精神表征的文学理应在重构人与自然关系中起到应有作用,特别是文学的生态批评更要在观念层面上警醒人们重新审视人类自身的行为,检省人与自然相处中的过失,从崇尚人在自然之上回到人在自然之中,确立起敬畏自然的伦理观念,促进与自然和谐共生、相互依存的命运共同体的形成。而生态心理学的兴起,尤其生态危机的生态心理学其最初出发点亦是从心理学视角揭示其根源并试图寻找解决的路径,因此,在研究取向上,生态批评和生态心理学具有共同旨归,这样在文学的生态批评研究中借鉴生态心理学的理论、思想、观念,进行互学互鉴,无疑在内涵上拓展了文学生态批评的边界。

其次,在路径上生态心理学丰富了文学生态批评的研究视野。文学生态批评不仅是文学的批评,还是生态文化的批评。然而,文化的多元性,必然体现生态批评取向的多元性,表现出生态批评的跨学科性质。生态批评立足于生态哲学的整体、联系等观念,将文化与自然联系起来,揭示生态危机的文化根源。在生态批评实践中,一方面彰显人与自然的原始统一性、不可分割性的天然关系,呼唤在人类文明进程中重构人与自然和谐共生的关系;另一方面也揭示人与自然的分离,进而造成生态危机的文化根源、心理根源、政治根源、经济根源等,以此从根本上变革文化,促进反思,警示人类,推进生态危机的解除。在文学批评实践中立足生态批评的"生态性",从政治学、经济学、文学、伦理学、性别学、语言学甚至地理学等出发,构建了生态诗学的跨学科性质的研究范式。然而,不同学者虽从不同角度展开生态批评,但皆着力于人与自然的关系视域,换言之,批评家们大多立于人自身并以此为出发点向外拓展、延伸,探寻生态危机的思想文化根源及解决路径。但是我们应该看到,这种研究仅仅局限于对人与自然关系的浅层次的、"向外"的揭示,因其缺失"向内"的深层挖掘而显得有失偏颇。因此,在生态批评实践中还应不断深入到人的心理去揭示生态危机的根源及解决路径。这就意味着,生态批评不能缺失人的心理向度。生态心理学的兴起正为生态批评的深入推进提供了一个新的研究视角——内向视角,启示我们要深入到人的心理世界、精神世界中加以揭示,丰富和完善生态批评的理论视域。

第三,在方法论上生态心理学为文学生态批评的实践提供指导。文学批评从来就不缺心理批评特性。就文学作品而言,其所揭示的人类心理现象,远比任何一个心理学家都要丰富广阔得多。勃兰兑斯曾将文学史作为人的灵魂史来描述,他说:"文学史,就其最深刻的意义来说,是一种心理学,研究人的灵魂,是灵魂的历史。"[①]当我们走进文学世界,也就走进了人类的心灵世界,也因此,文学的心理批评成为文学理论的基本范式。弗洛伊德解释了文学这种特性,他认为文学艺术作品究其本质而言就是人的原始欲望艺术化的表现,是人们受压抑的欲望的一种释放和解除,换言之,文学艺术作品是作家心理的需要。虽然我们不能据此就把文学艺术的发生归结为人的欲望表达,但从另一个层面也揭示了文学艺术确实能释放心灵、表达情感,从而产生心理慰藉,这也使心理批评成为可能。而在生态批评中人与自然关系问题是其得以形成与发展的元问题。随着生态心理学的发展和成熟,其揭示的人与生态环境之间的心理现象必然促进生态批评向人的心理延伸,更在实践上不断生成由一般意义上的生态批评向人的心

---

① [丹麦]勃兰兑斯:《十九世纪文学主流》(第一分册),张道真译,人民文学出版社1980年版,第2页。

理延伸的生态心理批评,深入到人的心理世界、精神世界揭示和阐释人与自然关系,校偏人与自然的错置关系,促进人与自然关系的归正,从而在方法论上不断丰富和拓展生态批评的空间。

(三)生态心理学在文学生态批评中的本土化实践

生态心理学作为心理学的一个学科,虽它的兴起与发展是新近的事情,但在文艺理论中的运用和体现却很悠远,特别在中国古代文论中早就得以充分体现。情景论作为中国古代诗学一个重要范畴,在其演进过程中,文论家们大多从"情""景"之间复杂而融合的关系入手加以揭示,虽各自有其自身视角和理论起点,但总体而言却具有一贯性和承继性,并形成三个基本体式,就是我们今天所熟知的:触景生情、寓情于景和情景交融。情景论中的"景"是指人的周围环境,包括人、事、物等,但主要是指自然环境,"情"就是人的主观心理意向、情态等。从本质上说,情景论中的"触景生情"抑或"寓情于景"凸显的是人与自然环境间相互关联的最初品性,也就是生态心理学家们所认为的人与自然之间具有与生俱来的"情感联结",换言之,情景论就是生态心理学思想在中国古代文论中的本土化表达。就如生态心理学家所揭示的那样,认为人与自然之间不仅存在物理意义上的联结,还有天然的、本源的"情感联结",是人类"固有的天性,是进化的遗产",被称为"生态潜意识"。① 正是基于这点,揭示了触景生情或者寓情于景并不是人为附会,更不是刻意强加,而是有其深刻的生态心理学基础。而我国古代诗学中情景交融其根底则是人与自然的交融,是人的边界向自然延伸,自然参与人的心理建构,这正是生态心理学视域下"生态自我"的体现。"生态自我"不是个体存在的"自我",而是个体的自我与自然交融合一的新的自我。它是把自我的界域延伸至自然,自然成为自我的一部分,在自我中渗入自然的身影。在生态心理学视域下的"生态自我"论述,正揭示和解释了情景交融体式的心理发生机制,为中国古代情景论中情景交融提供了学理支持,也彰显了中国古代情景论中的"情景交融"的美学意蕴。

---

① 刘婷、陈红兵:《生态心理学研究述评》,《东北大学学报(社会科学版)》2002年第2期。

随着生态心理学的兴起与发展,许多研究者开始有意识地运用生态心理学的原理进行生态批评探索。比较早的是秦春,他认为随着生态批评由浅层批评走向深层,要不断向人的心理延伸,注重从心理学角度反思生态危机的根源。指出:"随着生态心理学的发展与成熟,也为日渐深入的生态批评提供了一个内向视角,促进人们由对人与自然外在关系的简单揭露的浅层生态批评,转向人的心理、情感、精神等领域延伸的深层生态批评。"①通过这种深层的生态批评来健全人的精神世界,促进人的精神世界的完满与丰盈。他同时还提出,应该借鉴生态心理学的自然促进心理生长、人与自然的情感联结以及生态自我等观念,将生态批评"归置到人的整个心灵世界中,以重构人与自然的和谐"②。此外,胡艳秋从生态潜意识(即生态无意识)的形成角度积极探索生态心理批评,她受美国生态心理学家西奥多·罗杰克提出的"生态潜意识"概念的启示,在《论"生态潜意识"的形成》一文认为"生态潜意识"概念的形成与自然进化、文化演变、人类童年的经验、工业社会对人的自然经验的压抑都有密切的关系。③ 该文试图探讨生态潜意识的形成,找到人内心深处对自然的情感,以便人类能够更好地解救生态危机。

同时,也有研究者注重运用生态心理学原理进行文本研究。秦春借鉴"生态自我"的内涵对于坚的诗歌进行了解读和剖析。他认为生态心理学的生态自我观,给人们重新认识自身、认识自然、揭示生态危机的根源提供了一个新的视界,更为学者从事文学的生态批判研究提供一个角度。他结合于坚的《于坚的诗》分别从两个维度进行了具体分析,认为于坚一方面从二元论的视角揭示了个体自我与自然万物的分离,也就是在自我建构中缺失自然维度的参与,并将自然万物作为人的对象性存在物,否定自然万物的生命意志,最终导致自我迷失;另一方面于坚又呼唤从自我迷失中拯救自我,在与自然联结中重新找到自我,形成所有生命形式、生态系统和地球本身紧紧围绕在一起,规避环境伦理、道德律令,形成一种自我与环境、自我与他者的融合、渗透、共情的生命共同体。④ 另

① 秦春:《生态心理批评:生态批评的内向视角》,《文艺争鸣》2008 年第 9 期。

② 秦春:《生态心理批评:生态批评的内向视角》,《文艺争鸣》2008 年第 9 期。

③ 胡艳秋:《论"生态潜意识"的形成》,《合肥师范学院学报》2015 年第 1 期。

④ 秦春:《从〈于坚的诗〉看自我的迷失与救赎——以生态心理学为视点的考察》,《牡丹江大学学报》2017 年第 4 期。

外,郭彦则借助小说《廊桥遗梦》中男主人公罗伯特·金凯的形象,从生态心理学视角揭示主人公亲近自然、远离现代文明的人物特征,刻画了与现代社会格格不入的人物形象,以此揭示主人公听从内心召唤、亲近自然的本性,从生态心理上揭示了个人本能欲望与现代文明也存在着的对立与冲突。①

很显然,从现有资料来看,生态心理学介入生态批评的研究还不够充分,需要我们进一步加以探索;而生态心理学介入生态批评,也必将丰富和拓展生态批评的空间。

三、启示与路向:生态心理学介入生态批评的思考

生态心理学家,特别是生态危机转向的生态心理学家,试图从心理学角度揭示生态危机的根源及解除路径,其最终目的在于消除人与自然的对立、分离状态,重构人与自然和谐相处、依存共生的统一关系,促进社会持续发展和人类心理健康。在此过程中,他们要么致力于文化观念的改造,形成人与自然和合而生的价值导向;要么着力于人性欲望的重塑,确立人与自然谐同互利的人性主张;要么致力于精神世界的探寻,重建人与自然的情感联结,或者致力于促进社会可持续发展以及致力从人类心理健康和健全精神视角,揭示重构人与自然关系。这都启示我们,在生态批评实践中,要以人与自然关系重构为起点,切入到人的心理世界、灵魂深处,唤醒人与自然与生俱来的情感联结,激起人们亲近自然的本性,为人的生命着上生态底色。只有建立这种情感状态和价值取向上的联系,才能认识到自我绝不是单纯个体意义上的自我,也不是人与自然对立的价值观念规约下的社会自我,而是人与自然相互融合的自我,即生态自我。在生态自我视域下,人与自然互相观照、相互生成,最终不断促进人的精神健康、完满和甜美,达成人类诗意栖居的生存图景,推进人类文明的持续发展。因此,生态心理学介入生态批评启示我们从以下三个路向展开。

---

① 郭彦:《从生态心理学视角解读罗伯特·金凯的生态斗士形象》,《湖北经济学院学报(人文社会科学版)》2015年第9期。

（一）唤醒人与自然与生俱来的情感联结

生态危机最直接的表现就是人与自然的疏离，生态心理学的兴起也源于"人与自然的疏离感"①。在人类文明演进过程中，人与自然原本紧密相连，人栖息自然之中，自然为人提供居所，特别在前工业文明时代，人的生产生活本质上是顺应自然、相与一体，按照自然运行秩序进行生产、生活，"自然在耕田人的眼里几乎可以说是效仿的榜样，是阐述人生的模式"，"自然也成了具有秩序、和谐和美好的领域。自然一词也随之带有美好和高尚的感情色彩"。② 然而，近代以来，由于人的自我意识觉醒、社会科技进步，人与自然之间的平衡关系遭到破坏，人不再按照自然模样生产生活，也不再从自然那里获得自身存在和安全，从而颠覆了原本人顺应自然的存在论，演变成自然为人所有的生存论，实现了人对自然的祛魅，一跃成为自然的主人，自然成为异于人的客体和对象，人与自然统一共生的关系演变成人与自然对立的关系，"疏离感"由此形成。人与自然的疏离最终导致人的生存危机，一方面在人与自然疏离中，自然成为人的对象性存在，成为彰显人自身力量和意志的场域，从而破坏了人与自然原有关系，生态失衡直至生态危机爆发也就成为必然；另一方面人与自然的疏离也阻断了人的持续发展，因为人的主体意识、自私欲望得到张扬，在无度的掠夺和攫取过程中，超越自然所承载的限度，其结果必然导致自然的报复；再者这种人与自然的疏离，也导致人的精神困境，特别是随着工业化、城市化的发展，人越来越远离自然，作为自然仍然存在，但不再是"自在""本然"意义上的自然存在，而是受制于文化逻辑制造的人化的"自然"存在，人更多地依赖于技术化的生存而缺失与自然的友好相处，也摧毁了人与自然相处中的平和、宁静、安全而导致内心的失衡，滋生孤独感、不安全感。总而言之，现代社会的文明病，亦是人类心底与自然相亲相近的本性受到压抑而致。

既然造成现代人的生存困境原因是人与自然的疏离，那么解决的方法就要

---

① Andy Fisher, *Radical Ecopsychology: Psychology in the Service of Life*, Albany, NY: SUNY Press, 2002, p.41.
② ［德］萨克塞:《生态哲学》，东方出版社 1991 年版，第 6 页。

消除这种疏离。生态心理学认为，要注重保护、修复自然，扼制人性中"恶"的一面，建设人与自然和谐的人性，推进社会、自然持续、稳定发展。更为关键的是，解除现代文明对人的生态无意识的抑制，唤醒人与自然的情感联结。其实这种生态无意识一刻也没有远离人类，就像幽灵一样始终存在于我们生活之中，孕育和守护着人类文明的延续和人类自身的发展。罗扎克认为，生态无意识在其最深层部分，蕴藏着人类的生存智慧以及文明演替的源泉，这个源泉便是人类对大自然本身所具有稳定、持续发生着的生存智慧的自觉感悟。如果没有大自然这样的系统建构、自我调节的生存智慧，地球上其他任何生命和人类自身的生存都将难以持续。① 罗扎克强调了在人类潜意识中储藏着早期人与自然相处的痕迹，为我们提供了一种"与生俱来的环境互惠感"的庇护；反之，"当地球受到伤害，我们也被殃及"②。然而，在人与自然相处中，却存在着人的自然本性与现代文明之间难以调和的冲突，并长期郁积于深层心理之中，由此形成生态无意识。为此，在生态心理学构建中，就要恢复受抑制的生态无意识，唤醒人与自然之间的交互意识和情感联结以弥合它们的割裂与疏离，重新找回人类的自然本性，在亲近自然的体验中安顿心灵、保护家园。

在生态批评实践中，我们要借鉴生态心理学的思想，唤醒潜沉在心灵深处的生态无意识，重新联结人与自然的情感，就如罗尔斯顿揭示的那样："我们在自然面前会表达出一种本源的、天然的情感，如凝望星空时的颤抖，或在和风吹拂的春天心跳加快。"③其实，自然无时无刻不在悄无声息地联结着、同构着、生发着我们的情感、唤醒人类受抑制的生态潜意识，而文学艺术正是唤醒生态潜意识的重要途径，就如杜威所说，人们可以凭借艺术作品并"通过它们所唤起的想像与情感，我们进入到我们自身以外的其他关系和参与形式之中"④。走进文学的

---

① Theodore Roszak, *The Voice of the Earth: An Exploration of Ecopsychology*, New York: Simon & Schuster, 2001, pp.301-305.
② Theodore Roszak, *The Voice of the Earth: An Exploration of Ecopsychology*, New York: Simon & Schuster, 2001, p.308.
③ [美]霍尔姆斯·罗尔斯顿 III:《哲学走向荒野》,刘耳、叶平译,吉林人民出版社 2000 年版,第 60 页。
④ [美]杜威:《艺术即经验》,高建平译,商务印书馆 2005 年版,第 28 页。

精神世界,也就将我们置入人与自然关系的新场域中,召唤迷失在现实境际中的人们重归灵魂家园。陶渊明就是这样的诗人,他听命于生态潜意识的召唤并将重归自然作为对抗现实的最后归宿。透过北朝民歌《敕勒川》所表达的旷达豪迈之情,也能唤醒生态潜意识:置身穹庐无垠、四野无际的天地之间,人们不仅仅陶醉于眼前之景,更会唤醒对自然的敬畏甚至感到自身的卑微。人们在文学作品中无论唤醒的是愉悦、憧憬、敬仰,还是恐惧、颤栗、卑微,都是人与自然之间天然的潜意识的呈现,召唤人们与自然之间要保持一种相亲相依抑或遵从尊重的天性。

(二)建立人与自然交互合一的生态自我

在生态心理学研究中,无论霍华德从完善人性出发弥合人与自然裂隙,还是罗扎克所倡导的对于生态无意识的唤醒,都将建立生态自我作为解决生态危机的出路。在生态批评中同样要注重促进人与自然的融合,建立生态自我。生态自我(Ecological self)最早由阿伦·奈斯提出,并被应用于深层生态学这一环境哲学研究领域。奈斯认为:"生态自我应该被看作我们在自然中形成的自我的最初状态,社会与人际之间的关系虽然很重要,但我们自身所组成的各种关系更加丰富,这些关系不仅包括他人与人类共同体之间关系,还包含我们与其他生物之间的关系。"①也就是说,生态自我是作为个体存在最基本、最普遍的特征,生态自我的形成过程就是个体的自我认同(identification)过程,由个体自我与他人、他物的认同并不断拓展自我认同的界域,直至延伸到整个人类社会与自然界中的一切生命形式,消除个体自我与他人、他物以及自然界万物的边界感,进而形成对整个生态系统中自然万物的整体认同。在生态自我观念下,人是自然的一部分,自然是人的一部分,人与自然融为一体。

生态问题不仅是生态系统本身的问题,更是人的问题,其中包含对自我的认知。"自我"最早由美国心理学家威廉·詹姆斯(William James)提出。他从生

---

① Arnes Naess,"Self Realization:An Ecological Approach to Being in the World",in *Ecology of Wisdom*,Alan Drengson & Bill Devall(eds.),Berkeley:Counterpoint,2008,pp.81-96.

物本能论出发,把人性中自私的冲动视为自我(self),即自我是对自己存在状态、特性等的认知。罗杰斯(Rogers)则认为,自我概念(self-concept)是个人知觉的组织系统和存在方式。由最初对自我的认知可以看出,自我是以自身为认知视点,而自然则被排除在外。弗洛伊德更是直接从个体本我"id"为出发点揭示自我(ego)与自然环境之间具有对立的特征。他认为,人有生的本能(life instinct)和死的本能(death instinct),而"死的本能表现为生命发展的另一种对立的力量,它代表着人类潜伏在生命中的一种破坏性、攻击性、自毁性的驱力"①。因此在死的本能驱使下,破坏环境则是由本能冲动而产生的人的自我行为的应然结果,破坏环境也就成为人类本能自我满足的需要,并且是合理的,甚至人自身意识到环境遭到破坏必然产生相应后果,但依然认为人破坏环境是来自自身深藏的本能决定的合理性。随着对"自我"认识的不断深入,对自我的认识也开始由"个体自我"向"社会自我"拓展。社会学家库利(C.H.Cooley)认为,自我是与社会相互联系的,是在社会交往中由他人评价和判定而成,即"镜像自我","人们彼此都是一面镜子,每面镜子都映照着对方"②。后来米勒(G.T. Miller)进一步强化了"镜像自我",认为自我由"主我(I)"和"客我(me)"构成,主我即知觉主体,客我即知觉对象,主我召唤客我,客我顺应主我。这种自我观念是在纯粹或抽象意义上建构的,虽充分肯定了人的主体价值,却将自我与自然对立起来,自我异于自然而存在。

然而在生态自我观念下,自我不再独立于自然之外,而是自然参与其中并不断向自然延伸,自我与自然互相融合,形成涵盖个体自我与自然万物为一体的大我。在生态批评实践中就要借鉴生态自我思想,促进人与自然万物同构、同质的全新自我观念的形成。为此,首先要在心理意向上做到生态认同。生态认同(ecological identity)是对人以外其他生命存在的认同,是在认知上接受其他生命体的存在,感受到它们与人的生命一样具有同等的生命意志,两者具有互通性、相似性。只有这样才能达到不仅对人自身、还要对自然界其他生命体的尊重、关

---

① 车文博:《西方心理学史》,浙江教育出版社1998年版,第467页。
② 周晓红:《现代社会心理学名著菁华》,社会科学文献出版社2007年版,第276页。

怀与热爱的心理现实,就能感受到人与其他生命体之间的同一性,做到尊重自然生命、呵护自然生命,消解人与自然万物之间的边界,在自然万物中观照自我,在自我中洞悉自然万物,形成人与自然万物之间彼此依存、相与为一的生命共同体。如同李白的"相看两不厌,只有敬亭山"一样(《独坐敬亭山》),诗人将自己的生命体验贯注到眼前的敬亭山,敬亭上也像他一样深情地注视着他,两者真正做到物我两忘、交融无间的灵魂交流。

在生态批评中还要体现生态体验(ecological experience)的意向。生态认同在认知层面上确立生命之间平等统一的道德伦理,生态体验则是在精神层面上形成人与自然的情感交融、心灵互映,体现出人与自然万物之间一种深刻的生命状态,情感互通、灵魂互联,心理互亲。诗人于坚的《黑马》可谓是生态体验下"生态自我"的真实呈现。诗人写道:"一匹黑马　站在蔚蓝的天空下","它站在我的道路之外/啃噬着那片荒原/当我眺望它时　似乎我的生命/也成为它嘴下的青草","它站在我的道路之外　啃噬着那片荒原/一动不动　悠闲自在/而渴望驰骋的却是我/啊　像一匹马那样驰骋/黑马　你来看电视　我来嚼草/它站在我的道路之外对我无动于衷"①。在诗人笔下,不仅动情地抒发了黑马像"我"一样是生命的存在,而且大地和草木都有生命。不仅如此,"我"已与黑马、草木融为一体,我就是黑马,黑马就是我;我就是草,草就是我。诗人写得惊心动魄,又浑然天成,人、马、草都有各自"自我",但他们更是消解了人与自然万物边界的"生态自我"。在这里,自然万物的生命意志得到了充分表达和涌现,带给我们的是自然万物交融合一的"生态自我"式体验。

生态自我不是个体的自我与自然生命的简单叠加,而是自我与他者的交融或者主客体之间的合一,把自然作为自我的延伸,在自我中洞见自然的身影,在自然中观照人的存在。在生态批评中,我们要借鉴生态心理学思想,弥合人与自然相互对立、割裂状态,达成人与自然的和解、和合,构建人与自然互相交融渗透的生命共同体。

---

① 于坚:《于坚的诗》,人民文学出版社 2000 年版,第 83—84 页。

(三)构建人与自然和谐共生的精神世界

人不仅是物质性生存,更是精神性生存,然而我们正经受着精神危机,用海德格尔的话说就是"被抛在世",无家可归。海德格尔指出,人之所以无家可归,是因为"当今人的根基持存性受到致命的威胁"①。换言之,人们正失去自然的庇护,成为地球的流浪者,致以心灵无以安放,灵魂无以安居。近代以来,人的自我意识从"蒙昧""混沌"中得以觉醒,认识到自身的存在价值和意志力量,开始从自然中分离出来。于此,人与自然共生依存的关系演变为对象性的征服被征服、利用被利用关系。现代科技的发展又强化了这种关系,使得自我意识进一步膨胀,认为人在自然面前无所不能,无所不及,自然则成为确证人的力量、意志的疆界,其结果必然以牺牲自然环境为代价,换取物质的丰富来满足人的需要,同时人也把自身的幸福、安全、自由等精神性生存的追求维系在对物质的占有和消费上。然而这种对物质过度追求突出了人的"物性"而背离了人的"神性",最后对"幸福"的追求也变成一场梦魇,造成精神状态的失衡。拯救总在危机之处。重新修复人与自然关系,救治和完善人的精神世界也就成为生态心理学和生态批评共同旨归。

生态心理学揭示了生态危机的心理根源乃是人的精神为危机。米勒(G.T. Miller)就认为,生态危机是人的心理危机与精神危机的外在表现形式。② 也就是说,生态危机体现的不是生态本身的危机,而是人的精神危机,是人在征服自然、控制自然进程中把自身的存在、精神的追求、灵魂的安居从自然中分离出去,另立一个能够给人以存在价值与意义的绝对者,并把人的存在归置到由这个绝对者给出的理性之中,人便在这种理性之中得以安身立命并持存,最终致使人的灵魂丢失,陷入精神困境,正如生物学家贝塔朗菲所说:"我们已经征服了世界,但是却在征途的某个地方失去了灵魂。"③然而,针对生态危机的生态心理学,其

① [德]海德格尔:《海德格尔选集》(下),孙周兴选编,上海三联书店1996年版,第1235页。

② G.Tyler Miller Jr., *Living in the Environment: Principles, Connections and Solutions*, Belmont: Wadsworth, 2002, p.1.

③ [奥]贝塔朗菲、[美]拉威奥莱特等:《人的系统观》,张志伟等译,华夏出版社1989年版,第19页。

产生就肩负着弥合人与自然隔离的现状,并以此对人的精神起到救治作用。生态心理学家西奥多·罗扎克创造"Ecopsychology"(生态心理学)一词,认为其原意就是为人类的心灵找寻归属。国内学者吴建平在论述费希尔(A.Fisher)对"Ecopsychology(生态心理学)"一词的词源学追溯后,直接指出:"生态心理学可理解为使心灵靠近她自然的家和天生的住所,为心灵找到家园的心理学。生态心理学是关于'心灵和家园'的研究。生态心理学是为了给我们的心灵找到家,这个家便是自然。"①生态心理学将自然作为人类心灵家园的隐喻,其意图在于促进人类心理健康和精神完善,同时将拯救生态危机与救治人的心灵、精神作为一个统一过程,在环境和心理的关联互动中揭示生态危机背后深层的心理根源,既探索解除生态危机的心理学途径,又促进人的心理健全和精神健康的良性生成。

生态心理学这种深入到人的精神世界和心灵空间探索生态危机根源及救治路径,同样与文学具有异曲同工之处。作为人类精神活动产物的文学,以一种超越现实制约、突破世俗藩篱的品格,既体现人类生存的终极思考,也深入到人性的渊府之中探寻人的本真存在,文学这种精神情怀使得文学具有人类心灵家园的属性。在文学的精神世界构筑中,人与自然关系的呈现是其基本底色,就如海德格尔所说:"作诗并不飞越和超出大地,以便离弃大地、悬浮于大地之上。毋宁说,作诗首先把人带回大地,使人归属于大地,从而使人进入栖居之中。"②虽他所言"大地"具有多重意蕴,但大地的自然属性是其基本内涵,揭示了文学活动中人与自然关系挥之不去的情结。文学的"大地"属性揭示了人的现实生存的本质诉求,确证人与自然关系以及生命存在的有机性和合理性。在文学中,通过呈现人与自然的交往互生的历程,一方面解析了人与自然交往中互相依存的和谐统一关系,另一方面也反思、批判了人类活动中破坏环境、毁坏自然而造成生态危机的不当行为,引导人们在文学体验中渗入生态体验,以此唤醒人与自然的天然情感,建立与生俱来的联系,表达出构建人与自然和谐相处的精神愿望。

---

① 吴建平:《生态自我:人与环境的心理学探索》,中央编译出版社2011年版,第157页。
② [德]海德格尔:《海德格尔选集》(上),孙周兴选编,上海三联书店1996年版,第476页。

在人与自然的原初想象之中,超越尘世的繁杂和喧嚣,使人得到心灵的自由和精神的皈依,从而以一种整体富足感取代内心的物质渴望,以自然万物的模样与之相处共生,在人与自然相与为一的原乡中安顿灵魂,健全、丰盈人类的精神世界。

生态心理学虽起源于心理学学科内在发展的反思,但随着生态危机的加剧,越来越多的生态心理学家从学科视角探寻生态危机的根源及解决方案,揭示出生态危机是人的危机,是心理、精神危机。为此,生态危机的解除也只有扎根于人的心灵世界之中,扎根于人与自然的关系之中,形成平衡、协调的生态的心理状态,生态危机的最终解除才有可能。在生态批评实践中就要借鉴生态心理学的思想、理论,重新审视社会的发展方式、人们的生活方式以及对待自然万物的态度,引导人们形成协同共生的心理机制和生态观念,克制自身欲望,抗拒物质诱惑,以一种审美的、文化的、想象的方式,倾听自然万物的声音,唤醒隐匿在我们灵魂深处的生态无意识,重新建立人与自然万物的情感联结,在这种亲密接触和情感体验中获得精神主体的富足、宁静与甜美,以取代内心对物质追求带来的不确定感、焦虑感、恐惧感。如此,统一、完整、富足的精神状态才能形成,拯救地球、拯救自然、拯救自身也就变得现实。然而,在生态批评实践中,人们虽从多角度展开了探索和研究,但明显过于注重生态批评边界的拓展,体现了外向性的特征,而很少注重深入到人的心理世界和精神视域中进行探索和研究。生态心理学作为一门心理学科,其兴起与成熟必将为生态批评"向内转"提供一个新的向度,也期待越来越多的生态批评研究者重视和关注。

第十六章　生态语言学与生态批评

生态批评作为一种文学批评方式,关注的核心问题是"文学与环境的关系"。在有些生态批评者看来,"环境"(environment)一词具有很强的人类中心主义色彩,因为它暗示自然被设定为以人为中心、围绕着人而存在的外在客体。他们提出以"共境"(convironment)一词取代"环境",以强调人与自然之间不可割裂的共存关系。但术语的替换并不能改变一个客观事实:作为物质对象的自然和人类个体意识之间的分离。人与自然的共存和融合必须建立在这一分离的联结之上。因此,"人与自然的关系"也就可以表述为更具体的问题:人基于什么而与自然相联结。

从生物学的角度讲,人类和其他生物一样,凭借自身的感受器官,建立起与自然的基本联结。在此意义上,环境是由生命有机体特定的感受器和效应器的结构所决定的。因此,自然作为人类环境,只是人类在与自然的互动中所能感受到的世界,是自然所能提供的众多世界形态之一。但人并不仅仅是感觉动物,人还是符号动物。在贝塔朗菲看来,正是人所创造的符号体系,把他自己同所有别的生物区别开来。凭借符号,人类用推理的方式取代了躯体性直接感知,用书写历史取代遗传变异,用指向未来的目的性取代即时的生物性满足。简言之,符号让人类建立起一个与自然渐行渐远的人类世界。就像贝塔朗菲所言:"人生活于其中的世界,不是事物的世界而是代表着事物的符号的世界。"[①]在此意义上,人与自然的联结是建立在符号表征的基础之上的,即人类以符号的方式感知并

---

① ［奥］贝塔朗菲、［美］拉威奥莱特:《人的系统观》,张志伟等译,华夏出版社1989年版,第24页。

表征自然,自然以意义的形式呈现在人类面前。在一定程度上,正是这种联结方式决定了人与自然的关系史,也正是这种联结方式限定了人对自然的认知、情感和态度,从而导致人对待自然的实际行为。

文学以其特有的方式想象和描绘人与自然、人与自然的关系,表达人类对自然的认知、态度和情感,从而影响并引导人们对待自然的现实行为,这本身就是一种符号行为。生态批评对"文学与环境的关系"的关注必须经由中介环节——语言,因为在文学创作和阅读过程中,人们对自然的体验和认知是借助语言的意向性指称而被激发的。因此,生态批评在探讨"文学与环境的关系"时,语言是不可忽略的批评起点和基点。从这个角度看,生态语言学(ecolinguistics)与生态批评的关系极为密切。

生态语言学起源于20世纪70年代,最初只是将生态学的一般原则引入语言学研究,比如,借用生物有机体与其环境的互动关系、相关性,以及生物多样性等研究视角来探讨具体的语言"生态问题"。但发展至今,生态语言学越来越倾向于研究"语言在对越来越多的族群和个人造成影响的生态问题和环境问题中所起的作用"[1];一些生态语言学家甚至认为,生态语言学已经不再是一门研究语言的学科,而是"一种表达人与自然和谐统一的生态世界观"[2]。从生态批评的理论建构角度探讨生态语言学,不是为了单纯梳理生态语言学自身的起源、发展和趋势,而是为了探讨两者相互契合、相互补充、相互促长的可能性。

笔者之所以特别重视生态语言学,是因为文学是语言的艺术,语言是文学区别于其他艺术样式的根本。无论是对文学作品进行生态解读,还是对生态文学进行分析,语言都是最初的切入点。生态语言学对于语言的研究,为我们更加深入地理解作为语言艺术的文学提供了一种有效的工具或方法,对于扭转过于注重文学作品所传达的文化信息的"文化批评"有着独特的救偏补弊的作用。生态语言学与生态批评的结合点或许可以从这里去探讨。

---

① Alwin Fill, "Ecolinguistics: State of the Art 1998", in *The Ecolinguistics Reader: Language, Ecology and Environment*, Alwin Fill & Peter Mühlhäusler(eds.), London, New York: Continuum, 2001, p.46.

② Alwin Fill & Hemine Penz(eds.), *The Routledge Handbook of Ecolinguistics*, Oxon, New York: Routledge, 2018, p.3.

一、生态语言学的学科界定与研究方法

虽然生态语言学研究已经取得了初步成效,但其领域内部就研究对象、研究目的和研究方法尚未形成定论,因而无法加以明确定义。有些生态语言学家只是暂时将它定义为"一个跨学科的、互动的研究领域,其中自然科学(特别是生物生态学)和人文学科(语言学和哲学)相互关联"①。为此,国内外诸多研究者撰写文章,一为溯本清源,寻找生态语言学发展的历史根源;②二为厘清生态语言学近 50 年来的发展脉络和研究成果,确定更为明晰的学科发展方向。在这些综述式研究中,最具代表性的是对生态语言学研究路径和相应成果进行分类。一种是根据生态语言学的源起,将生态语言学研究分为两种模式。比如生态语言学家艾尔文·菲儿(Alwin Fill)认为,ecolinguistics 是涵盖性术语,包含了"the ecology of languages"(语言生态学)和"ecological linguistics"(生态语言学)两层含义,同时也指称两种不同的生态语言学研究路径:前者称为豪根模式,后者称为韩礼德模式。③

豪根模式又称"语言生态学"(the ecology of languages),即关于语言的生态学,是生态语言学的最初源头。1970 年,美籍挪威语言学家艾纳·豪根(Einar Haugen)提出这一概念,提倡以生态学的方法"对语言及其环境之间的互动"④进行研究。豪根提倡的"生态学"研究方法突破了当时语言学研究领域中的结构主义局限,将语言研究焦点从索绪尔的"语言系统"、乔姆斯基的"语言能力"转移到现实的语言使用情形之上。但豪根明确指出,生物模式在语言学研究中只是一个隐喻,用以说明语言和生物有机体之间具有某种相似性。这种隐喻性

① Jia Li(et al.), "Rethinking Ecolinguistics from a Distributed Language Perspective", in *Language Sciences*, 80(2020), pp.101-277.
② 参见赵奎英:《生态语言学的产生、起源、发展和趋势》,《厦门大学学报》2019 年第 5 期。
③ Alwin Fill & Hemine Penz(eds.), *The Routledge Handbook of Ecolinguistics*, Oxon, New York: Routledge, Routledge, 2018, p.2.
④ Einar Haugen, "The Ecology of Language", in *The Ecolonguistics Reader: Language, Ecology and Environment*, Alwin Fill & Peter Mühlhäusler(eds.), London, New York: Continuum, 2001, p.57.

主要体现在两个方面:一是豪根所指的"环境"并不是生物学意义上的环境,而是语言使用的社会和心理环境。"对语言进行生态学分析要求不仅描述每种语言的社会和心理学情境,还要描述这种情境对语言自身的影响。"①二是豪根提出的生态问题也并非与自然相关的生态问题,而是在隐喻的意义上将语言视为生物有机体,并探讨有关语言的具体问题,比如特定语言的分类问题,特定语言的发展方向等问题。尽管豪根的"语言生态学"研究模式中的"生态学"概念只是一种隐喻性的用法,但他所提倡的语言研究方法及其成果仍然为生态问题的讨论提供了思路。比如,豪根模式的大量语言学研究都聚焦于语言多样性和濒危语种,并且从"适者生存"这一生态隐喻的角度阐释语种减少和土著语言的消亡。这些研究最终指向一种生态预警:"自然物种多样性与人类语言和社会结构相互依存"②。

韩礼德模式是生态语言学(ecological linguistics,即生态的语言学)研究的第二条路径,同时也是生态语言学的第二个发展源头,尽管韩礼德本人并没有使用这个术语。在1990年第九届国际应用语言学大会上,系统功能语言学家韩礼德(Michael Halliday)发表题为《意义表达的新途径:对应用语言学的挑战》的演讲,旨在论证语法的功能和性质,并确立应用语言学的研究任务和社会责任。在具体阐释话语表述中的"语法共谋"时,韩礼德列举了英语语法中的四个现象:一是英语语法区分可数名词和不可数名词,比如空气、水和土壤,以及煤、铁和石油等被划为不可数名词,从而被解释为无限存在的。二是英语语法区分事物的属性,并为属性划分等级,例如"好"和"坏"、"大"和"小"、"快"和"慢",前者被认为是肯定的,后者属于否定性的。"更快、更大、更好"这样的等级观念因其在语法中的地位而深深印入人们的意识。三是英语语法将人类经验分为六种过程,人类是过程中主动的施事者,无生命的客体则成为被动的受事方。四是英语语法在解释现象时引入一种尖锐的二元对立:人类/非人类,这一对立也是有意

① Einar Haugen, "The Ecology of Language", in *The Ecolonguistics Reader: Language, Ecology and Environment*, Alwin Fill & Peter Mühlhäusler(eds.), London, New York: Continuum, 2001, p.63.

② Peter Mühlhäusler, "What Creolistics Can Learn From Ecolinguistics", in *The Routledge Handbook of Ecolinguistics*, Alwin Fill & Hemine Penz(eds.), Oxon, New York: Routledge, 2018, p.136.

识的存在物与无意识的存在物之间的对立。这种二分法假定,除了人类之外的一切事物都是无意识的,因而不能成为主动的感知者和思考者。韩礼德总结道,英语语法构成了现实生活中无处不在的思想观念:增长主义,自然是无意识、无生命的客体,自然资源是无限的,这些观念引导着人们的现实行为,对生态系统构成巨大的威胁。韩礼德因此被称为语言学领域第一个提出以下问题的人:"语言模式真的会影响人类以及地球上其他物种的生存和幸福吗?"[1]

基于研究者对"语言环境"的理解,生态语言学家斯特芬森和艾尔文·菲儿(Sune Vork Steffensen & Alwin Fill)又将生态语言学中语言和生态的联系分成四种类型:"语言存在于符号生态中,语言存在于自然生态中,语言存在于社会文化生态中,语言存在于认知生态中",因此生态语言学也就致力于四个不同层面的研究:"符号生态"研究致力于以描述语言学方法,研究濒危语言的词汇和语法,以保护和促进语言的多样性;"自然生态"研究则致力于考察语言和自然生态环境之间的互动关系,探讨语言对自然生态环境的影响;"社会文化生态"研究致力于阐明社会文化对语言习得和语言团体的影响;"认知生态"研究则希望通过考察语言与认知生态环境之间的关系,探讨有机体的认知能力对其所处环境的影响。研究者指出,这四个研究层面都将语言学和生态学视为相互关联的领域,但对语言的"符号生态"和"社会文化生态"的研究并没有超越已有的社会语言学和人类语言学的研究范畴,只有对语言的"自然生态"(在一定程度上也包括"认知生态")的研究才真正关注语言和自然生态之间的交互,旨在揭露生态破坏型语言,提倡有益于生态的语言。研究者认为,决定生态语言学定位和新的研究领域的关键因素是语言—自然生态研究层面中对语言—生态关系的解释。[2]

国内生态语言学起步于 20 世纪 80 年代,起初多以引介西方生态语言学研究方法和成果为主,先后引入生态语言学研究的豪根模式、韩礼德模式、生态话

① Alwin Fill & Hemine Penz(eds.), *The Routledge Handbook of Ecolinguistics*, Oxon, New York: Routledge, 2018, p.5.

② S.V.Steffensen and A.Fill, "Ecolinguistics: The State of the Art and Future Horizons", *Language Sciences*, 41A, (2014): 6–25. https://doi.org/10.1016/j.langsci.2013.08.003; Jia Li(et al.), "Rethinking Ecolinguistics from a Distributed Language Perspective", *Language Sciences* Volume 80, July 2020, pp.101–277.

语分析等,但探索生态语言学研究的本土化视角已逐步成为国内生态语言学的研究重心,比如李国正的《生态汉语学》(吉林教育出版社 1991 年版)、周文娟的《论国际语境下生态语言学的儒学范式》(《北京第二外国语学院学报》2018 年第 1 期)等论著所做的尝试。自 2016 年起,国内连续承办国际生态语言学会议;2017 年,中国生态语言学研究会成立。国内、国际的业内交流日益频繁,中国的生态语言学研究已经引起国际学界同行的关注,生态语言学家艾尔文·菲儿甚至认为,随着生态语言学的进一步发展,中国哲学(儒家和道家思想)将发挥越来越重要的作用。[1]

尽管生态语言学作为独立学科尚且难以定义,但从不同研究者对生态语言学研究对象、研究目标所做的描述来看,生态语言学家们依然在以下几点享有共识:第一,生态语言学不同于传统的语言学研究。传统语言学研究采用一种"分离主义"的立场,既认为语言和话语是自给自足、自我约束的实体,同时也认为,作为语言使用者的人类与其他生命体之间并无关联。生态语言学家则坚持,语言与环境相互关联,不可分割。尽管豪根本人只把语言"环境"限定为语言使用的心理环境和社会环境,但豪根模式的生态语言学家们在研究语言多样性和濒危语种时,则把"环境"拓展进了自然生态环境。第二,语言影响人们对自然的认知,从而影响人们对待自然的态度和行为。生态语言学在探讨语言与环境之关联时,其基本理论旨趣就是要深入探讨语言和认知之间的深层机制,并在此基础上探索语言如何塑造人类与自然、与其他生命体的互动关系。第三,语言现象从根本上讲是人类特有的,因此在讨论人类物种与整个生态系统之关联时,语言是不可回避的话题。生态语言学家的任务就是力图从新的视角解释语言现象,探索语言之本性,从而为解释语言与生态之关系提供启示。

二、生态语言学及其语言观与生态批评

生态语言学探讨语言和生态之关系的预设前提是,语言影响人们对待自然

---

[1]　Alwin Fill & Hemine Penz(eds.) , *The Routledge Handbook of Ecolinguistics* , Oxon , New York : Routledge , 2018 , p.5.

的态度、情感和行为。为这一前提寻找理论依据,既可求证生态语言学研究的合法性和必要性,也是生态语言学研究的基本任务之一,即回答"什么是语言"这一根本问题,同时还能提升语言使用者对语言的认识和警醒意识。从生态语言学的发展状况来看,生态语言学家所持的语言观念不尽相同,但他们都从各自的语言立场理解语言和生态的关系,并形成各具特色的研究方法。

(一)韩礼德模式与语言建构论

在《意义表达的新途径》中,韩礼德明确提出"语言不是被动地反应实在(又译现实);语言主动创造实在"①。语言通过解释(construe)社会和自然而创造我们所生活的世界,同时也建构人类的认知系统和知识、信念系统。他认为语言不是先天的"语言能力",也不是人为设计的符号系统,语言是人类进化的产物,因此,"自然语言足以使我们能解释我们周围的更广阔的环境,即社会秩序,也使我们能解释自然秩序"②。他认为:"在使用语言时,我们同时观察着环境并侵入环境。几乎每一句话都有一个概念意义,与真实世界的过程和事物相关;还有一个人际意义,与讲话者承担的角色和采取的态度有关。语义系统围绕反思和行为这两个中心组织起来,因为这样的组织,它成了文化的隐喻,因为文化是自然和社会环境结合的构建。"③在韩礼德看来,如果语言仅仅通过与物质世界的范畴相呼应,被动反映我们对外部世界的经验,那就很难看出我们如何通过影响语言来动摇或颠覆现存秩序。但人们现在正希望通过规划语法以克服各种歧视和偏见,比如性别歧视和对自然的偏见。他认为这样做是有道理的,原因就在于:语言不是呼应,而是解释。

语言通过语法解释世界,建构意义系统。韩礼德强调,并不存在先于语言的范畴和概念,有关物质世界的范畴和概念是在物质与符号的交叉点上,通过语言的解释而获得的。韩礼德的这一观点深受人类语言学家爱德华·萨丕尔和本杰明·李·沃尔夫的影响。沃尔夫认为:

---

① M.A.K.Halliday, "New Ways of Meaning:The Challenge to Applied Linguistics", in *The Ecolonguistics Reader:Language, Ecology and Environment*, Alwin Fill & Peter Mühlhäusler(eds.), London, New York:Continuum,2001,p.179.

② [英]韩礼德:《韩礼德文集》,李战子、周晓康等译,湖南教育出版社2006年版,第60页。

③ [英]韩礼德:《韩礼德文集》,李战子、周晓康等译,湖南教育出版社2006年版,第385页。

我们从现象世界中分离出范畴和种类，并不是因为它们客观地呈现于每一个观察者面前；相反，呈现在我们面前的世界是千变万化的印象流，它们是通过我们的大脑组织起来的——在很大程度上是用我们大脑中的语言体系组织起来的。我们将自然切分，用各种概念将它组织起来，并赋予这些概念不同的意义。①

受此影响，韩礼德强调语法对实在的建构功能。语法，包括自然语言的词汇和句法，就是有关人类经验的理论，因为"正是语法——此处特指词汇语法（lexi-cogrammar），即语法和词汇，两者不可分割——塑造经验，并将我们的知觉转变为意义"②。但韩礼德认为，语法既是一种思考方式（一种关于人类经验的"理论"），又是一种行为方式（一种社会"惯例"），同时也是一种约束力。"由于语法对我们想要表达的意义也会做出限定，它也限定我们对经验的解释。"③我们总是无意识地通过既定语法来解释经验，认识事物，构建世界。此时的语言既"呈现"又"遮蔽"。因此，语言学家对语法的描绘，就是对世界，特别是意义世界的描绘，其目的就是解释语法对实在的建构与遮蔽。

语法是意义构造潜能，但韩礼德并不把这种能力看作超越历史之上的某种恒定的力量。他认为语法根据一定历史时期占主导地位的生产方式和生产关系解释实在。由于生产方式和生产关系的历史性变迁，语法解释实在、构建意义的模式也会随之变化。他指出："语言的历史是人类历史的不可分割的部分。人类历史上的主要剧变也是语言剧变。"④韩礼德认为，人类历史的四次剧变对符号历史造成了至关重要的影响，它们分别是：一是定居；二是古希腊、印度和中国的"铁器时代"；三是以欧洲的"文艺复兴时期"为开端，在工业革命达到高潮；四是当下的信息时代。在不同的历史时期，语法以其特有的方式解释实在，建构经

---

① ［美］沃尔夫：《论语言、思维和现实》，高一虹等译，湖南教育出版社 2001 年版，第 211 页。

② M.A.K.Halliday，"New Ways of Meaning：The Challenge to Applied Linguistics"，in *The Ecolinguistics Reader：Language，Ecology and Environment*，Alwin Fill & Peter Mühlhäusler（eds.），London，New York：Continuum，2001，p.179.

③ ［英］韩礼德：《韩礼德文集》，李战子、周晓康等译，湖南教育出版社 2006 年版，第 98 页。

④ M.A.K.Halliday，"New Ways of Meaning：The Challenge to Applied Linguistics"，in *The Ecolinguistics Reader：Language，Ecology and Environment*，Alwin Fill & Peter Mühlhäusler（eds.），London，New York：Continuum，2001，p.180.

验,因而世界也以不同面貌呈现出来。其中,文艺复兴开启了西方社会的现代时期,语法再次重组,以训练有素的官僚式和技术统治论模式重新解释实在,这种语法模式已经成为我们现在通用的语言形式。

语法作为意义构造潜能不仅是历时性的,其解释模式还保持着多样共存的特点。这种现象首先发生在不同的语言共同体中。韩礼德认为,对同一世界的解释,有些语言团体的解释模式属于狩猎采集、非定居文化;有些群体则采用定居的但未城市化的农业模式表达意义;还有相当大一部分人口则被工业化的城市语义模式所支配。这些语言群体并不是彼此孤立的,不同的意义模式不断地相互混合、相互渗透。就享有同一套语法的语言共同体而言,不同群体的成员也可以通过选择同一体系中的不同可能性,以不同的方式激发这一语法的潜能,并以此解释不同形式的经验模式和社会关系。正是因为解释模式的多样性,人们才在同一语言中区分出不同的话语模式,比如男性话语和女性话语,日常话语和科学话语。与日常话语相比,科学话语解释现实的主要语法特征就是名词化,即将现象"事物化",略去现象的过程性、动态性和关联性,从而对现象加以测算、概括和分类。韩礼德认为,自20世纪以来,以这种话语形式解释现实越来越显露它对世界的异化:世界完全由物构成,物变得越来越抽象,与日常口语所体现的经验建构越来越疏离。

正是基于语法解释现实的能力,语法的历时性变迁,以及语法的解释模式的多样共存,韩礼德才提出"语言问题就是社会政治问题。两者只要有一方未解决,另一方也得不到真正的解决"①。对生态语言学家和生态批评者来说,韩礼德语言观的启发在于:一是既然语法解释世界的模式是可以改变的,那么深入分析、描绘不同历史时期表征自然和生态问题的话语模式,就能探测不同历史时期人们对这些问题的认识和态度,以及他们相应的行为所造成的后果。这对当下人们认识并应对生态危机无疑是有借鉴意义的。二是比较不同语言共同体用以解释现实的语法模式,则可为人们提供观看、体察世界的多维视角,而避免将当

---

① M.A.K.Halliday, "New Ways of Meaning:The Challenge to Applied Linguistics", in *The Ecolonguistics Reader:Language, Ecology and Environment*, Alwin Fill & Peter Mühlhäusler (eds.), London, New York:Continuum, 2001, p.198.

下主流话语所解释并建构的世界当作唯一可能的世界形态。三是辨析同一语法系统用于解释现实,表征自然和生态问题的不同模式,区分出有益于生态的话语模式,推广并强化这种话语模式,以期在改变人们的认知和态度的同时,潜移默化地带来语法解释模式的更新。

(二)体验实在论和作为认知模式的语言

生态语言学的另一个理论来源是认知语言学。生态语言学家艾伦·斯提比(Arran Stibbe)在其代表作《生态语言学:语言、生态与我们信奉和践行的故事》中将"故事"定义为影响行为的心理模式、心灵的认知结构,并声称该书继承了认知语言学创始人之一乔治·莱考夫和马克·约翰逊(George Lakoff & Mark Johnson)在《我们赖以生存的隐喻》中提出的语言观念和理论框架。"虽然不可能直接观察人们的思维和认知结构,但分析由此产生的语言特征模式是可能的。我们所讨论的故事具有三个维度:人们头脑中的认知结构,许多人心中所共享的'赖以生存的故事',潜在故事的具体表征,即故事的语言表现形式。"[1]斯提比的研究思路清晰地体现了认知语言学的基本理论假设:语言不是思维的载体和信息交流的工具,语言是人类认知能力和认知手段之一,语言结构和思维结构同构。

兴起于 20 世纪 70 年代的认知语言学深受认知科学,特别是认知心理学的影响。对认知语言学来说,语言并不作为人类大脑独立的认知机制而决定思维的方式和内容,语言和人类其他认知机制——基于身体的感知觉器官、肌肉运动,以及神经系统的刺激—反应活动而形成的经验、意象图式、注意力、记忆等——共存并相互作用,共同构成人类心智的理性和认知能力。思维的内容即概念,是人类头脑中形成的对客观事物的想法和信念,是头脑中对客观事物的知识体系,但它的最初来源并非语言。概念结构从本质上讲来自人体和世界之间的互动,来自体验。在和世界的互动中,人们通过身体体验形成最初的概念隐喻、意象图式等认知模式,借助它们,人们可以组织更为抽象的经历,使之系统

---

[1] Arran Stibbe, *Ecolinguistics: Language, Ecology and the Stories We Live by*, Oxon, New York: Routledge, 2015, p.186.

化。这种基于人之身体的、认知的、社会性的体验是形成概念系统的基础,也是语言系统的基础。莱考夫为人类认知机制的概念化能力提供了一种神经科学的依据:

> 分门别类是我们身体性经验的结构。我们已经进化到可以将事物范畴化……每当一个神经束将不同的输入变成相同的输出时,就出现了神经上对信息的分门别类。①

在认知语言学看来,语言符号是词汇化了的概念,词汇表达概念,词汇等同于概念。而语法是象征性的结构式,用来构建概念内容的结构,为概念内容提供规约性的象征关系。在认知语义学中,语言的意义不是符号与客观世界之间的对应关系,语言的意义与人类的身体和大脑有关,即"与意义所在的场所和我们与世界的互动的方式有关"②。因此,意义的建立和最终确定与词汇所激发或暗示的"框架"(frame),"心理空间""认知域""概念隐喻""概念合成"等心理认知机制和过程密不可分。对认知语言学家来说,他们的主要研究任务之一就是探讨各种认知机制和过程如何影响并构建了语言结构或意义。反之,描绘语言的词汇、句法和语法结构,既可探测隐藏于语言背后的认知机制和过程,同时也可揭露相应的语言表征如何解释、组织并建构了现实和世界。因为语言的基本单位——字或词——是既互相独立又相互关联的概念范畴,这些概念范畴不仅描述我们的生活和环境、我们的心理世界和我们置身其中的物质世界,同时也构建并定义了我们的生活经验和世界经验:

> 认知语言学认为,我们不但通过感知、运动、视觉、听觉等人类基本能力来建构我们的生活和了解物质世界;我们更通过解析或者说剖析词义、厘清既有概念范畴的内涵、不断构建新的概念范畴等概念手段,来实现对我们所置身的世界的"解剖"和"再解剖"、切分和再切分,从而不断深化我们对生活和世界的认知和再认知。③

---

① George Lakoff & Mark Johnson, *Philosophy in the Flesh: The Embodied Mind and Its Challenge to Western Thought*, New York: Basic Books, 1999, p.12.

② George Lakoff, *Ten Lectures on Cognitive Linguistics*, Beijing: Foreign Language Teaching and Research Press, 2007, pp.41-42.

③ 王馥芳:《认知语言学反思性批评》,外语教学与研究出版社 2014 年版,第 53—54 页。

对生态语言学而言,语言结构与思维结构的同构性无疑有着很大的吸引力。如果说韩礼德模式的语法描绘是"以言行事",通过对词汇语法的批判性分析引导人们对待世界的认知、态度和行为,那么认知语言学则强调"言"即是"行",是基于身体的、社会的认知和体验,"言"与"行"相互关联,相互促进。因此,以认知语言学为理论依据的生态语言学研究就会认为,对"言"(话语)的探讨即是对"行"(认知)的剖析和矫正,这种理论预设在斯提比的《生态语言学:我们赖以生存的故事》中表现得尤为明显:"本书所关注的正是概念系统的层面。如果我们的概念系统影响了我们在这个世界上的行为,那么它就会鼓励我们去保护或破坏生命赖以生存的生态系统。"[1]

认知语言学对生态语言学的另一启发就在于它所基于的哲学思想——具身的实在论(embodied realism)。莱考夫倡导一种具身的实在论,反对笛卡尔式的人之理性存在与身体、与身体所处环境之间的分离。在莱考夫的哲学观念中,人类心智并不具有先天的理性和语言能力,它是在身体与环境之间的互动过程中进化而来的"具身的心智"(embodied mind),其主要功能就是移情投射,即把人类的身体经验投射到对自然现象的解释之上。"富有想象力的投射能力是人类极其重要的认知官能。"[2]莱考夫认为,在移情投射中,自然现象成为人类身体经验的延展,比如,用指称身体部位的名称命名自然事物如"山头""山脚""桌腿"等;或者让自然和人类一样,成为具有自发能力的施事者,其典型例子就是自然人格化。在此意义上,莱考夫认为,人类的"具身的心灵"体现了天然的人与自然的生态整体性特征:

> 生态环境对我们来说并不是"他者",并不是我们邂逅事物的聚集,而是我们存在的一部分。它是我们存在的家园,是我们特性的所在,如果离开它,我们就不复存在。正是通过移情投射,我们开始了解我们的环境,理解我们如何是其一部分,同时它如何是我们的一部分。正是通过身体,我们能

---

[1] Arran Stibbe, *Ecolinguistics: Language, Ecology and the Stories We Live by*, Oxon, New York: Routledge, 2015, p.186.

[2] George Lakoff & Mark Johnson, *Philosophy in the Flesh: The Embodied Mind and Its Challenge to Western Thought*, New York: Basic Books, 1999, p.288.

够分享大自然,不像旅行者、登山者或游泳者那样,仅仅是匆匆过客,而是作为自然本身的一部分,一个巨大的包罗万象的整体之中的一部分。因此,用心体会具身化的精神(embodied spirituality),就是一种生态精神。①

从这个角度来看,莱考夫的具身的实在论语言观与18世纪哲学家维柯的隐喻思维和语言起源论极为相似。维柯是认识与实践统一论者,在论述语言的诗性特征时,他从未忘记语言的"诗性",既作为认识活动的开端又是实践的结果,其中交织着人类认识世界,建立人与世界之关系的特定思维模式,他称这种思维模式为诗性智慧,或诗性逻辑,以区别于那看似唯一合法的理性思维。维柯把人类身体当作人与世界整体性关系得以形成的根本性纽带。正是人类自身的感觉、情感与生命力的投射,世界万物才得以为原初人类所把握。原初人类与世界的关系是一种相互触摸、谛听和凝视的关系,是生命之流相互流通的过程。维柯比任何一位启蒙主义时期的思想家更关注人类的感官功能,看重人类感官在建立人与世界之关系时所起的作用。他说:"人类本性,就其和动物本性相似来说,具有这样一种特性:各种感官是他认识事物的唯一渠道。"②诗性语言、诗性智慧的形成都依赖于这种感官功能,依赖于原初人类与世界的体验性接触之上。"原始人心里还没有丝毫抽象、洗练或精神化的痕迹,因为他们的心智还完全沉浸在感受里,受情欲折磨着,埋葬在躯体里。"③

但强调语言和认知的具身性(或身体性)是一把双刃剑。一方面,传统的语言观念强调语言作为符号的抽象和推理作用,从而导致人类认知与其所处环境之间的疏离。强调"具身的心灵"的认知方式以及与此同构的语言模式,无疑可以通过语言激发人类与其环境之间的身体性经验,重建人与世界之间以体验为基础的互动关系。将自然体验作为自身身体的延展,而不是外在于人的无意识客体,这无疑也会改变人们对待自然的态度和行为。但是,以人类身体为依据的认知方式亦有陷入人类中心主义窠臼的危险。在海德格尔看来,"体验始终意

---

① George Lakoff & Mark Johnson,*Philosophy in the Flesh*:*The Embodied Mind and Its Challenge to Western Thought*,New York:Basic Books,1999,p.289.
② [意]维柯:《新科学》(上),朱光潜译,安徽教育出版社2006年版,第220页。
③ [意]维柯:《新科学》(上),朱光潜译,安徽教育出版社2006年版,第223页。

461

味着归溯关系,也即把生命和生命经验归溯于'我'。体验指的就是表示客体对主体的归溯关系。就连人们常常讨论的我—你体验,也在形而上学的主体性领域内。"①在人对自然的这种"归溯"性体验中,自然虽然因"人"的修辞而获得了生命的形态,但它承载的依然是人类的感知、情感、意志和目的,它自身的生命和价值依然处于失语状态。

当霍尔姆斯·罗尔斯顿建构其环境伦理学时,他就时刻警惕这种隐蔽的人类中心主义。他指出,如果对生态系统的保护仅仅是出于人类利益,那么最优化的生态系统也只能是促进人类福祉的一种精明的手段。对罗尔斯顿来说,人与自然的道德关系必须基于对自然自身的善和内在价值的认同之上。走进荒野首先是身体性的,但目的却不是以身体为中心对自然加以表征,而是"走入自然中,去寻找和听取它以自然的形式表达自己。这些表达形式是由一些并不由我们构建的价值形成的"②。在罗尔斯顿看来,走进荒野不是为了将自然"归溯"于我,而是接受自然的引导,让自然"给我们以教育,引导我们走出来,懂得我们是谁、我们在哪、我们的秉性如何,等等"③。由此可见,如果生态语言学仅将语言定义为一种认知机制,同时又把这种认知机制定位于身体性心智的功能,那么生态语言学似乎还是无法真正找到让"自然言说"的新的语言观念,从而也无法真正建立起全新的自然观念。

(三)延展性认知与分布式语言观

或许,从更为激进的语言认知观来看,韩礼德的语言建构论和莱考夫的认知语言学模式都囿于同一个局限:他们没有认识到,"从生物学上讲,人是一个语言有机体,而语言是一种生物现象"④,而力图突破这一局限的则是分布式语言运动的目标。2007 年,分布式语言学协会在悉尼召开会议,同年,南丹麦大学语

---

① [德]海德格尔:《在通向语言的途中》,孙周兴译,商务印书馆 1999 年版,第 106 页。
② [美]霍尔姆斯·罗尔斯顿 III:《哲学走向荒野》,刘耳、叶平译,吉林人民出版社 2000 年版,第 68 页。
③ [美]霍尔姆斯·罗尔斯顿 III:《哲学走向荒野》,刘耳、叶平译,吉林人民出版社 2000 年版,第 69 页。
④ A.V. Kravchenko, "Two Views on Language Ecology and Ecolinguistics", in *Language Sciences*, 54 (2016), pp.102–113.

言学家斯蒂芬·考利（Stephen J.Cowley）在《语言科学》（*Language Science*）发表《分布式语言的认知动力学》一文（The Cognitive Dynamics of Distributed Language），这两个事件标志着分布式语言运动的开端。这一运动为生态语言学研究提供了新的视角：它一方面重新审视当下生态语言学研究中豪根模式和韩礼德模式所持语言观念的局限，同时又从"生物生态共存"的宏观角度探讨语言、认知、行为和世界的内在关联，寻求应对生态问题的策略。

在《生物生态和语言：必然的统一体》一文中，分布式语言运动的主要倡导者斯提芬·考利详尽分析了当下生态语言学家对语言的界定。他认为延续豪根模式和韩礼德模式的生态语言学研究仍然秉持自古希腊以来就形成的主要假设，即人类语言是"一个独特的、受规则支配的现象，最好在排除其他人类行为的情况下对它进行独立的研究"[1]。这种理论假设形成一种"双重系统"语言观，即语言与行为相分离，语言形式与人类活动相分离。理论家们则强调对语言系统加以分析和描述，而忽略对语言的即时使用行为的考察。考利认为，基于这种理论假设和研究方法，语言既被想象为大脑或身体内部的一种能力，但同时又被当作具有重要指称功能的人造代码，独立于经验和生命体。考利指出，韩礼德和豪根都将语言还原为类似的系统，并将语言研究的视角局限于语言（系统）与语言使用者所处环境之间的互动，以及语言建构的生活世界范围之内。在考利看来，韩礼德的语言建构论虽然在提高人们对性别、生态等问题的认识方面富有价值，但意义的建构与人们的行为之间、思想和感受之间是相互分离的。就像后现代思想过于专注于文本和解释（construal）而使得生命体验变得贫乏，豪根模式和韩礼德模式的生态语言学研究如果仅专注于语言形式的社会文化层面，则会忽略真实存在于生物生态中的事件，因为它们关注的不是更广泛的生物生态的后果，而仅仅是生活世界的后果。在考利看来，这两种研究模式并不真正考虑语言在人类有机体—环境系统中的传播，以及语言对构成生命世界的许多过程所产生的影响。

---

[1] Stephen J. Cowley, " Bio-ecology and Language：A Necessary Unity ", in *Language Sciences*, 41 (2014), pp.60-70.

考利所倡导的分布式语言认知观就是力图从"生物—生态"这一更为宏观的角度讨论语言的起源、定义和语言在生命世界中的作用。为了实现这一意图，考利首先引入"生物—生态"概念，并将这一概念从原来的"动物—植物构成"拓展为"植物—动物—人类—文化"①共同构成的生命世界，以此指出：生物生态不仅受到地球物理因素的影响，人类也会对这些相互作用的因素产生直接的影响。但真正改变生物生态的不是人类物种（基因）的出现，而是人类物种的语言行为，以及随之而产生的人类文化。

但语言并不是作为独立于行为和行为所处环境的解释系统发挥其建构作用的。无论是从最初的起源来看，还是作为当下的具体实践活动，语言、行为、认知和环境都处于同一个动力系统，不可分离。为此，考利引入"延展认知"（extended cognition）和"分布式语言"（distributed language）两个概念。"延展认知"代表第二代认知科学对第一代认知观的超越。第一代认知科学认为认知是人类天生的心智功能，而且心智独立于外部世界而发挥作用。第二代认知观又称具身化认知（embodied cognition），强调认知和心智是基于身体这一物理结构和活动图式，在身体与世界的动态耦合中产生的。"延展认知"作为具身化认知的观点之一，不仅关注身体在认知实现中的作用，而且强调认知会超越大脑和身体的局限，在身体与世界的互动中往外延展。在考利看来，认知并不先于行为，而是在行为中产生。这种行为是灵活的、适应性的行为，是人类在约束身体活动的环境中自我调节时产生的，因此认知只会在大脑、身体和环境的特定部分共同影响行为之时产生。而语言，则内在于人类行为，首先以语言行为（languaging）的方式随着有机体—环境系统之间相互作用而产生。相比之下，莱考夫的认知语言观也具有延展认知的特点，但由于莱考夫专注于论证以移情投射为基础而形成的认知机制即概念隐喻的合法性，从而忽略了对身体与环境互动中语言行为的深入探析，而这，正是分布式语言运动的重心所在。

分布式语言运动认为，语言由一阶语言行为（first-order languaging）和二阶

---

① Stephen J.Cowley,"Bio-ecology and Language:A Necessary Unity", *Language Sciences*, 41(2014), pp.60-70.

语言模式(second-order language patterns)构成。对语言的这种重新界定,一方面是为了摆脱由语言系统和语言使用所构成的双重系统语言观,另一方面也是为了更为清晰地描绘语言与身体、行为、认知和环境之间的紧密关联。在一次访谈中,考利坦言,分布式语言认知观的精髓就在于"承认人脑、身体和世界的协同作用",而分布式语言运动的关键性步骤就是"基于分布观的语言与认知的联系"。① 在分布式语言视角下,语言首先是身体性的一阶语言行为,其次才是符号性的语言系统,或者说是可以用形式和功能加以描述的话语。从语言起源的角度讲,语言不是起源于"心灵",而是基于身体的协调、人类的听觉和特定场合的一次性事件的相互联系。语言可以被追溯为"共享"的声音模式对行为的限制,同时,语言可能塑造了各种实践活动,如生火、打猎、建立性关系、种植、收获、储存和烹饪食物。正是一阶语言行为让人类在与他人和世界互动时进行自我建构,成为生物生态的一部分,而语言行为也成为对有机体—环境系统造成重大影响的动态交互方式。通过一阶语言行为,人们共同协作,重复并积累经验,并对世界做出可能的解释。

一阶语言行为这一概念表明,一旦人参与到语言活动中,人就成为生物生态的一部分。人的身份和自我的形成"依赖于物理世界、我们的身体和生物世界的持续波动:我们依赖于生命的动力学"②。同时,一阶语言行为虽然基于身体与环境的互动,但其可重复性产生了二阶语言模式,显现为词汇语法模式,引导并约束一阶语言行为。在分布式语言视角下,一阶语言行为虽然发生于特定时空,但它所使用的交流模式蕴含着在缓慢的时间尺度上逐步形成的社会文化和价值观念。一旦人们将一阶语言行为和二阶语言模式协调起来,语言的确就成为人类的第一项技术,影响包括人类和其他生物在内的整个生物生态。在认知生物学中,生物系统分为一阶单细胞生物、二阶多细胞生物和三阶社会组织系统。与其他生物系统相比,作为三阶生命系统的社会组织不仅仅是生物性的;它在与环境相互作用的关系领域中运作,建立了一种不能用物理空间来描述的人

---

① 周文娟、[丹麦]斯蒂芬·考利:《分布式语言运动及其对于生态语言学与认知科学的重要启示——斯蒂芬·考利教授访谈录》,《鄱阳湖学刊》2017 年第 2 期。

② Stephen J. Cowley, " Bio-ecology and Language: A Necessary Unity", in *Language Sciences*, 41 (2014), pp.60~70.

类生态位,其特点就在语言。一阶语言行为和二阶语言模式构成了人类特有的"延展性生态假说"(extended ecology hypothesis),①它将因语言互动而产生的经验、价值和意义融合进生态结构。语言源自身体与生物—生态系统的互动行为,即一阶语言行为;在缓慢的时间尺度上,基于一阶语言行为的二阶语言模式聚集了人类在与环境互动中形成的经验,从而形成丰厚的社会文化资源;而在具体的一阶语言行为中,人们通过征用这些社会文化资源使语言再次成为生物—生态的一部分。语言因此超越了个体的生命,作为一种感知工具,以特定的行为模式在生物—生态中发挥作用。因而,分布式语言观指出:"语言通过影响人们在自然中的感知和行为而延展了人类生态。"②

生态语言学研究一般将语言和生态视为两个独立领域,然后再在两者之间建立联系。从分布式语言观的角度来看,这种研究方法无疑是存在误区的:许多生态语言学研究都聚焦话语对自然的语言表征方式,并据此判断话语是否有益于生态或者破坏生态,但就语言表征如何影响了人类行为却未能做出令人信服的说明。而分布式语言观则将语言与生物—生态视为不可分割的整体,这种自然化的语言观使人们对语言的本质有了新的认识,同时也启发人们思考,"语言如何通过约束说话者日常的微生态存在来影响宏观的生物—生态"③。人类的"微生态"存在即是人们的一阶语言行为和具有引导和约束力的二阶语言模式,因此,生态语言学的研究对象就不仅仅是语言和语言使用,而是延展性生态中的人类行为本身了。比如生态语言学家约书亚·纳什和彼得·穆尔豪斯勒(Joshua Nash & Peter Mühlhäusler)对南太平洋地区地名的研究就并不研究地名本身,而是研究地名是如何与所研究岛民的延展性生态相结合的,即"地名命名实践中的稳定模式如何与旅行、捕鱼等稳定模式相关联"④。

---

① Jia Li(et al.), "Rethinking Ecolinguistics from a Distributed Language Perspective", *Language Sciences*, Volume 80, July 2020, pp.101-277.

② Jia Li(et al.), "Rethinking Ecolinguistics from a Distributed Language Perspective", *Language Sciences*, Volume 80, July 2020, pp.101-277.

③ Jia Li(et al.), "Rethinking Ecolinguistics from a Distributed Language Perspective", *Language Sciences*, Volume 80, July 2020, pp.101-277.

④ Alwin Fill & Hemine Penz(eds.), *The Routledge Handbook of Ecolinguistics*, Oxon, New York: Routledge, 2018, p.401.

文学是语言的艺术,语言是文学这一艺术类型的根基。对语言所持的不同观念会直接影响人们对文本的意义阐释和文学功能的界定。生态语言学拓展了人们对语言的认识,启发人们发掘文学理论中已有的语言观,并将它们与生态语言学所持的语言观加以比较分析。同时,生态语言学对语言的词汇、语法、语篇等层面的具体研究也能为生态批评提供有效的文本研究方法,从而对生态批评中的文化批评倾向起到补偏救弊的作用。

三、生态语言学的语言分析与生态批评

基于不同的语言观念,生态语言学研究方法也会各有千秋,同时也各有局限,但就探讨语言与生态的具体问题而言,生态语言学家们却倾向于从诸多方法中博采众长。正如阿伦·斯提比所言,"生态语言学可以从最有用的语言学理论中吸取精华,并把这些精华聚合在一起,有必要的话还可以进行调试,使其形成一个理论上一致、实际上有效的工具"①。对生态批评实践而言,生态语言学现有的研究方法和成果中最可借鉴的便是语言分析:从词汇,到语法,到语篇,不同层次的语言分析不仅为现有语言系统和语言使用提供了清醒的理论批判视角,也为阐释不同类型的文本提供了切实可行的批评方法。

(一)词汇

早在 20 世纪初期,人类语言学家爱德华·萨丕尔(Edward Sapir)就指出:"一种语言的词汇最能够清晰地反映说话者生活的自然环境和社会环境。一个完整的词汇表确实可以视为包含了该(语言使用)群体所有的观点、兴趣、职业的复杂目录。"②他还指出,影响词汇特征的不仅是自然环境的存在,而且更是人类对自然环境的兴趣。比如,语言中泛称(general terms)的使用在很大程度上取

① 黄国文、[英]阿伦·斯提比:《国际语境下的生态语言学——阿伦·斯提比教授访谈录》,陈旸译,《鄱阳湖学刊》2018 年第 1 期。
② [美]爱德华·萨丕尔:《萨丕尔论语言、文化和人格》,高一虹等译,商务印书馆 2017 年版,第49 页。

决于对相关环境元素的兴趣是正面还是负面,对某些元素的文化态度越是冷漠,这些元素就越可能被一个通用名称所概括。

　　生态语言学研究延续并拓展了这一思路。穆尔豪斯勒(Peter Mühlhäusler)在《谈谈环境问题》一文中指出,主流语言学家仍然执着于一种幻觉,认为语言可以表达人们想要表达的任何东西。但这显然不是事实。他认为,当下讨论环境问题的语言是不充足的。语言使用的有效性必须满足三个层面的条件:一是指称充足,也即豪根所说的能满足语言使用者用以指称意义的语言容量;二是系统充足,即具备一个组织语言以达到经济和效益最大化原则的语义系统;三是社会充足,即语言团体的语言使用者数量达到最大化,语言被用于促进社会团结和相互交流,并能满足当下及预期的社会需要。① 以这三个条件检测英语对环境问题的讨论时,研究者发现,英语使用显现出明显的不足,比如英语中没有词汇可以用来指称“没有经济价值、没有销路、不能种植,但却有助于自然平衡的植物”,而“杂草”(weeds)一词显然无法充分表达这种植物的价值。比如“增长”(growing)这一个概念涵盖若干性质不同的现象,既可以指自然增长,人为增长,也可以指带来积极效应的增长和负面效应的增长,因此这一概念具有语义无区分的特征。再比如“肥料”(fertilizers)一词虽然可以提高农作物产量,却也回避了导致土壤贫瘠的后果,具有很强的误导性。在“重访巴比塔”一文中,穆尔豪斯勒强调“语言的多样性和自然世界的多样性都是功能性的”②。他认为,现存的一万多种语言反映了人类对不同社会和自然条件的必要适应,它们是通过精细的调整以适应变化中的世界所产生的结果,而取消词汇之间的“微调”(fine-tuning),就是语言贫瘠,随之而来的是世界的贫瘠,因为“有关各种现象的专业词汇和专业知识,如雪的类型、有用的植物、天气的类型或与孩子相处的方式等,都会突然消失”③。

① Peter Mühlhäusler,"Talking about Environmental Issues",in *The Ecolonguistics Reader：Language，Ecology and Environment*，Alwin Fill & Peter Mühlhäusler(eds.)，London，Yew York：Continuum，2001，p.31.

② Peter Mühlhäusler,"Babel Revisited",in *The Ecolonguistics Reader：Language，Ecology and Environment*，Alwin Fill & Peter Mühlhäusler(eds.)，London，Yew York：Continuum，2001，p.160.

③ Peter Mühlhäusler,"Babel Revisited",in *The Ecolonguistics Reader：Language，Ecology and Environment*，Alwin Fill & Peter Mühlhäusler(eds.)，London，Yew York：Continuum，2001，p.161.

　　生态语言学家安德鲁·戈特利（Andrew Goatly）秉承语法建构论思想，认为词汇语法决定意识形态，如人类中心主义或人类对自然的支配等。他认为，除非人们通晓两种语言，或者对语言中的词汇语法选择有特别的"微调"能力，否则很难不把语言强加的经验构成视为理所当然的常识。戈特利认为，词汇所蕴含的意识形态可以是公然的，也可以是隐蔽的，谈论自然和环境问题所使用的词汇同样也是如此。因此，在"词汇语法和生态语言学"一文中，戈特利按从"隐蔽"到"公然"的递增关系，将谈论自然和环境问题的词汇语法分为六个等级，[1]以便更好地探讨特定的词汇语法是如何影响人们对环境的感知和行为的。比如，在"Economic growth in mature economies is a cancer"这一表达中，词汇 cancer 的选择就是一种原创隐喻，相比传统隐喻 urban centers 而言，cancer 的使用就比 center 更为公然地表达出对经济增长欲望的质疑。而一些常用词汇，比如"资源"（resource）、"环境"（environment）、"杀虫剂"（pesticide）等，因其本身具有争议性，因而也会引发较为明显的意识形态联想。而一些情感性词汇，本身就暗示了对待事物的态度。比如"荒地"（wasteground）一词引导人们从人类利益的角度来评判一块土地的价值，而忽略了价值多元化的视角，因为如果从野生动植物的生长、昆虫自由繁殖的角度讲，这是一块极有价值的土地。戈特利认为，传统的隐喻性词汇和普通词汇所蕴含的意识形态（人类中心主义色彩）最为隐蔽，但其影响力却最为广泛，也更难以消除。比如人们早已习惯以拟人化的方式表达自然，并且认为这是表达关爱自然的正确方式，其中最为典型的例子就是将自然比喻为母亲或女神。但有研究者指出，"the rape of mother nature"这种表达方式一方面可能意味着人们对自然所应承担的道德责任，但另一方面却强化了人与自然的二元对立关系。就看似语义中立的普通词汇而言，其背后所隐藏的意识形态则更难以识别，比如将甘蔗称为"燃料"（fuel）在特定的经济文化中已成常识，但这种命名方式是真正意义上的"遮蔽"，因为甘蔗不仅仅被简化为一种资源，而且被简化为只能是这种而不是那种资源，其价值只建立在它是否满足某一

---

① Andrew Goatly, "Lexico-grammar and Ecolinguistics", in *The Routledge Handbook of Ecolinguistics*, Alwin Fill & Hemine Penz(eds.), Oxon, New York: Routledge, 2018, p.229.

群体的利益需求之上。

（二）语法

批判性地分析语法结构对经验的建构，这是生态语言学家探讨语言和环境问题之关系的另一重要手段。韩礼德甚至认为，描绘语法就是描绘世界。韩礼德的系统功能语法拥有一套语法描绘和语篇分析的概念和术语，它们既是生态语言学探讨问题的基本出发点，也是语言分析的基本手段。

韩礼德把语法的功能概括为概念功能、人际功能和语篇功能三种，认为每个小句都同时体现这三种功能。语法的概念功能形成语言的及物性语义系统，解释物质世界和心理世界，即把人们在现实世界中的所见所闻、所作所为分成六种"过程"（process）：物质过程、心理过程、关系过程、言语过程、行为过程和存在过程，每种过程都有相关的参与者和环境因素。语法的人际功能解释并影响人的社会行为，建立人与他者的关系，确立个人的身份和自我意识，体现为由语气、情态和评价构成的连续统。语篇功能则创建话语，构筑明确的符号现实，在这种现实中，概念功能和人际功能组合成统一的言语或书面语的意义流。在有关自然和生态问题的语言表征中，语法的概念功能建构了人们对自然和生态问题的认知，人际功能体现并影响着人们对自然和生态问题的情感、态度，从而影响人们的行为，而语篇功能则使得人们对自然和生态问题的认知和态度形成具体的语篇类型，得以交流和传播。在具体的语言使用中，语法解释并塑造，同时也限定了人们有关自然和生态问题的经验和认知。

但韩礼德也意识到，现有的语法构建功能与现代科学如量子物理学、生物生态学所观测到的世界不相吻合。现代科学的探测和研究表明，物质并非永恒的空间性事物，而是无广延的，处于过程中的；地球生物圈不是被动的自然环境，而是巨大的互动的生命有机体，能自发调节，积极趋向自我平衡。在现代科学视域下，世界形态由绝对转向相对，从物体转向过程，从稳态转向动态。但现有语法采用大量的实体化和名词化结构模式，以便对现象加以测算、概括和分类，但同时也略去了现象的过程性、动态性和关联性，最终将世界解释为"一个确定的、决定性的现实，在其中，物体占主导地位，过程只是界定物体，或为物体分类"①。但韩礼德认为,这种语法构建结果与世界真实形态之间的偏差是由语法范畴的具体运用,即语法隐喻导致的,语法本身无需对此负责。

基于对韩礼德语法观的辨析,生态语言学家安德鲁·戈特利(Andrew Goatly)提出了"绿色语法"的构想。他指出,韩礼德的及物性系统在解释并表征过程和人类在世界上的行为方面是有缺陷的,具体表现为以下几个方面:(A)施事者、受事者和环境的划分与现代科学理论,特别是盖娅理论不相契合。这种结构是建构不可分割的整体性观念的障碍。(B)施事者和受事者相区分,这与物质是主动的,或与自然内部的自身协调机制不相吻合。这种区分表征了一种错误的因果单一性。因为从长远角度看,施事者也是受事者,终将受到他自身行为后果的影响。(C)将施事者和受事者与环境因素区分开来是一种误导:环境被当作既无能力,也不受影响的外在因素。(D)将现象划分成过程和事物,这从现代物理学的角度来看也是令人怀疑的。② 戈特利认为,将现象解释为行动,过程,实施者、中介和受到影响的参与者,这种语法结构只能表征牛顿式的,或婴儿式的,或环境破坏型的物质过程。与韩礼德相反,戈特利认为语法隐喻更能适应现代科学世界观的表征,为此,他列举了一系列语法隐喻的表现形式,并把它们看作"绿色语法"结构。

比如,一是用表示存在过程的 there be 结构取代物质过程。比如"Someone in the family has died"这一体现物质过程的语法结构可以转化为"There's been a death in the family"。there be 结构在不提及参加者的情况下,为陈述与过程相关的命题提供了可能,但它不把实施者、受事者和环境因素分割开来,也不将现象划分为过程和事物。二是使用相互性动词如 meet,touch,interact,collide,fight,clash,marry 等,这些动词强调原因和结果的相互性,似乎消除了施动者和受动者之间的区分。三是改变行动的空间范围的表征方式,比如将场所环境提升到

① Andrew Goatly,"Green Grammar and Grammatical Metaphor,or Language and Myth of Power,or Metaphors We Die by", in *The Ecolonguistics Reader:Language,Ecology and Environment*,Alwin Fill & Peter Mühlhäusler(eds.),London,Yew York:Continuum,2001,p.204.
② Andrew Goatly,"Green Grammar and Grammatical Metaphor,or Language and Myth of Power,or Metaphors We Die by", in *The Ecolonguistics Reader:Language,Ecology and Environment*,Alwin Fill & Peter Mühlhäusler(eds.),London,Yew York:Continuum,2001,p.213.

主语位置,如"The bed is crawling with ants"逻辑上的环境,即床,主动地回应过程,而不是控制它。环境和参与者,即床和蚂蚁,以相互性的方式参与过程。四是用作格小句①替代及物性小句。在及物性范式中,目标无论在语法还是语义层面都与过程没有关联,目标就好像是一个完全"惰性的"的受动者。过程被施加于目标之上,但目标本身不"做"过程。比如"They hunted the lion"中,lion 只是过程的目标,被动承受过程的结果。但在作格系统中,作格参与者成为过程的共同参与者。比如在"The boy bounced the ball"这样的作格小句中,ball 作为目标,既是受动者,同时又是过程 bounce 的发动者和参与者。戈特利认为:"使用作格小句可以解释一种现实,在这种现实中,能量不是像及物性的牛顿模式那样,单纯地被加诸于一个外在于变化的惰性自然之上,而是自然为自发的变化提供自身的能量和倾向,因而代表一种更加和谐的过程观。"②

在语法隐喻中,名词化引起的争议最大。韩礼德认为名词化妨碍现代科学视域下的世界形态的表征,但戈特利却把它当作"绿色语法"建构的一种手段,因为与作格结构小句相比,名词化更倾向于排除所有对施动者和外在原因的指称,因而产生一种过程自发形成的效果。戈特利认为:"通过模糊事物和过程的区分,名词化提供了一种与新的世界观相契合的用法形式,这种世界观把世界看作是关联性系统。"③但戈特利的反对者却指出,名词化将一个通常带有人类施动者,在小句中用动词表征的过程转化为一个不带施动者的名词性结构,这对生态问题的表征是不利的,因为"当名词化模糊了责任,隐匿了社会性施动者,它

---

① 作格结构(ergative structure):系统功能语法根据语义关系,将小句分成及物小句和作格小句。及物小句强调动作发出者和动作意义;作格小句强调某实体变化的语义。比如 the tourists hunted/the tourists hunted the lion 是及物小句;the ball bounced/the boy bounced the ball 是作格小句。及物小句分析的重点在于动作是否延及 the lion;作格小句关心的是小句有没有"致使"语义,即某实体处于某动作或状态的外部原因是否存在,可分为致使小句和非致使小句。韩礼德把及物分析和作格分析看作是两种互相补充的分析方法。

② Andrew Goatly, "Green Grammar and Grammatical Metaphor, or Language and Myth of Power, or Metaphors We Die by", in *The Ecolonguistics Reader: Language, Ecology and Environment*, Alwin Fill & Peter Mühlhäusler(eds.), London, Yew York: Continuum, 2001, p.217.

③ Mary J. Schleppegrell, "What Makes a Grammar Green? A Reply to Goatly", in *The Ecolonguistics Reader: Language, Ecology and Environment*, Alwin Fill & Peter Mühlhäusler (eds.), London, Yew York: Continuum, 2001, p.226.

只会掩盖而不是揭露这些关系"①。比如 destruction of the rainforest 就抑制了雨林破坏行为的施动者,从而将责任转嫁给某种莫须有的力量,或者把责任者解读为毫无针对性的"人们"。

韩礼德的系统功能语法描绘,戈特利在同一语法框架下所做的"绿色语法"构想,都为分析与环境和生态问题相关的话语提供了切入点。戈特利本人就从词汇和句法语义学两个层面进行词汇语法描绘,以探讨环境话题在文本和媒体中的表征。他比对了华兹华斯和爱德华·托马斯的自然诗歌与环境文本"2020年的世界状态"的语法隐喻特征:自然诗歌更多地使用作格小句,并把自然作为及物性过程中的言说者,同时,拟人化的措辞和语篇衔接中的指称模糊了人与自然的界限。② 总之,自然诗歌使用一种承认自然有行为和交流能力的语法,即自然可以像说话者一样对人类说话,也可以作为一种体验影响人类。国内研究者如黄国文从语域、语类、元功能的角度分析狄金森的诗歌《一只小鸟沿小径走来》。③ 赵蕊华从语域、语义和词汇语法三个层面分析有关银无须鳕鱼的自然评估报告,以揭示语法对非人类动物身份的构建。④ 此外,也有国内学者力图在系统功能语法的框架下构建话语分析模型,比如何伟、赵瑞杰借助人文地理的场所观,从系统功能语法的经验意义系统、人际意义系统和语篇意义系统三个层次出发构建环境话语的评估模式。⑤

(三)语篇

生态语言学另一重要语言分析手段是生态话语分析(Ecological Discourse

① Mary J.Schleppegrell, "What Makes a Grammar Green? A Reply to Goatly", in *The Ecolonguistics Reader:Language,Ecology and Environment*, Alwin Fill & Peter Mühlhäusler(eds.), London, Yew York:Continuum,2001,p.228.
② Andrew Goatly, "Lexicogrammar and Ecolinguistics", in *The Routledge Handbook of Ecolinguistics*, Alwin Fill & Hemine Penz(eds.), Oxon, Yew York:Routledge,2018,p.246.
③ 参见黄国文、陈旸:《自然诗歌的生态话语分析——以狄金森的〈一只小鸟沿小径走来〉为例》,《外国语文》2017年第2期。
④ 参见赵蕊华:《系统功能视角下生态话语分析的多层面模式——以生态报告中银无须鳕身份构建为例》,《中国外语》2016年第5期。
⑤ 参见何伟、张瑞杰:《生态话语分析模式构建》,《中国外语》2017年第5期。

Analysis,EDA)。生态语言学家理查德·亚历山大(Richard J.Alexander)和阿伦·斯提比(Arran Stibbe)都把生态话语分析追溯至韩礼德的语篇分析。对韩礼德而言,从对语言的词汇、语法分析走向语篇分析是件自然而然的事情。因为语篇就是词汇语法层面的语言,是人们在特定的情境语境和文化语境中对语言的具体使用。韩礼德的系统功能语法为语篇分析提供了一系列术语和分析方法:"表达词语指代关系的代词等照应词语、表达语义逻辑关系的连接词语、表达说话人/作者组织自己思想先后顺序的主位述位结构、表达说话人对信息中心成分处理的信息结构等,都是有关语篇理解的热门课题。"①自 20 世纪 70 年代末伊始,基于词汇、语法和篇章衔接等语言分析的语篇分析方法逐步演化成"批评话语分析"(Critical Discourse Analysis,CDA),分析者开始把话语"当作行使和实现权力关系的场所"②,并注重揭示话语背后的意识形态偏见。生态话语分析一方面沿用语篇分析的基本方法,同时又采用了批评话语分析的批判性立场,着手从话语层面探讨语言与环境的关系。2015 年,阿伦·斯提比出版《生态语言学:语言、生态与我们信奉和践行的故事》(*Ecolinguistics*:*Language*,*Ecology and the Stories We Live By*)一书。书中,斯提比将韩礼德的语篇分析方法和认知语言学相结合,提出生态话语分析所研究的"故事"不仅仅是有关自然的具体语言表征,而是人们在认识、思考并谈论自然和环境问题时常用的思维模式。他将"故事"分为八种类型:意识形态、框架、隐喻、评价、身份建构、信念确立、抹除和凸显,并分别探讨不同故事类型的语言特征。至此,生态话语分析已经不仅仅对个别环境话语或文本进行语言分析,它还为生态语言学研究、生态批评,乃至其他研究领域提供可资参考的、较为系统的话语分析方法。

出于对自然、环境和生态问题语言表征的职业警惕,生态话语分析者们将不同社会文化领域的话语类型均纳入分析的视野,力图揭露看似客观、中性,甚至环保的话语方式背后所隐藏的人类中心主义立场。他们涉及的话语类型包括政治话语、经济话语、公共媒体传播、科学话语等,所分析的话语策略包括隐喻、委

---

① 胡壮麟:《功能主义纵横谈》,外语教学与研究出版社 2000 年版,第 158 页。
② [英]韩礼德:《篇章、语篇、信息——系统功能语言学视角》,姜望琪、付毓玲译,《北京大学学报》2011 年第 1 期。

婉语、命名和指称方式、句法结构等。比如,他们关注政治话语对环境问题的处理,提炼出政治话语中谈论环境问题的基本框架:一是把环境问题等同于安全问题;二是用经济术语来界定环境问题。他们关注公共传播媒体对环境问题的表征,比如报道自然灾害的媒体话语、充分利用自然元素的广告话语等。他们指出,公共媒体传播所塑造的自然、环境、工业和技术的意象带有审美化、象征化和去语境化的倾向,与"那些描述具体的、公众可以涉及的当地环境问题相比,全球的、遥远的、非语境化的环境破坏和苦难的意象,更难激发行动"①。对广告话语,特别所谓生态广告话语中的自然元素表征,他们尖锐地称之为"漂绿"(greenwashing),即生产商和营销商出于塑造商品和公司形象而采用的生态营销策略,因为自然图像会对品牌的识别产生积极影响,并最终激发购买意向。即使对环境科学话语,生态话语分析者们的批判也是一针见血,认为环境科学话语大量采用名词化、被动语态结构、委婉语。这种话语模式一方面是为了迎合科学所需的客观性立场,但真正的效果则让人类研究者成功逃避了对作为研究对象的动植物所应承担的道德责任。因为在名词化和被动语态结构中,行为人消失了,行为似乎是在没有人类参与的情况下自行完成的。而委婉语的使用则是为了粉饰事实和模糊真实意图。

　　生态话语分析倾向于从批判性立场揭露不同话语类型中的生态破坏型话语策略。但亦有生态语言学家提出,批判固然重要,但更为重要的是提供可供选择的生态保护型话语模式。因此阿伦·斯提比倡导"积极话语分析"(Positive Discourse Analysis,PDA),亦即寻找新的"故事",具体表现为新的语言使用方式,以期通过这种方式改变人们对世界的认知框架,从而最终改变人与自然的关系。在斯提比看来,任何关注生命的福祉和可持续性发展的话语都是积极的,是值得分析、借鉴,并加以推广的。比如新经济学话语通过创造性的语言使用,将经济增长与负面联想结合起来,并提出新经济术语如"非经济增长"(uneconomic growth)、"国民幸福总值"(gross national happiness)等,以暗示超出一定限度的

① Anders Hansen,"Using Visual Images to Show Environmental Problems",in *The Routledge Handbook of Ecolinguistics*,Alwin Fill & Hemine Penz(eds.),Oxon,Yew York:Routledge,2018,p.183.

增长就是不经济的,而且弊大于利。比如美国原住民的日常话语和文学话语中的隐喻、词汇、代词指称等表征了人与自然的积极关系,迥异于工业文明话语中人对自然的疏离和冷漠。另一个积极话语的潜在来源就是文学话语。浪漫主义诗歌、自然写作、日本俳句、中国山水诗都应成为积极话语分析的对象,因为只有当文学表征自然的话语特征真正融入主流话语,并成为人们日常话语的基本模式,文学"拯救"地球的弱效应才能真正发挥作用,而这正是生态批评的宗旨所在。这正是值得大力开拓的研究领域。

生态批评面向大量虚构、非虚构文学文本,其中有关人与自然之关系以及生态问题等主题的想象和表述构成丰富的语料资源,理应成为生态语言学研究者们关注的对象。另外,正如生态语言学家阿伦·斯提比所言,任何与生态问题有关的语言分析都基于一定的生态哲学立场,因此生态批评所蕴含的生态哲学、生态美学、生态伦理学观点也能成为生态语言学的思想资源。反之亦然。与其他以生态问题为焦点的研究方式相比,生态语言学的优势在于对语言的分析。从这个角度讲,生态语言学至少在以下三个方面有助于生态批评的理论建构:首先,生态语言学为生态批评提供切实有效的批评方法——话语分析,它切入自然表征的语言纹理,洞悉语言背后所隐含的认知机制和态度倾向。这可将生态批评已有的自然主题研究落实在更为扎实可信的话语形式分析的基础之上。其次,生态语言学从语言学视角关注生态问题,所研究的话语类型远远超出文学领域,包括新闻、广告、政府工作报告,甚至自然科学话语。这些种类杂多的话语类型和文学话语相互参照,使得凭借符号生存于世的人们更为清晰地意识到,在真实自然与符号化自然之间,在环境问题的真相与环境问题的表述之间存在着的差距,从而提升人们的语言警惕意识。第三,生态语言学的任务之一就是回答"何为语言"这一基本问题,并以此为基础探讨语言与生态的关系。因此,在生态语言学作为具体的批评方法背后,蕴含着深厚的语言与认知、语言与行为、语言与世界之关系的理论描述。而这些理论将为文学的创作、阅读和批评提供新的理论启发和思想动力,如何将这些内容发掘出来并运用到生态批评之中,将是生态批评研究的新的学术增长点。

概言之,文学是语言的艺术,那么,生态语言学对于语言的分析,如何用于生态文学作品的分析中呢？生态语言学与生态文学的交集是语言，所以，我们可以考虑如下两个课题，第一，生态语言学的话语分析程序在生态批评中的运用；第二，生态批评中的"主题优先"倾向及其生态语言学纠正。这样的课题所针对的是生态批评中"思想主题"这一主导性倾向，即大多注意生态意识和生态主题，忽略了文学作为"语言的艺术"的基本特点，将文学文本等同于一般的生态文本，比如通讯报道甚至科技文章，即这里所说的"新闻、广告、政府工作报告，甚至自然科学话语"。

　　另外一个可以拓展的课题是，生态语言学如何看待文学文本或文学语言？生态语言学家们选择的"语料"有多少来自文学作品？据此可以探讨的题目是《作为生态语言学"语料"的文学作品》，这是将生态语言学与生态文学研究关联起来的最为直接的途径。这就意味着，生态语言学对于生态批评的深化与完善有着重要价值，值得学术界认真关注并研究。

第十七章　生态符号学与生态批评

生态符号学(eco-semiotics),是"对生命体及其自然环境之间符号过程的研究"①;或者更具体地说,它研究的是"人类与自然之间以符号为基础的关系,又或者,是符号调节(sign-mediated)的关系"②。"生态符号学"这个概念至少包括两个方面的含义:首先,它属于生态研究跨学科发展过程中出现的一个重要方向,关注自然与文化之间的生态关系。它把研究视角从文本的内部延伸至文本外部的社会语境,如政治、经济、文化和伦理方面,可以看作是一种多维度的生态观照。其次,它还隶属于符号学研究,该研究将人与自然都作为生态符号,探讨二者之间的符号认知过程,它侧重文本内部的研究,把人与非人类的环境视为不同的生态位,其中各种符号单元之间的交互关系是一种修辞性的主体间关系。生态符号学在自然论、意义论、模塑论等观点,对于理解生态批评的本质、表现、方法,以及审美价值和现实意义都有十分重要的意义。

一、生态符号学发展概览

生态符号学作为一个概念是德国符号学专家温弗里德·诺特(Winfried Nöth)于1996年在《生态符号学》一文中首次正式提出的。从这种研究方法所涉及的范围和对象看,可以更早地追溯到阿尔福莱德·郎(Alfred Lang)1993年

---

① Winfried Nöth,"Ecosemiotics and the Semiotics of Nature",*Sign Systems Studies*,1998(1),p.71.

② Kalevi Kull,"Semiotic Ecology:Different Natures in the Semiosphere",*Sign Systems Studies*,1998(1),p.351.

使用的"符号生态学"（semiotic ecology）一词，这二者之间的共性是它们的理论观点都以皮尔士（Charles Sanders Peirce）的符号学知识为基础，所以在研究方法、研究思路和阅读模式等方面都颇为相似。然而，生态符号学作为生态研究的一个重要方向为学界广泛认知，却是以诺特和卡莱维·库尔（Kalevi Kull）在1998年分别发表的论文《生态符号学》和《符号生态学：符号域中的不同自然》之后才开始的，它们标志着这个研究方向的正式确立。世界范围内也由此出现了诸多与生态符号学相关的研究，如瑞典人类学家阿尔夫·霍恩伯格（Alf Hornborg）发表的《作为符号学的生态》一文从人类生态学角度分析人与自然的关系，美国符号学家吉磊·勒莫科（Jay Lemke）和丹麦生物符号学家叶斯珀·霍夫梅耶尔尔（Jesper Hoffmeyer）把生态符号学相关知识应用于社会符号等方面的研究。

生态符号学脱胎于生物符号学（bio-semiotics）①，主要考察生命体与自然环境之间的符号关系，而且把人类和非人类二者与自然环境的关系都包括在内，并且将之视为一种"主体性的人类生态学"，是人类学"朝符号学的延伸，是符号学视角的人类生态学"②。诺特和库尔联合发表的文章《发现生态符号学》全方位考察了这个研究方向所涉及的文化符号学、美学等方面，认为"生态符号学研究的是人类和自然环境交往中的符号过程"③。诺特则于2001年在《符号系统研究》（Sign System Studies）第1期发表了文章《生态符号学与自然符号学》，认为生态符号学的研究内容处于文化符号学和自然符号学的中间地带，它不仅研究文化及其模塑系统问题，还研究主体世界眼中的自然；与此同时，它还与生物符号学、动物符号学相关，略微不同的地方是后者关注信息交流，而生态符号学关注意指过程④。

① 许多生态符号学家如乌克斯库尔、西比奥克、库尔等原来都是生物符号学的代表人物，随着生态符号学的发展和研究对象的扩大，他们的研究对象、研究方法和研究内容等在很多方面都是重合的。

② Kalevi Kull, "Smiotic Ecology: Different Natures in the Semiosphere", *Sign Systems Studies*, 1998(1), p.350.

③ Winfried Nöth, Kalevi Kull, "Discovering Ecosemiotics", *Sign Systems Studies*, 2000(1), p.421.

④ Winfried Nöth, "Ecosemiotics and the Semiotics of Nature", *Sign Systems Studies*, 2001(1), p.72.

近20年生态符号学研究的跨学科发展趋势十分明显,已经涉及了文化地理学、环境历史、生态批评、环境人类学、环境文化研究等,这充分反映了生物学和符号学之间界面研究(interface)的重要性。生态符号学的理论基础知识,如德国的环境符号学、挪威深层生态哲学、美国的生物符号学,也为生态符号学研究在宏大的理论探讨和微观的地方生态研究方面打下了扎实的基础。这种跨学科的界面特性,决定了生态符号学发展方向的二重性,如诺特认为的,生态符号学可以分为生物符号学和文化生态符号学,前者的理论基础是乌克斯库尔(Jakob von Uexküll)的"环境界"(umwelt),以及皮尔士和莫里斯(Charles W. Morris)的相关符号学知识;后者则以索绪尔和格雷马斯的语言符号学和尤里·洛特曼(Juri Lotman)的文化符号学为基础①。彭佳也指出,生态符号学一开始就出现两个方向,一是"研究所有生命体以及环境的,偏向生物符号学研究的方向";二是"研究人与生态关系的,偏向人类生态学的方向,主要讨论文化与自然之间经过符号调节的关系"②。

然而,生态符号学近几年的发展趋势明显偏向了"文化"方向,把生态符号学界定为"文化符号学的一部分,调查人与自然关系之中的符号学基础"③。根据生态符号学家库尔的看法,生态符号学把对自然的描写建基于多样化的环境之中,研究的内容包括如下各方面:自然结构的表现及其分类,自然之于人类的意义,自然界中人介入自然的程度等。也正是基于这种发展趋势,生态符号学的研究模式也开始发生了重大改变,从科学性的、事实性的领域向人文性的、解释性的领域转变。作为一种嫁接式的批评视角,生态符号学预设了两个方面的研究内容,一是物与物之间的生态"有机性"的关系,或者群体间的符号性关系,即生命体及其环境之间的关系问题,这是一种以符号学为学术基理的生态批评;二是人与生态的关系,侧重人类生态学的方向,研究文化与自然之间经由符号的调节所表现出来的关系,如自然论、文化生态符号学,这些视角都可以归为一种社

---

① Timo Maran, "Towards an Integrated Methodology of Ecosemiotics: The Concept of Nature-text", *Sign Systems Studies*, 2007(35), p.274.

② 彭佳:《生态符号学:一门子学科的兴起》,《重庆广播电视大学学报》2014年第3期。

③ Kalevi Kull, "Smiotic Ecology: Different Natures in the Semiosphere", *Sign Systems Studies*, 1998(1), p.351.

会主题学与语言分析相互融合的产物。

二、生态符号学的基本观点

生态符号学研究的第一要义即人与自然的关系,其具体表现是自然与文化之间的关系,所以,辨析"自然"概念是诸多生态符号学家不断推进的基础性工作之一。"符号过程"作为人与自然之间的认识论表现形式,是从生物符号学向生态符号学发展过程中的重要一环,而且人如何识别、解释自然,自然又以何种符号形式参与到人的生活中等,这些问题都是生态符号学目前发展中出现的特定问题,因此,我们以自然论、意义论和模塑论来概述生态符号学的基本观点。

(一)自然论

"自然"作为生态符号学研究的重要对象,其理论定位在近 20 年实现了从自然现象到自然描写的认知跨越,为生态研究中自然概念的认识论转向奠定了基础。这些转向具体体现为:从乌克斯库尔的"环境界",把世界看作是主体对自然的认知反应;到库尔的"多重自然",把人介入自然的程度作为理解自然的标准并对各种自然现象进行定位;再到蒂莫·马伦(Timo Maran)的"地方性"(locality),聚焦于自然的区域化描写。

1. 环境界

"环境界"是爱沙尼亚出生的生物符号学家乌克斯库尔提出的一个重要概念,用来描述人与自然之间的关系,它也可以看作是生态符号学自然概念的最为原初性的定义。在乌克斯库尔看来,从来不存在纯粹的自然界,有意义的自然只能是主体性的"环境界",其根本性在于,它是由人或者动物作为生命体对自然界的认知和互动构成的。不同生命体的感知器官和感知方式不同,同一环境中不同的生命体建构出的环境界也不同,而自然界中的所有客体即使拥有所有可能性的感知特征,也不可能成为独立于主体之外拥有存在的事物,它只能是人作为认知主体的产品。"只有当它们被所有感知所覆盖,才能变成我们面前的

'物',而这些感知也是所有感觉能给予它们的。"①简言之,乌克斯库尔从生物学角度来界定自然,每一个自然生命体都各自构建了不同的环境界,恰如内尔·艾弗登(Neil Evernden)认为的,乌克斯库尔是第一位指出"主体生物学"的学者②。

乌克斯库尔的"环境界"中,生命体和自然共同构成了一个相互依存的"生态位",它们彼此之间的关系就像一首和谐的乐曲。一个细胞对自身来说是"主体",它需要借助节奏和音调与外界交流,并在自然界获得共鸣,才能逐渐变成主体进而构建环境界。但是,音调要比节奏复杂得多,它属于器官的功能,诸多散乱的单细胞不同的音调,慢慢变成了一个统一的音调,发展成了生命体的和谐和共鸣,整个自然界的和谐也因此就由不同的调子和交响部分共同构成。

可以这样认为,乌克斯库尔对自然的理解,来自对生命体彼此之间相互"关联"的定位。生命体并不是完全依照自身的个体性来认识客体,而是根据环境界的特定种类以特别的方式来识别不同的存在物、客体或者事件。这种"方式"不是一种机械式的规则,而是一种从单一到对位再到合音的过程,不同生命单元以对位的形式和其他生命单元相对应。或者说,"主体"从来都不是孤立的,唯有当它和其他生命体交互关联时,它才开始具有意义。从哲学认识论看,乌克斯库尔描写环境界所采用的这些术语如"对位"(counterpoint)、"二重性"(duets)、"合音"(harmonies)都表明了生物学中存在着一种主体间性,认识自然和自然中的个体就像欣赏音乐,需要借助于彼此之间的关系才能发现不同的音符是如何相互关联的。因此,库尔指出,"乌克斯库尔想要发展一种新的生物学,它不会受到意义盲目性的困扰"③。

2. 多重自然

生态符号学的集大成者卡莱维·库尔(Kalevi Kull)是爱沙尼亚塔尔图大学符号学系的教授,他提出的"多重自然"观点是从乌克斯库尔的环境界概念发展

① Jakob von Uexküll, "An introduction to Umwelt", *Semiotica*, 2001(1), p.107.
② Neil Evernden, *The Natural Alien*, Toronto, Buffalo and London: University of Toronto Press, 1993, p.78.
③ Kalevi Kull, "Jakob von Uexküll: An introduction", *Semiotica*, 2001(1), p.3.

出来的,是对生命体及其环境多样性的进一步拓展,"将乌克斯库尔的环境界概念解释得要比其在自然科学意义上宽泛得多"①。

库尔批判关于自然的传统的二元对立的认识论,认为"人们用各种方式界定或者说割裂了自然"②,这是因为诸多这样的观点都忽略了一个事实,即"自然"概念自身是"某种对立的结果",或者说,传统的二元对立忽略了人类作为主体在论及自然时难以摆脱掉的一个潜在的文化因素。对于库尔来说,"人类和自然之间的关系是通过深层的文化过程相联接的",生态符号学所论的自然,实际上是"文化符号学的一部分,它考察的是人和具有符号活动(经过符号调节)基础的自然之间的关系"。③

在《符号生态学》一文中,库尔把自然分成了四个不同的层级,即零度、一度、二度和三度:

> 外位于环境界的可以被称为零度自然(zero nature)。零度自然是自然本身(如绝对荒野);一度自然(first nature)是我们看到、识别、描述和解释的自然。二度自然(second nature)是我们进行物质性解释的自然,这是物质性地翻译出来的自然,即被改变的自然,被生产出来的自然。三度自然(third nature)是虚构的(the virtual)自然,存在于艺术和科学中。④

根据库尔的分类,自然的存在是多样式的,但是很显然,零度自然是一种理想化的状态,它其实并不存在,这种客观性仍然值得我们反思。一度自然是经由了人类各种模塑后才出现的自然,如下文我们将要提到的西比奥克的语言模塑活动,二度自然是一种物质化的行为,如花园设计、风景设计等自然,三度自然则是一种艺术化的、柏拉图式的自然,我们可以在想象力的作用下或者经过科学进行推论,这种自然是虚构的,距离柏拉图的自然理念隔着两层。

---

① Kalevi Kull, "Semiotic Ecology: Different Natures in the Semiosphere", *Sign Systems Studies*, 1998 (1), p.363.

② Kalevi Kull, "Semiotic Ecology: Different Natures in the Semiosphere", *Sign Systems Studies*, 1998 (1), p.345.

③ Kalevi Kull, "Semiotic Ecology: Different Natures in the Semiosphere", *Sign Systems Studies*, 1998 (1), p.347.

④ Kalevi Kull, "Semiotic Ecology: Different Natures in the Semiosphere", *Sign Systems Studies*, 1998 (1), p.355.

从认识逻辑看,库尔对人与自然之间的关系的描述,为我们对进一步认识自然概念提供了准备,零度自然是无法被文本化的,也是不可认识的。但是,一度、二度、三度的自然都可以作为文本进行分析的。或者说,库尔的多重自然论已经开始把自然作为一种符号结构来认识,它的结构或者是"语言化的",抑或"物质化的",更可能是一种"形象化或者理论化的"。

3. 地方性

爱沙尼亚塔尔图大学符号学系高级研究员蒂莫·马伦的"地方性"(locality)概念,是对库尔多重自然论的反思,因为自然的生物性和人的文化性二者之间的复杂关系,决定了二者仍然分别隶属于两个学科,马伦由此提出"地方性"的概念,力图将自然与文化融合在一起,从符号结构的视角进行深入分析。他指出:"这一概念源于如下理解:一个符号过程总是包含着特别的、独有的现象。在皮尔斯(和西比奥克)的符号学传统中,文化和自然的绝大部分可以被视为符号过程的结果或者模式,这些符号过程不可避免地将重点放在文化与自然的地方性身份之上。另一方面,地方性的概念强调了环境关系的质性特点。"①马伦指出了地方性的三个特征:

第一,地方性是"生命特征"②。根据马伦的看法,生命体与环境之间的关系可以分为生理性的和符号性的两种关系,前者指的是动物的身体结构及其生理构造对环境的适应性,即"环境规定了生命体的一些代表性特征"③;后者指的是生命体在适应环境中,能否有效地实现符号的交流,并能对各种符号做出反应。生命体被地方化了,一旦脱离了某个地方,生命体会受到影响进而产生新的地方性。

第二,地方性是"语境化的"④。生命体之间主要通过一系列的符号及其符

---

① [爱沙尼亚]蒂莫·马伦:《地方性:生态符号学的一个基础概念》,汤黎译,《鄱阳湖学刊》2014年第3期。

② [爱沙尼亚]蒂莫·马伦:《地方性:生态符号学的一个基础概念》,汤黎译,《鄱阳湖学刊》2014年第3期。

③ [爱沙尼亚]蒂莫·马伦:《地方性:生态符号学的一个基础概念》,汤黎译,《鄱阳湖学刊》2014年第3期。

④ [爱沙尼亚]蒂莫·马伦:《地方性:生态符号学的一个基础概念》,汤黎译,《鄱阳湖学刊》2014年第3期。

号过程与环境界产生关联,它们作为主体在构建环境界时,各种信息需要经由语境进行甄别,"每一个环境都形成了一个自我封闭的单元,并且是为了这个主体它所有的构成部分都被控制"①,因此,语境化是地方性的重要现实价值。但是,主体对环境的适应性、或者说环境的价值性源于具体语境中主体的存在和主体在其间的符号活动。如内尔·艾弗登认为的,"地方"不仅仅是地理学意义上的,更是"角色和责任",毕竟地理位置先于空间位置,但后者才最可能是主体环境界的一部分,它作为构成部分不是指物理学意义上的,而是我们作为个体的"质性上的图案"(mosaic),这也才是乌克斯库尔想要描写的世界的异质性(heterogeneity)②。

第三,地方性是"文化身份"。在马伦看来,关注自然的地方性,实际上关注的是一种文化识别,不同的地方文化就表现为人作为主体及其环境之间所构建的不同的环境界,其中最为明显的表征即"文化身份",因为"与主体的身份联系在一起的记忆和环境也是地方所特有的"③,"地方文化的关注点则更多地导向它周围的环境以及它的模式和特性"④。西蒙·沙玛(Simon Schama)在《风景和记忆》一书中,分门别类地深入分析了地方的自然环境被纳入文化记忆,以及这些文化现象在文学、艺术和神话中的应用,在她看来,"甚至我们假设最为自由的、远离我们文化的风景,可能会证明,在细致的审视下,它们是文化的产物"。⑤

从生态符号学意义上说,马伦把自然定位为一种"地方性",从文化的角度审视人与自然之间的关系,实际上是把自然作为一个具有双重特征文化文本:一方面,文化文本拥有自身的自然特征,指的是具有实体性的自然环境,另一方面,文化文本还具有文本的结构,自然作为生态符号就变成了一种符号结构,从中可

---

① Jakob von Uexküll, *A Foray into the Worlds of Animals and Humans with a Theory of Meaning*, trans., Joseph D.O' Neil, Minneapolis and London: University of Minnesota Press, 2010, p.144.

② Neil Evernden, *The Natural Alien*, Toronto, Buffalo and London: University of Toronto Press, 1993, p.81.

③ [爱沙尼亚]蒂莫·马伦:《地方性:生态符号学的一个基础概念》,汤黎译,《鄱阳湖学刊》2014年第3期。

④ [爱沙尼亚]蒂莫·马伦:《地方性:生态符号学的一个基础概念》,汤黎译,《鄱阳湖学刊》2014年第3期。

⑤ Simon Schama, *Landscape and Memory*, New York: Vintage Books, 1995, p.9.

以发掘出各种生态现象。

(二)意义论

生态批评和生态符号学都把人与自然之间的关系作为研究对象,前者以马克思唯物主义的认识论为基础,以人类中心主义论为靶向,反思生态危机中的人类行为,后者则以符号过程的研究为平台,采用生物学和符号学融为一体的综合分析方法,聚焦自然与文化之间的辩证关系,倡导一种整体认识论方式,如"对位论"(contrapuntal)、"自然文本论"和生物学意义上的"符号域",为我们提供了新的意义生成模式。

1. 对位论

乌克斯库尔把"生命"看作生物的本性,生命的意义才是生物学所要关注的内容,"任何动物无论自身行为多么自由,都注定受制于特定的居住世界,而研究它的受制情况是生物学家的任务之一"[①]。这里的"受制"指的就是生命体彼此之间在环境界中设定的"对位"关系。

乌克斯库尔的"环境界"中,主体的构成为生命体环境界的形成准备了条件,两个或两个以上不同的生命体通过相互产生的对位性关联,形成了一个和谐共同体,进入了一个有意义的状态。例如,植物可以改变自己所处的环境,而且在整个生长过程中,它可以改变土壤的物理和化学成分,生命体因此肯定被基因和环境共同作用,但是,环境在某种程度上也被生命体改变了,二者之间的关系是一种积极的对位式相互建构。生命体与自己所处的环境之间这种有意义的关联,存在于生命体自身的对立结构之中,也被保存于它的主体世界之中。当所有生命体以这种对位方式汇聚在一起,就形成了整个自然界。

生命体是自在的、自我发展的,它并不依赖于外在的规则,"作为一个主体,就是通过自动原则对框架不断进行控制"[②]。这里的"自在的"只是文字上的,并不是生命体可以自由地去选择,而是基于自身的自然取向所形成的规则。很

---

① Jakob von Uexküll, *A Foray into the Worlds of Animals and Humans with a Theory of Meaning*, Joseph D.O'Neil(trans.), Minneapolis and London: University of Minnesota Press, 2010, p.139.

② Jakob von Uexküll, *Theoretical Biology*, New York: Harcourt, Brace & Company, INC., 1926, p.223.

显然,乌克斯库尔的主体性的规则不是我们通常意义上理解的自然界事物自身的规则,它指的是事物自身的计划,"与它是否依赖于人类的目的没有一点关系性"①。也正是生命体的"主体的规则"使得一个有意义的世界才能够成为可能②,也由此制造并保持着一个人类世界。很显然,乌克斯库尔让我们放弃传统的观点,否认物质世界里有一个绝对的规则存在,这是对自然生命体的存在倡导的一种新的革命性的理解,它不同于开普勒(Kepler)关于宇宙的先天设定,牛顿的机械式体系,以及达尔文的偶然的、无计划的适者生存。在乌克斯库尔看来,任何生命体的意义都来自它们的行为,或者说,"所有的实在都是主观的表象"③。

乌克斯库尔把主观过程运用于自然生命的分析,把所有的生命的和非生命的存在物都编织进了一个网,他否认了任何意义向物理的、化学的等自然认知规则的还原,转而建立了一个新的对位性关系,每个生命体以及各种生命体构成的环境界,都是依照"计划"发展,因此,生命体的存在意义就在于彼此的关联,事物之间彼此的"意义",变成了一个相互关联的桥梁。例如,捡起石头朝一个有威胁性的狗扔过去,是为了吓跑它。这里的"石头"的性质已经变了,尽管其武力特征不变,但意义已经变了。"石头在观察者的手中是以一个无关系的客体存在,一旦它进入了与主体的关系之中,就变成了意义的携带者"④。或者说,石头的意义是关系性的,是基于生命体如狗的一种偶然性解释。恰如乌克斯库尔说的,"意义把食物和食物消费者、食肉动物和猎物,以及最为重要的是,男性和女性以多姿多彩的样式联系在一起"⑤。

乌克斯库尔的观点体现了自然生态体系的基本特征,即自然中的所有生命体都在意义交流中来对话,实现共同意义构成。他把生命体彼此之间的意义关

---

① Jakob von Uexküll, *Theoretical Biology*, New York: Harcourt, Brace & Company, INC., 1926, pp.175–176.

② Jakob von Uexküll, *Theoretical Biology*, New York: Harcourt, Brace & Company, INC., 1926, p.89.

③ Jakob von Uexküll, *Theoretical Biology*, New York: Harcourt, Brace & Company, INC., 1926, p.xv.

④ Jakob von Uexküll, *A Foray into the Worlds of Animals and Humans with a Theory of Meaning*, trans., Joseph D.O'Neil, Minneapolis and London: University of Minnesota Press, 2010, p.140.

⑤ Jakob von Uexküll, *A Foray into the Worlds of Animals and Humans with a Theory of Meaning*, trans., Joseph D.O'Neil, Minneapolis and London: University of Minnesota Press, 2010, p.196.

联定义为"功能圈"(functional-circle),即每一个动物都是一种主体,它从外部世界获得一种刺激,产生了一种特有的反应;这些反应反过来又对外部世界产生一种影响,并且影响了刺激物,整个"自我保持的周期性圈"就是功能圈。环境界的存在主要是因为生命体,而意义只是一种符号现象,无论是对于简单的动物还是复杂的动物如人类来说,每一个符号个体在自己的环境界中解释客体,后者也因此被改变或者再塑造,直至变成了一个意义载体。从本质上说,意义因子是以对位式模式与生命中的意义使用者相关。

2. 文本论

"文本"这个概念在生态研究中的运用,源自塔尔图—莫斯科学派的文化符号学,它指的并不是我们传统认识论意义上的书面文字,而是一个作为文本在起作用并传达意义的文化单位,如绘画、音乐。正式讨论"自然文本"概念的是马伦,他把它视为一种"方法论上的概念"①,可以用于分析所有的自然书写和自然表现的其他文本形式。

自然文本作为人类地方性的再现,必然表现为一种文化化的自然描写,文本中必然展示了自然参与文化过程中所表现出来的文本特征。那么,一旦自然具有了文本特征,"自然客体和结构就会通过意义过程,成为人类文本再现的表述或与之相关的东西"②,其中就包括这个地方的气候、地理的特点,还包括民间传说、宗教、生活方式、地方文化等,所有这些都构成了这个小范围的、区域化的自然。

自然文本作为描写人类与自然环境之间相互联系的方式,至少包括了"再现的、模仿的、动因的和补充的"等机制关系③,这些关系可以同时作用于意义构成:再现关系,主要是一定的文化环境借助于自然描写和作者的解释重现;模

---

① Timo Maran, "Towards an Integrated Methodology of Ecosemiotics: The Concept of Nature-Text", *Sign Systems Studies*, 2007(1), p.280.

② Timo Maran, "An Ecosemiotic Approach to Nature Writing", *Philosophy, Activism, Nature*, 2010(7), p.81.

③ Timo Maran and Kadri Tüür, "From Birds and Trees to Texts: An Ecosemiotic Look at Estonian Nature Writing", In *A Global History of Literature and the Environment*, John Parham and Louise Westling (eds.), Cambridge: Cambridge University Press, 2016, p.289.

仿关系,主要是文本的结构和叙事可以重复特定的环境或者物理性的秩序,如动物小说中对于动物生活圈或者每天的活动的描写;补充关系,是读者在阅读过程中,环境和读者的经历同时在头脑中显现;动因关系,主要是指关于环境的描写中,关于环境的解释或者文本知识会成为触动作者展开自然描写的根本原因。

马伦聚焦于"地方性",将地方性作为考察地方文化和生态系统的一个基础单位,研究自然文本中局部自然和具体的自然环境之间相互过程。由于符号活动的语境性与生命和环境二者之间有着密不可分的意义关系,地方性因此有助于我们从微观的、强调文化个体性的地方性中开展多个文化个案研究。例如,对一些自然文本内一些地方区域描写进行研究,如克里斯提娜·里扬波哥①(Christina Ljungberg)分析了加拿大自然文学家玛格丽特·阿特伍德(Margaret Atwood)小说中荒野的缺失和文化对自然环境的侵入;阿尔弗雷德·斯牛尔②(Alfred K.Siewers)研究了库柏小说中的"绿色世界",分析其风景描写、命名和时间困惑等方面;玛丽·珀斯维③(P.Mary Vidya Porselvi)分析了 Mamang Dai 的诗歌,研究部落女性和水之间的关系。

自然环境也可以视为库尔意义上的"物质性的"自然文本,其中的自然描写作为符号展示了它在自然与文化之间进行转换的可能性,如马伦以花园设计为文本,分析其中存在的自然和文化的符号过程,以及花园如何参与了更大符号域的符号过程;鲁克·温德瑟④(W.Luck Windsor)倡导对视觉和听觉进行符号学解释,认为在符号的结构中可以发现文化和自然的知觉力;库尔等以风景为研究对象,结合塔尔图—莫斯科学派的文化符号学,发展了生态符号学对风景进行研

---

① Christina Ljungberg,"Wilderness from an Ecosemiotic Perspective",*Sign Systems Studies*,2001(1),pp.169-184.

② Alf Siewers,"Cooper's Green World:Adapting Ecosemiotics to the Mythic Eastern Woodlands",*Faculty Contributions to Books*,2009,pp.69-76,September 10,2019,https://digitalcommons.bucknell.edu/fac_books.

③ P.Mary Vidya Porselvi,"An Eco-Semiotic Reading of Select Mamang Dai's Poetry",*Interdisciplinary Research Journal for Humanities*,2018(10),pp.75-83.

④ W.Luke Windsor,"An Ecological Approach to Semiotics",*Journal for the Theory of Social Behavior*,2004(1),pp.179-198.

究的可能性;马伦和卡德里①以爱沙尼亚地区的"半自然社区"为例,分析自然和人文之间的相互影响。

3. 符号域

人们对世界的理解从来都不是固定不变的,而是经常处于一个"符号域"(semiosphere)中,因此,各种生命体的存在意义也需要放置于不同的符号域中进行审视。霍夫梅耶尔就曾指出,"生物域(biosphere,又译生物圈)必须是在符号域而不是其他方法的关照下来进行",这样的目的是,"生物学家通常试着让人们接近自然。我将要用相反的策略,使自然来接近人类"②。根据霍夫梅耶尔的观点,生命自身的一些特征在早期就已经表明了自然有获得习惯的取向,如水和二氧化碳在一个细胞内共同作用产生了碳水化合物,一旦被打破,二者则重新归为水和二氧化碳。随着科学的更多发现,这些生命体的细胞构成方式更加证明了,这个模式有被复制的可能性,即一种"习惯化的要义"("the epitome of habituation")③,它变成了理解生命体如何作为自然符号,让认知进入一种可预测状态的关键入口。

对于人类来说,对所有事物的经历也是符号学的,如时间和空间。康德很早就把世界看作是不可知的,人们能看到的只是一个表象世界。换言之,对于时空的观念问题来说,时间和空间并不是自然的属性,而是人们理解的形式。人一旦开始审视自然,都会把时间和空间概念代入自然界并将其时空化。但是,事实上,所有这些关于时空化后的自然,并不是自然自身,而是人投射出去的理解图像。人对自然的经历都被包裹在自身所建构的符号域之中,或者说,所有的实在都是以符号的形式显现。

同样,乌克斯库尔的"环境界"也是一个建立在生物学意义上的、类似于现

---

① Timo Maran and Kadri Tüür, "From Birds and Trees to Texts: An Ecosemiotic Look at Estonian Nature Writing", In *A Global History of Literature and the Environment*, John Parham and Louise Westling (eds.), Cambridge: Cambridge University Press, 2016, pp.286-300.

② Jesper Hoffmeyer, *Signs of Meaning in the Universe*, trans. Barbara J. Haveland, Bloomington & Indianapolis: Indiana University Press, 1996, p.viii.

③ Jesper Hoffmeyer, *Signs of Meaning in the Universe*, trans. Barbara J. Haveland, Bloomington & Indianapolis: Indiana University Press, 1996, p.28.

实世界的符号世界,它是一个有意义的主体世界,每一个生命体都是这个环境中重要的功能性(符号性)主体,而任何中性的客体都是意义载体。例如,"花朵"可以是一种房间装饰性的物体,可以是蚂蚁为了爬进花蕊的梯子,可以是臭虫产卵用来搭建巢穴的材料,也可以是母牛的草料。所有这些都表明,"花朵"只是一个符号,它自身无意义,是不同的生命体赋予它意义,使之成为每一个不同环境界的意义载体。简言之,乌克斯库尔提出的"环境界"作为生命体的存在单位,都有一个特定的环境,如空间、食物、温度,因此,它也可以看作是一个"生态位",至少在概念的构建上也可以被理解为"生态位的前身"①。

将乌克斯库尔"环境界"的生物学概念当作工具,把符号域的概念延伸至非人类生命体的领域,将符号学方法运用于生物学或生态学,这和将数学或物理方法运用于生命科学极为不同。符号生物学和符号生态学意味着人越过了自然科学的限制,人所得到的,或者说人所需要的是拓展了的生物学和拓展了的生态学。例如,洛特曼曾提出的,人类有"文化符号域",不同的符号域从不同的侧面反映了文化的特点,它们既是文化存在的条件,也是文化发展的结果。人类用复杂的形式来表达与其他存在的关系和交往;动物的行为在动物域中也是基于此来交换信息。这些符号交流的符号化过程必然在文化的修辞秩序中被反映出来。可以这样认为,洛特曼的"符号域"强调了人类的文化符号域和动物的生物域之间的内在关联性,这就为生态符号学研究提供了可能性。

卡莱维·库尔延续了乌克斯库尔的生物学立场,同时也吸收了洛特曼的文化论观点,认为自然界有各种各样的区域,是不同的生命体作为个体进行信息发送和接收的空间,因此,动物也有"动物域",各种生命体构建的环境界依赖于其他的生命体,唯有借助于对不同生命体的彼此的反应,整个自然界才能构成。因此,符号域作为各种符号存在的空间和运作机制,也必然蕴含了相应的符号关系来表述人类与动物之间、与自然之间这些复杂的关系,人类的符号活动和生命体的生命过程之间有着相同的意义模式,意义结构也可以由此得以显现。

---

① Jesper Hoffmeyer, *Signs of Meaning in the Universe*, Barbara J.Haveland(trans.), Bloomington & Indianapolis:Indiana University Press, 1996, pp.54—71.

从这个角度看,生态符号学作为人与自然之间关系的生态研究新方向,虽然没有为生物学增加新的研究内容,但是却为研究人与自然作为生态符号提供了一个新的视角,让我们从符号行为、符号过程、符号目的和符号解释等方面重新审视生物。整个生物界也因此变成了一个错综复杂的符号网络和解释体系,即使对于一个单细胞来说,也可以视作乌克斯库尔意义上的生物符号。

(三)模塑论

生态符号学把生物学意义上的符号过程看作是根本性的过程,是元符号过程,可以用来解释任何符号现象,是一种前语言学的符号过程,是构成环境界的根本。人生活世界中的语言符号、文化符号、政治符号、经济符号等各种符号过程则建基于此,而且在生命体构建环境界的过程中起作用的就是"模塑"(modeling)。

1. 语言模塑论

语言是生物符号学向生态符号学转向表现得最为明显的视角,也是其人文性研究的最为重要的转向,这个方面的重要代表人物是西比奥克,他从语言的角度切入,把生物研究和人文研究融合在一起。

西比奥克的"语言模塑论"源自乌克斯库尔的"环境界",并且将其视为一种"外在的世界模本",把主体构建环境界的能力和行为定义为一种"模塑行为",或者说,所有的模塑能力都是生命体环境界的构建"规划"所具有的。在从现象到符号的过程中,生命体的认知过程就表现为一种模塑过程,每个生命体都生存在自己以物种特有的感知方式所构建的环境界中。恰如西比奥克指出的:"任何一个生物体的所有行为方式,必须要与其关于'实在'的模型达成合理的一致,即与其神经系统所能组合起来的符号系统一致——否则它必然会因为自然选择而灭绝。"①

西比奥克由此建立了自己的模塑体系,并将其分为初级的、二级的和三级模塑。初级系统是天生的、内在的模塑能力,它是所有生命体都拥有的能力,这是

---

① Thomas Sebeok, *Signs: An Introduction to Semiotics*, Toronto: University of Toronto Press, 2001, p.145.

生命体最基本的符号过程,它通过"渗透"和"模仿"来构建,同时也是其他层级进一步模塑的基础。二级系统主要包括两种:一是指示性的,是不同生命体都各自具有的模塑过程。二是延伸性的,主要指人类特有的能力,它能产生出一种语言能力。三级系统主要指高度抽象的、象征的符号系统。西比奥克构建的不同层级的模塑过程之间并不是相互排斥的,而是通过协作来共同完成一个符号过程。

在西比奥克的模塑系统中,环境界是初级的、语言二级的,他之所以把语言视为外位于环境界的,是因为生命体—环境之间的互动关系是个体语言成长中的重要部分,但是,语言最终会超脱于生命体的环境界之上,因为它的目的并不只是为了交流,而是为了"记录下生命体种类中所有二级的模塑现象的表现,为所有的生命形式提供普遍性的符号过程规则,然后去验证人类拓展模塑的根源和原因"[1]。语言的相对独立性也因此使语言自身赢得元语言能力,并在语言的自我意识和自我反思中增加了规约性和逻辑性。这一变化是实质性、关键性的。语言作为享有相对独立性的模塑方式,它让人类能够超越当下的实际存在,呈现"自然与人之间的可然性关系,构建一个可能世界"[2]。语言的模塑系统的生成并没有取代其他的模塑方式,只不过在解释世界的过程中,语言模塑占据了较为显著的位置,而各种不同类型的模塑仍然同时并存,共同构成了生命体的环境界模塑方式。

简言之,西比奥克在生命体与环境相互作用的关系中思考符号生成过程,符号活动是一切生物体所具有的能力,而生命体的符号活动同时就是模塑过程,它以其独有的方式处理和编码感知输入,由此体验、理解和把握世界,并调节和引导生命体做出合适反应。生命体特有的认知形式就体现在该物种的模塑行为中,生命过程是模塑过程,它与环境的交流过程就是符号认知的过程。

2. 文化模塑论

西比奥克的语言模塑论,是生态符号学研究中模塑论的热点之一,但这个概

[1] Thomas Sebeok & Marcel Danesi, *The Forms of Meaning: Modeling Systems Theory and Semiotic Analysis*, Berlin: Walter de Gruyter, 2000, p.82.

[2] 岳国法、谭琼琳:《可然性模仿:自然文学文本世界的生态符号学阐释》,《解放军外国语学院学报》2016年第4期。

念并不是西比奥克首创的,而是来自塔尔图—莫斯科学派(Tartu-Moscow School)。洛特曼作为该学派重要的代表人物,早在 20 世纪的 70 年代就从文化符号学的角度提出了"模塑"论。洛特曼认为,任何符号体系的起始点都"不是一个单一的、孤立的模塑,而是位于符号空间之中"①。文化的基本特征在于其多样性和统一性之间的关系,然而,模塑活动的建立就是要引入一个特定的条件,再现一个理想的单元。

洛特曼的模塑论也是从反思语言的作用开始,但却在更广泛的学理意义上突出了文化符号的模塑意义。"模塑系统是一个由元素及元素组合法则组成的结构,它与知识、思考或规则的对象整体处于一种固定的类比状态,模塑系统因此可以被视为一种语言。它以自然语言为基础,进而获得一个补充性的超结构,构建出第二层面的语言系统,它可以称为二级的模塑系统。"②根据洛特曼的看法,自然语言是第一模塑系统,而文化符号则是建立在自然语言基础上的二级系统。文化符号不会单独出现,而总是作为循环过程的一部分出现,接收者接受了刺激,编辑成符号,然后加以反馈,这其中最为根本的是符号过程,即"符号原子"(semiotic atom)是控制细胞生命的密码。细胞赋予每一次的反馈一个特别的意义,或者把它翻译为自身独有的密码进而形成独特的反馈。换言之,生命体首先区别了"我"和非自我,然后与外界建立联系,它们之间的符号关系可以表象为自我与猎物、与事物或与敌人等。

洛特曼的文化模塑论实际上强调的是,自然语言是初级模塑系统,这只是现实世界的一般模塑化,因为它是所有生命体的感知系统,它们根据自己的功能圈对这个世界进行感知、识别和意义生成,从而模塑出每个生命体所特有的环境界。建立在自然语言之上的文化符号模塑系统是二级的,但是,它却不是单向度的机械再现,而是对人的行为方式起着规约的作用,不同的模塑方式必然会影响符号化过程,甚至改变符号系统的结构。在整个多层级的符号过程中,这个符号系统的各个层级的运作是共时性的,它具有与自然的相互关联性。

---

① Juri Lotman, *Culture and Explosion*, Wilma Clark(trans.), Berlin and New York: Mouton de Gruyter, 2009, p.172.

② Daniel Lucid, *Semiotics: An Anthology*, Baltimore: The Johns Hopkins University Press, 1977, p.7.

3. 生物符用模塑论

生物学意义上的符用论是生态符号学吸收借鉴现代语言学研究的重要表现,它的核心概念源自语言学意义上的语用研究,即在生命体的符号选择和认知过程中,不同的符号过程都是语用性的。从生态符号学研究的对象也可以看出,早期的生物符号学关注所有生命体中的符号和符号体系,它一方面和语言学在研究对象上就会有诸多重合的可能,另一方面却更关注"非语言学的符号学",即"前语言学"的符号学范畴①,但是,人类语言只是生命体的符号体系中的一个种类,只不过与其他符号相比,它拥有自身的模式和方法。从信息论看,生命体在所有的层面上都是一种交流过程,它的生命体结构恰如文化语言就是符号的产物。概言之,生态符号学研究的是前语言学的符号体系,这些符号体系先于或者与语言共存,其中就必然包括内在和外在的认知过程,如感知、组织、交流和记忆。这些过程是生命体协调自身的内部与外部环境必然经历的过程,或者说,生态符号学的符号过程从本质上看是语用意义上的。

然而,生态符号学关注每一个符号形成过程中的符号过程,这些符号过程并不是符号使用者无意识地运用的,如识别、记忆和情感等发生在生物学层次上的那样,而是生命体用以交流和解释的各种模式,这些符号过程的功能是为了实现一种模塑过程,符号体系(包括语言)是生命体用来改变自身与外部环境之间的"模塑体系"②。例如,乌克斯库尔的环境界中审视符号的主要接收者是我们自身,掌控细胞生命的密码是生命体对外在世界的反馈,这是最为根本的符号,它把各种无关系的客体存在转化为意义载体。这里的生物学意义上的符号论也拥有了类似皮尔士符号论的三项结构:意义使用者、意义载体和密码,而密码是人通过自我审视来确定自己的存在,就像主体作为感知符号依靠自我来感知特征和意义。

乌克斯库尔的主体感知强调符号的语用方面,每一份感知就预示了客体的特征,这是一种把感知符号不断指向事物外面的过程。大脑中的感知细胞对于

① Ekaterina Velmezova, Kalevi Kull, Stephen and J. Cowley, *Biosemiotic Perspectives on Language and Linguistics*, London:Springer, 2015, p.3.
② Ekaterina Velmezova, Kalevi Kull, Stephen and J. Cowley, *Biosemiotic Perspectives on Language and Linguistics*, London:Springer, 2015, p.24.

外界的建构,是与其同构的,或者说,我们的注意力中的感知符号变成了感知世界的提示。乌克斯库尔所要说明的是,生命体通过符号形式来构建实在界,以此来发展一种原初性的、合成的符号过程理论,"有机体(organism)的嵌入形式之中被嵌入了的自然因素,是先于符号的",这对于任何阅读包括误读都是开放性的,因为它无法被划归入其他既定科学之中,因此,这应该是一种广义符号学①,因此,"环境界"其实是一种新的实在界认识论,对于任何人来说,人都是实在界的主体,任何东西由此推导出来的,但是,实在却不能从外位视角被发现。库尔也认为,生态符号学在描述自然依赖于不同的语境或者条件时,其中就包括了符用学的一面,即"寻找出与自然的构成部分之间个人的、社会的关系,它可以是人类对自然的参与"②。

美国哲学家、符号学家查尔斯·莫里斯也曾指出,符号进程最终依赖于一个真正的"符号科学",而它的发展更多获益于"一个生物学的方向"③。我们可以把生物性的、基础性的符号过程和语言科学的基本要素加以类比,例如,符号在句法层面主要涉及语法规则,即符号的排列顺序,这个方面在生物学层次不太明显,但是在颜色、感知、声音和音乐方面比较明显。符号在语义方面的类比比较明显,所有的符号显示出了一种"家族游戏",如红色与其他的颜色有着密切的关系,它是非绿非黄,非蓝非黑,看这个颜色就不能不同时看到其他颜色。声音和味道同样如此;观察每一个符号,都会无意识地观察到同体系中的其他的符号,因为彼此都隶属于同一个结构。每一个符号就像整个符号体系中的一部分,其语义规则决定了符号的体系化安排。尤其重要的是,符号在语用方面,变成了一门"符号和解释者之间关系的科学",关注的是符号的"生物方面"(biotic),如出现在符号功能上的心理的、生物的和社会学现象④。符号总是能把不属于自

---

① Matthew Clements, "The Circle and the Maze: Two Images of Ecosemiotics", *Sign Systems Studies*, 2016(1), p.76.

② Kalevi Kull, "Semiotic Ecology: Different Natures in the Semiosphere", *Sign Systems Studies*, 1998(1), p.351.

③ Thomas Sebeok, *Global Semiotics*, Bloomington: Indiana University Press, 2001, p.3.

④ Charles W. Morris, *Foundations of the Theory of Signs*, Chicago: The University of Chicago Press, 1938, p.43.

己的东西展示出来,尽管它自身是圆满的、自我界定的,是内向的,但是,它却能生产具体的、生物性的符号。

乌克斯库尔的"环境界"、库尔和莫里斯的符用论,都关注了语言符号之于世界意义的概念性描述,他们都把生态体系作为信息体系来看待,关注某一个时空中的符号关系,进而把文化符号化,回溯到了人类认识世界的具身体验,而不再仅限于认识客体的物质性的一面。生态符号学对于符号的符用的侧重,"是针对实在的自然文本(如某个区域的自然环境)进行的"①,主要研究人的行为对自然环境结构的影响,以及自然文本对人类实际生活、对人类文化结构的影响。它为我们提供了一个生命交往的现象学描述,即每一个生命体和其他生命体和环境,都在可经验地范围内处于一种有意义地交往之中。

研究生态符号的语用问题,实际上就是把语言视为生态符号,研究其生态性,语言与自然的类比,人类和符号体系的类比,语言学规则和自然法则之间的类比,是生态符号学研究最根本的问题,也是其从生物学向人文学科转向、延伸的可能性所在。任何生命体与环境之间的相互作用,其中的"选择"过程都暗含了皮尔士的"习惯取向"观,即任何选择的过程都预设了一个根本性的原则/计划,它决定了这个符号过程的选择方向。从认识的出发点看,主体仍然是这个选择过程中的发出者,是意义的解释力的触动者,因为无论同构的价值表现在哪里,都源于被观察的部分所必然要与观察者一致的定位,或者说,先验式的理论设定,仍然把意义局限于主体的认知可能性之内。

三、国内生态符号学的引介及其生态批评实践

生态符号学的研究方法,是对符号过程在环境中的作用进行描述和分析,关注的是生态系统中的符号关系机制。这种符号关系,来自阅读过程中所选择的认识逻辑起点,或者是运用生态伦理学对文学作品进行分析,从而提出反人类中

---

① 彭佳、蒋诗萍:《自然文本:概念、功能和符号学维度》,《河南师范大学学报(哲学社会科学版)》2014年第3期。

心主义思想,倡导自然与人类的和谐共处,也或者是把自然文本看作语言符号作用的文本,通过语言的纵横组合关系,分析其中的认识论关系。它作为一种文学批评的方法论,在中国化的过程中也深受西方的影响,但是由于中西方对于"符号"的理解各有不同,因此,目前的国内生态符号学研究尚未形成一个强有力的话语。

国内的《鄱阳湖学刊》2014年首次推介了4篇生态符号学的方面的论文,其中就有温弗里德·诺特的《生态符号学:理论、历史与方法》、卡莱维·库尔的《符号生态学:符号域中的不同自然》、蒂莫·马伦的《地方性:生态符号学的一个基础概念》,卡蒂·林斯特龙、卡莱维·库尔、汉尼斯·帕朗的《风景的符号学研究——从索绪尔符号学到生态符号学》。同年,《外语研究》刊发了胡壮麟的《自然与文化的对立统一——谈生态符号学研究的理论核心》,对生态符号学做了正式的介绍,以及塔尔图—莫斯科学派,西比奥克的动物符号学模式,诺特的宇宙整体观,乌克斯库尔的客观环境论,库尔的主体人类生态学,迪利(John Deely)的生物中心主义,霍夫梅耶尔的文化、内部自然和外部自然的三维观等。随后的几年里,余红兵(2013、2014、2016)、彭佳(2014、2017)、代玮炜和蒋诗萍(2014)、岳国法(2016、2019)、王新朋和王永祥(2017)、宋德伟(2019)、贾丹丹(2019)、马大康(2020)等也开始从多个方面关注塔尔图学派、西比奥克以及生态符号学在文本分析方面的应用。

从国内目前生态符号学研究现状来看,主要有三个方面的特点。

第一,自然概念的理论反思。这一类研究承接国外生态符号学的研究模式,探讨自然作为符号的意义,如彭佳和蒋诗萍①对比分析生物文本与自然文本,研究符义学、符形学和符用学的意义;尝试修正库尔的自然观,深入研究文化模塑自然的过程。余红兵对西比奥克的建模系统理论研究无论在广度还是深度上都颇有代表性②。

第二,生态符号学的文本批评实践。这一类研究以生态符号学为理论基础,

---

① 彭佳、蒋诗萍:《自然文本:概念、功能和符号学维度》,《河南师范大学学报(哲学社会科学版)》2014年第3期。

② 余红兵:《西比奥克建模系统理论与塔尔图学派的渊源》,《俄罗斯文艺》2016年第5期。

分析自然文学内的符号关系及其生态意义。岳国法和谭琼琳①以贝斯顿等作家的作品为文本,从创作理念、自然的象似性等方面分析了文本世界的可然性。宋德伟和岳国法②以生态符号学和认知语言学为理论基础,结合《沙乡年鉴》等作品,分析了自然符号的物性状态及其与世界之间的关系和呈现方式;宋德伟和岳国法③结合阿特伍德的作品,考察了小说中自然的符号化表征,揭示了符号的语义构成和文本符号修辞化的阐释价值。贾丹丹和岳国法④结合《汀克溪的朝圣者》等作品,分析了自然符号的层级性、生成性和原初性,探讨自然文学的意义论中文本逻辑概念的隐形联结、非时间性结构和起源式的开端。

第三,"地方性"研究。这一类是以某个地方的自然现象为关键词展开研究,深入分析其文化生态的符号性,如戴代新和袁满⑤研究风景园林中图的符号属性和文化含义;朱林和刘晓嵩⑥通过考察四川凉山会理县的一项治疗仪式,从符号学角度分析了该仪式的双轴操作及其暗含的自然崇拜的思维机制。

从目前可以搜集到的资料来看,国内在"自然"概念的理论研究和自然文本的符号学批评方面卓有成效,通过转换自然作为符号的认识论范畴,从物理现象到文化现象,再到文本现象,不断挖掘其学理研究的可能性,这为生态符号学研究提供了大量的知识储备。但是,国内相关研究目前尚处于起步阶段,研究成果较少,而且关于生态符号学研究尚未构成一个整体的理论框架,缺少对基本概念的梳理,也尚未提炼出一个可供操作的批评模式,其中存在的问题如,第一,注重"自然"概念在哲学理据上的挖掘,但是,在哲学认识论上却并未与西方自然论作历时对比,更没有结合中国的言意象理论加以观照,因此,在理论深度和拓展

---

① 岳国法、谭琼琳:《可然性模仿:自然文学文本世界的生态符号学阐释》,《解放军外国语学院学报》2016年第4期。

② 宋德伟、岳国法:《自然文学中自然符号的"物性论"——一种生态符号学阐释》,《郑州大学学报(哲学社会科学版)》2019年第4期。

③ 宋德伟、岳国法:《玛格丽特·阿特伍德小说的生态符号学研究》,《解放军外国语学院学报》2019年第4期。

④ 贾丹丹、岳国法:《符号现实化:自然文学的意义论》,《安阳师范学院学报》2019年第3期。

⑤ 戴代新、袁满:《象的意义:景观符号学非言语范式探析》,《中国园林》2016年第1期。

⑥ 朱林、刘晓嵩:《凉山彝族治疗仪式的生态符号学分析——以会理县"密"仪式为例》,《鄱阳湖学刊》2014年第6期。

宽度方面都不足以显示其研究的哲学深度;第二,注重对自然描写进行美学和社会认识论研究,却忽略了自然作为生态符号也是一种语言现象,其生态意义也是重要的研究对象。

四、生态符号学作为生态批评方法论的启示

生态符号学关注人与自然之间的符号过程,涉及了诸多意义论的问题,如关于自然的经历中有哪些信息交流的模式(意义过程),又产生了哪些待解释的符码(意义),这些符码又是如何被加以范畴化的(符号过程)? 生态符号学在这些方面的理论研究为当前的生态批评提供了如下重要的启示。

第一,生态符号学在自然概念的界定方面,实现了从地理学向文化方向、从生物学向符号学方向的发展,这显然属于一种认识论意义上的突破。自然不再是单纯的地理学意义上的实体,而是作为文本被阅读,并且作为交流系统被审视,因为它们作为自然符号蕴含了诸多如权力、种族和国际等问题,或者说,自然可以被视为库尔意义上的"物质性的"自然文本,其中的自然描写作为实体符号展示了它在自然与文化之间进行转换的可能性;与此同时,自然在不同"地方性"中不再是自然客体,而是经济的、社会的、功能的、生态的等环境符码,可以被视为一种"生态位",分析其中的符号和话语的物质性,以及物质世界中我们符号行为的社会意义。简言之,生态符号学视角下的自然论,不只有助于生态批评审视自然在文本中的社会物质过程,还原其意义的物质性,还可以从哲学认识论意义上研究自然作为生态符号中的物质性—符号学关系,反思人与自然之间的生态关系。

第二,生态符号学作为一种思考和研究生态现状的方式,为生态批评在符号学方面的发展开拓了一个新的领域,同时也克服了索绪尔开创的符号论自身的缺陷,如温德瑟认为的,生态研究视角有助于弥补符号与实在之间缺失的亲切性,"通过可供性(affordance)让符号功能和物理环境相关"①。根据温德瑟的观

---

① W. Luke Windsor,"An Ecological Approach to Semiotics",*Journal for the Theory of Social Behavior*,2004(2),p.180.

点,"可供性是关系性的,依赖于环境结构和有机体的感知和行为结构"①,这是为了说明,符号自身并不能为意义解释提供任何视角,但是一旦把它置放于生态视角下就会凸显其功能,它不再是简单地、静态地对客体或者事件的描述,而是为生命体提供信息,就像我们不要去描述"自由"是什么,而是告知自由能为生命体提供什么。简言之,符号的存在不是客体或事件的直接结果,而是一系列的刺激—反应系统中产生出来的一个信息暂时性停止,即生态批评让符号的意义更具体化、语境化。

第三,生态符号学的意义论为生态批评在文本分析方面提供了重要的认识模式,如"对位性""自然文本"和"符号域",这些模式把自然与文化之间、人与自然之间的关系作为一个符号过程,把自然的地方性作为生态体系的一个特定时空展示,研究符号和信息之间的接面关系,进而关注符号活动的语境性,以及生命体与环境之间密不可分的意义关系,这不仅加强了生物学和文化在符号学方面的互动,还为生态批评打开了一个新的窗口,实现了方法论的创新,生态批评也因此被赋予了双重目的,即自然的地理学、文化考察和符号学审视。

第四,"模塑论"对于生态批评走向客观化、科学化有着重要的作用。生态符号学一方面侧重于符号过程及生物体系的意义形式,它把感知过程作为符号过程,以符码再现实在的形式,关注符号是如何作为文化的文本实体的,另一方面聚焦于模塑方面信息认知的生物学维度,通过分析人对自然环境的规划、建构等符号过程中所产生的对环境结构的感知、概念范畴,研究生态密码是如何潜藏于语言密码中的,这是一种原型的、递归性的认识论反思。

生态符号学融合了生物符号学和文化符号学两个方面的知识,它作为生态批评的一种方法论,关注生命体和自然环境之间、自然与文化之间的关系,这为进一步的文学文本的分析提供了基础知识,无论是从哲学认识论探讨自然概念,还是从修辞角度分析各种符号过程,或者从认知角度分析人与自然关系之间的具身问题等,生态符号学都为我们提供了诸多视角。然而,就目前生态符号学的

---

① W.Luke Windsor,"An Ecological Approach to Semiotics",*Journal for the Theory of Social Behavior*, 2004(2),p.183.

发展趋势来看,把自然与文化相关联进行研究,仍然需要对这个研究方法加以梳理和甄别,尤其是当生态符号学作为生态批评的方法论应用于不同的文本实践时,从符号过程入手研究生态的运作机制,分析其中所蕴含的不同的符号结构,是一个比较复杂的问题。

第 三 编

环境人文学与生态批评的跨学科拓展

第十八章　环境人文学对生态批评的
　　　　　　深化与拓展

　　"环境人文学"(Environmental Humanities)一词正式在学术界亮相是在 2012 年,其标志是当年 11 月《环境人文学》(*Environmental Humanities*)①在线期刊的创办以及创刊文章"透过环境思考,动摇人文学科"("Thinking Through the Environment, Unsettling the Humanities")的发表。这篇文章可以说是"环境人文学"的宣言,题目本身就清晰地提出,"环境人文学"是以环境为视角和出发点,动摇传统人文学。文章开篇就提出"环境人文学"的目标和宗旨:"在人们对地球上所有生命所面临的生态和社会挑战的认识日益提高之时,对就环境问题开展进一步的对话提供支持和深化。""借助对环境问题进行定性分析的人文和社会科学学科,研究关于意义、价值、责任和宗旨等基本问题。"②

　　正如黛博拉·罗斯(Deborah Bird Rose)等期刊创办者所说,在过去的几年中,环境人文学在研究和教学方面得到了迅速发展,世界各地大学成立了相关研究中心,开设了相关本科和研究生课程。本章在追溯环境人文学的发展过程、重要术语的基础上,重点考察它对于拓展生态批评研究的价值与意义。

---

① 2012 年 5 月,黛博拉·罗斯与其合作者终止了在《澳大利亚人文评论》(*Australian Humanities Review*)开办的"生态人文学"专栏,同年 11 月,在线创办《环境人文学》期刊,自 2012 年 11 月起,每年两期,现已刊发相关学术文章和关键词介绍近 200 篇。2020 年 8 月 10 日,见 http://environmentalhumanities.org/。

② Deborah Bird Rose, Thom van Dooren, Matthew Chrulew, Stuart Cooke, Matthew Kearnes and Emily O'Gorman, "Thinking Through the Environment, Unsettling the Humanities", *Environmental Humanities*, 1(2012), pp.1–5.

一、环境人文学概念的出现与发展

实际上,环境人文学的发展可以至少追溯到 20 世纪末。1998 年,罗宾·埃克斯利(Robyn Eckersley)发表文章《"自然之死"与生态人文学的诞生》("The Death of Nature"and the Birth of the Ecological Humanities),用了"生态人文学"(Ecological Humanities)一词,认为应该"将生态学方法引入历史研究,将物质变化与图像和语言的变化联系起来"。科学与文化的发展不是各自孤立的,而是相互关联、相互影响,互为语境。这种多元辩证的关系彰显了一个重要结论,那就是伦理责任的全球化。① 埃克斯利题目中提到的"自然之死"直接指向卡洛琳·莫琼特的(Carolyn Merchant)的著作《自然之死——女性、生态与科学革命》(*The Death of Nature*:*Women*,*Ecology*,*and the Scientific Revolution*,1980)。莫琼特在书中提到:"生态和人文领域的新发展打开了新的视野,以指导 21 世纪的居民采取一种生态上可持续的(ecologically sustainable)生活方式。"②在这部书中,她还用到"生态意识"(ecological consciousness)、"生态伦理"(ecological ethic)、"生态视角"(ecological perspective)、"生态模式"(ecological pattern)、"生态哲学"(ecological philosophy)、"生态社会"(ecological society)、"生态宗教"(ecological religion)、"生态共同体"(ecological community)等概念。这些提法和概念极大地影响了同代和后代的学者,从而拓展了人文学科研究的领域和边界。

实际上,从 20 世纪 70 年代起,多个学科领域的学者对环境危机和社会文化之间的关系表现出了极大关注,包括威廉·莱斯(William Leiss)的《自然的控制》(*The Domination of Nature*,1974)、罗斯玛丽·卢瑟(Rosemary Radford Ruether)的《新女性新地球》(*New Woman New Earth*,1975)、唐纳德·沃斯特

① 埃克斯利在此处用到了"environmental humanities"一词,但其中两个词均为小写格式,上下文中也未有解释,明显他未将之正式作为一个术语概念。Robyn Eckersley, " 'The Death of Nature' and The Birth of the Ecological Humanities", *Organization & Environment*, Vol.11, No.2(June 1998), pp.183-185.

② Carolyn Merchant,*The Death of Nature*:*Women*,*Ecology*,*and the Scientific Revolution*,Harper & Row, 1989,p.xviii.

（Donald Worster）的《自然的经济》（*Nature's Economy*，1977）、伊丽莎白·格雷（Elizabeth Dodson Gray）的《失去的绿色天堂》（*Green Paradise Lost*，1979）、莫里斯·柏曼（Morris Berman）的《世界的复魅》（*The Re-enchantment of the World*，1981）、默里·布克金（Murray Bookchin）的《自由的生态学》（*Ecology of Freedom*，1982）等。

澳大利亚生态女性主义哲学家和活动家、环境思想家薇尔·普鲁姆德（Val Plumwood）在 2002 年出版的《环境文化——理性的生态危机》（*Environmental Culture：The Ecological Crisis of Reason*）一书中用到"生态的人文学"（The ecological humanities）一词。她认为，"生态的"是人文学科开展研究的正确视角（standpoint），"能够使我们拥有更大的'学术'视野，用更加历史性的、自省的、自我批评的方式进行思考，只有这样才能重新思考'理性'和人类中心主义文化中的局限和谬误"①。这个新的视野为我们提供了一条全新的途径（an alternative road not taken），那就是对"两种文化"②的融合，即打破主体/客体的对立（subject-object division）模式，取而代之以"主体/主体"（subject-subject）的框架。③ 只有实现了"文化范式的转换"（a cultural paradigm shift），我们才能真正做到将自然看作同伴，与自然平等对话。④ 这个思路与文学理论家和文化批评家佳亚特里·斯皮瓦克（Gayatri Chakravorty Spivak）说法有相似之处，即新的批判性的"人文学"即将出现（a Humanities to come），将致力于寻求对自我与他者（包括非人类）"欲望的非强制性的处置"。在这种框架下的伦理是一种"回应式的"（responsible to），而非"负责式的"（responsible for）。⑤ 这些看法无疑彰显了

---

① Val Plumwood, "Introduction", *Environmental Culture：The Ecological Crisis of Reason*, Routledge, 2002, p.10.

② 普鲁姆德这里所谓的"两种文化"不是斯诺的人文、社会科学与自然科学对立，而是人类与自然的二元对立。

③ Val Plumwood, "Rationalism and the ambiguity of science", *Environmental Culture：The Ecological Crisis of Reason*, Routledge, 2002, p.50.

④ Val Plumwood, *Environmental Culture：The Ecological Crisis of Reason*, Routledge, 2002, p.238.

⑤ Gayatri Chakravorty Spivak, "Righting Wrongs", *The South Atlantic Quarterly*, 2004, 103(2-3), pp. 523-581. 转引自 Elizabeth DeLoughrey, Jill Didur and Anthony Carrigan, *Global Ecologies and the Environmental Humanities—Postcolonial Approaches*, Routledge, 2015, p.9.

新的"人文学"对生态伦理和生态责任的重视。

2001年，澳大利亚人类学家戴博拉·罗斯（Deborah Bird Rose）和利比·罗宾（Libby Robin）联合发布"生态人文学宣言"（A Manifesto for The Ecological Humanities），提出"生态人文学的研究旨在跨越科学与人文学之间，西方与其他世界在认识自然方式上的巨大鸿沟"。其学术任务是"重新构建知识结构，实现地球繁荣和可持续发展所必需的文化、生物和学术的多样性"，其行动力的4C来源是：好奇（Curiosity）、危机（Crisis）、关切（Concern）、合作（Collaboration）。①

以上观点都认为生态人文学将打破西方思维中的二元对立模式，致力于跨越一切妨碍我们思考和行为的壁垒，其研究与在未来生活中建立社会和生态正义并行。一个真正"生态的"人文学的核心概念是"关系性的"（relational）和"互动性的"（interconnected），是对传统学科框架中人文学科与自然学科之等级关系的解构，也是跨文化、跨物种的沟通。但是，需要看到的是，对跨学科、跨文化、跨物种关系的关注实际上远不止发生在20世纪，也不仅发生在人文学科领域。"生态学"这个术语本身就含有跨学科的性质，关注的是有机体及其环境之间的关系。② 对学科间相关性的关注早在18世纪已经开始萌芽并不断发展。1789年出版的《塞尔波恩博物志》（The Natural History of Selborne）是将自然和人文结合的最早典范。③ 美国地理学家乔治·马什（George Perkins Marsh）在1864年出版的《人与自然：人类活动所改变了的自然地理》（Man and Nature, or Physical Geography as Modified by Human Action）中提出："虽然人们一直以来认为土地塑造了人类，但实际上是人类塑造了土地。"④当代生态学家尤金·奥多姆（Eugene Odum）在《生态学：自然科学与社会科学的桥梁》（Ecology: the Link between the Natural and the Social Sciences）中对跨学科研究表现出相当的重视："生态学曾经

① Deborah Bird Rose and Libby Robin, "A Manifesto for The Ecological Humanities", 16 May, 2020, https://fennerschool-associated.anu.edu.au/ecologicalhumanities/manifesto.php.
② "生态学"（Oekologie）这个词由希腊语词根"住所"（oikos）和"学问"（logos）组成，由德国科学家恩斯特·海克尔（Ernst Haeckel）1866年所创。
③ ［英］吉尔伯特·怀特：《塞尔伯恩博物志》，梅静译，上海文化出版社2019年版，第165页。
④ George Perkins Marsh, "Introduction", in Man and Nature, David Lowenthal（ed.）, Cambridge: The Belknap Press of Harvard University Press, first edition in 1864, reprinted in 1965, p.ix.

被认为是生物学的一个分支,研究有机体与其环境的关系;现在,此研究已经被广泛接受为对人与环境的整体性研究。'生态'曾经常常被认为是'环境'的同义词,但是随着这个词汇的逐渐流行,其关注点已经转移到人,是作为属于环境的人,而不是处在环境之外的人。"①

到2012年,"生态人文学"让位于"环境人文学"(Environmental Humanities)②。"环境人文学"这一词汇虽然在学术写作中出现较晚,但实际使用要更早一些,主要是一些大学和机构的课程名称和项目,其中 environmental 一词常被当作形容词,修饰人文学领域的新角度。最早使用该词汇的应该是时任内华达大学教授的斯科特·斯洛维克(Scott Slovic),他于1995年在内华达大学建立"环境艺术与人文学研究中心"(Center for Environmental Arts and Humanities)。1998年,捷克的马萨里克大学(Masaryk University)开设研究生项目"环境人文学",并开设相关课程。③ 相比注重"关系"研究的"生态"一词,"环境"一词在英文中有着更大内涵与外延,将人类与其生活的周遭全部纳入其中。这个关键词的变化标志着英语学术界思考和研究重心已经不单单是学科间的对话和交流,而是对人文学本身的研究视野、研究视角,以及核心价值的反思与重构,正如《环境人文学》创刊文章中所说,是从环境的角度,对整个人文学科的撼动。"'环境人文学'是对人文学科的更深刻更厚重的理解或重构……它的出现是人文科学和社会科学领域与环境互动的日益增长的意愿的一部分。它对传统人文学科提出了挑战,进行了拆解,既包括研究对象,也包括研究方法。在此语境下,不断涌现出各种新颖的跨学科研究方法,将人文科学、自然科学和社会科学带入全新的激动人心的对话和交流之中……环境人文学批评借鉴人类学、哲学、自然科学、地理学、生物学、民族学及众多其他领域,目的是发展一种不仅限于人类,

---

① Eugene Odum, "Preface", *Ecology: The Link between the Natural and the Social Sciences*, Holt, Rinehart and Winston, 1975, p.vi.

② 然而,对相关的两个中文译文"生态人文学"和"环境人文学"的斟酌仍在继续。这主要是因为英文"ecological"和"environment"与中文"生态"和"环境"这两组概念在文化和社会内涵上的不对等。尤其是"生态"这一概念的中文中的抽象含义,远远超过其在英文中对一个具体学科的指涉。这里暂不讨论翻译问题,而是用直译的方式处理这两个术语。

③ 2020年5月16日,见 https://is.muni.cz/predmet/phil/VIK22B01B? lang=en&obdobi=1922。

而是关注我们与其他生物相互影响的研究。"①

环境人文学从主体身份、研究路径、伦理价值等各方面进行了反思,但是由于学科研究领域庞杂,又尝试跨学科跨文化的研究路径,罗斯等人在试图定义环境人文学的同时也承认,环境人文学的界限很难分明,它"就像一把大伞,将过去几十年中出现的子领域纳入其下,并促进这些领域之间的新的对话和交流;另一方面,环境人文学科也对已有的研究领域提出新的挑战和要求,激发更多针对紧迫问题的跨学科思考、干预和行动措施"②。

阿斯特里达·尼玛尼斯(Astrida Neimanis)等人在 2015 年的文章"环境人文学的四个问题和四个方向"(Four Problems,Four Directions for Environmental Humanities)一文③中认为,环境人文学当前发展所面临的四个问题是:"疏离与无形"(alienation and intangibility)、"后政治现状"(the post-political situation)、"环境变化的负面框架"(the negative framing of environmental change)、"在实践和本体论层面'环境'与其他人文学科关注点之间的区别",因此,环境人文学应当在四个方向继续发展:对不同环境观点的持续关注、从自然—文化和女性主义后人类主义的角度重新思考"环境/绿色"的概念范畴、跨学科和后学科角度的研究、强化地球公民意识。

环境人文学的出现离不开 20 世纪六七十年代在各个国家、各个领域逐渐兴起的"环境研究"(environmental studies),更与人文与社会科学领域的环境研究密切相关,比如环境史(environmental history)、环境哲学(environmental philosophy)、环境人类学(environmental anthropology)、环境社会学(environmental sociology)、政治生态学(political ecology)、后人类地理学(posthuman geographies),以

---

① Deborah Bird Rose, Thom van Dooren, Matthew Chrulew, Stuart Cooke, Matthew Kearnes and Emily O'Gorman,"Thinking Through the Environment, Unsettling the Humanities",*Environmental Humanities*,1(2012),pp.1-5.

② Deborah Bird Rose, Thom van Dooren, Matthew Chrulew, Stuart Cooke, Matthew Kearnes and Emily O'Gorman,"Thinking Through the Environment, Unsettling the Humanities",*Environmental Humanities*,1(2012),pp.1-5.

③ Astrida Neimanis, Cecilia Åsberg and Johan Hedrén,"Four Problems, Four Directions for Environmental Humanities: Toward Critical Posthumanities for the Anthropocene",*Ethics and the Environment*,Vol.20,No.1(Spring 2015),pp.67-97.

及生态批评(ecocriticism)等其他诸学科。这些研究领域的出现和发展不断彰显出一个不争的事实:那就是"环境问题"已经无法与人文和社会学科的研究割裂开来,已经毫无疑问走上政治、经济、社会和文化生活等方方面面研究的前台。环境人文学认为,在应对环境危机时,科学技术固然必不可少,但是环境和生态危机的根源必须追溯到社会经济的不平等、文化差异以及历史、价值观和道德框架的不同,而科学技术本身也是历史和社会文化语境的产物。反过来,这些跨学科交叉的思路和视角,包括在"人类世"、后人类主义等概念下对人类身份、人类与超人类(more-than-human)的深层关系研究等方面,为生态批评提供了多维度的启示,使其在多方面得到深化和拓展。

二、"人类世"与生态批评空间的拓展

"人类世"(Anthropocene)可能是 21 世纪一个特别振聋发聩,也特别有争议的概念,它认为人类活动从工业社会以来,其广度和深度已经超过自然力量,对地球地质变化产生了重大影响,成为改变地球地质的主要力量。因此,地球已经进入一个新的地质时期,即"人类世"时期。2000 年,施特默与诺贝尔化学奖得主保罗·J.克鲁岑在《全球变化》(*Global Change*)共同发表《人类世》[1]一文,两年后,克鲁岑在自然科学顶级刊物《自然》(*Nature*)杂志上发表《人类地质学》[2],"人类世"概念从此得到广泛关注,并引发热议。

实际上,将人类视为地质因素的说法在地质研究领域可以追溯到 18 世纪法国博物学家布封的《自然史》(*Les Epoques de la Nature*,1788)、19 世纪的马什。1873 年,斯托帕尼(Stoppani)提出"人类时代"(anthropozoic era)的概念;20 世纪,罗伯特·夏洛克(Robert Sherlock)[3]等人发展了这一概念,更不断有学者创造新的词汇或概念彰显人类对地质的作用,按照克鲁岑文章中所述,包括弗拉基

---

[1] Paul J. Crutzen and Eugene F. Stoermer, "The 'Anthropocene'", *Global Change Newsletter*, 41 (2000), pp.17-18.

[2] Paul J.Crutzen, "Geology of Mankind", *Nature*, 415(2002), p.23.

[3] Robert Sherlock, *Man as a Geological Agent:An Account of his Action on Inanimate Nature*, London:H. F.& G.Witherby,1922.

米尔·韦尔纳斯基（Vladimir Vernadsky）等人的"新领域"（noösphere）、安德鲁·雷夫金（Andrew Revkin）的"人类时代"（anthrocene），以及迈克尔·桑威斯（Michael Samways）的"类人时代"（homogenocene）①等提法。但是对这一概念首先表示反对的声音也来自地质学界。20世纪地质学界的主流认为，一万年以来的人类文明相对于地球的漫长历史来说，在地质时间上很短（更不用说工业革命以后至今的两三百年的历史），相对于山体运动、火山喷发、星体撞击等，在地质规模上很小，无法构成对地球地质的永久性改变。②

不论"人类世"这一提法是否准确，合理性有多大，它对于21世纪人们思想和学术的影响已经渗透到方方面面。正如哲学家戴尔·贾米森（Dale Jamieson）所论证的那样，"人类世"概念的出现引发了关于人类作为实施者的两种相反的心理感受，一是因为人类可以大规模改变地球生态系统和地质构造的力量感；相反，也生发了一种极度的无力感，因为很多地质变化及其后果都完全出乎我们意料，并且不可逆转。③"人类世"的概念不仅在自然科学和社会科学领域引起了很大反响，也迅速被生态批评领域的学者接受，并将之作为一种思维框架或视域（threshold）④，从身份、叙事、历史等诸方面进行了深入研究。

（一）从地方身份到地球身份

身份和归属感研究一直与地方和空间研究密切相关。我们对环境的理解通常始于对某一地方（place）的经验。地方既是生活、交流的核心，也是建构身份、

① 参考 Will Steffen, Jacques Grinevald, Paul Crutzen and John McNeill, "The Anthropocene: Conceptual and Historical Perspectives", *Philosophical Transactions: Mathematical, Physical and Engineering Sciences*, Vol.369, No.1938, The Anthropocene: a new epoch of geological time?（13 March 2011），pp.842–867。

② 关于"人类世"概念的历史，主要参考 Jan Zalasiewicz, et al., "Anthropocene", *Keywords for Environmental Studies*, Joni Adamson, William A.Gleason and David N.Pellow（eds.），New York University Press, 2016, pp.14–16。

③ Ursula K.Heise, Jon Christensen, Michelle Nieman, *The Routledge Companion to the Environmental Humanities*, Routledge, 2017.

④ 在将"人类世"概念吸收到生态批评领域的学者中，蒂莫西·克拉克（Timothy Clark）是早期比较活跃的一位，主要专著是《生态批评前沿：以人类世概念切入》（*Ecocriticism on the Edge: The Anthropocene as a Threshold Concept*, 2015）。

文化、历史的语境。在生态批评的研究过程中,地方性研究也是一个常见的批评视角,很多批评者也是按国别和区域进行归类和分析。但是随着"全球化"概念的出现和不断得到的广泛接受,人文科学领域的研究也纷纷拓展视野,将全球意识作为学科研究的一个重要基础。"全球化"作为现代化进程的一个结果或现象,最早反映在经济领域,后来从资本扩张逐渐延伸到技术、文化等领域。20世纪90年代,全球化的研究范式在社会科学和人文学科被广泛接受,并且出现了新的态势,即对"跨民族主义"(transnationalism)和"世界主义"(cosmopolitanism)等视角的强调,尤其是在身份研究和空间研究领域,突出了超出地方和民族范畴的归属问题。但矛盾的是,大部分理论家接受关于杂糅、流散等理论,仍然强调身份问题中的文化性、法律性和民族性规约,而对人类作为一个整体的,突破民族和文化界限的身份思考不够。① 在环境成为一个重要学术关注点的当代,在谈论环境整体性的同时,对人类整体性的关注就成为了题中之义。

托比亚斯·波斯(Tobias Boes)用宇航员的视角来对比"人类世"所凸显的整体观:当人们看到宇航员从太空拍到的地球照片,那种视野与身在地球之上截然不同:没有了地平线之后的视野是一种无边际的广阔。就像济慈在《初读查普曼译荷马史诗》中所感慨的:

> 之后我觉得我像是在监视星空
>
> 一颗年轻的行星走进了熠熠星空,
>
> 或像是体格健壮的库特兹他那老鹰般的双眼
>
> 盯着太平洋一直瞧——而他所有的弟兄
>
> 心中都怀着荒诞的臆测彼此紧盯——
>
> 他不发一语,就在那大然山之巅。②

从"人类世"的角度来看,这首诗中所表达的美学思想已经远远不止诗人济慈语言和诗艺的精湛,也远超他对美的激情与热爱。这种象征性的"星球意识"不是为了表达占有,而是一种超越时间和空间的整体性壮美。这是一种崇高的、

---

① Ursula K. Heise, "Preface", *Sense of Place and Sense of Planet : The Environmental Imagination of the Global*, New York : Oxford University Press, 2008, p.6.

② 屠岸:《济慈诗选》,外语教学与研究出版社2011年版,第61页。

无法掌控的远景,但又以某种方式与人类相连。①

生态批评家、环境人文学者厄休拉·海斯(Ursula Heise)在 2008 年出版的《地方意识与地球意识》一书中对这种"相连性"(connectedness)进行了更具当代性的阐释。她从詹姆斯·洛夫洛克(James Lovelock)的"盖亚假说"(Gaia Hypothesis)②出发,追溯到加勒特·哈丁(Garrett Hardin)的"公地悲剧"(tragedy of the commons),认为"全球视野"相关的理论虽然已有一些成果,但是当代的生态和环境研究还没有在真正意义上与"全球化"的概念相结合。她提出了"生态世界主义"(eco-cosmopolitanism)或"环境世界公民"(environmental world citizenship)等概念。这一概念在空间意识上与"栖居"(dwelling)、"再居住"(reinhabitation)、"生物区域主义"(bioregionalism)、"地方侵蚀"(erotics of place),甚至"土地伦理"(land ethic)等概念相抵触。海斯认为,虽然以上这些概念或理论在地方性的环境保护中发挥了重要作用,但是这些思想太过"地域化",而以生态为导向的研究应当紧密联系真正的全球化思想,即"去地域化"(de-territorialization)。毫无疑问,去地域化意味着不可避免要与新的文化相遇,也不可避免会受到女性主义和后殖民主义强调政治、经济、文化因素的挑战。但是海斯认为,人类目前面临的重大任务是,要构想一个不再以区域和地方性空间为前提的方式,来建立一个能够涵盖非人类世界的,更大更广泛的环境正义。③

"人类世"概念的出现和传播无疑为这种思想提供了新的理论基础。在 2013 年的文章"全球性、差异性与生态批评的跨国转向"(Globality, Difference, and the International Turn in Ecocriticism)中,海斯再一次强调去区域化的观点,她用"全球性"一词来诠释这个概念:虽然文学研究领域的全球化意识早在 20 世纪初已经出现,但是近年来生态批评领域的发展大大推进了这一全球意识,这得益于生态批评将非人类文化纳入其中,并将之与人类文化紧密联系,思考和研

---

① Tobias Boes, "Beyond Whole Earth: Planetary Mediation and the Anthropocene", *Environmental Humanities*, Vol.5, 2014, pp.155–170.

② James Lovelock, *Gaia: A New Look at Life on Earth*, Oxford University Press, 2000.

③ Ursula K. Heise, "From the Blue Planet to Google Earth: Environmentalism, Ecocriticism, and the Imagination of the Global", in *Sense of Place and Sense of Planet: The Environmental Imagination of the Global*, New York: Oxford University Press, 2008, pp.16–67.

究人类文化发展所造成的全球范围的环境问题:水资源缺乏、土壤侵蚀、气候变化等。① 也正如凯伦·桑伯(Karen Thornber)所说,环境破坏是一个全球现象,因此,文学研究也就应该超越文化的特殊性,将关注点投向跨文化的主题和概念,而不是只遵循文化/民族这一研究路径和空间。②

(二)紧迫性(Urgency)与灾难叙事

西方文学对自然的关注早在18世纪末19世纪初就已经出现,也不断有学者对日益发展的工业革命表达了关切和忧虑,并提出人类正在威胁着地球,而不是地球在威胁着人类,如果人类继续不加节制,地球将"很快变成这最高贵的居民所无法存身的家园"③。环境在现代人类社会的影响下日渐恶化。从自然书写到生态文学,都给予环境保护很大的关注,对人类破坏环境的批评包括圈地运动、铁路建设、毁林开荒、人口增长、城市污染等,为唤醒公众意识,改善生态环境作出了一些贡献。这些写作或批评的基本共识是:现代社会是曾经美丽、和谐、自给自足的自然世界逐渐退化的罪魁祸首,而在此思维框架下的是一种以怀旧、哀叹的方式批判现状的"衰退叙事"(decline narrative)。

"人类世"所引起的反响不仅在于它在地质层面的说法,而是在于它将当下的未来投射为已经到来的能力。④ 这一点与文学领域的科幻叙事相类似,即将地球和人类看作一个统一的叙事整体。而与科幻叙事不同的是,"人类世"的概念在日益恶化的全球环境的背景上,施加了一种环境世界主义的紧迫性。它将人类看作一个"全球存在"(global being),这虽然在某种程度上掩盖了社会经济差异所导致意识形态上的不平等,但也许更重要的是,"人类世"的概念在某种

① Ursula K.Heise,"Globality,Difference,and the International Turn in Ecocriticism",*PMLA*,Vol.128,No.3(May 2013),pp.636-643.

② Karen Thornber,*Ecoambiguity:Environmental Crises and East Asian Literature*,Ann Arbor:University of Michigan Press,2012,pp.16,23.

③ George Perkins Marsh,"Introduction",*Man and Nature*,edited by David Lowenthal,Cambridge:The Belknap Press of Harvard University Press,first edition in 1864,reprinted in 1965,p.ix.

④ Ursula K.Heise,*Imagining Extinction:The Cultural Meanings of Endangered Species*,Chicago:The University of Chicago Press,2017,p.203.

程度上就像是生态启示录,以对灾难紧迫性的强调将怀旧叙事转变为着眼于未来的行动或灾难叙事。

讲述灭绝的故事是灾难叙事的一个重要领域。灭绝(extinction)看起来似乎是自然界优胜劣汰的一个自然而然的结果,生物学家的报告显示,地球历史上曾经生存过的物种有99.9%已经灭绝。但是在"人类世"的视域中,灭绝绝不仅是一个自然现象。既然人类已经成为影响地质变化的最主要因素,那么地球上其他生物的灭绝就不可能没有任何人为影响的因素,比如气候变化所引起的生物灭绝。全球气候变化与"人类世"概念密切相关,气候变化的影响波及世界各个层面的物质、文化和社会结构中,包括个人的微观层面的生活方式。① 因此,环境人文学认为,气候问题和灭绝叙事已经不应只是气候学家或者地球科学家所关注的层面,而是社会、文化、哲学、政治所共同关注的层面,其危险性或危险的暗示已扩展到社会各个领域。于是,在"人类世"概念的推动下,大规模的气候变化和生物灭绝叙事对于我们的历史观、认识论、本体论都会产生重大影响,将超越已有的政治思想和哲学含义。② 因为不论何种灭绝,都绝不仅是一个基因相关事件,而是一个涉及多学科的相遇与理解的多语境现象。③ 这里所强调的多学科、多语境也正是环境人文学的题中之义。而讲述灭绝故事,就是要将灭绝这一自然现象拉入"人类世"框架下的时间维度来考虑:从进化和物种形成的深层过程,到当今生物多样性丧失的惊人速度,以唤起更多的责任感。④

(三)慢暴力叙事

"人类世"概念将罗布·尼克松所谓的"慢暴力"(Slow Voilence)快速地推到世人眼前。尼克松这样定义他创造的"慢暴力"一词:

---

① Dipesh Chakrabarty,"The Climate of History:Four Theses",*Critical Inquiry*, 35(2009),pp.197–222.

② Uwe Lübken and Christof Mauch,"Uncertain Environments:Natural Hazards,Risk and Insurance in Historical Perspective",*Environment and History*, 17(2011),pp.1–12.

③ Cary Wolfe,"Foreword",in *Extinction Studies:Stories of Time,Death,and Generations*,Deborah Bird Rose,Thom van Dooren and Matthew Chrulew(eds.),New York:Columbia University Press,2017, p.viii.

④ Deborah Bird Rose,Thom van Dooren and Matthew Chrulew(eds.),*Extinction Studies:Stories of Time,Death,and Generations*,New York:Columbia University Press,2017,pp.1–18.

慢暴力是指逐渐发生且看不见的暴力;通过在时间和空间上的分布,延迟破坏性的暴力;它是消耗性的暴力,通常情况下也许根本不被视为暴力,因为它不像通常的暴力行为或事件那样,具有及时性、爆炸性,在空间上引人注目,在时间上具有瞬间的可见的轰动性。[1]

"人类世"概念中人类对地球所造成的巨大的地质变化或破坏并不是通常我们所说的暴力行为所能实现的,它正是源于这种慢暴力,缓慢却具有极大的破坏性。在政治和情感层面来看,不同种类的灾难指向了不同的责任和担当。在当下这个媒体崇尚轰动效应的时代,公共政策也往往主要是围绕眼前的迫切需求而制定的。但是正如"人类世"概念所揭示的,慢暴力的故事可能长达数年、数十年、数个世纪,甚至上万年。这种破坏所造成的危害是无法比拟且不可逆的:栖息地的破坏、有毒物质的积累、温室气体的大量扩散、物种加速灭绝……这些灾难性的慢暴力叙事对于很多人来说,似乎离自己的生活很远,但从整个地球来看,这些是人类未来的灾难。慢暴力就是要将这种在深层影响我们的缓慢的灾难推进到眼前,而"人类世"则赋予了慢暴力以理论和概念上的框架,用形象化的叙事方式将其彰显,为慢暴力的危害性拉响紧急信号。

同时,对"慢暴力"的研究是为了彰显对其进行抵抗的政治和文学形式,并发出穷人在环保主义领域的声音。尼克松在书中列举了博帕尔的化学爆炸、尼日尔三角洲和中东的石油钻探、肯尼亚的森林砍伐、印度和美国西部的水坝建设、伊拉克和阿富汗的集束炸弹以及马尔代夫的气候危机等暴力事件,但是他认为当代社会对这些事件的理解、阐释和再现没有触及这些事件最深层的时间性和影响规模,他认为作家、批评家和社会活动家应该看到其中的"慢暴力",拒绝从短期时间尺度上研究其爆炸性的影响力或者可见的环境影响,而应该从政治和经济不平等的角度对这些暴力事件进行反思,看到经济政治的不平衡与慢暴力产生之间的紧密关系。[2] 在此意义上,大大延展了对环境人文学研究和后殖

---

[1]　Rob Nixon, *Slow Violence and the Environmentalism of the Poor*, Cambridge: Harvard University Press, 2011, p.2.

[2]　Rob Nixon, *Slow Violence and the Environmentalism of the Poor*, Cambridge: Harvard University Press, 2011, p.13.

民主义生态批评的视野。

"人类世"概念为生态批评提供了一个新的语境,也引发了两种截然不同的悲观和乐观的情绪和论调。悲观主义者认为,"人类世"表明人类对环境的负面影响范围非常广,已经超过了可以控制的地步。[①] 但对于乐观主义者而言,它开辟了未来的新的可能性,不是重返过去,而是重塑未来:"我们与自然的关系已经发生了剧烈的变化。"但是,人类不是被动的,而且人类的智慧是无穷的。"我们可以成为地球的推动者、修复者和守护者。"[②]安德鲁·雷夫金将"人类世"这一概念称为"对人类力量的傲慢的夸张"[③],艾伦·韦斯曼(Alan Weisman)在其《没有我们的世界》(The World Without Us)中提出了一个有趣的思想实验:"假设最坏的情况已经发生,人类灭绝已既成事实……我们想象一下那个所有人类都已经消失的世界……我们是否可能在宇宙上留下了虽暗淡,但持久的印记? ……这个没有我们世界是否可能会怀念我们,抑或只是终于松了一口气,留下一声巨大的、生物性的叹息?"[④]从一个角度来看,人类必须接受其孤军奋战的角色,努力改善气候和其他生态体系,因为作为地质变化的最重要力量,我们已经无可依赖、退无可退、别无选择。但是从另一个角度来看,面对我们没有预见到的可怕后果,人类的能力其实是很弱小的。即使"人类世"的概念敦促我们作为一个集体需要承担更大和更特殊的责任,它同时也表现出人类曾经的自负。曾经的人类中心主义使我们沦为自己的敌人,成为一种需要战胜自己的生物,而这一切都是因为人对大自然了解得太少:也就是说,我们已经陷入自己无法理解的自然和地质力量,而面对这一切,我们必须回归自然。[⑤]

这些热烈的讨论,甚至激烈的辩论使得我们必须反思人类当前的处境,以及与气候变化、其他生命、地球变化之间的关系,同时,也包括对人类与非人类的社

---

① 比如 Paul Cruzen。

② Diane Ackerman, *The Human Age: The World Shaped by Us*, New York: W. W. Norton & Company, 2014, p.311.

③ Andrew Revkin, "Confronting the Anthropocene", *The New York Times*, 11 May 2011. Web.10 January 2016.

④ Alan Weisman, *The World Without Us*, Picador, 2007, pp.3-5.

⑤ Richard Kerridge, "Foreword", *Environmental Humanities: Voices from the Anthropocene*, Serpil Oppermann and Serenella Iovino(eds.), 2017, p.xv.

会、政治关系的想象和反思。有关人类能动性的讨论又必然地涉及另一个概念——"后人类主义"（posthumanism）。不论如何，"人类世"的概念都迫使我们在反思人类的地质影响之时，将思考的范围在时间和空间两个维度上延展。而生态批评正是受益于此。

三、后人类主义与生态批评的物质化转向

"后人类主义"①字面意思是"人文主义之后"。按照特德·沙茨基（Ted Schatzki）的说法，后人类主义在哲学概念上分为两种：一种是"物质主义"，它试图克服对人文主义的主观或主体的过分强调，并强调非人类的主体作用；另一种则将实践（尤其是社会实践）置于构成个人的主体之上。

实际上，后人类主义这一概念至少可以追溯到 60 年代，福柯的《事物的秩序：人类科学的考古学》一书。在这本书结尾，福柯写道，"人"的概念不是信仰和哲学中的客观存在，而是知识结构发生根本性改变的结果，它是一个近现代发明，却也许即将结束。如果上述的知识框架消失了，就像 18 世纪末古典思想的基础最终崩塌的命运一样，很有可能关于人的概念的某些部分也会导致这一概念的崩塌，而人类就像海滩上沙画的面孔一样，终会被历史抹去。② 福柯在这里明显指出："人"这一概念不是生理和基因的构建，而是一种认知体系的构建，是属于人类知识框架的一部分。1984 年，唐娜·哈拉威（Donna Haraway）的"赛博宣言"③（Cyborg Manifesto）一文提出，科技的发展使人类的身份和定义受到挑战，需要从人与机器之间的关系出发，重新思考"人类"一词的内涵与外延。她

① Ursula K. Heise, *Imagining Extinction: The Cultural Meanings of Endangered Species*, Chicago: The University of Chicago Press, 2017.
② Michel Foucault, *The Order of Things: An Archaeology of The Human Sciences*, Routledge, 2005, p.422. 英文版最早于 1970 年由 Tavistock Publications 出版。法语版 *Les mots et les choses* 1966 年由巴黎 Editions Gallimard 出版。中译本参见［法］福柯：《词与物——人类科学的考古学》，莫伟民译，上海三联书店 2001 年版。
③ 转引自 Donna Haraway, "A Cyborg Manifesto: Science, Technology, and Socialist-Feminism in the Late Twentieth Century", from *Simians, Cyborgs and Women: The Reinvention of Nature*, New York: Routledge, 1991, pp.149–181。

认为,科技发展破坏了三个关键的概念边界:人/动物、生物/机器、物理/非物理,为重建"后现代集体和个人自我"提供了准备。21世纪以后,哈拉威对人类重新定义的视角从"人—机器"转移到"人—动物",她的《同伴物种宣言》(*The Companion Species Manifesto*)就是这一转变的明显体现。

在机器研究和动物研究的基础上,生态后人类主义提出,人类既属于人类社会,又属于生态环境,尤其是网络生态环境的一部分,因此,保护环境既是保护人类自身的文化,也是保护人类作为物种之一的生态体系。因此,生态后人类主义要将古典人文主义长期以来所理解的"人类"的标准进行重新定义。为了实现这一目的,环境人文学者将审视的研究目光投向人类社会之外,即"物质":在物质中寻找关于环境的故事(storied matter),催生了生态批评的物质化转向,即"物质生态批评"(material ecocriticism)。物质生态批评是一种超越文字文本的批评,这里的文本不仅指文学文本,还包括物质文本。其研究内容包括物质间性、物种的文本间性、"生物符号学"(biosemiotics)等研究。这些研究将人类看作自然—文化这个整体领域内的一个物种,人既有人类文化内部的物质和信息交换,也具有物种间的外部交换。①

(一)客体—取向的本体论(Object-Oriented Ontology)

在环境人文学的框架内,后人类主义对意义重构继续推进,强调所谓"面向对象的本体"(Object-Oriented Ontology,简称OOO)。OOO,即"面向物的本体",并不是一个新概念,其传统一直可以追溯到亚里士多德,但是后人类主义的OOO转向是在对人类和非人类的反思基础上逐渐形成的。后人类主义语境下的物质本体论不再将注意力放在探索现象和物体在人类文化系统中的象征意义,而是放弃人类文化叙述或历史发展的前提,将所有物质,包括人类与非人类,放在同一存在的平面上进行考察。布鲁诺·拉图尔(Bruno Latour)重新构建的"施事者网络理论"(Actor Network Theory,简称ANT)在后人类主义本体论建构

① Heather I.Sullivan and Bernhard F.Malkmus,"The Challenge of Ecology to the Humanities:An Introduction",*New German Critique*,Duke University Press,Vol.43,No.2,August 2016,pp.1–20.

中功不可没。ANT 是一种基于运动的、面向细节的分析模式,它追踪联系着各种物质的网络线条的缠结,强调非人类的施事能力,非人类物质是"施事者"(actors),而不仅仅是作为象征投射物的承载者,并提出"自然"与"文化"并不是先在的现实,要将物质放在行动中进行理解才能感受到它们的施事能力。比如海岸边的一块岩石是火山喷发、海浪不断冲刷的我们无法想象的地下力量的参与者。①

从本体论角度来讲,后人类主义思潮与"人类世"的概念似乎背道而驰。面对"人类中心主义"的指控,人文科学和社会科学在近几十年进行了各种思考、探索和修正,包括动物研究、多种族民族志和新唯物主义。反思的第一个问题就是:人类是否具有特殊性?唐娜·哈拉威追溯了弗洛伊德所描述的对人类自我中心主体地位的三次历史伤害:第一次是哥白尼,他将地球这个人类的家园移出了宇宙中心,也就为从人类的世界向一个非人类的宇宙过渡铺平了道路。第二次是达尔文,他将灵长类置于其他所有生物的世界之中,所有的生物以相关的方式一起在地球上生存、进化。第三次是弗洛伊德,他的"无意识"将人类的意识,包括理性,从高等的地位上拉下来。在此基础上,哈拉威提出,第四次是信息和网络,弥合了有机与科技之间的分界。② 以上提到的每个阶段都引起了人文学科重要转向。当然,还有一个同等或者更加重要的转向,那就是人文学的"生态"转向。现代文明与环境危机之间的关系越来越不容忽视,"自然—文化"(natureculture)已经无法分裂。正如哈拉威的另一篇文章《伙伴物种宣言》(*The Companion Species Manifesto:Dogs,People,and Significant Otherness*)的标题所揭示的,人类与其他生物之间是伙伴关系(companion),而不是从属关系。

加里·沃尔夫(Cary Wolfe)认为后人类主义与让·弗朗西斯·利奥塔德(Jean-François Lyotard)的后现代主义概念异曲同工,它与人类主义的关系实际上是既在其前,又在其后:

---

① Bruno Latour,*Reassembling the Social:An Introduction to Actor-Network-Theory*,Oxford:Oxford University Press,2005.

② Donna J. Haraway, *When Species Meet* (Posthumanities, Volume 3), Minneapolis: University of Minnesota Press,2008,pp.11–12.

之所以在其之前,是因为人类不仅在生物学上而且在技术世界上都体现了人类的内在含义与其和外部机制的共同进化(例如语言和文化)……而这些都发生在福柯考古意义的"人类"之前。之后,是因为后人类主义反映了这样一个历史性时刻:技术、医学、信息和经济网络中的融合导致人类越来越去中心化,这种历史性的发展指向的是新的理论范式的必要性,这种新的思维方式发生在对人文主义作为一种特定历史现象的文化压抑和幻想之后,哲学规约和逃避之后。①

沃尔夫的理论质疑了人的主体性根基,人类(包括其他生物)的身份会因政治、社会的变化而变化。他借鉴德里达的解构主义思路,不是把人看作一个独立的具体的特殊存在,而更专注于人在物质世界中的象征意义。这种意义一方面塑造了人的思维,反过来又被思维所塑造。② 人类经验本身就是一种与其他动物类似的生存经历,后人类主义是迫使我们去反思想当然的生活体验方式,包括作为智人(Homo sapiens)本身的感知和情感模式,这需要通过在其他生物的整体感知及其自身在自觉"创造世界"方面对人类语境的重新建构,因为我们自己也是一种生物,是进化历史的一部分,是人类行为和心理发展的一部分。③ 在后人类主义的理解框架中,人类与非人类物种之间的相互作用将微生物从一个物种的身体转移到另一物种,这进一步动摇了关于人类本体等相关观点。

(二)生物符号学与物的故事

生物符号学(biosemiotics)发展的理论基础是自然科学的研究成果,比如胚胎学和神经生物学的研究认为,基因在彼此之间以及与正在生长的胚胎中的蛋白质和膜网络之间气质一种相互的动态的作用中。这一认识有着标志性意义,因为它表明,最重要的不是基因本身,而是它们在细胞中的相互作用和解释功能。④

---

① Cary Wolfe, *What Is Posthumanism?*, Minneapolis:University of Minnesota Press,2010,pp.xv-xvi.

② Cary Wolfe, *What Is Posthumanism?*, Minneapolis:University of Minnesota Press,2010,p.120.

③ Cary Wolfe, *What Is Posthumanism?*, Minneapolis:University of Minnesota Press,2010,p.xxv.

④ Marcello Barbieri, *Introduction to Biosemiotics*,Springer,2006,p.131.

温迪·惠勒(Wendy Wheeler)认为,从广义上来说,在生物符号学的范畴中,"所有生命,不仅是人类的生活和文化,都是符号化的和解释性的存在。这不仅说明人类与人类的诗歌和技术应该回到它们的归属地,即进化发展的自然界,而且消除了现代主义对人与自然、自然与文化、实在论和观念论之间那错误但鲜明的区分"。生物学跟美学一样,充满着有故事的生命。在生态批评与生物符号学之间建立联系,就意味着要具有对不同层次及其意义产生于增长的敏锐感知与意识。从这种新的物质主义符号学的视角来看,这是一种"符号的自由"(semiotic freedom),其因果关系存在于所有的符号学客体之中,也正因如此,所有的自然和文化才具有意义,而物质生态批评的目标就是实现这种"物质符号的自由"。这不仅是一种思维和想象力的生态关系,而且指向了与非人类的主体和形式所进行的实质性的创造和再创造的具体过程。①

"物质生态批评"是对长期以来西方盛行的语言建构实在的思想的反抗和批评,力图解构语言与世界的二元对立。物质世界本身充满了意象、符号、意义与意图等,人与自然界的物质交换如同语言与实在一样,并非统治与被统治的关系,而是在共存、合作中实现动态平衡。生态批评的这种物质化转向不仅是对传统二元对立思想的反对,而是用新的非人类中心主义方法来分析语言和实在,人类和非人类的存在,思想和物质,也具有明显的环境人文学研究特色,它在科学和人文领域之间的一次广泛对话,涵盖了诸如哲学、量子物理学、生物学、社会学、女权主义、人类学、考古学和文化研究等领域。其理论基础是承认世界的物质性与其主体关系的复杂性。因为我们所认识的这个世界远非是一个"纯粹的外部"(pure exterior),也绝不"纯粹"(pure),相反,它由交织在一起的体系与力量构成,并且这些体系和力量随着时间的发展而不断变化,产生出新的形式、躯体和自然体系。也正是因为这些自然体系、施事者和不同躯体的存在,"我们所居住的世界"及其所有的故事才得以获得生命。因此,所有的物质都是有故事的(storied matter),世界上的物质现象是庞大的施事网络中的一个又一个的结,

---

① Wendy Wheeler, "Natural Play, Natural Metaphor, and Natural Stories: Biosemiotic Realism", in *Material Ecocriticism*, Serenella Iovino and Serpil Oppermann (eds.), Bloomington: Indiana University Press, 2014, pp.67–79.

物质的故事以特殊的物的形式和话语形式发展,在自然和符号的共同构成的景观中不断发展,无处不在,既在人类活动范围之内,也在之外(more-than-human),物质生态批评就是要对不同的施事者的故事进行"阅读"和阐释。① 物质生态批评接受了后人类主义的观点,认为施事能力并非人类独有,人类和非人类都是自然界的物质,都具有施事能力,因而非人类才能与人类以平等的方式构建互为联系的生态网。物质在自然界中并不仅仅是消极的被改造者,它也积极参与到构建新物质的活动中。物质对外界的施事能力,以及物质内部的自身互动都是物质施展施事能力的表现形式。身体物质自我将自身的状况积极地表现出来,用社会话语阐释物质自我。从物质与叙事的关系来看,叙事能力不再为人类独享,非人类的物质积极参与到构建社会话语的活动中来,推翻人类优于自然、征服自然的论断,进而肯定了物质的表达能力,倡导自然地"复魅",进而讲述自己的故事。

四、通体性与"情感转型"

2008 年,在《物质女性主义》(*Material Feminism*)一书中,斯黛西·阿莱莫(Stacy Alaimo)首次提出"通体性"(transcorporeality)②概念。她提出,在这个"通体性"的时空中:

> 人类的身体,以其物质的形式,与"自然"或"环境"密不可分。"通体性"作为一个理论场所,是身体理论与环境理论相遇和融合的地方。此外,人类身体与非人类自然的相通使纠缠了物质与话语、自然与文化、生物与文本的丰富、复杂的分析模式成为必要。③

阿莱莫认为,后结构主义和后现代女性主义的最大问题是越来越"远离自

---

① Serenella Iovino and Serpil Oppermann, "Introduction: Stories Come to Matter", in *Material Ecocriticism*, Serenella Iovino and Serpil Oppermann (eds.), Bloomington: Indiana University Press, 2014, pp.1–20.

② 有学者将之译为"跨躯体性",参见方红:《物质女权主义》,《外国文学》2017 年第 6 期。

③ Stacy Alaimo, "Trans-Corporeal Feminisms and the Ethical Space of Nature", in *Material Feminism*, Stacy Alaimo and Susan Hekman (eds.), Bloomington: Indiana University Press, 2008, pp.237–262.

然",是对"物质性"的忽视或无视,而目前主流的研究范式虽然没有否认身体的物质性存在,但是认为身体被语言塑造,将身体看作被动的、可塑性的物质。在语言范式的主导下,人的身体被限制在人类活动范围之内,"物质性"被置于语言文化所塑造的社会框架之下进行研究,这些都没有逃离自然/文化二元对立的窠臼,无法从根本上应对生态危机,从真正意义上反思人与自然的关系。而批评的物质化转向使得物质具有了以下功能:物质符号、身体互通、行为能力、施事能力,甚至包括语言能力,将人类的问题研究视野完全打开,将人类物质身体延展、交流、交换、展开等模式纳入其中。"通体性"概念就是将人的身体融入"超越人类"(more-than-human)的世界中,强调人作为物质的身体在根本上是与环境无法割裂的。①

"通体性"概念的理论基础是后人类主义对物质性的认知,但又在此框架体系内有所创新,它不是在身份问题上做文章,既不主张将人类降格至与自然平等,也不主张将自然升格至与人类平等,而是在一个"通体性"的空间里,承认"人类"与"自然"实际上由相同的物质组成,并处于不断的相互交流过程之中,从而反思因为种种历史原因被简化的思想/物质的区分。在这种思维范式中,泥土也可以被理解为一种施事者,并与人类行为息息相关,而不仅仅是一种行为发生的背景。② 罗西·布雷多蒂(Rosi Bradotti)在《后人类》一书中曾说,我们需要将主体形象化为一个穿越性(transversal)的实体,涵盖人类、动物和地球上所有其他邻居。③ 史黛西·阿莱莫(Stacy Alaimo)借用了"trans"这个前缀,创造了"通体性"(trans-corporeality)一词。她提出,"通体性"的"通"(trans-)指的是多重的、生物间的横向贯通。后缀"身体性"(corporeality)则借鉴了女性主义对身体性的研究,来源于"身体间性"(inter-corporeality)一词。身体间性的概念强调,被体现(embodied)绝不仅是一个私密独立的过程,而往往被持续的交流所充

① Stacy Alaimo,"Trans-Corporeal Feminisms and the Ethical Space of Nature",in *Material Feminism*,Stacy Alaimo and Susan Hekman(eds.),Bloomington:Indiana University Press,2008,pp.237-262.
② Stacy Alaimo,"Trans-Corporeal Feminisms and the Ethical Space of Nature",in *Material Feminism*,Stacy Alaimo and Susan Hekman(eds.),Bloomington:Indiana University Press,2008,pp.237-262.
③ Rosi Braidotti,*The Posthuman*,Cambridge:Polity Press,2013,p.82.

斥和调和。这种交流可以是人与人的,也可以是人与非人的。① 在阿莱莫看来,关于"通体性"最显明的例证就是食物。植物和动物通过成为食物成为人体的养分,而饮食就是一种直接和明显的互动过程,一个个具体的物质施动者在这个过程中彰显自己的存在。当然,"通体性"这一概念的出现与其他环境人文学领域的新概念不无关系,包括唐娜·哈拉威提出的"非人施事者"(non-human a-gencies)和"物质符号"(material-semiotic)、Karen Barad 的"身体性自然"(bodily natures)和"内部交流"(intra-action)等。② 因此,"通体性"概念一方面继续了后人类主义对"人类特殊性"(human exceptionalism)的解构,消解了人类与环境之间主体/背景的二分法,而试图构建一个人类与其他生物有着普遍的实质性物质交换的框架或体系。

另一方面,人类与其他生物的交互不仅是物质上的,还有精神和情绪上的,这就推动了生态批评的"情感转型"(affective turn)。希瑟·豪瑟(Heather Houser)在《生态疾病》一书中说,正是因为情感的存在,才可以将我们从微观的个人与宏观的体系、国家和地球相联系。③ "情动研究"(affect studies)与物质性研究有一个重要的共同点,那就是反对后结构主义以来对话语和意识形态的压倒性重视,同时又对物质性研究进行了有效的补充。通体性概念引发了不少问题,下面择要讨论。

(一)毒性话语(toxic discourse)

早在 2001 年,劳伦斯·布伊尔(Lawrence Buell)已在《濒危世界的书写》(*Writing for an Endangered World*)一书中提出文学作品里的"毒性话语"(toxic discourse),其论述里的焦虑即来自人造化学毒物所带来的环境破坏威胁。④ 此论述在物质生态批评的框架下更加彰显,尤其是将有害、"隐晦不明"的物质元

① Gail Weiss, *Body Images：Embodiment as Intercorporeality*, Routledge, 1999, p.158.
② Stacy Alaimo, "Trans-corporeality", in *Posthuman Glossary*, Rosi Braidotti and Maria Hlavajova(eds.) Bloomsbury Academic, 2018, pp.435-438.
③ Heather Houser, *Ecosickness in Contemporary U. S. Fiction：Environment and Affect*, New York：Columbia University Press, 2014, p.223.
④ Lawrence Buell, *Writing for an Endangered World*, Cambridge：Harvard University Press, 2003, p.31.

素,以及"文化生产者和行动家如何将人的身体与人以外的世界之关系加以联系起来,尤其是当他们身陷资本主义、科技、地理政治等的纠缠里"。

"通体性"的时空是一个既有愉悦又有危险的场所——欲望、惊奇、相通的愉悦与痛苦、毒性、残疾和死亡的危险相交织,即一个具有"毒性"的场所。在生态危机日益加剧的当代,毒性是亟须关注的问题。无论是人体还是其他物体,都或多或少地具有毒性,甚至包括那些离污染区较远的人类和动物。同一种化学物质可能会毒害其生产者、其社区,以及最终食用该物质的动植物,如此而导致毒素的迁移和流通。毒素的这种运动方式使人类不可能有一个完全健康的世外桃源,也就是说,"通体性"概念所彰显的"毒性"伦理是:没有他处,只有此处。

从毒性的角度出发,能够使我们重新思考人类的身体性和物质性,不是将之看作一种乌托邦式的或者浪漫的存在,而是一个背负着历史印记、社会责任和危机的存在。同时,毒性不是一种本质的存在,它易变且不断被科技、工业化、消费主义等生产和再生产,并在此过程中与其他化学物质相遇而不断演化。

人类身处不断变化的物质世界,人类身体与非人类自然之间随时随地存在水分、空气、食物等的物质交换,这种物质交换决定了生态网中一荣皆荣、一损俱损的关系,即健康的环境才能保证健康的身体,反之,如果环境中充溢着有毒之物,那么在物质交换中的人类身体也会成为有毒身体(toxic bodies)。通体性的概念表明,人们实际上从生态的角度阐释身体与话语之间的关系,证明身体其实是物质、风险与权利结构的综合体,从而引发读者在"本体论、认识论及伦理观上的共鸣"①。虽然毒性话语不是什么令人愉快的话题,但是作为"通体性空间"的一个生动例证,它生动地说明环境正义、人类健康和社会公正是无法分割的关系。通体性督促我们体会与"环境"那密不可分的相互关系,但矛盾的是,我们需要想象一个既允许其他生物的不可预测的发展又表现人类知识局限性的认识论空间。②

通体性概念到了物质生态批评这里,不仅认为人类与非人类自然不仅是文

---

① Stacy Alaimo, *Bodily Natures: Science, Environment, and the Material Self*, Bloomington: Indiana University Press, 2010, p.17.

② Stacy Alaimo, "Trans-Corporeal Feminisms and the Ethical Space of Nature", in *Material Feminism*, Stacy Alaimo and Susan Hekman(eds.), Bloomington: Indiana University Press, 2008, p.262.

本的描述对象,而且本身就是文本,就是叙事,而这种叙事能力(narrative agency)就是一种生成故事的能力。物质生态批评主要考察叙事能力的两个方面:第一,非人类自然的施事能力在叙事文本中的描述与再现;第二,物质作为文本在互动中生成意义的叙事能力。①

阿莱莫援引了作家琳达·霍根(Linda Hogan)的《那个注视世界的女人》(*The Woman Who Watches Over the World*)中的一段话,在霍根的想象中,她自己的身体像是在一个陌生的空间旅行,"在这个物质的世界中,那些有价值的生命,就像在梦中、地下,存在于人类视线之外,有时似乎触手可及……有时我看到这些骨头穿的肌肉和肉的衣服,想知道为什么我无法自愈,为什么我不能像某些人所相信的那样改变身体的衣服,让骨头自由,为什么我不能进入我自己的身体旅行并触摸自己的器官,放松自己的韧带……但是,这些内在的、生命的力量,即使是我们自己的身体内部,也从我们的手边滑过"。霍根用诗意的手法描述了身体内部的旅程。这个"生命之力量"所穿越的是一种"通体"的空间,将人的身体的内在性与超人类的生命联系在一起。这种身体互通的空间可以帮助我们构想一个认识论的时空,在该时空中,人类和非人类的身体在互相作用与反作用的过程中相互打开、互相转变,从而抵制控制、抗拒分类、打开了知识的边界。②

阿莱莫既是生态批评的骨干人物,也是环境人文学的重要推动者。从她身上已经难以辨识究竟是环境人文学推动了生态批评的拓展,还是生态批评推动了环境人文学的发展。实际上,环境人文学与生态批评的发展到了 21 世纪第 2 个 10 年,已经到了相辅相成的阶段。

(二)情动生态批评

人类之外的其他生物是否有情感? 在物质/精神、情感/理性的二元对立中,物质和情感都处于未受到平等关注的一方。实际上,现代人文主义批评对情感

---

① Serenella Iovino and Serpil Oppermann(eds.), *Material Ecocriticism*, Bloomington:Indiana University Press,2014,pp.79-80.

② Stacy Alaimo, "Trans-Corporeal Feminisms and the Ethical Space of Nature", in *Material Feminism*, Stacy Alaimo and Susan Hekman(eds.), Bloomington:Indiana University Press,2008,p.252.

的重视也可以追溯到对话语倾向的反对,马克思主义、女性主义、心理分析等研究都反对后结构主义对经验忽视和对话语的过分重视。从某种程度上来说,情动理论认为"情动"本身不具有指称性(asignifying),它是一种现在的身体感受,是一种永久的"强度"(intensity)或"成为"(becoming)的状态。布莱恩·马苏米(Brian Massumi)区分了"情动"与"情感"(emotion),认为后者是前者在一个具体身体中的表现形式,也是最强烈的表达,为生态批评的情感转向和通体性的深入提供了一定的理论基础。①

"情动生态批评"(Affective Ecocriticism)就是要通过在空间方面重新认识熟悉的情感,扩展环境情感的范围,并识别可以通过生态批判理论获得更清楚理解的新情感,从而更直接地研究情感与环境,探索身体间与身体内部的互动。② 与物质生态批评类似的是,情动生态批评认为情感"天生"具有生态性,因为它必须在环境、文本和身体(包括非人类和无生命的身体)的融合中才起作用。情感理论同样,既反对割裂人类与环境,也反对将环境看作静态的背景,它鼓励我们追寻复杂而动态的、通体性的相遇与交流的轨迹。③

生态批评较早涉及情感问题的是西蒙·爱斯托克(Simon Estok),他在《生态批评与莎士比亚》(*Ecocriticism and Shakespeare: Reading Ecophobia*,2011)一书中提出"生态恐惧症"(ecophobia)的概念,后来又在"痛苦的物质现实"一文中对自己创造的这一概念进行解释为"我们如何在情感和认知上对所认为的环境威胁和具有威胁性的外来事物做出反应,即对自然环境的施事能力的鄙视和害怕"④。西尔文·戈德堡(Sylvan Goldberg)的文章"你是怎么回事……如此扰动了我?"中援引辛安妮·奈(Sianne Ngai)的《丑陋的感情》(*Ugly Feelings*),呼吁

---

① 转引自 Rosi Braidotti and Maria Hlavajova(eds.),*Posthuman Glossary*,Bloomsbury Academic,2018,pp.15-17。

② Kyle Bladow and Jennifer Ladino(eds.),*Affective Ecocriticism: Emotion, Embodiment, Environment*,Lincoln:University of Nebraska Press,2018,p.6.

③ Kyle Bladow and Jennifer Ladino(eds.),*Affective Ecocriticism: Emotion, Embodiment, Environment*,Lincoln:University of Nebraska Press,2018,p.8.

④ Simon Estok,"Painful Material Realities, Tragedy, Ecophobia",in *Material Ecocriticism*,Serenella Iovino and Serpil Oppermann(eds.),Bloomington:Indiana University Press,2014,p.131.

关注更"丑陋"的情感交流,包括"生态扰动"(eco-irritation)。①

　　近几年来,相关学者在情动生态批评领域进行了卓有成效的探索,比如希瑟·豪瑟的《当代美国小说中的生态病:环境与情动》(*Ecosickness in Contemporary U.S. Fiction: Environment and Affect*)提出"叙事情动"(narrative affect),聚焦于情动的过程和结果;亚历克斯·韦克(Alexa Weik von Mossner)的《情动生态学:移情、情感和环境叙事》(*Affective Ecologies: Empathy, Emotion, and Environmental Narrative*)借鉴认知叙事学和神经科学探索了读者对环境叙事的参与;妮可·西摩(Nicole Seymour)的《奇异的自然》(*Strange Natures: Futurity, Empathy, and the Queer Ecological Imagination and Bad Environmentalism*)将情感理论、生态批评理论与酷儿研究相结合,在我们熟悉的环境情感类型的基础上增加了所谓的"坏"的情感,包括讽刺和无礼。

　　很明显,如果从各种存在物质身体相同的角度思考,"环境"就不会只被看作是被动、供人类生存和使用的空间或背景,而是一个充满生命物质的世界,各种物质都有自己的需要、行为和权利。通体性概念从物质和精神两方面证明了人类和超人类世界的紧密关系,打开了一个认识论的新空间,承认人的身体和情感、其他生物、生态系统、化学媒介,以及其他施事者之间存在着预料之外,甚至人类不希望的行为,从而彻底改变我们的伦理和政治立场,以应对当代"人类"与"环境"被分裂的现状,为更深刻反思生态批评框架下的伦理和政治打下了基础。

　　正如上文所介绍的,环境人文学在西方从诞生到发展虽然迅速而广泛,国内对生态批评和环境人文学的发展也一直给予了及时的关注,包括对环境人文学的介绍②、"人类世"相关概念的介绍和分析③、对后人类主义④理论的介绍、对物

---

① Sylvan Goldberg, "'What Is It about You…That So Irritates Me?': Northern Exposure's Sustainable Feeling", *New International Voices in Ecocriticism*, Serpil Oppermann(ed.), Lanham md: Rowman and Littlefield, 2014, p.57.

② 夏永红:《环境人文学:一个正在浮现的跨学科领域》,《国外理论动态》2015年第1期。

③ 例如姜礼福:《人类世生态批评述略》,《当代外国文学》2017年第4期。

④ 例如王峰:《后人类生态主义:生态主义的新变》,《河南大学学报(社会科学版)》2020年第3期。

质生态批评①相关理论的介绍等。但由于环境人文学出现和发展时间较短,国内目前对这个领域关注明显不够。笔者认为,也许更重要的是,在西方理论中国化的过程中,西方理论和概念的哲学框架与中国本土的哲学框架有着本质的不同,尤其是物质、情感、通体性等范畴和认知有着历史和文化的差异性,这种差异一方面使我们无法也无必要照抄西方理论,另一方面也为构建我们自己的理论体系提供了可能和必要性。

---

① 例如方红:《物质女权主义》,《外国文学》2017 年第 6 期;唐建南:《物质生态批评——生态批评的物质转向》,《理论与争鸣》2016 年第 2 期。

第十九章　环境史学与生态批评

近年来,随着全球生态环境问题的日益严重,越来越多的学者意识到依靠单一的学科难以解释人类面临的复杂环境问题。在这种背景之下,环境人文学得以形成并迅速发展。环境人文学强调人文研究对于解决生态危机的价值,主张跨越人文科学与自然科学之间的界限,并在人文学科内部展开对话,共同追溯环境问题的根源。

在环境人文学涉及的诸多学科之中,环境史与生态批评的关系尤为紧密,甚至可以说作为跨学科的环境人文学直接起源于生态批评与环境史两个领域。①二者的对话与交叉不仅促进了环境人文学的形成,同时也是西方生态批评不断发展的重要动因。因此,对西方环境史与生态批评关系的研究不仅可以厘清环境史资源在促进西方生态理论发展中的重要作用,同时也将为我国不断拓宽生态批评研究视角提供重要参照。

一、环境史的界定及西方环境史的发展

1970 年,随着生态环境的恶化和美国环境运动的高涨,环境史在美国最先兴起,成为历史学中一个新的分支。但是对于何为环境史,环境史学家的观点并不统一。最早在美国开设环境史课程并提出环境史概念的罗德里克·纳什(Roderick Nash)认为:"环境史是指过去人与其全部栖居地的联系。这一定义

---

① 夏永红:《环境人文学:一个正在浮现的跨学科领域》,《国外理论动态》2015 年第 1 期。

超越了人类的范围,将一切生命并最终将环境自身包括在内。"①另一位美国著名环境史学家唐纳德·沃斯特(Donald Worster)主张,环境史研究"自然在人类生活中的地位和作用",主要目的是加深我们对历史上人类与自然关系的理解,即在时间长河中人类如何受到自然环境的影响;反过来,人类又如何影响自然环境,并产生了什么结果。② 此外,还有环境史学家麦克尼尔指出,环境史是"关于人类与自然的其余部分之间相互关系的历史"③。

通过以上代表性定义可以看出,尽管历史学家们对环境史定义的表述并不统一,但他们都强调人和自然及其之间的相互联系。对此,我国著名的环境史学者梅雪芹认为,环境史研究要紧紧围绕"人及其社会与自然环境的关系史"来展开,不仅要具体地、历史地研究人与自然环境之间错综复杂的关系,而且要深入认识和揭示这一关系背后的人与人之间历史的、现实的关联与矛盾。④ 因而,它既不是作为自然史研究领域的环境的历史,也不是作为"社会的历史"之研究范围的环境的历史,而是人与自然环境的关系史。

(一)西方环境史的发展及研究主题的变迁

环境史研究最先兴起于美国。1970 年,纳什在美国洛杉矶大学圣芭芭拉分校最先开设环境史课程,并于 1972 年发表了《环境史:一个新的教学领域》(American Environmental History:A New Teaching Frontier)一文,正式提出了环境史概念。此后,环境史研究在美国迅速发展壮大,并成为一门研究者众多、研究问题多元的成熟学科。但是,美国环境史研究并非一成不变。随着研究的不断进展,研究主题和研究重心也在不断演化。以 20 世纪 90 年代为界,不同时期的

---

① Roderick Nash,"American Environmental History:A New Teaching Frontier",in *Pacific Historical Review*,1972(1),pp.362-372.

② Donald Worster,"Appendix:Doing Environmental History",in *The Ends of the Earth:Perspectives on Modern Environmental History*,Donald Worster(ed.),Cambridge:Cambridge University Press,1989,pp.292-293.

③ J.R.McNeill,"Observations on the Nature and Culture of Environmental History",*History and Theory: Studies in the Philosophy of History*,2003(4),pp.5-43.

④ 梅雪芹:《从环境的历史到环境史——关于环境史研究的一种认识》,载田丰等主编:《环境史:从人与自然的关系叙述历史》,商务印书馆 2017 年版,第 35 页。

美国环境史研究体现出了不同的特点。

20世纪90年代以前,美国环境史研究主要集中在印第安人与环境、森林史、水利史、荒野史,以及对美国环保运动产生过重要影响的人物传记等几个主题。其中,荒野史是美国环境史研究中最具特色,也是最重要的研究主题。这一时期的环境史研究与环境保护主义的关系密切,研究的主要问题大多属于自然保护和资源保护的范畴,具有明显的环境保护主义的道德和政治倾向。同时,这一时期的研究还具有鲜明的时空特点。一方面,就时间而言,研究主要集中在哥伦布到达美洲大陆之后的历史,很少涉及他们到来之前印第安土著居民及其自然环境之间的相互关系;另一方面,就空间而言,美国环境史优先研究的地域是西部,其次是东北部,最后才是南部。无论是从影响力还是研究者的数量,美国的西部环境史都占据着最重要的地位。[1] 尽管这一阶段的研究对于推动环境史本身以及美国环保运动的进展都具有重要意义,但其问题在于"人为制造了一个正统,不仅使环境史的研究主题,而且也使其研究方法受到很多的限制"[2]。在很长一段时间内,美国环境史由于只局限于资源保护和自然保护,而"忽视了对城市环境、妇女与环境、种族与环境等问题的研究"[3]。

从20世纪90年代开始,上述缺陷在美国的环境史研究中得到了弥补。一方面,研究重心从荒野转向城市,城市中的环境污染、基础设施建设、公共卫生以及城乡关系等都成为环境史的研究重点。但是整体而言,研究者更关注工业革命后的西方大都市,较少涉及近代之前以及欧美之外的城市。[4] 与此同时,环境史的研究范式也与社会文化史融合,出现了文化转向,即"将自然作为一种文化建构加以探讨,并强调将种族、性别、阶级、族裔作为分析工具引入环境史研究",侧重"探讨人类历史上不同人群的自然观念及其与自然的互动关系"。[5] 也就是说,随着文化转向的发生,"环境正义"问题在环境史研究中愈来愈受到重视。不过,在某些学者看来,环境史研究的文化转向虽然克服了早期研究中的

---

① 参见高国荣:《美国环境史学研究》,中国社会科学出版社2014年版,第21—187页。

② 高国荣:《美国环境史学研究》,中国社会科学出版社2014年版,第179页。

③ 高国荣:《美国环境史学研究》,中国社会科学出版社2014年版,第179页。

④ 高国荣:《美国环境史学研究》,中国社会科学出版社2014年版,第247页。

⑤ 高国荣:《美国环境史学研究》,中国社会科学出版社2014年版,第250页。

局限并在整体上促进了环境史研究的深化和发展,但也造成了一定的负面影响,如削弱了生态和经济在环境史研究中的中心地位,弱化了环境史跨学科研究的特点,加剧了环境史研究的碎化等。[①]

进入 21 世纪之后,随着全球化程度进一步加深,全球环境史也在美国兴起并迅速发展。研究者打破地域和国家的界限,对全球范围内人与自然的相互关系进行考察。物种交流、气候变化、能源供应、战争与环境、海洋环境史、经济全球化的环境影响、地方及全球的环境政策等诸多问题都受到研究者的关注。全球环境史的兴起及发展不但有助于打破环境史研究中的西方中心论,也为环境史从微观研究上升到中观及宏观研究提供了可能。[②]

(二)主要代表人物

在美国环境史发展的过程中,涌现出了一大批在环境史领域具有广泛影响的环境史学家,如罗德里克·纳什、理查德·怀特(Richard White)、卡洛琳·麦茜特(Carolyn Merchant)、威廉·克罗农(William Cronon)、唐纳德·沃斯特、阿尔弗雷德·克罗斯比(Alfred W.Crosby)、塞缪尔·海斯(Samuel P.Hays)、唐纳德·休斯(Donald Hughes)等。他们的研究各有所长,但是从在环境史及相关领域的影响力来看,最具代表性的是沃斯特和克罗农。

沃斯特是美国最有影响力的环境史学家之一,曾经担任过美国环境史学会的主席,也是美国"新西部史"的领军人物。他的主要代表作有《尘暴:30 年代的南部平原》(*Dust Bowl:The Southern Plains in the 1930s*)、《自然的经济体系:生态思想史》(*Nature's Economy:A History of Ecological Ideas*)、《帝国之河:水、干旱和美国西部的成长》(*Rivers of Empire:Water, Aridity, and the Growth of the American West*)、《在西部的天空下:美国西部的自然和历史》(*Under Western Skies:Nature and History in the American West*)、《西流的河:鲍威尔传》(*A River Running West:The Life of John Wesley Powell*)等。沃斯特在《尘暴》中将美国 20 世

---

① 高国荣:《美国环境史学研究》,中国社会科学出版社 2014 年版,第 270 页。
② 参见高国荣:《美国环境史学研究》,中国社会科学出版社 2014 年版,第 277—299 页。

纪 30 年代南部平原上发生的沙尘暴与美国的资本主义发展联系起来,认为这并非自然灾害,而是资本主义农业生产方式带来的结果。在《自然的经济体系》中,沃斯特结合社会文化思想的变化,追溯了自 18 世纪以来以人为中心及以自然为中心两种生态思想的变迁。总体而言,沃斯特在研究中强调要对"生态、生产形式、理念"三者,寻找研究资源,重视生产和生态关系史,强调生产模式和环境互动的关系。沃斯特认为环境史应当从三个层面展开:一是理解历史上的自然结构、如何运作以及人类是如何进入自然的食物链的;二是通过工具和劳动来理解社会经济和政治体系与自然的关系;三是人在与自然对话过程中形成的思想或知识表现。他对环境史的理解在一定程度上左右了 20 世纪 90 年代之前的美国环境史研究。[1]

克罗农则是美国环境史发展中一位"承前启后、继往开来"的重要人物。[2]其代表作包括《土地的变迁:新英格兰的印第安人、殖民者和生态》(*Changes in the Land: Indians, Colonists, and the Ecology of New England*)、《自然的大都市:芝加哥与大西部》(*Nature's Metropolis: Chicago and the Great West*)、《荒野的问题:或回到错误的自然之中》(The Trouble with Wilderness: Or, Getting Back to the Wrong Nature)等,并主编了《不同的立场:重新思考人类在自然中的位置》(*Uncommon Ground: Rethinking the Human Place in Nature*)论文集。克罗农在《土地的变迁》一书中追溯了殖民地时期(1620—1800 年)新英格兰地区的生态史,研究白人与印第安人对待自然的不同态度为这一地区的动植物群体带来的变化,是早期环境史研究的代表作。在《自然的大都市》中克罗农则从城乡关系的角度考察了芝加哥从无名小镇发展为美国第二大都市的历史及商品市场对人类社会及自然的影响,开辟了城市环境史这一新的研究领域,成为城市环境史的奠基之作。而其论文《荒野的问题》则从建构论的视角解读了美国的荒野神话,在环境史及生态批评等相关领域都引起了巨大的争议和反响。与沃斯特相比,克罗农更加侧重于社会环境史研究,是美国环境史研究中文化转向的代表人物。

---

[1] 包茂宏:《唐纳德·沃斯特和美国的环境史研究》,《史学理论研究》2003 年第 4 期。
[2] 高国荣:《美国环境史学研究》,中国社会科学出版社 2014 年版,第 252 页。

二、共生与互补：生态批评与环境史学的交叉缘由

（一）环境人文学的跨学科要求

从20世纪六七十年代开始，面对愈演愈烈的生态危机，包括哲学、宗教学、历史学、伦理学、文学在内的各个社会学科及人文学科都开始了对各自学科的反思，追溯生态危机产生的思想文化根源。他们认为，生态危机绝不仅仅是物质环境的危机，其根源在于人类的思想文化。但是随着研究的进展，研究者越来越意识到单独的学科既无法澄清环境问题的本质，也无法完全理解人类与环境的复杂关系。于是，2000年以后上述学科内部产生了强烈的融合趋势，不同学科也开始相互渗透并积极寻求对话，诞生了具有"元学科属性"的跨学科研究领域——环境人文学（environmental humanities）。① 其中，生态批评和环境史学都是环境人文学的重要组成部分。有学者甚至认为，严格地讲，作为跨学科意义上的环境人文学主要起源于近年来的环境史和生态批评领域。②

需要强调的是，尽管环境人文学是2000年以后才出现的概念，但是生态批评和环境史学之间的密切交流和对话却可以追溯到更早的时候，甚至是这两个学科诞生之初。作为环境人文学的组成部分，环境史学和生态批评都诞生于上世纪中叶环境恶化以及人们的环保意识高涨的共同背景之下，二者都致力于研究人类文化以及人类社会的生产生活方式与自然之间的相互联系，并重新确定人类及非人类世界在自然中的位置。为了更好地理解文化与自然的复杂性，无论是环境史学家还是生态批评家，都强调跨学科方法在研究中的必要性。一方面，他们都非常重视生态学知识和方法对于各自学科的价值。环境史学家纳什就认为历史学家与生态学家一样，都是"从整体、群落、相互关系和平衡方面考虑问题"③。在生态批评领域，格伦·洛夫（Glen Love）同样强调生态学的重要

---

① 夏永红：《环境人文学：一个正在浮现的跨学科领域》，《国外理论动态》2015年第1期。
② 夏永红：《环境人文学：一个正在浮现的跨学科领域》，《国外理论动态》2015年第1期。
③ Roderick Nash，"American Environmental History：A New Teaching Frontier"，*Pacific Historical Review*，1972(1)，pp.362-372.

性。他认为,生态批评的未来就蕴含于其前缀 eco- 之中,因为生态批评不仅从中获得了这个术语,而且"也从中获取了像文学等人类文化活动与涵盖它的自然世界之间相互联系的基本前提"①。

在生态学之外,他们同样也非常重视借鉴环境人文学中其他学科的研究成果。谈及环境史学的跨学科特质,沃斯特明确指出,跨学科研究可以包括社会学、人类学及其他社会科学,其中也包括文学在内。② 克罗农认为,环境史具有综合许多不同领域知识的能力。除了生态学外,环境史学家还试图运用地理、经济、人类学以及其他诸多学科的成果来构建环境史。③ 生态批评家也同样要求加强与其他人文学科的合作。在生态批评发展早期的里程碑式著作——《生态批评读本》(Ecocriticism Reader)中,彻丽尔·格罗特菲尔蒂(Cheryll Glotfelty)指出,人文学者相信我们过度碎片化、专业化的知识加剧了环境危机,因此他们应当致力于提升科学意识并采用跨学科方法。④ 因而,在对生态批评进行了界定之后,她指出了生态批评应当关注的一系列问题,其中的最后一个就是"在历史、哲学、心理学、艺术史和伦理学等相关学科中,文学研究与环境话语之间可能存在哪些相互借鉴?"⑤格罗特菲尔蒂还对环境史学表现出特别的重视。她引用沃斯特的话说,我们所面临的环境危机不在于生态系统,而在于我们的伦理道德体系出了问题。历史学家与文学研究者、人类学家和哲学家虽然不能直接参与变革,但却可以帮助人们理解伦理道德体系。⑥ 她认为沃斯特等环境史学家的贡献在于通过考察环境状况、经济生产方式和文化观念的联系,发现人与大地的

---

① [美]洛夫:《实用生态批评:文学、生物学及环境》,胡志红等译,北京大学出版社 2010 年版,第 42 页。

② 高国荣:《美国环境史学研究》,中国社会科学出版社 2014 年版,第 387 页。

③ William Cronon, "The Uses of Environmental History", *Environmental History Review*, 1993 (3), pp. 1–22.

④ Cheryll Glotfelty & Harold Fromm (eds.), *The Ecocriticism Reader: Landmarks in Literary Ecology*, Athens and London: University of Georgia Press, 1996, p. xxii.

⑤ Cheryll Glotfelty & Harold Fromm (eds.), *The Ecocriticism Reader: Landmarks in Literary Ecology*, Athens and London: University of Georgia Press, 1996, p. xviii.

⑥ Cheryll Glotfelty & Harold Fromm (eds.), *The Ecocriticism Reader: Landmarks in Literary Ecology*, Athens and London: University of Georgia Press, 1996, p. xxi.

相互关系,让自然成为了人类上演的故事中的演员而不仅仅是布景①。正因为如此,环境史学与生态批评都力图打破学科领域的限制,努力吸收其他学科的成果。

(二)环境史学与生态批评之间的互补性使得二者之间的相互借鉴成为必需

如果说环境史学和生态批评都努力打破自身的界限,寻求与其他学科的合作是出自环境人文学科的跨学科需求,那么二者最终能够实现联姻是因为它们之间的互补性让这种联姻成为必然。

首先,对于生态批评来说,文学研究需要历史化。生态批评最被广泛接受的一个定义来自于格罗特菲尔蒂,她认为生态批评是指"对文学及其物质环境之间的关系"的研究。② 但是,正如环境史学家的研究所表明的那样,生态批评家所研究的"物质环境"或者"自然"从来不是一成不变的,而是处于与文化永恒的互动之中。因此,生态批评家在文学研究中需要关注文学文本的历史背景。有学者指出,文学研究中需要有阐释和细读、有传统的艺术与文学"赏析",但也必须对文学进行历史化的理解,让这种理解符合"环绕"(environing)的社会实际,而不能将环境视为"既定事实"。文学文本必须放到其历史语境中进行阐释和细读。③ 为了能够对文学文本进行历史化理解,生态批评家就需要借助环境史学家的研究成果。在克罗农看来,历史学家的研究尽管不能给出肯定的答案,却是人们理解复杂问题的最佳途径,因为历史研究能够"提供尽可能丰富的语境"④。对于生态批评家来说,具有历史化的思维习惯十分必要,因为历史化的

---

① Cheryll Glotfelty & Harold Fromm (eds.), *The Ecocriticism Reader: Landmarks in Literary Ecology*, Athens and London: University of Georgia Press, 1996, p.xviii.

② Cheryll Glotfelty & Harold Fromm (eds.), *The Ecocriticism Reader: Landmarks in Literary Ecology*, Athens and London: University of Georgia Press, 1996, p.xix.

③ Hannes Bergthaller, et al., "Mapping Common Ground: Ecocriticism, Environmental History, and the Environmental Humanities", *Environmental Humanities*, 2014(5), pp.261–276.

④ William Cronon, "The Uses of Environmental History", *Environmental History Review*, 1993(3), pp.1–22.

思维方式是避免"幼稚的假设、脱离语境的论证、过度的概括以及一厢情愿的想法"的最佳方式。① 也就是说,只有借助环境史知识,生态批评家才能够对文学文本中人与自然的相互关系做出正确的解读。

其次,对于环境史来说,其研究的完善也需要借鉴文学文本和文学研究的成果。环境史的任务在于重新审视历史上文化与自然之间的相互关系。文学作品是人类文化的重要组成部分,那么对文学作品的研究自然也是环境史研究的一部分。另外,文学文本中还保留了许多其他记载中所遗漏的记录,被环境史学家当成重要的环境史资料。纳什曾经在其《美国环境史:一个新的教学领域》一文中总结概括了其环境史教学和研究的三个图示,并明确指出其第一个图示就是对爱默生、梭罗等超验主义者的研究。正是对超验主义的研究,纳什获得了"生态视角的本质在于一切事物的相互联系性"这一启示。② 纵观此后美国的环境史,包括沃斯特、克罗农在内不同时期的环境史学家都从不同角度对梭罗(Henry David Thoreau)、缪尔(John Muir)等"自然书写"作家进行了研究。他们的研究成果被生态批评家广泛借用,在理论和批评实践层面都极大地推动了生态批评的发展。

三、环境史与西方生态批评的发展

(一)理论支持:环境史的荒野研究推动了西方生态批评研究的拓展

西方生态批评发端于 20 世纪 70 年代,并在 90 年代壮大成熟。在近 50 年的发展历程中,西方生态批评已经经历了四次"浪潮":以自然文学研究为核心的第一次浪潮、关注环境正义的第二次浪潮、以全球化和多元理论为特征的第三次浪潮以及以物质转向为标志的第四次浪潮。西方生态批评研究从开始的局限于自然文学研究,到后来几乎包罗万象,其根本原因在于生态批评家对于"自

---

① William Cronon, "The Uses of Environmental History", *Environmental History Review*, 1993 (3), pp.1–22.

② Roderick Nash, "American Environmental History: A New Teaching Frontier", *Pacific Historical Review*, 1972(1), pp.362–372.

然"或者"环境"这一关键术语的理解在不断扩展。尤其是在从第一波到第二波的转变中,"自然"不再仅仅指代自然环境,而将各种人建环境包容在内。如果追溯源头,我们会发现生态批评领域这一转变的形成与环境史中的荒野研究密不可分,因为"荒野在现实生活中最接近原始自然,对解答什么是自然、什么是第一自然、什么是第二自然、自然的演替是否有规律以及遵循何种规律等基本理论问题至关重要"①。

1. 美国环境史中的荒野研究

荒野是美国环境史研究的重要主题,荒野研究也是美国环境史最鲜明的特色。② 荒野史研究之所以成为美国环境史研究的一大亮点,是由于荒野在美国文化和美国人生活之中的重要性。早在环境史正式兴起之前,纳什就在其《荒野与美国思想》(*Wilderness and The American Mind*)一书中引用大量的历史文献、文学作品、回忆录乃至私人日记,追溯了荒野在美国文化中内涵的转变及其对美国文化的重要性。在旧大陆的文化传统中,荒野是罪恶的象征。白人移民初到新大陆之时,由于深受旧大陆文化的影响,以及荒野对其生存构成巨大的威胁,他们对荒野充满敌视和征服之欲。到 19 世纪中期前后,在浪漫主义"壮美"观念的影响下,对荒野的欣赏成为文人及上流社会的爱好,荒野的美学价值和精神价值开始受到认可。同时,荒野作为美国所特有的景观,成为文化和道德的渊源以及民族自尊的基础。但是此时仍然是控制和利用荒野的功利态度占据主流。19 世纪 50 年代之后,随着荒野逐步减少,美国人日益认知到荒野的价值,进入荒野保护阶段。1872 年,黄石公园设立,成为世界上首例"从公共利益出发的大规模的荒野保留区"③。19 世纪 90 年代之后,随着边疆的消失,人们对荒野的态度转向非功利的观点,保留荒野成为主导理念。进入 20 世纪后,工业化进程加快、城市不断崛起,其弊端也不断显现。此后,荒野成为文明的解毒剂,并受到美国人的热爱。1964 年,美国国会通过了《荒野法》(*Wilderness Act*),旨在加强对荒野的保护。美国联邦最高法院前法官道格拉斯(William O. Douglas)在《荒

---

① 高国荣:《美国环境史学研究》,中国社会科学出版社 2014 年版,第 171 页。
② 高国荣:《美国环境史学研究》,中国社会科学出版社 2014 年版,第 170 页。
③ [美]纳什:《荒野与美国思想》,侯文蕙等译,中国环境出版社 2012 年版,第 102 页。

野权法案》(*A Wilderness Bill of Rights*)一书中曾经总结,荒野对美国人具有如下价值:重温美国历史;逃避城市生活压力;欣赏自然奇观和美景;教导所有生物相互依赖的道理。作者还指出,享有和感受荒野是荒野爱好者和人类子孙应该得到保护的一项基本人权。① 20 世纪六七十年代以后,美国荒野的现实,尤其是关于荒野的思想,在推动美国的环保运动的发展方面意义重大。纳什指出:"在人的生物渊源、人与一切生命的亲族关系以及人是生物群落的持续成员和依附者方面,它是一个显而易见的提醒者。"②

但是,对于荒野在环保运动中发挥的作用,克罗农却持有不同的意见。在他被大量引用的论文《荒野的问题》中,他向传统的荒野观发起了挑战。与纳什类似,克罗农也简要分析了 19 世纪末荒野意象在美国文化中的巨大转变,并分析了造成这一转变的两个文化因素:崇高美学和边疆神话。克罗农认为,根据柏克(Edmund Burke)、康德、还有吉尔平(William Gilpin)等人的崇高理论,山顶、峡谷、瀑布等荒野之地是上帝栖居的地方,上帝在荒野中更容易彰显自身。此外,让荒野成为美国文化符号的另一重因素则是美国的边疆神话。克罗农引用特纳(Frederick Turner)的边疆理论指出,新大陆的移民在边疆的过程中"摆脱了文明的束缚、重新发现了自身的能量、重新发明了民主体制、并为自身重新注入了能量、独立精神和创造性"③。因此,对美国人来说,荒野不仅是获得宗教上的救赎之地,同时也是民族复兴之地。随着边疆的终结,美国人把对边疆的怀念投射到了荒野中。正是对边疆的怀旧导致了对荒野的保护和对现代文明的敌意,其本质就通过荒野保护来保存边疆。经过这样的分析,克罗农采取了一种极端的建构主义立场,宣称"荒野概念中没有任何东西是自然的。它完全是珍视它的文化的创造物,是它试图否认的历史的产物"④。克罗农还指出,无论从哪个角度看,荒野都代表了对历史的逃避,它制造出一种我们可以在荒野中逃避现实问题

---

① 转引自高国荣:《美国环境史学研究》,中国社会科学出版社 2014 年版,第 152 页。

② [美]纳什:《荒野与美国思想》,侯文蕙等译,中国环境出版社 2012 年版,第 233 页。

③ William Cronon, "The Trouble with Wilderness: Or, Getting Back to the Wrong Nature", *Environmental History*, 1996(1), pp.7-28.

④ William Cronon, "The Trouble with Wilderness: Or, Getting Back to the Wrong Nature", *Environmental History*, 1996(1), pp.7-28.

的错觉。更重要的是,在传统的荒野观中,人完全是置身于自然之外的。因为只要相信自然必须是"野的",那么人类的在场必然意味着自然的堕落。这就在人与自然之间制造出一种新的二元对立,同时也是传统荒野观中最大的悖论。

　　荒野一直被当作现代环保运动的基石。但在克罗农看来,对荒野的过度美化和错误观点对 20 世纪末的现代环保运动构成了威胁。首先,荒野会导致人的绝望之感。如果只有野生的自然才是值得保护的,而人类的在场将会导致它被破坏,那么人类的出路是否只有自我毁灭?这种割裂人和自然的行为将导致人们逃避现实中的责任。其次,荒野至上的观念会导致人们忽视其他种族、政治等"环境正义"问题。对印第安人与环境的关系有着深入研究的克罗农指出,许多所谓"无人居住的"荒野原本是印第安人的家园。在设立国家公园和自然保护区的过程中,印第安人被逐出家园、赶入保留地。因此,从印第安人的角度来说,设立国家公园和自然保护区的过程是极度残忍的。同样,发达国家要求对热带雨林进行保护也可能变成对发展中国家的文化殖民。在现代社会中,极端的环保主义者将荒野保护置于压倒一切的地位,却忽略并牺牲了其他地方和群体。克罗农写道:"这些似乎都将从激进的环境主义者的议程上排除:工业环境中的职业健康和安全问题、'非自然'城市和农业场地上有毒废物的暴露问题、城市中因铅接触而中毒的贫困儿童问题、饥荒和贫困问题以及地球上'人口过多'地区的人的苦难问题,总之是环境正义问题。"[1]再次,对荒野的美化会导致人们忽略身边的环境及自然与文化交汇的"中间地带"。在克罗农看来,"中间地带"是我们真正生活的地方,只有对这些中间地带进行探讨,才能构建出一个对所有人类和非人类都更美好的世界。为了实现这一目标,我们应当抛弃自然与文化的二元对立,接受自然及文化景观的统一体,在这个统一体中,城市、郊区、田园、荒野各自拥有其恰当的位置。更重要的是,我们需要发现一个中间地带,即用"家园"一词将城市和荒野共同容纳其中。

　　不过,虽然克罗农对传统的荒野概念进行了解构,但他并未彻底否认荒野存

---

① William Cronon, "The Trouble with Wilderness: Or, Getting Back to the Wrong Nature", *Environmental History*, 1996(1), pp.7-28.

在的价值。他认为,荒野的真正价值一是在于它能够让我们提醒我们身边存在的自然,二是在于让我们在面对其他同类和其他物种时保持尊重和谦逊。这种尊重和谦逊能够让我们在改造世界的过程中为人类的统治设立界限,避免过于自大。如他所言,"至少在象征意义上,荒野是我们试图克制自己的统治欲的地方"①。

除了克罗农发表的这一论文外,他还主编了论文集《不同的立场:对自然的重构》(*Uncommon Ground:Toward Reinventing Nature*)。其中的论文涉及"自然"与"劳动"、"消费取向"与"资源消耗"、"主流环保主义"与"环境正义"等主题。这些文章也支持自然的建构观点并将环境史研究从单纯的自然环境扩展至包括城市环境在内的其他环境,旨在重构"自然"概念,关注非人类世界及人类自身。

这些研究成果一经发表,就在环境史学内外引起了巨大的争议。萨缪尔·海斯指出,克罗农对荒野的建构,是脱离环保运动的冥思苦想,带有强烈的个人和社会情绪。② 迈克尔·科恩(Michael Cohen)也指责克罗农的论文为环境史带来了消极影响。他说:"如果我们采用福柯的社会建构,我们最终可能不得不放弃环境史本身。"③在斯奈德(Gary Snyder)、沃斯特等自然的支持者看来,以克罗农为代表的这些"自然怀疑论者"也在不经意间产生了恶果。他们认为:"像受工业和开发集团支持的'明智利用'(Wise Use)运动一样,后现代怀疑论者认为自然不断地变化,已经到了没有任何'自然'的东西存在的程度,有鉴于此——不言自明的结论——没有利用认为自然是一个一成不变的东西,只不过是做事的另一种路径,控制它、改变它、用光它,因此,文化建构主义的立场——除了忽视生物学以外——落入自然破坏者的圈套。"④

2. 环境史的荒野研究与生态批评的拓展

以克罗农的荒野观为代表的建构主义自然观也在生态批评领域引起了巨大

---

① William Cronon, "The Trouble with Wilderness: Or, Getting Back to the Wrong Nature", *Environmental History*, 1996(1), pp.7-28.
② 高国荣:《美国环境史学研究》,中国社会科学出版社 2014 年版,第 273 页。
③ 高国荣:《美国环境史学研究》,中国社会科学出版社 2014 年版,第 273 页。
④ [美]洛夫:《实用生态批评:文学、生物学及环境》,胡志红等译,北京大学出版社 2010 年版,第22 页。

的争议和反响。著名的生态批评家洛夫在其《实用生态批评：文学、生物学及环境》（*Practical Ecocriticism: Literature, Biology and the Environment*）一书中对环境史学家之间的这场论战表示极大关注，认为环境史学家之间的冲突是一种保护生物学与后现代主义观点之间的冲突。[①] 洛夫最基本的立场是从生物学和达尔文进化论出发来研究自然和社会问题，因此他对克罗农等人的自然观并不赞同。尽管受到洛夫等人的反对，但是如果对生态批评的发展历程进行梳理，我们便可以发现这种建构主义的自然观在生态批评的发展中发挥了极为重要的作用，推动了生态批评从第一波向第二波的转变。

按照时间来划分，第一波生态批评涵盖了从 1972 年鲁克尔特（William Rueckert）提出生态批评到 1997 年间的研究成果，这一时期生态批评的特点是"以生态中心主义环境哲学，尤其是深层生态学为思想基础，锁定人类中心主义是导致生态危机的思想根源，透过跨学科的视野，从形而上探究文学与环境之间的关系，涤除文学、文化中形形色色、反自然的人类中心主义因素，深挖其中的生态内涵，旨在绿化文学、文化生态，具有浓郁的生态乌托邦色彩，大体属于生态中心主义型生态批评"[②]。这一时期的生态批评对于反思西方文学传统中的人类中心主义思想具有重要意义。同时，研究者也挖掘了长期被人忽视的"自然书写"这一文学类型，探讨了其中蕴含的生态价值。第一波生态批评对于反思西方的文化传统、提升人们的生态意识具有重要意义。但是，这一时期的生态批评研究也存在巨大的局限性。其研究范围基本局限于纯自然或者荒野，而忽视了城市等其他人建环境。研究对象也基本局限于美国自然书写或者自然诗歌等具有明显生态倾向的文学作品，尤其是梭罗等人的作品，忽略了其他国家种族、其他类型的作品。随着环境史学自然观的转变以及来自环境正义运动的冲击，生态批评学者也调整了研究方向，拓展了研究视域，并关注环境正义问题。

美国生态批评的领军人物——劳伦斯·布伊尔（Lawrence Buell）的"生态批评三部曲"就特别典型地体现了生态批评领域发生的这一转变。在其"三部曲"

---

① ［美］洛夫：《实用生态批评：文学、生物学及环境》，胡志红等译，北京大学出版社 2010 年版，第 22 页。

② 胡志红：《西方生态批评史》，人民出版社 2015 年版，第 1—2 页。

中的第一部《环境想象：梭罗、自然书写及美国文化的形成》（*Environmental I-magination：Thoreau，Nature Writing，and the Formation of American Culture*）中，布伊尔指出"环境危机包含着想象的危机，改善环境，在于找到想象自然以及人与自然关系的更恰当方法"①。为了探讨环境想象如何影响人与自然的关系，布伊尔以梭罗为中心，探讨了美国文学中的田园意识形态、放弃的美学、自然的人格等生态中心主义在文学中的表现。同时，布伊尔还分析了以梭罗为代表的美国自然文学家对当代社会与文化的影响。

在其"三部曲"的第二部《为濒危的世界写作——美国及其他地区的文学、文化和环境》（*Writing for an Endangered World：Literature，Culture and Environment in the U.S.and Beyond*）写作中，布伊尔却转换了研究视角，将目光投向城市中的"毒性话语"以及惠特曼（Walt Whitman）、狄更斯（Charles Dickens）等人在城市中的"重新入住"。布伊尔宣称此书的目的之一就是把"绿色"和"棕色"景观"置于与他人的交谈之中"。他认为生态批评的范围必须扩展，因为"生态危机威胁所有景观——荒野的、农村的、郊区的和城市的"②。布伊尔反思了此前自己及其他生态批评家只关注"自然环境"而忽视其他环境及其他类型文学作品的做法。他认为如果不对历史景观、景观类型和生态话语进行全方位考虑，"生态想象的疗法就不能说是综合性的"③。在对贝茨（Katherine Lee Bates）的《幻影年》（载于 *America the Beautiful and Other Poems*）的解读中，他指出这首诗和克罗农的芝加哥与《自然的大都市》中腹地关系的历史更为类似，认为二者都是"对城市苦难得以安抚和社会正义的实现的肯定"④。

到其"三部曲"的第三部《环境批评的未来：环境危机与文学想象》（*The Future of Environmental Criticism：Environmental Crisis and Literary Imagination*）中

---

① Lawrence Buell，*Environmental Imagination：Thoreau，Nature Writing，and the Formation of American Culture*，Cambridge：The Belknap Press of Harvard University，1995，p.2.
② ［美］劳伦斯·布伊尔：《为濒危的世界写作——美国及其他地区的文学、文化和环境》，岳友熙译，人民出版社 2015 年版，第 8 页。
③ ［美］劳伦斯·布伊尔：《为濒危的世界写作——美国及其他地区的文学、文化和环境》，岳友熙译，人民出版社 2015 年版，第 9 页。
④ ［美］劳伦斯·布伊尔：《为濒危的世界写作——美国及其他地区的文学、文化和环境》，岳友熙译，人民出版社 2015 年版，第 13 页。

布伊尔更是从理论高度论述了自己研究重心的转变和研究视域的扩展,并对第一波和第二波生态批评的差异进行了反思。在布伊尔看来,第二波生态批评或者说"修正论"的生态批评与第一波之间最大的不同在于对"环境"一词的不同理解。布伊尔认为,对于第一波生态批评家来说,"环境"实际上就等于"自然环境",当时的批评家对"自然"和"人类"范畴的区分更为显著。① 虽然以自然为主题的文学对于反对"人文主义的傲慢自然"具有重要意义,但把注意力集中在等同于"自然"的"环境"是过于局限的。② 布伊尔通过引用洛杉矶和拉斯维加斯在过去百年中一直经科罗拉多盆地抽取内陆的水这一环境史知识,力证自然环境和人工环境一直都在交织融合。③ 但第二波生态批评家修正了之前的局限性,将"自然"环境发展为把城市环境、"人为"与"自然"维度相交织的所有地方以及全球化造成的各个本土的相互渗透都囊括在内。④ 基于此,布伊尔坚持用"环境批评"来取代"生态批评"一词,主要原因就在于 eco- 这一前缀保留在"自然"而非"人为"环境的层面上。而"环境"这个前缀胜过"生态",因为它更能概括研究对象的混杂性———一切"环境"实际上都融合了"自然的"与"建构的"元素。⑤ 此外,布伊尔也特意谈到了荒野问题,他说:

> 环境史学家威廉·克洛农(William Cronon)所断定的"荒野造成的麻烦"对美国和其他欧洲移民者文化来说是一种相似的难题:漫不经心地对待"从我们有人类发展记录开始,在不同程度上操纵自然世界"的人类史前史。被首批到达北美的欧洲移民看做原始或者"空旷"空间的东西、被其后代坚持看做"荒野"的东西,在另外某些人(somebody)看来,从最早的人类

① [美]劳伦斯·布伊尔:《环境批评的未来:环境危机与文学想象》,刘蓓译,北京大学出版社2010年版,第24页。
② [美]劳伦斯·布伊尔:《环境批评的未来:环境危机与文学想象》,刘蓓译,北京大学出版社2010年版,第5页。
③ [美]劳伦斯·布伊尔:《环境批评的未来:环境危机与文学想象》,刘蓓译,北京大学出版社2010年版,第24—25页。
④ [美]劳伦斯·布伊尔:《环境批评的未来:环境危机与文学想象》,刘蓓译,北京大学出版社2010年版,第14页。
⑤ [美]劳伦斯·布伊尔:《环境批评的未来:环境危机与文学想象》,刘蓓译,北京大学出版社2010年版,序言,第9页。

数千年前到达此地开始就是地方——这一历史甚至比数千年还要漫长,如果我们把非人类也算作"某些人"(somebodies)的话。另一方面,正如克洛农肯定却迟缓地补充的那样,了解这一切,并不会减弱我们具有下列认识的重要性——"把非人类的自然认可和尊崇为一个并非由我们创造的世界、这个世界以现有方式存在,有其自主的、非人类的原因"。人们甚至可以煞有介事地说自己在"荒野"中发现了一个地方或家园——比如,作为一个有治疗作用的避难所——条件是人们把"荒野"看作是一个相对而非绝对的词语。①

有研究者认为,此处表明布伊尔对克罗农的观点持有异议,认为他对荒野的重构引发了人们对荒野认识的混乱。② 但笔者认为这种理解并不符合布伊尔的原意。布伊尔正是结合环境史实提出欧洲移民眼中的荒野就是当地土著居民,以及其他非人类物种长期生活的地方。也就是说,一个地方是否是荒野并没有任何客观、绝对的判断标准,而只是一个相对的概念。因而,布伊尔此处实际上是赞同克罗农的观点,即荒野并不是完全没有受到人类影响的地方,而是在某种程度上是人类文化和自然结合的产物。这与克罗农在《荒野的问题》一文中的表述不谋而合。如果表面上没有人类涉足的荒野都是如此,那么其他的环境也必然是自然与文化结合的产物。可以说,克罗农的荒野观为布伊尔自然观的转变提供了有力支撑。

第二波生态批评的另一重变化是它拓展了研究对象。布伊尔在《环境批评的未来:环境危机与文学想象》指出,在第一波生态批评中自己曾经试图规定在"环境文本"中必须存在人类环境的主动在场,即"人类历史暗含在自然历史之中"。③ 也就是说,在第一波生态批评中,自然文学及提倡自然保护的所谓"环境主义文学"才被视为最具代表性的环境文本类型,才可以成为生态批评家的解读对象。但是布伊尔后来认为这一观点同样是过于局限的。他认为"环境性"不只属于自然文学,而是任何文本都具有的一种属性。因此,生态批评的任务就

---

① [美]劳伦斯·布伊尔:《环境批评的未来:环境危机与文学想象》,刘蓓译,北京大学出版社2010年版,第75页。
② 陈博林:《重解荒野——威廉·克莱农的环境史学述评》,东北师范大学硕士学位论文,2012年,第14页。
③ [美]劳伦斯·布伊尔:《环境批评的未来:环境危机与文学想象》,刘蓓译,北京大学出版社2010年版,第28—29页。

变成了发现和思考任何文本中的环境性。通过其《为濒危的世界写作——美国及其他地区的文学、文化和环境》及《环境批评的未来：环境危机与文学想象》与《环境想象》之间的对比可以看出，他研究的对象不再局限于梭罗、玛丽·奥斯汀（Mary Austin）等自然文学作家的作品，而是将狄更斯、德莱塞（Theodore Dreiser）等人的都市小说也囊括在内，研究的视域得到了极大扩展。再次，与第一波生态批评相比，第二波"那些修正论者在很大程度上吸收了这种以社会为中心的视角"①，即更加关注环境正义等社会问题。布伊尔非常直接地指出："文学与环境研究必须发展一种'社会性生态批评'"，像对待"自然的"景观那样认真地对待城市的和退化的景观（Bennett，2001）。它对自然保护伦理的固守必须得到修正，以便接受环境正义的观点（Adamson，Evans and Stein，2002）——或者（更加宽泛地说是）接受"穷人的环境主义"。②

通过对布伊尔生态批评研究的转变可以看出，生态批评之所以从以自然书写为研究重心的第一波转向以环境正义为核心的第二波，一方面受美国环保运动中的"环境正义"运动的影响，另一方面其核心在于对"自然"的理解发生了转变。因为只有当"自然"不再被当作"文化"的对立面，而是成为"自然"与"文化"交织形成的各种"环境"，包含了这种环境的文本，以及发生在这一环境中的种种问题才能进入生态批评家的研究视野。克罗农等环境史学家对荒野的研究成果为自然与文化的相互交融提供了证据，他们的建构主义荒野观也促进了生态批评家拓展了对自然的理解。从布伊尔对克罗农等环境史学家观点的引用及回应可以看出，环境史的研究成果对于生态批评研究从荒野转向文化与自然交汇的中间地带，关注身边与环境相关的社会问题起到了积极的推动作用。而在从第一波向第二波的转变过程中，生态批评克服了自然与文化之间的鸿沟，此后将研究范围继续扩展至全球化视野中的生态批评，以及物质生态批评也在情理之中。可以说，正是环境史研究，尤其是其中的荒野研究，为生态批评研究视域

---

① ［美］劳伦斯·布伊尔：《环境批评的未来：环境危机与文学想象》，刘蓓译，北京大学出版社2010年版，第10页。

② ［美］劳伦斯·布伊尔：《环境批评的未来：环境危机与文学想象》，刘蓓译，北京大学出版社2010年版，第25页。

和研究的拓展提供了理论基础。

(二)史实参照:环境史为西方的生态批评实践提供史实参照

环境史的研究成果除了在理论上推动了生态批评重心的演化之外,环境史实也被生态批评家运用于批评实践中,成为他们进行文本解读的重要参照。在一些不同时期的重要的生态批评著作中,都可以看到生态批评家对环境史实的借鉴和参照。

1. 乔纳森·贝特(Jonathan Bate)的《与天气共处》:环境史与人类中心主义的解构

乔纳森·贝特以其对"浪漫生态学"的研究成为英国生态批评的领军人物,同时也是第一波生态批评的代表。在其《与天气共处》(Living with the weather)一文中充分展示了如何运用环境史实来进行文本解读。文章中,贝特对拜伦的《黑暗》(Darkness)和济慈的《秋赋》(To Autumn)进行了独特解读。《黑暗》这首诗描写了太阳消失、一切被黑暗笼罩的可怕场景:荒芜世界/兴旺与发达皆化成一片/再无季节、植物、人类、生命/死亡,一片石与土的混沌/河流、湖泊和海洋皆静止/悄悄的深渊里毫无动静。贝特回忆,第一次听到此诗是在20世纪80年代初核裁军的背景之下,英国工党领导人迈克尔·富特(Michael Foot)引用了拜伦的诗并将其与核战争的可怕后果联系起来,认为拜伦是一个伟大的预言家,已经预测到了核战争导致的"核冬天"。生活在浪漫主义时期的拜伦自然不可能真正预言到核武器的发明,但富特这一充满创意的解读引发了贝特的思考:拜伦的诗到底描写了什么?

为了了解拜伦写作《黑暗》的真正缘由,贝特求助于拜伦的书信及当时的环境史资料——气象记录。贝特发现,拜伦在日内瓦写给友人的书信中写道:"最近总有讨厌的烟、雾、雨"①,并且表示感受到了"天气带来的压力"②。根据贝特

① Jonathan Bate, "Living with the Weather", *Green Romanticism*, *Special Issue of Studies in Romanticism*, 1996(35)3, pp.431-447.
② Jonathan Bate, "Living with the Weather", *Green Romanticism*, *Special Issue of Studies in Romanticism*, 1996(35)3, pp.431-447.

查阅的气象记录,在拜伦写作《黑暗》的 1816 年,从 4 月到 9 月的 183 天中,日内瓦有 130 天在下雨。并且当年 7 月份的平均气温比 1807—1824 年间的同期平均气温降低了 4.9 华氏度。在伦敦,当年 7 月份中有 18 天都在下雨,只有一天的气温达到了 70 华氏度。而在此前一年的 7 月份,70 华氏度以上的日子有 19 天,并且只下了三次雨。贝特认为这就是拜伦所谓"天气带来的压力",并指出,《黑暗》的开头——"我有个梦/不完全是个梦/明亮的太阳消失了。"就是对当时天气状况的真实写照。贝特又进一步追问当年天气为何如此反常呢? 拜伦在诗中所写,"火山口附近居住的人们/拥有大山火炬/非常幸福"。根据这一提示,并且联想到富兰克林(Benjamin Franklin)1784 年也观察到同样的气象状况并认为是由火山喷发所引发,贝特最终将欧洲气候的反常归因于 1815 年印度尼西亚的坦博拉(Tambora)火山喷发。这次火山喷发不仅造成了附近的 8 万人死亡,火山灰还导致了空气能见度下降、太阳被遮蔽以及气温降低等后果,并最终导致了粮食歉收。这些后果延续了三年,直到 1819 年天气恢复正常才迎来丰收,欧洲许多国家都因为粮食短缺发生暴乱。在贝特看来,拜伦在自然与文化之间建立了联系,看到了天气与饥荒之间的联系。但是这种联系却被以往的研究者所忽视,仅仅看到它与其他文本的联系。

　　贝特紧接着转向了对济慈的《秋赋》的解读。《秋赋》写于 1819 年,呈现出一派完全不同于《黑暗》的丰收场景。20 世纪 80 年代初,新历史主义者麦克·甘(Jerome J.McGann)曾经对其做过政治化的解读。他认为济慈的诗歌制造出一种所有秋天都是如此的幻觉,目的是让读者不去留意庄稼歉收以及随之而来的动乱这些年景不好的秋天。① 但是在贝特看来,甘的解读是 20 世纪 80 年代初冷战思维的产物。冷战思维以掌控和占有为目的,其基本特征是关注人的能动性并且割裂自然界、社会和话语之间的联系,并制造出两个截然不同的世界:人类的世界与非人类的世界。但是,贝特认为,冷战的时代已经结束,"全球变暖"思维已经取而代之。这一思维模式超越地方政治的界限,关注世界不同地

---

① Jonathan Bate, "Living with the Weather", *Green Romanticism*, *Special Issue of Studies in Romanticism*, 1996(35)3, pp.431-447.

方之间的联系:"它会询问孟加拉国洪水的起因,并发现原因在于喜马拉雅丘陵的森林退化;它关心非洲的饥荒问题,并发现殖民主义总是伴随着生态剥削。"①

因此,在新的思维模式下,贝特再次将济慈的诗与当时的环境史实联系起来进行了重新解读,认为它描绘的恰好就是时隔三年天气恢复正常之后的丰收之景。对济慈来说,衡量幸福的标准不是政府律令,不为各种重要政治人物决定,而是一些更加基本的必需品——"好天气、可以洗刷沐浴的清水、可以进行锻炼的清洁空气"②。因而,贝特认为,《秋赋》从根本上是一首关于"网络、连接、纽带和关联"的诗。③ 它表明,人类文化只有通过与自然界的联系及互惠关系才能存在和运转,并且自我和环境的纽带与构成社会的人之间的纽带中存在着直接的关联。

贝特认为,天气变化多端,既是自然多变性的标志,也是自然与文化难解难分的标志。浪漫主义诗人重视天气对人的影响,挑战了现代哲学割裂文化与自然的思维模式。因此,在贝特看来,浪漫主义诗歌的价值在于促使我们思考"脆弱性"。拜伦的《黑暗》表明,当生态系统崩溃之时,人类之间的纽带也会崩溃。而济慈的《秋赋》则思考了人与人之间、人与自然之间的联系,以及"脆弱、美化生态整体性"。④ 总之,贝特来回穿梭于诗歌文本和气象记录等环境史资料之间,透过天气这一视角,挖掘了浪漫主义诗人对人与自然关系的深刻领悟。

2. 乔尼·亚当森(Joni Adamson)的《美国印第安文学、环境公正与生态批评:中间地带》:环境史与环境正义的发展

2001 年出版的《美国印第安文学、环境正义与生态批评:中间地带》(*American Indian Literature, Environmental Justice, and Ecocriticism: The Middle Place*)是生态批评发展史上第一部环境正义生态批评专著,也是美国环境正义

① Jonathan Bate, " Living with the Weather ", *Green Romanticism, Special Issue of Studies in Romanticism*, 1996(35)3, pp.431-447.

② Jonathan Bate, " Living with the Weather ", *Green Romanticism, Special Issue of Studies in Romanticism*, 1996(35)3, pp.431-447.

③ Jonathan Bate, " Living with the Weather ", *Green Romanticism, Special Issue of Studies in Romanticism*, 1996(35)3, pp.431-447.

④ Jonathan Bate, " Living with the Weather ", *Green Romanticism, Special Issue of Studies in Romanticism*, 1996(35)3, pp.431-447.

生态批评的代表作之一。作者亚当森探讨了印第安作家的诗歌、散文等文学作品中对美国主流文化与自然观的挑战，并且关注环境与种族、正义等问题的相互交织。亚当森在对印第安作家的解读中，也有意识地利用了当代环境史的理论及环境史实。从某种程度上说，亚当森的这一著作甚至可以说是克罗农《荒野的问题》一文的扩展和具体运用。克罗农在《荒野的问题》中曾经指出，美国主流的荒野观无益于现代的环保运动。它导致人们忽略与环境相关的环境正义问题以及文化与自然交汇的"中间地带"。亚当森在著作中则将克罗农的"荒野的问题"具体指向了爱德华·艾比（Edward Abbey）的《孤独的沙漠》（*Desert Solitaire*）存在的问题，并以西蒙·奥提斯等印第安作家的自然观与其展开对话，探讨印第安作家如何关注"中间地带"以及环境正义问题。

艾比从 17 岁时就曾经到访过美国西部的"四角地"（Four Corners），后来又在新墨西哥州立大学攻读博士学位。1956—1957 年间，艾比在拱门国家公园（Arches National Monument）担任护林员，为后来写作《孤独的沙漠》积累了大量的笔记。1959 年，在格兰峡谷（Glen Canyon）大坝建成将峡谷淹没之前，他成为最后一批乘船在格兰峡谷游历的人。这段经历被他写入《孤独的沙漠》的最后一章。艾比在美国西部度过了大半生的时间，并且因为《孤独的沙漠》这一著作，被视为美国西南沙漠的"守护人"。① 在谈及沙漠的意义时，艾比曾说："沙漠没有意义。沙漠就是沙漠，不需要有意义。"②亚当森认为艾比作为一名环境作家，最大的优点在于他认可和尊重自然的自主性。③

但是，在亚当森看来，克罗农所谓的"荒野的问题"同样存在于艾比的身上。艾比将荒野视为一个未曾被人类文明侵蚀的地方，一个充满自由和独立的原始之地。在《孤独的沙漠》的引言中，艾比自己曾经承认，他所写的并非是关于沙漠的书，他目的也不在于理解自然复杂的运转过程。他来到荒野的目的是"体

① Joni Adamson, *American Indian Literature, Environmental Justice, and Ecocriticism: The Middle Place*, Tucson: University of Arizona Press, 2001, p.38.

② Joni Adamson, *American Indian Literature, Environmental Justice, and Ecocriticism: The Middle Place*, Tucson: University of Arizona Press, 2001, p.34.

③ Joni Adamson, *American Indian Literature, Environmental Justice, and Ecocriticism: The Middle Place*, Tucson: University of Arizona Press, 2001, p.34.

验自然界中的自由,去发现在都市人工生活的腐蚀作用下丢失的自我"①。也就是说,艾比不是将自然建构为"家园",而是避难所。亚当森认为,艾比以为进入荒野就可以摆脱文明,实际上是割裂了自然与文化,并且让自己与文明和文化也走向了对立。但是,如同艾比在峡谷的河流中饮用的水早已受到了工业的污染,文化与自然一直都不可分割。以艾比为代表的美国白人作家将荒野视为无人的空旷之地,也掩盖了美国白人对印第安人的殖民过程。为了证明这一点,亚当森借用了另外一位环境史学者理查德·怀特的研究成果。根据怀特考证,刘易斯(Meriwether Lewis)、克拉克(William Clark)等"第一批白人"在日志中曾经描述过"印第安人耕种、打猎、捕鱼、放牧,还放火来改变地形、影响动物的迁移或者彼此发出信号。他们的行程经常因为印第安人放的火而中断"②。他们十分清楚,在他们所经过的地方,人类的劳作已经改变了自然。很显然,艾比等人眼中的荒野都曾经是无数印第安人的家园。亚当森进一步联系史实指出,卡贝萨·普利卡野生动物保护区(Cabeza Prieta Wildlife Refuge)、风琴管国家纪念碑(Organ Pipe National Monument)以及美国空军靶场都是20世纪三四十年代联邦政府在托赫诺·奥哈姆(Tohono O'odham)的土地上建成的。当土著人被驱赶之后,政府或者公司代表就可以在地图上认定这些在地图上都是空白点或者"被牺牲的地区"。这种荒野观的问题在于,它不仅假定所有的人类文化都是剥削性的,又不能解释那些以可持续方式在此栖居的人类群体的生活方式,更不能说明那些土著人被驱逐之后如何生活。③ 因而,亚当森无比赞同克罗农的观点,即对荒野的追求无助于解决现实中的环境问题,如果要想解决环境及社会问题,作家和批评家都必须走出荒野。

在亚当森看来,以奥提斯(Simon Ortiz)、希尔科(Leslie Silko)等为代表的印第安作家是从荒野回归的典范。他们不仅关注"中间地带",更直面与环境相关

① Joni Adamson,*American Indian Literature*,*Environmental Justice*,*and Ecocriticism*:*The Middle Place*, Tucson:University of Arizona Press,2001,p.35.

② Joni Adamson,*American Indian Literature*,*Environmental Justice*,*and Ecocriticism*:*The Middle Place*, Tucson:University of Arizona Press,2001,p.56.

③ Joni Adamson,*American Indian Literature*,*Environmental Justice*,*and Ecocriticism*:*The Middle Place*, Tucson:University of Arizona Press,2001,p.16.

的各种社会问题。其中,在著作的第三章"西蒙·奥提斯的《反击》:环境正义、变革的生态批评与中间地带"("Simon Ortiz's Fight Back:Enviromental Justic,Transformative Ecocriticism,and the Middle Place")中,亚当森就紧密结合环境史实及环境现状分析了奥提斯与艾比之间的差异。

《反击》是奥提斯所著诗歌和散文的混合文集。它的写作背景是奥提斯成长的一个叫阿科玛(Acoma)的农村。从村中长辈的讲述中奥提斯了解到,很久之前这一区域曾经溪流潺潺、雨水丰沛。但是从19世纪80年代开始,这一地区就遭受连年大旱。到20世纪30年代,随着附近铁路、伐木小镇,以及深海大坝(Bluewater Dam)的修建,水源只够极少的人继续从事农业种植,许多人不得不去从事铁路修建工作。到50年代,又有许多人进入这一地区遍地开花的铀矿和煤矿谋生。① 《反击》就是以奥提斯在阿科玛(Acoma Pueblo)部落的成长经历和在新墨西哥州格朗茨(Grants)附近的铀矿及加工厂工作的经历为基础创作的。

在这样的环境史背景中,亚当森在这一章中分析了奥提斯所著《父亲的歌》(My Father's Song)、《最终方案:工作、离去》(Final Solution:Jobs,Leaving)、《向好的方向转变》(To Change in a Good Way)、《回归,你将前进》(Returning It Back,You Will Go On)等多首作品。亚当森指出,梭罗、艾比等美国主流白人作家通常通过荒野来思考人和自然的关系并美化自然。但印第安人对自然的理解却完全不同,他们相信文化与自然之间的相互依存。他们在田间耕作的经历让他们明白自然既不总是好的,也不总是坏的,因而他们总是学会与自然的不确定性相处并且在耕作中模仿自然的过程。他们还将这些经验和知识编入自己的口头文学传统,通过口口相传,他们的后代便可以学到那些重要的教训、价值观和原则。② 在《父亲的歌》中,奥提斯曾经讲述父亲在耕地过程中小心翼翼地将田鼠移到田边并继续犁地。亚当森指出,正是在其文化传统的指引下,奥提斯的父亲教会他人类与其他许多生命形式相互依存,因而人类必须对其他生命充满敬

---

① Joni Adamson,*American Indian Literature,Environmental Justice,and Ecocriticism:The Middle Place*,Tucson:University of Arizona Press,2001,p.59.

② Joni Adamson,*American Indian Literature,Environmental Justice,and Ecocriticism:The Middle Place*,Tucson:University of Arizona Press,2001,p.57.

意。但人类也必须改变自然去生存,因而老奥提斯将老鼠移开之后继续犁地。一方面,这与"对歧视杂草感到内疚"的梭罗形成了鲜明对比。另一方面,印第安人对口头文学传统的运用也说明,尽管许多自然作家将人类文化谴责为自然之死的根源,但它也教会人们观察、记忆、分享经验,以及更重要的是教会人们克制自我。①

不过,尽管印第安人的文化传统能让他们与自然保持和谐的关系,但是殖民者的入侵却破坏了这种和谐。奥提斯将当代印第安人的牺牲及其保护社区和资源的斗争与1680年的普韦布洛(Pueblo)起义相提并论,认为美国大公司在"四角地"地区的殖民可谓是历史的重演。在《往好的方向转变》一文中,奥提斯就描写了印第安人夫妇皮特和玛丽与来自俄克拉荷马的白人夫妇比尔和艾达在铀矿的劳动中结下了深厚友情,玛丽还教会艾达如何善待土地并让艾达在自己的菜园中获得了丰收。奥提斯意在表明,与阿科玛人一样,白人农民同样被干旱和贫困剥夺了土地,被迫来到铀矿沦为矿工。正如他所说:"富人就是那些夺走土地的人,是那些让人们债台高筑、依附于人的人。"②因此,亚当森对《反击》中涉及的环境正义问题也进行了深入分析。她认为,奥提斯的诗歌表明,要求保护荒野的势力与将其他地方描写为"堕落"的地方,并将其人民交给市场经济裁决的势力实际上是同一种势力。亚当森一针见血地指出:"荒野伦理和企业伦理尽管乍看上去格格不入,但实际上却异曲同工。"③因而,以"荒野"为核心的华丽辞藻不管多么鼓舞人心,或能够多么大地提升一代中产级环境主义者或者自然爱好者的意识,它都不可能成为有意义的或者特定的政治行动的基础。④

通过对奥提斯诗歌的分析,亚当森指出,奥提斯倡导一种不同的"园地伦理",即针对不同地方的不同问题寻找不同答案,并在人与自然之间形成良性的

---

① Joni Adamson, *American Indian Literature, Environmental Justice, and Ecocriticism: The Middle Place*, Tucson: University of Arizona Press, 2001, p.57.

② Joni Adamson, *American Indian Literature, Environmental Justice, and Ecocriticism: The Middle Place*, Tucson: University of Arizona Press, 2001, p.61.

③ [美]亚当森:《西蒙·奥提斯的〈反击〉:环境正义、变革的生态批评及中间地带》,张玮玮译,《江苏大学学报(社会科学版)》2013年第5期。

④ [美]亚当森:《西蒙·奥提斯的〈反击〉:环境正义、变革的生态批评及中间地带》,张玮玮译,《江苏大学学报(社会科学版)》2013年第5期。

互动关系。就像诗歌中的玛丽,呵护和善待自己的土地,同时也从土地中获得了丰厚回报。亚当森认为奥提斯的"园地伦理"的价值就在于教会我们不要追求荒野,而是在栖居地中过负责任的生活,尊重在"中间地带"中发现的"野性"。这又一次与克罗农的观点不谋而合,亚当森也又一次借用克罗农的观点:"学会尊重野生物——也就是学着记住和承认他者的自主性——意味着争取在我们所有的行为中都拥有一种批判的自我意识。它意味着每一个使用的行为中都必须伴随着深刻的反思和尊重,也意味着我们必须时常思考不使用的可能性。"①

　　综上所述,在《美国印第安文学》这一著作中,亚当森紧密联系环境史现状并综合运用环境史理论,对美国印第安作家的作品进入了深入研究,既突破了第一波生态批评主要关注白人作家的局限,也拓展了生态批评的研究视域。她认为生态批评家的研究不能建立在抽象的荒野之上,不能将其视为个体寻求安慰的地方并将持不同意见者驱逐在外。因为这样的研究在理论上不符合逻辑,在政治上也无法实现保护环境的目的。而如果想解决最难的社会及环境问题,"我们必须从荒野回家,认真审视文化从自然中产生的中间地带。然后,帮助那些与剥削人类及其环境的力量相斗争的人们进行结盟"②。这一著作作为生态批评从第一波转向第二波的重要标志,折射出环境史在推动生态批评发展中的巨大作用。

　　事实上,除上述两部著作外,在此后生态批评其他代表性著作中,都可以见到环境史理论和史实的运用。例如作为第三波生态批评的代表人物,厄休拉·K.海斯(Ursula K.Heise)在其著作《地方意识与星球意识:环境想象中的全球》(*Sense of Place and Sense of Planet*:*The Environmental Imagination of the Global*)中,将文学作品置于亚马逊热带雨林的退化、切尔诺贝利核事故等环境事件中进行解读,促进生态批评向全球化和多元化发展。

---

① [美]亚当森:《西蒙·奥提斯的〈反击〉:环境正义、变革的生态批评及中间地带》,张玮玮译,《江苏大学学报(社会科学版)》2013年第5期。

② Joni Adamson,*American Indian Literature*,*Environmental Justice*,*and Ecocriticism*:*The Middle Place*,Tucson:University of Arizona Press,2001,p.53.

四、环境史与中国生态批评的发展

（一）环境史视角在中国生态批评中的缺失

20世纪70年代，生态批评批评首先在西方兴起，并在90年代走向成熟。同时，生态批评也在20世纪90年代传入我国并迅速发展。生态批评之所以在中国迅速成为学术热点，一方面是由于中国面临严峻的环境问题，中国学术研究者有着研究环境问题的现实需求；另一方面是由于中国古代哲学，尤其是道家和儒家文化中蕴含着丰富的生态内涵，这也成为生态批评在中国蓬勃发展的文化根源。经过20余年的发展，中国生态批评从无到有，从弱到强，出现了以鲁枢元的生态文艺学、曾繁仁的生态存在论美学和曾永成的人本生态观的生态论文艺学、程相占的生生美学等代表性研究成果。但是，与西方生态批评研究相比，我国生态批评大多缺乏自觉的跨学科、跨文化，甚至跨文明的广阔视野，存在简单化倾向。我国生态批评者"主要是以中国古代文化生态思想，尤其以道家思想阐发海德格尔存在论哲学、挪威生态哲学家阿伦·奈斯深层生态学为代表的生态中心主义环境哲学"，也有少数学者发掘了儒家文化的生态文化资源。① 而西方生态批评家则始终强调生态批评的跨学科特性，注意从包括环境史在内的其他学科吸收成果促进自身的发展。近年来，虽然中国生态批评研究者借鉴西方研究成果和视角，在后殖民生态批评、生态女性主义批评、生态心理学、生态语言学、生态现象学等方面都取得了长足进展②，但是这些研究视角基本集中在广义的文学研究之内，对于包括环境史在内的其他"环境人文学"的利用相对不足。目前，国内文学研究界尚未有利用环境史展开生态批评的代表性成果出现。

不过，国内外环境史学者已经开始将文学作品运用于环境史研究，展现出中国文学研究和环境史研究相结合的巨大前景。尽管研究的立足点和角度各有不同，但是环境史学者将中国文学作品用于环境史研究的实践为生态批评家进一

---

① 胡志红：《西方生态批评史》，人民出版社2015年版，第388页。
② 鲁枢元：《中国生态批评理论探索新动向：突破与困境》，《文艺报》2017年8月21日。

步拓宽思路提供借鉴。《大象的退却：一部中国环境史》(*Retreat of the Elephants：An Environmental History of China*)(以下简称《大象的退却》)以及《江南环境史研究》都是这一领域的代表作。

(二)《大象的退却》与《江南环境史研究》中环境史学与文学的交织

《大象的退却》是英国汉学家、历史学家伊懋可(Mark Elvin)所著的中国环境史著作。它以"人进象退"为线索研究了中国 4000 年来，尤其是最近 1000 年的环境变化。全书共分为三个部分：第一部分描述了大象退却的场景。随着中国前现代时期经济的发展，中国遭遇了森林滥伐、原始植被不断消失等环境变迁，大象也从东北退却到西南地区。第二部分通过嘉兴、贵州和遵化这三个"特例"呈现了这三个地区的环境史。嘉兴从一个生态资源富足的地区转变为资源紧张的复合区，代表了前现代中国增长的主要模式；贵州则展示了中国人的拓殖与扩张对边疆环境的影响；遵化是一个资源相对充足的不发达地区，代表了前现代经济增长对寿命等幸福指数的负面影响。第三部分"观念"探讨了中国人如何理解及评价他们所生活的自然世界。其中的三篇文章分别研究了"自然"如何变成了艺术中的主题乃至艺术本身、中国人的原科学观念如何成为观察自然的先决条件，以及中国人对环境的认识如何与正统的道德观念相互作用。通过这样的研究，作者实现了两个目标：一是描述中国古代环境史的状况；二是探讨了中国人为何以自己独有的方式与自然界的其他部分进行互动。

自出版以来，《大象的退却》就受到国内外环境史学界的瞩目。一方面，因为它作为全面研究中国古代环境史的著作，弥补了国内外学术研究的空白。另一方面，它对史料的发掘和运用极具特色，其文献资料涵盖了历史地理学、地方志、动植物学、水利学，以及环境诗篇等，其中最引人注目的是他引用了大量的诗歌。① 尤其是在"观念"的第一篇中，作者通过中国古代诗文探讨了中国

---

① 包茂宏：《解释中国历史的新思维：环境史——评伊懋可教授的新著〈象之退隐：中国环境史〉》，《中国历史地理论丛》2004 年第 3 期。

精英阶层自然观念的演化过程及其特征,即他们对待自然的"审美的"及"哲学式的"态度。①

伊懋可教授指出,早在中国最早的诗文集《诗经》中,人们就热情地描写自然事物,"自然"通常化作鸟、兽、虫、鱼、花、草等具体之物出现于诗歌中。人们或者将它们与人类的处境相类比,或者用它们来进行道德教化。到了《楚辞》中,屈原及其他诗人已经掌握了处理综合性场景的艺术,并且具有了隐约的对环境的敏感意识。楚国诗人对自然充满陶醉之情,并以丰富多彩的形式将其创作出来。中国古代诗人在诗词歌赋中讴歌自然的传统一直持续到公元三四世纪左右,诗人开始将构成宇宙的所有事物当作一个整体来感知。通过对孙楚、郭璞、苏彦、谢灵运、陶渊明等人的诗作进行解读,作者认为中文里的"自然"一词与英文一样,具有多重含义。它有时是指事物的内在特征,有时是指没有受到人类干预的自然。人是自然的一部分,自然既可以为人类提供经验教训,又是"觉悟"(enlightenment)的源泉。② 谢灵运的"赏心说"、陶渊明将自然视为远离政治纷争的归隐之地都是这一时期文人看待自然的典型态度。

随着中国文人自然观念的发展,到公元 4 世纪末,以谢灵运的作品为代表,中国古代文学作品中首次明确出现了关于环境的概念。③ 因此,对谢灵运诗歌的考察占据了大量的篇幅。据作者考证,谢灵运的叙事长诗《山居赋》描绘了一个真实、具体的地区,即"杭州湾南岸一线山脉的边缘"④,而非虚构之地。作者几乎对《山居赋》进行了逐字逐句的解读,指出谢灵运对其庄园中田地、山峰、溪流、海岸、沼泽地等不同地理环境以及各种动植物等物产进行了详细描述,并认为这些描述也都符合当时的环境史实。在伊懋可教授看来,谢灵运的诗歌中——

---

① 〔英〕伊懋可:《大象的退却:一部中国环境史》,梅雪芹等译,江苏人民出版社 2014 年版,第 333 页。

② 〔英〕伊懋可:《大象的退却:一部中国环境史》,梅雪芹等译,江苏人民出版社 2014 年版,第 345 页。

③ 〔英〕伊懋可:《大象的退却:一部中国环境史》,梅雪芹等译,江苏人民出版社 2014 年版,第 348 页。

④ 〔英〕伊懋可:《大象的退却:一部中国环境史》,梅雪芹等译,江苏人民出版社 2014 年版,第 349 页。

万事万物都是相联系的:江河、移动的离岸沙洲、漏斗状河口及其潮汐、人类改良自然而形成的灌溉农田和排水沟渠、星罗棋布的湖泊和岛屿、水生植物、药草、竹子和树木、鱼、鸟、山上的动物,还有诸如狩猎、伐木、造纸、开路和造房之类的人类活动。围绕这个相互联系的整体的,是他所编织的一个反映佛家觉悟的普度众生的理想:忌杀生的智慧,放生的德性,立讲堂、禅室和僧房;还有对我们的生命之虚妄特征的领悟,以及对外象与内理之运行的洞察……①

正是因为诗中这种"万物一体"的特征,作者认为谢灵运已经具备了相当敏锐的环境观念,并将《山居赋》视为中国传统上第一首,也可能是最伟大的一首论述环境的诗篇。② 同时,谢灵运的诗也有助于理解中国人对自然和环境的矛盾态度:一方面人们将自然视为超然之力的一部分,人应当道法自然;而另一方面,人们又热衷于改造和利用自然。

文学作品在环境史学研究中的重要性同样也被我国学者所重视。《江南环境史研究》是我国环境史学者王建革教授于 2016 年出版的专著,也是国内第一部系统的以江南环境史为研究对象的著作。它以水系丰富的苏淞和杭嘉湖地区的生态变迁为研究对象,既探讨了自然生态系统的变化,又研究了环境与文化的关系,尤其是"变化了的环境对人类审美的影响"③。全书共分为四编,分别研究了吴江与吴淞江区域的陆淤过程、河道变迁与水旱变化,嘉湖地区生态环境的形成过程和桑基农业的历史发展,水生植物的环境变迁及其对景观的影响,以及士人对生态环境的认知和相关生态文化的发展。与《大象的退却》相类似,该书的一大特色就是史料运用的"开拓性和审慎性",它"不仅广泛收集传统的正史资料,还大量运用了诗歌、绘画等文学作品"④。 其中,在著作的前三编中,作者将

① [英]伊懋可:《大象的退却:一部中国环境史》,梅雪芹等译,江苏人民出版社 2014 年版,第352 页。
② [英]伊懋可:《大象的退却:一部中国环境史》,梅雪芹等译,江苏人民出版社 2014 年版,第349 页。
③ 王建革:《江南环境史研究》,科学出版社 2016 年版,第 1 页。
④ 周志强:《区域环境史的整体观照——读王建革〈江南环境史研究〉》,《鄱阳湖学刊》2017 年第3 期。

古诗词当作环境史记录,与正史相互印证,探讨江南水环境的变迁及其对当地居民生活的影响。比如,在研究宋代陆淤形成对农业发展的促进作用时,很短的篇幅之内,作者先后引用了范成大、陈起、杨万里、叶茵的诗来呈现了吴江地区发展成为鱼米之乡、人民围田筑岸、农田作物有序,以及丰水环境下农民的农耕生活等。① 这些诗文与传统的历史资料相互补充,共同记录了当时的环境的发展状况。比较而言,该书引用了不同时代众多文人的作品,比《大象的退却》中对文学作品的运用更加广泛和充分。

在该书的最后一编,作者通过大量的诗文研究了士人阶层对环境的感知以及相关生态思想的发展。正如作者指出:"一个区域内人对气候、植被、环境的认知,是人类文明的重要内容。这种认知既有现实和科学的一面,也有心灵和审美的一面。"②无论是《诗经》还是《楚辞》都记载了当时当地的人对环境和动植物的审美。同样,江南独特的生态文化也导致了独特的审美认知,其环境的变化对艺术风格的变化也产生了重要影响。因此,该书作者集中研究了六朝时期到明代中叶,即3—15世纪之间自然审美的发展。

据作者考证,唐朝以前全球处于温暖期,汉唐时期的温度高于现代。而宋代以后气候变冷,元代之后气温显著下降。因此,中国古代知识分子对气候变化的感知也体现于他们的诗文艺术之中。作者详细梳理了不同时期的文学及艺术作品,并提炼出汉代艺术中的"炎热感"、唐代艺术中的"暖色调"、宋代艺术的"四季感"等特征,认为它们都是当时的气候和环境在艺术中的反映。作者指出,艺术与自然密不可分,正是古代江南地区生态环境的变化导致了文学艺术中审美旨趣和审美意象的变迁,甚至影响了文化的兴衰。他概括道:

> 六朝时期环境丰富,文人古朴宏远,出现了大量关注江南生态环境的诗人,甚至有陶渊明这样伟大的诗人。唐宋时期,人工环境的进一步发展,野生和人工两部分环境都有审美发现的潜力与空间。唐末五代,江南山水画达到后人难以企及的高度。宋代的文人政治使江南地区的文人数量和审美

① 王建革:《江南环境史研究》,科学出版社2016年版,第36—38页。
② 王建革:《江南环境史研究》,科学出版社2016年版,第425页。

创造都达到了高峰,虽经元代大破坏,宋代风格依然保持,且有所发展和突破。明清时期,政治高压和世俗化等力量的影响增大,江南文人的内在审美情趣出现大幅度的下降。生态环境的变化也使唐宋时期的田野生境受到破坏。尽管乡村和城市有较多的园林发展,景观的丰富度却大大减少,可供审美进一步发展的生境空间越来越少。人的内在与生态环境的额外在都发生了变化,使得宋元创作高度和风格难以复原,后人只能渐行渐远。①

概而言之,无论是《大象的退却》还是《江南环境史研究》,两位作者都是另辟蹊径。通过对中国古代文学作品的解读,他们既研究了自然生态的变迁,也说明了自然对于人类审美乃至整个人类文化发展的重要意义,推动了中国环境史研究的发展。

(三)中国生态批评借鉴环境史研究的可能及前景

《大象的退却》和《江南环境史研究》都将文学艺术作品引入环境史研究,通过文学作品中作家对环境的审美感知来说明自然与文化之间的互动过程。环境史学家的研究表明,自然决不只是人类活动和人类文化产生的背景,而且是参与其建构的重要力量。因此,此前我国的生态批评忽略了环境史这一重要角度不得不说是一种遗憾。对照西方生态批评界以及中西方环境史学界将文学研究与史学研究相结合的努力,我国生态批评家也应当打破从哲学或美学角度来展开研究的固定模式,借鉴环境史的研究成果,以环境史实为参照对文学文本展开解读。事实上,中国古代的诗文蕴含了极为丰富的环境史内容。中国有大量言物咏志的诗歌,其中对自然环境的客观描写往往是其情感抒发的基础,一切环境因素和自然现象都可以成为诗歌的素材。尽管诗歌尤其独特的形式,但是这并没有影响其内容。②

生态批评与环境史研究尽管存在着深度的交叉和融合,但文学研究与历史研究之间仍然存在着质的不同,历史学家与文学批评家也必然以不同的方式面

---

① 王建革:《江南环境史研究》,科学出版社 2016 年版,第 584 页。
② 包茂宏:《解释中国历史的新思维:环境史——评伊懋可教授的新著〈象之退隐:中国环境史〉》,《中国历史地理论丛》2004 年第 3 期。

对同样的文本。历史学家通常将文学文本当作历史文献,即说明某一历史时期发展的例证。而文学批评家则更多地强调某一文本的特殊性,其叙述方式和内容的独特性以及它为读者创造的独特体验。① 就《大象的退却》和《江南环境史研究》而言,两位环境史学家都是将古代诗歌当作古代的环境史记录,强调环境对艺术的影响,而并未涉及这些诗歌作品在记录或反映环境中独特的艺术性,也并未涉及文学艺术作为一种"环境想象"对自然产生的影响。这表明,从环境史的角度对中国的传统文学展开批评具有非常广阔的空间,这应当成为我国生态批评家未来的努力方向之一。

---

① Hannes Bergthaller, et al., "Mapping Common Ground: Ecocriticism, Environmental History, and the Environmental Humanities", *Environmental Humanities*, 2014(5), pp.261-276.

第二十章　环境美德伦理学与生态批评

生态批评是探讨文学与自然环境之间关系的文学批评。生态批评依托各种理论和研究模式展开。环境美德伦理学(Environmental Virtue Ethics, EVE)是环境伦理学(Environmental Ethics)与美德伦理学(Virtue Ethics)交叉的分支学科，是劳伦斯·布伊尔所说"文学研究环境转向研究方法的菜单继续在扩充"的领域之一。

作为环境伦理学与美德伦理学的交叉新生学科，环境美德伦理学能为文学研究的环境转向提供什么样的理论视角与思想资源？生态批评引入环境美德伦理学视角后可能产生哪些生态批评的思想成果？这将是本章探讨的问题。

一、环境美德伦理学的理论视角与核心要义

环境美德伦理学，顾名思义是环境伦理学(Environmental Ethics)与美德伦理学(Virtue Ethics)交叉而成的伦理学研究分支。环境伦理学为什么要寻求与美德伦理学交叉？二者交叉的环境美德伦理学(EVE)有什么样的理论视角和理论内涵？

（一）环境美德伦理学的理论缘起

1. 环境伦理学的理论困境

面对日益严峻的环境危机，伦理学的环境转向形成环境伦理学。"现代意

义上的环境伦理的哲学建构始于 20 世纪 70 年代,到 80 年代后期,随着人类中心主义(Anthropocentrism)、动物解放/权利论(Animal liberation/Rights theory)、生物中心主义(Biocentrism)、生态中心主义(Ecocentrism,包括大地伦理学、深层生态学、自然价值论)这一'四分天下'的理论格局的形成,环境伦理学界对环境伦理学的哲学建构基本上告一段落。90 年代以来,全球范围的环境伦理学的发展大体上是围绕着这四种基本理论的反思、争鸣、完善与应用展开的。"①"四分天下"的环境伦理学各派,其理论建构思路有三。

一是伦理拓展主义的致思之路。伦理拓展主义是把原本适用于人际关系的伦理原则"推人及物",拓展运用到人与自然关系上。环境伦理学拓宽道德共同体的边界,将自然事物纳入道德共同体,论证自然事物是人类需要进行道德关怀的对象,上述"四分天下"的环境伦理派差别差异主要在于伦理拓展的尺度和范围不同。"人类中心主义"坚守以人类为中心的"零拓展";"动物解放/权利论"将伦理关怀对象拓展至动物;"生物中心主义"和"生态中心主义"则分别将伦理关怀的对象拓展为生物和整个生态系统。

二是为自然事物进行"道德赋值"。为使人际伦理能够拓展到自然事物或将自然事物纳入道德共同体之中,就必然要论证自然事物具有道德地位(moral status)。论证自然事物具有道德地位就要为自然事物进行"道德赋值"。"四分天下"的各派理论为自然事物进行"道德赋值"的理论依据和赋值手法各有不同。"动物解放论"依据动物具有和人一样具有感知痛苦的能力论证动物具有道德地位;"动物权利论"依据天赋权利理论论证动物也有天赋权利,具有道德地位;"自然价值论"和"深层生态学"坚称自然事物因其具有内在价值而享有道德地位。环境伦理学家通过对自然事物进行"道德赋值"论证自然事物具有道德地位,"感知痛苦的能力""天赋权利""内在价值"只是进行"道德赋值"的各种理据和赋值手法。由于论证了自然事物具有道德地位,因而人对自然负有道德义务。

三是为人类制定环境伦理规则。人对自然的道德义务以人遵守新的环境伦

---

① 杨通进:《环境伦理的全球视野和中国话语》,重庆出版社 2007 年版,第 16 页。

理规则的方式来实现。"动物解放论"基于人和动物在感知痛苦能力的平等性要求人平等地对待动物,推出平等原则;"动物权利论"要求人尊重动物的天赋权利提出尊重原则;"生态中心主义"主张生命平等,要求人敬畏自然、敬畏生命,提出敬畏原则。"自然内在价值论"要求承认并尊重自然的内在价值,也提出尊重原则;"深层生态学"将自然的内在价值与人的自我实现相联系,提出生态平等与自我实现两大原则;"大地伦理学"从生态共同体繁盛的角度提出的环境伦理原则是"当一个事物有助于保护生物共同体的和谐、稳定和美丽的时候,它就是正确的,当它走向反面时,就是错误的"①。

　　道德赋值使伦理拓展成为可能,伦理拓展使人对自然的道德义务得以确立,为担当义务而确立环境伦理的规则,这一套看似完整而又合乎逻辑的环境伦理建构方式其实存在着深层理论困境:其一,人际伦理得以成立的前提条件是人作为道德主体具有道德意识和行动能力,而自然事物如树木、动物等个体不会声称自己具有权利,也不会主张和行使自己的权利,更无法道德地行动,自然事物无法作为道德行动的主体(Moral Agent);其二,为规避自然事物个体无法道德行动的事实,生态中心主义将自然规律伦理化为生态道德规律,此举被指是犯了"自然主义的谬误",从生态学的"事实"推出伦理学的"应当"被认为存在"是与应当"的理论鸿沟;其三,环境伦理规则依赖于人的道德自律性来进行自我约束,环境伦理所关爱的自然事物没有能力对人的行为进行直接的规范和约束,环境伦理规则的效力不强;其四,环境伦理规则是针对作为全称代词的"人类"制定的道德规范,而作为全称代词的"人类"是由不同国家和地区的、具有不同文化背景和不同利益诉求的人群构成,普遍性的规则无法对差异性的主体构成有效的行动规范和指导;其五,环境道德践履的主体是人,环境伦理规则的完备并不必然表示主体会采取环境友好的道德行动,从环境规则到环保行动之间存在逻辑距离。以上困境产生的最根本原因在于"四分天下"的各派都是建基在近现代的规则伦理基础之上,美德伦理学对规则伦理学的批评及其复兴有望提供新的思路。

---

① 〔美〕利奥波德:《沙乡年鉴》,侯文蕙译,吉林人民出版社1997年版,第213页。

2. 美德伦理学观照自然

1958年,伊丽莎白·安斯库姆发表的《现代道德哲学》吹响了当代美德伦理学复兴的号角。安斯库姆认为,现代道德哲学所使用的术语和形式,包括"应该""责任""义务""正确""错误"等都是在基督教伦理的框架下形成的,当启蒙革命废除了上帝的观念后,这种伦理形式却没有从道德哲学中清算出去,它的残留物和残留物的派生物构成了现代道德哲学的范式。这种道德哲学形式包括道德哲学的语言、范畴等在亚里士多德那里都是没有的。相反,在亚里士多德的美德伦理学那里的对人的幸福、伦理的善和生活的好的关注,现代道德哲学却没有承继也无法回答。在批判现代道德哲学的同时,安斯库姆提出道德要回归亚里士多德以来的美德伦理学传统,回归到对善、好的生活等道德根本问题的思考。

1981年,麦金太尔出版《追寻美德》一书。麦金太尔对以规则制定为宗旨的道德哲学进行批判。规则伦理学在西方伦理学当代的代表是罗尔斯,罗尔斯的《正义论》是对现代道德哲学规则主义的极致发挥。相对于罗尔斯对规则生成和规则推演的论证,麦金太尔一针见血地指出,正义首先是一种德性,而不是规则。正义规则的运用需要有正义品质的人,正义的规则无论设计论证得多么完善,如果运用规则的人不具有良好的道德品质,规则也不可能得到很好的执行遵守,只有拥有良好德性的人,才可能了解怎样运用规则并如何遵守规则。伦理学不是一部纯粹研究制定规则或标准的学问。相反,它首先要告诉人们如何认识自己,如何过好的生活,如何达到自身的善并为实现自身的善而努力修养,培养内在的自我的品格和美德。在麦金太尔看来,"以罗尔斯为代表的新自由主义伦理学虽然扭转了第二次世界大战以来元分析伦理学只注重道德语言分析和逻辑实证的非实践性理论倾向,但依然未能使伦理学回归到它应有的位置上来,过于强烈的规范化或规则化的合理性追求,使伦理学演变成了一种纯粹的规范伦理。事实上,规范伦理不仅要有其合理性的理论基础,也必须有其主体人格的德性基础"①。罗纳德·赛得勒(Ronald Sandler)说:"伦理学的中心问题是:我们应该如何生活?回答这个问题当然需要提供一个我们应该如何行为的解释。但

---

① 万俊人:《"德性伦理"和"规范伦理"的之间和之外》,《神州学人》1999年第12期。

是仅仅是关于行为的一套规则、一个基本原则或者如何做决定的程序并没有完全回答这个问题。一个完善的回答在形式上不仅包括我们应该怎么做而且包括我们应该成为什么样的人,所以完备的伦理学看起来不仅需要关于行为的伦理(an ethic of action),而且应该提供关于品格的伦理(an ethic of character),提供关于环境我们应该做和不应该做什么的精神定势(dispositions)。"①

美德伦理学复兴不仅是对规则伦理学的批判与伦理学基础理论的完备,美德伦理学在当代的复兴必须直面环境问题,即美德伦理学必须观照自然,回答美德伦理学何以面对当代的生态环境危机,是以构成从美德伦理学向度探究环境美德的必要。

3. 环境美德伦理学兴起

1983 年,托马斯·希尔(Tomas Hill)在环境伦理学杂志(*Environmental Ethics*)发表《人类卓越的理想与保护自然环境》(Ideals of Human Excellence and Preserving Natural Environments)一文②,提出从人类卓越(Human Excellence)角度研究环境伦理。希尔是最早涉猎环境美德伦理学问题的学者,他的思考源于日常生活世界的事例:希尔所住街区搬来一位新邻居,他搬入的院子绿草青青鲜花盛开,古老的鳄梨树生长得枝繁叶茂。但这个邻居希望院子有更多的阳光,二话不说就将鳄梨树伐断,将院子里的花草全部铲掉铺上沥青。对邻居伐树铲草的行为,希尔内心十分反感,但基于邻居对其宅院具有财产所有权,希尔一时想不出阻止邻居行为的道德理由。为了解释自己为什么会对邻居伐树铲草以及社会上其他类似破坏环境的行为产生道德反感(moral discomfort),希尔检视了功利主义的成本—效益分析方法,检视了自然权利论的动物权利论,检视了基督教的托管理论以及自然内在价值论等环境伦理学理论,但他都无法得到满意的解释。由此,希尔认为环境伦理学的研究应该转换研究思路,从着力回答"为什么某人破坏环境的行为(act)是错误的?"转向追问"什么样的人(actor)倾向于破

① Ronald Sandler and Philip Cafaro,*Environmental Virtue Ethics*,Lanham,Maryland:Rowman & Littlefield Publishers Inc.,2005,p.121.

② Thomas E.Hill,"Ideals of Human Excellence and Preserving Natural Environments",*Environmental Ethics*,1983,5(3),pp.211-224.

坏环境?"从对行为的道德约束转向对人的道德品格研究。在此基础上,希尔提出并初步论证了适度谦逊(proper humility)的美德可以使人具有保护环境的倾向,由此开启从人类卓越和美德角度研究环境伦理的新领域。

1993年,珍奥福瑞·弗拉茨(Geoffrey Fraz)发表文章《环境美德伦理学:环境伦理学的一个新方向》(Environmental Virtue Ethics:A New Direction for Environmental Ethics),正式提出环境美德伦理学(Environmental Virtue Ethics)概念。弗拉茨指出,一谈到环境伦理,哲学家们的惯常思路是追问"动物有没有权利?""非人类存在物有没有内在价值?""为什么破坏环境的行为是错的?"哲学家们在这些问题上无休止地争论,始终无法达成共识。相反,将对环境问题的争论落脚于对人,对人的道德品格和道德素养的讨论,追问"什么样的人倾向于肆意破坏环境?""人道地对待非人类存在物需要什么样的人格素养?"普通公众谈到环境问题时更多涉及人的美德,环境美德伦理学是从美德伦理角度探讨环境伦理的新的路径。[1]

希尔和弗拉茨之后,2005年罗纳德·赛德勒(Ronald Sandler)和菲利普·卡法罗(Philip Cafaro)合编出版题名为《环境美德伦理学》(Environmental Virtue Ethics)的论文集。在开篇关于环境美德伦理学的介绍文章(Introduction:Environmental Virtue Ethics)中,赛德勒指出:"环境伦理学作为一个研究领域,试图理解人类与环境的关系(包括自然生态系统、农业生态系统、城市生态系统以及居住和构成这些系统的个体)并确定人类与环境互动应该遵守的准则。这些准则要么关于行为的准则,要么是关于品格的准则。详细说明后者(品格)的方案是环境美德伦理学,详尽阐释我们在考虑环境问题时应具有的品格倾向的是环境美德伦理学。"[2]也就是说,环境美德伦理学是说明人与自然关系中,人应该具有什么样品格的环境伦理学。

---

[1] Geoffrey Frasz,"Environmental Virtue Ethics:A New Direction for Environmental Ethics",*Environmental Ethics*,1993,15(3),pp.259-274.

[2] Ronald Sandler and Philip Cafaro, *Environmental Virtue Ethics*, Lanham, Maryland:Rowman &Littlefield Publishers Inc.,2005,p.2.

（二）环境美德伦理学的核心要义

环境美德伦理学是以美德伦理学基础的环境伦理学理论建构，其核心要义既具有环境伦理学的理论关怀，又有美德伦理学的理论特色。

1. 以行为者为中心（actor-centric）的问题转换

自然事物是环境伦理学关怀的对象，也是早期环境伦理学理论建构的逻辑起点。论证自然事物具有道德地位，为自然事物进行道德赋值，抬升自然的道德地位并贬低人，形成"道德的自然和不道德的人"的鲜明对比。在这种论证思路的支配下形成著名的"人类中心主义"和"非人类中心主义"之争。"非人类中心主义"占据道德制高点，对"人类中心主义"进行批判使环境伦理学的研究几乎"谈人色变"。以自然为起点的非人类中心主义环境伦理学无论情怀如何浪漫，境界如何高尚，都无法回避一个基本的事实：那就是环境危机的克服要诉诸人的道德行动，人是环境保护的实践主体，环境伦理学的研究必须从以自然为逻辑起点转换到以人为逻辑起点。

以人为逻辑起点仍会面临规则伦理学与美德伦理学的分歧。规则伦理学追问的问题是什么是道德上的正确与应当？人的何种行为是正确的，何种行为是错误的？人应该遵守什么样的道德规则？规则伦理学加关注的焦点是行为（act）。"以行为为中心"（act-center）还是"以行为者为中心"（actor-centric）是规则伦理学与美德伦理学重要区别之一。"令美德伦理学同其他思路区分开的首要之处在于，它以行为者为焦点（agent focused）……它将自己的理论中心置于有美德的个体以及使其成为美德之人的内在品质、倾向和动机。"①以规则伦理学为基础的环境伦理学讨论的问题是"人面对自然什么样的行为是正确/错误的？""人面对自然应该遵守什么样的伦理规则？"其理论目标往往是寻求为人类制定一套敬畏自然保护环境的伦理规则，常用的术语是"应该""人对自然的义务""必须"等道德律令式的规则语言。哈格洛夫认为："尽管人们普遍相信，环境伦理学将最终产生一套严密的、理性的规则体系，这些规则能够自动地被准确

---

① 李义天：《基于行为者的美德伦理学可靠吗？》，《哲学研究》2009 年第 10 期。

地使用,但是我认为,这样一种环境伦理学规则体系产生的可能性是零,或接近零。"①环境美德伦理学"以行为者为中心",关注环境保护中道德行为者(moral agent)的道德品格与环境美德的问题,关注"具有什么样品格的人倾向于保护/破坏环境?"的问题。

环境美德伦理学"以行为者为中心"要求环境伦理学的逻辑起点先从自然转换为人,再从人的行为转向人的品格,在连续递进转换的基础上,以人的环境美德作为环境道德行为的实践担保。有的环境伦理学家对环境美德伦理学"以行为者为中心"的方法也有质疑,黄勇也认为:"环境美德伦理学也有自身的问题:它基本上沿袭了亚里士多德的幸福(eudaimonia)主义路线,从人类的福祉(human flourishing)出发关注环境问题,故而本质上是人类中心主义,即使不能说是利己主义。"②罗尔斯顿认为环境美德伦理学"以人为中心"的思维方法容易陷入人类中心主义的泥沼,如果保护自然的道德理由不是诉诸自然事物的内在价值或者自然权利,而是诉诸人类的美德,这种环境美德伦理学只是"半截子的真理,整体上是危险的"③。实质上,环境美德伦理学的"以行为者为中心"是指环境伦理的研究应该基于环境保护的道德实践行动,而不是基于自然事物的形而上学的道德地位证明。环境美德伦理学应该促进环保道德实践,培养具有敬畏自然、尊重自然和关爱自然的环境美德的人。就观念而言,具有环境美德的人也尊重自然的权利、认可自然的内在价值并将保护自然事物作为道德行动的目的,"以行为者为中心"是对环境伦理学实践性的强调。

2. 追求生态幸福的环境美德

"幸福""好的生活"是美德伦理学的核心议题,环境美德伦理学将"幸福""好的生活"理解为在与自然共生共荣和谐相处的生态幸福,而且生态幸福是与人的美德密切相关的,具有环境美德才能达致生态幸福。罗纳德 ·赛德勒认

---

① [美]哈格洛夫:《环境伦理学基础》,杨通进等译,重庆大学出版社 2007 年版,第 9 页。

② 黄勇:《儒家环境美德伦理》,《华东师范大学学报(哲学社会科学版)》2016 年第 3 期。

③ Holmes Rolston III, "Environmental Virtue Ethics: Half the Truth but Dangerous as a Whole", in *Environmental Virtue Ethics*, Ronald Sandler & Philip Cafaro(eds.), Lanham, Maryland: Rowman & Littlefield publishers, 2005, pp.61-78.

为："拥有环境美德的人比没有它的人生活得好，因为他们能从他们与自然的关系中找到奖赏、满足和舒适；他们的品格——他们能够欣赏、尊重和热爱自然的能力使他们能够得到这些益处。"①

　　"由于通常的伦理学错误地把幸福看成是某种行为的目的或结果，于是幸福看上去就像利益，特别是物质利益和权力，至少也是和利益无法区分的。但是我们其实都知道幸福与利益的根本区别。利益可以分配，但幸福却不可能分配，就像智慧、能力、德性、思想和成就等一样不可能分配。事实上幸福就是生活的成就，或者按照亚里士多德的看法则是德性（virtue）的实现。如果把幸福混同于利益，伦理规范也就好像成了伦理学的主题，因为规范正是关于利益分配的规则。无论是表述为'应该'还是'不应该'的句型，规范的功能都是禁令性的，都是否定某些自由，它是为了使人们在利益之争中做出让步以保证各自获得某些现实主义利益。可是，如果伦理学只是主张一些规范，那么它就不再是哲学。"②美德伦理学的幸福，是亚里士多德所说的 eudaimonia，不是简单的快乐或者欲望的满足，而是与对人生的领悟、成熟、成就，与品格、智慧相联系。环境美德伦理学所倡导的幸福不是人类对自然的掠夺、耗用和利益分配，而是人在自然中的美好体验、卓越成就和德性养成，是生态幸福。浅层的生态幸福指的是良好的自然生态环境满足人的生产生活需要的主观满足，人被视为是简单的需要的主体。深层的生态幸福是人的精神文化的提升与变革。"生态觉悟所导致的，不只是对人与自然关系、人类生存的外部自然环境的觉悟，而且也是对整个人类文化的生态结构和人文精神的觉悟。"③生态幸福可以侧重于对自然的地位、意义、价值和精神文化作用的理解，视其为人类总体幸福中的子领域，在这个意义上，"生态"代指自然。生态幸福也可以看作是对人类总体幸福的精神哲学层次的提升，是人类在前现代社会朴素的幸福观基础上，经过了现代主义的洗礼，深刻地感受到人与自然交恶的后果以后，重新回归自然的幸福，是螺旋式上升后对整体

① Ronald Sandler，"Introduction：Environmental Virtue Ethics"，in *Environmental Virtue Ethics*，Ronald Sandler & Philip Cafaro（eds.），Lanham，Maryland：Rowman & Littlefield publishers，2005，p.3.
② 赵汀阳：《论可能生活》，中国人民大学出版社 2010 年版，第 15 页。
③ 樊和平：《伦理精神的价值生态》，中国社会科学出版社 2001 年版，第 16 页。

573

幸福的认识提升。"'生态'不论从其本意还是从其主题的研究趋势来看,的确已进入了人类精神哲学系统,它已不仅仅只是'自然'的表象描述问题,而是更高层次的'人'的文化意义问题。"①在这个意义上,"生态"一词是对幸福意蕴内涵变化的一个强调,即合自然的、道德的、人与自然和谐的幸福。从生态进入人类精神哲学层面的生态幸福出发,环境美德伦理的研究就不是利益的分配和规则的探讨,而是一场精神之旅。环境美德伦理学所探讨的"生态"从自然的科学范式延展到人类的精神哲学层面,是具有人文意义的概念。

亚里士多德认为,幸福可以是神赐的,通过运气的恩赐或者是通过学习某种习惯或者训练获得的。神赐的幸福或者运气恩赐当然是好的,但更多情况下的幸福是通过努力获得的。在亚里士多德看来,"即使幸福不是来自神,而是通过德性或某种学习或训练获得的,它也仍然是最为神圣的事物。因为德性的报偿或结局必定是最好的,必定是某种神圣的福祉"②。从伦理思想史上看,幸福与德性的一致性是大多数哲学家所倡导的,也是日常生活世界人们美好的生活图景和伦理信仰。生态幸福的获得是通过对环境美德的学习、训练与养成获得的。环境美德与生态幸福是"德福一致",以环境美德达致生态幸福是环境美德伦理学的核心观点。

3. 塑造具有环境美德的道德人格

环境美德伦理学将保护环境的道德实践诉诸人,诉诸具有环境美德的道德人格。美德伦理学认为,品格是内在于人的,包含着价值观念、道德情感和行动意向的一个实在,品格具有稳定性、自我一致性,品格能够生发出道德行为,能够将人内在的道德价值观念和道德情感转化为道德行动。当我们面对自然采取行动时,到底是采取敬畏自然保护自然的道德行为,还是采取破坏自然虐待自然的不道德行为,人的品格都具有重要的作用。"人为自然存在物承担道德义务的依据,并不必然是自然存在物有无道德地位、是不是道德主体,而从根本上来说,是人有没有人之为人的本性,人能不能为自己的作为人的存在做出承诺,能不能

---

① 陈云:《论生态幸福及其哲学基础》,《内蒙古社会科学(汉文版)》2014 年第 1 期。
② [古希腊]亚里士多德:《尼各马可伦理学》,廖申白译注,商务印书馆 2003 年版,第 25 页。

成为生态道德的主体。人的自我品格、生态德性较之自然存在物的道德地位更具有优先性。"①"EVE 兴起的主要原因是由于它对传统环境伦理研究脱离现实而注重非人类的价值或权利的抽象论证的不满。这种抽象研究所存在的问题在于强调非人类的价值或权利并没有与公众的品质培育有效地联系,最终使保护环境的呼吁或倡导流于形式,环保的道德要求没有落实到具体的实践活动中。换言之,传统的环境伦理强调非人类的内在价值,忽视了公众关注环境的动机资源。"②环境美德伦理学将人类保护自然的道德理由从自然的权利和自然的内在价值转向人的道德品格,主张发扬人的"利它主义"精神,通过人格培养来促进环保实践。

围绕着具有环境美德的道德人格,环境美德伦理学一方面展开新的环境美德的创新和传统德目意涵的拓展,另一方面从具有环境美德的道德典范人物"提炼"具有环境美德的道德人格特征。洛克·万·温思文(Louke Van Weessween)从生态语言学的角度统计研究环境美德(生态美德)的德目。据她统计,自 1970 年以后有关环境研究的以英文为主的文献中共有 189 种美德(virtue),如敬畏(awe)、关爱(carefulness)、共情(empathy/sympathy)、节俭(frugality/thrift)等。恶习(vice)共有 174 种,如滥用(abusiveness)、盲目(blindness)、粗野(brashness)、破坏糟蹋(destructiveness/vandalism)、享乐主义(hedonism)、实用主义(pragmatism)、浪费(wastefulness)等。"敬""诚""仁""俭"也被列为中国环境美德的重要德目。③ 菲利普·凯法瑞(Philip Cafaro)专门研究了卡逊、梭罗和利奥波德三位绿色典范人物的生活事迹与精神品格。

4. 探究环保道德行动的实践智慧

在对规范伦理的批判中,麦金太尔认为启蒙以来的道德谋划都失败了,失败的原因在于其拒斥了西方自亚里士多德以来的美德伦理传统,其中最重要的是美德伦理所重视的实践智慧,环境伦理学也同样需要汲取注重美德伦理学的实

① 曹孟勤:《人性与自然:生态伦理哲学基础反思》,南京师范大学出版社 2004 年版,第 8 页。
② 董玲:《美德伦理的方法在环境伦理研究中的运用:西方 EVE 及其启示》,《自然辩证法研究》2009 年第 9 期。
③ 姚晓娜:《美德与自然:环境美德研究》,华东师范大学出版社 2016 年版,第 144—157 页。

践智慧思想。哈格洛夫从棋手运用规则的过程提出环境伦理的实践智慧："规则无疑是有价值的，但是，它们不能完全解释在决策过程中无意识地表现出来的洞察能力的微妙性。……那种像胶水一样把这些规则连接在一起的东西，那种给这类规则提供了必要秩序的东西，那种使这类规则显得好像是一套需要加以学习和证明的体系的东西——所有这些都不存在于规则体系内部；毋宁说，它们是个人的经验，这种经验最好被解释为洞察力或决断能力，也可解释为某种世界观。"①"一个新手学习规则的目的明显得不是学习如何运用这些规则，而是学习如何运用规则提高洞察力。"②实践智慧的运用使"他们将内化这些规则或普遍原则，并以这种方式学会从环境伦理学的角度正确地看待这个世界。这种方式非常类似于一个普通棋手变成一个好棋手的方式，他们将发展出一种关于环境的世界观"。哈格洛夫所指的运用环境伦理规则的"洞察力""决断能力""世界观"就是环境美德伦理学所看重的环境保护道德实践的实践智慧。

环境美德的实践智慧包括生态实践智慧、社会行动实践智慧和个体日常生活实践智慧。生态实践智慧包含两个方面：一方面是"生态知识"，是能够发现认识大自然的生态智慧。老马识途、河狸筑坝、蜥蜴变色是物种个体的生存智慧，森林中植物之间会通过声音、释放气体或者液体的方式来自我保护，并且也会与同伴之间进行"沟通"，具有不同的信息交流方式。生态系统的不同物种之间相互依赖，相互成就，形成千丝万缕的联系，达到生态系统的平衡、稳定和美丽。另一方面是以生态知识为基础，融合价值观的、历史的、文化的、利益的等总体性的、综合性的、实践性的知识，是在实践中遵循生态规律而凝结的生态智慧。社会行动实践智慧是通过不同的环境利益相关者和持有不同价值观的行为者之间进行沟通与协商，取得共识后诉诸公共政策的制定来推进环保的社会行动。环境美德的道德实践不能仅仅停留在价值观和道德认知的孤芳自赏层面，还应该充分发挥社会行动的实践智慧。环保纪录片《仇岗卫士》记录了一个农民张功利如何运用个体和社会力量推动污染企业搬迁的故事。张功利从保护自家田

① ［美］哈格洛夫：《环境伦理学基础》，杨通进等译，重庆出版社2007年版，第9页。
② ［美］哈格洛夫：《环境伦理学基础》，杨通进等译，重庆出版社2007年版，第8页。

地出发,他的环保行动动机逐步从关注自己利益到关怀整个村庄,关怀子孙后代的利益,他学会分析国家形势政策,团结村民和外部媒体环保组织的力量,以灵活的斗争策略与一个强势的化工企业谈判斗争。从环境美德的角度看,张功利的环保行动及其实践智慧的运用,伴随着他勇敢地坚持正义,理性地采取行动措施,不断地学习和自我启蒙,关怀自我、关怀他人、关怀子孙后代、关怀自然,在抗争行动中的实践智慧成就了张功利的环保卫士的美德。个体日常生活实践智慧也分为两个向度:一个是面向自然的生态敏感性或生态悟性(ecological sensitivity),一个是面向社会的自我觉悟。生态悟性是面向自然的判断力和实践智慧,是人意识到自己生活在生态共同体中,对生态共同体的认识和感悟,意识到生态共同体成员之间的有机联系及其各自的繁盛需要,用共同体主义、有机联系、共生共荣的思维去认识自己的生活世界,认识自己的生活世界与自然的相关性,将自己的日常生活行为与生态共同体成员之间的关联性,以及由此关联性带来的从事积极的生态道德行为的觉悟。面向社会的自我觉悟主要是对资本逻辑和消费主义及其隐含的关于幸福、自我、成就等的批判和解构能力,深刻地认识到消费主义对生活世界的全方位的渗透、吸纳、征用和绑架。个体日常生活世界的实践智慧,需要将生态主义、深层生态学的理念转化为对消费主义资本逻辑在日常生活世界的消解,从日常生活世界进行变革,才能真正形成绿色生活方式。

综上所言,环境美德伦理学是聚焦幸福、卓越和繁盛,以实践智慧和道德行动促进具有环境美德的道德人格养成,以德性力量达成人与自然的和谐统一。

二、美德追寻:环境美德伦理视域的生态批评理论

从生态批评的实践来看,基于环境美德伦理思想的提出,个别学者已经从环境美德伦理学的理论视角进行过零星的生态批评尝试。菲利普·凯佛瑞(Philip Cafaro)从环境美德伦理学的视角挖掘了《瓦尔登湖》《沙乡年鉴》《寂静的春天》等文学作品中的环境美德思想。他指出"《瓦尔登湖》描述的是一种不断成长的生活和一种求索关于自身和自然的知识为中心的丰富体验。它宣扬的是关于伦理、智识和创造的努力……梭罗的德目不仅有同情、诚实、公正、慷慨这

些道德美德,还包括好奇心、想象力、智力、敏锐等智识美德,甚至涵盖了健康、美、强壮等身体上的美德。梭罗式的美德对建构环境美德伦理至关重要,它们包括节制、正直、对美的敏感,还有也许是最重要的——简单(simplicity)"①。在对《沙乡年鉴》的环境美德伦理学生态批评中,他写道:"阅读《沙乡年鉴》,利奥波德对非人类自然界的一次次赞美给我们留下了深刻的印象:风头麦鸡(plover)的'优雅'、山雀的勇猛、一排挺拔的松树身上'积聚的智慧'——一种能让树阴下的漫步者安静下来的自然的智慧,一条河流的生态系统所蕴含的'和谐'。这些描述不仅仅是比喻,由于人类和非人类存在物在某些方面具有相似性,因而我们和它们之间也许具有某些相同的美德。"②对《寂静的春天》主要围绕着"作为核心的谦逊的环境美德"的文学叙事展开环境美德伦理学视角的生态批评。目前国内学者约有三篇左右从环境美德伦理学视角进行的生态批评论文,都是围绕着经典生态文学作品《瓦尔登湖》展开,其中陈慧的硕士学位论文《天人合一——论亨利·大卫·梭罗的〈瓦尔登湖〉所蕴含的环境美德伦理思想》(2009)内容较为丰富。她写道:"我认为《瓦尔登湖》一书的主题涵盖了以下两个层面:一、批判商业、物质主义,提倡简朴、自由、人本身的内在发展,呼吁人们改变既有的生活模式;二、描述了作者与自然和谐共处的过程,赞美自然的非人类中心主义的内在价值(如精神和审美层面的),倡导人与自然共繁荣的理想生活。而这一主题正好是环境美德伦理生活的典范。"③菲利普·凯佛瑞和陈慧从环境美德伦理学视角进行生态批评的实践是基于环境美德伦理学的生态批评的有益探索。

(一)追寻美德:环境美德伦理学生态批评的思想主题

劳伦斯·布伊尔(Lawrence Buell)说:"关于文学界的生态理论与批评模式

---

① [美]菲利普·凯佛瑞:《梭罗、利奥波德、卡逊:走向环境美德伦理》,郭辉译,《南京林业大学学报(人文社会科学版)》2012年第12期。

② [美]菲利普·凯佛瑞:《梭罗、利奥波德、卡逊:走向环境美德伦理》,郭辉译,《南京林业大学学报(人文社会科学版)》2012年第12期。

③ 陈慧:《天人合一——论亨利·大卫·梭罗的〈瓦尔登湖〉所蕴含的环境美德伦理思想》,厦门大学硕士学位论文,2009年,第vi页。

之间关系的故事,其发展不太像是一种顽固抵抗——尽管其中也包含了一些这种意味。它更像是一场搜寻,在一大堆可能中挑选适当的研究模式,而且他们可以从任何学科区域挑选。控制论、进化生物学、景观生态学、风险理论(risk theory)、现象学、环境伦理学、女性主义理论、生态神学、人类学、心理学、科学研究、批评领域的种族研究、后殖民理论、环境史学——以及其他等等领域,尽管各自对其学科内部的争论也感到焦虑,却都为文学理论已有的配备进行了纠偏或强化。研究方法的菜单继续在扩充,它们之间的组合也日益错综复杂。因此,文学研究的环境转向最好被理解为一个汇聚了各种差异显著的实践的中央广场,而不是一块孑然独耸的石碑。"①环境美德伦理学是环境伦理学与美德伦理学的交叉,是继后殖民主义、生态女性主义、生态语言学、生态现象学、生态心理学等诸多批评模式之后生态批评理论"实践的中央广场"的新入选模式。按照布伊尔的看法,后殖民主义的理论基于欧洲殖民主义的历史事实及其所造成的历史后果,后殖民主义文学批评理论的批评主题是反压迫、反殖民、求自由、求独立的主题;生态女性主义的理论基于性别歧视的文化传统和社会现实,批评的主题是反对性别歧视和性别不平衡;生态女性主义文学批评的主题是平等与正义。环境美德伦理学批评的视角是追寻美德,是追求生态幸福、增长生态实践智慧、培养具有环境美德的道德人格。

1. 生态人文主义的文学批评

在西方生态批评理论中,动物解放/权利论、生物中心主义、生态中心主义(自然内在价值论、深层生态学、大地伦理学)都曾被运用于文学批评,特别是利奥波德的"生态中心主义(eco-centrism)"对生态批评理论影响深远。"文学生态中心主义以文学的形式挑战人类中心主义。在批评实践中,它把以人为中心的文学研究拓展到整个生态系统中,把抽取出来的人的概念重新放归自然,研究他与生态整体系统的各因素之间的关系。为此,它力荐生态文学中激进的'放弃的美学'(the aesthetics of relinquishment),以挑战人类中心主义对待自然的工具

---

① ［美］劳伦斯·布伊尔:《环境批评的未来:环境危机与文学想象》,刘蓓译,北京大学出版社
2010 年版,第 12 页。

主义态度,拒斥对自然征服、占有的欲望。"①"在具体的文学实践中,文学生态中心主义常常采取两种形式,一是'放弃',二是'赋予'。'放弃'通常又采取两种形式,一种是我们常见的、熟知的放弃形式,即放弃对物质的占有,放弃对自然的征服与统治;另一种是更为激进的放弃形式,即对人的主体性放弃。'赋予'指的是赋予自然主体性,让自然存在,像季节、地方、气候等成为文学表现的主体或主角。"②

从环境美德伦理学的研究范式看,文学生态中心主义特别是"放弃的美学"所倡导的"放弃"与"赋予"具有浓郁的生态浪漫主义情怀,以文学的形式表达了对人类中心主义价值观的反思和对美好生态建设的文艺主张。但是,文学生态中心主义的生态批评因其对生态中心主义的路径依赖而无法避免地陷入生态中心主义的理论困境。人类中心主义具有多重内涵,价值论的人类中心主义可以反对,认识论的人类中心主义却是客观事实,是无法反对的。从认识层面看,人是认识世界的主体,文学是人类的活动之一,无论如何"放弃"和"赋予",都不能改变通过人眼和人脑以及人的环境想象力来认识世界的事实。从实践层面看,文学与生态批评的目的是希望唤起人们的生态良知,培养人们的生态情感,促进人们保护生态的实践行动,人是生态保护的实践主体,人不能也不应"放弃"自己的实践主体地位。文学生态中心主义的目的应是促进人的道德实践,而不是希望人"放弃"实践主体地位。人不能"放弃"作为认识主体和实践主体,那是否可以"放弃"作为价值主体的地位呢? 自然事物即便被赋予了道德价值,也无法成为价值评判的主体,因为自然事物不具有进行道德评价的主体能动性,因而,人作为价值评价的主体也无法"放弃"。文学生态中心主义"放弃的美学"唯一可能和要求"放弃"的是偏颇的人类极端利己主义的价值观。由此可见,文学的生态中心主义的生态批评除了揭示文学在人与自然关系中的人类利己主义价值观之外,无法放弃人作为认识、评价和实践的主体地位,反而是希望借助于文学生态启蒙发挥人的环保认识和实践主体地位,促进人的环境保护道德实践。

---

① 胡志红:《西方生态批评研究》,中国社会科学出版社 2006 年版,第 193—194 页。
② 胡志红:《西方生态批评研究》,中国社会科学出版社 2006 年版,第 194 页。

环境美德伦理学视域的生态批评要超越文学生态中心主义,重新回归和思考"文学即人学"的经典命题。劳伦斯·布伊尔将其生态批评三部曲都命名为环境批评并且阐明了环境批评所具有的人学关怀理由。生态批评"作为一门显学,表达诉求成为生态批评的重点。不应仅仅表现所谓的'生态意识',而应充分体现'人文关怀'",这是生态批评对文学提出的要求,而重建失衡的价值体系和参与创造和谐的文化生态,则成了它义不容辞的责任①。曾繁仁教授说:"我们倡导既不走向人类中心,也不走向生态中心,而是一种'生态人文主义'。"②环境美德伦理学无疑是一种生态人文主义,环境美德伦理学的生态批评人文主义,不是回到在人与自然关系中占主宰地位的人,不是回到贪婪、自私、短视、征服、占有和掠夺自然的人,不是回到人类利己主义的人学,而是诉诸能够认识到人与自然和谐共生,能够尊重自然保护自然,具有环境美德的人,在人的利己、利他和利它之间寻找平衡。环境美德伦理学的生态批评试图扭转生态批评的激进主义和浪漫主义走向,回归"文学即人学"这一经典命题,通过阐释文学中人的环境美德来展开生态批评。

2. 聚焦生态幸福主题的文学批评

幸福主题在各类文学批评中并不鲜见,环境美德伦理学的生态批评着力探讨的是文学如何从人与自然关系中寻找到幸福并阐释生态幸福的理念。从哲学角度看,生态幸福并不仅仅是物质层面的蓝天、白云、青山、绿水和自然壮美的风景,生态幸福具有物质精神双重性。"一方面,作为生存意义的幸福就是基于生理机能的运转而所需要的物质欲望满足。另一方面,作为生命意义的幸福就是基于生命机体的生存而追求的精神人格的实现。"③"生存意义"的幸福与"生命意义"的幸福是统一的。在浩瀚的生态文学作品中,环境美德伦理学的生态批评可以挖掘阐释的生态幸福主题丰富而多样。

利奥波德在《沙乡年鉴》中开篇写道:"野生的东西在开始被摒弃之前,一直

---

① 赵牧:《何谓生态,批评何为?——论生态批评的源流、表现及困境》,《文艺争鸣》2011年第9期。

② 胡友峰:《新时代美学的生态关怀与中国立场——访美学家曾繁仁》,《中国文艺评论》2020年第8期。

③ 陈云:《论生态幸福及其哲学基础》,《内蒙古社会科学(汉文版)》2014年第1期。

和风吹日落一样,被认为是极其平常而自然的。现在我们所面临的问题是:一种平静的较高的'生活水准',是否值得以牺牲自然的、野外的和无拘束的东西为代价。对我们这些少数人来说,能有机会看到大雁要比看电视更为重要,能有机会看到一朵白头翁花就如同自由地谈话一样,是一种不可剥夺的权利。"①这段话作为《沙乡年鉴》的开篇直接提出了生态幸福的问题。在利奥波德看来,幸福并不一定是拥有电视机和娱乐节目,不是享受较高的物质生活水准,幸福是有机会看到白头翁花,看到野生的事物,享受淳朴自然的生活,是一种生态幸福,是生存意义上的需要和生命意义上的精神享受的双重幸福。

梭罗的《瓦尔登湖》通常被从生态中心主义的角度开展文学批评,实际上,梭罗到瓦尔登湖边居住以及写作《瓦尔登湖》都是在探讨什么是好的生活,什么是幸福的有意义的生命等美德伦理学的基本命题。"有趣的是,梭罗用了幸福、好生活、首要目标这些词来描述他全部的目的,而当下很多学者正是用这些词汇来翻译和复活古希腊对于幸福(eudemonia)的理解,以取代我们通常所用的更为主观和平淡的快乐(happiness)一词。"②《瓦尔登湖》中的生态幸福是摆脱物质奴役以及物质获取背后人对人的奴役,通过简单生活获取生命的闲暇和精神的自由;在自然中体会生命的真谛,体会到与天地万物一体的生活美好与天地境界的精神升华,亦即深层生态学所追求的大写的自我(self)实现的幸福。

3. 感悟生态实践智慧的文学批评

美德伦理学复兴了重视经验和实践智慧的哲学传统,环境美德伦理学的生态批评致力于发掘和阐释生态文学中的生态实践智慧。对于环境保护而言,实践智慧是对人与自然和谐的谋划和实践,是对在环境保护的过程中面对不同的利益诉求进行沟通协调,把握中道,正确地处理人与自然之间的关系,以适度的方式对待人类在自然中的生存发展,以恰当的方式、高明的手段来解决人与自然过程中的各种矛盾,将环境伦理学的价值观和规则内化、整合、陶融以创获环境保护的实践智慧。

---

① [美]利奥波德:《沙乡年鉴》,侯文蕙译,吉林人民出版社1997年版,序。
② [美]菲利普·凯佛瑞:《梭罗、利奥波德、卡逊:走向环境美德伦理》,郭辉译,《南京林业大学学报(人文社会科学版)》2012年第12期。

生态文学呈现的是自然景象,其中许多自然界的存在物如河流、花草、鸟虫以及动物等成为生态文学中的"主角",生态文学中对它们的描写中渗透着对生态规律的认识和生态智慧的感悟。《狼图腾》中对狼的智慧进行了很多的描写。作者描写了狼的狡黠和智慧,狼的军事才能和狼顽强不屈的性格,狼与草原万物的关系,狼对草原生态的保护等。在《瓦尔登湖》中,梭罗描写在林中的生存实践智慧,他建房子、砌壁炉、抹灰浆、种豆等都是在大自然中的生活实践。他同时观察到那些冬天在湖上捕鱼的人们具有的生存智慧。"他们从来不研究书本,所知道和所能说的,比他们所做的少了许多。他们所做的事据说还没有人知道。"①对于一个会从朽木中找虫子和用大鲈鱼钓梭鱼的人,梭罗感慨道:"他的生活本身,就在大自然的深处度过的,超过了自然科学家的钻研深度;他自己就应该是自然科学家的一个研究专题。科学家轻轻地把苔藓和树皮,用刀子挑起,来寻找虫子;而他却用斧子劈到树中心,苔藓和树皮飞得老远。他是靠了剥树皮为生的。这样一个人就有了捕鱼权了,我看见大自然在他那里现身。鲈鱼吃了蟛蜥,梭鱼吃了鲈鱼,而渔夫吃了梭鱼;生物等级的所有空位就是这样填满的。"②

生态实践智慧有助于环境美德的养成,生态文学作品中对生态实践智慧的呈现同时伴随着对环境美德养成过程的描绘。按照亚里士多德的观点,合于德性的实践活动就包含着德性,而且,德性的实践活动还必须是体现在行动中的,它必须要做,而且要做得好。"我们先运用它们而后才获得它们。这就像技艺的情形一样。对于要学习才能会做的事情,我们是通过做公正的事成为公正的人,通过节制成为节制的人,通过做事勇敢成为勇敢的人。"③"在奥林匹克运动会上桂冠不是给予最漂亮、最强壮的人,而且是给予那些参加竞技的人(因为胜利者是在这些人中间)。"④梭罗认为,哲学是生活的经济学,学校应该教授和练习生活的艺术,应该在德性的练习中培养德性。学习航海经济学,到港口转一圈

① [美]梭罗:《瓦尔登湖》,徐迟译,上海译文出版社 2009 年版,第 313 页。
② [美]梭罗:《瓦尔登湖》,徐迟译,上海译文出版社 2009 年版,第 314 页。
③ [古希腊]亚里士多德:《尼各马可伦理学》,廖申白译,商务印书馆 2003 年版,第 36 页。
④ [古希腊]亚里士多德:《尼各马可伦理学》,廖申白译,商务印书馆 2003 年版,第 23 页。

就可以了。讽刺的是"因儿子在研究亚当·斯密、李嘉图和萨伊,父亲却陷入了无法摆脱的债务中"①。梭罗到瓦尔登湖畔居住就是一种环境美德的养成实践,实践的目的是对人生意义和人生价值的思考。在梭罗的种豆实践中,他不按照最功利最高产的方法种豆,是一种"佛系"种豆法。梭罗的环境美德譬如素食的美德不是通过道德说教学会,而是通过与大自然的生活交往,通过包括打猎在内的生活实践活动养成。"青年往往通过打猎接近森林,并发展他身体里面最有天性的一部分。他到那里去,先是作为一个猎人,一个钓鱼的人,到后来,如果他身体里已播有更善良生命的种子,他就会发现他的正当目标也许是变成诗人,也许成为自然科学家,猎枪和钓竿就抛诸脑后了。在这一方面,人类大多数都还是并且永远年轻的。"②

4. 塑造环境美德人格的文学批评

在环境美德伦理学兴起之前的环境伦理学论证人类应该保护自然通常有两种理由:第一种理由是基于大自然具有功利价值,人类的生存和发展依赖于大自然,从人类中心主义的角度出发需要保护自然;第二种理由是基于自然具有内在价值和道德地位,人类应对自然负有道德义务并保护自然。菲利普·凯佛瑞认为,环境美德伦理学为人类保护大自然提供了第三种理由,追求卓越和幸福,实现自我是人类的精神目标,人类不仅要在人际之间培养美德追求卓越,也要发挥对自然事物的关爱,通过成己成物实现幸福和卓越。环境美德伦理学的生态批评在阐释自然的内在价值和进行生态主义的文学批评外,重新回归"文学即人学"的生态人文主义的文学观。环境美德伦理学视域的生态批评就是发掘生态文学作品中如何具有面对生态危机反思人的本质,化育人的生态属性,提高人的生态意识,塑造具有敬畏自然和关爱自然的环境美德道德人格。从生态批评实践看,具有环境美德的道德人格在生态文学中有两种呈现方式:一种是生态文学的作家本人就是具有环境美德的道德人格,其所具有的环境美德通过本人所著的生态文学作品以及生活事迹得以展示。梭罗、利奥波德和卡逊都是具有环境

---

① 〔美〕梭罗:《瓦尔登湖》,徐迟译,上海译文出版社 2009 年版,第 56 页。
② 〔美〕梭罗:《瓦尔登湖》,徐迟译,上海译文出版社 2009 年版,第 237 页。

美德的道德人格。菲利普·凯佛瑞指出："尽管职业哲学家们大多忽略了这一主题，但一些伟大的自然作家却可以被视作环境美德伦理学家。"①另一种呈现方式是生态文学作品"虚构"的人物。小说《狼图腾》中的毕利格老人是懂得敬畏自然保护草原的道德人格。《低吟的荒野》中人物奥尔森和杰克，能够用心聆听大自然的教诲并且在自然中塑造自我，也是具有环境美德的道德人格。李庆西从文学批评的角度看到20世纪80年代的生态文学作家具有环境美德的道德人格，"这些年轻作家对'环境'一词所作的艺术阐发，远比任何文学教科书上的解释丰富百倍"②。"他们重视环境的区域性及其审美特点。"③"他们以感悟自然的方式，或借助读者的美感经验，使自己的世界达到了某种完满、自足的程度。这种完满、自足，即是时间与空间的同一，主体与客体的同一，以及二元或多元的同一。于是我们在许多作品里看到，自然、历史与人三者归一，浑然一体。"④李庆西认为，这些作品是大自然人格主题的阐发。"它凭借历史的精神联系着过去、现在与未来，在大自然的人格主题笼罩下，依稀透出人生生存的普遍境遇。"⑤

综上所述，基于环境美德伦理学的生态批评超越文学生态中心主义的生态批评，聚焦于生态幸福与人类卓越的文学阐释，剖析生态文学作品中包含的生态实践智慧以及分析生态文学作品如何塑造具有环境美德的道德人格，这四个方面构成环境美德伦理学的生态批评的主要内容。必须要指出的是，这种方式的环境美德伦理学生态批评的建构只是生态批评外部研究中指导思想的变革，从环境规则伦理学到环境美德伦理学的变革。

（二）人学批评：环境美德伦理学生态批评的批评立场

借用阿伦·奈斯把生态伦理学分为"浅层的生态学"和"深层的生态学"的

---

① ［美］菲利普·凯佛瑞：《梭罗、利奥波德、卡逊：走向环境美德伦理》，郭辉译，《南京林业大学学报（人文社会科学版）》2012年第12期。
② 李庆西：《大自然的人格主题》，《上海文学》1985年第11期。
③ 李庆西：《大自然的人格主题》，《上海文学》1985年第11期。
④ 李庆西：《大自然的人格主题》，《上海文学》1985年第11期。
⑤ 李庆西：《大自然的人格主题》，《上海文学》1985年第11期。

区分方法,生态批评也可以分为"浅层的生态批评"和"深层的生态批评"。所谓浅层的生态批评指的是将生态批评理解为在生态文学文本中搜寻相关生态思想加以阐释的批评方式。"从生态批评的基本观念看,实际上也仍然是反映论的观念,即认为生态的变化一定会体现在文学文本中,文学文本一定存在着对人类关于生态的某种看法。"①为了不断在文学文本中寻找人类关于生态的不同看法,生态批评不断将各种新的研究模式诸如后殖民主义、生态女性主义、环境正义理论及环境美德伦理学等引入生态批评,生态批评就是发掘文学文本中所反应的不同生态思想,以追寻美德为思想主题的环境美德伦理学生态批评实质上也是这种生态批评方式的结果。之所以被称为"浅层的生态批评"是因为"那种仅仅研究文学文本体现了何种生态思想的批评方法,从根本上来说,仍然是庸俗社会学或者机械论的陈词滥调"②。仅仅研究文学文本体现了何种生态思想并且通过不断搜寻新的生态思想主题的批评方法,虽然拓宽了生态批评的理论视域,丰富了生态批评的具体内容,但使生态批评永远处于一种缺乏理论根基的"浮萍式"批评,生态批评成为别的理论模式的文学样态,生态批评成为一个混杂多元而无基本理论的流派。生态批评看起来不断引入新视角,但在生态批评的观念上还比较简单机械。文学创作过程是作者将其思想之"盐"溶于文学之"汤"中,生态批评是将生态思想之"盐"从生态文学之"汤"中提炼结晶。通常以发现和阐释文学文本中体现何种生态思想的浅层生态批评方法,其理论成果与生态伦理学的理论有着高度的相似与重复,甚至有时候就是一体的。利奥波德的《沙乡年鉴》、梭罗的《瓦尔登湖》、卡逊的《寂静的春天》既是生态文学,又是生态/环境伦理学的思想来源,生态批评如果仅仅以"文学体现了怎样的生态思想"进行的话,必然导致生态批评与生态思想的具体内容重合,也会导致生态批评与生态伦理学/环境伦理学的学术形态区分度不大,没有体现出生态批评的理论深度。

"深层的生态批评"意识到仅仅研究文学文本体现何种生态思想的生态批

---

① 苏勇:《生态批评的若干基本理论问题》,《青海社会科学》2015 年第 6 期。
② 苏勇:《生态批评的若干基本理论问题》,《青海社会科学》2015 年第 6 期。

评所呈现的反映论和机械论的不足,不满足于将生态批评停留在批评模式变换而基础理论缺失的状态。布伊尔指出"生态批评不是在以一种主导方法的名义进行的革命——就像俄国形式主义和新批评、现象学、解构主义和新历史主义所做的那样。它缺乏爱德华·赛义德的《东方主义》(*Orientalism*,1978)为殖民主义话语研究所提供的那种定义范式的说明"①。"尽管生态批评也有着自身独特的研究视角、理论旨趣,但生态批评的基本理论和观念还不足以回答文学的最基本问题:'文学从何而来'、'什么是文学'以及'文学往何处去'等。而这些最为基本的问题,恰恰是生态批评理论建构过程中必须面对和迫切需要回答的问题。"②"深层的生态批评"指出生态批评不仅要发现文学文本中体现了怎样的生态思想,而且要回答文学的基本问题并且阐明生态批评之于文学基本理论的丰富与创新。环境美德伦理学以"文学是人学"为基本理论并对"文学是人学"的文学理论进行环境美德伦理学的重新阐释和丰富,提出基于"文学是人学"基础理论上的具有环境美德伦理学思想的"深层的生态批评"理论。

"文学是人学"是文学理论的一个经典命题,是钱谷融在 1957 年对高尔基文学观进行阐释时提出的。在《论"文学是人学"》的文章中,钱谷融讨论了文学的任务、作家的世界观与创作方法、评价文学作品的标准、各种创作方法的区别以及人物的典型性与阶级性五个文学理论的基本问题。钱谷融讨论文学的任务,是针对当时流行的认为文学的任务是反映整体的现实,而人的描写仅仅是艺术家反映整体现实所使用的工具的文学观。钱谷融认为:"文学的对象,文学的题材,应该是人,应该是时时在行动中的人,应该是处在各种各样复杂的社会关系中的人……文学当然是能够,而且也是必须反映现实的。但我反对把反映现实当作文学的直接的、首要的任务,尤其反对把描写人仅仅当作是反映现实的一种工具,一种手段。……我认为这样来理解文学的任务,是把文学和一般社会科学等同起来了,是违反文学的性质、特点的。这样来对待人的描写,是决写不出

---

① [美]劳伦斯·布伊尔:《环境批评的未来:环境危机与文学想象》,刘蓓译,北京大学出版社 2010 年版,第 12 页。

② 苏勇:《生态批评的若干基本理论问题》,《青海社会科学》2015 年第 6 期。

真正的人来的,是会使作品流于概念化的。"①而且,"如果我们所要求于文艺的只是在于概括地反映现实现象,揭示现实生活的本质的话,那么,科学会把这些做得更精确、更可靠的。这样,文艺就失却了它作为人类精神活动的一个特殊领域而存在的意义了"②。

文学的任务是写人还是反映整体的现实,或者说写人和反映整体的现实何为目的何为工具的问题是生态批评也要面对的问题,而且生态批评因为涉及自然则使关于文学的任务的讨论更加复杂。受生态中心主义理论影响下的生态批评在检视文学作品中关于人与自然关系的书写时,有意识地聚焦以自然为中心的文学书写,甚至提出"放弃美学",放弃人对自然界的物质占有,放弃人的主体地位。环境美德伦理学的生态批评坚持认为,文学应该是写人的,生态文学或自然文学中对自然的书写仍然是写人的,是写人如何以不同于以往的方式看待自然。在强劲的生态中心主义浪潮中,提出"文学是人学"很容易被误判为是"人类中心主义"的文学观而遭到指责,环境美德伦理学的生态批评必须对"文学是人学"的生态批评理论加以辩护。事实上,文学创造、文学欣赏和文学批评是人的活动,文学是用人的眼睛、人的笔触、人的思维、人的审美、人的情感、人的语言和人的价值在观察世界,生态文学中对自然风物的描写也是人的观察思考,是为了启迪人对自然的认识与感受,改变人对自然的态度,培养人领悟自然的能力,总之都离不开人,文学是人的精神创造活动,是人的审美活动和艺术方式,是人的艺术。持激进生态中心主义价值观的文艺工作者也是人,而不是自然界的非人类,非人类存在物无法创造出文学,文学是属人的。既使具有强烈的生态中心主义伦理价值观的人,也无法规避这个最基本的事实。由此观之,主张"放弃美学"让非人类存在物成为文学主体的文学生态中心主义的生态批评实际上陷入了一种悖论,如果让人类放弃自身的主体地位而凸显非人类的主体地位,那意味着根本没有文学,没有人类创作文学的活动,更没有生态批评的活动。文学与文学批评都是人的活动,差别只是反映人对自然的道德态度的不同而已。在人类

---

①　钱谷融:《文学是人学》,上海人民出版社 2013 年版,第 4—5 页。

②　钱谷融:《文学是人学》,上海人民出版社 2013 年版,第 8 页。

与非人类的关系上,环境美德伦理学的生态批评主张生态批评仍然关注文学作品中的人,聚焦文学是如何反映人对自然的感悟、态度以及在自然中的行动。

确定了环境美德伦理学的生态批评在人类与非人类的关系中选择写人,就进入到钱谷融讨论"文学是人学"的问题境遇,即文学是凸显其外部的政治诉求还是立足于人本身的书写,是为了反映整体的现实社会政治把写人当作工具还是文学坚持纯粹性地写人。基于生态危机的严峻现实和文学及生态批评的现实关怀使命,许多生态批评家主张文学和生态批评的目的在于直面现实。"生态批评秉持着这样一种基本的研究思路,即把一种全新的、具有生态思想的视角引向文学阅读和文学研究,集中挖掘和整理文学文本中隐藏着的生态意识、生态思想以及生态责任等,希望以此来影响人们的阅读观念,进而影响乃至改变人们观察和思考世界的方式——从生态的角度看世界,并最终引起政治、经济、文化结构的重新调整乃至重新布局,从而建立一个人与自然和谐共处的绿色社会。"[1]劳伦斯·布伊尔更是将生态批评称之为环境批评,主张环境批评是献身环境运动的实践精神。

以绿色政治为导向的生态批评受到主张生态批评应该反映文学气质的学者的质疑。质疑其一是担心生态批评对文学本身的文学性和审美性的忽视。"生态批评家的出发点是立足于当前的生态境遇的,其看法或主张有着强烈的现实乃至政治诉求,而这一诉求我们不妨将其称之为绿色政治……可以说,绿色政治是生态批评理论家在政治或意识形态上的集中体现。因而,生态批评更倾向于研究作品与外部世界之间的关系,以及挖掘作品在生态上的思想价值,并意在阐明生态思想对于我们重新认识世界的意义;而对于文学和语言、文学和审美之间的关系,可能就不是那么热衷了。"[2]质疑其二是担心文学重蹈覆辙,成为政治传声筒,失去其文学基本功能和文学意蕴。"因为显而易见,同所有再现论的文学观念一样,文学的价值完全由文学之外或者说非文学性的东西所把控,而'文学是什么'的问题也完全被'文学有什么用'的功利目的所取代,那么这样做会带

---

[1] 苏勇:《生态批评的若干基本理论问题》,《青海社会科学》2015 年第 6 期。

[2] 苏勇:《生态批评的若干基本理论问题》,《青海社会科学》2015 年第 6 期。

来什么样的后果呢？从文学而非社会学的角度看,生态批评的文学观念和批评实践,必然使文学堕落为一种承载生态思想、生态观念的文献和工具,而且生态批评一旦成为当前我国文学批评的主导形态或主导范式,那么无疑,它会是我们的文学从曾经的'政治传声筒'导向将来的'生态传声筒'。"①环境美德伦理学的生态批评以"文学是人学"为理论基础,既不是人类中心主义思想,也不主张为了唤醒公众的生态意识而将文学打造成纯粹反映外部现实的"生态传声筒",而是立足于对真实的人的思考、分析、描写、刻画来反映真实的人类生存际遇。

首先,文学是人学,文学不能"放弃"人。即便称之为生态文学或自然文学的文学作品也是在写人。"文学既然是以人为对象(即使是写的是动物,是自然界,也必是人化了的动物,人化了的自然界),当然非以人性为基础不可。离开了人性,不但很难引起人的兴趣,而且也是人所无法理解的。"②"即使写的是动物,是自然界吧,也必定是人化了的动物,人化了的自然界;必定是具有人的思想感情的动物,具有人的思想感情的自然界。"③"文学是人学"并不拒斥承认自然的价值和生态伦理学的观点,并不推崇人类中心主义特别是人类利己主义的价值观。环境美德伦理学的生态批评理论认为对人的书写是从实践逻辑上的书写,对具有环境美德和进行道德实践的人的书写。

其次,文学是人学,文学不能降低人的地位。文学中对人的书写可以对人的行为进行反思和批判,但不能简单地将人等同于自然事物而丧失了人的主体性、能动性和价值追求。"我们为什么要叱责颓废派的和自然主义的作家呢？主要就是因为他们在他们的作品中歪曲了人,污蔑了人。"④"自然主义者则是把人当作地球上的生物之一,当作一种具有一切'原始感情'——即兽性——的动物来看待的。因而是用蔑视人、仇恨人的反人道主义的态度来描写人、对待人的。"⑤"自然主义者所概括的,本来就不是人的社会关系,而是人的生物本能。他们心目中的人的典型,也并不是作为'社会关系总和'的'人'的典型,而是作为生物

---

① 苏勇:《生态批评的若干基本理论问题》,《青海社会科学》2015 年第 6 期。
② 钱谷融:《文学是人学》,上海人民出版社 2013 年版,第 49 页。
③ 钱谷融:《文学是人学》,上海人民出版社 2013 年版,第 59 页。
④ 钱谷融:《文学是人学》,上海人民出版社 2013 年版,第 10 页。
⑤ 钱谷融:《文学是人学》,上海人民出版社 2013 年版,第 25 页。

学意义上的'人'的典型。"①环境美德伦理学与早期环境伦理学理论的差别之一就是对人的看法不同。早期的环境伦理学将人贬低为与自然事物等同的自然存在,且在道德上将人视为无知、贪婪、自大的环境破坏者。无论是人类与自然物种等同的看法,还是在"道德的自然和不道德的人"的证明逻辑中,人都是受到贬抑的。正是因为看到把人等同于一般物种和不道德的人的致思之路无法激发人积极采取保护环境的道德实践,环境美德伦理学才重新审视人,发掘并激发人可以保护自然的环境美德。"高尔基把'文学'当作'人学',就是意味着,不仅要把人当作文学描写的中心,而且还要把怎样描写人、怎样对待人作为评价作家和他的作品的标准。"②环境美德伦理学的生态批评所主张的文学是人学,是把人视为有理性能力并且具有德性能力的人,即使人类在过去的实践中造成了生态危机,人类也可以诉诸新型道德人格的确立来重新走向人与自然的和谐。对人的文学书写不是结果,而是文学的起点和核心。不是为了宣传绿色政治而去写人,相反是写人的过程中反映了现实,反映了生态问题的本质,其中写出人从无知到人的反思,从人的无意识到有生态意识,从人的贪婪到懂得敬畏自然。

最后,环境美德伦理学的生态批评不是在一般意义上阐释"文学是人学",而是在环境伦理学与美德伦理学的双重视角,在人与自然关系中发现并提升人的美德。具体而言,环境美德伦理学的生态批评立足于人,围绕着文学作品如何描写人在自然中的美好生活,人对自然的情感、审美,人在自然中如何更好地发扬人性,人在自然中自我实现和实现人与自然万物的共同繁盛,人在自然中如何进行自我反思,人如何在自然中沉思并体会灵魂合于德性的幸福。

(三)文学气质:环境美德伦理学生态批评的批评实质

谢里尔·格洛特费尔蒂指出:"所有的生态批评仍然有一个基本的前提,那就是人类文化与物质世界相互关联,文化影响物质世界,同时也受到物质世界的影响。生态批评以自然与文化,特别是自然与语言文学作品的相互联系作为它

---

① 钱谷融:《文学是人学》,上海人民出版社2013年版,第26页。
② 钱谷融:《文学是人学》,上海人民出版社2013年版,第10页。

的主题。作为一种批评立场,它一只脚立于文学,另一只脚立于大地;作为一种理论话语,它协调着人类与非人类。"①王诺也指出:"生态批评是在生态主义、特别是生态整体主义思想指导下探讨文学与自然之间关系的文学批评。它要揭示文学作品所反映出来的生态危机之思想文化根源,同时也要探索文学的生态审美及其艺术表现。"②"生态批评有两大任务:一是以生态思想为指导的文学外部研究,从人与自然关系这个角度探讨文学的思想文化蕴涵;二是以生态美学为指导的文学内部研究,探讨文学独特性的生态审美及其艺术表现。"③在实际的生态批评实践中,生态批评的外部研究受到重视,而生态批评的文学审美及其艺术表现方面往往重视不够。劳伦斯·布伊尔将环境批评定义为"在献身环境运动实践的精神指引下的对文学与环境关系的研究"④。"这个定义也没有指出生态批评或者环境批评在审美层面上的特征,虽然他在其著作里对梭罗的自然审美观与以爱默生为代表的传统的自然审美观的差异、污染审丑、处所审美等有过很多富于启发性的论述。"⑤"生态批评仍然属于外部研究的传统,它对于文学本体并不关心,而即便在文学文本的基本内容、基本思想方面也仅仅关注其中的生态问题。"⑥"实际上,对于文学研究者而非社会学的学者而言,或许重要的不是去研究文本中潜藏着多少生态观念或生态思想,而更需要研究的是这些观念或思想是如何被编织进文本的,是以什么样的方式存在着并以何种方式显现出来的,也即'文学体现了怎样的生态思想'之类的问题,应该让位于文学是以何种方式体现出这种生态思想的,这两个问题是相关的,但后者或许才是文学研究的基本内容。"⑦由是观之,着力探讨文学是以何种方式体现环境美德思想是环境美德伦理学生态批评的重中之重。

---

① Cheryll Glotefelty and Harold Fromm(eds.),*The Ecocriticism Reader:Landmarks in Literary Ecology*,Athens:The University of Georgia Press,1996,pp.xviii-xix.

② 王诺:《生态批评与生态思想》,人民出版社 2013 年版,第 8 页。

③ 王诺:《生态批评与生态思想》,人民出版社 2013 年版,第 7 页。

④ Lawrence Buell,*The Environmental Imagination:Thoreau,Nature Writing,and the Formation of American Culture*,Cambridge:The Belknap Press of Harvard University Press,1996,p.430.

⑤ 王诺:《生态批评与生态思想》,人民出版社 2013 年版,第 7 页。

⑥ 苏勇:《生态批评的若干基本理论问题》,《青海社会科学》2015 年第 6 期。

⑦ 苏勇:《生态批评的若干基本理论问题》,《青海社会科学》2015 年第 6 期。

文学作品体现环境美德思想并致力于塑造人的环境美德有多种方式,最为直接的方式是文学作品塑造具有环境美德的文学人物,通过对人物生活世界的描写来体现环境美德思想。这种文学方式分为两种类型:一种是文学作品的创作者本人就是具有环境美德的人,其所作的文学作品是本人生活的写实,如梭罗与《瓦尔登湖》、利奥波德与《沙乡年鉴》、约翰·缪尔与《我们的国家公园》等,作品是作家生活的真实写照,作家本人就是具有环境美德的道德典范,阅读作家生活故事的文学文本就处处可见环境美德的思想,有的是通过故事描述的方式,有的就是直接通过作品中的观点表达的。梭罗在《瓦尔登湖》的整个叙事中讲述了本人如何具有敬畏自然、以简朴生活追求精神心灵自由的林中生活,梭罗的文本叙事所展现的自己就是具有环境美德的人。利奥波德在《沙乡年鉴》的后半部分明确地提出“大地伦理”,大地伦理所要求人采取行动的意愿以及所具有的品德则是一种“大地美德”。另一种是通过文学作品创作的人物来承载环境美德的思想。《狼图腾》中作为草原英雄精神化身的毕利格老人,《低吟的荒野》中作为苏格兰人和印第安人后代的可以听到微妙荒野之声的杰克等都是文学作品中的具有环境美德人格的人,是文学通过人物描写来呈现环境美德思想的方式。除了具有环境美德的人,梭罗在《瓦尔登湖》中还刻画了破坏自然的反面人物来反衬环境美德。“弗灵特的湖!我们的命名就这样子的贫困!在这个水天之中耕作,又强暴地糟蹋了湖岸的一个污秽愚昧的农夫,他有什么资格用他自己的姓名来称呼这一个湖呢?很可能是一个悭吝的人,他更爱一块大洋或一只光亮的角子的反光,从中他可以看到自己那无耻的厚脸;连野鸭飞来,他也认为它们是擅入者;他习惯于残忍贪婪地攫取东西,手指已经像弯曲的鹰爪,这个湖的命名不符合我的意。我到那里去,决不是看这个弗灵特去,也决不是去听人家说起他;他从没有看见这个湖,从没有在里面游泳过,从没有爱过它,从没有保护过它,从没有说过它一个好字眼儿,也从没有因为上帝创造了它而感谢过上帝。”[①]除了人物塑造,一般文学创作中的手法如谋篇布局、框架结构、文学语言等甚至自然描写、季节设定以及动物的描绘等方式都可以体现出环境美德思想,这需要

---

① [美]梭罗:《瓦尔登湖》,徐迟译,上海译文出版社 2009 年版,第 219 页。

结合具体的文学作品展开具体分析。总而言之,环境美德伦理学的生态批评总体上遵循文学批评的基本理论,在体现生态思想的特殊性时亦体现其批评的文学特性。

环境美德伦理学的生态批评以追寻美德为思想主题,以人学复归为其批评立场,以文学气质为生态批评的批评实质,这三方面的理论综合需要在依据具体文学作品的生态实践中得到落实和深化。

第二十一章　动植物伦理学与生态批评

当下,由人为原因造成的气候变化及环境污染等问题极大地破坏了动植物栖息地,使得生物多样性锐减,多种动植物濒临灭绝。相关研究显示,2001 年至 2014 年间,地球上约有 173 个物种消失。[1] 如今,全球每 5 种植物中就有 2 种濒临灭绝。[2] 在此生态危机之下,重新审视人与动植物之间的关系乃当务之急。

人与动植物之间的关系是动植物伦理的核心问题,也是生态批评重点关注的问题。动植物伦理缘何生成? 人对动植物负有怎样的道德义务? 动植物伦理与生态批评通过何种方式发生交汇融合? 文学以及其他文化文本如何呈现和处理人与动植物之间的关系? 厘清上述问题不仅对动植物伦理研究以及生态批评研究大有裨益,还对我们解决时下的生态危机,特别是动植物灭绝危机意义重大。本章首先回顾动植物伦理的生成轨迹,接着梳理动植物伦理与生态批评的融合过程,整理西方学界有关生态批评视角下动植物伦理研究的成果,最后探讨中国学者研究此议题的路径以及作出的贡献。

一、动植物伦理的生成轨迹

简言之,动植物伦理是采用跨学科的视角探查人与非人动物及植物之间关

---

① Ivana Kottasová, "The sixth mass extinction is happening faster than expected. Scientists say it's our fault", May 1, 2020, https://edition. cnn. com/2020/06/01/world/sixth - mass - extinction - accelerating-intl/index.html.

② Antonelli A., et al., "State of the World's Plants and Fungi 2020", *Royal Botanic Gardens*, *Kew*, 2020. 10. 01, https://www. kew. org/sites/default/files/202009/Kew% 20State% 20of% 20the% 20Worlds%20Plants%20and%20Fungi.pdf.

系的研究①,其内容包括动植物的主体性、人与动植物的联系与区别、人对动植物负有的道德责任等。动植物伦理的产生经历了长期的哲学与科学发展准备,现实生态危机是动植物伦理生成的助推器。以下部分将简述动植物伦理生成与发展的大致轨迹。

在亚里士多德提出的"存在之链"(Great Chain of Being)中,动物是比人低一级的生物,虽然两者都拥有灵魂,但前者有着"感知的灵魂"(sensitive soul),后者具有更高一级的"智力的灵魂"(intellective soul)。亚氏关于人与动物的等级观念影响了后来的新柏拉图主义以及经院哲学,并对西方文化有关动物的态度产生了深远的影响。支撑西方文明大厦的另一根支柱犹太—基督教文化将人类视作动物的看管者及统治者,使得人高于动物的观念深入人心。笛卡尔是西方现代哲学的奠基者,他的身心二分法及"动物机器论"继续巩固了人与动物间的等级观。在笛卡尔看来,动物如同机器,没有感知能力及意识,且并非道德主体。康德认为,人要对动物友善,因为对动物做出残忍行为的人同样会对人做出类似的残忍行为。康德对待动物的观点仍然充满等级色彩。在这位哲学家看来,人只对动物负有间接义务,动物的目的就是为人所用。

现代动物权利运动肇始于欧洲,这主要得益于资本主义的发展所带来的生活方式的变革。随着旧式贵族的衰落,新兴资产阶级不断发展与壮大,资产阶级的生活方式使得人们对待动物的观念发生了巨大的变化。宠物的流行、自然史研究的深入、地质学的发展等,都让人们以新的眼光重新审视动物。功利主义创始者杰里米·边沁(Jeremy Bentham)在其《道德和立法原则引论》(An Introduction to the Principles of Morals and Legislation,1789)中提出动物是有感知能力的观点,对笛卡尔的"动物机器论"发起了挑战。19世纪初,英国议会相继出台一系列的法律,禁止斗牛、斗狗等虐待动物的行为。1824年,世界上第一家动物福利组织"防止动物虐待协会"(SPCA)在伦敦成立,为全球动物福利运动的开展树立了典范。

---

① 西方学界一般使用"非人动物"(nonhuman animals)来指代除人类以外的动物物种。为了避免混淆,本章以下部分使用的"动物"一词皆指除人类以外的动物。

20世纪以降,随着哲学与自然科学的进一步发展,动物伦理研究取得了长足的进步。彼特·辛格(Peter Singer)承继了功利主义的衣钵,认为动物与人一样能感知到痛苦,正因如此,我们应该将伦理考量延伸到动物身上。辛格的《动物解放》(Animal Liberation,1975)一书揭露了工业化养殖和动物实验对动物的剥削及对动物造成的痛苦,极大影响了全球动物保护实践。汤姆·里根(Tom Regan)也为动物权利的发展作出了突出的贡献。里根强调,动物为"生命主体"(subject-of-life),不因人类而存在,也不应被视为人类的手段。辛格与里根是20世纪动物解放运动的先驱,分别代表了20世纪动物伦理中的功利主义以及动物权利两大流派,两位哲学家的论述对动物伦理的发展以及动物保护实践产生了广泛而深刻的影响。

第二次世界大战后,随着解构主义、女权主义及民族解放运动的盛行,"他者"概念受到越来越多的关注,动物伦理也吸引了越来越多哲学家的目光。从哲学视角探讨动物伦理的研究在这一时期大量涌现。雅克·德里达(Jacques Derrida)的《动物故我在》(The Animal That Therefore I am,1997)、吉尔·德勒兹(Gilles Deleuze)与皮埃尔·菲利克斯·瓜塔里(Pierre-Félix Guattari)的《千高原》(A Thousand Plateaus,1987)、吉奥乔·阿甘本(Giorgio Agamben)的《敞开——人与动物》(The Open:Man and Animal,2003)等著作,对动物的主体性及人与动物的区别与联系做了深入的哲学思考,这些著作中所涉及的如"生成—动物"(becoming-animal)、"赤裸生命"(bare life)等概念为研究动物伦理提供了丰富的理论支持。从哲学视角探讨动物伦理的代表作还有马修·卡拉尔科(Matthew Calarco)的《动物志——从海德格尔到德里达的动物问题》(Zoographies:The Question of the Animal from Heidegger to Derrida,2008)及艾丽莎·阿尔托拉(Elisa Aaltola)和约翰·哈德利(John Hadley)编撰的《动物伦理与哲学:质疑权威》(Animal Ethics and Philosophy:Questioning the Orthodoxy,2015)等。前者梳理了海德格尔、列维纳斯、阿甘本、德里达等哲学家有关动物伦理的论述,号召读者建立起非人类中心主义的动物伦理,重新思考人类与动物相处的模式。后者从动物的内在价值、认识论及道德心理学角度检视动物伦理议题,对传统的人与动物等级观发起挑战。

21 世纪的动物行为学、认知科学等相关科学新发现进一步缩小了人与动物的差别,强化了人对动物的道德义务。比如,相关研究显示,除了感知痛苦外,动物同人类一样能感知到快乐,且动物表现出利他主义,展示出为了他人或集体利益奉献自我的精神。① 这些科学新发现重新定义了动物的能力、秉性,对人与动物的等级观念产生了颠覆性的影响。相应地,动物伦理研究的视角变得更加丰富,动物的主体性、动物福利、动物凝视、跨物种联结以及动物在各类文化文本中的呈现方式都成为研究的对象。可以说,21 世纪以来,有关动物的科学新发现进一步促进了动物伦理的推广,使得动物伦理朝着跨学科的方向纵深发展。

相比动物伦理,植物伦理得到学界的认可和重视经历了更加曲折的过程。在亚里士多德提出的“存在之链”中,植物是比人和动物还要低一级的生物。虽然三者都有灵魂,但是人具有的是“智力的灵魂”,动物具有的是“感知的灵魂”,而植物具有的是“滋养的灵魂”(the nutritive soul)。在亚里士多德看来,植物只负责生长和繁殖,缺乏智性以及感知和认知的能力,并且植物的灵魂是构成更高一级非人动物的灵魂以及人的灵魂的基础。② 亚里士多德有关植物的观点影响了后继的众多哲学家。比如,托马斯·阿奎纳(Thomas Aquinas)就承继了其有关灵魂三分法,强调植物只具有“滋养的灵魂”,而此种灵魂是构成“感知的灵魂”与“智力的灵魂”不可或缺的一部分。③ 可以看到,在传统西方视野里,植物是介于无生命物体与动物之间的存在,且长期被排除在伦理考量范围之外。

19 世纪时,随着植物学在欧洲的大发展,西方人对植物有了更深层次的理解。1880 年,查尔斯·达尔文(Charles Darwin)及弗朗西斯·达尔文(Francis Darwin)出版了《植物的运动》(*The Power of Movement in Plants*)一书。达尔文父子发现,植物的胚根具有多种感知力,如同动物的大脑一样,可以在体内感知和

---

① 有关动物能感知到快乐以及动物展现出的利他主义的论述参见:Rod Preece,"Selfish Genes,Sociobiology and Animal Respect",in *Animal Subjects:An Ethical Reader in a Posthuman World*,Jodey Castricano(ed.),Waterloo:Wilfrid Laurier University Press,2008,pp.39-62;Matthew Calarco,*Zoographies:The Question of the Animal from Heidegger to Derrida*,New York:Columbia University Press,2008,p.56。

② Aristotle,*On the Soul*,book I,May 1,2020,http://classics.mit.edu//Aristotle/soul.html.

③ Thomas Aquinas,*A Contemporary on Aristotle's De Anima*,Translated by Robert Pasnau,New Heaven:Yale University Press,1999,p.183.

处理来自外界的信息。① 20 世纪以降,随着植物学的进一步发展,特别是植物神经科学(plant neurobiology)的出现和流行,人们对植物的认识再次发生积极的变化。植物神经科学认为,植物体内存在电和化学信号系统,植物细胞可以通过各种信号来传递信息,这与动物的神经系统运作方式相似。为此,植物具有情感、思考等认知能力。虽然植物神经科学在科学界饱受争议,②但却深刻影响了与植物相关的艺术、文学、伦理学以及哲学的发展。植物神经学的重要代表作品有:安东尼·崔沃瓦(Anthony Triwavas)的《植物行为与智力》(*Plant Behavior and Intelligence*,2014)、理查德·卡班(Richard Karban)的《植物感知与交际》(*Plant Sensing and Communication*,2015)及彼特·沃莱本(Peter Wohlleben)的《树木的隐秘生活》(*The Hidden Life of Trees*,2016)等。植物神经科学颠覆了传统的有关植物的机械还原论观点,将植物置于一个整体的、综合的生物过程中进行考察。③ 植物不再是被动的、消极的"滋养的灵魂",而是和人类与动物一样,是具有感知力的道德的主体。

植物伦理的发展还得益于动物伦理的深化与扩展。生态批评家卡特里奥娜·桑迪兰兹(Catriona Sandilands)认为,植物研究脱胎于动物研究,并伴随后者的发展而发展。④ 随着人们对动物伦理认识的进一步加深,植物伦理得到越来越多的关注。众多科学研究表明,同动物一样,植物也有感知、交流及适应外

---

① Charles Darwin and Francis Darwin,*The Works of Charles Darwin*:*The Power of Movement in Plants*,London:Routledge,2016,p.419. 达尔文父子对植物的观察建立在祖辈伊拉斯谟·达尔文(Erasmus Darwin)的贡献基础之上。早在 1791 年,伊拉斯谟·达尔文发表长诗《植物花园》(*The Botanic Garden*),运用诗歌的形式向当时的读者普及植物的科学知识,宣传植物同动物及人一样有"爱"和"性"的功能。

② 植物神经科学引起不小的争议,例如,植物生物学家林肯·泰兹(Lincoln Taiz)坚称,植物体内不存在与动物大脑相媲美的结构,植物行为的触发方式与动物神经系统有着显著的差别。Lincoln Taiz,"Plants don't have feelings and aren't conscious,a biologist argues",2020.05.01,https://www.sciencenews.org/article/plants-dont-have-feelings-and-arent-conscious-biologist-argues.

③ John Charles Ryan,*Plants in Contemporary Poetry*:*Ecocriticism and the Botanical Imagination*,New York:Routledge,2018,p.5;František Baluška and Stefano Mancuso,"Plant Neurobiology as a Paradigm Shift Not Only in the Plant Science",*Plant Signaling and Behavior*,Vol.2,No.4,(2006),pp.205-207.

④ Greta Gaard,*Critical Ecofeminism*,Lanham:Lexington Books,2017,p.31.

部自然环境的能力,且具有自我意识。为此,科学家及人文研究者主张将伦理考量扩展到动物外的植物世界,认为植物与动物都不应该被视作资源或是审美客体,人们对植物同样负有道德责任与义务。此外,人们逐渐意识到,要将自然从被压迫的地位解放出来,除了考虑动物外,还应纳摄包括植物在内的其他自然元素。动物伦理引导人们重新审视人与动物的关系,反思包括现代农业在内的人类文明对动物各种形式的压迫,以此赋予动物与人类平等的地位。建立动物伦理的经验和路径为建立植物伦理提供了重要的参照,为此,许多批评家呼吁以动物伦理为范式,考察植物在当下的生存困境,反思人们对待植物的功利主义态度,呼吁人们关心及保护地球上的植物。

在推广植物伦理的过程中,美国饮食作家迈克尔·波伦(Michael Pollan)与西班牙哲学研究者迈克·玛德(Michael Marder)作出了突出的贡献。波伦的畅销书《植物的欲望——植物眼中的世界》(*The Botany of Desire*:*A Plant's Eye view of the World*,2002)以及发表在《纽约客》(*The New Yorker*)杂志上的文章《植物的智慧——科学家探讨理解植物的新方式》(The Intelligent Plant:Scientists Debates a New Way of Understanding Flora,2013)等,对普及植物的主体性以及植物伦理产生了重大的影响。① 玛德近年来出版了一系列有关植物哲学的著作,极大推动了植物伦理的建立与发展。玛德的《植物思维——植物生命哲学》(*Plant-Thinking*:*A Philosophy of Vegetal Life*,2013)、《哲学家的植物》(*The Philosopher's Plant*,2014)、《植物存在——两种哲学视角》(*Through Vegetal Being*:*Two Philo-sophical Perspectives*,2016)和《嫁接——植物书写》(*Grafts*:*Writings on Plants*,2016)从哲学角度梳理植物在西方文化中的演变,阐释植物在当代世界中的意义。玛德有关植物伦理的研究具有跨学科性以及生态现实意义。他关注哲学、文学等诸多学科思考、想象、描述植物生命的方式,其著作充满批判意识以及伦理敏感度。此外,玛德将自己的研究与当下不断消失的植物种类及加速恶化的生态环境联系起来。他将植物伦理置于全球环境危机的大框架下进行考察。在

---

① 波伦多部有关植物的专著如《植物的欲望》、《杂食者的两难:食物的自然史》(*The Omnivore's Dilemma*:*A Natural History of Four Meals*,2006)、《为食物辩护:食者的宣言》(*In Defense of Food*:*An Eater's Manifesto*,2008)等已被译介至国内,在中国读者群中引起了不小的反响。

他看来,大范围地砍伐森林、种子专利以及利益驱使下的现代农业产业化不仅毁坏了植物,还威胁着地球上所有的生命。① 为此,厘清植物在西方哲学以及文化中的发展脉络,有助于重新审视人类与植物的伦理关系。玛德系统性地整理了植物在西方哲学中的演变历程,阐明了植物在当下的社会、政治及伦理内涵,为推动植物伦理的发展作出了非常贡献,其著作也成为研究植物伦理的必读书目。

近年来,与植物相关的纪录片和电影也促进了植物伦理的推广。BBC 拍摄的纪录片《植物私生活》(*The Private Life of Plants*,1995)、《植物王国》(*Kingdom of Plants*,2012)和《绿色星球》(*The Green Planet*,2022)采用现代延时摄影技术(time-lapse photography)向观众动态展示了植物生长、开花、授粉、凋谢的过程,对重新认识植物的习性、情感及主体性产生了广泛影响。这三部纪录片都在生态危机和物种大灭绝的背景下向观众展示植物的特性,促进了我们思考人对植物的伦理责任。

由以上可以看出,动植物伦理的生成并非一蹴而就,而是经历了漫长的哲学与科学发展过程,且处在不断丰富与完善过程之中。动植物伦理研究试图纠正人们传统观念中动植物的他者形象,引导人们重视动植物的主体性与内在价值,动植物与人的相似性,以及人对动植物的道德责任等。此外,现实生态危机是动植物伦理研究的助推器。生物多样性降低和物种灭绝加速客观上要求我们重新审视动植物以及人与动植物之间的伦理关系。上述动植物伦理的发展过程和特点与生态批评有诸多相似之处,这决定着动植物伦理研究与生态批评最终会走向融合。

二、动植物伦理与生态批评的融合

动物伦理与生态批评的交汇可以放在"动物研究"(animal studies)这一大背景下进行审视。简言之,"动物研究"指来自不同领域的学者对人类与动物之间

---

① Michael Marder, "Critical Plant Studies: Philosophy, Literature, Culture", May 1, 2020, https://brill.com/view/serial/CPST.

的联系、人类呈现和想象动物的途径以及人类运用动物构建自我身份的方式所进行的探索与思考。① "动物研究"融合了生物学、历史学、哲学、伦理学及文学等多类学科,具有显著的跨学科性。在"动物研究"的影响下,自 20 世纪 90 年代起,西方人文研究领域出现"动物转向",探讨人与动物之间的关系蔚然成风。来自不同学科领域的学者们尝试使用新方法来解读动物,与动物伦理相关的学术专著、论文及研讨会大量涌现。就在"动物转向"的同时,生态批评也开始勃然兴起。肇始于 20 世纪 90 年代的生态批评研究"文学与物理环境之间的关系"②,动物与其他非人自然元素以及文学呈现这些自然元素的方式是生态批评关注的对象。值得指出的是,"动物研究"具有强烈的道德意识与动物权倡导倾向③,而生态批评视阈下的"动物研究"更加强调文学性,关注文学、电影以及其他文化文本中呈现的动物形象以及人与动物之间的伦理关系。④ 格雷厄姆·休根(Graham Huggan)及海伦·蒂芬(Helen Tiffin)使用"zoocriticism"("动物批评研究")一词专门指文学领域中的"动物研究",即使用跨学科的视角分析文学领域中的动物呈现、动物场景及人与动物权利关系背后的历史与政治内涵。⑤

"动物研究"的发展促成了生态批评第三波浪潮的形成,而此波浪潮进一步深化了生态批评与动物伦理的融合。斯科特·斯洛维克(Scott Slovic)将全球化、多形态行动主义以及"动物性"(animality)一同列入生态批评发展的第三波

---

① Devin Delliquanti, "Animals and Religion: An Interview with Dr. Kristin Dombek", May 1, 2020, http://modernmask.org/film/Animals_and_Religion.html.

② Cheryll Glotfelty & Harold Fromm (eds.), *The Ecocriticism Reader: Landmarks in Literary Ecology*, Athens: The University of Georgia Press, 1996, p.xviii.

③ 张嘉如:《全球环境想象:中西生态批评实践》,江苏大学出版社 2013 年版,第 71 页。

④ 生态批评与"动物研究"之间既有交叉之处,也有明显的差别。在休根与蒂芬看来,"动物研究"发端于哲学、动物学及宗教学,动物的呈现和动物权都是其关注的焦点;而生态批评聚焦文学研究中非人主体的地位问题。Graham Huggan & Helen Tiffin, *Postcolonial Ecocriticism: Literature, Animals, Environment*, New York: Routledge, 2010, p.18. 姜礼福、孟庆粉:《英语文学批评中的动物研究和批评》,《天津外国语大学学报》2013 年第 3 期。

⑤ Graham Huggan & Helen Tiffin, *Postcolonial Ecocriticism: Literature, Animals, Environment*, New York: Routledge, 2010, p.133.

发展浪潮。① 在斯洛维克看来,始于 2000 年的生态批评第三波浪潮重点关注动物的主体性、能动性、素食主义实践以及纳摄动物的环境正义等议题。② 此波浪潮催生出了如《野生与家养——动物再现、生态批评与美国西部文学》(*The Wild and the Domestic*：*Animal Representation*，*Ecocriticism*，*and Western American Literature*，2000)、《诗化动物与动物灵魂》(*Poetic Animals and Animal Souls*，2003)及《动物凝视——南部非洲叙事中的动物主体》(*The Animal Gaze*：*Animal Subjectivities in Southern African Narratives*，2008)等代表作。这部分作品融合了"动物研究"以及生态批评,对具体的文学文本进行解读,为研究文学作品中的动物意象及呈现方式提供了范本。

植物伦理与生态批评的融合稍晚。2003 年,牛津大学出版社出版了艾米·金(Amy King)的《盛放——英语小说中的植物》(*Bloom*：*The Botanical Vernacular in the English Novel*)。这本专著在植物学发展的大背景下探讨简·奥斯丁(Jane Austin)、乔治·艾略特(George Eliot)及亨利·詹姆斯(Henry James)等作家小说中的植物与恋爱及婚姻之间的关系,建立起文学研究与植物学的联系。类似的作品还有杰弗里·泰斯(Jeffrey Theis)的《早期现代英国的森林书写》(*Writing the Forest in Early Modern England*，2009)及约翰·诺特(John Knott)的《想象森林》(*Imagining the Forest*，2012)等。

植物伦理与生态批评融合的标志性事件当属 2013 年"文学与环境研究学会"(ASLE)双年会。此届双年会召开之前,桑迪兰兹,琼尼·亚当森(Joni Adamson)及饮食作家迈克尔·波伦(Michael Pollan)举行了一场名为"植物生态批评"(Vegetal Ecocriticism)的研讨会,就是否有必要建立起植物伦理进行了讨论。研讨会组织者们提出,动物研究者向人与动物之间的界限提出了挑战,同样

---

① 生态批评迄今为止已经历五波发展浪潮。第一波浪潮关注湖滨散记式的、以白人男性为主的荒野自然文学写作传统,第二波浪潮着重探讨文学作品中表现的环境正义及后殖民主义,第三波发展浪潮开始将全球化、动物研究以及多形态行动主义纳摄到生态批评的讨论范围内,第四波浪潮重点关注"物质生态批评"(material ecocriticism),第五波浪潮强调情感理论(affect theory)与共情概念。

② Scott Slovic，"The Third Wave of Ecocriticism：North American Reflections on the Current Phase of the Discipline"，*Ecozon@*，Vol.1，No.1(2010)，pp.4—10.

地,植物研究者就动物与植物间的区别提出了质疑。① 此次研讨会可视作"植物生态批评"(vegetal criticism)的发端,对后续相关研究,特别是对"植物批评研究"(critical plant studies)产生了深刻的影响。

西方近年来兴起"植物批评研究"的热潮,试图深层次地探索人与植物之间复杂的伦理关联。概括来说,"植物批评研究"即"一种探寻人与植物关系的理论思潮和跨学科批评实践"。② "植物批评研究"可视作植物伦理与生态批评联姻的产物,它尝试整合不同学科,从植物学、生态学、人类学、哲学、文学中汲取养分,阐述人类对植物的道德责任与义务,进而唤起人们保护植物的良知。这一新兴的批评研究将植物纳入伦理考量范围,扩大了伦理考察的对象,延伸了文学研究的领域,对我们重新审视人与植物之间的关系产生了重大影响。

植物伦理与生态批评的交融还得益于物质生态批评(material ecocriticism)的发展。物质生态批评可归为生态批评发展的第四波,它从社会科学(如人类学、女性主义)和自然科学(如生物学、地理学)中汲取养分,强调非人类的自然(如水、岩石、花朵)同人类一样具有完全的施为能力(agency),人类与非人类自然共享的物质性(materiality)使得原本处于二元对立两级的身体与身份、自然与文化能够互动交流并且能相互阐释。③ 物质生态批评的一大贡献是承认非人自然元素的能动性,这不仅对重新审视植物的主体性及人与植物间的伦理关系发挥了积极作用,还有力地促进了生态批评与植物伦理的融合。

从以上可以看出,动植物伦理与生态批评的融合基于两者间诸多的共同点:首先,从研究对象上来看,生态批评与动植物伦理都将动植物的内在价值、主体性以及人与动植物的关系列入考察范围之内。其次,从研究方法上来看,生态批评与动植物伦理都具有高度的跨学科性和渗透性。生态批评涵盖生态学、环境

① Joni Adamson & Cate Sandilands, "Vegetal Ecocriticism: The Question of 'The Plant'", Preconference Seminar for the 2013 Conference of ASLE: Association for the Study of Literature and Environment, May 1, 2020, http://asle.ku.edu/Preconference/adamson-sandilands.

② 闫建华、方昉:《中国古代神话故事的植物文化内涵》,《鄱阳湖学刊》2020年第2期。

③ Serenella Iovino & Serpil Oppermann, "Introduction: Stories Come to Matter", in *Material Ecocriticism*, Serenella Iovino & Serpil Oppermann (eds.), Bloomington: Indiana University Press, 2014, pp.1-17.

史、人类学等多项学科。同样地,动植物伦理研究横跨动物行为学、植物神经学、伦理学、博物学等学科。跨学科特征使得生态批评与动植物伦理研究的交叠面越来越广,两者之间相互渗透交叉,我们很难将其截然分开。再次,从研究目的上来看,生态批评与动植物伦理研究都试图拆解人与自然的二元对立,瓦解人类中心主义,将非人的自然元素提升至与人同等的道德地位上进行考察。最后,从发展趋势上来看,随着后人文主义、"人类世"以及多物种等跨学科概念的流行,人文社科研究不断开疆辟土。生态批评与动植物伦理研究不仅关注非人的自然元素,还逐渐将焦点延伸至少数族裔、女性、同性恋等社会受压迫群体,探讨动植物与这些受压迫群体之间以及与周遭自然环境之间的深层次联结。

动植物伦理对生态批评的贡献主要体现在以下三个方面。第一,动植物伦理细化了生态批评,将生态批评从关注荒野、城市等辽阔空间转移到关注具体自然元素(动植物)之上。动植物伦理研究促成了生态批评第三波浪潮的形成,同时也为生态批评转向第四波浪潮(物质生态批评)打下了基础。第二,动植物伦理为生态批评的发展贡献了理论资源。"赛博格"、"同伴物种"、"生成—动物"(becoming-animal)、跨物种凝视等概念为解读文学、电影及其他文化文本中的动植物书写提供了理论支持,使得生态批评的研究方法更加丰富,视野更加开阔。第三,动植物伦理强化了生态批评的跨学科维度。动植物伦理涉及人文地理、动植物行为及社会历史等诸多领域,这一融合多门学科的研究强化了生态批评的跨学科属性,使得生态批评沿着跨学科的路径纵深发展。相应地,生态批评的发展,特别是第三波和第四波浪潮也推动了动植物伦理研究的深入。可以说,生态批评与动植物伦理相辅相成、互为补充。

近年来召开的生态批评会议大都开设动植物伦理讨论专题,这也显示出生态批评与动植物伦理融合的趋势。以 2019 年 6 月在美国加利福尼亚大学戴维斯分校召开的 ASLE 双年会为例,会议设置动植物伦理板块,分多个小组探讨人与动物的界限、动物与"人类世"、植物诗学建构等议题。此类会议充分显示了动植物伦理研究已然成为生态批评中一个不容忽视的领域。

三、西方相关学术史综述

这一部分在前述关于生态批评与动植物伦理融合的基础上,对西方相关学术史进行综述。该部分介绍西方关于生态批评视角下动植物伦理研究的重要论著,在评述这部分论著的同时,试图进一步廓清生态批评与动植物伦理融合的过程及产生的影响。由于动物伦理先于植物伦理与生态批评发生交叉与联姻,生态批评中有关动物伦理的研究和有关植物伦理的研究又呈现出不同的特点,有必要将其分述之。

英国第一代生态批评专家乔纳森·贝特(Jonathan Bate)的《大地之歌》(*The Song of the Earth*,2000)是英国生态批评的开山之作。该书将浪漫主义文学研究同当下紧要的环境问题,如气候变化、物种灭绝、工业污染联系起来,开创了文学研究的新方法,具有开拓性的意义。该书的第七章"诗人、猿与其他动物"(Poets,Apes and Other Animals)结合浪漫主义时代背景以及当下的物种灭绝危机,对拜伦等浪漫主义诗人笔下的动物展开了细读,为生态批评中的动物伦理研究提供了范本。在贝特的影响下,众多批评家开始关注英国浪漫主义文学中的动物形象。克里斯丁·凯尼恩-琼斯(Christine Kenyon-Jones)的《亲缘物种:浪漫主义文学中的动物》(*Kindred Brutes:Animals in Romantic-Period Writing*,2001)一书聚焦英国浪漫主义诗人有关动物的作品,探讨了动物与儿童、政治、食物以及进化的关系,揭示了人与动物间的亲缘联系。大卫·珀金斯(David Perkins)的《浪漫主义与动物权利》(*Romanticism and Animal Rights*,2003)一书结合英国浪漫主义时期的动物权利发展史、法律及文化背景,分主题(宠物、狩猎、食物等)对威廉·华兹华斯(William Wordsworth)、约翰·克莱尔(John Clare)、威廉·库珀(William Cooper)等诗人作品中的动物进行了分析。这两部专著皆是采用生态批评视角,研究特定时期文学作品中动物形象的代表作。此外,蒂莫西·默顿(Timothy Morton)的《雪莱与味觉革命——身体与自然世界》(*Shelley and the Revolution in Taste:the Body and the Natural World*,1995)结合素食主义、身体理论、浪漫主义时期人与动物的关系等检视雪莱夫妇作品中有关食物和药品的书写,该书可视作从生态批评角度解读动物伦理的主题研究。

生态批评第三波浪潮重点关注动物议题。文学及其他文化文本所表现的动物主体性、人与动物的差别、人对动物应负起的伦理责任成为生态批评家们重点讨论的对象。格雷格·杰拉德(Greg Garrard)2004 年的专著《生态批评》(Ecocriticism)用一章的篇幅专门讨论动物议题。通过整理哲学、文学及文学批评呈现不同种类动物(家养及野生)的方式,杰拉德试图让读者透过动物重新思考人的定义。在其看来,人的定义是生态批评的核心议题,它将我们的目光从田园的、自然方式的书写转到全球化以及赛博格(cyborg)等后现代理论。① 杰拉德所说的赛博格理论是后人文主义(posthumanism,或称后人类主义)的关键概念之一。事实上,在后人文主义相关理论的助力下,生态批评中有关动物伦理的研究开始大放异彩。

后人文主义挑战人类与非人类自然之间的界限,对人类中心主义发起猛烈攻击,极大地颠覆了人与动物的等级观念。这一具有解构意味的后现代主义理论是对西方文艺复兴时期以来人文主义(humanism)的反拨,它不仅质疑人类是万物价值标尺的论断,还对我们重新认识人类与动植物、机器以及其他非人自然元素间的关系发挥了重要的作用。唐娜·哈拉维(Donna Haraway)在其《赛博格宣言》(A Cyborg Manifesto)中写道:"人类与动物之间的界限被彻底破坏了,人类的特殊性已荡然无存。"②哈拉维的赛博格理论纳摄科学实证主义以及人文研究,具有明显的跨学科性。这一理论强调拆解边界,瓦解二元对立思想衍生出的有机体与机器、人类与非人类自然之间的疆界,对我们重新审视人与动物之间的差别以及伦理关系产生了重大影响。哈拉维的思想得到了众多动物研究研究者以及生态批评学者的响应。凯里·沃尔夫(Cary Wolfe)在《什么是后人文主义?》(What is Posthumanism?,2003)一书中提出,动物问题是后人文主义的一部分,后人文主义直接涉及人类中心主义以及物种主义,并且改变着我们思考以及阅读的方式。③ 沃尔夫

① Greg Garrard, *Ecocriticism*, New York: Routledge, 2004, p.15.
② Donna Haraway, *Simians, Cyborgs, and Women: The Reinvention of Nature*, New York: Routledge, 1991, p.151.
③ Cary Wolfe, *What is Posthumanism?*, Minneapolis: University of Minnesota Press, 2010, pp.xix, xxii.

的专著《动物仪式——美国文化、物种话语以及后人文主义理论》(*Animal Rites*:*American Culture*,*the Discourse of Species*,*and Posthumanist*)融合了动物伦理以及生态批评,通过分析维特根斯坦、列维纳斯、德里达、齐泽克等哲学家有关动物的论述及细读有关动物的小说和电影,检视了当代人文主义以及伦理的含义。《动物仪式》在后人文主义的框架下阐释动物问题,创造性地提出"人文主义的物种话语"(the humanist discourse of species)体系,认为非人的动物与社会边缘群体(女性、穷人、少数族裔等)处于同一压迫体系之中。在这一体系下,"秉持物种主义观念实际上将对社会边缘群体的压迫合法化"。① 这部专著在后人文主义的框架下阐释小说和电影文本中的动物问题,探讨美国文化里种族、性别、殖民主义与动物问题的交叠,可视作动物伦理与生态批评结合的典范。不难看出,在生物学、哲学及科学大发展背景下诞生的后人文主义试图不断消除人与动物的边界,挑战传统的人高于动物的观念,对人文主义的价值观发起猛攻。这一理论成为连接动物伦理与生态批评的一条重要的纽带,为文学及文化批评研究提供了强大的理论工具。

动物伦理还通过女性主义研究与生态批评交织在一起。生态女性主义(ecofeminism)认为,女性、自然及所有的边缘群体都处于父权制的二元性压迫结构之中,②为此,要想解决目前的环境问题,就必须面对女性及其他弱势群体受压迫的问题。生态女性主义代表人物格雷塔·嘉德(Greta Gaard)认为,忽略动物议题的生态女性主义研究是不完整的,生态批评与生态女性主义都不应该忽视动物议题,且"动物"不能被化约到"自然"这一伞状术语之下。③ 嘉德实际上是反对一种将动物简化为自然的本质主义观念,主张建立起性别主义(sexism)与物种主义(speciesism)之间的联系。在嘉德以及卡罗尔·亚当斯(Carol Adams)等学者的影响下,④素食生态女性主义(vegetarian ecofeminism)迅

---

① Cary Wolfe,*Animal Rites*:*American Culture*,*the Discourse of Species*,*and Posthumanist Theory*, Chicago:The University of Chicago Press,2003,p.8.

② 韦清琦、李家銮:《生态女性主义》,外语教学与研究出版社 2019 年版,第 xix 页。

③ Greta Gaard,*Ecofeminism*:*Women*,*Animals*,*Nature*,Philadelphia:Temple University Press,1993,p.6.

④ 亚当斯对素食生态女性主义的发展作出了突出的贡献,其著作《肉食的性别政治》(*The Sexual Politics of Meat*,1990)结合女性主义、素食主义及动物批评探讨了男权主义价值观与食肉之间的关系。书中涉及的"缺席指涉物"(absent referent)等概念深刻影响了素食生态女性主义、生态批评以及动物保护实践。

猛发展,学者们整合素食主义、生态女性主义、动物福利研究等,探索食肉行为下动物与女性在身体、符号学及现实层面的深层次联结。素食生态女性主义研究所要表达的一个基本理念是:除了自然、阶级、性别和种族外,物种也是生态女性主义论述不可或缺的一部分。① 生态女性主义视角下的动物伦理研究重要著作包括:嘉德的《生态女性主义:女性、动物与自然》(*Ecofeminism*:*Women*,*Animals*,*Nature*,1993)、亚当斯与约瑟芬·多诺万(Josephine Donovan)合编的《超越动物权:对待动物的女性主义关怀伦理》(*Beyond Animal Rights*:*A Feminist Caring Ethic for the Treatment of Animals*,1996)及《动物伦理中的女性主义关怀传统》(*The Feminist Care Tradition in Animal Ethics*:*A Reader*,2007)等。

动物伦理与生态批评也通过后殖民生态批评(postcolonial ecocriticism)交汇在一起,相关论著不断涌现。2010年出版的《后殖民生态批评——文学、动物与环境》(*Postcolonial Ecocriticism*:*Literature*,*Animals*,*Environment*)是后殖民生态批评的奠基之作。这本专著揭示了后殖民主义与生态批评之间的密切联系,试图通过打破人与动物之间的壁垒来颠覆殖民主义话语体系。后殖民生态批评的核心概念之一"生态帝国主义"(ecological imperialism)认为,殖民者在殖民地的扩张伴随着生态扩张。殖民者不仅带来移民,还输入各种源自欧洲的动植物、疾病等,破坏了殖民地本土的生态环境,殖民扩张同生态扩张一道建立和巩固了殖民主义霸权。《后殖民生态批评》一书还对《熊》(*Bear*,1976)、《唤鲸人》(*The Whale Caller*,2005)等动物小说进行了细读,为文学中动物研究提供了重要的参考和启发。后殖民生态批评理论整合了生态批评、后殖民研究与动物伦理,其强调的动物能动性、种际正义、行动主义等概念为探索人与动物之间新型伦理提供了新的思路。②

生态批评与动物伦理具有极大的开放性与跨学科性,这使得两者能更容易地吸收生物学、人类学、地理学等学科的养分,形成复合型的研究模式。近年来,生态批评与动物伦理开始和"人类世"(Anthropocene)及"多物种"概念(multi-

① 袁霞:《生态女性主义的动物伦理观》,《江苏大学学报》2014年第3期。
② 朱新福、张慧荣:《后殖民生态批评述略》,《当代外国文学》2011年第4期。

species studies)结合,进一步扩展了研究的视野,丰富了研究的路径。"人类世"的概念强调我们目前已经进入一个由人类统治,并且深深烙刻着人类活动印记的时代,即"人类世"。① 在这一地质时代里,人类对包括地球大气在内的生态环境造成了前所未有的影响。"人类世"的概念在解读动物问题上展现了其卓越的阐释力。列克星敦出版社(Lexington Books)的"生态批评理论与实践"("Ecocritical Theory and Practice")系列图书之一《在"人类世"中思考动物》(*Thinking About Animals in the Age of the Anthropocene*,2016)就是其中的代表。该书结合现象学、生态符号学等理论探寻动物在"人类世"中的位置与处境,通过呈现动物的能动性以及各项复杂的能力,号召读者反思人类中心主义,重新审视人与动物之间的关系。该书是首部采用"人类世"视角解读动物问题的专著,对于生态批评与动物伦理研究都具有开创性的意义。

"多物种"研究诞生于"人类世"造就的多重危机之中,含摄人类学、生物学、文学等多种学科,是一种采用跨学科的视角探索跨物种交汇的新方法。"多物种"研究关注地球上不同物种之间的关系,强调的是一种关系式的本体论。"多物种"研究的视野涵盖地球上的所有物种(动物、植物、微生物等),为解读人与动物之间的伦理关系提供了方法论支撑。哈拉维的《当物种相遇》(*When Species Meet*,2007)、《与麻烦共存:在克苏鲁世下构建亲缘》(*Staying with the Trouble*:*Making Kin in the Chthulucene*,2016)以及厄休拉·海瑟的《想象灭绝:濒危物种的文化含义》(*Imaging Extinction*:*The Cultural Meanings of Endangered Species*,2017)都是采用"多物种"视角解读动物问题的代表作,为推动生态批评与动物伦理的交融作出了贡献。哈拉维在20世纪90年代后划清了自己与赛博格理论的界线,宣称使用"同伴物种"(companion species)来替代赛博格。对于哈拉维来说,"同伴物种"是赛博格的延伸,这一概念反对基于拟人论的动物哲学,拒绝将动物视作某种抽象概念的载体,而是强调动物的身体是与人类血肉之躯同等价值的东西。"同伴物种"关注的是人与动物之间的"关系性",即"动物是人的

---

① 相关"人类世"概念的重要文章参见 Paul Crutzen and Eugene Stormer,"The Anthropocene",*IGBP Newsletter*,No.41(2000),p.17;Paul Crutzen,"Geology of Mankind",*Nature*,Vol.415(2002),p.23。

同伴物种,人也是动物的同伴物种,它们的相互需要和社会联结构成了同伴关系的基础"。① 同样地,海瑟的《想象灭绝》一书也将焦点放在人与动物的关系上,检视物种灭绝、生物多样性下降等生态危机后的政治与文化内涵。书中讨论的环境正义(environmental justice)及多物种正义(multispecies justice)问题为生态批评和动物伦理研究提供了新的启发。

相较动物伦理,学界对植物伦理的关注较晚,西方生态批评中有关植物研究的数量远不及相关动物研究,但也涌现出不少具有代表性的作品。莫莉·马胡德(Molly Mahood)2008 年的专著《植物学诗人》(*The Poet as Botanist*)分析了伊拉莫斯·达尔文(Erasmus Darwin)、乔治·克雷布(George Crabbe)、约翰·克莱尔(John Clare)、约翰·罗斯金(John Ruskin)以及戴·赫·劳伦斯(D. H. Lawrence)五位英国诗人诗歌作品中的植物意象。马胡德结合诗人的生平经历,将植物诗歌放在植物学大发展的时代背景下进行细致解读,是早期研究诗歌中植物书写的范例。

"植物批评研究"的不断发展使得越来越多的批评家开始关注文学作品中的植物书写。2013 年起,荷兰博睿(Brill)出版社开始策划并出版"植物批评研究:哲学、文学与文化"(Critical Plant Studies:Philosophy,Literature,Culture)系列丛书。这套丛书的主编是植物研究者玛德,丛书希冀从哲学及文学中吸取养分,采用跨学科的角度探讨文学及文化文本中的植物呈现,以期改变人们对待植物的功利主义态度,重新审视人与植物间的伦理关系。② 迄今为止,该系列图书已出版《植物与文学:植物批评研究集》(*Plants and Literature:Essays in Critical Plant Studies*,2013)、《20 世纪初德国文化中的媒体、现代性与动态植物》(*Media,Modernity and Dynamic Plants in Early 20th Century German Culture*,2016)、《为何要研究植物?》(*Why Look at Plants?*,2018)等著作。其中值得特别关注的是《植物与文学》一书。这本专著通过分析奥斯丁的《曼斯菲尔德庄园》(*Mansfield Park*)、弗兰克·诺里斯(Frank Norris)的《陷阱》(*The Pit*)及玛格丽

① 但汉松:《"同伴物种"的后人类批判及其限度》,《文艺研究》2018 年第 1 期。
② Michael Marder,"Critical Plant Studies:Philosophy,Literature,Culture",May 1,2020,https://brill.com/view/serial/CPST.

特·阿特伍德的(Margaret Atwood)《羚羊与秧鸡》(*Oryx and Crake*)等作品中的植物意象,探讨了文学呈现植物运动、适应性及与周遭环境交融的方式,展现了人与植物之间复杂且相互依存的关系。

此外,2017年出版的《植物的语言——科学、哲学、文学》(*The Language of Plants*:*Science*,*Philospher*,*Literature*)也是植物批评研究的力作。该书汇集14篇从生物科学及人文社科领域研究植物的文章,试图引导读者以新的伦理以及政治视角重新审视植物世界。该书的第三部分提供了以生态批评视角解读文学作品中的植物意象的标准与方法,具有开拓性的意义。劳特里奇出版社2018年出版的专著《当代诗歌中的植物:生态批评与植物想象》(*Plants in Contemporary Poetry*:*Ecocriticism and the Botanical Imagination*)是植物批评研究的最新成果。该书作者约翰·瑞恩(John Ryan)长期致力于植物批评研究以及澳洲与东南亚生态批评研究。[①]《当代诗歌中的植物》融合植物伦理、物质生态批评、多物种理论、生态诗学等多重视角对莱斯·默里(Les Murray)、玛丽·奥利弗(Mary Oliver)、爱丽丝·奥斯瓦尔德(Alice Oswald)等8位当代欧美诗人作品中的植物意象进行了创造性的深刻解读。该书分析的诗歌涵盖"自白诗"、"极端风景诗"、实验型诗歌等多个类型,作者还提出"植物辩证观"(vegetal dialectics),即植物与非植物之间既相同又不同,植物与非植物间的关系不断摆荡于相似与不同之间。[②] 瑞恩的专著以当代植物诗歌为研究对象,且理论视角新颖独特,为新兴的植物批评研究注入了强劲的活力。

从以上相关西方学术史的梳理可以看出以下特点:其一,生态批评中动植物伦理研究涵盖文类广。小说、诗歌、电影中表现的人与动植物之间的关系都是批评家们关注的对象。其二,跨学科研究正成为生态批评中动植物伦理研究的主流方式。生物学、生态学、动物行为学以及植物神经学的加入不仅促进了生态批评与动植物伦理研究的交融,还使得生态批评中的动植物伦理研究超越了传统

---

① 瑞恩是《植物的语言》和《绿色之线:与植物世界的对话》(*The Green Thread*:*Dialogues with the Vegetal World*,2019)的编者。此外,他还出版了《东南亚生态批评:理论、实践与希望》(*Southeast Asian Ecocriticism*:*Theories*,*Practices*,*Prospects*,Lexington Books,2017)。

② Johns Charles Ryan,*Plants in Contemporary Poetry*:*Ecocriticism and the Botanical Imagination*,New York:Routledge,2018,p.16.

的文学批评模式,朝着跨学科复合型研究发展。其三,生态批评中的动植物伦理研究侧重与女性主义、后殖民主义的结盟,研究的对象已经不再局限于动植物本身,而是扩展到动植物与各类他者(如女性、全球南方、穷人等)之间的关联,关注不同他者之间的交叠。其四,生态批评中的动植物伦理研究具有很强的现实指涉性。生态批评与动植物伦理研究都诞生于日益严峻的生态环境危机之中,两者都希冀唤起人们保护环境的意识,负起生态责任。生态批评视阈下的动植物伦理研究不仅探讨文学作品呈现动植物的方式,还具有现实意义,即激起人们的行动力,采取实际行动应对当下动植物灭绝危机。

四、生态批评视角下动植物伦理研究的中国式演绎

西方有关生态批评中动植物伦理的研究为中国学者提供了理论来源与参照模式,中国学者在吸收和消化西方相关研究的基础上,对生态批评视角下动植物伦理研究进行了补充、深化与发展。这一部分梳理总结中国学者进行相关研究的方法路径,分析中国学者对生态批评中动植物伦理研究有别于西方的独到贡献。

(一)中国学者有关生态批评视角下动植物伦理研究的方法路径

总体来看,中国学者对生态批评中动植物伦理的研究可分为以下几类。第一,介绍及综述西方相关理论的研究。此类研究梳理西方生态批评中动植物伦理研究的起源、方法、代表作以及影响。张剑的《英国浪漫主义诗歌与生态批评》(2012)一文展示了生态批评对英国浪漫主义诗歌研究所发挥的积极作用,分析了柯勒律治《古舟子吟》(*The Rime of the Ancient Mariner*)中信天翁与英国浪漫主义时期流行的"自然经济学"概念的联系。该文还从雪莱的素食主义观念出发,阐释了诗人作品《麦布女王》(*Queen Mab*)中的动物形象。这篇论文演示了从生态批评角度解读诗歌作品中人与动物关系的方法,揭示了"浪漫主义诗人的生态意识对现当代生态批评思想的启示",极具启发意义。[①] 朱新福与张慧

---

① 张剑:《英国浪漫主义诗歌与生态批评》,《外国文学》2012年第3期。

荣的《后殖民生态批评述略》(2011)一文以哈根和蒂芬的《后殖民生态批评——文学、动物与环境》一书为依托,解释了如"生态帝国主义""食人"等后殖民生态批评的关键概念,肯定了后殖民生态批评对探索人与动物不平等关系的根源以及构建新型人与动物伦理关系的重要作用。姜礼福与孟庆粉的《英语文学批评中的动物研究和批评》(2013)一文系统梳理了西方人文研究领域的"动物转向",探讨了西方动物批评研究与生态批评、女性主义以及后殖民理论的融合。可以看到,此类研究向国内学者阐释了生态批评中动植物伦理研究的关键概念,整理了该项研究的谱系及发展轨迹,为推广该项研究在国内的兴起打下了理论基础。

第二,使用西方理论分析西方文本的研究,这是目前国内学者探讨文学中动植物伦理的主流方法。姜礼福的《动物与帝国主义:英语文学中的后殖民动物研究》(2013)使用后殖民生态批评视角,探讨了《白虎》(*The White Tiger*)、《白骨》(*The White Bone*)、《少年派的奇幻漂流》(*Life of Pi*)等当代欧美小说中的动物形象,揭示了后殖民书写中的动物形象在解构帝国话语及强化反殖民主义意识中所扮演的重要角色。张亚婷的《中世纪英国动物叙事研究》(2018)结合西方动物叙事以及西方环境伦理学,分析了从12—15世纪英国中世纪文学中的动物形象。该书涉及的文类涵盖史诗、辩论诗、传奇以及游记,通过细读这些作品中的动物形象,读者可领略英国中世纪时期人与动物的关系、环境伦理观念以及动物叙事策略等。

除专著外,有相当一部分论文也可归为此类研究。丁林棚的《论〈羚羊与秧鸡〉中人性与动物性的共生思想》使用德里达有关动物的论述,探讨了《羚羊与秧鸡》中表现的理性崇拜所导致的人性缺失以及人性与动物性的生态共生。但汉松的《"与狗遭遇":论库切〈耻〉中的南非动物叙事》结合后殖民主义以及哈拉维的"同伴物种"概念,分析了《耻》中的主人公卢里与动物他者的遭遇所包含的伦理—政治意蕴。祝昊的《劳伦斯植物诗歌的生态解读》从"地方意识"等生态批评概念入手,解读了劳伦斯创作的植物诗歌,分析了这部分植物诗歌中的生态意识。这部分研究涵盖诗歌、小说、寓言等多种文类,不仅向国内读者介绍了如后殖民生态批评、环境伦理学、"地方意识"等相关西方理论,且提供了整合、使用西方理论解读动植物议题的范本。值得关注的是,此类研究或是进一步阐释西方学者提出的相关理论,或是使用西方理论解读尚未被西方学者注意的西方文本,具有一定的创新性,但由于理论与文本都来源于西方,因而缺乏显著的中国视角。

第三,使用西方理论解读中国文化文本的研究,此类研究主要体现在动物伦理研究上。部分中国学者开始使用西方相关理论分析中国文学作品、电影及其他文化文本。2013 年麦克米伦(Macmillan)出版社出版了由生态批评学者西蒙·艾斯托克(Simon Estok)和金原中(Won-Chung Kim)合编的《东亚生态批评》(*East Asian Ecocriticisms*)英文论文集,其中收录了多篇中国学者有关动物研究的文章。陈红的论文《动物自然与非人文化之间:读陈应松神农架系列故事》(Between Animalizing Nature and Dehumanizing Culture:Reading Yingsong Chen's Shennongjia Stories)一文借用后人文主义视角分析了陈应松动物小说中的人与动物关系问题,指出现代工业化进程对人以及动物造成的伤害。张雅兰的《李昂小说〈杀夫〉与台湾生态批评》[Ang Li's *The Butcher's Wife*(*Shafu*) and Taiwanese Ecocriticism]结合生物区域主义及生态女性主义探讨了李昂的小说《杀夫》中的性别政治与生态恐惧之间的联系。这两篇文章都是使用西方理论评述中国当代动物小说的范例。类似的研究还有尚必武的论文《潜入非人类世界的经验:陈应松〈豹子最后的舞蹈〉中的非自然叙事及生态批评》(Delving into a World of Non-human Experience:Unnatural Narrative and Ecological Critique of Chen Yingsong's *The Last Dance of a Leopard*),文章使用生态叙事学的概念探讨陈应松小说中的动物第一人称叙事,探索生态批评与叙事学交叉所产生的新意义。

值得注意的是,还有部分中国学者使用西方理论研究中国电影中表现的人与动物伦理关系。《中国生态电影论集》(2008)中收录朱翘玮的一篇名为《香港电影里的越界物种:从周星驰〈美人鱼〉看地方意识和多物种生态想象》的论文。该文采用"多物种""生态全球主义"等理论解读了电影《美人鱼》中的全球与地方之间的关系、物种保护与经济发展之间的矛盾等问题。[①] 张嘉如的《全球环境

---

① 龚浩敏、鲁晓鹏:《中国生态电影论集》,武汉大学出版社 2017 年版,第 188—211 页。

想象：中西生态批评实践》（2013）一书解读了包括《可可西里》和《三花》在内的动物影片及纪录片所表现的动物保护、素食伦理及精神生态主义。这部分研究扩大了生态批评中动植物伦理研究的范围，将考察对象从传统的文学文本延伸至视觉艺术，凸显了动物保护电影所包含的伦理维度以及行动主义潜能。

这一类研究展示了使用西方理论解读中国文化文本的可行性与潜力。此外，该类研究不少以英文撰写，并在国外发表，这有利于国外读者了解中国文化，推动中国文化在世界范围内的传播。但应注意的是，此类研究中有部分学者存在生搬硬套西方理论的问题，在未充分理解消化西方理论时便将这些理论用于批评实践，导致文本与理论脱节，甚至有片面阐释的问题。

第四，采用中国视角分析中国文化文本的研究。随着中国生态批评学者文化自觉意识逐渐觉醒，近年来出现不少从中国文化视角解读中国文学作品中动植物伦理的研究。何卫华的《最后的"英雄"及贾平凹〈怀念狼〉中的生态意识》（The Last"Hero" and Jia Pingwa's Ecological Concerns in *Remembering Wolves*）一文结合中国传统文化中的生态意识，如"天人合一""相生相克"等，揭示了小说《怀念狼》中传达的生态忧虑及环境危机与社会问题的关联。此文提供了以非西方式中国传统文化视角解读文学文本的实例，展示了中国传统文化在生态批评实践中的重要意义。

闫建华与方昉的论文《中国古代神话故事的植物文化内涵》（2020）考察中国古代神话故事所表现的人与植物的关系，将这些植物故事分为兆示故事、人变植物故事以及植物变人故事分类解析。此文检视包括《山海经》及《太平广记》在内的多部中国古代经典作品，调用中国传统文化分析神话故事中的植物形象，提供了植物批评研究的中国式范本。

（二）中国学者对生态批评视角下动植物伦理研究的贡献

中国学者为生态批评视阈下的动植物伦理研究作出了自己的贡献，这主要体现在以下几个方面：其一，扩大了生态批评中动植物伦理研究的范围。国内学者们不仅关注西方文化文本，更有意识地将中国文化文本纳入讨论范围，丰富了该项研究的内容。例如，汪树东的专著《生态意识与中国当代文学》（2008）系统考察了中国当代文学中生态意识的生成、发展和特点，在中国的文化语境下审视中国当代文学对现代文明的批判以及对环境危机的忧虑。其中第四章"生态意识与中国当代小说的动物叙事"梳理了中国当代小说动物叙事的类型、特点、意义以及局限性，不仅研究了如叶广芩、贾平凹、莫言等知名作家笔下的动物书写，还涉及了多位少数民族作家的动物小说作品，全面展示了中国当代动物小说及其研究的丰富性与复杂性，具有里程碑式的意义。①

其二，提出了有别于西方的研究思路。随着"中国文化走出去"战略的发展及文化自觉意识的增强，国内学者们开始有意识地摆脱西方"理论殖民"，转向挖掘中国传统文化，从儒释道及民间文化中搜寻有关动植物的生态意识。比如，释昭慧的《佛教的护生思想与动保论述》一文使用佛教中的"缘起""性空""护生""中道"等核心概念阐释动物伦理及动物保护，探索了"佛教究应如何回应当代动保伦理的争议"，在"理念"与"实务"上为这一议题作出贡献。

其三，开创了新的研究方法。中国学者融合不同学科，探索研究生态批评中动植物伦理的新路径。陈红的论文《有关〈狼图腾〉生态思想的追问》结合中国环境史、历史地理学及人类学对《狼图腾》作了颠覆性的解读。作者在对比小说与蒙古草原沙漠化历史以及蒙古狼图腾崇拜后指出，《狼图腾》所表达的生态讯息违背了事实，且夸大了狼的生态价值。小说作者姜戎实际上是借生态之名强调狼所具有的生态和文化价值，因而这部小说应该被视为政治小说而非生态小说。陈佳冀的《中国当代动物叙事的类型学研究》（2018）结合类型学及叙事学，从整体上考察中国当代动物叙事，不仅历时地梳理了中国文学动物叙事的资源图谱，比较了中西方动物伦理谱系，还系统考察了中国当代动物叙事的叙事语法以及神话历史根源。虽然该书并未明确采用生态批评视角，但其对"民间故事形态研究"、类型学以及叙事学创造性的融合却为生态批评视阈下的动物研究提供了新的线索与方法。

动植物伦理研究虽然先于生态批评产生，但两者因高度的跨学科性及众多重叠面不断地发生交汇与融合。动植物伦理研究与生态批评都关注动植物的主

---

① 汪树东:《生态意识与中国当代文学》，中国社会科学出版社 2008 年版，第 120—158 页。

体性、人对动植物的道德责任以及动植物在各类文化文本中呈现的方式。两者的融合是学科发展的必然趋势,也是生态现实的迫切需求。事实上,生态批评与动植物伦理两股支流最终都汇入环境人文主义(environmental humanities)这片汪洋大海之中。①

　　生态批评视角下的动植物伦理研究不仅关注动植物本身,还聚焦人与动植物的密切关联,如动植物与社会边缘群体的交叠,研究动植物的政治伦理。值得注意的是,中国学者为生态批评视角下的动植物伦理研究提供了新的资源、方法以及思路,扩宽了该项研究的视野,推动了该项研究的发展。生态批评视角下的动植物伦理研究拥有巨大的发展潜力,许多问题值得深入挖掘。例如,生态批评视角下的植物伦理研究滞后于动物伦理研究,我们应如何应对这一研究不均衡性? 如何真正采用跨学科的视角,高度融合不同学科,解读文本中的动植物形象? 如何使用比较的视野,在对比中西方动植物伦理资源时找寻新的启发? 如何利用中国传统文化中丰富的动植物伦理资源,发出属于中国学者的声音? 这些问题都有待进一步的探讨。

　　随着全球生态环境的恶化,气候剧变、森林消失、极端天气等严重威胁着全球物种多样性以及动植物的生存。生态批评视角下的动植物研究尝试改变人们传统视野中的动植物他者形象,企图让人们看到,动植物同人类一样具有主体性,在本质上并无差别,且人对这些同胞负有直接的伦理道德责任。可以说,生态批评视角下的动植物伦理研究不仅在学理上有重要的探讨价值,还具有极强的生态现实意义。这项研究提醒着我们,人类与动植物共享一个地球,且两者休戚与共、不可分离。

---

① 环境人文主义是典型的跨学科研究,借助历史、哲学、文学、媒体以及宗教研究视角,以此理解及重新审视人类活动对自然环境造成的巨大伤害。Joni Adamson and Michael Davis, *Humanities for the Environment:Integrating Knowledge,Foraging New Constellations of Practice*, New York:Routledge,2016,p.4.

第二十二章　环境宗教学与生态批评

当今的生态危机不仅是一场经济、社会和政治危机,也是一场道德、精神和信仰危机,所以这一危机的解决不仅需要政策的调整和科技的进步,也需要哲学和宗教层面对人与自然关系的深入讨论。美国历史学家林恩·怀特(Lynn White,Jr.)曾指出:"人们如何对待生态,取决于他们对于自身与周遭事物的关系的认知。我们对于自然和命运的信仰——也就是宗教——深刻影响着人类的生态认知。"①佛教学者邓肯·竜弦·威廉斯(Duncan Ryuken Williams)也指出:"对于自然的认知,很大程度上收到了宗教和文化世界观的限制。"②宗教提供了人类自身与自然的起源和性质的知识框架,进而建构出一套完整的世界观,宗教也指导人们应该如何对待其他人类以及自然,进而构建出一套伦理体系,所以宗教很大程度上决定了人对自然的认知和人与自然的关系。

西方宗教界和学界对于宗教与生态的关系的关注,大体上与西方环境保护运动同时兴起于 20 世纪 60 年代。1967 年,林恩·怀特在美国《科学》(Science)杂志上发表了《我们生态危机的历史根源》(The Historical Roots of Our Ecological Crisis)一文,从地球生态的视角对基督教提出了尖锐的批评,引发了广泛的讨论。差不多同一时期,宗教生态学一词开始出现,瑞典人类学家和宗教史学家阿克·赫尔特克兰茨(Ake Hultkrantz)研究了美国肖肖尼部落印第安人和某些北

---

① Lynn White, Jr., "The Historical Roots of Our Ecologic Crisis", *Science*, 155, March 1967, p.1204.

② Duncan Ryuken Williams, "Introduction", in *Buddhism and Ecology: The Interconnection of Dharma and Deeds*, Mary Evelyn Tucker and Duncan Ryuken Williams(eds.), Cambridge: Harvard University Press, 1997, p.xxxvii.

方民族的生活,认为自然条件、地形、群落生境、气候以及人口和自然资源等环境因素对文化的许多方面包括宗教信仰和仪式产生了深刻影响。① 随着环境保护运动和生态批评从西方扩展到全世界,对宗教和生态的交叉研究也逐渐从基督教扩展到其他宗教。1996 年到 1998 年,哈佛大学世界宗教研究中心(Center for the Study of World Religions)组织了"世界宗教与生态大会"(The Religions of the World and Ecology Conference),800 多名来自全球的宗教领袖与环保人士齐聚一堂,"识别并评估不同宗教传统中独特的生态态度、价值和实践,探讨它们与这些宗教传统中的知识、政治和其他资源的关联"②。大会后,"世界宗教与生态"系列丛书出版,全面而详细地分析了世界各大宗教与生态的关系,对宗教界和生态批评产生了深远的影响。21 世纪以来,宗教与生态的交叉研究继续发展。

本章以基督教、道教、佛教为例,总结环境宗教研究与生态批评的交叉研究的发展历程,特别是这些宗教传统中关于生态的论述以及在现代社会与生态批评的相互影响。

一、罪魁祸首:生态批评对基督教的批判与论争

(一)罪魁祸首——林恩·怀特对基督教的生态批判

林恩·怀特(1907—1987)是美国著名的历史学家,曾任教于普林斯顿、斯坦福、加州大学洛杉矶分校等知名学府,担任美国中世纪协会(The Medieval Academy of America)和美国历史协会(American Historical Association)主席,并创立了科技史学会(The Society for the History of Technology)。怀特专注中世纪历史研究,特别是中世纪科技史。与认为中世纪欧洲沉迷神学研究、不重视科学技术的一般认知不同,怀特认为"中世纪晚期最大的荣光不在于大教堂、史诗或经院哲学,而在于在历史上第一次建立了一种复杂的文明形态,这种文明形态不以

---

① [俄]克拉斯尼科夫:《宗教生态学》,李国海译,《现代外国哲学社会科学文摘》1999 年第 10 期。
② The Forum on Religion and Ecology at Yale,"Conference Goals",August 28,2020,http://fore.yale. edu/religions-of-the-world-and-ecology-archive-of-conference-materials/conference-goals.

奴隶和苦力的劳作为基础,而主要以非人类力量为基础"①。他所说的"非人类力量"指的就是人类以科学技术手段利用牲畜、水、风等自然之力。他同时认为宗教对于西方科技的发展有着重要的推动作用,《我们生态危机的历史根源》一文就是这一思路的产物。

1966 年 12 月 26 日,在美国科学进步协会(American Association for the Advancement of Science)的一次会议上,怀特发表了《我们生态危机的历史根源》的演讲,并于次年在《科学》杂志上发表了同名论文。该论文首先指出:"所有的生命都改变其环境……自从人类变成一个数量众多的物种以来,就显著影响了其环境。"②然后以诸多事例说明了随着科学和技术的进步,特别是 19 世纪中叶现代科学和技术在西方合流以来,人类对生态的影响越来越大,生态危机也随之日渐加深,论证了科技技术与生态危机的因果关系。怀特紧接着追溯了西方的科技传统,指出虽然"现代科学被认为开始于 1543 年",但是实际上"从 11 世纪开始,科学在西方文化中的重要性就日渐提高"③,把西方的科技传统向前推进到中世纪时期。

那么西方的科学技术发展,以及由此造成的生态危机,有没有更深层次的原因呢? 怀特指出:"人们如何对待生态,取决于他们对于自身与周遭事物的关系的认知。我们对于自然和命运的信仰——也就是宗教——深刻影响着人类的生态认知。"④既然中世纪欧洲深受基督教的影响,那么基督教是如何影响了欧洲人对人与自然关系的认知的呢,这种认识是否对欧洲科学和技术的发展有关联呢? 为了回答这一问题,怀特梳理了基督教中人与自然的关系,他的主要论据是《圣经·创世纪》中关于人与自然万物的记叙。在《圣经·创世纪》中,上帝首先造出世间万物,最后造出了亚当和夏娃:"上帝就照着自己的形象造人,乃是照着他的形象造男造女。"(《圣经·旧约》1:27)然后上帝把世间万物都托付给亚当,"上帝就赐福给他们,又对他们说:'要生养众多,遍满地面,治理这地;也要

---

① Lynn White, Jr., "Technology and invention in the Middle Ages", *Speculum*, 15(2), 1940, p.156.

② Lynn White, Jr., "The Historical Roots of Our Ecologic Crisis", *Science*, 155, March 1967, p.1203.

③ Lynn White, Jr., "The Historical Roots of Our Ecologic Crisis", *Science*, 155, March 1967, p.1204.

④ Lynn White, Jr., "The Historical Roots of Our Ecologic Crisis", *Science*, 155, March 1967, p.1204.

管理海里的鱼、空中的鸟,和地上各样行动的活物。'"(《圣经·旧约》1:28)在怀特引用的英文版圣经中,"治理"的原词是"subdue"(征服),"管理"的原词是"dominion"(统治),这种"征服"和"统治"代表了人处于远高于自然万物的地位。其中一个标志就是人对于万物的命名权:"上帝用土造了地上各种走兽和空中各种飞鸟,并把它们带到亚当面前,看他叫它们什么。亚当怎样叫各种活物,那就是它的名字。"(《圣经·旧约》2:19)怀特认为:"人通过给动物命名确立对其的统治。上帝明确地为了人的利益和统治安排好了一切:上帝所造之物除了服务于人的目的之外,没有其他目的。"①所以,在基督教信仰中,人与自然是一种统治与被统治的关系,所以怀特认为,"虽然亚当的身体是用土做成的,但是他并不是自然的一部分,因为他是以上帝的形象做成的"②。怀特最终得出结论:"基督教是世界上最人类中心主义的宗教。"③

针对基督教和西方文化中的人类中心主义,怀特也尝试提出了矫正方案,他借用圣方济各(Saint Francis of Assisi)"所有生物一律平等"④的思想,认为问题的关键在于重构人与自然的关系,摒弃人类高于其他自然万物的地位,建立一种"物种民主制"。怀特指出:"理解圣方济各的思想的关键,在于他信仰谦逊的美德,不只是个人要谦逊,人类作为一个物种也要谦逊。圣方济各尝试把人类从压迫其他生物的王座上拉下来,建立一个所有上帝造物平等的民主制。对于他来说,蚂蚁不再是给懒惰者布道的比喻,火不再是灵魂与上帝合一的标志;现在它们是蚂蚁兄弟,是火姐妹,就像人类兄弟一样以各自自己的方式赞美上帝。"⑤

在怀特看来,正是基督教中将万物视为人之统治对象的观念,才推动了现代科学技术的发展,而现代科学技术又引发了深刻的生态危机。所以可以说,基督教——或者说基督教中的人类中心主义思维——是引发当今生态危机的罪魁祸首。怀特这一观点可谓语出惊人,在欧美宗教界和学术界产生了很大的影响,赞同者有之,反对者也有之。在怀特这篇文章发表七年后,澳大利亚哲学家约翰·

---

① Lynn White, Jr., "The Historical Roots of Our Ecologic Crisis", *Science*, 155, March 1967, p.1205.
② Lynn White, Jr., "The Historical Roots of Our Ecologic Crisis", *Science*, 155, March 1967, p.1205.
③ Lynn White, Jr., "The Historical Roots of Our Ecologic Crisis", *Science*, 155, March 1967, p.1205.
④ Lynn White, Jr., "The Historical Roots of Our Ecologic Crisis", *Science*, 155, March 1967, p.1207.
⑤ Lynn White, Jr., "The Historical Roots of Our Ecologic Crisis", *Science*, 155, March 1967, p.1206.

帕斯莫尔(John Passmore)在《人类对自然的责任:生态问题和西方传统》(*Man's Responsibility for Nature:Ecological Problems and Western Traditions*,1974)一书中指出:"有关怀特文章的研究成为一种不断再版的经典。我们很难说他的观点有多少人认同,但我恐怕人们的认同度足以引起我们对这篇文章的高度关注。"①半个世纪后的今天,怀特对于西方人类中心主义的剖析仍然具有深刻的现实意义,而且即便抛开他的具体观点和论据是否站得住脚不谈,他对于宗教与生态的结合研究也具有开创之功,所以怀特在宗教生态学和生态批评史上是一座绕不开的大山。后来的生态批评学者可以赞同他的观点,也可以反驳他的论据,但是不可能对他所开启的宗教与生态交叉研究的话题视而不见。

(二)管理万物——弱人类中心主义的积极意义

自从怀特从生态的角度对基督教中的人类中心主义提出了批判,生态学者和宗教学者对怀特的观点进行了持久而热烈的讨论,赞同者有之,反对者有之,时至今日谈及宗教和生态话题,仍然绕不开怀特的开创性研究。犹太—基督教及西方文化中的人类中心主义问题,乃至宗教对生态观的影响问题,已经成为生态批评的重大理论问题之一,所以中国学者在研究生态批评及其中国化时,也必然需要论及怀特的观点。但是国内学者江雪莲指出:"在伴随科技高歌猛进、社会急剧发展而生态危机日益恶化的今天,我们对人类中心主义的哲学反思应该站在一个更高的哲学和历史层面,不应该满足于以'拿来主义'对待林恩·怀特的观点。"②

怀特批判犹太—基督教是最人类中心主义的宗教的主要论据,来自于对《圣经·旧约·创世纪》的解读,特别是《创世纪》1:26—30 中关于上帝造人和赋予人对于动物的"统治"权的描述。上帝在造人后说:"要生养众多,遍满地面,治理这地;也要管理海里的鱼、空中的鸟,和地上各样行动的活物。"(《圣

---

① John Passmore, *Man's Responsibility for Nature:Ecological Problems and Western Traditions*, New York:Charles Scriber's Sons,1974,p.5.
② 江雪莲:《人的责任和地位——基督教关于人与自然关系的认知及其反思》,《学术研究》2020年第 2 期。

经·旧约》1:28)在英文版《圣经》中,"管理"的原词是"dominion",直译更接近"统治",怀特的核心立论基础就在于这个词。但是,江雪莲指出这个词的希伯来原文既可以指"单向的统治或控制的意义(只有权利而没有责任/义务)",也可以指"管理的意义(有权利同时也有责任/义务)"①。既然单纯从个别词语本身无法判断其所指,那就需要结合其上下文进行更准确的解读。整个《创世纪》的语境,核心在于上帝创造一切,对世间一切拥有主权,世间万物的秩序也是由上帝确定的,包括人与自然的关系、人与动物的关系。上帝、人、自然三者的关系,是以上帝为中心的,上帝是理解这三者关系的基础。江雪莲指出了理解这三者关系的四个要点:

> 第一,是上帝赋予或者说定位了人与自然的关系,由上帝、人、自然构成的多重关系皆以上帝为中心。第二,人是上帝按自身形象塑造的唯一必须向上帝负责的有形受造物,这实际上规定了人的终极义务并限制了人的权利范围。第三,当人被上帝安置于大自然(伊甸园)中,自然界便成为人之生存和表达其存在意义的空间,二者休戚相关。第四,人必须是通过正确的表达,比如看守、管理、维护,而非肆意的掠夺和破坏,方可享受上帝应许给人的祝福,如食物的满足、荣耀(管理其他受造物)以及与造物主亲密无间的关系。②

伊甸园最能体现以上帝为中心的人与自然的关系。按照上帝造人和万物的安排,人类被安置在伊甸园这一完美的自然中,人与万物在伊甸园中处于相对和谐共存的状态,人类受上帝之命管理万物,利用万物,可以说人类与万物处于一种纯自然的食物链关系中。此时的人类并没有欲求肆意掠夺和破坏,也没有动机浪费物产,虽然人类是以上帝的形象造的,有着略高于万物的地位,但是本质来说,人类和万物一样都是伊甸园的居民,都是自然的一部分。

人类与自然万物的关系的恶化并不在上帝造人和万物之后,不在伊甸园中,而在人类被逐出伊甸园之后。亚当和夏娃偷食禁果,忤逆了上帝的意志,上帝震

---

① 江雪莲:《人的责任和地位——基督教关于人与自然关系的认知及其反思》,《学术研究》2020年第2期。

② 江雪莲:《人的责任和地位——基督教关于人与自然关系的认知及其反思》,《学术研究》2020年第2期。

怒："你既听从妻子的话,吃了我所吩咐你不可吃的那树上的果子,地必为你的缘故受诅咒;你必终身劳苦,才能从地里得吃的。地必给你长出荆棘和蒺藜来,你也要吃田间的菜蔬。你必汗流满面才得糊口,直到你归了土。"(《圣经·旧约》3:17—19)从此,人类与上帝的关系破裂,人与自然的关系也随之破裂,原本丰腴的自然变得贫瘠,人类必须通过努力劳作才得以果腹。相比天堂般的伊甸园,此时的自然更接近茹毛饮血的原始人类和古代人类所处的自然,人类被迫与万物竞争,尽一切所能从自然中获取资源才能得以繁衍存续。在这样的情境中,人类与自然的关系必然不会很和谐,人类被迫采用人类中心主义的策略保存自身,否则难以生存。正因如此,也有生态神学家从原罪论的角度论证了谦卑的重要性。相比于上帝的无限性,人类是有限性的,所以人类在上帝面前必须谦卑,面对上帝的其他创造物也必须谦卑,但是由于人类对自身优先性的无知,才会把上帝赋予的管理万物的权力错误地理解为统治的权力,所以江雪莲指出:"与其说基督教本身,不如说人的误读是人类中心主义的思想根源更为准确。"①

　　伊甸园中人与自然的关系过于理想化,人类被逐出伊甸园后与自然的关系过于残酷,从基督教的视角来看,大洪水惩罚之后上帝与人类及万物重新立约,这种新的关系更接近现代真实的人与自然的关系。上帝对诺亚和他的儿子说:"我与你们和你们的后裔立约,并与你们这里的一切活物,就是飞鸟、牲畜、走兽,凡从方舟里出来的活物立约。"(《圣经·旧约》9:9—10)由此可见,与上帝达成新的契约的并非只有人类,还有"飞鸟、牲畜、走兽"等"一切活物"。人类与自然被上帝做了必要的区分,人类的罪孽不会殃及自然万物:"我不再因人的缘故诅咒地(人从小时心里怀着恶念),也不再按着我才行的,灭各种的活物了。"(《圣经·旧约》8:21)自然万物也有了不依赖于人类的独立价值:"地还存留的时候,稼穑、寒暑、冬夏、昼夜就永不停息了。"(《圣经·旧约》8:22)所以生态神学家霍尔姆斯·罗尔斯顿在《环境伦理学:自然界的价值及人类它其责任》(*Environmental Ethics:Duties to and Values in The Natural World*,1989)一书中认为诺

---

① 江雪莲:《人的责任和地位——基督教关于人与自然关系的认知及其反思》,《学术研究》2020年第2期。

亚方舟可以说是第一个濒危物种保护计划,并指出:"在上帝的契约中,其他有机体与人类是同样重要的。"①

不少基督教人士和学者以托管论(stewardship)反对怀特的"统治论"。在大洪水之后,上帝不但和人类订立了新的"圣约"(covenant),还通过对诺亚的训示明确了人类对于自然万物的责任:"在你那里凡有血肉的活物,就是飞鸟、牲畜,和一切爬在地上的昆虫,都要带出来,叫它在地上多多滋生,大大兴旺。"(《圣经·旧约》8:17)所以,人类并非自然万物的统治者,而是被上帝选中以托管自然万物。从创造论来说,人类与自然万物都是上帝的创造物,本质上都是平等的,都以上帝为中心,甚至可以说人类就是自然万物的一种。有学者指出:"大自然与人一样,都是拯救的对象和持有者,在堕落与拯救的过程中,大自然担当着重要的角色。"②与此同时,人类相较于其他自然万物又有着特殊之处,人是上帝以自己的形象创造出来的,通过与上帝的圣约,人类对其他自然万物有使用之权,也有维护之责。当代基督教生态主义者正是通过这种托管论来论证基督教中的生态主义传统,并尝试借用基督教论证环境保护政策的必要性和合理性。早在 20 世纪 30 年代,美国农业部水土保护专家、林务员和水文学家 W.C.罗德米尔克(W.C.Lowdermilk)就提出了"第十一诫"("The Eleventh Commandment"),从托管论的角度来宣扬人对自然的责任。他认为,工业革命以来,人类的林业政策和工业实践是短视的,给自然造成了巨大的破坏,如果上帝预见到这一点,肯定会在十诫之后加上第十一诫:"第十一,你要作为一名诚实的管理员接管这个神圣的地球,世世代代都保护它的资源和活力;否则……你的后代将减少并生活在贫困中,或从地球上消失。"③

虽然帕斯莫尔曾指出,托管论不过是西方宗教和思想中没有什么影响的细枝末流而已④,但是它至少反映出这样一个事实:即从生态学的角度解读基督教

---

① Holmes Rolston, *Environmental Ethics: Duties to and Values in The Natural World*, Temple University Press, 1989, p.94.

② 赖品超、林宏星:《儒耶对话与生态关怀》,宗教文化出版社 2006 年版,第 116 页。

③ W.C.Lowdermilk, *Conquest of the Land Through Seven Thousand Years*, Washington D.C.: U.S.Department of Agriculture, Soil Conservation Service, 1975, p.30.

④ John Passmore, *Man's Responsibility for Nature: Ecological Problems and Western Traditions*, New York: Charles Scriber's Sons, 1974.

教义,得出的结论并不是唯一的。美国生态神学家保罗·山特米尔(H. Paul Santmire)曾指出,西方神学传统在对待自然生态的态度上是含混和模棱两可的,既有侧重于人的灵魂与上帝的关系而忽视大自然的模式,也有同时重视上帝、人类和自然的相互关系的模式,不能只看一面。[1] 在其漫长的发展历史中,从同一本《圣经》解读出了不同的对于人与自然的关系的认知,有以上帝为核心的平等论,也有人受上帝之托管理自然的托管论,还有人与自然二元对立的统治论。早在环保运动和生态主义兴起之前,神学家迪特里希·潘霍华(Dietrich Bonhoeffer)和保罗·田立克(Paul Tillich)就提出了与生态神学相关的论述。20世纪六七十年代以来,自怀特之后的生态和宗教学者不断推进对于生态和基督教,以及两者结合的认知,生态神学甚至成为推动环保运动的主要力量之一。

如果怀特批判的统治论是人类中心主义,那么罗德米尔克的托管论就是一种弱人类中心主义,这种程度相对较轻的人类中心主义对于当下的环保和生态实践具有积极的意义。尤金·哈格罗夫(Eugene C. Hargrove)认为"弱人类中心主义内在价值论优于基于实用主义工具论的弱人类中心主义"[2]。生态基督教神学的托管论正是一种基于内在价值论的弱人类中心主义,自然万物与人类一样由上帝创造,与人类一样具有内在价值,同时又为人类所用,为人类所管理。撇开人类中心主义和弱人类中心主义的名词之争,这种托管论在当下对于环保和生态实践具有积极的促进作用,有利于人类用一种尊重和负责任的态度对待自然万物,建构相对和谐的人与自然的关系。

二、知雌守雄:道家的生态观

(一)自然无为——道家思想中人与自然的关系

自然无为可以说是道家思想最核心的内容。在道家的宇宙观中,宇宙的起

---

[1] H. Paul Santmire, *The Travail of Nature: The Ambiguous Ecological Promise of Christian Theology*, Philadelphia: Fortress, 1985, pp.9–10.

[2] Eugene C. Hargrove, "Weak Anthropocentric Intrinsic Value", *The Intrinsic Value of Nature*, April 1992, p.184.

源和万物的源头不知所名,老子以"道"称之,他说:"有物混成,先天地生。寂兮寥兮,独立而不改,周行而不殆,可以为天地母。吾不知其名,强字之曰道。"(《道德经》第25章)"道"与万物之间有着严格的生发顺序,即"道生一,一生二,二生三,三生万物"(《道德经》第42章),前文所述的克里曼总结解释了"一""二""三"的具体含义,所以说万物同源。人类作为万物的一种,与其他万物一样,都继承了"道"的根本性质,可以称之为"道性",所以说万物同质。老子也明确阐述了"道"的特征与性质,即"道法自然"(《道德经》第25章)和"道常无为"(《道德经》第37章),所以"自然"与"无为"可以并称或者合二为一称为"自然无为"。"道法自然"的完整句子是"人法地,地法天,天法道,道法自然"(《道德经》第25章),虽然此句没有明确提及"万物",但是根据前文人与万物同源同质的前提,可知万物的性质都是"自然无为"的。老子也明确了"自然无为"的具体做法,比如"夫唯不争,固无忧"(《道德经》第8章)、"致虚静,守静笃"(《道德经》第16章)、"不欲以静,天下将自定"(《道德经》第37章)、"我无为而民自化,我好静而民自正,我无事而民自富,我无欲而民自朴"(《道德经》第57章)等,其中提及的"不争""致虚静""守静笃""无为""好静""无事""无欲"等具体做法,浓缩了老子顺应自然、淡泊宁静的人生哲学。庄子继承发展了老子"自然无为"的思想,相当程度上把老子的"无为"绝对化了,推进到了他的"齐物论"层面。他提出"至人无己,神人无功,圣人无名"(《庄子·逍遥游》),将老子的"无为"从"法自然"的层面深入到社会生活层面,提出了在利益面前"无己",在事业面前"无功",在荣誉面前"无名"的具体要求。庄子又说"不乐寿,不哀夭,不荣通,不丑穷"(《庄子·天地篇》),即超越一切世俗利益和荣辱标准,达到一种忘我、逍遥的精神绝对自由的境界。

《庄子·马蹄篇》用生动的笔触对比了"天之道"与"人之道":

> 马,蹄可以践霜雪,毛可以御风寒。龁草饮水,翘足而陆,此马之真性也;虽有义台路寝,无所用之。及至伯乐,曰:我善治马。烧之,剔之,刻之,雒之,连之以羁馽,编之以皂栈,马之死者十二三矣;饥之,渴之,驰之,骤之,整之,齐之,前有橛饰之患,而后有鞭策之威,而马之死者已过半矣。

《庄子·秋水篇》提供了一个更简短的版本:"牛马四足,是谓天;落马首,穿牛鼻,是谓人。"庄子认为,"天之道"就是顺应自然,顺应万物的本性,以自然无为的态度对待万物,庄子用来举例的马的"真性"就是自然地生活在自然界之中,而非为人性所束缚和利用。与之相反,"人之道"就是违背自然,违背万物的本性,用人类的"机心"(《庄子·天地篇》)发明各种技术,剥削利用动物,最终必然导致"死者过半"的动物生存状况。"落马首,穿牛鼻"的"人之道"正是人类中心主义的动物"工具价值论",而顺应动物"真性"的"天之道"则认识到了动物自身不依赖于人类而独立存在的"内在价值"。这两种价值论造成的结果也是截然不同的,在庄子的眼中,伯乐代表人类的智能,却也是动物和自然的灾星。包括深层生态主义者在内的现代环保主义者有着类似的观点,随着人类技术的发展,人口暴涨,消费欲也暴涨,随之是人类占领的土地逐渐侵占动物的栖息地,人类对资源的需求和对技术的滥用造成了各种生态灾难和无数种物种灭绝。时至今日,地球上已经找不到一片未被人类影响的土地,已经找不到一个不被人类威胁的物种,甚至人类这个物种自身都受到了"人之道"的威胁,许多生态灾难正在反噬人类,威胁人类的生存。

　　庄子不止对比了"天之道"和"人之道",也在二者之间做出了明确的选择。在《庄子·秋水篇》中,庄子讲述了这样一则小故事:

> 庄子钓于濮水,楚王使大夫二人往先焉,曰:"愿以境内累矣!"庄子持竿不顾,曰:"吾闻楚有神龟,死已三千岁矣,王巾笥而藏之庙堂之上。此龟者,宁其死为留骨而贵乎? 宁其生而曳尾于涂中乎?"二大夫曰:"宁生而曳尾涂中。"庄子曰:"往矣! 吾将曳尾于涂中。"

　　面对高官厚禄的诱惑,庄子毫不犹豫地选择了漫游于自然之中,在"天之道"和"人之道"之间选择了前者。庄子善用马、乌龟等动物举例对比"天之道"和"人之道",十分形象生动。而老子则更加理论化地一语道破:"天之道,损有余而补不足。人之道,则不然,损不足以奉有余。"(《道德经》第77章)生态系统作为一个整体,往往会保持一个总体的均衡,而人类作为地球生态圈中最强大的物种,却把其他物种视为剥削和利用的对象,以满足自身欲壑难填的需求。

　　道家思想则从本体论上解决了这一理论问题,道家的"天之道"版的"内在价值论"是建立在"道"这一道家核心概念上的。"道"既是一种本体论意义上的实体,在此意义上与万物是有所区分的,但同时它也是事物的根本属性,融汇在万物之中,在《道德经》等道家经典著作中没有区分"道"的这两种意义。从本体论和发生论的角度,《道德经》阐明了"道"与"万物"的关系:"道生一,一生二,二生三,三生万物。万物负阴而抱阳,冲气以为和。"(《道德经》第42章)特里·F.克里曼(Terry F.Kleeman)总结了对于《道德经》这一章的一般解读:"原始的统一体首先被分为两种相对的力量,即阴和阳,然后阴阳又造成第三种中间的力量,从这三种力量中产生所有的存在物。"[1]"道"生"一"这种"原始的统一体",《太平经·五事解承员法第四十八》称之为"元气";"一"生阴和阳两种气;至于"三"的具体所指,有认为是天、地、人"三才"的,也有认为是太阳、太阴和中和三种气的(《太平经·分解本末法第五十三》)。撇开"三"的不同解读不谈,"道"与"万物"的关系却非常明确,包括人类和非人类生物以及非生物自然界的一切都是"道"的产物,人类与非人类世界在道家思想的本体论当中是同源的。而且,"道"同时还是人类与非人类世界共同的根本属性,用深层生态学的话语来说就是在它们的"内在价值"的"道"的层面上来说是一致的。这种一致性可以用"道性"这个概念来概括,万物诞生之初即具有"道"的性质,即《抱朴子·辩问篇》所谓"胞胎之中,已含信道之性"。在这一意义上,"道性"与"内在价值"存在呼应关系,人类与非人类在"道性"和"内在价值"上是一致的。

(二)阴阳和合——道家的非二元对立阴阳观的生态意义

阴阳和合是道家思想的核心内容,源于"道"与"万物"的生发关系:"道生一,一生二,二生三,三生万物。万物负阴而抱阳,冲气以为和。"(《道德经》第42章)特里·F.克里曼(Terry F.Kleeman)总结了对于老子这句话的一般解读:"原始的统一体首先被分为两种相对的力量,即阴和阳,然后阴阳又造成第三种

---

[1]　Terry F.Kleeman,"Daoism and the Quest for Order",in *Daoism and Ecology：Ways Within a Cosmic Landscape*,N.J.Girardot,James Miller and Liu Xiaogan(eds.),Cambridge：Harvard University Press,2001,p.62.

中间的力量,从这三种力量中产生所有的存在物。"①阴阳代表两种相对而又辩证统一的力量或方面,两者不断运动、转化,和谐统一于"道"之中,达到"清静为天下正"(《道德经》第 45 章)的状态。庄子将这种状态称为"阴阳调和":"四时迭起,万物循生;一盛一衰,文武伦经;一清一浊,阴阳调和。"(《庄子·天运篇》)

　　道家哲学中含有深刻的二元统一辩证法思想,或者称为"二元辩证一体论"。"道生一,一生二"(《道德经》第 42 章),"二"即为阴阳,寓于万物之中,所以万物之中皆有矛盾对立的两面,奥尼尔显然是理解道家阴阳思想的这一层次的,前文所述奥尼尔剧作中诸多对立的人物与事物即是例证。阴阳又处于不断运动当中,所谓"反者道之动"(《道德经》第 40 章),"反"字可以理解为"相反",即万物中的阴阳对立两面向相反方向运动,形成一种互相转化的循环,类似"祸兮福之所倚,福兮祸之所伏"(《道德经》第 58 章)和"曲则全,枉则直,洼则盈,敝则新,少则得,多则惑"(《道德经》第 22 章)。奥尼尔也理解了道家思想的这一层次,前文所述其剧作中的生死循环、命运循环等循环回归的人物即是例证。但是罗宾森指出,"这种种循环变换实际上只是一些下行的螺旋,一直通往迷失,日益加深着苦难与死亡"②。但是道家的二元统一辩证法思想除了阴阳对立、阴阳相反运动转化,还有阴阳和谐统一的层次。"反者道之动"的"反"字还可以理解为"返回"之意,既指阴阳两面各自回到原始的状态,也指事物回归"道性"的根本,那么"道生一,一生二"则可以反过来理解为"二归于一,一归于道",回到"道"原始的和谐统一状态。老子说:"天下万物生于有,有生于无"(《道德经》第 40 章),再结合"无名天地之始"(《道德经》第 1 章),可以说是这种辩证统一思想的佐证,所以老子认为"有无相生,难易相成,长短相形,高下相盈,音声相和,前后相随"(《道德经》第 2 章),事物相反的两面完全可以

①　Terry F.Kleeman,"Daoism and the Quest for Order",in *Daoism and Ecology:Ways Within a Cosmic Landscape*,N.J.Girardot,James Miller and Liu Xiaogan(eds.),Cambridge:Harvard University Press,2001,p.62.

②　[美]詹姆斯·罗宾森:《尤金·奥尼尔与东方思想——一分为二的心象》,辽宁教育出版社1997 年版,第 189 页。

处于统一的和谐之中。庄子也认为"古犹今也"(《庄子·知北游》),又说"无古无今,无始无终"(《庄子·知北游》),万物的"道性"超越"古""今"等一切表象名词,所以庄子可以达到"天地与我并生,而万物与我为一"(《庄子·齐物论》)的境界,而没有领悟道家思想这一层次的奥尼尔却无法跳出二元对立转化的无限循环。

在道家思想的宇宙观中,"道生一,一生二,二生三,三生万物。"(《道德经》第42章)特里·F.克里曼总结了道生发万物的次序的一般理解:"原始的统一体首先被分为两种相对的力量,即阴和阳,然后阴阳又造成第三种中间的力量,从这三种力量中产生所有的存在物。"①可见"二"即是指阴和阳两种气,可以说"道性"就是以阴阳的形式寓于万物之中,阳气主导之物性阳,阴气主导之物性阴。但是阴阳二气并不是绝对的,除了"太阳"和"太阴",世间万物之中皆有阴阳;也不是固定的,阴阳二气处于此消彼长的永续变化之中;更不是对立的,阴阳二气可以互相转化,互相中和。具体到人际关系中,一般认为男性由阳气主导,女性由阴气主导,但是更准确的理解是阴阳是一种"物体间性",具体到人际关系中则是一种"人际间性",即阴阳是由两者之间的相对关系确定的,并不必然与性别挂钩,比如古代的君臣关系中,君王为阳,臣子为阴,但是双方一般皆为男性。莎伦·罗(Sharon Rowe)和詹姆斯·D.塞尔曼(James D. Sellmann)因此认为,"阴阳的区分并不分割事物,并不僵化地根据社会性别/生物性别来分配价值和次序"②,"并不暗示某种森严的等级制度,也不表示一物优越于'他者'"③。

---

① Terry F.Kleeman,"Daoism and the Quest for Order",in *Daoism and Ecology:Ways Within a Cosmic Landscape*,N.J.Girardot,James Miller and Liu Xiaogan(eds.),Cambridge:Harvard University Press,2001,p.62.

② Sharon Rowe,James D.Sellmann,"An Uncommon Alliance:Ecofeminism and Classical Daoist Philosophy",*Environmental Ethics*,25,2,2003,p.132.

③ Sharon Rowe,James D.Sellmann,"An Uncommon Alliance:Ecofeminism and Classical Daoist Philosophy",*Environmental Ethics*,25,2,2003,p.133. 对道家阴阳思想的详细论述,请参见本书第三章第三节"借鉴与融合:生态女性主义的中国之声"中的"知雌守雄——道家生态思想与生态女性主义"这部分内容,这里不再重复。

三、众生平等：佛教的生态观

（一）因果轮回——佛教世界观的生态意蕴

佛教起源于古印度，后广泛传播于南亚、东亚、东南亚及世界各地，并在当地形成了很多教派，但是其中有一些核心思想得以继承，因果轮回思想即是其中之一。因果轮回也称业报轮回，侯传文认为包括佛教在内的"印度传统宗教的自然生态智慧有多方面的表现，其中最具印度文化特色的莫过于业报轮回思想"，并指出业报轮回思想是印度教、佛教、耆那教等印度传统宗教的共同到的基础。① 因果轮回包括两层含义，一是轮回转世，二是因缘果报。所谓轮回转世，指的是生命主体以各种不同的形式在六道中流转，出生并非生命的起始，死亡也并非生命的结束。六道指天人道、人道、畜牲道、阿修罗道、饿鬼道和地狱道，生命根据自身福报大小在六道中轮回。所谓因缘果报，也就是业报，即各种生命主体因为所做善恶决定其业报，有因必有果，有果必有因。我们日常所说的自然，包括人、动物、植物以及其他生命形式，均根据所做善恶、所受业报在六道之中轮回，在佛教的世界中生生死死流转不息。

因果轮回思想反映了佛教与众不同的世界观，与人类中心主义的西方世界观形成了鲜明对比。首先，因果轮回思想是一种人与自然相统一的世界观。在人类中心主义的世界当中，人与自然是分离的，是对立的，自然为了人类的目的而存在，只有工具性价值而没有内在价值。人与自然之间的鸿沟是不可逾越的，与人相关的是文化、秩序、理性、逻辑等，人与自然相关的是荒野、杂乱、感性等，两者之间的区别似乎是固定的、永恒的。李家銮和韦清琦分析了西方文化传统中的二元论，并进一步指出："从哲学的高度上来看，这种形而上学的二元论的根源是逻各斯中心主义（logocentrism）……在人与自然的关系中，逻各斯中心主义体现为人类中心主义，人被视为中心，自然受到贬抑。"②而在佛教的因果轮回

① 侯传文：《生态文明视域中的印度宗教与文学经典》，《世界宗教文化》2020 年第 5 期。
② 李家銮、韦清琦：《女性与自然：从本质到建构的共同体》，《江苏行政学院学报》2017 年第 3 期。

世界观中,人与自然万物之间是统一的,人与动物,以及六道种的其他生命主体,只是生命流转的形式不同,这就使得人类与自然之间的边界变得模糊,人与自然的区别即便存在,也是临时的、动态的,而从整个佛教宇宙观的角度来说,人与自然是一体的。正如环境保护先驱约翰·缪尔(John Muir)所言,"当我们试图找出任何一种独立的东西时,我们却发现它与宇宙中的所有其他事物都有着盘根错节的联系"①,人类的存在与其他生物的存在休戚与共,无法分割。

第二,因果轮回思想反映了佛教众生平等的思想。在人类中心主义的世界观当中,人类区别对待人类自己和自然界中的其他物种,犹太—基督教的创世神话中人类是按照上帝的形象造出来的,似乎高于其他创造物。人类甚至都意识不到自己也是地球之上的一个物种,历史学家迪佩什·查卡拉巴提(Dipesh Chakrabarty)指出:"我们人类从来没有作为一个物种的体验,人类这个物种的存在我们只能通过理智去理解或者推断,但是从来无法体验到。"②中国的"女娲造人"神话中人类也似乎享有特别的地位;毕达哥拉斯的"人是万物的尺度",莎士比亚的"人是万物之灵长,宇宙之精华",现代社会普遍说"人类是高级生物",总而言之,人类是高于其他万物的存在。美国生态批评理论家蒂莫西·克拉克(Timothy Clark)在《生态批评前沿:以人类世概念切入》(*Ecocriticism on the Edge:The Anthropocene as a Threshold Concept*,2015)一书中一针见血地将人类这种倾向称为"物种自恋"(species narcissism)③,也就是说人类自认为高其他生物一等是一种缺乏坚实基础的自我中心主义情绪。而在佛教的因果轮回思想中,人类与其他五道是流转的,六道轮回的基础是生命主体的业报高低,但是一则人类并不是这六道中业报最高的存在,二则生命主体处于某一道中只是暂时性的一个状态,而非固定不变的。所以,六道本质上都是生命主体的具体形式,而生命主体本身是无所谓高低贵贱之分的,大家都遵循相同的因果业报规律在六道中轮回。体现在生态观中,这就是佛教的众生平等的思想,一个佛教徒必然不会

① John Muir,*My First Summer in Sierra*,New York:Houghton Mifflin Harcourt,2011,p.245.

② D.Chakravarty,"The Climate of History:Four Theses",*Critical Inquiry*,35,2009,p.220.

③ Timothy Clark,*Ecocriticism on the Edge:The Anthropocene as a Threshold Concept*,London and New York:Bloomsbury Academic,2015,p.148.

因为自己是人而对动物产生优越感,因为人和动物都只是生命主体的形式,而生命主体是平等的。

这与现代生态学中的"物种意识"是相呼应的,即人类首先要意识到自己和其他物种一样,只是地球上生存的物种之一。米歇尔·塞尔(Michel Serres)在《自然契约》(*The Natural Contract*,1995)一书中则将人类比作"巨大而厚重的地壳板块"①,托马斯·福特(Thomas H.Ford)将人类称为"超级主体"(super-subject),并认为人类对于地球的施事能力的"作用是普遍性的,人类物种作为一个整体是一种超越一切主观体验的超级主体"②,这都明确肯定了人类是一个对于地球有着巨大影响施事主体。基于人类深刻影响地球生态但是物种意识又十分模糊的现实,克拉克提出"政治、文化和艺术应该帮助人类建立某种物种意识,这样才能构建一种增进的自我认知,其救赎的力量才能缓解最严重的环境恶化",并将这种物种意识称为"负责任的意识"(responsible consciousness)③。人类应该自觉地认识到自身作为一个物种的存在,并自觉地了解自己这个物种的力量以及对其他物种和自身的影响,理解自己的作为与生态恶化、物种灭绝、气候变化和灾难等恶果之间的因果逻辑。佛教的因果轮回思想中,就包括了这种因果联系,生命主体处于任何一道,都会做下善业或者恶业,不但对其他生命构成影响,而且也决定了自身的命运——下一世轮回到哪一道正是由此决定。

第三,因果轮回思想为佛教护佑生命的思想提供了基础。在人类中心主义的生态观中,自然万物都是为人类所用的资源或工具,这种"工具价值论"认为动物的价值仅仅存在于对人类有用的工具性之中。在犹太—基督教的传统中,《圣经·创世纪》赋予了人类剥削利用其他物种的权柄。人类的生产力越发达,动物的遭遇就越悲惨,现代密集养殖业和肉类加工业兴起之后,以及动物用于科学实验普遍化之后,动物的处境相比农业社会进一步恶化。直到 20 世纪六七十年代,才有动物保护组织和现代环保主义者提出"内在价值论"(intrinsic values

---

① Michel Serres, *The Natural Contract*, trans. Elizabeth MacArthur and William Paulson, Ann Arbor: University of Michigan Press, 1995, p.160.

② Thomas H.Ford, "Aura in the Anthropocene", *Symplokē*, 21, 2013, p.65.

③ Timothy Clark, *Ecocriticism on the Edge: The Anthropocene as a Threshold Concept*, London and New York: Bloomsbury Academic, 2015, p.17.

或者 inherent values）。早在此之前，佛教就宣扬非暴力不杀生的主张，其思想基础也正是因果轮回的思想。正因为生命主体在六道中轮回流转，所以人与其他生物并非毫无关联，此生的某个牲畜可能是前世的亲人，也可能是来生的夫妻，可以说生命主体在无限的六道轮回中产生了无限的交集，全部的生命主体之间都是互相连接的。《佛本生经》中"祭羊本生"的故事就深刻地揭示了佛教这一观念。作为祭品的羊原本是一个婆罗门，因为杀了一头山羊祭祀祖先便堕入畜生道，须五百次转生为羊，每一世都遭受砍头之苦。最后一世为羊，它一面因为即将最后一次遭受这种痛苦而欣喜，一面又怜悯将要砍它的头的婆罗门即将要遭受同样的五百世痛苦。最后它被婆罗门释放，但是被雷电击落的山石砍下了头颅，结束了它五百世的痛苦轮回。菩萨感念此事，念了一首偈颂："倘若众生知，痛苦之根源，不会再杀生，以免遭灾难。"①

总而言之，佛教的因果轮回思想充满了生态意蕴。佛教这种生态意蕴也体现在佛教实践和它所影响的生活方式之上，比如佛教徒总是在幽静的自然环境中打坐参禅，尝试领悟佛经的奥秘，超脱于尘世和六道之外，所以马尔科姆·大卫·埃克尔（Malcolm David Eckel）指出："自然……在东亚代表了超越本身。"②美国学者罗德里克·纳什（Roderick Nash）也认为"古代东方文化是尊敬自然，从宗教上崇尚自然的源头"③。"在远东，人与自然的关系充满了尊敬，近乎爱，这在西方是没有的。"④佛教的生态思想是东方文化中相对和谐的人与自然的关系的重要源头之一，尤其是因果轮回思想为这种和谐提供了宗教和哲学基础。

（二）利乐有情——佛教生命观与跨物种关怀

"有情"是一个佛教词汇，指一切具有佛性的众生，所以"利乐有情"就做有

---

① 郭良鋆、黄宝生译：《佛本生故事选》，人民文学出版社 2001 年版，第 12—13 页。
② Malcolm David Eckel, "Is There a Buddhist Philosophy of Nature?", *Buddhism and Ecology: The Interconnection of Dharma and Deeds*, Mary Evelyn Tucker and Duncan Ryuken Williams (eds.), Cambridge: Harvard University Press, 1997, p.339.
③ Roderick Frazier Nash, *Wilderness and the American Mind*, New Haven: Yale University Press, 1967, pp.20-21.
④ Roderick Frazier Nash, *Wilderness and the American Mind*, New Haven: Yale University Press, 1967, pp.192-193.

利于具有佛性的众生的事情,让它们享有真正的快乐。佛教认为人生有八苦,包括生、老、病、死、怨憎会、爱别离、求不得、五阴炽盛,那么免于这八苦的"解脱之乐"自然就是真正的快乐,所以"利乐有情"就是不主动施加痛苦于众生,并帮助众生追求真正的快乐。

从现代生态学的角度来看,佛教"利乐有情"的思想说明佛教不但具有明确的物种意识——即意识到人类与其他万物一样是以来自然界才得以存续繁衍的一个物种,还具有了跨物种意识——即意识到自身与其他物种之间的共性与关联,并且在此基础之上明确提出了跨物种关怀。克拉克指出:"不管现代社会如何把牲畜藏在厂房一样的隐蔽之处,不管人类如何假装肉类似乎是从水龙头里流出来的,就像水库里的水一样,但是没有其他物种,人类就无法生存,也不能被理解。"[1]人类中心主义习惯上将世界分为人类世界(the human world)和非人类世界(the non-human world),即便是环保人士和生态学界也在相当长的一段时间内沿用这种二元对立的划分法,在推动环境保护和生态恢复的同时保持着一种居高临下的施舍之姿。但是佛教"利乐有情"的思想并无此优越感可言,因为在佛教的世界观中,人与其他六道是流转轮回的。事实上,在人类影响地球和地球上的其他物种的同时,地球生态圈和其他物种也反作用于人类,所以现代生态学家往往使用"不止于人的世界"(the more-than-human world)的概念。大卫·艾布拉姆(David Abram)1996年提出这一概念之后,它经常用于指称人类之外的自然世界,但是"不止于人的世界"与人类世界并非二元对立的关系,二是一种包含关系,人类只是自然界的一部分,人类世界虽然与其他物种的世界存在差异,但也只是"不止于人的世界"的一个子集。"不止于人的世界"的概念的提出,有利于构建正确的生态观,有利于推进环境和生态保护事业,而早在艾布拉姆提出这一概念之前,佛教的"利乐有情"思想就蕴含了这样的生态意蕴。

佛教"利乐有情"的思想是一种生态世界主义,它超脱了人类中心主义,将生态学的关注重点扩展到整个"不止于人的世界",尝试构建一个人类与整个自

---

[1] Timothy Clark, *Ecocriticism on the Edge: The Anthropocene as a Threshold Concept*, London and New York: Bloomsbury Academic, 2015, p.123.

然界的生命共同体。美国生态批评家斯泰西·阿莱莫(Stacy Alaimo)在"不止于人的世界"的概念之上再进一步,提出了"跨体性"(trans-corporeality)的概念。她指出:"将人类的身体性想象为跨体性,突出了人类的实质与'环境'从根本上不可分割的程度。在这一概念中,人类与不止于人的世界总是交织在一起的。"①海瑟将生态世界主义定义为"将个体和群体视为由人类和非人类的物种共同组成的地球'想象的共同体'的一部分的一种尝试"②。在这样一个生命共同体中,人类与其他"有情"不是对立的关系,而是一种六道轮回中的"伙伴"关系。生态女性主义学者卡洛琳·麦钱特(Carolyn Merchant)的"伙伴伦理"可以作为类比:

> 我个人解决这些矛盾的方法是采用一种伙伴伦理,将人类(包括男性伙伴和女性伙伴)视为个人、家庭、政治关系中平等伙伴,将人类和非人类自然视为平等伙伴,而不是人类控制自然或者被自然控制。人类伙伴,不论性别、种族和阶级,都要彼此给予空间、时间和关怀,允许彼此成长,在互助的、非统治的关系中进行个体发展;同样地,人类也必须给予非人类自然空间、时间和关怀,允许它繁衍、进化并回应人类行为。③

麦钱特的"伙伴伦理"和佛教的"利乐有情"思想十分相似,即"将人类和非人类自然视为平等伙伴","给予非人类自然空间、时间和关怀,允许它繁衍、进化并回应人类行为"。

最能够体现佛教"利乐有情"思想的实践活动就是素食主义,素食主义也是很多生态主义者的希望,美国素食生态女性主义卡罗尔·亚当斯(Carol J. Adams)就是其中之一。她在《肉的性别政治——女性主义—素食主义批评理论》(*The Sexual Politics of Meat: A Feminist-Vegetarian Critical Theory*)一书中提出了"缺席指涉"(absent referent)的概念来分析肉食行为。在人类的肉食行为中,

---

① Stacy Alaimo, *Bodily Natures: Science, Environment, and the Material Self*, Bloomington: Indiana University Press, 2010, p.2.

② Ursula Heise, *Sense of Place and Sense of Planet: The Environmental Imagination of The Global*, New York: Oxford University Press, 2008, p.61.

③ Carolyn Merchant, *Radical Ecology: The Search for a Livable World*, New York: Routledge, 2005, p.196.

"肉"原本指向活体动物的肉身,但是在人类中心主义的话语体系中,"肉"重新指向经过加工处理的肉质食品,在这一过程中动物就变成了缺席指涉。亚当斯定义了动物变成缺席指涉的三种方式:

> 第一种是字面意义上的:如上文所述,通过食肉这种行为它们从字面上就是缺席的,因为它们已经死了。第二种是定义上的:当我们吃动物的时候,我们改变了谈论它们的方式,比如我们不再说动物的幼仔,而是说小牛肉或羊羔肉。在下一章我会更仔细地分析食肉的语言,"肉"这个词有一个缺席指涉,即死去的动物。第三种是隐喻的:动物变成隐喻,用来描述人们的经历。在这种隐喻的意义上,缺席指涉的意义来自于它在其他事物上的运用或指向其他事物。①

加德指出:"素食生态女性主义者认为,只有当人类克服对非人类动物的同情心,他们才会忽略动物所遭受的巨大痛苦。"②所以,动物保护主义者反其道而行之,积极向公众揭露屠宰动物的残忍,以此唤起人们的同情心,并倡导素食主义。这与佛教素食主义的主张相一致,佛教秉持一种万物有灵的思想,认为认为一切生命都应该得到尊重和保护。在 2010 年出版的《肉的性别政治》二十周年纪念版(第三版)序言中,亚当斯"憧憬"了缺席指涉消亡之后的世界,她写道:"我们憧憬鲜活的生命不再被转变成物体。我们憧憬食肉性的消费的终结。我们憧憬平等……憧憬一个新的时代,到那时我们的文化将证明我的肉的性别政治不再适用。活动家不再只是憧憬这样一个世界。我们将努力去实现我们所憧憬的世界。"③她所憧憬的时间就是一个对于人类和自然界中的其他物种平等的世界,是一个人类"利乐有情"的世界。

---

① Carol Adams, *The Sexual Politics of Meat: A Feminist-Vegetarian Critical Theory*, New York: Continuum,2010,pp.66-67.
② [美]加德:《素食生态女性主义》,刘光赢译,《鄱阳湖学刊》2016 年第 2 期。
③ Carol Adams, *The Sexual Politics of Meat: A Feminist-Vegetarian Critical Theory*, New York: Continuum,2010,p.7.

第二十三章　人文主义地理学与生态批评

　　人文主义地理学融合了人文主义理念与地理学思想,借鉴现象学与存在主义的视角来理解和阐释人地关系。人文主义地理学以人的生存为核心,从人的感官、感情、审美的多重维度揭示人与地理环境的本质联系,内蕴深厚的人文关怀和丰富的生态理念,在一定程度上调和了人类中心主义与生态中心主义,呈现了人类认识地方、认识空间、重构地方的崭新视角。人文主义地理学的核心理念日益受到生态批评的关注。国内生态批评学者已开展人文主义地理学的相关理论研究,并借鉴"地方与空间""恋地情结""恐地景观""逃避"等概念进行文学批评实践。

　　本章从人文主义地理学的产生背景、基本概念、思想内涵、生态批评借鉴人文主义地理学的缘由、国内人文主义地理学的引介及其生态批评实践等五个方面,探讨人文主义地理学作为方法论和认识论所具有的独特性、现实性和前瞻性以及对国内生态批评的影响,以期促进国内生态批评的理论建设和文学批评实践,促进当代环境问题的实际解决。

一、人文主义地理学的哲学基础

　　人文主义地理学肇始于 20 世纪 70 年代。1976 年 6 月,段义孚(Yi-Fu Tuan)于《美国地理学家协会年刊》(*Annals of the Association of American Geographers*)发表《人文主义地理学》(Humanistic Geography)一文,标志着人文主义地理学的出现。段义孚跨越人文与自然的界限,把人同与之相伴的地方和空间联系起来进行地理研究,在批判实证主义,吸收现象学、存在主义等哲学观点的基础上,逐步建立了人文主义地理学,形成了具有人文精神的地方空间理论。

段义孚认为实证论是运用客观的物理主义或科学的客观主义将现象彻底地客观化,具有很强的机械性,不能对人类问题做出合理的解释。而且实证论将主体的彰显性或立足点以及因之而产生意义的人文独特性加以隐没抹杀,降低了人的显著作用。段义孚在《人文主义地理学》(Humanistic Geography)一文中指出:"以实证方法研究人往往会减小人的意识和心智的作用;与此相反,人文主义地理学则特别关注地理活动和地理现象所体现的人的意识特征。"[1]段义孚探讨人与地理要素的互动不只是观察,而是依据与生俱来的感官机能产生环境感知、环境体验和环境评价,得出有独特意义的环境价值观。这可说是主观的地理知识。正如中文译本《恐惧》的译者序中所言:"'人本主义地理学'三部曲,即识觉世界(Perceiving the world)、评价世界(Evaluating the world)、再创构新世界(Reconstructing the world)。这是人与环境互动的'不了情'。"由此看来,段义孚反对实证主义,以人与生存环境的关系为研究对象,强调人类活动对地方空间的影响,关注由情感引起的对地理环境理解的多样性,形成具有人文精神的地方空间理念。

现象学哲学能作为人文主义地理学的立论哲学,主要在于段义孚认为现象学与地理学有密切的关联性。1971年,段义孚在文章《地理学、现象学与人的性征的研究》(Geography, Phenomenology and the Study of Human Nature)[2]中指出,由于地理学是"关于人类之家地球的系统知识",因而"地理学展现人",并"展现人的较深层次的本质";而现象学者认为"人的性征,并不能由客观科学或纯粹的反思所能发现",现象学能对"意义与意向的世界中"人的性征、人类的空间性征与人经验的性征进行描述,这些关注点本来就是地理学的主题。段义孚还进一步指出,"现象学者研究的不是抽象中的人与世界,而是'在世界中的

---

① Yi-Fu Tuan, "Humanistic Geography", *Annals of the Association of American Geography*, 1976, Vol.66, pp.266-276.

② Yi-Fu Tuan, " Geography, Phenomenology and the Study of Human Nature ", *The Canadian Geographer*, Fall, 1971, Vol.15, pp.181-192.

人'。……此观点对地理学者亦相当重要,因为地理学者也是寻求对于'在世界中的人'的理解。"①

人文主义地理学受现象学的影响具体地体现在"存在空间与地方的厘清"②方面。段义孚明确表示想以现象学对人的地理经验加以研究,包括人的空间感、地方感以及人与世界的关系③,阐述"何谓人、空间或经验的本质"④,"要通过对人与自然的关系、人的地理行为、人的感觉与思想的研究,考虑空间与地点的问题,达到对人类世界的认识理解"⑤。

段义孚运用现象学描述的方法,对人的地理经验加以研究,大量描述了"人对地方的依恋中,情感与思想扮演何种角色"、"空间如何转变为地方",探究人的经验的本质、人的情感与物质对象相联结的特质、概念与象征在"地方认同"的产生过程中所起的作用。⑥ 这些鲜明地体现在被段义孚称为有关"地方的感受特性"的作品中:《恋地情结:对环境感知、态度和价值的研究》、《地方:体验的视野》(Place:An Experiential Perspective)、《经验透视中的空间与地方》与《空间与地方:人文主义的视野》(Space and Place:Humanistic Perspective)等。段义孚将其在地理研究中所采用的现象学的描述方法统称为"描述的心理地理学"(descriptive psychological geography)⑦,认为"对一个地方生动或逼真的描述,也

---

① Yi-Fu Tuan, "Geography, Phenomenology and the Study of Human Nature", *The Canadian Geographer*, Fall, 1971, Vol.15, pp.181−192.

② Yi-Fu Tuan, "Commentaries on Values in Geography", in *Values in Geography*, 1974, pp.54−58, Commission on College Geography Resource Paper No.24, Washington D.C.: Association of American Geographers.

③ 主要体现在段义孚下列论著中:Yi-Fu Tuan, "Humanistic Geography", *Annals of the Association of American Geographers*, 1976, Vol.66, No.2, pp.266−276; Yi-Fu Tuan, *Space and Place:The Perspective of Experience*, London: Edward Arnold, 1977。

④ Yi-Fu Tuan, "Geography, Phenomenology and the Study of Human Nature", *Canadian Geographer*, 1971, Vol.15, No.3, pp.181−192.

⑤ Yi-Fu Tuan, "Humanistic Geography", *Annals of the Association of American Geographers*, 1976, Vol. 66, No.2, pp.266−276.

⑥ Yi-Fu Tuan, "Humanistic Geography", *Annals of the Association of American Geographers*, 1976, Vol. 66, No.2, pp.266−276.

⑦ Yi-Fu Tuan, *Dominance and Affection:The Making of Pets*, New Haven: Yale University Press, 1984, p.ix.

许就是人文主义地理学的最高成就"①。凭借此种方法,段义孚彰显人与地方空间的情感联系。

段义孚将现象学作为其研究方法的立论哲学,但并不太重视纯粹现象学的研究方法,存在主义也得到其关注并运用到地理学研究中。与现象学相比,存在主义更为强调人所生存的环境、人的个性及选择的自由性。人文主义地理学吸收了存在主义的某些观点,尤其是海德格尔的"在世界中""居住""本真性"等观点,"强调人与地、文化与地理以及人与自然不可分割的关系……更加注重存在的、经验的观念"②。

人文主义地理学的空间观,即"存在空间"(existential space),受到海德格尔"在世存有"(being-in-the-world)之空间思想的启发,提倡"在世之人"或"人之在世"的空间或地方性质,即空间性(spatiality)或地方性(placeness)。人文主义地理学强调研究人的经验历史中的空间感情和空间观念,并凸显经验是我们得以认识这个世界的整体性工具。段义孚所诠释的"存在空间",是一"主体性空间"(subjective space),带有"居有者"强烈的"主体意向性"。

段义孚凭借现象学方法和存在主义理念对地方空间进行探究,把人作为地方空间研究的出发点和归宿,揭示了一种归返于人的地方空间理念。

二、人文主义地理学的基本概念

(一)地方与空间

在人文主义地理学中,地方远远不只是由砖石组成的有形结构,"地方是具有既定价值的安全中心"③。凡是能感受到价值存在,满足诸如食物、水、休息和繁衍等生理需要或精神需要之处都可以称为地方,其范围远远超出城镇,甚至社

---

①　Yi-Fu Tuan,"Humanistic Geography",Annals of the Association of American Geographers,1976,Vol. 66,No.2,pp.266-276.

②　Phil Hubbard,Rob Kitchin and Gill Valentine(eds.),*Key Thinkers on Space and Place*,London,Thousand Oaks,New Delhi:Sage Publications,2004,p.307.

③　Yi-Fu Tuan, *Space and Place:The Perspective of Experience*, Minneapolis:University of Minnesota Press,1977,p.54.

区、家和住所。地方可以以实实在在的物质形式存在,如舒适的扶手椅、老宅基地,甚至另一个人也可称为家,例如,母亲对婴儿来说就是家,就是在沙地玩耍后可以回归的地方;也可以以虚拟形式存在,如音乐、舞蹈、绘画、影视片、文学等被段义孚称为虚拟的地方,是"情感支撑的丰厚来源"。

地方使人具有稳定感与安全感,具有重要意义:第一,地方首先是人身份认同的源泉。段义孚以爱德华·雷尔夫(Edward Relph)的话支撑其观点:"我们想知道我们所处的位置,想知道我们是谁,希望自己的身份为社会所接受,想在地球上找个特定的地方安个舒适的家。"①第二,地方的稳定与完整有助于人格的健全发展:"从生态层次上讲,我们需要维护地方的完整性,我想强调的原因是人需要稳定,需要一个稳定的地方,时间上似乎静止的地方,我们可以回归的地方,地方的完整性可证实我们自身的完整性。"②第三,地方中有许许多多真实与美好的事物,比如身边玩耍的孩子、手中紧紧抓住的物体,傍晚时分花园内坐着人的靠椅等,给人以真真切切的幸福感。"还有什么比身边这些实实在在的事物更能让人感到幸福呢? 如果一个人从这些真实的物体旁经过,却对之熟视无睹,而去追逐不切实际的空想,那么,好吧,他最后将一切成空。"③同时,地方对人也可能是一种束缚,抑制人的发展潜能。"'安分守己'或被'拴在一个地方'此类说法可能会使人产生深深的羞辱感,暗含受拘束和无能力之意。对一个喜欢自由和思维灵活的人来讲,家或地方的意义不大,亚里士多德就认为无家感是哲学家最大的优势之一。"④"幽闭恐怖之人把小而封闭的地方视为难以忍受的束缚,而不认为是真诚友谊和独自沉思能在的有益空间。"⑤

空间被视为是"缺乏意义的领域——是'生活事实',跟时间一样,构成人类

---

① Yi-Fu Tuan, "In Place, Out of Place", in *Geoscience and Man*, Mils Richardson(ed.), Baton Rouge: Geoscience Publications, 1984, Vol.24, p.3.

② Yi-Fu Tuan, "Sense of Place: Its Relationship to Self and Time", in *Reanimating Places: A Geography of Rhythms*, Tom Mels(ed.), Cornwall: Ashgate Publishing Ltd., 2004, p.48.

③ [美]段义孚:《逃避主义》,周尚意、张春梅译,河北教育出版社 2005 年版,第 256 页。

④ Yi-Fu Tuan, "In Place, Out of Place", in *Geoscience and Man*, Mils Richardson(ed.), 1984, Vol.24, p.3.

⑤ Yi-Fu Tuan, *Space and Place: The Perspective of Experience*, Minneapolis: University of Minnesota Press, 1977, p.54.

生活的基本坐标"。"空间内含移动、动作、自由、潜能、未来,意味着生命力、活力,是一种知觉。"①空间与自由密切相关,"自由意味着有权利和足够空间展示自我"②。而遥远的星系、奇异的宇宙、渺茫的荒野、沙漠和冰川等则是异地空间。与地方一样,空间与人的生存也息息相关。第一,好的生活在某种程度上来源于典型的开放,好的生活应囊括各种各样丰富的经历。而空间,在段义孚看来,正好提供这样的平台:"我感觉到人类历史在前进,原因来自进步,是人在不同状态和不同空间体验中,即不同生活体验中清楚地看到的进步。"③第二,段义孚将异地空间的意义上升到审美层面,认为,异地空间"可能使生活变得艰苦,然而令人震撼,具有一种不可抗拒的美或崇高的美"④。比如,沙漠和冰川就给西方人带来美的体验,偶尔也会给人带来消除自我与他人之间界限的崇高意识。第三,到广阔的空间并不意味着一定失去自我意识和地方意识,相反,有可能会发现全新的自我。"我从沙漠中更进一步了解了自身——我对真诚的需求。""我看到了我最深层次的价值观和信仰的客观对应物,真诚、明晰、纯洁、坦荡,像包容一切的天空一样慷慨,像不掺杂生活艰辛与烦恼的空间一样自由。"⑤第四,空间带来的彻底的自由所产生的安全感一点也不亚于固着在大地所产生的安全感,人类飞翔的梦想就是其极好的例证。"还有什么比飞翔更能让人体验到自由的伟大? 谁不曾梦想,有朝一日能像雪莱写的那样,变成一只鸟、一只云雀? ……飞翔可能是全人类的普遍愿望。飞翔会出现在儿童的白日梦里,出现在成人的神话与实践中——对神情恍惚和心醉神迷的治疗中,出现在萨满教的航行中,出现在伊卡洛斯熔化的翅膀中,出现在达芬奇关于飞行器的绘画中,出现在众多

① Yi-Fu Tuan, *Who Am I? An Autobiography of Emotion, Mind, and Spirit*, Madison: University of Wisconsin Press, 1999, pp.105-106.
② Yi-Fu Tuan, *Space and Place: The Perspective of Experience*, Minneapolis: University of Minnesota Press, 1977, p.52.
③ Hubbard P., Rob Kitchin and Gill Valentine(eds.), *Key Thinkers on Space and Place*, London, Thousand Oaks, New Delhi: Sage Publications, 2004, pp.306-307.
④ Yi-Fu Tuan, "Desert and Ice: Ambivalent Aesthetics", in *Landscape, Natural Beauty and the Arts*, Salim Kemal and Ivan Gaskell(eds.), Cambridge: Cambridge University Press, 1993, p.140.
⑤ Yi-Fu Tuan, "Sense of Place: Its Relationship to Self and Time", in *Reanimating Places: A Geography of Rhythms*, Tom Mels(ed.), Cornwall: Ashgate Publishing Ltd., 2004, p.48.

天使和有翅膀的生物中。飞行器的发明最终实现了人类飞翔的愿望,但挑战地球引力的实验并未停止;相反,每一个成功都会使人类飞翔的梦想变得更加狂热。"①另一方面,空间带给人自由的同时也带给人茫然不安之感,"空间普遍意味着自由,空间具有开放性,空间的开放性提示未来,启发人积极行动。然而空间的旷阔与自由亦能带来负面的无助与恐惧感"。段义孚多次以"坏"一词的内涵来说明空间的威胁性:"'坏'一词的根本含义是'开放性',开放和自由意味着无保护和脆弱"②;"'坏'的根本含义是'无遮掩',即暴露在外部环境之中。在过去,多数外部环境被认为具有威胁性或是邪恶的"③。尤其是对旷野恐怖者而言,空间"不是潜能发挥与自我展示之地,相反,会威胁到自身的健全发展"④。过多的空间移动会造成心理伤害:"一直处于移动中的人,把地方仅仅看作是休息站,把艺术品看作是消遣、娱乐或者资本,尽管他们获得了世人眼中的成功,似乎并不太真实,只是流于表面。"⑤

　　人文主义地理学中的空间与地方对于人的生存相辅相成、缺一不可,人类生活就是穿梭于地方与空间的辩证运动。"空间被限定范围并被人性化则成了地方。与空间相比,地方是具有既定价值的安全中心。人既需地方也需空间,人类生活就是庇护与冒险、依附固守与自由的辩证运动。在空旷的空间人可能极度意识到地方的安全,在幽闭之地的寂寞中渴望空间的浩瀚。一个健全的人同时需要限制与自由、地方的界限与空间的开放性。"⑥"一个完整坚定而又不断成长的自我似乎需要静与动、稳定与变化、地方与空间的不断交替,每一方的持续因文化和个性而异。"⑦

---

① [美]段义孚:《逃避主义》,周尚意、张春梅译,河北教育出版社2005年版,第189—190页。

② Yi-Fu Tuan, *Space and Place: The Perspective of Experience*, Minneapolis: University of Minnesota Press, 1977, p.54.

③ Yi-Fu Tuan, *Who Am I? An Autobiography of Emotion, Mind, and Spirit*, Madison: University of Wisconsin Press, 1999, p.106.

④ Yi-Fu Tuan, *Space and Place: The Perspective of Experience*, Minneapolis: University of Minnesota Press, 1977, p.54.

⑤ Yi-Fu Tuan, "Sense of Place: Its Relationship to Self and Time", in *Reanimating Places: A Geography of Rhythms*, Tom Mels(ed.), Cornwall: Ashgate Publishing Ltd., 2004, p.54.

⑥ Yi-Fu Tuan, *Space and Place: The Perspective of Experience*, Minneapolis: University of Minnesota Press, 1977, p.54.

⑦ Yi-Fu Tuan, *Place, Art, and Self, Center for American Places*, Charlottesville: University of Virginia Press, 2004, p.4.

美好的生活需要各种丰富的经历,既体会到稳定的踏实也享受到变化和自由的乐趣。其中稳定对生存来讲是更基本的,"这里"优于"那里",在向往空间之前我们必须先有扎根于一个地方的稳定感。然而,无论人喜欢不喜欢自由,都不会拒绝成长,而成长的一个标志,是内心中的"世界"的扩张。游魂无常,徘徊于空间与地方、祖国与世界、天下与家乡以及家与社会之间。段义孚此方面最鲜明的例证是地球与外层空间在人生存中都具有不可或缺的位置。在人的心灵中,"地方是安慰,空间是自由:我们守着两者中的某一方,神往着另一方"①。

(二)恋地情结

人对环境天然地有一种依恋感。段义孚将这种情感称为"恋地情结"(Topophilia)。② Topophilia 是段义孚早年的著作《恋地情结:环境感知、态度与价值的研究》书名中的一个词,由 topo 与 philia 合成,前者指地,后者指偏好。Topophilia 一词不是段义孚首创,却是因他的详尽阐发而大获其名,成为人文地理学的重要术语,并被收入词典。根据段义孚的解释,"恋地情结"是指"人与地方或环境之间的情感联结"③,是人对场所的爱(human love of place)。"恋地情结""在广义上可以被界定为包括所有与物质环境相联结的人类情感"④,包括"短暂的视觉快乐,触角快乐,对亲密熟悉之地的情结,对值得美好回忆的家之爱,对引发骄傲和自豪之感的地方之爱,看到健康和活力之物时的快活之情"等。⑤ "恋地情结表现方式很多,情感反映范围和强度有很大区别"⑥,主要体现

---

① Yi-Fu Tuan, *Space and Place: The Perspectives of Experience*, Minneapolis: University of Minnesota Press, 1977, p.3.

② Yi-Fu Tuan, *Topophilia: A Study of Environmental Perception, Attitudes, and Values*, Englewood Cliffs, New Jersey: Prentice-hall, Inc., 1974.

③ Yi-Fu Tuan, *Topophilia: A Study of Environmental Perception, Attitudes, and Values*, Englewood Cliffs, New Jersey: Prentice-hall, Inc., 1974, p.4.

④ Yi-Fu Tuan, *Topophilia: A Study of Environmental Perception, Attitudes, and Values*, Englewood Cliffs, New Jersey: Prentice-hall, Inc., 1974, p.93.

⑤ Yi-Fu Tuan, *Topophilia: A Study of Environmental Perception, Attitudes, and Values*, Englewood Cliffs, New Jersey: Prentice-hall, Inc., 1974, p.247.

⑥ Yi-Fu Tuan, *Topophilia: A Study of Environmental Perception, Attitudes, and Values*, Englewood Cliffs, New Jersey: Prentice-hall, Inc., 1974, p.93.

在三个方面：

第一，审美反应。段义孚认为"对环境的反应主要体现在审美方面"，并指出此种审美反应具有始料未及、强烈、短暂的特点。这种反应会是"从风景中感到的短暂愉悦"，或是"突然显现的美"所给予的"同样短暂却令人震撼的美感"。① 短暂的审美反应"与人文事件联系在一起时对景观的欣赏更富独特性和持久性。当审美快乐伴随着科学的好奇心时也会变得持久而不是短暂即逝。强烈的审美意识常常给人带来启示。这种意识至少受已有观念的影响，也似乎在很大程度上不受环境特点的影响。普普通通甚至单调的情景可能显示本身未露的一面，这一面有时正好带给人美感"。②

第二，触觉上的快乐。段义孚认为情感反应可能是触觉上的："活着的快乐和内心深处的幸福感来自可能随时随地出现的对皮肤的触及。"③

第三，家园感。恋地情结中最明显的是对家的依恋。家园感是"一种更为持久且难以表达的情感反应，发生在家乡、有纪念意义的地方、以及谋生的工具上等"④。这种情感反应给人以归属感。"这种对大地的依恋感既好像儿女依恋母亲，又好像夫妻相互依恋。这是一种类似于对家庭的依恋，所以我们将这种依恋感称之为家园感。"⑤人对熟悉的地方容易产生钟爱之情和归属感。

段义孚对家的界定范围非常广，大到国家小到床都可以被称为家。家"从广义上讲，有关自然、经济、心理和道德，包含整个地球和周边环境，是内含限制与自由的地方和空间"⑥。段义孚认为，家既具有物质内涵也具有象征意义。家是"生活的中心，中心如果内含起点，就指人走向世界和未来的起点；家是出生

---

① Yi-Fu Tuan, *Topophilia*: *A Study of Environmental Perception*, *Attitudes*, *and Values*, Englewood Cliffs, New Jersey: Prentice-hall, Inc., 1974, pp.93-94.

② Yi-Fu Tuan, *Topophilia*: *A Study of Environmental Perception*, *Attitudes*, *and Values*, Englewood Cliffs, New Jersey: Prentice-hall, Inc., 1974, p.95.

③ Yi-Fu Tuan, *Passing Strange and Wonderful*: *Aesthetics*, *Nature*, *Culture*, Washington, D. C.: Island Press, 1993, pp.40-41.

④ Yi-Fu Tuan, *Topophilia*: *A Study of Environmental Perception*, *Attitudes*, *and Values*, Englewood Cliffs, New Jersey: Prentice-hall, Inc., 1974, p.93.

⑤ 陈望衡：《聆听天籁》，山东友谊出版社 2008 年版，第 253 页。

⑥ Yi-Fu Tuan, "A View of Geography", *Geographical Review*, 1991, Vol.81, No.1, pp.99-107.

地和归宿"①。段义孚进一步指出,理解家的用途,"家是由精神和物质构成的空间单位,以满足人在现实中可察觉的基本的物质力量和社会力量之间相互作用的需求,除此之外,满足他们更高的审美——政治理想"②。

段义孚还进一步把"恋地情结"发展为"虔地情结"(geopiety),揭示了人对自然界和地理空间产生的更深切的敬重之情。相互性是"虔地情结"的核心,段义孚用这个词表达人与自然的特殊情结,并以此为线索探讨人与自然和谐的相互职责。根据段义孚,"虔地情结"是个宗教概念。"geo"是地球,它也指土地以及更广泛意义上的国土、国家和民族。"piety"则指对家、国家和保护人的神的敬畏和依恋。敬畏是"虔地情结"的实质,但这种情结也不同程度地牵扯一些其他情感:仰慕、同情、怜悯、爱等。人仰慕强者,同情弱者。然而,"虔地情结"不仅指被延伸到现代生态观念中的非宗教性的崇拜,它也包括人的忠诚。就像段义孚解释的:"虔地情结是一种情感和社会的精神特质,是一个封闭系统所特有的。父母生育子女,子女尊敬父母、赡养父母;自然养育人,人敬畏自然。我们应该因自然的赋予回报自然,保护自然,这些生态准则是'虔地情结'的现代体现。"③在现代社会中,神的地位逐渐减弱,自然也失去了其原有的魅力。但是这种对祖辈的虔诚、神与崇拜者之间的相互性还存在。总之,段义孚对虔地情结的阐释从更深层次上体现了人与环境的相互性关系。

(三)恐惧景观

"恐惧景观"(landscape of fear)主要体现在段义孚的《恐惧》一书中,"除因病理的情况外,恐惧是心病,但真实的胁迫源于外在环境,'景观'一词始用于十七世纪,是自然的和可测量的实体,也是心智的构造。'恐惧景观'同时指心理状态和现实环境。"段义孚以人文主义的地理感观点来谈论景观,列举了许多恐

---

① Yi-Fu Tuan,*Dear Colleague:Common and Uncommon Observations*,Minneapolis:University of Minnesota Press,2002,p.60.

② Yi-Fu Tuan,"A View of Geography",*Geographical Review*,1991,Vol.81,No.1,pp.99-107.

③ Yi-Fu Tuan,"Geopiety:A Theme in Man's Attachment to Nature and to Place",in *Geographies of the Mind*,D.Lowenthal and Martyn Bowden(eds.),New York:Oxford University Press,1976,pp.33-34.

惧景观，"许多图像都会呈现于脑际：对黑暗的恐惧和孩童被放弃时的恐惧；在陌生的环境或社会场合的焦虑；对尸体和超自然的恐惧；对疾病、战争和天然灾难的恐惧；看见医院和监狱时的不舒服；在荒街僻巷中怕被人扼颈的恐惧；想到世界秩序可能崩溃时的忧虑。"

段义孚在《恐惧》一书中讲到，"恐惧景观"主要是指"混沌的、自然的和人文的无穷力量之显示"。

第一，对自然的恐惧。自然环境的残酷、冷漠，突发的自然灾害是人类的恐惧来源。段义孚还意识到随着科技的发展，随着对自然的控制能力的增强，现代人对大自然的恐惧已经大大减少。但他同时指出，现代西方人面临着来自大自然的另一种恐惧。"如果说今日的西方人还会害怕大自然些什么的话，那就是害怕大自然被滥垦滥捕。现在让我们提心吊胆的不是大自然的狂野力量，反而是它的脆弱性。"

第二，对人文环境的恐惧。段义孚认为，随着人类进化，人制造恐惧的能力也提高了。"战争、暴政、种族歧视、犯罪、气候暖化与生态浩劫，哪一项不是人类的杰作？"首先，段义孚指出战争、种族歧视带给人的无限恐惧。"自文明开始以后，残忍的战争就会周期性地毁灭城市和国家。"其次，段义孚认为人类成就之下隐藏着许多恐惧的成分。"每一项重大人类成就都会引起人们的不安，就像担心这些成就招来众神忌妒，或是担心这类成就以牺牲大自然为代价，迟早会引起大自然反噬。城市就是一项重要的人类成就。筑造这样的人为世界当然是要牺牲自然环境的，而这一点在古时代曾引起人们的焦虑感和罪恶感。"段义孚进一步指出现代科技也给人带来恐惧："现代科技的重大胜利无法根除这种古代信念。科学每带领我们离开自然一步，就会有些人惶惶不可终日。……高科技的发展仍然带给现代人挥之不去的疑虑。"

第三，对混沌的恐惧。段义孚认为："混沌的、不清晰的状态令人感到困惑与费解，人们总是试图寻找清晰与明朗。人们宁愿采纳抽象的模型，也不愿接受无头绪的现实，因为清晰与明朗会给人以'真实的存在'的感觉。"①

---

① ［美］段义孚：《逃避主义》，周尚意、张春梅译，河北教育出版社2005年版，第5页。

除此之外,段义孚还指出不同时代的人所面临的恐惧会有差异。"有时,古代人所恐惧的东西在我们眼中反而是值得欣赏的。这是另一个让我们在比较古今恐惧时会产生混淆的源头。"段义孚以对大自然的神圣为例进行说明,"古时,深林、山脉和河流曾被视为山精水灵的住处,因而会引起人们的敬畏,甚至害怕。古希腊的土地上遍布着祭拜自然神祇与死去英雄的神祠"。而现代人有时会认为大自然的去神圣化是可惜的事情。"这类地景的消失,在一些现代人看来是个损失,因为少了神祇,大自然就只剩下漂亮一面而失去灵性一面。我们渴望地方保护神明的复返。"另外,段义孚认为现代人所面临的恐惧是古时所没有的,"有一些当代恐惧是崭新的,反映着我们知识的更丰富和警觉心的更强:人口爆炸、世界粮食危机、富国与贫国会发生冲突、科技会引发灾难。"段义孚进一步指出当代恐惧所具有的典型特征:"过去的心都是一时一地,不是放眼全球和指向未来。全球规模和未来时态正是当代恐惧特有的特征。越来越多受过教育的人开始担心世界及其未来,哪怕他们并不担心自己和儿女在有生之年会陷入饥寒。"

(四)逃避

人文主义地理学认为,"爱"与"怕"是人对地理环境的两种基本情感。人类总是尽力改善自己的生存环境,试图把环境从"可怕的"变为"可爱的",以调和人与环境的关系,创造更宜人栖居的世界。人文主义地理学将这个过程称为"逃避"。人类无法摆脱逃避思想,几乎所有的生产生活活动都有逃避思想的参与。段义孚在《逃避主义》一书的"前言"中写道:"谁不曾有过逃避的想法? 但逃避何物? 逃亡何处? …… 一个人受到压迫的时候,或者是无法把握确定的现实的时候,肯定会非常迫切地希望迁往他处。"①人类会产生逃避的想法,原因来自对周围环境的恐惧。归根结底,人类逃避的对象有四种,一是自然,二是文化,三是混沌,四是人类自身的动物性或兽性。

段义孚认为,人类改造自然、创造比自然界更加稳定的人造世界主要靠丰富

---

① ［美］段义孚:《逃避主义》,周尚意、张春梅译,河北教育出版社 2005 年版,第 1 页。

的想象力。"想象是我们逃避的唯一方式,逃到哪里去? 逃到所谓的美好当中去——也许是一种更好的生活,或是一处更好的地方"①。

在肯定想象力的产物——文化在人类文明发展中的作用的同时,对想象力造成的恶果也感到万分担忧。段义孚在其著作中多次强调这一点。"在'文明'社会中,人类运用受过训练的想象力在知识领域和精神领域创造出令人瞩目的奇迹,但就是这种想象力也同时造成了无法用语言形容的可怕的堕落,毫不夸张地说,这种可怕的堕落其实就是制造了万劫不复的人间地狱。"②"想象的力量是巨大的,为开辟更安全更美好的世界提供各种可能性,可惜,所开辟的世界也会给人带来困惑和恐惧。"③"丰富的想象会将人类带入一个两难境地,一方面它可能让人类逃往更好的生活,另一方面它也可能是谎言和骗局、自我的白日梦、疯狂、无法形容的残忍、暴力、破坏,总而言之就是邪恶。"④段义孚主张人利用想象力改造并创建更好的环境时,应把想象力与道德结合起来。"一个世界,不管它多么有魅力,只要缺少了道德砝码,它就是轻浮的。'做得好'意味着什么?'好'的含义为何? 用我们的一生努力探索这些答案——更重要的是,我们一定要尽力照着'好'的最高标准去行动——这是我们今生能够抵达天堂的捷径。"⑤段义孚在其探讨中,还特意"用动态的术语把道德重新定义为探索,把想象重新定义为人创造性地发展人类理解道德内涵的能力,希望把美好生活的两个相关方面(道德与想象力)达成和谐的一体"⑥。建设人居环境彰显的不是"物竞天择",也不是"适者生存",而是人为了生存所进行的主动性抉择。"随着人们逐渐成熟起来,人们必须……从由于害怕而产生的幻想转移到对想象力自由且有节制地运用……创造任何事物都必须要有这样的想象力。"⑦

---

① 〔美〕段义孚:《逃避主义》,周尚意、张春梅译,河北教育出版社2005年版,第145页。
② 〔美〕段义孚:《逃避主义》,周尚意、张春梅译,河北教育出版社2005年版,第156页。
③ Yi-Fu Tuan, "Progress and Anxiety", in *Progress*: *Geographical Essays*, Robert D. Sack (ed.), Baltimore:Johns Hopkins University Press,2002,p.78.
④ 〔美〕段义孚:《逃避主义》,周尚意、张春梅译,河北教育出版社2005年版,第33页。
⑤ 〔美〕段义孚:《逃避主义》,周尚意、张春梅译,河北教育出版社2005年版,第195页。
⑥ Raymond Duncan Gastil, *Progress*: *Critical Thinking about Historical Change*, Connecticut: Praeger Publishers,1993,p.167.
⑦ 〔美〕段义孚:《逃避主义》,周尚意、张春梅译,河北教育出版社2005年版,第212页。

三、人文主义地理学的思想内涵

（一）深厚的人文关怀

人文主义地理学对人与生存环境关系的思考是以对人生意义的追寻为目的，将地理研究的焦点置于人的思想与行为以及人的存在状态。对这些方面的所有探究都是"经由人的经验、自我意识与知识"[1]，蕴含深厚的人文关怀。

首先，人文主义地理学具有人文精神的研究向度。人文主义是一种有关人类是什么与能做什么的广泛的观点，人文主义地理学最主要的目的是：由人文主义的观点，揭露人类与地理环境关系的复杂性与多样性。人文主义地理学摒弃实证论的观点，凭借现象学方法和存在主义理念对地理现象进行探究，将研究的焦点置于人直接经验的生活世界，强调人的情感、意义、价值、目标与目的重要性，寻求一种更加人文的地理学或一系列深具人文主义精神的地理学观点的发展。周尚意、张春梅在译著《逃避主义》的序言中就指出，人文主义地理学作为地理学的一个流派，其研究视角具有三个特点。"第一个特点是'我向性'思维，即不将自己的研究视角投向无人的世界，而是将自然作为人类活动的大舞台，自然的意义是由人赋予的。第二个特点是诉诸情感的多样性。情感是主体的感受，它本身是主体性的，作为情感思维方法来说，其关注的重点不是对象本身的特点，而是对象给主体自身造成的种种感受。外在的地理环境（无论是自然的，还是人文的），人们在刻画它们时，其指标不再是统一的，因为人的性格、气质、意志、心境、人生态度、生活期望等方面的差异，使得每个人的情感世界也不相同。因此，针对同一个客观对象，人文主义地理学研究方法指导下的每个研究结论都会有所不同。第三个特点是感悟性。尽管人文主义方法不排斥理性分析和推理计算，但在它那带有诗意般感性光辉的世界中，绝不能'滥用'科学的方法。"[2]"'我向性'思维""诉诸情感的多样性""感悟性"这三个特点极好地概括

---

[1]　Yi-Fu Tuan，"Humanistic Geography"，*Annals of the Association of American Geographers*，1976，Vol. 66，No.2，pp.266-276.

[2]　［美］段义孚：《逃避主义》，周尚意、张春梅译，河北教育出版社 2005 年版，"序言"第4页。

了人文主义地理学所具有的人文精神的价值取向。由此看出,人文主义地理学是一种"人"的地理学,其所关注的人是一种有思想的生命,而非如实证主义以非人性的机械方式来表达有情感的人。它以人为核心,联结人类经验和人类表现,诠释其内蕴的主体性,进而转向关怀人的生存。

其次,人文主义地理学的地方空间观富含人文关怀。

人文主义地理学从文化历史向度揭示地方的构成,关注人的主体存有,透过对主体个人或群体的文化作用力下所产生的生活世界意义与价值网络的诠释,呈现地方内蕴的精神与特质。在人文主义地理学中,地方是一个主观维度,可以从意义的角度来加以理解:"它是一个独特的实体,一个'特别的整体',有历史和意义。地方使人们的经验和理想具体化。……它是一个应该从赋予地方以意义的人的角度来加以理解和澄清的现实。"①类似的说法还有,地方是"由体验构成的意蕴中心""地方的意义关键在于人赋予地方更大的情感寄托而不是居住等实用意义""地方特有的风格是地方的物理特征与世代人的改变共同形成,是人与自然共同造就而成"。② 一个地方的人的行动、思想、感受以及人们赋予该地的意义与价值,总是不停地变为这个地方的一部分,地方意义因此也在不断变迁之中。地方不仅是世界的一部分,而且是理解世界的一种方式。"地方"一词赋予日常生活实践空间一份宝贵的人文精神。

与实证论空间分析学派的观点不同,人文主义地理学空间观点的核心是人的存在,而空间与空间的关系,也是指人相互间的关系,而非属于现象间客观的几何关系。段义孚主张诠释和了解"在世之人"或"人之在世"的空间性。他强调研究人的经验历史中的空间感情和空间观念,并凸显经验是我们得以认识这个世界的整体性工具。这种具体经验的空间是人的在世存有活动的结果,人是空间中心,而这个以人为中心的空间,回应人的心情和意向。总之,段义孚所诠释的"存在空间",是"主体性空间",带有"居有者"强烈的"主体意向性"。它摭

---

① Yi-Fu Tuan, *Topophilia：A Study of Environmental Perception，Attitudes，and Values*，Englewood Cliffs，New Jersey：Prentice-hall，Inc.，1974，p.213.

② Yi-Fu Tuan，"Space and Place：Humanistic Perspective"，in *Human Geography：An Essential Anthology*，John Agnew，David N.Livingstone and Alisdair Rogers（eds.），Oxford：Blackwell Publishers Ltd.，1996，pp.445-456.

弃了传统空间认知所建立的"外塑的空间观",揭示了一种归返于人的空间规划的新向度。

(二)丰富的生态理念

人文主义地理学始终以人的生存为旨归,围绕地方、空间对人与环境之间的关系展开了深入研究,蕴含丰富的生态生存观、生态整体观、生态伦理观和生态文艺观。

其一,人文主义地理学对"地方""空间"与人之生存关系的探讨体现了其内涵的生态生存观。地方、空间与生存这三大生态文化要素相互融通,形成了一个密不可分的逻辑整体。在人文主义地理学中,"地方"作为人文主义地理学的研究中心,是相对"空间"提出来的,是"被赋予了价值的空间"。空间被视为构成人类生活的基本坐标。而人的美好生活"既需地方也需空间,人类生活就是庇护与冒险、依附固着与自由的辩证运动"。① 段义孚对地方与空间的理解始终以人的生存为背景,体现了他提倡人的美好生存离不开地方与空间之辩证运动的生态生存观。

其二,人文主义地理学对"地方感"的探讨体现了主客交流的生态整体观。段义孚认为人与地理环境是密不可分的整体。人具有感知地理环境的内在机制,主观性是感知行为固有的特性;地方是由人建构、反映主体的客体。同时,地理环境具有本身特质,提供了感官刺激,是人们快乐与理想的载体;地方的意义反作用于人,限制和规范人。主客交流,表明了在生态性生命体验中自然物象与人之心象、情象各司其职,内蕴着相互间无法割舍的生态情结。地方感的形成是主体之人与客体环境相互作用的结果,对地方感的探讨体现了主客交流的生态整体观。

其三,人文主义地理学对环境建构的探讨体现了其生态伦理观。段义孚认为利用想象力构建宜居环境时应提倡想象力与道德的平衡。段义孚对环境建构过程中人类的强权心理进行了无情的批判,主要体现在人类在经济实用领域对

---

① Yi-Fu Tuan, *Space and Place: The Perspective of Experience*, Minneapolis: University of Minnesota Press, 1977, p.54.

环境的肆意掠夺，尤其是审美文化领域对环境（不仅包括植物、动物、地形、气候，也包括人造空间和人本身）的自然状态的任意压制与扭曲；对人类想象力的恶果也进行了详尽的描述并给予深深的担忧，主要体现在化约、物化了的人地关系以及非真实的存在；此外，段义孚提倡创建注重人性化、内在道德美和通向真实感的人工景观以及升华人性和敦化风俗的艺术世界。以上都体现了人文主义地理学提倡想象力与道德平衡的生态伦理观。

其四，人文主义地理学认为，文学艺术是"虚拟的地方"，从地方、文学艺术与自我的关系层面探究文学艺术之于人的意义，提倡建构既体现审美意义又关注道德价值的文学艺术世界，以维护生命天性的完整，体现出其生态文艺观。

四、生态批评借鉴人文主义地理学的缘由

（一）生态批评借鉴人文主义地理学的必要性

一方面，人文主义地理学对目前生态批评理论建设和生态批评实践有重要的启发作用。生态批评中，人的定位问题一直是个棘手而敏感的话题。虽然人们已深深意识到把人的主体性作用凌驾于万物之上的人类中心主义和完全以生态整体为中心而否定人的能动作用的生态中心主义的弊端，也提出了不少平衡人之地位与环境地位的有益理论构想，但从人的深层精神领域探讨人与环境内在联系的研究还相对薄弱。

笔者认为，生态危机从根本上说是人的危机，任何生态批评的本质归宿都是人的问题。人是生态自然进化的产物之一，人类总是在思想、情感和心理的作用下从事着改造环境的活动，同时，活动的方式和习惯又影响着环境的演变。在人与环境的关系上，人以什么样的思维方式思考？产生什么样的思想？并做出何种选择和行动？行动的结果又在何层面上影响着人的情感和心理，并进一步影响着新的行为选择？……这一切都直接与环境问题密切相关。因此，人的意识观念对解决生态危机，改善环境起着无可替代的作用，有必要加强人与环境关系中人的研究，特别是对人的习惯和行为方式等方面从深层精神层面加以剖析。唯有如此，才能真正洞察环境问题的实质，才可能构建更合理的生态批评理论，

以促进环境问题的实际解决。

　　另一方面,人文主义地理学有助于切实可行地解决环境问题。段义孚在对抗实证研究方法的基础上,吸收了现象学、存在主义等学说的部分观点,建构了充满人文关怀的人文主义地理学。段义孚研究人与地理环境的关系以人的生存为核心,把焦点置于人直接经验的生活世界,关注地理环境的社会建构,强调人的情感、意义、价值与目的。段义孚认为谈生态环境问题就要谈人对环境的感知、态度和评价,不了解人,就不能找到解决环境问题的永久性方案,因为任何人类问题都跟人的心理动机、价值观和态度有关。他在《恋地情结:对环境感知、态度和价值的研究》中就表达了这样的观点,"不了解自身,就不能希望找到解决环境问题的永久性方案,这是人类最基本的问题。人类问题,无论是经济、政治或社会问题,随心理动机和引领目标的价值观和态度而变。……从更广的角度看,我们知道态度和信仰甚至不能被排除在实践方法之外,因为在任何环境考察中,承认人的情感是实际的;它们也不能被排除在理论方法之外,因为人事实上是生态主宰者,其行为需要从深层上去理解,而不能概而论之"[1]。而且,从更深层次上讲,段义孚把人和环境的关系与人的美好生存联系起来,关注人的终极命运,进而发现人类在生态整体中的定位以及人类与环境的真正关系,抓住了生态批评的核心,对未来环境问题的实际解决具有启发作用。

　　总之,段义孚有关人与环境关系的诠释"使人反思生命的意义与过程,从而找到生命的真谛,创造美好的人生"[2]。他希望人"都成为生活环境中的快活人,把环境从可怕的改善为可爱的"。他有关人与环境关系的论述,对现实生活中的人发生作用,对解决当代环境问题发生作用,对生态批评理论建设和生态批评实践具有重要的启示意义。

(二)生态批评借鉴人文主义地理学的可行性

　　在人文主义地理学的著作中,有很多论述涉及人与环境的关系问题。段义

---

① Yi-Fu Tuan,*Topophilia:A Study of Environmental Perception,Attitudes,and Values*,New Jersey:Prentice-hall,Inc.,1974,pp.1-2.
② [美]段义孚:《逃避主义》,周尚意、张春梅译,河北教育出版社 2005 年版,第 7 页。

孚的诠释将人们对现实环境的感受与似乎和地理学不太相关的哲学、心理学、都市规划与景观设计学及文艺学等方面的见解联系在一起,其对问题的思考往往贯穿于诸多学科之间。从段义孚主要的著作中,我们可以清楚地看出这一点。例如,《恋地情结:对环境感知、态度和价值的研究》一书探讨了人与环境之间不可割舍的情结,《经验透视中的空间与地方》研究了空间与地方之于人的不同意义,《撕裂的世界与自我:群体生活和个体意识》剖析了世界与自我的关系,《控制与爱:宠物的形成》考察了人对地理环境的改造问题,《逃避主义》探讨了文化与想象力的作用,《美好的生活》分析了幸福生活的真谛。从这些代表性著作中,我们可以清晰地看出段义孚从人的感觉、心理、社会文化、伦理和道德等方面揭示出人与环境之间的关联性,紧紧围绕人性、人情、人的生存环境问题画出了其理论的圆周,形成了其整个人文主义地理学的大背景。

人文主义地理学与环境问题密切相关,对人的生存环境高度关注,许多著名学者对此也予以认可。约翰·尼古拉斯·恩特肯(J.N.Entrikin)在对其著作《宇宙与炉台:一个世界公民的观点》的书评中写道:"毫无疑问,段义孚是当代文化地理和环境思想的知识力量。他的作品常常被地理学科以外的作者引用,从诸如文学评论等富有哲理性的学科到景观设计等应用性学科。理所当然,段义孚是跨越本学科的最著名的地理学家。"①他还称段义孚是透过地理学探讨诸如环境感知、象征景观、环境美学和环境道德等的"拥有超然灵魂之正义之声"。② 保罗·F.斯塔斯(Paul F.Starrs)认为:"他的作品更吸引了历史学家、哲学家、诗人、文学家、环境主义者。最终,被各类学者、科学家和思想家所喜欢。"③熊凡(Xiong Fan)在对段义孚著作《回归中国》(Coming Home to China)的书评中也认为:"作为人文主义地理学家,段义孚成功地把读者的观念从纯自然的转向超自

---

① J.N.Entrikin, "Book Review of *Cosmos and Hearth: A Cosmopolite's Viewpoint* by Yi-Fu Tuan", *Annals of the Association of American Geographers*, 1998, Vol.88, No.1, pp.176–178.

② Paul C.Adams, Steven Hoelscher and Karen E.Till(eds.), *Textures of Place: Exploring Humanistic Geographies*, Minneapolis: University of Minnesota Press, 2001, p.427.

③ Paul F.Starrs, "You Are Yi-Fu!" *Geographical Review*, 2000, Vol.90, Iss.3, pp.451–455.

然的、道德的和审美的。"①人文地理学家大卫·西蒙(David Seamon)也说:"段义孚富有洞察力的思想在很多方面对我个人的工作有过影响,连我自己都无法说清楚,我敢肯定其他的环境学者也会说同样的话"②。

段义孚本人也承认自己的作品与环境问题有关。在《经验透视中的空间与地方》一书中就谈到写此书也是为了提出与环境设计有关的问题:"这部书还有一个更大的目的,提出诸种与环境设计相关的问题(即使没有答案)。规划设计者必须进而考虑到以下问题:空间意识与未来时间观念和目标定位的关系如何?体位、人际关系与空间价值、距离关系之间的联系如何? 怎样界定我们对一个人或地方如家般的亲密感? 为了增加这种亲密感,什么样的地方可以建构,而什么样的则不提倡? ……空间与地方是否与人所需的冒险与安全、开放与限制对等?对一个地方产生长久依恋需要多长时间? …… 有文化根基的社区如缺乏明显视觉符号,怎样增强其可视性? 此过程中有何得与失?"③在《恋地情结:对环境感知、态度和价值的研究》的前言中,段义孚也提到此书对环境规划起重要作用:"这部著作有助于理解环境心理,对规划有重要的启发作用。"④

由此可见,段义孚提供一种不同寻常、富有成效的视角来认识人与环境的关系,其著作的影响也不只限于地理学,而远至于哲学、心理学、环境美学、生态批评等领域。他的生态理念天然地处在其对人与生存环境的关系问题所做出的美学思考之中,跟生态密切相关,生态批评借鉴人文主义地理学有可行性。

五、国内人文主义地理学的引介及其生态批评实践

国内已有一定学者开展人文主义地理学著述的译介和理论研究,并运用人

① Xiong Fan, "Book Reviews of *Coming Home to China* by Yi-Fu Tuan", *Asian Studies Review*, 2008, Vol.32, pp.123–146.

② David Seamon, *The Professional Geographer*, 1987, Vol.39, No.1.

③ Yi-Fu Tuan, *Space and Place: The Perspective of Experience*, Minneapolis: University of Minnesota Press, 1977, p.202.

④ Yi-Fu Tuan, *Topophilia: A Study of Environmental Perception, Attitudes, and Values*, Englewood Cliffs, New Jersey: Prentice-hall, Inc., 1974, p.3.

文主义地理学核心理念进行生态批评实践。

（一）人文主义地理学的翻译引介

目前共有6部人文主义地理学代表著作先后被翻译为中文,利于国内学界更系统地了解人文主义地理学的思想观点和理论框架。译著分别为:《经验透视中的空间与地方》(*Space and Place:The Perspective of Experience*)(潘桂成译,1998),此书2017年由王志标重译为《空间与地方:经验的视角》;《逃避主义》(*Escapism*)(周尚意等译,2005);《恐惧》(*Landscapes of Fear*)(潘桂成等译,2008),此书2011年由徐文宁重译为《无边的恐惧》;《恋地情结:对环境感知、态度与价值》(*Topophilia:A Study of Environmental Perception,Attitudes and Values*)(志丞等译,2018);《人文主义地理学:对于意义的个体追寻》(*Humanist Geography:An Individual's Search for Meaning*)(宋秀葵等译,2020)。

（二）人文主义地理学的理论研究

有关人文主义地理学的理论研究著作共计5部,论文20余篇,论及人文主义地理学的哲学基础和地方、空间、恋地情结、逃避、生态理念。

论文《论段义孚早期的环境经验研究及其现象学态度》(张骁鸣,2016)、《段义孚人文主义地理学的哲学视野》(李溪,2014)、《初论段义孚人本主义地理学思想的形成》(陆小璇,2014)、《人本主义地理学者段义孚对现象学的阐释与运用》(池永歆,2009)、《段义孚的地方空间思想研究》(宋秀葵,2014)、《段义孚与人文主义地理学》(杨艳黎,2013)探讨了人文主义地理学形成的哲学基础。著作《理解空间:20世纪空间观念的激变》(冯雷,2017)、论文《空间、地方与自然:段义孚告别演说评述》(钦白兰等,2016)、《地方感何以可能——兼评段义孚*Space and Place:The Perspectives of Experience*一书》(王健等,2016)等解析了段义孚有关"空间"和"地方"的思想。论文《人类对地方之爱——段义孚先生的〈恋地情结〉》(常利兵,2020)、《"空间转向"语境下重温〈恋地情结〉》(孟锴,2019)、《段义孚〈恋地情结〉理念论思想探析》(刘苏,2017)、《试以诠释现象心理学初探段义孚之地方之爱》(蔡怡玟,2015)、《恋"地"情结:评〈地方:记忆、想象与认同〉》(李燕,2015)探讨了段义孚人文主义地理学的关键词"恋地情结"所体现的理念;著作《后现代文化景观》(陆杨,2014);论文《从逃避主义透视人文主义地理学——读段义孚〈逃避主义〉有感》(周尚意、张春梅,2004)、《人地关系演进的时空转向——基于逃避主义的思考》(许源等,2019)、《段义孚的审美剥夺论》(宋秀葵,2018)探讨了段义孚人文主义地理学的关键词"逃避"所体现的理念。著作《生与爱:似本能与生态批评》(朱利华,2018)从生态批评视角探讨了段义孚对地方感的反思;著作《地方、空间与生存——段义孚生态文化思想研究》(宋秀葵,2012)论述了段义孚人文主义地理学的生态生存观、生态整体观、生态伦理观、生态文艺观;《环境美学的谱系》(杨平,2007)认为段义孚的思想是人文地理视界中的环境美学;论文《生命的复归——段义孚的生态文艺观》(宋秀葵,2013)、《实现想象力与道德的平衡——评段义孚的生态伦理观》(宋秀葵,2012)和《地方、空间与生存——段义孚的生态生存观》(宋秀葵,2011)、《"地方":生态批评研究的新范畴——段义孚和斯奈德"地方"思想比较研究》(蔡霞,2016)探讨了段义孚人文主义地理学的生态理念。

(三)人文主义地理学的生态批评实践

此类研究以人文主义地理学为理论基础,解析文学作品中的地方、空间、地方建构等理念,国内研究者稍多,涉及的作家作品范围较广。人文主义地理学作为方法论已成为生态批评理论构建和文学批评实践的重要理论来源。

其一,中国学者主要借鉴人文主义地理学的地方、空间以及二者关系的理念探讨了地方观和空间观在中外文学作品中的呈现,表达了立足地方、放眼全球、重构地方的生态理念。较为代表性的论文有《格雷·史奈德〈山河无尽〉中的空间和地方》(谢兰秀,硕士学位论文,2013)、《是(离)地景还是心景——〈郊区佛陀〉中的空间和地方》(廖高成,2008)、《〈云街〉中的空间表征》(徐瀛,2016)、《流动性视阈下的新地域主义——安妮·普鲁小说中的地方与全球化》(刘英,2017)、《彭斯诗歌中的地方书写及其意义》(李旷远,2019)、《华裔美国文学中地方意识与全球意识共存的"全球地方"生态思想研究》(宋秀葵,2015)、《现代性与人文地理学:透视新世纪中国诗歌的"地理转向"——以雷平阳、"象形"诗群为例》（钱文亮，2018）、《地方与认知：〈远山淡影〉与〈家园〉之比较》（张桃红，2018）、《文化地理学视域中的长安气质——以唐长安应制诗中的"地方感"和"秩序感"为考察视角》（程建虎，2013）等。较有代表性的著作有《旅游地理学概论》（王欣等，2015）、《空间批评理论视域下的乔治·艾略特作品分析》（张娜，2015）。

其二，中国学者基于关键词"恋地情结"所体现的理念探讨了中外文学作家作品中所体现的人与地方交融共生的生态思想。较为代表性的有《楚辞中的"江南想象"》（刘彦顺，2011）、《从〈我与地坛〉论史铁生的地坛经验》（李丽美，2011）、《文化地理学视野中的地点及其维度——以电影〈天使爱美丽〉为例》（冯叙，2008）、《从场所依赖解读〈呼啸山庄〉中凯瑟琳之"迷失"与"回归"》（李迎春，2009）等。

其三，中国学者基于关键词"恐惧景观"、"逃避"和"想象力"所体现的理念分析了文学作品中地方感的缺失所导致的非和谐的人地关系以及地方的生态建构问题。较为代表性的有《从人文地理学视角解读〈无可慰藉〉中的逃避主义》（许彦彦，2020）、《逃避与回归——〈柏油娃娃〉中的现代性批判研究》（潘亚丽，2018）、《阿拉斯代尔·格雷〈可怜的东西〉中的逃离意识研究》（吴叶韵，硕士学位论文，2018）、《论普里斯特利〈好伙伴〉的逃避主题》（陈龙，硕士学位论文，2016）、《皮兰德娄短篇小说中的逃避主义思想分析》（翟恒，2016）、《沉默与逃避——论〈迈克尔·K 的生活和时代〉中的风景》（尹锐，2010）、《处所意识的重新建构——有吉佐和子〈复合污染〉之生态批评解读》（杨晓辉等，2016）、《〈动物之梦〉的时空经验与地方重构》（胡碧媛等，2019）、空间移动下的想象与认同——论张系国小说中"地方"意义的形塑与转折》（刘秀美，2015）、《权力的空间意象——〈癌症楼〉的新文化地理解读》（叶超等，2015）等。

人文主义地理学深具人文主义价值取向，侧重人直接经验的生活世界和环境的社会建构，强调人性、人情、意义、价值和目的，以关注人的终极命运为主旨考察人与环境的内在联系，形成了其强调地方与空间两级控制之生态运行机制的生态生存观、主客交流的生态整体观以及地方建构时道德与想象力平衡的生态伦理观。人文主义地理学从某种程度上具有"生态人文主义"精神。"'生态人文主义'实际上是对人类中心主义与生态中心主义的一种综合与调和,是人文主义在当代的新发展与新延伸……'生态人文主义'则能克服这两种理论倾向的偏颇并将两者加以统一。"①人文主义地理学是对人类中心主义与生态中心主义某种程度上的扬弃,作为方法论和认识论对生态批评具有重要作用。人文主义地理学的重要理念一定程度上揭示了生态危机的思想文化根源,已成为生态批评中地方理论构建和文学批评实践的重要理论来源,丰富和发展了生态批评中的地方理论。然而,现有研究对人文主义地理学中的"地方"及相关概念的借鉴吸纳尚缺乏体系性;人文主义地理学作为方法论和认识论对生态批评的影响方面也缺乏专门和系统性的研究。在当前人与环境关系日益紧张、生态灾难频发的严峻形式下,重建地方,重塑地方感,唤醒人对地方的归属感、责任感成为当务之急,因此,有必要进一步挖掘并系统研究人文主义地理学中的"地方"理念,丰富和发展生态批评的地方理论,更好地揭示生态危机的思想文化根源,促进生态危机的根本解决。

---

① 曾繁仁:《生态存在论美学论稿》,吉林人民出版社 2009 年版,第 42—43 页。

第二十四章　文学地理学与生态批评

　　"文学地理学"是本身在中西方具有悠久的历史传统,又受到 20 世纪 70 年代"空间转向"和"人文地理学"的新激发,从而发展出来的跨学科文学批评与研究。与之相近的还有"地域批评""地理诗学""地理批评""地图批评"等。尽管它们彼此之间存在着相异的方法和特征,然而出于对地理学科的共同资源,相关学者大都认为"文学地理学"这一名称具有更持久和更宽泛的接受度,它和其他流派被归纳为"总概念—亚概念的关系"。①　当然它们彼此之间也存在着互相不可替代的界限。对此,米歇尔·柯罗指出真正的"文学地理学"应该能够掌握和渗透文学空间的每一个维度,既要考虑真实地点的参照价值,也要懂得想象世界的地理重建,还不能忽视文本自身所具备的空间性特征。②

　　本章从文学地理学的理论思想概述出发,挖掘文学地理学与生态批评交叉的诸缘由,然后分别综述这两个理论流派面对彼此的立场与态度,以及两者的相互比较和融合趋势,最后总结文学地理学对生态批评的价值和意义。

一、文学地理学的理论思想

(一)文学地理学的各个分支

　　"文学地理学"是在实体研究充分和理论建构成熟的基础上自然提出的,重

---

① 梅新林、葛永海:《文学地理学原理》,中国社会科学出版社 2017 年版,第 173 页。
② [法]米歇尔·柯罗:《文学地理学》,袁莉译,福建教育出版社 2021 年版,第 16 页。

在文学史和作家群体研究,意图成为文学、地理学学科的亚分支。根据梅新林在《文学地理学原理》中的梳理和总结,中西方的"文学地理学"概念各自经历了曲折的变迁,汇聚成了一个复合的概念系统。西方的"文学地理学"概念正式命名在 20 世纪四五十年代。它初次由康德从地理学维度提出,将文学地理学作为地理学的一个分支学科,此后斯塔尔夫人和丹纳等的文学地理研究缩小了范围,但直到 40 年代法国奥古斯特·迪布依的《法国文学地理学》、安德烈·费雷的《文学地理学》的问世,才真正拉回文学研究的主场。不过,70 年代"空间转向"和"空间批评"的激发增生和分化了这一概念,于是从 90 年代开始相继产生了"地理诗学"、"地理批评"以及"文学制图"等嫡亲概念和流派。

　　中国本土的"文学地理学"则经历了概念引进、确立和多元化的不同阶段。20 世纪初梁启超初次引进"文学地理"的提法,一般认为是受孟德斯鸠和康德影响的结果。20 世纪 80 年代学界常用"地域文学"、"区域文学"或"文学地域性(学)"甚至"文学生态学"等概念,显示了中国悠久的地域文学—文化研究传统以及 80 年代区域文化热的双重影响。直到 90 年代中后期陶礼天的研究才正式确定了"文学地理学"概念,提出它应同时从属于地理学与美学分支学科的双重属性。此后"文学地理学"概念被学界普遍接受,并被不同学者的研究所分化,形成多元并存局面。

　　因此文学地理学的概念界定十分多元,难以使用统一的标准。法国学者米歇尔·柯罗起初认为,文学地理学、地理批评与地理诗学分属三个不同层面,相互补充。"首先是文学地理学,它研究在作品中制造的空间语境,这种语境同时处于地理、历史、社会与文化的层面上;其次是地理批评,研究在文本中的空间再现,处在集体想象与主题学的层面上;再次是地理诗学,研究在空间、文学形式与文学体裁之间的关系,抵达一种关于创作潜能的诗学,即关于文学创作的理论。"①然而此后他给出了另一个定义。他在专著《文学地理学》(2014)中回顾了法国有关文学地理学研究的概貌,梳理了这一领域主要的研究流派和方向,对一些核心概念如"地理批评""地理诗学"等进行了规范与澄清。他指出:"'文

---

① ［法］柯罗:《文学地理学、地理批评与地理诗学》,姜丹丹译,《文化与诗学》2014 年第 2 期。

学地理学'的概念实际上涵盖了不同的方向,有必要在给出定义的同时加以区分:'地理测绘法'(géographique),研究的是作品得以产生的空间背景(文学的地理),或者为文学作品进行地理定位(文学中的地理);'地理批评'方法,分析的是文本内部空间的呈现和意义指向;'地理诗学'方法,主要是关注文学创造与空间之间的关系,以及形成这种关系的方式。"他认为这三层方法体现了语言学符号的三面(指称、所指、能指),也对应文学空间的三个维度:一是与真实地点的关联;二是一个"想象的天地"或一片"风景"的建构;三是文本的空间性本身。① 如此可见他先后谈到的"文学地理学"概念不同。第一次提到的"文学地理学"是狭义上的指称,类似于中国主流的"文学地理学",关注作家的地理分布及地域空间对作家创作以及作品中地理空间建构的影响。第二次提到的"文学地理学"才回归公认的一般概念。此外,法国地理批评的开创者波特兰·维斯特法尔也认为"文学地理学"和"地理批评"的角度不同,前者是关于地理的文学研究,后者是将文学应用到地理学里。② 他将前者局限于地理学家的文学研究,并非囊括"地理批评"在内的总体概念,因此这里的"文学地理学"依然是狭义概念。我们偏向于"文学地理学"的宽泛意义,将之作为包含了狭义文学地理学、"地域批评""地理诗学""地理批评""地图批评"的复合系统。如此一来,充分认识这些分支的理论基础与方法就十分必要了。

1. 地域批评

传统的"地方文学"其实就是"地域文学"的别称。强调地方性的地域、区域的文学研究立场,以传统的"人—地"关系为根基,这正是"文学地理学"的根基。中国文论史上有南北比较说、风俗论、物感论等,西方有孟德斯鸠的"地理环境决定论",赫尔德的时间、空间、民族三要素论,斯塔尔夫人的南北文学论,丹纳的种族、环境、时代三元素论等,甚至20世纪90年代美国出现的文学地域主义(literary regionalism)批评,以及80年代以来金克木、陶礼天等在内的许多论述,都显示出将"地域批评"代称狭义文学地理学的现象。

---

① Michel Collot, *Pour une Géographie Littéraire*, Paris: Corti, 2014, p.40.
② 骆燕灵:《关于地理批评——朱立元与波特兰·维斯特法尔的对话》,《江淮论坛》2017年第3期。

"地域"作为一个区域性的概念,必须具有相对明朗稳定的空间形态和文化形态,构成理解地域和地域文化的基点。"地域"同样是一个历史的和立体的概念,涉及传统及其变更,包含外层的自然经济地理、内层的风俗习惯和礼仪制度、核心的心理和价值观念。最后"地域"作为一个比较性的概念,其参照物既可以是其他地域或地方色彩,也可以是更广一层的全球化或世界主义。由此地域是人类对一定时空中自然地理与人文地理的综合认识,具有同一地域内部的相似性、连续性和地域之间的差异性的特点。在此意义上,地域批评可谓是建立在"地域"概念上的一种以地域文学为研究主体的文学地理学批评。①

2. 地理诗学

宽泛意义上的"地理诗学"源远流长,自维柯《新科学》提出"诗性地理"、孟德斯鸠《论法的精神》提出"地理环境决定论"、直至 70 年代出现的"空间批评"理论。该概念由两位法国诗人米歇尔·德吉(Michel Deguy)和肯尼斯·怀特(Kenneth White)率先提出。德吉勾勒了轮廓,怀特做出阐述。怀特 1989 年创立了"地理诗学国际研究所",6 年后将该所改造成几个科研和艺术创作团体的"地理诗学群岛",集合了文艺工作者、大学师生和"地球科学"研究者(地球探索、地理学、人种学等),扩及比利时、巴西、法国、苏格兰、瑞典和魁北克等。其主要合作者瑞秋·波维(Rachel Bouvet)创立的魁北克分支"穿越"(*La Traversée*)隶属于魁北克大学文学文本与想象研究中心,是其中唯一有官方学术根据地的分支。

地理诗学的理论来源有怀特的《信天翁的高原——地理诗学导论》(1990)和《地理诗学笔记》(2008)以及《苍鹭工作室》和《航海笔记》等。他在《信天翁的高原——地理诗学导论》序言阐述了"地理诗学"的命名依据、形成过程和后续反响。它是其历经多年的精神游牧主义的命名,设计了一种精神描绘法和外部生活的概念。② 他指出该词从 70 年代时常出现在自己的具体研究中,但自己并非其首创者。波维则认为,地理诗学意在建构一个新的"领地"(territory),这

---

① 梅新林、葛永海:《文学地理学原理》,中国社会科学出版社 2017 年版,第 173 页。
② Kenneth White, *Le Plateau de l' Albatros: Introduction à la Géopoétique*, Paris: Bernard Grasset, 1994, p.16.

是一个每个个体都能完整呼吸和成长,并和其他成员在一个共享社区和工程的基础上建立和谐关系的空间。在跨学科方面,地理诗学被理解为"地理学的稠化作用",地理诗学分配了更多的中心空间给研究人与环境之关系的地理学者,而不是关于空间和地方的文学研究。当然人文地理学的批评概念为分析文学文本提供了重要工具,对此怀特框定为"文本生发"(textonics),向更广阔地球/世界开启的文本分析。

在研究对象和文本上,地理诗学最初关注边缘和自然地方的空间,如怀特偏重海滨、森林和山川,偏重自然写作诗人如梭罗、惠特曼等的诗歌。后来都市空间逐渐成为思考对象。① 地理诗学也不乏自己的方法。怀特界定的地理诗学包含着地图、景观和大地艺术的批评分析,因其向世界敞开的跨学科性,不会把空间与艺术创造的关系缩减为文学的批评分析。作为其中心的是个人、文学分析的个体,因此文学分析的严格性不可抹杀读者的主体性。波维则采取数学概念来界定文本的空间层面,为虚构中的地方与空间研究发展了一套特殊方法。它包括以下内容:(1)地理诗学的研究开始于确定一处"特殊风景的锚定点"。它代表文学风景形成所围绕的中心,当它移动时,框架、地平线和纵深度也随之改变。(2)地理诗学需要观察"追溯人物的路线而形成的线"。主角通常比其他角色有更多的空间和跨越边界的可能。地理诗学家们集中于海滨、路径和航线,就在于它们创造了文本中空间和地方的意义。(3)第三层面思考的是"地图的表面"。读者创建自己的心灵地图,这远远复杂于文本的发展。(后者通过界定易被想象的地方与不可能建构的地方之间的张力,从自然地方如河海山林岛屿等的描述来探索,或者整合人物的路径开合形成的路线。)正如《想象的地图》(2004)作者彼得·图齐(Peter Turchi)追问地图能讲述什么故事,我们也应该追问当阅读时文本能描绘出何种地图。地图包含着对诸如国家、洲、洋、地球乃至银河界等规模空间的整体化理解,它也意味着一种距离化的运动。(4)第四层面在于"以'居住'的术语所界定的体积"。海德格尔的《筑·居·思》一文对诗

---

① 参考城市地理诗学的相关研究,比如波尔多建筑学教授让-保罗·卢布(Jean-Paul Loubes)和日内瓦地理学教授贝尔唐·列维(Bertrand Lévy)的研究,参见 Georges Amar, Rachel Bouvet and Jean-Paul Loubes(eds.),*Ville et Géopoétique*,Paris:L'Harmattan,2016。

意栖居的思考启发了许多地理学家重审地方、居住模式与实践。连接文学、地理学和建筑学，我们可以追问是否叙事能够从"筑"或"变得可以居住"这个角度来思考。文学文本提供了居住的不同方式，因此代表着我们与世界关系的丰富源泉。回顾生态学的词源学，"*oikos*"正是适应人类的地方或居所，更仔细地考察照料这个地方即我们的环境的必要性。这一点把地理诗学和生态批评紧密结合起来了。当然，这些点线面和体积的几何术语不是用来作为机械分析的（地图上的）坐标方格，地理诗学的研究扎根于阅读那些呼唤我们走出去之文本的快乐。

3. 地理批评

"地理批评"更多地受到 20 世纪以来"空间转向"、文化地理学、后现代地理哲学观、后殖民理论等的影响，注重一种审美批评与意识形态批评。"地理批评"的概念发起于法国 1999 年维斯特法尔组织的利摩日大学"地理批评：一种工作模式"学术会议，其报告《走向一种文本的地理批评》和《地理批评：真实与虚构空间》（2007）确立了方法论。与此同时，美国学者罗伯特·泰利（Robert T. Tally）也开始运用地理批评和"文学制图"来关注空间想象与实践。泰利主编的《地理批评探索：文学与文化研究中的空间、地方和制图》（2011）代表了美国地理批评的主流观点，论文集中的论文分类以及论题与观点撇不开维斯特法尔的影响。至于地理批评的学术渊源，泰利上溯到本雅明的拱廊街计划和巴赫金的时空体等，尤其是对应德勒兹的"地理哲学"而提出的文学批评法，他更看重"文学制图"的概念。而维斯特法尔则追溯到 20 世纪 70 年代法国人文和社会科学领域内的新空间解读和空间批评，包括福柯的异托邦，德勒兹的解域化、逃逸线、可能世界等理论（以及马西莫·卡西亚的群岛诗学）和列斐伏尔的空间生产等，还有后现代文化地理学和后殖民主义理论等，他对地理批评给出了专门明确的定义和相对完整的学术体系建构。

维斯特法尔最初指出，地理批评作为一种诗学，"目的不再是对文学中的空间再现进行分析，而是着眼于人类空间与文学的互动，其中最重要的一项核心内容就是对文化身份确定性及不确定性方面的独特见解"。不过这种互动不能说明地理批评研究的是单向关系（空间—文学），而是真正的辩证法（空间—文学—空间)。他认为,地理批评是对群岛诗学的完美呼应,"地理批评综合并更新了人类空间的研究方法,从而成为感知所有空间中隐藏群岛的微焦工具"。因此它与许多学科如地缘政治等关系密切,也注定了它的跨学科特性。最后,虽然从文学出发,地理批评的"最终目的是要超越文学领域,将空间中阐释人性的虚构部分抽离出来"。不同于形象学研究,地理批评把作者放在重要的研究地位,但不是唯一的研究对象,因为地理批评"更关注被观察空间而不是观察者的特点",这样能"部分缓解文本分析时作者的个人感性成分带来的影响。把目光集中在以同一空间所指为主题的作品或语料库上,可更好地定位每位作家的意图,反映言语策略"。所以采用地理批评来分析单个文本或单个作家是危险的。

此后维斯特法尔凝练总结了地理批评的方法论为"多重聚焦"(multifocalization)、"共感性"(polysensoriality,非单一感官)、"地层学视角"(stratigraphy,关注地方再现的不同历史和考古学的层面)和"跨文本性"(intertexutality,处理同一主题的不同艺术形式)4个关键词。此外,就是不言而喻的"地理中心"原则,与形象学研究、生态批评不同的是,"地理中心"的方法是让"地方"成为研究的中心,因此它能在一定程度上综合并更新人类空间的研究方法,梳理并建构更多的文学文本与现实空间的知识。这些关键原则符合三个基本概念:空时性(没有空间分析可避免时间问题)、越界性(永久流动是表征和本质的特征)、指涉性(任何表征连接着所指的世界)。① 维斯特法尔指出,地理批评仍然需要不断发展,他现在对后殖民主义与全球化研究(世界文学与文学翻译问题)等宏观角度的空间感兴趣,不过地理批评方法在其近作《拟真的世界》和《子午线的牢笼》中一直得到发展。在最近的一次对话中,他强调地理批评是"一个关于领地的动态分析",它假定所有的领地都不是固定的,它不关闭空间,也不封闭于理论之中。②

4. 地图批评

地理诗学和地理批评都强调"文学制图",加上弗朗克·莫雷蒂(Franco

---

① 梅新林、葛永海:《文学地理学原理》(上),中国社会科学出版社 2017 年版,第 186 页。
② 骆燕灵:《关于地理批评——朱立元与波特兰·维斯特法尔的对话》,《江淮论坛》2017 年第 3 期。

Moretti)与埃里克·布尔逊(Eric Bulson)为代表的"文学地图"说,还有中国本土悠久的"文学图志",这使得"地图批评"被提炼出来,作为"文学地理学"的大家庭里衍生的一个新分支。

"文学制图"概念来自詹姆逊提出的"绘制认知地图"和赛义德的制图理论,经美国的地理批评学者泰利于90年代提炼而出。其意在于制作文学地图,在此基础上发展的一套相关概念、理论与方法。它同样受到70年代以来"空间转向"与"空间批评"兴起的推动,使得地图、意义地图、文学地图、文学制图等概念引起学界的关注和讨论。

根据郭方云的梳理归纳,20世纪90年代以来英美文学界存在着肯特·莱登和格雷厄姆·哈根的"文学地图学"、强调诗歌诗学的"诗性地图学"和"生态地图学"等不同的理论创新与建构,它们都在不同程度上得益于地图批评。① 可见地图批评具有自身的理论特性和相对完整性。它强调以图立言、图文互文的特殊范式,具有广泛的兼容性,所以与其他分支之间没有绝对固定的边界。

(二)理论内核与差异

总体看来,文学地理学的各个分支只是一个大致划分,在内在学理上是息息相通的,但它们各自有着不同的理论和方法特性,所以共同构筑着"文学地理学"这一文学研究领域。对于各个分支的理论内核及其差异,学界众说纷纭。柯罗认为,地理诗学是对狭义文学地理学、地理批评等的理论升华与建构。② 埃里克·普列托的《地理批评、地理诗学、地理哲学及其他》一文指出,要从"地理批评"提升至"地理诗学",同时将"地理诗学"提升至"地理哲学"③。梅新林也认为,地理诗学应该是对地域批评、地理批评、地图批评等理论分支的理论升华

---

① 郭方云:《英美文学空间诗学的靓丽风景:文学制图研究》,《外国文学》2013年第6期;《文学地图》,《外国文学》2015年第1期。

② [法]柯罗:《文学地理学、地理批评与地理诗学》,姜丹丹译,《文化与诗学》2014年第2期。

③ Eric Prieto," Geocriticism, Geopoetics, Geophilosophy and Beyond ", in *Geocritical Explorations*: *Space*, *Place*, *and Mapping in Literary and Cultural Studies*, Robert T. Tally Jr. (ed.), New York: Palgrave Macmillan, 2011, pp.13–28.

与建构。维斯特法尔也思考过这些分支的关系。他声称,自己不采取"地理诗学"术语的原因之一在于地理诗学更贴近创作而不是批评,他列举的是米歇尔·布托尔、普雷德劳格·马夫乔维奇(Predrag Matvejevic)、克劳迪奥·马格利斯(Claudio Magris)这些作家,其宣言"对领地真正的创造性写作"是一个极端的高标准。原因在于地理诗学缺乏系统的理论建构。"但是即使'地理诗学'几乎成为一个常见的术语,我并不认为它是建立在一个明确的理论基础之上。'地理诗学'经常提供了大杂烩般的思想,但没有想去提供系统的理论框架。"①笔者认为,从理论本身的建构性与生发性而言,地理批评具有更扎实的基础和更广阔的影响,而地理诗学更得益于其"诗学"的名义和号召力量。

我们总结各个分支的理论内核及其差异如下:(1)方法上的差异。狭义的文学地理学和地图批评重在"文学制图",地理批评更重视批评方法的思辨与综合。(2)研究范围的差异。文学地理学侧重文学史研究、作家的区域地理观念与实践;地理批评更看重地理而非作家自我。地图批评关注文学绘图,侧重客观的地理参照而非文学再现中的感知和想象地理,即主观的"景观"。(3)各自关注的"地方"略有不同。地理批评首先对城市这一充满文化再现的人类空间感兴趣,当然它也不排斥对一个无名之地的关注。(4)关注的文学类型略有不同。总体看来,地理批评更倾向于小说或纪实类散文,地理诗学倾向于诗歌。

当然文学地理学的所有分支存在着不可忽视的共性。它们包括:(1)都是文艺理论和文艺批评的互补和发展,是一种整体研究和理论建构。(2)都立足于文本分析,关注文学的再现和想象。(3)都依赖"空间"观念,但也强调时空体的融合;研究范围都是广义的地理环境,包括自然和人文环境。(4)在批评方法上,都主张以多重聚焦取代主体凝视的单一聚焦,主张启用多种感官的感知,都具有从"作者中心"向"地理中心"的偏向。(5)都具有环境干预的意识,立足"地方"意识,针对全球化。

---

① Bertrand Westphal, "Foreword", in *Geocritical Explorations: Space, Place, and Mapping in Literary and Cultural Studies*, Robert T. Tally Jr. (ed.), New York: Palgrave Macmillan, 2011, p. xi.

二、文学地理学与生态批评交叉的缘由

生态学的理论核心关注的是自然环境中的有机体之间的复杂关系。生态批评观念的历史先后受益于自然写作研究、环境史和生物保护学等,伴随着"环境人文学"的发展,政治介入的立场鲜明。

与生态批评相互对照,我们发现文学地理学也具备一些生态精神和生态批评的元素,它们包括:(1)其主要分支在批评方法上的共性,比如多重聚焦、多重感官、向"地理中心"这一"非人类"的偏移,本质上是一种多元化的生态共生思维方式;(2)它们都具有环境干预意识、"地方"意识、可能的生态意识等方面,具有一种现实关怀,提出积极应对全球化的方法。

由此我们需要明晰两者的关系和差异。文学地理学中的"地理"分为自然地理和人文地理,是广义上的环境概念。生态批评的核心研究对象是文学与自然的关系,广义是文学与环境的关系,包括自然的、乡村的、工业的、末世论的环境概念,并建立在不同的地区、国度、跨国和全球的层面上。故两者的研究场域部分重合。但是,认为文学地理学研究地理(包含了自然环境和人文环境),因而包含了环境批评进而也包含了生态批评的说法并不确切,[1]它们之间仍然有着鲜明的界限。

邹建军也简要比较过生态批评、环境批评和文学地理学,他指出生态批评关注人与自然的关系,其指向是引起对生态问题的重视和主张人与自然的和谐共生;环境批评是生态批评的一种扩展与深化;而文学地理学主要关注的是文学作品中的自然地理要素存在的形态与发挥的作用,是作家与他所生存的自然山水环境之间的必然联系与深刻关系。三者存在着一定的共通性与共同性,却具有各自不同的意义与价值,三者之中,"文学地理学具有更为基础的意义与价值,因为生态是一种现实的问题,环境是一种表面的现象,而地理却决定着文学作品的本质,甚至总体格局。对一个民族而言是如此,从整个世界

---

① 曾大兴:《文学地理学批评的对象与性质》,《临沂大学学报》2016 年第 2 期。

来说也是如此。"①这种提倡文学地理学的优先性存在着"一叶障目"的缺点,生态批评处理人与自然/环境的关系,鉴于当今的生态危机,也是一个既基本且重大的问题。

法语生态批评学者斯蒂芬妮·波斯图姆认为,地理文学研究和生态文学研究各自创造了自己的概念、方法和关注领域。地理诗学关注风景、旅行、居所、人与地球的关系;地理批评关注多重聚焦、共感性、地层学视角、人与都市空间的关系;生态诗学关注自然、艺术、再现;生态批评关注去人类中心、环境问题、文化差异等。② 这一分析如果不加论证则会混淆视听,需要进一步讨论。

笔者比较和总结文学地理学和生态批评的差异,认为它们包括以下几个方面:(1)从地理视角分析文学历史悠久,具有普遍性,"文学地理学"的概念于20世纪40年代提出,而"生态批评"的概念是80年代(英美提出的),应对的是当今环境危机的现实,具有时代性;(2)地理视角可谓作家的一种自然立场,更为基本,而生态批评更是一种后发性、阐释型的研究;(3)尽管不乏政治介入,文学地理学更偏向于基础研究和中性研究,并意图更新人类认知和改造世界的方式。而生态批评关注人与自然、人与"非人"的和谐或冲突关系,从而冲破人类中心主义,超越自然/文化、文明/野蛮的分野等思维定式,因此生态批评要求人对自然的伦理和责任,具有鲜明的批判意味和伦理意识。

三、文学地理学面对生态批评

文学地理学的内部普遍认为,地理诗学具有更鲜明的生态意识和思想。这一点在法国的文学地理学界表现十分明确。此外,更多文学地理学领域的学者

---

① 邹建军、周亚芬:《文学地理学批评的十个关键词》,《安徽大学学报(哲学社会科学版)》2010年第2期。

② Stephanie Posthumus, "Engagine with Cultural Difference:The Strange Case of French Ecocritique", in *French Ecocriticism:From the Early Modern Period to the Twenty-First Century*, Daniel Finch-Race and Stephanie Posthumus(eds.), Frankfurt:Peter Lang, 2017, pp.253-273.

从各自角度关注和投入到地理视角和生态视角的融合批评实践之中。

（一）"生态地图学"的融合

在同样倡导"文学地图学"的潮流下，美国学者 A.J.亨特关注美国 19 世纪以来西南地区的文学地理如何为身体、少数族裔、后国家地域等生态地理学话题开辟新叙述空间。在《美国空间叙事：文学制图和当代西南区》（2001）一书中，他从文学文本研究中首次提炼了"生态地图学"这一术语。[①] 他更注重创建人类、动物和土地的共存关系，认为文学地图的焦点是文学的生态纬度而非地图的空间关系，肯特·莱登（Kent Ryden）评价到，生态地图学"聚焦两者之间的内在关系、本质关系和同构关系，利用地图符号将人类世界的中心位置'去疆域化'，从而模糊了人类和环境的界限"[②]。可见"生态地图学"采取了一种更为客观和包容的方式来描绘环境的空间语法，从而契合了当代文学生态批评的大潮。

此后，诺伊（R.V.Noy）的《内心测绘：文学制图家与空间意识》（2003）将生态地图学的探索推演至梭罗等美国 19、20 世纪作家。[③] 不同的是，诺伊还融入了人类学和心理学等批评方法，用以审视地图传播与人类地域意识共相的可能性。尽管一些美国作家善于运用文学地图进行空间身份建构，一些地图学家也进行空间书写，但他们同样致力于探索地域的图示意义和地图叙事的可能性。不过诺伊真正的研究旨趣在于重现作者进行地形学抽象活动时的复杂心情，正因如此，他的研究存在着对作品本身的文学审美探讨不够、议题选择面过窄等弊端。

"生态地图学"的创立与发展为地理批评与生态批评的融合提供了一个绝佳范例，值得进一步挖掘。

---

① A.J. Hunt, *Narrating American Space: Literary Cartography and the Contemporary Southwest*, Ann Arbor, MI: ProQuest, 2001.

② Kent Ryden, *Mapping the Invisible Landscape: Folklore, Writing and the Sense of Place*, Iowa City: University of Iowa Press, 1993, pp.4-6.

③ Rick Van Noy, *Surveying the Interior: Literary Cartographers and the Sense of Place*, Reno: University of Nevada Press, 2003.

（二）地理诗学富含生态思想

柯罗关注到了地理诗学的生态思想，并做了深度剖析。他指出，德吉的地理诗学强调意象，强调诗学可以有地理逻格斯，即大地的某些方面都是某种逻格斯的载体，专属于诗人，有待于其用自己的语言来阐释。因为这种与学说（logie）、诗学的紧密联系，近年来，德吉的地理诗学有被重新纳入生态学范畴的趋势，此范畴的目标不仅仅是为了保护自然平衡，更是为了培殖一种与世界的象征性关系。人类的生存环境从来都不是纯粹而简单的物理感受；从来都是充满了被言说的意义，且因言说而更宜居。正因如此，诗学及其富含的意义才变得有趣："生态学和诗学两者不仅同声相应，而且同气相求。生态学是一门学说，是一种'家园'（oïkos）的思想，即人类尘世之所居的地方。"①德吉还重新书写了"poétique"这个词，为其多加了一个字母"h"，变成"poéthique"，其中"éthique"指伦理学，这意味着给诗学添加了一层伦理的维度，为人与物提供了更多维的存在空间。此外，华盛顿大学的 Julia Holter 也专门撰文揭示了德吉的"生态诗学"思想。②

而怀特的地理诗学概念极为宽泛，超出了诗歌与文学的范畴，目标直指创造一个崭新的文化空间，去拥抱艺术、哲学与科学，尤其强调去拥抱自然与生命。怀特更关注世界的物理维度，其物质是根据一定法则来组织的，而这法则与人类息息相关。在他的观念中，"文化诞生于自然的延长线上，和大自然一起，构成了一种'生态—宇宙—诗学'的统一体"③。

值得注意的是，在怀特的诗学思想以及诗歌作品中，尤其存在着对中国古典诗歌与美学的借鉴与化用，尤其是对于空寒、清冷的意境的吸收，使得他在与道家和禅宗思想的跨文化对话层面再创了一个白色世界的地景空间，并在其中进行神游与栖居的可能性。在一首名为《在此时此刻》的诗里，怀特讲述了在荷兰

---

① Michel Collot, *Pour une Géographie Littéraire*, Paris：Corti, 2014, p.90.
② Julia Holter, "Mon mode de résistance s'appelle poésie. Pensée écopoétique de Michel Deguy", *La Pensée Écologique et l'Espace Littéraire*, Mirella Vadean and Sylvain David（eds.）, Presses de l'Université de Québec, 2015, pp.51–64.
③ Michel Collot, *Pour une Géographie Littéraire*, Paris：Corti, 2014, p.91.

举办的一个生态环境问题研讨会唤起的生态危机(全球变暖、暴风雨、海啸与水灾、低地的消失等),然后诗句转换语调,从时代敏锐意识转向一种朴素抒情,简洁的诗句靠拢王维诗句的意境:"坐在这个地点/在欧陆前沿的岩石之上/我看着云彩飘过/我倾听海浪的低语"①,这对应王维《终南别业》里的诗句:"行到水穷处/坐看云起时"。怀特推崇王维,认为他在"所有中国诗人里也许最深地深入到风景之中,或者说,最深地让风景深入自身之中"。在《书写宇宙的诗人》中,他指出,"中国的道家思想是非常生态的"②。他在当代选择"白云的道路",也许是为了借助于中国古典思想的深层生态学思想,重新找回人与世界之间的和谐。③

维斯特法尔早在区分地理批评和地理诗学两个术语时就指出,怀特1989年创立的国际地理诗学研究所,旨在对生物圈保护、诗歌、生物和环保之间的联系几大主题进行研究。④ 此后他进一步评价了怀特的地理诗学和生态批评。他首先指出,除了诞生于比较文学中的形象学(imagology)之外,地理诗学和生态批评是另两种针对空间的全球的和文学的方法。"'地理诗学'主要聚焦于生物界、诗歌和诗学等相互交织之处,并以某种系统化的尝试突出它们。地理诗学的发展伴随着面对生命的特定生态观、对世界文化的某种融入。"⑤

(三)地理批评与生态批评的关系及其评价

针对生态批评,维斯特法尔指出,生态批评是针对空间的全球的和文学的方法。生态批评是从20世纪90年代的美国和加拿大兴起的流行批评,在理论和实践上并没有确定的个体来源,更多的是一项集体的发展产物。他采用艾立森·华莱士(Allison B. Wallace)在《什么是生态批评?》(1994)的定义,称之为"生态文学",指任何关注地方的写作,关注我们称之为日常生活环境的本地景

---

① Kenneth White, *Un Monde Ouvert*, *Anthologie Personnelle*, Paris: Gallimard, 2007, pp.360, 165, 316.

② Kenneth White, *Poète Cosmographe: Vers un Nouvel Espace Culturel*, Entretiens 1976–1986, Bordeaux: Pu Bordeaux, 1987, p.31.

③ 姜丹丹:《山之寒境:肯尼斯·怀特与中国古典美学》,《文化与诗学》2014年第2辑。

④ [法]韦斯特法尔:《地理批评宣言:走向文本的地理批评》,陈静弦译,《南京工程学院学报(社会科学版)》2018年第2期。

⑤ Robert T. Tally Jr. and Christine M. Battista (eds.), *Geocritical Explorations: Space, Place, and Mapping in Literary and Cultural Studies*, New York: Palgrave Macmillan, 2011, p.xi.

观的写作,它审视并邀请人们对地方的所有成分进行亲密体验:天气、气候、动植物、动物群、土壤、空气、水、岩石、矿物、火和冰以及所有人类历史的印记。维斯特法尔认为,"生态批评"与"地理诗学"涵盖的领域相同,但有着更多的理论关怀。在结构主义主导时代结束后,生态批评重新提出了"指称对象(referent)"的问题,这是对事物与表象之间最终因果联系的反思。

不过,维斯特法尔认为,尽管所有这三种方法(形象学、地理诗学和生态批评)都给空间主题留下余地,但是它们无一直指福柯、索亚和保罗·卒姆托推动的"空间转向"。他启用托马斯·帕维(Thomas Pavel)在《虚构世界》一书中的提议,即在文学中解释一个逻辑的、形式化的"可能世界理论",以取代结构主义的文本崇拜"文本性"(textolatry),来反驳德里达的名言"文本之外一无所有"所代表的结构主义信条(指出文本就是文本,和现实世界不应该有具体联系)。在此意义上,维斯特法尔发现"全球性"(Globality)变成了在一个完全后现代意义上异质的诸多表象的混合体。

可知,维斯特法尔是从地理批评和全球化文学视角来分析地理诗学和生态批评的。由于论述的简略和焦点的区别,容易产生误解,这为后来普列托针对维斯特法尔与生态批评的关系批评提供了依据。其实,维斯特法尔是比较接受生态批评的。已有研究指出,在其代表作《地理批评:真实与虚构的空间》(2007)一书中地理批评与后殖民批评、生态美学的理论交相辉映。其理论建构突破了以往主体中心的单一视角和单一感官、时/空和主体/客体的分离、二元论的批评逻辑,"其本质可以说是一种多元化的生态共生思维模式,具有一种生态精神。在当今时代,这种生态共生的思维模式能够让我们突破现实与想象、人与自然、感官与感官之间的壁垒,看见并承认世界、存在和文化的丰富性,思考并挖掘文学艺术在自然地理层面上的多重价值。"①

2013年,维斯特法尔还积极评价了法国生态批评家苏北希科的专著《文学与环境:一种比较生态批评》。② 他首先指出,尽管生态批评在法国并不流行,对

---

① 齐艳:《波特兰·维斯特法尔地理批评的四个重要转向》,《南京社会科学》2019年第8期。
② 苏北希科的著作为:Alain Suberchicot, *Littérature et Environnement. Pour une écocritique Comparée*, Paris:Editions Champion,2012。

它的译介也非必需,因为法国学界有能力直接介入这一理论潮流中,发展研究文学现象的新方法,进行其与世界之关系的理论化。苏贝希科的著述显示了这种能力,其整体分析中包含着几个关键见证。第一,世界及其再现似乎更经常是非虚构类作品的权利,这种非虚构"在一个渴望见证、记忆和事件的世界里,总是试图吞并文学创造而不是正确地体现后者"①。有意将文学封闭在一个独立自主、自生自灭的世界,会使这一事实状态合法化,并有利于剥夺的形成。苏贝希科就挑战了这种简化思路,试图将文学重新注入世界或环境之中。第二,对苏贝希科而言,处于危机中的环境激起的不再是旧浪漫主义时代的忧郁,它开启了一种末世论场景,上演了一种"秋日的想象"。在这一点上,环境文学比起其他科学来说还是有独特功用的:作家的环境意识促使他发声,阻止空间转变成沙漠。而且,在生态文学或环境共鸣的维度下,美法中三国的重要作家们变得可以亲近。韦斯法尔肯定到,生态批评并不拥有种种相关思考的专利,但是它十分值得赋予形式,并具备必不可少的特性。

对于韦斯特法尔与生态批评的关系,美国地理批评学者罗伯特·泰利联合主编的《生态批评与地理批评:在环境和空间文学研究中的部分重叠领域》文集中的许多文章进行了探讨,尤其是埃里克·普列托的《地理批评遭遇生态批评:维斯特法尔与环境思考》。② 普列托首先表明,其文目的在于检验这两个领域之间的重叠区域,以思考两者互补、互相启发的地方。一方面,维斯特法尔的主要兴趣是空间和地点的文学表现,比起自然史他更感兴趣的是城市的文化史,是探索文学符号学的问题,而不是健全的环境管理。环境政治和自然写作对他来说是次要问题,尽管他赞扬过生态批评研究,认为这是地理批评思维的一种可能形式,偶尔也对自然写作表现兴趣,但他对环保主义和人在自然中的地位的本体论问题保持沉默。另一方面,生态批评有着强烈的实践倾向,受到对人类文化影响环境的敏锐意识的激发,属于"生态现实主义",但是它有时低估了文本与世界

---

① Bertrand Westphal, "Comptes Rendus", *Revue d'Histoire Littéraire de la France*, 2013(3), p.739.

② Eric Prieto, "Geocriticism Meets Ecocriticism: Bertrand Westphal and Environmental Thinking", in *Ecocriticism and Geocriticism: Overlapping Territories in Environmental and Spatial Literary Studies*, Robert T.Tally Jr.and Christine M.Battista(eds.), New York:Palgrave Macmilian, 2016, pp.19-36.

之间的参照关系的复杂性。而维斯特法尔的著作可为生态批评提供诸多启示，因其特别擅长于揭示空间表征的符号（学）复杂性、文本与其真实世界参照物之关系的辩证性。

普列托首先简述了维斯特法尔的理论目标和方法原则。人文地理学和地理批评等相关领域的产生来自当代对人文科学和物理科学交叉学科的能量激发和生产潜力，通过对文学文本提出地理问题和对地理文本提出文学问题，地理批评将社会科学和人文科学有效结合起来。这些问题包括："虚构的地方描写在多大程度上丰富了我们对现实世界的理解？""鉴于文学文本不受真实性和可证伪性的限制，它们是否应该被认为处于一个比地方的科学或纪实的表征更弱的认识论地位？"[1]对于最后一个问题，维斯特法尔坚定地回答"相反"。文学在打破边界和探索既定地点之间空间的过程中起重要作用，为此他寻求了可能世界的理论、肯德尔·沃尔顿（Kendall Walton）的虚构语用学（fictional pragmatics）等，来阐明这些机制对我们居住或参观的地方产生影响的方式。进而，对地方的虚构表现可以具有强大的表演性功能，改变我们看待地方的方式。接着，普列托从两个方面展开论述维斯特法尔和生态批评之间的差异和沟通之可能性。

第一个方面围绕认识论展开。他指出，从生态批评角度来看，维斯特法尔遗漏了"直接经验在塑造我们对所居住的空间和地点的理解中所起的作用"[2]。鉴于他坚持文本与现实世界参照物的关系，他很少真正走出去直接观察和实地调查那些现实世界参照物这一点就显得比较奇怪。其原因在于其持有的"后现代认识论"，即利奥塔和鲍德里亚等分享的理念：我们难以获得对"外面的世界"的任何确定感觉。对他来说，对任何一个给定的地方的真正理解都只有来自不同文本的对峙，运用多焦化的技巧，创作一个"文学表现网络"，这是地理批评对"地方"的"认同本质"（identitarian essence）的追求。如此一来，维斯特法尔就回

---

① Eric Prieto, "Geocriticism Meets Ecocriticism: Bertrand Westphal and Environmental Thinking", in *Ecocriticism and Geocriticism: Overlapping Territories in Environmental and Spatial Literary Studies*, Robert T.Tally Jr.and Christine M.Battista(eds.), New York: Palgrave Macmilian, 2016, p.22.

② Eric Prieto, "Geocriticism Meets Ecocriticism: Bertrand Westphal and Environmental Thinking", in *Ecocriticism and Geocriticism: Overlapping Territories in Environmental and Spatial Literary Studies*, Robert T.Tally Jr.and Christine M.Battista(eds.), New York: Palgrave Macmilian, 2016, p.29.

归了其运用的操演理论和可能世界语义学所要克服和超越的法国结构主义传统。对此,生态批评提倡的生态导向认识论(强调人在自然的地位)可修正维斯特法尔的理论,助其克服本体认识论的难题。其认识论难题可追溯到柏拉图、笛卡尔乃至康德基于主客二元论基础上的我思的根本怀疑问题:我怎么知道我周围的世界和我想象的一样?而生态思想家强调的人类主体与世界的互相关联、"化身"(embodiment)概念和自然选择的进化原理提醒到,我们对世界的信念必然与世界的实际情况吻合,否则人类就无法生存,史蒂文·平克(Steven Pinker)称之为"生态理性"(ecological rationality)和"情境知识"(situational knowledge)。

进化论的"修正"可以为生态批评的自然主义假设和维斯特法尔的文本或互文本的假设这两者搭桥,并为地理批评工程增加一个新维度,这不会破坏其对文本表征的描述,反而会使其更坚定地推进对地方的"认同本质"的追求。而且,维斯特法尔强调将文学作为使"地方"的惯常再现服从于德勒兹的解域化和再领域化过程的一种方式的重要性,生态批评也能够配合、并做得更多。因为生态批评在这种对人类意识的自然主义的、进化的描述基础上,试图将关于"自然"的文学表征纳入其激进主义分子的议程。

第二个方面围绕"自然的代理"(agency of nature)观念展开。普列托指出,生态批评的一个基本原则在于强调人类意识及其环境界之间相互关联的声明,即"人的主体性是散播于更大的自然秩序之中的东西,并反过来被自然完全渗透"①。不过这并非北美生态批评的独创,生态批评学者应该重新认识到,人类史上不乏强调人与自然的联系及其对地方文本表征研究的影响,例如文艺复兴时期的伟大存在链思想、斯宾诺莎对内在的理解、海德格尔的缘在(Dasein)概念或德勒兹等的块状根茎、分子交换和内在层面等概念。当代地理诗学和地理批评也强调人与自然的这种联系,如柯罗和维斯特法尔都指出开发新的表现形式或模式的重要性,它能够预见自我和世界的相互渗透。这一点最清楚地表明了地理批评和生态批评之间的趋同。

---

① Eric Prieto, "Geocriticism Meets Ecocriticism: Bertrand Westphal and Environmental Thinking", in *Ecocriticism and Geocriticism: Overlapping Territories in Environmental and Spatial Literary Studies*, Robert T.Tally Jr.and Christine M.Battista(eds.), New York: Palgrave Macmilian, 2016, p.29.

对于生态批评来说,想要改变人们对环境的思考方式,将需要推广能体现他们所追求愿景的代表模式,公众需要学会新的方式来表达他们与环境的关系。比起自然科学包括认知科学和现象学哲学中的共识立场,大众文学表现对于设想人类与自然关系的融入方面显得十分边缘。普列托意识到,"这正是维斯特法尔对生态批评理论贡献最大的地方,他强调文学的表演性、文学创造世界的维度。因为维斯特法尔最终要做的,我认为是提醒我们媒介就是信息,任何试图改变普通大众理解他们与自然世界关系之方式的尝试,都需要找到适合这一愿景的新再现的模式"①。之后,普列托举出圭亚那作家威尔逊·哈里斯(Wilson Harris)的生态写作中对其与圭亚那丛林之联系的传达,指出在生态文本中,认同与理解景观的感官强化乃至形成一种天赋,它是文学的生态批评方法使读者敏感起来的武器。维斯特法尔的地理批评理论为生态批评者的愿景提供了工具,展示了它能够逐步转移人与自然关系的公共话语之基调。

尽管列出了维斯特法尔地理批评对生态批评的诸多启示,普列托对其认识论的批评显得有些求全责备。他一方面强调维斯特法尔等的地理批评特别擅长揭示空间表征的符号复杂性、文本与其真实世界参照物之关系的辩证性,一方面又指责其对外在世界的不亲近、怀疑及其隐藏的后现代认识论。这有抛离文学批评的根基"文本"的倾向,也是有时过分强调外在世界的生态批评需要正视的地方。

(四)地理批评与生态批评的其他融合批评实践

除了普列托所做的重叠和比较研究之外,其他学者也致力于展示地理批评和生态批评这两个话语各自的独特性,并探索在其间建立生产关系的方式。

德里克·格拉德温(Derek Gladwin)作为一个跨学科的学者,主要关注北大西洋范围内风景(画)中的环境与社会的可持续性、现代和当代文学与视觉文化中的空间和地方。其著述兼涉生态批评和空间研究(包括社会正义),主编有

---

① Eric Prieto, "Geocriticism Meets Ecocriticism: Bertrand Westphal and Environmental Thinking", in *Ecocriticism and Geocriticism: Overlapping Territories in Environmental and Spatial Literary Studies*, Robert T.Tally Jr.and Christine M.Battista(eds.), New York: Palgrave Macmilian, 2016, p.31.

《生态—乔伊斯：詹姆斯·乔伊斯的环境想象》（2014）和《揭示爱尔兰风景画：提姆·罗宾逊、文化与环境》（2016）等。他对比观察了北大西洋的交互多媒体网站的地方诗歌表达中生态批评与地理批评的融合，这些网站在线发布了一些在建筑或自然环境中进行口头朗读的诗歌短视频。① 这些短视频使用了生态批评和地理批评家同样感兴趣的元素，通过将文学文本和多媒体进行压条繁殖的方式，操演着关于地方、生态地区、真实或虚构环境的空间和环境理论。

　　泰德·盖尔关注当代世界文学中"生态世界主义"（Ecocosmopolitics）的异化空间研究。② 他评价了精选文学作品中的空间和生态批评模式，并追踪了它们对标量形式（scalar forms）、动物和环境主义话语、包含叙述权威的中心经济这三者的世界主义批评。这项比较研究阐明的跨物种生态思想，受到强调与全球资本政治竞争的内在地方经验、传统与语言这三者的生态学的界定，重新唤起了多琳·梅西（Doreen Massey）所谓的"将政治变得可能的脱臼"。③ 该文继承了一些相关作品对多物种和政治策略的叠盖方法，用以滑稽模仿和确认全球正义。盖尔阐述了生态世界主义的跨物种诗学的政治形式，这种跨物种诗学将文学经验陌生化，但对它们本应排除的地方和行星等概念却暗含一种更新和救赎意味。我们看到，"生态世界主义"的研究大量运用后结构主义理论和全球化理论，比如海瑟（Ursula K. Heise）的《地方感与星球感：全球环境想象》使用的"去疆域化""去嵌入""时空压缩"等概念，去除了修正生态批评的传统地方意识，显示了生态研究的全球化转向，显示了生态批评与地理批评在关注对象和理论实施场域等方面的共性。

　　汤姆·布里斯托在《情感边缘地带：英国后工业和后自然地形学中的野性、

---

① 分别是一位加拿大人创立的"北方诗歌花园的虚拟漫步"和"诗歌项目：爱尔兰的诗歌与艺术"网站。Derek Gladwin, "Ecocritical and Geocritical Conjunctions in North Atlantic Environmental Multimedia and Place-Based Poetry", in *Ecocriticism and Geocriticism*, *Geocriticism and Spatial Literary Studies*, Tally R.T. and Battista C.M. (eds.), New York: Palgrave Macmillan, 2016.

② Ted Geier, "Noncommittal Commitment: Alien Spaces of Ecocosmopolitics in Recent World Literature", in *Ecocriticism and Geocriticism*, *Geocriticism and Spatial Literary Studies*, Tally R.T. and Battista C.M. (eds.), New York: Palgrave Macmillan, 2016, pp.55−76.

③ Robert T. Tally Jr. and Christine M. Battista, "Introdution", in *Ecocriticism and Geocriticism*, *Geocriticism and Spatial Literary Studies*, Tally R.T. and Battista C.M. (eds.), New York: Palgrave Macmillan, 2016, pp.1−18.

历史与技术》一文中考察了《边缘地带：英格兰真正荒野之旅》（2011）。① 他提出，文化地理学者使用"边缘"（edgelands）一词指城乡之间的界面区间，而文学批评家已经证明，"边缘"经常加入到与一种在文学传统阐释中不断增长的环境意识的对话之中。布里斯托的论争同时隐藏着地理批评和生态批评的冲动，他指出在一个都市想象主导的时代里自然表征的变化。将文学背景与物质环境相关联，他寻求苏醒一个"主观的第三空间"，它位于介入世界的原子化个体与怀旧或浪漫化自我的嘲讽性批评之间。该概念回过头又指向了一个新的居住主题，它一面是空间文化，另一面是对一个更好居住强度的归属意识。

路易丝·张伯伦在《大海是河流，河流是大海》中考察了另一个值得注意的边缘地带：两部诗集《飓风过后》（2002）和《地下水位》（2009）中的塞文河口和布里斯托尔海峡。② 作者认为这两部诗集对边缘的描绘富有想象力地回应了江河入海的河口湾、水道及其海岸线的周边特殊环境和社会经济条件。塞文河口提供了一个丰富的背景，可以借此思考"边缘"的悖论，爱德华·卡塞称之为"多孔的"品质，这意味着它们能够吸进吐出。作者在论证中催生了生态批评和地理中心的双生子法，吸收了德里达的"aporia"隐喻（指一个边缘地带既是交叉点也是界限）。这一矛盾主题揭露了诗人们如何得以协定位于诗歌进程和物理景观之间的隐喻性边缘。

卢卡·雷蒙蒂则考察了印度的孙德尔本斯地区在几位不同国别作家和人类学家文本中的文学建构，揭示出该地区处于受东方学启发的、后殖民主义的表征的概念交叉口。③ 它一方面是丰富的野生动植物栖息的奇异之地，另一方面是拥有人与自然交互史的红树林。作者对该地区的解读包含了地理批评的"环境

① Tom Bristow, "Affective Edgelands: Wildness, History and Technology in Britain's Postindustrial and Postnatural Topographies", in *Ecocriticism and Geocriticism*, *Geocriticism and Spatial Literary Studies*, Tally R.T.and Battista C.M.(eds.), New York: Palgrave Macmillan, 2016, pp.77-94.
② Louise Chamberlain, "The Sea Was the River, the River the Sea", in *Ecocriticism and Geocriticism*, *Geocriticism and Spatial Literary Studies*, Tally R.T.and Battista C.M.(eds.), New York: Palgrave Macmillan, 2016, pp.95-112.
③ Luca Raimondi, "Black Jungle, Beautiful Forest: A Postcolonial Green Geocriticism of the Indian Sundarbans", in *Ecocriticism and Geocriticism*, *Geocriticism and Spatial Literary Studies*, Tally R.T.and Battista C.M.(eds.), New York: Palgrave Macmillan, 2016, pp.113-137.

无意识"研究和后殖民主义批评,前者告知了文本及其与环境实践的关系,后者强调了人类因素,即提升"社会生态杂交"的观念,以反对"自然纯洁"的概念。生态批评的思考,则被雷蒙蒂融入产生于地理批评方法的空间维度的混杂网络之中,分析了孙德尔本斯地区的各种表征及其激发的环境激进主义诸形式之关系。

总体看来,《生态批评与地理批评:文学环境与空间研究中的重叠领域》论文集的主题、文本、时期、流派、方法观点表明了生态批评与地理批评的丰富多样性。通过这两个理论话语,文学和文化研究者重新强调了生存环境、社会和自然空间、时空性、生态学、历史和地理。该书代表了从地理批评等文学地理学角度阅读、改造并发展生态批评的理论尝试与总结,展示了将生态批评和地理批评带进生产性关系的方式,提供了看待文学、生态和地理以及必然包含它们的世界的新方式。

(五)地理批评与生态批评重叠的必然性及其价值

该文集导论《生态批评的地理学、地理批评的生态学与现代性的空间》表明了主编泰利和克里斯蒂·巴蒂斯塔的鲜明立场。他们一反常论,首先指出地理批评中最具影响力的批评家和理论家学远不是非政治的。他们有一种坚定信念:在社会或文化批评中极力主张或重申空间性的意义,因为忽略这些领域的空间思考会导致严重的政治后果。故地理批评也有类似于生态批评的社会和政治参与性及其实际效果。其实影响地理批评发展的主要理论家就是来自对立政治立场的思想家们,比如列斐伏尔对哈维、索亚、詹姆逊的后现代空间理论的指导意义,福柯和德勒兹的后结构主义空间转向描述出作为抵抗形式的空间实践,后殖民批评家更加强调空间和地理,女性主义理论家也坚持性别、种族和阶级被配置成各种空间化社会组织的基本形式。总之,文学地理学本身就受强烈的政治目标推动,他们具有对环境的持续关注。所以生态批评和地理批评都同样关注空间和地方被感知、表现和最终使用的方式。

在文学地理学领域,生态危机导致现代性的"地图绘制学焦虑"(cartographic anxieties)加剧,空间、地方或领土的传统稳定概念愈加遭受质疑;在地理知识和其他形式知识的生产过程中,制图实践本身也已经导致人类主体在自然和自然内部的感知异化,因为制图者定位于所测量的地理之外,将其对象变成一个抽象的几何或测绘学的空间。由此这一空间与人类相互作用的生存空间以及作为其可能性条件的自然生态系统相互隔绝。这种隔阂无疑会加剧环境危机,提醒我们思想的条件也服从和有赖于生命的条件。于是批评实践与环境和空间关系的融合就显得尤其及时。

紧接着,泰利等评论了保罗·J.克鲁岑使用的"人类世"概念以及围绕其的系列批评。尽管揭示了人类对全球环境影响的程度和速度,该概念忽略了自然灾害对人类的反弹,预设了人与自然的可疑区分,它也可以是"一种故意混淆的策略,旨在阻止对自然与社会空间密不可分的命运进行有意义的考虑"。由此"人类世"不见得是最有用的术语。批评者指出,在其准科学的外表下,"人类世"的概念排除了对"人类"以外的任何特定因素或结构的考虑,而这些因素或结构也对环境破坏负有责任。克里斯托夫·尼隆(Christopher Nealon)指出,这种想法更可能为资本主义、富人或富国开脱。由此,一些关于启蒙理性的古老论述、科学革命对世界的祛魅或人类对自然的征服等提法都需要解散,还有后启蒙时期的"现代性"观念,它也让位于一种非个人的历史论述或糟糕的"人性"。如尼隆所言,"现代性"的语言追求的是"人的本质的不及物性问题,而不是某些人对其他人所做的关系问题"。对此泰利指出,地球上的地方连同其文学或文化表征和解释,处在一个空间的物质生产的立场和一个空间消费与分配的力量场,对此必须有一个"以现在为中心、关注过去、与可能的未来相协调的批评"。

泰利指出,生态批评与地理批评有许多共同点,都坚持文本分析的重要性,但它们在伦理的或政治的基础方面存在分歧。地理批评实践有时将知识与权利结合,使得大规模的环境破坏成为可能。主编论文集的一个目标是致力于发展和催生一种新方法,检验那些投资社会政治身体的权力和景观的隐秘空隙,这种方法结合了生态批评与地理批评的实践,以理解我们居住的社会、自然与空间—时间化的世界。对于地理批评来说,这种结合是有益的。探索文学与社会之中的空间、地方与环境之关系的学者们,应该认识到当下历史环境的本体论基础,也就意味着除了其他任务之外,要观察人类社会发展在极短期内悲剧性地改变自然世界力量的进程之影响。检查生态批评与地理批评之间重叠而有些不协调的关系,能提供一种进入文学和文化作品的新方法,允许我们分析现代性和后现代性的断裂性、分离性的空间焦虑,同时想象一种更可持续的环境居住方式。

四、生态批评面对文学地理学

对于呼唤与地理批评和地理诗学等的对话,西方生态批评界有着一致的声音。在英美学界,斯科特·斯洛维奇(Scott Slovic)赞同维斯特法尔的方法,鼓励将他的作品融入生态批评经典。① 生态批评和地理批评对诸如地点、空间、景观和自然等问题有着共同兴趣,可以解释两者的融合倾向。法国生态诗学家皮埃尔·肖恩杰斯也如此主张。他用"生态诗学"的术语描述自己关于大多数来自法语传统的当代文本中自然环境的再现研究,指出"生态诗学"能更好激发其他有着相关兴趣的研究方法的共振,比如怀特的地理诗学、柯罗和维斯法尔的地理批评等。② 但是相比之下,生态批评界较少系统地论述文学地理学及其分支,缺乏具体论证和成规模的研究成果。

例外的是,加拿大法语生态批评家斯蒂芬妮·波斯图姆(Stéphanie Posthumus)在这方面做了不少工作。她承认,生态批评和地理批评有很多交集,在法国也是如此。法国相当多的文学研究关注空间、地方、景观和自然等同一类主题。拿"空间"概念来看,不少研究受到"空间转向"的影响,比如柯罗的文学地理学运用景观研究来审视小说或诗集之中地方的再现,在维斯特法尔的地理批评这里关注空间变成尊重特殊地理参照系之地方的方法,怀特的地理诗学则旨在重新界定真实世界中个人经验的作用,或波维描述用以分析文学文本中人与地方之关系的方法学。而在"生态转向"影响下,法国的生态批评和生态诗学与地方和家园的批评概念相结盟。其中一些研究触及关于自然世界和环境文学的相对传统观念,另一些研究则关注后世界末日文学、都市与工业环境等领

① Scott Slovic,"Editor's Note",*Interdisciplinary Studies in Literature and Environment*, 2010(17.2), pp.245-248.

② Pierre Schoentjes,*Ce Qui a Lieu*,*Essai d'Écopoétique*,Editions Wildprojet,2015,pp.23-24.

域中的文学表现。①

波斯图姆生长于英法双语环境,很早就意识到文化差异与生态批评发展差异之间的辩证关系。2013 年 5 月美国文学与环境研究学会召开学术会议,分组会议主题为"生态批评与地理批评:重叠领域与跨边界迁移",涉及生态批评界对地理批评的探讨。波斯图姆的会议报告从文化观念的角度评价了法国地理批评及其对建构法语生态批评的启示。② 报告内容分为三个方面:

首先,现实(主义)/参照性(referentiality)理论是维斯特法尔地理批评的关键,他通过解释"现实并不是全部的文本,现实是世界和文本",而将自己和后现代主义的立场区分开了。这一点可以用来反观上述普列托的批评。这一点相比布伊尔的模仿阐释论,似乎给词语/世界问题增加了不必要的分层,但其理论非常适合法国当代文学及其研究的知识背景。自 20 世纪 80 年代以来,法国文学大多呈现"向真实回归"的趋势,但当下文学抓住的不是客观化现实,真实被感知的经验是"disloqué"(解体的、脱臼的),是离散的、被置换的、混乱的。对如此"混乱的真实"给予文学表现只能通过新的诗学(非模仿的语言)来产生。这一"混乱的真实"观念,也可部分解释法国生态批评的姗姗来迟。生态批评家将"自然书写"(nature writing)译成"书写自然"(écrire la nature)而非"自然的书写"(écriture de la nature),坚称其兴趣在于书写的技术形式层面。他们强调需要一种"生态批评"(écocritique),它发展生态思考的途径不在于试图模仿一个非人的自然,而在于搅乱和更新我们感知自然的方式。③

其次,空间/空间性和可居住性的问题。维斯特法尔关注空间问题,但是没有从空间理论发展出"居住"问题。其原因有两点。其一在于,这就是地理视角

---

① Rachel Bouvet and Stephanie Posthumus,"Eco-and Geo-Approaches in French and Francophone Literary Studies",in *Handbook of Ecocriticism and Cultural Ecology*,Hubert Zapf(ed.),Berlin/Boston: De Gruyter,2016,pp.385-412.

② Stéphanie Posthumus,"Culture Matters:Situating Geocritique in a French Cultural Context",ASLE 2013 Conference,https://www.academia.edu/3663139/Culture_Matters_Situating_Géocritique_in_a_ French_Cultural_Context.

③ Stéphanie Posthumus,"Culture Matters:Situating Geocritique in a French Cultural Context",ASLE 2013 Conference,https://www.academia.edu/3663139/Culture_Matters_Situating_Géocritique_in_a_ French_Cultural_Context.

（包括柯罗等文学地理学研究）和生态视角的差异。其二在于，环境问题在法国很长一段时间内属于科学和政治的领域。首先是文化地理学者而不是文学地理学者对文学与环境作出更多关联，比如法国地理学家娜塔丽·布朗（Nathalie Blanc）的环境美学与政治美学。还有生态文艺实践，如生态纪录片《家园》（*Home*）表明法国关于环境的思考有一个从"地理"向"生态"的转变。编剧和生态学家伊莎贝尔·德拉诺依（Isabelle Delannoy）指出，选择英语的"home"，是因为没有法语词汇可以恰当捕捉地球作为人类之家（oikos）的观念，这表明关于自然和环境的态度是以何种方式包裹于语言和文化之中的。

最后，文学文化/比较文学的方法。生态批评可从比较文学的方法中获益，不少生态批评者开始关注非英语的文学文本，但是没有发展出一个关于语言和文化差异的批判性理论框架。这就是建立"生态文化方法"（ecocultural approach）的意义，它提升了在原版中阅读文本以培育一种"对语言和习语（土语）的关注"（斯皮瓦克语）。这种"负责的比较主义"避免作"预先的结论"，向文化对话的可能性开放。维斯法尔也采取比较文学研究，关注不同时期和文化传统中的文本。和同时代的法国人相比，他对英语文本和后殖民研究有着大量阅读，其方法蕴含着"生态文化的立场"。一方面，在关于真实的理论立场、它对空间概念和地理的学科视角的呼唤等层面，地理批评反映了法国知识环境的某些痕迹；另一方面，维斯特法尔不局限于这种知识传统，作为一个比较文学学者其观点受到各种不同思考者的启发。

在最近一次生态文化学倡议的框架下，波斯图姆更关注和倾向于波维的地理诗学，并联合波维共同阐释了生态视角和地理视角的对比和重叠。[①] 对比探讨地理诗学和生态批评的原因在于：第一，怀特和波维等的地理诗学具有更多的生态关怀，维斯法尔也曾评价怀特的地理诗学是一种环境运动。第二，基于研究方法的差异。维斯特法尔的地理批评更集中于讨论一个群体或类型的文本，而非单个作家或单个文本。而地理诗学和生态路径能够对单个文本作出细致分

---

① Rachel Bouvet and Stephanie Posthumus，"Eco-and Geo-Approaches in French and Francophone Literary Studies"，in *Handbook of Ecocriticism and Cultural Ecology*，Hubert Zapf（ed.），Berlin/Boston：De Gruyter，2016，pp.385–412.

析,尽管有文体偏向差异。《法语和法国文学研究中的生态路径和地理路径》一文细致比较了生态路径和地理路径的异同,并针对同一个文学文本(图尼埃的《星期五或太平洋的灵薄狱》)阐述地理诗学的分析法和生态批评方法,由此对比进行论证。

为了建构法语生态批评的需要,波斯图姆最近转而批评法国的文学地理学整体不关心生态政治,无力于生态与环境保护。① 比如维斯特法尔的《地理批评》呼唤向文学文本中被命名的"地方"这一实在的回归,但是他对该方法如何施加影响给环境危机这一点保持沉默。柯罗在《文学地理学》中也谈到将文学和地理学放在一起以理解"空间"的文学表现:空间似乎也利用了叙事危机和传统心理学,以在当代虚构中占据一个愈来愈重要的地位。但他没有提到"生态批评"。他引用了法国当代的很多"空间叙事",呼唤对笛卡尔式"中心性"的质疑,通过文学形式实验来探索空间再现。但是最后,柯罗退回到将"伴随空间的介入"作为一个塑造和改造人类文化和文明的物理事实上来。他没有像康利(Verena Andermatt Conley)那样试图填补生态思想和空间想象之间的鸿沟。康利《空间生态学》(2012)试图结合生态学思考和空间想象,指出1968年后法国思想中的"空间转向"包含着一种生态政治学,因其追问"是谁使地方变得可以居住"。② "生态诗学"倒是注意到了这种政治性,如法国生态诗学家托马斯·普格指出,"生态—逻辑(学)"将作者或艺术家从意义的源泉之处移除,相反看到了艺术品的接受和物质条件、还有空间的物质感知。采取生态诗学的术语是因为它允许对艺术的地方和环境主题采取一种更具有美学导向的方法。但尽管他也总结了关键的生态批评文本如布伊尔的《环境想象》和环境危机的危急,其生态政治还是让位于生态美学。故"生态诗学"仍然属于更重视形式和结构功能的法国文学研究传统。

---

① Stephanie Posthumus, "Engaine with Cultural Difference: The Strange Case of French Ecocritique", in *French Ecocriticism: From the Early Modern Period to the Twenty-First Century*, Daniel Finch-Race and Stephanie Posthumus(eds.), Frankfurt: Peter Lang, 2017, pp.253−273.

② Stephanie Posthumus, "Engaine with Cultural Difference: The Strange Case of French Ecocritique", in *French Ecocriticism: From the Early Modern Period to the Twenty-First Century*, Daniel Finch-Race and Stephanie Posthumus(eds.), Frankfurt: Peter Lang, 2017, pp.260−263.

尽管对地理批评和地理诗学有着多维度的深度剖析与合作,波斯图姆对文学地理学的看法还是存在着政治预设的立场,这可能基于构建一种法语生态批评的需要,也说明了文学地理学在政治和介入上的中立形象的确深入人心,不易更改。也许当她看到维斯特法尔对世界文学和全球化研究的转向,①会意识到自己的错误,转而同意上述泰利的判断。

其实在地理视角和生态视角的融合问题上,我们还绕不开法国地理学家和艺术家娜塔丽·布朗的科学研究与艺术实践。娜塔丽是法国国家科学研究中心(CNRS)项目主管,是立足于巴黎七大“地理学、历史学和社会科学”学院的“社会动力学及空间重构”实验室主任,成为法国环境人文科学的创建者之一。她先后参与了几项国家与国际层面的科研项目,2008—2012年主管国家研究代理项目“都市绿色网络评估与参照系统的建立:一种新城市性的美学与生态学的基础”,其工作关注在社会展望学框架下由居民进行的生命环境投注;还是欧盟项目(Européen COST)“调查文化持续性”(Investigating Cultural Sustainability,2011—2015)的法国代表,目前则是关于新物质主义的欧盟项目“事物如何变得至关重要”(How Matter Comes to Matter)的法国代表。她对地理学的发展体现出了人文地理学的影响,比如发表论文讨论了“地理学是否能是一种造型艺术?”“地理学与政治学:面对面”等议题。②

而作为法国生态批评的先锋,布朗出版和调配了众多科研项目,涉及可居住性、环境美学、文学与环境以及城市中的自然等领域,著有《城邦中的自然》(博士学位论文,1996)、《城市中的动物》(2000)、《走向环境美学》(2008)、《生态塑形:艺术与环境》(2010)、《城市新美学》(2012)、《环境的诸形式:一种政治美学

---

① 维斯特法尔指出:“地理批评思想主张将文化的多样性阐释为多重聚焦,提倡以跨越边界的态度消解空间的壁垒,通过与各自的文化身份保持适度距离而达到去中心化,从而化解以欧美语言、文化为中心的局面,为世界文学‘散淤’。此外,当代视觉艺术中千变万化的艺术地图反映着对世界格局的隐喻,文学与地理学以及地图绘制学的交叉视角也能够为世界文学研究带来新的启发。”参见[法]韦斯特法尔:《地理批评与世界文学——2018年的一次讲演》,乔溪译,《复旦学报(社会科学版)》2020年第2期。

② Nathalie Blanc, Hervé Regnauld, "La Géographie Peut-elle être un Art Plastique comme un Autre?", *L'Information Géographique*, 2015(4), pp.97–109; Nathalie Blanc, "Géographie et Politique: le Face à Face", *Écologie & Politique*, 2003(27), pp.79–89.

宣言》(2016)、《形式、艺术与环境:参与持续性》(2016)等。布朗建议把生态诗学当作从生态政治学转向生态美学的一种方式,生态诗学又被称作"生态学的文学美学"或"环境美学"。① 这一美学策略关涉的不仅仅是文学或造型艺术,还有更普遍意义上的对象即扎根于流行文化中的"自然/文化的再陈述"。《走向环境美学》一书提出以生态批评方法来研究景观,将景观理论化,并借此整合了生态政治与生态批评思想的研究原则。最近布朗又在环境人文学的基础上提炼出新的政治美学宣言,这基于她对城市中的生物多样性、动物保护、城市可居住性、生态世界主义等多项议题的持续思考。

特殊的是,连接地理视角与生态视角之间的桥梁,在布朗这里不是文学而是艺术实践。她从学生时代起就从事有关环境的电影声带、纪录片制作、诗歌创作以及艺术策展,曾与生态艺术家吉尔·布吕尼(Gilles Bruni)、音乐家阿莫里·布尔热(Amaury Bourget)等合作。2014年策展"那些制造脆弱性的"("Ce qui fait la fragilité"),还组织一项科学与艺术结合的项目,包括献给"人类世"的城市土壤的《土壤虚构》(*Sols Fictions*)和献给食物关系的《饭桌与土地》(*La Table et le Territoire*),融合了写作和展览等形式的实验。尽管没有文学地理学领域的相关实践,布朗的工作从人文地理学和环境人文科学出发走向了生态美学和环境美学,可谓是地理视角和生态视角融合更新的范例。

五、文学地理学对生态批评的意义与价值

地理的概念比生态学强调的(自然)环境概念在内涵和外延上要大,但呈现部分重合。西方的文学地理学尤其地理批评得益于后现代理论,包括后殖民批评、女性主义批评、新历史主义批评、全球化批判等,尤其是后现代的空间理论(比如维斯法尔受益于德勒兹和瓜塔里的"地理哲学"说、解域化等概念,詹姆逊的"绘制认知地图"理论则影响泰利提出"文学制图说",萨义德的"想象地理

---

① Nathalie Blanc,Denis Chartier and Thomas Pughe, "Littérature & Écologie:Vers une Écopoétique", *Ecologie & Politique*,2008(2).

学"说)、激进主义—唯物主义地理学(比如哈维的"时空压缩"和"空间矩阵"、索亚的"第三空间"理论)、文化地理学(迈克·克朗的"文学地理景观"概念)等。其中许多理论都深刻思考了生态学的诸多问题,因此同样可为生态批评所共享,在生态批评内部形成新的增长点。应当充分借鉴文学地理批评的理论精华,以熔铸于生态批评的理论建构与批评实践之中。而且,文学地理学本身就受强烈的政治目标的推动,他们具有对环境的持续关注。所以生态批评和地理批评都同样关注空间和地方被感知、表现和最终使用的方式。

西方的文学地理学和地理批评"以法国为中心而呈多方互动之势"(梅新林语),具有理论基础纯熟和先行的现象,侧重具体文本阅读,研究方法尤其是地理批评吸收了后现代理论,具有很强的政治意识和批判精神。而中国的文学地理学具有相反的倾向,导致中国文学地理批评在理论建构上的滞后。这一点大致也适用于中国生态批评的现状:起步晚于西方,深广度上都有一定差距。

在两类批评的交叉上,西方国家走在前面。而在中国,研究者大都流于表面的比较,并未作深层的交叉研究。文学地理学研究首先注意到了自身和生态批评的重合,但在比较之后都首肯自身的合理性和学科建设意义。生态批评学者也注意到了文学地理学和地理批评的相关性,并努力开拓对话空间。未来还需在两个方面进行努力:第一,借鉴文学地理学成果、对中国文学作品进行生态批评。首先立足于"中国文学作品";其次结合两类批评共享的许多概念和方法,应对中国的生态危机等问题。第二,中国学者对两者的完善、批判、深化和改造。

第二十五章 环境传播学与生态批评

作为环境人文学的重要分支,环境传播不仅通过大众媒介向公众传递环境信息,而且参与建构了环境话语体系。诸多与环境问题相关的话语经由环境传播的实践被生产出来,比如"环境正义""气候变化""可持续性发展"等,丰富并发展了生态批评的理论话语。本章通过对环境传播学在西方的发展历程的梳理和对环境传播学中国化进程的探讨,指出对环境传播学与生态批评进行交叉影响研究的必要性和重要性。生态批评所倡导的生态责任、强调的环境伦理对环境传播学突破自身发展困境具有重要的指引作用,而环境传播学对环境修辞的重视又可以很好地弥补生态批评发展至今重思想价值而轻艺术特色的不足。跨学科融合是未来人文学科发展的必然趋势,生态批评也势必要突破现有的单一学科的思维方式,积极创造多学科的对话领域,参与环境议题的表征和建构,更好地回应环境问题,进而更加有效地影响公共政策。

一、环境传播学在西方的产生与确立

环境传播学(Environmental Communication)的诞生基于对环境问题报道的兴起。1918 年,《大西洋月刊》(*The Atlantic*)上刊登的特写《黑雾》是最早揭示资本主义工业化带来严重生态问题的新闻报道。随着工业化的发展,能源枯竭、生物多样性散失、气候变化等各种生态问题频繁出现。20 世纪 30—60 年代,伦敦烟雾事件、日本水俣病事件等"世界八大公害事件"相继爆发,使得西方媒体对环境问题的关注持续上升。1962 年,蕾切尔·卡森(Rachel Carson)出版《寂静的春天》(*Silent Spring*),这部后来被视作"直接推动了世界范围的生态思想和环保运动发生和发展"①的具有划时代意义的生态文学作品第一次将环境运动带进了公众的视野,促使了20世纪70年代通过了多个保护水、空气以及规范有毒化学物生产和处置的法案,包括《国家环境政策法》、《清洁空气法案》和《清洁水法案》等。《寂静的春天》的出版标志着现代环境运动的开始和环境新闻的成熟,环境问题通过大众传媒得以更为普遍、更为开放的姿态走向了公众的视野,推动并促成了环境传播研究的出现。

环境传播研究起步于20世纪60年代,至今已有60多年的历史。"当环境问题作为社会政治的核心问题逐步显现,'环境'与'传播'走到了一起。这一日渐显著的学术现象最终成为传播学领域中极具特色的研究领域,我们称之为'环境传播'。"②从已有的大量自我标榜为环境传播的文献来看,环境传播最初只是一个范畴性的概念③。在学界第一篇涉及环境传播的研究文献《环境传播的兴起》(1972)中,克莱·舍恩菲尔德(Clay A.Schoenfeld)提及凡是"涉及环境问题的大众传播"④都是环境传播。次年,舍恩菲尔德主编的《解释环境问题:环保传播的研究与发展》是环境传播领域的一本奠基性著作。在此书中,舍恩菲尔德提出了另一个与环境传播相关的概念——环保传播(Conservation Communications)。这说明:与研究环境问题的其他诸多相关人文社会学科相似,伴随着20世纪60年代美国环境运动的兴起而产生的环境传播研究在产生伊始关注点和落脚点也都是环境保护。

学界第一次正式对环境传播研究做出定义的是勒内·吉列尔雷(Renee Guillienrie)和舍恩菲尔德的《环境传播研究与评论的文献注释(1969—1979)》一书,该书在对环境传播早期文献进行梳理评介的基础上提出:

① 王诺:《欧美生态文学》,北京大学出版社2003年版,第125页。

② Anders Hansen, "Communication, Media and Environment: Towards Reconnecting Research on the Production, Content and Social Implications of Environmental Communication", *International Communication Gazette*, Vol.73, No.1-2, 2011, pp.7-25.

③ 刘涛:《"传播环境"还是"环境传播"?——环境传播的学术起源与意义框架》,《新闻与传播研究》2016年第7期。

④ Clay Schoenfeld, "Irruption in Environmental Communications", *American Forests*, October 1972, pp.52-55.

　　环境传播研究是在语言、文字及视觉层面展开的与环境议题、环境管理相关的信息,以及在此基础上进行策划、生产、交流或研究的过程和实践。①

从这个定义我们可以看出:环境传播研究不仅关注与自然环境相关的信息传播,而且注重探讨包括公民、环保组织、科学家、媒体、政府等各类主体在具体环境实践中的话语生产及话语权的争夺问题。从中可以得出结论:此时的环境传播研究虽然仍然关注自然环境,但却因明显与其他社会议题相关联而具有不同层面的价值与意义。比如:如果关涉民众的健康问题,那么就具有社会意义;如果关涉不同社会群体之间的利益,那么就具有经济意义;如果着眼于人与自然之间的关系,那么就具有伦理意义……换句话说,在环境传播过程中,自然或环境问题已经不再是一个独立于社会之外的问题,而成为社会系统的一个构成因素,参与了各种社会关系的构建,并深刻影响了社会的其他领域。环境传播不只是简单地向公众传递环境信息,而且参与筹划、建构了环境话语体系。

1989 年,德国社会学家尼克拉斯·卢曼(Niklas Luhmann)以《生态传播》为题出版了他的专著,并将环境传播定义为:"任何一种与环境议题有关的、旨在改变传播话语与结构的传播实践与方式"②。在卢曼看来,尽管环境问题不断出现而且愈演愈烈,但唯有通过传播才能将环境意识扩大、才有可能缓解环境危机。因此,卢曼将环境危机定位为环境传播的核心话语,认为通过媒介的报道使公众逐渐认识到环境污染的风险、关注环境危机,这是环境传播的根本使命。这就将环境传播在环境问题中的作用和地位提升到了前所未有的、不可忽视也难以被替代的地位。但这里有一个问题不得不提出,那就是:尽管卢曼谈的是环境议题的传播,却选用了"生态"而非"环境"来对他的专著进行命名。是作者界定不清? 还是这二者之间本来就难以廓清? 这个问题也让我们从另一个侧面认识到:生态批评领域中出现的"生态批评"与"环境批评"的命名之争并非偶然,而是生态研究领域里的一个普遍现象。

---

① Renee Guillienrie & Clay Schoenfeld, *An Annotated Bibliography of Environmental Communication Research and Commentary:1969—1979*, Cautbus:ERIC,1979, p.5.

② Niklas Luhmann, *Ecological Communication*, Trans. J. Bednarz, Chicago: University of Chicago Press, 1989, p.28.

作为一门学科,环境传播学于 20 世纪 90 年代在美国学界正式形成,主要表现在:美国有多所大学设立了关于环境传播的专业或研究中心,包括威斯康星大学、科罗拉多大学,密歇根州立大学等;出现了专门研究环境传播的国际性学术期刊,比如:《环境传播:自然与文化学刊》(*Environmental Communication: A Journal of Nature and Culture*)等。1996 年,美国国家传播学会(National Communication Association,NCA)批准成立环境传播研究委员会,是对这一学科的正式确认。20 世纪 90 年代后期,艾莉森·安德森(Alison Anderson)等传播领域的学者开始系统研究媒介在构筑环境这一颇具风险的领域中所起的作用,探讨专家话语与外行话语之间的争议。①

环境传播学领域极具国际影响力的著作是罗伯特·考克斯(Robert Cox)在2006 年出版的《环境传播与公共领域》②一书。考克斯在总结前人研究成果的基础上,将环境传播的研究领域划分为七大块,并对环境传播下了一个更为全面的定义:"环境传播是理解环境问题以及人与自然之间关系的实用性和建构性工具,是我们建构环境问题以及呈现不同社会主体之间环境争议的媒介。"③考克斯的定义至少有三个层面的含义:首先,强调环境传播是使种种环境议题得以向公众传播的重要媒介;其次,突出环境传播具有的实用性功能,具有自身特定的话语和修辞;最后,强调环境传播具有的建构性功能,因此还需探讨环境议题背后所承载的社会、政治、经济、文化等价值。考克斯的研究进一步明确环境传播并非一个关于环境信息的单向、线性的传播过程,而是一个通过话语、符号产生意义,建构公众环境认知,进而影响政治行动的重要功能载体。次年,环境传播学作为一个相对成熟的学科领域得到了学界的普遍认可。④

2011 年,国际环境传播协会(International Environmental Communication As-

① Alison Anderson, *Media, Culture, and the Environment*, London: Routledge, 1997.
② 该书初版为考克斯独著,第五版于 2018 年出版,由菲德拉·佩苏罗(Phaedra C.Pezzullo)和考克斯合著。为了清晰呈现环境传播学的发展历程,此处定义部分仍引用第 1 版,文中其他涉及部分则出自最新版。
③ Robert Cox, *Environmental Communication and Public Sphere*, London: Sage, 2006, p.12.
④ Steve Schwarze, "Environmental Communication as a Discipline of Crisis", *Environmental Communication*, Vol.1, No.1, 2007, pp.87-98.

sociation, IECA)成立,将世界范围内的环境传播研究整合起来;并有多个专门研究环境传播的国际学术期刊相继问世,比如:《环境传播年鉴》(*Environmental Communication Yearbook*)、《环境新闻业》(*Environmental Journalism*)等。环境传播学用雄辩的事实说明,在西方已经发展成为一个重要的研究领域。

历经半个多世纪的发展,环境传播在各类环境事件的报道和环境观点的传播中得到了锤炼和发展。从 20 世纪 60 年代因使用 DDT 而导致各种动植物死亡到 70 年代美国拉夫运河的化学物质灾难事件,从 80 年代的切尔诺贝利核泄漏事件到 90 年代的环境正义问题,再到 21 世纪世界范围内的气候变化问题等,这些不断涌现的环境议题为环境传播学的发展提供了新的研究领域,而环境传播学也如同其他与环境相关的学科一样以敏锐的学术触角积极地探索新的研究方法和研究路径。

二、环境传播学的中国化进程

在西方环境传播研究萌发的 20 世纪 70 年代,对于大部分中国人来说,"环境"还是一个陌生的词汇。改革开放初期,随着经济的快速发展,中国开始出现人口迅速膨胀、森林面积急剧减少、资源消耗过大等环境问题。1984 年,《中国环境报》创刊,主要报道中国的环境政策、形势及最新事件。1986 年,中国环境新闻记者协会在北京成立,出现了以沙青、徐刚为代表的生态报告文学作家。沙青的《北京失去平衡》通过实地采访的方式,揭示造成北京水资源危机的真实原因是工业消耗、资源浪费等环境问题;徐刚的《伐木者,醒来!》多角度地聚焦人们为了经济利益不顾生态循环滥砍滥伐的严重后果。进入 90 年代以后,我国环境新闻开始从对单一、个别环境问题的关注逐渐上升到对生态整体的宏观把握。21 世纪以来,随着生态环境的日益恶化和西方环境传播学的逐渐引入,中国的传播学界开始了对西方环境传播学的引介和创新,国内的传播学者也开始结合我国的生态现状进行多维度的研究。

我国第一部与环境传播相关的研究著作是王莉丽的《绿媒体——中国环保传播研究》(2005),该书较为全面地回顾和总结了中国环境新闻 20 多年的历程。

刘涛的论文《环境传播的九大研究领域(1938—2007):话语、权力与政治的解读视角》(2009)对西方在1938—2007年间共1041篇的论文进行梳理和归纳,在考克斯的研究基础上将环境传播的研究领域划分为九个,为:环境传播的话语与权力、环境政治与社会公平、环境哲学与生态批评等。[①] 刘涛的论文立足于唯物主义和新历史主义的批评视角,不仅注重分析环境问题的传播、互动和社会影响,还考察了环境议题背后的政治、文化和哲学命题的建构过程。在其专著《环境传播:话语、修辞与政治》(2011)中,刘涛指出:"环境传播的本质是一场围绕环境议题而展开的现实建构与意义争夺的过程,这一过程又是借助话语与修辞的方式进行的"[②]。基于此,刘涛试图以"意指概念"为核心观念来建构环境修辞的理论框架。通过对生态域中一系列意指概念的发明、构造与意义争夺行为,环境传播创设了一个巨大的"语义场",人们可以借助历时性分析和共时性分析两个维度来把握意指概念的意义行为。同时,随着视觉化时代的到来,意指概念也越来越呈现出图像化的表征趋势。[③] 在论文《"传播环境"还是"环境传播"? ——环境传播的学术起源与意义框架》(2016)中,刘涛通过对环境传播学术起源的梳理和三种意义框架的分析,对环境传播做出如下界定:"环境传播是围绕环境问题所展开的信息处理、议题建构与社会互动过程"[④]。通过刘涛的研究,我们发现,正是经由环境传播的实践,与环境问题相关的诸多生态批评话语,诸如"环境政治""环境正义""气候变化""可持续性发展""生态马克思主义"等概念符号被源源不断地生产出来,它们积极参与了环境议题的表征和建构,丰富并发展了生态批评的理论话语。

郭小平的论文《环境传播中的风险修辞"委婉语"的批判性解读》(2012)着眼于环境传播中风险议题的表达,对其所使用的"委婉语"进行分析,指出

---

① 刘涛:《环境传播的九大研究领域(1938—2007):话语、权力与政治的解读视角》,《新闻大学》2009年第4期。

② 刘涛:《环境传播:话语、修辞与政治》,北京大学出版社2011年版,第279页。

③ 刘涛:《意指概念:环境传播的修辞理论探析》,《现代传播》2015年第2期。

④ 刘涛:《"传播环境"还是"环境传播"? ——环境传播的学术起源与意义框架》,《新闻与传播研究》2016年第7期。

这些委婉语所暗含的修辞策略,揭示这些修辞策略旨在为商业主义和消费主义掩饰与弱化生态问题可能导致的后果。① 其专著《环境传播:话语变迁、风险议题建构与路径选择》(2013)则是对上述论文的深化与发展,该书结合风险社会理论进一步阐释大众传媒在环境风险社会中的社会角色与功能,探讨环境传播对环境话语的变迁、环境理念的嬗变所产生的影响,积极寻求媒体在建构生态文明中的可行性路径。② 在此书中,郭小平引用、分析了颇多中国媒体对环境议题的报道,极大地弥补了之前西方环境传播研究中对中国问题的忽视与空缺。

戴佳、曾繁旭的《环境传播:议题、风险与行动》(2016)借鉴西方环境传播学的理论框架对中国的环境议题进行专题研究,通过对核电发展报道的分析探讨官方话语与民间话语之间的对立与博弈,探讨媒体在环境运动中的角色,试图提供一幅较为全面的中国环境传播图景,从而反思并丰富西方的环境传播学理论。③

近年来,随着气候变化逐渐成为影响世界各国的共同环境问题,我国学术界也积极地从各个研究视角做出回应,并出现了一系列的研究成果,主要有:郑保卫的《绿色发展与气候传播》(人民日报出版社 2018 年版)、王彬彬的《中国路径:双层博弈视角下的气候传播与治理》(社会科学文献出版社 2018 年版)等,体现了环境传播研究的社会学向度。

相对于西方的环境传播学,中国的环境传播研究起步较晚,发展也比较缓慢。但我国的环境传播学者始终保持着敏锐的学术意识,及时关注环境议题的传播,对我国环境话语的建构、公众环境意识的提升、生态文明宏图的设计都起到了不容忽视的促进作用。

颇为遗憾的是,尽管这个研究领域已经越来越受到国内学者的关注,也有相关的论著、论文出现和国家社科基金立项,但总体来看,环境传播学在国内传播学界尚未形成态势,主要表现在:目前国内高校尚未有新闻传播院系设置环境传

---

① 郭小平:《环境传播中的风险修辞"委婉语"的批判性解读》,《新闻与传播研究》2012 年第 5 期。
② 郭小平:《环境传播:话语变迁、风险议题建构与路径选择》,华中科技大学出版社 2013 年版。
③ 戴佳、曾繁旭:《环境传播:议题、风险与行动》,清华大学出版社 2016 年版。

播专业,在环境传播学的学科归属上还存在论争①;尚未有影响力的环境传播学术期刊创立;研究区域较为集中,主要在华南与华中地区,以暨南大学和华中科技大学为主阵地。值得肯定的是,我国传播学者对环境传播的研究对国际环境传播学界是个有力的补充,也为构建中国特色的环境传播学奠定了必要的学术基础。

综合国内已有的环境传播研究文献,得出的结论是:环境传播学作为一门学科在中国尚未正式成立,但对环境传播的研究为构建中国特色的环境传播学提供了较好的学术积淀。

三、环境传播学的发展困境

毋庸置疑,历史遗留的、新近出现的各种环境问题为环境传播学的发展提供了丰富的土壤,但这些环境问题却比我们所能看到或知道的更为复杂。环境传播并非一个简单的、单向的过程,其中夹杂着包括社会、经济、政治、文化等各个层面的问题。这些都有可能成为环境传播学发展过程中的各种阻滞。经济发展是一个社会发展的根本基础,任何妨碍或阻滞经济发展的观念在传播的过程中都有可能遭到遮蔽或者忽略。比如:20世纪90年代,美国的俄勒冈州倡导保护原始森林、维持生物多样性,因为直接影响了伐木工人的就业问题而引发了一场声势浩大的"猫头鹰对抗人"的运动。但历史的车轮行进到今天,人类的活动过多地干预、极大地影响了生态系统的平衡、健康与稳定,对上述问题的理解应当超越短期、狭隘的经济视角。我们应该认识到:尽管关于环境问题的传播可能在短时间内影响经济的发展、侵害到某些人群的利益,甚至与社会流行的价值观相抵触,但比起生态系统的长期、稳定的存续,比起人类长久的健康利益,那些损失或放弃都是值得的。只是即便总体指导思想是明确的,也不是所有的环境问题都是毫无争议的,其中可能蕴藏着变数;也不是所有的环境问题都具有戏剧性的冲击力,更多时候是悄无声息的;而且就算认识到环境问题的严重性,但基于自

---

① 陆红坚:《环保传播的发展与展望》,《中国广播电视学刊》2001年第10期。

身的利益考虑,公众在不影响自己生活的限度内往往倾向于采取漠视的态度;此外,为了博取公众眼球、赢得生存空间,各种媒介在传播过程中还采取了不同的修辞策略。以上种种,都是环境传播可能面临的问题,也为环境传播学的学科发展带来了诸多挑战。

(一)环境问题的不确定性

"很多环境问题要潜伏很长时间",正如传播学者安德斯·汉森(Anders Hansen)所指出的:"对于环境问题产生的原因及其广泛影响,通常在很多年中都是不确定的。"①汉森指出了环境问题存在的两种不可即时预知的情况:一是环境后果在时间上的滞后。比如:1901年被作为观赏花卉引入中国的、产自南美洲的"水葫芦",在20世纪五六十年代被作为猪饲料推广种植,为我国带来不少的经济利益,但到了2002年却在我国南方的珠江和太湖等水系泛滥成灾,严重影响了当地的生态环境,导致我国每年都要花费上亿的经费去减除这些影响。类似的事件还有很多。这些外来生物对社会、经济、文化和健康所可能产生的巨大影响随着时间的推移,才会慢慢显现。对于这类环境问题,早期的媒体报道是无法预知的。二是环境问题的不确定性,比如:气候问题。气候学家斯蒂芬·斯奈德(Stephen Schneider)就曾抱怨道:"数百名专家达成的主流共识很可能被少数几个博士的相反观点给平衡了。而对于不知情的民众而言,二者都是同样可信的"②。其实,不只是民众,对于媒体从业人员来说,想要准确地传达关于复杂而多变的环境问题的信息一样也是困难的,因为这些问题超越了其自身的知识结构。何况气候科学本身就具有不确定性,而且区域间的变化差异明显。虽然全球变暖的呼声高涨,但依然有部分地区在某些时候气温偏低,这该如何解释?"当人类对环境造成的影响的认识的不完整,但人类对地球的影响程度又要求

① Anders Hansen, *Environment, Media, and Communication*, London and New York: Routledge, 2010, p.96.
② Stephen Schneider, *Science as a Contact Sport: Inside the Battle to Save Earth's Climate*, Washington, D. C.: National Geographic, 2009, pp.203-204.

我们立即采取行动时,悖论就产生了。"①

　　生态科学本身绝对确定性的缺失不仅引起了反对者的争议,而且也为一些呼吁政府延缓行动的人提供了方便之门。这就产生了汉森没有提及的第三种不确定,那就是:环境事实本身确定,但公司或集团出于自身的利益故意制造的不确定。2010 年墨西哥海湾原油泄漏引发的悲剧就是一个显著的例子。当时的事件负责方英国石油公司延请的医学专家以"这一灾难对人类的健康的影响还未被量化"②为由,一而再、再而三地搁置处理,致使沉没的钻井平台每天漏油大约 5000 桶,路易斯安那州超过 160 公里的海岸受到污染,墨西哥湾沿岸生态环境遭遇灭顶之灾。③ 尽管环境问题本身具有不确定性,但我们应该认识到:在现实中,"呼吁更多的科学证据往往只是一种拖延战术"④,其目的并不在于确定事实,而在于延缓行动或者逃避责任。但科学的不确定性并非代表风险不存在,更可能是"严重的危险有可能存在的标志"⑤。

(二)公众对环境风险的趋利避害

　　进入 21 世纪以来,关于环境传播的研究大多以风险范式为主导。这源于社会学家乌尔里希·贝克(Ulrich Beck)的社会风险理论。在反思现代性的基础上,贝克按轻重缓急区分了三种类型的危机,即生态危机、金融危机和恐怖主义。之所以将生态危机置于首位,那是因为"现代社会在从经济发展和技术进步中得到的增益已经被越来越多的生态危机所超越"⑥。进入工业化社会以来,人类片面地追求经济发展和技术进步,所导致的生态问题对人类生命、对自然生态产生了不可逆转的伤害,并将带来深远的影响。在现代社会中,有人从社会经济的

---

① Phaedra C. Pezzullo & Robert Cox, *Environmental Communication and the Public Sphere*, Thousand Oaks: SAGE, 2018, p.148.

② B. Walsh, "Assessing the Health Effects of the Oil Spill", June 25, 2019, http://www.time.com.

③ https://baike.baidu.com/item/美国墨西哥湾原油泄漏事件/1168473? fr=aladdin.

④ Gerald Markowitz & David Rosner, *Deceit and Denial: The Deadly Politics of Industrial Pollution*, Berkeley: University of California Press, 2002, p.10.

⑤ Gerald Markowitz & David Rosner, *Deceit and Denial: The Deadly Politics of Industrial Pollution*, Berkeley: University of California Press, 2002, p.298.

⑥ Ulrich Beck, *Risk Society: Towards a New Modernity*, Newbury Park: SAGE, 1992, p.13.

发展中受益,就必然有人承担发展经济可能导致的风险。不公平的是这些不可预知的风险往往是由最贫穷或最脆弱的那部分人来承受,因为社会发展的风险评估往往排除了那些为生活所迫或非自愿置于危险之中的人。而且,在贝克看来,现代社会中风险的制造者和受害者并不像传统社会中那般清晰,风险的制造者为了保障自己的利益往往可以牺牲他人。比如垃圾焚烧点的设置,只要远离自己的居住区域,公众往往将之视为公益性的基础设施;反之,如果建在自己的居住区域周边,则会将之视为毒气工厂进行反对。更大的悖论还在于:那些环境风险的直接受害者,比如矿工、渔民及其他污染行业的生产者,往往又是环境危机的作恶者。

在如何评估人类行为的环境后果时,环境传播学领域近几年积极引进、借鉴社会学领域的风险社会理论创立了风险评估原则,认为在评估可能危害人类的产品时应该秉持谨慎的伦理观,即便现在看来危害性很小。事实上,早在20世纪60年代,生态文学家卡森、生态伦理学家巴里·康芒纳(Barry Commoner)就已经通过自己的作品或者论著,对来自水、空气、土壤、食物链中含有的化学物质以及可能导致的生态灾难进行了警告,这些作品都成为环境传播学的研究对象。虽然传播学界对是否引入风险评估还存在争议,但只有持续推动对风险评估的争论甚至批评,才能使环境传播具备更广阔的研究视野,为环境传播提供更为宏观的理论坐标。[①]

(三)态度与行为之间的沟壑

环境问题的不确定性给公众的认知带来困扰,趋利避害的心理让公众往往难以具备生态全局观,而个人在态度与行为之间的矛盾又为环境传播制造了难以跨越的现实障碍。斯坦利·费什(Stanley Fish)曾给出过一个很好的例子:"我相信全球正在变暖……但相信并不等于我一定会采取相应的行动(就如同我相信系上安全带可以拯救生命,但我从来不系,即便是在飞机上)。"[②]也就是

---

① Simon Cottle & Ulrich Beck, "'Risk Society' and the Media: A Catastrophic View?", *European Journal of Communication*, Vol.13, No.1, 1998, pp.5-32.

② Stanley Fish, *Think Again: I am Therefore I Pollute*, 2008-08-03, http://fish.blogs.nytimes.com.

说,就算生态问题明确、公众都利己利他,但是认识并接受环境问题的严重性,并不等于会采取任何实质上的行动。这样的例子比比皆是。比如:我们相信人类的各种行为会导致二氧化碳排放量的迅速增加,却依然不愿放弃开车的便利而采用步行的方式代替,依然在夏日里和冬天里开着制冷和制热的空调享受人类文明带来的舒适;我们相信对垃圾进行分类回收有利于保护环境的清洁,但却未必愿意花费那些精力去对垃圾进行分类等。因此,即便传播的渠道畅通,人类认识到环境危机的来源也难以产生任何实质的改变。态度与行为之间的脱节可能因为人们对政府行为的不信任,也可能因为意识到自身的渺小,看不到也不相信通过个人行为的改变就能对全球性的环境危机产生影响。而且,人类还需要面对疫病、失业、经济萧条等更为紧迫的问题。那些发生在自身经历之外的或者目前并未造成严重影响的环境问题就很难引起迫切的关注。

(四)环境修辞的选择

为了能够在工业主义社会中发出自己的声音,环境主义者必须要赢得发声的机会,并使其观念具有足够的分量,这就需要相应的载体和修辞。采用什么样的媒介、使用什么样的环境话语进行传播非常重要,因为它"影响着我们将什么样的环境情况视为问题,还将影响我们花费多少精力和时间、如何来回应这些问题"[1]。

马歇尔·麦克卢汉(Marshall McLuhan)曾提出一个后来震惊传播学界的重要论断:媒介即讯息[2]。传统的纸质媒体、广播电视媒体以及新媒体都在积极定义"环境"这一概念,并不断推动对环境议题的媒介建构。《探索频道》(The Discovery Channel)、《国家地理频道》(National Geographic Channel)等展示了自然的奇妙及它所受到的威胁;美国前总统阿尔·戈尔的《难以忽视的真相》(*An Inconvenient Truth*,2006)则通过电影这种大众耳熟能详的文化形式将全球变暖这个环境议题放到核心位置;互联网的广泛使用更是"拓宽了风险传播的渠道,拓

---

① Phaedra C. Pezzullo & Robert Cox, *Environmental Communication and the Public Sphere*, Thousand Oaks:SAGE,2018,p.22.

② [加]马歇尔·麦克卢汉:《理解媒介:论人的延伸》,何道宽译,译林出版社 2019 年版,第 16 页。

展了风险传播的广度,同时也为各个利益集团提供了新的机会去影响、干扰正确信息的传达"①。媒体早已超越简单地传递社会信息的功能,"对环境议题是否受到足够的重视、环境相关的知识能否得以准确地传递以及环境沟通能否有效地进行起着决定性的作用"②。

　　环境修辞在某种意义上可以说影响和改变了人们的思想观念,甚至世界秩序。这种影响既体现在共时维度的论争,也体现在历时维度的不同话语文本中。在 2018 年最新修订版的《环境传播与公共领域》一书中,考克斯将环境传播的定义修改为:"环境传播是用来命名、塑造、引导和探讨人类与自然(包括非人类生物、物种和因素)之间生态关系的实用性和建构性表达模式"③,更为强调环境传播中修辞的作用和功能。考克斯指出:"我们应该意识到,不管我们研究哪种文化或哪个时期,关于环境的理解和传播都是可以改变的,也就说,可以而且已经产生变化。"④自然(nature)被建构成应该受到保护、受到尊重的对象那是 20世纪后半期的事了。在以往的不同历史时期曾被赋予不同的甚至相反的含义。在古希腊人眼里,自然是变幻莫测、令人敬畏的;到中世纪时期则是充满神奇和幻想的;到了宣扬"人类是万物灵长"的文艺复兴时期,自然则成为与人类相对立的他者;在启蒙运动时期,自然更是成为被征服、被主宰的对象;到了现代工业时期,自然成为可以被随意买卖的商品。不仅如此,对于不同地域的作家,"自然"也具有不同的含义。在英国浪漫主义诗人的笔下,自然寄托着作者诗意的想象,这种想象"不仅是对自然作为叙述客体的修辞化认同,同时也是对人的主体身份的修辞化建构"⑤;在美国作家和艺术家笔下,自然暗含着深刻的民族文化身份认同,因为没有悠久历史可以依凭的美国,将自然视为独有的荣耀。而荒野(wilderness)是被仇视还是被赞美、是被征服还是被保护,取决于不同利益群

---

① Sheldon Krimsky,"Risk Communication in the Internet Age:The Rise of Disorganized Skepticism", *Environmental Hazards*,Vol.7,2007,pp.157—164.

② 高芳芳:《环境传播:媒介、公众与社会》,浙江大学出版社 2016 年版,第 9 页。

③ Phaedra C.Pezzullo & Robert Cox,*Environmental Communication and the Public Sphere*,Thousand Oaks:SAGE,2018,p.34.

④ Phaedra C.Pezzullo & Robert Cox,*Environmental Communication and the Public Sphere*,Thousand Oaks:SAGE,2018,p.51.

⑤ 刘涛:《环境传播:话语、修辞与政治》,北京大学出版社 2011 年版,第 145 页。

体对这个概念的界定。当荒野被视为远离人类文明侵扰的神圣之地时，就充满了诗情画意的田园想象，比如托马斯·科尔（Thomas Cole）大肆赞美美国的荒野，他曾写道"美国景色中最具特色也最令人难忘的是荒野"①；当荒野被置于与文明相对的蛮荒之地时，人类就被赋予了改造自然、征服自然的权利；而当荒野被建构成承载生态整体主义的空间时，则成为应该受到人类保护的载体。"自然"与"荒野"等相关术语的多重阐释不断地提醒我们这样一个事实：修辞以强大而变动的意义影响着人类。因此，弗兰克·富里迪（Frank Furedi）指出媒体所采取的报道方式的差异对公众认知的影响，"媒体所提供的信息量……用于描述和形容的符号、修辞和话语"②，都会对环境事实的建构产生了不同程度的影响。

　　总之，在环境问题的传播过程中，存在着种种阻碍：环境风险在时间上的滞后性以及因各种原因导致的不确定性，使得媒介从业人员很难及时、有效、准确地将信息向公众传达；环境风险的制造者和受害者之间的关系往往互相交叉甚至重合，使得记者难以了解环境问题的真实后果；各类媒体为了市场竞争中赢得生存优势，也有可能夸大其词或者有意识地制造恐慌。这些都给公众带去更多的困惑，甚至阻滞了公众正确环境意识的形成和环境行为的付诸行动。

四、环境传播学与生态批评的交互影响

　　尽管面临着各种发展过程中的阻碍，但必须肯定的是，环境传播学历经零星起步—逐年上升—持续上升的发展过程，已然成为学术界的一个新的关注点。在这个过程中，环境传播学的研究范围经历了从关注环境新闻—关注环境政治—关注环境批评的扩展和演进。诚如《环境传播》的主编安德森所指出的那样，跨学科是未来环境传播学发展的最重要的特色："环境传播创造了多学科的对话领域，包括新闻研究、社会学、政治学、心理学、地理学、环境科学……未来发

---

① Roderick Nash, *Wilderness and the American Mind*, New Haven: Yale University Press, 2001, p.81.
② ［英］富里迪：《恐惧》，方军、张淑文、吕静莲译，江苏人民出版社 2004 年版，第 40 页。

展最大的挑战是要突破现有学科相对单一的思维方式,进而在多学科交叉对话的基础上,根据受众的需要提供不同的信息和研究,进而更加有效地影响公共政策。"①在环境传播领域,"环境"已经不再是一个纯粹的、静态的生态学命题,而成为一个经济、社会、文化的构造物。在此背景下,生态批评倡导的生态责任对解决环境传播学发展的困境有着重要的指引作用,而环境传播学对环境修辞的重视恰恰可以弥补生态批评重思想价值而轻艺术特色的不足。

(一)生态批评对生态责任的倡导

生态批评自产生之初就以强大的参与性介入现实,也因对生态责任的竭力倡导而对其他以生态为视角的人文社科研究起着重要的引领作用。生态批评强调人类应当承担起应有的生态责任,而非只考虑自己的利益,应当维护和保证整个生态系统的持续存在和稳定发展。"大众传媒不仅是生态文明的传播者或推动者,其自身也是生态文明的实践者。"②这就要求环境传播者在传达环境信息时不仅需要考虑职业的要求,而且还要考虑身为地球的一分子应尽的责任。

在全球化时代,环境问题的影响不再局限于地域、不再停留于国界,甚至不再影响当下,有些环境后果可能需要很长的时间才能显现。在这种情况下,环境传播者应不再满足于提供已知的环境信息,更应该追溯根源、预测影响、更正判断,主动承担起环境教育者的责任。对于短期内难以为公众所察觉到甚或不能为大众所认同的环境议题,环境传播者需要积极探索、寻求可以为公众接受的传播话语,努力避免容易引发负面情绪的词汇,但不应该回避甚或迎合。像前面提到的目前影响全球但争议颇大的气候变化问题,为了达到让公众接受的目的,环境传播可以将预设的目的分解成可行性的行为,聚焦可以激发民众意愿的东西,诸如节俭、经济繁荣等,以达到节约能源、反思石油燃料的使用等目标,间接缓解全球变暖。虽然环境传播是一个各方话语对弈的过程,主流媒体需要平衡来自

---

① Alison Anderson, "Reflections on Environmental Communication and the Challenges of a New Research Agenda", *Environmental Communication*, Vol.9, No.3, 2015, pp.379-383.

② 郭小平:《环境传播:话语变迁、风险议题建构与路径选择》,华中科技大学出版社 2013 年版,第 7 页。

各界的不同声音,媒体也可能因为生存需要赢得观众,但媒介生产者应当秉承身为生态系统一分子应有的生态自觉和所肩负的生态责任,尽力寻求容易为公众所接受的传播话语,尽量公正客观地传播环境正义、保护自然和谐。

作为环境风险的早期预警者,科学家们同样肩负身为生态整体一分子不能回避的道德责任。很长一段时间以来,人们对自然科学与人文科学之间的分野都有所误解,科学家被视为客观公正的知识提供者。虽然科学无所谓善恶,但如何使用科学却需要人文精神的指引。正如大家所知道的,很多缺乏生态意识指导的科学发明给人类社会、生态整体带来了巨大的灾难,比如第二次世界大战中的细菌战、核武器的使用。因此,第二次世界大战后学界引发了一场关于科学家的道德责任的大讨论。20世纪后期,这种道德责任从核战争扩展到全球变暖、基因改变等问题上来。英国理论物理学家斯蒂芬·霍金(Stephen Hawking)曾明确指出:"(科学家们)作为世界公民,有责任提醒公众注意那些与我们朝夕相伴的不必要的危险以及可以预见的灾难……我们正处于前所未有的气候变化时期,科学家们负有不可推卸的社会责任和道德义务。"[1]在各种源于客观或来自主观而造成的环境问题的不确定中,生态批评所倡导的生态责任对科学家们的指引显得尤为重要。在各种力量的权衡过程中,科学家们应清醒地意识到自己有责任尽力诚实地向公众传播他们知道的和不知道的信息,帮助公众形成正确的认知。

通过对生态责任的倡导、对环境伦理的强调指引环境传播者将科学精神与人文精神相结合,尽量公正客观地传递相关认知,并在反思批判中洞察真相,促进人类社会有效的沟通,是生态批评进行思想文化批评的现实旨归,对环境传播具有重要的方向引领作用。

(二)环境修辞研究对生态批评的拓展

在对西方环境传播学和中国环境传播研究的梳理中,我们不难发现:并非所有重要的环境议题都能及时、有效地进入公众的视域,而公众所具备的关于环境

---

① http://www.independent.co.uk,2007-01-18.

问题的认识和判断,"并不是环境本身传递的,而是修辞学意义上人为构造的结果"①。在此过程中,我们惊喜地发现很多生态文学经典作品进入到传播学者的研究视域,成为环境修辞研究的重要对象。环境传播学者对表达和修辞的研究,对目前为止生态批评过于关注思想文化研究而忽视文学特质的研究不失为一种反拨和启发。

1. 对于"崇高"的表达

在环境保护史上,约翰·缪尔(John Muir)是一个不能被遗忘的名字,他于1892 年创建了美国最重要的环保组织塞拉俱乐部(the Sierra Club),并且由于他对内华达山脉的热情讴歌,促使了当时的罗斯福总统接受了他的建议,建立了包括约塞米蒂山谷在内的约塞米蒂国家公园。缪尔用他的创作向世人传递一个非常重要的理念,那就是:自然承载着商业价值之外的审美价值和哲学价值。在《我们的国家公园》中,缪尔如此赞颂道:"没有哪个人造的殿堂可以跟约塞米蒂相比","(约塞米蒂)是大自然最壮丽的神殿"②。正因为这种崇高和壮丽,荒野应该成为远离工业主义的禁地,应该保护它免受任何商业侵扰。1981 年,克里斯汀·奥拉维克(Christine Oravec)通过对约翰·缪尔的代表作《约塞米蒂》和《我们的国家公园》的分析,指出缪尔成功地借助一定的修辞学策略,将读者对自然的想象式体验转化成了一场保护约塞米蒂国家公园的运动,他用散文的形式在读者心中唤起崇高感、敬畏感和精神愉悦感。③ 考克斯认为这一研究可以被看作是环境传播领域的起点,缪尔用"崇高这一体裁,以唤起一种精神升华的感觉"④。通过奥拉维克和考克斯等传播学者的研究,成功诠释了环境传播与生态批评相结合的思辨空间:基于环境议题的修辞表达,某种程度上影响并改变了人们的行为实践和世界秩序,展现了生态作家介入现实的勇气和途径。

---

① 刘涛:《"传播环境"还是"环境传播"? ——环境传播的学术起源与意义框架》,《新闻与传播研究》2016 年第 7 期。

② [美]缪尔:《我们的国家公园》,郭名倞译,江苏人民出版社 2012 年版,第 40、68 页。

③ Christine Oravec, "John Muir, Yosemite, and the Sublime Response: A Study in the Rhetoric of Preservationism", *Quarterly Journal of Speech*, Vol. 67, 1981, pp.245-258.

④ Phaedra C. Pezzullo & Robert Cox, *Environmental Communication and the Public Sphere*, Thousand Oaks: SAGE, 2018, p.56.

2."启示式叙事"

如果说缪尔关注的是原始荒野的诗意功能和价值,那么,卡森则将斗争的矛头指向人类社会,聚焦于以 DDT 为代表的、对地球生命造成威胁的各种杀虫剂。她写道:"由于无节制地使用化学杀虫剂,我们已经习惯以一种更直接、更残忍的方式屠杀飞鸟、动物、鱼儿,甚至所有的野生动物。"①这个本来只会在科技期刊中出现的话题,经由卡森之手,巧妙地采用了寓言的形式加以描述,成功地让上百万的读者和政府官员关注到了这个危害公共健康的环境污染问题。这种写作方式被基林斯沃思和帕尔默(Jimmie Killingsworth & Jacqueline Palmer)称为"启示式叙事"(Apocalyptic Narrative)②,用来指称生态创作中所采用的、通过对未来灾难的描绘,来驳斥声称人类的进步是对自然的胜利的这一叙事模式,以此警醒人们不要试图控制自然,否则将导致世界末日的来临。

卡森开创的启示式叙事影响了后代作家、科学家在处理环境问题时的叙事模式。卡尔维诺在《看不见的城市》中通过对 55 个城市的描写,展现作者对在现代化和全球化浪潮中以失去自然和历史为代价片面寻求经济发展的担忧。莱奥尼亚就是一个技术进步、物质富足,但同时被自己制造的废弃物包围的城市,成为现代都市的预警。③ 为了警醒人类及早意识到全球变暖将对人类文明造成的灾难性影响,拉夫洛克(James Lovelock)设置了一个启示性的图景,他写道:"在本世纪结束之前,数十亿人都将死亡。只有极少数北极地区的人可能存活下来,因为那里的气候还可以忍受。"④通过这些惊世骇俗的启示寓言,生态作家们试图在虚构性的文学场景中唤醒人们依旧淡薄的环境意识,用故事性的方式质疑影响人类健康与自然环境的商业实践,通过对生态危机的不断反复强化来加强人们的危机感,从而推动社会政治领域的环境运动。

---

① Rachel Carson, *Silent Spring*, Boston:Houghton Mifflin,1962,p.83.

② Jimmie Killingsworth & Jacqueline Palmer, "Millennial Ecology:The Apocalyptic Narrative from Silent Spring to Global Warming", in *Green Culture:Environmental Rhetoric in Contemporary America*, C.G. Hermdl & S.C Brown(eds.), Madison:University of Wisconsin Press,1996,p.21.

③ ［意］伊塔洛·卡尔维诺:《看不见的城市》,张密译,译林出版社 2012 年版。

④ http://www.independent.co.uk.2008-11-26.

3. 象征符号

进入 21 世纪以后,各种环境问题接连出现,能源危机、气候变化、基因工程等已经毫无争议地被推向前台,成为各个学科关注的焦点。但不像 19 世纪的荒野,它的存在本身就能带给人们震撼的崇高感;也不像 20 世纪突然寂静的春天,动植物的死亡给予人们视觉上和听觉上的双重冲击——21 世纪面临的环境问题更加难以被看见。比如,因为缺乏视觉证据,气候变化等环境危机就常常遭遇反对者的质疑,那么如何呈现气候变化及其影响? 如何呈现持久的干旱? 又如何呈现海平面的上升? 除了构筑情节、采用寓言,象征符号的使用就显得尤为重要。2005 年,科学家们发现全球变暖导致浮冰融化,需要利用浮冰捕获食物的北极熊,或因为海上旅程过于疲惫,或因为体温过低,或被浪潮淹没而死在北冰洋里。蒂姆·弗兰纳里(Tim Flannery)在《天气制造者》(*The Weather Makers*)中写道:"如果有什么象征着北极,那肯定是北极熊,那只大白熊。"[①]于是,站在融化的冰块上的北极熊就成为一个象征性的符号,它将唤起人们对全球变暖的担忧。

当然,在环境传播领域,这种呈现还可以体现在照片、电影上,那么在生态文学创作中,将这种象征符号作为创作的重要因素亦不可缺。比如那句著名的为纳什引用、以论证荒野价值的出自梭罗的名言:"荒野中保存着绝对的自由与狂野"[②],在非小说中这种感慨可以直接表达,但在小说中又该如何体现? 中外很多作家用狼来作为象征符号,在杰克·伦敦的《野性的呼唤》里,在贾平凹的《怀念狼》里,在姜戎的《狼图腾》里。生态创作通过可观可感的形象塑造,采用象征符号来指代某种环境现象,以达到向读者传达环境意识的目的。

4. 具象化呈现

宏大的、抽象的环境议题想要引起公众的感受和关注,还需借助于具体化的呈现。在这个问题上,影视作品起到了不可替代的重要作用。相较于新闻,影视

---

① Tim Flannery, *The Weather Makers: How Man is Changing the Climate and What it Means for Life on Earth*, New York: Grove Press, 2005, p.100.

② Henry D. Thoreau, *Wild Apples and Other Natural History Essays*, Athens: University of Georgia Press, 2012, p.59.

更为生动;相较于文学,影视则更为形象。生态灾难片通过呈现或预测生态危机,对人类肆意掠夺大自然进行谴责,表达对建构和谐发展的生态文明的向往,比如《难以忽视的真相》聚焦的是全球变暖的世界性议题,但是却以感性的方式来讲述,影评穿插了大量克林顿政府的副总统戈尔的工作、会议和演讲的片段;生态动画片通过儿童的视角,使用轻松幽默的语调,来表达对人与自然、人与社会关系的反思,比如《愤怒的小鸟》;纪录片通过自然美、荒野美来对抗人工美、城市美,展现自然的内在价值,如《森林之歌》等。

除此之外,公众耳熟能详的广告文本亦是生态批评应该关注的领域。广告主要通过三种叙事途径来构造自然与产品之间的联系,同时体现了人类对自然的三种态度。一是将自然作为背景,比如越野车的广告,穿梭丛林却未对自然产生不良影响。茱莉娅·科贝特(Julia Corbett)通过实证研究发现:“将自然作为背景是广告对自然界最常用的使用方式,无论呈现出来的是野生动物、巍峨高山还是潺潺流水。”①二是自然作为产品本身,比如矿泉水的广告,“我们不生产水,我们只是自然的搬运工”,将自然的意义叠加在产品之上,赋予了农夫山泉宝贵的绿色感。三是自然作为消费结果,比如麦当劳刻意营造的诗意的农场生活,仿佛是在告诉消费者只有大力消费才能维持那种惬意。

环境传播学领域对于话语与修辞的重视和研究,弥补了生态批评学界对文本自身特色和生态创作特点研究的不足,对此交叉领域进行研究将对生态批评理论不失为一种重要的补充,也将更好地指导未来生态文学的创作的方向。

“在一个媒介化社会与视觉化的社会,越来越多的视觉形式和视觉经验逐渐构成了我们理解世界、解释世界的主要方式。”②因此,建设社会主义生态文明,要充分发挥大众传媒在社会公众的重要作用。生态思想家唐纳德·沃斯特(Donald Worster)说过:“我们今天所面临的全球性生态危机的起因并不在生态

---

① Julia Corbett, *Communicating Nature:How We Create and Understand Environmental Messages*, Washington, DC:Island Press, 2006, p.150.
② 郭小平:《环境传播:话语变迁、风险议题建构与路径选择》,华中科技大学出版社2013年版,第336页。

系统自身,而是源于我们的文化系统。"①我们必须尽可能清楚地了解文化对自然的影响,同时也要善于利用文化的影响来帮助我们度过这一危机。法国新闻学者瓦耶纳说过:"真正的教育也离不开新闻,因为大众传播工具是一种扩大器,可以使教育者的作用超越一般传播的对象。"②环境传播学要以环境议题为媒介,通过对环境问题的深入解读和理论建构,促进社会各利益主体之间的有效沟通,进而推动政府及各部门制定协同式、参与式的环境政策,全面提升公众的环境意识,并从根本上改善环境问题,为建设人与自然和谐统一的生态共同体而努力。

---

① Donald Worster, *The Wealth of Nature: Environmental History and the Ecological Imagination*, New York: Oxford University Press, 1993, p.27.

② [法]贝尔纳·瓦耶纳:《当代新闻学》,丁雪英等译,新华出版社1986年版,第280页。

结　语

　　本书在全面把握西方生态批评自 1978 年以来的发展历程和总体面貌的基础上,综合生态批评的两个代表性界定和引导生态批评研究的三个体制性因素,以生态批评对于理论的态度变迁为线索,反思和提炼生态批评所涉及的重要理论问题;在此基础上,梳理这些重要理论问题在中国的传播、运用以及转化情况,进而探讨将其中国化的学术途径,结合中国生态实际而推进生态批评研究,创造出既具有理论深度又具有文本操作性的中国生态批评理论话语体系,从而增强中国生态批评在国际生态批评界的阐释力和话语权。本课题最终目标是促使我国文艺美学研究的生态转型,进而从文学艺术研究角度推进生态文明建设。

　　从人类文明发展史的角度来说,生态文明应该被理解为现代工业文明的生态转型,生态文明建设就是根据生态学原理和生态哲学观念对于现代文明之弊端进行反思、批判、改造与重建。这是一个系统化的过程,涉及生产方式、社会制度与思想意识等各个方面。文艺美学研究是一种精神活动,其核心任务是构建能够准确揭示文艺审美活动的理论话语体系,进而改变人们的思想意识与思维方式。自 20 世纪 60 年代生态运动兴起以来,文学艺术及其研究都发生了巨变,生态文学与生态艺术大量涌现,对于生态文艺所做的批评解读与理论研究也层出不穷,后者正是生态批评的基本内容。生态批评对生态文学与生态艺术进行了大量研究,已经取得了丰富的相关成果;但是,由于生态批评理论内涵模糊而混杂,总体倾向是将文艺文本当作文化文本而发掘其中的生态意识,这就在很大程度上忽视了文艺的审美特性,因而偏离了文艺美学的理论旨趣。与此同时,西方环境美学是作为艺术哲学的对立面而出现的,中国的生态美学关注的主要问题是人的生态存在与生态审美问题,对于文艺与生态文明的关系,二者都没有予以足够的关注。本书的学术立意就是补偏救弊,力求在整体上把握生态批评40余年的发展历程的基础上,提炼出若干代表性理论问题作为研究对象,探讨其来龙去脉及其中国化途径。本课题的核心命题"生态批评重要理论问题的中国化"是指:由中国学者针对中国的生态问题,结合对中国生态文学(文本)的深入解读,在充分吸收中国传统生态哲学与生态文艺思想资源的基础上,对西方生态批评所包含的重要理论问题进行阐发、转化与生发,其学术目标是针对国际生态批评理论基础薄弱、主题散乱芜杂等缺陷,在充分引进和借鉴西方生态批评现有理论成果的基础上,结合中国生态实际而推进生态批评研究,创造出既具有理论深度又具有文本操作性的中国生态批评理论话语体系,从而增强中国生态批评在国际生态批评界的阐释力和话语权。本课题最终目标是促使我国文艺美学研究的生态转型,为构建生态文艺美学提供丰富的理论资源。

笔者在此重复本书"导论"中的一段话:文学毕竟不是文学,文化批评毕竟不能完全替代文学批评。生态批评自正式诞生以来的总体倾向是对文学作品进行文化解读,这就在某种程度上背离了文学本身,将文学作品化约为一般的文化产品。这是国际生态批评深陷的困境,其出路只能是重返文学本位,将生态批评真正作为"文学"的而不是"文化"的批评来看待。

当然,我们应该以包容开放的态度看生态批评,应该促进文化批评和文学批评的融合。就生态批评目前的情况来看,文化批评繁盛,文学批评较弱。作为一个文学学者,笔者想提醒的问题是:如果忘记了文学,那将是生态批评对文学犯下的一个严重过失。正因为这样,笔者十多年前曾经将"生态批评第三波"设想为"生态文艺美学"①,意在提醒生态批评学者关注文学的审美特性,但基本上没有收到任何回应,其中的原因值得深思。我们必须清醒地牢记:生态批评固然应该采取跨学科的方式,但我们毕竟是文学学者,采用跨学科的方式是为了更好地解决文学问题,而不是让文学日渐消失。

本书的立意是为生态批评提供理论,具体做法是将生态批评使用的各种理

---

① 程相占:《生态批评第三波:生态文艺美学》,《中国社会科学报》2010年2月11日。

论发掘出来并进行提炼和提升。而那些提升的地方,就是本书最有创新的地方。客观而冷静地说,中国生态批评学者迄今为止没有找到自己的学术生长点,依然是跟在西方学者的后面跑。比如说,我们最缺乏的就是可以用于生态批评的独树一帜的关键词,而关键词的背后则隐含着一种理论。

正是从这个角度来说,中国生态批评学者任重道远,本书愿意作为一块铺路石,实实在在地铺在通向生态批评健康发展的大道上。

参考文献

一、中文

车文博:《西方心理学史》,浙江教育出版社 1998 年版。

陈厚诚、王宁主编:《西方当代文学批评在中国》,百花文艺出版社 2000 年版。

程虹:《寻归荒野》,生活·读书·新知三联书店 2001 年版。

程相占:《生生美学论集——从文艺美学到生生美学》,人民出版社 2012 年版。

程相占:《生态美学引论》,山东文艺出版社 2021 年版。

胡壮麟:《功能主义纵横谈》,外语教学与研究出版社 2000 年版。

胡志红:《西方生态批评史》,人民出版社 2015 年版。

高国荣:《美国环境史学研究》,中国社会科学出版社 2014 年版。

赖品超、林宏星:《儒耶对话与生态关怀》,宗教文化出版社 2006 年版。

彭彤、支宇:《重构景观:中国当代生态艺术思潮研究》,上海社会科学院出版社 2018 年版。

申丹、韩加明、王丽亚:《英美小说叙事理论研究》,北京大学出版社 2005 年版。

宋祖良:《拯救地球和人类的未来:海德格尔后期思想》,中国社会科学出版社 1993 年版。

梅新林、葛永海:《文学地理学原理》,中国社会科学出版社 2017 年版。

孟悦、罗钢主编:《物质文化读本》,北京大学出版社 2008 年版。

鲁枢元:《生态文艺学》,陕西人民教育出版社 2000 年版。

鲁枢元主编:《走进大林莽——四十位人文学者的生态话语》,上海文艺出版社 2008 年版。

秦晓利:《生态心理学》,上海教育出版社 2006 年版。

姚晓娜:《美德与自然:环境美德研究》,华东师范大学出版社 2016 年版。

王诺:《欧美生态文学》,北京大学出版社 2003 年版。

王馥芳:《认知语言学反思性批评》,外语教学与研究出版社 2014 年版。

王建革：《江南环境史研究》，科学出版社 2016 年版。

吴为善：《认知语言学与汉语研究》，复旦大学出版社 2011 年版。

吴建平：《生态自我：人与环境的心理学探索》，中央编译出版社 2011 年版。

曾繁仁：《生态存在论美学论稿》，吉林人民出版社 2003、2009 年版。

曾繁仁：《生态美学导论》，商务印书馆 2010 年版。

曾永成：《文艺的绿色之思：文艺生态学引论》，人民文学出版社 2000 年版。

张嘉如：《全球环境想象：中西生态批评实践》，江苏大学出版社 2013 年版。

二、中文译著

［美］詹姆斯·罗宾森：《尤金·奥尼尔与东方思想———一分为二的心象》，辽宁教育出版社 1997 年版。

［美］霍尔姆斯·罗尔斯顿 III：《哲学走向荒野》，刘耳、叶平译，吉林人民出版社 2000 年版。

［美］本杰明·李·沃尔夫：《论语言、思维和现实》，高一虹等译，湖南教育出版社 2001 年版。

［美］尤金·哈格洛夫：《环境伦理学基础》，杨通进等译，重庆大学出版社 2007 年版。

［美］彼得·S.温茨：《环境正义论》，朱丹琼、宋玉波译，上海人民出版社 2007 年版。

［美］劳伦斯·布伊尔：《环境批评的未来：环境危机与文学想象》，刘蓓译，北京大学出版社 2010 年版。

［美］格伦·A.洛夫：《实用生态批评：文学、生物学及环境》，胡志红等译，北京大学出版社 2010 年版。

［美］罗德里克·弗雷泽·纳什：《荒野与美国思想》，侯文蕙等译，中国环境出版社 2012 年版。

［美］厄休拉·K.海斯（Ursula K.Heise）：《地方意识与星球意识：环境想象中的全球》，李贵仓等译，中国社会科学出版社 2015 年版。

［美］戴维·赫尔曼、詹姆斯·费伦等：《叙事理论：核心概念与批评性辨析》，谭君强译，北京师范大学出版社 2016 年版。

［美］爱德华·萨丕尔：《萨丕尔论语言、文化和人格》，高一虹等译，商务印书馆 2017 年版。

［美］露西·利帕德：《六年：1966 至 1972 年艺术的去物质化》，中国民族摄影艺术出版社 2018 年版。

［英］唐纳德·韩礼德：《韩礼德文集》，李战子、周晓康等译，湖南教育出版社 2006 年版。

［英］伊懋可：《大象的退却：一部中国环境史》，梅雪芹等译，江苏人民出版社 2014 年版。

［英］吉尔伯特·怀特：《塞尔伯恩博物志》，梅静译，上海文化出版社 2019 年版。

［法］米歇尔·福柯：《词与物———人类科学的考古学》，莫伟民译，上海三联书店 2001

年版。

[法]梅洛-庞蒂:《可见的与不可见的》,罗国祥译,商务印书馆 2008 年版。

[法]纳塔莉·勃朗:《走向环境美学》,尹航译,河南大学出版社 2015 年版。

[法]梅洛-庞蒂:《眼与心·世界的散文》,杨大春译,商务印书馆 2019 年版。

[法]米歇尔·柯罗:《文学地理学》,袁莉译,福建教育出版社 2021 年版。

[法]贝尔唐·韦斯特法尔:《子午线的牢笼:全球化时代的文学与当代艺术》,张蔷译,福建教育出版社 2021 年版。

[德]马丁·海德格尔:《在通向语言的途中》,孙周兴译,商务印书馆 1999 年版。

[德]马丁·海德格尔:《海德格尔选集》(上、下册),孙周兴选编,上海三联书店 1996 年版。

[德]莫尔特曼:《创造中的上帝:生态的创造论》,隗仁莲等译,生活·读书·新知三联书店 2002 年版。

[德]彼得·渥雷本:《树的秘密生命》,钟宝珍译,译林出版社 2018 年版。

[意]詹巴蒂斯塔·维柯:《新科学》,朱光潜译,安徽教育出版社 2006 年版。

[意]罗西·布拉伊多蒂:《后人类》,宋根成译,河南大学出版社 2016 年版。

三、英文

Ackerman, Diane, *The Human Age: The World Shaped by Us*, New York: Norton, 2014.

Adams, Carol, *The Sexual Politics of Meat: A Feminist-Vegetarian Critical Theory*, New York: Continuum, 2010.

Adams, Kelly, "Postcolonial Environmentalism in Carlos Bulosan's *The Cry and the Dedication*", *Interdisciplinary Studies in Literature and Environment* Vol.22, Issue 3(Summer 2015).

Adamson, Joni, Mei Mei Evans & Rachel Stein (eds.), *The Environmental Justice Reader: Politics, Poetics and Pedagogy*, Tucson: University of Arizona Press, 2002.

Adamson, Joni and William A. Gleason & David N. Pellow (eds.), *Keywords for Environmental Studies*, New York: NYU Press, 2016.

Adamson, Joni & Salma Monani, *Ecocriticism and Indigenous Studies: Conversations from Earth to Cosmos*, New York: Palgrave, 2017.

Arendt, Hannah, *The Human Condition*, Chicago: University of Chicago Press, 1958.

Alaimo, Stacy, *Bodily Natures: Science, Environment, and the Material Self*, Bloomington and Indianapolis: Indiana University Press, 2010.

Allister, Mark (ed.), *Eco-man: New Perspectives on Masculinity and Nature*, University of Virginia Press, 2004.

Anderson, Alison, *Media, Culture, and the Environment*, London: Routledge, 1997.

Anna L. Tsing, *The Mushroom at the End of the World: On the Possibility of Life in Capitalist Ru-*

ins, Princeton, NJ: Princeton University Press, 2015.

Athanasiou, Tom, *Divided Planet: The Ecology of Rich and Poor*, Athens, Georgia: The University of Georgia Press, 1998.

Barad, Karen, *Meeting the Universe Halfway: Quantum Physics and the Entanglement of Matter and Meaning*, Durham: Duke University Press, 2007.

Barbieri, Marcello, *Introduction to Biosemiotics*, Springer, 2006.

Barry, Peter, *Beginning Theory: An Introduction to Literary and Cultural Theory*, 2nd, Manchester: Manchester University Press, 2002.

Bate, Jonathan, *Romantic Ecology: Wordsworth and the Environmental Tradition*, London: Routledge, 1991.

——, *The Dream of the Earth*, Harvard University Press, 2000.

——, *The Song of the Earth*, London: Pan Macmillan, 2001.

Bateson, Gregory, *Steps to an Ecology of Mind: Collected Essays in Anthropology, Psychiatry, Evolution, and Epistemology*, Chicago: University of Chicago Press, 1972.

——, *Mind and Nature: A Necessary Unity*, Cresskill, NJ: Hampton, 1979.

Baxter, Brian, *A Theory of Ecological Justice*, London: Routledge, 2005.

Beck, Ulrich, *Risk Society: Toward a New Modernity*, Mark Ritter (trans.), London, Newbury Park, New Delhi: Sage Publications, 1992.

Ben De Bruyn, *The Novel and Multispecies Soundscape*, London: Palgrave, 2020.

Biro, Andrew, *Critical Ecologies: The Frankfurt School and Contemporary Environmental Crisis*, Toronto: University of Toronto Press, 2011.

Bladow, Kyle & Jennifer Ladino (eds.), *Affective Ecocriticism: Emotion, Embodiment, Environment*, Lincoln: University of Nebraska Press, 2018.

Boscagli, Maurizia, *Stuff Theory: Everyday Objects, Radical Materialism*, New York: Bloomsbury, 2014.

Braidotti, Rosi, *The Posthuman*, Cambridge: Polity Press, 2013.

Braidotti, Rosi & Maria Hlavajova(eds.), *Posthuman Glossary*, Bloomsbury Academic, 2018.

Brown, Andrew, *Art & Ecology Now*, New York: Thames & Hudson, 2014.

Brown, Bill, *A Sense of Things: The Object Matter of American Literature*, Chicago: University of Chicago Press, 2003.

——, *Other Things*, Chicago: University of Chicago Press, 2015.

——, *The Material Unconscious: American Amusement, Stephen Crane, and the Economies of Play*, Harvard University Press, 1996.

Brown, Charles S., *Eco-Phenomenology: Back to the Earth Itself*, State University of New York Press, 2003.

Bryson, J. Scott, *Ecopoetry: A Critical Introduction*, Salt Lake City: University of Utah

Press, 2002.

Buckels, Jeffrey, *Charles Olson's Ecological Poetics*, *Retrospective Theses and Dissertations*, Iowa State University, 1975.

Buell, Lawrence, *The Environmental Imagination: Thoreau, Nature Writing, and the Formation of American Culture*, Cambridge, Massachusetts, and London, England: The Belknap Press of Harvard University Press, 1995.

——, *Writing for an Endangered World: Literature, Culture, and Environment in the U.S. and Beyond*, Belknap Press, 2001.

——, *The Future of Environmental Criticism: Environmental Crisis and Literary Imagination*, MA/Oxford: Blackwell Publishing, 2005.

Burkett, Paul, *Marxism and Ecological Economics: Towards a Red and Green Political Economy*, Leiden: Brill, 2006.

Calarco, Matthew, *Zoographies: The Question of the Animal from Heidegger to Derrida*, New York: Columbia University Press, 2008.

Caracciolo, Marco, *The Experientiality of Narrative*, Berlin: De Gruyter, 2014.

Castree, Noel, "Nature", in *Keywords for Environmental Studies*, Joni Adamson, William A. Gleason & David N. Pellow(eds.), New York and London: New York University Press, 2016.

Chia-ju Chang, *Environmental Humanities: Practices of Environing at the Margins*, New York: Palgrave, 2019.

Chodorow, Nancy J., *The Power of Feelings: Personal Meaning in Psychoanalysis, Gender, and Culture*, London: Yale University Press, 1999.

Clark, Timothy, *Ecocriticism on the Edge: The Anthropocene as a Threshold Concept*, London and New York: Bloomsbury Academic, 2015.

Cole, Luke W. & Sheila R. Foster, *From the Ground Up: Environmental Racism and the Rise of the Environmental Justice Movement*, New York and London: New York University Press, 2001.

Corbett, Julia B., *Communicating Nature: How We Create and Understand Environmental Messages*, Washington, D.C.: Island Press, 2006.

Coupe, Laurence(ed.), *The Green Studies Reader: From Romanticism to Ecocriticism*, London and New York: Routledge, 2000.

Cox, Robert & Phaedra C. Pezzullo, *Environmental Communication and Public Sphere*, London: Sage, 2006.

Crowley, Dustin, "Book Review on *Naturalizing Africa: Ecological Violence, Agency, and Postcolonial Resistance in African Literature*", *Interdisciplinary Studies in Literature and Environment*, Vol. 27, Issue 1(Winter 2020).

Curtin, Deane, *Environmental Ethics for a Postcolonial World*, Lanham, MD: Rowman & Littlefield Publishers, 2005.

Daly, Herman, *Ecological Economics and Sustainable Development*, Cheltenham: Edward Elgar, 2007.

Darwin, Charles & Francis Darwin, *The Works of Charles Darwin: The Power of Movement in Plants*, London: Routledge, 2016.

DeLoughrey, Elizabeth, George B. Handley & Renée K. Gosson (eds.), *Caribbean Literature and the Environment: Between Nature and Culture*, Charlottesville: University of Virginia Press, 2005.

DeLoughrey, Elizabeth & George B. Handley (eds.), *Postcolonial Ecologies: Literatures of the Environment*, Oxford: Oxford University Press, 2011.

Dooten, Thom van, *Flight Ways: Life and Loss at the Edge of Extinction*, New York: Columbia University Press, 2014.

Easterlin, Nancy, *A Biocultural Approach to Literary Theory and Interpretation*, Baltimore: Johns Hopkins University Press, 2012.

Eckersley, Robyn, *The Green State: Rethinking Democracy and Sovereignty*, London: The MIT Press, 2004.

Ennis, Paul, *Toward a Heideggerian Eco-Phenomenology*, Texas Tech University Press, 2007.

Evernden, Neil, *The Natural Alien*, Toronto, Buffalo and London: University of Toronto Press, 1993.

Fill, Alwin & Peter Mühlhäusler, *The Ecolinguistics Reader: Language, Ecology and Environment*, London, New York: Continuum, 2001.

Fill, Alwin & Hemine Penz, *The Routledge Handbook of Ecolinguistics*, Oxon, New York: Routledge, 2018.

Fisher, Andy, *Radical Ecopsychology: Psychology in the Service of Life*, Albany, NY: SUNY Press, 2002.

Flannery, Eóin, *Ireland and Ecocriticism: Literature, History, and Environmental Justice*, London and New York: Routledge, 2016.

Flannery, Tim, *The Weather Makers: How Man is Changing the Climate and What it Means for Life on Earth*, New York: Grove Press, 2005.

Fludernik, Monika, *Towards a "Natural" Narratology*, London: Routledge, 2001.

Foster, Hal, *The Return of the Real: The Avant-Garde at the End of the Century*, Cambridge, MA: The MIT Press, 1996.

Foster, John Bellamy, *Marxism Ecology: Materialism and Nature*, New York: Monthly Review Press, 2000.

——, Brett Clark and Richard York: *The Ecological Rift: Capitalism's War on the Earth*, New York: Monthly Review Press, 2010.

Foucault, Michel, *The Order of Things: An Archaeology of The Human Sciences*, Routledge, 2005.

Fritzell, Peter A., *Nature Writing and America: Essays upon a Cultural Type*, Ames: Iowa State

University Press, 1990.

Frome, Michael, *Green Ink: An Introduction to Environmental Journalism*, Salt Lake City: University of Utah Press, 1998.

Garrard, Greg, *Ecocriticism*, Routledge, 2004.

——(ed.), *The Oxford Handbook of Ecocriticism*, New York: Oxford University Press, 2014.

Gaard, Greta, *Ecofeminism: Women, Animals, Nature*, Philadelphia: Temple University Press, 1993.

——, *Critical Ecofeminism*, Lanham: Lexington Books, 2017.

Gerrig, Richard, *Experiencing Narrative Worlds: On the Psychological Activities of Reading*, New Haven: Yale University Press, 1993.

Gersdorf, Catrin & Sylvia Mayer (eds.), *Nature in Literary and Cultural Studies: Transatlantic Conversations on Ecocriticism*, Amsterdam: Rodopi, 2006.

Gifford, Terry, *Green Voice: Understanding Contemporary Nature Poetry*, Manchester: Manchester University Press, 1995.

Gifford, Terry, *Pastoral*, London: Routledge, 1999.

Girardot, N.J.& James Miller, and Liu Xiaogan(eds.), *Daoism and Ecology: Ways Within a Cosmic Landscape*, Cambridge, MA: Harvard University Press, 2001.

Glissant, Édouard, *Caribbean Discourse: Selected Essays*, University Press of Virginia, 1989.

Glotfelty, Cheryll & Harold Fromm(eds.), *The Ecocriticism Reader: Landmarks in Literary Ecology*, Athens: The University of Georgia Press, 1996.

Goodbody, Alex & Kate Rigby(eds.), *Ecocritical Theory: New European Approaches*, London: University of Virginia Press, 2011.

Goodbody, Alex, *Nature, Technology and Cultural Change in Twentieth-Century German literature: The Challenge of Ecocriticism*, New York: Palgrave Macmillan, 2007.

Guha, Ramachandra & J.Martinez-Alier, *Varieties of Environmentalism: Essays North and South*, London: Earthscan, 1997.

Guillienrie, R.& Clay Schoenfeld, *An Annotated Bibliography of Environmental Communication Research and Commentary: 1969-1979*, Cautbus, OH: ERIC, 1979.

Hamilton, Lindsay & Nik Taylor, *Ethnography after Humanism: Power, Politics and Method in Multi-Species Research*, New York: Palgrave, 2017.

Hansen, Anders, *Environment, Media, and Communication*, London and New York: Routledge, 2010.

Haraway, Donna J., *Simians, Cyborgs and Women: The Reinvention of Nature*, New York: Routledge, 1991.

——, *The Companion Species Manifesto: Dogs, People, and Significant Otherness*, Chicago: Prickly Paradigm, 2003.

——, *When Species Meet*, Minneapolis: University of Minnesota Press, 2008.

——, *Staying with the Trouble: Making Kin in the Chthulucene*, Durham, NC: Duke University Press, 2016.

Hargreaves, Tracy, *Androgyny in Modern Literature*, New York: Palgrave Macmillan, 2005.

Harman, Graham, *Guerilla Metaphysics: Phenomenology and the Carpentry of Things*. Chicago: Open Court Press, 2005.

——, *Immaterialism: Objects and Social Theory*, Cambridge: Polity Press, 2016.

Heise, Ursula K., *Sense of Place and Sense of Planet: The Environmental Imagination of the Global*, New York: Oxford University Press, 2008.

——, "Eco-narratives", in *Routledge Encyclopedia of Narrative Theory*, David Herman, Manfred Jahn and Marie-Laure Ryan(eds.), London: Routledge, 2005.

Heise, Ursula K. & Jon Christensen & Michelle Nieman, *The Routledge Companion to the Environmental Humanities*, Routledge, 2017.

Herman, David, *Story Logic: Problems and Possibilities of Narrative*, Lincoln: University of Nebraska Press, 2002.

——, *Basic Elements of Narrative*, Oxford: Wiley-Blackwell, 2009.

——, *Narratology beyond the Human: Storytelling and Animal Life*, Oxford: Oxford University Press, 2018.

Herndl, Carl G. & Stuart C. Brown(eds.), *Green Culture: Environmental Rhetoric in Contemporary America*, Madison: University of Wisconsin Press, 1996.

Harvey, David, *The Limits to Capital*, London: Verso, 2006.

Hoffmeyer, Jesper, *Signs of Meaning in the Universe*, trans. Barbara J. Haveland, Bloomington & Indianapolis: Indiana University Press, 1996.

Houser, Heather, *Ecosickness in Contemporary U.S. Fiction: Environment and Affect*, New York: Columbia University Press, 2014.

Howard, George S., *Ecological Psychology: Creating a More Earth-Friendly Human Nature*, Notre Dame, Ind. : University of Notre Dame Press, 1997.

Huggan, Graham & Helen Tiffin(eds.), *Postcolonial Ecocriticism: Literature, Animals, and Environment*, New York: Routledge, 2010.

Hulme, Mike, *Why We Disagree about Climate Change: Understanding Controversy, Inaction, and Opportunity*, Cambridge: Cambridge University Press, 2009.

Hume, Angela & Gillian Osborne(eds.), *Ecopoetics: Essays in the Field*, Iowa City: University of Iowa Press, 2018.

Iheka, Cajetan, *Naturalizing Africa: Ecological Violence, Agency, and Postcolonial Resistance in African Literature*, Cambridge: Cambridge University Press, 2018.

Institute, Panos & Robert D. Bullard, Dana A. Alston(eds.), *We Speak for Ourselves: Social Jus-*

tice, *Race*, *and Environment*, Washington D.C.: The Panos Institute, 1991.

Iovino, Serenella & Serpil Oppermann (eds.), *Material Ecocriticism*, Bloomington: Indiana University Press, 2014.

Ivakhiv, Adrian, *Ecologies of the Moving Image: Cinema, Affect, Nature*, Wilfrid Laurier University Press Waterloo, Ontario, Canada, 2013.

James, Erin, *The Storyworld Accord: Econarratology and Postcolonial Narratives*, Lincoln: University of Nebraska Press, 2015.

James, Erin & Eric Morel (eds.), *Environment and Narrative: New Direction in Econarratology*, Columbus: The Ohio State University Press, 2020.

John Parham (ed.), *The Environmental Tradition in English Literature*, Ashgate: Ashgate Publishing Company, 2002.

Johnson, Rochelle L., *Passions for Nature: Nineteenth-Century America's Aesthetics of Alienation*, Athens: University of Georgia Press, 2009.

Keen, Suzanne, *Empathy and the Novel*, Oxford: Oxford University Press, 2007.

Kelly, Jane & Sheila Malone, *Ecosocialism or Barbarism?*, London: Socialist Resistance Books, 2006.

Kirksey, Eben, *Emergent Ecologies*, Durham, NC: Duke University Press, 2015.

——(ed.), *The Multispecies Salon*, Durham, NC: Duke University Press, 2014.

Kohn, Eduardo, *How Forests Think: Toward an Anthropology beyond the Human*, Berkeley: University of California Press, 2013.

Lakoff, George & Mark Johnson, *Philosophy in the Flesh: The Embodied Mind and Its Challenge to Western Thought*, New York: Basic Books, 1999.

Lakoff, George & Mark Johnsen, *Metaphors We Live by*, London: The university of Chicago press, 2003.

Lakoff, George, *Ten Lectures on Cognitive Linguistics*, Beijing: Foreign Language Teaching and Research Press, 2007.

Latour, Bruno, *We Have Never Been Modern*, Cambridge, MA: Harvard University Press, 1993.

——, *Reassembling the Social: An Introduction to Actor-Network-Theory*, Oxford University Press, 2005.

Lotman, Juri, *Culture and Explosion*, Wilma Clark (trans.), Berlin and New York: Mouton de Gruyter, 2009.

Lovelock, James, *Gaia: A New Look at Life on Earth*, Oxford: Oxford University Press, 2000.

Lübken, Uwe & Christof Mauch (eds.), *Uncertain Environments: Natural Hazards, Risk and Insurance in Historical Perspective*, Special issue of Environment and History 17, White Horse Press, 2011.

Lucid, Daniel, *Semiotics: An Anthology*, Baltimore: The Johns Hopkins University Press, 1977.

Luhmann, Niklas, *Ecological Communication*, J.Bednarz(trans.), Chicago: University of Chicago Press, 1989.

Malamud, Randy, *Poetic Animals and Animal Souls*, New York: Palgrave Macmillan, 2003.

Małecki, Wojciech, Piotr Sorokowski, Bogusław Pawłowski & Marcin Cieński, *Human Minds and Animal Stories: How Narratives Make Us Care About Other Species*, New York: Routledge, 2019.

Marsh, George Perkins, *Man and Nature*, edited by David Lowenthal, Cambridge: The Belknap Press of Harvard University Press, first edition in 1864, reprinted in 1965.

Mazel, David, *American Literary Environmentalism*, Athens, Georgia: The University of Georgia Press, 2000.

Meeker, Joseph W., *The Comedy of Survival*, New York: Charles Scribner's Sons, 1972.

Merchant, Carolyn, *The Death of Nature: Women, Ecology, and the Scientific Revolution*, Harper & Row, 1989.

——, *Radical Ecology: The Search for a Livable World*, New York: Routledge, 2005.

Miller, Daniel(ed.), *Material Cultures: Why Some Things Matter*, Chicago: University of Chicago Press, 1998.

Moore, Jason W., *Capitalism in the Web of Life: Ecology and the Accumulation of Capital*, New York: Verso, 2015.

Morton, Timothy, *Ecology Without Nature: Rethinking Environmental Aesthetics*, Cambridge: The Harvard University Press, 2007.

Muir, John, *My First Summer in Sierra*, New York: Houghton Mifflin Harcourt, 2011.

Mukherjee, Upanamyu Pablo, *Postcolonial Environments: Nature, Culture, and the Contemporary Indian Novel in English*, London: Palgrave Macmillan, 2010.

Murphy, Patrick D., *Farther Afield in the Study of Nature-Oriented Literature*, Charlottesville: University of Virginia Press, 2000.

Nash, Roderick Frazier, *Wilderness and the American Mind*, New Haven: Yale University Press, 1967.

Ngugi wa Thiong' o, *Decolonising the Mind: The Politics of Language in African Literature*, Portsmouth NH: Heinemann, 1986.

Nhanenge, Jytte, *Ecofeminism: Towards Integrating the Concerns of Women, Poor People, and Nature into Development*, Lanham, Maryland: University Press of America, Inc. , 2011.

Nichols, Ashton, *Beyond Romantic Ecocriticism: Toward Urbanatural Roosting*, New York: Palgrave Macmillan, 2011.

Nixon, Rob, *Slow Violence and the Environmentalism of the Poor*, Cambridge and London: Harvard University Press, 2011.

Nolan, Sarah, *Unnatural Ecopoetics: Unlikely Spaces in Contemporary Poetry*, Reno: University of Nevada Press, 2017.

Noy, Rick Van, *Surveying the Interior: Literary Cartographers and the Sense of Place*, Reno: University of Nevada Press, 2003.

Odum, Eugene, *Ecology: The Link between the Natural and the Social Sciences*, Holt, Rinehart and Winston, 1975.

Oerlemans, Onno, *Romanticism and the Materiality of Nature*, Toronto: University of Toronto Press, 2002.

Olsen, BjØrnar, *In Defense of Things: Archaeology and the Ontology of Objects*, Plymouth: Alta-Mira, 2010.

Oppermann, Serpil (ed.), *New International Voices in Ecocriticism*, Lanham: Lexington Books, 2015.

Oppermann, Serpil & Serenella Iovino (eds.), *Environmental Humanities: Voices from the Anthropocene*, Lanham, MD: Rowman & Littlefield, 2016.

Panitch, Leo & Colin Leys (eds.), *The Socialist Register* 2007: *Coming to Terms with Nature*, Monmouth: The Merlin Press, 2006.

Passmore, John, *Man's Responsibility for Nature: Ecological Problems and Western Traditions*, New York: Charles Scriber's Sons, 1974.

Pellow, David Naguib & Robert J. Brulle (eds.), *Power, Justice, and the Environment: Toward Critical Environmental Justice Studies*, Boston, MA: MIT Press, 2005.

Phillips, Dana, *The Truth of Ecology: Nature, Culture, and Literature in America*, Oxford: Oxford University Press, 2003.

Philippon, Daniel J., *Conserving Words: How American Nature Writers Shaped the Environmental Movement*, Athens and Georgia: University of Georgia Press, 2004.

Plumwood, Val, *Environmental Culture: The Ecological Crisis of Reason*, New York: Routledge, 2002.

Plumwood, Val, *Feminism and the Mastery of Nature*, London and New York: Routledge, 2003.

Pollan, Michael, *The Omnivore's Dilemma: A Natural History of Four Meals*, London: Penguin Press, 2006.

——, *In Defense of Food: An Eater's Manifesto*, London: Penguin Press, 2008.

Pye, Gillian (ed.), *Trash Culture: Objects and Obsolescence in Cultural Perspective*, Bern: Peter Lang AG., 2010.

Rignall, John, H. Gustav Klaus & Valentine Cunningham (eds.), *Ecology and the Literature of the British Left: The Red and the Green*, Ashgate Publishing, 2012.

Richardson, Brian, *Unnatural Voices: Extreme Narration in Modern and Contemporary Fiction*, Columbus: Ohio State University Press, 2006.

Rolston, Holmes, *Environmental Ethics: Duties to and Values in The Natural World*, Temple University Press, 1989.

Roos, Bonnie & Alex Hunt(eds.), *Postcolonial Green: Environmental Politics and World Narratives*, Charlottesville: University of Virginia Press, 2010.

Rose, Deborah Bird & Thom van Dooren and Matthew Chrulew(eds.), *Extinction Studies: Stories of Time, Death, and Generations*, Columbia University Press, 2017.

Rosendale, Steven(ed.), *The Greening of Literary Scholarship: Literature, Theory and the Environment*, Iowa City: Iowa University Press, 2000.

Roszak, Theodore, *The Voice of the Earth: An Exploration of Ecopsychology*, NewYork: Simon & Schuster, 1992.

Rueckert, William, " Literature and Ecology: An Experiment in Ecocriticism ", in *The Ecocriticism Reader: Landmarks in Literary Ecology*, Cheryll Glotfelty and Harold Fromm(eds.), Athens, Georgia: The University of Georgia Press, 1996.

Ryan, Marie-Laure, *Possible Worlds, Artificial Intelligence, and Narrative Theory*, Bloomington: Indiana University Press, 1991.

Ryan, John, Patricia Vierira & Monica Gagliano, *The Green Thread: Dialogues with the Vegetal World*, Lanham: Lexington Books, 2015.

Ryan, John, *Southeast Asian Ecocriticism: Theories, Practices, Prospects*, Lanham: Lexington Books, 2017.

——, *Plants in Contemporary Poetry: Ecocriticism and the Botanical Imagination*, New York: Routledge, 2018.

Ryden, Kent, *Mapping the Invisible Landscape: Folklore, Writing and the Sense of Place*, Iowa City: University of Iowa Press, 1993.

Sandler, Ronald & Philip Cafaro, *Environmental Virtue Ethics*, Rowman & Littlefield Publishers Inc., 2005.

Sandler, Ronald, *Character and Environment: A Virtue-Oriented Approach to Environmental Ethics*, Columbia University Press, 2007.

Santmire, H. Paul & Paul H. Santmire, *The Travail of Nature: The Ambiguous Ecological Promise of Christian Theology*, Philadelphia: Fortress Press, 1985.

Schama, Simon, *Landscape and Memory*, New York: Vintage Books, 1995.

Schlosberg, David, *Defining Environmental Justice: Theories Movements, and Nature*, New York: Oxford University Press, 2007.

Schmidt, Alfred, *The Concept of Nature in Marx*, London: Verso, 2014 [1962].

Sebeok, Thomas, *Global Semiotics*, Bloomington: Indiana University Press, 2001.

Serres, Michel, *The Natural Contract*, trans. Elizabeth MacArthur and William Paulson, Ann Arbor, MI: University of Michigan Press, 1995.

Sherlock, Robert, *Man as a Geological Agent: An Account of His Action on Inanimate Nature*, London: H. F. & G. Witherby, 1922.

Sherrell, Richard E., *Ecology: Crisis and New Vision*, Va.: John Knox Press, 1971.

Slovic, Scott, "The Third Wave of Ecocriticism: North American Reflections on the Current Phase of the Discipline", *Ecozon@ : European Journal of Literature, Culture and Environment*, Vol. 1 no. 1(2010).

Slovic, Scott, Swarnalatha Rangarajan and Vidya Sarveswaran (eds.), *Ecoambiguity, Community, and Development*, New York: Lexington Books, 2015.

Smith, Lindsey Claire, *Indians, Environment, and Identity on the Borders of American Literature: From Faulkner and Morrison to Walker and Silko*, New York: Palgrave Macmillan, 2008.

Steiner, Gary, *Anthropocentrism and Its Discontents: The Moral Status of Animals in the History of Western Philosophy*, Pittsburgh: University of Pittsburgh Press, 2005.

Stibbe, Arran, *Ecolinguistics: Language, Ecology and the Stories We Live by*, Oxon, New York: Routledge, 2015.

Stout, Janis P.(ed.), *Willa Cather and Material Culture*, Tuscaloosa: The University of Alabama Press, 2005.

Street, Ann Fisher-Wirth & Laura-Gray(eds.), *The Ecopoetry Anthology*, San Antonio: Trinity U-niversity Press, 2013.

Thoreau, Henry David, *A Week on the Concord and Merrimack Rivers; Walden, or, Life in the Woods; The Maine Woods; Cape Cod*, Robert F. Sayre(ed.), New York: Library of America, 1985.

Thornber, Karen Laura, *Ecoambiguity: Environmental Crises and East Asian Literatures*, Michigan University Press, 2012.

Tucker, Mary Evelyn & Duncan Ryuken Williams(eds.), *Buddhism and Ecology: The Interconnection of Dharma and Deeds*, Cambridge, MA: Harvard University Press, 1997.

——, *Buddhism and Ecology: The Interconnection of Dharma and Deeds*, Cambridge, MA: Harvard University Press, 1997.

Tymieniecka, Anna-Teresa, *Phenomenology and the Human Positioning in the Cosmos: The Life-World, Nature, Earth: Book Two*, Springer Netherlands, 2012.

Uexkull, Jacob von, *Theoretical Biology*, New York: Harcourt, Brace & Company, INC., 1926.

——, *A Foray into the Worlds of Animals and Humans with a Theory of Meaning*, trans., Joseph D. O' Neil, Minneapolis and London: University of Minnesota Press, 2010.

Vanderheiden, Steve, *Environmental Justice*, New York: Routledge, 2016.

Velmezova, Ekaterina, Kalevi Kull, Stephen & J. Cowley, *Biosemiotic Perspectives on Language and Linguistics*, London: Springer, 2015.

Warren, Karen J., *Ecological Feminism*, London: Routledge, 1994.

Weik von Mossner, Alexa, *Affective Ecologies: Empathy, Emotion, and Environmental Narrative*, Columbus: Ohio State University Press, 2017.

Weisman, Alan, *The World without Us*, New York: Thomas Dunne Books, 2007.

Weiss, Gail, *Body Images: Embodiment as Intercorporeality*, Routledge, 1999.

Wensveen, Louke Van, *The Emergence of Ecological Virtue Ethics*, Humanity Books, 2000.

Westling, Louise, *The Logos of the Living World: Merleau-Ponty, Animals, and Language*, Fordham University Press, 2013.

Williams, Raymond, *The Country and the City*, Oxford: Oxford University Press, 1973.

——, *Keywords: A Vocabulary of Culture and Society*, London: Fontana, 1976.

Wilson, Edward O., *Consilience: The Unity of Knowledge*, New York: Random House, 1998.

Winter, Deborah Du Nann, *Ecological Psychology: Healing the Split Between Planet and Self*, New York: Harper Collins College Publishers, 1996.

Wolfe, Cary, *Animal Rites: American Culture, the Discourse of Species, and Posthumanist Theory*, Chicago: The University of Chicago Press, 2003.

——, *What is Posthumanism?*, Minneapolis: University of Minnesota Press, 2010.

Woodward, Ian, *Understanding Material Culture*, Los Angeles: Sage, 2007.

Worster, Donald, *Nature's Economy: A History of Ecological Ideas*, New York: Oxford University Press, 1985.

Wright, Laura, *Wilderness into Civilized Shapes: Reading the Postcolonial Environment*, Athens GA: University of Georgia, 2010.

Zapf, Hubert, *Literature as Cultural Ecology: Sustainable Texts*, London: Bloomsbury Academic, 2016.

Zunshine, Lisa, *Why We Read Fiction: Theory of Mind and the Novel*, Columbus: Ohio State University Press, 2006.

四、法文

Afeissa, Hicham-Stéphane, *Ethique de l'environnement: Nature, Valeur, Respect*, Paris: Vrin, 2007.

——, *Nouveaux Fronts Écologiques: Essais d'Éthique Environnementale et de Philosophie Animale*, Paris: Vrin, 2012.

——, *Portraits de Philosophes en Ecologists*, Paris: Editions Dehors, 2012.

——, Yann Lafolie (eds.), *Textes Clés d'Esthétique de l'Environnement, Appréciation, Connaissance et Devoir*, Paris: Vrin, 2015.

——, *Manifeste pour Une Écologie de la Différence*, Paris: Editions Dehors, 2021.

Amar, Georges, Rachel Bouvet & Jean-Paul Loubes (eds.), *Ville et Géopoétique*, Paris: L'Harmattan, 2016.

Berque, Augustin, *Écoumène: Introduction à l'Étude des Milieux Humains*, Paris: Belin, 2009.

Blanc, Nathalie, Hervé Regnauld, "La Géographie Peut-elle être un Art Plastique Comme un

Autre?", *L'Information Géographique*, 2015(4).

——, "Géographie et Politique: le Face à Face", *Écologie & Politique*, 27.

——, *Vers une Esthétique Environnementale*, Paris: Quae, 2008.

——, *Ecoplasties: Art en Environnement*, Paris: Manuella, 2010.

——, *Les Nouvelles Esthétiques Urbaines*, Paris: Armand Colin, 2012.

Blanc, Nathalie, Denis Chartier, Thomas Pughe, "Littérature & Écologie: Vers une Écopoétique", *Ecologie & Politique*, 2008(2), 2008/2(N°36).

Bouvet, Rachel & Kenneth White, *Le Nouveau Territoire. L'Exploration Géopoétique de l'Espace*, Montréal: Université du Québec à Montréal, 2008.

Bouvet, Rachel & Marcil-Bergeron Myriam, "Pour une Approche Géopoétique du Récit de Voyage", *Arborescences: Revue d'Études Françaises*, 3(2013).

Bouvet, Rachel, "Topographier: un Acte Essentiel pour Comprendre l'Espace Romanesque" edited by Audrey Camus & Rachel Bouvet, *Topographies Romanesques*, Rennes/Québec: PUR/PUQ, 2011.

Collot, Michel, *Pour une Géographie Littéraire*, Paris: Corti, 2014.

——, *Paysage et Poésie*, Paris: Corti, 2005.

——, Françoise Chenet, Baldine Saint Girons (eds.), *Paysage: Etats des lieux*, Paris: Ousia, 2005.

Deleuze, Gilles & Felix Guattari, *Kafka: Pour Une Litterature Mineur*, Paris, 1975.

Descola, Philippe, *Par-delà Nature et Culture*, Paris, Gallimard, 2005.

Ferry, Luc, *Le Nouvel Ordre Écologique*, Paris: Editions Grasset, 1992.

Guattari, Félix, *Les Trois Écologies*, Paris: Galilée, 1989.

Larrère, Catherine & Raphael, *Du Bon Usage de la Nature: Pour une Philosophie de l'Environnement*, Paris: Aubier-Flammarion, 1997.

——, *Les Philosophies de l'Environnement*, Paris: PUF, 1997.

——, *Penser et Agir avec la Nature*, Paris: La Découverte, 2018.

Latour, Bruno & Nikolaj Schultz (eds.), *Mémo sur la Nouvelle Classe Écologique*, Paris: La Découverte, 2022.

Lassi, Étienne-Marie(ed.) *Aspects Ecocritiques de l'Imaginaire Africain*, Bamenda and Buea: Langaa RPCID, 2013.

Posthumus, Stephanie, *La Nature et l'Écologie chez Claude Lévi-Strauss, Michel Serres, Michel Tournier*, Saarbruck: Éditions Universitaires Européennes, 2010.

Schoentjes, Pierre, *Ce Qui a Lieu, Essai d'Écopoétique*, Editions Wildprojet, 2015.

Serres, Michel, *Le Contrat Naturel*, Paris: Francois Bourin, 1990.

Schoentjes, Pierre, *Ce Qui a Lieu, Essai d'Écopoétique*, Editions Wildprojet, 2015.

Suberchicot, Alain, *Littérature et Environnement. Pour une Écocritique Comparée*, Paris: Editions

Champion,2012.

——, *Littérature et Environnement. Pour une écocritique Comparée*, Paris: Editions Champion,2012.

Vadean,Mirella & Sylvain David, *La Pensée Écologique et l' Espace Littéraire*,Presses de l' Université de Québec,2015.

Westphal,Bertrand, "Comptes Rendus", *Revue d'Histoire Littéraire de la France*,2013(3).

——, "Foreword", edited by Robert T. Tally Jr., *Geocritical Explorations: Space, Place, and Mapping in Literary and Cultural Studies*,Palgrave Macmillan,2011.

White,Kenneth,*Poète Cosmographe: Vers un Nouvel Espace Culturel*,Entretiens 1976–1986,Pu Bordeaux,1987.

——,*Le Plateau de l' Albatros: Introduction à la Géopoétique*,Paris:Bernard Grasset,1994.

——,*Un Monde Ouvert*,*Anthologie Personnelle*,Paris:Gallimard,2007.

Westphal,Bertrand,*La Géocritique: Réel, Fiction, Espace*,Paris:Minuit,2007.

——,*Le Monde plausible: Espace, Lieu, Carte*,Paris:Minuit,2011.

——,*La Cage des Méridiens: la Littérature et l' Art Contemporain Face à la Globalisation*,Paris: Minuit,2016.

五、德文

Finke,Peter, "Die Evolutionäre Kulturökologie: Hintergründe, Prinzipien und Perspektiven einer neuen Theorie der Kultur",*Anglia*, 124. 1(2006).

——, "Kulturökologie", *Einführung in die Kulturwissenschaften: Theoretische Grundlagen-Ansätze-Perspektiven*,Ansgar Nünning and Vera Nünning(eds.),Stuttgart:Metzler,2008.

Gersdorf,Catrin & Sylvia Mayer(eds.),*Natur-Kultur-Text: Beiträge zu Ökologie und Literaturwissenschaft*,Heidelberg:Winter,2005.

Glaeser,Bernhard & Parto Teherani-Krönner(eds.),*Humanökologie und Kulturökologie*,Opladen:Westdeutscher Verlag,1992.

Lepanto,Wassili,*ökologische Ordnung und Inspiratio*,Stuttgart:Verlagsgesellschäft mbH & Co. KG,2011.

Zapf,Hubert,*Literatur als kulturelle Ökologie: Zur kulturellen Funktion imaginativer Texte an Beispielen des amerikanischen Romans*,Tübingen:Niemeyer,2002.

——, "Kulturelle Ökologie und literarisches Wissen: Perspektiven einer kulturökologischen Literaturwissenschaft an Beispielen der American Renaissance",*KulturPoetik*,Bd.8,H.2(2008).

后　　记

我的每本书背后，通常都隐含着一个学术故事。这本书也不例外，其故事长达20年，故事可以叫作"探寻生态批评之路"。

开端是2004年。那年9月18—20日，山东大学文艺美学研究中心在日照举办"全国审美文化学术研讨会"，我晚饭后走出酒店散步，在门口遇见一位会议代表，自我介绍说是厦门大学王诺，曾繁仁教授特意邀请他来参会，因为他正在研究一个新兴的领域，叫生态批评，曾老师对此很感兴趣。这是我平生第一次听说"生态批评"这个术语。聊天的过程中得知，王诺曾经应邀去哈佛—燕京学社做访问学者，本来设计的研究计划是神话哲学，去了之后意外地发现了生态批评，于是毅然决然改变了科研计划，专攻生态批评，回国后很快就发表文章，将生态批评引进我国，中国的生态批评研究由此正式拉开帷幕。①

就这样，生态批评偶然地进入了我的学术视野。

王诺得知我的英语还可以，就非常友善地建议我也申请哈佛—燕京学社的访问学者。经过两年准备，我于2006年7月应邀来到哈佛大学，秋季学期选听了劳伦斯·布伊尔（Lawrence Buell）教授的课程"美国文学与美国环境"（American Literature and American Environment）。布伊尔教授是国际生态批评领域最资深的学者，慕名前来听课的人很多。我每次都提前20分钟赶到教室，抢占第一排座位，以便近距离录音。一个学期下来，在课程教材和布伊尔教授

---

①　王诺:《生态批评:发展与渊源》,《文艺研究》2002年第3期。

"生态批评三部曲"①的引领下,基本上明白了生态批评的来龙去脉,其中,《环境批评的未来:环境危机与文学想象》更成为我此后经常翻阅的手边书。2007年7月回国前夕,我专门到布伊尔先生办公室拜访,与他就生态批评做了两个多小时的学术访谈,更加深切地了解了生态批评的内容。②

2009年,土耳其首次生态批评国际会议召开,主题是"生态批评的未来:新的地平线"(The Future of Ecocriticism:New Horizons)。我应邀参加了会议,有幸结识了几位欧洲生态批评学者,拓展了国际视野。更加重要的是,这次会议的主题经常促使我反思生态批评的历史及其未来发展方向,我的大会发言"中国生态美学的核心问题",也促使我从生态美学的角度理解生态批评,促使我想办法将二者结合起来。这个思路促使我写成英文论文《生态美学与生态批评》,正式发表在国际生态批评的旗舰刊物《文学与环境的跨学科研究》(简称 ISLE)上。③

2010年5月12日到6月上旬,山东大学文艺美学研究中心邀请美国内华达大学(University of Nevada)英语系斯洛维克(Scott Slovic)教授前来讲授研究生课程。斯洛维克是《文学与环境的跨学科研究》的主编,他为我们中心设计的课程是"生态批评与环境文学"(Ecocriticism and Environmental Literature),共32讲。我全程负责课程组织工作,课前预习材料,课堂认真听讲做笔记,课后多次与他聊天交流。一个月下来收获满满,我比较全面地了解了生态批评领域的重要问题。

2012年,在曾繁仁教授和鲁枢元教授的领导下,山东大学文艺美学研究中心创办了内部交流刊物《生态美学与生态批评通讯》(简称《通讯》),由我担任执行主编,曹成竹担任责任编辑。这份小刊物每月一期,每期12000字左右。字

---

① Lawrence Bell, *The Environmental Imagination:Thoreau, Nature Writing, and the Formation of American Culture*, Belknap Press:An Imprint of Harvard University Press, 1996; Lawrence Bell, *Writing for an Endangered World:Literature, Culture, and Environment in the U.S.and Beyond*, Belknap Press, 2001; Lawrence Bell, *The Future of Environmental Criticism:Environmental Crisis and Literary Imagination*, Wiley-Blackwell, 2008.

② 这次访谈内容后来正式发表,参见程相占、[美]劳伦斯·布依尔:《生态批评、城市环境与环境批评》,《江苏大学学报》2010年第5期。

③ Xiangzhan Cheng, "Ecoaesthetics and Ecocriticism", *ISLE:Interdisciplinary Studies in Literature and Environment*, Volume 17. 4(Autumn 2010), pp.785-789.

数虽然不多,但需要满世界找稿子。于是,我必须经常关注世界范围内的相关信息。特别值得一提的是斯洛维克教授的大力支持。他主编的《文学与环境的跨学科研究》为季刊,每年四期。他每期都会写一个"导读"。我就请他把每期导读都按时发给我,由我组织翻译成中文发表在《通讯》上。这项工作使我得以及时了解国际生态批评的最新信息。①

但是,直接促成这本书的是 2013 年的一件事。3 月初,美国加州整合研究学院临床心理学教授道格拉斯・A.瓦科赫(Douglas Vakoch)先生给我发来邮件,邀请我加入他正在编辑的"生态批评的理论与实践"丛书编委会,该丛书将由美国列克星顿图书出版社出版。6 月初,我又收到了该丛书编委、美国中佛罗里达大学英语系帕特里克・墨菲(Patrick D.Murphy)教授的邮件,邀请我与他共同主编一本《中国生态批评的根枝叶》,收进这套丛书在美国出版,目的是向西方学术界输入中国生态批评。我与这两位学者素不相识,他们的主动邀请极大地推动了我对于生态批评的关注。当年 10 月,山东大学文艺美学研究中心主办了"第三届海峡两岸生态文学研讨会",我向大会提交了题为《中国生态批评的 14 个理论问题》的论文,副标题是《中国生态批评的根枝叶・导论》。② 做这个发言的目的很明确,那就是向与会代表广泛征询建议,以便把那本书做好。

2016 年 7 月,按照《教育部社科司关于进一步做好高校人文社会科学重点研究基地"十三五"发展规划和项目总体规划的通知》,山东大学文艺美学研究中心在谭好哲教授的带领下,填报了《高校人文社会科学重点研究基地"十三五"重大项目总体规划论证书》,确定的主攻方向是"文艺美学研究与中国当代生态文明建设",一共设计五个重大项目,其中的第四个为"生态批评的理论问题及其中国化研究",由我担任负责人。为了更加准确地把握西方生态批评的理论问题,我拟订了一个包括 16 个问题的问卷,分别发给国际范围内代表性学

---

① 截至目前,《生态美学与生态批评通讯》已经正式发行了 156 期。
② 参见山东大学文艺美学研究中心编:《第三届海峡两岸生态文学研讨会论文集》,2013 年。

者征询意见,并让他们认定或补充他们认为重要的理论问题。① 这些学者包括前面已经提到的美国学者布伊尔、墨菲、斯洛维克,还包括英国的古德博迪（Axel Goodbody）,德国的察普夫（Hubert Zapf）,意大利的伊奥维伊（Serenella Iovino）,土耳其的奥珀曼（Serpil Oppermann）等。他们的热情回复和建议使我得以更加准确地设计理论问题清单。国内学者宋丽丽、胡颖峰、王茜等也都帮我出谋划策。

申请书提交之后,这项研究并没有随即启动,原因是我承担的另外一个教育部重大项目"环境美学与美学的改造"（批准号:11JJD750014）尚未结题,直到2019年6月,"生态批评的理论问题及其中国化研究"（项目编号:19JJD750005）的立项通知书正式下达,这项研究才正式启动。但这个时候,我的想法又发生了重大变化,觉得原来设计的那个问题清单太单薄,并没有完全涵盖生态批评领域的所有主要问题。于是,我再一次征询周围的朋友,最终设计出了25个子课题,邀请国内外好友共襄盛举,具体分工如下:

导论（程相占,中山大学）

第一章　生态批评的缘起、演进、挑战及其前景（胡志红,西南交通大学）②

第二章　自然文学的自然观及其审美呈现（孙霄、高依诺,西安外国语大学）

第三章　自然、性别与女性主义（李家銮,南京师范大学）

第四章　环境公正与生态批评的主题转型（刘娜,山东建筑大学）③

第五章　生态正义与生态艺术中的自然之代理（赵卿,山东师范大学）

---

① 这份理论问题清单如下:1. Literature and earth planetary perspective;2. Self-identity and ecological self;3. Inter-subjectivity between human beings and other non-human beings;4. Aesthetic representation of nature in literary, aesthetic ecocriticism, and ecoaesthetics;5. Nature and women;6. Body consciousness and ecocriticism;7. Literature and cultural ecology;8. Literature and sustainability;9. The local and the global: Literature between ecocultural diversity and ecoglobalism;10. Media and genres of ecological communication;11. Matter and mind: material ecocriticism;12. Ecocriticism and the rereading of literary history;13. Spiritual ecocriticism;14. Literature and political ecology;15. Biosemiotic ecocriticism.

② 本章是作者胡志红主持的2021年度国家社会科学基金项目"欧美生态批评文献整理与研究"（批准号:21XWW005）的阶段性成果。

③ 本章是作者刘娜主持的2020年度教育部人文社会科学研究青年基金项目"生态批评发展进程中的生命共同体思想研究"（批准号:20YJC752010）的阶段性成果。

---

① 感谢美国纽泽西州立罗格斯大学比较文学博士生王星明帮忙校稿。

② 本章是作者岳国法主持的 2021 年度国家社科基金后期资助项目"生态符号学视角下自然文学的意义范式研究"(批准号:21FWWB003)的阶段性成果。

这个框架包含了三个板块:一是生态批评的核心理论问题(第二章到第十章);二是生态批评的新型理论视野(第十一章到第十七章);三是环境人文学与生态批评的跨学科拓展(第十八章到第二十五章,这个板块其实还可以补充一章,即"生态美学与生态批评")。其中,第二、三两个板块是新增的。当我设计出这个整体框架的时候,长长地松了一口气,觉得基本上将生态批评理论问题一网打尽了;但随之而来的却是新的焦虑,如何能够将这么多的论题都尽快完成呢?

让我倍感欣慰的是,当我向学术界发出求助信息的时候,无论以前是否认识,朋友们都慷慨地接受了我的邀请,都在两年之内完成了自己的子课题初稿。更让我感动的是,无论我对朋友们的初稿提出了什么样的修改意见,无论打磨多少遍,朋友们都全力配合。我心里特别清楚,社会节奏日益加快,每个人都是大忙人,每个人都有自己的科研任务和科研计划;能够分出精力来帮我做这个课题,都是我的真朋友。我想在此表达对于他们的感谢——真诚地谢谢大家!没有你们,就不可能有这本书!你们的慷慨付出,我会铭记于心!

客观冷静地说,生态批评是一个非常驳杂的研究领域,世界各地的从业者越来越多,各种新问题、新术语、新论著层出不穷,时常让人头晕目眩、眼花缭乱。正因为这样,本书试图清楚地界定生态批评的核心问题、涉及的学科、生态人文学与生态批评的关系,努力为学术界提供一个清晰而可靠的思维地图,努力做到"体大而虑周",从而引导初学者顺利地进入这片学术丛林。至于是否做到了这些,那要等待读者朋友们的严肃考量。

需要特别说明的是,本书涉及的国外生态批评术语繁多,不同的作者在翻译时有着不同的处理策略。为了尊重朋友们各自的表达习惯,本书并没有勉强统一,只是在术语出现的地方随文标明了外语原文,以便读者核对。

最后还要感谢人民出版社的姜虹编辑。这是我们合作的第二本著作,她的细心、耐心和热情,都为本书的顺利出版做好了保障。

程相占

2022 年 3 月 9 日

责任编辑：姜　虹
封面设计：汪　阳

图书在版编目（CIP）数据

生态批评理论研究 ／ 程相占等著. -- 北京 ：人民
出版社，2025. 4（2025. 7 重印）. -- ISBN 978 - 7 - 01 -
026732 - 6

Ⅰ. Ⅰ206

中国国家版本馆 CIP 数据核字第 2024CM8401 号

生态批评理论研究
SHENGTAI PIPING LILUN YANJIU

程相占　等　著

人民出版社 出版发行
（100706　北京市东城区隆福寺街 99 号）

北京九州迅驰传媒文化有限公司印刷　新华书店经销

2025 年 4 月第 1 版　2025 年 7 月北京第 2 次印刷
开本：710 毫米×1000 毫米 1/16　印张：46. 5
字数：708 千字

ISBN 978 - 7 - 01 - 026732 - 6　定价：188. 00 元

邮购地址 100706　北京市东城区隆福寺街 99 号
人民东方图书销售中心　电话（010）65250042　65289539